Zähmung

Originalausgabe 2013
Ungekürzte Taschenbuchausgabe
6. Auflage (2015)

Umschlagkonzept: Farina de Waard
Umschlaggestaltung: Darko Tomic (paganus.weebly.com)

Lektorat: Bellinda Zabcic, Eva-Maria Sawert, Suell Mües, Anna Gessler, Ursula Lenz, Attila Achenbach, Lena Kaspar, Dominik Bartsch, Anna Stempel-Romano und Marco Romano
Finales Korrektorat: Anna-Christina Mainhart

Druck und Verarbeitung: Smilkov Druck, 2700 Blagoevgrad
Printed in Bulgaria

ISBN: 978-3-945073-00-1

Fanowa Verlag
Weitere Informationen unter: www.fanowa.de

Ich widme dieses Buch ...

... meinen Eltern, die mir die Augen für diese fantastische Welt geöffnet haben und mir immer die Freiheit gaben, mich zu entfalten.

... meiner gesamten Familie, die mich mit ihrer verrückten Patchwork-Art in ein buntes und vielseitiges Leben geworfen hat.

... meinen Freunden, die (fast) nie müde wurden, sich die endlosen Erzählungen über meine Welt anzuhören.

... meinen Lektoren, die so viel ihrer Energie in mein Werk investiert haben.

... allen, die dieses Buch in die Hand nehmen und lesen.

Ihr macht diesen Traum möglich.

Danke.

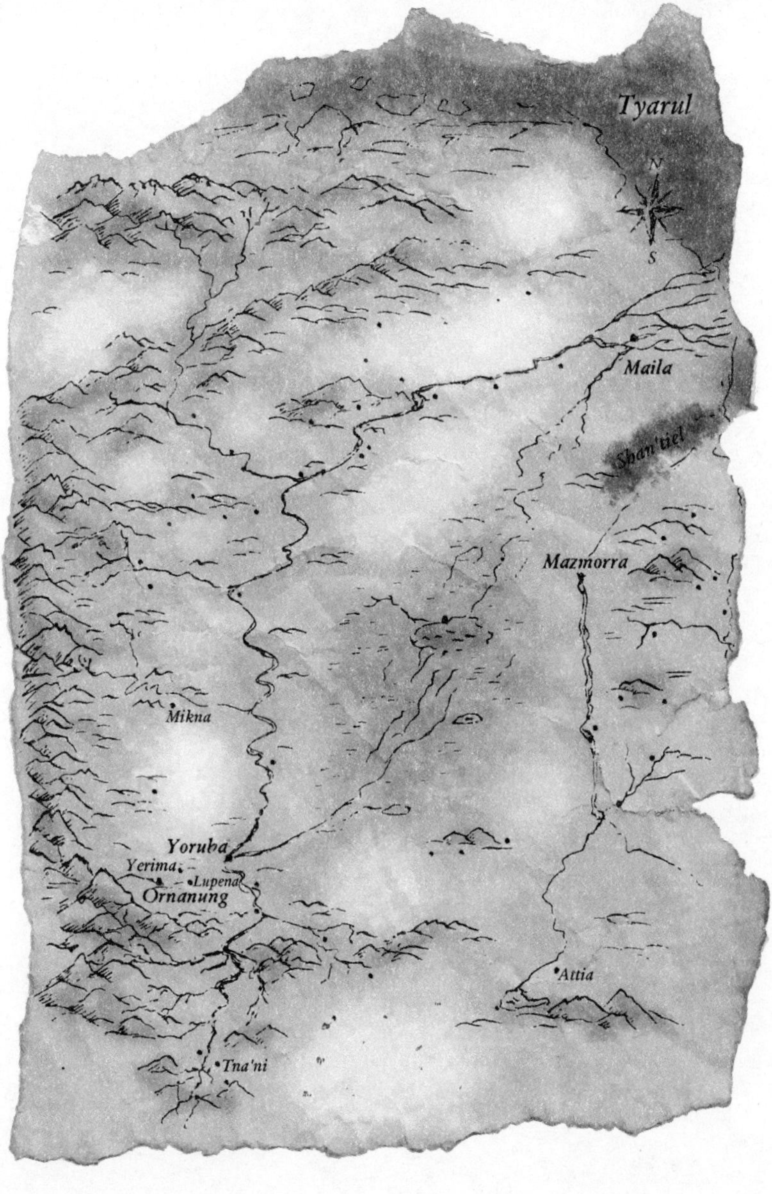
Tyarul
N
S
Maila
Shan'tiel
Mazmorra
Mikna
Yoruba
Yerima
Lupena
Ornanung
Attia
Tna'ni

Inhaltsverzeichnis

Prolog

Sie presste das in Lumpen gewickelte Bündel gegen ihre Brust und eilte stolpernd fort von der dunklen Straße und dem fremden Haus.

Der Atem brannte ihr in den Lungen und der Schmerz ihrer geprellten Rippen ließ sie keuchen, aber sie zwang sich trotzdem, noch schneller zu laufen.

Um sie herum erstreckte sich eine Stadt, mit all den verwirrenden Eindrücken einer ihr unbekannten Welt: glühende Glasgefäße, in denen kein Feuer brannte; bunte Metallkutschen, die sich ohne Pferde bewegen konnten ...

So viel Fremdes, das ihr die Entscheidung, wohin sie am besten fliehen sollte, erschwerte. Sie verließ das dunkle, schlafende Viertel und kam ungewollt in eine Gegend, die heller erleuchtet war. Verdammt! Sie musste verschwinden, fort aus der Stadt und dem verräterischen Licht.

Sie suchte nach einem Weg, der ihr bessere Deckung bieten würde, als sie plötzlich Rufe hinter sich hörte. Hektisch warf sie einen Blick über ihre Schulter und entdeckte die hochgewachsenen Gestalten der Wachen, denen sie erst vor Kurzem entflohen war.

Trotz der großen Entfernung konnte sie die gelb glühenden Augen der Männer nur zu gut erkennen. Ratken!

Hatten sie sie gesehen?! Fast wäre ihr ein Ächzen entwichen und sie duckte sich rasch hinter eine dieser Kutschen. Ihr Herz raste und sie kauerte sich in den dunkelsten Schatten, den sie erreichen konnte.

Die Rufe wurden lauter. Jetzt kamen sie aus der entgegengesetzten Richtung.

Sie war umzingelt! Wie hatten die Wächter sie nur so schnell wieder aufgespürt?

Ohne zu zögern, sprang die Frau aus ihrem Versteck und rannte zu dem einzigen Ausweg, den sie erkennen konnte: ein dunkler Abgang am Rand der Straße. Hinab in die unbekannte Tiefe der schlafenden Stadt.

Sie stolperte die rutschigen Treppenstufen eines Tunnels hinunter und sah sich um. In dem langen Gewölbe war es heller, als sie erhofft hatte. So schnell wie möglich versuchte sie, die neuen Eindrücke einzuordnen und den besten Weg zu wählen. In der Mitte stützte eine Reihe dicker grauer Säulen die Decke ab und zwei parallele, tiefer gelegene Schächte führten rechts und links neben ihr am Boden entlang.

Sie warf einen Blick auf das glatte Metall, das sich unten in den geraden Gruben entlangzog und in die Schwärze von unnatürlich glatten, perfekt geformten Tunneln führte. Für einen Moment wagte die Frau aufzuatmen, sie war nicht in eine Sackgasse gelaufen und hatte Zeit gewonnen.

Auf einmal war es unheimlich still, jetzt da die Rufe der Wächter nicht mehr die Luft erfüllten. Nur das leise Schnarchen einiger Vagabunden war zu vernehmen, die an eine Säule gelehnt schliefen. Weiter hinten endete das Gewölbe an einer Wand. Dort war eine Tür, hell leuchtend vor dem dunkelgrauen Hintergrund der Mauer.

Was würden die Wachen von ihr erwarten? Ihr erster Instinkt war, in einen der Schächte zu springen und ihn entlang zu rennen, aber die Männer hatten Fackeln und Bögen. Nein, das war zu offensichtlich. Ihr Blick heftete sich an die Tür, sie rückte das Bündel in ihrem Arm zurecht und rannte los.

Ihre Schritte hallten laut in dem Gewölbe wider, dann kam sie schlitternd und atemlos vor der weißen Tür zum Stehen und drückte die Klinke herunter.

Verschlossen.

Auf den Stufen am Eingang waren jetzt schwere Schritte zu hören, dazu mischten sich die aufgeregten Stimmen der Wächter.

Auch heftiges Ruckeln änderte nichts daran, dass die Tür verriegelt und stabil war. Sie ließ fluchend von ihr ab und wollte gerade den Sprung in einen der Tunnel wagen – da waren schon die ersten Wächter unten angekommen.

Gehetzt drückte sie sich hinter den einzigen Sichtschutz, die letzte Säule der Halle, und hielt den Atem an. Vor ihr, an der Mauer neben der Tür, hing ein gläserner Kasten, aber ein Glassplitter würde ihr kaum als Waffe genügen.

Sie war in eine Falle gelaufen und konnte nicht mehr unbemerkt entkommen! Die Erkenntnis traf sie wie ein Schlag und ließ einen schmerzenden Kloß in ihrem Hals entstehen, der ihr den Atem nahm.

Eine der orangefarbenen Lampen an der feuchten Decke flackerte unregelmäßig. Die schnellen Schritte verstummten und machten einer Stille Platz, die die Frau zu verhöhnen schien.

„Wir wissen, dass du hier bist! Komm raus!", rief einer der Wächter laut.

Sie presste sich noch dichter an den Stein, noch tiefer in den Schatten ihrer Falle und starrte in das Glas an der Wand, in dem sich das Geschehen in der restlichen Halle verzerrt spiegelte. Voller Schrecken erkannte sie den Anführer, der nun vortrat und seine Untergebenen mit einem Nicken ausschwärmen ließ.

Acht der Männer zögerten keinen Moment, sprangen mit Fackeln und Bögen auf beiden Seiten in die tiefer liegenden Schächte und eilten in Richtung der schwarzen Öffnungen, die sich an beiden Enden des Gewölbes auftaten. Das flackernde Licht und die Verzerrungen durch das Glas ließen das Geschehen unwirklich erscheinen.

Erstarrt beobachtete die Frau, wie zwei der Ratken zu den schlafenden Männern gingen und ihnen ein paar harte Tritte versetzten. Aufgeschreckt flohen sie geduckt aus dem Untergrund in die Dunkelheit der Nacht. Der Anführer lachte grausam.

„Es ist egal, wo du dich versteckst! Wir werden dich finden!", höhnte er mit eiskalter Stimme. Sie wusste, dass er recht behalten würde. Während sich die Schritte schnell und regelmäßig in ihre Richtung bewegten, blickte sie noch einmal verzweifelt umher.

Wenn sie jetzt aus dem Schatten der Säule trat, um in einen der Tunnel zu flüchten, hatten sie sie schon so gut wie in ihren Klauen. Ein Pfeil in ihrem Arm oder Bein würde sie zwar nicht töten, ihre Flucht aber sicherlich ein für alle Mal beenden.

Langsam rutschte sie an der breiten Säule herunter. Sie wollte schon resignierend die Augen schließen und darauf warten, dass einer der Wächter um die Ecke kam und sie wieder packte ... als ihr auffiel, wovor sie schon die ganze Zeit gestanden hatte: ein in den Boden eingelassener Gitterrost.

Für einen kurzen Augenblick starrte sie fassungslos darauf. Am Rand war der Rost mit den Steinplatten verankert. Sie legte das Bündel ab, steckte ihre Finger zwischen die dünnen Stäbe und rüttelte heftig daran. Ein unüberhörbares, metallisches Knirschen breitete sich in dem Gewölbe aus, in dem die Männer näher schlichen.

„Ich habe etwas gehört!“, zischte einer der Männer, der in einem der seitlichen Schächte lief. Er schien schon nah zu sein.

„Sie ist hinter einer der letzten Säulen!“

Fieberhaft zog sie noch einmal vergeblich an dem Gitter.

„Passt auf, dass ihr das Bündel nicht trefft!“, hallte die Stimme des Anführers mit befehlendem Ton zu ihr und sie hörte hastige Schritte.

Wut stieg in ihr hoch. Nein! So leicht konnte, nein, *durfte* sie sich nicht wieder einfangen lassen! Sie konzentrierte den letzten Hauch Magie in ihren Muskeln und riss das Ding aus seiner rostigen Verankerung.

Als die Magie aus ihrem ausgelaugten Körper rann, wurde ihr kurz schwarz vor Augen. Kraftlos ließ sie das Gitter mit lautem Scheppern neben sich auf den gefliesten Boden fallen. Sie packte die verknoteten Tücher des Bündels, hängte es sich an den Arm und ließ sich am Rand der Öffnung herunter. Ihre Füße fanden keine Stufen, keinen Halt, und so hing sie einen Moment an ihren Händen, unter sich nur gähnende Leere.

Über ihr tauchte der dunkle Schatten eines Mannes auf.

Er streckte eine seiner vernarbten Pranken nach ihr aus, doch ehe er sie packen konnte, ließ sie sich fallen und wurde von der Schwärze des Lochs im Boden verschluckt.

Das unverwechselbare Brüllen des Anführers verfolgte sie in einer Woge aus Tobsucht, ehe sie ihm endgültig entglitt. Der Hüne konnte ihr mit seinen breiten Schultern unmöglich durch das Loch folgen.

Völlige Dunkelheit umfing sie, als sie auf feuchtem, weichem Grund aufkam, der ihren Sturz abfederte. Sie warf einen raschen Blick nach oben, wo das Fackellicht der Wachen bereits das Loch ausleuchtete, jedoch niemand hindurch kam. Die Frau atmete erleichtert auf, nahm das Bündel wieder an ihre Brust und wagte noch einen Blick hinauf zu der Öffnung.

Schatten bewegten sich oben, dann hörte sie Geraschel, als würden sich Leiber an die Öffnung drängen. Bogensehnen sirrten und im letzten Moment konnte sie sich zur Seite werfen, bevor mehrere Pfeilspitzen zitternd in dem Teil des Bodens stecken blieben, den der schwache Lichtkegel der Öffnung erhellte. Von oben vernahm sie wüstes Fluchen.

Zwei weitere Pfeile surrten durch den Lichtkegel, diesmal schräger – und bohrten sich wenige Fingerbreit von ihrem Fuß entfernt in die Dreckschicht des Bodens.

Erschrocken stolperte sie weg und fiel gegen eine glitschige Wand direkt hinter ihr. Von oben dröhnte erneut das wütende Brüllen des Ratken ... Ihre letzten Kraftreserven sammelnd, rappelte sie sich auf. Das wenige Licht, das durch die schmale Öffnung flackerte, war schon bald keine Hilfe mehr.

Sie tastete sich an der feuchten Wand entlang und bewegte sich, so schnell sie es wagen konnte. Vor sich hörte sie das Rascheln und sanfte Trippeln von Pfoten. Kleine, leuchtende Augen reflektierten Licht, das sie hier unten kaum noch wahrnehmen konnte.

Noch immer war das Brüllen des Anführers zu hören, es hallte scheinbar unaufhörlich nach. Allmählich nahm sie aber noch ein anderes Geräusch wahr.

Das unverwechselbare Knistern einer magischen Aufladung. Entsetzt versuchte sie, ihr Gesicht mit einem Arm zu schützen, als ein donnerndes Grollen die Stille zerriss.

Der Boden unter ihr erzitterte. Trockene Hitze und gleißendes Licht brandeten durch den Tunnel, umfluteten sie für einen Moment und nahmen ihr den Atem. Die Druckwelle fegte durch den Gang und schleuderte sie zu Boden.

Irgendwie schaffte sie es, sich trotz des bebenden Untergrunds abzurollen. Mit ohrenbetäubendem Lärm stürzte die Decke ein. Qualmende Felsstücke krachten direkt neben ihr auf den Boden und Staub breitete sich aus, doch wie durch ein Wunder blieb sie unverletzt. Innerhalb weniger Sekunden war es vorbei.

Hustend richtete sie sich wieder auf, versuchte, nicht zu viel heiße Luft und Qualm in ihre brennenden Lungen zu ziehen und warf einen fassungslosen Blick zurück.

Um sie herum erstreckte sich ein Trümmerfeld.

Von oben drang flackerndes Licht durch das aufgerissene Loch in der Decke. Dichte Rauchschwaden waberten über die schwelenden Brocken am Boden. Kurz fiel es ihr schwer, den Blick von der Zerstörung zu reißen, der sie unerklärlicherweise entronnen war, dann trugen ihre Beine sie fort in die Dunkelheit. Da hörte sie auch schon von oben den knurrenden Befehl, ihr zu folgen. Die Ratken kletterten über die Trümmer herunter, Fackellicht erhellte den Gang und warf hektische Schatten.

Ein Pfeil zischte im Dämmerlicht knapp an ihrer Schulter vorbei. Die Frau stürzte den scheinbar endlosen Gang weiter und um eine Biegung, wo sie erneut völlige Dunkelheit erwartete. Sie streckte eine Hand aus, bevor sie weiter rannte. Dann spürte sie einen Luftzug neben sich und kam schlitternd zum Stehen, tastete sich in der Schwärze ein Stück zurück und fand eine Öffnung. Eine schmale Abzweigung.

Sie schlüpfte gerade um diese zweite Ecke, als die Fackeln der Wächter den Schatten in den Gang zurückdrängten. Sie hörte Rufe und Kommandos, erkannte die tiefe Stimme des Anführers und tastete sich weiter an der Wand entlang. Panik breitete sich in ihr aus und ihr Atem ging schnell und stoßweise. Das Licht der Fackeln fiel jetzt um die Ecke. Vielleicht hatte sie Glück und sie bemerkten den schmalen Seitengang nicht!

Aber die Krieger hielten an und lauschten. Auf einmal schienen ihr Atem und ihre Schritte unendlich laut. Sie blieb wie angewurzelt stehen und hielt die Luft an, in der Hoffnung, sich noch nicht verraten zu haben.

Die Krieger teilten sich auf, ihre Schritte hallten donnernd im Kopf der Frau wider und flackerndes Fackellicht erreichte sie, dann brüllte einer von ihnen. „Sie ist hier!"

Sie stürzte wieder los, einen Arm ausgestreckt – und schrie auf, als ein Pfeil sich tief in ihre Wade grub. Schmerz schoss durch ihre Muskeln, sie strauchelte und ihr Bein knickte weg. Ein weiteres Geschoss traf ihre Schulter und rang ihr einen lauten, gequälten Ton ab. Das schmutzige Bündel drückte sie weiterhin an ihre Brust.

Sie lehnte sich an die feuchte Wand und hielt kurz inne. Übelkeit machte sich in ihr breit. Verzweifelt versuchte sie, sich zu fassen und die Schmerzen zu verdrängen, aber ihr Bein wollte sie kaum mehr tragen. Es hatte keinen Sinn mehr. Mit dieser Verletzung hatte sie keine Chance. Es war zu spät.

Ihr Körper versteifte sich, als sie Schritte hinter sich hörte.

Die Ratken kamen mit gespannten Bögen näher, bereit, ihre Flucht auf Befehl ein für alle Mal zu beenden. Aus der Masse großer, dunkler Körper trennte sich eine Gestalt und trat vor. Zischend pfiff ihr Atem durch die zusammengebissenen Zähne, als sie den Anführer erkannte. Magie lag wie eine glänzende Schicht in seinen gelben Augen.

Stöhnend richtete sie sich wieder auf, riss sich den Pfeil aus der blutenden Wade, stützte sich auf ihr gesundes Bein und hielt den verschmierten Pfeil als Waffe hoch.

Er erwiderte ihren Blick und ein überlegenes, sadistisches Lächeln umspielte seine Lippen. Es schien fast, als wolle er lachen, während er zu ihr schritt.

Voller Entschlossenheit stach sie mit dem Pfeil nach ihm, als er in ihre Reichweite kam, aber er wich ihrem Hieb mit Leichtigkeit aus. Sie ging zum nächsten Angriff über, belastete ihr verletztes Bein und strauchelte.

Der Pfeil kratzte nur an seinem Unterarm entlang, schlitzte sein Hemd auf. Dann packte er ihr Handgelenk und entwand ihr die armselige Waffe.

Ihr wütender Schrei schien ihn kalt zu lassen, als sie versuchte, sich aus seinem eisernen Griff zu winden und er den Pfeil einfach fallen ließ. Mit einer fließenden Bewegung zog er etwas unter seinem Mantel hervor. Sie konnte für einen kurzen Moment glänzendes, dunkles Metall sehen, bevor der riesige Mann ihr den Dolch ohne Mühe bis zum Heft in die Brust rammte.

Mit brennendem Schmerz fuhr ihr die Klinge zwischen die Rippen – keine zwei Fingerbreit neben dem Bündel, das sie noch immer schützend an sich gepresst hielt.

Es herrschte Totenstille, während die Frau ungläubig auf den Griff ihres eigenen Dolches starrte, den die Ratken ihr bei ihrer Gefangennahme abgenommen hatten. Das Bündel fiel aus ihrem zitternden Arm zu Boden. Die anderen Wächter kamen näher und beleuchteten die Umgebung für ihren Anführer.

Er richtete einen erwartungsvollen Blick auf das Bündel zu ihren Füßen und erstarrte. Es waren nur Lumpen.

„Was?! Wo ist deine Tochter?“, rief der Ratke ungläubig. Seine Augen hatten jetzt etwas Gehetztes und seine grässlich spitzen Zähne waren hinter zusammengepressten Lippen verborgen.

Ja, dachte sie in diesem letzten Moment des Triumphs, *jetzt ist dir nicht mehr nach Grinsen zumute.*

Mit einem kräftigen Ruck zog er das Messer aus ihrer Brust.

Schmerz lähmte ihren Leib und ihre Arme wie Gift. Sie spürte, dass das Leben aus ihrem Körper rann. Warmes Blut tränkte ihr Hemd und tropfte zu Boden.

„Du wirst sie niemals finden!“, presste sie zwischen zusammengebissenen Zähnen hervor und sank auf die Knie.

„Ich werde sie finden! Ich werde sie finden und es genießen, all deine Verbündeten einen nach dem anderen sterben zu sehen, bevor ich dein Balg meiner Meisterin übergebe!“

Sie schluckte schwer und schmeckte Blut, bevor sie sich eine Antwort abringen konnte. „Sie wird einmal dein Tod sein, Mazuk!“

Sein hämisches Lachen hallte in ihrem Kopf wider. „Ach ja?!“ Mazuk ließ ein verächtliches Schnauben hören. Er umfasste ihr Kinn mit seiner rauen Pranke und zog ihr Gesicht näher zu sich. „Und dein Tod ist sie bereits!“, entgegnete er. In seiner Stimme schwangen Zorn und Genugtuung mit.

Sie schloss die Augen, während sie den Schmerz hinunterschluckte und sich ihrem Schicksal ergab. Mazuk stand unbewegt über ihr, als sie ein letztes Mal die schweren Lider anhob und mit stolzem Blick den Hass in seinen Augen erwiderte.

Die Frau der zwei Welten

Ein Geräusch vom Hof drang in das dunkle Haus, in dem sich Mazuk und seine Männer verborgen hielten. Er hob eine narbige Hand zum Zeichen, dass die anderen schweigen sollten, und horchte.

Draußen erklang ein Scheppern, als würde ein Arbeitsgerät abgestellt, dann waren schlurfende Schritte im angrenzenden Stall zu hören. Mazuk ging von der Stube in den düsteren Zwischengang, in dem die Bauernfamilie Gemüse lagerte. Endlich brauchte er seine Zeit nicht mehr damit totzuschlagen, die Narben, die Toten und Jahre zu zählen, die ihm die Suche bis zu diesem Punkt eingebracht hatte.

Aus der Stube drang ein leises Wimmern, direkt gefolgt von einer knurrenden Antwort, die ihre Gefangenen wieder zum Schweigen brachte.

Die Holztür zum Stall öffnete sich langsam und ein Mann trat in den Gang, den Blick müde auf den Boden gerichtet. Er bemerkte die Ratken zuerst gar nicht. Mazuk konnte ein schnaubendes Lachen nicht unterdrücken. Graue Strähnen durchzogen das braune Haar des Mannes, der überrascht aufsah und beim Anblick des Ratken erbleichte.

„Bauernkleidung?! Das ist doch nicht dein Ernst!", rief Mazuk und einer seiner Krieger, der ihm in den Gang gefolgt war und sich im Schatten verborgen gehalten hatte, stieß die Tür zu, als der Mann herumwirbeln und fliehen wollte.

Der Bauer sah sich unsicher um, bevor er entgegnete: „Ich bin jetzt ein anderer."

„Du willst doch nicht etwa davonlaufen, Schwertmeister?", fragte Mazuk höhnisch und ging auf den Mann zu. „Ich denke, deine Frau und deine Kinder würden das nicht begrüßen."

„Wo sind sie?! Was hast du ihnen angetan?", rief der Mann und wich einen Schritt vor ihm zurück.

„Oh, sei unbesorgt, sie sind in guten Händen", antwortete Mazuk mit einem bestialischen Grinsen. „Es war wirklich nicht klug von dir, wieder eine Familie zu gründen. So ein furchtbares Druckmittel ..."

Die Augen des Mannes weiteten sich. „Was willst du?"

„Nicht so stürmisch, mein Freund", meinte Mazuk und legte dem Mann einen Arm um die Schultern, was seinen Gefangenen erzittern ließ. Anscheinend war er klug genug, sich nicht in einem Kampf gegen die Ratken versuchen zu wollen. Nicht mit seiner Familie in den Händen der Eindringlinge.

„Lass uns in die Stube gehen. Ich habe Durst." Mazuk schob ihn in die Stube.

Kaum durch die offene Tür getreten, erblickte der Bauer seine Frau und seine beiden Töchter in den Händen von riesigen Ratken und wollte sofort zu ihnen. Doch Mazuk hielt ihn mit eisernem Griff zurück.

Ein böses Lächeln zuckte über das Gesicht eines Kriegers und gab eine Reihe spitzer Zähne preis. Offensichtlich genoss er es, eines der wehrlosen Mädchen in seiner Gewalt zu haben.

Tränen flossen über die Gesichter der Kinder, die Frau war leichenblass. Mazuk nickte einem der Ratken zu, bevor er sich an die Familie wandte: „Möchte noch jemand einen Schluck Wein? Ich habe gesehen, ihr habt einen ganz vortrefflichen hier ... Eigentlich viel zu teuer für einfache Bauern."

Der Krieger entkorkte die Flasche und goss etwas Wein in ein Glas, das er dann seinem Befehlshaber reichte. Mazuk nahm es entgegen, ohne den Blick von seinen schweigenden Gefangenen zu wenden.

„Wäre es nicht schade, wenn deinen Töchtern etwas zustieße, Cassuan?", fragte er unvermittelt, seine Macht genießend.

Der Mann versteifte sich. „Wie hast du mich gefunden, Mazuk? Wer hat dafür sterben müssen?"

Mazuk nahm einen weiteren Schluck und stellte das Glas auf den Tisch neben sich. „Das ist doch unwichtig. Viel wichtiger ist, ob du schlauer bist als all die anderen, die ich vor dir gefunden habe …“

„Die anderen?“, fragte Cassuan und blickte auf die Hände des Ratken, als erwarte er, dort Blut zu sehen.

Die Frau regte sich und fragte ängstlich: „Wovon redet er, Cas? Was wollen sie von uns?“

Mazuk lachte auf eine Weise, die Cassuan erzittern ließ. „Schwertmeister, deine Frau sollte besser ihre Zunge hüten, wenn sie sie behalten will“, sagte er mit einer Stimme kälter als Eis.

„Bitte!“ Cassuan sah flehend zu seiner Familie, ehe er sich wieder an Mazuk wandte. „Wir können das hier sicherlich ohne Gewalt lösen.“

Mazuk schüttelte den Kopf. „Da bin ich mir nicht so sicher.“ Er schritt hinüber zu dem kleineren der beiden Kinder und zog einen Dolch unter seinem Mantel hervor. Das blonde Mädchen wimmerte und kniff die Augen zusammen, als sich die Klinge näherte.

Cassuan wollte Mazuk aufhalten, aber zwei Ratken traten rasch hinter ihn und packten ihn an den Schultern.

„Tu ihnen nichts, sie haben damit nichts zu tun! Ich flehe dich an!“, rief er, als Mazuk sich zu dem Mädchen hinunterbeugte.

„Na, meine Kleine? Willst du nicht auch, dass dein Vater mir die Wahrheit sagt?“, fragte er mit einer süßlichen Stimme, in der unverhohlener Abscheu mitschwang.

Das Mädchen zuckte zusammen, als er mit seiner riesigen Pranke unter ihrem Kinn entlang strich, dann nickte sie hastig.

Mazuk lächelte. „Wie schlau von dir. Du würdest eine gute, kleine Sklavin abgeben …“

Cassuan brüllte wütend auf und bäumte sich gegen seine Wächter. „Nimm deine dreckigen Hände von ihr, du Schwein!“ In seiner Stimme klangen tiefste Abneigung und Verzweiflung mit.

Mazuks Kopf ruckte herum, sein Lächeln war erstorben. „Das ist nicht klug von dir, *Cas*. Du solltest dich mir fügen!“ Er hielt den Dolch an den Hals der Tochter. „Sagst du mir jetzt, wo ich sie finde? Wo habt ihr sie versteckt?“

Jetzt geschah das, worauf Mazuk schon so lange gewartet hatte. Erkenntnis schlich sich auf das Gesicht des Schwertmeisters und wischte die Verwirrung fort.

Cassuan blickte gequält zu seiner Familie hinüber und ließ dann den Kopf hängen. Einen Moment herrschte vollkommene Stille, in der Mazuk ihm Zeit für die Entscheidung einräumte. Aber nicht lang.

Sein Griff um den Dolch ließ die Knöchel weiß hervortreten und er begann gerade, die Klinge an die Kehle des Mädchens zu drücken, als Cassuan hastig zu sprechen begann.

„Ich kenne ihren Aufenthaltsort nicht. Keiner von uns kennt ihn", murmelte er resigniert, doch er hob die Hand, als hätte er gespürt, dass Mazuks Muskeln sich anspannten. „Ich kenne jedoch einen Weg, der dich zu ihr führen wird ..."

„Ich höre?"

„Tombua. Eine Frau auf der anderen Seite. Sie kann dir weiterhelfen."

„Wo finde ich sie?"

„Sie lebt in der Rue d'Ecosse in Paris, sie hat dort einen kleinen Laden, der ist nicht zu verfehlen."

Mazuk schnaubte. „Und weiter?"

Cassuan zögerte. „Sie wird dir vertrauen, wenn du ihr die Losung sagen kannst: *Can'hayna etsai*. Sag ihr das."

Mazuk nahm die Klinge vom Hals des wimmernden Mädchens.

„Na also, es geht doch!", rief er zufrieden, steckte den Dolch weg und klatschte in die Hände. „Ich wusste, es war nur eine Frage der Zeit, bis einer von euch das Maul aufmachen würde. Alle anderen hatten es bisher vorgezogen, zu schweigen, bis ich ihnen unter Qualen Antworten entlocken konnte. Nicht viele haben es überlebt." Er schritt durch die Stube, leerte das Weinglas mit einem Zug und machte sich daran, den Raum zu verlassen. Die Ratken führten Cassuan hinter ihm her.

Doch der Mann stemmte sich gegen die Hände, die ihn hielten. „Was geschieht jetzt? Was wird aus meiner Familie?", fragte er panisch, als sie ihn in Richtung Flur zerrten.

Mazuk drehte sich um und sah ihn an, als hätte er etwas vergessen. „Oh ja ... natürlich. Männer, nehmt sie mit. Cassuan hat recht, seine Frau und seine Töchter sollten wir auf keinen Fall zurücklassen. Sie werden gute Sklaven abgeben, bis ich mich vergewissern konnte, dass er die Wahrheit gesagt – und damit alle Hoffnung der Rebellen verraten hat."

Cassuans gebrochener Blick erfüllte ihn mit großer Genugtuung.

Gut gelaunt verließ er das Haus und genoss die verzweifelten Protestschreie der Mutter, als seine Krieger sie und ihre Kinder fesselten und zu den Pferden schleiften.

«†»

Kaum in der Festung angekommen, entließ Mazuk seine Krieger von der Mission und übergab die Gefangenen einem Wärter, der ihr Jammern und Weinen ignorierte. Er schritt zügig durch düstere Korridore, vorbei an Wachen und Dienern, enge Wendeltreppen hinab und kam schließlich an einer eisenbeschlagenen Tür an. Ein Sehschlitz wurde knirschend aufgezogen, als er mit dem Fuß hart gegen die Tür trat. Im Schlitz erschien ein glimmendes, gelbes Augenpaar.

Mazuk wartete nicht, bis sein Gehilfe die Tür geöffnet hatte. Er brannte vor Tatendrang und wollte direkt wieder los.

„Du wirst der Königin eine Nachricht überbringen: Ich habe Fortschritte bei der Suche gemacht und werde dem neuen Hinweis sofort nachgehen. Ich gehe alleine, einen Trupp kann ich bei dieser heiklen Sache nicht gebrauchen. Und lass außerdem die Torwächter wissen, dass ich bald mit einer Gefangenen zurückkommen werde."

„Eine Frau?"

„Mehr musst du nicht wissen", sagte Mazuk kühl. „Aber lass einen Schacht vorbereiten. Soweit ich weiß, werden dort keine anderen Gefangenen festgehalten. Wenn doch, soll man sie wegschaffen. Sie muss dort unbedingt alleine sein!"

„Es wird alles bereit sein, wenn Ihr zurückkehrt."

Mazuk nickte und wandte sich ab, hörte noch das Scharren des schließenden Sehschlitzes, als er bereits wieder davoneilte. Durch gewundene Korridore und über Treppen, bis er schließlich vor einem großen Tor ankam. Es schien daran weder Schloss noch Scharniere zu geben. Ohne zu zögern, zog er aus seinem Beutel einen kleinen, glatten Stein hervor. Dieser glänzte hellrot und orange und in seinem Inneren blitzte es gelegentlich dunkelrot auf. Mazuk hielt ihn an eine Einkerbung an der Seite des Tors. Die Magie des Steins setzte einen Mechanismus in Gang und das Tor schwang geräuschlos auf. Dahinter erstreckte sich ein kreisrunder Raum mit hohen Säulen, beleuchtet vom fahlen Schein glimmender Magie.

Genau in der Mitte des Raumes befand sich das Portal. Mazuk ließ den Stein in seine Tasche zurückfallen und spürte bereits den wohlbekannten Sog, den der Übergang auf ihn ausübte.

Er verschränkte seine Arme vor der Brust, als er auf das glühende, von magischen Nebelschwaden umgebene Portal zuging. Kaum berührte ihn die Energie, verzerrte sich um ihn herum der Raum. Alles drehte sich und er stand plötzlich in einem dunklen, aufgegebenen Weinkeller. Nur noch wenige leere Fässer standen neben den Säulen, die das alte Gewölbe stützten.

Halb betäubt schüttelte Mazuk seinen Kopf, um ihn von den Schwaden der Magie zu befreien. Jedes Mal, wenn er durch das Portal trat, schmerzten seine Gelenke und sein Körper fühlte sich ausgelaugt an. Der Transport hinüber in die andere Dimension kostete nun einmal Kraft.

Ein überraschtes Ächzen neben ihm ließ seine Mundwinkel zucken. Hastig sprangen mehrere Ratken vom Boden auf, wo ein Stück Leder mit Würfeln ausgebreitet lag. Die Männer der Portalwache richteten sich gerade auf und neigten die Köpfe, ehe sie ihn direkt ansahen.

„Mazuk", stellte eine der Wachen fest.

„Wie dürfen wir Euch dienen?“, fragte ein zweiter Mann und sah ihn entschuldigend an.

„Tut einfach eure Arbeit und sitzt hier nicht faul rum!“, erwiderte Mazuk knapp und ging dann auf eine Schale zu, die hinter den Wächtern auf einem Fass stand. Darin lagen leuchtende, abgerundete Kieselsteine, die gelegentlich ein Blitzen oder Knacken von sich gaben. Bilure. Aus der Reihe von glimmenden Steinen wählte er vier grüne, einen roten und zwei weiße, die er vorsichtig in seinen Beutel steckte, da sie durch die magische Behandlung sehr zerbrechlich und leicht zu aktivieren waren.

Mazuk wollte schon gehen, zögerte aber und überlegte es sich anders. Er löste den Riemen, der seine Schwertscheide samt Waffe am Gürtel hielt und lehnte sie an eines der Fässer, dann hängte er seinen Gürtel dazu. Mit geübten Bewegungen zog er sich das Wams und Kettenhemd aus und legte das schwere Hemd auf das Fass neben sein Schwert, bevor er sich Wams und Gürtel wieder anlegte.

Er reiste lieber mit leichterem Gepäck. Bei einer Magierin würde ihm Schnelligkeit mehr nützen als ein Kettenhemd. Und ein Schwert würde gegen sie auch kaum etwas ausrichten können ...

Schließlich ließ er den Blick noch über die Waffen der Wächter schweifen.

„Gib mir deinen Dolch! Hier kann ich keine große Waffe gebrauchen.“ Er streckte fordernd die Hand aus und einen Moment später wurde er ihm samt Scheide gereicht. Er zurrte den Dolch fest und überprüfte nochmals den Inhalt seines Lederbeutels. Als Letztes griff er sich einen langen Mantel, der auf einem der Fässer lag, und streifte ihn rasch über.

Ohne ein weiteres Wort verschwand er über die Treppe, die aus dem feuchten, dunklen Keller führte. Oben angekommen, stellte er sich in eines der leeren Zimmer, weit genug vom Portal entfernt, damit dessen Sog seine Reise nicht verhindern würde. Er hatte bereits einen der grünen Bilure aus seinem Beutel gezogen.

Der Magiespeicher lag warm und schwach pulsierend in seiner Hand.

Paris, Rue d'Ecosse, dachte er und zerdrückte dabei den Bilur, der knirschend in seiner Hand zerbrach. Die freigesetzte Magie ließ die Realität des verwahrlosten Raums um ihn herum in grünem Nebel verschwinden.

«†»

Der Nebel verzog sich und die Welt hörte auf, sich um ihn zu drehen. Er hatte eine Gasse erwartet, stattdessen stand er auf freiem Gelände. Auf einem Platz mit kahlen Bäumen, umgeben von hohen, dunklen Häusern – die jedoch keinen Schutz vor dem Wetter boten, das nun über ihm hereinbrach.

Es regnete in Strömen, kalter Wind zerrte an seinen Kleidern und peitschte ihm das kalte Nass ins Gesicht. Die eisigen Tropfen prasselten auf ihn nieder und hatten seinen Mantel durchweicht, noch bevor er sich auf die neue Umgebung einstellen konnte.

Er fluchte und suchte unter dem Vordach eines Hauses Schutz. Er musste den Namen im Gedanken falsch betont haben ... Aber er war wohl in Paris, denn an dem Haus neben ihm hing ein Schild, auf dem er das Wort *Rue* ausmachen konnte.

Er kniff die Augen zusammen und versuchte die andere Seite des Platzes zu erspähen. Am gepflasterten Rand des Platzes floss ein breites Rinnsal schmutzigen Regenwassers, mit dem braune Blätter fortgerissen wurden. Während er überlegte, die nächsten Gassen in der Umgebung abzulaufen, um hoffentlich die richtige zu finden, schwoll der Wind noch weiter an und ließ ihn die Idee wieder verwerfen.

Es hatte keinen Sinn, ohne Plan und Orientierung durch diese fremde Stadt zu irren. Nein, er brauchte eine Karte.

Wenn er sich nicht täuschte, hatten die Menschen in dieser Stadt öffentliche Pläne aufgehängt, um den Überblick über ihre dicht besiedelte Heimat nicht zu verlieren.

Mazuk wartete noch ab, bis die stürmischen Böen etwas nachließen und der Regen schwächer wurde, dann eilte er über den Platz und in eine Gasse, an deren Ende er mehr Licht erkennen konnte.

Verärgert, dass das Wetter versuchte, ihm einen Strich durch die Rechnung zu machen, aber zugleich aufgeregt und erwartungsvoll, machte Mazuk sich auf die Suche nach der vermutlich einzigen Person in dieser Welt, die ihm das geben konnte, was er seit Jahren wiederzufinden begehrte.

Donner grollte in der Ferne, dann gewann der Regen wieder an Stärke. Fluchend rannte er schneller. Es goss nun so stark, dass die Wassermassen aus den Dachrinnen quollen und in dreckigen Wasserfällen auf die Straße prasselten. Schmutzige Bäche bildeten sich auf den glatten, *asphaltierten* Straßen und verschwanden gurgelnd in der Kanalisation.

Die Kanalisation. Er war schon einmal dort unten gewesen, vor vielen Jahren ... als er die wichtigste Gefangene der Königin verloren hatte.

Ja, an sie erinnerte sich Mazuk noch ganz genau, weil er sich wegen ihr siebzehn lange Jahre hatte abmühen müssen. Und jetzt war er endlich einen Schritt weiter auf dem Weg, das Mädchen zu finden! Das Kind war damals noch kein Jahr alt gewesen, aber die blauen Augen, die ihn die ganze Zeit über beobachtet hatten, würde er nie vergessen.

Die Wächter hatten einen Moment nicht aufgepasst, die Frau für schwach und wehrlos gehalten – und da war sie ihnen entkommen. Wie ein Wiesel hatte die Mutter sich plötzlich aus den Pranken ihres Bewachers gewunden und war davongehuscht, das Kind auf dem Arm.

Erst einige Stunden später hatte er sie unten in der Kanalisation wieder aufgespürt. Sie war gerannt und gerannt, aber niemand konnte ihm entkommen.

Beim Gedanken an ihren Tod huschte ein Lächeln über sein Gesicht. Obwohl sie das Kind nicht mehr bei sich gehabt hatte und er hart von der Königin dafür bestraft worden war, erfüllte es ihn mit Genugtuung, dass die Frau durch seine Hand gestorben war.

Er befreite sich mit einem Ruck von den Erinnerungen, als er am Ende der Straße einen rennenden Schatten entdeckte.

Bevor er die gepflasterten Gassen hinter sich gelassen hatte, war ihm die Stadt mit ihren hohen Häusern wie ausgestorben vorgekommen. Die einzigen Lichtquellen waren die hohen Stangen, von deren Enden orangefarbenes Licht fiel.

Auf den breiteren Straßen, an deren Rändern viele dieser metallenen *Autos* standen, tauchten einzelne Menschen in dunklen Mänteln auf. Mit tief eingezogenen Köpfen gegen Wind und Regen kämpfend, schenkte kaum einer Mazuk Beachtung.

Aus dem Schatten seiner Kapuze beobachtete er die schemenhaften Menschen um ihn herum. Nach einer Weile bog er in eine andere Straße ein, wo außer ihm nur eine einzige weitere Person gegen das Unwetter ankämpfte.

Für den Bruchteil einer Sekunde traf sich sein Blick mit dem eines Jünglings, der angesichts der mächtigen Größe seines Gegenübers schnell um die nächste Ecke verschwand. Mazuk war wieder allein auf dem Gehsteig.

Einige Straßen weiter erreichte er eine Treppe, die in eine der vielen unterirdischen Stationen führte. Er ging hinab und fand einen Stadtplan, der hinter Glas gehalten war.

Sein Spiegelbild grinste ihn an. Die gelben Augen schimmerten; das dunkle, lange Haar war unter der Kapuze verborgen und im Schatten des Stoffs wirkten seine markanten, kantigen Gesichtszüge weniger spitz. Einen Moment wollte er kaum glauben, dass seit der Flucht der Magierin so viele Jahre vergangen sein sollten.

Die ersten Falten und die wettergegerbte Haut sprachen dafür, aber er fühlte sich jetzt wesentlich stärker. Mächtiger. Heute wären ihm die Fehler seines jüngeren Ichs nicht mehr unterlaufen. Er hätte die Magierin keine Minute aus den Augen lassen und ihr das Kind sofort entreißen sollen …

Aber es nützte nichts, sich deswegen noch zu grämen. Jetzt würde die jahrelange Suche hoffentlich bald ein Ende nehmen.

Er brauchte einige Minuten, doch dann fand er tatsächlich den Namen, den er gesucht hatte: *Rue d'Ecosse*. Mazuk schlug die Scheibe mit dem Ellbogen ein, brach das gesplitterte Glas mit seinem zerstörten Spiegelbild heraus und riss den Plan an sich.

Er studierte ihn kurz und verglich den Ort, an dem er sich laut der Wandinschrift befand, mit dem Punkt auf der Karte. Leise fluchend erkannte er, dass der Platz, auf dem er aufgetaucht war, gar nicht weit von der gesuchten Rue entfernt gewesen war.

Mit dem Finger auf der Karte suchte er sich einen Weg zurück, dann verließ er das Gewölbe. Auf den Treppen kamen ihm wieder Menschen entgegen, doch das dämmrige Licht verbarg sein Gesicht unter der Kapuze gut genug, um ihn nicht weiter auffallen zu lassen.

Der Regen hatte inzwischen etwas nachgelassen, doch der zunehmende Wind machte diese Besserung zunichte. Er zog sich den nassen Mantel enger ums Wams und eilte mit gesenktem Gesicht von der viel zu hell beleuchteten Straße in schmalere Gassen, in denen auch weniger der bunten Autos standen.

Ein paar Halbwüchsige kamen lachend und grölend des Weges, beachteten ihn aber kaum. Die jungen Männer eilten durch den Wind an ihm vorbei und verschwanden um die nächste Ecke. Mazuk warf einen kurzen Blick auf die Karte und ging weiter.

Kurz darauf bog er von einer der unzähligen Straßen endlich in die *Rue d'Ecosse* ein.

Rasch von einer Tür zur nächsten laufend, suchte er den Namen, den Cassuan ihm genannt hatte, und fand ihn kurz vor dem Ende der Gasse, die an einer hohen Mauer endete. Auf den Stufen zur Tür lag ein Betrunkener neben Müllsäcken und schlief leise schnarchend. Mazuk stieg über ihn hinweg, nicht ohne ihn mit einem herablassenden, angewiderten Blick zu taxieren, und rüttelte an der Klinke. Die Tür war verschlossen.

Also fuhr er mit dem Ärmelsaum seines Mantels über das schmutzige Fenster in der Tür. Sein Atem ließ das kalte Glas beschlagen, als er hineinspähte, doch es war ohnehin dunkel und nichts zu erkennen.

Er blickte kurz zu dem betrunkenen Mann, der im Schlaf vor sich hin murmelte, und klopfte dann nicht zu laut, aber gut vernehmbar an das Holz der Tür. Als sich auch nach einem zweiten Klopfen nichts tat, zog er ein dickes Lederstück aus seiner Tasche, presste es an das kleine, rechteckige Fenster und drückte vorsichtig, aber kraftvoll dagegen.

Mit einem Knirschen riss die Scheibe. Das verräterische Geräusch ließ Mazuk für einen Moment verharren und lauschen. Der Mann zu seinen Füßen schlief seelenruhig weiter und auch aus dem Inneren des Hauses war keine Reaktion zu vernehmen.

Doch als Mazuk gerade den Druck gegen die Scheibe weiter verstärken wollte, fiel von innen ein matter, gelber Lichtschimmer durch das Glas neben seinem Lederstück. Rasch zog er es weg und drückte sich an die Seite der Tür, einen Angriff erwartend.

Das Schnarchen des Betrunkenen erfüllte die Luft und steigerte seine Anspannung – dann vernahm er ein leises Knirschen des Schlosses und die Tür wurde einen Spalt geöffnet.

„Wer ist da? Hallo?“, hauchte eine alte, etwas zittrige Frauenstimme. Er sah den Schatten eines Gesichts und das Funkeln eines Auges, das in der Dunkelheit draußen nach dem Ursprung der Geräusche suchte. Er wollte kein Risiko eingehen und am Ende noch den friedlich schlummernden Zeugen wecken – die Alte würde mit Sicherheit zu fliehen versuchen, wenn er ihr die Gelegenheit dazu gäbe.

Entschlossen trat er einen Schritt vor und drückte die Tür auf. Erschrocken wich sie zurück, als er seinen Körper schnell durch die Öffnung schob und die Tür leise wieder hinter sich zu drückte. Erst jetzt nahm er sich Zeit, sein Gegenüber genauer zu mustern.

Vor ihm stand eine alte, hagere Frau mit schneeweißem Haar, das ihr in einem langen Zopf über die rechte Schulter hing. Ihre Wangen wirkten eingefallen, doch ihre leicht trüben Augen beobachteten ihn mit wachsamem Blick. Sie strich den Stoff ihres Nachthemdes glatt. Er betrachtete das rosa-geblümte Ding mit einem Schmunzeln und musste sich ein Lachen verkneifen.

Ihr schmaler Mund verzog sich zu einem unsicheren Lächeln, als sie die riesige Gestalt vor sich betrachtete, deren Gesicht unter der Kapuze verborgen war. Er stieß mit dem Kopf beinahe an die niedrige Decke des Raums. Sie schien wenig überrascht, ihn zu sehen – als ob sie mit so etwas schon seit Jahren gerechnet hätte.

„So, du bist also Tombua“, stellte er fest und machte einen Schritt zurück, um ihr Platz zu machen und weniger bedrohlich zu wirken. Auch wenn er sie anscheinend nicht verschreckt hatte, musste sein plötzliches Eindringen doch einen eher schlechten Eindruck hinterlassen haben.

„Wer will das wissen?“, fragte die Alte misstrauisch, aber ohne vernehmbare Angst.

„Einer, der deine Hilfe braucht. Can'hayna etsai“, meinte er schließlich, hob den mächtigen Arm und streifte die Kapuze ab.

Die alte Frau atmete scharf ein, als sie in seine gelb glühenden Augen blickte. „Ich ... ich hatte nicht gedacht, dass ein Ratke beim Widerstand... nach über fünfzehn Jahren ...“, murmelte sie und schwieg dann, während ihr Gesichtsausdruck sich wandelte. Schließlich lachte sie nervös. „Einen Moment dachte ich, du könntest einer der Häscher der Königin sein ... Nein. Wieso eigentlich nicht? Wieso sollte ein Ratke kein Phiruin sein? Ich habe schon oft gedacht, dass es auch Ratken geben müsste, die die Tyrannei verurteilen.“

Ihr Blick hatte etwas Abschätzendes, beinahe Ungläubiges, aber er nickte.

„Es ist nicht leicht, unbemerkt zu bleiben, aber ich habe es geschafft und bin hier. Ich habe nicht viel Zeit.“

„Natürlich. Warte einen Moment, ich werde dir holen, was du brauchst“, antwortete sie und wandte sich ab.

Er kniff die Augen zusammen und folgte ihr entgegen ihrer Aufforderung, während er einen ersten Blick um sich warf.

Gedämpftes Licht drang durch eine angelehnte Tür und ließ einen kurzen Flur mit einem schmalen, abgerundeten Tischchen und einem Spiegel darüber erkennen. An den Wänden waren blasse, farbige Muster aufgemalt, auf dem Tischchen stand eine hässliche Blumenvase.

Mazuk bedachte all diese Dinge mit kalkulierenden Blicken, suchte nach möglichen Fallen. Die Alte schlurfte zu der letzten der drei Türen im Flur und blickte über ihre Schulter. Ihre Augen weiteten sich kaum merklich, als sie sah, dass er ihr dicht auf den Fersen blieb.

„Du kannst es wohl kaum erwarten, was?", meinte sie und lachte nervös.

Sie zog einen Schlüssel hervor und schloss die Tür auf. Der Raum, den er hinter ihr betrat, war lang und schmal. Es schien der Laden zu sein, von dem Cassuan gesprochen hatte, mit Regalen und Schränken voller Gewürze, Kräuter und Bücher. Eine frei stehende Holztheke trennte den Rest des Ladens von dem Bereich vor der Tür, die in ihre privaten Wohnräume führte.

Direkt hinter der Theke stand ein alter Schrank an der Wand, den sie jetzt unter leisem Gemurmel öffnete. Sie bückte sich, um im unteren Teil ein paar Bücher beiseitezuschieben und holte einen kleinen Schlüssel unter ihrem Nachthemd hervor, mit dem sie dann ein verborgenes Fach aufsperrte.

Mazuk hielt den Atem an, als er darin eine kleine Holzschatulle erspähte. Seine Finger wollten ganz von selbst zu dem Dolch an seiner Seite wandern, aber er hielt sich zurück. Er konnte sie noch nicht töten, sie hatte vielleicht noch mehr Informationen für ihn. Stattdessen trat er hinter sie und versuchte, sie zur Seite zu schieben. Die alte Frau drehte sich zu ihm um, die Schatulle in der knittrigen Hand. Ein boshaft triumphierendes Lächeln umspielte ihre Lippen.

„Ich hatte gedacht, ihr würdet mich hier nicht finden. Aber ich habe mich geirrt."

Noch bevor er reagieren konnte, warf sie etwas kraftvoll zu Boden. Der schwarze Bilur knallte auf die Holzdielen und zersprang. Mazuk brüllte überrascht auf und stolperte zurück, als schwarzer Nebel aus dem magischen Stein schoss und Dunkelheit ihn verschlang.

«†»

Er erwachte mit stechendem Schmerz in der Brust, schlug die Augen auf, ächzte und versuchte zu verstehen, was passiert war. Instinktiv wollte er aufspringen und seinen Dolch herausreißen, aber da waren so viele schwarze Flecken in seinem Sichtfeld, dass er sich nicht orientieren konnte. Das Atmen fiel ihm schwer. Stöhnend schaffte er es, sich auf die Seite zu rollen und es wurde leichter, Luft zu holen.

Einen Moment lang blieb er regungslos liegen und konzentrierte sich darauf, tief durchzuatmen.

Diese Hexe hätte ihn beinahe umgebracht! Jähzorn ließ sein Blut schneller durch die Adern schießen und verlieh ihm neue Kraft. Es gelang ihm, sich aufzurichten und er lehnte sich leise fluchend gegen das Holz der Ladentheke. Als verschwommener Schatten ragte vor ihm der Schrank auf, aber er sah keine Bewegungen und hörte keine Geräusche. Als die Flecken vor seinen Augen verschwanden, erkannte er, was da vor dem Schrank auf dem Boden lag.

Die alte Frau, zusammengesunken und leblos. Ihre Augen waren halb offen, Blut klebte an ihrem Kopf, mit einer Hand hielt sie noch die Holzschatulle umschlossen.

Der Anblick der Toten und des Kästchens ließ ihn seine Betäubung vergessen. Er fiel auf die Knie, warf einen kurzen Blick an sich herunter, um sich nach Verletzungen abzusuchen, dann entriss er Tombuas schlaffen Fingern das Kästchen.

Die Magie musste sie stärker erwischt haben als ihn, nachdem er zurückgewichen war. Die Wut über seine Torheit ging rasch in der Euphorie unter, endlich seinem Ziel näher zu sein.

Grob riss er den Deckel von dem Kästchen.

Die gähnende Leere darin schien ihn zu verspotten.

„Nein!“ Mazuk brüllte auf und warf das Ding zu Boden.

„Nein! Wie kann das sein?!“ Er sprang auf die Füße und beugte sich über die Tote. Wütend rüttelte er an ihrer Schulter, aber sie regte sich nicht.

„Wo ist es? Es muss doch etwas geben!“ Die Alte konnte ihm nicht mehr antworten.

Verzweiflung machte sich in ihm breit, aber sein Verstand dämpfte sie wieder. Gehetzt ließ er seinen Blick über die Tote und die Umgebung schweifen. Draußen vor dem einzigen Fenster des Ladens war es noch düster, und wenn bisher niemand durch den Lärm Alarm geschlagen hatte, sollte ihm noch etwas Zeit bleiben.

Es musste hier etwas geben. Sie war der Kontakt gewesen! Ihm blieb nichts anderes übrig, als alles zu durchsuchen.

Als Erstes schob er die alten Bücher im Schrank zur Seite, suchte hinter ihnen nach einem weiteren Versteck und schüttelte sie schließlich alle am Einband aus, um lose Seiten zu finden, warf sie achtlos zu Boden, als sich nichts fand.

Nichts!

Auch die Schränke und Regale brachten ihn nicht weiter, es gab keinen Hinweis auf Gegenstände aus Tyarul. Er räumte alles aus, klopfte die Wände nach Hohlräumen ab und öffnete jedes Gefäß. Nichts. Kopfschüttelnd betrachtete er das Chaos im Raum und die Tote dazwischen.

Er verspürte große Lust, sie zu verbrennen.

Schnell und präzise durchsuchte er die Wohnräume. Im Schlafzimmer war noch ein Licht an, die Bettlaken zerwühlt und zurückgeworfen. Das kleine Bad dahinter ergab nichts und die Küche mit dem rosa gefärbten Holz und Vorhängen widerte ihn an.

Auch dort fand er nichts Auffälliges, nicht einmal eine Kleinigkeit, die etwas über die Herkunft der Alten verraten hätte oder ob sie überhaupt aus Tyarul stammte.

Wo hatte er noch nicht nachgesehen?

Nach einem Moment fasste er einen Entschluss, ging zurück zur Theke des kleinen Ladens.

Er hatte zwar das Regal darunter durchsucht, aber die alte Kasse noch nicht. Er besah sich kurz die Tasten und drückte wahllos auf sie, bis sich die Geldschublade öffnete. Sie sprang mit einem fröhlichen Klingen auf und gab den Blick auf eine Anzahl von Geld der lyrranischen Menschen frei, das aus *Papier* und für ihn wertlosen Münzen bestand.

Mazuk durchwühlte die Schubladeneinsätze, schüttete das Geld auf den Boden und warf den hölzernen Einsatz daneben. Die Münzen rollten über den alten Holzboden und stießen an Bücher und das Bein der Alten.

Unter dem Einsatz kamen ein paar vergilbte Papiere zum Vorschein, aber es waren nur Kritzeleien und Notizen, nicht der Hinweis, den er so dringend suchte. Anscheinend war der Einsatz zu schmal für die Schublade gewesen, denn jetzt kullerten zwei Würfel und ein steinerner Briefbeschwerer vom Rand weg. Er nahm das Ding auf und betrachtete es, hoffte auf irgendetwas Nützliches ... vergeblich.

Er warf den Briefbeschwerer zurück in die Kassenschublade und stutzte. Das Geräusch, als er aufschlug, war zu hohl für den Metallboden. Er fuhr die Kanten in der Schublade mit den Fingerspitzen ab und fand in einem der hinteren Ecken eine kleine Delle. Als er drückte, hob sich der Metallboden der Schublade vorne ein kleines Stück. Er fingerte an der Kante und schaffte es, den Boden aus der Schublade zu heben.

Darunter war ein zweiter Boden. Und ein Brief.

Er besah sich das Wachs auf dem festen Papier. Das Zeichen der Phiruin! Mit ungeduldigen Fingern brach er das Siegel und überflog rasch die Zeilen.

Sein Herz begann zu rasen. Der Brief beschrieb den Aufenthaltsort! Er schien für einen Rebell geschrieben worden zu sein. Jemanden wie Cassuan.

Das war es also. Er hatte sein Ziel fast erreicht ... oder konnte zumindest ihren letzten Aufenthaltsort finden. Der Brief konnte schon ewig in der Schublade gelegen haben. Aber einen Versuch war es auf jeden Fall wert.

Einen kalten, verächtlichen Blick auf die Tote werfend, richtete er sich auf und begann bereits, einen Bilur aus seinem Beutel zu suchen, als er wieder innehielt.

Diese Hexe hatte es irgendwie geahnt, dass er ein Feind war.

Can'hayna etsai.

Cassuan musste ihm das falsche Losungswort gegeben haben.

Dann konnte das hier auch ein falscher Brief sein. Er musste eine Nachricht schicken und Cassuan sofort erneut verhören! Andererseits war der Brief gut versteckt gewesen. Es würde sich – mit gebührender Vorsicht natürlich – trotzdem lohnen, den beschriebenen Ort zu besuchen und nachzusehen, ob es dort etwas Lohnenswertes zu finden gab.

Aus bitterer Erfahrung hatte er gelernt, seiner Herrin nicht direkt über die neuesten Erkenntnisse Bericht zu erstatten. Schließlich war es ja nur eine neue *Möglichkeit* und keine definitive Spur. Sie wartete schon zu lange und ihre Geduld war so gut wie erschöpft. Nein, er musste Ergebnisse liefern.

Mazuk fasste sich an die Brust, auf der noch immer ein schmerzhafter Druck lag, und mahnte sich zu mehr Vorsicht. Ihm durften keine weiteren Fehler unterlaufen, sonst konnte die jahrelange Arbeit verloren sein.

Bei dem Durcheinander hier würden die Wächter dieser Stadt eher an einen Überfall und einen versehentlichen Mord denken, als an einen Häscher aus Tyarul. Aber es könnten auch andere Rebellen auftauchen. Es musste also so authentisch wie möglich wirken.

Er sammelte das Geld auf und steckte alles in seine Manteltasche.

Einen letzten Blick auf sein Werk werfend, verließ er die Wohnung durch die Hintertür und stieg über den schnarchenden Säufer hinweg in die düstere Seitengasse. Fies grinsend zog er das Papiergeld und die Münzen aus seiner Manteltasche und schob es dem Mann unter die Jacke, dann ging er einige Schritte von ihm fort. Jetzt gab es zumindest eine Erklärung für das Durcheinander und den Mord, die nichts mit ihm zu tun hatte.

Mit seinen klauenartigen Fingern suchte er den schwach leuchtenden, grünen Bilur aus seiner Tasche, zog sich noch weiter in den Schatten der Gasse zurück und knurrte leise den Namen des Ortes, an dem er das Mädchen nun zu finden hoffte.

„Hamburg", kam aus seinem Mund, und ehe er den Namen der Straße sagen konnte, ihn gerade erst dachte, riss die Magie ihm schon die Welt unter den Füßen weg. Alles drehte sich und er stand inmitten eines gepflegten Waldstücks. Grüner, sich schnell verflüchtigender Nebel waberte noch um ihn.

Fluchend und wankend schüttelte er seinen Arm, an dem die letzte Energie des Bilurs ein starkes Kribbeln erzeugte. Das Haus, in dem das Mädchen lebte, musste von einem magischen Schutz umgeben sein! Er wollte einen wütenden Schrei ausrufen, aber dann wurde ihm klar, dass diese magische Ablenkung nur Gutes bedeuten konnte. Man würde kein Haus schützen, in dem nichts Wertvolles mehr verborgen war ...

Hier und da knisterten noch letzte magische Entladungen, dann war er von Stille und kahlen Bäumen umgeben. Es war noch dunkel, genau wie in Paris, aber es würde nicht mehr lange dauern, bis der Tag anbrach. Er drehte sich einmal um sich selbst und erkannte Lichter und eine Straße hinter einer geraden Baumreihe.

Als er sich durch das kahle Gebüsch dazwischen gekämpft hatte, erkannte er die rechteckige Form des künstlichen Waldstückes. Die Straßen waren noch beleuchtet, gegenüber dem Park säumten hohe Häuser ohne Gärten den Weg. Neben einigen Bäumen war eine Stange mit einem Straßennamen zu sehen.

Mazuk holte noch einmal den vergilbten Brief mit der Karte heraus und prägte sich das Straßennetz ein, dann machte er sich auf den Weg, das so lange gesuchte Haus zu finden.

«†»

Mazuk erreichte die Straße, als es gerade dämmerte. Es hatte viel länger gedauert, als erwartet. Auf dem Weg hatte er sich immer mehr von der belebten Innenstadt mit ihren hohen Häusern entfernt und war nun in einer Gegend mit viel Grün, in der die Häuser einzeln standen, nicht mehr dicht gedrängt ohne Zwischenräume. Er hielt sich im Schatten verborgen und suchte, nachdem er die im Brief markierte Straße endlich erreicht hatte, die Häuser nach ihren Nummern ab.

Das Blut in seinen Ohren rauschte fast so laut wie der morgendliche Stadtlärm, als er sich mit animalischer Eleganz über die hellgelb gestrichene Mauer schwang, die das Grundstück säumte.

Mazuk lächelte grimmig, als er zwischen den Büschen hinter der Mauer landete.

Diese dummen Menschen hatten ihren Garten so wild gelassen, dass er unbemerkt bis ans Haus vordringen können würde. Leise huschte er an der Mauer entlang, durch einige welke Blumenbeete hindurch, das Haus immer im Blick behaltend.

Es brannte Licht. In drei Zimmern.

Konnten diese Menschen wirklich so fahrlässig sein? Mazuk hielt in einem dichteren Gebüsch inne und starrte hoch zu den Fenstern, sah jedoch keine Bewegungen.

Es könnte eine Falle sein, aber woher hätten sie wissen sollen, dass er hier unten war? Er schloss für einen Moment die Augen und konzentrierte sich. Ja, da war etwas. Wie bereits vermutet, ein Schutzzauber. Aber er fühlte keinen einzigen Funken, der auf einen Magier hingedeutet hätte.

Was war mit dem Mädchen? Hatte sie ihre Kräfte etwa so gut verborgen? Oder war sie am Ende gar nicht hier? Tombua hatte sicherlich schon länger die Aufgabe gehabt, die Meister der Rebellen auf ihre Spur zu führen ... Würde sie lange an einem Ort bleiben?

Mazuk schüttelte den Kopf. Nein, sie musste hier sein. Die Magie des Bilurs war abgelenkt worden. Außerdem hätte Tombua irgendwie davon erfahren. Oder hatte sie es vergessen? Nun, jetzt musste er einfach annehmen, dass es noch stimmte und vorbereitet eindringen. Es war das richtige Haus und noch so früh am Morgen, dass sie sicher noch hier sein musste.

Er schlich aus dem Gebüsch, überquerte ein kleines Stück Rasen und war mit wenigen leisen Schritten auf der Veranda angelangt. Licht strahlte durch die gläserne Tür zu ihm heraus, aber er hielt sich neben dem Lichtkegel, hinter einem Tisch und Stühlen verborgen.

Das Lächeln auf seinem Gesicht wurde jetzt zufriedener und sicherer. Die Glastür war gekippt. Sie war nur noch am Boden verankert und oben durch etwas Metall gehalten.

Erwartungsvoll spähte er in das erleuchtete Zimmer, hoffte auf ein Zeichen, dass jemand im Haus war. Am besten würde er abwarten, bis sie sich zeigte, bis er sicher sein konnte, dass sie hier war.

Aber er wartete schon seit Jahren auf diesen Moment. Jahre! Die Möglichkeit, dass sie so nah sein könnte ... Die Erwartung nagte an seinen Nerven und ließ ihn zittern.

Gerade wollte er die Augen schließen, um sich kurz zu beruhigen – da erregte eine Bewegung in der Küche seine Aufmerksamkeit.

Eine Frau war in den Raum getreten und machte sich an einem der Schränke zu schaffen. Sie könnte es sein! Die Muskeln in seiner rechten Schulter zuckten, als die Aufregung ihn packte und er sich nicht mehr halten konnte.

Mazuk zückte den Dolch. Er machte einen Satz nach vorne, schlug mit beiden Pranken die Terrassentür aus den Angeln und stand in der Küche. Der Rahmen der Tür krachte und das Glas zerbarst beim Aufschlag auf dem Boden unter lautem Scheppern.

Die Frau schrie erschrocken auf und wirbelte herum. Der Ausdruck in ihrem Gesicht wandelte sich von Überraschung und Schrecken zu Grauen und purem Entsetzen, als sie den Ratken erblickte. Sie war es nicht, zu alt. Mazuk spürte Enttäuschung in sich keimen, aber sie musste zumindest zu den Beschützern des Mädchens gehören ...

Er packte sie mit seiner mächtigen Klaue am Hals und drückte sie gegen den Schrank. Sie ächzte, als er seine Finger um ihre Kehle schloss.

Die Frau keuchte und kratzte mit ihren Fingernägeln an seiner Hand, was ihr nur ein belustigtes Schnauben seinerseits einbrachte. Er zog sie näher an sein Gesicht, während sie sich weiter vergeblich wehrte und verbitterter Hass sich in ihre Züge schlich.

„Wo ist sie?“, fragte er, aber als sie gerade den Mund öffnete, bemerkte er aus dem Augenwinkel eine Bewegung und wandte den Kopf.

Ein Mann stand in der Tür, starr vor Schreck. Noch ein Beschützer. Ein weiterer Verräter.

Die Frau wand sich immer noch in seinen Händen, sie tastete nach etwas hinter sich. Ein tiefer Schmerz durchzuckte seine Seite und ließ ihn keuchen. Das Miststück hatte ihm ein Küchenmesser durchs Wams in die Seite gerammt!

Voller Wut schleuderte er die Frau von sich, sodass sie gegen die Kante des Waschtisches prallte. Es krachte knöchern und sie sank still zu Boden.

Der Mann an der Tür schrie auf: „Esra! Nein!“ Die momentane Lähmung verließ ihn und mit entschlossenem, jedoch von Schmerz und Verzweiflung verzerrtem Gesicht, warf er sich vorwärts und packte das Nächste, was er als Waffe erreichen konnte: einen der Küchenstühle. Laut brüllend hob er ihn über den Kopf und ließ ihn auf Mazuk niederfahren.

Im letzten Moment riss Mazuk seinen Arm hoch und wehrte die Wucht ab, während der Holzstuhl an seiner Armschiene zerbarst und gesplitterte Holzstücke durch den Raum flogen. Der Aufprall war trotzdem noch so stark, dass Mazuk zurückgedrängt wurde und in die Knie ging.

Er biss wütend die Zähne zusammen, als er spürte, wie sich das Messer in seiner Seite bewegte und eine Schmerzwelle nach der anderen sich in seinem Körper ausbreitete.

Noch immer von der Verzweiflung getrieben griff der Mann den nächsten Stuhl.

Mazuk schnaubte. Er hatte ihre Beschützer unterschätzt.

Er wollte endlich sichergehen, ob das Mädchen hier war. So viele Jahre, er wollte sie endlich in seinen Klauen wissen! Genau in dem Moment holte der Mann mit dem zweiten Stuhl aus, aber zu schwungvoll. Mazuk erkannte den Fehler im Bruchteil eines Moments, sprang auf, wich dem Stuhl aus und packte den Arm des Mannes unterhalb des Handgelenks.

Der Verräter ächzte überrascht, als Mazuk an seinem Arm zog und ihn ruckartig nach vorne riss. Des Gleichgewichts beraubt, stolperte er vorwärts, und noch während er fiel, packte Mazuk seinen Dolch und schlug den Knauf mit Wucht gegen den Kopf seines Widersachers.

Hart getroffen ging dieser zu Boden, stürzte ächzend über den Stuhl und blieb benommen liegen. Rasch packte Mazuk den Mann, lehnte ihn in einer sitzenden Position gegen die Wand und drückte ihm schwer atmend den Dolch an den Hals.

„Wo ist sie?“, zischte er mit kaum noch zu bändigender Wut – als er bemerkte, dass der Mann bewusstlos war. Nutzlos. Er hatte keine Zeit zu warten, bis er wieder erwachte. Mazuk ließ den Dolch zurück in die Scheide gleiten, und den Mann los, der zur Seite sackte und zusammengesunken liegen blieb.

Die Frau neben der Spüle würdigte er keines Blickes, als er sich fluchend das Messer aus der Seite zog und es beiseite schleuderte. Die beiden stellten vorerst keine Gefahr mehr dar, aber er hatte jetzt keine Zeit, seine Wunde richtig zu versorgen.

So ein Kratzer würde ihn nicht töten, er hatte schon viel Schlimmeres überstanden. Er richtete sich auf, besah sich kurz das Chaos und warf dann einen Blick zu der offenen Tür, von wo der Mann aufgetaucht war. Im Haus herrschte Stille, niemand schien sich zu nähern.

Wo war das Mädchen? Sie musste beinahe schon eine Frau sein ... und wenn er sich nicht täuschte, eine starke Magierin. Außerdem musste sie den Kampf gehört haben, wenn sie hier war.

Mazuk rechnete damit, sie jeden Moment vor sich zu sehen.

Er lauschte auf weitere Geräusche im Haus und zog währenddessen den weiß glänzenden Bilur aus dem kleinen Beutel an seinem Gürtel. Er bemerkte verblüfft, dass der zweite Weiße fehlte. Deshalb musste er den Angriff von Tombua in Paris überlebt haben!

Der Bilur war zerbrochen, als er getroffen worden war, und hatte den größeren Teil der tödlichen Magie aufgenommen. Kopfschüttelnd über seine Torheit und sein verdammtes Glück, hielt

Mazuk den übrigen, magieabsorbierenden Stein als Schutz vor sich, während er die andere Hand an seine Seite drückte.

Hoffentlich würde er schnell genug an die Magierin herankommen, denn eine zweite Chance hatte er jetzt nicht mehr.

Mit einem weiteren Fluch auf den Lippen machte er einige zögernde Schritte zu der Tür und warf einen kurzen Blick um die Ecke. Niemand. Zwei Schritte weiter konnte er in ein Zimmer schräg gegenüber der Küche spähen. Leer.

Ein ungutes Gefühl machte sich in Mazuk breit. Im Haus herrschte Totenstille und er konnte noch immer keine Magie fühlen.

Sie wartete irgendwo auf ihn ... Mazuk ging leise weiter, durchsuchte mit seinem scharfen Blick die anderen zwei Zimmer und schlich dann die Treppe hinauf, den Schutzstein immer vor sich ausgestreckt.

Als er auch im oberen Stockwerk niemanden fand, brüllte er wütend auf.

Nein! Sie musste hier sein. Er wusste es!

Hasserfüllt schlug er auf den Tisch im Zimmer am Ende des Flurs. Wieso hatte sie nicht gekämpft, sondern war geflohen? Er hatte fest damit gerechnet, dass sie sich ihm stellen würde!

Geübt ließ er den Blick über die Sachen im Zimmer huschen. An der Wand über dem Bett hingen einige Bilder. Sie zeigten fast alle ein Mädchen, zusammen mit unterschiedlichen anderen Leuten. Auf manchen waren auch ihre Beschützer zu sehen. Er riss eines herunter, um es genauer zu betrachten.

Das war sie! Ihre Augen hatten sich in sein Gedächtnis gebrannt. Er sah in das lächelnde Gesicht, blickte wütend in die strahlend blauen Augen, und schleuderte das Bild zu Boden.

Glühender Hass machte sich in ihm breit, auf sie und auch auf sich selbst. Er hätte anders vorgehen müssen, hätte sich zuerst um sie kümmern müssen und ihre Beschützer erst dann ausschalten sollen, nachdem er sie in seiner Gewalt hatte.

Einen Moment rang er mit aufkeimender Verzweiflung. Dieser Fehler würde siebzehn Jahre Arbeit und vielleicht sein Leben zunichtemachen ...

Er schüttelte seinen Kopf, um die Panik zu bezwingen. Nein, er konnte noch nicht aufgeben. Sie musste noch in der Nähe sein, wenn sie geflohen war, denn Transportieren war in dieser Dimension ohne Bilur fast unmöglich. Irgendwo musste sich ein Hinweis finden, wo ihr nächstes Versteck lag. Die Beschützer!

Gerade wollte er aus dem Zimmer, als ein stechender Schmerz durch seine Seite schoss. Nein, zuerst musste er sich um seine Verletzung kümmern, sonst würde er bald keinen vernünftigen Gegner mehr für die Magierin darstellen, falls sie doch noch auftauchte.

Stöhnend lockerte er die Schnürung seines Wamses und streifte es sich mit steifen Bewegungen über den Kopf. Sein Hemd war um die Einstichstelle blutgetränkt und er spürte die Wärme von Blut, das erneut aus der Öffnung quoll, jetzt da der schützende Druck fehlte.

Die Frau hatte gut gezielt, als sie nach ihm gestochen hatte. Das Messer war genau durch eine Naht seines gehärteten Lederwamses gefahren. Der Hieb war dadurch abgeschwächt worden und so hatte sie wohl keines seiner Organe ernstlich verletzt. Den Kopf über dieses Missgeschick schüttelnd, zog er den roten Heilstein aus seinem Beutel und drückte ihn gegen die Wunde. Der Stein schien zu schmelzen, kaum kam er mit dem Blut in Kontakt. Er verschloss die Wunde, heilte den Stich im Inneren und linderte den Schmerz bis auf ein Minimum.

Der Bilur versorgte ihn mit neuer Kraft und ließ ihn aufseufzen. Lächelnd ging er wieder hinunter und fand die beiden Beschützer in derselben Lage vor, in der er sie zurückgelassen hatte.

Um den Kopf der Frau hatte sich eine Blutlache gebildet und sie war noch nicht aufgewacht. Der Mann stöhnte und regte sich schwach. Mazuk beugte sich über ihn, packte ihn am Kragen und schüttelte ihn wach. „Wo ist sie?!“, forderte er brüllend zu wissen, doch der Mann spannte sich nur an und wollte aufspringen. Mazuk schlug ihm gegen die Schläfe, sodass Blut spritzte, zog den Ächzenden nahe zu seinem Gesicht und entblößte drohend seine spitzen Zähne.

„Ich frage nur noch ein einziges Mal!"

„Sie ist fort!", keuchte der Mann benommen, mit einem Seitenblick auf die Frau, und seine Augen weiteten sich. „Esra! Sie ist ..." Mazuk schüttelte ihn erneut grob, als er realisierte, dass der Verräter seine Frau meinte und nicht die Gesuchte. „Nicht sie! Wo ist die Magierin?"

Jetzt lachte der Mann voller Verzweiflung, während Tränen über seine Wangen liefen und er weiterhin seine Frau mit seinem Blick fixiert hielt.

Mazuk riss der Geduldsfaden. Er packte den Kopf des Mannes an den Haaren, zog ihn zu sich und drehte ihm ohne große Mühe den Hals um.

Mit dem Knacken erschlaffte der Körper in seinen Händen und Mazuk ließ ihn zurück zu Boden fallen.

Als Nächstes ging er zu der Frau. Etwas Blut klebte an der metallenen Kante des Spülbeckens, wo sie wohl aufgekommen sein musste, als er sie aus dem Weg geschleudert hatte. Mehr klebte in ihrem Haar und hatte sich in einer Lache gesammelt, in der ihr Gesicht lag.

Schnaubend ließ er sich neben ihr in die Hocke sinken und drehte ihren Kopf. Ihre Augen waren offen und trübe, sie blickten nicht mehr auf diese Welt.

Mazuk fluchte. Wieso war sie tot? Er musste seine Kraft im Moment des Schmerzes überschätzt haben ...

Was sollte er jetzt tun? Mit diesem Ergebnis konnte er auf keinen Fall zu seiner Herrin zurückkehren. Sie würde ihn vermutlich persönlich in alle vier Himmelsrichtungen verstreuen.

Er musste irgendwie einen Hinweis finden. Rasch ging er zurück zu dem Tisch im oberen Zimmer und besah sich die Papiere genauer. Ein aufgeklapptes Buch erweckte seine Aufmerksamkeit. Darin waren viele, gleichmäßige Kästchen abgebildet, in die das Mädchen hinein gekritzelt hatte. In der Ecke jedes Kästchens standen Zahlen.

Wo hatte er diese Zahlen schon einmal gesehen? Er blätterte eine Seite in dem Buch zurück und besah sich die weiteren Kästen. Bis auf eine Zahl, neben der eine Notiz stand, waren sie auf dieser Seite alle durchgestrichen. Er erinnerte sich, das war ein lyrranischer Kalender.

Mazuk hob das Buch auf und versuchte, die Schrift zu entziffern.

Maries Geburtstag. Treffen um 7 Uhr für Überraschung.

Rasch sah er auf und fand, was er suchte. An der Wand hing eine dieser *Uhren*. Sie zeigte kurz vor acht.

Hoffnung keimte in ihm auf.

Wenn sie schon fort gewesen war, hatte sie nichts von dem Mord an ihren Beschützern mitbekommen. Sie schien hier ein ganz normales Leben zu führen. Sie würde wiederkommen. Er musste also nur warten, bis sie zurückkam, und konnte sie sich dann schnappen. So musste es gehen!

Rasch ließ er das Buch mit den Zahlen fallen und ging in die Küche. Er packte den zusammengesunkenen Körper des Mannes, zog ihn an der Schulter über die Treppe hoch und schleifte ihn in das hintere Zimmer, wo er ihn auf den Boden warf.

Die Frau hob er ganz auf, um keine blutige Schleifspur auf dem Boden zu hinterlassen und trug sie durch den Flur. Dass ihr verletzter Kopf nach unten hing, bemerkte er jedoch erst, als er gegen eine der Treppenstufen stieß. Mazuk sah auf die Stufe, die nun deutlich sichtbare Blutspuren aufwies, und runzelte die Stirn, ehe er grimmig lächelte. Vielleicht konnte er sie so hochlocken ...

Es tropfte noch ein paar Mal Blut vom Kopf der Toten, während er sie in das Zimmer trug, dann ließ er sie auf das Bett fallen.

Einen letzten prüfenden Blick auf die beiden Körper werfend, zog er die Tür zum Zimmer zu und ging zurück in die Küche. Sorgfältig wischte er die Blutlache mit einem Tuch auf und warf es in einen der niedrigen Schränke unter der Arbeitsplatte. Er wollte seiner Beute keinen zu großen Grund zur Besorgnis liefern. Nicht bevor sie ihm direkt gegenüberstand und nicht mehr entkommen konnte.

Ein Blick auf die Uhr in der Küche verriet ihm, dass es kurz nach acht war, als er die größten Stücke des geborstenen Stuhls zusammenraffte und in einer Zimmerecke auf einen Haufen legte. Oben im Flur ließ er sich auf einer großen Truhe nieder und entspannte sich.

Er brauchte nur noch zu warten.

Das Gefängnis der Torwächter

Der Hausschlüssel knirschte im Schloss.

Es war kurz vor Mittag.

Mazuks Kopf ruckte hoch, als das Geräusch durch das stille Haus drang. Sein Körper spannte sich an, kaum hörte er, wie die Haustür geöffnet wurde. Sein Herz begann vor Vorfreude zu rasen.

„Hallo, ich bin's!“, rief eine junge Frau.

Sie war da. Seine Beute war heimgekehrt.

Als er mitbekam, wie die Tür geschlossen wurde, setzte sein Herz für eine Sekunde aus. Wenn sie seine Gegenwart gespürt hatte und jetzt wieder draußen war und floh, konnte sie für ihn verloren sein ... Doch dann hörte er ihre Schritte auf den Dielen.

Noch schien sie keinen Verdacht geschöpft zu haben.

Mazuk stand leise auf, zog sich in das Zimmer rechts neben dem Treppenaufgang zurück und umfasste den weiß leuchtenden Stein fester, sein Licht abschirmend. Die Tür des Raums ließ er einen Spalt offen, um besser hören zu können, was unten vor sich ging.

Er hörte sie noch dumpf weitersprechen, aber ihre Worte waren unwichtig. Wichtig war nur, dass sie hier war. Konzentriert schloss er die Augen und fühlte erneut nach Magie.

Nichts.

„Hallo? Ist denn niemand da?“ Schritte näherten sich der Küche – wo sie die zerstörte Tür und das Messer finden würde. Geräuschlos zog er ein Tuch und eine kleine Flasche aus einem Beutel und ließ den Inhalt in das Leinen sickern, den kleinen magischen Stein noch immer sanft mit zwei Fingern an seine Handfläche gepresst. Er steckte die beinahe leere Flasche zurück in seine Tasche und behielt das Tuch in der Hand.

Erneut hörte er ihre Stimme, ihre Rufe. Sie suchte ihre Beschützer.

Einen Moment herrschte Stille, dann eilten ihre Schritte durch die Zimmer im unteren Stockwerk.

Mazuk wagte es nicht, sich zu entspannen. Konnte sie tatsächlich so naiv sein? Sie musste jetzt wissen, dass etwas passiert war.

Ihre Schritte kamen die Treppe herauf.

Er konnte es noch immer nicht fassen, aber sie schien keine Magie zu benutzen. Er spürte keine suchenden Funken, die ihr seinen Aufenthaltsort verraten hätten.

Nein, sie lief an dem Zimmer vorbei, in dem er sich verborgen hielt, und er hörte sie bis zum Ende des Gangs eilen.

Er trat lautlos aus dem Zimmer und versperrte ihr den Fluchtweg, als sie gerade die Tür vor sich aufzog und ihr entsetzter, qualvoller Schreckensschrei erschallte. Ihr Schmerz zauberte ein genießerisches Lächeln auf sein Gesicht.

Wankend wich sie einen Schritt von den Leichen ihrer Beschützer zurück und zerrte mit zittrigen Händen einen kleinen schwarzen Gegenstand aus ihrer Hosentasche. Mazuk hatte davon schon gehört; die Menschen in Lyrra benutzten diese Objekte, um mit anderen Menschen in der Ferne zu sprechen. Sie wollte Hilfe holen, vielleicht weitere Beschützer kontaktieren.

Als er sich ihr näherte, knarrte eine Diele unter seinem Fuß und sie wirbelte herum.

Ihre Augen weiteten sich, als sie den Ratken vor sich erblickte. Bevor sie reagieren konnte, warf er den Bilur direkt vor ihren Füßen auf den Boden. Der Schutzstein zersprang mit einem klirrenden Geräusch und verbreitete für einen Moment leuchtenden Nebel um das Mädchen, neutralisierte alle schwache Magie in der Umgebung.

Sie wich vor ihm zurück, hob instinktiv schützend die Arme vor ihr Gesicht. Mit seinem nächsten Satz war Mazuk direkt vor ihr und schlug ihr das piepende Ding aus der Hand. Sie stolperte zurück und stürzte. Als sie erneut nach dem schwarzen Ding, das über die Dielen geschlittert war, greifen wollte, versetzte er ihr einen Tritt in die Seite und sie rutschte stöhnend über den Boden. Als hinge ihr Leben davon ab, tastete sie weiter nach diesem Ding.

Mazuk zertrat es schnaubend mit seinem schweren Stiefel. Ihre Finger zitterten, keine Handbreit von seinem Fuß entfernt.

Mazuk beugte sich zu ihr herunter. Ihre Augen waren schreckgeweitet, als er ihr Kinn packte und anhob.

Sie war es. Das Mädchen, nach dem er so viele Jahre gesucht hatte. Er würde diese blauen Augen unter Tausenden erkennen. Auf einmal schien es ihm, als sei es erst gestern gewesen, als er sie als Säugling in den Armen ihrer Mutter gesehen hatte.

„Du bist es! Endlich! Ich warte schon den ganzen Morgen – ach was – ich warte seit siebzehn Jahren auf diesen Moment!", sagte er und entblößte mit einem grausamen Lächeln seine spitzen Zähne.

Sie starrte ihn angsterfüllt und stumm an, Tränen rannen über ihr Gesicht. Als er ihr Kinn fester packte, begann sie zu schluchzen. Mit Magie wehrte sie sich noch immer nicht.

Unglaublich, niemals hatte er es sich so einfach vorgestellt, fast hätte er losgelacht.

Mit einer raschen Bewegung presste er dem Mädchen das Tuch auf Mund und Nase. Der betäubende Gestank der Flüssigkeit ließ sie keuchen. Sie krümmte sich und versuchte seine Hand und das Tuch wegzuziehen, aber er packte einfach ihre beiden dünnen, schwachen Arme mit seiner Pranke und presste sie auf den Boden.

Das Tuch war nur wenige Sekunden auf ihrem Gesicht, da begann ihr panischer Blick zu brechen und die Kraft in ihren Armen ließ nach. Ihre Augenlider flackerten, dann erschlaffte ihr Körper. Beim Anblick der Bewusstlosen konnte er sich ein triumphierendes Lachen nicht mehr verwehren.

„Siebzehn Jahre!", rief er und musste sich beherrschen, sie nicht noch einmal zu schlagen. „Wie hast du das nur geschafft? Siebzehn verdammte Jahre habe ich nach dir gesucht und du bist schwächer als ein Hund!"

Er schüttelte den Kopf, holte ein Seil aus seinem Beutel und band es grob um ihre Arme und Beine, dann stopfte er ihr einen Stofffetzen als Knebel in den Mund. Jetzt konnte das Mädchen keinen Ärger mehr machen.

In seinem Beutel lag noch ein letzter Bilur. Er warf sich das leise stöhnende Bündel über die Schulter und ließ den grünen Stein mit einem klaren Gedanken zerspringen, der sie innerhalb weniger Augenblicke zurück in das verlassene Haus und zum Portal brachte.

Seine Augen brauchten einen Moment, bis sie sich an die Dunkelheit im Raum gewöhnt hatten, dann erkannte er die staubigen, weißen Tücher, die die wenigen Möbel überdeckten.

Irgendetwas stimmte nicht, das sagte ihm sein Gefühl augenblicklich.

Mazuks Augen glühten gelb auf. Er konnte jetzt so klar sehen, als wäre der Raum von hellem Sonnenlicht durchflutet. Auf dem staubbedeckten Boden erkannte er seine eigenen Fußspuren, aber da waren noch andere. Die Spuren einiger leichter Schuhe. Als er sich erneut im Raum umsah, bemerkte er, dass eines der vernagelten Fenster einen Spalt geöffnet und mehrere der Tücher heruntergezogen waren.

Der alte Holzboden knarrte unter seinen schweren Schritten, als er in den nächsten Raum trat und sich der Kellertreppe näherte. Das Mädchen erwachte und versuchte etwas zu sagen, aber der Stoffknebel ließ nicht mehr als ein paar undeutliche Laute zu.

Was hatten diese Spuren zu bedeuten? Waren sie entdeckt worden? Er schlich im Dunkeln langsam Stufe um Stufe hinab und kam in den Gang, der zu dem unterirdischen Gewölbe und dem Portal führte.

Als Mazuk durch die Tür trat, sprangen drei dunkle Gestalten mit gezückten Schwertern auf ihn zu. Er ließ das Mädchen fallen und riss seinen Dolch aus der Scheide. Die Klinge blitzte im Schein der Fackeln und er wehrte den ersten Schwerthieb eines Portalwächters ab. Die Waffen klirrten und die Schreie der Wächter mischten sich dazu.

„Seid ihr von Sinnen? Hört gefälligst damit auf!“, schrie Mazuk über den Lärm hinweg. Wütend wehrte er den nächsten Hieb ab, indem er das Schwert seines Gegners an der Dolchklinge abgleiten ließ.

„Halt! Hört auf, ihr Trottel! Das ist Mazuk!“, tönte es aus dem hinteren Teil des Raums. Die Wächter erkannten ihren Fehler und ließen die Schwerter augenblicklich sinken.

„Verzeiht, Herr!“, rief einer von ihnen, während sie sich alle rasch verneigten. „Wir haben Euch nicht erkannt“, sagte ein Zweiter kleinlaut.

„Was seid ihr für Idioten?! Erst oben im Haus überall Spuren hinterlassen und mich dann beinahe zu Boden schlagen?!“, rief Mazuk mit einer ausladenden Geste zur Tür hin und steckte den Dolch wieder weg.

„Das waren wir nicht, ein paar Halbwüchsige sind oben im Haus durch ein Fenster eingestiegen und haben Lärm gemacht, dann kamen sie herunter und sahen uns und das Portal. Da mussten wir handeln ...“ Der Wächter brach ab und deutete in den hinteren Teil des Raums, dort stand der vierte Wächter – neben drei niedergeschlagenen Jungen.

„Seid ihr von Sinnen? Ihr könnt nicht einfach Lyrraner abschlachten! Nicht, dass es mich stören würde, wenn es jetzt drei weniger von ihnen gibt, aber ihr gefährdet das Portal und die Königin. Was denkt ihr, was wohl passieren wird, wenn diese Kinder nicht nach Hause kommen?“

Eine der Wachen scharrte verlegen mit dem Fuß auf dem Boden. „Na ja, also ... was sollten wir denn tun?“

Mazuk machte eine abfällige Handbewegung und bückte sich nach dem Mädchen, das ungewöhnlich still am Boden lag. Als er sie an den Schultern anhob, fiel ihm die blutende Wunde an ihrem Hinterkopf auf. Sie war auf den harten Steinboden geschlagen und nun wieder bewusstlos. Das sollte ihm nur recht sein, solange sie am Leben blieb, bis die Königin sie in ihren Fängen hatte.

Trotz der Ohnmacht des Mädchens entschied er sich, ihr noch die Augen zu verbinden. Er ließ sich mit einem knappen Befehl von einer der Wachen einen Streifen Stoff reichen, den er der Gefangenen über die Augen legte und festzog. Danach holte er sich noch sein Schwert und Kettenhemd, ehe er das Mädchen aufhob.

Mit dem schlaffen Körper über seinen Armen hängend, schritt er durch den fackelerleuchteten Raum auf das Portal zu. Kurz bevor er die Mitte erreichte, in der die ziehende Kraft am stärksten war, drehte er sich noch zu den Portalwächtern um. „Ihr wisst, das wird ein Nachspiel haben. Genießt eure Zeit als Wachposten, solange ihr noch könnt!“ Hämisch grinsend machte er einen Schritt zurück. In einem Lichtstrahl verschwand er mit seiner Beute aus dem Keller und der Dimension.

Einen Augenblick später trat Mazuk auf der anderen Seite aus dem Portal und schüttelte das Kribbeln der Magie von sich ab.

Er hatte gerade erst das Mädchen auf seinen Armen zurechtgerückt, da öffnete sich das Tor zum Portalraum. Ein Kriegstrupp betrat den Raum, der befehlshabende Ratke gab überrascht ein Zeichen, als er Mazuk im magischen Nebel erblickte.

Dieser zog fragend eine Augenbraue hoch und blickte an dem Mann vorbei auf die zehn Krieger, die hinter ihm zum Stillstand kamen.

„Mazuk, ich wollte dich gerade auf der anderen Seite abholen.“

„Ach, und was verschafft mir die Ehre, Kommandant?“ Mazuk machte eine hämisch angedeutete Verbeugung vor dem Ratken.

„Befehl der Königin! Die Gefangennahme dieses Mädchens hat jetzt höchste Priorität.“

Mazuk ließ ein kurzes Lachen los. „Ich denke, da habt Ihr etwas falsch verstanden. Wenn die Königin mich etwas erledigen lässt, hat das immer höchste Priorität. Und die Suche war allein meine Aufgabe.“

Der Mann vor ihm regte sich unruhig. „Vielleicht zweifelt sie an deiner Verlässlichkeit ...“

Zornig knirschte Mazuk mit den Zähnen. „Ich glaube, mit dieser wilden Bestie werde ich gerade noch fertig, danke!“ Er schwieg, während der Kommandant noch einen Blick auf das bewusstlose, schlaffe Mädchen in Mazuks Armen warf. „Des Weiteren denke ich, dass die Königin dir wohl kaum den Befehl gegeben hat, am helllichten Tag mit zehn Kriegern in die andere Dimension zu reisen.“

Auf der Stirn des Ratken brach der Schweiß aus. „Nun ... es gibt Gerüchte über eine Verschwörung, dass es Verräter unter den Männern gibt, die ebenfalls dieses Mädchen suchen ...“ Er senkte die Stimme und sah Mazuk vielsagend an, als hielte er sich für wichtig, da er diese Informationen erhalten hatte.

„Mit ein paar vom Weg abgekommenen Ratken werde ich sicherlich auch noch fertig!“, presste Mazuk zwischen zusammengebissenen Zähnen hervor. „Ich werde der Königin jetzt ihre Beute bringen, wenn es dein Befehl ist, begleite mich!“ Damit ging er einfach an dem Kommandanten vorbei. Die Krieger machten ihm ehrfürchtig Platz. Sie kannten Mazuks Unberechenbarkeit. Außerdem war er der Erste der königlichen Leibgarde und hatte damit den höchsten Rang nach der Königin selbst. Der Kommandant schluckte erneut und eilte ihm dann beflissen hinterher.

«†»

Sina kam langsam zu sich. Sie fühlte sich unglaublich elend.

Wo bin ich? Was ist passiert?

Schmerz pulsierte in ihrem Kopf und ein modriger Geschmack lag ihr im Mund. Als sie versuchte ihn zu schließen, spürte sie etwas gegen ihre trockene Zunge gepresst. Es fühlte sich an wie Stoff ... War sie *geknebelt* worden?! Auch ihre Augen waren verbunden ...

Mit einem Schlag kamen die Erinnerungen zurück und sie erzitterte ... Der Boden schien zu schwanken. Nach einem Moment fühlte sie den Griff fester Hände unter ihrem Rücken und ihren Knien und dass ihr Kopf gegen die Brust eines Mannes gelehnt zu sein schien.

Dann waren da gedämpfte, tiefe Stimmen und Schritte von vielen Personen. Das Schwanken erkannte sie jetzt als Laufbewegungen. Ihr wurde schlecht bei dem Gedanken, doch sie wagte nicht, sich zu bewegen.

Was wollte dieses Monster von ihr? Warum hatte man sie entführt? Und – oh Gott! Ihre Eltern …

Tränen schossen ihr in die geschlossenen Augen und wurden vom Stoff aufgesogen. Sie wurde leicht gedreht, während man sie weitertrug, und Schmerz zuckte durch ihre Rippen, dort wo dieses Monster sie getreten hatte. Ein dumpfes Wimmern drang durch den Knebel in ihrem Mund, aber es schien niemanden zu interessieren. Sie ächzte und noch mehr Tränen benetzten das Tuch vor ihrem Gesicht.

Warum passiert das alles? Warum hat er meine Eltern so schrecklich verletzt … Sie spürte Übelkeit in sich aufsteigen, geschürt von Entsetzen und Todesangst, als das Bild ihrer still daliegenden Eltern vor ihrem inneren Auge auftauchte.

Ekel und Angst drohten sie zu ersticken, als sie den Schweiß des Mannes roch … und sie den Verdacht nicht verdrängen konnte, dass genau *er* sie trug.

Oh Gott, meine Eltern sind wahrscheinlich tot … Ich bin verloren … Wieso nur … Wieso?

Während Sinas Kehle von panischer Angst zugeschnürt wurde und sie verzweifelt versuchte, einen aufwallenden Würgereiz zu bezwingen, trug man sie immer weiter. Auf einmal verstummten die schweren Schritte und sie hielten an. Sie hörte das Rascheln von Stoff und im Hintergrund vernahm sie das Murmeln mehrerer Männer. Der Atem ihres Trägers streifte ihr über das Gesicht und sie erzitterte.

Plötzlich ertönte direkt vor ihr ein merkwürdig elektrisches Knistern. Die Luft selbst schien geladen zu sein, dann ertönte das Schaben von Stein auf Stein und ein Luftzug erfasste sie. Vor ihr schritt jemand weiter und ihr Träger folgte. Sie ließen die vielen Leute hinter sich zurück, als sie einen Raum mit kühlerer Luft betraten.

Die Schritte hallten wie in einem großen Gewölbe wider, dann wurde sie aus den Armen ihres Trägers gehoben und andere raue Hände zerrten sie weiter voran. Ihre Schuhe schleiften über glatten Boden, dann stellte man sie auf die Füße, bis der Griff von einem der Männer sie auf die Knie zwang.

Es kostete sie all ihre Konzentration, nicht an dem schmerzenden Angstkloß in ihrem Hals zu ersticken und die Anstrengung trieb ihr den Schweiß auf die Stirn. Außer dem Atem der Männer herrschte Stille.

Dann hörte sie Schritte näher kommen, als stiege jemand Stufen hinab. Die Männer hatten ihr die Augenbinde nicht abgenommen. Sie konnte nicht sagen, wer da zu ihr kam. Wenigstens zog ihr jemand den widerlichen Stoff aus dem Mund. Ihre Zunge und ihr Gaumen waren trocken, und ihr Kiefer schmerzte, jetzt wo sie ihn wieder bewegen konnte.

Einen Moment überlegte sie, ob sie etwas sagen sollte. Ob sie flehen sollte, oder fragen, was man von ihr wolle, oder ob sie versuchen sollte zu erklären, dass das alles ein schreckliches Missverständnis sein musste ... Aber sie fand keine Worte. Angst und Verzweiflung schnürten ihr die Kehle zu.

Die Schritte hielten direkt vor ihr an.

Dann war da plötzlich eine kalte Hand, die ihr über die Wange strich. Sie erschauderte unter der Berührung der kühlen Haut und Fingernägel.

„So, so, das ist also die Frau, vor der ich solche Angst haben soll? Was für ein erbärmliches, kleines Ding!“, sagte eine Frauenstimme direkt vor ihr. Ihr hämisches Lachen jagte Sina erneut Gänsehaut über den Rücken. Sie war in der Gewalt einer Verrückten!

Die Klaue der Frau packte ihr Kinn fester, um ihren Kopf in alle Richtungen zu drehen, so als wollte sie Sinas Gesicht betrachten.

Plötzlich spürte sie, wie eine zweite kalte Hand ihre Stirn berührte. Im nächsten Moment fühlte sie einen schrecklichen Druck in sich aufsteigen. Sie hatte das Gefühl, dass man ihr so stark von beiden Seiten gegen den Kopf drückte, dass er bald platzen würde. Schmerz baute sich in ihrem Schädel auf, bis sie ächzte, dann brach das Gefühl urplötzlich ab.

Die Frau schrie auf und schnaubte dann laut. „Ich werde dir zeigen, was Schmerzen sind! Du kleine Göre wirst meine Pläne nicht gefährden. Oh nein, dazu bist du viel zu schwach."

Wieder herrschte Schweigen, dann regte sich jemand neben ihr.

„Mazuk, bist du dir auch sicher, dass sie es ist? Hat sie gegen dich gekämpft?", fragte die Frau.

„Ich bin mir sicher, Herrin. Diese Augen werde ich niemals vergessen. Sie hat allerdings keine Kraft zur Abwehr eingesetzt."

Sina erstarrte, als sie die Stimme hörte. Das war ihr Entführer. Das war der Mörder ihrer Eltern. Mazuk. Diesen Namen würde sie niemals vergessen. Hass und Entsetzen kochten in ihr. Der Name brannte sich in ihr Gedächtnis. Sie schluckte und unterdrückte mühsam eine neue Tränenflut, als ihr klar wurde, dass ihr Leben in der Hand von Geisteskranken war. Irgendwelche verrückten Freaks, die sich die Zähne spitz feilten ... Oder Mutanten?

So oder so würde es keine Verhandlung mit der Polizei geben oder eine Lösegeldforderung ... Ihre Familie war nicht reich ... gewesen.

„Ich hatte dich ja eigentlich dafür bestrafen wollen, dass du sie geholt hast, ohne mich erst zu unterrichten ... Aber jetzt, da ich sie vor mir sehe ..."

Die Frau schwieg wieder und Sina hatte das Gefühl, jetzt unbedingt etwas sagen zu müssen, aber noch immer brachte sie keinen Ton über die Lippen.

„Und ich dachte, die Templer hätten von einer großen Magierin gesprochen, aber du bist nur ein kleines unscheinbares Ding. Ich werde dich nur ein einziges Mal fragen: Wie hast du deine Kräfte so unter Kontrolle? Ich kann sie spüren, tief in dir, schlummernd ... Sie warten nur darauf, von mir in Besitz genommen zu werden! Warum kann ich sie dir nicht entreißen? Wie schützt du dich vor meiner Macht?"

Wovon spricht diese Frau denn nur? Kräfte? Was für Kräfte?

Als die Krallen der Hand über ihr Kinn kratzten, erzitterte Sina und neue Tränen quollen über ihre Augenränder und wurden von dem Tuch aufgesogen.

Da sie der Frau diese merkwürdigen Fragen nicht beantwortete, schlug ihr plötzlich jemand von hinten hart gegen die Schulter.

Ein Wimmern entwich ihr, dann spürte sie die Krallen um das Tuch, und es wurde ihr mit einem Ruck von den Augen gerissen.

„Nun, dann lasst uns doch einmal einen Blick auf diese Augen werfen, die *vor Magie strahlen* sollen ...", meinte die Frau über ihr mit einer Stimmlage, als würde sie jemanden nachäffen.

Eine Sekunde herrschte schreckliche Stille. Sina hörte nur das Rauschen ihres Blutes in den Ohren und ihren eigenen heftigen Atem, schnell und unkontrolliert.

Zitternd schlug sie die Lider auf. Ihre Augen brauchten sich nicht an die düstere Umgebung zu gewöhnen, um die Frau zu sehen. Sie hatte ein kantiges Gesicht und spitze Zähne, so wie ihr Entführer! Die Wangenknochen waren markant, die Haut etwas dunkler, als läge ein düsterer Schatten darüber, der der Erhabenheit und Macht dieser Frau aber nichts abtat, sie eher noch unterstrich.

Die gelb leuchtenden Augen der Fremden waren ebenfalls von tiefen Schatten umgeben und brannten sich in Sinas gepeinigtes Gedächtnis, ließen sie nicht mehr los.

Dieser Blick sagte ihr ganz genau, wie sehr sie von dieser Frau verachtet wurde. Sie schien nur ein Werkzeug zu sein, eine wertlose Kreatur, die man benutzen und dann auslöschen konnte.

Sina hielt dem grausamen Blick nur einen Moment stand, dann schloss sie die Augen. Neue Tränen liefen über ihre Wangen und die Frau zischte wütend.

„Sie sind außergewöhnlich, ohne Frage ... Sie zeugen von Magie ... Aber das ist noch kein Beweis. Rede! Sag mir, wer dich gelehrt hat! Wer hat dir gezeigt, deine Kräfte so zu schützen? Ich kann sie spüren ... Aber ich kann ihr Ausmaß nicht abschätzen. Du könntest trotz allem nur eine von vielen sein ..."

Sina brachte keinen Ton hervor. Obwohl sie die Augen geschlossen hatte, sah sie immer noch den gelb glühenden, abwertenden Blick dieser Verrückten.

Die Stimme der Frau troff jetzt vor Hass. „Ich werde dich schon zum Sprechen bringen!"

Sinas Gedanken gingen in stechendem Schmerz unter, als ihr einer der Männer einen heftigen Tritt in den Rücken versetzte. Gleichzeitig stieg eine glühende Hitze immer höher in ihr auf und brandete von innen an ihre Stirn. Voller Überraschung riss sie die Augen auf. Ein greller Blitz zuckte über ihre Augen hinweg, scheinbar aus ihrer Stirn, und verbrannte die Haut an der klauenartigen Hand der Frau.

Der Schmerz wurde noch stärker und verhinderte, dass Sina auch nur einen klaren Gedanken fassen konnte, während sie fassungslos in das schmerzverzerrte Gesicht der Frau blickte.

Sie stöhnte auf, dann verlor sie das Bewusstsein und fiel vornüber auf die kalten Steinplatten.

«†»

„Wie wünscht Ihr nun vorzugehen, meine Königin?", fragte Mazuk und beobachtete, wie die Verbrennung auf der Haut seiner Herrin in Sekunden heilte.

Statt einer Antwort hob sie ihre Hand und bedeutete ihm zu schweigen. Ihre Finger verkrümmten sich in der Luft und schwarzer Nebel sickerte aus ihnen hervor.

„Wenn sie mir bei Bewusstsein nichts verraten will, kann ich ihr das Wissen vielleicht in diesem willenlosen Zustand entlocken", hörte er sie murmeln. Er ließ das schlaffe Mädchen los und trat rasch einen Schritt zurück.

Der schwarze Nebel erreichte die Bewusstlose genau in dem Moment, als er zur Seite getreten war. Die Gefangene blieb aufrecht, ohne dass sie weiterhin von jemandem festgehalten wurde.

Die Augen des Mädchens öffneten sich. Ihre Iris und Pupillen waren schneeweiß und leuchteten matt in ihren geröteten Augen.

„Wie ist dein Name?“, fragte die Königin, noch immer die Hand ausgestreckt und der Kopf des Mädchens ruckte in ihre Richtung. Mazuk sah Schmerz auf dem Gesicht, Angst und Verzweiflung, trotz der matten, leblosen Augen. Hämisches Vergnügen breitete sich in ihm aus.

„Sina Zeiher“, antwortete das bewusstlose Mädchen mit ausdrucksloser Stimme.

„Wer beschützt dich?“

Sinas Augen starrten weiterhin scheinbar ins Leere, während ihr Körper durch die Kraft der Magie aufrecht gehalten wurde. Mazuk konnte nicht mit Sicherheit sagen, ob sie noch immer bewusstlos war, oder ob seine Gebieterin sie mit ihren Kräften erweckt hatte und jetzt kontrollierte.

Als keine Antwort kam, schnaubte die Königin verächtlich und verstärkte den Einfluss ihrer Magie.

„Wer schützt dich davor, durch meine Macht den Verstand und den Willen zu verlieren? Welche Magie kann das bewirken?“, wollte sie daraufhin mit zischender Stimme wissen.

Verwirrung zuckte über das blasse Gesicht der Gefangenen, ehe es wieder ausdruckslos wurde. „Ich weiß es nicht.“

„Wer hat dich gelehrt, dich mir so zu verwehren?“, kreischte die Königin und der Nebel wurde dichter, als sie ihre Finger zur Faust ballte.

Die weiße Iris in den Augen des Mädchens schien zu flackern, dann perlten Tränen der Qual über ihre Wangen.

„Ich weiß es nicht.“ Unterschwelliger Schmerz drang durch die leblose Stimme des Mädchens.

Hass loderte im Gesicht seiner Gebieterin auf und Mazuk machte noch einen Schritt von der Gefangenen weg. Die Magie um das Mädchen verdichtete sich, wurde zu stechend scharfer Materie, die folternd auf den schwachen Körper eindrang. Die Ohnmächtige bäumte sich vor Schmerz.

Nach einem langen Augenblick der Qual fiel das Mädchen wieder zu Boden, als die Königin ihre Kräfte von ihr zurückzog. Die Magie zerfiel zu Nebel, der sich in Sekundenschnelle verflüchtigte.

Bebend vor Zorn schritt die Frau vor der zuckenden Gefangenen auf und ab, dann schrie sie kreischend auf und versetzte dem Mädchen einen weiteren magischen Schlag.

Der geschundene Körper krampfte, dann wandte sich die Königin ab und schüttelte den Kopf. Als sie sich schweigend auf ihren Thron gesetzt hatte, kam Mazuk wieder näher und besah sich das malträtierte Mädchen.

Er erkannte erstaunt, dass sie zitterte. Ihr Atem ging schnell und unregelmäßig und sie krümmte sich langsam zusammen. Als Mazuk sie berührte, zuckte sie zusammen und ächzte, aber er packte sie an den Schultern und zog sie erneut auf die Knie.

„Meine Königin, sie ist wieder wach!", meinte er und hob den Kopf des Mädchens an ihrem Kinn an. Ihr braunes, welliges Haar hing ihr ins Gesicht, nass von Schweiß, aber er konnte ihre geröteten Augen sehen. Ihr Blick traf seinen und eine Mischung aus Angst und Hass flackerte darin auf, bevor sie die Augen erschöpft wieder schloss.

Zayda sah sich ihre Gefangene mit neuem Interesse an. „Bemerkenswert, für gewöhnlich wacht niemand direkt nach dieser Tortur wieder auf."

Das Mädchen öffnete wieder die Augen und starrte die Frau auf dem Thron an. „Wieso tun Sie mir das an?", platzte sie plötzlich heraus und neue Tränen quollen über ihre Wimpern. „Wieso foltern Sie mich?! Was wollen Sie von mir?!"

Die Königin hob die Hand und Mazuk gab dem Mädchen augenblicklich eine Ohrfeige.

Sie ächzte auf und wollte wieder sprechen, aber da presste er ihr seine Hand auf den Mund.

„Du sprichst nur, wenn es dir erlaubt wird, Göre!", zischte er in ihr Ohr. „Halte dich besser daran oder du wirst Schlimmeres erleben, als du dir vorstellen kannst." Er schwieg und betrachtete genüsslich, wie sie wieder zu zittern anfing. „Ach, wenn ich es mir recht überlege, wirst du das sowieso erleben."

Er richtete sich wieder auf. Sinas Blick war jetzt an die Königin geheftet, die ein kurzes Handzeichen mit ihren langen, krallenbewehrten Fingern gab. Das Mädchen zuckte zusammen, als erwarte sie einen neuen Angriff durch die dunklen Kräfte, aber stattdessen hörte man Schritte im Schatten neben dem Thron.

Eine junge Frau trat aus der Dunkelheit in das Licht der Kohlebecken neben dem Thron, ein Tablett mit einem Kelch in den Händen. Mazuk betrachtete die Gehilfin mit einem interessierten Blick. Sie hatte seidiges, schwarzes Haar, das streng nach hinten gebunden war. Ihre glatten, harten Züge strahlten Eleganz und Erhabenheit aus.

Die Königin nahm den Kelch und schenkte der jüngeren ein kurzes Lächeln, das spitze Zähne aufblitzen ließ. Die junge Frau verneigte sich und ihr Blick streifte die Gefangene.

Ihre hellgelben Augen glühten kurz, während ein böses Lächeln ihre Mundwinkel verzog, dann verschwand sie wieder in der Dunkelheit.

Das Mädchen begann heftiger zu zittern, während die Königin schweigend einige Schlucke Wein genoss und ihre Gefangene einfach nur abschätzig ansah. Sie ließ ihre Beute schwächer werden und gab ihr Zeit, über die Konsequenzen ihres Widerwillens nachzudenken.

Schließlich stellte Zayda seufzend den Kelch auf eine der breiten Armlehnen des Throns und stand wieder auf.

Die Gefangene wankte mittlerweile, obwohl Mazuk sie noch immer an der Schulter festhielt. Ihre zerfetzte Kleidung war jetzt an vielen Stellen durch tiefe Kratzer und Schrammen blutgetränkt. Die schwarze Magie hatte ihren Körper und ihre Seele nicht unbeschadet gelassen.

Zayda kam die Stufen herunter und blieb vor ihr stehen. „Nun, hast du es dir überlegt? Es wäre sehr klug von dir, meine Fragen aus freiem Willen zu beantworten."

Als Sina schwieg, hob sie die Hand und schwarzer, flüssig wirkender Rauch quoll aus ihren Fingern und waberte als halb durchsichtige Schicht um ihre Haut.

„Ansonsten werde ich Wege finden, sie dir zu *entlocken.*"

„Ich weiß wirklich nicht, wovon Sie die ganze Zeit reden! Bitte!“, rief Sina flehend.

„Du lügst!“, schrie die Königin und ließ ihre Gefangene damit heftig zusammenzucken. Noch bevor sie etwas erwidern konnte, schoss die schwarze Magie auf sie zu und stach wie ein Dolch auf sie ein. Mazuk ließ sie los und sie schrie auf, griff sich mit beiden Händen an den Kopf, während Blut aus ihrer Nase tropfte und ihre Tränen sich rot färbten.

Zayda lachte auf und stieß erneut einen Schwall von Magie in den schwächlichen Körper ihrer Feindin.

Mit einem letzten, gequälten Ächzen brach das Mädchen zusammen und blieb bewusstlos liegen.

Stille erfüllte den Raum. Dann schnaubte Zayda und ging zurück zu ihrem Wein.

„Meine Königin, wie wollt Ihr nun vorgehen?“, fragte Mazuk mit einem Blick auf das Mädchen.

„Ich muss nachdenken. Schaff sie weg!“, rief sie und machte eine wegwischende Handbewegung.

„Ich habe schon einen Schacht vorbereiten lassen. Wird das ausreichen?“

„Ich hatte nichts anderes von dir erwartet. Dieses Mädchen werde ich noch eine ganze Weile bearbeiten müssen, bis sie mir ihr Geheimnis verrät und ich ihr endlich ihre Magie entziehen kann!“

Sie deutete mit ihrem langen Zeigefinger irgendwo neben sich in die Dunkelheit und drei Kieselsteine schwebten zu ihr. Die Königin ließ sie auf Höhe ihrer gelben Augen in der Luft verharren, dann begannen die Steine zu rotieren, wurden immer schneller, bis sie erst leuchteten, dann glühten und pulsierendes Licht im Saal verteilten.

Mit einer Geste ihrer Hand erstarrten die neu erschaffenen Bilure und surrten durch den Raum zu Mazuk, der sie auffing.

„Die werden sie davon abhalten, ihre Magie zur Flucht zu nutzen, falls sie uns täuscht. Bring sie jetzt weg. Aber was immer du auch tust, achte darauf, dass sie nicht stirbt. Lasst mich allein! Alle!“

„Wie Ihr wünscht“, entgegnete Mazuk mit einer knappen Verbeugung, packte das Mädchen am Kragen und schleifte sie aus dem Saal.

«†»

Der Gefangene Asur erstarrte im Schatten seiner Zelle. Er wurde schon seit Wochen wie ein Tier in diesem Loch gehalten und das Auftauchen des Kriegstrupps machte ihm seine hoffnungslose Lage einmal mehr schmerzlich bewusst. Irgendwie musste er hier raus und seiner Familie helfen.

Die Vorstellung, dass sie irgendwo in diesem stinkenden, modrigen Gefängnis verhungerten, quälte ihn vom ersten Moment an, als sie getrennt worden waren. Er vermisste das Lachen seiner Frau und seiner beiden Söhne. Asur konnte und wollte sich nicht vorstellen, was die Ratken alles mit ihnen anstellten.

Er musste hier raus! Und er hatte einen Plan – wenn man diesen verzweifelten Gedanken so nennen konnte. Lange hatte er die Wachen beobachtet, die gelegentlich in die Zellen kamen und Brot und Wasser verteilten. Es waren fast immer dieselben.

Ab und zu kam jedoch ein einzelner Wächter und dieser war etwas schmächtiger als die beiden anderen. Vielleicht konnte er diesen Ratken niederschlagen. In seiner kargen Zelle lagen genügend Steine herum, die von den meterdicken Felswänden herunterbröckelten. Wenn ihm das gelingen sollte, konnte er vielleicht seine Frau und seine Söhne finden und mit ihnen fliehen …

Asur hob seine Hände an das schmale Gitter, durch das einzelne, schwache Lichtstrahlen fielen. Im Schein der Fackeln versuchte er zu erkennen, weshalb dort so viele Ratken marschierten.

Dann sah er den Grund: Sie trugen ein Mädchen an seiner Zelle vorbei. Sie war vielleicht achtzehn Jahre alt, sehr dünn und ziemlich schlimm zugerichtet. Eine große Platzwunde prangte auf ihrem herunterhängenden Kopf und Schrammen zogen sich über ihre Haut. Schwärze hatte ihre Kleidung teilweise verfärbt. Schwarze Magie!

So rasch, wie sie in Asurs eingeschränktes Blickfeld gekommen war, verschwand sie auch wieder. Sie wurde weggebracht und hinter ihrem Träger kamen noch einmal zehn Krieger.

Was konnte an diesem kleinen, schmächtigen Mädchen nur so wichtig sein? Hatte sie ebenfalls den Fehler begangen, sich mit den Rebellen einzulassen? Asur schüttelte den Kopf, es hatte keinen Sinn, sich den Kopf über andere Leute zu zerbrechen. Das würde ihm nicht helfen.

Sobald die Männer verschwunden waren, schwand auch das Licht ihrer Fackeln. Es ließ einen einsamen Mann in der Dunkelheit zurück.

«†»

Mazuk kam als Erster an der unscheinbaren Metalltür an, die den Eingang zum sichersten Teil des Gefängnisses der Festung bildete und von den Ratken der *Dom* genannt wurde.

Ein Wächter stand davor. Als er Mazuk erkannte, griff er schnell nach dem Schlüssel an seinem Gürtel und öffnete die Tür. Mazuk entließ den Kommandanten und seinen Trupp und schritt alleine in den kleinen, engen Tunnel, den der Wächter für ihn offen hielt. Hinter ihm wurde die Tür geschlossen und er hörte das Knirschen des Schlüssels.

In das Fackellicht der engen Schleuse gehüllt, trat er ungeduldig mit dem Fuß gegen die Tür vor sich und jemand öffnete von innen einen Sehschlitz.

„Ach, Ihr seid es, Herr“, hörte er die zischelnde Stimme des Torwächters. Der Spalt wurde wieder geschlossen und die Tür rasch geöffnet. „Ich habe bereits einen Schacht vorbereiten lassen, wie es Euer Wunsch war. Folgt mir!“

Mazuk nickte und schritt zügig hinter dem Torwächter in den fackelbeleuchteten Raum. Mehrere Wachen saßen an einem grob gezimmerten Tisch an einer Seite der Kammer und richteten sich rasch auf, als sie Mazuk erblickten. Einer versuchte vergebens, ein

Kartenspiel unter seinen Pranken zu verstecken, was Mazuk nur ein Schnauben entlockte. Er warf ihnen einen strengen Blick zu, der sie die Köpfe einziehen und Entschuldigungen murmeln ließ, dann durchquerte er in Begleitung des Torwächters die Kammer, wo sie vor einer zweiten Tür stehen blieben. Drei weitere Wachen rückten ihre Schwerter zurecht und folgten ihnen in den dahinter liegenden Gang.

Schließlich gelangten sie an ein Tor. Der Torwächter schloss auf und sie betraten eine große, durch wenige Fackeln nur spärlich beleuchtete Halle. Eine Treppe führte an der rechten Seite einige Stufen zum Boden hinunter. Von dem erhöhten Eingangspodest aus konnte Mazuk die Schächte gut erkennen. Gähnend schwarze Löcher im Felsboden; hungrige, tiefe Mäuler, die nur darauf zu warten schienen, Gefangene zu verschlingen und nie wieder das Tageslicht sehen zu lassen.

Von der felsigen Decke hingen fünf Käfiggestelle an Ketten, jedes über einem der runden Löcher, die in die Tiefe führten. Als eine der Wachen eine Fackel von der Wand anhob, um ihnen zu leuchten, huschten wilde Schatten über die grauen Felswände und zwischen den Käfigen, als schienen sie vor dem Licht zurückweichen zu wollen.

Die Käfige waren aus groben Metallstangen zusammengefügt, der Boden bestand aus einer rauen Platte. Zusätzlich waren an den Innenseiten der Eisenstangen lange Dornen angebracht worden, damit Gefangene dem Rahmen nicht zu nah kommen konnten. Die Käfige wurden jeweils von drei starken Eisenketten gehalten, deren Enden durch einen Ring mit einer einzelnen Kette verbunden waren. Diese führte zu einer großen Winde, die man mit einer Kurbel bedienen konnte.

Die Wachen eilten nun zu der Wand und ließen einen der Käfige herunter. Während die Ketten rasselten und sich das dunkle Metallgestell in Bewegung setzte, rückte Mazuk das Mädchen auf seiner Schulter zurecht und musterte die übrigen Wachen. Sie wichen seinem durchdringenden, glühenden Blick rasch aus.

Der Käfig wurde an den Rand gezogen und setzte knirschend auf dem Boden neben dem Loch auf. Jetzt blickten die Ratken ihn doch erwartungsvoll an.

Mit einem kurzen Zögern übergab er das Mädchen einem der Männer.

„Merk dir meine Worte gut, wenn dir dein Leben lieb ist. Dieses Mädchen darf nicht sterben! Die Königin will es so. Versorg ihre schlimmsten Wunden und sorge dafür, dass sie etwas isst und trinkt! Wenn sie stirbt, mache ich dich und jeden, der dir wichtig ist, persönlich einen Kopf kürzer. Hast du verstanden?"

Der Ratke nickte hastig und schaute auf das malträtierte Ding in seinen Armen.

Mazuk beobachtete, wie der Mann das Mädchen in den Käfig legte, eine Fackel packte und sich auf den Rand des Käfigs stellte, der langsam heruntergelassen wurde. Dann trat Mazuk an den Schacht und zog die drei glühenden Steine heraus, die er in passende Löcher an der Kante des Lochs steckte. Mit einem Nicken verließ er den Dom, ohne sich um die nervösen Blicke der Männer zu scheren.

Mazuk verspürte ein ungemeines Hochgefühl. Er war zufrieden und die Königin würde es auch sein. Die Zukunft des Mädchens würde von Schmerz und Qual erfüllt sein. Er schritt lächelnd durch die Gänge und zurück in den Thronsaal, um weitere Anweisungen seiner Königin zu erhalten.

Endlich war seine jahrelange Aufgabe mit Erfolg gekrönt worden! Das bedeutete für ihn eine angemessene Belohnung, nämlich mehr Magie und Zeit mit seinen Frauen. Er hatte sich beides verdient.

«†»

Sina hatte nicht die Kraft, sich zu rühren. Außerdem weckte jede Bewegung neue Schmerzen in ihrem geschundenen Körper. Ihr linkes Auge war durch einen Schlag angeschwollen, sie konnte kaum noch etwas sehen. Schaudernd lauschte sie in die Dunkelheit. Da war das Tropfen von Wasser auf Stein ... aber keine Männer mehr, keine gelb leuchtenden Augen, keine kreischende Frau, kein Atem außer ihrem eigenen.

Wo bin ich nur?

Mit größter Anstrengung hob sie zitternd die Hand und betastete ihr Gesicht. Sie erschrak, als sie die vielen Wunden fühlte. Ihr rasendes Herz brachte etwas Leben in ihre steifen Glieder. Als sie ein Bein bewegte, plätscherte es. Da war eine Wasserlache. Es stank widerlich und faulig ... Nach Fäkalien und Tod.

Sie hatte ihre Stiefel noch an und das meiste Wasser war von ihren Füßen ferngehalten worden. Trotzdem fühlten ihre Zehen sich leblos und kalt an. Ihr Mantel war weg und der Pulli feucht und zerrissen. Sie fror jämmerlich.

Wieder kurz vor den Tränen, schluckte sie und begann vorsichtig, ihre Umgebung zu ertasten. Sie lehnte an einer feuchten, kalten Mauer und um sie herum spürte sie nichts als rauen Stein. Zitternd drehte sie sich und kroch auf allen Vieren weiter.

Die Wände waren nach innen abgerundet, der grobe, unebene Felsboden kalt und voll schlammiger Pfützen. Ächzend zwang sie ihre Beine aufzustehen, schwankend tastete sie höher am Fels entlang und fand etwas aus Stoff. Sie zog daran und es fiel schwer in ihre Hände. Nach einigem Tasten und Drehen erkannte sie es als eine Art Leinenmantel. Rasch zog sie ihn eng um sich, dann ließ sie sich auf einen Stein am Boden sinken und steckte ihre Hände unter den steifen Stoff.

Sina leckte sich mit ihrer trockenen Zunge über die Lippen und schmeckte Blut. Ihr war, als hätte sie seit Tagen nichts mehr getrunken oder gegessen. War sie lange bewusstlos gewesen?

Plötzlich fluteten die Erinnerungen in ihr Bewusstsein. Sie sah das Blut auf der Treppe und in ihrem Zimmer ... Beim Gedanken an ihre Mutter und ihren Vater schnürte sich ihr die Kehle zu und sie bekam keine Luft mehr. Sie zog die Beine an und wippte vor und zurück. Tränen rannen ihr in Strömen über die schmerzenden Wangen und sie hatte das Gefühl, als müsse sie in tausend Stücke bersten ...

Da riss sie den Kopf in den Nacken und schrie ihr Leid heraus. Es war ein langer, qualvoller und doch hasserfüllter Laut, den sie noch nie zuvor aus einer menschlichen Kehle gehört hatte.

Über ihr, unerreichbar weit entfernt, sah sie einen schwachen Lichtschein und ein schwarzes Ding, das vor dem etwas helleren Hintergrund leicht schwankte. Sie hörte entfernte Stimmen. Ketten rasselten und es quietschte, dann bemerkte sie, dass der Schatten größer wurde.

Gehetzt stemmte sie ihre Beine gegen den schlüpfrigen, nassen Boden und wollte irgendwie aufstehen, doch sie rutschte ab und fiel hart zurück, nicht im Stande, sich auf den Beinen zu halten. Sie sah erschöpft auf und erstarrte. Da war ein neuer Schatten, der sich an dem schwarzen, hängenden Ding festhielt.

Auf einmal pochte Angst wie Gift durch ihren Körper. Ihre Hände krallten sich in den Saum des Mantels. Sie fühlte sich wie ein eingesperrtes Tier und schmeckte Galle.

Als das Ding näher kam, erkannte sie es. Ein Käfig! Er hielt einen Meter über dem Felsboden rasselnd an und ein Mann sprang herunter, federte den Fall hart ab und verspritzte dreckiges Wasser, als seine Stiefel in einer Pfütze landeten. Sina konnte durch Fackelschein aus dem Käfig erkennen, dass er einen Krug bei sich hatte. Sie heftete durstig ihren Blick daran.

Erst jetzt wurde ihr klar, wie unnatürlich groß der Mann war und ihre Kehle schnürte sich erneut so heftig zu, als wolle sie gleich zerspringen.

Er trug ein dunkles, langes Hemd mit weiten Ärmeln, darüber ein ledernes Wams. An seinem Gürtel hingen mehrere Klingen und eine Peitsche. Vorsichtig blickte sie in sein schattiges Gesicht.

Sie wusste nicht, ob sie froh oder enttäuscht darüber sein sollte, dass es nicht ihr Entführer Mazuk war, der da vor ihr stand. Aber dieser Mann hatte ebenfalls gelbe Augen und spitze Zähne, die er bei einem hässlichen Lachen entblößte.

„Sieh an, du bist also endlich wach? Ich musste die letzten Tage dauernd herunterkommen und nach dir schauen, aber du warst nicht wach zu kriegen!“, zischte er und spuckte vor ihr aus. Dann kam er zu ihr herüber und hob ohne ein weiteres Wort den Krug an ihren Mund. Sie trank trotz ihrer Angst in gierigen Schlucken.

Unweigerlich verzog sie das Gesicht. Das Wasser schmeckte faulig, als hätte ein totes Tier darin gelegen.

„Schmeckt es dir nicht?“, rief der Mann mit einem hämischen Lachen und nahm den Krug fort von ihrem Mund.

„Doch!“, rief Sina und streckte die Hände nach dem Krug. Sie zuckte zusammen. Beinahe hätte sie ihre Stimme nicht mehr wiedererkannt. Es war ein kaum verständliches, leises und raues Krächzen, das ihren aufgesprungenen Lippen entwich.

„Lüg nicht! Du findest es scheußlich, nicht wahr? Und genau so soll es sein.“ Er nahm den Krug fester in seine große Pranke und schmetterte ihn lachend gegen die Wand. Das Ding zerbarst und Wasser und kleine Tonstückchen spritzen Sina ins Gesicht. Dann ließ der Mann etwas fallen, das in einer dreckigen Pfütze im Schatten des Käfigs landete. Sinas Augen fanden ein Stück Brot, bevor sie ihren Blick wieder an die gelben Augen des Mannes heftete.

„Was ...“, fing sie mit leiser, zitternder Stimme an und schluckte, bevor sie doch fragte. „Was bist du?“

Sein tiefes, hartes Lachen ließ sie zusammenzucken. „Du bist aus Lyrra. Armseliges Geschöpf, weißt nicht mal, wie dir geschieht, nicht wahr?“ Sein grausamer Blick ruhte auf ihrem Gesicht und wanderte dann langsam über ihren Körper. „Ich bin ein Ratke und du bist im Gefängnis der Festung Mazmorra, aus dem nie eine Seele entkommt. Du gehörst jetzt mit Haut und Haar unserer Königin Zayda.“

Sina schluckte und versuchte ihre Tränen herunterzuwürgen, als ihr tausend weitere Fragen durch den Kopf schossen, die sie nicht auszusprechen wagte.

Unvermittelt kniete der Ratke sich neben sie und schob ohne Kommentar ihren Ärmel zurück. Als er sie berührte, schrie sie entsetzt auf und wollte ihn wegstoßen, doch er schlug ihre Hand einfach beiseite und betastete dann grob ihren Arm, über den sich blaue Flecken und tiefe Kratzer zogen. Unter seiner Berührung zuckte sie weg, doch er zog sie wieder hart zu sich.

„Nichts gebrochen, oder? Und auch kein Eiter. Na, dann wirst du wohl weiter brav hier unten bleiben, nicht wahr? Ich soll nämlich sicherstellen, dass du mir hier nicht stirbst. Ja, die Königin hat es befohlen! Ich soll auf dich aufpassen. Was ist so besonders an dir, hm? Was will sie von dir, dass sie dich in den sichersten Teil von Mazmorras Grab steckt? Du bist doch nur ein kleines, erbärmliches Kind ... Kannst nicht einmal mehr stehen, nach dem, was sie dir die letzten Tage alles angetan hat."

Sina antwortete nicht und zuckte erneut zusammen, als er ihren anderen Arm packte. Er zog ihr die Stiefel von den Füßen, betastete dann ihre Knöchel und Schienbeine. Ein Wimmern entwich ihr, als er dann grob über die Innenseite ihrer Beine strich.

Mit einem Schnauben nickte er schließlich und stand wieder auf.

Er drehte sich gerade um und wollte wieder an den Käfig springen, da kroch Sina schon über den Boden und versuchte mit ihren nackten Fingern das Brot im Schatten des Käfigs zu finden. Seine Augen blitzten wütend auf und ohne Vorwarnung schlug er ihr heftig ins Gesicht.

Blut lief ihre Lippen und Tränen ihre Wangen herab, dann sank ihr Kopf auf ihre Brust, während sie zitterte und die Beine an sich heranzog. Der Ratke brüllte bestialisch und sprang an den Käfig, dieser setzte sich langsam in Bewegung und wurde aus dem dunklen Schacht gezogen.

Sina verstand nur eines nach dieser Begegnung: Er konnte alles mit ihr anstellen, solange sie es nur überlebte.

Tunez

Asur schrak aus unruhigem Schlaf auf. Was hatte ihn geweckt?

Angestrengt lauschte er auf die Geräusche in den Gängen, konnte aber nichts Ungewöhnliches feststellen.

Als er versuchte, die Tage im Kopf durchzugehen, runzelte er die Stirn.

Es mussten nun schon viele Wochen vergangen sein, seit die einzelne Wache ihn versorgt hatte ... Allerdings waren die Tage im Gefängnis lang und einsam. Er war nicht sicher, ob sein Zeitgefühl ihm nicht einen Streich spielte und Tage, Stunden und Wochen ineinander verfließen ließ.

Auf einmal konnte er Stimmen vor der Zelle hören. Wie vom Blitz getroffen sprang er auf und setzte sich rasch in die dunkelste Ecke des kleinen Raums, rechts neben der Tür, wo er in ihrem Schatten kauern würde, sobald sie geöffnet wurde. Er zog die Knie an und lehnte den Kopf an die Wand. Da wurde der Riegel auch schon zurückgeschoben und eine einzelne Wache trat ein. Der Mann hatte eine Schale mit einem harten Stück Brot und einen Krug Wasser in den Händen. Die zweite Wache blieb draußen stehen.

Er wusste, dass er kaum eine Chance hatte, aber auf einmal war da eine Wut in ihm, die er kaum bändigen konnte. Asur schloss rasch die Augen und tat, als würde er schlafen. Mit der rechten Hand tastete er langsam und vorsichtig nach dem großen Stein, den er neben sich gelegt hatte.

„Steh auf, du Abschaum! Hier ist dein Fraß. Na los, beweg dich! Steh auf oder es setzt Hiebe!“ Nachdem Asur immer noch nicht reagierte, ließ der Wächter Schale und Krug auf dem Boden stehen und ging wütend auf ihn zu.

Er blieb direkt über Asur stehen und holte zu einem kräftigen Schlag aus. Da packte dieser den Stein noch fester und stieß seine Beine ohne Vorwarnung gegen die Schienbeine des Ratken.

Der Wächter stürzte zu Boden. Ehe der Ratke nach Hilfe rufen konnte, war Asur über ihm und schlug ihn mit dem Steinbrocken bewusstlos. Er sprang schnell auf und versteckte sich wieder hinter der Tür.

Als der zweite Ratke hereingestürmt kam, warf Asur sich mit seinem ganzen Gewicht gegen die Zellentür.

Der Wächter wurde gegen die Wand geschleudert und strauchelte. Asur nutzte die Gelegenheit, sprang vor und schlug noch einmal kräftig mit dem Steinbrocken zu, dann erneut, bis der Ratke ruhig lag und der Stein blutig war.

Zitternd ließ er den Stein fallen und schob rasch die Zellentür zu, dann durchsuchte er die beiden Wächter und fand, was er brauchte: einen Dolch. Hektisch schnitt er Streifen von ihren Mänteln und band vier davon fest um die Hände und Füße der Wachen, dann knebelte er sie mit weiteren Stoffstücken.

Er stand auf und besah kurz sein Werk. Die beiden würden so schnell keine Hilfe holen können und sie lagen so an der Wand, dass man sie von außen durch das kleine Gitter nicht sehen konnte. Einem der Männer löste er den Ledergürtel und zurrte ihn sich um die magere Hüfte. Die Kleidung der Männer war ihm zu groß, sie würde ihm nur im Weg sein, auch wenn er sich nach wärmendem Stoff sehnte.

Schließlich packte er noch das Brot, das die Wachen mitgebracht hatten, schüttete das Wasser in einen ihrer Schläuche und stopfte beides in sein Hemd. Leise schlich er auf den Gang hinaus und sah sich vorsichtig um. Sein Blick wanderte den dunklen, von wenigen Fackeln beschienenen Gang entlang. Glücklicherweise waren keine weiteren Wachen zu sehen. Er schloss langsam die schwere Tür hinter sich und schob den dicken Riegel vor. Die Wachen waren gefangen und Asur war frei!

Fassungslos stand er da und starrte auf den Dolch in seiner Hand. Was sollte er nun tun? Er musste seine Familie finden, ohne entdeckt zu werden. Eine einzelne Wache könnte er auf den Gängen vielleicht irgendwie ausschalten, aber mehr? Nein, er war allein und geschwächt, und wenn er sie nicht schnell fand, war ihre Flucht aussichtslos.

Mal abgesehen von der Möglichkeit, dass sie schon lange tot sein könnt– Nein! So durfte er nicht denken!

Er schüttelte rasch den Kopf, um sich von den schrecklichen Gedanken zu befreien. Leise huschte er weiter und spähte durch die kalten Gitter in den hohen Zellentüren. In den meisten war es so dunkel, dass er nur schemenhaft die Gefangenen erkennen konnte. Er wagte es nicht sie anzusprechen, weil die Wächter ihn dann vielleicht hören, oder noch schlimmer, dass die Gefangenen ihn durch zu viel Lärm verraten würden. Das Letzte, was er jetzt brauchte, waren laut um Hilfe flehende Leute.

Mehrmals musste er sich in dunklen, feuchten Nischen verstecken, weil ein kleiner Trupp Wachen vorbeikam. Und immer hatte er das Gefühl, sie würden jeden Augenblick ihre gelben Augen auf ihn richten. Doch das Glück schien ihm beizustehen. Er erstarrte jedes Mal in der Dunkelheit und sie eilten an seinen Verstecken vorbei.

Das Gefängnis der Festung war riesig. Hunderte von düsteren Tunneln verzweigten sich und bildeten einen Irrgarten, in dem sich Asur bald verlaufen hatte. Nirgends gab es Orientierungshilfen und es war sowieso unmöglich, den Weg zurückzuverfolgen, auf dem man ihn damals mit verbundenen Augen in seine kleine Zelle geschleift hatte.

Asur eilte weiter und blickte immer kurz in die Zellen, an denen er vorbeikam. Viele waren überfüllt und die meisten waren zu dunkel, um überhaupt zu erkennen, wer darin gefangen war. Aber es schienen alles Männer zu sein.

Wie sollte er da nur seine Frau Kalana finden? Seine Hoffnung, sie in einer der naheliegenden Zellen zu finden, war natürlich wahnwitzig gewesen, und schon nach wenigen Minuten zerstört worden.

Irgendwann geriet er in einen Gang, in dem es keine Zellen, sondern nur geschlossene Türen ohne Gitter gab. Aus der Wand selbst ragten hier und da große Felsbrocken heraus, die bezeugten, dass das gesamte Kerkersystem einst direkt aus dem Berg herausgehauen worden war.

Hinter jedem könnte ein Ratke stehen, dachte Asur angstvoll und schluckte.

Dann hätte er beinahe aufgeschrien, denn plötzlich hörte er ein Scharren vor sich und sprang zur Seite. Kaum atmend blieb er an die Wand gepresst stehen, geschützt durch zwei Felsvorsprünge, und lauschte. Das Geräusch wurde etwas leiser, als würde jemand verharren und abwarten.

Asur spähte vorsichtig um die Ecke und hielt den Atem an. Vor ihm, nur knappe vier Schritte entfernt, stand ein Wächter vor einer Tür, holte einen Schlüssel aus einem Beutel und steckte ihn in das Schlüsselloch. Er sah sich verstohlen um und Asur drückte sich rasch wieder an den Fels.

Ihm brach der Schweiß aus, als er deutlich Schritte in seine Richtung kommen hörte.

Panische Gedanken rasten durch seinen Kopf. Er versuchte, so still wie möglich zu sein. Der Drang zu rennen ließ ihn erzittern, aber er zwang sich, regungslos zu bleiben. Sein eigener Atem und sein Herzschlag schienen ihm übermäßig laut im Gang widerzuhallen.

Ich darf nicht wieder gefangen genommen werden! Nicht jetzt! Wenn dieser Ratke mich entdeckt … ist es aus mit mir! Was wird dann aus Kalana und den Jungen?

Seine schweißnassen Finger klammerten sich fester um den Dolch.

Die Schritte setzten kurz aus. Dann tauchte dicht vor seinem das Gesicht der Wache auf. Ehe Asur etwas ausrichten konnte, hatte der Ratke ihm das Handgelenk verdreht und den Dolch abgenommen. Es ging so schnell, dass Asur reflexartig aufschreien wollte, aber der Ratke hatte ihm bereits seine kräftige Hand auf den Mund und seinen gestohlenen Dolch an die Kehle gedrückt.

„Sei bloß still, wenn dir dein Leben lieb ist!“, zischte der Ratke leise und presste ihm die Hand so stark aufs Gesicht, dass er zu ersticken drohte.

Mit weit aufgerissenen Augen blickte Asur in die dunkelgelben seines Gegenübers. Der Ratke grinste ihn an, dann schien ihm eine Idee zu kommen und Asur war plötzlich, als bohre sich der Blick des Ratken tief in seinen Kopf. Angst schnürte ihm die Kehle zu.

Doch dann entspannten sich die Gesichtszüge des Ratken. Langsam lockerte er seinen Griff, ehe er die Hand vorsichtig von Asurs Mund nahm und den Dolch unter seinem Mantel verschwinden ließ.

Asur blieb still. Schreien würde ihm nicht weiterhelfen. Ganz im Gegenteil. Es würden nur noch mehr Wächter herbeieilen.

„Keine Angst, dir wird nichts geschehen. Aber wenn du zu fliehen versuchst, kriege ich dich. Und dann bist du tot."

Der Ratke nahm ihn an den Schultern und stieß ihn vor sich her. Sie gingen schweigend um die Ecke und zurück zu der unscheinbaren Tür, in der noch immer der Schlüssel steckte. Der Wächter drehte ihn knirschend im Schloss und die Tür schwang auf.

Er packte den zitternden Asur und stieß ihn grob in den dunklen Eingang, während er selbst einen letzten Blick auf den verlassenen Gang warf. Zu Asurs Überraschung ging der Ratke dann selbst mit hinein und zog die Tür hinter sich zu. Dunkelheit schlug über ihren Köpfen zusammen.

„Diese verfluchte Fackel!", hörte Asur den Wachposten murmeln, bevor dieser ihn näher zu sich heranzog. „Keinen Mucks!", zischte er und ließ ihn los.

Irgendetwas stimmte hier nicht, das konnte Asur spüren – doch die Angst vor dem Tod und um seine Familie ließen ihn keinen klaren Gedanken fassen.

Ohne Vorwarnung wurde er in der Dunkelheit weitergeschoben, ehe er mit kräftigem Griff gegen die Wand gedrückt wurde. Es rumpelte laut, als trete der Wächter gegen eine Eisentür, dann herrschte angespannte Stille. Mit einem leisen Kratzgeräusch öffnete sich eine Luke und ein leuchtendes Augenpaar blickte hindurch.

„Was soll das?“, hörte er die blaffende Stimme des Wächters neben ihm. „Die Fackel ist aus! Ich trete mir hier fast auf die eigenen Füße!“

Von drinnen erklang ein kurzes Schnauben, ehe eine zischelnde Stimme antwortete: „Ich kümmere mich gleich darum. Was ist denn los? Wo sind die anderen Wachen?“

„Ich weiß es nicht, heute fehlen überall welche. Ich soll nur Wasser für die Kammer bringen.“ Einen Moment herrschte Stille, ehe drinnen wieder gemurmelt wurde. Die Tür öffnete sich knarrend, schwaches Licht strömte herein. Der Wächter ließ Asur los und schlüpfte durch die erst halboffene Tür in den Raum. Noch bevor Asur sich fragen konnte, warum der Ratke gelogen hatte, wurden seine Gedanken durch ein Geräusch unterbrochen, als würde etwas Schweres zu Boden fallen.

Asur war zu Stein erstarrt. Ein Schatten tauchte vor dem helleren Hintergrund der Türöffnung auf, er wurde gepackt und hineingezerrt. Er war so überrascht, dass ihm die Luft für einen Schrei wegblieb. Im nächsten Moment gewöhnten sich seine Augen an den helleren Raum und Asur klappte das Kinn herunter. Vor ihm lag der Torwächter blutüberströmt auf dem Boden und bewegte sich nicht mehr.

„Was ... Was bedeutet das alles?“, stieß Asur schwach hervor und starrte den Ratken fassungslos an.

Ohne seine Frage zu beantworten, schloss der Wächter die Tür zum Gang und schob den Riegel vor. Dann wandte er sich seinem am Boden liegenden Kollegen zu.

Asur versuchte abzuschätzen, ob seine wenigen verbliebenen Muskeln noch genug Kraft besaßen, um gegen den Ratken anzukommen ... Doch er ließ den Arm sinken, dieser Mann war anders als die Wachen bei seiner Zelle. Ein bitterer Geschmack breitete sich in seinem Mund aus, und ließ ihn die Lippen zusammenkneifen.

Während Asur ihn ungläubig anstarrte, schleifte der Ratke den schlaffen Wächter in eine dunkle Ecke des Raums. Dann verpasste er ihm mit einem gemurmelten Fluch noch einen Tritt. Asur fing bei diesem Anblick an zu glauben, dass er sich vielleicht noch in seiner Zelle befände; halluzinierend und im Fieberwahn einer der vielen Krankheiten, die im Gefängnis grassierten.

Als der Wächter sich anschließend aufrichtete und ihm zuwandte, zuckte Asur unweigerlich zurück. Doch überrascht sah er, dass keine Bosheit in den Augen des Ratken lag. Nur Anspannung und Ungeduld.

„Wie ist dein Name?"

„A...sur", erwiderte er stammelnd und versuchte zu verstehen, warum er noch nicht tot war.

Seine Gedanken rasten, als er nicht wusste, wie ehrlich er sein sollte. Warum stellte dieser Ratke solche Fragen?!

„Ich habe nicht viel Zeit für Erklärungen", sagte der Ratke, als er zu ihm zurückkam, ohne der Blutspur unter sich Beachtung zu schenken. „Soviel sollst du wissen: Nicht alle Ratken sind gleich. Nicht alle unterstützen die Machenschaften der Königin. Du wirst mir bei einer Unternehmung helfen! Jetzt."

Bevor Asur irgendetwas erwidern konnte, ging der Ratke zu einer zweiten Tür. Er spähte in den dunklen, scheinbar verlassenen Raum dahinter, ehe er die Tür wieder schloss und dann Asur am Arm packte. Zitternd vor Schreck, wollte er sich erst wehren, aber der Mann vor ihm ließ keinen Widerstand zu und zerrte ihn zum Ende des Raums. Währenddessen sprach er weiter.

„Ich nehme nicht an, dass du außerhalb deiner Zelle nur ein wenig frische Luft schnappen wolltest. Wir werden jetzt eine Gefangene befreien und du wirst sie mit hinaus nehmen. Ich werde dir einen geheimen Ausgang zeigen. So kann ich ihn von innen wieder verschließen. Das verschafft uns etwas Vorsprung."

Gemeinsam gingen sie durch einen schmalen, dunklen Gang, dessen Tür mit einem eisernen Riegel gesichert gewesen war.

Asur wankte. Das konnte doch nicht wahr sein. Dieser Ratke war verrückt! Ihn durchfuhr ein Schauer. In Sekundenschnelle formte sich ein Gedanke in seinem Kopf und der bittere Geschmack seiner eigenen Feigheit begann zu schwinden.

„Nein“, sagte Asur fest. „Nein, kommt nicht in Frage!“, rief er lauter und schüttelte heftig den Kopf. Der Ratke neben ihm erstarrte so abrupt, dass es Asur beinahe von den Füßen gerissen hätte. Im nächsten Moment traf ihn ein Schlag in die Brust. Ihm wurde kurz schwarz vor Augen, dann fand er sich an die Mauer neben der Tür gepresst, die Füße über dem Boden baumelnd und atemlos.

„Was?! Ich habe mich wohl verhört!“, rief der Ratke und lachte. „Willst du, dass ich dich verrate? Dies ist deine einzige Chance, von hier zu entkommen!“

„Du kannst mich nicht verraten“, presste Asur durch zusammengebissene Zähne hervor. Er erzitterte, doch dann erhellten sich seine Gesichtszüge. „Weil sie dann herausfinden, dass du ein Verräter bist!“

Er wusste, dass er alles riskierte, aber er hatte nichts mehr zu verlieren. Er war bereits entdeckt worden und er wollte endlich wissen, ob man ihn nun töten würde oder ob es Hoffnung für ihn gab.

Der Ratke lachte erneut. „Ich werde einfach *einen entflohenen Gefangenen erschlagen*, du Narr!“

Asur schluckte und schloss die Augen. Jetzt würde er sterben, das wusste er. Wie hatte er nur so dumm sein können? Im nächsten Moment öffnete sich sein Mund fast von selbst.

„Ich ... wenn – Ich werde nicht ohne meine Familie gehen! Aber wenn du sie befreist, werde ich alles für dich tun!“, flehte er rasch. „Bitte! Mein Leben ist mir ohne meine Familie nichts wert! Aber mit ihr ... werde ich für deine Sache kämpfen, bis ich sterbe! Ich verspreche es!“

Als er verstummte, war der bittere Geschmack zurück. Sein Atem ging jetzt schnell und stoßweise.

Er zuckte zusammen, als der Ratke wieder lachte. „Es ist ganz und gar nicht meine Art, mir die Forderungen anderer anzuhören und sie dann auch noch zu akzeptieren, schon gar nicht die eines Menschen, der kein Ratke ist ... Aber du hast Mut. Das gefällt mir.“

Asur hielt den Atem an, während sein Herz raste. Der Ratke schwieg und schien ernsthaft über Asurs Bitte nachzudenken, ehe er seufzte.

„Woher willst du wissen, dass sie noch hier und am Leben sind?", fing der Ratke an, während er ihn musterte. „Du bist völlig ausgemergelt, also schon eine Weile hier. Falls, und ich sage *falls*, deine Familie noch lebt und ich sie unbemerkt befreien kann, werde ich das tun. Aber diese Gefangene hier hat oberste Priorität. Wenn meine Mission gefährdet wird, lässt mir das keine Wahl."

„Aber wie soll ich wissen, dass du es überhaupt versuchst? Wie könnte ich einem Ratken jemals vertrauen?", fragte Asur in verbittertem Ton, als er den Mann vor sich zweifelnd ansah.

Dessen Augen verengten sich. „Ich werde deine Familie suchen, aber ich kann für nichts garantieren. Du hast die Wahl: Hilf mir und du hast eine Chance herauszufinden, was mit deiner Familie geschehen ist. Oder weigere dich und stirb."

Asur schwieg und die beiden beäugten sich einen Moment, dann drückte der Ratke ihn fester an die Wand.

„Entscheide dich jetzt! Ich kann mir keine weiteren Verzögerungen leisten!" Kalte Entschlossenheit schwang in seiner Stimme mit.

Asur zog die Augenbrauen zusammen, als er sich schließlich selbst überwand und hastig nickte.

„Ich verspreche, dir zu helfen."

Der Ratke sah ihm noch einmal intensiv in die Augen – dann entspannte er sich sichtlich und ließ ihn los. Zu Asurs Überraschung streckte er ihm dann seine geöffnete Pranke entgegen.

„Wenn du einschlägst, gehst du einen Pakt mit einem Phiruin ein", warf er warnend ein. „Wir vergessen weder unsere Freunde, noch unsere Feinde."

Asur zögerte nicht länger. Er packte die Hand des Ratken, der sich gerade als Mitglied des Widerstandes, von dem es kaum mehr als geflüsterte Gerüchte gab, zu erkennen gegeben hatte.

Sein ausgemergelter, blasser Arm wirkte neben dem des muskulösen Wächters wie ein zerbrechliches Streichholz.

Als der Ratke zufrieden nickte und seine Hand wieder losließ, fragte Asur vorsichtig: „Und wie soll ich dich nennen?“

„Tunez“, gab der Mann knapp zurück und nach einem kurzen, abschätzenden Blick auf Asur schloss er schließlich das Tor vor ihnen auf.

Als es knarzend aufschwang, gab es den Blick frei auf ... Asur konnte es nicht sagen.

Am Ende des Gangs, außerhalb des Lichtkegels der Fackel, erwartete sie gähnende Dunkelheit. Sofort hatte Asur den Eindruck, in einen großen Raum zu treten. Als seine Augen sich an die neuen Lichtverhältnisse gewöhnt hatten, wurde sein Gefühl bestätigt. In der abgestandenen, modrigen Luft der Halle schwang der Geruch von Tod mit.

Asur starrte beklommen in dieses düstere Grab. Seine Augen versuchten, die Schatten zu verstehen, die merkwürdige Formen in der Luft bildeten. Dann erhellte flackerndes Licht den Raum und gab die Sicht auf bizarre Metallformen frei. Tunez war mit der Fackel aus dem Gang in die Halle getreten und verbreitete jetzt mit hoch erhobener Hand etwas Licht.

Ein Schauer jagte Asurs Rücken hinunter, als er endlich einordnen konnte, was er da sah: Käfige hingen von der Decke. Die Fackel warf wilde Schatten an die Wand und es schien, als würden sie hin und her schwingen. Die schweren Käfige waren an der Hallendecke aufgehängt, die rostigen Ketten schimmerten als wären sie nass. Erst dann bemerkte Asur die gähnend-schwarzen Öffnungen im Boden, über denen jeweils ein Käfig hing.

Aus diesem Raum konnte wirklich niemand ausbrechen, es sei denn, man bediente sich magischer Kräfte. Was für eine Gefangene mochte hier untergebracht sein? Unwillkürlich stellte er sich eine alte, drahtige Frau vor, die mit mächtigen Augen dunkle Flüche murmelte ...

Unmittelbar machte sich die Angst in ihm breit, dass der Ratke ihn vielleicht mit seiner sonderbaren Geschichte in dieses

Grab gelockt hatte. Dass dies eine neue Foltermethode sein könnte.

Aber Tunez riss ihn aus seinen düsteren Gedanken, ohne sie zu bestätigen.

„In einem dieser Löcher muss sie sein“, zischte er und nahm rasch weitere Fackeln aus ihren Halterungen, entzündete eine und reichte sie Asur. Dann gingen sie an das erste Loch. Asur spähte vorsichtig über den Rand. Unter ihm war nichts als gähnende Schwärze.

„Wie willst du wissen, in welchem sie ist?“

Der Ratke schnaubte und riss ihm die Fackel aus der Hand, bevor er sie in das Loch fallen ließ. Ihr Lichtschein wurde rasch schwächer, während sie in die Tiefe stürzte. Nach ihrem freien Fall schlug sie unten auf dem feuchten Boden auf. Das Echo hallte mehrmals durch den leeren Schacht nach. Ohne länger abzuwarten entzündete der Ratke zwei weitere Fackeln, reichte sie Asur und ging dann alleine weiter.

Asur stellte sich vor, selbst in so einem tiefen Schacht zu sitzen und auf einmal tat ihm diese Frau leid. Er warf einen Blick zu dem Ratken, der bereits das nächste Loch erreicht hatte und hineinspähte.

Asur schritt zu einem anderen. Doch er hatte kein Glück. Für einen Augenblick erkannte er die schmutzige Felswand, bevor die Fackel zischend erlosch. Das Loch war fast vollständig mit dreckigem Wasser gefüllt.

Na hoffentlich war die Frau nicht in diesem Loch angekettet, sonst muss sie schon eine ganze Weile die Luft anhalten ...

Er blickte nervös zu seinem Begleiter, doch der schüttelte ebenfalls den Kopf. Asur sprang zur nächsten Grube und warf eine Fackel in die Dunkelheit. Sie fiel und fiel und rollte dann kurz über den Boden.

Unten lag ein Körper im Schlamm.

„Hier! Hier ist jemand, komm schnell!“, rief Asur aufgeregt und der Ratke eilte zu ihm.

Er blickte hinunter in das Loch und konnte zwar nur einen kurzen Blick auf sie werfen, ehe die Fackel unten in einer Pfütze erlosch, aber es reichte, um den zierlichen Körper einer Frau auszumachen.

Tunez ließ eine weitere Fackel hinunterfallen. Dann rief er leise, doch die Gefangene reagierte nicht. Asur machte Anstalten, sich tiefer zu beugen – da packte der Ratke ihn am Arm.

Einen schrecklichen Augenblick glaubte Asur, er würde nun in die Tiefe gestoßen, doch der Ratke zog ihn von der Öffnung weg.

„Warte!“, zischte er und starrte auf etwas neben ihnen im Boden. Er ließ Asurs Handgelenk wieder los und deutete dann auf ein kleines, rötlich leuchtendes Loch im Gestein.

„Was ist das?“, fragte Asur, als der Ratke sich näher zum Boden beugte und dann fluchte.

„Ein Bilur ... Die Königin muss ihn erschaffen haben“, murmelte er und besah sich den kleinen Stein in der Öffnung. Ein schwarzer Kiesel, in dessen Innerem es rot glühte. Tunez' Blick schweifte am Rand des Schachts entlang und fand zwei weitere solcher Löcher. Asur kam neugierig näher, er hatte schon von den magischen Speichersteinen gehört, aber sie waren so selten und fast unbezahlbar, dass er nie die Gelegenheit gehabt hatte, einen aus der Nähe zu betrachten.

„Er verhindert, dass sie da unten Magie aufbringen kann, um sich selbst zu befreien ... Aber ich müsste hinunter können, ohne die Bilure zu aktivieren“, erklärte Tunez weiter. „Immerhin muss sich jemand um sie gekümmert haben. Und solange ich dabei bin, sollte ich sie auch herausholen können. Meinen Informationen nach wurde sie leider schon mehrmals zur Königin gebracht.“

„Und jetzt?“

Tunez sah sich um und deutete dann zu den Käfigen. „Am besten lässt du mich mit einem hinunter und ziehst uns dann wieder hinauf. Falls du das in deinem Zustand schaffst.“

Er ging hinüber zur Wand, an der auf einer Kurbel dicke Eisenketten aufgewickelt waren, und löste den Hebel, der die

Winde verklemmte. Die Ketten hielten das Gestell im Gleichgewicht, da sie über Rollen liefen, die an der Höhlendecke befestigt waren. Sie rasselten leise, als der Käfig schwankte und etwas herabsank. Der Ratke winkte Asur zu sich und bedeutete ihm, die Kurbel zu bedienen. Danach zog er einen blutigen Dolch unter seinem Mantel hervor, sah ihn einen Moment skeptisch an und legte den Dolch neben Asur auf eine Holzstrebe oben auf der Kurbelhalterung. „Falls wir entdeckt werden."

Asur nickte kurz. Der Nachdruck in Tunez Stimme machte ihm klar, dass er keine Dummheiten tolerieren würde. Er ließ den Käfig langsam und mit zusammengepressten Lippen herunter.

„Wird es gehen?", fragte der Ratke und zog eine Augenbraue hoch.

„Ich denke schon. Es muss."

Tunez machte einige Schritte zu dem Loch und sah ihn dann noch einen Moment an, ehe er schief lächelte. „Du solltest übrigens nicht auf den Gedanken kommen, mich fallen zu lassen. Ich habe den einzigen Schlüssel, der dich aus diesem Loch wieder herausbringt ..."

Asur nickte rasch.

Mit einem hatte Tunez wohl oder übel recht: Alleine hatte er kaum eine Chance, überhaupt den Ausgang aus dieser Hölle zu finden, und einen kräftigen Kerl mit einem Schwert an der Seite zu haben, war definitiv nicht zu verachten – auch wenn es sich in diesem Fall um einen Ratken handelte ...

Ich kann immer noch nicht fassen, was hier geschieht. Ich hätte jedem Ratken über den Weg laufen können, aber ich treffe den einzigen, der mir nicht augenblicklich den Kopf abschlägt.

Mit einer verbogenen, rostigen Eisenstange, die an der feuchten Wand gelehnt hatte, zog der Ratke den Käfig zu sich heran. Knirschend setzte er auf und Tunez warf noch zwei Fackeln in sein Inneres und eine weitere nach unten in den Schacht. Es war ihm nicht wohl bei dem Gedanken in den Käfig zu steigen, der mit spitzen Metallstacheln gespickt war, deshalb stellte er sich auf den schmalen Außenrand und wickelte zwei starke Lederschlaufen, die an der Konstruktion befestigt waren, um seine Handgelenke. Asur gab nickend ein Zeichen und der Ratke schob den Käfig über den Rand.

Ächzend hielt Asur die Kurbel, als der Käfig ein Stück in das Loch absackte und unter dem Gewicht des Ratken schwankte. Die Ketten rasselten und klirrten, als der Käfig sich in Bewegung setzte. Nach unten.

«†»

Es war ein seltsames Gefühl, so frei in die Tiefe zu sinken. Einen Moment lang konnte Tunez unter sich nichts außer den rostigen Metallstreben und der Bodenplatte des Käfigs erkennen. Dann gewöhnten sich seine Augen an das blendende Licht der Fackeln neben ihm und er erspähte die Konturen des Mädchens am Boden.

Er musste ein Husten unterdrücken, als ihm bissiger Rauch von der Fackel in Mund und Nase stieg. Die Ketten über seinem Kopf klirrten und das Gestell gab ein schrilles Quietschen von sich. Um ihn herum glitt die feuchte Wand im Schimmer der Fackeln vorbei, nass glänzend und mit einem unangenehm rotbraunen Schimmer.

Sein Blick schweifte zurück zu dem Mädchen auf dem nassen Boden unter ihm, der endlich näher kam. Sie war trotz aller Sicherheitsvorkehrungen gefesselt und lag bewegungslos da. Es war kein Essen oder Wasser in dieser Grube. Also musste jemand regelmäßig nach ihr sehen, und das war hoffentlich die Wache am Eingang gewesen. Trotzdem mussten sie sich beeilen und das Mädchen so schnell wie möglich aus dem Gefängnis schaffen.

Als es noch beinahe eine Manneshöhe bis zum matschigen Boden war, erstarb das Rasseln der Ketten und der Käfig blieb, leicht hin und her schwingend, stehen. Tunez löste eine Hand von dem Leder und pfiff kurz und kräftig. Die Ketten zitterten kurz und dann erschien Asurs Gestalt dunkel über der Öffnung.

„Weiter geht nicht! Die Winde ist irgendwie verklemmt!“, hallte die Stimme des Mannes herunter.

Tunez brummte. „Solange du uns wieder nach oben ziehen kannst ... Wenn ich wieder pfeife!“ Er wartete nicht auf Asurs Antwort, sondern löste die andere Hand und sprang. Der Boden war nass und rutschig, doch er kam sicher auf. Es roch modrig, vom Felsen tropfte Wasser. Die Fackel auf dem feuchten Boden zischte, die Flamme wurde schwächer und qualmte. Tunez hob sie rasch auf und schwenkte sie über den zierlichen Körper. Er kniete nieder, hielt die Flammen näher an das blasse Gesicht und fühlte ihren Puls.

Mit einem Schlag wurde ihm eine schwere Last abgenommen.

Sie lebte, doch war sie in sehr schlechtem Zustand und bewusstlos. Ihr Gesicht und ihre Arme waren mit Schrammen und blauen Flecken übersät, trockenes Blut färbte ihre Lippen und Wangen dunkel. Er zog den zurückgeschobenen Mantel über die kalten, dünnen Arme.

Bei ihrem Anblick schüttelte Tunez entrüstet den Kopf, legte die Fackel auf die Steine neben sich und zog sein zweites Messer, um die Fesseln zu zerschneiden. Ihre Gelenke waren gerötet und ihre Knöchel aufgescheuert, aber sie waren noch nicht lange gebunden gewesen. Er warf das Seil fort, angewidert von all der Grausamkeit, die man ihr angetan hatte, und richtete sie in eine sitzende Position auf.

Sie stöhnte und wäre um ein Haar wieder umgekippt. Tunez schüttelte sie sanft an den Schultern, doch sie zitterte nur und ihre Augenlider zuckten. Sie fing an zu murmeln und er brachte rasch sein Ohr an ihre aufgerissenen Lippen. Sie flüsterte immer wieder die gleichen Worte, wie sie *ihn* gekratzt hatte, als sei es ihr größter Sieg in ihrer aussichtslosen Situation gewesen.

„Du meinst deinen Wächter, nicht wahr?“, sagte er sanft, ihm war klar, dass sie ihn nicht angesprochen hatte. Stolz schwang in seiner Stimme mit. Sie war eine Kämpferin.

Tunez stand auf und versuchte sie auf die Beine zu stellen, aber die konnten sie nicht tragen. Sie knickte einfach weg und Tunez musste sie halten. Sie hob kurz die Lider und blickte ihn verständnislos aus trüben Augen an. Das Mädchen war offensichtlich am

Ende ihrer Kräfte, also warf er sie sich wie ein Bündel über die Schulter. Mit einem kräftigen Satz sprang er wieder hinauf zum Käfig.

Er krallte sich fest, als dieser schwankte und beinahe gegen die Wand gestoßen wäre, dann zog er sich mit einem Arm hoch, rollte das Mädchen von seiner Schulter in die Käfigöffnung und zog sich an den Lederriemen nach oben, bis seine Füße Halt auf dem Metallrand fanden. Ein zweiter durchdringender Pfiff – und der Käfig setzte sich nach einem Moment wieder langsam in Bewegung.

Unter ihnen erlosch die Fackel und tauchte den Boden in Dunkelheit.

Tunez entspannte sich, als das Gestell langsam dem Rand entgegenschwebte. Das war einfacher gewesen, als er gehofft hatte. Sein Blick ruhte auf der zusammengesunkenen Gestalt des Mädchens, die regungslos neben den flackernden Fackeln lag. Auf einmal konnte er es nicht mehr ertragen, sie so daliegen zu sehen, kniete sich in die Öffnung des Käfigs und strich ihr sanft die Haarsträhnen aus dem Gesicht.

Verrückt, wie viele ihre Hoffnung in dich legen ... mich eingeschlossen, dachte er.

Der größte Teil des Käfigs war bereits aus dem Loch, sein Blick ruhte noch immer auf dem Mädchen – plötzlich sah er eine schemenhafte Bewegung im Augenwinkel.

Instinktiv packte er das Mädchen, zog sie zu sich und richtete sich auf.

Die Ketten gaben nach. Er sprang, doch der Käfig stürzte bereits in die Tiefe und der Rand raste an ihm vorbei.

«†»

Asur fuhr herum, als er schnelle Schritte hinter sich hörte.

Wie aus dem Nichts kam ein Wächter auf ihn zugestürmt. Er rief ihm etwas zu, aber der Schock machte die Worte in Asurs Ohren unverständlich. Einen furchtbaren Moment lang glaubte er, nicht mehr aus der Starre zu erwachen, dann griff seine Hand wie in Zeitlupe den Dolch und riss ihn in die Höhe.

Der Wächter drang mit gezücktem Schwert auf Asur ein. Er schaffte es, dem Angriff auszuweichen – wohl mehr, weil seine Knie nachgaben, als aus Geschick – und schlug den Wächter mit einem Schlag des Dolchgriffs in den Nacken nieder. Er wollte auflachen, über sein unglaubliches Glück, als der Ratke zusammenbrach und regungslos liegen blieb. Da erstarrte Asur. Das laute Rattern hinter ihm übertönte alles.

Er hatte die Kurbel losgelassen, ohne dass die Arretierung eingeschnappt war, um den Käfig zu halten.

Die Kurbel drehte sich so schnell, dass Asur sie nicht mehr zu fassen bekam. Mit einem Ruck riss sich die Kette von der Winde los und surrte rasselnd durch die Rollen an der Felsdecke.

Donnernd schlug der Käfig auf dem Schachtboden auf.

Entsetzt schloss Asur für einen Moment die Augen. Stille breitete sich aus, als die Dunkelheit der Halle auf ihn eindrang.

Da hörte er ein Scharren und riss die Augen auf. Der Wächter! Er kam wieder zu sich! Asur machte einen Satz von dem Mann weg, aber der lag immer noch unbewegt da. Das Geräusch kam von einer anderen Stelle. Asur sah eine Bewegung im Augenwinkel, eine Gestalt landete hart oben auf dem Rand des Schachts und stöhnte hörbar, rollte zur Seite und war in Sicherheit.

Aber sie war zu klein für einen Ratken. Das musste die Gefangene sein!

Ja, und Tunez zog sich ächzend am Rand des Schachts hoch! Von der Decke über ihm tropfte Wasser. Der Stein war zu rutschig ... Asur sah es ganz klar, wie in Zeitlupe ... und stürzte los.

Tunez Hände fanden keinen Halt mehr und rutschten ab. Er hatte die Augen geschlossen, sein Gesicht entspannte sich, als bereite er sich schon auf den Sturz vor. Asur sprang vor und packte zu. Als Tunez nicht fiel, riss er die Augen auf.

Mühsam hielt Asur ihn fest, bis der Ratke den Rand besser zu fassen bekam und sich hochziehen konnte. Sie blieben beide erschöpft auf den Knien sitzen, nur ihr schneller Atem durchbrach die Stille.

Dankbar lächelnd blickte Tunez seinen Helfer an, dann kniff er misstrauisch die Augen zusammen.

Plötzlich brüllte der Ratke laut auf und sprang auf die Beine. Er ließ sein Schwert aus der Scheide fahren, dann stieß er Asur zur Seite und hob es, um den ersten Schlag des Wächters abzuwehren, der wieder zu sich gekommen war. Tunez wurde an den Rand der Grube zurückgedrängt, doch dann stieß er den Wächter mit einem kräftigen Hieb seines Schwerts von sich weg. Als der Mann ein zweites Mal auf Tunez zustürmte, konnte dieser sich schon nicht mehr so gut verteidigen.

Tunez Kräfte waren am Ende. Das Schwert seines Gegners streifte seinen linken Arm, doch er stieß ihn erneut weg. Asur wusste, dass Tunez keinen dritten Angriff überstehen würde, ohne getötet oder selbst in den Schacht geschleudert zu werden.

Doch ehe Asur reagieren konnte, war der Ratke an ihm vorbeigehetzt, direkt auf Tunez zu. Die Schwerter prallten zusammen, doch Tunez ließ seines nach unten schnellen. Die Waffe des Angreifers glitt daran herunter und er stolperte nach vorn, gleichzeitig wich Tunez zur Seite. Der Wächter taumelte, verlor den Halt und stürzte schreiend in die Grube. Mit einem Schlag herrschte Stille.

Asur schluckte, als Tunez ihm auf die Beine half. „Danke, also ... Ich schätze, wir sind quitt."

„Ja, sieht ganz danach aus."

„Woher kam dieser Kerl?! Bei den Hütern, er ist einfach aus dem Nichts aufgetaucht!", machte Asur dann weiter, während das Blut in seinen Ohren rauschte.

„Ich muss ihn übersehen haben, als ich in dem zweiten Aufenthaltsraum nachgesehen habe. Mein Fehler. Jetzt lass uns hier schnell verschwinden, der Lärm könnte andere Wachen aufmerksam gemacht haben!"

Doch Asur hörte ihm nicht mehr zu. Er ging neben der Gefangenen in die Hocke und betrachtete sie. „Ich hatte mir etwas anderes unter einer wichtigen Gefangenen vorgestellt ...", murmelte er und drehte ihren Kopf neugierig in seine Richtung.

„Ich kenne dieses Mädchen! Ich habe sie schon einmal gesehen, vor etwa dreißig ... oder noch mehr Tagen. Sie wurde mit einem riesigen Trupp Wachen an meiner Zelle vorbei geschleift. Damals war sie auch bewusstlos. Bei den Hütern! Sie ist in einem schrecklichen Zustand. Was haben sie nur mit ihr gemacht, diese Bestien!"

«†»

Tunez freute sich, die richtige Entscheidung getroffen und den Mann mitgenommen zu haben, der das Mädchen jetzt so fürsorglich behandelte. Nicht umsonst hatte er Asurs Erinnerungen durchforscht, die ihn als liebenden Vater und guten Menschen entpuppten.

Schließlich drückte er Asur sanft zu Seite, schob einen Arm unter den Rücken des Mädchens, den anderen unter ihre Knie und hob sie auf. Im nächsten Moment eilte er schon die Treppe hoch in Richtung des Tors, Asur dicht hinter sich.

„Sag mal, sollten hier nicht überall Wachen sein? Wenn dieses Mädchen so wichtig ist, wieso ist dann fast niemand hier?", fragte Asur im Weitergehen.

Tunez schnaubte. „Nicht, wenn man die Einteilung der Wachen unauffällig ändert. Die Leiter sind so arrogant, dass sie ihr System für perfekt halten und nicht immer überprüfen."

Sie eilten durch die Gänge und die Wachkammer, ließen den erstochenen Wächter links liegen. Nur an der Schleuse verweilte der Ratke kurz, um das Mädchen an Asur zu reichen, der sie mit einem Ächzen entgegennahm.

Asur blieb wartend in der Dunkelheit des engen Gangs stehen und hörte, wie Tunez die Metalltür der Schleuse zuzog und dann etwas aus seiner Tasche kramte. Es gab ein merkwürdiges Zischen und ein gelbes Licht flackerte auf. Asur meinte, das Kratzen des Riegels zu hören, dann drängte Tunez sich an ihm vorbei und öffnete die Tür hinaus auf den Korridor.

In dem kalten Tunnel angelangt, schloss Tunez rasch die Tür. Er fluchte leise, als ein knirschendes Geräusch erklang.

„Ich glaube es nicht! Der Schlüssel ist abgebrochen!", murmelte er und schüttelte dann den Kopf. „Komm, wir müssen weiter." Er nahm Asur das Mädchen ab, eilte los und schlug eine Abkürzung durch einen niedrigen, zugigen Tunnel ein. Nach kurzer Zeit kamen sie durch eine unscheinbare Tür auf einen breiten Gang.

Asur wollte schon weiter um die nächste Ecke, da erhaschte Tunez einen Blick auf eine Bewegung am Ende des Ganges. Instinktiv packte er den ausgemergelten Gefangenen und riss ihn zurück in den Schatten.

Der Mann ächzte, blieb aber sonst still. „Zurück!", zischte Tunez. „Da vorne ist ein Trupp. Die hätten eigentlich nicht hier sein sollen ..."

Er konnte sehen, wie Asur schluckte und dann nickte. „Wa-was machen wir jetzt?"

„Wir müssen auf die andere Seite des Ganges, da führt unser Weg weiter. Sie sind noch recht weit weg und hier ist es düster. Wir rennen auf die andere Seite, wenn ich das Zeichen gebe", antwortete Tunez flüsternd.

Er warf einen knappen Blick um die Ecke, dann nickte er Asur zu. Im nächsten Moment rannten sie quer über den ungeschützten Korridor. Atemlos kam er neben Tunez zum Stehen. Der drückte sich still in eine dunkle, feuchte Nische und schnappte kurz nach Luft, ehe er den Gang entlang deutete.

„Weg hier!", flüsterte er.

Asur sah voller Entsetzen, dass der Trupp Wachen sich in Bewegung setzte, den langen Gang entlang, genau auf sie zu. Er wandte sich zu Tunez um, doch der rannte bereits los. Er versuchte, so schnell wie möglich um die nächste Ecke zu kommen, ohne dabei den Sichtschutz der langen Nische zu verlassen.

Tunez wurde erst langsamer, nachdem sie um zwei Ecken geeilt waren und beobachtet hatten, wie der Trupp sich rasch in die entgegengesetzte Richtung entfernte.

Danach schienen Stunden zu vergehen, bis Tunez Asur zuflüsterte, wieder Halt zu machen. Mehrmals hatten sie wegen Wachposten Umwege nehmen müssen.

Jetzt stieß Tunez eine große, unscheinbare Holztür auf und bedeutete dem müden, nach Luft ringenden Asur, hineinzugehen. Dann folgte er ihm und zog die Tür zu. Er legte das Mädchen auf den Boden, reichte Asur die Fackel und betrachtete die Gefangene eingehender.

Sie war eigentlich schon mehr eine Frau als ein Mädchen. Seinen Informationen nach musste sie sechzehn oder siebzehn sein. Ihre Haut war aschfahl und voller Schrammen und Prellungen. Besorgt hielt er sein Ohr an ihren Mund und prüfte ihren Atem.

Er war kaum zu spüren und auch ihr Herzschlag war schwach.

Tunez schlug seinen Mantel zurück, öffnete einen Beutel an seinem Gürtel und zog ein kleines, mehrmals in Leinen eingewickeltes Päckchen heraus, das er jetzt aufschlug.

Asurs Augen weiteten sich, als der Ratke einen rot leuchtenden Stein herauszog.

„Du besitzt einen Bilur!", stellte er überrascht fest.

Tunez brummte eine Zustimmung, hielt den magischen Stein an seinen Mund und hauchte darauf. Sofort verstärkte sich der Schein des Bilurs, der Ratke drückte ihn rasch auf die Kehle des Mädchens und nahm seine Finger fort.

Der Bilur zerfiel zu glühend leuchtender Asche, die in die Haut der jungen Frau einsank, wie Rauch oder Nebel, ohne dass mehr passierte.

Zuerst glaubte Asur, dass der Stein seine Wirkung verfehlt hatte, doch dann bemerkte er ein schwaches Leuchten, das aus dem Inneren ihres Körpers aufzutauchen schien. Der Schein wurde stärker und ein Zucken lief durch das Mädchen. Einen Moment riss sie die Augen auf, ächzte, holte rasselnd Atem und zuckte, dann erschlaffte sie wieder und war still.

Asur erschrak und dachte schon, sie würde sterben, doch dann sah er voller Staunen, wie die schweren Prellungen an ihrem Arm und im Gesicht blasser wurden und wie sich die offenen Wunden an ihrem Kopf schlossen. Ihr Atem ging kräftiger und gleichmäßiger, sie schien jetzt zu schlafen.

Tunez fühlte noch einmal ihren Puls und nickte, halbwegs zufrieden. „Es hat nicht ausgereicht, um all ihre Wunden zu heilen, aber sie wird leben. Die Wachen hätten wirklich besser auf sie achtgeben müssen. Die Königin wollte sie lebendig, nicht tot!"

Asur stand noch immer der Mund offen, als Tunez ihm die Fackel aus der Hand nahm und sich erhob.

„Ich werde jetzt nach deiner Familie suchen, solange noch weniger Wachen hier sind. Wenn wir Glück haben, sind sie auf derselben Ebene, wie du es warst. Bist du vor unserer Begegnung irgendwelche Treppen runter gelaufen?"

„Nein."

„In Ordnung. Ihr wurdet zusammen ins Gefängnis gebracht, nehme ich an?"

„Ich ... ich bin nicht ganz sicher. Ich habe sie das letzte Mal gesehen, als die Ratken kamen. Danach hatte ich die Augen verbunden, wurde befragt und in die Zelle geworfen."

„Es ist sehr wahrscheinlich, dass sie sie irgendwo in der Nähe eingesperrt haben. Wie heißt deine Frau?"

„Kalana. Kalana aus der Siedlung Salie."

Tunez brummte zustimmend.

„Was ist mit meinen Söhnen? Werden sie nicht woanders gefangen sein?"

Jetzt musste Tunez doch grinsen. „Wahrscheinlich sind sie noch bei ihrer Mutter. Es braucht mehr als etwas Bartwuchs, damit Ratken einen als Mann einschätzen. Aber nenn mir auch ihre Namen."

„Kian und Anak."

Tunez nickte erneut, deutete dann auf das Mädchen. „Versuch, sie aufzuwecken. Wir haben nachher noch einen langen Marsch vor uns."

Als er sich zur Tür wandte, hielt Asur ihn zurück.

„Moment! Wie soll ich hier drin was sehen?"

Tunez nickte und zündete die zweite Fackel an, die er dabei hatte. Er gab sie wortlos an Asur weiter, ging hinaus und schloss dann leise die Tür. Asur hörte noch ein Knirschen im Schloss, dann herrschte Stille.

Er schluckte. Es war kein gutes Gefühl, wieder in einer kleinen Kammer eingesperrt zu sein und dann auch noch einem *Ratken* vertrauen zu müssen ... Gar kein gutes Gefühl.

Das Einzige, was ihn aufrecht hielt, war die Hoffnung, dass seine Familie noch lebte.

Verlassene Gänge

Kalana saß an die kalte Wand der kleinen Zelle gelehnt.

Schmutziges Wasser sickerte aus den vielen Spalten in der Decke und tropfte ihr auf Schultern und Nacken. Sie hatte ihr Gesicht in ihre geschundenen Hände gelegt.

Wo ist Asur? Ob er auch in einer Zelle sitzt und an mich denkt? Ich vermisse ihn so sehr. Bei dem Gedanken an ihren Mann floss eine bittere Träne über ihre Wange. *Ich vermisse sein Lachen, sein Haar, seine wunderbar braunen Augen ... Dieser schreckliche Krieg hat uns alles verdorben. Alles, einfach alles! Unser Haus, unsere Familie ... Alles ist zerstört. Und ich allein bin daran schuld.*

Ohne es zu wollen, zuckte sie leicht zusammen und musste dann ein Schluchzen unterdrücken.

Ich wünschte, ich hätte niemals unsere Nachbarin auf dem Markt getroffen, wo sie mit diesem Mann über den Widerstand sprach. Ich habe alles mit angehört, dabei weiß ich noch nicht einmal, wieso ich es tat. Ach, es war falsch ihnen zu helfen. Ich habe dadurch unsere Familie zerstört und uns alle ins Verderben geführt. Ich hätte so tun müssen, als hätte ich auf dem Markt nichts gehört. Ich hätte mich taub und blind stellen sollen, so wie es alle tun. Aber wie hätte ich untätig bleiben können, wissend, dass da draußen Menschen kämpfen, um diesen grausamen Krieg zu beenden ... Obwohl sie doch wissen müssen, dass es aussichtslos ist ...

Diese Vorwürfe hatte sich Kalana schon häufig gemacht. Sie fragte sich oft, wie es überhaupt zu diesem Krieg hatte kommen können. Waren die anderen Völker denn blind gegenüber Zaydas Hass und Gier? Oder gegen die Überheblichkeit der Ratken, die andere Völker gar nicht als gleichwertige Menschen zu betrachten schienen? Doch inzwischen war es zu spät. Noch bevor Kalana oder ihr Mann überhaupt geboren worden waren, hatten die Dinge schon diesen Lauf genommen. Der Stein war schon vor Jahrzehnten ins Rollen geraten, und er war nicht mehr aufzuhalten.

Ihre Söhne Anak und Kian redeten leise miteinander, als Kalana draußen vor der Zellentür Stimmen hörte. Irgendwelche schrecklichen Ratken, die auf dem Weg waren, um wieder mal Gefangene zu quälen. Die Ratken schienen direkt vor ihrer Zelle stehen zu bleiben. Kalana horchte auf, auch ihre Söhne verstummten verschreckt. Anak stand auf und lauschte an der Tür.

„Was ist denn los?“, fragte Kalana leise, aber er gab ihr mit einer raschen Handbewegung zu verstehen, dass sie still sein sollte. Nach einer Minute machte sich Besorgnis auf seinem Gesicht breit. „Oh nein! Die wollen uns mitnehmen, Mutter!“

Genau in diesem Moment knirschten die Riegel der Tür und Anak rutschte rasch von ihr weg. Sie schwang auf und ein großer Ratke mit Breitschwert trat ein.

„Sofort alle rauskommen! Ich komme auf persönlichen Befehl der Königin. Sie möchte euch sehen!“, sagte er nachdrücklich. Sie gehorchten ängstlich und huschten geduckt aus der dunklen Kammer. Draußen standen zwei weitere ratkische Wächter, die sie mit ihren gelben Augen fixierten. Den Gefangenen wurden Ketten an die Hände gelegt. In Kalanas Blick spiegelte sich Angst. Der große Ratke wandte sich an die beiden anderen: „Mit denen werde ich allein fertig. Ihr könnt gehen.“

Die beiden Wächter nickten nach einem Moment widerwillig, verließen schweigend den Gang.

„Los, macht schon. Lauft!“ Er gab Kalana einen Stoß und die kleine Gruppe setzte sich in Bewegung.

Kalana verbiss sich ein Ächzen und warf ihren Söhnen ängstliche Blicke zu. Nur zu gerne hätte sie etwas Hoffnung in ihren Augen gesehen, aber es war bekannt, wie Zayda mit Gefangenen umging. Kalana und ihre Söhne würden von Glück reden können, wenn sie überlebten. Nur um dann gefoltert und gebrochen zurück in dieses Krankheitsnest geworfen zu werden.

Als wollte das Schicksal sie verhöhnen, kamen ihnen in einem langen Gang einige Ratken mit einem Karren entgegen. Der Wagen wurde von zwei Sklaven gezogen, und als Kalana mit ihren Söhnen näher geführt wurde, riefen die Wachen bei dem Karren einen Befehl und hielten an. Eine Zelle wurde geöffnet, einer der Ratken deutete hinein und die Sklaven verschwanden für eine kurze Zeit in dem Loch.

Gerade als Kalana auf ihrer Höhe war, kamen die Sklaven wieder hinaus. Sie schleiften eine Leiche hinter sich her, an deren nackten Armen merkwürdige, schwarze Beulen zu sehen waren.

Der Ratke schleifte sie weiter am Karren vorbei und so verschwanden die Sklaven mit der Leiche aus ihrem Sichtfeld. Von dem Karren ging ein fürchterlicher Gestank aus. Als sie ihn passierten, konnte Kalana einen Blick hineinwerfen. Er war bereits mit einem Haufen aus Leibern beladen.

Die Wachen nickten sich kurz zu und ihrer führte sie weiter davon.

Kalana wurde schlecht, als sie hörte, wie die Sklaven hinter ihr die Leiche mit einem Ächzen anhoben und auf den Karren warfen.

Schließlich erreichten sie einen Kontrollpunkt. Kalana fiel plötzlich auf, dass der Ratke angespannt wirkte. Mit einem groben Stoß riss er sie aus ihren Gedanken.

„Seht ihr, alles unter Kontrolle. Für diese drei Schwächlinge braucht es keinen ganzen Trupp", rief ihr Führer den anderen zu.

Die Wachen an der Schleuse nickten mürrisch und ließen sie passieren. Kalana meinte, einen von ihnen etwas über fehlende Wachposten murmeln zu hören, dann wurden sie weiter gezerrt.

Erst als die Schleuse außer Sicht war, entspannte der Ratke sich wieder und atmete ruhiger. Kalanas Puls begann hingegen so schnell zu rasen, dass sie ihn in ihrem Hals pochen spürte.

Der Ratke hielt Kalana plötzlich an der Schulter fest und sie zuckte ängstlich zusammen. Ihre Söhne starrten ihn wütend an, doch er ignorierte die beiden, zog sie ein Stück weiter und öffnete die Tür vor ihnen, bevor er die Brüder hineinwies. Dann folgte er und schloss die Tür hinter sich, seine Hand immer noch fest um Kalanas Oberarm geschlossen.

Kian und Anak blieben entsetzt stehen. Sie waren in einer niedrigen Halle, doch es war nicht die berüchtigte Halle, in der

Zayda ihren Thron stehen hatte, sondern ein Aufenthaltsraum für die Ratkenwächter. Der Saal war bis auf fünf müde wirkende Ratken leer. Sie blickten überrascht auf. Einer streckte sich gähnend und schob einen Teller mit Brot von sich weg.

„He, was soll denn das? Gefangene haben hier nichts zu suchen!", beschwerte sich einer der Ausruhenden mit bissiger Stimme.

„Du musst der Neue sein, der von nichts eine Ahnung hat!", grummelte ein kleiner Ratke, der sie böse anstarrte. Doch der Ratke hinter Kalana machte keine Anstalten, wieder aus dem Raum zu gehen. Drei von den Wachen standen auf und fassten drohend ihre Schwerter.

„Hast du nicht gehört? Du sollst verschwinden! Du bist doch der Neue, oder?"

„Oh nein, da irrt ihr euch gewaltig", widersprach der Ratke mit leiser Stimme, sodass nur Kalana und ihre Söhne es gut verstehen konnten. Er trat vor und hob ebenfalls das Schwert.

„Willst du etwa Streit?", fragte der kleinere Wächter und die anderen im Saal lachten laut auf.

„Nein, ich will euch alle fünf tot zu meinen Füßen liegen sehen. Na los, worauf wartet ihr noch?"

Kalana konnte es nicht fassen, dieser Ratke war verrückt geworden!

Wollte er sie ebenfalls töten?

Die Wachen blickten sich gegenseitig an, dann verstanden sie.

„Du bist ein Verräter! Was willst du mit diesen Gefangenen?", fragte der kleine Ratke hasserfüllt und zog sein Schwert.

Kalana verstand gar nichts mehr, stand erstarrt da. In diesem Moment stürmten die Wachen wütend auf sie los. Kian stieß Kalana zur Seite und sie duckte sich hinter einen der Tische. Der Ratke neben ihr, der Verräter, wie ihn die anderen Wachen nannten, ließ sein Schwert aus der Scheide fahren – und tötete einen seiner Kumpane mit einem zielsicheren Hieb gegen den Hals.

Der Mann brach ächzend zusammen. Ein zweiter fiel tödlich getroffen über ihn, doch der dritte hob sein Schwert, um es in

Anaks Rippen zu stoßen. Kalana schrie auf und der Verräter, der den Kampf provoziert hatte, wirbelte herum. Er riss sein Schwert hoch und es prallte klirrend gegen das Schwert des Angreifers. Anak reagierte augenblicklich und rammte ihm den Fuß zwischen die Beine.

Der Ratke strauchelte fluchend und der Verräter streckte ihn mit seinem Schwert nieder. Die beiden übrigen Ratken erkannten, dass sie gegen diesen Abtrünnigen kaum eine Chance hatten. Sie wollten die Flucht ergreifen, aber der Verräter versperrte ihnen den Weg. In ihrer Verzweiflung rannten sie gleichzeitig auf ihn zu. Im letzten Moment machten sie einen Haken und sprangen auf Anak zu.

Dem ersten Schlag wich dieser geschickt aus, den zweiten wehrte er ab, indem er die gefesselten Hände auseinanderriss. Die Kette zwischen Anaks Armen spannte sich und federte den Schlag ab, sodass der Schwerthieb ihn nicht verletzte. Schnell schlang Anak die Kette um das Schwert und drehte es dem überraschten Wächter aus der Hand.

Dieser brauchte einen Moment, um zu reagieren – da traf das Schwert des Verräters ihn in die Seite und der Wächter brach ebenfalls zusammen. Der letzte Ratke nutzte die Gelegenheit, sprang vor und stach dem Verräter schreiend einen kleinen Dolch in die Schulter.

Dieser brüllte wütend auf, fuhr herum und enthauptete den letzten Wächter mit einem heftigen Hieb.

Stille breitete sich aus, als der Körper in sich zusammengesackt war. Der Ratke stand schwer atmend da, zog sich den Dolch aus der Schulter und ließ ihn auf den blutigen Boden fallen.

Es schien ihn kaum zu kümmern, dass Kian das Schwert eines Toten aus dessen Händen riss und ihm an die Brust setzte. Plötzlich schoss sein Arm vor. Kalana schrie erneut auf, als der Ratke ihn um den Hals packte und leicht zudrückte. Mit der Hand des verletzten Arms nahm er ihm das Schwert wieder ab.

„Komisch, in genau derselben Situation war dein Vater vor Kurzem ebenfalls."

Kians Gesicht verzerrte sich vor Wut, während er um Worte rang. „Was habt Ihr ihm angetan?“

Über das Gesicht des Abtrünnigen huschte ein weiteres Lächeln und er ließ ihn los. Kian fiel keuchend zu Boden und fasste sich an den schmerzenden Hals, während der Abtrünnige seine Schulter abtastete. „Eurem Vater geht es gut, er ist in Sicherheit.“

„Wo ist Asur?“ Kalana stieg über die Leichen der Wächter und sah ihm fest in die Augen. Er schien einen Moment unter ihrem Blick zu wanken. „Ich sagte doch, er ist in Sicherheit! Ich bin Tunez.“ Er zuckte zusammen, als seine verwundeten Schultermuskeln schmerzten.

„Ihr seid ein Phiruin, nicht wahr? Aber wieso habt Ihr uns befreit?“, fragte Kalana stirnrunzelnd. „Es gibt sicherlich viel wichtigere Gefangene hier ...“

„Weil ich mich vom Flehen deines Mannes habe erweichen lassen. Er hat eingewilligt, mir zu helfen, wenn ich euch ebenfalls zu befreien versuche.“

„Und was machen wir dann in diesem Saal?“, wollte Kian wissen. „Und wieso musstet Ihr den Wächtern mitten ins Gesicht sagen, dass Ihr ein Verräter seid?!“

„Ich kann euch nicht ohne Ausrüstung in die Sümpfe schicken.“

„Aber Ihr hättet sie leise und einfach ausschalten können!“, meinte Kian vorwurfsvoll und deutete auf die Leichen.

Tunez' Augenzwinkern ließ den Jungen schlucken. „Ich dachte mir, etwas Spaß darf doch sein, wenn ich schon den Umweg mache, um euch zu holen.“

Der Ratke richtete sich grinsend auf und bewegte probeweise die Schulter. Ein Fleck dunklen Bluts hatte sich um den Stich ausgebreitet.

„Anscheinend sind Ratken doch nicht absolut unverwundbar“, sagte Anak trocken.

„Sei mal nicht so vorlaut, Kleiner. In Mazmorras Grab werden Zungen schneller rausgeschnitten, als es dir lieb wäre.“ Sein Blick ließ Anak erbleichen, doch dann ging der Ratke durch den Raum und öffnete einen tiefen Schrank, zog drei große Beutel zum Umhängen heraus und legte sie auf den nächsten Tisch. Dann verschwand er in einem kleinen Nebenraum.

„Bedient euch", rief er ihnen durch die Tür zu. Anak und Kian standen stumm da, es dauerte noch einen Moment, bis zu ihnen durchgedrungen war, was Tunez Worte bedeuteten. Wenn dieser Ratke die Wahrheit sagte, lebte ihr Vater und sie würden vielleicht aus diesem Loch fliehen können!

Der Abtrünnige kam zurück, in seinen Armen einige Laibe Brot, Wasserschläuche und zwei Stück Schinken. Er packte alles in die Taschen, steckte dann noch eine grob gewebte Decke dazu und reichte die Taschen Anak und Kian. „Das muss fürs Erste reichen", sagte er und hielt die letzte Tasche der Frau hin. Kalana lächelte und streckte die Hände danach aus, die Ketten rasselten dabei vernehmlich.

„Oh, die hatte ich ganz vergessen." Tunez holte den Schlüssel für die Kettenschlösser hervor und befreite sie alle drei von den Eisen. Dann hievte er einen der Toten etwas hoch, packte ihn unter den Armen und schleifte ihn in die kleine Kammer, aus der er bereits die Vorräte geholt hatte. Anak und Kian beeilten sich, ihm zu helfen.

Nach wenigen Minuten zeugte nur noch eine Blutlache von dem Angriff. Tunez löschte einige der Fackeln im Raum, bis es so dämmrig war, dass die Halle verlassen wirkte und das Blut kaum noch auffiel.

„Jetzt nehmt die Mäntel von dem Haken dort. Nehmt zwei mehr für Asur und das Mädchen mit. In Ordnung? Dann lasst uns gehen. Es ist weit bis zu Asurs Versteck." Als sie fertig waren, reichte Tunez ihnen noch die Waffen der Toten, zwei Schwerter und einen Dolch für die Frau. Sie verließen die Halle und Tunez zog einen großen Schlüsselbund hervor und schloss ab.

„Jetzt sollen die übrigen Wächter erst einmal zu anderen Kammern gehen, um sich auszuruhen", murmelte der Ratke, steckte die Schlüssel wieder weg und lief los, während die drei ihm dicht auf den Fersen blieben.

„Und einem Verräter wie dir haben sie so leichtsinnig alle Schlüssel gegeben?“, fragte Anak zweifelnd und zog eine Augenbraue hoch.

Tunez lachte auf. „Der Schlüsselwärter hat sie mit seinem Leben verteidigt und bezahlt.“

„Du scheinst mir ein recht merkwürdiger Ratke zu sein, wenn du einfach so deinesgleichen tötest.“

„Das ist wahr, ich bin kein *guter* Ratke“, sagte er zwinkernd.

„Wie hast du es dann geschafft, dass die Männer bei der Gefangenenübergabe vor unserer Zelle so … unterwürfig waren?“

„Ich habe mich als persönlicher Befehlshaber der Königin ausgegeben. Dieser Hexe ist nicht klar, dass man die Angst ihrer Untertanen, ihrem Willen nicht gerecht zu werden, sehr gut gegen sie verwenden kann“, meinte er, führte sie in schnellem Tempo weiter und in Richtung des Verstecks.

«†»

Asur lehnte an der kalten Wand der kleinen Kammer.

Sie war schmutzig, verstaubt und bis auf wenige unbenutzte Holzregale und ein paar alte Decken leer. Er war nicht gerade begeistert, in diesem Loch eingeschlossen zu sein. Konnte er Tunez wirklich trauen? Asur schüttelte den Kopf. Jetzt half es auch nichts mehr, sich darüber den Kopf zu zerbrechen, für Zweifel war es zu spät.

Schließlich nahm er ein paar der Decken aus einer Ecke, breitete sie auf dem Boden aus und formte noch eine Art Kissen aus weiteren, auf das er jetzt das Mädchen legte. Sie war erstaunlich leicht – oder eher ausgemergelt. Wie lange sie wohl schon in diesem Loch gelegen und langsam aber sicher den Verstand verloren hatte? Seit er gesehen hatte, wie sie an seiner Zelle vorbeigebracht wurde? Oder schon länger?

Asur versuchte erneut sie zu wecken, aber da war nichts zu machen. Sie wollte die Augen nicht öffnen. Als er ihr ein Lid anhob, blickte er in trübe, blutunterlaufene Augen, die ins Nichts starrten. Dann betrachtete er sie genauer und öffnete ihr sanft den Mund. Ihre Zunge und ihr Gaumen waren ausgetrocknet, ihre Lippen rissig und aufgeplatzt.

Er zog den Schlauch des Wächters, den er in seiner Zelle mit Wasser gefüllt hatte, aus seinem Hemd und öffnete vorsichtig den Verschluss. In dem schummrigen Licht wollte er keinen Tropfen verschütten. Asur hob erneut ein Augenlid des Mädchens an, doch ihre Augen starrten noch immer ins Leere. Da befeuchtete er seine Finger mit Wasser und fuhr ihr behutsam über die Lippen.

Das Mädchen regte sich leicht. Ihre geschlossenen Augen zuckten und Asur ließ mehr Wasser auf ihre Lippen tröpfeln. Schließlich hob er ihren Oberkörper an und setzte den Schlauch an ihren Mund. Das Mädchen trank in hastigen Schlucken und rasch war der Schlauch leer. Asur legte ihren Kopf zurück auf die schmutzigen Decken und zog das Brot hervor, um einen Bissen abzureißen. Als er sich ihr wieder zuwandte, um ihr ebenfalls ein paar Krümel zwischen die Zähne zu schieben, starrte sie ihn bereits aus weit geöffneten Augen an.

„Hier, wenn du möchtest, kannst du auch etwas Brot haben. Es ist nicht viel, aber was kann man von einem lausigen Gefängnis auch anderes erwarten?", sagte Asur und hielt ihr lächelnd das weichere Innere des Brots hin. Sie streckte zaghaft die Hand danach aus, hielt dann aber inne und blickte ihn weiter an. Sie musterte ihn mit einem hastigen Blick von oben bis unten, ehe sie ihre Augen wieder an seine heftete. Offensichtlich sah sie, dass er nicht wie eine der Wachen angezogen war. Keiner von denen würde eine schäbige, alte Tunika und Lederlappen an den Füßen tragen.

Er lächelte milde und streckte das Brot noch etwas näher.

„Keine Sorge, ich tue dir nichts. Ich bin Asur und hoffentlich sind wir bald raus aus dieser ewigen Dunkelheit. Iss, bevor das Brot noch schlechter wird, als es sowieso schon ist."

„Ich ... ähm, danke. Ich bin ... also ich heiße ... Sina. Du bist also keine von diesen schrecklichen Bestien mit gelben Augen?", murmelte sie mit heiserer Stimme. Sie nahm das Brot und kaute vorsichtig darauf herum.

Er musste über ihre Wortwahl schmunzeln. „Nein, ich bin kein Ratke."

Sie sah ihn unverwandt an, während sie das Brot in Sekundenschnelle verschlang und dann zaghaft die Krümel von der Decke pickte, ehe sie ihm die nächste Frage stellte. Sie kam Asur auf sonderbare Weise schon erholter vor, als noch vor wenigen Augenblicken.

„Was ... was tue ich denn hier?"

„Wir werden dir helfen, aus diesem Gefängnis zu fliehen. Ich war selbst Gefangener hier, aber ich bin geflohen!"

Welch Ironie, das in der Vergangenheitsform zu sagen. Noch bin ich ja hier nicht raus, dachte Asur verbittert.

„Was heißt *wir*, du bist doch nur alleine."

„Ich war alleine, aber jetzt habe ich Hilfe. Er heißt Tunez und befreit hoffentlich gerade meine Frau und meine beiden Söhne. Ich habe mein Zeitgefühl verloren, aber ich glaube, sie müssten eigentlich schon wieder hier sein." Sein Blick wanderte erneut besorgt zu der schweren Holztür, die von außen verschlossen war. Dann meinte er, ein schwaches Kratzen zu hören, als würde jemand den Schlüssel im Schloss drehen. Doch anstatt aufzuschwingen, blieb sie unverändert geschlossen.

Die Geräusche verschwanden und Asur erhob sich misstrauisch, dann legte er ein Ohr gegen das dicke Holz. Er konnte undeutlich jemanden sprechen hören, dann vernahm er schnelle Schritte. Plötzlich prallte etwas Schweres gegen die Tür und er taumelte zurück und fiel zu Boden. Sina sprang schreiend auf, kämpfte einen Moment mit dem Gleichgewicht und drückte sich dann zitternd in die dunkelste Ecke des kleinen Raums.

Ehe Asur sich wieder aufrappeln konnte, krachte wieder etwas gegen die Tür.

Jemand versuchte, sie aufzubrechen! Die Wachen mussten Tunez geschnappt haben! Asur packte das Schwert auf dem Boden und richtete sich hastig auf. Er hielt die große Waffe direkt vor sich, bereit, sich gegen die Ratken zu wehren.

Erneut warf sich ein Angreifer von außen gegen die Tür, die Scharniere knirschten und Staub und kleine Steinchen rieselten von der Decke. Asur hörte ein dumpfes Fluchen, bevor sich jemand nochmals gegen das harte Holz warf.

Das Schloss gab kreischend nach und die Tür schlug krachend innen an die Wand.

Vor ihm stand der schnaufende Tunez und rieb sich die Schulter.

„Bei den Hütern! Hast du mich erschreckt! Was soll dieser Lärm, willst du, dass uns die Wachen noch schneller entdecken?", flüsterte Asur vorwurfsvoll.

„Das Schloss hat geklemmt", gab Tunez knapp zurück, dann schritt er in den kleinen Raum und an Asur vorbei. Er kniete sich vor Sina hin und reichte ihr eine Hand, damit sie leichter aufstehen konnte. Sie reagierte nicht, außer dass sie noch stärker zitterte und ihn mit größter Angst und Verwirrung anstarrte.

Asur wandte den Blick von den beiden und sah durch die offene Tür – direkt in das Gesicht Kalanas. Ihr strahlendes Lächeln konnte ihre Erschöpfung nicht überdecken, aber es war das schönste Lächeln, das er je gesehen hatte. Asur ließ das Schwert fallen, machte zwei Schritte und schloss sie in seine Arme.

„Ich dachte, ich hätte dich für immer verloren!", sagte er sanft.

„Asur, es tut mir alles so schrecklich leid! Bitte vergib mir!", wisperte sie leise und schmiegte sich noch enger an ihn.

„Da gibt es nichts zu vergeben. Du hast genug gelitten. Wir bekommen eine neue Chance. Zwar nur eine kleine, aber es ist eine Chance!"

Tränen des Glücks strömten über die Wangen seiner Frau, als sie kurz zu ihm aufsah und sich dann wieder mit dem Gesicht an seine Brust lehnte. Hinter ihr standen seine beiden Söhne, ebenfalls lächelnd. Asur betrachtete sie hastig von oben bis unten, suchte nach Verletzungen. Erleichterung machte sich in ihm breit.

Sie waren zwar beide genauso mager wie Kalana und er selbst, aber ansonsten wirkten sie gesund.

Auch sie waren in Lumpen gekleidet, aber über den Rücken geworfen trugen sie drei große gefüllte Lederbeutel. Voller Freude stürzten sie sich in die Umarmung mit seiner Frau und mussten sich zusammenreißen, nicht fröhlich zu lachen. So verharrten sie gemeinsam für einen Moment, dann traten sie in den kleinen Raum. Es war jetzt ziemlich eng, aber Asur und seine Familie störte das nicht. Sie waren endlich wieder vereint.

Sina hatte sich noch immer nicht gerührt. Auch über ihr Gesicht liefen Tränen – aber Tränen der Angst! Da schien Tunez zu begreifen, was los war.

„Oh, Asur, hast du ihr nicht erzählt, wer ich bin? Das arme Ding ist ja völlig verstört! Wenn ich mich vorstellen darf?"

Sie zuckte unter seiner Berührung zusammen, als er ihre Arme nahm und sie auf die Beine zog. Sie blieb einen Moment wankend stehen, dann knickten ihre Beine wieder weg. Tunez stützte sie rasch und hielt sie dann behutsam fest. „Mein Name ist Tunez und ich werde dir helfen, von hier zu fliehen." Er besah sie sich einen Moment prüfend. „Auch wenn ich fürchte, dass wir dich tragen müssen, so ausgemergelt, wie du bist!"

Sina sah verwirrt zu Asur. „Du hast mir nicht gesagt, dass Tunez eines von diesen Ungeheuern ist!", flüsterte sie atemlos.

„Nein, habe ich nicht. Aber er hilft uns hier raus! Sina, das sind meine Frau Kalana und meine Söhne Anak und Kian." Er gab seiner Frau einen weiteren Kuss und sie hielt sich glücklich an ihm fest.

„Und du hilfst mir wirklich? Das ist kein Trick?", fragte sie Tunez.

Er lächelte sanft. „Ja, wirklich. Du dachtest schon, ich würde dich wieder in eine Zelle stecken, nicht wahr? Das würde Zayda ähnlich sehen, ihren Gefangenen Hoffnung zu machen, nur um sie wieder zu zerstören."

„Was seid ihr?!", hauchte sie und stellte damit eine Frage, die ihr schon ewig nachgehangen hatte.

„Du weißt wirklich nicht, wie dir geschieht, nicht wahr? Die Ratken sind eines der Völker in dieser Welt. Wir sind ein Kriegervolk, das alle anderen unterworfen hat. Aber einige von uns sind damit nicht einverstanden. Nun ... wir sollten jetzt aufbrechen. Je eher wir aus dem Gefängnis sind, umso besser sind die Chancen, zu entkommen", erwiderte Tunez.

„Wieso? Wenn wir aus dem Gefängnis rauskommen, sind wir doch schon geflohen", meinte Anak verwirrt.

„In den Sümpfen gibt es kaum Möglichkeiten, sich vor Zaydas Schergen zu schützen, man muss in der Dunkelheit so weit wie möglich von der Festung wegkommen, damit sie einen nicht erspähen, wenn es hell wird. Und es ist nicht auszuschließen, dass ein oder zwei Magier auf den Mauern Wache halten."

„Dann wären wir verloren!", flüsterte Kalana.

„Es gibt einen Weg, der von oben schlecht einsehbar ist. Los jetzt, das sind Probleme, um die wir uns später noch kümmern können."

Bevor sie aufbrachen, nahm Tunez den Söhnen die beiden zusätzlichen Mäntel ab und reichte sie Asur und Sina. Er bedeutete den Umstehenden, ruhig zu sein und öffnete langsam die Tür, die Kian vorher hinter sich geschlossen hatte. Dann schritt er leise auf den Gang und sah sich um, er nickte ihnen zu und sie machten sich auf den Weg.

Schon nach wenigen Metern knickten Sina wieder die Beine weg. Viel zu lange hatte ihr erschöpfter Körper ohne ausreichend Wasser und Nahrung auskommen müssen und ihre Verletzungen machten ihr zu schaffen. Anak und Kian legten sich jeweils einen ihrer zitternden Arme über die Schultern, dann gingen sie schnell weiter.

So liefen sie unter Tunez' Führung schweigend durch die Gänge und Tunnel und lauschten auf jedes Geräusch, das einen nahenden Feind hätte verraten können. Nach endlosen Gängen und einigen Treppen, die sie tiefer führten, erreichten sie einen Teil des Gefängnisses, der viel älter schien als der Rest der Tunnel. Die Wände waren gröber gehauen und es gab mehr Nischen und offene Räume, die offensichtlich verwaist waren. Diese kamen als Verstecke wie gerufen, wenn von Zeit zu Zeit Suchtrupps vorbei marschierten.

Dennoch mussten sie immer häufiger in dunkle Nebengänge flüchten, um nahenden Wächtern zu entkommen. Es war ein langer, nervenzehrender Marsch. Sinas Kräfte ließen schnell nach und sie schaffte es kaum noch, einen Fuß vor den anderen zu setzen, geschweige denn ihren Kopf erhoben zu halten.

Kalana überprüfte gerade den Puls des Mädchens, als sie plötzlich Stimmen in der Nähe hörten. Tunez hob warnend die Hand und die Gruppe huschte zum nächstmöglichen Versteck, einer Nische in der groben Wand. Eine offene, alte Kammer war in der Nähe nicht zu sehen.

Drei Wächter traten aus einem Raum. Sie hatten Fackeln bei sich und der letzte knallte die Tür hinter sich mit solcher Wucht zu, dass Staub von der Decke des Tunnels rieselte. Die Wachen erblickten Tunez, der scheinbar allein in dem düsteren Gang stand und gingen auf ihn zu, er tat es ihnen gleich, um von den Versteckten wegzukommen.

„Was tust du hier? Es wurde niemand außer uns für die Kontrolle der leeren Zellen eingeteilt!"

Tunez straffte sich und reckte das Kinn, während er sie böse anblitzte. „Da seid ihr ja endlich!"

Die Ratken wurden langsamer und bei Tunez befehlendem Ton anscheinend auch etwas vorsichtiger.

„Ich bringe eine Nachricht von der Aufsicht: Es wurde von merkwürdigen Geräuschen in den Gängen weiter östlich berichtet. Ihr sollt dorthin und das überprüfen", knurrte Tunez im Befehlston.

Einer der Ratken ächzte genervt, während der zweite etwas grummelte. Der Wächter, der Tunez angeschnauzt hatte, schnaubte lustlos. „Wir sind seit einer Ewigkeit hier hinten und kontrollieren. Bisher haben wir nichts außer Staub und Knochen finden können. Hier gibt es nichts zu holen und nichts zu bewachen, in den östlicheren Gängen ist sogar noch weniger als nichts! Das soll jemand anderes machen."

„Ich bin nicht hier, um mit euch eure Befehle zu diskutieren! Die, die es eigentlich machen sollten, wurden für andere Posten abkommandiert, da heute einige fehlen. Wisst ihr eigentlich, wie lange ich nach euch suchen musste?"

Die Wächter schauten ihn wütend an, doch dann nickten sie und wandten sich zum Gehen.

«†»

Tunez wollte schon erleichtert aufatmen, da gingen sie an ihm vorbei.

Er verfluchte seine Dummheit. Um zu den östlicheren Gängen zu kommen, mussten sie natürlich an ihm vorbei. Er wandte sich um, damit er sie beobachten konnte, und hoffte, dass die anderen in ihren Verstecken unsichtbar bleiben würden. Da rieselte irgendwo seitlich von den Wächtern etwas Gestein von der Wand. Das Geräusch hallte verstärkt in dem Gang wieder und Tunez sah eine Bewegung im Schatten. Als die Wächter die Köpfe drehten, wusste er, dass sie es ebenfalls bemerkt hatten.

Mit mehreren kräftigen Sätzen war er hinter dem nächsten Wächter, riss sein Schwert hervor und ließ es in den Rücken des Ratken fahren. Es durchfuhr das Hemd direkt unterhalb des Wamses und oberhalb des Gürtels und der Mann brach ächzend zusammen.

Die anderen Ratken hatten ihre Waffen jetzt ebenfalls gezückt. Einer stürzte auf einen Schatten in der Nische zu, der andere wandte sich um und attackierte Tunez. Er wünschte sich, er hätte noch einen Helfer bei sich, der die Gefangenen beschützen konnte, aber so musste er sich erst darum kümmern, nicht selbst in die nächste Welt geschickt zu werden.

Er parierte den schwungvollen Hieb seines Feindes und griff dann selbst an, versuchte, den Schmerz in seiner Schulter zu ignorieren. Der Ratke vor ihm wich zurück, konnte seinem Schlag somit ausweichen und etwas Zeit gewinnen.

Der dritte Wächter rannte direkt auf einen der Jungen zu, der immer noch an der Wand lehnte und das Mädchen in seinen Armen festhielt. Tunez konnte die Angst in den Augen des Mädchens sehen und Kian presste ihr eine Hand auf den Mund, damit sie nicht panisch aufschrie. Es sah nicht so aus, als würde er fliehen können. Tunez musste ihnen helfen, sonst würden sie beide mit einem Hieb durchbohrt werden. Das konnte er nicht zulassen!

Der Wächter vor ihm sprang wieder vor und verlangte seine volle Aufmerksamkeit. Tunez fluchte und trat nach ihm, während er den nächsten Schlag abwehrte.

Im Augenwinkel sah er die schnelle Bewegung des dritten Wächters. Seine Gedanken suchten wild nach einem Ausweg – da sah er, wie die Frau, Kalana, vorsprang. Sie hatte den Dolch gezückt und rammte ihn dem Ratken in die Seite. Der Wächter ächzte, ließ sich aber nicht beirren und drehte sich so von Kalana weg, dass sie den Halt um den Dolch verlor und er ihr entrissen wurde.

Er stieß die Frau von sich weg und hob sein Schwert erneut, um es auf Kian und das sich sträubende Mädchen herunterfahren zu lassen.

Tunez musste den nächsten Schlag abwehren, ihm lief die Zeit davon. Laut schnaubend ließ er seine ganze Wut in den Schwertstreich fahren und durchbrach die Defensive seines Gegners. Tunez' Schwert bohrte sich in den Hals des Ratken, seine Hände zuckten und er öffnete den Mund zu einem Todesschrei, aber da sank er auch schon zu Boden.

Rasch sprang er über den Sterbenden hinweg, um den anderen zu Hilfe zu eilen, aber Asur und Anak kamen ihm zuvor. Der Vater hatte eine der Fackeln der Wächter gepackt, machte einen Satz zu dem angreifenden Ratken und stellte sich ihm in den Weg.

Er versengte dem schreienden Ratken mit den Flammen das Gesicht, der zuckte zurück und sank dann ächzend zu Boden, getroffen von Anaks Hieb in seinen Rücken. Der Mann hielt noch einen Moment sein rotes Gesicht, dann erschlaffte er.

Auf einmal herrschte Stille.

Die Gruppe stand schwer atmend da und starrte auf die Toten, Anaks Blick fiel auf Asur, der noch immer die Fackel gepackt hielt.

„Vater! So mutig kenne ich dich ja gar nicht!“, sagte er mit fassungslosem Gesicht, während Tunez seine Waffe wegsteckte.

„Das nächste Mal solltest du dich wegducken und das Mädchen mitziehen, anstatt stehen zu bleiben!“, sagte er und löste Kians Hände von Sinas Mund. Die junge Frau schwieg und hielt sich an Tunez' Arm fest.

Der Ratke wollte gerade den Mund aufmachen – da erschallten Rufe durch die Gänge.

„Weg hier!“, befahl Tunez, schnappte sich Sina und warf sie sich kurzerhand über die Schulter.

Sie japste, schien dann aber zu verstehen, dass sie ohnehin keine Wahl hatte, und verhielt sich ruhig, als er losrannte. Tunez wusste, einen weiteren Kampf würden seine Flüchtlinge nicht überstehen ... und er konnte nicht die Aufmerksamkeit aller Wachmänner auf sich ziehen, wenn es zu viele waren.

Die anderen brauchten nicht lange nachzudenken und folgten ihm blind. Die Menge der Rufe hinter ihnen war beängstigend.

Wenig später hetzte sie das anschwellende Stimmengewirr der Wächter, als diese ihre toten Kumpanen fanden, noch weiter.

Wütendes Brüllen verfolgte sie, aber einen Feind bekamen sie nicht zu Gesicht.

Tunez schaffte es mit häufigem Zischen und geflüstertem Drängen die anderen genug anzutreiben, um immer zwei Ecken zwischen sie und ihre Verfolger zu bringen.

Irgendwann verlief sich der Lärm in der Weite der alten Gefängnisgänge zu einem diffusen Gemisch aus Schritten und Waffenklirren, dem sie keine Distanz mehr zuordnen konnten.

«†»

Unvermittelt blieb Tunez stehen, als sie wieder einmal um eine Kurve bogen, und stellte Sina auf ihre eigenen Beine.

Schwer atmend und mit rasenden Herzen sahen die anderen sich erwartungsvoll um. Irgendwo hinter ihnen hallten leise die Stimmen der Wächter wider, als sie näher kamen.

Sie waren in einem langen, schmalen Gang, der verwahrlost wirkte. Auf dem Boden lagen Haufen von Schutt und Gestein, die sich von den bröckelnden Wänden und der Decke gelöst hatten. Nur auf der einen Seite des Gangs waren einige dunkle Öffnungen, die in verlassene, teilweise eingestürzte Zellen führten.

Tunez ging zielstrebig zu einer besonders kantigen, dunklen Stelle der groben Felswand. Dort war eine Spalte, durch die der Wind stetig leise pfiff. Er drückte Kian die Fackel in die Hand, warf seinen Mantel zurück und zog etwas aus seiner Gürteltasche. Zum Vorschein kam ein dünnes, langes Eisenstück, das er in dem Loch versenkte und umdrehte.

Ein monotones Knirschen ertönte und hallte durch den verlassenen Gang. Tunez trat rasch einen Schritt zurück. Das Knirschen wurde lauter und Staub rieselte von der Wand, als sich plötzlich Ritzen bildeten und weiteten, bis sie große Spalten wurden und sich eine Steinplatte vor ihnen aus der Wand schob.

Mit einem lauten Klicken rastete etwas ein, und nachdem das Echo verklungen war, hörte man nur wieder die Stimmen der Wächter, die nach ihnen suchten. Kalana sah gehetzt über die Schulter, als erwarte sie, dass jeden Augenblick ein Sturm von Ratken auf sie niedergehen würde.

„Rein da oder ich werfe euch!“, drängte Tunez und deutete auf das dunkle Loch hinter dem vorgeschobenen Stein.

Anak und Kian, die Sina stützten, kamen seiner Bitte nur zu gerne nach. Dann folgte auch Kalana und als Letztes verschwand Asur in dem Schatten.

Als Tunez hinter ihnen eintrat, warf er einen abschätzenden Blick auf die zusammengedrängte Gruppe in der Dunkelheit. Sie sahen erschöpft aus, aber auch voller Hoffnung.

Tunez hob die Fackel weit über seinen Kopf, ihr Schein ließ die Decke über ihnen glänzen. „Die Höhle führt an den westlichen Rand der Sümpfe. Klettert die Steilwand hinab und geht dann an der Wand entlang im Schutz der Felsen immer nach Süden, bis ihr die Lichter der Festung nicht mehr sehen könnt. Wartet dort auf mich und haltet euch versteckt. Ich komme morgen früh, wenn es noch dunkel ist, und hole das Mädchen."

„Du kommst nicht mit?!", fragte Asur überrascht.

„Nein, ich bin erst morgen für den Außendienst eingeteilt. Und ich muss unsere Verfolger ablenken."

„Sie werden dich töten!", meinte Kalana voller Sorge.

„So schnell bin ich nicht kleinzukriegen. Es ist sehr wichtig, dass Sina auf keinen Fall wieder in Zaydas Hände fällt. Ich kann und darf euch nicht erklären wieso." Er sah der jungen Frau lange in die blauen Augen. Im Moment sah er nichts außer Angst und Verwirrung in ihnen, aber das würde sich bald ändern.

„Aber du kannst doch nicht-", fing Kian wieder an, doch seine Mutter legte die Hand auf seine Schulter und stoppte ihn.

„Er hat recht. Ich werde euch später mehr erklären."

Ihre Söhne und Asur starrten sie überrascht an. Sie war so ruhig und bestimmt, dass sie nicht anders konnten, als ihr mit einem Nicken zuzustimmen.

Tunez wandte sich ab. Ehe jemand noch etwas sagen konnte, war er im Dunkel des Tunneleingangs verschwunden und die Nische verschloss sich mit einem lauten Knirschen.

«†»

Einen Moment starrten sie schweigend und perplex auf den unnachgiebig wirkenden Fels und horchten, aber es war nichts mehr von innen zu vernehmen. Sie konnten nicht sagen, wie Tunez' Konfrontation mit den Wachen ausging.

„Kommt, lasst uns von hier verschwinden, ich will raus aus der Dunkelheit und wir sollten von diesem Eingang weg", meinte Asur und die anderen nickten zustimmend.

Er und Kian stützten das Mädchen, das allem schweigend gelauscht hatte. Langsam schritten sie im düsteren Tunnel weiter voran. Der Boden war feucht und glitschig und es lagen immer wieder größere Felsen im Weg. Selbst im Schein der Fackel war es unmöglich, schnell voranzukommen. Die panische Flucht hatte ihnen allen ihr Letztes abverlangt und die ermüdeten Glieder wollten sie kaum noch tragen.

In einem Moment der Unachtsamkeit stolperte Anak über einen rutschigen Stein und stürzte. Ihre einzige Fackel entglitt seinen Fingern und erlosch in einer schlammigen Pfütze. Das fremde Mädchen stöhnte laut auf, als die Dunkelheit sie verschluckte. Jedes Geräusch hallte in der Finsternis und es klang, als würde die Höhle selbst stöhnen. Kalana musste das zitternde Mädchen einen Moment fest in den Armen halten und ihr beruhigend zureden, damit sie nicht ihrer Panik erlag.

Vorsichtig tasteten sie sich weiter. Als sie endlich so etwas wie Tageslicht vor sich erblickten, atmeten alle erleichtert auf. Asur bedeutete den anderen, im Schutz der Felsen zu warten. Draußen dämmerte es bereits und er sah keine Wachen. Vor der Öffnung war ein schmaler Grat, der sich mitten in der steil abfallenden Felswand befand. Asur blickte hinauf. Sie mussten etwa dreißig Meter unter den Außenmauern der Festung sein, das Gefängnis erstreckte sich über mehrere Ebenen und war vollständig in den Fels geschlagen.

Links neben sich bemerkte er einen Pfad, der sich fast unsichtbar durch die Felslandschaft bergab schlängelte. Die schwindenden Sonnenstrahlen, die am Rand einer dichten Wolkendecke zu sehen waren, erreichten die Talsohle nicht mehr und angesichts des noch vor ihnen liegenden Marsches wurde es Asur klamm ums Herz. Er ging zurück in die Höhle, um den anderen zu berichten.

„Es führt ein Pfad hinunter, so wie Tunez es sagte. Ich konnte keine Wachen entdecken, aber es könnten oben auf der Festung welche sein. Wenn wir uns vorsichtig und leise bewegen, bemerken sie uns hoffentlich nicht. Ich glaube, es wird gerade erst Nacht. Lasst uns gehen, solange wir noch erkennen, wo wir hintreten.“

Sie nickten alle. Dann halfen sie Sina auf die schmale Terrasse hinaus.

Dort blieben sie einen Moment stehen und genossen das erste natürliche Licht und den ersten Moment unter freiem Himmel seit Wochen. Die Weite der Ebene erschien ihnen unermesslich, nachdem sie so lange nur Fels und Dunkelheit gesehen hatten. Dennoch wollte sich kaum Hoffnung oder ein Gefühl von Freiheit einstellen. Sie waren noch nicht fort und das mächtige Gewicht der Festung über ihnen drohte sie noch immer zu erdrücken.

«†»

Sina wollte aufatmen, aber ihr schmerzender Körper war zu verkrampft, um sich entspannen zu können. Sie blickte in die Gesichter der anderen und sah dort ihre Müdigkeit und Leid.

Erst als die Sonne ein letztes Mal hinter den Wolkenbändern am Horizont hervorbrach, spürte Sina einen Moment von Hoffnung und neuer Energie. Am liebsten wäre sie gerannt, gesprungen und davon geflogen. Hinaus in die ferne Weite des Himmels und fort von all dem Schmerz, dem Horror und den grauenvollen Erinnerungen.

Doch auch wenn sie nicht verstand, warum Tunez sie frei sehen wollte, würde sie ihn nicht enttäuschen. Es wäre eine Schande gewesen, sich jetzt in den Tod zu stürzen, wo er doch sein Leben für ihres riskiert hatte.

Dunkelheit

Sina meinte mit rauer Stimme, dass sie den Abstieg alleine versuchen würde, und folgte Asur und Kalana. Die beiden Söhne blieben dicht hinter ihr und hielten sie immer wieder schützend fest, wenn ihre Schritte unsicher wurden.

Die Wolken verschluckten rasch die letzten Sonnenstrahlen und die Dunkelheit kroch so schnell voran, dass die Felswand unter und über ihnen bald nur noch aus Schwärze und die Weite des Sumpfes aus gähnender Leere bestand. Der Pfad war beinahe unpassierbar. Es hatte geregnet und die Steine waren glitschig, als sie den steilen Weg hinunterstiegen. Mehrmals hörte der Pfad einfach auf und sie mussten sich an der Steilwand entlangtasten oder zu Vorsprüngen hinunterlassen. Das Klettern kostete Kraft und zerrte an ihren Nerven. Jeden Moment mussten sie befürchten, abzustürzen oder Felsen loszutreten und sich durch den Lärm zu verraten.

Nach einer Weile verzogen sich zum Glück die Wolken über ihnen und ließen einige Mondstrahlen heruntersickern, in deren Schein sie etwas besser vorankamen ... Allerdings kam jetzt die Angst vor den Blicken von oben hinzu. Blicke von Magiern, die womöglich auf den Festungsmauern über ihnen Ausschau hielten.

Dunst zog in der Dunkelheit auf. Der Mond strahlte die milchige Schicht unter ihnen an, die, genauso wie die Schwärze zuvor, alle Details am Boden verschluckte und es unmöglich zu erkennen machte, wie tief sie bei einem unglücklichen Tritt stürzen würden.

Als sie tiefer hinabstiegen, verschlang der wabernde Nebel bald die Gruppe und schien mit der schwindenden Sicht auch alle Geräusche zu ersticken.

Es war eine unglaubliche Erleichterung, als sie eine breitere Stelle aus festem Fels erreichten und dann feststellten, dass eine Manneshöhe unter diesem Vorsprung eine steile Geröllhalde begann. Sie ließen sich nacheinander hinunter auf die rutschigen Steinhaufen, die den Platz zwischen großen Brocken ausfüllten.

Langsam tasteten sie sich zwischen den scharfkantigen Bruchstücken voran – und erstarrten, als einige Steine polternd ins Rutschen gerieten.

Eine Weile wagte keiner zu sprechen oder auch nur zu atmen. Aber als von der Felswand und der Festung keine Reaktionen zu vernehmen waren, gingen sie doch weiter. Die Angst, in der Nähe des Gefängnisses zu bleiben, war zu groß.

Endlich gelangten sie auf die feuchte, moorige Ebene, die von abgebrochenen Felsstücken übersät war, und erlaubten sich, kurz zu rasten, zu horchen und die frische Luft der Nacht zu atmen.

Sie warteten nicht lange, versuchten nur, ihren müden, steifen Gliedern etwas Erholung zu gönnen und machten sich wieder auf, an der Felswand entlang. Bis sie schließlich zu riesigen Felsbrocken kamen, hinter denen sie sich endgültig vor den Blicken der Wachen geschützt fühlten.

Sie stolperten noch eine ganze Weile ohne Zeitgefühl durch die unwirtliche Landschaft und fanden dann endlich einen Platz, der sich als Lager eignete. Es war eine durch Felsen entstandene Lichtung. Die von der Steilwand abgebrochenen Stücke hatten sich hier in einem Oval in den Boden gegraben und boten so von allen Seiten etwas Sichtschutz. Außerdem gab es zwischen den Felsen noch geringe Abstände, durch die sie notfalls entkommen konnten.

In der Dunkelheit legten sie die Taschen ab, räumten kleinere Brocken von der einen Seite des Steinkreises und wickelten sich dann eng in die Ratkenmäntel, um sich vor der Kälte zu schützen. Die erste Wache würde Kian übernehmen.

Sina schien nicht in der Verfassung, noch mit ihnen zu reden. Eigentlich hatte Asur ihr einiges erklären wollen, aber sie war in Gedanken weit weg und nahm es kaum wahr, als er zu ihr sprach.

Er machte einen zaghaften Versuch, sie ins Hier und Jetzt zurückzuholen, aber sie schüttelte nur den Kopf und lehnte sich an die glatte Seite eines Felsens, die Augen geschlossen.

Dunkelheit und Stille lagen über ihrem notdürftigen, kalten Lager. Asur betrachtete nachdenklich diese zierliche Gestalt, um die Tunez so ein Aufheben gemacht hatte. Warum war sie wohl so wichtig für diesen abtrünnigen Ratken?

Asur hätte sie gerne gefragt, aber sein Gefühl sagte ihm, dass gerade sie es ihm nicht würde sagen können.

«†»

Später hielt Asur selbst Wache. Sina lag keine drei Meter von ihm entfernt auf einem niedrigen, flachen Felsen. Er hatte sie dort hingelegt, als sie im Sitzen stöhnte und in ihren Träumen laut murmelte. Jetzt schlief sie ruhig, genauso wie seine Familie.

Es musste bereits spät sein und er unterdrückte mühsam ein Gähnen. Die Erschöpfung hatte sich tief in seine Knochen gefressen und es fiel ihm zunehmend schwerer, sich auf die Umgebung zu konzentrieren. Seine Augen taten ihm weh und er hätte sie gerne wenigstens für eine kleine Weile geschlossen ... Gedanken von einem warmen Kaminfeuer und weichem Bettzeug schlichen sich in sein Bewusstsein. Er riss sich zusammen und rieb sich die müden Augen. Er musste aufmerksam bleiben und seine Familie beschützen!

Dichter Nebel war ihnen seit ihrem Abstieg gefolgt und lag nun zwischen den Felsen wie eine milchige Schicht, die ihm jeden Blick auf den Mond und die Sterne verwehrte. Er hatte jedes Zeitgefühl verloren, doch er musste durchhalten!

Er konnte immer noch nicht fassen, welches Glück sie alle gehabt hatten und wollte lieber gar nicht daran denken, was geschehen wäre, wenn ein anderer Ratke als Tunez ihn entdeckt hätte. Schon erstaunlich, wie viel Vertrauen dieser Mann ihm entgegenbrachte. Aber das Mädchen war seine Freikarte aus dem Gefängnis gewesen, er empfand es als seine Pflicht, sich jetzt zum Ausgleich um sie zu kümmern, bis Tunez nachkommen würde. Wieder fragte er sich, wie der Ratke eigentlich gedachte, sie aufzuspüren ... Wenn es so einfach war, konnten dann nicht auch andere sie bald entdecken?

Bei dem Gedanken daran schnürte sich ihm die Kehle so fest zu, dass er kaum mehr atmen konnte. Endlich hatte er seine Familie wieder und war raus aus der engen, stinkenden Finsternis. Die Vorstellung, erneut dorthin verschleppt zu werden, war unerträglich. Lieber würde er sterben.

Ein Schaudern durchlief ihn, da die Wächter ihm diesen *Wunsch* vermutlich auch gewähren würden, sollten sie erneut aufgegriffen werden. Er wusste nicht, ob schon jemand vor ihnen aus Zaydas Gefängnis geflohen war. Aber da man noch nie davon gehört hatte, wurden wahrscheinlich alle, die es versuchten, qualvoll ausgelöscht.

Ein Windstoß fuhr durch die Felsengruppe. Im nächsten Moment knackte etwas in der Nähe des Lagers.

Rasch kauerte Asur sich hinter einen Felsen und spähte vorsichtig um dessen Kante. Eines der Schwerter, die Kian und Anak von Tunez erhalten hatten, hielt er entschlossen in den Händen. Jeder Muskel in seinem Körper war angespannt – er erstarrte und sein Herz begann zu rasen. Aus dem Augenwinkel erhaschte er einen gleitenden Schatten, dann stand plötzlich ein fremder Ratke vor ihm.

Asur unterdrückte einen Aufschrei. Er hatte nicht einmal Zeit, das Schwert zu heben, da wurde es ihm auch schon aus der Hand gerissen. Er wollte sich mit seinen Fäusten auf den Ratken werfen, doch dieser machte zu seiner Überraschung einen Schritt zurück und verbeugte sich tief.

Asur stand sprachlos vor ihm, sah im Hintergrund Bewegung und erkannte, dass die anderen erwacht, jedoch angsterfüllt erstarrt waren.

Der Ratke richtete sich wieder auf und blickte Asur aus seinen leuchtend gelben Augen an. Dann gab er ihm das Schwert mit dem Griff voran zurück. Asur wusste immer noch nicht, wie ihm geschah, doch schließlich brachte er ein paar Worte heraus.

„Du bist nicht hier, um uns zu töten“, wagte er nach einem Moment festzustellen. „Also was willst du?“

„Ich werde das Mädchen abholen", gab der Ratke ruhig zurück.

„Ach, und wie kommst du darauf, dass ich sie dir einfach so übergebe, ohne zu wissen, wer du bist? Und überhaupt, musstest du dich so an uns ranschleichen?!" Asur war sicher, zu weit gegangen zu sein, doch er wollte sehen, wie der Ratke reagierte. Außerdem hatte Anak noch ein Schwert, von dem der Ratke nichts wusste. Er warf einen kurzen Blick auf seinen Sohn, konnte in der Dunkelheit aber nicht erkennen, ob dieser seine Gedanken teilte.

„Es ist nun einmal eine Angewohnheit der Ratken, ihre Beute zu überraschen. Ich werde es von nun an unterlassen" Der Ratke machte eine weitere leichte Verbeugung.

„Was soll das mit dem Verbeugen? Ich bin dir doch nicht einmal ein ebenbürtiger Gegner!"

„Das vielleicht nicht, aber wir sind euch zu Dank verpflichtet, weil ihr der Rebellion geholfen habt! Und damit uns allen."

„Ich ... Wer bist du überhaupt?", fragte Asur im Versuch, seine wachsende Unsicherheit zu überspielen. Die Unterstützung der geplanten Rebellion hätte ihn und seine Familie beinahe das Leben gekostet und konnte es noch immer.

„Ich bin Kamirr, ein Widerstandskämpfer, genau wie Tunez. Er schickt mich, um das Mädchen zu unseren Meistern zu bringen. Er selbst kann diese Aufgabe nicht übernehmen, weil es im Moment zu verdächtig wäre, einfach so aus dem Gefängnis zu verschwinden. Er könnte damit die ganze Verbindung gefährden, deshalb bin ich jetzt hier."

Er schritt an Asur vorbei und auf das Lager zu. Kalana und ihre Söhne wichen zurück, doch Sina schlief noch immer.

Ihre Erschöpfung war so tief, dass sie von dem Tumult nichts mitbekommen hatte.

Kamirr kniete neben ihr nieder und berührte sie vorsichtig an der Schulter. Schläfrig schlug sie die Augen auf und hätte bei seinem Anblick beinahe aufgeschrien. Die Angst in ihren Augen sprach mehr als tausend Worte. Die junge Frau wich zurück und fiel rücklings von dem flachen Stein.

Sie schien nicht zu begreifen, wo sie sich befand. Ihrer Miene war anzusehen, dass sie alles für einen Albtraum hielt. Asur kam dazu, half ihr behutsam auf und redete mit sanfter Stimme, um sie zu beruhigen. „Es ist in Ordnung. Das ist Kamirr, er wird dich fortbringen. Er ist ein Freund von Tunez." Sina nickte schweigend, jedoch schien sie noch immer verunsichert.

„Wenn ihr jetzt entschuldigt, wir müssen sofort aufbrechen, solange es noch dunkel ist. Bevor die Dämmerung heraufzieht, sollten wir weit genug in den Sumpf vorgedrungen sein, um außer Sichtweite Mazmorras zu sein", sagte Kamirr in die Runde und wandte sich bereits zum Gehen.

„Warte! Wenn du einen Weg kennst, um sich sicher von dieser verdammten Festung fortzuschleichen, wollen wir ebenfalls mit dir kommen. Alleine schaffen wir es niemals!", meinte Asur beinahe fordernd.

„Solange ihr euch still verhaltet, habe ich keine Einwände. Aber beeilt euch!"

Kalana und Asur warfen sich rasch die Trageriemen der Taschen über die Schultern. Anak rappelte sich auf; dabei verrutschte der zu große Mantel und entblößte das blanke Schwert. Kamirr hob eine Augenbraue, sagte aber nichts – und so nahm Asur das andere ebenfalls wieder auf.

Sie wanderten schweigend durch die Geröllandschaft. Kamirr schien die Gegend bestens zu kennen, denn er führte sie durch Gänge zwischen den Felsbrocken, an dunklen Abhängen vorbei und achtete dabei immer auf die Richtung, aus der sie gekommen waren.

Der Dunst in der Nähe hatte sich gelichtet, aber der Mond war hinter einer dichten Schicht aus Wolken verborgen. Drohend ragte hinter ihnen in der dunklen Nacht die noch schwärzere Felswand in die Höhe, auf ihr die riesige Festung mit fackeltragenden Wachen auf den Mauern. Doch sie waren schon zu weit entfernt, als dass man sie hätte entdecken können.

Als sie sich nicht mehr in der Nähe der Wand hielten, sondern in die offene Landschaft hinausgingen, wurden die Felsen bald weniger und kleiner, der Boden matschiger. Sie hatten den Rand der Sümpfe erreicht. In der Dunkelheit vor ihnen bildete sich erneut eine Wand. Ein milchiger, schwarzer Wall aus Nebel.

Die junge Frau neben Kalana ging mit gesenktem Kopf. Sie brauchte all ihre Kraft, um weiterzugehen und die anderen sahen es mit Besorgnis. Sina humpelte und blieb wie alle anderen auch oft im Morast stecken, musste die Füße mit Mühe und unter lautem Schmatzen wieder dem Matsch entreißen. Anak und Kian fluchten bald über den Sumpf, aber Sina war völlig in Gedanken versunken und starrte stumm vor sich in die Dunkelheit. Sie überhörte es auch, dass die Mutter ihre Söhne zur Ruhe mahnte und daran erinnerte, dass alles besser war, als die dunklen Zellen, in denen sie ungezählte Tage hatten verbringen müssen.

Doch schon bald hatte Sina keine Kraft mehr und wurde zu schwach, um sich noch auf den Beinen zu halten. Sie zitterte heftig und so zog Kian die Decke aus seiner Tasche und der Ratke wickelte das Mädchen mitsamt ihrem Mantel hinein, ehe er sie anhob und von nun an trug.

Die dünne, schwache Frau beschwerte sich nicht, versteifte sich nur einen Moment in den Armen des Ratken und lehnte dann aber doch ihren Kopf an Kamirrs Schulter, um rasch wieder von ihrer Erschöpfung übermannt zu werden.

Die Gruppe kämpfte weiter mit dem Morast, der an ihnen klebte und an ihren Kräften zehrte, nur Kamirr schien es, trotz seiner neuen Last, wenig auszumachen. Er schritt zielstrebig aus und die anderen hatten nicht selten Mühe, mit ihm mitzuhalten. Offensichtlich hatte er nur aus Rücksicht auf das Mädchen seine Geschwindigkeit gemindert.

Auch als es langsam dämmerte und die Festung der Ratkenkönigin schon lange hinter ihnen verschwunden war, wurde die Sicht nicht besser. Der Nebel wandelte sich langsam von dunklem Schwarz zu einem blassen Grau, verflog jedoch selbst dann nicht, als das seichte Weiß vermuten ließ, dass die Sonne irgendwo aufgegangen sein musste.

Als sich der Nebel nicht mehr erhellte, nur noch Wirbel in seinem Vorhang den Dunst veränderten, machten sie an einer etwas trockeneren Stelle, geschützt durch den Nebel und hohe Gräser, eine kurze Rast.

Kamirr und die anderen besahen sich das Mädchen zum ersten Mal genauer.

Sie war noch dünner und blasser, als es die Dunkelheit des Gefängnisses und der Nacht hatten vermuten lassen.

In ihrem bedauernswerten Zustand wirkte sie nicht gerade wie eine Bedrohung für die mächtige Königin und weder Tunez noch Kamirr hatten damit herausrücken wollen, was an ihr besonders sein sollte. Ihr Mantel war fremdartig und zerrissen und sie trug merkwürdige Stiefel, deren Sohlen sich lösten und die von Schlamm durchdrungen waren. Um ihre Handgelenke zogen sich trotz der Heilung durch den Bilur noch rote Striemen von rauen Fesseln und es prangten dunkle blaue Flecken und Kratzer an ihrem Kopf und ihren Armen, wo der zerfetzte Mantel ihre Haut zeigte.

Asur meinte einen Moment, Besorgnis auf dem Gesicht des Ratken zu erkennen, dann verschleierte es sich wieder. Er wies die Gruppe an, rasch etwas zu essen und drängte nach wenigen Minuten zum Aufbruch. Die ausgelaugte junge Frau erwachte nicht, als er sie wieder aufhob.

«†»

„Wo führst du uns eigentlich hin, Kamirr?“, fragte Asur, nachdem er wieder einmal fast knietief im Sumpf eingesunken war und Anak ihn hatte herausziehen müssen. Das Schmatzen des Moors hörte sich an wie ein hungriges Tier, das eine schmackhafte Beute nur ungerne wieder hergab.

„Das kann ich euch nicht sagen, aber es würde viel zu lange dauern, zu Fuß dorthin zu gelangen. Deshalb gehen wir vorerst zu einer Ruine. Ich habe einen Bilur bei mir, aber er kann nur mich und das Mädchen transportieren.“

In Kians Blick erwachte die Neugierde. „Wirklich, du hast einen Bilur? Darf ich ihn sehen? Ich habe bisher nur von den Speichersteinen gehört, aber ..."

Auch Asur war neugierig. Der letzte Bilur, der von Tunez, hatte wahre Wunder bei dem Mädchen bewirkt.

Kamirrs Blick wurde hart. „Nein, tut mir leid. Ich gehe bei dieser Aufgabe keine Risiken ein. Er könnte zerbrechen."

„Aber was wird aus uns? Wir können doch nicht irgendwo in den Sümpfen alleine umherirren. Da finden wir nie wieder heraus!", wandte Kalana schließlich ein, bevor Kian protestieren konnte.

„Das stimmt. Ihr würdet euch verirren. Ich habe vorgesorgt." Kamirr blieb auf einer etwas erhöhten Sumpfinsel stehen, reichte die halbschlafende Sina an Kian weiter und nahm seine Tasche vom Rücken. Er holte einen Kompass heraus – und einen klimpernden Beutel, den er Asur hinhielt. Die Familie starrte fassungslos in sein Inneres.

„Das ... das ist mehr als wir annehmen könnten!", wandte Asur ein, es bereitete ihm auf sonderbare Weise Angst, so viel Geld zu sehen.

„Ich möchte, dass ihr es nehmt. Es ist von Tunez und er meinte, ihr hättet es euch verdient."

„Wieso gibst du uns das alles?", fragte Anak misstrauisch. „Du könntest es doch auch selbst behalten und niemand würde etwas merken!"

Der Ratke lächelte. „Geld hat für uns Abtrünnige keine Bedeutung. Wir haben unsere eigenen Quellen und genug, um zurechtzukommen. Glaubt mir, ich habe dieses Säckchen nicht nötig."

„Danke! Das wird reichen, um eine Weile unterzutauchen."

Bevor Kamirr seine Tasche wieder aufnahm, kramte er noch etwas Kleines heraus und ließ es in seinem Hemdärmel verschwinden.

„Wie ... wie groß ist dieser Sumpf eigentlich?", fragte eine leise Stimme in Kians Armen ganz unerwartet.

Überrascht wandte sich die Gruppe zu dem Mädchen um und sie zuckte unter all den Blicken zusammen.

„Wir dachten schon, du hättest deine Zunge verschluckt!", meinte Kian feixend und half ihr, sich aufzurichten, da sie bisher an seine Brust gelehnt hatte. Sie stand wankend da und die Gruppe besah sie neugierig.

„Ich ... kann das einfach alles nicht fassen. Ich hatte die ganze Zeit gehofft, das alles sei nur ein böser Traum und ich würde jeden Moment schweißgebadet in meinem warmen Bett aufwachen und meine Eltern wären im Zimmer nebenan und schliefen tief und fest und lägen nicht tot auf dem Boden ..." Ihre Stimme ging in einem Schluchzen unter. Kalana machte einen raschen Schritt auf sie zu und nahm sie tröstend in die Arme.

Sina schmiegte sich an sie und Tränen liefen ihr über die Wangen. Kalana versuchte, sie zu beruhigen und strich ihr sanft über das schmutzige Haar.

Sie warteten und ließen ihr einen Moment, bis sie sich wieder etwas gefasst hatte. Als sie nur noch schniefte, fragte Kamirr vorsichtig, ob sie weitergehen könnten. Sie nickte steif und so brachen sie wieder auf. Die junge Frau hielt jetzt besser mit ihnen Schritt, auch wenn Asur und seine Familie sofort bemerkten, dass Kamirr seinen Gang wesentlich verlangsamte.

Schließlich erschien vor ihnen im weißen Dunst ein schwacher Schatten. Kamirr zog einen zweiten Kompass hervor, nickte dann und schritt auf die Schatten zu. Er warf einen Blick über die Schulter auf die Familie, die ihm unaufgefordert folgte.

„Hier trennen sich unsere Wege. Braucht ihr Hilfe, um euch zu orientieren?"

Kamirr sah Asur an, doch statt ihm trat Kalana vor. „Wenn du uns sagst, in welche Richtung Maila liegt ... Dann weiß ich, wo wir unterkommen können."

Der Ratke nickte, zog eine Karte hervor und studierte sie einen Moment. „Maila liegt von hier aus genau nordnordöstlich. Aber es ist sehr weit. Wenn ihr euch direkt nach Norden wendet, müsstet ihr auf einen Pfad durch den Sumpf stoßen, dort könnt ihr vielleicht auf Reisende treffen und noch mehr Proviant erhalten. Ansonsten reicht das, was ihr habt, vermutlich kaum nach Maila."

Kamirr wandte sich an Sina und nickte ihr zu. „Komm, wir gehen zu den Ruinen. Dort bleiben wir, bis es dunkel wird, denn ich will nicht bei Tageslicht ankommen. Es wird ohnehin schon in wenigen Stunden dämmern."

Sina nickte und Asur sah nachdenklich seine Familie an, bevor er sich an den Ratken wandte. „Wir bleiben bei euch, wenn du erlaubst. Es ist sicherlich besser, sich noch etwas in deiner Nähe zu erholen, Kamirr. Wir werden morgen aufbrechen."

„Das ist eure Entscheidung. Aber gut, lasst uns gehen", meinte der Ratke und so staksten sie zu der halb zerfallenen Ruine und suchten sich einen Raum, in dem die Decke noch nicht eingestürzt war. Anak meinte, er würde sich etwas umsehen und dann Wache halten, während sich die anderen auf dem alten, knarrenden Holzboden ausstreckten.

Nach einer Weile kehrte Anak zurück und ließ sich von seinem Bruder ablösen. Sina schlief unruhig, in einen der Mäntel gewickelt. Als sie erwachte, ging ihr Atem hektisch und sie wollte dringend aus dem dämmrigen Raum. Asur ging mit ihr und sie atmete erleichtert auf, als sie ins kühle Weiß hinaustraten. Während der Mann schweigend neben ihr stehen blieb, starrte sie einfach in die Ferne, so als könnte ihr Blick den Nebel durchdringen und die freie Weite des Landes dahinter erblicken. Langsam begann der Nebel einen leichten Grauton zu verbreiten und kündete von der nahenden Dämmerung.

„Es tut gut, draußen zu sein", meinte er schließlich und sah sie mit einem zaghaften Lächeln an, das sie jedoch nicht erwiderte.

„Als ich aufwachte, dachte ich einen Moment, ich wäre wieder in diesem schrecklichen Schacht." Sie fasste sich an den Hals, als wollte sie ergründen, warum ihre Stimme so wund klang. „Weißt ... weißt du, wie lange ich in dieser Hölle war?", fragte sie schließlich zögerlich und warf einen Blick auf ihren blassen, zerkratzten Arm. Was sie von sich sehen konnte, war dünn und schwach. Sie war abgemagert.

Asur schüttelte den Kopf. „Nein, tut mir leid. Ich weiß selbst nicht, wie lange ich dort gewesen bin ... Aber es war früher Herbst ... und jetzt scheint der Winter schon wieder beinahe zu Ende zu gehen.“

Ihre Augen weiteten sich und ihr Blick huschte über die braunen Grasbüschel und das schlammige Wasser. Jetzt da sie genauer hinsah, bemerkte sie auch Raureif und etwas hauchdünnes Eis am Rand der überschwemmten Bereiche.

„Mir war gar nicht aufgefallen, dass es kalt ist ...“, murmelte sie verwirrt. „Wahrscheinlich, weil ich schon seit Wochen friere.“

„Es ist schier unmöglich, die Zeit nicht aus den Augen zu verlieren, wenn es keinen Unterschied zwischen Tag und Nacht gibt“, meinte Asur mit einem bitteren Ton in der Stimme.

Sie schwiegen wieder, jeder seinen Gedanken nachhängend, und bemerkten kaum, wie der Nebel um sie ein schmutziges Grau annahm.

Erst als sie Geräusche hinter sich hörten, erkannten sie, dass es beinahe dunkel geworden war. Sina musste sich immer wieder daran erinnern, dass sie jetzt frei war. Die Tatsache, dass eines dieser Monster ihr anscheinend helfen wollte, ging noch immer nicht richtig in ihren Kopf. Sie drehte sich trotzdem geduckt um und entspannte sich erst wieder, als sie erkannte, dass es die andern aus der Ruine waren.

Kamirr hielt seine Sachen in einer Hand gepackt und reichte einen weiteren Tragebeutel an Asur, ehe er seinen eigenen schulterte. „Du solltest dich jetzt verabschieden. Wir müssen weiter“, wandte er sich knapp an seinen mageren Schützling.

Sina nickte. Schüchtern trat sie auf Asur und Kalana zu und senkte den Kopf.

„Ich ... ähm ... danke, dass ihr mir geholfen habt. Das werde ich euch nie vergessen“, murmelte sie leise, unsicher, wie sie sich verhalten sollte.

„Ich glaube fest daran, dass man gute Menschen im Leben immer zweimal trifft. Ich hoffe, unser Wiedersehen wird fröhlich sein", sagte Kalana mit einer Träne im Auge und umarmte Sina kurz. Ihre zwei Söhne hielten sich zurück.

Auch Asur trat jetzt auf sie zu. „Tyarul ist groß und gefährlich, doch ich wünsche dir weiterhin viel Glück und dass du mehr Menschen findest, die dir helfen!"

„Danke!", sagte Sina und brachte ein halbherziges Lächeln hervor. Ehe sie noch etwas Weiteres sagen konnten, fasste Kamirr sie fest am Arm und öffnete die rechte Handfläche. Dort lag ein kleiner Stein, matt grün leuchtend und pulsierend. Kian und Anak reckten die Hälse und kamen doch noch einige Schritte näher, als Kamirr die Hand hob und gegen den Stein hauchte.

Asur hob zum Gruß die Hand.

Sina sah ihn verwundert an. Ein Kribbeln ging von der Stelle aus, an der Kamirrs große Pranke ihren verkratzten Arm umschloss und plötzlich verschwamm der Sumpf vor ihren Augen zu einem alles verschlingenden, grünen Nebel.

«†»

Zayda sah von ihrem Gespräch mit Mazuk auf, als sie die Unruhe eines herannahenden Sklaven spürte. Einige Sekunden später wurde die Tür des Botenganges aufgerissen und der Diener kam hereingerannt. Er blieb keuchend vor dem Podest stehen und erzitterte, als sich die vernichtenden Blicke der Königin und ihres Getreuen auf ihn richteten.

„Was willst du? Wir möchten nicht gestört werden!", blaffte Zayda und der dürre Mann nickte hektisch.

„Ja ... ja ich weiß, Herrin. Aber die Gefängniswache schickt mich. Es ... gibt einige Vorfälle im Gefängnis."

„Es hat keine Vorfälle in meinem Gefängnis zu geben! Sprich! Was ist geschehen?"

„In einer Wachkammer wurden einige ermordete Wachposten gefunden, es wurden Vorräte gestohlen. Außerdem fehlen die

Gefangenen aus zwei Zellen und ... und der Wächter v-vor dem Dom ist verschwunden“, sprach er schwer atmend.

„WAS?!“ Zaydas Stimme hallte laut und bedrohlich durch den Raum, während ihr Blick noch finsterer wurde.

Der Diener nickte. „Au ... außerdem ist die erste Tür zum Dom offen und man konnte in die Schleuse, aber von innen antwortet niemand.“

Zayda sprang auf und warf Mazuk einen gehetzten Blick zu. Ehe der Diener noch etwas sagen konnte, zuckte ein Blitz durch den Saal und die Königin und Mazuk tauchten in dem dunklen Gang vor ihrem sichersten Gefängnisteil wieder auf. Eine Reihe Wachen stand davor, doch die Männer wichen rasch zurück, als sie die Königin erblickten.

Zayda riss die erste Tür zum Dom fast aus den Angeln, als sie sie öffnete. Sie stürzte in den dunklen Schacht, der sofort von diffusem, magischem Licht erhellt wurde, und legte eine Hand auf das Metall der inneren Tür.

Sie brauchte nur einen Herzschlag Zeit, um die Magie zu spüren, die die Tür verschlossen hatte. Mit einem Fluch auf den Lippen stieß sie ihre Hand gegen das Metall. Die Tür wurde mit einem Kreischen aus den Angeln gerissen und fortgeschleudert. Das Metall krachte scheppernd gegen den Fels auf der anderen Seite der Kammer und Zayda trat ein.

Stille breitete sich aus, kaum war die verbeulte Tür zur Ruhe gekommen. Mazuk trat hinter sie.

„Wo sind die Wachen?“, fragte er stirnrunzelnd. „Es sollten immer mindestens sieben Wächter hier sein!“

Zayda schüttelte den Kopf und deutete in eine Ecke der Kammer. Mazuk bemerkte die blutige Schleifspur am Boden und fluchte, als er die Wache erspähte. Er packte den Mann, der an die Wand gelehnt war, und zerrte ihn ins spärliche Fackellicht zu seiner Herrin.

„Er ist erstochen worden!“

Als er den Blick der Königin bemerkte, wich Mazuk mit einem Zischen zurück, um ihr Platz zu machen.

„Nein. Er lebt noch. Gerade so."

Zayda hob den Arm, der Mann wurde durch ihre Magie vom Boden aufgehoben und richtete sich auf. Als sie leicht die Finger bewegte, öffnete der Wächter seine Augen.

Sein Blick war milchig, seine Augen verdunkelt, denn eigentlich war er noch immer ohne Bewusstsein. Er machte einen steifen Schritt nach vorne und stand dann vor der Königin, während Blut auf den Boden tropfte.

„Was ist hier passiert? Antworte!"

Seine Lippen öffneten sich und er sprach mit monotoner Stimme: „Einer der Wächter kam. Er meinte, er bringe Wasser für die Gefangene. Es gab keine Wasservorräte mehr in der Kammer. Ich öffnete die Tür, er trat hastig ein. Im nächsten Moment spürte ich Schmerz. Dann nichts mehr."

„War noch jemand bei ihm?"

„Ich weiß es nicht."

„Woher hatte er den ersten Schlüssel?"

„Ich weiß es nicht."

„Hat ihn der erste Wächter hereingelassen?"

„Ich weiß es nicht."

„Hast du sein Gesicht gesehen? Kennst du seinen Namen?"

„Es war dunkel in der Schleuse, die Fackel war erloschen."

„Er muss doch einer der hier arbeitenden Wächter gewesen sein! Kannst du ihn wiedererkennen, wenn ich dir alle Wachen zeige?"

Ein Zögern seinerseits und ein kurzer klarer Ausdruck in seinen Augen ließ sie aufmerken, doch dann wurde sein Blick wieder milchig. „Nein."

Wut kochte in Zayda hoch und mit einem Wisch ihrer Hand brach der Wächter zusammen. Er hatte versagt und war es nicht Wert, von ihr geheilt zu werden. Er würde niemals wieder aus der Bewusstlosigkeit erwachen.

Also hatten diese Verräter den Wächter vor der Tür entweder gekannt oder ihm schon vorher die Schlüssel abgenommen und ihn anschließend beseitigt. Jedenfalls war der Schlüsselwärter noch nicht wieder aufgetaucht.

Zayda ließ den Sterbenden liegen und eilte durch den nächsten Korridor. Alles lag verlassen da, keine einzige Wache – auch keine Toten.

Wie hatten diese Verräter es nur angestellt, dass an diesem Tag weniger Wächter als sonst im Dienst waren? Die Einteilung der Wachen musste beeinflusst worden sein.

Verdammt, so etwas darf nicht passieren!

Mit einem Schwenk ihrer Hand splitterte die letzte Tür vor dem großen Verlies und sie trat ein. Mazuk folgte ihr lautlos.

„In welchem ist das Mädchen? Sag es mir, Mazuk!“, zischte die Königin drohend und Mazuk deutete auf einen der Schächte. Er fluchte, als er nach oben blickte. Der Käfig über dem Loch fehlte, nicht einmal die Ketten waren mehr dort.

Ohne dass es Zayda Mühe gemacht hätte, leuchtete der Grund des Zellenschachts in gleißendem Licht auf. Doch die Gefangene war nicht dort.

Zayda erkannte tief unten im Schacht einen toten Ratken auf dem zerschmetterten Käfiggestell. Auch wenn es unwahrscheinlich war, musste sie doch ganz sicher sein und nachsehen. Sie streckte die Hand aus und der Tote regte sich, wurde von ihrer Magie hochgehoben, schwebte bis zum Rand des Schachts und fiel direkt neben Mazuk zu Boden. Als Nächstes begann der Käfig zu zittern, es quietschte grässlich, als er sich kurz im Gestein verkeilte, dann riss die Königin ihn brutal frei.

Sie schleuderte den zerstörten Käfig fort, kaum dass er aus dem Loch war, und starrte wieder hinunter.

Der Schacht war leer.

Ein schrecklicher, hasserfüllter Schrei entwich ihrer Kehle und ließ sie beben. Mazuk blickte mit wutverzerrtem Gesicht in den Schacht.

Der Zorn der Königin ließ die Halle erzittern, sodass Steinbrocken von der Decke herabstürzten. Das ganze Gefängnis erzitterte unter ihrer Wut und Magie.

Licht blitzte noch einige Male auf und erleuchtete die übrigen Schächte, während sie rasch hineinspähten. Drei von ihnen lagen verlassen da, der vierte war voller Wasser.

Zayda schloss resigniert die Augen und erfühlte ihre Umgebung. Keine Magie war gewirkt worden – sie konnte nichts verfolgen.

„Ich kann es nicht glauben! Wie hat sie es geschafft, zu entkommen?!", ächzte Mazuk und ballte die Fäuste.

„Schweig! Sie hat das niemals alleine geschafft! Sie wurde befreit. Es gibt also wirklich Verräter in meinem Volk!" Ihre Stimme zitterte und sie sah Mazuk an. „Lass sofort Alarm schlagen. Ich will, dass alles durchsucht wird! Alles, jede Zelle, jeder Winkel, jede Kammer! Sie können noch nicht weit sein! Es gibt außer den Haupttoren keinen Weg aus dem Gefängnis. Lass die Wachen dort sofort überprüfen und Verstärkung anrücken! Es dürfen keine Verräter dort sein, sonst könnte sie hinausgeschmuggelt werden!"

Mazuk verneigte sich und eilte davon.

«†»

Sina wollte aufschreien, aber kein Ton kam über ihre Lippen, als ein plötzliches grünes Licht sie zwang, die Augen zu schließen. Als sie sie wieder öffnete, waren der Sumpf, Asur und seine Familie verschwunden. Sie standen mitten in einem dichten, kahlen Wald. Zwei kleine Vögel flatterten aufgeschreckt durch ihr unvermitteltes Auftauchen aus dem Gebüsch neben ihnen. Es war düster; das dunkle Grau des verhangenen Himmels und der Bäume vermischte sich beinahe nahtlos. Sina wollte gerade etwas sagen, als Schwindel und Übelkeit über ihr zusammenschlugen. Sie wankte, doch Kamirr hielt sie fest.

Sina stutzte. „Was? Wo ... wo sind wir?"

Der Ratke zögerte. Nur kurz, aber es entging ihr nicht.

„Du weißt es nicht?!"

„Etwas ist schiefgelaufen. Wir sind nicht an der richtigen Stelle, aber hoffentlich in der Nähe."

„Wie ... wie kann das sein? Wie hast du das gemacht? Wieso ist mir so schlecht?“

„Das war der Bilur.“

„Ihr könnt euch mit Steinen von einem Ort zum anderen zaubern?“

„Nicht der Stein ist das Entscheidende. Er dient nur dazu, die Magie zu speichern. Sie wird in ihm aufbewahrt und kann später genutzt werden“, erklärte er und sah dann auf einmal nachdenklich auf den Wald um sie. „Ehe ich es vergesse ...“, murmelte er und zog etwas Kleines aus seinem Beutel, das er Sina reichte. „Nimm ihn, reibe ihn kurz und dann drück ihn dir irgendwo auf die Haut.“

Sina ergriff vorsichtig den kleinen Stein und sah ihn fasziniert an. Er glänzte weiß, und wenn sie genau hinsah, schien ein Nebel in ihm zu wabern, der immer wieder violett aufleuchtete. „Und was soll dann passieren? Wofür ist das gut?“

„Es ist eine Magie, die dich schützt. Wahrscheinlich wirst du sie nicht brauchen, aber sicher ist sicher. Wir müssen vielleicht ein Stück laufen, bis ich mich orientieren kann.“

Sina spürte Panik in sich aufsteigen. „Wie kannst du nur so ruhig bleiben?! Erst befreit ihr mich, jetzt zaubert ihr mich an irgendwelche unbekannten Orte! Wieso tut ihr das?!“

„Sei leise!“, zischte er in befehlendem Ton, kaum war ihre Stimme etwas lauter geworden. „Es ist jetzt keine Zeit für Erklärungen. Sobald du bei den Meistern bist, werden alle deine Fragen beantwortet werden, aber jetzt müssen wir dich erst einmal schützen. Also aktivier den Bilur!“

Sina zögerte, dann nickte sie und rieb mit ihren Fingern gegen den Stein. Sie ächzte auf, als er sofort stark zu leuchten begann und heiß wurde.

„Press ihn gegen deinen Arm! Jetzt!“, rief Kamirr und Sina zuckte erschrocken zusammen. Dann tat sie wie geheißen. Erst als der Stein auf der Haut auf ihrem Handrücken lag, blitzte kurz der Gedanke in ihr auf, dass das doch alles völlig verrückt war – aber schon breitete sich Hitze auf ihrem Arm aus. Fassungslos sah sie zu, wie der Stein zerfiel, schmolz und in ihren Körper *eindrang*. Er verschwand, wurde wie Wasser von Tuch aufgesogen und ein helles Lila strahlte von innen durch ihre Hand, ehe sich ein Kribbeln ausbreitete und sich warm auf ihren ganzen Körper legte. Eine Gänsehaut lief ihren Rücken hinab, dann war das warme Gefühl verschwunden.

„Wa-Was war denn das?!“

„Wie gesagt, er kann dich schützen, vor Magie oder vor schweren Angriffen. Du bist wichtig für uns, Mädchen“, meinte er und rückte seine Tasche auf seinem Rücken zurecht, dann machte er sich ohne weiteres Zögern auf den Weg. Sina blieb noch einen Moment ungläubig stehen, befühlte ihre kribbelnde Hand und ließ die neue Umgebung auf sich einwirken. Schließlich machte sie ein paar Schritte auf einen der Bäume zu und berührte sanft eines der feuchten, welken Blätter. Der Boden war kalt und schlammig. An einigen Stellen lagen noch Flecken schmutzigen Schnees. Ihr Gefühl sagte ihr, dass es später Winter war, aber ihr Kopf wollte es nicht glauben. So viel Zeit ...

Sina wandte den Kopf und sah, dass Kamirr schon ein Stück weitergegangen war.

Schnell eilte sie ihm hinterher. „Ich hätte mich eigentlich gerne länger von ihnen verabschiedet!“, meinte sie ein bisschen wütend und verwirrt, während sie mit raschen Schritten zu ihm aufholte.

„Du hattest deine Gelegenheit“, erwiderte er kühl.

„Aber ... Ich konnte doch nicht wissen, dass wir einfach so verschwinden würden! Dass sie sich einfach so in Nichts auflösen würden!“ Er gab keine Antwort auf ihre Worte. Sina mochte ihn nicht, stellte sie überrascht fest. Nicht so sehr wie Tunez. „Sag mal, wo gehen wir jetzt eigentlich hin?“

Kamirr öffnete den Mund, aber bevor er etwas sagen konnte, zerschnitt ein Surren die Stille. Ehe Sina klar wurde, was geschah, hatte Kamirr einen zitternden Pfeil in der Schulter stecken, dann tauchte ein zweiter in seiner Hüfte auf. Während er ächzend und verwundet auf die Knie sank und sich mit zusammengebissenen Zähnen die Pfeile aus dem Fleisch zog, stand Sina einfach nur wie versteinert da und blickte entgeistert auf die bewaffneten Männer, die lautlos aus dem grauen Wald traten. Sie waren trotz des blattlosen Unterholzes unsichtbar gewesen.

Innerhalb weniger Wimpernschläge hatten die Männer sie umstellt, es gab keinen Ausweg. Mehrere der Wegelagerer bauten sich vor ihnen auf, während andere ihnen jeden Fluchtweg abschnitten.

Kamirr kam mühsam wieder auf die Beine, stellte sich schützend vor Sina und zog kampfbereit sein Schwert.

Sina versuchte, ein plötzliches Schwindelgefühl abzuschütteln. Woher nahm er diese Kraft? Gerade eben hatte er noch verwundet auf dem Boden gekniet ... Jetzt stand er vor ihr, die blutigen Pfeile achtlos beiseite geworfen, und musterte die herannahenden Männer mit einem grimmigen Lächeln.

„Kamirr, was wollen diese Männer?“, flüsterte sie furchtsam.

Doch er ignorierte sie. Einer der Fremden aus der größeren Gruppe war vorgetreten. Sein Gesicht wurde von kühler Eleganz dominiert, die Augen waren beinahe ausdruckslos. Obwohl er nicht sehr alt wirkte, vielleicht vierzig, war sein schulterlanges, zurückgestrichenes Haar bereits komplett silbern.

„Wie selbst *du* hoffentlich deutlich erkennen kannst, sind wir dir zahlenmäßig überlegen, Ratke. Du kannst uns das Mädchen freiwillig geben, oder wir holen sie uns!“ Ein hämisches Lächeln huschte über seine Lippen.

Kamirr reckte das Kinn vor. „Ich glaube, du weißt nicht, was du da tust! Ich bin ein Diener der Königin und kein Mann, dem man einfach seine Aufgabe entreißen kann!“

Der Mann neigte jetzt etwas den Kopf, als müsste er über Kamirrs Worte nachdenken. „Hm, ich denke, die Königin wird davon nie etwas erfahren. Ich denke, ich kann tun, was ich will. Denn du bist *allein* ...“

Die Männer um sie herum begannen alle zu grinsen, einige lachten böse.

„Sina!“, zischte Kamirr leise, als das Lachen über die Lichtung klang. Sie zuckte zusammen. „Es gibt nur einen Weg, um aus dieser Situation lebend herauszukommen und das ist *sterben*! Es geht nicht anders ... Bitte verzeih mir", hauchte Kamirr ihr leise zu.

„Was meinst du damit, ich muss sterben?", flüsterte sie ängstlich. „Ich dachte, ich wäre geschützt ..." Ihre Stimme klang merkwürdig schrill und versagte ihr dann stockend.

Der fremde Mann bemerkte ihr Flüstern. „He, habt ihr es noch nicht verstanden? Ihr seid verloren. Aber du, Ratke, hast noch die Möglichkeit, dich zu entscheiden. Leben oder Tod?"

„Niemals werde ich zulassen, dass ihr sie versklavt! Ihr müsst sie euch wohl holen kommen!", meinte Kamirr bestimmt. Einen Moment herrschte eisige Stille zwischen den beiden Seiten – dann rannten die fremden Männer auf ihn zu.

Ohne Vorwarnung oder Zögern packte er das zierliche Mädchen und vergrub seine spitzen Reißzähne in ihrem Nacken. Sie schrie unter Schmerzen auf und erschlaffte in seinen riesigen Pranken.

«†»

Ihrer Beute beraubt, brüllten die Räuber wütend und stürmten auf ihn zu. Der Ratke ließ das Mädchen zu Boden fallen und kämpfte verbissen um sein Leben. Zwei der Sklavenjäger schrien auf und verdrehten die Augen, noch bevor sie den Ratken überhaupt erreicht hatten.

„Er ist ein Magier!", brüllte der Anführer und riss sich seinen Bogen von den Schultern. Die anderen zögerten kurz, ehe sie den Ratken einkreisten. Genau in dem Moment, als der Ratke die Hand hob, um erneut Magie zu wirken, ließ der Anführer einen Pfeil von der Sehne schnellen und traf den Hals des Ratken.

Er strauchelte und ein Gurgeln entwich seiner Kehle, doch er blieb auf den Beinen. Warmes Blut lief aus der Wunde, seinen Hals hinab, und auch aus seinen Mundwinkeln.

Die Sklavenjäger rückten näher. Er schwang sein Schwert, ohne noch viel Kontrolle darüber zu haben und stürzte gegen einen der Männer. Das Schwert fuhr dem Jäger in die Seite, dann verdrehte auch er die Augen und brach zusammen.

Zuerst schien es, als könnte der Ratke sich trotz seiner Verletzungen behaupten. Der Anführer verspürte fast so etwas wie Bewunderung, als der Krieger sich zitternd wieder aufrichtete und vergeblich versuchte, das Schwert zu heben.

Der Anführer reichte seinen Bogen an einen seiner Männer weiter und zog seinen Säbel. Der Ratke wankte, Blut lief aus seinem Mund, dann ging er in die Knie. Der Anführer kam näher, und streckte ihn mit einem Hieb in den Rücken brutal nieder. Der Krieger fiel getroffen zu Boden, dann rammte der Anführer seine scharfe Klinge in den Rücken des Ratken.

Stille breitete sich aus. Einer der Männer sank neben dem Mädchen auf die Knie und fühlte ihren Puls. Ihre Hand zuckte schwach, aber sie war zu schwer verwundet, als dass es sich gelohnt hätte, sie mitzunehmen. Es würde schon bald kein Leben mehr in ihr sein. Er richtete sich wieder auf und schüttelte den Kopf.

Der Anführer schrie seine Wut über die entgangene Sklavin in den Wald. Einige Vögel flatterten aufgeschreckt davon. So schnell die Männer aufgetaucht waren, verschwanden sie auch wieder von der Lichtung, auf der Suche nach weiterer Beute für den Sklavenmarkt. Ihre Männer ließen sie zurück. Sie trauerten nicht um ihre Toten.

«†»

Angelockt durch das Kampfgeschrei, schlichen bald zwei Reisende vorsichtig an den Rand der Lichtung und spähten zwischen den jungen Stämmen einer Erlengruppe auf den blutigen Kampfplatz. Wer auch immer hier wen angegriffen hatte, die Überlebenden schienen fort zu sein und die Lichtung lag still da.

Sie wagten sich schließlich hinaus auf die Wiese und fanden fünf Tote. Einen Ratken, drei Fremde und eine junge Frau.

Oder nein, nur vier Tote. Das Mädchen war jedoch tödlich verletzt. Eine schreckliche Wunde hatte ihren Nacken aufgerissen und sie war nicht mehr bei Bewusstsein.

Sie hatte feine Züge, schmale Augenbrauen und einen hübschen Mund. Ihr Gesicht hatte etwas Frisches, obwohl Schmutz und altes Blut daranklebten und es durch tiefe Schrammen und Prellungen in Mitleidenschaft gezogen war.

War sie seine Gefangene gewesen? Aber warum hatte der Ratke sie gebissen? Was wollte er von ihr? Waren all diese Männer von einem Ratkentrupp angegriffen worden und hatten sich verteidigt?

Das Mädchen hatte an diesem Kampf sicher nicht freiwillig teilgenommen. Die beiden Männer durchsuchten noch rasch die Toten, fanden aber nichts von Wert. Der stärkere hob das sterbende Mädchen auf, legte sie über seine Schulter und trug sie durch den Wald zu dem kleinen Dorf, in dem sie ohnehin hatten einkehren wollen. Vielleicht war sie von dort entführt worden und man würde sie dafür belohnen, dass sie zurückgebracht wurde. Während sie so schnell liefen, wie es ihre Füße zuließen, wurde der Puls des Mädchens immer schwächer, bis sie ihn gar nicht mehr fühlen konnten.

In dem Dorf war es dunkel, kaum ein Licht brannte mehr in den Fenstern, die meisten waren ohnehin mit Läden verriegelt. Es sah nicht wirklich so aus, als sei das Dorf überfallen worden oder als vermisse man einige Leute. Aber vielleicht war gerade die Stille ein Zeichen dafür, dass die Dorfleute sich bedeckt hielten.

Die beiden Reisenden sahen sich ratlos um, bis sie ein Haus entdeckten, das etwas abseits von den anderen am Platz stand. An die schwere Eingangstür war ein unverkennbares Zeichen gebrannt. Hier lebte eine Familie, die für die Toten zuständig war.

Sie schritten auf das Haus zu und der Stärkere zog sich das Mädchen von der Schulter, hielt sie in den Armen, während ihr Kopf an seiner Brust lehnte. Der Jüngere klopfte an die Tür.

Für einen Moment herrschte Stille, nur der kalte Wind blies über den Platz und ließ das Schild der Dorfherberge leise knarzen, dann hörten sie Schritte und ein schwacher Lichtschein strahlte unter der Tür hindurch.

Ein junger Mann öffnete die Tür einen Spalt breit und spähte hinaus.

„Was wollt ihr?"

Der ältere der beiden Reisenden räusperte sich und der junge Mann entdeckte die regungslose Gestalt in seinen Armen.

„Oh. Ich verstehe", meinte er leise und öffnete die Tür etwas weiter, um zu erkennen, wen der Mann hielt. Er kniff seine Augen etwas zusammen und hob den Kerzenhalter in seiner Hand. Den Reisenden entging das Messer nicht, das der Junge an seiner Seite hielt.

„Wer ist diese Frau?", fragte er und musterte sie.

„Ich weiß es nicht. Wir hatten gehofft, dass sie von hier ist ... Wir fanden sie auf einer Lichtung einige Meilen entfernt. Kurz zuvor hörten wir Kampfgeschrei. Als wir kamen, fanden wir sie verwundet auf dem Boden liegen, zusammen mit einem Ratken und drei anderen Männern. Es sah aus, als seien sie von Ratken überfallen worden ... Als wir das Mädchen fanden, war sie kaum noch am Leben, doch ihr Puls ist nun völlig erstorben."

Der Junge stellte die Kerze weg und legte die Finger an ihre leblose Kehle. Er schien kaum glauben zu wollen, dass ihr Leben versiegt war, denn sie wirkte noch so rosig. Schließlich seufzte er und ließ die Hand sinken.

„Es ist löblich, dass ihr sie hergebracht habt. Ich kann euch allerdings keine Belohnung dafür geben. Sie ist nicht von hier und wir sind kein reiches Dorf. Aber wir werden sie trotzdem auf unserem Friedhof begraben und auch die anderen Toten holen. Wo war es doch gleich?"

„Vielleicht vier Meilen südlich von hier, eine kleine Lichtung im dichten Wald."

„Wir werden es schon finden, danke."

Er schenkte den Reisenden ein halbherziges, entschuldigendes Lächeln und der Stärkere brummte missmutig, ehe er die Tote übergab. Sie war sogar noch warm. Als der Dorfjunge sie abnahm, fiel ihr lebloser Kopf zur Seite und zeigte die blutverschmierte Bisswunde in ihrem Nacken.

Sie sahen die Fragen, die dem Jungen auf den Lippen lagen. Er schwieg jedoch und nickte nur nachdenklich.

Murmelnd verabschiedeten sich die beiden und ließen das Haus hinter sich, um in der Dorfherberge einzukehren und die ganze Sache zu vergessen.

«†»

Der Diener schlich vor den Thron der Königin und zuckte unter ihrem Blick zusammen.

„Gebieterin, die Wächter haben das ganze Gefängnis durchsuchen lassen, aber es wurden keine Entflohenen gefunden. Die Wächter am Haupttor wurden überprüft und sind wohl keine Verräter. Die Wachen haben aber herausgefunden, wer befreit wurde ... Ein Gefangener namens Asur, seine Frau und die beiden Söhne."

Zayda seufzte und sah den Diener lange an.

„Lass mir einen der Wächter schicken, die dort gearbeitet haben. Ich will alles über diese Leute wissen und wer sie herausgeholt hat."

Der Diener verneigte sich tief und verschwand in der Dunkelheit des Botenganges.

Schwerer Nebel

Wie Glühwürmchen schwirrten violette Funken um den Körper des Mädchens, als er auf der Bahre lag.

Sie atmete stöhnend aus und schlug die schweren Lider auf. Ein unkontrolliertes Zucken durchfuhr sie, als der Bilur seine Magie freisetzte und das letzte bisschen Leben in ihrem Körper mit neuer Kraft erfüllte.

Schwarze Kreise tanzten in ihrem Blickfeld und sie fröstelte. Sie wollte sich aufrichten, fand jedoch nicht die Kraft dazu. Das Atmen fiel ihr schwer.

Mit Mühe konnte sie den Kopf etwas zur Seite drehen und musterte ihre düstere Umgebung. Anscheinend befand sie sich in einem kleinen Raum. Mit zusammengekniffenen Augen konnte sie die schemenhaften Umrisse von einer Truhe, einem kleinen Tisch und einem Regal erkennen, dazu kam noch das, auf dem sie lag.

Es roch nach Öl und etwas modrig.

Sie hörte Schritte, Angst flammte in ihr auf und ließ ihren Atem schneller werden. Wer kam da? Und wo war sie überhaupt?

Ihr Atem stockte, als das verwischte Bild eines Mannes, der sie an eine Ratte erinnerte, durch ihren Kopf schoss. Im selben Moment betrat ein Fremder den Raum. Die offene Tür hinter ihm zeigte ein Stück Wiese, kalte Luft wehte herein, ehe er sie wieder schloss.

Er sah weder einer Ratte noch einem anderen Tier ähnlich, dennoch war etwas an ihm merkwürdig ... Fast hätte man meinen können, er hätte sich mittelalterlich verkleidet. Er trug einfache Leinenkleidung, eine dunkle Hose und ein helles Hemd mit weiten Ärmeln, das in einen Film oder ein Theaterstück gepasst hätte. Sein schwarzes Haar hing ihm ungekämmt ins Gesicht und verhinderte, dass sie es richtig erkennen konnte.

Sie war sich jedoch sicher, ihn noch nie zuvor gesehen zu haben. Wollte er ihr etwas antun? Hatte er sie vielleicht sogar betäubt?! Gegen ihren Willen hierher gebracht? Sie fühlte eine gähnende Leere in sich, die rasch von einem Meer aus Fragen und Furcht geflutet wurde.

Der Fremde trat an einen Tisch, nahm dort eine Kerze und kam näher. In der anderen Hand schien er eine Schale mit Wasser zu tragen.

Angst erfüllte sie. Sofort wollte sie aufspringen, konnte sich aber nicht regen. Rasch schloss sie ihre Augen bis auf einen winzigen Spalt und hielt den Atem an.

Er blieb neben ihr stehen und betrachtete ihr Gesicht im Schein der Kerze. Jetzt konnte sie mehr erkennen. Er war vielleicht neunzehn oder zwanzig und hatte feine Gesichtszüge. Irgendwie wirkte er nachdenklich, beinahe traurig. Ein kurzes, müdes Lächeln huschte über sein Gesicht, aber es erschien ihr nicht böse.

Wieso sieht er mich so an?, fragte sie sich und empfand auf einmal gar keine Angst mehr. Zögernd beugte er sich über sie und strich ihr mit seinen Fingern über die Augenlider, als wolle er sie ganz schließen.

„Mögen die Hüter dieser Seele gnädig sein", murmelte er und sie riss überrascht die Augen auf.

Was?! Er hält mich für tot! Ich bin nicht tot!

Als sein Blick auf ihre offenen, eisblauen Augen fiel, wich jegliche Farbe aus seinem Gesicht.

Mit einem Aufschrei machte er einen Satz nach hinten, ließ Kerze und Wasserschale fallen und hetzte aus dem Zimmer.

Das Mädchen blickte ihm völlig verwirrt hinterher. Dachte er wirklich, sie sei tot?!

Durch einen Luftzug erlosch die Kerze und alles wurde wieder in Schatten getaucht. Zitternd und unter Anstrengung richtete sie sich auf.

Der Fremde blieb verschwunden und so stand sie im Dunkeln unsicher auf und wäre barfuß beinahe auf dem nassen Boden ausgerutscht. Sie hielt sich einen Moment an der Liege hinter sich fest und ging dann schwankend auf die Tür zu.

Doch schon auf halbem Weg erstarrte sie, als sie von draußen Stimmen hörte. Die Tür öffnete sich, flackerndes Licht beleuchtete den Raum und ein alter Mann trat ein. Er hielt eine Fackel und war ebenfalls mittelalterlich gekleidet. Das Licht erhellte sein ernstes, etwas runzeliges Gesicht und die dunklen, mit grauen Strähnen durchsetzten Haare. Hinter ihm stand der jüngere Mann und blickte unsicher in ihre Richtung.

Der Alte betrachtete sie eingehend und flüsterte dem Jüngeren etwas zu. Er schien gleichzeitig überrascht und irgendwie beinahe *ehrfürchtig*. Er hob die Fackel höher, um ihr Gesicht besser sehen zu können und schien plötzlich einen Entschluss zu fassen. Mit entschlossener Miene packte er seinen Stock fester, sodass die Knöchel weiß hervor traten, und schritt zielstrebig auf sie zu.

Erschrocken trat sie einen hastigen Schritt zurück, verlor das Gleichgewicht und fiel rücklings über den Hocker, der neben dem kleinen Tisch stand.

Greller Schmerz explodierte in ihrem Kopf. Vor ihren Augen verschwamm alles zu dunklen Schatten, sie spürte ihren Körper zittern und dann erschlaffen. Über ihr standen undeutlich die zwei Gestalten, eine Hand nach ihr ausgestreckt ...

Furcht und Schmerz erfüllten sie, dann wurde es schwarz vor ihren Augen.

«†»

In der Festung Mazmorra zerrten die Gefängniswachen den Ratken mit eisernem Griff vor den Thron der Königin.

Zaydas Gesicht lag im Schatten und ihr Ausdruck war nicht zu erkennen, doch ihre Stimme klirrte so eisig, dass dem Gefangenen ein Schauer über den Rücken lief. Die Königin genoss seine offensichtliche Angst in vollen Zügen. „Da haben wir also einen der Verräter!“

Der Ratke riss sich zusammen und hob den Kopf, um trotzig in ihre Richtung zu blicken.

„Weißt du, ich bin fast mehr enttäuscht von mir, als von dir ... Ich hätte wirklich nicht gedacht, dass ich mein eigenes Volk zu naiv behandle, aber dein Verrat zeigt, dass ich mich geirrt habe."

Ihr Lächeln schien ihn noch mehr zu verunsichern, als sie sich vorbeugte und ein schwacher Lichtschein auf ihr Gesicht fiel. „Dafür möchte ich dir sogar danken. Du hast mir gezeigt, dass es ein fataler Fehler war, seinen Untergebenen blind zu vertrauen. Von nun an werde ich mit mehr Vorsicht vorgehen und weitere Verräter schnell aufspüren."

Er reagierte noch immer nicht und starrte sie stumm mit zusammengekniffenen Augen an.

„Ich denke, wir könnten eventuell einen Kompromiss finden. Nachdem du mir bereits den Gefallen erwiesen hast, dich entdecken zu lassen, finde ich, dass ich dir im Gegenzug auch einen Gefallen erweisen sollte. Vielleicht lasse ich dich sogar frei, wenn du mir weiterhilfst, wer weiß?"

Sie beugte sich noch ein wenig weiter vor und sah ihn mit einem fragenden Blick an, noch immer ein falsches Lächeln auf den Lippen.

Sie erahnte seine Antwort, noch bevor er kaum merklich den Kopf schüttelte.

„Wo hast du sie hingebracht?", schrie sie ohne Vorwarnung. Die Wachen zuckten erschrocken zusammen.

Ihre Stimme hallte mehrmals nach, doch selbst als wieder vollkommene, angespannte Stille herrschte, sprach er nicht.

„WO IST SIE?!"

Keine Antwort. Wütend richtete sie ihre Aufmerksamkeit auf seine Wächter, ließ ihre Magie auflodern. Die beiden Männer zitterten kaum wahrnehmbar, dann regte sich einer der Kämpfer, zog etwas von seinem Gürtel und stieß voller Wucht einen Dolch in die Seite des Gefangenen.

Der Verräter unterdrückte einen Schrei und atmete keuchend aus. Schweiß lief ihm über die Stirn und er stöhnte: „Sie lebt nicht mehr. Unsere Männer haben dafür gesorgt, damit Ihr ... Ihr sie nicht zu einer Waffe ... machen könnt. Es ist vorbei!"

„Du irrst! Sie lebt und ist mir bloß entwischt!“

Er reckte kühn das Haupt, als ihm klar wurde, dass er sie so leicht nicht täuschen konnte. „Ihr werdet sie niemals finden. Sie wird untertauchen ... und verschwinden!“

Ihre Augen schienen gelbe Funken zu sprühen. „Du unterschätzt mich!“

„Und Ihr unterschätzt die Macht, die in ihr lieg-“ Er stockte. Blut lief seine Hüfte und sein Bein hinab und er begann zu zittern. Die Tyrannin lachte, als sie seinen Schmerz fühlte. Sie wusste, was sie mit ihrer Magie bewirkte, welche Qualen sie ihm zufügte. Der Dolch würde sich zusammen mit ihren dunklen Kräften wie ein flammendes Inferno in seiner Seite anfühlen.

„Du siehst, wie schnell ein verfluchter Dolch seine Aufgabe erfüllt.“

„Wenn ich tot bin ... werdet Ihr niemanden ... niemanden mehr haben, der sie an Euch verraten kann! Ihr habt sie verloren!“

„Ich werde sie auch so mit Leichtigkeit finden. Ich brauche dich nicht mehr und jetzt STIRB!“ Ihre Finger glühten kurz, der Ratke schrie auf und zuckte so heftig zusammen, dass er sich dem Griff der anderen Männer entriss. Einen Moment sah er die Königin fassungslos und gequält an, dann verdrehte er die Augen und brach sterbend vor ihrem Thron zusammen. Eisige Stille erfüllte den Raum, während die anderen warteten, bis er seine letzten, qualvollen Atemzüge getan hatte und schließlich erschlaffte.

„Holt sie mir zurück!“, befahl Zayda dann den beiden Kämpfern.

Mit einem Ruck erwachten sie aus ihrer Trance. Der eine schüttelte schwach den Kopf und sah sie dann fragend an. „Aber wie sollen wir ...“

„Die Fährtenleser und Magier sollen euch unterstützen. Geht zu euren Kommandanten und informiert sie. Ich will, dass jeder einzelne Ratke an der Suche teilnimmt. Und zwar sofort!“

Der zweite Kämpfer bückte sich und nahm den Dolch wieder an sich. Mit einer Verbeugung eilten sie hastig aus dem dunklen Saal.

«†»

Das Mädchen kam langsam wieder zu sich.

Sie lag wie gelähmt da und fühlte nichts als Müdigkeit. Einen Moment später kam Schmerz dazu.

Nach und nach begann sich ein Kribbeln in ihren Armen auszubreiten und sie fühlte sich nicht mehr so steif und ungelenk. Sie machte eine zögernde Bewegung mit der Hand. Was nur dazu führte, dass sie sich noch tauber und schwächer fühlte. Fast, als wäre ihr Körper betäubt worden.

Was war denn passiert? Sie wusste es nicht. So sehr sie sich auch den Kopf zerbrach, alles blieb von Nebel verschleiert. Nur an den jungen Mann erinnerte sie sich ... Wie er sie erschrocken ansah, als erblicke er einen Geist.

Sie hatte Hunger und ihr Nacken tat schrecklich weh. Einen Moment lang lag sie nur da und dachte nach, durchsuchte den Nebel in ihrem Kopf nach Erklärungen. Erst nach einer Weile drang das Knistern eines Feuers in ihr Bewusstsein.

Sie schlug die Augen auf und bemerkte einen Tisch direkt neben sich. Es war warm und jemand hatte fürsorglich eine Decke um sie gewickelt. Ihr Magen begann laut zu knurren, als ihr würziger Essensduft in die Nase stieg.

Stöhnend setzte sie sich auf. Das Gefühl der Taubheit wollte ihre Arme und Beine noch nicht verlassen, aber sie versuchte, es so weit wie möglich zu ignorieren. Angst machte sich wieder in ihr breit, sie musste wissen, wo sie war. Aber vor ihren Augen tanzten so viele dunkle Flecken, dass sie kaum etwas von der neuen Umgebung erkennen konnte.

Nur eines konnte sie sagen: Sie war allein. Nicht nur diese Fremden waren fort ... Auch in ihrem Geist war nichts als Leere.

In einem Anflug von Verzweiflung ließ sie den Kopf sinken. Sie stützte das Kinn auf ihre Hände und drehte den schmerzenden Hals, um besser nachdenken zu können. Ihr Haaransatz war klebrig und ihre Fingerspitzen ertasteten eine schmerzende, nässende Wunde. Wo hatte sie sich die denn geholt? Vorsichtig tastete sie weiter nach unten im Nacken und fühlte etwas Hartes in ihrer Haut stecken. Ächzend zog sie es heraus. Sie wischte das Blut von dem spitzen Dorn und betrachtete ihn mit zusammengekniffenen Augen. Eine Reihe von Bildern flutete plötzlich in ihr Bewusstsein, als sie das Ding einordnen konnte – es war ein Zahnsplitter!

Sie sah einen Mann über sich gebeugt, der sie an den Schultern rüttelte. Er hatte leuchtend gelbe Augen und erinnerte sie irgendwie an eine Ratte. Dann war sie in einer Kammer und jemand gab ihr zu trinken. Sie konnte ihn nicht erkennen, aber sie erinnerte sich an das schreckliche Gefühl zu verdursten. Er gab ihr Wasser, das nach Schmutz und Moder schmeckte.

Die Bilder verschwammen und als Nächstes befand sie sich auf einer Lichtung. Neben ihr stand ein Mann, der genauso seltsam rattenhaft aussah, wie ihr unbekannter Retter aus dem Verlies. Mit seinem Körper hatte er sich schützend vor ihr aufgebaut. Er flüsterte ihr etwas zu und ging mit gezogenem Schwert auf einen Angreifer los. Durch seine rasche Bewegung verlor sie beinahe das Gleichgewicht. Plötzlich packte er ihre Schulter und wirbelte sie herum. Schmerz ließ sie fast blind werden – dann wurde alles schwarz.

Ächzend riss sie sich von der Erinnerung los. Mit einem Ruck kehrte sie zurück in die warme Stube und ließ das blutige Stück Zahn angewidert auf den Tisch fallen. Es drehte sich schlingernd über das Holz und hinterließ eine rote Spur, ehe es still lag.

Sie versuchte angestrengt ihre Gedanken zu ordnen, aber außer ein paar erschreckenden Fetzen schien es nichts in ihrem Kopf zu geben. Wo war sie hergekommen? Sie wusste es nicht. Ihr Name, ihr Alter, ihre Herkunft, alles war in dem Nebel verschwunden ... Zurück blieben nur allgemeine Dinge. Eindrücke von Straßen, Autos, einer U-Bahn ... Aber der Name der Stadt wollte ihr einfach nicht in den Sinn kommen.

Sie zuckte zusammen, als Schritte aus Richtung der geöffneten Tür ertönten. Der junge Mann trat ein und blickte sie voller Neugierde und Misstrauen an, dann glitt sein Blick kurz auf den

Tisch. Mitten darauf stand eine dampfende Schale mit Suppe, die sie bisher noch nicht bemerkt hatte. Er schien ihren hungrigen Blick richtig zu deuten, denn nun schob er die Schale mit einem aufmunternden Lächeln in ihre Richtung, während er stehen blieb und wartete. Ob er den Zahnsplitter nicht bemerkt hatte oder ihn ignorierte, wusste sie nicht. Sie hatte ihn wegnehmen und verstecken wollen, aber der Hunger siegte über alle anderen Gedanken.

Sie starrte ihn kurz fragend an, dann griff ihre Hand wie von selbst zu dem Löffel, der neben der Schale lag.

Die Suppe war köstlich. Die erste Portion verschlang sie so schnell, dass sie Bauchschmerzen bekam, aber ihr Hunger war noch lange nicht gestillt. Der junge Mann nahm die leere Schüssel vom Tisch und schöpfte aus einem großen Topf einen Nachschlag für sie heraus. Er stellte die Schale wieder vor sie hin und setzte sich ihr dann gegenüber.

Sie starrte ihn an und zögerte mit dem Essen.

„Nur keine Angst, ich tue dir nichts."

Sie blieb stumm und wusste nicht, was sie sagen sollte. Sie kannte ihn nicht und fragte sich, warum er sich bei ihrer ersten Begegnung so merkwürdig verhalten hatte. Gerade wollte sie deshalb den Mund öffnen, da trat der Alte ein.

Ihr Blick huschte über sein angespanntes Gesicht, und als er näher herantrat, wich sie auf der Bank zurück.

„Was wollt ihr von mir? Wieso habt ihr mich entführt?", rief sie mit erstickter Stimme und spürte einen Kloß in ihrem Hals, der ihr das Atmen schwer machte. Da brachen die Angst und die Verwirrung aus ihr hervor. Tränen rannen in unkontrollierter Verzweiflung über ihre Wangen. Sie wischte sie wütend fort und versuchte vergebens, ihre Fassung wiederzuerlangen. Ihre Kehle war so zugeschnürt, dass sie glaubte, ersticken zu müssen.

„Was? Wir ... wir haben dich nicht entführt!", stammelte der junge Mann mit einem beinahe beleidigten Gesichtsausdruck.

Aber sie schluchzte immer weiter und der junge Mann sah den Alten fragend an, der nickte. Der Junge stand auf und setzte sich neben sie. Er legte einen Arm um ihre Schulter, doch sie zuckte erschrocken von ihm weg und starrte ihn angstvoll an.

„Wie heißt du?“, fragte er vorsichtig.

„Ich w-weiß es nicht, ich ka-kann mich an n-nichts erinnern! Es i-ist alles so le-eer.“ Sie warteten stumm, während das Mädchen noch ein paar Mal schluchzte, dann wischte es sich ein letztes Mal über die Augen und blinzelte ihn wartend an.

„Ich heiße Tarek. Das ist mein Großvater Shetan.“

„Wieso b-bin ich hier? Was ist geschehen?“

„Das hatten wir von dir zu erfahren gehofft. Immerhin wurdest du als Tote zu uns gebracht.“

„T-tot?“

Der alte Mann nickte. „Du hast Tarek einen gewaltigen Schreck eingejagt ... Er hat es noch nie erlebt, dass sich jemand von einer Totenbahre erhebt. Aber er konnte ja nicht ahnen, dass du das Gift überlebt hattest!“, sagte der Alte und erwiderte neugierig ihren Blick.

„Von was redet ihr d-denn da? Was f-für ein Gift?“

„Ein Ratke hat dich im Wald gebissen“, sprach der Alte weiter und wartete auf ihre Reaktion. Das Mädchen fasste sich rasch in den Nacken und zuckte bei der Berührung zusammen.

„Ja, das ist ein Ratkenbiss. Du bist meines Wissens der erste Mensch, der solch einen Biss überlebt hat.“

Sie sah das Misstrauen in seinem Blick nicht. „Ein Ratke?“

Der junge Mann sah seinen Großvater irritiert an.

„Erinnerst du dich nicht? Zwei Erzsucher fanden dich sterbend neben einem getöteten Ratken auf einer Lichtung liegend. Er hatte dich in den Nacken gebissen und ist dann durch Unbekannte getötet worden. Die beiden brachten dich hierher, aber da schien es schon zu spät. Nun, wir haben uns getäuscht!“

Das Mädchen schüttelte nur den Kopf und schwieg. Sie schienen gar nicht zu verstehen, dass sie ganz einfach noch nie von einem solchen Ratken gehört hatte.

„Woher kommst du?“, führte der junge Mann namens Tarek das Gespräch fort.

„Ich … ich …“ Sie zog die Stirn in Falten, und ihre Augen füllten sich wieder mit Tränen. „Ich weiß es nicht, ich kann mich nicht erinnern!“ Für einen Moment war sie in Gedanken versunken, dann sprach sie weiter. „Wo … wo bin ich eigentlich?“

„In Ornanung“, beantwortete der Mann ihre Frage.

Sie sah ihn nur verständnislos an.

„Du bist in einem Dorf in den Wäldern südlich von –“ Tarek brach ab und stand seufzend auf. „Nein, wir sollten sie zuerst prüfen, bevor wir ihr zu viel verraten, Großvater. Wir können keiner Fremden vertrauen.“

„Das stimmt“, sagte Shetan und wandte sich ihr zu.

„Was prüfen? Wovon redet ihr?“, fragte das Mädchen, die schon wieder ein flaues Gefühl im Bauch verspürte und sich zur Vorsicht mahnte.

„Wir wollen sichergehen, dass du keine Spionin der Königin bist“, sagte Shetan.

Das Mädchen sah sie ängstlich an. „Was bedeutet das für mich?“

„Wir werden deinen Geist testen.“

„Also noch einmal: Woher kommst du?“, fragte Tarek weiter.

„Ich weiß es doch nicht!“

„Überhaupt nichts? Kein einziger Ort, an den du dich erinnern kannst?“

„Doch schon …“, sie zögerte kurz, „… Ich kann mich an eine Festung erinnern, die oben auf einer Klippe stand, an viele dunkle Gänge-“, aber weiter kam sie nicht. Ein Schrei entwich ihrer Kehle, als Tarek so schnell einen Dolch von seinem Gürtel riss und in ihre Richtung gleiten ließ, dass sie ihn kaum hatte sehen können – bis das kalte Metall an ihrem Hals lag.

Sie erzitterte, sein Blick war nicht mehr sanft und freundlich, sondern todernst.

„Wer bist du? Wer hat dich geschickt?“, zischte er und rückte ihr bedrohlich nahe.

Tränen traten in die Augen des Mädchens und sie wimmerte leise. „Ich ... ich weiß nicht, wovon du redest ...", flüsterte sie und starrte ihn angsterfüllt an.

„Tarek!", meinte jetzt Shetan hinter ihm und sah ihn ermahnend an. „Reagier nicht überstürzt. Sie scheint mir nicht wirklich eine Gefahr zu sein."

Der junge Mann vor ihr musterte sie weiter und runzelte die Stirn. „Die Tyrannin ist auch eine Frau! Magier müssen keine Muskelpakete haben, um Schaden anzurichten. Wir hätten sie doch fesseln sollen!"

Ein erneutes Wimmern kam von der jungen Frau vor ihm, ihre Unterlippe zitterte merklich. „Wieso?", flüsterte sie. „Wieso tut ihr das? Was ist mit mir passiert?"

Sein Griff um den Dolch lockerte sich kurz, doch dann packte er ihn wieder fester und sah sie böse an. „Das solltest du uns sagen! Wie kann es sein, dass du den Biss eines Ratken überlebst? Man hat dich zu uns geschickt!"

„Nein!", flehte sie und schluckte, als sie das kalte Metall an ihrer Haut spürte. „Ich weiß nicht, was ich hier tue! Bitte, ich weiß gar nichts!"

„Ich glaube dir nicht", stellte er in schneidendem Ton fest. „Schnell Großvater, wenn sie eine Magierin ist, musst du uns schützen!" Er drückte ihr den Dolch fester gegen die Haut und Schmerz zuckte durch ihren Hals. Tränen rannen ihr über die Wangen, aber sie wagte es nicht, sich zu bewegen. Sie wollte gerade etwas sagen, doch da trat der Alte vor.

„Tarek, lass mich das übernehmen. Wenn sie tatsächlich eine Spionin ist, kann ich es herausfinden. Sie hätte uns doch kaum von der Festung erzählt, wenn sie eine wäre, oder? Außer sie ist außerordentlich dumm, dann hilft ihr aber auch keine Magie."

Der Mann vor ihr zögerte, doch dann nickte er widerwillig und nahm den Dolch von ihrem Hals. Sie rutschte sofort ein Stück von ihm weg und fasste Shetan ins Auge, der jetzt auf sie zuschritt.

„Versuch dich zu entspannen, dann wird es für uns beide leichter", murmelte er und sie wollte aufspringen, doch da war er schon mit seinen Händen bei ihr und legte sie ihr an die Schläfen.

Sie zuckte zurück und ächzte, aber dann konnte sie sich nicht mehr bewegen und ihr wurden die Augenlider auf einmal unglaublich schwer. Ohne es verhindern zu können, fielen ihr die Augen zu. Dann spürte sie Wärme, die von seinen Händen ausstrahlte und sich um ihren Kopf legte wie ein schmerzender, stechender Helm.

Was tust du da?, wollte sie rufen, doch ihr Mund blieb verschlossen – und Bilder tauchten vor ihrem inneren Auge auf. Einen Moment war alles verschwommen, dann erkannte sie ihre eigenen Erinnerungen. Zuerst sah sie die Lichtung und den Ratken, dann sah sie eine Sumpflandschaft im Nebel und dann eine hohe dunkle Klippe, auf der eine Festung stand. Schwärze umhüllte sie, dann tauchte der Brunnenschacht auf, in dem sie gelegen hatte. Ein Gefühl sagte ihr, dass sie lange dort gewesen war.

Für einen winzigen Augenblick meinte sie, gelb glühende Augen zu sehen, dann verschwamm alles in dichtem Nebel. Der Schmerz in ihrem Kopf verschwand allmählich, ließ nur Leere zurück.

Eine Weile geschah nichts, keine Erinnerungen zeigten sich mehr, aber Gefühle und dann unzusammenhängende Bilder von einer Stadt, von Autos, Menschen und Häusern, ehe alles wieder schwarz wurde.

Zuletzt kehrte sie zu der Lichtung zurück, zu dem riesigen Mann, der sie beschützen wollte. Er packte sie, biss zu und sie brach zusammen. Schmerz pulsierte durch ihren Kopf, und als sie sich das nächste Mal wieder bewegen konnte, sah sie violette Funken um sich schweben. Sie erkannte die Kammer wieder, konnte sich aber nicht bewegen. Dann wurde alles schwarz.

Sie wartete ... und erst dann bemerkte sie, dass die Hände an ihrem Kopf verschwunden waren. Zögerlich öffnete sie ein Auge und beobachtete das Gesicht des alten Mannes.

„Was hast du mit mir gemacht?“, fragte sie flüsternd. Erstaunen und Angst machten sich in ihr breit.

„Und?“, fragte stattdessen Tarek und sah seinen Großvater erwartungsvoll an.

„Sie hat die Wahrheit gesagt. Sie war tatsächlich in Mazmorra.“

Als Tarek den Dolch wieder hob, hielt Shetan ihn mit einer knappen Handbewegung auf. „Aber sie ist keine Spionin. Sie war eine Gefangene.“

Tarek starrte die Fremde fassungslos an. „Du warst in *Mazmorras Grab*? Das kann nicht sein. Niemand kommt lebend aus den Höhlen zurück.“

„Tarek, es ist wahr.“ Die Ernsthaftigkeit in der Stimme seines Großvaters schien den jungen Mann endlich zu überzeugen.

„Wie bist du da rausgekommen?!“, fragte er völlig verwirrt. In seiner Stimme schwangen Bewunderung und Neugierde mit – aber auch Furcht.

„Ich wurde befreit, durch einen Mann mit gelben Augen“, stammelte sie rasch.

„Was? Ein Ratke hat dich befreit? Nein. Du musst dich irren, Ratken sind niemals hilfsbereit.“

Aber Shetan schüttelte wieder den Kopf.

„Nein, sie sagt die Wahrheit. Ich habe ihn gesehen, sie war mit einem Ratken auf einer Lichtung, nachdem sie in Mazmorra und dem Gefängnis war. Ein Bilur hat sie geschützt, deshalb hat sie sich wieder von ihren Wunden erholt, obwohl wir sie nicht behandelt haben.“

„Das beweist gar nichts! Wenn sie mit einem Ratken unterwegs war, könnte sie doch erst recht eine Spionin sein“, meinte Tarek und Misstrauen zeigte sich wieder in seinen Zügen.

„Nein, sie wurde nicht geschickt. Sie kommt aus Lyrra. Oder zumindest hat sie Erinnerungen von dort. Sie muss wenigstens eine Zeit lang dort gelebt haben.“

„Aus Lyrra?“ Tarek stockte der Atem. „Wie ist sie hierhergekommen?“

„Sie muss entführt worden sein und dann wurde ihr wohl das Gedächtnis gelöscht."

Das Mädchen hatte das Gefühl, die Welt drehe sich auf den Kopf. Das Wimmern aus ihrer Kehle ließ die beiden Männer innehalten. Die junge Frau saß zusammengekauert an ihrem Tisch und rang mit neuen Tränen. „Was bedeutet das alles? Was hast du mit mir gemacht?", fragte sie und warf Shetan einen anklagenden Blick zu.

„Keine Sorge", meinte er und seine Stimme war jetzt sanfter. „Wir werden dir nichts tun. Tarek! Tu den verdammten Dolch weg!"

Tarek schluckte, nickte rasch und steckte die Waffe zurück an seinen Gürtel.

„Wie hast du das gemacht?", fragte sie erneut. „Wie hast du die Erinnerungen in meinem Kopf sehen können?"

Shetan lächelte entschuldigend. „Mit Magie."

Sie sah ihn an, als habe er den Verstand verloren.

„Ich verstehe das alles nicht! Wer sind diese Ratken? Was ist dieses Lyrra, von dem ihr sprecht? Und ... und *Magie*?" In ihrer Stimme begann schrille Hysterie mitzuschwingen.

„Also ... Nach dem, was ich in deinen Erinnerungen gefunden habe, kommst du aus einer Welt, die wir Lyrra nennen."

„Und das ist eine andere Welt als hier? Aber das ist nicht möglich!"

„Doch, es ist möglich."

Das Mädchen schnaubte. „Ihr seid doch verrückt! Es gibt keine anderen Welten! Soll ich etwa einen Ausflug ins All gemacht haben? Seid ihr Aliens?"

Tarek sah seinen Großvater stirnrunzelnd an. „Was sind Äliäns?"

„Ich habe keine Ahnung, aber sie scheint mir reichlich verwirrt zu sein", antwortete der mit gedämpfter Stimme. Da wurde es ihr zu viel. Wut kochte in ihr hoch, und plötzlich wurden in ihr Kräfte frei, die sie niemals in sich vermutet hätte.

„Ob ich verwirrt bin? VERWIRRT? Ich glaube langsam, dass ich den Verstand verliere! Ich bin in einer anderen Welt? Na klar, warum denn auch nicht! Ich reise ständig zwischen verschiedenen Welten hin und her, verliere mein Gedächtnis und werde von irgendwelchen Verrückten entführt!“

„Aber wir haben dich doch überhaupt nicht entführt, du wurdest hierher gebracht, von den beiden Erzsuchern! Sie sagten, dass sie dich im Wald fanden, neben einem toten Ratken und – “, fing Tarek an.

„Ach ja, dieser Ratke, was ist das doch gleich noch mal? Ich erinnere mich an ein Gesicht, an gelbe Augen und spitze Zähne ... Und dieser Kerl war also irgendeine Mischung zwischen Mensch und Ratte? Ja, das kann ich mir *gut* vorstellen ...“ Hysterie schwang mittlerweile in ihrer Stimme mit.

„Jetzt beruhige dich erst mal, lass uns zuerst erklären, dann kannst du Fragen stellen.“

„Oh nein, wenn ihr mich nicht entführt habt, dann wollt ihr mich doch auch nicht hier festhalten, oder? Dann kann ich ja einfach gehen und in meine Welt zurück reisen, nicht wahr?!“

„Wenn das nur so einfach wäre. Das letzte Portal, das die beiden Welten verbindet, liegt in Zaydas Festung, gut verschlossen hinter Sicherheitstüren, dort kannst du niemals hinkommen.“

„Ihr meint das wirklich ernst, oder? Nein, das glaube ich nicht, dass ich in einer anderen Welt sein soll. Ihr müsst mir das schon beweisen!“

„Wir müssen überhaupt nichts!“, rief Tarek empört. „Reicht dir Shetans Magie nicht? Du hast es doch selbst gespürt, oder etwa nicht?“

„Ich habe keine Ahnung, was das war! Ihr könnt mir auch irgendwelche Drogen in die Suppe gemischt haben!“

Shetan schien zuerst wütend, doch dann seufzte er und nickte. „Du hast recht. Es ist sowieso besser, wenn wir dich noch weiter testen. Wir sollten erfahren, wer du bist.“

Sie hatte kein gutes Gefühl dabei.

Das Heulen der Wölfin

Das Mädchen rutschte erschrocken zurück, als Shetan sich zu ihr setzte und ihr die Hände entgegenstreckte. „Wird es wieder wehtun?“

Er schüttelte nur den Kopf und formte ihre verschrammten Hände zu einer flachen Schale, die Handflächen nach oben. Sie ließ es angespannt geschehen. Dann legte er seine Hände unter ihre, sodass seine Handinnenseiten ihre Handrücken berührten.

Shetan schloss seine Augen. Er atmete ruhig ein und aus – und sie bemerkte, wie ihr Atem sich seinem anpasste. Sie fühlte eine merkwürdige Kraft, eine Wärme, die von seiner Haut ausstrahlte, ähnlich wie beim ersten Mal, als er sie berührt hatte. Doch diesmal gab es keinen Schmerz. Im Gegenteil: Sie fühlte, wie sich tief in ihrem Inneren ebenfalls eine Wärme ausbreitete, als würde ein inneres Feuer an die Oberfläche dringen. Obwohl sie nicht sagen konnte, woher der Eindruck kam, war sie sich auf einmal sicher, dass diese Wärme schon immer da gewesen war und nur darauf gewartet hatte, zum Vorschein zu kommen. Sie beobachtete gebannt, wie sich auf ihren Händen ein schwacher bläulich-grauer Nebel bildete, der sanft waberte.

„Was ...?“, wollte sie fragen, doch die Worte blieben ihr im Hals stecken. Unsicherheit machte sich in ihr breit, aber irgendwie *wusste* sie auch, dass ihr nichts geschehen konnte. Sie warf einen Blick auf Shetan. Einzelne Schweißperlen standen bereits auf seiner Stirn und der angespannte Ausdruck auf seinem Gesicht schien jegliche Fragen zu untersagen.

Ihre Fingerspitzen begannen zu kribbeln. Es war ein unangenehmes Gefühl, als wären ihre Finger von langem Stillliegen eingeschlafen. Es erinnerte sie an den Moment, als sie aufgewacht war und sich nicht hatte regen können. Der Nebel verdichtete sich und das Kribbeln wurde stärker, es breitete sich über ihre Hände und in ihre Unterarme aus und erzeugte ein unangenehmes Schwächegefühl.

Das ist unglaublich! Wie ist so etwas möglich? Das ... das ist doch unmöglich ein Trick ... Das ist WIRKLICH! Oder ... oder ich träume noch. Das muss es sein!

Die Schwaden über ihren Händen verdichteten sich und in ihrer Mitte entstand eine schwache Silhouette. Als sich eine dunklere Gestalt in dem Nebel bildete, konnte sie ihre Arme bereits kaum noch spüren, die Taubheit hatte sich bis zu ihren Schultern ausgebreitet und sie fühlte leichten Schwindel.

Die Gestalt wurde klarer. Tarek stockte der Atem und das Mädchen riss die Augen auf.

Die Gestalt war ein Wolf!

Nein, eine Wölfin, die auf grauem Felsboden stand und in die Ferne blickte. Die Wölfin war weiß, ihr Fell hatte einen silbernen Schimmer. Weit entfernt heulte ein anderer Wolf ... Da wandte die Wölfin den Kopf und blickte ihr direkt die Augen. Sofort verlor sie sich in der unergründlichen, goldgelben Tiefe dieses Blickes. Auf einmal existierte nichts mehr außer dieser geisterhaften Wölfin.

Sie spürte keine Angst. Alles um sie herum schien sich aufzulösen, in diesem ruhigen, wissenden Blick.

Konnte der Geist sie sehen? Der Blick des Mädchens wurde glasig, als sich in ihrem Kopf die Gedanken drehten. Wie zur Antwort hob die Wölfin plötzlich den Kopf und heulte laut auf. Das Heulen der Wölfin war wunderschön und ihr gefror bei dem langgezogenen Laut fast das Blut in den Adern. Sekundenlang wurde ihr schwarz vor Augen, dann durchfuhr sie ein Ruck.

Hatte die Wölfin gerade etwas gesagt?! Doch, sie hatte etwas geflüstert ... Ein Wort, merkwürdig verzerrt ... Aber doch irgendwie bekannt ... Senai ... Sena ... Sina.

Dann traf sie ein Schlag. Sie wusste ihren Namen!

Sina. Ihr Name war Sina!! Sie überlegte einen Moment, aber mehr fiel ihr nicht ein. Sina wandte widerwillig ihre Augen von der Wölfin ab und schaute auf, um Tareks Reaktion auf das Geheul zu sehen. Doch er schien es nicht zu hören. Auch Shetan schien es nicht zu bemerken, er blickte konzentriert auf den

Geist. Die Wölfin verschwamm etwas und wurde dann wieder klarer. Über Shetans Stirn lief der Schweiß und Sina warf einen weiteren kurzen Blick auf Tarek. Sie bemerkte gerade noch, wie sein Blick von ihr weg huschte und er seine Aufmerksamkeit wieder auf den Wolf richtete. Sina wusste nicht, ob sie Angst haben oder lächeln sollte. Er hatte sie beobachtet und nicht die Wölfin.

Dann löste sich die Erscheinung plötzlich in Nichts auf. Shetan ließ erschöpft die Hände sinken und atmete schwer.

Sina fühlte das Verschwinden der Wölfin wie einen schmerzenden Verlust. Erst jetzt, da der Kontakt abbrach, wurde ihr klar, wie anstrengend diese Verbindung gewesen war. Sie fühlte sich schwach und schwindlig. Das Bedürfnis nach Schlaf machte sich in ihr breit und hätte sie beinahe überwältigt. Aber sie widerstand, lehnte sich nur mit geschlossenen Augen an der Eckbank an und war froh, als die Taubheit allmählich verging und sich wieder Wärme in ihren Armen ausbreitete.

Nach einem Moment, der ihr gleichzeitig sehr kurz und lang vorkam, schlug sie wieder die Augen auf und sah die beiden Männer fragend an. Shetan registrierte verblüfft, dass sie nicht mehr geschwächt schien.

„Wie fühlst du dich?“, fragte Tarek.

„Bis auf meinen Nacken, der noch immer wehtut, geht es mir gut. Glaube ich.“

„Hat dich die Magie nicht erschöpft?“

„Ich weiß nicht. Da war dieses taube Gefühl, so ein starkes Kribbeln, das durch meine Beine und Arme lief, als würden sie einschlafen ... Aber ich hätte die Wölfin gerne noch länger gesehen. Was hat es mit ihr auf sich?“

Tarek wandte sich überrascht an seinen Großvater. „Wie ist das möglich?“

Shetan sah immer noch etwas blass aus. Er schien tief in Gedanken versunken, doch dann fand er in diese Welt zurück und antwortete: „Ich weiß es nicht, aber es ist äußerst ungewöhnlich!“

„Ich ... ich weiß nicht, was ich sagen soll. Ja, es war anstrengend, aber die Taubheit und das Kribbeln waren nach einem Moment wieder weg. Ich dachte, ich träume! Aber d-das ist kein Traum, nicht wahr? Ich finde es echt absolut irre, dass so was überhaupt *möglich* ist! Es fühlte sich an, als hättest du ein Feuer in mir angemacht ... Es war so ... real!"

„Hm!" Shetan schien diese Antwort nicht gerade zu befriedigen. Doch Sina überging es einfach. Sie wollte gerade etwas sagen und drehte den Kopf zu Tarek – da schoss ein stechender Schmerz durch ihren Nacken und ließ die Welt verschwimmen. Sie war so überrascht über diese plötzliche Welle, dass sie wie vom Blitz getroffen aufsprang.

Sie wankte und hörte Shetans Stimme wie durch Wasser. „Pass auf, Tarek! Ich glaube, sie wird glei-"

Dann fiel sie in tiefe Dunkelheit.

«†»

Sie lag noch immer auf der Bank, als sie wieder die Augen aufschlug.

„Wa ... was ist denn passiert?", fragte sie leise und fasste sich an den brummenden Schädel.

Shetan tauchte in ihrem Blickfeld auf und lächelte warmherzig, aber auch besorgt.

„Du bist wieder in Ohnmacht gefallen. Dein Körper ist noch sehr geschwächt und die Magie war anstrengend. Tarek kommt gleich wieder, er holt eine Salbe für deinen Nacken."

Sie zögerte, entschied sich dann aber, lieber nicht zu nicken, sondern einfach liegen zu bleiben.

Der alte Mann bedachte sie mit einem nachdenklichen Blick, dann verschwand er hinter der Tischplatte und sie hörte ihn arbeiten. Das Feuer knisterte lauter und sie hörte etwas plätschern. „Ich mache uns einen Tee, der wird uns beiden gut tun und dich stärken, damit du nicht so schnell noch einmal das Bewusstsein verlierst", hörte sie ihn erklären. Sina blieb einfach still liegen und versuchte zu begreifen, was vorhin alles geschehen war.

Wenig später kehrte Tarek zurück. Er tauchte über ihr mit einem Lederbeutel, einigen Tüchern und einer Schüssel auf.

„Gut, du bist wieder wach“, meinte er und sie hörte Erleichterung in seiner Stimme. „Dreh dich bitte vorsichtig auf den Bauch und bleib ruhig liegen, ich werde deine Wunde säubern und verbinden.“

Sie tat schweigend wie geheißen und wartete.

Tarek goss etwas von dem warmen Wasser vom Herd in die Schüssel und stellte sie neben sich auf den Tisch.

Zögernd ergriff er Sinas schmutziges, blutverkrustetes Haar und hob es hoch, damit er ihren Nacken erreichen konnte.

Sie lag ganz ruhig, während er vorsichtig die Wunde wusch. Erst als er an eine besonders empfindliche Stelle kam, entwich ihr ein leiser Schmerzenslaut und er murmelte rasch eine Entschuldigung. Als er die Wunde gesäubert hatte, strich er vorsichtig eine Salbe darauf und legte ihr dann ein Tuch um Nacken und Hals, ehe er es vorsichtig festband.

Sie tastete nach dem Verband, drehte dann den Kopf zu ihm und nickte. „Danke.“ Als er nichts erwiderte, hing sie erneut ihren Gedanken nach, die Erinnerung an die Wölfin beschäftigte sie noch immer.

„Ich kann mich an meinen Namen erinnern. Als der Wolfsgeist geheult hat, hatte ich das Gefühl ... als würde in dem Laut ein Flüstern mitschwingen. Erst konnte ich es nicht recht verstehen, doch dann wusste ich es plötzlich wieder. Mein Name ist Sina“, erzählte sie mit stockender Stimme. Beide Männer starrten sie erstaunt an.

„Das ist gut! Aber der Wolf hat nicht geheult ... Merkwürdig.“

„Ich habe auf jeden Fall ein Heulen gehört!“, meinte sie und Tarek zuckte mit den Schultern. „Was hat dieser Geist zu bedeuten?“, fragte Sina weiter.

„Er ist das Zeichen unseres Volkes, der Miakoda.“

„Aber wer seid ihr? Und wer bin ich, wenn ich diesen Wolfsgeist ebenfalls gesehen habe?“

„Wir sind die Letzten vom Volk der Wölfe. Du bist wohl eine von uns.“

„Was soll das heißen, ich bin eine von euch?! Bin ich etwa kein Mensch?“ Sina starrte entsetzt auf ihre Hände, wo der Nebel entstanden war.

„Du gehörst offensichtlich zu unserem Volk. Es wird dich sicher beruhigen, zu wissen, dass auch wir Menschen sind, auch wenn wir in einer anderen Dimension leben und gewisse Fähigkeiten haben, die den Menschen in Lyrra verwehrt sind.“

Sina schnaubte. Etwas in ihr sträubte sich noch immer, diesen Unsinn zu glauben.

Shetan sah sie wissend an. „Wir sagen die Wahrheit, Sina. Die Magie hat es dir doch gezeigt. Niemand kann deine Herkunft fälschen, du gehörst unserem Volk an, auch wenn du in Lyrra gelebt hast. Ich habe schon lange nicht mehr bei jemandem eine so starke Wolfsseele gespürt. Es gibt keinen Zweifel.“

„Das ist mir egal! Ich kenne euch und diese Welt nicht ... Ich ... Wie kann ich in *meine* Welt zurückkehren? Es muss doch einen Weg dorthin geben!“ Sina sah ihn flehend an, doch Shetan schüttelte traurig den Kopf.

„Es gibt nur einen einzigen Weg zurück und den kannst du nicht einschlagen. Er liegt verborgen in Zaydas Festung.“

„Und wer ist das? Diese Zayda?“

„Ich werde dir alle Fragen beantworten ...“, sagte Shetan nach einem Moment und stand auf. „... aber du musst dich erst erholen. Gib dir noch etwas Zeit.“

Sina nickte widerstrebend und wartete dann. Sie lehnte ihren schmerzenden Kopf vorsichtig an die Wand und schwieg.

Als der Tee fertig gezogen hatte, goss Shetan drei dampfende Tassen voll und setzte sich Tarek schräg gegenüber. Er nahm einige kräftige Schlucke und blickte schweigend in die Runde, ehe er unvermittelt sprach.

„Zayda ist die mit Abstand schrecklichste Ratke, von der man jemals gehört hat“, murmelte er, als hätte sie gerade erst ihre Frage gestellt. Auf Tareks Gesicht wechselten sich Zorn und Trauer ab.

„Was heißt denn gehört, Großvater?“, platzte er dazwischen. „Du musst wissen, Sina, Shetan hat sie schon einmal leibhaftig gesehen! Da war er noch jung und hatte gerade meine Großmutter kennengelernt. Das war in der Zeit, als Zayda an die Macht kam. Sie führte die ersten Kämpfe gegen unser Volk. Bei der Schlacht vor dem Dorf starben über fünfzig Menschen. Während der Kämpfe durchbrach eine Gruppe den Schutz des Dorfes und tötete auch hier, darunter viele Frauen und Kinder.“ Tarek machte eine kurze nachdenkliche Pause. „Shetans Vater und Mutter starben ebenfalls bei dem Überfall.“

Shetan blickte ihn mit einer undurchschaubaren Miene an. „Danke Tarek, ich denke, den Rest kann ich selbst erzählen. Ich war damals Mitte zwanzig und ich schwor mir, meine Eltern zu rächen. Doch man brauchte mich vorerst im Dorf, und als hier alles wieder aufgebaut war, zog ich los, um mehr über Magie zu lernen. Während ich unterwegs war, gebar meine Frau ein kleines Mädchen. Tareks Mutter.“

„Und wo sind deine Eltern, Tarek?“

„Sie starben beim letzten Angriff der Ratken. Auch meine Großmutter kam dabei ums Leben.“ Er wandte den Blick ab, sein Gesicht war steinern geworden.

Sina schluckte und der junge Mann, vor dem sie sich vorher so gefürchtet hatte, erschien auf einmal viel menschlicher und verletzlicher. „Das ... das tut mir leid für dich – für euch!“, murmelte sie rasch.

Das Gespräch schien beendet und alle drei tranken schweigend ihren Tee. Als die Tassen leer waren, nahm Tarek den Faden wieder auf.

„Wie fühlst du dich? Ist dir noch schwindlig?“

„Nein ... nein, es geht mir gut, glaube ich. Es hat vorhin nur so plötzlich wehgetan, damit hatte ich nicht gerechnet ...“ Sie verstummte, unglücklich und verwirrt.

„Mach dir keine Sorgen. Ich glaube, die Tatsache, dass du nach diesem Angriff noch lebst, macht noch einige Ohnmachtsanfälle wett“, sagte Tarek.

Sie nickte dankbar und runzelte dann kurz die Stirn.

„Du hast noch mehr Fragen, oder?“, meinte er mit einem Lächeln.

„Ja schon ... Ich habe nur Probleme, mich mit dem Gedanken anzufreunden, dass ich in einer anderen Welt sein soll. Verbunden durch dieses *Portal* ...“

Tarek blickte ernst drein und legte die Stirn in Falten. Sein Großvater begann zu erzählen.

„Früher gab es viele Portale, die unsere Welten miteinander verbanden. Unsere Welten ... sie unterscheiden sich am meisten durch die Energie, die sie umgibt. Unsere Dimension ist durchdrungen von Magie, sie quillt aus der Erde hervor und umgibt alles ... Eurer Welt mangelt es an dieser Kraft, sie saugt sie auf. Deshalb bilden sich Portale, sie bewirken einen Ausgleich der Unterschiede und bilden sich oft an Stellen, die besonders magiedurchdrungen sind. Durch sie strömt Magie von Tyarul nach Lyrra.“

Shetan zögerte, als müsse er nachdenken und eine Entscheidung treffen.

„Du musst wissen, dass fast alles, was ich dir jetzt erzähle, durch Legenden überliefert wurde ... Es gibt nur wenige Bücher aus dieser Zeit und in den letzten Jahrhunderten hat uns das Schicksal viel Leid beschert. Ein Unglück folgte dem anderen. Es gab Chronisten, die viele Geschehnisse festgehalten haben, aber ebenso viele Bücher sind verschollen, zerstört oder verboten worden. Nun, wie auch immer ... Vor langer Zeit wussten die Völker hier wohl nichts von den Portalen, damals waren die Miakoda noch viel stärker durch das Wolfsblut geprägt. Dann wurden die Portale entdeckt und es kam zum Kontakt. Unsere Magier waren zu neugierig und drangen zu tief in deine Welt ein. Die Menschen in Lyrra konnten damit nicht umgehen und erfanden Schauergeschichten über uns. Nach und nach entstanden

Sagen, wie zum Beispiel um diese ... *Werwölfe*. Denn es gab früher Miakoda, die die Fähigkeit besaßen, sich in einen Wolf zu verwandeln. Allerdings, ohne dabei ein tollwütiges Tier zu werden."

Shetan machte eine kurze Pause und Sina versuchte sich vorzustellen, wie es wohl aussehen mochte, wenn ein Mensch zu einem Wolf schrumpfte und ihm überall Fell wuchs. Aber es wollte ihr nicht recht gelingen und dann wurde sie von Shetans weiteren Erklärungen wieder abgelenkt.

„Damals herrschte Frieden zwischen Tyaruls Völkern, die alle eine Reihe fabelhaft ausgebildeter Magier besaßen – die Miakoda hatten die meisten und die Ratken die wenigsten – aber alle waren sie stark und gut ausgebildet. Magier waren unsere Meister, Streitschlichter, spirituelle Führer, Heiler und noch vieles mehr. Niemand weiß heute mehr, wer dann den Krieg zwischen Lyrra und Tyarul begonnen hat, die Lyranner oder wir. Aber durch unsere Magie waren wir ihnen überlegen. Selbst in Lyrra konnten wir knapp gegen sie ankommen, obwohl eure Dimension ja immer einen Energiemangel hatte, der die Magier schwächte. Auch waren wir nicht an Schlachten gewöhnt, bisher hatte es kaum Auseinandersetzungen in Tyarul gegeben und durch diese blutigen Kämpfe erfuhren die Menschen hier zum ersten Mal, was Schmerz und Krieg bedeuteten. Der Hass wuchs und eine Gruppe entwickelte im Geheimen einen ganz neuen magischen Zweig. Schwarze Magie. Sie wurde zum Kämpfen und Töten verwendet und von den Magiern gefördert – bis sie sich selbstständig machte."

Shetan hielt erneut kurz inne und seufzte, als müsse er sich an schmerzliche Geschehnisse erinnern. Er lächelte traurig. „Keiner versteht heute mehr warum, aber nachdem die schwarze Magie im Kampf eingesetzt worden war, starben unzählige Menschen, wie an einer Krankheit, und zwar nicht nur in Lyrra, sondern auch hier in Tyarul. Wie bei einer Epidemie wurden vor allem die starken Magier dahingerafft, aber auch schwache Magier und unbegabte Menschen starben. Die Zahl der Opfer in Lyrra war beängstigend, aber in Tyarul griff der Tod noch viel erbarmungsloser um sich, sodass man schon bald den Kriegern aus Lyrra nichts mehr entgegenzusetzen hatte. Die verbliebenen Magier haben dann wohl eine Art Bann über Lyrra gelegt, um sich und unsere Welt vor dem sicheren Untergang zu schützen, denn unsere Feinde vergaßen uns und auch den Krieg."

Sina hing an seinen Lippen, und als er kurz pausierte und schwer atmete, hätte sie beinahe wieder dazwischen gefragt.

„Mit diesem Kraftakt wurden auch die Portale versiegelt, sodass über Jahrhunderte niemand mehr hindurch konnte. Heute werden der Krieg und seine Konsequenzen in Lyrra nicht mehr erwähnt und sind in Vergessenheit geraten ... Es war Magie der höchsten Güte, die ich noch nicht einmal ansatzweise verstehe. Aber unsere Welt opferte damit ihre letzten wirklich mächtigen Magier. *Die alten Meister* werden sie genannt. Sie gaben ihre Leben, um unsere zu retten, um unsere Welt vor dem Untergang zu bewahren. Die Portale wurden verborgen und gerieten auch hier in Vergessenheit."

„Dann müsst ihr uns Menschen von dort doch hassen, oder nicht?", fragte Sina bestürzt.

„Am Anfang war der Hass groß, ja, aber das ist sehr lange her und mittlerweile werden die Geschichten der anderen Dimension wie Märchen gesehen."

„Ich wünschte, ich könnte mich an den Geschichtsunterricht erinnern", murmelte Sina und runzelte die Stirn. „Es ist doch verrückt, dass es keine Erinnerungen mehr daran geben soll ... Wie lange soll das alles her sein?"

„Aus den wenigen Texten, die aus dieser Zeit verblieben sind, geht hervor, dass das erste große Sterben nach unserer Zeitrechnung vor etwa sechshundert Jahren stattfand."

„So lange?!" Sina schaute ihn überrascht an und ein Teil von ihr versuchte, sich an vage Erläuterungen aus dem Geschichtsunterricht zu erinnern. Wieder hatte sie das Gefühl, dass die Antwort ganz nah war, als würde sie hinter einer

Barrikade liegen und nur darauf warten, ihr endlich wieder einzufallen.

„Ja, wie gesagt, die Krankheit kam immer wieder und hat uns geschwächt."

„Und was passierte nach dem großen Krieg?", fragte Sina nach einem Moment und Shetan nickte, als würde er ihre Neugierde gut heißen. Sie wollte mehr von dieser merkwürdigen Welt erfahren – kam ihr das alles doch wie eine Abenteuergeschichte vor ... Ein Teil von ihr weigerte sich noch immer, seine Erzählung als Wahrheit anzunehmen.

„Tyarul hatte sich grundlegend verändert. Die Menschen hatten durch den langen Krieg und den Gebrauch der schwarzen Magie den Kontakt zur Natur und ihren Hütern verloren und entfernten sich immer weiter von ihrem Ursprung. Das Vertrauen in ihre Kultur und ihre Magie war erschüttert worden. Das Wissen um die vielfältigen Möglichkeiten der Magie geriet beinahe vollständig in Vergessenheit. Um die Welt wieder zu ordnen, wurden einige Regelungen aus Lyrra übernommen. Man führte Oberhäupter ein, es gab die ersten Könige und das Leben normalisierte sich, aber eher auf die Art, wie es in Lyrra gelebt wurde."

Shetan holte erneut tief Luft und sprach weiter. „Wir durchleben seitdem eine schwierige Phase nach der anderen, denn die Krankheit kam immer wieder, wenn sich die Bevölkerung gerade wieder erholt und man sich an das neue Leben gewöhnt hatte. Die letzte Welle der Krankheit kam vor etwa hundertzwanzig Jahren über uns. Überlebende brauchten viel Zeit zur Genesung und bisher konnte kein Heilmittel gefunden werden, da der Ursprung der Seuche in der schwarzen Magie liegt. Die jetzige ist die schlimmste Zeit seit den großen Kriegen und der letzten Zeit der Krankheit. Nach dem, was ich in Aufzeichnungen gelesen habe, ähnelt unsere Zeit eurem Mittelalter. Als Zayda an die Macht kam, hätte niemand gedacht, dass sie etwas Böses im Schilde führte. Sie ließ die alte Burg umbauen, in der die Herrscher der Ratken über Generationen regiert hatten, denn dort war heimlich eines der alten Portale reaktiviert worden. Vermutlich ist es heute das einzige Portal, das funktioniert ... Heute liegt ihre riesige Festung auf der Klippe zum Hochland. Mazmorra." Sina erschrak, als er den Namen voller Zorn ausspie. Ihr Puls jagte in die Höhe, als wüsste ihr Herz bereits, was nun kommen würde.

„Nachdem Zayda die Königin der Ratken geworden war, strebte sie höhere Ziele an: Sie wollte Herrscherin von ganz Tyarul werden. Mit List, Intrigen und ihrer schwarzen Magie konnte sie ihren Einfluss stetig erweitern. In der Anfangszeit des großen Krieges zwischen den Dimensionen waren alle Völker Tyaruls noch vereint, es hatte niemals Kriege zwischen uns gegeben, denn Fehden und Auseinandersetzungen wurden durch Ältestenräte und Magier geschlichtet. Doch der jahrzehntelange Krieg zwischen den Dimensionen schwächte ihre Einheit und trieb sie auseinander. Nach dem Krieg hassten sich die Völker, denn jeder suchte den Schuldigen für das Unglück unserer Welt bei den anderen. Es konnte seitdem nie wieder eine Einheit gebildet werden."

Sina warf Tarek einen kurzen Blick zu und bemerkte überrascht, dass er seinem Großvater genauso fasziniert lauschte wie sie. Hörte er diese Geschichte etwa auch zum ersten Mal?

„Die entstandenen Königreiche entfernten sich voneinander, manche zerfielen, und die schreckliche Krankheit griff weiter um sich. Die Miakoda übernahmen nach einer Weile wieder das lockere System der unabhängigen Dorfgemeinschaften, während die Ratken einen einzelnen Herrscher behielten und nur ihm allein gehorchten. Viele beschuldigten das Volk der Ratken für den Niedergang der Hochkulturen, da von ihnen die wenigsten starben und man annahm, dass die schwarze Magie ihre Anfänge in den Magierzirkeln der Ratkenmeister hatte. Als neue Herrscherin stellte Zayda ein mächtiges Heer aus Kriegern auf und überrannte das Land, gestärkt durch die Einheit ihres Volkes und deren Hass auf die anderen", erzählte Shetan weiter.

„Du musst wissen, Zayda ist eine sehr starke Magierin. Deshalb wird sie von allen Ratken als Gebieterin anerkannt ... Sie ist grausam und machthungrig und wünscht sich nichts mehr, als ihr Volk mächtiger zu machen. Sie ruhte nicht eher, bis alle Völker entweder entzweit und geschwächt, vernichtet oder versklavt waren. Weil so ein jahrelanger Krieg sehr kräftezehrend ist, musste sie immer wieder neue Wege finden, um ihre magischen Fähigkeiten zu mehren. Es war wohl ein glücklicher Zufall für sie, dass sich in den letzten Jahrzehnten nach und nach die uralten Portale reaktivierten und wieder an Kraft gewannen. Schließlich schaffte sie es, diese Portale wieder aufzuspüren und ihrer Magie zu berauben. Sie zerstörte eines nach dem anderen und gewann immer mehr Macht. Nur das Portal in ihrer Festung ist heute noch übrig." Shetan verstummte erneut und wartete, bis Sina ihre Gedanken einigermaßen geordnet hatte.

„Das heißt, dass unsere Welten über Jahrhunderte wieder getrennt waren?"

Shetan nickte. „Ganz genau. Ich selbst konnte nur hinüber, da sich die Portale wieder aktiviert haben."

„Du warst in meiner Welt?!"

„Ja, aber nicht lange. Ich war neugierig und wollte erfahren, was unsere Welten so unterschied. Das war kurz bevor Zayda herausfand, wie man ihre Energie nutzen konnte. Sie waren nicht lange geöffnet."

„Das würde auch erklären, warum eure Welt noch im Mittelalter ist, wie ihr es behauptet ... Sonst hätten unsere Erfindungen euch doch auch genutzt."

„Ich habe mir auch schon Gedanken darüber gemacht. Eine Zeit lang fürchtete ich, Zayda könnte Ideen aus Lyrra stehlen, um ihren Krieg zu vereinfachen. Die Menschen in der anderen Dimension waren sehr erfinderisch, da ihnen die Magie als Hilfsmittel fehlte."

„Und was hat es mit der Magie auf sich? Ich meine, kann jeder in dieser Welt solche Kunststückchen machen, wie das mit dem

Nebel?“ fragte sie weiter, seine Andeutungen über Zaydas Kriegsgehaben übergehend.

„Oh nein, nicht alle haben die Voraussetzungen dazu, und wer sie hat, kann auch nicht einfach so loslegen, es erforderte jahrelange Ausbildung. Ich selbst bin jetzt ja schon etwas älter und habe mein Leben lang üben können, deshalb war ich wohl ein sehr starker Magier der Miakoda!“, sagte Shetan und Sina konnte nicht umhin, den Stolz in seinen Worten zu bemerken. Aber ein Wort an der Sache störte sie.

„War?“

Ein Schatten legte sich über sein Gesicht und eine Weile dachte Sina, sie hätte ihn mit ihrer Frage verletzt und endgültig zum Schweigen gebracht, doch dann sprach er weiter. „Ja, war. Ich bin schon lange über die Blüte meiner magischen Jahre hinweg, auch wenn ich noch alle Lektionen beherrsche. Mir fehlt ganz einfach die körperliche Kraft.“ Er sah sie traurig an. Sina wollte ihn lieber schnell ablenken, ihr Wissensdurst war geweckt und sie wollte so viel wie möglich über diese Welt erfahren.

„Aber wer hat denn die Magie geschaffen? Oder ist sie einfach so aus heiterem Himmel entstanden?“, fragte sie weiter.

„So kann man es nicht sagen. Dieses ganze Land ist von Magie erfüllt und durchdrungen. Es ist eine natürliche Energieform. Vermutlich entstand sie, als diese Dimension entstand, aber Genaues weiß ich darüber nicht. Das weiß niemand, außer vielleicht der große Wolfsgeist“, sagte er schmunzelnd.

„Wolfsgeist?“, fragte Sina und hob eine Augenbraue.

„Ja, aber das ist eine andere Geschichte. Ich werde dir vermutlich die nächsten Tage noch sehr viel über unser Volk erzählen müssen. Jetzt lass uns deine letzte Frage beantworten: die Magie.“

„Aber-“, wollte Sina einwenden, doch sie wurde von Shetan mit einer barschen Geste unterbrochen.

„Nein, für heute Abend keine Fragen mehr!“

„Abend?“

Tarek musste lachen. „Denkst du denn, bei uns ist es immer so dunkel?“

„Nein, das nicht. Aber ich habe noch keinen Blick nach draußen geworfen. Ich war erst in dieser Kammer, na ja ... und nachdem ich ohnmächtig war ... bin ich dann hier unten aufgewacht und es ging alles so schnell ..."

„Ist ja schon gut, du brauchst dich nicht zu verteidigen. Ich zeige dir morgen gleich nach dem Frühstück unser Dorf."

„Heißt das, ich kann bei euch bleiben?" Sina sah hoffnungsvoll von einem zum anderen.

„Ich denke, vorerst ja. Das ist das Mindeste, was wir tun können, nachdem Großvater dich zu Fall gebracht hat!" Ein Grinsen huschte über Tareks Gesicht. „Außerdem würde ein Gast sicher etwas Leben in unseren Alltag bringen."

Shetan nickte zustimmend.

Erleichterung durchströmte sie, auch wenn sie noch immer etwas Misstrauen verspürte, nachdem Tarek sie so grob behandelt hatte. „Ich wüsste auch nicht, wo ich sonst hin sollte", murmelte sie, nicht froh darüber, diese Hilflosigkeit zugeben zu müssen.

Shetan streckte sich etwas und Sina hörte ein Knacken in seiner Schulter. „Jetzt ist aber bald Schluss, ich bin müde. Sina, ich werde dir noch kurz etwas über Magie erzählen und dann gehen wir alle schlafen."

„In Ordnung", meinte sie und wartete gespannt auf seine Erklärungen.

„Im Grunde genommen gibt es hier eine Kraft oder Energie, die wir als Magie bezeichnen. Menschen, die fähig sind, diese zu kontrollieren und zu nutzen, sind Magier. Obwohl alle Magier diese eine Energie nutzen, bezeichnen wir verschiedene Zwecke als Arten von Magie. Die Elemente spielen dabei eine sehr große Rolle. Tarek, weißt du noch, wie ich das Feuer im Ofen entfacht habe, obwohl ich die Zunderbüchse nicht finden konnte?" Sein Blick wanderte kurz zu Tarek und dann wieder zurück zu Sina, bevor er weiter erklärte. „Diese Magie entsprang dem Element des Feuers und hatte auch dessen Farbe: Rot und Orange. Will man Magie mit Wasser vollbringen, hat diese eine stark blaue Färbung, Luft ist schwach hellblau, fast grau. Erde ist braun und gelb.

Andere Arten von Magie hängen von der Person ab, die sie entfesselt. Nutze ich Magie in anderen Formen, hat diese meist ein sattes Nachtblau, Tareks ist noch dunkler", erklärte Shetan geduldig.

Sina wandte sich überrascht an Tarek. „Du besitzt auch magische Kräfte?"

„Ja, so in etwa ... Aber das mit der Magie ist eine verzwickte Sache. Du besitzt sie nicht wirklich ... Manche haben von Geburt an die Fähigkeit, sie gut zu kontrollieren und in ihrem Körper zu speichern, weil die Eltern ebenfalls Kräfte hatten, andere bekommen sie im Laufe ihres Lebens, indem sie mit stark magischen Dingen in Berührung kommen oder länger an magischen Orten verweilen und wie verrückt üben. So war das bei Großvater, er hat seine Fähigkeiten erst mit zwanzig erhalten, nachdem er sich auf Reisen begeben hatte. Meine Kräfte kommen zwar von Geburt, da es aber niemand anderen außer Shetan in der Familie gab, der wirkliche Kräfte besaß, hatte ich keine guten Voraussetzungen und habe deswegen nicht gerade die *großen Fähigkeiten*."

Einen Moment schmunzelte Sina und dachte kurz über das Erzählte nach. „Wie ... wie war das eigentlich mit deiner Rache, Shetan? Konntest du deinen Schwur halten?", fragte sie dann zögerlich.

„Ich habe Zayda nie wieder zu Gesicht bekommen", sagte Shetan mit starrem Blick.

„Oh, das tut mir leid."

„Ich weiß nicht, ob es so schlimm ist. Ich hätte keine Chance gegen sie gehabt, sie hätte mich getötet."

Alle drei schwiegen wieder und saßen gedankenverloren am Tisch.

„Ist irgendetwas?", fragte Tarek dann unvermittelt.

Sie schreckte auf und sah ihn kurz irritiert an, ehe sie antwortete. Ihr war gar nicht klar gewesen, wie sehr sie die Stirn in Falten gelegt hatte.

„Ich frage mich, wieso es hier in Tyarul und auf der Erde Menschen gibt. Ich meine, das ist doch irgendwie unlogisch, dass es in beiden Dimensionen zufällig Leute gibt, oder?"

„Die Dimensionen sind miteinander verbunden. Legenden besagen, dass die Menschheit in Lyrra ihre Anfänge hatte, vor vielen Tausend Jahren die ersten Menschen aber nach Tyarul gingen. Während sich die Menschen in Lyrra zu dem entwickelten, was sie heute sind, blieben die in Tyarul eher mit der Natur und dadurch auch mit der Magie verbunden. Sie begannen, sich mit verschiedenen Tieren zu verständigen und zu verstehen. In der Hochblüte dieser Dimension, vor Hunderten von Jahren, waren die Menschen hier sehr mit der Natur und untereinander im Einklang. Die Völker waren stärker entwickelt. Damals waren die Miakoda noch wahre Wolfsmenschen, mit Wolfsaugen und Reißzähnen. Und ihrem Volks – nun wie soll ich das erklären? – ihrem Volksgeist oder Idol, dem Wolf, kaum in Gehör und Geruchssinn nachstehend. Die Feliden waren noch stark katzenähnlich, sie hatten Augen wie Katzen und ihre Nachtsicht, scharfe krallenartige Fingernägel und ein stark ausgeprägtes Klettertalent. Sie existieren heute *dank* Zayda nicht mehr!“, sagte er und Trauer zeigte sich in seinen Zügen. „Die Feliden sind nicht das einzige Volk, das aufgrund von Zaydas Grausamkeit sterben musste.“

Sina schwieg und versuchte, sich diese Tiermenschen vorzustellen, aber es wollte ihr nicht recht gelingen. Die Menschen vor ihr sahen doch auch völlig normal aus ...

„Aber wie erkennt man denn diese Völker hier? Ich kann das nicht glauben, immerhin habt ihr doch auch keine Wolfsohren und einen buschigen Schwanz zum Wedeln.“

„Die Zeit des Einklangs ist schon seit Langem vorbei. Es kam Krieg über das Land und mit ihm die Krankheit. Viele Magier starben ... und sie hatten die meisten Merkmale ihrer Hüter, da sie am besten mit ihnen in Kontakt treten konnten. Fast alle starken Magier starben im Krieg und unsere Kultur und auch die Verbindung zu unserem jeweiligen Hüter wurde stark geschwächt.“

„Was ist das, ein Hüter?“

„Man könnte sie mit den Göttern in Lyrra vergleichen ... Nur dass wir hier in Tyarul dank unserer Magie tatsächlich mit ihnen kommunizieren konnten.“

„Woher weißt du so viel über die Kultur der Erde, wo es doch nur das eine Portal gibt?"

„Schon wieder eine Frage! Erstens solltest du es nicht *Erde* nennen, wir sind hier auch auf der Erde. Diese Dimension heißt Tyarul. Ich schätze, es ist eine Bezeichnung wie Erde, denn es bedeutet Heimat und Mutter und eure nennen wir Lyrra, das Fremde. Und ich sagte dir doch, dass ich vor langer Zeit einmal dort war."

Wieder schwieg Sina eine lange Zeit und bemühte sich, alles Neue zu erfassen und zu verstehen. Es fiel ihr schwer. Da schien eine Art Blockade in ihr zu sein, es widerstrebte ihr, die Erzählungen einfach zu akzeptieren, denn ein Teil von ihr hielt diese beiden Männer für verrückt. Aber da waren doch Bilder in ihrem Kopf, von diesem Ratken, von dunklen Gängen ... Sie waren genauso wirr und verschwommen wie die vielen Bilder aus ihrer eigenen Welt. Wie sollte sie also so schnell urteilen, was wahr ist und was nicht?

Irgendwann begann ihr Kopf zu dröhnen und ihre Augenlider wurden so schwer, dass sie das Gefühl hatte, an Ort und Stelle einschlafen zu können. Tarek schien auch das nicht zu entgehen, denn er entschied, den anstrengenden Abend zu beenden.

Nach einem kurzen Wortwechsel zwischen Shetan und Tarek, den sie mit ihrem brummenden Schädel kaum hatte mitverfolgen können, führte Tarek sie im nächsten Moment aus der Küche und sie fand sich in einem kühlen Zimmer wieder. Sie musste beinahe schlafgewandelt haben und diese Erkenntnis beschämte sie und weckte sie zugleich wieder etwas auf. Sie konzentrierte sich, um die alles einnebelnden Kopfschmerzen etwas zu bändigen und ihm zuhören zu können.

Tarek zeigte ihr das Bett mit der Strohmatratze und nickte zu dem schlichten Kleiderschrank gegenüber. „Darin sind noch die Sachen meiner Mutter ... Wenn du möchtest, kannst du sie haben. Ich nehme an, du fühlst dich in diesen Lumpen nicht gerade wohl. Sie sind ja auch etwas sonderbar." Er deutete auf ihre schmutzige Hose und den Pullover. Erst jetzt wurde Sina klar, wie schäbig sie aussehen musste. Sie errötete und drehte sich weg. „Danke Tarek, gute Nacht!“

Sie konnte seinen Blick auf sich spüren, aber in seiner Stimme lag ein freundliches Lächeln. „Ach übrigens: Da du vorläufig bei uns wohnst, wird Shetan dich wahrscheinlich bei den Arbeiten miteinbeziehen. Ich meine Sachen, wie beim Kochen zu helfen oder die Hühner zu füttern. Ich werde dir selbstverständlich bald alles zeigen. Ach, und fühl dich frei, das Haus zu erkunden. Du solltest jedoch bei Shetans Arbeitszimmer nachfragen, ob du es sehen darfst, er ist da etwas eigensinnig. Dir auch eine gute Nacht, Sina“, meinte er, wartete noch kurz ab und interpretierte ihr Schweigen als eine Zustimmung zu dem eben erwähnten.

Er verließ das Zimmer, die Tür zog er hinter sich zu. Sina wartete, bis sie draußen die Dielen knarren hörte und eine Tür sich öffnete und wieder schloss. Dann ließ sie sich auf das Bett sinken.

Es fühlte sich etwas sonderbar an, auf dem Stroh zu liegen, aber es war weicher als jeder Boden in ihren düsteren Erinnerungen an das Gefängnis. Sina zog sich die Kleider bis auf ihre Unterwäsche aus und zog erschöpft die Decke über sich.

Sie konnte lange nicht einschlafen, trotz der Müdigkeit. Ihr Nacken schmerzte und sie wälzte sich unruhig von einer Seite auf die andere, während ihr Kopf pochte. Sie lag in einem gemütlichen Strohbett und konnte es einfach nicht fassen. Sie sollte tatsächlich in einer fremden Welt sein? Bilder der dunklen Kerker suchten sie heim und ließen ihr den Atem stocken, doch schließlich gewann die Müdigkeit die Oberhand und zog sie in eine beruhigende Tiefe.

Ein neuer Morgen

Als Sina am nächsten Morgen aufwachte, fühlte sie sich deutlich besser, trotz der Schmerzen in ihrem Nacken, Rücken sowie in ihren Armen und Beinen. Auch ein unangenehmes Kratzen in ihrem Hals machte sich jetzt bemerkbar, aber sie versuchte, alles zu ignorieren.

Sie hatte nicht geträumt oder konnte sich nicht mehr an den Traum erinnern, dennoch hingen ihr die Bilder von dunklen Gängen und gelb glühenden Augen nach.

Einen Moment blieb sie noch liegen und versuchte die Gedanken zu verdrängen, die sich wieder wie eine Welle in ihr aufbauten und drohten, sie zu überfluten.

Wer bin ich? Woher komme ich? Was ist passiert? Wem gehören diese gelben Augen? Was soll ich jetzt tun?

Doch es kamen keine Antworten und sie hatte das Gefühl, die Welle würde ihr den Atem nehmen.

Sie richtete sich im Bett auf und die Welt begann, sich im Kreis zu drehen, während es vor ihren Augen dunkel wurde. Als die Schwäche schließlich nachließ, stand sie vorsichtig auf, fasste sich kurz an den schmerzenden Nacken, streifte sich ihr schmutziges T-Shirt über und tastete sich in Richtung des sanften Lichtstrahls voran, der durch den Spalt der Fensterläden fiel.

Sie stieß im Dämmerlicht mit dem Schienbein gegen eine Kante und fluchte leise, doch dann spähte sie schließlich durch den Spalt nach draußen. Der Raureif an der milchigen Scheibe verwandelte die Welt in eine weiße Fläche.

Mit plötzlicher Ungeduld riss sie das Fenster auf und stieß die Fensterläden nach außen. Eisige Kälte rollte ins Zimmer und vertrieb die letzte Müdigkeit und damit die Erinnerungen. Dichter Nebel hing vorm Haus und ließ keine Formen oder andere Häuser erkennen. Unter ihr, direkt an das Haus angrenzend, lag ein Garten. Der Boden war von einer weißen Schicht aus Frost bedeckt.

Sina verschränkte die Arme vor der Brust. Sie fror in ihrem schmuddeligen T-Shirt. Rasch schloss sie das Fenster und die angenehme Wärme des Raumes umflutete sie wieder.

Sie hatte noch nicht viel Zeit hier verbracht und dennoch vermittelte die Hütte ihr ein Gefühl von Sicherheit.

Anfänglich zögernd durchkramte sie den Kleiderschrank. Da waren einige lange Kleider und Röcke aus steifem Stoff, in dunklem Blau, Grün und Leinfarben. Sie hatten weite Ärmel und komplizierte Schnürungen, die ihr recht unpraktisch vorkamen. Aber dann fand sie eine einfache Leinenhose und ein langes Hemd, die aussahen, als ob sie recht gut passen würden. Alles war in gedeckten Farben gehalten, wohl naturgefärbt. Außerdem gab es einige lange, weichere Stoffstreifen und einen warmen Pullover. Sie zögerte, die Kleidung anzuprobieren und sah sich erst noch genauer im Raum um.

Das Zimmer war nicht groß, die paar Möbel darin waren aus Holz gezimmert. Über einer kleinen Kommode, in der sie einige Tücher und einen Kamm fand, hing ein angelaufener Spiegel. Erschrocken entdeckte sie darin eine Fremde. Ihre Haare standen zerzaust vom Kopf ab, sie waren strähnig und schmutzig.

Dann besah sie sich ihr Gesicht genauer.

Es sah nicht aus wie das aus ihren wenigen Erinnerungen. Ihre Haut, zumindest an den Stellen, die nicht mit Schmutz und getrocknetem Blut verkrustet waren, leuchtete weiß von Blässe. Unter ihren Augen waren dunkle Ringe, sie hatte mehrere tiefe Kratzer quer im Gesicht und ein Auge wies die dunkelgelben Spuren eines alten Veilchens auf. Ihre Wangen schienen hohl und auch der Rest ihres Körpers im Spiegel war mager. Wie lange war sie gefangen gewesen? Und warum? Was konnte diese Zayda denn von ihr wollen? In Gedanken schrie sie stumm nach Antworten und ihr Kopf dröhnte von der Anstrengung.

Sie schüttelte den Kopf und wandte sich von dem Spiegel ab. Zunächst einmal musste sie sich anziehen.

Das Hemd passte ihr, jedoch waren die Ärmel sehr weit. Sie entdeckte eine einfache Schnürung, mit der sie am Ende zusammengebunden werden konnten. Als sie sich im Spiegel betrachtete, erinnerte das Hemd sie an eine Bluse, auch wenn der Stoff dicker und steifer war und es ihr fast wie ein Kleid bis zu den Knien hing. Mit einem Gedanken an die klirrende Kälte draußen zog sie gleich noch den Pullover darüber. Die Hose war etwas zu weit, aber es würde sich sicher ein Gürtel finden. Bis dahin konnte sie auch erst nur das lange Hemd tragen. Den Blick auf das schmutzige Häufchen ihrer alten Kleider gerichtet, erstarrte sie überrascht.

Fing sie etwa schon an, diesen fremden Ort zu akzeptieren und sich wohlzufühlen? Nun, warum auch nicht? Sie hatte ja keine Wahl. Trotzdem blieb ein vages Gefühl, eine innere Unruhe, die sie zur Vorsicht mahnte. Shetan schien ja recht freundlich, wenn auch streng. Und Tarek? Sie wusste nicht, was sie von ihm halten sollte. Die Erinnerungen an den kalten Dolch an ihrem Hals und seinen noch kälteren Blick drängten sich ihr auf ... Aber später war alles anders gewesen ...

In Gedanken versunken versuchte sie, ihr Haar zu bürsten, doch es war sinnlos. Es war einfach zu sehr verfilzt. Sie würde es waschen und womöglich abschneiden müssen. In der Kommode fand sie ein dünnes Lederband, das sie um ihr störrisches Haar band. Dann wickelte sie noch eines der weichen Tücher um ihren kratzenden Hals.

In der geöffneten Tür blieb sie unsicher stehen. Gestern Abend hatte sie gehört, wie Tarek den Raum gegenüber betrat. Es war sicher noch sehr früh, deshalb wollte sie lieber nicht bei ihm reinplatzen. Aber würden sie es gutheißen, wenn sie einfach in ihrem Heim herumlief? Sie war genauso eine Fremde für die beiden wie anders herum. Als ihr jedoch ihr eigener Geruch in die Nase stieg, gab sie sich einen Ruck. Sie hätten sie kaum unbewacht in einem ihrer Zimmer schlafen lassen, wenn sie ihr nicht wenigstens ein bisschen Vertrauen schenken würden. Oder sie glaubten, dass so eine abgemagerte junge Frau wohl kaum eine Gefahr darstellte ...

Sie hatte Hunger, aber ihr Bedürfnis nach Sauberkeit war dringender, und bei dem Gedanken an die fremde Kleidung, die sie jetzt anhatte, wurde ihr unwohl. Rasch schloss sie erneut die Tür, zog sich die Sachen wieder aus, legte sie sorgsam zusammen und streifte mit gerümpfter Nase die Lumpen über. Was nützte es, sich zu waschen, wenn dann die neuen Kleider genauso stanken?

Sie nahm die sauberen Sachen mit, verließ das Zimmer und warf nur einen kurzen Blick in die Stube, bevor sie sich leise auf die Suche nach einem Bad machte. Sie zögerte, die anderen Türen im Flur einfach zu öffnen, so stand sie einen Moment da und starrte in den offenen Eingang der Stube ... und zuckte zusammen, als sich jemand hinter ihr räusperte.

„Wo willst du denn so früh hin, Sina?", fragte Shetan mit hochgezogener Braue. Er war wohl lautlos aus der Tür hinter ihr getreten.

„Ich wusste nicht, dass schon jemand wach ist ... Ich wollte mich waschen." Sie sah beschämt zu Boden.

„Der Zuber steht hier im Raum." Er lächelte verständnisvoll, als sie wieder aufsah und deutete auf die einfache Tür, links neben der massiveren, die Sina als Eingangstür eingeschätzt hatte. „Du kannst dir gerne ein Tuch zum Abtrocknen nehmen, niemand wird dich stören. Wenn du mich suchst, ich bin draußen im Garten." Schmunzelnd schritt er an ihr vorbei, öffnete die schwere Haustür und ließ sie allein.

Etwas verunsichert ging Sina in den kleinen Raum.

Sie schloss die Tür und begutachtete den großen Holzzuber in der Mitte.

Und da sollte sie drin baden? Sie fühlte sich merkwürdig an etwas erinnert, konnte aber nicht sagen an was. Wo machte man denn das Wasser heiß?

Sie drehte sich einmal im Kreis. In die Wand war ein Kamin eingelassen. Über der kalten Feuerstelle war ein Kessel an einem Haken aufgehängt, daneben lag ein großer Stapel Holz und eine kleine Schachtel. Auf der anderen Seite stand ein Wasserfass. Sie musste das Wasser wohl selber anwärmen. Sina nahm ein paar dünne Scheite von dem Stapel und legte sie in den Kamin. Fragend betrachtete sie die verzierte Schachtel und öffnete sie. Im ersten

Moment verwirrte sie der Inhalt. Ein grauer Stein, ein Stück Metall und eine beige Art von ... Wolle?

Verdammt, wie hatte sie auch Streichhölzer erwarten können? Irgendwo in ihrem leeren Kopf tauchten die Wörter auf. *Das ist Zunder, die Schachtel eine Zunderbüchse.* Sie legte etwas von dem Zeug in die Feuerstelle, nahm das gebogene Eisen und den Stein, der sich als Feuerstein erwies. Doch der Zunder wollte einfach nicht zu brennen anfangen, wenn sie es – nur sehr selten – schaffte, einen Funken aus dem Feuerstein zu schlagen. Sina versuchte es immer wieder, bis sie irgendwann frustriert aufgab. Sie durchsuchte das kleine Schränkchen, das auf der gegenüberliegenden Seite des Kamins stand. Darin fand sie Kräuter und Seife, einen Schwamm, aber keine zweite Möglichkeit, Feuer zu machen.

Seufzend überlegte sie, Shetan um Hilfe zu bitten. Aber der Gedanke war ihr unangenehm. Er würde sie für unfähig halten.

Also füllte sie den Zuber direkt. Sie hängte ein Tuch aus dem Schrank über den Holzrand, legte das Hemd und die Hose sorgfältig auf einen Hocker, streifte ihre alten Sachen ab und warf sie zu Boden, bevor sie sich zitternd in das eiskalte Wasser hineingleiten ließ. Rasch nahm sie etwas von der gelblichen Seife und schrubbte sich ab, bis sie sich wieder sauber fühlte und die Bewegung sie etwas aufwärmte. Dann wusch sie sich die Haare, vorsichtig darauf bedacht, der schmerzenden Wunde in ihrem Nacken nicht zu nahe zu kommen.

Irgendwann war das Wasser braun und sie nicht mehr von einer Dreckschicht überzogen, da entspannte sie sich trotz des kalten Wassers und genoss das Gefühl, nicht mehr zu stinken.

«†»

Tarek öffnete müde die Augen und streckte sich. Was für ein turbulenter Tag gestern. Es war ein Wunder, dass das Mädchen den Ratkenbiss überlebt hatte. Aber warum hatte der Mann das überhaupt getan? Wie gerne hätte er mehr über Sinas Vergangenheit erfahren. Vielleicht würden ihre Erinnerungen ja wiederkehren.

Er stieg aus dem Bett, zog sich an und öffnete das Fenster. Kalte, feuchte Luft drang herein und Tarek fühlte sich wunderbar erfrischt. Draußen war es schon wieder nebelig, wie in den Wochen zuvor auch. Jeden Morgen Nebel, der sich meist bis in den Nachmittag hielt. Es wurde langsam Zeit, dass der Frühling kam.

Nachdenklich verließ er sein Zimmer. Das Mädchen schlief sicher noch, gestern war es spät geworden und er wollte sie nicht wecken, also ging er leise an ihrer Zimmertür vorbei und trat gähnend in die Waschkammer.

Tarek ächzte überrascht auf, als er Sina im Badezuber sitzen sah. Er konnte nur Teile ihres Rückens sehen, dann rutschte sie schnell unter Wasser und riss das Leinentuch vom Holzrand. Während Tarek wie angewurzelt dastand, wickelte sie es unter Wasser um sich. Dann drehte sie sich ihm zu, lief rot an und versank bis zur Nasenspitze im Wasser.

In Tarek stieg plötzliche Wut auf und unbemerkt ballte er seine Hand. Das Bild ihres Rückens hatte sich in seinen Geist gebrannt.

„Was soll denn das? Verschwinde!“, rief Sina nach einem Moment wütend, als sie wieder aufgetaucht war – und warf einen flüchtigen Blick an sich hinunter, aber das Leinentuch war dick und undurchsichtig. Tarek hörte nicht auf sie und trat in den Raum.

„Ich warne dich! Komm mir nicht zu nahe!“ Jetzt klang Panik in ihrer Stimme mit und sie rutschte im Zuber so weit wie möglich von ihm fort. Er stockte kurz, aber dann ging er um sie herum, um sich erneut ihren Rücken zu besehen. Erst jetzt schien sie zu begreifen, was ihn so beschäftigte, und wurde ganz still. Er streckte zögernd eine Hand aus und berührte die roten Striemen auf ihrem Rücken. Ihre Haut war über und über mit blauen und gelben Flecken übersät und es zogen sich parallele, rote Striche über ihren Rücken.

Mitleid und Selbstzweifel keimten in ihm. Wie hatte er sie für eine Spionin halten können? Wer solche Folter hatte aushalten müssen, der ... der musste sehr stark sein. Auf einmal sah er sie in einem anderen Licht.

„Wer hat dir das angetan?“, flüsterte er, während sein Blick noch immer auf den schrecklichen Spuren der Folter ruhte.

Sie zuckte unter seiner Berührung zusammen. „Ich ... ich weiß es nicht genau. Es ist alles so verschwommen. Aber ich erinnere mich an diesen Schacht ... und an gelbe Augen.“

„Ich wusste nicht, dass sie dich gefoltert haben.“

Er strich sanft über eine der Wunden. Die Haut war an vielen Stellen immer noch offen, wund und entzündet, vielleicht waren sogar einige ihrer Rippen angebrochen oder zumindest geprellt, denn tief sitzende Hämatome verfärbten ihren Rücken. Sie war heftig zugerichtet worden.

„Ich muss mich bei dir entschuldigen ...“, murmelte er leise. „Ich dachte erst, du wärst eine von Zaydas Gehilfinnen. Mir kam der Gedanke gar nicht, wie es gewesen sein muss, ihre Gefangene zu- “, doch dann brach er ab, als sein Blick auf die Tür fiel. Dort stand Shetan. Sein Gesicht war voller Zorn.

„Tarek, was fällt dir ein?! Lass unseren Gast in Ruhe! So etwas hätte ich niemals von dir gedacht.“ Er war sichtlich erbost über Tareks Verhalten.

„Großvater, es ist nicht so, wie du denkst. Komm her und sie dir ihren Rücken an!“

Da zuckte Sina wieder zusammen und rutschte von Tareks Hand weg. „Lasst mich! Bitte ...“, flehte sie jetzt und sah Tarek angstvoll an. Er versuchte sich in einem Lächeln und hob beschwichtigend die Arme. „Beruhige dich ... Wir wollen dir doch nichts tun!“

Sina rümpfte die Nase. „Ist euch nicht klar, wie ihr wirkt? Stört es euch nicht, dass ich gerade nackt in einem Wasserzuber sitze, mit nichts als einem Leinentuch um? Und ihr spaziert hier einfach so herein?! Ja, mein Rücken tut weh, aber das wird schon wieder heilen, also geht! Bitte!“ Sie richtete einen Arm auffordernd auf die Tür, aber Shetan trat trotzdem hinzu. Sina verschränkte die Arme wütend vor der Brust und sank wieder tiefer in das Wasser. Tarek konnte sehen, wie unangenehm ihr die Situation war, trotz des nassen Leinentuchs.

„Steh auf, Sina“, sagte Shetan sanft, aber auch befehlend.

„Nein, das könnt ihr vergessen. Ich werde mich nicht vor eu–“

„Bitte, ich will wissen, was mit deinem Rücken ist. Ich verspreche dir, wir haben keine Hintergedanken. Du bist unser Gast und dir wird kein Leid geschehen.“ Er forderte sie mit einer Handbewegung auf, aus dem Zuber zu steigen.

„Schön, wie ihr wollt!“, rief sie laut und trotzig, obwohl ein leichtes Zittern in ihrer Stimme lag. Sie wickelte das Tuch noch fester um sich, stieg vorsichtig aus dem Zuber und stand schließlich bibbernd und tropfnass vor Shetan.

„Hast du etwa in kaltem Wasser gebadet?“, fragte er, als er wohl einige Tropfen abbekommen hatte.

Sina zuckte mit den Schultern. „Ich habe das Feuer nicht anzünden können ...“

Tarek sah sie irritiert an. „Wieso hast du nichts gesagt?“

„Ich wusste nicht, wie man mit dieser Zunderbüchse umgeht.“

Shetan seufzte. „Ja richtig, du kommst aus Lyrra ... Nun, wir zeigen es dir, sobald Zeit dafür ist. Jetzt dreh dich bitte um.“

Sie wandte ihm widerwillig den Rücken zu und ließ das Tuch etwas weiter werden, damit es ihr am Rücken fast bis zur Hüfte herunterrutschte, vorne hielt sie es fest umklammert. Shetan ächzte und auch Tarek konnte sich kaum einen Kommentar verkneifen, als er jetzt das volle Ausmaß der Folter sah. Ihr Rücken war schrecklich zugerichtet, unterhalb der Schultern war die Haut blau und gelb von vielen harten Schlägen und weiter unten voller rot entzündeter Striemen einer rauen Peitsche.

„Du musst das unbedingt heilen!“, sagte Tarek entrüstet und zeigte auf ihre Haut.

„Ich werde mein Bestes tun“, gab Shetan zurück und hob die Hände an ihre Wirbelsäule.

«†»

Sina wollte protestieren, doch dann fühlte sie eine angenehme Wärme von seinen Fingern ausgehen und die Schmerzen ließen nach.

„Was tust du da?", wollte sie wissen, halb angstvoll, halb fasziniert, und verrenkte sich den Hals, um zu sehen, was er tat. Ihr schmerzender Nacken ließ sie jedoch gleich wieder aufgeben.

„Ich heile dich, wie du vielleicht bemerkt hast. Die Schmerzen dürften weniger geworden sein, nicht wahr?"

„Aber ... du kannst mit Magie *heilen*?"

„Ja, und noch sehr viel mehr."

„Schade, dass ich so etwas nicht lernen kann, es wäre sicher praktisch, seine Wunden selbst so einfach zu heilen."

„Hm, ich könnte dir die Magie genauer zeigen, wenn du möchtest. Für mich ist es jetzt leider schon etwas anstrengend, im Alter ... Du musst sicher eine Weile üben, um es zu verstehen."

„Ehrlich? Das wäre ja fantastisch! Dann würde ich auch über die Tatsache hinwegsehen, dass ihr beide mich beim Baden überrascht habt", sagte sie grinsend.

Jetzt lief Tarek doch rot an. „Ich ... Es tut mir sehr leid, Sina. Du musst einen schrecklichen Eindruck von mir haben."

„Ich nehme deine Entschuldigung an. Zum Glück habe ich keinerlei Erinnerungen an die Folter. In meinem Leben fehlt so ziemlich alles vor dem Moment, in dem ich in dieser Kammer aufgewacht bin." Trauer spiegelte sich in ihrem Blick, doch dann schüttelte sie sich, um die Gedanken zu vertreiben.

„Und du meinst, ich kann so etwas wirklich lernen?", fragte sie schließlich an Shetan gewandt.

„Du bist schon auf dem richtigen Weg."

„Hm? Wie meinst du das denn?"

„Na ja, ich war nicht viel älter als du, als mein Interesse an Magie geweckt wurde. Um Magie zu erlernen, braucht man eine Menge Geduld, Übung und wirkliche Begeisterung. Zumindest Interesse kann ich bei dir ja nicht leugnen."

Sina nickte lächelnd. Sie erinnerte sich an das Gefühl von tiefer, innerer Wärme, als er den Wolfsgeist auf ihre Hand gezaubert hatte, und verspürte ein fast nicht zu bändigendes Verlangen, mehr darüber zu erfahren.

„Also, soll ich dir die Magie zeigen? Aber sei nicht entmutigt, nur weil es nicht klappen wird. Ich musste Wochen investieren, bis ich meine ersten Kratzer heilen konnte und viele erlernen es nie."

„Ich werde es beherzigen."

„Großvater, sollten wir damit nicht noch warten?", fragte Tarek und Sina wollte schon protestieren, ehe er weiter sprach. „Ich meine ja nur, sie ist immerhin klatschnass und ..."

Sina spürte Hitze in ihr Gesicht steigen, doch dann hob sie trotzig die Nase. „Nein, ich möchte es jetzt gleich sehen ... Ich möchte nicht warten!"

Shetan schmunzelte und nickte dann.

„Gut, dann gib mir deine Hand. Ich kann dir nicht genau sagen, wie du es machen sollst, aber du musst meine Magie ... erfühlen. Wenn du dich konzentrierst, kannst du die Funken wahrnehmen, bevor sie den Heilprozess beginnen ... In diesem Moment prägst du dir ein, wie sie auf dich gewirkt haben, wo in deinem Körper die Wärme deiner eigenen Magie aufgeglüht ist."

Sina nickte atemlos. Ihr Herz schlug ihr fast bis zum Hals, als Shetan ihre Hand nahm und die Augen schloss. Sie tat es ihm gleich und wartete.

Das Gefühl kam unerwartet und stark. Wärme strömte durch Shetans Hand und entfachte ein Feuer in ihrer Brust, das sie japsen ließ. Für einen Augenblick meinte sie, ihr Herz würde stehen bleiben, aber dann waren da noch mehr Gefühle. Zu der Wärme mischte sich gleichzeitig ein Zittern, wie von kaltem Strom, der über ihre Haut zu wandern schien.

Sie hielt den Atem an, nachdem sie die Augen überrascht aufgerissen hatte. Über ihrer Haut sprangen hell leuchtende Funken!

Im nächsten Moment tauchten diese Funken in ihre Haut ein, die ebenfalls kurz leuchtete – dann schlossen sich die Wunden auf ihrer Hand etwas.

„Das ist ja unglaublich!“, staunte sie und Tarek und Shetan lächelten über ihre ehrliche Begeisterung.

„Hast du es gespürt?“

„Ich denke schon ... Aber wie hole ich solche Funken aus mir selbst?“

„Es freut mich, dass du anscheinend schon verstanden hast, woher deine Magie kommt. Sie sitzt tief in deinem Inneren, und wenn du ihre Wärme fühlst, kannst du sie durch deinen Körper lenken und ihr mit deinem Willen verschiedene Eigenschaften geben. Erinnere dich daran, wie sich die Heilmagie angefühlt hat.“

Sina nickte erneut. Shetan sah nicht so aus, als erwarte er einen sofortigen Erfolg, aber sie wollte sich nicht entmutigen lassen. Die Wärme in ihrer Brust war so ergreifend gewesen, da musste sie doch etwas erreichen können!

Mit voller Konzentration sah sie in ihr Inneres und suchte nach der Wärme. Zuerst fühlte sie nur wenig, doch als sie weiterforschte, entfachte sich wieder das Feuer. Es war eigentlich unbeschreiblich, aber sie konnte genau spüren, dass die Magie aus ihr heraus *wollte*.

Sie stellte sich die weißen Funken vor, wie sie gekribbelt hatten ... und fühlte ein warmes, elektrisches Prickeln in ihre Fingerspitzen fließen, behielt es aber für sich.

„Und was soll ich jetzt machen?“

Shetan runzelte die Stirn, bevor er antwortete. „Leg die Hand auf die Verletzung. Du musst dich sehr stark auf das Heilen konzentrieren, du musst es richtig spüren.“

Sina nickte und versuchte angestrengt, die Funken aus sich herauszulocken. Da schien eine Art Blockade in ihr zu sein ... Sie wollte schon aufgeben, machte aber noch einen letzten Versuch.

Ein Schrei entwich ihren Lippen, als die Wärme in ihr sich auf einmal in heißen Strom verwandelte und aus ihrer Hand schoss.

Mit einem lauten Knall zuckte ein dünner, gleißender Blitz durch das kleine Zimmer und fand sein Ziel in dem kalten Wasser im Zuber.

Tarek und Shetan brüllten ebenfalls auf und wichen zurück, während der Blitz sich im Zuber entlud und das Wasser sprudelnd zum Dampfen brachte.

Sina schwankte, als die Kraft aus ihrem Körper wich und sie sich plötzlich furchtbar ausgelaugt fühlte. Sie starrte einen Moment mit weit aufgerissenen Augen auf das brodelnde Wasser. Es war so schnell vorbei, wie es ausgebrochen war.

Mit einem Mal herrschte wieder Stille. Nur das Wasser im Zuber schwappte noch wild.

„Es tut mir leid!", rief Sina mit einem flehenden Ton, auf einmal von Angst ergriffen, die ihre Schwäche übertrumpfte. „Das wollte ich nicht ... Geht ... geht es euch gut?"

Shetan räusperte sich und strich sein Hemd glatt. „Mach dir keine Sorgen, das Wasser hat die Magie abgelenkt. Das ... das hatte ich zwar nicht erwartet, aber es ist nicht überraschend. Du konntest die Magie nicht richtig kontrollieren. Dann macht sie sich durch einen Blitz Raum. Das passiert jedem einmal, der Magie *ausprobiert.*"

Sina nickte, hatte aber das Gefühl, dass er etwas verschwieg. Auch Tarek schien auf der Hut zu sein ... Hoffentlich hatte sie mit diesem Missgeschick nicht ihr kleines bisschen Vertrauen zunichtegemacht. Sie meinte ihn murmeln zu hören, dass es nur normalerweise kein so heftiger Blitz war ...

Gerade wollte sie etwas darauf erwidern, doch Shetan kam ihr zuvor.

„Wenn du möchtest, kann ich es dir noch einmal zeigen", sagte er. „Aber dann solltest du langsamer vorgehen."

„Großvater, ich glaube, das ist nicht mehr nötig!", brachte Tarek staunend heraus. Sie sahen gebannt auf Sinas Arm, der ihr Tuch hielt. Dort befanden sich einige lange, entzündete Kratzer. Die Schrammen leuchteten schwach auf und verschwanden. Die

Rötung der Haut ging zurück und der Schorf darüber fiel einfach ab.

Shetan klappte der Mund auf.

„Ich ... ich kann es nicht glauben! Du hast mächtige magische Regenerationsfähigkeiten, ohne Magie kontrollieren zu können! Das ist das Merkwürdigste, was ich in meinem Leben je gesehen habe!“ Sina erbleichte bei seinen Worten. Die Hand, die das Leinentuch an sie gedrückt hielt, erzitterte bedrohlich. Tarek bemerkte es und sagte rasch: „Ich glaube, das reicht fürs Erste. Sina, wie wäre es, wenn du dich abtrocknest? Sonst erkältest du dich noch! Wir warten in der Küche, es gibt frischgebackenes Brot zum Frühstück.“ Er schob seinen Großvater zur Tür hinaus. Dankbar über die Rettung, fasste sie sich wieder und musste bei diesem Anblick fast kichern.

Alte Geschichten

Sina trocknete sich flüchtig ab und zog sich an. Gedankenverloren kämmte sie ihr einigermaßen sauberes Haar. Was sollte das alles nur bedeuten? Woher hatte sie diese Fähigkeiten, wo sie doch noch nie in ihrem Leben etwas mit Magie zu tun gehabt hatte? Auf einmal zögerte sie. Woher sollte sie das denn wissen? Sie hatte kaum Erinnerungen. Ihr Gefühl sagte ihr, dass diese Magie etwas Neues für sie war, aber konnte sie ihrem Gefühl denn überhaupt noch trauen? Sie horchte in sich hinein, aber der Eindruck blieb, dass diese Fähigkeiten vorher noch nie von ihr genutzt worden waren.

Konnte sie mit Shetan als Lehrer noch andere Wunder vollbringen? Sie fuhr versehentlich mit dem Kamm zu weit nach unten und streifte den aufgeweichten Schorf über der Bisswunde. Schmerz durchzuckte ihren Rücken. Konnte sie das auch heilen? Sie fühlte sich etwas erschöpft nach ihrem ersten Versuch, legte jedoch trotzdem vorsichtig eine Hand auf ihren Nacken.

Wenn sie es langsamer machte, ging es vielleicht ...

Sie ließ die Wärme durch ihren Körper fließen und dachte an die glühenden Funken, die sie bei Shetan gesehen hatte. Dabei stellte sie sich außerdem vor, wie sie diese Blockade einfach umging, um nicht gegen sie ankämpfen zu müssen ... Auf einmal hatte sie das Gefühl, als würde sich alles in ihr lösen und aus ihr strömen.

Wärme durchflutete ihre Finger und die Wunde. Sie konnte spüren, wie sich die geschundene Haut schloss und die Entzündung nachließ, gleichzeitig begannen ihre Arme sich taub anzufühlen. Fassungslos schüttelte sie den Kopf über diesen Zauber. Ein Schauer lief über ihren Körper und sie hätte nicht sagen können, ob dieser sich in Faszination oder Furcht vor dieser unbekannten Macht begründete.

Tarek sah auf, als sie die Küche betrat – und brach in so schallendes Lachen aus, dass Shetan am Herd heftig zusammenzuckte.

Genau wie Sina, die den jungen Mann irritiert ansah. Aber auch nachdem Shetan sich rasch umgedreht hatte, bekam sie keine Hilfe. Im Gegenteil, auch der Alte schmunzelte, während Tarek weiter lachte.

„Was ist?!", fragte Sina.

Tarek versuchte etwas zu sagen, prustete dann aber wieder los.

„Was hat er denn?", wollte Sina wissen und starrte Shetan hilfesuchend an.

Der alte Mann grinste noch immer, versuchte aber, seinen Enkel ernst anzusehen, der weiter kicherte und sich eine Träne aus dem Augenwinkel wischte. „Tarek, reiß dich zusammen, sie ist doch unser Gast. Nun, Sina. Es ist einfach eine etwas ... ungewöhnliche Kleidungswahl. Du hast Tareks alte Sachen an, seine Hose und sein Nachthemd. Die hat er das letzte Mal vor Jahren getragen, als er noch ein Junge war."

Tarek konnte sich nicht mehr zusammenreißen und prustete wieder los. Sina war noch immer irritiert, wurde aber von seinem Lachen angesteckt.

„Aber woher sollte ich denn wissen, dass ich das nicht anziehen soll? Ich dachte, es sei ein Hemd ... Die anderen Sachen sahen so *weiblich* aus", meinte sie, als sie sich wieder etwas beruhigt hatte.

Jetzt gluckste Tarek noch und sah sie dann an. „Wieso betonst du das so komisch? Das sind gute Kleider."

„Tragen Frauen hier etwa keine Hosen?"

„Nein." Tareks Augen glitzerten, als würde er gleich wieder loslachen.

„Nun, falls es dir nicht aufgefallen ist, ich hatte eine Hose an, als ich gestern hier saß."

Da wurde er nachdenklich. „Dann ist es in der anderen Dimension normal? Ich dachte, die Sachen seien aus dem Gefängnis ..."

„Natürlich ist es normal! Wir haben dort Gleichberechtigung!

„Was bitte?"

Sina schnaubte und winkte dann ab. „Vergiss es. Na jedenfalls dachte ich, diese Sachen seien auch von deiner Mutter, da sie in dem Schrank hingen. Was soll ich denn eurer Meinung nach anziehen? Meine Sachen sind völlig verdreckt und kaputt, die würden beim Waschen wahrscheinlich auseinanderfallen."

Shetan sah sie milde an. „Bitte verzeih uns, Sina. Es spricht eigentlich nichts dagegen, dass du die Sachen anziehst, sie passen dir recht gut. Wir könnten sie noch etwas enger machen. Die Hauptsache ist jetzt erst einmal, dass du dich wohlfühlst und dich erholen kannst. Aber ins Dorf solltest du so nicht gehen. Tarek soll dir die Kleider meiner Tochter genauer zeigen und erklären, wie man sie richtig trägt, damit du nicht auffällst."

„Gut. Danke."

„Tut mir auch leid", meinte Tarek. „Eigentlich ist es ja gar nicht so unpraktisch, ich war nur sehr überrascht."

Tarek schob ihr den Brotkorb hin und sah sie mit einem entschuldigenden Blick an. Sina setzte sich an den gedeckten Tisch. Erst jetzt bemerkte sie, wie ihr Bauch vor Hunger rumorte. Sie nahm sich eine warme Scheibe Körnerbrot und bestrich sie mit Butter. Während sie aßen, breitete sich Stille am Tisch aus. Sina war jedoch froh, sich erst einmal erholen zu können und etwas in den Magen zu bekommen. Dieses Heilen und der Blitz hatten sie schon wieder müde und schwindelig gemacht ...

Sina brannte zwar darauf, noch mehr über Magie zu erfahren, aber es dauerte eine Weile, bis sie sich zu den Fragen überwand und schließlich das Schweigen brach.

„Ähm, Shetan, wieso hast du vorhin so komisch reagiert, als ich die Wunde geheilt habe?"

Shetan brachte nur ein merkwürdiges Grunzen heraus. Tarek antwortete zunächst für ihn. „Ich glaube, Shetan ist etwas gekränkt. Er hatte als Anfänger wochenlang geübt, bis er diese Heilmagie auch nur ansatzweise beherrschte und dir ist es beim ersten Versuch gelungen. Nimm es ihm nicht übel." Er musste breit grinsen.

„Vielleicht war es auch nur ein Zufall, dass ich die Heilmagie so schnell konnte?" Irgendwie hatte sie das Gefühl etwas Schlimmes getan zu haben, auch wenn sie nicht genau wusste, warum.

„Es ... Das Ungewöhnliche war eigentlich nicht, dass du den Blitz freigesetzt hast, sondern wie stark er war und dass du dich trotzdem durch diese Magie noch geheilt hast. Das bedeutet, dass du die Heilmagie sofort nutzen konntest ...“

Sina nickte nachdenklich, obwohl sie das Gefühl hatte, die Tragweite seiner Aussage nicht erfassen zu können.

„Aber so wichtig ist das auch nicht ... Auch wenn Shetan ein guter Lehrer sein würde, solltest du nicht allzu viel von ihm lernen“, meinte Tarek weiter und sein Tonfall wurde sehr ernst.

„Warum denn nicht?“

„Magie ist ein gefährliches Gebiet. Man kann sich leicht überanstrengen, wenn man noch nicht genug Übung hat und seine Grenzen nicht kennt. Verschiedene Arten der Magie zu erlernen ist schwierig und auch sehr kräftezehrend. Ich selbst beherrsche kaum Magie. Ich habe mich nie sonderlich dafür begeistert und besitze auch kein wirkliches Talent.“

„Aber du bist ein Magier?“

„Nein!“, rief er vehement. Sein ernster, trauriger Blick ließ sie zusammenzucken. Er schien es zu bemerken, denn seine Gesichtszüge glätteten sich etwas. „Ich habe es nur einmal versucht ... während des Kampfes, bei dem meine Eltern starben. Ich wollte ihnen helfen. Es hätte mich beinahe umgebracht. Ich brach bewusstlos zusammen und Shetan fand mich Stunden später im Wald liegend.“

Er schwieg und sein Blick schweifte in die Ferne, dann sprach er weiter. „Außerdem lässt Zayda es nicht zu, dass Magier in Tyarul frei handeln und leben können. Kein Magier, der nicht unter Zaydas magischer Kontrolle steht und von ihr versklavt wurde, lebt lange genug, um etwas gegen sie ausrichten zu können. Sie lässt freie Magier jagen, tötet sie oder bricht ihren Geist mit ihrer schwarzen Magie, um sie zu willigen Helfern zu machen.“

„Das heißt, das ganze Land wird von Zayda und einer Reihe ihr untertäniger Magier kontrolliert?“, fragte Sina ungläubig.

„Und von ihrem Volk. Es ist traurig, aber wahr.“

„Aber wieso hat sie dich dann nicht gefangen, Shetan? Und warum hast du mir das dann überhaupt vorhin gezeigt? Ich will nicht von ihr gejagt werden, ich bin doch gerade erst aus ihrem Gefängnis entkommen!“ Panik schwang in ihrer Stimme mit, als sie über die Konsequenzen ihres neuen Interesses nachdachte.

„Mach dir keine Sorgen, niemand wird von uns erfahren, dass du Heilmagie besitzt“, meinte Tarek rasch.

„Aber ... wie kann Zayda so etwas machen? Wie konnte sie so mächtig werden?“

„Man kann magische Kräfte auch stehlen. Sie hat viele mächtige Magier ihrer Kräfte beraubt, sie fand Wege, überall Magie zu rauben. Gestern haben wir dir doch erzählt, dass sie viele Portale zerstört hat. So hat sie ihre eigene magische Kraft ins Unermessliche gesteigert. Außerdem beherrscht sie schwarze Magie, die sie praktisch unbesiegbar macht.“

„Wieso hast du dann vorhin gemeint, du hättest keine guten Voraussetzungen, Tarek? Kann nicht jeder so mächtig werden?“

„Nein ... Nur sehr wenige Menschen sind heute von Natur aus Magier ... Und ich bin nicht begabt, weil in meiner Familie die Magie eine Generation übersprungen hat. Mein Großvater hat seine Magie durch hartes Üben erarbeitet, meine Mutter hatte jedoch gar keine Fähigkeiten. Wenn sich die Kräfte über viele Jahrhunderte in der Familie erhalten, ist das gut für die Jüngsten. Die Familie ist im Prinzip durchdrungen von Magie. Bei uns war das nicht so. Eigentlich bei keinem mehr ... Shetans Fähigkeiten konnten auch nur so stark werden, weil er jahrelang geübt hat. Er war versessen auf Rache.“

Sina bemerkte den vorsichtigen Blick, den Tarek seinem Großvater zuwarf, als wollte er sichergehen, dass er nicht zu viel gesagt hatte.

„Aber wieso bildet ihr nicht im Untergrund eine eigene Armee aus? Habt ihr nie versucht, etwas gegen diese Terrorherrschaft zu unternehmen?“, fragte Sina stirnrunzelnd.

„Oh doch!“, setzte jetzt Shetan ein. „Wir haben es oft versucht, aber es war vergebens. Als wir anfingen zu reagieren und eine eigene Armee aufstellten, war es bereits zu spät. Du musst wissen, dass unser Volk immer sehr friedfertig war. Wir strebten nach Wissen und Weisheit und nach der Perfektion der Magie als natürliche Form der Energie, die den Menschen die Sinne erweitert und den Weg zum inneren Frieden zeigt. Wir sahen sie nie als eine Waffe zum Kämpfen."

Shetan spie die letzten Worte voller Abneigung aus, dann machte er eine kurze Pause und trank einen Schluck aus seinem Becher. Er schien sich sammeln zu müssen und Sina spürte Schuldgefühle in sich aufkeimen, dass sie ihn durch ihre Neugierde zwang, schmerzliche Erinnerungen zu durchleben.

„Die Miakoda ...", fuhr Shetan schließlich fort: „Nun, wir konnten nicht gut mit Waffen umgehen und mit unserer Magie hatten wir kaum eine Chance gegen die schier endlose Zahl der Unterdrücker. Auch wenn man mit magischen Attacken einiges anrichten kann, gibt es Wege sie abzuwehren ... Zayda war schon zu machtvoll und kontrollierte das gesamte kriegerische Volk der Ratken. Sie überrannte den Rest unserer Welt und schlug unseren Widerstand grausam nieder. Es kam überall zu blutigen Schlachten."

Unerwartet brach Shetan ab und Stille senkte sich über den Raum. Spannung lag in der Luft und Sina wagte es kaum mehr zu atmen. Es schien, als würde die Zeit stehen bleiben und der Schmerz seiner Erinnerungen verzerrte Shetans Miene.

„In dieser Zeit wurde ... meine Frau getötet, als Tareks Mutter noch ein Kleinkind war ... Die Kämpfe waren so brutal und verheerend, dass sich alle freien Völker bald ergeben mussten. Nachdem Zayda die Feliden vernichtet hatte, zerschlug sie auch die letzten Reste der Miakoda, es überlebten nur wenige, die ihre Kultur beinahe vollständig aufgeben mussten, um den Hetzern der Königin zu entgehen. Es wurde jeder gejagt, der offen als magischer Miakoda lebte. Zayda wurde Herrscherin über das ganze Land und unser Volk wurde abgeschlachtet. Viele Landstriche, in denen sich der Widerstand verschanzt hatte, waren bald menschenleer. Jene, die Zaydas Jähzorn entkamen, waren zu geschwächt, um noch etwas ausrichten zu können. Wir mussten zusehen, wie das Land in Chaos und Schrecken versank. Alle Versuche, Widerstandskämpfer auszubilden und Gegenangriffe zu organisieren, wurden durch Spione oder schwarze Magie zunichtegemacht. Bei einem späteren Angriff ist dann auch meine Tochter ..."

Er brach ab, in dunklen Erinnerungen versunken. Trauer umklammerte Sinas Herz und schnürte ihr die Kehle zu. Obwohl sie wusste, dass sie Shetans Schicksal nicht im Mindesten erfassen konnte, fühlte sie sich den Tränen nah. Sie wagte es kaum, einem der beiden noch in die Augen zu sehen, aus Angst, dort zu großen Schmerz zu finden. Sie wusste nicht, ob sie es ertragen könnte.

Tarek sprach nach einer Weile mit einem Räuspern für seinen schweigenden Großvater weiter. „Zaydas Schergen kontrollieren heute alles. Noch immer wird gemordet und geplündert, obwohl die Königin bereits alle beherrscht! Wir müssen Abgaben leisten und wer sich wehrt oder auch nur in der Öffentlichkeit schlecht über Zayda redet, wird gefangen genommen oder muss hohe Strafen zahlen ... Man wandert in ihre Kerker, wenn man die unmöglichen Summen nicht aufbringen kann – und von dort kommt niemand mehr zurück."

Shetan nickte nachdenklich. „Tarek hat leider recht. Zayda hat Herrscherfamilien an die Spitze jeder Stadt gesetzt, die eine Heerschar befehligen. Sie ist eine gerissene Tyrannin. Sie hat als Stadtwachen keine Ratken eingesetzt, denn schon dies hätte für Unruhe gesorgt. Stattdessen bezahlt sie Söldner als Wachen, viele folgen ihr auch freiwillig. Ihre Macht ist gefestigt und unsere letzte, vage Hoffnung, sie noch zu brechen, liegt in der Prophezeiung der Wölfe."

„Was für eine Prophezeiung?", wollte Sina wissen. Wieder bemerkte sie Tareks nervösen Blick zu seinem Großvater. Einen Moment schien es, als wolle er Shetan am Erzählen hindern.

„Während einer der letzten großen Schlachten gegen die Miakoda erschien der große Wolf Anahid allen Mönchen des Miakodatempels in der gleichen Nacht im Traum. Er beauftragte sie, die

Auserwählte zu finden und auszubilden, denn nur sie würde den Rest der freien Völker retten und Zayda besiegen können", fuhr er schließlich fort.

Sina blickte den alten Mann überrascht an. „Du meinst, diese Person ... ist eine *Frau*?"

„Ja."

Tarek sah sie an. „Es scheint dich sehr zu überraschen, das zu hören."

„Na ja. Meinst du nicht, dass das ein bisschen ungewöhnlich ist? Ich habe noch keine großen Legenden über Frauen gehört, die ganze Welten gerettet haben. Es scheinen immer Männer zu sein. Außerdem hast du doch vorhin gesagt, dass Frauen hier keine Hosen anhaben."

„Was hat das denn damit zu tun?"

„Ähm ... Das ist so ein Sprichwort bei uns ... Ich meinte, dass Frauen bei euch keine wirkliche Macht haben. Oder?"

„Und was ist dann mit Zayda? Sie herrscht über uns alle. Nur weil Frauen bei uns gewöhnlich keine Hosen tragen, heißt das nicht, dass sie grundsätzlich von Männern unterdrückt werden. Es gab früher Stadträte, in denen auch Frauen willkommen und gewollt waren, bevor Zayda unsere Kultur verbot. Außerdem ... kenne ich einige Frauen, die Hosen unter ihrem Kleid oder Rock tragen."

„Ja?"

„Das ist jetzt nicht wichtig", meinte er ausweichend und lenkte dann die Unterhaltung auf das eigentliche Thema zurück. „Nun ... Also die Prophezeiung dreht sich um eine Frau. Die Auserwählte soll fähig sein, wie die schwarze Königin zu denken, um ihr immer einen Schritt voraus zu sein."

„Würde das nicht bedeuten, dass diese Auserwählte auch böse sein muss?", fragte Sina stirnrunzelnd.

Tarek zögerte, bevor er mit den Schultern zuckte. „Ich weiß nicht genau, es geht doch eher darum, sich in sie hineinversetzen zu können, vielleicht um ihre Schritte vorhersehen zu können."

Sina wollte etwas erwidern, doch dann unterbrach Shetan das Zwiegespräch. Er räusperte sich und sagte: „Dürfte ich nun bitte fortfahren?"

Er wartete ihre Antwort gar nicht erst ab, es schien Sina, als wüsste er bereits, dass sie die Geschichte hören wollte.

„Also, wie bereits gesagt, erschien der Geist des Wolfes den Mönchen im Traum und überbrachte ihnen seine Prophezeiung. Anahid sagte, dass er die Voraussetzungen geschaffen hätte, damit diese Frau erscheinen könnte und dass sie um jeden Preis beschützt werden müsse. Kurz darauf, als die Mönche erwachten, spürten sie eine schreckliche Veränderung in der Magie und sie wussten, dass Anahid etwas zugestoßen war. Seither konnte niemand mehr mit ihm in Kontakt treten. Er ist verschwunden und es heißt, dass er starb, nachdem er seine letzte Kraft aufgebracht hatte, um die Zukunft der Miakoda zu verändern. Auch wenn ich nicht ganz glauben will, dass ein Hüter sterben kann ... Sie sind eine Verkörperung unserer aller Seelen, eine Art Energie ... Man könnte sagen, sie sind übergeordnete Magie, die uns alle verbindet ... Wie auch immer, ich schweife ab. In der Prophezeiung hieß es, die Auserwählte würde zu einer mächtigen Magierin werden, um dann Zayda zu besiegen!"

Shetan machte eine kurze, dramatische Pause.

„Leider waren unter den Mönchen zwei Verräter. Sie überbrachten Zayda die Kunde von einer Person, die sehr gefährlich für sie werden könne, und Zayda handelte augenblicklich. Sie zog mit einem riesigen Trupp ihrer besten Krieger zu dem Mönchsdorf, das in der Nähe des verborgenen Tempels lag. Du musst wissen, dass die Mönche schon immer sehr vorsichtig waren. Der Tempel war ihr Allerheiligstes und außer den Mönchen durften ihn nur erwählte Pilger betreten, die mit verbundenen Augen zum Tempel geführt worden waren. Schon das Dorf selbst war verborgen, eine Pilgerstätte für die Miakoda. Aber nachdem unser Volk schon so geschwächt war, gab es nur noch wenige, die den Weg kannten oder die beschwerliche Reise auf sich nahmen. Die Verräter warteten im Dorf auf Zayda und führten sie zum Tempel.

Dort gab es ein Massaker. Sie ließ alle Mönche töten und zerstörte dann den Tempel mit ihren schwarzen Kräften. Danach ließ sie auch das Dorf niederbrennen. Nur ein junger Novize, der am frühen Morgen nach der Vision auf Reisen gegangen war, konnte dem Gemetzel entgehen. Bald eilte die Nachricht über das Land, dass Zayda den Tempel und das Dorf zerstört hatte. Sie schickte ihre Krieger im ganzen Land aus, jede Karte zu vernichten, die den Weg zum Dorf beschrieb, und ließ jeden in Mazmorra verschwinden, der es danach noch wagte, über die Mönche zu sprechen. Nach kurzer Zeit traute sich niemand mehr, den Tempel zu erwähnen. Zayda hat ihn aus unserer Kultur ausgelöscht."

„Das heißt, es weiß niemand mehr, wo dieser Ort liegt? Aber das war doch ein heiliger Ort für euch."

„Du hast recht, aber Zayda hat unsere Kultur verboten, genauso wie sie die Ruinen des Mönchsdorfes zu einem verbotenen Ort ernannt hat", wandte Shetan ein. „Ich schätze mal, ich bin einer der wenigen, der überhaupt so viel über unser Vermächtnis weiß, viele andere geben nicht einmal mehr zu, zum Volk der Miakoda zu gehören."

Er räusperte sich kurz und fuhr dann fort. „Dem wandernden Mönch wurde klar, dass er als Einziger noch von der Prophezeiung wusste. Er war gerade auf dem Weg zum Tempel der Feliden und berichtete dort sofort unter strengster Geheimhaltung von der Zerstörung, auch wenn er nicht ahnte, dass das Wissen um den Weg zum Tempel ebenfalls verloren war. Er und einige der Templer verbrüderten sich und machten es sich zum Ziel, die Kunde über die Auserwählte im ganzen Land zu verbreiten. Zaydas Ziel war es gewesen, die Prophezeiung niemals an die Bevölkerung dringen zu lassen, doch die Bruderschaft vereitelte ihre Pläne und verbreitete die Kunde. Es muss auch hier einen Spitzel gegeben haben, denn Zayda erfuhr schon bald von diesem Geheimbund. Aus Rache ließ sie alle restlichen Städte der Feliden zerstören und löschte auch dieses Volk fast aus. Viele flohen ... nur um immer wieder entlarvt, gejagt und abgeschlachtet zu werden. Auch der Mönch und seine Verbündeten wurden bei dieser

Hetzjagd schließlich aufgespürt und vernichtet ... Aber die Prophezeiung verbreitete sich wie ein stilles Lauffeuer durch ganz Tyarul. Zayda setzte all ihre Macht ein, um auch dieses Thema im Volk verbieten zu lassen und die neue Rebellion im Keim zu ersticken."

Sina musste schlucken, während Shetan weiter erzählte.

„Sie ließ die Prophezeiung zu einer Lüge erklären und bestrafte jeden, der in der Öffentlichkeit auch nur das Wort *Migina* in den Mund nahm, mit solcher Grausamkeit, dass die ohnehin hart geschlagenen Völker sich rasch wieder beugten. Das war auch das Ende der Kriege. Ich fürchte, heute wagt es kaum noch jemand, wirklich daran zu glauben oder sich auch nur an die Worte der Prophezeiung zu erinnern. Zaydas größte Macht ist die Angst."

„Was heißt das, Migina?", fragte Sina leise und lehnte sich etwas vor. Ihr Herz pochte heftig vor Aufregung und auch vor Angst.

„Wörtlich übersetzt heißt Migina *Rückkehr des Mondes*, es ist der Name der Prophezeiung."

„Und was ist mit dieser Auserwählten geschehen? Wurde sie auch vernichtet?"

„Die Auserwählte ist bis heute noch nicht gefunden worden. Ihr Name ist Zenay, das wurde den Mönchen ebenfalls in ihrem Traum gesagt. Das ist jetzt Jahrzehnte her ... und kaum jemand hofft noch auf sie. Manche glauben jetzt sogar, dass die ganze Prophezeiung eine Lüge Zaydas war, um den Menschen falsche Hoffnung zu geben und einen Grund zu haben, auch die Feliden zu vernichten. Ich halte das für Unsinn, Migina hat Zayda viel Ärger eingebracht und hätte beinahe eine neue Welle der Rebellionen ausgelöst. Sie wäre niemals so dumm gewesen, den gerade unterworfenen Völkern wieder Mut zu machen. Und die Feliden konnte sie oder so auslöschen, ihr Volk gehorcht ihr blind. Sie ist die stärkste Königin, die sie je hatten, sie würden ihre Taten niemals anzweifeln."

Er verstummte kurz und gab ihr Zeit, über seine Aussagen nachzudenken.

„Zenay ... ein schöner Name!“, murmelte Sina, bei der Shetans Worte noch immer im Kopf nachhallten.

„Ja, klingt irgendwie mysteriös, nicht?“, fragte Tarek grinsend und sah sie durchdringend an. Irgendwie hatte sie das Gefühl, dass er genau bemerkt hatte, wie ihre Gedanken von Shetans letzten Erklärungen fortgezogen worden waren. Erst jetzt bemerkte Sina die schwache, helle Narbe, die sich von seiner Stirn am Haaransatz entlang bis unter seine rechte Wange zog, wie eine feine Linie. Er hatte wildes, rabenschwarzes Haar und so dunkelbraune Augen, dass auch sie schwarz wirkten. Ein freches und vor allem freundliches Glitzern zeigte sich in seinen Augen.

Unter seinem Blick schoss ihr die Röte in die Wangen und sie wandte schnell den Kopf ab, damit er es nicht sah.

„Sag mal, Shetan ... was mir die ganze Zeit schon durch den Kopf geht ... war es wirklich nur ein Zufall, dass es mir so leicht fiel, diese Heilmagie zu nutzen? Du hast mir vorhin keine Antwort darauf gegeben, was weißt du noch darüber?“, fragte sie schließlich nach einer kurzen Pause.

Er lächelte. „Ja, diese Frage hatte ich schon erwartet. Ich habe mir Gedanken darüber gemacht und vermute, dass du schon mit Magie zu tun hattest und dich jetzt nur nicht mehr erinnern kannst. Zurück bleibt aber trotzdem die Kraft deiner Ausbildung, dein Potenzial.“

„Ich dachte, ich hätte ein normales Leben in ... Lyrra geführt“, murmelte sie und er sprach weiter, als hätte er sie nicht gehört.

„Alles andere wäre auch unmöglich, denn es gibt keine mir bekannten Menschen, die von Anfang an solche Heilfähigkeiten oder andere starke magische Talente haben!“, unterbrach der alte Mann sie. Auf einmal klang sein Lachen etwas nervös, so als ob er einen Gedanken nicht auszusprechen wagte.

Was er wohl von mir hält?, fragte sich Sina.

„Es würde erklären, warum du gefangen genommen wurdest“, meinte dann Tarek. „Du könntest eine geheime Magierin gewesen sein und erinnerst dich jetzt nur nicht mehr daran. Es könnte sogar sein, dass Zayda deine Erinnerung absichtlich getrübt hat, um dich zu schwächen."

„Mir gefällt der Gedanke nicht, dass ich mich in solche Schwierigkeiten gebracht habe. Wenn es so gefährlich ist, Magie zu wirken, will ich lieber nichts mehr damit zu tun haben."

Das Thema schien damit beendet und einen Moment lang herrschte wieder Schweigen. Dann erhob Tarek sich und räumte den Tisch ab. Shetan half ihm.

„Tarek, wieso zeigst du Sina nicht das Dorf? Ich habe noch zu tun. Nachher könnt ihr mich drüben bei Mokuba finden", meinte er nebenbei. Als sie fertig waren, ließ er sie allein.

„Wer ist denn Mokuba?", fragte Sina, froh über etwas anderes reden zu können.

„Das ist eine gute Freundin von Großvater, sie ist die Heilerin im Dorf. Falls du nicht weißt, was das ist: In ihrem kleinen Laden bekommt man jede Art von Kräutern und Salben und sie behandelt die Kranken und Verletzten des Dorfes. Sie und Großvater unterhalten sich gerne über Magie und Heilmittel. Sie ist die Einzige, mit der er sich noch sehr viel unterhält. Sie kennen sich schon ihr Leben lang, seine Frau und Mokuba waren Schwestern."

„Ist sie auch eine Magierin?"

„Nein. Das würde nicht geduldet werden. Großvater weiß zwar noch viel, aber er hat schon lange kaum mehr Magie gewirkt, sonst würde er zu viel Aufmerksamkeit auf sich ziehen ..."

„Wie alt ist eigentlich dein Großvater?"

„Das weiß ich nicht genau. Ich habe ihn ein paar Mal gefragt, aber er hat mir keine Antwort gegeben." Er schwieg kurz, ehe er weiter sprach. „Wie wäre es, wenn du dich noch ein bisschen im Haus umsiehst und ich dir dann den Garten und die Tiere zeige? Ich muss noch etwas erledigen, es dauert aber nicht lange."

„Das fände ich nett", meinte sie lächelnd, und als Tarek gegangen war, ließ sie ihren Blick neugierig über die Küche schweifen.

Die Stube beeindruckte nicht gerade mit ihrer Größe, war etwas düster, dafür aber auch gemütlich. Sie wurde durch den

Tisch mit der Eckbank beinahe ausgefüllt. Dann stand da der Herd mit einer rußig schwarzen Öffnung darüber, zu beiden Seiten waren Arbeitsflächen mit kleinen Regalen aufgebaut. Einige dicke Töpfe und Pfannen waren an Haken an der dunklen Holzwand aufgehängt, Tongeschirr und Tassen standen in einem Regal. In einer schwer zu öffnenden Schublade fand sie Besteck und scharfe Arbeitsmesser. Neben der Tür stapelte sich gespaltenes Holz und daneben stand eine Kiste, in der Zunder und dünne Äste zum Anfeuern lagen. Dann waren da ein kleiner Waschzuber und noch ein Regal, in dem die Teekanne und in kleinen Töpfen und Beuteln Kräuter verstaut waren. Durch das milchige Glas des Fensters konnte Sina kahle Sträucher und einen Platz erkennen.

Den Raum mit dem Badezuber schräg gegenüber der Küche kannte sie bereits. Weiter nach rechts lag die Eingangstür. Links neben der Tür zum Bad führte eine schmale und steile Treppe nach oben. Hinter dem Treppenaufgang erspähte sie eine weitere Tür, dort musste Shetans Arbeitszimmer sein, das hatte er erwähnt. Die letzte Tür links, gegenüber von ihrer, führte wohl in Tareks Schlafzimmer. In keines wollte sie ungefragt hineingehen, auch wenn Tarek vorgeschlagen hatte, sie solle sich umsehen.

Im oberen Stockwerk lag ein deutlich kürzerer Flur und sie wandte sich einer der drei Türen vor sich zu. Die erste öffnete sich in eine kleine Kammer, in der Vorräte, Besen und andere Werkzeuge aufbewahrt wurden. Ein kleiner Stapel unbeschriebenes Papier lag neben einigen Leinendecken und einer alten Ledertasche. Dahinter – was Sina am meisten überraschte – waren ein Bogen und ein kurzes Schwert mit eingekerbten Mustern verborgen. Sie wagte es nicht, den Griff des Schwertes zu berühren, starrte es aber eine Weile fasziniert an, ehe sie es wieder versteckte. Vermutlich hätte sie es gar nicht sehen dürfen.

Der zweite Raum auf der rechten Seite ließ Sina für eine Sekunde erstarren, Trauer durchflutete sie.

Staub hatte sich auf die Oberflächen gelegt und der Spiegel an der Wand war trübe. All dem wandte sie nur kurz ihre Aufmerksamkeit zu, denn über dem Bett hing ein großes Bild. Es zeigte den jüngeren Shetan und eine wunderschöne und warmherzig wirkende Frau neben ihm, die ihre Hände auf den Schultern ihrer Tochter ruhen hatte. Hinter ihnen stand ein älteres Paar, vermutlich Shetans Eltern.

Sina erkannte die dunklen Augen und die Gesichtszüge, als sie in das fröhliche Gesicht von Tareks Mutter blickte. Wahrscheinlich war sie gerade so alt gewesen wie Tarek heute, als das Gemälde der Familie angefertigt wurde.

Was ist das nur für eine grausame Welt?, fragte sie sich, als die Erinnerung wieder kam. Die beiden Frauen auf dem Bild waren tot. Vom Krieg verschlungen.

Auf einer Kommode lagen noch ein aufgeschlagenes Buch und ein Kamm, beide verstaubt, als wären sie seit Jahren nicht berührt worden.

Was für einen schrecklichen Verlust Shetan erlitten haben muss ... Seine Eltern, seine geliebte Frau und seine Tochter zu verlieren ... Sina konnte es dem alten Mann nicht verübeln, dass er so still und in sich zurückgezogen wirkte. Dies musste das Zimmer seiner Eltern gewesen sein.

Und Tarek ... Auch er hatte seine Eltern verloren, sinnlos von ihm genommen.

So wie mir, dachte sie und stockte überrascht. *Ist das so? Sind meine Eltern auch tot?* Sie runzelte die Stirn, wusste aber nicht, woher dieser Gedanke gekommen war. Irgendwo in ihrem Inneren flüsterte ihr eine Stimme zu, dass es die Wahrheit sein musste ...

Rasch verließ sie den Raum und atmete erleichtert auf, als sie die Tür hinter sich schloss.

Schließlich schüttelte sie ihren Kopf von den Gedanken frei und öffnete langsam die letzte Tür, die zu Shetans Zimmer führen musste.

Der Raum war kleiner als der vorherige. Sie zögerte, ihn zu betreten und fühlte sich, als dringe sie zu tief in diese Familie ein. Von draußen schallte ein schwaches Geräusch herein, und sie ging schließlich doch die drei Schritte, um aus dem Fenster zu sehen.

Der kleine Raum lag direkt über der Stube, denn sie hatte hier den gleichen Ausblick, nur weiter und durch das klarere Glas nicht so verschwommen.

Der gepflasterte Dorfplatz wurde von einer Reihe Fachwerkhäuser umschlossen, an drei Stellen führten breitere Straßen zu weiteren Häusern. Ein paar Kinder rannten herum und eine Frau holte Wasser vom Brunnen.

Sie ließ nur kurz ihren Blick über Shetans Zimmer schweifen und wollte dort nicht zu lange verweilen. Draußen auf dem Flur stand sie unschlüssig da, dann stieg sie schließlich wieder hinunter und fand sich am Ende in der Küche wieder.

Tarek gesellte sich zu ihr, erzählte ihr vom Dorfleben und reichte ihr dann einen Mantel und Schuhe, bevor sie hinausgingen. Die Sachen waren ebenfalls von ihm und ihr zu groß, aber sie war dankbar für die wärmende Kleidung und sagte deshalb nichts.

Vor der schweren, eisenbeschlagenen Haustür tat sich ein kleiner Vorgarten auf. Ein kurzer Weg führte zu einer hüfthohen Mauer, die aus schweren Steinen zusammengesetzt war und nur von einem kleinen Gatter unterbrochen wurde. Rechts von der Mauer ragte ein wildes Brombeergebüsch in die Höhe und verwehrte den Blick auf das Dahinterliegende. Nach der Mauer begann der Dorfplatz.

Tarek führte sie jedoch links am Haus entlang, fort von dem Gatter und Gebüsch. An dieser Seite des Hauses lagen ein Stück Wiese, dann kam ein umgepflügtes Gemüsebeet. Die Mauer machte einen Knick und grenzte das Grundstück bis zu einer Reihe hoher Bäume, einiger Büsche und einem Bach ab. Durch das Gewirr von Ästen konnte sie weite Felder und Wiesen erspähen und ein Stück entfernt die grauen Schatten eines blattlosen Waldes, fast verborgen von Dunst.

Der Gemüsegarten war winterlich kahl. Leere Beete und hohe Stangen reihten sich aneinander. Tarek erzählte ihr, dass sie beinahe alles selbst anbauten. Sie ernteten Karotten, Bohnen, Grünkohl, Rüben und vieles mehr. Außerdem wuchsen Apfelbäume und Birnbäume im Garten und seit ein paar Jahren gab es auch

Kartoffeln, die aus dem wärmeren Süden hierhergebracht worden waren.

„Das war eine der wenigen, freundlichen Taten von Zayda. Es gab eine Hungersnot und fast niemand konnte mehr seine Abgaben zahlen. Vermutlich tat sie es, um ihr eigenes Volk zu beschützen. Jedenfalls sandte sie Pflanzenkundige aus und hieß dann alle, das neue Gewächs anzubauen."

„Und wenn ihr alles Gemüse und Obst selbst anpflanzt, was esst ihr dann im Winter? Ich meine, wir hatten ja Kartoffeln, aber müssten die nicht alle schlecht werden?"

Er grinste und bedeutete ihr, ihm zu folgen. Sie gingen um das Haus herum, dahinter lag ein Stall mit Hasen und daneben ein Bereich für Hühner.

„Ab dem Frühjahr lassen wir die Hühner frei laufen, doch nachts kommen sie in den Pferch, sonst werden sie von Füchsen und Mardern geholt."

Sina nickte, während sie die niedlichen braunen und grauen Hasen beäugte.

„Komm jetzt, ich will dir die Antwort auf deine Frage zeigen." Er zupfte sie kurz am Ärmel und führte sie zu einem Hügel, vorbei an einigen hohen Reihen von aufgeschichteten Holzscheiten.

„Das ist unser Erdkeller", erklärte er und öffnete eine der zwei Flügeltüren, die in die Seite des Hügels eingelassen waren. Er ging gebückt hinein, Sina folgte ihm die Treppenstufen aus Erde hinunter.

Unter der Decke waren Stützbalken angebracht und auf dem Boden lag eine dicke Schicht Sand, auf der teilweise Stroh verteilt war. Man musste geduckt gehen und Sina erkannte im Zwielicht eine Menge Leinensäcke und Weidenkörbe, die um sie herum an Haken aufgehängt waren.

Neugierig nahm Sina einen von den Körben herunter und spähte hinein. Darin lagen geschnittene, getrocknete Karotten, in ein luftiges Leinentuch eingeschlagen. Tarek nahm eine Schüssel und schaufelte die runzligen Dinger hinein, holte einen anderen Korb herunter und zeigte Sina die getrockneten Pilze darin. Sie hängte den Korb mit Möhren für ihn zurück und sah sich dann weiter um. Neben Tarek war noch ein einfaches Holzregal aufgebaut, in dem einige Kisten und Krüge standen. Neben dem Regal lagerten Fässer.

„Du siehst also, es fehlt uns an kaum etwas. Wir haben hier unten Rote Beete, Kartoffeln, Kräuter, sogar Salat. Wir räuchern Fleisch und bewahren es so auf. Manchmal, wenn ich einen guten Handel machen kann, bekommen wir auch genug Salz zum Pökeln. Ansonsten wird auch einiges eingekocht und eingelegt, wie du im Regal sehen kannst. Wir trocknen auch anderes Gemüse, man muss die Stücke dann nur kochen, es schmeckt fast genauso gut wie frisch. Hier drin ist es immer kühl, aber es friert nicht. Durch den Sand bleiben die Sachen trocken. Das Stroh hilft dabei, aber es darf nicht schimmeln. Und durch die Haken kommt kein Ungeziefer an die aufgehängten Sachen."

„Ich hätte nicht gedacht, dass ihr so einen guten Essensvorrat ansammeln könnt!"

„Das müssen wir. Wenn es Unruhen gibt, kann man oft nicht mehr auf die Felder. Wir lagern hier auch einen Teil für Mokuba und Asyra, die haben ihr Feld nicht direkt am Haus, sondern bauen dort hauptsächlich Kräuter an."

„Ist Asyra die Schwester von Mokuba?"

Tarek schmunzelte. „Nein, das ist ihre Enkelin. Eine gute Freundin von mir."

Sina nahm es mit einem Nicken hin, bevor sie weiter fragte. „Und hier unten bleibt sogar Salat frisch?"

„Ja, bestimmte Sorten zumindest. Obst haben wir auch, aber das ist jetzt schon fast aufgebraucht."

Sina nickte erneut, ihre Augen noch immer groß vor Staunen.

„Bring doch schon die Schale rein, ich hole noch Kartoffeln und dann können wir etwas kochen. Du hast doch auch Hunger?"

Erneut ein Nicken. Langsam drehte sie sich um, verließ den Keller und ging ins Haus, nachdem sie ihren Blick noch einmal über die neue Umgebung hatte schweifen lassen.

Wenig später kam Tarek mit einem Korb voller Kartoffeln und einem Eimer Wasser nach. Er wusch die Kartoffeln und drückte dann Sina ein Messer in die Hand.

„Tarek, draußen habe ich noch etwas gesehen, was du mir nicht gezeigt hast. An der Brombeerhecke liegt eine kleine Hütte, neben dem Komposthaufen. Was ist darin?"

Der junge Mann zögerte sichtlich. „Das ... das ist der Verschlag, in dem wir die Toten reinigen und auf Begräbnisse vorbereiten."

„Dann bin ich dort das erste Mal aufgewacht?!"

Er nickte, während sie ihn stumm anstarrte.

Dann schälten, schnitten und kochten sie und nach einer Weile fand Sina doch ihre Stimme wieder. Sie befragte Tarek über Einzelheiten des Dorfalltags und schwieg dann, um die vielen neuen Eindrücke verarbeiten zu können. Im Stillen hatte sie wohl immer noch gehofft, die beiden Männer hätten diese fremde Dimension erfunden, aber das Haus, dieser Keller und das Dorf sahen nicht nach ihrer Welt aus ...

Shetan kehrte nach Hause zurück, und als Sina schließlich lustlos im fertigen Essen herumstocherte, wurde ihr bewusst, dass sie sich richtig ausgelaugt fühlte.

„Bitte seid mir nicht böse, aber ich glaube, ich schaffe es heute nicht mehr, mir auch noch das Dorf anzuschauen, weil ... Es ist einfach zu viel. Trotz der Heilung tut mir noch alles weh. Ich glaube, es wäre besser, wenn ich mich jetzt hinlege. Ich bin furchtbar müde."

Shetan nickte nachdenklich. „Du solltest dich wirklich noch ausruhen, so blass, wie du bist. Ich will ohnehin mit Conroy darüber sprechen, dass du hier bist, bevor wir dich den Leuten im Dorf zum Fraß vorwerfen."

Offensichtlich musste ihr Blick sehr entgeistert wirken, denn der alte Mann lachte laut auf.

„Keine Sorge, das Dorf ist Außenstehenden gegenüber zwar misstrauisch, traut sich aber eigentlich nicht, etwas gegen jemand Fremdes zu sagen. Ich wüsste außerdem nicht, was sie gegen eine hübsche junge Frau einzuwenden hätten, nicht wahr Tarek?" Shetan sah seinen Enkel schmunzelnd an, bevor er weitersprach. „Sie werden dich sicher gut aufnehmen ... Sobald einiges geklärt ist."

Sina wollte ihn fragen, was er damit meinte, aber ihr dröhnte der Kopf von seinem Lachen. Sogar das Kompliment entging ihr fast. Sie fühlte sich auf einmal gar nicht mehr gut, also nickte sie nur und ging langsam aus der Küche, auf jeden nächsten Schritt bedacht.

Mit schwerem Kopf ließ sich Sina auf das Bett fallen und bald versank die Welt um sie herum in wirren Träumen.

Ghassarfat

Der Diener zuckte zusammen und duckte sich rasch, als die silberne Platte voller Essen auf ihn zugeflogen kam. Soße und Gemüse wurden von dem sich drehenden Geschirr geschleudert und es fiel klirrend in einer Ecke des Raums zu Boden.

Zayda schlug mit der Faust auf den Tisch und brüllte den Diener weiter an. „Du willst mir also sagen, dass sie schon wieder versagt haben?“ Der alte Sklave hatte ihr gerade die Nachricht überbracht, dass ihr Fährtenleser die Spuren des Mädchens bis in den Sumpf hatte verfolgen können, sie dort aber verloren hatte.

Er schluckte und nickte zögernd.

„Versteht ... irgendeiner von euch ... Ungeziefer ... wie wichtig ... dieses Mädchen ist?!“, fragte sie langsam durch zusammengebissene Zähne und mit so viel unterdrücktem Zorn, dass es ihm den Atem verschlug.

„Meine Königin, ich s-soll Euch außerdem ausrichten, dass der Führer des Suchtrupps jeden Moment hier sein wird, um persönlich Bericht zu erstatten.“

„Das wäre auch besser für ihn. Verschwinde jetzt!“

Der Sklave verneigte sich und machte einige Schritte rückwärts, bevor er in den Botengang huschte.

Die Königin seufzte, nahm einen Schluck Wein und musste sich zum Glück des Kommandanten nicht lange zusammenreißen, denn er eilte schon Augenblicke später in den Saal.

Der groß gewachsene Mann mit langem Haar und einer Narbe quer auf der Wange schritt zügig vor seine Königin, verneigte sich und stellte sich dann aufrecht vor sie.

„Der Sklave hat mich darüber informiert, dass ihr die Fährte verloren habt“, begann sie, überzogen langsam. „Möchtest du das vielleicht erklären, Kommandant?“

„Meine Herrin, wir tun alle unser Möglichstes ... Wir werden sie finden. Es braucht nur etwas Zeit. Da waren noch andere Spuren ... Wohl von anderen Entflohenen. Es ist noch nicht geklärt, warum man sie mitgenommen hat. Es sieht so aus, als hätte die Gruppe sich irgendwann getrennt."

„Dann geht ihr davon aus, dass sie einen Führer hatten? Jemanden aus der Festung?"

Der Ratke nickte. „Sie sind zielstrebig gelaufen, nicht umhergeirrt. Die Spuren sind eindeutig. Es gibt ein besonders schweres, großes Paar Fußabdrücke, die müssen von einem der unseren stammen."

Zayda rümpfte die Nase.

„Und es ist ganz sicher, dass es das Mädchen war, das dieser Verräter mitnahm? Sie ist nicht bei den anderen, nachdem sie sich getrennt haben?"

„Der Fährtenleser und einige Ratken verfolgen zur Sicherheit noch die Spuren der anderen Geflohenen, aber die leichtesten Abdrücke im Morast, die des Mädchens, sind nach der Trennung nicht mehr dabei. Auch nicht die des Ratken."

„Das ist egal, die anderen Entflohenen müssen unter allen Umständen ebenfalls gefunden und gefangen genommen werden. Auch wenn sie vermutlich keine Informationen über die Pläne des Verräters haben, sind sie mir ein Dorn im Auge. Sie sind wertlos, aber wenn bekannt wird, dass Verbündete der Rebellen aus meinem Gefängnis fliehen konnten, untergräbt das meine Autorität! Das werde ich nicht dulden! Niemals!"

„Wie Ihr wünscht, meine Königin. Wir werden sie einfangen und zu Euch bringen", sagte er, verneigte sich und wandte sich zum Gehen. Kaum war er verschwunden, trat ein Ratke aus dem Schatten des Throns, der dem Bericht ebenfalls gelauscht hatte.

„Es wird mir ein Vergnügen sein, diese Rebellen durch Eure Hand sterben zu sehen", meinte er, doch die Königin winkte ab.

„Das hat jetzt noch keine Priorität. Gib den Befehl, alle Dörfer in den Wäldern und auf den Ebenen zu durchsuchen", befahl sie ihrem Berater. „Wenn die Leute nicht kooperieren, brennt ihre Häuser nieder. Sie hält sich irgendwo bei einem der anderen Völker versteckt, aber aus dieser Dimension kann sie nicht entkommen! Ich werde die Situation jedoch nicht noch einmal unterschätzen und ich werde kein Versagen mehr dulden! Es ist nur eine Frage der Zeit, bis ich sie wieder in den Klauen habe und dann zerquetsche ich sie!"

«†»

Die Männer, die jetzt leise durch den Wald streiften, nannten sich selbst die Kalten. Sie waren Jäger und lebten hoch im Norden, dort, wo das Wasser schon im September gefror.

Ihr Anführer war ein starker Mann. Sie nannten ihn nur bei seinem wirklichen Namen, wenn sie sich in ihrem Lager befanden, da sie glaubten, dass der Name eines mächtigen Mannes niemals die Ohren eines Feindes erreichen sollte. So nannten sie ihn Shassarfat – den Bringer der Kälte.

Trotz seiner eisigen äußeren Ruhe grollte er noch immer.

Er hatte drei gute Männer an diesen Ratken verloren. Dennoch juckte es ihn in den Fingern, jemanden dafür zu bestrafen, dass sie das Mädchen verloren hatten. Sie hätte eine gute Sklavin abgegeben, da war er sich sicher. So feine Hände, geschunden zwar, dennoch zart. Ein so sanftes Gesicht, jedoch verzerrt von Angst und Schmerz. Sie wäre mit Sicherheit sehr gefügig gewesen, nicht aufmüpfig und rebellisch. Sie war schon gebrochen worden, das hatte ihr Blick verraten.

Noch immer fragte er sich, wer sie gewesen sein mochte und warum sie sich hinter dem Ratken versteckt hatte. Es schien beinahe, als sei er ihr Beschützer gewesen ... Ihr Verbündeter. Und dann er! Tatsächlich hatte er sie zuerst beschützt, nur um ihr dann selbst das Leben zu nehmen! Als hätte er sie vor Schlimmerem bewahren wollen. Ein grimmiges Lächeln huschte über sein Gesicht ... Wie aufopferungsvoll ... und töricht.

Sein Groll wollte sein Gesicht verzerren, doch er zähmte ihn.

Nur weil ihm die eine Beute entgangen war, hieß das noch lange nicht, dass es keine anderen Leute in diesen Wäldern gab. Sie würden nicht mit leeren Händen heimkehren.

Sie waren häufiger als sonst auf Ratkenspuren gestoßen, beschlossen aber dennoch, die Gegend weiter nach brauchbaren

Sklaven zu durchstreifen. Sie änderten lediglich ihre Richtung ein wenig, wenn sie auf Spuren von Ratkentrupps stießen, denn Kontakt mit ihnen war reine Zeitverschwendung. Am Abend spülten sie ihren Ärger mit einem leicht bitteren, aber wärmenden Beerenbrand hinunter. Die Nacht verging ohne große Ereignisse und Shassarfat döste am Rand ihres Lagers an einen Baum gelehnt.

Es dämmerte bereits, als einer seiner Männer aufsprang und etwas Unverständliches rief. Zur Antwort kam nur Gelächter der anderen in der Nähe. Halb wach wollte Shassarfat gerade fragen, worum es ging, als ein Sturm über sie hereinbrach.

Ein Sturm aus brüllenden, stinkenden Männern in Rüstung.

Die Ratken kamen scheinbar aus dem Nichts, und wäre Shassarfat nicht noch vom Beerenbrand benebelt gewesen, hätte er ihr Anschleichmanöver sicherlich bewundert. Immerhin waren sie große, dumme Krieger und keine Kalten.

Auf einmal kam Leben in ihr Lager, seine Männer sprangen auf, riefen Befehle durcheinander, aber es ging zu schnell. Hektik brachte gar nichts, Alkohol und Schlaf hatten die Männer unvorsichtig gemacht und gegen die Überzahl der Ratken hatten sie keine Chance.

Shassarfat richtete sich in all dem Durcheinander gelassen auf und versuchte den Anführer der Meute zu entdecken.

Die Ratken packten seine Männer, schalteten einen nach dem anderen gezielt mit Schlägen aus, die sie bewusstlos oder benommen zusammensacken ließen.

Einige, die sich wehrten, bekamen einen Schwertschlag zu spüren und wehrten sich danach nicht mehr. Entweder aus Vernunft oder weil sie tot waren.

Da! Shassarfat sah den Ratken, der hoch aufgerichtet zwischen den anderen stand und Befehle rief. Er machte gerade einen Schritt auf den Anführer zu – da traf ihn etwas von hinten und er sackte benommen zusammen.

Nun brauchte er sich über das verlorene Mädchen keine Gedanken mehr zu machen.

«†»

Er wachte mit dröhnendem Kopf und Schmerzen im Nacken auf – gefesselt inmitten seiner arg mitgenommenen Männer. Anscheinend musste er einen nicht zu verachtenden Schlag auf den Schädel bekommen haben, denn er konnte sich an kaum etwas erinnern.

Ohne Proviant und Gepäck zerrten die Ratken die Jäger mit sich. Auf dem Weg duldeten sie keine Gespräche und so wartete Shassarfat ab, bis diese Dummköpfe sich wieder beruhigt hatten und ihn nicht bei seinen ersten Worten erschlagen würden.

So langsam klärte sich sein Kopf wieder und mit einem Blick über die Schulter erkannte er, dass seine Männer fast noch vollzählig waren. Die Krieger brachten sie zum Sammelpunkt einer großen Ratkenschar.

Jeder andere Mann wäre in einer Situation wie dieser in Panik geraten, doch nicht Shassarfat. Seine Männer vertrauten ihm ihr Leben an, wenn sie ihn zu ihrem Anführer wählten, und er würde sie nicht enttäuschen. Natürlich würde er versuchen, so viele von ihnen wie möglich aus dieser Lage zu befreien. Verluste waren manchmal unvermeidbar und das wussten seine Männer ebenfalls.

Sie blieben vollkommen ruhig und beobachteten das Geschehen um sie herum genau. Zelte waren aufgeschlagen worden und Shassarfat rümpfte angewidert die Nase, als ihm der Gestank der vielen Krieger entgegenstieg.

Sie wurden einmal quer durch das Lager und an den gegenüberliegenden Rand geführt, wo einige Ratken einen Kreis aus Wachen bildeten. Mann an Mann standen sie da und warteten darauf, dass die Gefangenen in ihre Mitte gebracht wurden. Zwei von Shassarfats Leuten nahm man die Fesseln ab und gab ihnen Krüge mit Wasser. Wortlos wurde er ebenfalls zu seinen Männern geschickt, ohne dass sie ihn als den Anführer erkannt hätten.

Die Zwei mit den Krügen wurden genau beobachtet, während sie den anderen Wasser einflößten. Obwohl sie leicht miteinander hätten flüstern können, blieben alle vollkommen still und hatten ihren Blick unauffällig auf den gelassenen, Wasser trinkenden Shassarfat gerichtet. Seine Männer würden so lange schweigen, bis er ihnen ein Zeichen gab, anderes zu tun.

Shassarfat nahm noch einen Schluck des kühlen Wassers, dankte seinem Mann mit einem knappen Nicken. Er ließ das Wasser den letzten Rest Schmerz aus seinem Kopf waschen, dann richtete er seine Aufmerksamkeit auf das Lager.

Die Wachen beachteten ihn nicht mehr als jeden anderen, hatten ihren Blick allgemein auf die Gruppe gerichtet. Ausdruckslos und bewegungslos stand er da. Nur seine Brust hob und senkte sich sanft und seine Augen zuckten von einer Bewegung im Lager zur anderen, die meisten seiner Männer taten es ihm gleich, keiner ließ sich innere Unruhe oder Angst anmerken.

Shassarfat musste sich nicht lange gedulden.

Einige Ratken traten aus dem hohen Zelt, das dem Wächterring am nächsten lag. An ihrer Haltung und der Qualität ihrer Rüstung konnte Shassarfat sofort erkennen, dass es sich um eine Gruppe höhergestellter Männer handelte, die Anführer der einzelnen Ratkentruppen.

Die Männer blieben in einem lockeren Kreis vor dem Zelt stehen und berieten sich leise.

Shassarfat hatte kein Problem, jedes geflüsterte Wort klar und deutlich zu vernehmen.

„Und wenn ich es euch sage, dieses Mädchen, das Zayda sucht, hat zehnmal höhere Priorität! Ich habe mit dem Boten gesprochen, den sie schicken ließ. Sie will dieses kleine Gör unbedingt wiederhaben. Es scheint ihr so wichtig zu sein, dass sie sogar die anderen Trupps hier im Westen benachrichtigen ließ!“, meinte einer der Größten wütend und die anderen wirkten nicht glücklich.

„Was hat der Bote gesagt?“, fragte ein Zweiter. Shassarfat erkannte ihn als einen der Ratken, die sie hierher gebracht hatten. Er war noch relativ jung. Und blond – ungewöhnlich für einen Ratken.

„Er gab nur eine Beschreibung, aber keine Erklärung, warum sie so wichtig ist. Nicht zu groß, nicht weit vom Frauenalter, braunes Haar, sie soll mit einem unserer Männer unterwegs sein!"

Die anderen zuckten zusammen als hätten sie sich verbrannt und Empörung zeigte sich in ihren Zügen. Shassarfat hörte deutlich die Worte Verräter und Abschaum und noch einige Bezeichnungen, die sich speziell auf verabscheuungswürdige Ratken zu beziehen schienen. Er lächelte zufrieden, jetzt konnte er seine Leute mit Leichtigkeit aus den Händen dieser Unwissenden befreien.

„Aber was sollen wir dann mit diesen neuen Gefangenen tun?", brach schließlich der Blonde das unangenehme Schweigen zwischen den Anführern, das sich nach der Kunde über einen Verräter breitgemacht hatte. „Wir haben sie heute Morgen überrascht, aber das sind doch eindeutig keine Jäger! Mit solchen Waffen können es nur Rebellen sein!"

Der Große blickte skeptisch auf Shassarfats Männer. „Seit wann betrinken sich Rebellen mitten im Wald? Die gehören zu keinem der Dörfer in der Nähe, dort ist alles ruhig, das haben wir erst in den letzten Tagen kontrolliert. Was machen sie also hier?"

Jetzt schaute der Blonde unwohl drein. „Wir haben sie noch nicht befragt."

„Dafür ist jetzt keine Zeit. Wir sollen sofort mit der Suche anfangen."

„Aber dazu wurden alle Kriegstrupps beauftragt. Wir können keinen ganzen Trupp hier Aufpasser spielen lassen."

„Freilassen können wir sie ja wohl auch nicht. Dann war der ganze Aufwand umsonst. Es müssen doch Rebellen sein ... Die müssen wir melden."

Die Männer schauten sich ratlos an und grübelten dann still vor sich hin.

„Braune Haare hast du gesagt?", fragte einer dann und lenkte damit auf ihre neueste Aufgabe zurück. „Na, das nenne ich eine Beschreibung! Zwei von drei Mädchen in dieser verdammten

Gegend passen doch auf diese Beschreibung!" Die anderen zeigten mit ihren Blicken, dass sie ihm insgeheim zustimmten.

„Hm, das Einzige, was an ihr ungewöhnlich sein könnte, sind anscheinend ihre Augen. Strahlend blau sollen sie sein, die Farbe von Eis und Wasser. Das kommt mit braunen Haaren nicht oft vor ..."

Die anderen nickten. „Wir werden wohl einfach jedes Mädchen, das auf diese Beschreibung passt, aufgreifen müssen", stellte der Erste fest, sein Lachen war eine Mischung aus ungläubigem Schnauben und resigniertem Grunzen.

Auf Shassarfats Gesicht breitete sich ein kaltes Lächeln aus und er richtete seine Aufmerksamkeit auf den Wächter vor ihm, der nur wenige Meter entfernt stand. Er ging langsam auf den Ratken zu, ohne ihn aus den Augen zu lassen.

«†»

Zayda saß schweigend an dem langen Tisch in einer ihrer privaten Hallen.

Vor ihr lag eine große und sehr detaillierte Karte Tyaruls ausgebreitet. Sie zeigte die Ebene und die Bergketten und auch den hohen Norden, wo fast niemand mehr lebte. Zayda saß mit glasigen Augen über der Karte und starrte ins Leere. Seit über drei Stunden war sie bereits hier, grübelnd und suchend, doch sie hatte keinen Ort finden können, der sich als offensichtliches Versteck anbot.

Die Ungeduld zehrte an ihren Nerven und Zorn breitete sich wie ein Gift in ihr aus. Sie konzentrierte sich erneut auf die Karte, konnte aber keinen Ort erfühlen, an dem größere Magie gewirkt worden war. Sie hatte die Karte sogar mit schwarzer Magie behandelt. Ohne Erfolg.

Ihr Versagen machte sie noch wütender. Ihre Augen blitzten dunkelrot und mit einem wütenden Aufschrei sprang sie auf und fegte die Karte vom Tisch.

Ihr Stuhl fiel krachend um und sie lief auf und ab, wütend vor sich hin fluchend.

Wie hatte ihr das Mädchen nur so einfach entkommen können?

Sie hatte sie doch schon gehabt!

Zayda schrie erneut zornig auf und schwarze Blitze zuckten um ihre Hände.

Jahre hatte sie darauf gewartet, dass dieses Mädchen gefunden werden würde! Und jetzt war alles innerhalb weniger Stunden zunichtegemacht worden. Sie wünschte, sie hätte dem Verräter noch viel mehr Schmerz zugefügt, doch sie hatte seinen eisernen Willen gespürt, durch fremde Magie geschützt und uneinnehmbar. Sie hatte nichts aus ihm herausbekommen, denn er war einfach nicht *fähig* gewesen, etwas zu verraten.

Noch immer konnte sie es nicht wirklich fassen. So einfach, so simpel. Sie hatten die Wachen ausgeschaltet, die ihnen im Weg waren und sie aus dem Loch geholt. Zayda hätte die Gefangene mit Schutzmagie und Flüchen umgeben sollen.

Sie hatte nicht daran gedacht, die Rebellen unterschätzt, die irgendwie sofort herausgefunden hatten, dass das Mädchen in ihrer Gewalt war – nur um sie ihr dann einfach zu entreißen!

Es war wie ein Schlag ins Gesicht, dass diese Verräter einfach so in ihr Gefängnis eingedrungen und mit ihrer wichtigsten Gefangenen wieder hinausspaziert waren.

Die Wut in ihr fühlte sich an wie Säure.

Irgendwo musste jemand all das genau geplant haben. Zayda stieg die Galle hoch, als sie daran dachte. Wenn sie diese Leute jemals in die Finger bekäme, würden sie mit ihrem Leben dafür bezahlen. Und mit Schmerzen. Unsäglichen Schmerzen!

So ein Fehler war der Königin noch nie passiert. Nicht seit sie vor vielen Jahren ihr Reich erobert und erweitert hatte. Wie hatten diese Heuchler, diese Verräter es nur wagen können, ihr unter die Augen zu treten, Treue vorzuspielen und dann ihren größten Schatz, ihr wichtigstes Werkzeug zu stehlen?

Ihr Kreischen zerriss die Stille und unter dem magischen Druck bildete sich ein langer Riss in der Steinplatte unter ihr.

Ein zaghaftes Klopfen ließ sie auffahren. Mit einem Knarren schwang die Tür auf und ihr treuer Berater betrat die Halle.

Zaydas Augen verschmälerten sich merklich, während er die Tür wieder hinter sich zu zog.

„Was ist?“, keifte sie. „Was willst du, Lukray? Ich will jetzt nicht gestört werden!“

Ihr Berater ignorierte den giftigen Unterton in ihrer Stimme und schritt zum Tisch. Er hob die Karte vom Boden auf und breitete sie sorgfältig wieder auf der langen Steintafel aus.

„Wir müssen uns beraten, dunkle Königin. Es ist wichtig. Ich weiß, Ihr seid beschäftigt und mit Sicherheit rasend vor Wut, doch es kann nicht warten.“

Zayda entspannte widerwillig ihre zusammengeballten Fäuste und schritt zu ihm. Sie respektierte Lukray, er hatte ihr stets gut gedient.

„Ich hoffe, es ist wichtig. Habt ihr das Mädchen gefunden?“

Die Intensität ihrer Stimme ließ ihn kurz zögern, dann neigte er entschuldigend den Kopf.

„Nein, sie ist noch immer verschwunden. Allerdings wurde etwas anderes gefunden ... Die Überreste starker Magie, entfacht in den Sümpfen. Der Verräter und das Mädchen scheinen sich mittels eines Bilurs entfernt zu haben.“

Die Königin war während seiner Worte erstarrt und ihr durchdringender Blick hatte sich so intensiv in seine gelben Augen gebohrt, dass er nach einem Moment wegsehen musste.

„Und worauf wartet ihr dann noch?“, fragte sie mit drohender Stimme und erneut zuckten Blitze durch die Luft. „Wieso bin ich darüber nicht augenblicklich informiert worden? Wie kommt es, dass du so ruhig bist?!“

Lukray rührte sich nicht. Doch dann verstummte sie, als sie den Ausdruck auf seinem Gesicht entdeckte. Ihre Augen verschmälerten sich zu Schlitzen, als sie ihn misstrauisch beobachtete.

„Du willst mir also sagen, dass ihr ihre Spur wieder verloren habt?“

„Es wurde sehr komplizierte Magie für den Transport benutzt, wir können die Reste der Magie nicht verfolgen. Zwei Eurer Magier wurden bereits verletzt, als sie es versuchten ...“

„Was interessiert es mich, ob sie verletzt sind? Es würde mich nicht einmal interessieren, wenn sie tot wären! Was jedoch sehr offensichtlich ist, ist die Tatsache, dass sie sich nicht genug anstrengen!“

„Meine Gebieterin, es ist unmöglich“, wandte er ein, doch sie unterbrach ihn erneut.

„Sie strengen sich nicht genügend an!“

„Es ist nicht so einfach, meine Gebieterin. Die Magie konnte bisher noch nicht verfolgt werden ... Es ... sieht so aus, als ob man den Weg nicht ein zweites Mal öffnen könne.“

Zayda schrie so zornerfüllt auf, dass die Grundmauern der Halle erzitterten. „Was?! Wie kann das sein? Ich hoffe doch, dass meine *besten* Magier gerade dabei sind, die Magie zu bearbeiten?“

„Ja, drei von ihnen sind dort, doch sie konnten noch immer nichts ausrichten.“

Erneut durchfuhr ein Grollen die Stille. „Wie lange sind sie schon dort? Wieso wurde ich nicht darüber informiert?“

„Man wollte euch keine falschen Hoffnungen machen, bevor nicht alles versucht war.“

Zaydas Miene verzerrte sich zu einem süßlichen Lächeln, als sie zu ihm trat. Sie hob eine Hand und strich ihm sanft über die Wange, als würde sie einen Liebhaber berühren. Ihre Augen blieben dabei kalt wie Eis. „Lukray, ich dachte wirklich, du wärst klüger als deine Vorgänger. Du solltest doch wissen, dass ich es nicht schätze, wenn man mich für schwach hält.“

In seinem Blick flackerte Panik auf. „Gebieterin, ich würde euch niemals ...“

Die Krallen, die sich in seine Wange gruben, ließen ihn verstummen.

„Niemals was? Mich *schonen*?!“ Ihre Stimme troff vor Hohn, doch darunter lag blanker Zorn. Sie holte aus und schlug ihm so heftig ins Gesicht, dass er zurücktaumelte. Blut lief seine Wange hinab und tropfte aus den parallelen Wunden, die ihre Krallen gerissen hatten, vom Kinn auf sein helles Hemd.

„Lass dir diese Narben eine Lehre sein, wie du deiner Herrin zu dienen hast!“, keifte sie mit giftiger Stimme.

Sie betrachtete voller Genugtuung sein blutendes Gesicht, dann veränderte sich Zaydas Ausdruck erneut. All die Wut und all der Zorn fielen von ihr ab und sie erstarrte, in sich selbst zurückgezogen, dachte sie über die Situation nach. Lukray wartete auf ihr Urteil. Zu seinem Glück war er klug genug, keine Hand zu heben, um die Wunde zu berühren oder zu heilen. Sie hätte jetzt weder Schwäche noch Aufmüpfigkeit geduldet. Er durfte die Striemen nicht versorgen und hatte die Narben mit Würde zu tragen – oder er würde sterben.

„Ich werde in den Sumpf gehen und diese Magie selbst überwinden. Ich will alle Truppen in allen vier Himmelsrichtungen auf den Beinen. Sie sollen Wälder durchkämmen, Dörfer durchsuchen, die Flüsse und großen Straßen ständig im Auge behalten, damit sie sich nicht frei bewegen kann. Die Kontrolle durch meine Krieger hat nachgelassen, nur deshalb konnten diese Rebellen so etwas wagen. Das werde ich nicht länger dulden! Ich BESITZE diese Welt! Dieses verfluchte Mädchen kann mir nicht entkommen!“ Zayda machte eine Pause, um ihren Worten mehr Gewicht zu geben.

Lukray zeigte mit einem Kopfnicken, dass er ihr zustimme, während sie weitersprach. „Aber keine genauen Beschreibungen von ihr oder Gründe, warum wir sie suchen, die Leute könnten ahnen, wer sie ist und neue Hoffnung schöpfen. Das würde die Suche nur erschweren. Niemand soll erfahren, wer sie ist. Nur eine Entflohene, mehr nicht. Ich will nicht, dass sich noch mehr Verbindungen aus dem Untergrund erheben und sie am Ende unterstützen. Es soll weiterhin geheim bleiben, dass *sie* überhaupt gefunden wurde! Also auch keine zerstörten Dörfer, vorläufig. Natürlich können Gefangene genommen und deren Häuser niedergebrannt werden, so wie früher, doch zu viele brennende Häuser würden die Leute aufmerksam werden lassen. Es wird Zeit, dass die Völker wieder spüren, dass sie MIR gehören! Es war ein Fehler, sie zu frei handeln und denken zu lassen, aber das ist jetzt vorbei! Angst vor mir und meiner grausamen Willkür wird dem ein Ende setzen! Ich kann mit ihnen machen, was ich will, nur den wahren Grund darf niemand erfahren."

Sie schwieg wieder einen Moment und dachte nach. Lukray wartete, bis sie wieder sprach.

„Informiere außerdem alle uns bekannten Kopfgeldjäger. Ich will, dass jeder, dem wir trauen können, nach ihr sucht. Irgendjemand wird sie gesehen haben. Ihre Verbündeten und Befreier können sie nicht ewig versteckt halten."

„Natürlich", meinte Lukray.

„Jetzt zeige mir den Ort, an dem sie die Magie gefunden haben, ich werde unverzüglich dorthin reisen."

Auf ihren Befehl hin hob er den Arm und schloss die Augen. Sie legte ihre Finger auf seinen Handrücken und durchsuchte seinen offenen Geist, dann fand sie die Beschreibung.

„Sehr gut", meinte sie und ließ von ihm ab.

Er blickte sie an, als warte er auf mehr.

Sie erwiderte seinen Blick wütend und machte eine wegwischende Bewegung. „Du weißt, was du zu tun hast, Lukray. Jetzt kümmere ich mich um diese Nichtsnutze, die in den Sümpfen versagen!"

Damit verschwand sie in einem schwarzen Blitz aus dem Raum.

«†»

Die Ratken zuckten überrascht zusammen, als sie aus dem Nichts vor ihnen auftauchte. Ein schwarzer Blitz zuckte durch die Luft und entlud sich im Wasser des Sumpfes.

Die Königin stieß einen der Ratken zur Seite, der erschrocken zu Boden fiel. Zu seinem Glück wagte der Kämpfer es nicht, sich auch nur zu bewegen. Er blieb im Morast liegen und starrte ihre Füße an.

Die drei Magier, die um eine kleine Insel im Sumpf herumstanden, blickten auf, unterbrachen ihre Magie und senkten dann ehrerbietig die Köpfe. Zwei der Männer hatten schwarz verfärbte Stellen in ihren Gesichtern und an den Armen. Das lebende Gewebe begann abzusterben, weil sie zu viel Magie verwendet hatten, um das Transportportal erneut zu öffnen.

Zayda kümmerte es nicht, dass die beiden offenbar Schmerzen hatten, sie war unglaublich wütend darüber, dass sie noch immer keinen Erfolg vorweisen konnten.

Als die drei Magier wieder aufsahen, stand Zayda bereits direkt vor der Stelle, an der die schwachen Reste der Magie zu fühlen waren, und streckte die Arme aus.

Dunkle Kräfte formten sich vor ihren Fingern wie ein schwarzer, wabernder Nebel und die Magie des Transports blitzte grün auf, ehe der schwarze Nebel ganz einfach aufgesaugt wurde und die Magie sich wieder auflöste.

Zorn kochte in Zayda hoch und sie ließ die Arme sinken.

Ihr Blick richtete sich auf den Magier rechts von ihr. Fast die Hälfte seines Gesichts war schwarz verfärbt, doch sie wusste, dass er ein Miakoda war. Sie hatte ihn vor einigen Jahren gefangen genommen und sich dann seine natürlichen magischen Fähigkeiten angeeignet, indem sie seinen Geist mit schwarzer Magie brach, bis er keinen eigenen Willen mehr hatte. Er war immer noch ein relativ kluger Mensch, wurde jedoch von ihr gesteuert, wie sie es wünschte. Den anderen beiden Magiern war es nicht besser ergangen.

Sie warf dem Miakoda einen vernichtenden Blick zu. „Was wisst ihr über diese Magie? Wie habt ihr sie gefunden?"

Der Mann erwiderte ihren Blick mit seinen milchig trüben Augen. „Die Magie wurde vor ungefähr zwei Tagen aktiviert, Meisterin. Der Verräter muss sie hier in der Hoffnung aktiviert haben, dass man die Reste so weit draußen in den Sümpfen nicht finden würde. Als die Ratken in die Nähe kamen, schlugen die Hunde Alarm. Es waren Spuren in der Ruine, die dort hinten im Nebel liegt, aber wir konnten dort keine Magie spüren."

„Was den eigentlichen Transport angeht, Gebieterin, so haben wir vorher noch nie etwas so Starkes und Kompliziertes gesehen. Derjenige, der diese Magie entwickelt und ausgeführt hat, muss ein Meister sein, denn der Transport an sich kann nicht einfach nachverfolgt werden. Es scheint, als wären die Personen, die ihn nutzten, zur gleichen Zeit an mindestens fünfzig verschiedenen Plätzen aufgetaucht und wieder verschwunden, und das über ganz Tyarul verstreut. Das Problem ist, dass sie nicht schnell von einem Platz zum anderen weiterreisten, sondern buchstäblich an allen Plätzen zugleich waren. Deswegen können wir nichts verfolgen – weil es nichts zu verfolgen gibt. Es gibt nur eine Menge Punkte, die alle weder Anfang noch Ende zu sein scheinen, denn jeder dieser Orte, zu denen diese Magie führte, hat mindestens zwanzig weitere Knotenpunkte gebildet. Sie waren einfach überall", erklärte der unverletzte Magier weiter.

Trotz dieser schlechten Nachrichten waren die ausdruckslosen Stimmen der Männer Musik in ihren Ohren. Sie zeigten der Königin mit jedem Atemzug, dass sie sie restlos beherrschte. Es gab allerdings noch etwas, das sie lieber hörte. Erfolg.

„Es tut uns sehr leid, Meisterin, aber wir haben alles getan, was in unserer Macht steht ...", fügte der Dritte hinzu und senkte wieder den Kopf.

„Ja, das ist mir durchaus bewusst ...", meinte Zayda und ein kurzes Blitzen ging durch ihre Augen. „... und damit habt ihr hier auch keinen Nutzen mehr für mich."

Die Magier rissen die Augen auf, ehe sie unter qualvollen Schreien zusammenbrachen. Ihre Körper zuckten auf dem schlammigen Boden und ihre Fäuste ballten sich unter Schmerzen – dann erschlafften sie und wagten es nicht, einen weiteren Ton von sich zu geben, während die Königin genussvoll lachte.

Zayda nahm die schwarze Magie, die sie ihnen entzogen hatte, mit einem Seufzen in sich auf, dann nickte sie den Ratken zu, die sich nervös im Hintergrund gehalten hatten.

„Bringt sie zurück zur Festung und lasst einen Heiler ihre Wunden versorgen."

Auf ihren Befehl wurden die Magier hastig aufgehoben und ein Bilur aktiviert, der sie fortbrachte. Sie winkte einen weiteren Ratken zu sich und deutete auf die Ruinen, die im Nebel lagen. „Ich nehme an, ihr habt sie schon durchsucht?“, fragte sie und der Ratke neigte zustimmend den Kopf.

„Ja, Gebieterin. Es war nichts dort, außer einigen Fußspuren.“

Sie nickte und hob die Hand. „Ihr könnt jetzt auch gehen. Bildet einen weiteren Trupp, lasst euch Ausrüstung und Proviant geben und meldet euch bei Lukray. Er koordiniert die Suche, er wird euch eure neuen Aufgaben zuteilen.“

Die Ratken verneigten sich rasch, dann formierten sie sich, so gut sie es im morastigen Wasser vermochten, und verschwanden mittels eines Bilurs.

Einen Moment blickte sie noch auf die Ruinen, doch schließlich wandte sich Zayda wieder der magischen Spur zu. Es gab sicher noch eine Möglichkeit, diese Magie zu überlisten, es musste einfach einen Weg geben ...

Doch auch nach weiteren fünf Versuchen hatte sie nichts erreicht, außer dass ein Teil ihrer Hand sich kurz schwarz färbte und schmerzte. Die Haut drohte abzusterben, aber ihre innere Magie heilte die Stelle sofort wieder.

Zayda schrie auf vor Enttäuschung und Wut. Sie versagte NIE! Doch irgendwie hatten diese verfluchten Verräter es geschafft, sie zu überlisten.

Sie würde die Fluchtmöglichkeit finden und zerstören, sie würde alles zerstören, was ihr in den Weg kam, um dieses verdammte Mädchen wieder zu finden!

Kochend vor Wut ballte sie die Fäuste. Niemand würde erfahren, dass sie hier versagt hatte. Ihre Krieger würden ab sofort nichts anderes mehr tun, als nach dem Mädchen und ihren Befreiern zu suchen!

Leichter Regen begann zu fallen, Wind blies über die stille Weite der Ebene und trug die feuchte Kälte des Winters mit sich. Die Reste der Magie waberten über dem Sumpfgras ... dann erloschen sie.

Voller Zorn wandte Zayda sich von der Stelle ab und ein zuckender Blitz verschlang sie.

«†»

Das kalte Lächeln lag noch immer auf Shassarfats Gesicht, als er einen weiteren Schritt vortrat und damit die volle Aufmerksamkeit der Ratken gewann. Er wirkte weder trotzig, noch unterwürfig. Er stand einfach nur da und wartete. Das Lächeln berührte seine Augen nicht.

Die Ratken beäugten ihn herablassend und auch ein wenig argwöhnisch. Einer der Männer, der groß gewachsene, trat ihm jetzt entgegen. Die Wachen um die Gefangenen blieben weiterhin still, doch sie hatten Shassarfat jetzt alle ins Auge gefasst.

Die Körpersprache des Ratken und sein Gesichtsausdruck verrieten Shassarfat, dass er unerfahren war, genauso wie die anderen Ratken in diesem Haufen. Ja, das erklärte, warum sie ihn und seine Leute angegriffen hatten, allerdings fragte er sich auch, was die schwarze Königin dazu veranlasste, so dumme Männer loszuschicken, um ihre Arbeit zu erledigen.

Genau in dem Moment fielen die Worte, auf die er gewartet hatte. Sein Lächeln wurde einen Hauch breiter.

„Was hast du denn vor, du Abschaum? Willst du etwa aufmüpfig werden?“, fragte einer der Ratken aus der Gruppe und die anderen lachten laut auf.

„Oh, ganz im Gegenteil“, meinte Shassarfat mit höflich freundlicher Stimme. Die Augen des Ratken vor ihm verengten sich. „Ich würde gerne einige Worte mit der dunklen Tyrannin wechseln.“

Sie lachten lauter, doch er konnte ihre Unruhe spüren, ihre Nervosität. „Und was lässt dich glauben, dass wir dir das gestatten könnten? Die Königin braucht sich mit Gesindel wie dir nicht herumzuschlagen. Warum sollten wir euch hier nicht einfach alle töten? Sie würde es ohnehin tun, es wäre also nur Verschwendung ihrer Zeit.“

Shassarfat blieb still, bis der Ratke sich geäußert hatte und die anderen ihm grinsend ihre Zustimmung zeigten, als wäre ihnen diese Idee tatsächlich nicht schon früher gekommen. Aber er wusste, dass er sich jetzt keinen Fehler erlauben durfte.

Die Ratken verstummten, warteten auf seine Antwort. Er lächelte weiterhin, denn er konnte spüren, dass sie ihn nicht unterschätzten. Seine gelassene Haltung beunruhigte sie. Diese Krieger waren mit Sicherheit gewohnt, dass alle vor ihnen wegliefen oder sich ergeben duckten, seine so ganz andere Reaktion war deutlich irritierend.

„Es scheint euch tatsächlich noch nicht aufgefallen zu sein, oder? Nun, euer großer Freund hier", er nickte mit dem Kopf zu dem größten Ratken, „hat es fast richtig erkannt. Wir sind keine gewöhnlichen Jäger. Aber ihr habt auch keine Rebellen überfallen. Nein, wir machen andere Beute ... Seht meine Männer an. Seht mich an und schaut mir in die Augen, dann wisst ihr, was wir sind."

Shassarfats Lächeln wurde breiter, bestialischer, als sie ihm in seine grauen Augen starrten und sich langsam Erkenntnis und dann Grauen auf ihre Gesichter schlich.

„Das sind Kalte!", rief einer von ihnen etwas zu laut aus.

„Was machen wir jetzt?"

„Du hast uns Kalte angeschleppt?!", fragte einer der älteren Anführer den blonden Ratken, der jetzt zusammenzuckte.

„Du bist ein Dummkopf, Krazit!"

Auch die Wachen um sie regten sich jetzt unruhig. Lediglich der Große sah ihn ruhig an und blieb skeptisch. Er betrachtete seine grauen Augen mit zusammengezogenen Augenbrauen und schnaubte dann. Als er die Hand hob, verstummten die anderen und warteten auf sein Urteil.

„Jeder Rebell, der nicht auf den Kopf gefallen ist, würde das behaupten. Du hast vielleicht einfach nur etwas mehr Schneid als andere."

Shassarfat schüttelte tadelnd den Kopf, als wollte er den Ratken belehren. „Halbwegs intelligente Rebellen geben höchstens halbwegs intelligente Sklaven ab, die meist auch noch der Meinung sind, sie könnten nach ihrer Gefangennahme rebellieren. Wir sind alles andere als Sklaven. Ihr könntet mir einen Arm abschneiden, wenn ihr wollt. Oder meinen Leuten. Wir spüren keinen Schmerz. Wir nähren uns vom Leid anderer ... Außerdem glaube ich, eure Königin würde nur zu gerne mit mir sprechen, wenn sie wüsste, was ich weiß ... Nämlich, wo dieses entflohene Mädchen ist, nach dem sie euch so verzweifelt suchen lässt."

Das saß. Shassarfat verstummte und ließ das Gewicht seiner Worte wirken, während die Ratken erstaunt ihre Augen weiteten und sich dann einander zuwandten.

Gemurmel brach in der Gruppe aus, die sich vorhin so hitzig besprochen hatte.

„Ich hoffe, du sprichst die Wahrheit, Gefangener, sonst wird es dir nicht wohl bekommen", sagte dann der große Ratkenanführer, der ihm am nächsten stand.

Shassarfat sah ihn kühl an und nickte.

„Dann wirst du uns jetzt sofort sagen, wo sie ist, Gefangener!", rief der Blonde hitzig und die anderen nickten. Als Shassarfat keine Reaktion zeigte, knurrten sie böse und einige zogen ihre Schwerter. Die Reihe der Ratken, die um die Gefangenen aufgestellt war, spannte sich merklich an.

„Nein, das denke ich nicht. Ich werde nur mit der dunklen Tyrannin sprechen und einzig mit ihr."

Einige Ratken zischten empört über seinen Wunsch. Sie hatten sicherlich noch nie einen so eigenartigen Gefangenen vor sich gehabt. Die Tatsache, dass er und seine Männer trotz ihrer Unterlegenheit keinerlei Angst zeigten, beunruhigte die Ratken.

Das Lächeln huschte wieder um Shassarfats Lippen und er blickte den Ratken vor sich an, der ebenfalls seinen Schwertgriff umklammert hielt.

„Ihr alle wisst jetzt, wer wir sind. Und deshalb wisst ihr auch, dass Drohung und Folter bei uns nichts bewirken werden. Meine Männer sind loyal, sie würden eher für mich sterben, als etwas preiszugeben und nur ich werde reden."

In der Gruppe der Anführer blickte man sich gegenseitig an. Der Große kehrte zu ihnen zurück, auch wenn es ihm zu missfallen schien, Shassarfat den Rücken zukehren zu müssen. Es gab kurzes Getuschel und Shassarfat hörte mehrmals das Wort Netzjäger fallen ... dann nickte der Große schließlich.

„Gut, wir werden dich zu ihr bringen. Deine Jäger werden mit unserer Truppe folgen. Es wird sich zeigen, was geschieht. Ihre Leben liegen in deiner Hand."

Der Ratke beobachtete ihn ganz genau, auf einen Hauch von Panik hoffend, doch das Gesicht des Gefangenen blieb bis auf das Lächeln völlig ausdruckslos.

«†»

Atemlos betrat ein älterer Sklave den Saal.

Zayda blickte ruckartig von ihrem Gespräch mit Lukray auf und bedeutete ihm, dass er näher treten sollte. Der Sklave, nun den Kopf unterwürfig gesenkt, schritt langsam zu dem Podest und verneigte sich dann.

„Ich würde dir raten, besser eine gute Erklärung dafür zu haben, dass du mich und meinen ersten Berater ohne Vorwarnung unterbrichst."

„Meine Gebieterin ... Ich wurde geschickt, um einen Trupp Ratken anzukündigen. Sie bringen einen Gefangenen zu Euch."

Zorn breitete sich auf dem Gesicht der Königin aus. „Und wie kommst du darauf, dass ich irgendeinen Gefangenen sehen will? Wie können diese Wächter es wagen, ohne mich um eine Audienz zu bitten?"

„Ich ... ich bin nur der Bote, meine Königin. Die Krieger behaupten, dass der Gefangene wichtige Informationen besitzt, die er jedoch nur vor Euch preisgeben will. Es ... es wurde mir gesagt, dass es sich um einen frisch rekrutierten Trupp handelt, falls das etwas erklären sollte."

„Unerfahrenheit ist keine Entschuldigung. Sie wurden doch ausgebildet und sollten wissen, was ihre Aufgaben sind!"

Der Diener neigte erneut entschuldigend den Kopf und wartete, bis sie weitersprach.

„Wie mir scheint, bin ich nur von Idioten umgeben, die es nicht schaffen, einem Gefangenen ein paar Worte herauszupressen. Wie es aussieht, muss ich mich wohl um alles selbst kümmern. Kaum zu glauben, dass sie einfach annehmen, ich würde mich ungefragt mit so etwas befassen ... Diese Vollidioten ...“ Sie fügte das letzte Wort mit solcher Abneigung hinzu, dass Lukray ein kurzes Schnauben hören ließ.

„Meine Königin, die Krieger sagen, er sei ein Kalter ...“, murmelte der Sklave als Erklärung.

Schwaches Interesse flackerte in ihr auf. „Hm ... Wenn das so ist ... Dann müssen diese Krieger tatsächlich dumm und unerfahren sein, sonst wüssten sie, woher ihre Sklaven zu Hause kommen! Nun ja, wir werden sehen. Schick sie her.“

Der Diener nickte rasch und eilte aus der Halle.

Die Königin ließ sich tiefer in ihren Thron sinken und trommelte ungeduldig mit den krallenbesetzten Fingern auf die Lehne. Lukray trat aus dem Schatten ihres Throns und verkündete, dass er sich während ihrer persönlichen Audienz mit dem Kalten zurückziehen werde. Sie gestattete es, in Gedanken nicht bei ihm.

Unfassbar, dass diese Krieger es gewagt hatten, für sie zu entscheiden! Sie hatte schon mit dem Gedanken gespielt, sie alle schrecklich für diesen Ungehorsam zu bestrafen – doch sie hatte schon so lange keinen Kalten mehr zu Gesicht bekommen. Neugierde hatte sich in ihr breitgemacht und so wartete sie nun voller Ungeduld.

Schließlich pochte es laut am Tor der Halle und durch eine lässige Handbewegung der Königin öffnete sich das schwere, metallbeschlagene Holz mit einem Knarren.

Sechs Ratken traten ein, in ihrer Mitte ein Mann, der schlagartig Zaydas gesamte Aufmerksamkeit auf sich zog. Rasch wurde er von den Kriegern durch die Halle und vor das Podest geführt. Die Königin konnte die tiefe Unruhe in den Kriegern spüren.

Stille breitete sich im Saal aus, dann richtete Zayda sich etwas in ihrem Thron auf und blickte den Gefangenen lange an. Seine Gedanken waren ruhig und entschlossen, sie konnte keine Furcht in ihnen lesen, keinerlei Gefühle regten sich im Geist des Kalten.

„Nun, *Gefangener*, dann sag mir doch, warum ich dich nicht auf der Stelle töten sollte?“, fragte Zayda und bleckte ihre spitzen Zähne.

Ein böses Lächeln breitete sich auf dem Gesicht des Mannes aus, als er ihr unverwandt in die gelben Augen blickte. „Es freut mich auch, Euch wiederzusehen, Zayda.“

Die Ratken neben dem Gefangenen zuckten zusammen.

„Mei ... meine Königin ... Ihr kennt diesen Mann?“, fragte einer von ihnen und sah zitternd zu Zayda auf.

„Oh ja, ihr habt mir wertvolle Beute gebracht, meine Herren.“

Der Ratke schluckte. Zayda wandte sich wieder ihrem Gefangenen zu, er machte keine Anstalten, seine Gedanken vor ihr zu verbergen.

„Nun Shassarfat, soll ich meine Frage noch einmal wiederholen?“, fragte sie und der Kalte musste breiter lächeln. Es war lange her, seit sie sich das letzte Mal getroffen hatten, aber er wusste, dass sie den Handel nicht vergessen hatte, der sie aneinander band.

Denn Shassarfat war nicht irgendein Kalter. Nein, er war ein angesehener Anführer und besaß die hundertprozentige Loyalität seiner Männer. Die Königin wusste, dass seine Männer sofort einen Kampf gegen sie begonnen hätten, würde ihm auch nur ein Haar gekrümmt, und im Moment hatte die Königin kein Interesse daran, einen weiteren Krieg zu führen.

Die Waren, die Shassarfat ihr brachte, waren von hervorragender Qualität, zumindest meistens. Shassarfat hatte nichts von ihr zu befürchten, denn er und seine Jäger lieferten ihrem Volk gute Sklaven. Dafür ließ sie ihm sein eigenes Land hoch im Norden, es war ohnehin nicht ertragreich genug, um für sie und ihr Volk von Wert zu sein.

Der Kalte blickte die Wächter rechts und links von sich an, sie lösten rasch seine Fesseln und wichen ein Stück zurück. Jetzt verstanden sie, dass er kein einfacher, dummer Gefangener war und sie verstanden auch, warum er so ruhig und gelassen geblieben war, selbst als sie gedroht hatten, ihn und seine Männer zu foltern und zu töten.

Er war von Wert. Er hatte einen Pakt mit der schwarzen Königin und sie hatten ihn nicht erkannt. Die stille Regel, dass Netzjäger frei durchs Land ziehen konnten und von den Ratken keine Gefahr zu erwarten hatten, da sie ihnen ja Sklaven besorgten, war von den unerfahrenen, neuen Kriegern missachtet worden.

„Ich bin mir sicher, unsere *Freundschaft* wird weiter bestehen. Weil ich ganz genau weiß, wo dieses Mädchen ist, das du so verzweifelt zu suchen scheinst“, antwortete der Kalte jetzt und sah Zayda weiterhin unverwandt an.

Zayda stand interessiert von ihrem Thron auf und schritt zu ihm hinunter.

„Männer, lasst uns alleine. Mein Gast hier und ich haben einiges zu bereden!“, sagte sie in einem befehlenden und doch süßen Ton und die Ratken verbeugten sich rasch und eilten aus dem Saal. Die Männer rannten beinahe vor Angst, doch Zayda hatte sich ihre Gesichter bereits gemerkt und würde sie später ihren Zorn spüren lassen.

„Nun, mein Freund ... Was kannst du mir berichten, das es wert ist, dein Leben zu verschonen?“, wollte sie wissen und ihre Augen funkelten in dem schattigen Raum.

Der Kalte schien zu wissen, dass Zayda ihn herausfordern wollte, und ließ sich nicht darauf ein.

„Ich denke, wir wissen doch beide, dass du im Moment andere Sorgen hast, als einen Konflikt mit meinen Leuten anzufangen, nicht wahr? Aber kommen wir zur Sache. Ich bin dem Mädchen begegnet. Unglücklicherweise waren wir nicht im Stande, sie gefangen zu nehmen. Das wird dir vielleicht nicht gefallen ... denn sie wurde von dem Ratken gebissen, der mit ihr war.“

Zayda schwieg für einen Moment. „Ich nehme an, der Ratke ist tot?“

Der Anführer sah sie an und sprach, ohne zu zögern. „Ja, wir haben den Ratken getötet."

„Gut, er war ein Verräter. Aber nun erzähl mir mehr über das Mädchen. War sie noch am Leben, als ihr sie verlassen habt?"

„Ja, gerade noch so. Es lohnte nicht, sie mitzunehmen, sie war bereits am Sterben."

„Ich möchte, dass du meinen Männern draußen genau erklärst, wo du ihr begegnet bist, wir werden uns die Leiche dann selbst holen."

Das Blitzen in seinen Augen ließ sie aufmerken. „Ich werde deine Männer sogar persönlich an die Stelle führen, wenn du bereit bist, für die Information zu zahlen ...", erwiderte er und sein Lächeln wurde noch böser, was Zayda jedoch nicht im Mindesten beeindruckte.

„Natürlich, nichts ist umsonst für jemanden wie dich, aber ich warne dich, treib es nicht zu weit. Ich habe jedoch noch eine Anmerkung, bevor du gehst. Einige der letzten Sklaven sind meinen Leuten zu schwach und krank, du weißt ja sicher, dass ich nicht gerne enttäuscht werde ...", sagte sie und legte ihm eine Hand auf die Schulter. Jeder andere wäre unter ihrer Berührung zusammengezuckt, doch nicht dieser Mann.

Zayda respektierte seinen Charakter auf eine gewisse Weise.

„Selbstverständlich werde ich mich darum kümmern, meine Männer werden sich bemühen, bessere Ware zu finden, sobald sie wieder *frei* sind ...", meinte er und die beiden gingen langsam zu den großen Türen der Halle. Schwarze Funken schwebten um Zaydas Hand und verschwanden in der Schulter Shassarfats, dessen Augen sich etwas verschmälerten. Er wusste genau, was sie versuchte zu tun. Er ließ die schwarze Magie bereitwillig in seinen Körper.

Es kostete Zayda kaum Kraft, um zu erfahren, wie Shassarfats Leute auf den Verräter und das geflohene Mädchen getroffen waren. Die Erinnerungen lagen ihr offen. Fast bedauerte sie es, dass er sich nicht wehrte. So musste sie keine Gewalt anwenden.

Sie sah den Ratken, wie er das Mädchen biss. Das magere Ding zuckte und brach zusammen, dann wurde er von den Netzjägern niedergestreckt ... Aber ein Blick auf das Mädchen hatte genügt. Sie war es! Zaydas Herz schlug schneller, sie hatte das Mädchen schon fast wieder!

Mit einem schwarzen Blitz transportierte sie sich und Shassarfat in eine Halle, wo ein Ratkentrupp auf ihre Befehle wartete. In Gedanken erfühlte sie die Schale voller Bilure, die in ihren privaten Kammern stand, und ließ mehrere der Steine durch Magie in ihrer offenen Hand auftauchen. Zayda reichte sie dem Anführer des Trupps, dann gab sie die Erinnerungen über das Mädchen weiter. Er musste sie unbedingt erkennen können.

Dann sah sie mit eiskaltem Blick zu, wie die Krieger in einem grünen Nebel aus Magie verschwanden.

Sie wandte sich zu dem Anführer der Kalten und ließ in seiner Hand ebenfalls zwei Steine erscheinen.

„Deine Männer befinden sich an der Straße, die zu den Sümpfen führt. Die Ratken dort kennen ihre Befehle und werden euch passieren lassen. Ich habe ihnen bereits eine *Bezahlung* zukommen lassen, für deine Information. Nun geh und vertrau mir, wenn ich dir sage, dass es dich einen hohen Preis kosten wird, falls du deinen Pakt brichst."

Shassarfat nickte. „So wie immer, meine Königin. So wie immer", murmelte er, dann rieb er einen der beiden Bilure in seiner Hand. Unter einem lauten Knirschen breitete sich Nebel aus und verschluckte den zufrieden lächelnden Kalten.

Flammende Drohung

Die kahlen Bäume streckten ihre Äste wie knorrige Finger nach dem Ratkentrupp aus, der in dem grauen Wald auftauchte.

„Verteilt euch! Wir haben nicht den ganzen Tag Zeit!“, rief ihr Anführer Alrac augenblicklich und die anderen machten sich ohne Widerworte auf.

Sie schwärmten aus und brauchten keine zehn Minuten, bis sie den Platz des Kampfes entdeckt hatten.

Alrac trat zuerst neben die Leichen, die auf dem Boden lagen. Die Kalten interessierten ihn wenig. Doch dann entdeckte er jemand wesentlich Interessanteres ...

Kamirr.

Der Ratke lag zusammengesunken in einer großen Lache seines eigenen Blutes. Mehrere Pfeile hatten sich in seine Schultern und Beine gebohrt, was ihn jedoch getötet hatte, waren ein Pfeil in seinem Hals und ein Stich in seinen Rücken. Das Blut war schon lange geronnen und das Gesicht des großen Ratken blass, die Augen halb geschlossen und eingefallen. Alrac beugte sich hinunter und öffnete den steifen Mund des Toten. Mit einem Schnauben richtete er sich wieder auf. Der Informant hatte die Wahrheit gesagt. Kamirrs spitze Zähne waren blutverschmiert, einer fehlte.

„Elender Verräter!“, rief er und versetzte Kamirr einen heftigen Tritt. Die Leiche rollte zur Seite und der linke Arm bewegte sich etwas. Alracs Blick fiel auf die Hand des Toten, die noch immer etwas umkrallt hielt. Er bückte sich rasch, öffnete die kühlen, starren Finger und zog einen Stofffetzen heraus.

Zufrieden lächelte er und richtete sich auf. „Männer!“, rief er. „Holt die Hunde. Wir gehen auf die Jagd!“

Drei der Ratken nickten und verschwanden, einen der Kiesel nutzend. Während Alrac und die anderen auf ihre Rückkehr warteten, zog er eine Karte der näheren Umgebung hervor und betrachtete sie. Sein zweiter Mann trat neben ihn und besah sich die Karte ebenfalls.

„Die nächstliegenden Dörfer sind Ornanung und Yerima, weiter nördlich liegen noch weitere. Vielleicht hat man sie gefunden und dort hingebracht“, schlug er vor und Alrac nickte. „Ja, das denke ich auch, immerhin sind hier genügend Spuren, doch sie wurden durch unsere Schritte und durch den Kampf verwischt und ich möchte mit den Hunden sichergehen. Sie werden sie finden.“

In dem Moment tauchten die drei Ratken wieder auf, mit ihnen vier große, grauschwarze Wolfshunde, die knurrend an ihren Ketten zogen und von den Ratken nur mit Mühe unter Kontrolle gehalten werden konnten.

Alrac nahm den Stofffetzen und schritt vor die Hunde, die sich ihm nun alle zuwandten und ihn mit wachsamen Augen anstarrten. Als er ihnen das Stück Stoff vor die feuchten Nasen hob, sogen sie den Geruch gierig ein.

Sofort legten die Hunde ihre Ohren an und heulten, jaulten und knurrten, während sie noch wilder an den Ketten zerrten.

Alrac lächelte. „Ja, ihr riecht es schon, dass wir nach einer kleinen Gefangenen suchen, nicht wahr? Hat sie junges, zartes Fleisch, hm?“, murmelte er und löste mit einem Ruck die Haken, die die Ketten an den Lederhalsbändern der Hunde hielten.

Mit ungeheurer Geschwindigkeit sprangen alle vier los, immer noch heulend und knurrend, und hetzten über die Hälfte der Lichtung, bis sie alle an einem Flecken Gras stehenblieben, an ihm schnüffelten, das Gras packten und zerfetzten.

Die Ratken folgten ihnen, drückten sie fort und Alrac und sein zweiter Mann besahen sich das welke, braune Gras in der Umgebung. Es war teilweise blutbefleckt und plattgedrückt, als hätte dort etwas gelegen. Oder jemand ... Das Mädchen. Bei genauerem Hinsehen konnte man noch Fußabdrücke im Schlamm sehen, vielleicht die der Leute, die sie gefunden hatten. Denn das Mädchen war mit Sicherheit nicht alleine gelaufen – nicht nach dem Biss eines Ratken.

Wieso der Verräter das Mädchen gebissen hatte, war Alrac ein Rätsel, doch es war auch nicht Teil seines Auftrags, dies zu wissen.

Er sollte lediglich das Mädchen finden, an dem die schwarze Königin so großes Interesse hatte.

Er stand auf und wedelte wieder mit dem Stoff. „Sucht weiter! Hier ist sie nicht mehr!“ Als die Hunde sich nicht sofort in Bewegung setzten, holte er schon zum Schlag aus, doch sie sprangen knurrend davon und nahmen die Fährte im Wald wieder auf.

Ungeduldig folgte Alrac den Wolfshunden, die nun schnüffelnd zwischen den Bäumen entlangliefen, immer der Fährte hinterher. Gelegentlich zögerten sie an Stellen, wo sich Fußabdrücke im Matsch oder in schmutzigen Schneeresten befanden.

Sie konnten das Mädchen zwar nicht stark riechen, doch dank der einzelnen Blutstropfen auf dem Boden hatten sie keine Schwierigkeiten, der Spur zu folgen. Die Hunde rochen außerdem, dass diese Menschen keine Ratken gewesen waren und das ließ ihre Sinne verrücktspielen. Sie waren darauf geschult worden, Menschen zu jagen, die die Ratken suchten, und hätten sie nicht den hart erlernten Respekt vor Alrac gehabt, wären sie mit rasender Geschwindigkeit die Spur entlanggesprintet, um die verfolgten Menschen anzufallen. Die Hunde wussten aber auch, dass sie nur angreifen durften, wenn es ihnen signalisiert wurde – was sie allerdings nicht immer davon abhielt, zu versuchen, ihre Zähne in einem Arm oder Bein zu versenken.

Alrac wurde immer euphorischer. Er wusste, dass die Hunde die Fährte nicht verlieren würden, solange sie nicht einem Fluss begegneten, und selbst dann konnten sie sie wieder aufspüren. Bei dem Gedanken hob Alrac seinen Kopf und spähte in den Himmel, der durch die kahlen Bäume zu sehen war, und was er sah, verdüsterte augenblicklich seine Miene.

Dunkle, graue Wolken hingen tief und drohend über den Wipfeln. Er warf einen hastigen Blick auf die Hunde und dann auf den Wald vor ihnen. Bisher war weder ein Dorf noch das Mädchen noch sonst etwas, das ihnen ohne die Hunde weitergeholfen hätte, in Sicht.

Alrac schritt schnell hinter den Hunden her und pfiff kräftig, um sie noch mehr anzuspornen.

„Wir bewegen uns genau auf eine Straße zu, die die beiden Dörfer verbindet!“, rief sein zweiter Mann hinter ihm und blickte ebenfalls in den Himmel, bevor er die Karte vor sich hielt, die Alrac ihm gegeben hatte. Doch plötzlich zuckte er zusammen und starrte auf die Karte. Ein großer Tropfen breitete sich darauf aus, dann ein weiterer und noch einer.

Der Regen kam. Alrac konnte die einzelnen, eiskalten Tropfen auf seinem Gesicht spüren und Wut breitete sich in ihm aus. Auf Alracs Ruf hin hetzte die Gruppe los, aber sie entkamen dem heftigen Winterguss nicht. Die einzelnen Tropfen vermehrten sich, bis sie kaum mehr etwas sehen konnten. Nach kurzer Zeit peitschte das Unwetter ihnen Regen und Schnee in die Gesichter.

Die Ratken waren trotz ihrer Filzmäntel rasch durchnässt, doch die Hunde konnten der schwächer werdenden Spur noch immer folgen. Alrac rannte weiter, mehr und mehr Flüche rufend und dann sah er das Dorf. Es lag zu ihrer Rechten, doch die Hunde liefen weiter geradeaus auf die Straße zu. Er pfiff sie zurück.

Die Gruppe kam mit schmatzenden Geräuschen und schlitternd zum Stehen.

„Was sollen wir jetzt tun?“, fragte einer seiner Männer.

Alrac runzelte die Stirn. „Wir gehen direkt in das Dorf. Wenn sie dort war, ist jetzt unsere letzte Chance, dass die Hunde dort ihren Geruch wahrnehmen. Auf der Straße wird sie ohnehin kaum noch zu riechen sein.“

Sein zweiter Mann stimmte ihm zu, dann führte Alrac sie nach Ornanung, ein kleines Dorf voller Bauern und Pferdezüchter. Im Schutz des Regens kamen sie unbemerkt heran, betraten eine der matschigen Straßen und folgten ihr zum Dorfplatz.

Als die Gruppe dort im strömenden Regen stehenblieb, waren die meisten Fensterläden bereits verriegelt und nur wenige Lichter brannten in den Häusern.

Die Ratken beobachteten die großen, grauen Hunde, die nun suchend über den Platz liefen. Einer von ihnen knurrte und wollte zurück in den Wald zu der Stelle, wo er den Geruch zuletzt wahrgenommen hatte.

Die anderen drei Wolfshunde schnüffelten weiter im Regen, doch dann kehrten sie zu Alrac zurück und kniffen fiepend die Schwänze ein. Die Spur war verloren.

Alrac überlegte. Er schäumte vor Wut wegen des Wetters und dem Verlust.

Sein zweiter Mann trat hinter ihn. „Was machen wir jetzt?“, fragte er, während er sich das Regenwasser aus den Augen wischte. „Alrac, wir sind nicht in der Position dieses Dorf anzugreifen. Wer weiß, wie viel Gesindel uns bereits beobachtet. Wir können noch nicht einmal mit Sicherheit sagen, ob sie in dieses Dorf gebracht wurde. Die Spur war weit genug entfernt und hätte genauso gut auch am Dorf vorbei und zur Straße führen können!“

Alrac knirschte wütend mit den Zähnen und drehte sich um. „Das ist mir alles völlig klar! Ich bin am Denken! Wenn es nach mir ginge, würde ich dieses Dorf und alle anderen Dörfer in der Umgebung allesamt niederbrennen!“

„Das könnte einen Aufstand hervorrufen. Nicht, dass das eine Bedrohung für uns wäre, aber wenn das Mädchen nicht mehr hier in der Umgebung ist, wird es uns viel mehr Zeit kosten, die Aufstände zu bewältigen und das Mädchen könnte verschwinden ... Außerdem hat die Königin es verboten ... Wir sollen nicht zu viel Aufmerksamkeit auf uns ziehen.“

Alrac ballte seine Hände zu Fäusten und schwieg.

„Also, was sollen wir jetzt tun?“, fragte sein zweiter Mann.

„Wir versuchen sie zu finden, doch wenn die Leute aufsässig werden, ziehen wir uns zurück und suchen weiter in der Umgebung. Man könnte sie auch auf einem Karren zu einem größeren Dorf gebracht haben, um sie zu versorgen ... Falls sie noch lebt. Es gibt eine Handelsstraße, nicht weit von hier, dort könnte jemand etwas gesehen haben.“ Er schnaubte und zog eine Grimasse. „Es gibt zu viele Möglichkeiten. Die Hunde sollten erneut durch den Wald und zur Straße, vielleicht haben wir doch noch Glück und sie versagen nicht schon wieder.“

Wütend trat er nach einem der Tiere. Der große graue Wolfshund duckte sich fiepend weg.

«†»

Tarek saß in der Küche und bürstete die Kartoffeln für das Abendessen ab. Die Dämmerung hatte bereits eingesetzt und durch den Regen war es noch dunkler. Er dachte zurück an die letzten Tage, die Zeit schien eingefroren zu sein, seit das Mädchen sich schlafen gelegt und Fieber bekommen hatte. Es war ganz unerwartet passiert, eben gab sie noch zu, dass sie erschöpft war, und am nächsten Morgen hatte er sie nicht mehr wecken können.

Seitdem lag sie im Bett und murmelte seit Tagen unverständliches Zeug. Shetan und er hatten sie die ganze Zeit gepflegt und versorgt. Zuerst hatte Shetan Besorgnis geäußert, aber die Hitze ging allmählich zurück und sie wirkte nicht mehr so erschöpft, obwohl sie noch immer nicht erwachen wollte. Sie würden sie schlafen lassen. Sie hatte eine Menge Strapazen hinter sich.

Tarek wollte gerade das Feuer im Herd wieder anfachen, als er aufhorchte. Draußen regnete es noch immer in Strömen und starker Wind peitsche gelegentlich Massen aus Schneeregen gegen das Glas.

Dennoch hatte sich das Heulen des Windes für einen Moment wie das Jaulen eines Hundes angehört.

Er wollte es schon als Einbildung abtun, als sich noch ein lautes Knurren dazumischte. Mit gerunzelter Stirn starrte er durch das Küchenfenster auf den Dorfplatz hinaus.

Nein, er hatte es sich nicht eingebildet.

Es waren Schatten auf dem Platz, die er durch das trübe Glas und düstere Wetter gerade so erkennen konnte.

Schrecken durchfuhr ihn.

Ratken. Mindestens acht an der Zahl. Bei genauerem Hinsehen konnte Tarek zehn zählen. Und sie hatten Hunde dabei. Große, graue Wolfshunde.

Auf einmal war Tarek unheimlich froh, dass es so plötzlich angefangen hatte zu stürmen. Der Schneeregen musste Sinas

Geruch gerade noch rechtzeitig verwischt haben, sonst wären sie schon längst im Haus und hätten alles kurz und klein geschlagen. Denn sie waren hinter Sina her, daran gab es keinen Zweifel. Sie war geflohen, befreit worden, jetzt wurde sie natürlich gesucht. Wer sonst sollte ihre Aufmerksamkeit auf Ornanung lenken? In anderen Dörfern gab es wesentlich mehr zu holen.

Die Ratken schienen im Moment nur ratlos auf dem Platz zu stehen.

Fassungslos verharrte Tarek noch einen Augenblick. Wie hatten sie nur so unbemerkt ins Dorf kommen können? Er musste etwas unternehmen.

Rasch sprang er fort von dem Fenster und eilte die Treppe hinauf, so hastig, dass er beinahe gestolpert wäre. Er stürzte in Shetans Zimmer, wo sein Großvater auf dem Bett lag und in einem Buch las.

„Ratken! Sie stehen auf dem Platz. Ich glaube nicht, dass sie bereits bemerkt wurden ... Sie stehen nur da und beobachten. Sie sind auf der Suche nach Sina, darauf verwette ich mein Schwert!"

Shetan stand auf und trat augenblicklich an das einzige Fenster in seinem Zimmer. Schweigen breitete sich zwischen ihnen aus, als die Sorgenfalten in Shetans Gesicht immer tiefer wurden. Die Ratken standen noch immer als Gruppe auf dem Platz.

„Tarek, sieh nach, ob Sina noch schläft."

„Soll ich sie wecken? Ich könnte sie durch ein Fenster in den Erdkeller bringen."

„Nein, wir sollten nichts überstürzen. Wir wissen nicht sicher, warum sie hier sind. Es könnten Steuereintreiber sein, auch wenn ich das nicht glaube. Aber sie sind auch nicht auf einen offenen Kampf aus, sonst würde das Dorf schon brennen."

Tarek nickte. „Glaubst du, es warten noch mehr von ihnen im Wald?"

Shetan schwieg einen Moment und schloss die Augen, dann blickte er wieder konzentriert auf den Platz, jetzt etwas blasser. „Nein, das hier scheinen die Einzigen zu sein. Aber sie könnten auch Schutzmagie nutzen. Es passt allerdings nicht zu ihrer Art, sich aufzuteilen und dann einfach auf den Platz eines Ortes zu spazieren."

„Dann sind sie vielleicht doch auf der Suche nach ihr. Aber ich verstehe das nicht ... Was kann an dem Mädchen nur so wichtig sein?"

„Die Ratken werden nicht wissen, dass sie das Gedächtnis verloren hat. Vermutlich hatte sie wichtige Informationen und die will die Königin haben. Außerdem scheint sie doch magiebegabt zu sein. Aber bedenke ... Es kann auch nur ein Zufall sein. Vielleicht sind sie aus anderen Gründen hier, es muss nichts mit ihr zu tun haben", meinte Shetan und Tarek sah ihn zweifelnd an.

„Du siehst nicht sehr überzeugt aus", stellte Tarek fest und eilte dann nach einem Schulterzucken von Shetans Seite wieder hinunter in die Stube.

Er warf nur einen kurzen Blick durch das kleine Glas in der Tür nach draußen und vergewisserte sich, dass die Ratken noch immer auf dem Platz standen. Sie hatten sich über den Dorfplatz verteilt. Es sah so aus, als würden sie zu einigen Häusern wollen.

Schnell lief er den Flur entlang und öffnete dann die Tür zu Sinas Zimmer.

Ein Glück, sie lag noch immer in ihrem Bett und schlief. Sie hatte aufgehört zu murmeln und lag jetzt ruhig da.

Hoffentlich wird sie auch in diesem Zimmer wieder aus diesen Fieberträumen aufwachen und nicht in einem Kerker oder vor Zaydas Augen, dachte Tarek und bei dem Gedanken, was passieren würde, wenn die Ratken sie hier fänden und mitnahmen, bildete sich eine Gänsehaut auf seinen Armen. Er würde sie nicht ohne Kampf aufgeben ...

Er staunte über sich selbst. War er wirklich bereit, so viel für eine Fremde zu riskieren? Aber irgendwie hatte er keine Wahl. Er fühlte sich verpflichtet, sie zu beschützen, auch wenn er sich nicht darüber im Klaren war, woher diese Gefühle kamen.

Tarek nahm sich noch die Zeit, sicherzugehen, dass das Fenster im Zimmer fest verriegelt war und beobachtete Sina einen kurzen Augenblick, dann zog er schließlich die Tür wieder hinter sich zu und stürmte in sein Zimmer, um sein Schwert und eines seiner Messer aus ihrem Versteck zu holen.

Zurück auf dem Flur traf er Shetan, der gerade die steile Treppe hinunterkam.

„Der Regen hat etwas nachgelassen. Ich glaube, die Ratken wollen einige Häuser stürmen und die Leute ... befragen ...", sagte Shetan. Das letzte Wort kam nur sehr zögerlich. Er ging zur Haustür und spähte durch das schmale Glasfenster, das dort eingelassen war.

„Wir können froh sein, dass noch niemand Sina gesehen hat. Großvater, wir müssen die Ratken davon abhalten, mit irgendjemandem außer uns zu sprechen! Sonst kann Sina hier nicht bleiben. Die Leute würden sofort eins und eins zusammenzählen. Wir müssen sie schützen, Großvater!" Tarek klang beinahe verzweifelt. Shetan hob eine Augenbraue und sah ihn verwundert an.

Tarek warf ebenfalls einen Blick auf die Ratken. Sie hatten die Hunde wieder zu sich geholt und an Ketten gelegt. Er fragte sich, ob das ein gutes oder ein schlechtes Zeichen war. Dann blickte er sich weiter um. Er suchte einen toten Winkel. Einen Ort, an dem die Ratken das Licht nicht sofort bemerken würden. Der vorderste Ratke, der, den er für den Anführer hielt, sah sich langsam um. Er schien das Dorf zu beobachten. Tarek fragte sich, worauf diese Krieger warteten. Noch nie hatte er erlebt, dass sie so ruhig mitten in einem Dorf standen ... Für gewöhnlich kamen sie im Dunkeln und begannen augenblicklich zu wüten und zu zerstören.

Doch dieser eine Ratke stand einfach nur da und sah sich um, während die anderen unruhig hinter ihm standen und anscheinend auf sein Urteil warteten.

„Ich gehe raus. Das ist die einzige Möglichkeit", stellte Shetan fest.

„Bist du dir sicher, dass du das tun willst? Sie könnten dich töten."

„Ja."

„Ich komme mit!“, meinte Tarek, überrascht von Shetans klarer Entschlossenheit.

„Nein, sie werden uns besondere Aufmerksamkeit schenken. Wenn sie jemanden schicken, um in unser Haus einzudringen und du bist nicht da, dann werden sie Sina als Allererstes finden. Du hast doch gesagt, du willst sie beschützen, oder? Dann bleib hier und halt Wache. Keine Sorge, ich bin zwar alt, aber es sind noch immer ein paar Funken Magie in meinen müden Knochen!“

Auf einmal erkannte Tarek seinen Großvater gar nicht mehr wieder. Er wirkte wie verwandelt, als wäre er mit einem Schlag zwanzig Jahre jünger geworden – und er nickte.

„Gut, dann bleibe ich hier.“

Shetan nickte ebenfalls und hängte sich sein Schwert um. Dann zog er seinen Mantel an, sodass man das Schwert nicht mehr ohne Weiteres sehen konnte. Er nahm seinen Stock und atmete einmal tief durch. Die schwere Tür öffnete sich knirschend. Das Prasseln des Regens sprang ihn wie ein wütendes Tier an, die Klauen nach einer Beute ausstreckend.

«†»

Shetan spürte sofort, wie sich die Blicke der Ratken auf ihn richteten. Tarek schloss rasch die Tür hinter ihm und er wusste, dass sein Enkel jetzt durch das kleine Fenster in der Tür spähte.

Nur einige Augenblicke später öffnete sich leise eine weitere Tür auf dem Platz und Conroy trat aus seinem Haus. Sein Sohn Jesco blieb in der offenen Tür stehen, seinen Bogen in der Hand und lehnte sich gegen den Türrahmen. Shetan spürte den Blick des jungen Mannes, der durch den von heftigen Böen gepeitschten Regenschleier zwischen ihnen drang. Abwartend, aber auf der Hut. Seine Mutter war hinter ihn getreten und versuchte, seine starre Gestalt zurück ins Haus zu ziehen, ohne Erfolg.

Shetan festigte den Griff um seinen Stock und zog sich dann die Kapuze seines Mantels über den Kopf. Er konnte die Blicke der Ratken spüren, die sich auf ihn fixierten.

Je näher er ihnen kam, desto belustigter schienen sie zu sein.

Vermutlich findet ihr es amüsant, dass ein alter Mann zuerst Kontakt mit euch aufnimmt. Ja, ihr liebt eure Überlegenheit. Aber wenn ihr es zu weit treibt, werdet ihr euer blaues Wunder erleben. Auch wenn ich eine Woche im Bett verbringen muss, um mich wieder zu erholen. Das ist es mir wert.

Shetan wunderte sich, warum er so einen Drang verspürte, dieses Mädchen zu beschützen, dann fasste er wieder die Krieger ins Visier. Regen peitschte zwischen ihnen über den Platz und hüllte die Häuser um den Dorfplatz in einen dichten Mantel aus Wasser.

Shetan erreichte die Ratken früher als Conroy, deshalb schenkten der Anführer und viele seiner Krieger auch ihm die meiste Aufmerksamkeit, obwohl einige von ihnen Conroy nicht aus den Augen ließen. *Ja, immer alle Feinde im Blick behalten ... Oder alle Opfer.*

Die riesigen Hunde zogen knurrend an ihren Ketten, zwei fletschten die Zähne und gingen in Angriffsstellung. Sie würden sich sofort auf ihn stürzen, wenn sie losgelassen werden sollten. Shetans Griff um seinen Stock festigte sich.

„Soso, ein alter Mann soll also mit uns sprechen? Dieses Dorf will wohl keinen großen Verlust erleiden, was? Und wer ist der andere? Jünger – und doch schon alt", sagte ihr Anführer und blickte Conroy einen Moment abschätzend an, dann wandte er sich wieder an Shetan. „Wir suchen jemanden. Ein Mädchen. Sie ist fast eine Frau. Braune, wellige Haare, von sehr dünner Statur. Sie hat leuchtend blaue Augen. Ihr versteckt nicht zufällig so eine in eurem Dorf?"

Shetans Miene blieb ausdruckslos, als der Ratke das fiebernde Mädchen in seinem Haus beschrieb. Seine Sorge hatte sich bestätigt. Er hatte noch nie so klare, wundervoll blaue Augen gesehen wie die ihren.

„Es ist niemand hier, der auf diese Beschreibung passt", sagte er ruhig. „Wir haben Frauen mit braunem Haar, aber sie alle leben hier schon ihr Leben lang und keine hat diese blauen Augen, von denen Ihr sprecht."

Conroy blickte Shetan lange an, dann runzelte er die Stirn. „Wartet einmal ... Ich glaube, ich habe so jemanden gesehen. Ein Mädchen ... Es lag auf einem Wagen von einigen Händlern. Sie sagten, sie hätten sie gefunden und wollten sie hoch in den Norden bringen ..."

Shetan sprang sofort darauf ein. „Natürlich!", rief er und lächelte entschuldigend. „Mein Gedächtnis leidet, Ihr wisst ja nicht, wie es ist, so alt zu werden."

Conroy lachte etwas nervös, bevor er rasch wieder ernst wurde, als er die missbilligenden Mienen der Ratken bemerkte.

„Wie könnte ich einem Miakoda trauen?", spie der Anführer aus und die anderen Ratken regten sich jetzt wütend, übernahmen sofort seine Reaktion. Der Anführer ließ ein lautes Knurren von sich hören und sie alle griffen zu ihren Schwertern.

Shetan sah keinen Ausweg mehr. Er wünschte sich, dieses Dorf hätte mehr Mumm in den Knochen. Selbst wenn manche Leute die Ratken schon bemerkt haben mochten, käme niemand heraus. Keiner wagte es, sie zu schützen, zu verteidigen.

Unterwürfig neigte er den Kopf und machte einen Schritt vor, sich zutiefst für sein Dorf und sein eigenes Versagen schämend.

„Mein Herr", fing er an und lenkte dadurch die Aufmerksamkeit wieder auf sich. Das dämpfte die Angriffslust der Krieger ein wenig. „Ich bin fähig, Euch die Wahrheit zu zeigen, wenn ... wenn Ihr es wünscht."

Shetan hob die Hand wie zum Gruß und wartete, bereitete sich innerlich auf die Magie vor. Er rief sich das einzige Bild in Erinnerung, das er nutzen konnte. Das einzige, was Conroy gemeint haben konnte, und begann, mit äußerster Konzentration daran zu glauben, dass es wahr war. Nein, für ihn musste es nun wahr sein.

Der Anführer zögerte. Seine Krieger schimpften noch immer, doch mit einem kurzen Zeichen gewährte er ihnen Einhalt.

Auf einmal herrschte unheimliche Stille, nur das Rauschen des Regens war zu vernehmen, denn das Knurren der Ratken war verstummt.

„Nun gut, lass uns dem Alten eine Chance geben, bevor wir hier alles durchsuchen müssen“, meinte er, zog seinen ledernen Handschuh aus und packte grob Shetans Hand, um ihn zu sich zu reißen. Shetan wäre beinahe gestolpert, fing sich aber wieder und schwieg, die Grobheit und die Beleidigung hinnehmend. Im Augenwinkel sah er eine Bewegung und wusste, dass Tarek die Tür aufgerissen hatte und kurz davor stand, die Krieger anzufallen. Er nutzte die in ihm aufflammende Wut, um seine Magie zu verstärken. Und ihm wurde bewusst: Er tat dies wirklich nicht zum Schutz des Dorfes, in dem er lebte. Er tat es allein für diese sonderbare Fremde.

Er schloss die Augen, öffnete sich der Verbindung zu dem Anführer und konnte dessen tiefe Abscheu für Shetan und sein ganzes Volk bis in die Knochen spüren. Dann sandte er ihm die Bilder, Erinnerungen. Er zeigte ihm das fremde Mädchen, wie sie reglos auf dem Boden lag, mit ihren zerrissenen Kleidern, die Umgebung ließ er möglichst verschwommen, als hätte er nicht auf sie geachtet und könnte auch nicht mehr sonderlich gut sehen. Danach zeigte er die Erinnerung an einen kalten Herbsttag, einen Holzkarren, der aus dem Dorf fuhr. Hinten auf der Ladefläche lag eine verwahrloste Gestalt, bis auf den Kopf mit einem aufgeschnittenen Leinensack bedeckt. Die wilden braunen Haare waren deutlich zu sehen.

Danach wankte Shetan und täuschte Schwäche vor, während der Hass im Stillen stärker in ihm aufloderte. Der Ratke stieß ihn grob weg und schnaubte.

„Wo lag das Mädchen, ich dachte, du hättest sie nicht gesehen?“

„Das war in der Schenke. Zwei Männer brachten sie aus dem Wald, ich habe sie dort nur kurz gesehen. Sie war sehr schwach und stürzte, fiel in Ohnmacht, zumindest hat man mir das gesagt. Ein Händler wollte sie wegbringen, nach Yoruba, und dort versorgen lassen, um sie dann noch weiter mitzunehmen.“ Shetan wandte sich an Conroy. „Ach ich bin mir nicht sicher ... Wohin wollten sie sie doch gleich mitnehmen? War es Maila?“

Conroy schüttelte den Kopf. „Nein, ich glaube, es war Loren. Aber darauf hatte ich nicht geachtet …" Er verneigte sich ehrerbietig vor dem Ratken. „Es tut mir leid, wir waren einfach nur froh, dass diese Fremde wieder fort war, wir wollten keinen Ärger."

Wieder schnaubte der Anführer und nickte dann seinen Männern zu. „Sie sagen die Wahrheit, sie wurde weggebracht. Wir brechen auf. Aber wenn wir in Yoruba etwas anderes hören, wird das ein Nachspiel haben! Die nächsten Abgabeneintreiber kommen bald!"

Die Krieger grummelten, doch sie folgten ihrem Anführer aus dem Dorf, die grauen Hunde hinter sich wegzerrend. Sie verschwanden so schnell im Regen, wie sie vorher aufgetaucht waren.

Shetan seufzte erleichtert, weil sein Plan funktioniert hatte, auch wenn das Ganze vermutlich Strafen nach sich ziehen würde. Der Ratke *wusste*, dass keiner bei einem magischen Kontakt lügen konnte.

Dass die Erinnerung mit der Leiche auf dem Wagen über drei Jahre alt war, hatte Shetan dank seiner Erfahrung und der Macht seiner Wut und Konzentration verbergen können.

«†»

Sina erwachte und fand sich in einem düsteren, stinkenden Loch. Um sie herum war nichts außer kalter Dunkelheit und Stein. Im ersten Moment wusste sie nicht, wo sie war, dann kamen mit einem Schlag Schmerz und Erinnerungen. Zuerst konnte sie nicht sagen, was schlimmer war. Mit einem Ächzen rollte sie sich zu einer Kugel zusammen und versuchte, die Bilder zu verdrängen, die sie kaum verstehen konnte.

Im Nachhinein wusste sie nicht, wie lange sie schon so da lag, aber es hätte eine Ewigkeit sein können. Etwas in ihr sagte ihr, dass sie schon oft hier gewesen war … dass sich alles wiederholte, obwohl sie dieses Gefühl jetzt gerade nicht greifen konnte. Aber dann kamen Geräusche aus der Dunkelheit, sie hallten zu ihr herunter, zischende Stimmen, höhnendes Lachen. Als sie sich aus der klammernden Umarmung ihrer kalten Arme befreite und nach oben blickte, tauchte dort eine flackernde Fackel den Eingang des Schachts in gelbes Licht.

Dann mischten sich ein Quietschen und ein Rasseln zu den Stimmen.

Sina zitterte vor Angst. Der Käfig wurde zu ihr heruntergelassen.

Sie sprang auf, kam auf wackeligen, schmerzenden Knien doch noch zum Stehen. Ihr Instinkt befahl ihr, zu fliehen. Sie wollte rennen, alles hinter sich lassen, aber das Loch hielt sie fest umklammert.

Nur wenige Augenblicke später war der Käfig bei ihr angelangt und spie zwei Männer aus. Ratken! Groß, düster, mit gelben Augen und spitzen Zähnen. Sie wich vor ihnen zurück, doch es gab kein Entkommen und einen Moment später hatten sie sie gepackt und in den Käfig geworfen. Sie rutschte über die kalte, schmutzige Metallplatte und spürte die stechenden Eisenspitzen, die gegen ihren Rücken drückten, als sie ächzend an der Rückseite des Gitters aufprallte. Es schepperte, als das Gitter hinter ihr zugeschlagen wurde.

Die Männer hielten sich lachend außen am Käfig fest, während er wieder nach oben gehievt wurde. Sie erzitterte erneut, wagte es kaum, sich aufzurichten. Die Männer zischten Worte mit bösen Zungen, als sie auf die Knie kam. Ihre Haare hingen ihr ins Gesicht, aber sie wollte sie nicht wegstreichen. Sie wollte diesen Monstern nicht in die Augen sehen müssen.

Die Fackeln in den Halterungen am Käfig warfen flackerndes Licht auf das rostige Metall der Stangen um sie.

Oben angekommen wurde das Gitter aufgerissen und eine Pranke packte ihren Oberarm mit hartem Griff. Sie wurde aus dem Käfig gezerrt und man stellte sie auf ihre wackeligen Beine. Einer der Männer schnauzte einen Befehl, sie solle laufen, doch sie rührte sich nicht. Sie wollte nicht und konnte auch nicht. Ihre Knie waren so weich und ihre Muskeln schmerzten zu sehr, sie war am Ende ihrer Kräfte.

„Beweg dich, habe ich gesagt!“, rief ein Ratke hinter ihr, und bevor sie einen Schritt versuchen konnte, traf sie ein Schlag in den Rücken. Er hatte sie wohl nur anschubsen wollen, aber die Wucht war zu groß. Sie stolperte nach vorne und fiel ächzend auf die Knie.

Die Männer lachten jetzt, dann wurde sie unter den Schultern gepackt. „Hoch mit dir, du kleiner Schwächling.“

Mit diesem Kommentar hoben sie sie an und schleiften sie aus der steinernen Halle.

Wirre Gedanken rasten in ihrem Kopf umher, sie verstand die Welt nicht mehr – dann sprach einer der Ratken einen unmissverständlichen Namen aus.

Zayda.

Nein! Sina spürte traumatische Erinnerungen auf sich einprasseln, Schmerzen, Hass und unglaubliche Erniedrigung. Nein! Sie würden sie wieder zu dieser Hexe bringen! Alles in ihr sträubte sich davor, dieser Frau und ihrer Hexerei noch einmal zu begegnen.

Auf einmal begann sie zu flehen. Die rauen Töne klangen kaum wie ihre Stimme. „Bringt mich nicht zu ihr! Bitte! Nicht zu ihr!“

Die Männer lachten nur grausam und schleppten sie weiter.

Alles verschwamm in Dunkelheit und Angst. Dann, als sie den Kopf das nächste Mal anhob, konnte sie durch einen Vorhang aus verfilzten Haaren den Thron der Königin erkennen. Er lag im Halbdunkel da, von Becken mit glühender Kohle beleuchtet.

Aber die Ratke war nicht da. Einen Moment keimte Hoffnung in Sina, dass sie dieses Mal verschont bleiben würde – dann trat die Frau direkt in ihr Blickfeld.

Sina zuckte weg und die Männer neben ihr lachten erneut.

„Sieh an, sieh an. Wie geht es dir heute, meine Liebe? Hast du dich gut ausgeruht für unser erneutes Treffen?“

Die junge Frau vor ihr brachte kein Wort heraus. Sie erzitterte nur und schüttelte die Arme der Männer ab, versuchte aufrecht zu stehen, auch wenn sie der Königin nicht in die Augen sehen konnte.

„Antworte mir, das ist ein Befehl!“, zischte die Königin und streckte eine Hand nach ihrem Kinn aus, um ihren Kopf anzuheben und in ihr Gesicht blicken zu können.

„Was soll ich darauf antworten?“, murmelte sie und versuchte sich dem Griff zu entziehen, aber die Krallen der Frau vor ihr waren hart wie Stahl.

„Ich will deinen Geist brechen sehen!“, rief die Königin, plötzlich voller Intensität und Sina spürte die Hitze und den Schmerz ihrer bösen Kraft, als sie auf sie eindrang. Sie quoll aus ihren Fingern und leckte über Sinas Gesicht wie dutzende kleine, klebrig-schwarze Schlangen. Sie schloss die Augen und wollte sich abwenden. Die Magie zischte, als sie über ihre Haut floss, und brannte sich in sie ein.

Sie wollte schreien, aber der Griff an ihrem Kinn ließ es nicht zu. Auf einmal zuckte ihr ganzer Körper und die schwarze Magie verdampfte zu Rauch, neblige Schwaden waberten um sie. Die Königin stieß wilde Flüche aus, während der Nebel zusammen mit dem Schmerz verging und Sina wankte.

„Ich frage dich noch einmal! Wie entziehst du dich meiner Kontrolle? Dein Geist müsste schon lange gebrochen sein! Wie verwehrst du dich meiner Magie?“

„Bitte!“, rief sie mit flehendem Ton. „Ich weiß nicht, wovon Sie sprechen!“

„Na schön. Ganz wie du willst. Wenn ich deinen Geist nicht so ohne Weiteres brechen kann, dann doch wenigstens deinen Körper.“

Die Königin hob eine Hand und schnipste. Sofort packten zwei der Monster Sina zu beiden Seiten und hielten sie mit eisernem Griff.

Sie ächzte, als sich um die Krallen der Frau schwarzer Nebel bildete. Innerhalb eines Wimpernschlages schoss dickflüssige Schwärze hervor und formte eine lange Peitsche.

Sie sträubte sich, schrie wie ein wildes Tier und trat nach den Männern, aber die drehten sie ohne mit der Wimper zu zucken um und zwangen sie auf die Knie, sodass sie der Königin den Rücken zuwenden musste.

Aus dem Augenwinkel konnte sie sehen, dass die Rattenfrau die Hand hoch erhoben hielt und jetzt die Finger spreizte. Ihr altes T-Shirt wurde wie durch Zauberhand zerrissen, ohne dass jemand Hand an sie legte. Die Peitsche zischte wie eine lebendige Schlange – dann breitete sich gleißender, brennender Schmerz quer über ihren Rücken aus.

Sie schrie voller Qual und drückte den Rücken durch, dass die Männer sie fester packen mussten, um nicht den Halt um ihre dünnen Arme zu verlieren. Kaum hatte sich ihr Rücken gekrümmt und war ihr Schrei verklungen, zischte es erneut und der nächste brennende Riss zog sich über ihre Haut und ihre Seele.

Der Schmerz trieb sie fort von ihrem wachen Verstand und ließ sie rasch in dämmrige Betäubung versinken, die die Qualen etwas schwächte. Den nächsten Hieb spürte sie nur noch wie kochendes Wasser. Aber irgendwie wurde sie von der Festung und der Peitsche fortgehoben und alles, was davor geschehen war, verlor an Bedeutung. Nur noch das Jetzt mit seinem Schrecken existierte.

Sie spürte, dass direkt hinter dieser Wand aus Schwärze die Erinnerungen warteten ... Aber jetzt waren nur noch der Schmerz und die Pein in ihrem Bewusstsein.

Und plötzlich hörte sie in dieser Dunkelheit wieder die Königin sprechen. Ihre Stimme war ruhig, voller Gewissheit und Genugtuung.

Jetzt weißt du, woher deine Wunden sind ... Wer dir deinen hübschen, jungen Rücken so zugerichtet hat. Und die sind bloß durch meine Hand verursacht. Erinnere dich ... und stell dir nur vor, was ich mit meinem Geist anstellen kann. Meine Magie kann dich innerhalb eines Wimpernschlages zugrunde richten! Sie kann dich suchen, dich finden, sobald du mit jemandem über mich sprichst! Sobald du Magie wirkst!

Das irre Lachen in der Dunkelheit ließ Sina erzittern und sie kauerte sich noch tiefer in ihren Verstand. Diese furchtbare Frau! Sina schluckte, denn sie spürte, dass die Ratkenherrscherin die Wahrheit gesprochen hatte. Sie war ihr ausgeliefert ... Sie durfte einfach nicht mehr aus der Dunkelheit auftauchen.

Nach einer Weile meinte sie, es würde Stille herrschen. Aber dann war da doch noch ein Flüstern im alles verschlingenden Nebel.

Ich werde dich finden ...

Später Winter

Zayda wurde von Stunde zu Stunde unruhiger. Sie wollte nicht länger warten, bis sie vielleicht eine Nachricht von Alrac erhielt und es machte sie beinahe wahnsinnig, dass sie noch immer nicht hinter den Fluchtplan gekommen war, mit dem dieses verdammte Mädchen entkommen war.

Niemand hatte etwas gesehen, niemand konnte ihr eine Beschreibung der Verräter liefern, es waren nur einige weitere Leichen gefunden worden – eingeschlossen in eine kleine Kammer.

Jetzt schritt Zayda die düsteren Gänge entlang und suchte nach dem Weg, den der Verräter hätte gehen können. Aber egal wie er gegangen war, er musste in die Nähe einer Schleuse gekommen sein ... Außerdem fehlte laut den Wachen jede Spur von vier weiteren Gefangenen.

Zwei Wachen waren eingeschlossen in einer Zelle erwacht, in der eigentlich ein Mann gefangen sein sollte und in einem anderen Teil ihres Gefängnisses fehlten dessen Frau und die Söhne. Jemand musste ihnen geholfen haben, denn der Mann hätte seine Familie sonst niemals gefunden.

Zayda hielt augenblicklich an und tauchte unvermittelt in einem Blitz an der Schleuse auf, die zwischen den beiden Teilen des Gefängnisses lag.

Die Ratken verbeugten sich rasch und Zayda packte einen von ihnen am Kragen.

„Ihr habt gemeldet, dass drei Gefangene fehlen. Was ist passiert?"

„Eine Frau, ihr Name war Kalana, und ihre beiden Söhne. Einer Eurer Krieger kam und hatte den Auftrag, sie zu Euch zu bringen ... Sie sind nie zurückgekommen."

„Verdammt! Wieso habt ihr nicht gesagt, dass der Verräter hier war?" Zaydas Krallen schlossen sich um den Hals des Mannes und er schluckte.

„Soll ... soll das heißen, sie wurden nicht zu Euch gebracht?", krächzte er.

„Was sollte ich mit so einfachen Gefangenen wollen? Wie sah der Ratke aus, der sie geholt hat?"

Der Wächter vor ihr runzelte die Stirn. „Ich habe ihn nicht gesehen."

Zayda ließ ihn los und wandte sich den anderen Männern vor ihr zu. „Wer hat den Mann zu der Zelle geführt?"

Einer der Ratken machte zögernd einen Schritt vor. „Ich ... ich war es und Naki war bei mir. Er hatte die normalen Kleider eines Wächters an und eine Kapuze ins Gesicht gezogen ..."

Zayda tauchte direkt vor ihm in einem schwarzen Blitz auf und packte ihn am Arm. Der Mann zuckte zusammen, als schwarze Magie auf ihn eindrang. „Wie sah er aus?", flüsterte die Königin bedrohlich und der Ratke begann zu zittern. „Ich hatte an dem Tag auf einmal brummende Kopfschmerzen ..."

Zayda schnaubte und noch mehr Magie drang auf den Mann ein. Sein Blick wurde milchig, als die Königin seine Erinnerung durchsuchte – aber das Bild, das er lieferte, war verschwommen und zu dunkel. Sie konnte den Verräter nicht erkennen. Er musste sich irgendwie geschützt haben. Hatten diese Männer selbst dafür Bilure gehabt?

Wütend schrie Zayda auf und verschwand, den zusammensinkenden Ratken zurücklassend.

Danach schritt sie durch ihr Gefängnis und suchte die äußersten Mauern ab. Wenn der Verräter und die Flüchtlinge das Gefängnis nicht durch die Schleuse verlassen hatten, musste es einen Ausgang geben, von dem sie nichts wusste.

Die ältesten Teile des Gefängnisses lagen teilweise in Ruinen, die Zellen verlassen und unbrauchbar. Der äußerste Gang war am nächsten zur Steilwand, an der die Hunde eine Spur im Sumpf gefunden hatten. Auf einmal erstarrte die Königin mitten im Schritt und schloss die Augen. Sie hielt den Atem an und lauschte, dann spürte sie einen leichten Luftzug.

Mit zusammengekrallten Händen packte Zayda die Felswand und ihre schwarze Magie riss die verborgene Tür aus dem Stein.

Ihre Magie schmetterte die Steintür gegen eine der Zellwände, wo sie krachend in Stücke zerbarst. Zayda eilte in die Höhle hinter der Öffnung. Staub rieselte von der Decke, Felsen lagen auf dem Boden und natürliche Säulen versperrten teilweise den Weg. Alte Zahnräder ragten aus dem Fels, verbogene Stangen schienen aus ihren Halterungen gerissen worden zu sein, als die Königin die Tür zerstört hatte.

Kreischend zerbrach sie die restlichen Teile des Mechanismus, die das gewaltsame Öffnen des Eingangs überstanden hatten, und riss dann die Felswand ein. Die Höhlendecke gab an der Stelle nach und stürzte ein, bis der Gang verschüttet war. Ein Zittern ging durch die Felswand, als Zayda sich zurück in den Gefängnisgang transportierte und weitere Teile der Höhle einstürzen ließ. Eine Weile knirschten und lärmten die rutschenden Felsen noch, dann herrschte Stille.

Wutschnaubend kehrte Zayda in ihren Saal zurück und vergrub sich in der Karte Tyaruls.

„Egal wo du bist, Mädchen, ich werde dich finden!"

«†»

Sina träumte von tiefen, dunklen Schächten, von Schmerz und gelben Augen. Sie wusste nicht, wie lange schon, aber es fühlte sich an wie eine Ewigkeit. Als sie nach dieser langen Dunkelheit das erste Mal wieder die Augen aufschlug, wollte sie einfach nur schreien und weinen. Die Gewissheit, dass Zayda ihr nur Böses wollte und Magie dazu benutzen konnte, nagte tief in ihr und ließ sie nicht mehr los.

Es ging ihr schlecht. Sehr schlecht.

Ihr Hals kratzte entsetzlich, ihr war heiß und ihr ganzer Körper schmerzte. Eine Zeit lang war sie davon überzeugt, dass sie nicht geträumt und Zayda sie wieder gefunden hatte. Doch dann spürte sie das Bett unter sich und die warme, verschwitzte Decke.

Sie richtete sich mühsam auf und sah sich im dunklen Zimmer um. Wie lange hatte sie geschlafen? Ihre Zunge war trocken vor Durst.

Als sie aufrecht im Bett saß, begann ihr Hals zu jucken und sie konnte einen Hustenanfall nicht unterdrücken. Wie zur Antwort öffnete sich die Zimmertür und Tarek erschien.

Sina war froh ihn zu sehen und nicht diese Hexe, auch wenn die Traumbilder nun langsam verblassten. Ein dumpfes, ungutes Gefühl saß in ihr fest, das jedoch bei Tareks Anblick etwas gemildert wurde.

Er hielt ein Tablett mit dampfendem Tee, Wasser und belegten Broten in den Händen.

„Oh schön, du bist wach. Ich wollte gerade versuchen, dich wachzukriegen", sagte er mit einem Lächeln und trat ein. Hinter ihm strahlte Licht durch den Flur und erhellte das Zimmer etwas.

„Wie lange habe ich geschlafen, Tarek?", sprach Sina ihren Gedanken mit krächzender Stimme aus.

„Fast drei Tage", antwortete er und stellte das Tablett auf der Bettkante ab. Er goss Wasser aus dem Krug in einen Becher und hielt ihn ihr hin. Sie trank gierig und er schüttete nach. Dann ging er zum Fenster und öffnete die Läden. Draußen schienen gerade die ersten Sonnenstrahlen über die Häuser und reflektierten das Weiß des Schnees. Sina kniff geblendet ihre Augen zusammen.

Sie brauchte einen Moment, bis seine Worte zu ihr durchgedrungen waren. „Was, so lange?"

„Ja, du warst ganz schön erschöpft, wir haben dich schlafen lassen. Du hattest Fieber und warst kaum ansprechbar ... Du bist zwar immer wieder aufgewacht, hast aber nur wirres Zeug geredet. Letzte Nacht ließ das Fieber dann endlich nach und du hast ruhiger geschlafen."

Sie schwieg und sah an sich herunter. Sie hatte das Gefühl, noch abgemagerter zu sein. Das alte, weiße Nachthemd von Tarek hing lose an ihr. Unangenehme Fragen drängten sich ihr auf, die sie nicht denken, geschweige denn aussprechen wollte. Wer hatte sie gewaschen und versorgt, während sie gefiebert hatte? War es

Tarek gewesen? Sie fühlte Nervosität in sich aufsteigen und versuchte sich abzulenken, indem sie andere Fragen stellte.

„Was habe ich verpasst?", wollte sie stattdessen wissen und besah sich das Brot auf dem Tablett mit großem Interesse.

Tarek zögerte, doch dann erzählte er ihr die Wahrheit. „Einige Ratken waren hier. Sie kamen am zweiten Abend deines Fiebers", meinte er und Sina hielt inne, bevor sie in das Brot biss. Sie fühlte kalten Schweiß auf ihrer Stirn ausbrechen, aber Tarek schien es nicht zu bemerken. „Es hatte gerade angefangen zu stürmen und sie standen plötzlich auf dem Platz ... Rate mal, nach wem sie gesucht haben."

Tarek verstummte und sah sie so nachdenklich an, dass sie schlucken musste. Erst nach einem Moment sprach er weiter.

„Sie wollten wissen, ob irgendetwas Ungewöhnliches vorgefallen sei, ob wir Tote gefunden hätten oder Verletzte. Ich bin mir sicher, dass sie vermutlich das ganze Dorf durchsucht und zerstört hätten, aber Shetan konnte sie davon überzeugen, dass du nicht hier bist und so verschwanden die Ratken wieder. Shetan hat Jescos Vater danach eingeweiht ..."

„Warum habt ihr das ganze Dorf für mich gefährdet?", fragte sie fassungslos. „Warum, Tarek? Wieso beschützt ihr mich?"

„Du bist jetzt eine von uns, Sina. Die Miakoda halten zusammen. Wir liefern niemanden aus, um keinen Preis! Wir sind doch nur noch so wenige ..."

„Glaubst du, die Ratken werden wiederkommen?", fragte sie und spürte, wie Angst ihren Hals zuschnürte. Sie war nirgends sicher! Und sie wusste nicht einmal, warum sie gesucht wurde! Nur, dass es dieser Zayda in Sinas Träumen größte Freude bereitet hatte, sie mit dunkler Magie zu quälen!

„Ich weiß es nicht, aber wir müssen auf der Hut sein. Ich nehme an, dass sie vorerst woanders weitersuchen."

„Aber wenn ich das Haus verlasse ... wird dann nicht jeder wissen, dass ich diejenige bin, die sie suchen?"

„Hoffentlich nicht. Immerhin wurdest du nachts hierher gebracht und die Ratken haben nur mit Conroy und Shetan gesprochen. Niemand weiß, was sie wollten, auch wenn es sich inzwischen herumgesprochen hat, dass sie da waren. Conroy hat den Dorfleuten einen anderen Grund für das Auftauchen der Ratken genannt. Deshalb hat Shetan ihn eingeweiht, damit wir eine Deckung für dich finden können und nicht herauskommt, wer du wirklich bist."

Sina lachte traurig auf. „Ich wüsste auch zu gerne, wer ich wirklich bin", sagte sie leise. Sie schwiegen eine Weile und Sina aß. Tarek stand am Fenster und sah sie einfach nur an, bis Sina schließlich die Stille brach.

„Hat es geschneit?"

Er nickte kräftig. „So viel wie noch nie zu dieser Jahreszeit. Es ist noch einmal richtig kalt geworden, deshalb ist der Regen dann in Schnee übergegangen. Eigentlich sollten schon die Krokusse blühen, aber sieh selbst ..."

Damit stieß er den Fensterladen ganz auf und Sina stieg wankend aus dem Bett. Es fröstelte sie in dem langen Hemd, doch sie trat trotzdem ans Fenster.

Draußen war alles weiß.

Die Häuser, die Bäume, der Boden. Alles war mit einer dicken Schicht Schnee überzogen und glänzte im Licht der Sonne, die über den Häusern langsam den blauen Himmel erklomm, wie tausend Kristalle.

Wieder musste Sina husten und Tarek schloss das Fenster. Es war genug frische Luft in das Zimmer geströmt. Jetzt musterte Tarek die kranke Fremde. Sina kam sich auf einmal nackt und schäbig vor.

Ich sehe bestimmt schrecklich aus ...

Aber dann hob er plötzlich die Hand und legte sie auf ihre Stirn. Erschrocken lief Sina rot an und starrte in seine schwarzen Augen, während sie beide einfach still dastanden und Tarek die Hand schließlich wieder sinken ließ.

„Du hast ja immer noch Fieber! Sofort wieder ins Bett mit dir, während ich rüber zu Mokuba gehe und noch einige Kräuter hole."

„Kannst du mich denn behandeln?“, fragte Sina überrascht.

„Nur weil ich jung bin, heißt das nicht, dass ich nichts von meinem Großvater und seiner guten Freundin gelernt habe. Und Mokuba ist eine Meisterin auf dem Gebiet der Heilung. Also dann bis gleich. Und trink deinen Tee!“

Immer noch verblüfft stand Sina neben dem Fenster und sah ihm nach, als er rasch das Zimmer verließ. Sie setzte sich auf das Bett und schenkte mit zittrigen Armen Tee in den Becher. Der Sud schmeckte würzig und war immer noch sehr heiß. Als sie darauf blies, musste sie erneut krampfhaft husten und hätte beinahe alles verschüttet.

Tarek kehrte nach einer Weile mit einem Schal und einem Beutel Kräuter zurück. Er streute ein paar der getrockneten Blätter in den heißen Tee, den Rest legte er daneben. „Ich mache dir nachher noch einen Sud. Aber jetzt trink erst einmal den ganzen Tee leer.“

„Ich ähm ... Danke, das ist echt freundlich von dir. Doch sag mal, hast du nichts anderes zu tun?“ Tarek zog eine Augenbraue hoch. „Also nicht, dass ich mich nicht über deine Anwesenheit freue, aber du musst wirklich nicht deinen ganzen Tag bei mir verschwenden“, fügte Sina hastig hinzu.

„Ich bin aber gerne da! Sei nicht so bescheiden. Ich möchte nicht das Risiko eingehen, dass du noch kränker wirst. Du hast jetzt schon drei Tage gefiebert ... und ich habe Zeit ...“, meinte Tarek und wurde am Ende des Satzes immer leiser. „Du solltest dich jetzt noch ausruhen. Versuch etwas zu schlafen“, sagte er schließlich.

„Aber das habe ich doch schon lange genug“, rief sie.

„Ich meine erholsamen Schlaf, nicht das Fieberdelirium, in dem du gelegen hast. Du musst dich erholen!“

„Na gut.“ Jetzt war es an Sina, kleinlaut zu sein. Tarek schmunzelte und ging dann. Sina trank nachdenklich den Tee. Er hatte recht, sie war tatsächlich müde, aber die Erschöpfung wurde von lästigen Fragen überlagert, auf die sie noch immer keine Antworten finden konnte.

«†»

Alrac trat mit langsamen Schritten vor den Thron und neigte den Kopf zu Boden, um auf die Beachtung der Königin zu warten.

„So, Alrac, deiner Haltung kann ich entnehmen, dass ihr keinen Erfolg hattet ... Was ist geschehen?“

Der Ratke sah auf und blickte in das Gesicht der Königin. Zu seiner Überraschung wirkte sie nicht zorniger als sonst auch, wenn er sie sah.

Hatte sie seinen Misserfolg etwa vorausgesehen? Er schluckte und schob diese Gedanken dann beiseite.

„Meine Königin, wir reisten an den Ort, den der Kalte Euch zeigte, und fanden den toten Verräter. Er hatte ein Stück Stoff bei sich, höchstwahrscheinlich von der Kleidung des Mädchens, also ließ ich meine Männer einige Hunde holen. Sie fanden eine Spur, aber als wir noch keine Meile weit waren, fing es stark zu regnen an und die Hunde verloren die Fährte. Auf der Karte fanden wir zwei Dörfer in der Nähe, Yerima und Ornanung.“

Zayda blickte plötzlich mit größerem Interesse auf.

„Wir befanden uns näher an dem Dorf namens Ornanung, ein alter Mann meinte, er habe ein Mädchen auf dem Karren eines Händlers liegen sehen ... Es klang für mich etwas merkwürdig, aber dann zeigte er mir seine Erinnerungen“, begann er zu berichten und schien plötzlich ganz aufgeregt. „Sie war es! Eindeutig! Sie wurde auf einem Karren weggebracht. Der Alte berichtete, dass sie schwer verletzt gewesen war und kaum noch atmete. Wir verließen das Dorf und trafen uns mit einem zweiten Trupp, bevor wir nach Yerima reisten, um auch dort nach ihr zu suchen. Ebenfalls erfolglos, dort hat keiner eine Frau auf einem Karren bemerkt. Aber Yerima ist größer, sie könnte unbemerkt geblieben sein, wenn eine Decke über ihr lag.“

„Zeig mir das Gesicht des Mannes in Ornanung!“, meinte Zayda, stand auf und blieb vor Alrac stehen.

Sie hob eine Hand an seine Stirn und schwarzer Nebel drang auf ihn ein, dann verdrehte der Mann die Augen.

«†»

Regen versperrte Zayda die klare Sicht, als sie in die Erinnerung des Ratken eindrang. Sie sah schemenhafte Häuser, doch sie konnte das Gesicht des Mannes vor ihr nicht erkennen. Er wirkte nicht sehr alt, dann fiel Zayda eine zweite Gestalt auf. Sie runzelte die Stirn, als sie den gebückten alten Mann betrachtete, doch nichts regte sich in ihr. Es war zu dunkel, um ein Gesicht unter der Kapuze zu erkennen, auch als er von Alrac gepackt wurde, um die Erinnerung auszutauschen. Sie sah verschwommen das Mädchen auf dem Boden liegen und ihr Herz schlug schneller. Sie war es! Diese verdammte kleine ... Sie lag da, wirkte fast tot ... Dann die nächste Erinnerung des Alten, wie sie auf einem Karren lag, von einem Sack halb verdeckt, und wie der Wagen aus dem Dorf rollte ...

Mit einem genervten Seufzer zog Zayda ihre Hand zurück und schüttelte dann den Kopf.

Alracs Gesichtsausdruck klärte sich. „Wenn Ihr wünscht, könnten wir das Dorf für Euch bestrafen, meine Gebieterin. Der Alte hatte eindeutig eine rebellische Ader, auch wenn er unterwürfig tat. Ein paar rollende Köpfe könnten das ändern."

Zayda schmunzelte. „Nein, lasst die dummen Bauern weiterleben, das sind keine Rebellen. Das Mädchen würde niemals an einen Ort gebracht, wo ihr keiner etwas beibringen kann. Du hast es ja selbst gesehen, sie wurde weggebracht. Aber sie hätten es melden sollen, dass etwas in ihren Wäldern vorgefallen ist! Alrac, ich gebe dir hiermit einige weitere Aufgaben, die du erledigen sollst. Gib den Auftrag, dieses Dorf mit höheren Abgaben zu bestrafen, das wird sie lehren, sich besser zu benehmen. Ich kann jetzt keinen Aufruhr wegen rollender Köpfe oder gar eines brennenden Dorfes gebrauchen, es gibt Wichtigeres. Ich will, dass ihr weitersucht, aber unauffälliger als in diesen Dörfern! Ich hatte doch gesagt, ihr solltet vorsichtig vorgehen. Patrouilliert notfalls in noch kleineren Gruppen. Die Leute sollen auf keinen Fall wissen, dass ich eine Magierin suche – dass *sie* mir entkommen konnte!

Das könnte zu Aufständen führen, die uns die Suche nach ihr nur erschweren würden. Nehmen wir also an, der Mann im Dorf hat die Wahrheit gesprochen. Er sagte Norden, also sucht im Norden – *aber auch* im Süden nach ihr. Stellt Straßenwachen auf. Händler und andere Reisende müssen kontrolliert werden."

„Meine Königin, Ihr glaubt also, dass die Gesuchte immer noch lebt? Trotz eines Ratkenbisses? Auch wenn der Alte sie noch lebend gesehen hat, dann müsste sie mittlerweile ..."

Zayda hob ihre Hand und ließ ihn verstummen. „Sie ist etwas Besonderes. Es wurde so viel Aufwand getrieben, um sie zu befreien. Wenn jemand die Macht hat, sie aus meinem Gefängnis zu holen und einen Bilur zu erschaffen, der nicht verfolgt werden kann, dann wird man sie auch mit Schutz- und Heilmagie umgeben haben. Auch wenn sie nicht mit dem Überfall von Netzjägern rechnen konnten, werden sie sie geschützt haben. Sie könnte schon wieder gesund sein!"

„So gesehen war das Auftauchen der Netzjäger ein großes Glück für Euch, nicht wahr? Sonst wäre sie vermutlich direkt zu den Verrätern gebracht worden."

Zayda lächelte amüsiert. „Du hast recht. Jetzt gehe deinen Aufgaben nach."

Alrac verneigte sich. „Wie Ihr wünscht. Kann ich sonst noch etwas für Euch tun?"

Zayda winkte ab. „Nein, du kannst gehen."

Alrac drehte sich auf dem Absatz um und verließ den Saal. Aus dem Schatten hinter Zaydas Thron trat ihr erster Berater.

„Mir scheint, er ist nicht so einfältig wie manch anderer Kommandant, Herrin."

Zaydas Lächeln wurde etwas breiter. „Wir behalten ihn im Auge. Vielleicht erweist er sich als würdig, in meinen Beraterstab eingeführt zu werden. Kümmere dich darum, falls er sich weiter gut anstellt."

„Natürlich, meine Königin."

Der Berater verneigte sich ebenfalls und ließ sie allein.

«†»

Zwei weitere Tage vergingen.

Sina hatte langsam das Gefühl, durch ihre Adern fließe schon Tee anstelle von Blut, so viel hatte sie getrunken. Doch das Ergebnis ließ sich sehen.

Das Fieber war abgeklungen und auch der Husten hatte sich wieder gelegt. Sie war einfach noch sehr erschöpft.

Tarek und Shetan hatten sich weiter um sie gekümmert und darauf bestanden, dass sie liegen blieb, um sich zu erholen. Shetan unterzog sie einige Male einer kurzen magischen Heilung, um die Wunden auf ihrem Rücken und in ihrem Nacken weiter zu versorgen. Sina hatte erst heftig widersprochen, aber als er sie fragte, warum sie seine Hilfe ablehnte, zögerte sie und konnte ihm keine sinnvolle Antwort geben. Wie würde es denn klingen, wenn sie ihm erzählte, dass diese Zayda sie in ihren Träumen gefoltert und bedroht hatte? Dass sie deshalb Angst vor Magie und deren Konsequenzen hatte? Er würde es nicht verstehen ... Also ließ sie ihn seine Heilungen durchführen. Sie verspürte dabei jedes Mal einen wohligen Schauer und eine Neugierde, aber ihr Geist sträubte sich davor, sich selbst wieder mit der Magie einzulassen. Der Schmerz hatte sich in ihren Geist gebrannt, und wenn sie an Magie dachte, wurde ihr sofort elend. Aber sie schwieg und versuchte, ihre Albträume zu verdrängen.

Am Vormittag des dritten Tages kam Tarek lächelnd zu ihr und fragte, wie sie sich fühle. Er hatte etwas Schnee im Haar, der jetzt schmolz, während er an ihrer Bettkante saß.

„Es geht mir besser ... Ich kann nur nicht aufhören, an diese Ratken zu denken, die hier waren ... Ich habe Angst, dass sie noch einmal kommen“, gestand sie und wunderte sich darüber, wie offen sie auf einmal mit ihm sprach. Sollte sie ihm auch von den Träumen erzählen?

„Sie haben Shetans Lügen geschluckt. Sie glauben, du wurdest von hier weggebracht. Shetan und ich haben uns eine Menge Gedanken darüber gemacht, wie wir den Dorfleuten dein plötzliches Auftauchen erklären können. Shetan hat mit Conroy gesprochen. Er ist immerhin der Dorfführer. Aber er wird nicht verraten, dass du gesucht wirst, solange er darin keine Bedrohung für das Dorf sieht ..."

Sina nickte langsam. „Und was habt ihr vor?"

„Also ...", fing Tarek an, zögerte dann jedoch, bevor er weitersprach. „Wir werden erzählen, dass deine Familie von Ratken gefangen genommen wurde. Dann erregst du Mitleid und kein Misstrauen. Außerdem kannst du genaueren Fragen dann ausweichen und man wird Verständnis für deine Zurückhaltung haben. Die Leute werden sicherlich viel darüber reden, aber das kann uns eigentlich egal sein. Wir werden nur den Leuten etwas sagen, die fragen. Die anderen hören dann von deiner 'Vergangenheit' und es kommt nur zu Spekulationen über Maila und die Ratken dort."

„Maila? Was ist denn das?"

Tarek schmunzelte. „Das ist eine Stadt, Sina. Eine sehr große Stadt, so weit entfernt, dass noch niemand aus Ornanung dort gewesen ist. Wenn dich jemand fragt, sagst du, deine Familie ist fort und du hast einen Schlag auf den Kopf bekommen und wurdest liegen gelassen. Wenn jemand Details vom Stadtleben erfahren möchte, kannst du behaupten, deine Erinnerung sei trübe oder du wolltest nicht darüber sprechen, da es zu sehr schmerzt."

„Und wie stehe ich in Beziehung zu euch? Bin ich jetzt etwa deine Schwester?"

„Nein, wie sollten wir denn dann erklären, dass du noch nie hier gewesen bist? Nein, das geht nicht. Alle wissen, dass meine Eltern tot sind ..." In Tareks Stimme klang ein alter Schmerz mit, ehe er sich in Schweigen hüllte.

Sina schluckte bei dem Gedanken daran, dass er seine Eltern verloren hatte. Erneut musste sie daran denken, was wohl mit ihren eigenen Eltern geschehen war. Tief in ihrem Inneren regte sich der Gedanke, dass es ihnen vielleicht ähnlich ergangen sein könnte und ein Kloß bildete sich für einen Moment in ihrem Hals ... Doch darüber wollte Sina nicht nachdenken. Oder wollte sie es doch? Die Tatsache, sich an nichts erinnern zu können, mahlte in ihr wie ein Mühlstein. Wer waren ihre Eltern und wo steckten sie jetzt? Und was war geschehen, vor der schrecklichen Zeit im Gefängnis der schwarzen Königin?

Sina öffnete den Mund, um ihm zu antworten – da klopfte es plötzlich laut an die beschlagene Scheibe des Fensters. Ein lederner Handschuh tauchte auf und rieb die Kristalle auf dem Glas in einem kleinen Kreis fort. Sina sah rotes, lockiges Haar durch das klare Stück, dann tauchte ein grünes Augenpaar auf und linste hindurch.

Tarek sprang auf. „Verdammt ... Lass mich einfach reden!", meinte er hastig, ging um das Bett herum, schob den Riegel zurück und öffnete das Fenster für die junge Frau. Ihr Haar umwallte in feurigem Rot ihren Kopf und auch ihre Nase war durch die Kälte gerötet. Sie war dick angezogen, trug einen Wollschal und einen ledernen Mantel. Wenn sie atmete, bildeten sich kleine Wölkchen vor ihrem schönen Gesicht.

„Hallo Tarek! Kommst du raus? Elaya und Jesco warten schon, Malak hat keine Zeit, aber wir wollen in den Wald. Es ist herrliches Wetter für einen Spaziergang und eine heiße Diskussion über die Ratken!"

„Ich weiß nicht ... Ich habe eigentlich noch eine Menge zu tun ..."

Fasziniert starrte Sina in das Gesicht der Frau, während sie einen Anflug von Neid über die Vertrautheit der beiden verspürte. Die andere war vielleicht neunzehn, groß gewachsen und hatte eine schöne Stimme. Jedenfalls schien sie auf einmal Sinas Blick zu spüren und ihre grünen Augen trafen auf Sinas eisblaue. Unbehaglich rutschte Sina tiefer in die Kissen, als sich die Brauen der Fremden zusammenzogen und ihre Augen sich verschmälerten.

„Wer ist das denn?", wollte die Frau wissen und deutete auf das Bett.

Tarek zuckte unter ihren Worten zusammen und hob dann beschwichtigend die Hände. „Das? Ach, das ist niemand, nur ... nur ..."

„Tarek, du warst noch nie gut im Lügen!“, meinte die andere ernst, doch ein schelmisches Lächeln huschte über ihre Lippen, bevor sie Sina einen weiteren Blick zuwarf.

„Es ist nicht so, wie du denkst! Sie ... sie kommt nicht von hier. Asyra, darf ich vorstellen, das ist Sina. Sie kommt aus Maila ... Ihre ... Familie wurde von den Ratken angegriffen und sie musste fliehen. Sie ist die Enkelin eines alten Freundes von Shetan.“

„Freut mich, dich kennenzulernen. Das mit deiner Familie tut mir wirklich leid, ich verstehe das besser, als du denkst. Du kannst auch gerne mitkommen, wenn du willst?“, fragte Asyra.

„Freut mich auch“, stammelte Sina, überrascht über die unerwartete Freundlichkeit.

Doch Tarek erhob sofort Einspruch. „Oh nein, Sina ist krank, die geht vorerst nirgendwo hin.“

„So fürsorglich kenne ich dich ja gar nicht“, meine Asyra stichelnd, aber Sina hörte auch einen gereizten Unterton.

„Ich ... ich komme gleich nach, ja? Und erzähle den anderen nicht von ihr! Niemandem, verstanden? Ich kläre euch nachher auf, sobald ich da bin.“

„Von mir aus. Bis dann.“ Damit winkte Asyra kurz ab und verschwand aus Sinas Blickfeld. Einen Moment hörte sie noch das Stapfen ihrer Stiefel durch tiefen Schnee, dann schloss Tarek wieder das Fenster.

„Wo liegt denn Maila?“, fragte Sina und beobachtete Tareks Gesicht, während er Asyra durch das Fenster hindurch nachsah.

„Im Delta des Flusses Yor, sehr weit im Norden. Wenn dich jemand fragt, dann bist du hierher zu Shetan gekommen, da du nicht in Maila bleiben konntest. Wächter haben, wie gesagt, deine Familie gefangen genommen.“

„Aber ...“, setzte Sina an, doch dann nickte sie. „Gut, wenn ihr das für richtig haltet, bleibe ich bei der Geschichte.“

„Sehr gut. Dann sehen wir uns später, ich muss Asyra vom Plappern abhalten.“

„Ich möchte aber wirklich gerne mitkommen! Außerdem ist das nicht deine Entscheidung, ich liege jetzt seit vier Tagen hier, ich will endlich raus an die frische Luft und in den Schnee!"

„Aber –", protestierte Tarek und sah sie überrascht an.

„Nichts aber, ich kann selbst entscheiden, wie gut es mir geht. Außerdem hat mich deine Freundin ja gerade eingeladen!", sagte Sina bestimmt.

„Wie du meinst. Unter dem Bett ist eine Kiste mit Winterkleidung. Bedien dich", sagte er rasch und ging dann aus dem Zimmer.

Sobald er die Tür hinter sich geschlossen hatte, stand sie auf. Ihre Beine kamen ihr dünn und schwach vor, doch sie zog die Kiste hervor und mied den Spiegel, wo ein magerer blasser Geist sie anstarren wollte.

Sie fand einen dicken Unterrock in der Kiste, dazu lederne, mit Fell gefütterte Handschuhe und dicke, gestrickte Socken und eine Mütze. Richtig, sie sollte jetzt wohl die passende Kleidung anziehen. Aber ein langes Kleid im Schnee? Sie öffnete den Schrank und besah sich noch einmal die Sachen darin. Dann zog sie sich doch zuerst die alte Hose von Tarek an, darüber den warmen Unterrock und einen der festen Leinenröcke, die im Schrank lagen. Passend dazu gab es ein ebenfalls dunkelblaues Oberteil mit Schnürungen und langen Ärmeln. Sie zog die dicken Socken an und schnappte sich Handschuhe und Mütze.

Im Flur wartete Tarek auf sie und reichte ihr einen gefütterten Mantel. Er betrachtete sie von oben bis unten und lächelte traurig.

„Das letzte Mal, als ich diese Sachen sah, lebte meine Mutter noch", stellte er fest.

Sina schluckte. „So-soll ich doch hierbleiben? Wenn es dich stört –"

„Nein", erwiderte er bestimmt und schüttelte den Kopf. „Du willst raus, das werde ich dir deswegen nicht abschlagen. Nun lass uns einmal sehen, ob dir auch ihre Schuhe passen."

Er öffnete eine Truhe, die im Schatten der Treppe stand, und zog ein paar verstaubte Stiefel hervor.

Obwohl ihr zum Heulen zumute war, rang sie sich ein dankbares Lächeln ab und probierte sie an. In all den verschiedenen Stoffschichten wollte ihr das allerdings nicht recht gelingen und so gebot Tarek ihr, einfach ihre Röcke anzuheben und band ihr wortlos die Riemen der Stiefel fest.

Sie passten ihr gut und waren schön warm. Sina dankte ihm mit zittriger Stimme und er bedeutete ihr mit einem Kopfnicken, ihm zu folgen.

Draußen war es eisig kalt.

Sina schlüpfte rasch in die steifen Lederhandschuhe, die sie in der Kiste gefunden hatte, froh über das Futter aus Fell, und zog den Schal noch weiter ins Gesicht.

Trotz der Kälte war es wunderschön. Das Dorf schien im Winterschlaf zu liegen. Die hervorstehenden Fachwerkbalken der Häuser waren schneebedeckt und Rauch stieg aus allen Schornsteinen auf. Überhaupt schien ihr das Dorf aus dieser Sicht über den verschneiten Platz recht überschaubar. Die Häuser waren in einem Kreis um den Brunnen und den Dorfplatz aufgebaut, aber die gegenüberliegenden Gebäude hatten im Gegensatz zu Shetans Heim keine Gärten, sondern grenzten direkt an den Dorfplatz und waren auch höher. Dazwischen führten einige Straßen sanft ansteigend weg. Die Bauten, die Sina weiter entfernt sehen konnte, waren ebenfalls dicht gedrängt. Einige Häuser am Dorfplatz waren aus großen, beschlagenen Steinen und Fachwerk errichtet, die meisten anderen anscheinend hauptsächlich aus Holz.

Sina schaute sich neugierig um, aber es war niemand zu sehen. Vielleicht war das auch besser so, denn Tarek schien erleichtert.

Der Himmel strahlte in einem kalten Blau, nur im Westen, über schroffen, weißen Bergen, türmten sich Wolken und verhießen neuen Schnee. Die Sonne stand noch nicht hoch, doch ihre Strahlen ließen den Schnee wie tausend Diamanten funkeln.

Tarek stapfte durch den tiefen Schnee und führte Sina um das Haus herum und über einen kleinen, verschneiten Weg entlang einiger Koppeln und Felder. Sie schienen ganz am Rand des Dorfes zu wohnen und doch am Dorfplatz! Sina wunderte sich über diese Lage des Hauses und fragte sich, ob es wohl etwas Besonderes war ...

Aber sie kam nicht dazu, Tarek zu fragen, denn er war in Gedanken versunken und schien nicht an einer Unterhaltung interessiert zu sein. Der Weg führte rasch in einen nahegelegenen Wald. Sie kämpften sich durch eine dichte Hecke am Waldrand, wo schneebeladene Äste sich über einen schmalen Pfad bogen und ihn versperrten, dann ragten vor ihnen hohe Bäume auf. Der kahle Boden war jetzt von einer dicken Schneeschicht bedeckt, in der sie gelegentlich Spuren von Tieren entdecken konnte.

Asyra und eine kleinere Frau mit sehr kurzem, braunem Haar und einem frechen Grinsen auf dem Gesicht warteten neben einem eingeschneiten Holzstapel auf sie. Beide trugen dicke Röcke und Mäntel, ähnlich wie Sina, also hatte sie wohl die richtige Kleidung gewählt.

Als sie näher kamen, trat auch noch ein Mann hinter dem Holzstapel hervor. Er wirkte älter als die anderen, vielleicht auch eher etwas erhabener. Seine Körperhaltung strahlte Selbstbewusstsein aus. Sein Gesicht war ernst, seine glatten braunen Haare lang und zurückgebunden, er wirkte streng, aber auch höflich interessiert.

Die Kleine neben Asyra erblickte Tarek zwischen den Bäumen zuerst und sprang freudig lächelnd auf sie zu. Sie kam ein Stück näher, rief nach Tarek und blieb dann wieder stehen, denn sie hatte offensichtlich die Fremde neben ihm entdeckt.

Der Mann und Asyra kamen ebenfalls einige Schritte auf sie zu und warteten gemeinsam, ein paar leise Worte wechselnd.

„Elaya und Jesco, das ist Sina“, sagte Tarek und zeigte mit einem freundlichen Lächeln auf Sina, sobald sie sie erreicht hatten.

„Sina? Ein ungewöhnlicher Name!“, meinte Elaya und Jesco nickte.

Genau dasselbe könnte ich von allen euren Namen sagen!, dachte Sina und lächelte schüchtern, während sie Elayas junges Gesicht betrachtete. Ihre braunen Augen glitzerten, die Nase und Wangen waren durch die Kälte gerötet. Sie mochte vielleicht fünfzehn oder sechzehn sein.

„Woher kommst du? Ich habe dich noch nie im Dorf gesehen", meinte Jesco. Es klang mehr wie eine Feststellung als eine Frage. Sina war über seine Direktheit etwas irritiert und wusste nicht recht, wie sie antworten sollte.

Asyra sah Tarek eindringlich an und er nickte, als habe er ihre Gedanken gelesen. „Sina kommt aus Maila. Sie wird eine Weile bei mir und Shetan wohnen."

„Aus Maila? Dann musst du ja Wochen unterwegs gewesen sein! Was führt dich hierher?", fragte die junge Elaya aufgeregt. Sina gefiel ihre quirlige Art, aber sie schaute dennoch auf den schneebedeckten Boden und schwieg einen Moment. Ihr war klar, dass Tarek nicht die ganze Zeit für sie einspringen konnte, also mussten die Lügen jetzt beginnen.

„Ich musste fliehen. Meine Familie ... Sie wurden alle verhaftet, ich wusste nicht, zu wem ich sonst sollte."

„Verhaftet?", fragte Jesco und runzelte die Stirn. Erst nach einem Augenblick wurde Sina klar, dass er nicht nach der Gefangennahme zu fragen schien – sondern dass das Wort ihm einfach fremd vorkam.

„Ich ... Ihr müsst wissen ... Ich erinnere mich an kaum etwas. Ich stand völlig unter Schock ... hatte einen Schlag auf den Kopf bekommen ...", murmelte sie und starrte immer noch in den Schnee. Erst als die anderen weiterhin schwiegen, sah sie kurz auf und warf Tarek einen fragenden Blick zu.

„Du hast dein Gedächtnis verloren?", fragte Asyra schließlich und auch die anderen schienen verwirrt.

Tarek nickte und half weiter. „Sinas Großvater war ein alter Bekannter Shetans ... Sie kannten sich aus einem der Tempel, in dem Shetan als junger Mann eine Weile gelebt hatte. Es war eine der wenigen Erinnerungen, die ihr noch geblieben sind, als sie in den Straßen der Stadt wieder aufwachte, nachdem ihre Familie von Ratken gefangen genommen worden war."

„Oh, bei den Hütern, das ist ja furchtbar“, flüsterte Elaya und Sina meinte, Tränen in ihren Augen zu sehen.

Überrascht bemerkte Sina eine plötzliche Wut auf den Gesichtern der anderen. Sie hatte niemals damit gerechnet, dass diese Fremden ihr und ihren Lügen Sympathie entgegenbringen würden.

„Diese verdammten Bastarde!“, meinte Jesco leise und Elaya nickte trotzig, schluckte heftig und machte sich daran, ihre Meinung über die Ratken kundzutun, doch Asyra kam ihr zuvor.

„Ich hatte also doch das richtige Gefühl bei dir ... Zuerst dachte ich, du seist vielleicht ein Spion, aber wenn Tarek das Gegenteil behauptet, kann es wohl nicht stimmen. Du hast viel durchmachen müssen wegen der Ratken.“

„Ich hasse diese Monster!“, rief jetzt Elaya, die bisher angespannt ihre Luft angehalten hatte, und zuckte beinahe wegen ihrer eigenen Lautstärke zusammen.

„Sei leise, Elaya!“, zischte Jesco und sah sie tadelnd an.

„Tut ... tut mir leid“, stammelte sie, bevor ihr Blick wieder trotziger wurde. „Aber hier ist doch niemand außer uns!“

„Das weißt du nie! Du solltest nicht so unvorsichtig sein. Solange keiner von uns plötzlich das Gehör eines Wolfes oder das Gespür eines Magiers entwickelt, musst du dich zurückhalten!“ Er musterte Sina mit hochgezogener Augenbraue, als erwarte er eine Aussage von ihr.

„Bitte ... Lasst euch wegen mir nicht die Laune verderben ... Asyra schien vorhin so unbekümmert, ich komme klar und möchte nicht, dass ihr wegen meiner Geschichte in Schwierigkeiten geratet“, meinte Sina und betrachtete die junge Frau mit den roten Haaren.

„Gut ... Wollen wir dann jetzt endlich gehen? Elaya behauptet, auf der Eichenlichtung liege der Schnee ganz besonders hoch!“, sagte Asyra und Elaya grinste breit. Tarek nickte und sie stapften erneut los.

Während die vier Freunde redend – und nach einer Weile auch wieder lachend – durch den Wald stapften, folgte Sina ihnen voller

Zurückhaltung. Sie schwieg die meiste Zeit und dachte darüber nach, was die Freunde wohl gemeint hatten, als sie von den Ratken gesprochen hatten. Nur Elaya stellte ihr neugierig ein paar Fragen. Auf die meisten konnte Sina jedoch keine Antwort geben oder sie war gezwungen, über diese unbekannte Stadt zu lügen, was sie noch mehr irritierte und verunsicherte. Sie musste die ganze Zeit aufpassen und sich ermahnen, nicht versehentlich Begriffe zu verwenden, die hier niemand kannte. Das Ganze war sehr anstrengend und bereitete ihr langsam Kopfschmerzen. Tarek hatte sie gewarnt, sie durfte sich nicht verraten, aber sie fühlte sich unwohl dabei, Lügengeschichten zu erfinden.

Elaya war jedoch unbeirrt freundlich. Sie sprudelte drauflos, erzählte von sich, ihren Geschwistern und ihrer Familie, die anscheinend auf der anderen Seite des Platzes, ganz am Rand des Dorfes, lebte.

„Meine Eltern haben einen Hof. Sie züchten Pferde, so wie ich es dann auch eines Tages tun werde. Ich kann mit Pferden wirklich gut umgehen. Ich habe eine ältere Schwester und einen Bruder. Meine Schwester Eidara ist bereits verheiratet ... Sie lebt mit ihrem Mann am Dorfrand, wir noch ein Stückchen weiter, bei unseren Koppeln. Mein Bruder, Malak, hat vor einer Weile eine Lehre zum Schmied begonnen, er arbeitet als Geselle beim Dorfschmied Nokten."

„Aber ...", meinte Sina und dachte angestrengt nach, weil sie authentisch klingen wollte, „... wäre es nicht üblich, dass er als der Älteste einmal den Hof übernimmt?"

Elaya grinste. „Na ja ... Nicht wirklich. Aber du bist ja aus der Stadt, nicht wahr?"

Sina wurde rot. Sie fühlte sich bei einer Dummheit ertappt und presste ihre Lippen zusammen.

Jetzt lachte Elaya. „Es sei dir vergeben. Bei uns ist es eher üblich, dass die Jüngsten die Höfe übernehmen, weil unsere Eltern ja noch lange arbeiten können, wenn die Ersten geboren werden ... Außerdem ist der Sohn des Schmieds noch ganz klein und

Nokten brauchte dringend Hilfe ... Und mein Bruder weiß mit Metall geschickter umzugehen als mit Lebewesen."

Sie kicherte frech und die anderen lachten, als wüssten sie genau, was Elaya meinte. Sina runzelte die Stirn und schwieg, sie würde diesen Malak sicherlich auch noch kennenlernen.

Sie warf Elaya einen langen, verstohlenen Blick zu und konnte nicht umhin, einen Hauch von Unzufriedenheit zu bemerken, der kurz über ihr Gesicht huschte. Weshalb, konnte sie aber nicht sagen und traute sich auch nicht zu fragen.

Dann erzählte Elaya unaufgefordert, dass ihre Freundin Asyra eines Tages die nächste Heilerin im Dorf sein würde, von ihrer Großmutter ausgebildet wurde, und als Arbeit bereits Wunden und Krankheiten behandelte, um etwas für ihren Unterhalt zu verdienen.

„Sie macht allerdings auch oft Gänge in den Wald und auf Wiesen, um Kräuter zu sammeln."

Sina wurde abermals von dunklen Gedanken niedergedrückt, als Elaya berichtete, wie Tarek Asyra fast immer begleitete.

Sie warf einen Blick zu der Rothaarigen und diese erwiderte ihn mit einer kühlen Abneigung, die Sina kurz den Hals zuschnürte. Endlich schien auch Elaya zu merken, dass sie zu viel erzählte, hüpfte dann rasch voraus und ließ Sina in Ruhe.

Wind kam auf und trieb die Wolken von den Bergen in rasantem Tempo auf die Wälder zu. Als Sina und die anderen gerade aus dem Wald auf die große Lichtung traten, von der Elaya erzählt hatte, begann es sachte zu schneien.

Tarek, Asyra und Jesco blickten fragend zu Elaya, traten weiter aus dem Wald und sahen sich erwartungsvoll auf der verschneiten Lichtung um. Doch keiner von ihnen – auch nicht Elaya, die lachend mit der Zunge Schneeflocken fing – bemerkte, wie Sina an den letzten Bäumen stehen geblieben war und schief lächelte.

„Und was sollen wir jetzt hier?", fragten Asyra und Tarek wie aus einem Mund und mussten lachen. Als Antwort sauste ein Schneeball ganz knapp an Tareks Schulter vorbei und zerplatzte sprühend auf Asyras Rücken. Die beiden drehten sich überrascht um, Elaya und Jesco standen doch vor ihnen!

Hinter ihnen, an einen Baum gelehnt, stand die blasse Sina und starrte Asyra verunsichert an, die jetzt böse schaute. Sina verfluchte innerlich ihre schwachen Arme, sie hatte doch Tarek treffen wollen. Sie machte es nur noch schlimmer, indem sie jetzt Asyra getroffen hatte.

„Oh, du! Ich dachte schon, du taust nie auf!“, rief dann Elaya lachend und ließ sich auf die Knie sinken, um mit ihren behandschuhten Händen einen großen Schneeball zu formen.

„Wie soll ich denn bei diesen Temperaturen auftauen?“, meinte Sina zögerlich und zog zwei weitere Schneebälle hinter ihrem Rücken hervor. Einen behielt sie in der linken Hand, den anderen warf sie spielerisch drohend mit der rechten immer wieder hoch und fing ihn auf. Jetzt musste sie doch grinsen.

„Hoho, da bekomme ich ja richtig Angst!“, murmelte Asyra mit einem schnippischen Ton und wollte ebenfalls einen Ball formen. Doch sie hatte noch nicht einmal Zeit, in den Schnee zu greifen – da kamen bereits aus allen Richtungen Schneekugeln angeflogen, trafen sie auf dem Rücken und an den Schultern und hüllten sie in eine neblige Wolke aus Pulverschnee. Während Asyra noch sprach, hatten die anderen keine Zeit verloren und bereits ihre eigenen Bälle geformt.

Jesco und Elaya taten sich zusammen, ihnen gegenüber waren Tarek und Asyra. Noch bevor Sina wusste, wohin sie jetzt sollte und bevor sie überhaupt ahnte, was sie mit diesem Schneeball ausgelöst hatte, begann der Kugelhagel.

Es wurde gelacht und geschrien, geworfen und auf jeder Seite allmählich ein kleiner Schutzwall gebaut. Sina wollte sich schon in die Schlacht stürzen, da überkam sie Schwindel. Einen Moment kreisten schwarze Punkte vor ihren Augen, Sorge keimte in ihr. Sie wollte nicht hier mitten im Wald vor Tareks Freunden einen Schwächeanfall erleiden, also zog sie sich zurück. Sie trat wieder in den Schutz der Bäume und beobachtete lächelnd, wie sich die beiden Fronten eine erbitterte Schlacht lieferten.

Doch ihr Lächeln erstarb, als sie bemerkte, dass Asyra und Tarek in einer kurzen Wurfpause miteinander redeten. Asyra schien irgendetwas zu sagen, was Tarek offensichtlich unangenehm war, denn er packte eine Handvoll Schnee, dann die lachende Asyra, nahm sie in den Schwitzkasten und seifte sie ein. Er wuschelte ihr mit dem Schnee durch ihre roten Locken, und bis sie sich endlich befreien konnte, waren ihr Haar und ihr Gesicht eiskalt und durchnässt.

„Du Spinner, was hab ich denn gesagt?!“, rief sie etwas beleidigt und schaufelte Schnee über den jetzt seinerseits lachenden Tarek.

Sina wandte den Blick von den beiden ab und richtete ihn auf Elaya und Jesco. Da ihnen offensichtlich keine Beachtung geschenkt wurde, überlegten sie und Elayas Gesichtszüge erhellten sich plötzlich.

Sie redete kurz auf Jesco ein und er nickte. Zu Sinas Überraschung zog Elaya zwei lederne Bänder aus einer Manteltasche, raffte ihre Röcke zusammen und band sie unter dem Mantel rechts und links hoch. Darunter trug sie eine Hose, ähnlich der, die Sina selbst anhatte. Also hatte er seine Freundinnen gemeint, als er davon gesprochen hatte, dass manche Frauen hier sehr wohl Hosen trugen ... Wurde das von anderen Leuten nicht gerne gesehen? Und wieso hatte er gezögert, ihr davon zu erzählen?

Da musste sie schnauben. Wieso wohl? Weil er ihr nicht traute. Sie war eine Fremde und er wollte seine Freunde schützen, ganz besonders Asyra, wie es schien.

Dann lenkte Jesco sie ab, denn er ließ sich in die Hocke sinken und Elaya setzte sich auf seine Schultern.

Einen Moment verharrten sie so, während Jesco ihr Schneebälle aus ihrem Vorrat hochreichte und Elaya diese in ihren Armen häufte. Jesco richtete sich schwankend auf und hielt Elayas Beine fest, damit sie nicht fallen konnte. Ihr Mantel hing wallend hinter seinem Kopf und seinen Schultern und ließ die beiden noch viel gewaltiger wirken.

Tarek und Asyra bekamen von alledem nichts mit, bis Jesco plötzlich losstürmte und Elaya bewaffnet auf seinem Rücken rief: „Zum Angriff!"

Ohne zu zögern, ließ sich Tarek auf die Knie fallen, Asyra raffte ihre Röcke nur zusammen, sprang auf seinen Rücken und wurde nun ebenfalls mit Schneegeschossen ausgestattet.

Damit begann eine ganz andere Art von Kampf.

Tarek und Jesco liefen zielstrebig aufeinander zu und versuchten, nicht aus dem Gleichgewicht zu kommen, gleichzeitig warfen die beiden Frauen auf ihren Schultern sich gegenseitig ihre Munition um die Ohren. Kurz bevor sie unmittelbar zusammentrafen, gingen ihnen die Schneebälle aus und sie fochten mit bloßen Händen weiter.

Gerade als Elaya die Oberhand zu gewinnen schien, bemerkte sie Sina, die am Lichtungsrand an einem Baum lehnte und sie alle beobachtete. Elayas Ausdruck bekam etwas Nachdenkliches – und die kurze Ablenkung reichte Asyra, ihre Chance zu ergreifen.

Ein kurzer Schlag gegen die Schulter, und Elaya ruderte wild mit den Armen. Es gab ein Gewirr aus Stoff, als ihr Mantel nach vorne flog und Jesco die Sicht nahm. Er rief noch etwas Unverständliches unter dem Stoff hervor, aber Elayas Gewicht zog ihn bereits nach hinten. Jesco taumelte und die beiden landeten in einer Schneeverwehung vor einem umgestürzten Baumstamm.

Lachend und jubelnd sprang Asyra leichtfüßig von Tareks Schultern und schloss ihn in die Arme.

Beim Anblick der Jubelnden schluckte Sina und schämte sich zugleich ihrer Eifersucht.

Doch dann rappelte sich Jesco auf und zog die lachende Elaya auf die Beine. Sie klopften sich gegenseitig freundschaftlich auf die Schultern, bevor sie alle laut schnaufend und prustend zu Sina herüberkamen.

„Wieso hast du denn nicht mitgemacht? Wir hätten deine Hilfe brauchen können!", meinte Elaya beinahe vorwurfsvoll und blieb grinsend vor ihr stehen.

„Es ... es war keiner mehr da, mit dem ich hätte mitmachen können!“, erwiderte Sina ausweichend und warf Tarek einen unergründlichen Blick zu. „Ich fühle mich auch noch nicht so gesund“, murmelte sie leise.

„Trotzdem! Na ja ... Blass bist du schon noch etwas“, gestand Elaya ihr zu.

„Außerdem war es äußerst witzig, bei diesem Spektakel zuzuschauen!“, sagte Sina mit einem halbherzigen Grinsen und die anderen gaben sich damit zufrieden.

„Ich kann es kaum erwarten, dass endlich Frühling wird, man hat zwar mehr freie Zeit im Winter, aber ich möchte mich wieder im Bogenschießen üben!“, rief Elaya und schüttelte sich noch etwas Schnee aus den Haaren. Asyra lächelte über ihre Ungeduld. „Ich meine, ich finde Schnee ja ganz toll und so, aber so langsam habe ich genug davon und von der eisigen Kälte. Unsere Mutter ist schon wieder erkältet und ich kriege bald Frostbeulen, wenn das so weitergeht!“

„Und wieso musst du mit dem Bogenschießen bis zum Frühling warten?“, fragte Sina.

Elaya und Asyra sahen sie mit großen Augen an und richteten dann ihren Blick fragend auf Tarek.

„Das soll doch ein Scherz sein, oder?“, fragte Asyra.

„Du kannst also gar nicht Bogenschießen“, stellte Jesco trocken fest und hob fragend eine Augenbraue.

„Also das verstehe ich jetzt nicht. Ich habe noch nie jemanden getroffen, der nicht wusste, dass man bei großer Kälte nicht gut üben kann. Die Pfeile brechen so leicht oder gehen verloren ...“, murmelte Elaya.

Sina blickte, ohne mit der Wimper zu zucken, zurück. „Nein, wieso sollte ich das denn können?“ Ihr Blick zeigte jetzt echte Verwunderung, Tarek regte sich unruhig neben ihr und wollte schon den Mund aufmachen, als Asyra das Wort ergriff.

„Wieso du schießen können solltest? Wieso? Es ist Krieg! Du scheinst ja wirklich *alles* vergessen zu haben, oder? Das bekommt man hier im Wald vielleicht nicht so sehr mit, aber wenn man erst einmal in Richtung Yoruba geht, dann wimmelt es nur so von Ratken und Spitzeln! Bitte sag nicht, dass du mit gar keiner Waffe umzugehen weißt?!", meinte Asyra und sah sie an, als sei sie verrückt. Sinas Verwirrung stieg immer weiter, unter all den plötzlich so bohrenden Blicken wurde ihr schwindlig.

„Nein, soweit ich mich erinnern kann, hatte ich auch noch nie eine in der Hand!", rief sie vehement.

„Du warst doch nicht etwa so eine reiche Ziege aus der Stadt, oder?", fragte Elaya – und zuckte kurz zusammen, als sich Sinas Gesichtszüge veränderten.

„Nein! Nein ...", meinte sie verletzt, doch dann zögerte sie. „Ich kann es nicht sagen. Ich weiß es einfach nicht."

„Tut mir leid ... So eine blöde Bemerkung hätte ich eher von meinem Bruder erwartet, als von mir selbst ...", murmelte Elaya und sie beließen es damit. Unangenehmes Schweigen breitete sich aus.

Sina wandte sich an Tarek, doch sein vorwurfsvoller Blick traf sie wie ein Schlag. Wie dumm von ihr! Auf einmal fragte sie sich, ob sie wohl immer so einfältig gewesen war oder ob der Gedächtnisverlust sie verblödet hatte ... Wie konnte sie nur so eine Unterhaltung anregen? Hatte sie ihm denn gar nicht zugehört?

Tarek wandte sich kopfschüttelnd ab und bedeutete den anderen mit einem falschen Grinsen, sich auf den Weg zu machen. Sinas Gesicht brannte vor Hitze, sie fasste sich an die Stirn und versuchte ein Stöhnen zu unterdrücken. Sie konnte nicht sagen, ob es wieder das Fieber war oder einfach nur ihre Scham. Schließlich schluckte sie und folgte den anderen, die durch den Wald stapften und sich nach der Kälte und Anstrengung lautstark auf einen heißen Tee freuten. Jesco und Tarek schwiegen die meiste Zeit, während Elaya munter vor sich hinplapperte und Asyra und die anderen bald wieder zum Lachen brachte.

Der Schnee fiel jetzt immer stärker und bald waren die Flocken aus winzigen Eiskristallen so groß und zahlreich, dass man keine drei Meter weit schauen konnte. Die eigentlich offenen Felder zwischen dem Wald und Dorf verschwanden nun in einer weißen Wand aus Schneefall. Schließlich kamen die grauen Schatten der ersten Häuser in Sicht und sie erreichten das Dorf. Es war still, der Schnee schluckte alle Geräusche.

Sie begegneten mehreren schweigenden Dorfbewohnern, die sie aber im dichten Schneetreiben nur mit einem knappen Nicken abtaten.

Der Platz lag menschenleer da. Tarek verabschiedete sich mit einer Handbewegung von den anderen, zu erschöpft für große Worte. Sina folgte ihm.

Die anderen winkten, bevor sie alle über den schneebedeckten Platz nach Hause gingen, nur Jesco folgte Tarek und legte ihm eine Hand auf die Schulter, um ihn zu stoppen.

„Ich nehme an, wir sollen mit niemandem darüber reden", stellte Jesco ernst fest, kaum blieb Tarek stehen.

„Wie? Was meinst du?", fragte der und drehte sich zu Jesco. Sina fand, dass es sich gar nicht einmal so unglaubwürdig anhörte, wie er fragte.

„Es ist doch kein Zufall, dass die Ratken hier auftauchen und bei dir gleichzeitig ein unbekanntes Mädchen ohne Gedächtnis. Ich habe meinen Vater darüber vor sich hin murmeln hören. Vermutlich hält Shetan es für das Beste, wenn niemand erfährt, wer nach ihr sucht ... Aber es wird Gerüchte im Dorf geben. Auf jeden Fall sollten wir uns noch einmal besprechen, die anderen sollten auch Bescheid wissen."

„Es gibt nichts weiter zu besprechen", wehrte Tarek ab. „Sina kommt aus Maila, wie ich es gesagt habe. Sie hat aufgrund des Schocks ihr Gedächtnis verloren. Sie ist zu weit weg, als dass man sie hier suchen würde – und dafür gibt es auch keinen Grund. Sie hat nichts verbrochen, ihr Vater hatte einfach Pech, als Magier enttarnt zu werden, deshalb musste die ganze Familie leiden."

Jesco sah ihn mit hochgezogener Augenbraue an, doch dann nickte er nur.

„Wie du meinst. Wir sehen uns." Er wandte sich ab und stapfte durch das Schneetreiben davon.

«†»

Mazuk kochte noch immer vor Wut. Er hatte sich vor seiner Gebieterin nur mit Mühe beherrschen können, als er von dem erneuten Fehlschlag der Suche erfuhr.

Hätte die Königin das nicht schon erledigt, hätte er persönlich all die unfähigen Wächter bestraft, die sich von einem Verräter hatten hinters Licht führen lassen. Nein, er hätte sie nicht nur bestraft. Er hätte sie alle persönlich für ihr Versagen geköpft.

Er konnte es noch immer nicht fassen, dass Jahre seiner Arbeit durch einen einzigen verdammten Mann zunichtegemacht worden waren. Wie gerne hätte er diesen elendigen Bastard Stück für Stück auseinandergeschnitten, um alle Informationen aus ihm herauszupressen.

Es verschaffte ihm kaum Genugtuung zu wissen, dass der Verräter gefunden worden und nun tot war. Denn die Königin hatte ihn viel zu schnell von seinem Leben befreit, das Mazuks Ansicht nach noch lange und qualvoll hätte weitergehen müssen. Er hätte ihm die Füße abgehackt und ihn zusehen lassen, wie sie in seiner Zelle aufgehängt langsam verrotteten!

Seufzend versuchte er, sich zu beruhigen. Es stand ihm nicht zu, die Handlungen seiner Königin in Frage zu stellen. Wenn sie nichts aus dem Verräter herausbekommen hatte, konnte er sich nicht anmaßen zu glauben, er hätte mehr erfahren können.

Jetzt streifte er ruhelos durch die Festung und suchte nach einer Möglichkeit, seine Ehre wiederherzustellen – da fiel ihm jemand ein, mit dem er sich auf jeden Fall noch einmal *unterhalten* wollte.

Rasch machte er kehrt und eilte zurück zu seiner Gebieterin. Nur sie konnte ihm die Erlaubnis geben, mit dem Gefangenen zu sprechen, der seit einiger Zeit hinter magischen Schlössern weggesperrt war. Cassuan.

Teure Stille

Während der nächsten Wochen verbrachte Sina viele Stunden mit Tarek und seinen Freunden. Die Zeit verging wie im Flug. Sie erholte sich allmählich von ihrer Krankheit und auch von den Verletzungen, die sie aus dem Gefängnis mitgebracht hatte. Auch sprach Tarek mit ihr über seine Sorge, sie gleich in das Dorfleben einzuführen und somit allgemeinen Spekulationen auszusetzen. Sie war zwar neugierig, aber sie verstand auch seine Befürchtung, dass jemand die Ratken in der Nähe bemerkt haben und sich den Rest zusammenreimen könnte.

Da sie noch immer gelegentlich Schwächeanfälle und leichtes Fieber hatte, war es ihr recht, sich noch etwas zu erholen. Die Vorstellung, sich einem Ansturm von Fragen stellen zu müssen, bei denen sie sich wieder so töricht verplappern könnte wie bei der ersten Begegnung mit Tareks Freunden, war nicht gerade erfreulich.

Also willigte sie ein, sich noch eine Weile bedeckt zu halten, bei ihnen im Haus zu bleiben und höchstens in den Wald zu gehen, um die anderen mit ihm zusammen zu treffen.

Die Gruppe unterhielt sich viel über das Leben der Dorfleute, so konnte sie einiges über Ornanung und seine Bewohner erfahren.

Allerdings entging es Sina nicht, wie sie sich in ihrer Nähe zurückhielten, über die Ratken zu sprechen, obwohl dieses Thema trotzdem häufiger angefangen wurde, als jedes andere. So kam es oft vor, dass die anderen still wurden, wenn Sina in die Nähe kam und sie hatte das Gefühl zu stören. Offensichtlich war es ihnen nicht wohl dabei, ihre Einstellung und Meinung mit einer noch immer fast Fremden zu teilen.

Sina ließ es geschehen, sie wusste ohnehin nicht, ob sie mehr über diese Ratken erfahren wollte, von denen sie nur unschöne Erinnerungen behalten hatte.

Da war es eine willkommene Ablenkung, Elayas älterem Bruder Malak vorgestellt zu werden, der sie genauso neugierig und unvorsichtig nach Maila ausfragte wie seine kleine Schwester. Damit erweckte er anscheinend auch bei den anderen wieder mehr Warmherzigkeit, denn nachdem er zu seinen Freunden hinzugestoßen war, wurden auch sie etwas offener.

Vielleicht auch, weil sie merkten, dass Sina etwas eingeschüchtert worden war.

Im ersten Moment hatte Malak mit seinen großen, groben Lederhandschuhen, dem harten, geschwärzten Wams und dem rußverschmierten Gesicht etwas bedrohlich gewirkt, aber er entpuppte sich als gutmütiger Mensch. Er berichtete ihr bereitwillig über seine Lehre in der Schmiede und scherzte dabei ständig mit seiner Schwester.

Tarek erklärte ihr, dass Malak gerade von der Arbeit gekommen war, was den Schmutz und Ruß in seinem fröhlichen Gesicht und in seinem dunkelblonden Haar erklärte, das er grob zu einem unordentlichen Pferdeschwanz zurückgebunden hatte.

Anstatt zu viel über die Ratken nachzugrübeln, versuchte Sina sich zwischen den gelegentlichen Treffen mit Tareks Freunden möglichst nützlich zu machen.

Sie half beim Kochen und beim Abwasch und wollte sich auch im Holzspalten versuchen, aber Tarek riet ihr wegen ihrer geschwächten Gesundheit davon ab.

Shetan zeigte ihr stattdessen den Waschzuber und wie sie mithilfe der Zunderbüchse das Wasser anständig warm machen konnte.

Außerdem nähte sie mit seiner Hilfe das Nachthemd enger, damit es ihr besser passte und auch mehr wie eine Bluse aussah. Noch dazu kam Elaya eines Abends vorbei und überreichte ihr mit einem strahlenden Lächeln einen dicken Überwurf aus Filzwolle, der wasserabweisend und wintertauglich war.

„Damit du nicht wieder krank wirst“, meinte Elaya und verabschiedete sich auch schon wieder, vermutlich um zurück zu ihrer Arbeit im Stall ihrer Eltern zu eilen.

«†»

Sina erholte sich immer mehr. Sie hatte gerade die Hühner und Hasen hinterm Haus mit Heu und Körnern versorgt, als sie Tarek vor der Haustür begegnete. Er kam vom Dorfplatz gestürmt, stapfte durch den Neuschnee auf dem Weg, ignorierte ihre Begrüßung und riss die Tür auf. Sina folgte ihm irritiert, sie hatte ihn seit ihrer ersten Konfrontation nach ihrem Erwachen in der Küche nicht mehr so wütend gesehen. Im Flur streifte sie sich rasch die Lederschuhe ab, aber als er laut mit Shetan zu reden begann, wollte Sina lieber rasch wieder verschwinden.

„Sie haben es tatsächlich getan, Großvater! Vorhin waren zwei Boten der Königin mit einem Haufen Wachen im Dorf, sie haben verlesen, dass die Abgaben erhöht werden. Sie verlangen fast doppelt so viel! Als Strafe dafür, dass ein Trupp Wachen bei einem Kontrollgang in unserem Dorf nicht *mit dem gebührenden Respekt behandelt* worden sei! Diese verfluchte Hexe!"

Tarek verstummte jäh, als er bemerkte, dass Sina in der Küchentür stand. Sie war leichenblass. Einen Moment schien er nicht zu wissen, wie er auf sie reagieren sollte, dann kehrte der Zorn zurück und Sina hob die Hände.

„Es tut mir leid! Ich ... ich wusste doch nicht ...", fing sie stotternd an und fühlte sich elend.

Der Zorn verschwand aus Tareks Gesicht und er trat zu ihr. „Nein, mir tut es leid. Ich wusste nicht, dass du da bist."

„Das ist meine Schuld, nicht wahr? Die Ratken waren doch wegen mir hier ..."

„Rede nicht so dummes Zeug, Sina", fing Shetan an, doch Tarek würgte ihn mit einem leise gemurmelten Kommentar ab.

„Wir können froh sein, dass Zayda nicht beschlossen hat, das Dorf abbrennen zu lassen."

Jetzt nahm Sinas Hautfarbe einen leichten Grünton an, ehe sie entsetzt ächzte. „So etwas könnte sie machen?!"

„Tarek, jag ihr doch nicht solche Angst ein!", meinte Shetan und legte Sina eine Hand auf die Schulter. „Es ist nicht deine

Schuld. Du warst bewusstlos, als man dich hierher brachte. Und keiner im Dorf weiß, dass sie deinetwegen hier waren. Niemand wird dir etwas vorwerfen."

Sina schluckte, aber ihr entging der Gram in seinem und Tareks Gesicht nicht. „Aber ihr kriegt alle Probleme. Kann man denn einfach diese *Abgaben* von euch einfordern? Sind das so etwas wie ... Steuern?"

Shetan runzelte die Stirn. „Das ist ein lyrranisches Wort, oder? Wie auch immer, wir leben in einer Tyrannei, Sina. Auch wenn unser Dorf weit entfernt von den dichter bevölkerten Gebieten liegt, kommen zwei bis drei Mal im Jahr Eintreiber der Königin und fordern Geld, einen Teil der Ernten und andere Waren für die Herrscherin und ihr Volk."

Sina hatte jetzt Tränen in den Augen. „Das tut mir so leid! Ich ... ich mache das irgendwie wieder gut. Wie viel ... müsst ihr abgeben?"

Tarek gab ein Schnauben von sich. „Mach dich nicht lächerlich. Du kannst niemals aufbringen, was diese Strafe das Dorf kostet."

„Aber ich könnte bei euch anfangen! Ihr wisst, dass es meine Schuld ist, zumindest das will ich wiedergutmachen. Immerhin habt ihr mich aufgenommen und geschützt und versorgt mich! Und jetzt kostet euer guter Wille euch Geld ..."

Shetan lächelte jetzt sanft. „Mach dir darüber jetzt keine Gedanken. Ich überlege mir etwas, damit du dein Gewissen beruhigen kannst."

Sina zögerte und war nicht glücklich, als sie sich schließlich ein Nicken abzwang. „Kann ich schon jetzt etwas tun? Ich habe gerade die Tiere gefüttert."

„Nein, später vielleicht. Oder weißt du etwas, Tarek?"

„Ich wollte gerade Jesco und die anderen besuchen und mit ihnen ... über die Neuigkeiten sprechen."

Sina zuckte erneut etwas zusammen und schluckte.

„Gut, dann kannst du Sina doch mitnehmen. Sie muss auch unter Leute kommen und ich kann etwas Ruhe gebrauchen,

Tarek." Er sah seinen Enkel vielsagend an, dann zuckte Tarek mit den Achseln.

Widerwillig stimmte er zu und bedeutete Sina, ihren Mantel zu holen.

«†»

Sina und Tarek stapften schweigend durch den Schnee und starrten Löcher in die Bäume, an denen sie vorbeikamen. Sina setzte mehrmals dazu an, etwas über die wärmere Luft zu sagen oder über die ersten grünlichen Knospen, die sich an manchen Büschen zeigten. Aber jedes Mal sah sie dann Tareks düsteres Gesicht, die Worte blieben ihr im Hals stecken und sie musste gegen die Tränen ankämpfen, die ihre Augen zu füllen drohten.

Die Angst, ihn verärgert und sein Vertrauen verloren zu haben, schnürte ihr die Kehle zu und von der Verwirrung schwirrte ihr der Kopf. Sie fand Tarek interessanter, als sie sich eingestehen wollte ... und jetzt war ihre Sorge umso größer, dass er sie bald abweisen würde, weil sie hier aufgetaucht war, sein Leben durcheinanderbrachte und alle noch mit diesen zusätzlichen Steuern belastete.

Sie erreichten schließlich die Lichtung, auf der Tarek sich immer mit seinen Freunden traf, und warteten. Es dauerte nicht lange, da konnten sie entfernte Stimmen hören und Elaya, Jesco und Asyra kamen den Wildpfad entlang auf die Lichtung. Sie verstummten kurz, als sie Sina erblickten, kamen aber dann doch zu ihnen.

„Hallo, du bist auch hier?", fragte Asyra und bewirkte, dass Sina sich noch unwohler in ihrer Haut fühlte. Einen Moment drängte alles in ihr, einfach davonzulaufen, aber sie beherrschte sich und zwang ihre Beine, ruhig zu sein. Das Lächeln auf Elayas Gesicht erleichterte sie, auch wenn sie das Gefühl nicht loswurde, dass es durch einen traurigen Schatten verdunkelt war.

„Ich ... ich kann gehen, wenn ihr wollt", murmelte sie schließlich und starrte den matschigen Schnee zu ihren Füßen an.

„Ach was, wir könnten noch jemanden gebrauchen, der sich zusammen mit uns über die verfluchten Ratken aufregt, oder Leute?", meinte Elaya und sah ihre Freunde erwartungsvoll an.

Jesco hob eine Augenbraue und Sina entging der vielsagende Blick nicht, den er und Tarek wechselten. Asyra und er nickten nach einem Moment und sie schlenderten gemeinsam über die Lichtung und dann tiefer in den Wald.

„Ich verstehe einfach nicht, wie das Dorf sich das gefallen lassen kann", fing Elaya an und schüttelte den Kopf. „Ich meine ... Ach! Sie verlangen von meinen Eltern, fast doppelt so viele Pferde abzutreten! Wenn sie das nächste Mal kommen, wollen sie zehn mitnehmen. Das ist doch verrückt! Wir hatten nicht einmal so viele Fohlen dieses Jahr. Sie bluten uns aus und wenn sie dann unseren Hof ruiniert haben, dann ... dann ..." Sie unterdrückte einen wütenden Aufschrei und trat gegen einen Stein, der aus dem Schneematsch ragte. Die Schuldgefühle hinterließen ein flaues Gefühl in Sinas Magengegend.

„Du weißt doch genau, warum wir es ertragen. Wenn wir nicht bezahlen, kommen sie das nächste Mal mit Fackeln wieder. Ich erinnere mich nur zu gut an das letzte Mal, als das Dorf aufbegehrt hat. Du weißt, was passiert ist." Asyras Gesicht verzerrte sich vor Schmerz und sie schaute weg.

Sina verkniff sich die Fragen, als sie ihren Ausdruck sah, doch Tarek bemerkte es und hielt sie etwas zurück, damit die anderen sie nicht hören konnten.

„Das Dorf wurde damals angegriffen. Asyras Eltern ... Sie sind dabei gestorben."

Falls es überhaupt möglich war, wurde Sina noch blasser. „Das tut mir so leid ... Es scheint, als hätte jeder von euch jemanden verloren ... Sind damals auch deine Eltern ..."

Tarek neigte den Kopf. „Ich habe als Kind nicht in Ornanung gelebt, sondern in einer nahe gelegenen Siedlung im Wald. Aber die Angriffe geschahen zur gleichen Zeit. Die Ratken brannten viele Dörfer nieder und töteten ... Die Siedlung wurde vollkommen zerstört und die Überlebenden kamen nach Ornanung. Ich bin zu meinem Großvater gekommen, nachdem die Ratken ..."

Er sprach nicht weiter, aber er bemerkte sehr wohl die Tränen in den Augen der Fremden. Sie war fassungslos. Diese Grausamkeit! Fast meinte sie, dahinter ein System zu erkennen. Erst hatte Shetans Generation den Beginn des Krieges miterleben müssen, dann gab es erneut Angriffe, bei denen Tareks Mutter einen Teil ihrer Familie verlor. Und dann geschah dasselbe erneut in Tareks Generation. Allen wurde Leid zugefügt.

Unverwandt blieb Tarek stehen und hielt sie am Arm fest. „Hör zu, Sina. Es tut mir leid, wie ich vorhin zu dir war. Ich wollte ... Ich weiß auch nicht ... Ich wollte meine Wut nicht an dir auslassen. Das war nicht gerecht, du kannst nichts dafür, dass Zayda das Dorf bestraft."

Jetzt musste sich Sina doch die Tränen vom Gesicht wischen. „Und ich dachte, du bist wütend auf mich, weil ..."

Mit einem entschuldigenden Grinsen klopfte er ihr auf die Schulter. Sina lief ein Schauer über den Rücken, denn seine Hand blieb einen Moment länger mit ihr in Kontakt, als es nötig gewesen wäre, und auf einmal fühlte sie sich ihm unglaublich nah.

Tareks Lächeln wurde wärmer, dann wandte er sich nachdenklich um. „Wir sollten uns beeilen, sonst laufen die anderen uns davon."

Sina nickte. Als sie die Freunde fast eingeholt hatten, waren diese noch immer in ihre Diskussion vertieft.

„... Es geht mir einfach darum, dass ich die Ignoranz der Leute nicht gutheiße!", ereiferte sich Elaya. „Ich weiß ja, dass es gefährlich ist, aber ich habe es satt, den Mund zu halten und alles geschehen zu lassen! Ich will etwas gegen diese Schweine unternehmen!"

Jesco schmunzelte. „Heb dir deine Energie auf, bis sie das nächste Mal in euer Haus kommen, kleine Wilde."

Jetzt lief Elaya doch rot an. „Ich wollte nicht ... Es ist ja nicht ..."

„Genau. Du weißt doch, dass wir zu wenige sind. Wir können keine Rebellion anzetteln."

„Was meinst du dazu, Sina?", fragte dann Asyra. Sie zuckte zusammen und alle fassten sie ins Auge. Sie hatte gar nicht bemerkt, dass Asyra sie beobachtete. Wahrscheinlich hieß sie es nicht gut, dass eine Fremde mitlauschte. Sie rang um eine Antwort.

„Ich ... ich weiß nicht genau ... Ich erinnere mich kaum mehr an etwas, was die Ratken getan haben ..." Sie schwieg, erinnerte sich an die Schmerzen, die ihren Rücken manchmal noch immer plagten, und ihre Miene wurde eisern. Sie wusste es nicht sicher, aber da war eine Entschlossenheit in ihr, die sie kaum erklären konnte. „Ich würde mich dir anschließen, Elaya. Sie haben mir genug angetan."

Die Antwort schien die anderen ein wenig zu überraschen, aber auch zu befriedigen – doch dann schnaubte Jesco. „Und wie willst du das anstellen? Du kommst aus einer Stadt, kannst nicht einmal mit Waffen umgehen."

Sina fühlte sich ertappt, weil er wohl recht hatte. Sie war wirklich wehrlos. „Kannst du es denn?", fragte sie zweifelnd.

„Jesco ist der beste Bogenschütze in Ornanung", meinte Asyra prompt und Elaya nickte zustimmend.

„Ich selbst übe mich mit Langdolchen, mein Bruder kann mit der Axt kämpfen, aber noch besser beherrscht er einen Hammer. Asyra ist ausgezeichnet mit dem Kampfstock und Tarek mit dem Schwert", zählte Elaya auf und zeigte mit einer weiten Bewegung in die Runde.

Sina schluckte und schrumpfte innerlich zusammen. „Entschuldigt ... Ich wusste nicht, dass ihr alle ..."

„Dass wir uns verbotenerweise mit Waffen üben?", beendete Tarek für sie den Satz und lächelte dann milde. „Wir prahlen für gewöhnlich nicht so lautstark damit." Er warf Elaya einen ernsten Blick zu, die den Kopf einzog.

Jesco lachte wieder. „Wenn du willst, Sina, bringen wir dir etwas bei. Tarek scheint dich gern zu haben, dann sollten wir das auch. Er wählt seine Freunde mit Bedacht."

Sina nickte nachdenklich. Sie konnte nicht sicher sagen, ob er sich über sie lustig, oder ihr ein Kompliment gemacht hatte.

«†»

In der nächsten Woche drehte der Wind und ein warmer Föhn belebte das Land um das verschlafene Dorf. Der Schnee stürzte sich bald in wilden braunen Wogen durch die angeschwollenen Bäche und Flüsse, die den Winter davontrugen.

Sina bemühte sich, Shetan so viel Arbeit wie möglich abzunehmen und zerbrach sich den Kopf darüber, wie sie ihre Schuld bei ihnen begleichen könnte. Sie fühlte sich nicht recht wohl in ihrer Haut, dennoch dachte sie über die Möglichkeit nach, im Dorf Arbeit zu suchen. Allerdings hatte sie keine Ahnung, was sie überhaupt tun könnte und wie sie es anstellen sollte, Arbeit zu finden.

Als sie Tarek einmal schüchtern danach fragte, lächelte er über ihre Idee, wandte jedoch ein, dass sie noch warten solle, bis sie sich im Dorf zeige.

Tarek hatte weiter die Ohren offen gehalten und sie war bisher glücklicherweise niemandem aufgefallen oder mit dem Auftauchen der Ratken in Verbindung gebracht worden. Mal davon abgesehen, dass sie noch immer schwach war.

Obwohl sie es sich nur ungerne eingestand, hatte Tarek recht. Ihr Rücken schmerzte, auch wenn die Wunden mittlerweile fast geheilt waren und ein rotes Narbengewirr zurückgelassen hatten. Sie betrachtete sich oft im Spiegel in ihrem Zimmer und versuchte sich an irgendetwas aus ihrem alten Leben zu erinnern, das nichts mit Zayda und dem Gefängnis zu tun hatte.

Aber da war nichts. Nur Leere. Sie war sich auch nicht sicher, ob sie wirklich wollte, dass noch mehr Erinnerungen zurückkamen, denn vielleicht brachten sie auch nur Schmerz und Angst ... und so gab sie es schließlich auf, darüber nachzugrübeln.

Tarek schlug vor, Shetan zu bitten, die Spuren der Folter auf ihrem Rücken noch einmal mit Magie zu behandeln, aber das lehnte Sina ab. Bei der Frage, ob sie es denn lieber selbst täte, zuckte Sina zurück und schüttelte heftig den Kopf.

„Nein! Ich will damit nichts zu tun haben!"

„Ich wusste nicht, dass du solche Furcht vor deiner eigenen Magie hast ... Auch wenn Shetan und ich sagten, dass der Umgang damit gefährlich sei, heißt das nicht, dass du sie ganz und gar vergessen solltest. Wenn du Fähigkeiten hast, gibt dir das Macht. Mit der muss man umgehen können oder sie gefährdet einen vielleicht irgendwann ..."

„Nein, das ist es nicht ...", fing Sina an, unterbrach sich dann aber.

„Möchtest du darüber reden?", fragte er und sah sie nachdenklich an.

„Ich weiß es nicht. Es ist nur so ... Etwas sagt mir, dass es gefährlich ist. Ich möchte nur versuchen, ein ganz normales Leben zu beginnen, das nicht voller Folter und Angst ist. Und was könnte mich denn sonst ins Gefängnis gebracht haben, außer Magie?"

Tarek nickte und ließ das Thema dann auf sich beruhen, auch wenn Sina sich in den nächsten Tagen häufiger dabei ertappte, wie sie in gedankenverlorenen Momenten über die Stelle an ihrem Arm strich, wo sie damals eine Wunde geheilt hatte.

«†»

An einem warmen Morgen wachte Sina relativ früh auf, zog sich an und stieß das Fenster zum Garten auf, um die frische Frühlingsluft hereinzulassen. Sie seufzte zufrieden und warf einen fröhlichen Blick auf das frische Grün der Büsche und die gelben und weißen Blumen, die auf der Wiese ihre Köpfe zeigten. Sie verließ das Zimmer und klopfte bei Tarek, aber es kam keine Antwort. Schließlich öffnete Sina leise die Tür und schaute hinein, er war nicht da. Jemand werkelte in der Küche. Es war Shetan, er kniete am Herd und schichtete dünne Späne hinein, um ein Feuer zu entfachen.

„Morgen", sagte Sina leise und setzte sich ans Ende der Eckbank.

„Ach, guten Morgen, Sina. Hast du gut geschlafen?"

„Ja, sehr gut, danke."

„Willst du auch einen Tee?", fragte Shetan und drehte sich zu ihr.

„Nein danke, heute Morgen nicht", sagte Sina lächelnd und schwieg.

Shetan nickte, dann ließ er den Blick über die Stube gleiten. „Hast du zufällig die Zunderbüchse gesehen?"

„Nein, soll ich dir suchen helfen?"

„Ich habe schon überall nachgesehen, sie ist verschwunden." Er murmelte einen leisen Fluch, dann zuckte er die Achseln, ließ sich stöhnend in die Hocke sinken und beugte sich zur Öffnung des Herds. Einen Moment überlegte Sina, was sie jetzt tun sollte.

Dann ertönte vom Herd ein lautes Schnipsen und das Knistern von Feuer begann. Shetan richtete sich wieder auf und legte weitere dünne Scheite in die Flammen.

Sina stutzte. Shetan hatte doch gar nichts in den Händen, wie hatte er das gemacht? Dann dämmerte es ihr und sie schauderte.

„War das Magie? Hast du diese Flamme mit Magie angezündet?"

Shetan wandte sich ihr wieder zu, ehe er nickte. „Allerdings habe ich die Flamme selbst entstehen lassen. Mit einiger Übung kann man hochkonzentrierte Magie in Brand setzen, und dann damit etwas entzünden. Am einfachsten ist ein Funke, der etwas Zunder entfacht."

„Ich ... ich", stammelte Sina, unsicher, ob ihre Faszination oder ihre Angst größer war.

„Soll ich dir zeigen, wie es geht?"

Sina starrte ihn wie vom Donner gerührt an. „Was? Ich? Nein! Ich meine ... Ich weiß nicht ... Du sagtest doch, es sei gefährlich! Und ich will nicht wieder ins Gefängnis!"

„Ach, solche kleinen Tricks bringen niemanden in Schwierigkeiten, wenn man sie nicht öffentlich präsentiert." Er tat es mit einem Wink seiner Hand ab und beobachtete sie dann neugierig.

„Aber ... Ich glaube, ich muss erst darüber nachdenken."

„Gut. Dann sag mir Bescheid, wie du dich entscheidest."

Eine Weile schwiegen beide und Sina starrte in die Flammen, die jetzt im Herd prasselten. Shetan legte noch dickeres Holz auf, dann schloss er die Tür und Sina war die Sicht auf das Feuer verwehrt. Auf einmal war sie etwas verlegen, dass sie den Herd angestarrt hatte, als sei das Feuer selbst etwas Magisches.

„Weißt du, wo Tarek ist?", fragte sie dann in der Hoffnung, sich ablenken zu können.

„Ich glaube, er ist irgendwo im Wald."

„Du weißt also nicht, wo er ist?"

„Doch, doch. Entschuldige, ich war ... Aber das ist nicht wichtig. Er ist auf der kleinen Lichtung südlich von hier, wenn du dem ersten Waldpfad von der Straße aus rechts folgst. Eigentlich kannst du die Lichtung gar nicht verfehlen."

„Ich ... Bist du sicher? Ich war noch nie alleine im Wald ..."

Shetan lächelte, amüsiert über ihre Wortwahl, und nickte. „Mach dir keine Sorgen. Wenn du bisher noch nicht dort warst, dann folge einfach der Straße und biege nach den Koppeln rechts ab, es ist der zweite Waldweg und dann nur eine Meile entfernt. Willst du nicht etwas zu Essen mitnehmen? Du kannst doch nicht den ganzen Tag durch den Wald streifen, ohne etwas im Magen zu haben!"

Sina nickte und schnappte sich ein Stück Brot vom Vortag, bevor sie aufbrach.

«†»

Sie folgte aufmerksam der Straße, die rechts von Shetans Garten aus dem Dorf führte und noch morgendlich verlassen dalag. Sie ging an der alten Steinmauer entlang, über die Brücke und an den Feldern vorbei. Am Waldrand ließ sie den üblichen Trampelpfad, den sie von den Unternehmungen mit den anderen kannte, links liegen und erspähte weiter weg eine zweite Öffnung zwischen den Büschen. Dort führte der kleine Pfad in den lichten Wald hinein. Sina zögerte und trat vorsichtig zwischen die Bäume, wo die niedrige Morgensonne lange Schatten auf den Boden warf. Fröhlich entdeckte sie, dass fast der ganze Waldboden mit kleinen weißen und gelben Blumen bewachsen war, kaum überschattet von den grünen Büschen und noch kahlen Bäumen.

Nach einer Weile wurde der Wald dichter. Vermutlich wäre sie an der Lichtung vorbeigelaufen, die von Strauchwerk verborgen war, hätte sie von dort nicht Geräusche gehört. Es klang nach Tritten, die auf Holz trafen, und Sina überlegte schon, rasch wieder zurück ins Dorf zu laufen, weg von der vermeintlichen Gefahr, als sie Tarek rufen hörte.

Aber er schien sie nicht bemerkt zu haben, sondern seine Stimme nur seinen Tritten anzupassen. Neugierig geworden, verließ sie den Waldpfad und schlich durch das nächste Gebüsch.

Sie drückte einige Zweige zur Seite und konnte auf die Lichtung spähen. Dort war Tarek.

Auf der Lichtung war ein alter Baumstumpf aufgestellt und im Boden fixiert. Das Holz zeigte tiefe Schrammen, Tarek übte hier wohl schon länger.

Er hatte nur seine Leinenhose an und zwei Lederstreifen um die Hände gewickelt, während er trainierte. Kampftraining.

Man konnte es eigentlich nicht in Worte fassen. Es war unglaublich. Sina hatte noch nie gesehen, dass sich jemand so schnell und sicher bewegte.

Er trat und schlug mit solcher Geschwindigkeit nach dem Stamm, dass Sina der Mund aufklappte.

In regelmäßigem Rhythmus schlug er auf das Holz ein und nach einer Weile ließ er sich ins Gras sinken und machte Liegestützen und andere Übungen.

Sie hatte eigentlich vorgehabt, auf die Lichtung zu gehen, aber jetzt verharrte sie hinter dem jungen Laub der Büsche und sah Tarek begeistert zu. Sie wollte ihn nicht stören und unterbrechen, also beobachtete sie ihn heimlich.

Um ihn besser sehen zu können, verlagerte sie ihr Gewicht etwas. Da rutschte sie aus und der Ast, den sie etwas heruntergedrückt hatte, glitt ihr aus den Händen. Das ganze Gebüsch raschelte und zitterte und Tarek richtete den Blick genau auf sie.

Verdammt, nichts wie weg hier!

Schnell huschte Sina aus dem Busch heraus, durch den sie ihn beobachtet hatte, und rannte davon.

Sie rannte und war fast überrascht, dass sie nicht die Orientierung im Wald verlor. Kurze Zeit später kam sie beim Dorf an, betrat den Garten von Shetan und stemmte sich die Arme in die Seiten. Völlig außer Atem und mit Seitenstechen blieb sie einen Moment stehen und lauschte, aber da waren nur die Geräusche des Dorfes, das dumpfe Gemurmel, Hämmern von Metall, Hundegebell, das Lachen von Kindern und Gackern von Hühnern ... Aber keine raschen Schritte, die ihr folgten.

Vielleicht hatte Tarek sie ja doch nicht bemerkt ...

Rasch suchte sie sich eine Beschäftigung im Haus, aber sie konnte Tareks Anblick nicht vergessen. Sein Oberkörper war von den wenigen Sonnenstrahlen schon etwas gebräunt und seine Muskeln hatten unter der glatten Haut so straff gewirkt ...

Sina seufzte leise und wünschte sich, jemanden zu haben, mit dem sie über ihre gemischten Gefühle, über Tarek, sprechen könnte. Im ersten Moment dachte sie an Asyra. Doch dann fiel ihr ein, wie die beiden immer miteinander umgingen und auf einmal kam sie sich schäbig vor.

Die beiden würden viel besser zusammenpassen als Tarek und ich. Wie kann ich nur über so etwas nachdenken, wo es doch offensichtlich ist, dass die beiden sich mögen?

Schließlich nahm sie sich eines der Küchenmesser, ein Holzscheit und setzte sich in den Garten. Sie war nicht sicher, ob sie darüber glücklich war, dass die sehnsüchtigen Gedanken nach Tarek die Sorgen über Magie fürs Erste etwas verdrängten.

«†»

Als die Sonne gerade über das Haus spähte und Sinas Gesicht wärmte, kam Tarek aus dem Wald. Sein Haar war klatschnass und er hatte ein Leinentuch über den nackten Schultern hängen. Er entdeckte Sina im Garten auf der Bank, wo sie an einem Stück Holz herumschnitzte.

„Ho, du bist schon wach?“, fragte Tarek und blieb vor ihr stehen. Wasser tropfte aus seinem schwarzen Haar und er schüttelte sich.

„Uh, Tarek!“, rief sie empört und hob schützend die Arme, während Tarek fröhlich lachte.

„Keine Sorge, das ist kein Schweiß. Ich war eine Runde im See schwimmen. Heute Morgen ist es so schön, da habe ich meine Kraftübungen draußen gemacht.“

„Ach so. Du scheinst den Frühling ja richtig auszunutzen. Ich bin erst seit Kurzem wach. Shetan sagte, du seist im Wald, aber ich habe mich nicht allein hinausgewagt.“ Sina hoffte so sehr, dass Tarek ihre Lüge schluckte, dass es schon fast weh tat. Er sah sie schweigend an und nickte.

„Was schnitzt du denn da?“

„Ach ich weiß nicht, ich hatte nichts zu tun“, meinte sie achselzuckend und zeigte ihm die kleine Figur. Sie zeigte die groben Umrisse eines Tieres.

„Soll das ein Pferd sein? Oder, nein! Ein Hund?“

„Fast!“, sagte Sina und lächelte. „Irgendwann soll es ein Wolf sein, aber ich glaube, näher, als dass man es als Hund erkennt, schaffe ich es nicht. Ich bin drauf gekommen, als ich an die Gespräche der letzten Tage dachte, da kamen ja auch Wölfe vor.“

„Ja stimmt. Eigentlich sind Wölfe bei Shetan und mir wohl ein allgegenwärtiges Thema, es gibt nicht mehr viele Miakoda, die sich mit ihnen verbunden fühlen, aber uns ist das noch wichtig.“

„Ich verstehe. Wie weit ist denn dieser See von hier entfernt?“

„See ist eigentlich übertrieben, es ist nur ein großer, natürlicher Teich im Wald, aber das Wasser ist noch sehr kalt.“

„Im Sommer ist es bestimmt toll. Eine Abkühlung ist doch immer gut.“

„Ja, aber nur, wenn dich dann die Stechmücken nicht auffressen!“, rief er lachend und hob die zu Klauen geformten Hände, als wollte er sie packen.

Sina lachte ebenfalls, legte das Messer und das Stück Holz weg und stand auf.

„Wie wäre es, wenn ich dir heute das Dorf zeige? Ich denke, wir haben jetzt lange genug gewartet."

Sina strahlte. „Meinst du wirklich? Das fände ich toll!"

„Es dauert aber nicht sehr lange, so groß ist das Dorf nicht."

„Das hört sich fast so an, als wäre dir langweilig, aber eigentlich hast du doch immer was zu erledigen, oder?"

Tarek zuckte mit den Schultern. „Man kann ja nicht immer arbeiten, außerdem habe ich gestern schon einiges getan und im Gegensatz zu vielen Leuten in Ornanung müssen Shetan und ich keine großen Felder bestellen. Da Shetan schon älter ist, muss er weniger hohe Abgaben leisten als manch anderer. Ich jage, wir haben den Garten und was uns fehlt, besorge ich irgendwie anders. Es ist nicht immer leicht, Arbeit zu finden, die Geld bringt, aber zu tun habe ich eigentlich trotzdem ständig." Er lächelte und ging ins Haus, um sich ein Hemd und etwas zu Essen zu holen. Sina hatte das starke Gefühl, dass er sie beruhigen wollte und seine Sorgen nicht aussprach. Sie konnte sich nicht vorstellen, dass ein Leben hier sehr einfach war.

Dann gingen sie gemeinsam auf den großen Platz in der Mitte des Dorfes.

„So. Also das ist Ornanung. Nicht besonders groß, mit hohem Altersdurchschnitt und viel gibt es hier eigentlich nicht zu sehen", erklärte Tarek.

„Das hört sich ja sehr begeistert an!" Sina lachte kurz, wurde dann aber beim Anblick einiger Dorfleute rasch wieder ernster. Sie wollte nicht auffallen, beobachtete die anderen aber neugierig, betrachtete die Kleidung und die Frisuren der Frauen.

Die meisten hatten Röcke und Leinenhemden oder Blusen an, die Haare waren oft geflochten und hochgesteckt. Aber Tarek hatte bereits erwähnt, dass es für sie als junge Frau noch in Ordnung war, eine Hose zu tragen. Ordentliche Kleider würden spätestens bei verheirateten Frauen erwartet werden, als Jungspund dürfe man sich noch austoben.

Tarek zog mit einem Räuspern wieder ihre Aufmerksamkeit auf sich.

„Wo Asyra wohnt, weißt du schon, es ist das Haus östlich von unserem. Malak und Elaya wohnen am anderen Ende des Dorfes, etwas außerhalb, in Richtung der Berge. Wenn man der Straße weiter folgt, führt sie an den Bergen entlang, an einigen verlassenen Dörfern vorbei und dann über Umwege in ein trockenes, fast völlig verlassenes Felsenland." Er deutete die schmale Straße entlang, die schwach anstieg und auf der ihnen gerade ein Pferdekarren entgegen kam, auf dem Heu gehäuft war.

Tarek deutete mit einer weiten Bewegung zur anderen Seite des Dorfplatzes. Sinas Blick blieb an dem hohen Fachwerkhaus hängen, das sofort wie der Mittelpunkt des Dorfes wirkte. Tarek nickte, als er ihrem Blick folgte.

„Ja, dort wohnt Jescos Familie. Links neben dem Haus seines Vaters liegt das Gasthaus mit der Schenke. Wir haben einen Schuster, einen ziemlich guten Schmied – aber davon sollte Zayda besser nichts wissen – dann einen Fleischer, der auch die zusätzliche Beute der Jäger abnimmt und dann verkauft und noch eine Familie, die eine Menge Brot und Kuchen bäckt. Ihr Mehl wird geliefert, denn wir haben hier keine Mühle. Natürlich ist da noch Mokuba, die unsere Heilerin ist, und dann gibt es noch ein paar andere Familien, die Handwerke ausüben. Ach, und einen Töpfer. Der Rest hier besteht im Prinzip aus einem Haufen Bauern, die versuchen, über die Runden zu kommen. Einige züchten und verkaufen Pferde, deshalb kommen auch gelegentlich Leute aus der Umgebung zu uns, weil es hier die besten Pferde gibt. Ich glaube, hätten wir diese Ställe und Pferdezuchten nicht, wäre Ornanung schon lange vergessen und wir hätten keinerlei Einnahmen. So kommen immer wieder sehr interessante Leute her – aber auch Menschen, die für Zayda arbeiten."

„Wieso lasst ihr die denn hier herumlaufen? Man sollte die Schergen der schwarzen Königin verjagen!", murmelte Sina und bemerkte überrascht, wie wütend sie auf einmal wurde. Eine Erinnerung an den Kerker drängte sich ihr auf, aber sie schob sie wieder weg.

Die beiden gingen langsam über den großen Platz, am Brunnen in der Dorfmitte vorbei und die Straße entlang, die zu Malak und Elaya führte.

Tarek warf ihr einen warnenden Blick zu, dann zuckte er mit den Achseln. „Das habe ich auch schon oft gedacht, aber du weißt doch, dass die Eintreiber kommen ... und die sind Ratken! Wenn wir uns wehren, drohen Strafen, Gefängnis oder Tod. Gegen eine große Anzahl ihrer Kämpfer kämen wir nicht an, deshalb lassen wir es zu."

„Ich kann mir noch immer nicht vorstellen, dass Zayda einfach Dörfer zerstören lässt ..."

„Sie hat es schon oft genug getan. Die Ratken haben eine stark ausgeprägte Kultur und alle anderen Völker sind in ihren Augen keine gleichwertigen Menschen. Wir sind für sie niedere Wesen, die man ausbeuten und versklaven kann. Damit können sie fast alles rechtfertigen. Der nächste größere Ort ist Yerima, drei Tagesritte entfernt. Aber das war nicht immer so. Es gab viele kleine Dörfer hier in der Umgebung und in all diesen Orten lebten fast nur Miakoda. Wir sind vermutlich das letzte Dorf mit so vielen von unserem Volk und das auch nur, weil hier keiner mehr unsere Traditionen und Kultur lebt und das Dorf so abgelegen liegt. Früher waren die Miakoda ein großes, starkes und stolzes Volk."

Als ein älterer Mann mit einem Korb auf dem Rücken auf seinem Weg in ihre Nähe kam, wartete Tarek und sprach erst nachdem er sich entfernt hatte mit gesenkter Stimme weiter.

„Wir haben uns am heftigsten gegen Zayda und ihre Tyrannei gewehrt, aber sie hat unser Volk hintergangen und tausende von uns getötet. Wir waren überwiegend Magier, aber sie konnte viele auslöschen und unser Volk damit enorm schwächen. Außerdem hat sie die Feliden gänzlich vernichtet. Und die waren viel bessere Kämpfer als die Miakoda. All das bleibt einem lange in Erinnerung und niemand hat mehr den Mut, sich zu wehren. Die restlichen Miakoda haben Angst vor ihr und das zu Recht, denn wir sind in alle Winde zerstreut. Wann immer ein Miakoda gefunden wird, der es wagt gegen sie zu rebellieren, lässt Zayda noch hundert weitere jagen und töten."

Tarek zögerte erneut und lächelte sie matt an.

„Aber nicht, dass du jetzt glaubst, wir seien das einzige Volk, dem es so geht. Die Hornträger haben schwer gelitten und sie waren immer als Überlebenskünstler bekannt. Hornträger ist außerdem nur ein Überbegriff für die vielen kleinen Völker, die wild vermischt in der großen Ebene leben. So wie es bei uns der Wolf ist, waren es bei ihnen Hirsch, Steinbock, Reh und Elch, einfach alle Huftiere oder eben *Hornträger*. Auch sie haben keine körperlichen Ähnlichkeiten mehr mit ihrem Hüter, die haben sich wohl schon seit Langem bei vielen zurückentwickelt."

„Diese Kriege müssen so viel Schlimmes angerichtet haben ...", murmelte Sina.

„Außerdem hat die Zerstörung der vielen Kultstätten und Tempel durch Zaydas Krieger die Verbindung zu unseren Hütern fast völlig vernichtet."

„Das ist ja schrecklich", meinte Sina und ließ den Kopf hängen. Wieso war sie nur in eine Welt geraten, der es so furchtbar ging? Gab es einen Grund dafür, dass sie hier war? Gab es einen Grund, warum man sie entführt und hierher gebracht hatte?

Nachdem sie keine Antwort auf diese Fragen fand, hakte sie lieber weiter bei Tareks Geschichte nach, vielleicht würde sie dort Lösungen finden.

„Und wer waren die Feliden, Tarek?"

Er machte den Mund auf, schwieg dann aber einen Moment, als ihnen ein alter Mann entgegen kam. Tarek grüßte ihn freundlich und ließ ihn vorbeigehen, ehe er weiter erzählte.

„Das Volk der Großkatzen. Auch hier ist *Felide* mehr ein Überbegriff. Es gab große Familienverbände, die mit Tigern sympathisierten, andere hatten Ähnlichkeiten mit Löwen oder Pumas ... Es soll auch welche gegeben haben, die in den Steppen lebten und schneller rennen konnten als jeder andere Mensch ... Aber heute gibt es sie nicht mehr. Sie sind alle in den großen Schlachten gegen Zayda gefallen. Die Miakoda und die Feliden haben Seite an Seite gekämpft, aber wir hatten trotzdem keine Chance. Bis unsere Völker eine Streitmacht aufgebaut hatten, war Zaydas Einfluss schon zu groß. Noch während Zayda die Schlachten gegen uns anführte, ließ sie weitere Krieger in die Dörfer der Feliden einfallen und dort alle töten ... Es gibt auch andere Völker, von denen heute kaum noch jemand existiert. So gab es früher ein Volk der Bären. Sie sind schon so vergessen, dass man nicht einmal mehr ihren genauen Namen kennt, es waren aber schon vor Zaydas Machtübernahme nur noch sehr wenige von ihnen übrig."

Bei der Vorstellung von so viel Tod und Grausamkeit wurde Sina übel. „Wie konnte es jemals so weit kommen?"

„Das, Sina, ist die große Frage!"

Als sie eine Weile schweigend weiterschlenderten, kamen sie beinahe zum Dorfrand und Tarek blieb stehen. Sina besah sich einen der kleinen Bauerngärten vor den Häusern, da tippte er ihr leicht auf die Schulter.

„Sieh mal, da vorne bei dem Haus, das ist Elaya und Malaks Schwester Eidara."

Sina entdeckte die junge Frau, mit langen, braunen Haaren und einem schönen, schmalen Gesicht, die mit einem Wassereimer aus einer Haustür trat, um das Haus ging und im Garten dahinter verschwand.

„Wieso unternimmt sie nie etwas mit Elaya und Malak und euch?"

„Sie ist verheiratet. Sie kommt außerdem eher nach ihrem Vater, und der bleibt gerne auf seinem Hof und für sich."

Sina schmunzelte. „Hört sich ja nicht so an, als seist du sehr begeistert von ihm."

„Er ist nicht gerade ein angenehmer Mensch, würde ich behaupten. Ich bin froh, dass Elaya und Malak weit vom Stamm gefallen sind."

„Unternimmst du viel mit den beiden? Ich meine, ich kenne sie ja noch nicht lange und weiß nicht, wie dein Leben war, bevor ich auftauchte."

Er lächelte kurz. „Wir treffen uns so oft wir können, obwohl jeder von uns Aufgaben im Dorf hat und Arbeit. Aber es ist machbar, sich zu sehen."

Tarek und sie gingen die Straße noch etwas weiter entlang, dann drehten sie um und gingen zurück nach Hause. Mehrere Leute des Dorfes hatten sie bemerkt und neugierig gemunkelt, wer das fremde Mädchen sei. Und irgendjemand wusste es.

„Das ist diese Sina. Sie kommt aus Maila und ist anscheinend die Enkelin eines Freundes vom alten Shetan."

Worte und Taten

Als sie im Haus ankamen, fragte Sina Shetan, was sie noch für ihn erledigen könne, aber er war in seine Bücher vertieft und winkte sie murmelnd wieder weg. Also fütterte sie die Hasen und Hühner und schnitzte danach lustlos an ihrer Wolfsfigur herum, ließ es aber bald wieder bleiben, als sie bemerkte, dass sie kurz davor war, sie zu zerstören. Jetzt, da Sina etwas mehr über das Dorf wusste, wäre sie gerne auch herumgestreift, aber sie scheute sich davor, unangenehme Fragen über sich selbst beantworten zu müssen.

Sie hatte zwar mitbekommen, dass viele ihre Geschichte geschluckt hatten, doch sie war sich einfach nicht sicher genug. Wenn sie sich verplapperte und man sie doch mit dem Auftauchen der Ratken in Verbindung brachte, konnte sie großen Ärger bekommen.

Sie legte die Holzfigur weg und machte sich auf, nach Tarek zu suchen. Er war draußen auf dem kleinen Feld beschäftigt, wo er mit dem Rücken zu ihr auf dem Boden kniete.

„Soll ich dir helfen?“, fragte sie und er zuckte zusammen.

„Oh, du bist es. Ich hatte dich nicht gehört.“

„Wer sollte es denn sonst sein?“, meinte sie schmunzelnd und kam zu ihm. „Soll ich dir nun helfen oder nicht?“

„Doch. Gerne.“ Er deutete auf den Korb voll runzliger Kartoffeln, aus denen kleine Knospen sprossen. „Hier, die pflanze ich gerade ein. Nimm dir eine Handvoll und stecke sie mit etwas Abstand in die Erde, und zwar mit den Augen nach oben.“

„Kartoffeln haben Augen?“, stutzte Sina und besah sich die alten Dinger genauer.

Tarek lachte. „So werden die Stellen genannt, an denen die Kartoffel neue Triebe bekommt.“

„Oh. Entschuldige, das war eine dämliche Frage.“

„Nein, es gibt keine dummen Fragen.“ Er zwinkerte ihr zu, nahm ihr die Kartoffel aus der Hand und zeigte ihr, in welchem

Abstand sie sie in die Erde setzen sollte, dann arbeiteten sie eine Weile schweigend nebeneinander.

Sina dachte wieder darüber nach, was sie wohl alles im Dorf und seiner Umgebung entdecken könnte. Da kam ihr eine Idee. Es musste ja nicht das Dorf sein, sie könnte doch auch die Wälder erkunden. Also fragte sie Tarek, während sie wieder eine Kartoffel in ein Loch legte und dann zuschüttete.

„Sag mal, habt ihr hier in der Gegend eigentlich irgendwas Besonderes? Ich meine diesen See, an dem du schwimmen warst oder Höhlen oder so etwas. Shetan hat auch einmal einige Wasserfälle erwähnt ... Ich würde gerne mehr sehen."

„Es wäre nicht klug, alleine zu weit vom Dorf wegzugehen! Wir sind hier zwar abgelegen und weit genug entfernt von den Gebieten, in denen die Ratken normalerweise umherstreifen, aber außer Gefahr ist man hier deshalb nicht."

Tarek wandte sich wieder seiner Arbeit auf dem Kartoffelfeld zu, aber Sina kam noch ein Gedanke und sie druckste ein wenig herum, bevor sie sich traute weiterzusprechen.

„Ich müsste ja auch nicht alleine gehen ... Ich könnte doch mit dir gehen, wenn du Zeit hast?" Sie sah ihn aus großen Augen an und schluckte, als er länger überlegte und weiter Kartoffeln pflanzte.

„Hm gut, also von Höhlen wüsste ich hier nichts, dafür ist die Umgebung noch nicht bergig genug, und wenn du die Wasserfälle meinst, die an der Steilwand des Berges Nafion herunterstürzen, dann müsstest du etwa einen Tag hinreiten. Wir können vielleicht zusammen hingehen, aber im Moment habe ich zu wenig Zeit."

„Okay", meinte Sina und nickte. Er sah wohl, dass sie enttäuscht war, denn er seufzte.

„Wenn du unbedingt jetzt gehen möchtest, kannst du dich an die Waldränder und Felder um das Dorf halten, dort gibt es keine Fallen, da es zu nah am Dorf ist. Bleib auf den Wegen und komm heute Mittag wieder. Wir sind hier ohnehin fertig."

Er hob den Korb an und zeigte ihr, dass er leer war. Dann strich er sich die erdigen Hände am Korbrand etwas sauberer und stand auf.

„Ich habe noch einiges zu erledigen. Geh nicht zu weit weg, ja?"

„Gut, ich verspreche es."

Er nickte zufrieden und sie wuschen sich die Hände im kalten Bachwasser, dann machte Sina sich neugierig auf den Weg. Sie verließ das Dorf vom Platz mit dem Brunnen aus und ging die schmale Straße ein Stück entlang in Richtung Westen. Die nackte Erde auf dem Weg war durch die vielen Pferdewagen aufgewühlt und furchig. Als sie etwas weiter entfernt einen Wagen auf der Straße entdeckte, bog sie rasch links auf einen Pfad ab, der von der Straße wegführte, sie wollte keinen Fremden begegnen. Sie schritt durch eine vom Tau feuchte Wiese mit Binsen und Kräutern und erreichte bald die fleckigen Schatten der Bäume. Die Sträucher und kleinen Büsche waren bereits voll frischer hellgrüner Blätter und auch an den Bäumen zeigte sich ein sanfter, grüner Schimmer.

Sie hielt sich an Tareks Ermahnung und blieb immer auf Pfaden und Wildwechseln. So machte sie einen weiten Bogen, der sie in der Nähe des Dorfes bleiben ließ, denn sie überquerte immer wieder braune Felder oder stieß an umzäunte Wiesen, ehe sie wieder den Wald betrat und sich etwas vom Dorf entfernte. Nachdem alles friedlich wirkte, traute sie sich noch einmal ein Stück weiter weg, denn sie meinte in der Nähe der Lichtung zu sein, auf der sie im Winter mit Tareks Freunden gewesen waren.

Sina bog von einem breiteren Pfad auf einen schmalen ab, der kaum zu erkennen war und vermutlich nur von Tieren genutzt wurde. Der Wald um sie war jung, die Bäume schlank und gerade, es gab keine alten umgestürzten Stämme, alles schien gepflegt zu sein. Nur an den Wegrändern war streifenweise etwas Unterholz zu sehen.

Im Wald konnte Sina überall erkennen, dass er von Menschen genutzt wurde. Die meisten Büsche schienen heruntergeschnitten, das Reisig fortgebracht. Die Wildwechsel führten sie weiter, bis sie an einen Fluss stieß, der sich über ein flaches, steiniges Bett durch den Wald schlängelte.

Auf der anderen Seite war alles ganz anders. Die Bäume standen enger zusammen und überschatteten den Grund. Überall wuchs Efeu, Lianen hingen fast bis zum Boden und Farn, der jetzt gerade erst neue Blätter bekam, wucherte überall. Viele Bäume wuchsen knorrig und krumm, freie Stellen am Boden wurden von totem Holz bedeckt. Auch ganze, knorrige Bäume waren umgestürzt und wirkten beinahe wie ausgebleichte Skelette, wenn sie ihre Rinde verloren hatten.

Sina wollte unbedingt hinüber, also ging sie am Fluss entlang, um eine Stelle zu finden, an der vielleicht ein Stamm über dem Wasser lag. Doch sie hatte kein Glück. Einen Moment spielte sie mit dem Gedanken hinüber zu waten, aber das Wasser war noch zu kalt und über ihr am Himmel ballten sich dicke Wolken. Es sah nach Regen aus. Sina beschloss, Tarek nach dem sonderbaren Wald zu fragen und machte sich rasch auf den Heimweg.

Während sie lief, drehte der Wind und fegte durch die Bäume. Die Kronen bogen sich ächzend im heranziehenden Sturm und Sinas Haare wurden wild um ihr Gesicht gewirbelt.

Völlig außer Atem kam sie nach einer Weile wieder im Dorf an und folgte der Straße quer hindurch. Der Sturm hatte dunkle Wolken herangetragen, grau und bedrohlich schnellten sie über den Himmel und eine weitere heftige Windböe ließ die Fensterläden an den Häusern um sie herum erzittern. Von einem Moment auf den anderen begann es zu schütten. Sina rannte schnell ins Haus und fand Tarek in der Stube.

„Ein Glück, dass du da bist! Das wird ein heftiges Unwetter, ich hätte dich nicht gerne irgendwo draußen im Wald gewusst!“, sagte er erleichtert.

Sina hatte das Gefühl, dass er sich wirklich Sorgen gemacht hatte, und spürte heißes Blut in ihr Gesicht schießen. Sie setzte sich an den Tisch, um wieder etwas zu Atem zu kommen. Auf einmal wollte sie ihm unbedingt von ihren Eindrücken im Wald erzählen.

„Tarek, ich habe bei einem Fluss etwas gesehen."

„Ja, das ist ja nichts Ungewöhnliches. Bei uns in den Wäldern gibt es viele Flüsse."

„Nein, das meine ich nicht. Auf der anderen Seite war ein merkwürdiger, ganz anderer Wald. Er schien sehr alt und irgendwie ... unheimlich. So, als wäre dort etwas Verborgenes, was mich zu sich zieht. Ach, ich kann das nicht richtig beschreiben."

„Du meinst sicher den alten Wolfswald. Hatte ich dich nicht gebeten, in der Nähe zu bleiben? Der ist nämlich schon ein Stück entfernt ..."

Sina senkte den Blick und starrte auf ihre Finger. „Ich ... ich habe –"

„Ist schon gut, es ist ja nichts passiert", unterbrach er sie. „In dem Wald liegt die magische Kreuzung, vielleicht hast du das gespürt. Shetan hat mir erzählt, dass er früher häufig dorthin ging, als er noch ein starker Magier und der Krieg noch nicht ausgebrochen war. Später wurde es verboten, den Wald zu betreten ... Es soll dort die letzten Wölfe der Gegend gegeben haben ... Überall sonst in den Ländern der Miakoda waren sie schon verschwunden."

„Aber wieso hört er so abrupt auf? Was ist mit den Wölfen passiert?"

„Sie wurden von den Ratken gejagt und getötet, weil sie mit unserem Volk verbündet waren. Ich hoffe ja, dass es noch immer irgendwo welche gibt, aber gesehen hat sie hier keiner."

„Sie wurden ausgerottet?", fragte sie und spürte ein Entsetzen in sich aufsteigen, das sie kaum erklären konnte.

Tarek nickte. „Vor vielen Jahren, bei den Angriffen der Ratken in einem besonders trockenen Sommer, brach ein großes Feuer aus. Es brannte den gesamten Wald nieder – nur nicht diesen Teil, da er durch den Fluss abgegrenzt und geschützt war. Dieser Wald ist der einzige alte Teil der Region, der nicht durch die Ratken zerstört wurde, auch wenn sie dort ebenfalls nach Wölfen gesucht haben."

„Du meinst, er ist alles, was aus den Zeiten vor dem Krieg noch übrig ist?"

„Ja, bis auf die meisten Häuser und die Menschen von damals, die überlebten. Das Dorf blieb, wie durch ein Wunder, größtenteils von der Feuersbrunst verschont. Alles andere wurde zerstört. Als Wölfe und Miakoda noch stärker verbunden waren, konnten wir miteinander reden und waren gut befreundet. Die Wölfe hier waren äußerst kluge Tiere, aber nach den großen Kriegen verloren wir zusehends den Kontakt. Zayda hat dem Ganzen dann einen Schlussstrich gesetzt, indem sie die wenigen verbliebenen Wölfe jagen ließ. Für sie war es nur ein Mittel zum Zweck, die letzten Wölfe hätten uns nicht den Sieg bringen können. Aber ihr Tod und Verschwinden zerstörte den letzten Rest Kampfeswillen in der Gegend und besiegelte unsere Niederlage. Seitdem sind Ornanung und die umliegenden Dörfer unter ihrer Kontrolle."

Sina nickte nachdenklich. Sie schwiegen eine Weile, dann gab sie sich doch einen Ruck und fragte noch weiter. „Könnte ich mir diese Kreuzung anschauen?"

„Wie gesagt, eigentlich ist der Wald verboten. Aber Zayda hat die Ratken irgendwann abgezogen, die das Gebiet bewachten. Ich war auch schon dort, es darf nur niemals jemand herausfinden."

Sina nickte nachdenklich. Angst stieg in ihr auf, wenn sie eines nicht wollte, dann irgendwie auffallen. Aber ihre Neugierde ließ sie trotzdem nicht los.

„Was ist das überhaupt wirklich? *Kreuzung*?"

„Ich kann das nicht wirklich beantworten, tut mir leid. Was interessiert dich eigentlich so brennend daran?"

„Ich weiß nicht, aber irgendwie zieht es mich in dieses Gebiet. Kann man denn hinüber, oder ist es gefährlich in den Wald zu gehen, wo dort doch vielleicht die Wölfe leben?"

Tarek musste bei ihren Worten lachen. „Oh Sina, du bist eine Angehörige des *Wolfsvolkes*. Es ist in früheren Zeiten noch nie vorgekommen, dass ein Wolf einen Menschen aus Ornanung angegriffen hat. Aber wie gesagt, es gibt ziemlich sicher keine mehr."

„Na gut, dann werde ich morgen einen kleinen Ausflug dorthin machen.“ Sie lehnte sich an die Wand, die Hände hinterm Kopf verschränkt.

„Ich sage es noch einmal, bitte sei vorsichtig. Ich kann nicht immer auf dich aufpassen.“

„Das ist auch gar nicht nötig!“, meinte Sina bestimmt, während seine Worte sie doch nachdenklich stimmten ... und eine Art freudiges Kribbeln in ihren Bauch zauberten. Sie hatte nicht gedacht, dass er sich so verantwortlich für ihre Sicherheit fühlte. „Aber in Ordnung, ich passe auf“, stimmte sie dann zu.

Jetzt lächelte er doch und zwinkerte ihr zu, ehe er aufstand und sich zum Gehen wandte.

„Warte Tarek! Es ist doch noch gar nicht so spät, aber bei dem Gewitter kann ich ja schlecht raus. Was soll ich jetzt machen?“

„Ich habe noch einiges zu erledigen, es gibt ein paar Stellen im Haus, die ausgebessert werden müssen. Aber du könntest etwas kochen.“

Sina nickte, da schenkte Tarek ihr ein Lächeln und ging. Sie hörte seine Schritte auf der Treppe, und als er wieder herunterkam, trug er eine Handvoll Werkzeuge in den Armen. Sie sah ihn nur kurz im Flur, als er an der Tür vorbei kam. Neugierig folgte sie ihm und blieb in der offenen Tür stehen.

Tareks Zimmer war schlicht eingerichtet, ähnlich wie ihres. Ein einfacher Holzschrank, ein Tisch mit einem Hocker, ein Regal mit einigen Büchern und allem möglichen Kram, eine Truhe und das große, schön geschnitzte Bett.

Er stand über den Tisch gebeugt, die Werkzeuge vor sich ausgebreitet, und hatte ihr den Rücken zugewandt.

Sina räusperte sich zaghaft und erlangte so seine Aufmerksamkeit. „Ähm, was soll ich denn zu Essen machen? Hast du einen bestimmten Wunsch?“

Tarek schmunzelte. „Wie wäre es mit einer Suppe? Shetan würde das sicher gefallen.“

„In Ordnung. Kann ich dir noch irgendwie anders helfen?“

Er schüttelte den Kopf. „Danke, aber nein. Ich repariere jetzt die Tür meines Schrankes. Er ist schon so alt und fällt sonst bald auseinander."

Also überließ sie ihn seiner Arbeit und entdeckte freudig, dass neben dem Herd bereits ein Korb stand, gefüllt mit passendem Gemüse, und sie deshalb nicht mehr in den Erdkeller musste. Draußen rumorte der Himmel, während sie begann, das Gemüse zu putzen und kleinzuschneiden. Aus Tareks Zimmer erklang immer wieder ein Hämmern und Klopfen.

Sie war so in ihre Gedanken vertieft, dass sie die Blitze, das laute Donnern und den tosenden Regen draußen kaum noch wahrnahm. Nach einer Weile kam Tarek in die Stube und legte für sie Holz im Ofen nach. Danach brachte er das Werkzeug herüber und begann, einen morschen Teil der Eckbank hinterm Tisch auszutauschen. Sina setzte die Suppe auf und deckte den Tisch, immer noch in Gedanken. Einige Male bemerkte sie jedoch, dass Tarek von seiner Arbeit aufsah und sie schweigend anlächelte.

Bald war das Essen fertig und auch die Sitzbank repariert. Tarek holte seinen Großvater zu Tisch.

Sie aßen ohne große Gespräche und lauschten dem Gewitter. Shetan sah erschöpft aus und verabschiedete sich grummelnd ins Bett, kaum hatte er den Löffel das letzte Mal abgelegt. Sina sah ihm stirnrunzelnd hinterher, und nachdem der alte Mann die Treppe erklommen hatte, wandte sie sich an Tarek.

„Habe ich etwas falsch gemacht?"

„Nein, nein. Shetan hat bei so schlechtem Wetter oft Gelenkschmerzen und braucht etwas mehr Ruhe", antwortete Tarek und lächelte dann sanft.

Sie unterhielten sich noch eine Weile leise, dann ließ das Trommeln des Regens an der Scheibe und auf dem Dach sie wieder verstummen. Das stetige Rauschen erzeugte in Sina eine wohlige Geborgenheit, während sie in der warmen Stube saßen.

Nach einiger Zeit war das Feuer im Ofen beinahe gänzlich heruntergebrannt und Sina gähnte im flackernden Licht der Kerze, von der auch nur noch ein Stumpf übrig war.

„Willst du schlafen gehen? Du siehst erschöpft aus“, sorgte sich Tarek und sah in ihre müden Augen.

„Du hast recht“, murmelte sie und blickte ihn verträumt an.

„Ich kümmere mich um das Geschirr. Du hast ja gekocht. Gute Nacht“, antwortete er lächelnd, stand vom Tisch auf und räumte ab.

„Danke, Tarek“, sagte sie, ging in ihr Zimmer und ließ sich kurz darauf schon in ihr Bett sinken. Draußen rüttelte der Wind an den Fensterläden und Regen prasselte weiter so kräftig gegen das Haus, dass er ein lautes Rauschen erzeugte, das fast an einen strömenden Fluss erinnerte.

Sina gähnte erneut und zog sich die warme Decke bis ans Kinn, aber sie fand nicht sofort Schlaf. In Gedanken war sie bei dem mysteriösen Wald ... und bei Tarek.

Erst als das Gewitter sich langsam beruhigte und vorbeizog und nur noch der ruhige Regen draußen niederfiel, schlief Sina ein.

«†»

Zayda hatte sich den Mann, der vor ihren Thron trat, ein wenig eindrucksvoller vorgestellt. Ein böses Lächeln breitete sich auf ihrem Gesicht aus und er kam noch einen Schritt näher. Er war von sehr hagerer Statur, vielleicht Mitte dreißig, mit einem schmalen Gesicht und öligen Haaren. Das Einzige, was an ihm wirklich beeindruckend aussah, waren seine Augen. Ihr Braunton schien immer wieder ins Rötliche zu blitzen, wenn sie unruhig über die Umgebung huschten.

„Gut, dass du endlich hier bist. Ich wurde schon ungeduldig!“

Der Mann neigte den Kopf und machte eine elegante Verbeugung, die eine überraschend katzenhafte Kraft in diesem eher dünnen, unscheinbaren Körper andeutete.

„Verzeiht mir, Königin. Hätte ich gewusst, dass Ihr mich sucht, wäre ich viel eher hier gewesen."

„Nenn mir deinen Namen", forderte die Königin, obwohl sie dank ihrer Berater bereits einiges über ihn und seine Fähigkeiten wusste.

„Ikar", sagte er ohne Zögern.

„Ich hatte schon begonnen, an der Loyalität deines Volkes zu zweifeln, weil es so lange gedauert hat, bis jemand geschickt wurde ... Ich habe einen Auftrag für dich, Ikar. Wenn du jemand ganz Besonderes für mich findest, werde ich dich reich belohnen."

„Wen sucht Ihr?", fragte er, ohne auf ihre Andeutung einzugehen. Es gab nicht viel, das er als Kopfgeldjäger brauchte. Vielleicht einige neue Waffen und dann zum Spaß ein paar ängstliche Sklaven, die Zayda für ihn im Land verteilen und nicht vermissen würde, wenn er sie jagte und aufspürte ...

Zayda musste lächeln, ihr gefiel seine Einstellung. Erst arbeiten, dann bezahlt werden.

„Meinem Gefängnis ist eine sehr wichtige Gefangene entwendet worden. Ich möchte, dass du sie mir zurückbringst. Lebend. Ich vermute, dass sie sich im Moment noch in der Nähe von Yoruba aufhält."

„Habt Ihr etwas von ihr? Ein Kleidungsstück? Eine Haarsträhne?" Er schwieg kurz. „Vielleicht sogar eine *Erinnerung*?"

Sie nickte und hob die Hand in seine Richtung. Ein schwacher Faden aus Magie bewegte sich von ihren Fingern auf ihn zu, und als die Funken ihn berührten, flammte kurz das Bild einer nicht unansehnlichen jungen Frau vor seinem inneren Auge auf. Lange braune Haare und strahlend blaue Augen, wie konnte man so jemanden nicht finden?

„Das wird ausreichen."

„Ich habe mich über dich informiert und nur Gutes gehört, darum habe ich mich entschlossen, dir eine meiner Kriegerscharen zur Verfügung zu stellen. Ich würde es jedoch begrüßen, wenn du deinen Auftrag so schnell wie möglich erledigst."

„Ich arbeite schnell und leise. Ich hoffe, das ist kein Problem für Eure Ratken, denn sonst kann ich sie nicht gebrauchen."

„Sie werden alles tun, was du verlangst. Ich verleihe dir den Titel eines Ratkenführers, vorerst für die Zeit deines Auftrages. Das ist eine große Ehre, Ikar, damit gehörst du jetzt zu uns. Ich habe mich noch nicht oft entschlossen, einem Mann eines anderen Volkes denselben Wert zuzuschreiben, der den Ratken gebührt. Sie werden dich respektieren und als ihren Anführer akzeptieren. Ansonsten würden sie sich niemals Befehle von jemandem erteilen lassen, der nicht zu unserem Volk gehört", sagte die Königin bestimmt. Als sie erneut die Hand hob, diesmal offen und fordernd, trat ihr Berater aus dem Schatten ihres Throns und reichte ihr ein gefaltetes Blatt Papier. Sie schlug es auf, überflog es und nickte dann. Der Berater nahm es ihr wieder ab, schnipste und ein Sklave huschte aus einer Ecke des Saals und nahm das Schreiben entgegen. „Bring diese Nachricht und Ikar zu seiner Schar im Schattenhof. Das Adlerauge wird für die Zeit des Auftrags ihr Anführer."

Der Diener nickte demütig, führte Ikar aus dem Saal und brachte ihn zu seinen neuen Untergebenen.

Ein Lächeln umspielte Zaydas Lippen, als sie die Gedanken des Kopfgeldjägers verfolgte. Die Sache versprach, interessant zu werden.

«†»

Sina erwachte und blinzelte verschlafen, geblendet von hellem Licht, das durch das Fenster fiel.

Auf einmal war sie hellwach. Draußen schien die Sonne!

Dann konnte sie ja doch in den Wald, denn der Gedanke ließ ihr einfach keine Ruhe mehr.

Wie der Wind sprang sie aus ihrem Bett, zog sich an und schlich hinaus auf den Flur. Vielleicht schliefen die anderen noch, also ging sie leise in die Küche und nahm sich eine Scheibe des duftenden Brotes, das Shetan vor einigen Tagen gebacken hatte. Die Butter war in einem kleinen Tonkrug, über dessen Öffnung ein feuchtes Tuch lag, dadurch war es in seinem Inneren schön kühl. Lächelnd bestrich sie sich ihr Brot und überlegte dann, wie sie dem schlafenden Tarek eine Nachricht hinterlassen konnte.

Sie nahm grinsend etwas Asche aus dem Ofen und malte mit dem Finger ihre Nachricht an eine Fensterscheibe in der Stube.

Ich bin im Wald, bis nachher. Sina.

Lächelnd wischte sie sich die Finger, dann nahm sie sich ihre Jacke, schnappte ihr Brot und ließ das Dorf hinter sich.

Diesmal nahm sie den Weg, den sie nach dem Unwetter zurückgerannt war. Während sie laufend das Brot aß, genoss sie die kühle Frische des Morgens. Die Regenwolken hatten sich verzogen und schwacher Dunst stieg aus dem feuchten Boden.

Nachdem Sina wieder am Fluss angekommen war, suchte sie so lange, bis sie eine Stelle fand, an der sie das Wasser leicht überqueren konnte. Sie sprang über ein paar rutschige Steine im Wasser und betrat eine völlig andere Welt.

Im Vergleich zu dem lichten, jungen Wald auf der anderen Seite verbreitete die neue Umgebung eine angespannte Atmosphäre. Das Unterholz war dichter und Sina entdeckte auf einen Blick gleich mehrere Tiere. Ein Eichhörnchen huschte davon, kleine braune Vögel hüpften durchs Geäst und zwitscherten leise. Der ganze Wald schien zu leben und zu atmen, obwohl er recht dunkel war.

Der Wind raschelte durch die Baumkronen und Sina hatte das Gefühl, als würde jemand durch das Sausen zu ihr flüstern und ihre Füße wählten den Weg, ohne dass sie bewusst etwas dazu beitrug. Sie schritt langsam durch das wilde Gestrüpp auf einen Wildpfad hinaus.

Sie folgte dem kaum erkennbaren Weg durchs Unterholz und gelangte schließlich auf eine Lichtung, auf der frisches, niedriges Gras spross. Nicht zu übersehen waren die spitzen Felsen, die in einem Kreis angeordnet in den Himmel wiesen.

Als Sina dem Ring näher kam, konnte sie die Magie auf der Haut prickeln spüren, die diesen Ort erfüllte. Wenn sie die Augen etwas zusammenkniff, meinte sie über den Spitzen der Steine schwache silberne Strahlen zu sehen, in denen sich kaum sichtbare weiße Funken in die Luft erhoben und dann verschwanden. Ein merkwürdiges Gefühl von Ehrfurcht packte sie, während sie wie erstarrt dastand.

Hätte sie nicht Angst haben sollen? Gedanken an ihre Albträume holten sie ein, an Zayda und ihre Magie ... Aber dieser Ort war so friedlich und strahlte solche Ruhe aus – wie konnte da Magie etwas Böses sein? Irgendwie wusste sie: Hier gab es nur Geborgenheit und keinen Schmerz.

Auf einmal war sie wie in Trance. Die Magie begann sich in ihren Geist zu graben und ließ sie nicht mehr los.

Zafija!

Erschrocken zuckte Sina zusammen, als sie aus ihrem Dämmerzustand gerissen wurde. Wer hatte da gesprochen? Aber die Stimme kam doch aus ihrem Kopf! Nein, das konnte nicht sein, sie hatte es sich nur eingebildet.

Auf einmal spürte sie, dass sie beobachtet wurde. Hinter ihr stand jemand! Mit einem Satz wirbelte sie herum.

Ihr Verstand brauchte einen Moment, bis er begreifen konnte, was da vor ihr stand.

Angst zuckte durch ihre Glieder, doch sie blieb wie versteinert stehen. Sie konnte nicht sagen, ob aus Furcht oder vielleicht aus Neugierde.

Vor ihr stand ein grauer, zierlicher Wolf und blickte sie aus weisen, bernsteinfarbenen Augen an. Eine Wölfin, um genau zu sein. Aber woher wusste sie das denn nun schon wieder?

Du weißt sehr viel, du bist dir dessen nur noch nicht bewusst.

Fassungslosigkeit schoss nun durch Sina, als ihr klar wurde, dass es die Wölfin war, die sie hörte. Ihre Angst war plötzlich vergessen.

„Ich ..." Sina verstummte und starrte die Wölfin mit offenem Mund an.

Nun sei nicht so bestürzt. Wir haben noch eine Menge mit dir vor, Sina ... oder sollte ich Zenay sagen?

„Wie?", brachte sie schließlich heraus, nicht fähig, einen ganzen Satz zu formulieren. Tief in ihrem Bewusstsein spielte sie mit dem Gedanken davonzulaufen, doch etwas hielt sie davon ab, und aus einem unerklärlichen Grund fühlte sie sich völlig sicher – in der Gegenwart eines leibhaftigen Wolfes.

Schon gut, ich denke, der Magier wird auch so bald darauf kommen.

„Was meinst du damit? Woher kommst du? Wieso kann ich dich hören? Bin ich verrückt? Oder ... Ich muss noch schlafen ...", fing sie an zu stammeln, kaum hatte sie ihre Stimme wiedergefunden.

Nicht ich habe dich gefunden. Du warst es, die es hierher in den alten Wald gezogen hat.

„Was? Was hat das zu bedeuten?"

Das bedeutet, dass es Zeit ist. Die Niranja muss ein zweites Mal vollzogen werden. Dann wird dein wahres Ich sich zeigen.

Sie musste vollkommen verrückt sein. Genau, das war die Erklärung!

Sie war verrückt und bildete sich das alles hier nur ein! Aber die Wölfin war so real ... Tief in ihrem Inneren wusste Sina, dass das hier wirklich geschah.

Du wirst noch alles erfahren, aber nicht jetzt. Die Zeit für ein Aufleben des Widerstandes ist gekommen! Berichte dem Magier. Deine Ausbildung wird nun bald beginnen.

Sie zuckte zusammen, als die Wölfin plötzlich auf sie zulief. Angst machte sich wieder in ihr breit und sie wollte weglaufen, aber ihre Beine schienen wie im Boden festgewachsen. Spannung lief durch ihren Körper wie Strom, als die Wölfin direkt vor ihr stehen blieb.

Sina wusste nicht, was sie empfinden sollte, sie hatte furchtbare Angst ... und kam sich dabei sonderbar lächerlich vor.

Die Wölfin sah sie schweigend aus ihren gelben Augen an, hob die Schnauze und berührte sie an der Hand.

Sina verdrehte die Augen und alles wurde schwarz.

«†»

Sie war schlagartig hellwach, als sie wieder zu sich kam. Sie lag auf dem Boden mitten im Wald und hatte keine Ahnung, warum. Mit einem mulmigen Gefühl im Magen richtete sie sich auf.

Was war geschehen? Es war Tag, aber die Schatten der Bäume schienen dunkler und länger.

Sie spürte eine unbeschreibliche Nervosität in sich aufsteigen, die kaum zu bändigen war ... und dann fluteten die Erinnerungen an die Wölfin in ihr Bewusstsein zurück.

Sina schnellte wie ein Pfeil empor und drehte sich hektisch im Kreis. Sie war allein, die Wölfin war verschwunden. Noch ein paar Sekunden stand sie wie angewurzelt da, dann rannte sie Hals über Kopf in Richtung Dorf davon.

Sie durchsprang den kühlen Fluss mit wenigen Sätzen und eilte durch den lichten Wald zurück zur Straße. Ihre Füße trugen sie direkt vor das Haus des Magiers.

Sie stürmte hinein und riss die Tür zu Tareks Zimmer auf und Tarek, der an seinem Bett stand und gerade ein großes Messer an seinen Gürtel stecken wollte, schnitt sich vor Schreck fast in die Hand. Es schien ihn jedoch nicht zu stören, er wirkte erleichtert sie zu sehen.

„Wo warst du denn nur? Ich hatte nicht gedacht, dass du so lange wegbleiben würdest, ich wollte schon nach dir suchen, bevor es dunkel wird."

„Tarek, ich glaube, ich verliere den Verstand! Ich war bei diesem magischen Steinkreis, da hatte ich plötzlich so ein komisches Gefühl im Kopf und dann hab ich eine Stimme gehört und dann –"

„Stopp! Stopp! Stopp! Was ist überhaupt los? Beruhige dich erst einmal und fang ganz von vorne an!"

„Aber das kann ich nicht! Tarek, im Wald war eine Wölfin und sie war es, die mit mir gesprochen hat! Ich habe mit einer Wölfin gesprochen ...", Sinas Stimme begann einen hohen, hysterischen Ton anzunehmen.

Sie fand, dass sie sich wie eine Verrückte anhörte – und fühlte sich noch mehr bestätigt in ihrer Annahme, als Tarek die Stirn runzelte. Sie war jedoch schon so in Fahrt, dass sie weiter erzählen musste.

„Und sie sagte, dass meine Ausbildung bald beginnt, und etwas namens Niranja, was auch immer das heißt!“, beendete sie nach einem Moment den Satz. „Ich ... Sie hat mich berührt ... und dann bin ich wohl umgefallen ...“

„Hat sie noch etwas gesagt?“

„WOLLT IHR MICH ALLE WAHNSINNIG MACHEN?! Ich kann doch gar nicht mit einem Wolf sprechen! Das geht einfach nicht. Ich muss träumen! Das ist sicherlich alles nur ein Traum!“

„Du träumst nicht! Aber was hat die Wölfin noch gesagt? Los, ich muss es wissen.“

Sina war überrascht, wie ernst er sich auf einmal anhörte. Gar nicht so, als hielte er sie für verrückt. Sie riss sich zusammen und versuchte, sich etwas zu beruhigen.

Immer nur ruhig atmen, das ist alles, was ich tun muss, sagte sie sich selbst und konnte nach einem Moment wieder klarer denken.

„Ich ... ich weiß es nicht genau. Sie sagte noch etwas ... Dass sie sehr viel mit mir vorhätten und sie nannte mich bei einem anderen Namen. Senai oder so was Ähnliches.“

Tarek erbleichte bei diesen Worten, legte ohne ein weiteres Wort mit steifen Bewegungen das Jagdmesser auf sein Bett, starrte sie noch für einen Moment entgeistert an und hastete ohne Erklärung aus dem Zimmer. Sie hörte ihn die Treppe in wenigen Sätzen hochspringen und seine dumpfe Stimme, als er seinen Großvater rief.

Sina ging völlig verwirrt hinter ihm her, blieb jedoch im Flur wieder stehen und setzte sich schließlich in der Küche auf die Bank.

Ihre Gedanken zogen zurück zu der Wölfin, während sie von oben die unverständlichen Stimmen der Männer hörte.

«†»

„Shetan! E-es ist etwas Unfassbares passiert …“, stammelte Tarek und blieb vor seinem Großvater stehen. „Du wirst nicht glauben, was Sina heute erlebt hat!“

„Na was denn? Es scheint dich ja gehörig durcheinandergebracht zu haben.“

„Sina war im alten Wald und hat eine Wölfin getroffen!“

„Getroffen? Wieso getroffen?“

„Weil sie mit der Wölfin gesprochen hat! Großvater, die Wölfin hat sie Zenay genannt!“

Shetans Gesichtszüge entgleisten. Zuerst wurde er blass, dann klappte ihm das Kinn herunter und er formte stumme Worte, ehe er sich wieder gefasst hatte.

„Bei den Hütern! Dass ich das nicht sofort bemerkt habe. Ich bin so ein Idiot!“

„Shetan, kann sie wirklich die Auserwählte sein?“

Doch sein Großvater hörte ihn nicht mehr. Er war vollkommen in Gedanken versunken, schließlich sagte er mehr zu sich als zu Tarek: „Ja! Es passt alles zusammen! Sina kommt von Lyrra, ist aber trotzdem eine unseres Volkes. Sie wurde durch einen Ratken hierher gebracht, auch wenn mir noch immer nicht klar ist, warum er sie gebissen hat. Sie verfügt über starke magische Kräfte, die ich nicht begreife, und war vor einigen Wochen noch bei Zayda im Gefängnis eingesperrt!“

Tarek sah ihn groß an und wartete.

„Hat sie noch etwas gesagt? Hat sie erwähnt, was der Wolf noch sagte?“

„Ähm … Die Wölfin hat die Niranja erwähnt. Ist das nicht die Magie, mit der man die Seele des Wirkenden zeigen kann?“

Shetan nickte schnell. „Wir … wir müssen sie erneut testen.“

„Großvater … Sie kann nicht die Zafija sein!“, widersprach er, „Sie ist zu … zu dünn und zu schwach. Die Auserwählte soll weise und stark sein … Eine Kriegerin!“

„Du weißt überhaupt nicht genug über sie, um sagen zu können, wie stark sie ist", wandte sein Großvater ein.

„Außerdem war sie vielleicht wochenlang in einer Zelle eingesperrt, danach würdest du auch nicht mehr so gut aussehen, Tarek! Es liegt jetzt an uns, sie zu schulen und ihre Kräfte zu steigern. Komm, wir müssen ihr einiges erklären", beendete Shetan die Unterhaltung.

Er stützte sich auf seinen Stock, eilte die Treppe hinunter und betrat die Stube.

«†»

Sina erschrak, als sich Shetan plötzlich vor ihr aufbaute.

„Soso, du hast also mit einer Wölfin gesprochen?", fragte er mit einem vorwurfsvollen Ton in der Stimme und Sina zuckte schwach zusammen.

„Ich ... ich wollte das nicht. Sie hat mich einfach angesprochen. Ich wusste noch nicht mal, dass ich so was kann! Das ist doch alles völlig verrückt!", verteidigte sie sich.

Shetan lachte auf. „Das ist fantastisch, Sina! Seit bestimmt fünfzig Jahren hat kein Miakoda mehr mit einem Wolf gesprochen!"

„Ich ... Wirklich? Aber warum konnte *ich* dann mit dieser Wölfin sprechen?"

„Du bist in Gedanken mit ihr in Kontakt getreten!"

„Weißt du nicht mehr? Ich habe dir doch erzählt, dass wir damals, während des Krieges, den Kontakt zu den Wölfen verloren", warf Tarek ein und warf seinem Großvater einen Blick zu.

„Ganz genau. Sina, du hast die alte Tradition der Makani Chenda wieder aufleben lassen", erwiderte Shetan.

„Makani was?"

„Chenda. Das ist die Fähigkeit, in Gedanken mit jemandem zu sprechen, der nah, weit entfernt – oder gar kein Mensch ist."

„Aber wieso kann ich so etwas?"

„Du bist eine Magierin und eine unseres Volkes!"

„Eine Magierin? Aber du sagtest doch, es sei gefähr–"

Shetan machte eine wegwerfende Handbewegung. „Es ist jetzt egal, was ich gesagt habe. Du hast große magische Fähigkeiten. Wir werden sie nicht mehr verschwenden."

„Und was bedeutet das für mich?" Sina spürte ihr Herz immer schneller schlagen.

„Das bedeutet, du hast ein beschwerliches und von Gefahren geprägtes Leben vor dir!", sagte Tarek traurig. Sina runzelte die Stirn.

„Sina, was hat die Wölfin noch getan?"

„Sie ... sie hat mich berührt. Ich wollte es nicht, aber sie kam auf mich zu und ich war wie versteinert."

„Ist etwas passiert? Hast du etwas gespürt, als sie dich berührte?"

„Ich weiß nicht. Ich bin zusammengebrochen ..."

„Du bist also ohnmächtig geworden?"

Sina schluckte und nickte dann schüchtern, es war ihr peinlich, aber Shetan lächelte nur mild. Sie runzelte die Stirn, als sie Schweiß an seinen Schläfen bemerkte.

„Wenn du es erlaubst, würde ich gerne etwas mit dir ausprobieren. Wir haben es schon einmal getan, die Magie, die deine Seele gezeigt hat."

„Hat die Wölfin davon gesprochen?"

„Das werden wir gleich wissen, wenn du möchtest."

Sina nickte. Sie stand auf und streckte Shetan ihre Hände entgegen.

„Benutze deine Magie so wie beim letzten Mal, lass sie einfach strömen und ich werde sie leiten."

Seine Hände waren auch dieses Mal warm, aber auch verschwitzt und etwas zittrig. Sina runzelte die Stirn, doch dann nickte Tarek ihr ermutigend zu und sie fühlte die Magie in sich. Die Kraft wuchs, fühlte sich heiß und lebendig an, als sie wie von selbst durch ihren Körper und auf Shetans Hände zuströmte.

Sina wurde von der Wucht dieses Gefühls überwältigt. Sie hatte das Gefühl, als wollte die Magie selbst etwas ... Als hätte sie nur darauf gewartet, wieder lebendig zu werden.

Sie schloss die Augen, als die Magie die fremden Hände erreichte ... Ein Zucken ging durch ihren Körper. Heißer Strom floss durch sie, erfüllte jede ihrer Adern und Nerven. Als sie die Augen aufriss, war es um sie herum vollkommen schwarz.

Zuerst dachte sie, die anderen seien verschwunden oder sie träume, aber dann spürte sie wieder Shetans Hände und eine Regung neben sich, gefolgt von einem überraschten Ächzen.

„Großvater, was ist hier los? Ich kann nichts mehr sehen!", rief Tarek nervös.

„Seid ganz ruhig, ihr beiden. Das ist die Magie, sie nimmt alles Licht aus der Umgebung."

„Aber wieso geschieht das?", fragte Tarek – doch zu einer Antwort kam es nicht mehr.

Vor ihnen im Nichts tauchte ein schwaches Glimmen auf. Nach einem Moment erkannten sie, dass es Sinas Hände waren, die da zu leuchten begannen.

Und dann wurde das Leuchten stärker, zog sich über ihren Körper, als glühten ihre Adern unter der Haut auf. Ihre Arme strahlten, es zeigte sich sogar unter ihrer Kleidung, und ihre Haare begannen zu leuchten. Tarek wich langsam zurück, da richtete sich Sinas Blick auf ihn.

Ihre Augen waren nicht mehr menschlich. Sie glühten wie silbernes Feuer.

Sina spürte Hitze und Wogen von Energie durch ihren Körper strömen. Sie musterte Tareks Gesicht, das gleichzeitig Angst und Faszination ausstrahlte, dann wanderte ihr Blick auf ihre leuchtenden Arme. Ihre Gedanken rasten und blieben gleichzeitig stehen. Es schien, als würde die Zeit stehen bleiben, doch dann verschwand das Leuchten so schnell, wie es gekommen war. Gleichzeitig kehrte normales Licht in die Küche zurück. Es dämmerte und die Flamme der Kerze auf dem Tisch tauchte auf, als sei sie nur verdeckt gewesen.

Sina verharrte, erfüllt von all diesen aufwühlenden Gefühlen, dann seufzte sie leise und lehnte sich an den Tisch. Sie war erschöpft, aber zugleich auch sonderbar *befreit*.

Shetan sah sie lange schweigend an, während sie und Tarek warteten. Dann sprach er endlich, leise und ernst:

„Wenn kein Mond am Himmel steht,
kalte Schatten, schwarze Welt ...
Licht die Dunkelheit erhellt –
die Zafija mit euch geht."

„Wa-was bedeutet das?", fragte Sina mit zittriger Stimme und runzelte die Stirn.

„Das heißt, du trägst ab jetzt einen ganz besonderen Namen: den der Auserwählten."

Sina sah ihn erst verständnislos an, bevor sie sich an die Erzählung erinnerte. Dann zog sie die Augenbrauen zusammen und lachte los.

„Macht euch nicht lächerlich. Was war das eben?"

„Nach deiner Begegnung mit dieser Wölfin sind die Zeichen eindeutig", sagte Shetan erneut mit tiefster Ernsthaftigkeit in der Stimme. „Es gibt eigentlich keinen Zweifel mehr, du bist eine ganz besondere Frau, mit den Fähigkeiten, zu einer großen Magierin aufzusteigen und unsere Welt wieder ins Gleichgewicht zu bringen."

Sina lachte immer noch, aber als sie die fassungslose Miene der beiden sah, die immer wieder zwischen Unglaube und einer Art Hochachtung wechselte, schnaubte sie.

„Ihr meint das ernst?"

Die beiden nickten in perfektem Einklang.

„Nein. Nein!" Sie sah abwechselnd von einem zum anderen. „NEIN! Ihr ... ihr müsst euch irren!"

Als die beiden schwiegen und sie nur erwartungsvoll ansahen, schüttelte sie heftig den Kopf. „Ich kann doch niemals so eine wichtige Person sein! Schon gar nicht, wenn ich davon selbst keine Ahnung habe! Meine Eltern haben mir immer die Wahrheit gesagt, sie hätten mich nicht angelogen! Zumindest ... glaube ich das ..." Sie raufte sich das Haar, bevor sie verzweifelt schnaubte.

„Oh Gott! Ich kann doch niemals gegen diese schreckliche Hexe Zayda ankommen! Ihr habt mir doch selbst gesagt, sie ist viel zu mächtig, zu stark, sie hat jahrelange Erfahrung mit dem Schwert und der Magie ... Ihr sagtet doch, sie sei eine *Tyrannin*! Ihr müsst euch irren!"

Bei ihren Worten lächelte Tarek, doch er schaffte es nicht, damit seine Sorge zu verbergen. „Beruhige dich erst einmal ... Im Moment erwartet niemand von dir, dass du zur Festung Mazmorra marschierst und dich mit Zayda im Zweikampf misst! Vielleicht wird dir das auch nie gelingen, aber das Wichtigste ist: Wir können wieder Hoffnung schöpfen, denn die Auserwählte ist zu uns gekommen!" Er machte eine ehrerbietige Verbeugung vor ihr.

„Tarek, hör doch auf damit! Ich könnte niemals jemandem Leid zufügen! Wie sollte ich denn auch?", fragte sie und machte eine abwehrende Bewegung mit den Armen.

„Zenay, *du* bist zu Großem auserwählt! Du weißt gar nicht, was es für eine Ehre ist, dich kennenlernen zu dürfen!" Sina entging nicht, dass er auf ihre eigentliche Frage nicht geantwortet hatte.

„Was soll denn das? Du hörst dich an, als würdest du heute erst meine Bekanntschaft machen!" Sie schnaubte ungläubig. „Von wegen Ehre, ich kann euch doch niemals helfen, diesen Krieg zu beenden. Ich bin viel zu schwach, um so etwas zu schaffen – und wieso nennst du mich eigentlich Zenay?", fragte sie verwundert. Shetan lächelte.

„Das ist dein wahrer Name. Du solltest dich schon einmal daran gewöhnen, so genannt zu werden, Zafija."

„Und wieso nennt ihr mich dann ... äh ... *Zafija*?"

„Zafija Zenay heißt in der alten Sprache *die Auserwählte des Mondes*. Zenay heißt eigentlich lächelnder Mond und Zafija heißt Auserwählte, aber gemeinsam ergibt es einen ehrenhaften Titel!"

„Ihr müsst völlig wahnsinnig sein, zu denken, ich könnte *das* sein! Seid ihr so verzweifelt?! Ich *will* das nicht sein! Glaubt ihr, ich will mein Leben einfach so wegwerfen? Ich werde mich doch nicht einfach so opfern, nur weil ihr behauptet, ich sei irgendeine tolle Person, von der irgendwelche Mönche mal im Delirium geträumt haben! Glaubt ihr etwa, ihr könntet so einfach mein Leben bestimmen? Es ist MEIN Leben – und ich habe nicht vor, mich von irgendeiner verrückten Magierin noch einmal foltern und dann massakrieren zu lassen! Falls ihr überhaupt die Wahrheit sagt! Vielleicht bin ich ja einfach nur krank und liege in einem Fiebertraum oder ihr täuscht mich mit irgendeinem Trick.“

„Jetzt ist es aber genug!“, rief Tarek und wirkte etwas erzürnt.

Shetan schüttelte enttäuscht den Kopf. „Die Mönche waren sehr ehrenhafte Menschen, Zenay. Sie haben ihre Leben geopfert, damit du eine Chance haben wirst, diese Welt zu retten ...“

Sina stemmte sich wütend wieder vom Tisch ab und machte eine wilde Geste. „Hör auf mit diesem Zenay! Ich bin nicht die, für die ihr mich haltet! Ich war es gestern nicht, bin es heute nicht, und werde es auch morgen nicht sein! Das könnt ihr vergessen, ich bin doch nicht verrückt!“

„Keiner hält dich für verrückt ... Sina!“, warf Tarek beschwichtigend ein, doch sie ließ sich nicht beruhigen. „Wir wollen bloß, dass du es in Erwägung ziehst, dass ...“ Doch sie ließ ihn nicht mehr zu Wort kommen.

„Nichts werde ich! Lasst mich bloß in Ruhe!“, fuhr sie ihn zornig an und ließ die beiden stehen, ohne dass sie noch etwas erwidern konnten.

Sie knallte ihre Tür zu und kämpfte mit dem alten Riegel, bis sie ihn vorgeschoben hatte. Aber damit ließ sich ihre Angst leider nicht aussperren.

In der Falle

Sina war so verwirrt und zornig, dass sie kaum einen klaren Gedanken fassen konnte. So vieles schwirrte ihr durch den Kopf ... Sie spürte, wie ein dumpfes, tief schmerzendes Hämmern innen gegen ihren Schädel pochte.

Sie war fassungslos. Wie konnten diese beiden Menschen, die ihr im Grunde doch noch immer Fremde waren, einfach so auf sie einstürmen und von ihr verlangen, ein wahrscheinlich tödliches, völlig wahnwitziges Schicksal anzunehmen?

Nein, sie konnte es nicht akzeptieren und sie würde es auch nicht. Auch wenn sie ihr Gedächtnis verloren hatte und mit einem fremden Leben konfrontiert wurde, soweit würde sie es nicht kommen lassen, dass sie zu einer Marionette irgendwelcher Bauern wurde, um sich von einer durchgedrehten Tyrannin umbringen zu lassen! Nein, soweit würde es nicht kommen ...

Ich verschwinde von hier!, dachte sie schlagartig und auf einmal kam ihr der Gedanke so klar und logisch vor, dass sie kaum glauben konnte, dass sie nicht schon viel früher darauf gekommen war. *Genau. Ich muss nicht hierbleiben! Ich muss mir nicht von jemandem Lügen auftischen und mich zu einer Selbstmordaktion überreden lassen. Ich verschwinde hier ... Noch heute!*

Wenn sie durchs Fenster kletterte, dann würden sie sicher denken, dass sie schon schlief oder nicht mit ihnen reden wollte. Sina schüttelte den Kopf.

Dieser Auserwählten-Quatsch kann gar nicht stimmen. Und ich als Person bin ihnen eh nicht wichtig, ich verschwinde und sie sehen mich nie wieder. Ich gehe ins nächste Dorf und finde heraus, wo ich eigentlich bin und ob die beiden mich nur reingelegt haben ... Vielleicht ist das alles mit dieser Dimension ja auch völliger Unsinn und selbst wenn, dann gibt es bestimmt einen Weg zurück ... Ich muss auf keinen Fall hierbleiben!

Ein kurzer Stich traf sie, als sie daran dachte, von Tarek fortzulaufen. Sie mochte ihn mittlerweile sehr ... Und auch seine

Freunde und den alten Shetan würde sie vermissen ... Aber was waren das für ein Freund und sein Großvater, die von ihr verlangten, sich für eine aussichtslose Sache umbringen zu lassen?

Ihr Entschluss stand also fest.

Sie sah sich rasch im Zimmer um. Natürlich würde sie keines von Shetans Büchern mitnehmen, es würde nicht soweit kommen, dass sie den beiden wertvolle Dinge stahl. Doch Kleidung würde sie nehmen und die Karte von Tyarul auch ... Dann noch das Messer, das sie von Tarek bekommen hatte und etwas Essen. Geld hatte sie keins, aber darum wollte sie sich jetzt keine Gedanken machen.

Als sie alles in ihrer Tasche verstaut hatte, ging sie zur Tür und lauschte. Es war still im Haus. Sie musste sich ablenken und sofort los, denn sie wollte nicht weiter über diese wahnsinnige Vorstellung nachdenken müssen, dass sie jemand ganz anderes sein könnte, als sie gedacht hatte.

Es war Zeit zu gehen. Sie zog sich ihren Mantel über, nahm die Tasche und sah sich dann noch einmal im Zimmer um, bevor sie das Fenster öffnete und hinausspähte. Es war niemand im Garten. Sie stellte den Stuhl an das Fenster, stieg auf das Brett und sprang mit einem Satz hinaus.

Das Gras vorm Fenster federte ihren Fall sanft ab. Hinter sich zog sie das Fenster wieder zu und ging um das Haus zum Erdkeller. Dort packte sie getrocknetes Gemüse in ein Tuch und nahm noch einen leeren Trinkschlauch mit, den sie am Bach am Rand des Gartens füllte. Dann schlüpfte sie durch eine niedrige Lücke in der Hecke und überwand die alte Steinmauer dahinter.

Damit war sie außer Sichtweite des Hauses. Auf der Straße war ebenfalls niemand zu sehen. Sie würde diesem Weg folgen, da auf ihm die meisten Reisenden und Händler nach Ornanung kamen.

Auf der Karte hatte sie gesehen, dass die Straße in einem geschlängelten Bogen zum nächsten Dorf führte, und wenn sie nach einer Weile rechts in den Wald abbog, konnte sie eine Menge Zeit sparen – außerdem wollte sie nicht Leuten über den Weg laufen, die ihr Fragen stellen könnten. Denn sie war allein und eine

Frau, da konnte sie sich denken, dass sie vielleicht besser nicht einer Meute von Männern begegnen wollte.

Von Tarek hatte sie gehört, dass sich Räuber am ehesten in den Abendstunden an Straßen aufhielten und kaum im tieferen Wald anzufinden waren. Dort gab es höchstens Jäger – oder Leute wie Sina, die lieber unentdeckt bleiben wollten.

Also verließ sie das Dorf, ohne noch einmal zurückzublicken, aus Wut, Verwirrung und auch ein wenig aus Scham.

Als sie so alleine in den grauen Nachmittag hineinlief, fühlte sie sich zugleich erleichtert und doch irgendwie ... feige. Sie konnte dieses Gefühl nicht ganz loswerden, wollte es auch gar nicht richtig.

Bald durchquerte sie das Band von Feldern, welches das Dorf umgab, und betrat den dunstigen Schatten des Waldes, der neben der Straße aufragte. Sie war gerade erst eine Weile außer Sichtweite des Dorfes, als sie vor sich im Dunst einige Gestalten auf der Straße entdeckte. Rasch sprang sie über den kleinen Graben am Straßenrand und huschte in den Wald, in dem der Dunst noch dichter war.

Der Nebel und die dämmrigen Schatten beunruhigten sie, doch sie versuchte, die aufkeimende Unruhe zu ignorieren. Es war niemand hier. Und wenn es sein musste, würde sie eben schneller rennen müssen als irgendein möglicher Verfolger. Egal, ob ihr Körper das aushielt oder nicht.

Sie klammerte sich so stur ans Weiterkommen, dass sie den lichten Dorfwald bald hinter sich gelassen hatte und sich durch wilderen, dichten Wald schlug, der von Unterholz dominiert wurde.

Sie trank einen Schluck Wasser und kaute auf einem getrockneten Möhrenstück, um wieder etwas Energie zu schöpfen. Das Tuch mit dem Essen behielt sie in der Hand, das Gewicht des Bündels auf ihrem Rücken vermindernd. Ein frischer Wind wehte durch den Wald und trieb Sina stetig voran.

Sie kam zu einer kleinen Lücke im Wald, einer kahlen Stelle, auf der nur totes Holz und Laub lagen. Mit dem nächsten Schritt, hinaus auf die offene Fläche, trat sie auf einen dickeren Ast, der mit einem lauten Knacken zerbrach. Plötzlich gab der Boden unter dem Holz nach.

Mit einem überraschten Aufschrei stürzte Sina mitsamt einem Schwall aus Laub, Ästen und loser Erde in die Tiefe. Stechender Schmerz durchfuhr ihr Bein, als sie unten aufschlug. Die Wucht presste ihr die Luft aus den Lungen und sie sackte in sich zusammen, bevor sie zur Seite rollte und gegen die erdige Mauer prallte.

Einen Moment lang prasselten noch Erde und kleine Äste auf sie herunter, dann herrschte Totenstille.

Zitternd öffnete Sina die Augen und japste, um ihre schmerzenden Lungen wieder mit Luft zu füllen. Staub erfüllte die Luft, doch sie konnte erkennen, dass sie in ein rundes, tiefes Loch gestürzt war. Mühsam versuchte sie, sich aufzusetzen.

Erst dann wurde ihr wirklich der Schmerz bewusst ... Sina keuchte laut auf und drehte vorsichtig ihr Bein, das in keinem günstigen Winkel lag. Doch der Schmerz kam nicht von ihrem Knie, sondern strahlte von ihrem Fuß hoch.

Langsam fuhr sie an ihrer schmutzigen Hose entlang, warf einige Äste von sich fort, während sie an ihrem Bein herabtastete. Dann schlug sie den zusammengeknäulten Mantel zurück und erreichte mit ihren Fingern den Knöchel. Der Schmerz wurde sofort heftiger. Tränen schossen ihr in die Augen, als sie ihren ledernen Schuh berührte.

Verdammt! Irgendetwas in ihrem Fuß schien gebrochen zu sein.

Eine zaghafte Bewegung wurde mit einem so starken Stechen bestraft, dass es ihrer Kehle einen kleinen Schrei abrang. Zitternd versteifte sie sich und wollte sich gar nicht mehr bewegen. Erst als das Pochen etwas nachgelassen hatte, spürte sie einige zerbrochene Äste unter sich, die ihr in die Seite und die Beine stachen. So konnte sie nicht sitzen bleiben.

Was soll ich jetzt bloß tun? Nachdem sie einige Male tief ein- und ausgeatmet hatte, um ihr rasendes Herz zu beruhigen, fühlte sich ihr Kopf schon wieder etwas klarer an. Zitternd stützte sie sich an der Wand ab und stand langsam auf, sich nur auf das unverletzte, linke Bein stützend, und versuchte an den Rand des Lochs zu kommen. Wo war sie hier nur gelandet?

Wahrscheinlich war es die Falle eines Jägers. Wieso hatte sie sich auch abseits von den Wegen durch den Wald schlagen müssen?

An der Wand hochzuspringen konnte sie vergessen, selbst wenn sie nur auf einem Bein hüpfte, war der Rand unerreichbar. Das Loch war mindestens drei Meter tief.

Die Grube war ein Gefängnis!

Angst machte sich in ihr breit und sie schrie laut um Hilfe. Die Stille des Waldes senkte sich mit beklemmender Endgültigkeit über sie; nur in einiger Entfernung war noch fröhliches Vogelgezwitscher zu hören. Gänsehaut kroch von ihrem Nacken den Rücken herunter.

Niemand antwortete auf ihre Rufe, sie versuchte es erneut. Wieder nichts, außer ein paar Krähenschreien und den normalen Geräuschen des Waldes. Sie konnte nur die Baumkronen über der Grube sehen und den grau verhangenen Himmel, über den eine triste Wolkendecke zog.

Sie sah sich hektisch in der Grube um, nach etwas suchend, was ihr aus dieser schlimmen Situation hätte helfen können, doch da lagen nur ihre Tasche und ein Haufen zerbrochener Äste und Laub.

Das Bündel mit dem Essen und dem Wasserschlauch fehlte. Sie musste es losgelassen haben, als sie gestürzt war. Wahrscheinlich lag es irgendwo oben am Rand.

Sina fluchte und sah an sich herunter. Erst jetzt bemerkte sie, dass sie sich ziemlich viele Schrammen zugezogen hatte und voller Dreck war.

Sie packte Wurzeln, die aus der Wand des Lochs ragten, doch die rissen einfach ab. Der Boden voller Blätter war rutschig und sie wagte es nicht, sich mit dem stechend-schmerzenden Fuß zu viel zu bewegen. Jedes Rascheln im Wald ließ sie aufhorchen und hoffen und jedes Mal rief sie wieder um Hilfe ... und wurde enttäuscht.

Dann konnte ihr Bein sie nicht mehr halten und so ließ sie sich auf den dreckigen Boden sinken. Ihr Fuß schmerzte und pochte dumpf im Takt ihres Herzschlags.

So schrie sie eine Weile und verstummte dann schließlich, um auf Geräusche zu horchen, doch noch immer rief niemand zurück und waren keine Schritte zu hören.

Ich bin hier gefangen! Ich bin ganz allein!, schoss es ihr durch den Kopf und Bilder tauchten vor ihrem inneren Auge auf, wie sie in einem schwarzen Brunnenschacht lag, hungrig und blutend.

Nein! Ich muss hier raus! Ich muss!

Panik begann in ihr aufzusteigen wie Galle, denn sie wusste, dass sie viel zu weit von der Straße entfernt war, als dass sie jemand hören würde.

Der stechende Schmerz in ihrem Knöchel machte sich wieder bemerkbar, als sie erneut aufzustehen versuchte. Vielleicht konnte sie ja mit einem der Stöcke eine Art Aushöhlung in die irdene Wand bohren und dann hochklettern ...

Doch sie verwarf den Gedanken, nachdem sie sich versuchsweise auf das Bein gestützt hatte und laut ächzte. Mit einem Bein konnte sie nicht hinaufklettern. Außerdem war der lehmige Boden, der die Wand der Grube bildete, sehr hart.

Als sie trotzdem einige Stöcke nahm und in der Erde herumbohrte, zerbrach ihr jeder Zweig in den Händen und die dicken Äste, die als Stützkonstruktion des falschen Bodens gedient haben mussten, waren zu stumpf und morsch.

Erneut stiegen Tränen in ihre Augen. Die Panik begann, sich wie ein dicker Klumpen in ihrem Magen festzusetzen und sie konnte nicht richtig atmen.

Was, wenn sie keiner fand? Wie oft kontrollierten Jäger ihre Fallen? Alle drei Tage? Oder war er schon vor Kurzem hier gewesen und würde erst in vier kommen? Sina wünschte, sie hätte sich mehr mit Tarek über die Jagd unterhalten, denn dann hätte sie jetzt gewusst, ob sie verdursten würde ...

Sie zitterte und ihr Fuß schmerzte noch stärker. Erneut schlichen die dunklen Bilder des Schachts vor ihre Augen, ließen ihren Atem stocken und ihre Knie zittern.

Bei dem Gedanken an Tarek kam noch ein schmerzender Kloß in ihrem Hals hinzu.

Wie dumm sie gewesen war! Wie hatte sie glauben können, in dieser gefährlichen Welt einfach alleine durch die Wälder spazieren zu können?

Sie starrte in den Himmel, immer noch hoffend, dass dort ein Gesicht über dem Rand auftauchen würde. Die Wolken zogen weiter über den Himmel und wurden immer dunkler.

Ihre Verzweiflung steigerte sich ins Unermessliche, als die ersten Tropfen fielen und das leichte Nieseln rasch in starken Regen überging.

Es schien immer dunkler zu werden und das Rauschen des Regens auf den Blättern der Bäume übertönte alles, doch für eine Sekunde meinte sie, oben leise Schritte zu hören. Sie stand auf, rief erneut, doch diesmal war ihre Stimme nur ein leises Wehklagen. Ihr Fuß pochte heftiger und fühlte sich dick und heiß an, das Stehen war fast unerträglich.

Vorsichtig ließ sie sich wieder zu Boden sinken und häufte einige der mittlerweile matschigen Blätter und Zweige aufeinander und lagerte dann ihren Fuß darauf. Das andere Bein zog sie zu sich heran und schlang die Arme darum, dann breitete sie den Mantel aus, versuchte ihn wie ein schützendes Zelt zu benutzen.

Tränen mischten sich mit dem Schmutz und dem Regen in ihrem Gesicht und sie ließ den Kopf auf ihr Knie sinken. Im dunklen Schatten unter dem Mantel fühlte sie sich noch einsamer, musste sich aber vor der Kälte und dem Regen schützen.

Jetzt konnte sie nichts tun, außer warten und hoffen, dass jemand sie zufällig finden würde.

Ihr Fuß pochte weiter, der Schmerz war jetzt dumpf und tief. Der Regen prasselte beständig und sammelte sich auf dem Boden der Grube.

«†»

Tarek klopfte erneut energisch an Sinas Tür. Er hätte nicht gedacht, dass sie ihn so lange ignorieren würde, es war schon dunkel.

Vielleicht war es ihr auch einfach noch zu viel ... Bei den Hütern, da saß die womöglich wichtigste Person von ganz Tyarul in seinem Haus. Das ganze Ausmaß dieser Tatsache wollte noch immer nicht ganz zu ihm durchdringen.

„Sina, es ist jetzt wirklich genug! Wir sollten reden! Und du musst doch ganz schön hungrig sein, oder? Wir wollen wirklich nur reden, dir Fragen beantworten ... Nun sei doch nicht so!"

Als er nach weiterem Warten und Klopfen noch immer keine Antwort bekam, wurde aus der Nervosität echte Sorge. Er hielt es nicht für ihre Art, ihn so zu behandeln. Er hatte geglaubt, dass sie ihn eher ein bisschen mochte ... Und jetzt ließ sie keinen Ton von sich hören, noch nicht einmal einen Fluch oder einen Ausruf, dass er verschwinden solle ...

Er zögerte einen Moment, doch dann legte er das Ohr an die Tür. Es herrschte Stille im Raum.

Auf einmal hatte er ein Bild vor seinem inneren Auge, dass sie unter der Last des vorhin Erfahrenen zusammengebrochen war. Er begann am Türknauf zu rütteln, doch die Tür war noch immer verschlossen. Kurz überlegte er noch, ob er es wagen sollte ... Dann machte er einige Schritte zurück bis in sein Zimmer und warf sich dann mit aller Kraft gegen die Tür.

Seine Schulter schmerzte – doch die Tür gab beim zweiten Mal nach. Die Halterung des Riegels löste sich mit einem lauten Knacksen aus dem Türrahmen. Wieder eine Reparatur, die er in nächster Zeit ausführen musste ...

Tareks Blick fiel ins Zimmer und er erbleichte.

Es war leer. Das Bett war gemacht und Sinas Sachen fehlten. Ein Stuhl war vor das Fenster gerückt worden, das nur angelehnt war. Draußen fielen noch immer Regentropfen und landeten auf dem Fensterbrett.

Diesmal zögerte Tarek nicht. Er flog förmlich die Treppe zu Shetans Zimmer hoch und stieß die Tür auf, ohne anzuklopfen.

„Sina ist fort", rief er außer Atem. Als der Satz so alleine und ausgesprochen im Raum stand, wirkte er noch furchteinflößender.

Shetan richtete sich schweigend von seinem Tisch auf. Einen Moment schien es so, als hätte er Tarek gar nicht gehört, doch dann reagierte er.

„Könnte sie bei einem deiner Freunde sein? Bei Asyra vielleicht?"

Tarek zögerte, als sich vage Hoffnung in ihm ausbreitete, die aber bald in Zweifel überging. „Ich weiß es nicht. Ich dachte nicht, dass sie sich mit einem von ihnen schon so gut angefreundet hätte. Sie war ja eher zurückhaltend ... Und sie scheint einige Sachen gepackt zu haben."

„Wenn sie aus dem Dorf gelaufen ist, wird es schwer, sie wiederzufinden", murmelte Shetan und sein Blick verdüsterte sich. „Ich bin ein Narr, Tarek. Ich hätte ahnen, nein sogar spüren müssen, dass diese Neuigkeiten zu viel für sie waren. Und ich nenne mich Magier, bin nicht einmal in der Lage, in das Herz einer jungen Frau zu fühlen ..."

„Mach dir keinen Vorwurf, Großvater", sagte Tarek bestimmt. „Ich werde sie finden."

„Aber es ist schon dunkel, du solltest jetzt nicht mehr hinaus-"

„Das steht nicht zur Debatte. Sie ist auch da draußen, wenn sie nicht bei einem der anderen ist. Ich muss sie suchen! Ich kann sie doch nicht da draußen durch die Wälder irren lassen, sie wird sich noch umbringen!"

„Ja, du hast recht. Finde sie! Es darf ihr nichts zustoßen."

Tarek nickte zum Einverständnis. „Ich mache mich sofort auf den Weg."

«†»

Sinas Angst bereitete ihr mittlerweile fast so große Schmerzen wie ihr Fuß. Der Regen ließ zwar nach und versiegte zwischendurch sogar fast – aber dafür kroch die Dunkelheit in ihre Falle.

Und mit der Dämmerung kam die Kälte. In der Grube hatte sich eine Schicht aus schlammigem Wasser angesammelt, die die Blätter und Erdklumpen zu einer glitschigen Masse vereinte. Es war nicht hoch, nur ein oder zwei Fingerbreit und es versickerte bereits im Boden, doch Sina war trotzdem schlammbespritzt und durchnässt. Der Mantel hatte anfangs etwas genutzt, aber irgendwann musste Sina in ihrer zusammengesunkenen, sitzenden Position eingenickt sein und er war verrutscht. Außerdem war das Wasser auch an der Wand hinter ihr heruntergelaufen und sie saß darin.

Die Tränen auf ihrem Gesicht trockneten irgendwann, auch wenn ihre Haare und Kleidung noch nass blieben. Ihre Augen fühlten sich dick an und die Haut spannte von Salz und Dreck. Immer wieder tropfte Wasser von den nassen Bäumen in ihr Gefängnis hinein und lief ihr aus dem Haar über ihr Gesicht.

Sie hatte nach langem Hin und Her die Heilmagie an ihrem Fuß ausprobiert, doch das heilte nur die Kratzer auf ihrem Arm und linderte den Schmerz für eine Zeit. Außerdem hatte sie auf einmal den Bruch ganz genau spüren können, jedes Stück Knochen und Knorpel – was dazu führte, dass ihr schlecht wurde und sie den Heilversuch abbrach. Außerdem zitterte sie jedes Mal bei dem Gedanken, dass diese Zayda sie finden könnte …

Die Schmerzen kamen zusammen mit der Kälte wieder und wurden stärker.

Sie versuchte, die Zeit im Auge zu behalten, doch es war vergeblich. Ihrem Gefühl nach schien schon sehr viel vergangen zu sein, seit sie in dieser Falle saß.

Ihr war furchtbar kalt und sie fühlte sich immer elender. Die Angst, die irgendwann im Schutz des Mantels verebbt war, kam nun mit voller Wucht wieder, als sie die Gedanken nicht mehr verdrängen konnte.

Was, wenn sie niemand fand? Wie lange konnte sie mit einem gebrochenen Knöchel überleben?

Einen Moment hob sie den Kopf und blickte in den schwärzer werdenden Himmel, dann legte sie ihn zurück auf ihr Knie, als die

Wolken ihr wieder Tropfen entgegenwarfen. Sie zog den klammen Mantel enger um sich und bebte.

Es hatte ja doch keinen Sinn, auf jemanden zu hoffen.

Trotzdem fragte sie sich, wann Tarek wohl bemerken würde, dass sie fort war. Würde er sie suchen? Oder würde er sie einfach aufgeben und sein Leben wie gewohnt weiterleben? Nein, das konnte sie nicht glauben. Tarek und sie hatten sich ja schon ein bisschen angefreundet und er hatte nie wie eine Person gewirkt, die jemanden einfach fallen ließ ...

Auf einmal plagten sie auch noch Schuldgefühle. Wieso war sie verdammt noch mal weggelaufen? So was Bescheuertes konnte ja auch nur ihr einfallen ...

Hoffentlich war er nicht zu verletzt, um nach ihr zu suchen.

Hoffentlich glaubte er mehr an sie und ihr Schicksal als sie selbst.

«†»

Tarek holte sein Schwert, warf sich seinen Mantel über und steckte mehrere Fackeln unter seinen Gürtel, dann verließ er das Haus. Zuerst warf er einen Blick nach links, zu Mokuba und Asyras Heim, doch bei ihnen im Haus brannte kein Licht mehr. Dort wäre Zenay seiner Meinung nach auch nicht hingegangen, das konnte er sich nicht vorstellen. Er hatte eher das Gefühl, dass die beiden Frauen miteinander nicht so recht warm geworden waren. Elaya und Malaks Vater hätte es kaum erlaubt, dass eine Fremde zu so später Stunde noch bei ihnen war ... Oder eines der Geschwister wäre direkt zu ihm gekommen, um neugierig zu fragen, warum Sina denn vor ihm geflohen wäre.

Blieb noch Jesco.

Tarek zog sich die Kapuze über den Kopf, bevor er den Schritt aus der Tür und in den kalten Regen machte. Wie befürchtet, war es bereits dunkel und der Regen fiel so stetig, dass er wahrscheinlich nicht so bald aufhören würde.

Er eilte über den verlassenen Dorfplatz und schickte ein Gebet zu den Hütern, dass Sina bei Jesco sein möge, als er über die Mauer sprang und an die Hintertür klopfte.

Es dauerte einen Moment, dann wurde sie einen Spaltbreit geöffnet und jemand linste hinaus. Einen Augenblick später wurde sie aufgerissen und Tarek erkannte, dass es Jesco war, der eine flackernde Kerze hochhielt, um seinen Nachbarn besser erkennen zu können.

„Tarek, was brauchst du?"

„Ist Sina bei dir?", fragte er direkt, ohne groß darüber nachzudenken, was für eine Geschichte er erzählen sollte.

„Nein."

Tarek konnte einen Fluch nicht unterdrücken.

„Was ist denn los?"

Einen Moment drängte es Tarek dazu, alles zu erzählen. Doch dann zögerte er, als ihn plötzlich eine Erkenntnis traf. Er hatte die *Auserwählte* verloren! Wenn er zu viel verriet, dann würden seine Freunde misstrauisch werden, vor allem Jesco ... Was, wenn sie suchen halfen und Sina fanden? Sie würden doch wissen wollen, warum sie fortgelaufen war. Aber das durfte er nicht verraten. Zumindest glaubte er, nichts sagen zu dürfen, dafür war die Sache viel zu heikel.

Tarek hatte einen bitteren Geschmack im Mund, als er sich ein Lächeln abzwang und seinen besten Freund belog. Zu *heikel*. Er hätte nicht gedacht, dass es jemals so weit kommen würde.

„Ach, es ist nichts. Ich dachte nur, Sina wäre schon wieder zu Hause, aber da ist sie nicht. Vielleicht ist sie bei Elaya und Malak und hat die Zeit aus den Augen verloren. Ich habe sie wohl falsch verstanden."

Jesco zog eine Augenbraue hoch. „Brauchst du Hilfe?"

Tarek schüttelte den Kopf, von Schuldgefühlen geplagt. „Nein, alles in Ordnung. Ich hole sie ab."

Jesco nickte langsam, dann verabschiedeten sie sich und sein Freund schloss die Tür. Tarek stand noch einen Moment ratlos im Regen und starrte auf das Holz der Tür, das ihn von Jesco trennte – wie seine Lüge. Er wünschte sich nichts mehr, als die Hilfe seiner Gruppe. Aber er wagte es nicht und schämte sich dafür. Diese Geschichte, mit dieser Fremden plötzlich in der Mitte, hatte ein Ausmaß eingenommen, das Tarek kaum erfassen konnte.

Er wusste nur eins. Er musste sie unbedingt finden und beschützen ... Und seine Freunde da mit reinzuziehen, konnte für alle gefährlich werden. Für die Zafija genauso wie für seine Freunde und das Dorf.

«†»

Sina schreckte aus einem wirren Traum auf und sah sich orientierungslos um. In den Bäumen über ihrem Gefängnis krächzte eine Eule oder ein Käuzchen ... Das Geräusch ließ sie zusammenzucken. In der Kälte und schlaftrunken bewegte sie gedankenlos ihren Fuß – und schrie auf, als heftiger Schmerz durch ihr Bein schoss.

Sie ächzte und versuchte, sich wieder unter Kontrolle zu bringen, während ihr Herz raste und ihr plötzlich bis zum Hals schlug. Der Schmerz pulsierte im Takt ihres Herzens, und erst als sie sich langsam wieder beruhigte, ließen auch die Wellen des Schmerzes wieder nach.

Die Dunkelheit des Loches und des Waldes oben drohten sie zu erdrücken. Alle Geräusche waren auf einmal bedrohlich, egal ob es ein Rascheln oder Knacken war. Sina erschauderte und das Atmen fiel ihr schwer.

Nicht zu fassen, dass sie es vorher gewagt hatte, laut zu rufen ... In der Schwärze der Nacht würde sie keinen Ton mehr von sich geben. Schluckend versuchte sie, den Schmerz auszublenden. Aber jetzt, da sie wach war und ihr eigener Schrei noch in ihren Ohren gellte, mischten sich auch noch schrecklicher Durst und ein Magengrollen dazu.

Sollte sie etwas von dem Wasser trinken, das in die Falle geflossen war? Probeweise versuchte sie, mit der flachen Hand etwas zu schöpfen, aber es war eigentlich nur untrinkbarer, mit Blättern vermischter Matsch.

Fast hätte sie losgelacht, so verzweifelt und völlig verrückt war diese Situation. Sie war vollkommen durchnässt und saß im Wasser, wollte und konnte aber nichts davon trinken. Sie wickelte sich wieder fester in den Mantel und streckte den Kopf hoch in die Schwärze der Nacht. Nie hätte sie gedacht, dass eine Nacht so dunkel sein könnte. Eigentlich konnte sie nicht einmal die Hand vor Augen sehen ... und hatte zwischendurch sogar das Gefühl, dass etwas mit ihr in diesem Loch säße, direkt neben ihr, und sie anstarre.

Ihr Herz begann wieder zu rasen und der Schmerz nahm zu. Rasch kniff sie die Augen zu. Da war ihr die Dunkelheit hinter ihren Lidern noch lieber als die schreckliche Finsternis, die sie umgab.

Ihr Zeitgefühl war fort. Irgendwann wollte sie den Mantel enger ziehen, konnte ihn aber mit ihren Fingern nicht recht ertasten, geschweige denn festhalten, so kalt und steif waren ihre Hände.

Die Kälte zehrte an ihrer Kraft. Der Regen selbst schien in ihre Knochen gekrochen zu sein, hatte nicht nur ihre Kleider durchweicht, sondern sich auch durch ihre Muskeln gesaugt und hatte es sich offensichtlich zum Ziel gemacht, sie so auszulaugen, dass sie kaum mehr den Kopf heben konnte.

Plötzlich kam ihr der Gedanke, dass der Schlaf ihr Feind war. Sie wusste nicht, ob es an der Kälte und den Schmerzen lag, aber die Vorstellung, in dieser misslichen Lage wieder einzuschlafen, erschien ihr furchtbar und gefährlich. Da war eine Angst in ihr, dass sie vielleicht nicht mehr erwachen würde.

Also versuchte sie, wach zu bleiben, aber die Kälte kroch immer tiefer in ihre Glieder und machte ihr das Denken zusehends schwerer. Irgendwann konnte sie selbst nicht mehr sagen, ob sie noch wach war oder schon schlief. Die Erschöpfung gewann die Oberhand und zog sie in einen kalten, unbequemen Abgrund.

«†»

Tarek gab sich einen Ruck. Er holte eine der Fackeln unter seinem Mantel hervor, kramte den Feuerstein aus der Hosentasche und zog sein Schwert ein Stück hoch. Mit einigen kräftigen Schlägen hatte er die Fackel in Brand gesetzt, verstaute den Stein und eilte los. Sina war bei keinem seiner Freunde. Damit blieb nur noch eine erschreckende Möglichkeit. Sie war irgendwo da draußen, in den Weiten der dunklen Wälder.

Tarek hatte kein Problem damit, nachts durch diese Wälder zu streifen. Er kannte die umgebenden Gebiete dank der Aufgaben für die Jäger wie seine Westentasche, aber für eine ahnungslose junge Frau konnten sie unzählige Gefahren bergen.

Er sprang mit einem Satz wieder über die Mauer, aus dem Garten von Jescos Familie und folgte dann im Regen der Straße, die aus dem Dorf führte.

Wie weit konnte sie schon gekommen sein? Sie hatte kein Zelt dabei, nur ihren Mantel, also musste sie ja wohl am Wegrand Schutz vor dem Unwetter und der Nacht gesucht haben ... Aber wie hatte sie überhaupt auf diese wahnwitzige Idee kommen können?

Er hatte bemerkt, wie überwältigt und verschreckt sie gewesen war ... und dass sie sicherlich etwas Zeit brauchen würde, um sich an diesen Gedanken zu gewöhnen. Bei den Hütern, wer würde es nicht für völlig verrückt halten, dass ausgerechnet SIE die Auserwählte sein sollte?!

Nur dass sie Hals über Kopf davonlaufen würde, damit hatte er nicht gerechnet.

Er lief unbeirrt durch die Nacht und den Regen, den Blick konzentriert auf die matschige Straße gerichtet, gleichzeitig auf Geräusche lauschend.

Die Wahrscheinlichkeit, dass er jetzt bei diesem Sauwetter und so nah beim Dorf auf Wegelagerer stoßen würde, war recht gering. Trotzdem hielt er die Fackel knapp über dem Boden – auch um nach frischeren Fußspuren Ausschau zu halten.

Das erwies sich aber wegen des Regens als fast unmöglich. Das Wasser hatte alles aufgeweicht und viele Spuren weggespült. In den Fahrrinnen, die schwere Pferdekarren in die Straße gegraben hatten, stand das schlammige Wasser fußtief. Spuren waren kaum noch zu unterscheiden.

Sein Zeitgefühl war schon eine Weile dahin, der Regen hatte mehrmals nachgelassen und war einmal so stark geworden, dass er unter einigen alten Tannen Schutz gesucht hatte. Jetzt musste er die zweite Fackel anzünden. Wenn er nicht bald Sina oder zumindest irgendeinen Hinweis am Straßenrand fand, musste er umkehren. Schon lange plagten ihn Zweifel und er schalt sich dafür, dass er Jesco und die anderen nicht um Hilfe gebeten hatte.

Was brachte es denn, wenn seine Freunde nicht in diesen Schlamassel hineingezogen wurden, dafür aber die einzige Person verschwand oder starb, die ihr aller Schicksal wenden konnte?

Die Fackel zischte und flackernde Reflexionen wurden von den zahlreichen Pfützen auf dem Weg zurückgeworfen, aber es gab keine verwertbaren Fußabdrücke. Hatte sie überhaupt diesen Weg gewählt? Wenn nicht, wäre sie wirklich sehr einfältig. Sie hatte doch auf den Karten gesehen, dass nur in dieser Richtung ein größeres Dorf lag.

Nein, sie musste hier entlanggekommen sein. Aber wo war sie dann? Er war ein guter Läufer und sie völlig unerfahren, sie konnte nicht so schnell vorangekommen sein. Tarek fluchte, da hörte er plötzlich ein Heulen. Zuerst dachte er, es sei der Wind – dann dachte er voller Sorge an die Möglichkeit, dass es die Bluthunde von Ratken sein könnten.

Er ging langsam weiter, horchend, und hielt die Fackel noch niedriger, sodass sie fast in den Pfützen hing. Sollte er das Risiko weiter eingehen und sie brennen lassen? Das Licht würde ihn schnell verraten, falls wirklich Ratken in der Nähe wären.

Vorsichtig ließ er den Blick die düstere Straße entlangwandern, kniff die Augen zusammen, um etwas in der Dunkelheit zu erkennen, und erstarrte. Vor ihm regte sich etwas. Langsam bewegte er seine linke Hand unter den Mantel zu seinem Schwert.

Der Schatten kam jetzt näher – und genau in dem Moment, als er den Schwertgriff mit den Fingern umschloss, erklang ein markerschütterndes Heulen.

Tarek zuckte zusammen, der Ton klang in seinem Schädel wieder und regte ein Gefühl in seinem Herzen, das er kaum erklären konnte.

Mit einem Mal war jegliche Sorge vor einem Angreifer von ihm abgefallen. Im Gegenteil, er fühlte sich geborgen, als sei er in sichere Hände übergeben worden.

Ohne sich dessen wirklich bewusst zu sein, ließ er das Schwert wieder los und hob stattdessen die Fackel, als der Schatten näher kam.

Es war ein Wolf.

Das große Tier kam in der Dunkelheit direkt auf ihn zu, seine Augen reflektierten das Licht der Fackel wie zwei glühende Scheiben. Der Wolf wurde langsamer, betrat dann den Lichtkegel der Fackel und blieb stehen. Er wirkte nicht aggressiv, hatte die Körperhaltung eines entspannten Hundes.

Tarek beobachtete ihn fasziniert. Das Tier war noch immer ein Stück von ihm entfernt und starrte aus unglaublich klugen Augen zurück. Tarek machte einen vorsichtigen Schritt nach vorne, dann noch einen – und der Wolf legte die Ohren an, fiepte einmal und rannte zur Seite davon, verschwand in einer dunkleren Lücke zwischen den Bäumen.

Tarek sah ihm überrascht hinterher, noch immer wie in Trance. Er hatte noch nie so etwas gefühlt wie bei diesem Heulen. Er stand einfach da und beobachtete den Wald seitlich der Straße, aber dann erklang das Heulen wieder. Diesmal war es ein etwas anderer Ton. Es war wieder, als würde es in Tareks Innerem einen Resonanzkörper zum Schwingen bringen – und dieses Mal erzeugte es eine Sorge, ein Gefühl großer Not.

Es ließ Tarek fast einen Sprung nach vorne machen, so groß war plötzlich der Drang zu helfen und dem Wolf hinterher zu eilen. Er konnte es kaum erklären, aber er musste dem Tier einfach folgen.

Ohne zu zögern, verließ er die Straße, sprang über den wassergefüllten Graben am Rand und entdeckte, dass der Wolf in einen Wildpfad eingebogen war, dem er jetzt ebenfalls folgte.

Unter den Bäumen war der Regen weniger stark, dafür fielen größere, schwerere Tropfen, die das Rauschen noch verstärkten. Tarek hob die Fackel höher, um den Verlauf des Pfades zu erspähen.

Wenig später sah er wieder den Schatten vor sich zwischen den Büschen stehen, am Rand des kleinen Wildpfads. Es war offensichtlich der Wolf, der winselte und fiepte. Das Tier verschwand wieder im Schatten der Büsche, die den Pfad säumten, lief wohl aber weiter, denn ein Stück entfernt erhaschte Tarek noch einmal kurz einen Blick auf die reflektierenden Augen.

Schnell folgte er dem Wolf und entdeckte ihn nach einer Weile wieder. Erneut lief er fort und ließ im Rennen noch sein Jaulen erklingen. Das Heulen war dieses Mal noch wehklagender und trieb ihn zu größerer Eile an.

Seine Freunde hätten ihn wohl für verrückt gehalten. Aber dieser Wolf wollte ihn ganz eindeutig irgendwo hinführen und die Not, die das Heulen in seinem Herzen auslöste, musste etwas bedeuten. Er wusste einfach, dass es mit Sina, mit Zenay, zu tun hatte.

Ohne noch Zweifel zu haben, zündete er irgendwann die dritte und später dann auch noch die vierte Fackel an und entschied somit, dass er nicht mehr umdrehen würde.

Das Verfolgungsspiel ging scheinbar endlos weiter und allmählich wurde Tarek wieder nervös, während der Regen endlich nachließ und die ersten Vögel des Morgens zaghaft ihre ersten Lieder anstimmten.

Zweifel nagten an ihm. Würde der Wolf ihn wirklich zu Sina führen? Oder benahm er sich gerade wie ein Irrer, indem er einem jaulenden, vielleicht einfach verletzten Wolf mitten durch den Wald folgte? Sina müsste doch eigentlich schon sehr weit gekommen sein ... Dann kam ihm ein besorgniserregender Gedanke: Außer ihr war etwas zugestoßen.

«†»

Lähmender Schmerz weckte Sina. Ihr Fuß fühlte sich heiß an, während der Rest ihres Körpers steif und kalt war. Sie lag noch immer unter dem nassen Mantel, aber es regnete wenigstens nicht mehr.

Unkontrollierbare Tränen strömten über ihr Gesicht und die umgebende Dunkelheit schnürte ihr erneut die Kehle zu.

Obwohl sie am ganzen Körper zitterte, hatte sie bald das Gefühl, unter dem Mantel vor Hitze zu ersticken, der glühende Schmerz in ihrem Fuß schien sich auszubreiten und ihr den Atem zu nehmen. Sie streckte vorsichtig den Kopf unter dem klammen Stoff hervor und atmete die frische Nachtluft ein, ohne die Augen zu öffnen.

Als sie schließlich doch die Lider aufschlug, war die Wolkendecke an manchen Stellen aufgebrochen und der Himmel dahinter zeigte die ersten blauen Schimmer. In ihrem Loch blieb die Dunkelheit allerdings noch eine Weile hängen und wich irgendwann, als der Schmerz in ihrem Fuß wieder anschwoll, einem schattenlosen Dämmerlicht.

Obwohl es langsam heller wurde, blieb das unangenehme Gefühl, keine Luft mehr zu bekommen. Die Wände schienen näher zu rücken und sie hörte mehrmals lautes Knacken, als ob Äste zerbrächen. Und ein schauriges Heulen, dass sich wie tosender, pfeifender Wind anhörte.

Sie hätte am liebsten ihre Angst und Verzweiflung herausgeschrien. Was war das?

Schritte?

Eine Sekunde lang überlegte sie, ob sie wieder rufen sollte, doch die Stimme versagte ihr in der Kehle. Sie wollte nicht wieder enttäuscht werden, schloss die Augen und lehnte ihren Kopf an die feuchte Lehmwand hinter sich. Die Kälte kroch zurück in ihren Geist und ließ sie träumen … Von Schritten im Wald … Von einem entsetzten Stöhnen, als hätte jemand sie gerade entdeckt …

Aber schlief sie denn wirklich schon wieder? Der Schmerz in ihrem Fuß fühlte sich sehr real an. Zweifelnd schlug sie die Augen auf – und wollte ihnen einen Moment lang nicht trauen. Denn oben an der Kante ihrer Falle stand Tarek.

Entsetzen stand in sein Gesicht geschrieben, als er sie erblickte, und einen Moment konnte sie seine Gedanken lesen. Sie musste wie das Elend in Person aussehen.

Dann veränderte sich sein Blick und echte Besorgnis machte sich darauf breit. Da wurde Sina mit einem Schlag wach. Das war kein Traum!

„Sina! Was ist passiert? Du siehst schrecklich aus!" Er ließ sich auf die Knie fallen, um ihr näher zu sein.

„Tarek!", rief sie und versuchte aufzustehen, doch das Bein mit dem gebrochenen Knöchel fühlte sich wie Pudding an und wollte sie nicht tragen. Mit einem Mal war all die Verzweiflung zurück und spülte über sie in einer heftigen Welle. „Ta-arek!", schluchzte sie und die Tränen rannen ihr wieder über die Wangen, als sie immer wieder krampfhaft einatmete. „Mein Knöchel ... Er ist gebbrochen und i-ich komme nicht heraus. Bitte hilf m-mir, Tarek!"

Tareks Gesicht wurde weiß, als er ihren Ton hörte und auf ihren merkwürdig abgeknickten Fuß blickte.

„Keine Sorge, ich hole dich da irgendwie heraus."

Sie nickte und schniefte einige Male hysterisch, dann rang sie um Selbstkontrolle. Es war vorbei. Er war da, er war endlich da.

„Ich bin gleich wieder hier, verstanden, Sina? Ich muss mich kurz umschauen."

Panisch schüttelte sie den Kopf und versuchte, sich aufzurichten. „Nein! Geh ni-icht!"

„Sina, ich will nur sehen, ob es eine Leiter für die Falle gibt, manchmal verstecken die Jäger eine in der Nähe ... Ich bin gleich wieder hier, versprochen. Ich lass dich nicht im Stich!"

Einen Moment musste sie mit sich ringen, doch dann nickte sie hektisch. „O-okay." Sie schniefte einige Male und sah dann, wie er aufstand und verschwand.

Sie musste die Panik in sich niederkämpfen, doch Hoffnung und Erleichterung halfen ihr dabei.

Tarek hatte sie gesucht und gefunden, obwohl sie sich so dumm verhalten hatte ... Sie würde nie wieder etwas so Einfältiges tun, das schwor sie sich – und das würde sie auch Tarek und Shetan versprechen.

Wenn die beiden so überzeugt waren, dass sie etwas Besonderes sei, dann würde sie sich ihre Erklärungen anhören.

Es vergingen ein paar Minuten – die Sina wie eine Ewigkeit vorkamen – und Tarek tauchte wieder auf, mit einem erleichterten Lächeln auf dem Gesicht. „Ich habe sie! Die Leiter, sie stand an einen Baum gelehnt ganz in der Nähe. Ich hole dich da jetzt raus“, rief er und dann sah Sina die Leiter, und wie Tarek sie vorsichtig herunterließ. Mit mehreren Schritten und einem Sprung war Tarek neben ihr und schloss sie in seine Arme.

„Ich habe mir solche Sorgen gemacht“, murmelte er in ihr Haar hinein. „Ich habe dich die ganze Nacht gesucht.“

Sina konnte nicht mehr an sich halten, sie schluchzte los und klammerte sich an ihn, während er schwieg und sie hielt.

Es war eine Wohltat, sich in seinen warmen, sicheren Armen wiederzufinden. Eine Woge der Erleichterung rollte über sie hinweg – und mit dieser plötzlichen Geborgenheit brachen alle angestauten Gefühle aus ihr heraus.

„Wie-wieso hast du so lange ge-gebraucht?“, fragte sie als Allererstes und verspürte Lust, ihm einen Knuff gegen die Schulter zu geben, aber diesen Gedanken verwarf sie sofort wieder. Er musste erleichtert lachen, schaukelte sie kurz, während er kicherte und sie etwas fester an sich drückte.

„Und ich dachte, du hättest dir ernsthaft etwas getan, aber wenn du immer noch so scherzen kannst ...“

„Ich ... hatte solche ... A-Angst, Tarek! Ich d-dachte, niemand w-würde mich f-finden. Ich bin so ... so fro-oh, dass du da bist.“ Ihr Atem ging schnell und unregelmäßig – doch als sie Tareks Hand auf ihrem Rücken und ihrem Hinterkopf spürte, beruhigte sie sich etwas. Er schien sich wirklich um sie gesorgt zu haben.

„Du musst nicht mehr weinen, Sina", murmelte er sanft und streichelte ihr ein wenig über den Rücken.

Einmal schluchzte sie noch, dann ließ sie ihn los und wischte sich mit dem Handrücken die Tränen aus dem Gesicht. Sie lächelte ihn kurz halbherzig an. „Du ... Entschuldige, du musst mich für völlig kindisch halten. Aber mein Fuß tut verdammt weh."

„Mach dir darüber keine Gedanken, Sina. Du hast dir nichts vorzuwerfen."

„Danke ... Wie ... wie hast du mich ei-eigentlich gefunden?"

Tareks Augen strahlten jetzt voller Begeisterung. „Ein Wolf hat mich hergeführt! Ich dachte zuerst, ich sei verrückt ... Aber er kam mir nie sehr nahe, hat mir nur den Weg gezeigt ... Und dann ist er verschwunden, als ich das Loch entdeckt habe."

„Das ist wirklich eine verrückte S-sache ..."

„Du machst eben verrückte Sachen, Sina."

Sie sah seinen sanften Blick auf sich ruhen und fühlte sich auf einmal zutiefst geborgen. „Du kannst mich Zenay nennen, w-wenn du willst."

„Das mache ich!", bestätigte er freudig.

Sie nickte und verzog dann das Gesicht, als ihr Fuß wieder schmerzte.

„Ich bringe dich jetzt nach Hause. Falls du dorthin möchtest ..."

Ihr war nicht entgangen, mit welchem Ton er den letzten Satz hinzugefügt hatte. „D-doch! Doch, ich will zu euch. Es tut mir schrecklich leid, Tarek. Ich war so dumm."

„Nein, das macht doch nichts! Ich hätte vermutlich genauso reagiert, hätte man mir so eine verrückte Geschichte aufgetischt."

Er zögerte, bevor er weitersprach. „Wie lange bist du schon hier drin?", fragte er leise.

„Ich ... weiß nicht genau. Es war n-noch hell."

„Du warst die ganze Nacht hier?!" Er ließ sie los und starrte sie entsetzt an. Sein Blick huschte über ihren Körper, die Schrammen und blieb an ihrem Fuß hängen. „Lass mich deinen Fuß sehen, das ist eine ernste Sache, wenn es schon so lange her ist ..."

„S-sei vorsichtig. Ich habe versucht, es zu heilen, aber ich konnte mich nicht konzentrieren und es fühlte sich so widerlich an ..."

Er nickte und zog dann ganz langsam ihre schlammbespritzte Hose ein Stück hoch. „Ich werde ihn jetzt nur ganz vorsichtig berühren, in Ordnung? Aber ich muss dir gleich einen Verband anlegen, sonst schaffen wir es nie nach Ornanung. Du musst dringend ins Warme und raus aus diesen nassen Kleidern."

Behutsam löste er den Riemen, der ihren ledernen Schuh zusammenhielt, und zog die beiden Lederhälften auseinander, die überlappt und mit dem Band umwickelt die Oberhälfte des Stiefels ergaben. „Es sieht gar nicht gut aus ... Dein Fuß ist jetzt schon ganz blau und gelb ... Wenn der Knöchel tatsächlich gesplittert ist, kann das gefährlich werden. Wir dürfen die Stücke nicht verschieben, sonst kann Shetan es nicht mehr heilen."

Ihr stockte der Atem. „Kriegt Shetan das hin?"

„Mit deiner magischen Unterstützung sicherlich." Ihr entging der fragende Unterton nicht und er machte ihr sofort wieder Angst.

„Aber ... Wie soll ich da helfen?"

„Das wird er dir erklären müssen. Aber deine Magie kann dir sicherlich helfen."

„Er ist gesplittert, da bin ich mir sicher. Ich habe die Schmerzen lindern können und da konnte ich jedes Stück genau spüren", sagte sie und schauderte bei der Erinnerung.

„Dann hole ich jetzt etwas Material. Ich bin gleich wieder da, gut?" Er sah sie mit einem Blick an, als wappne er sich bereits für ihre nächsten Schluchzer.

„Es geht mir schon besser, Tarek, ich werde keinen Panikanfall mehr haben ..."

Er nickte erneut und kletterte dann die Leiter hinauf. Sie hörte ihn umherlaufen und ein paar Äste brechen. Rasch war er wieder bei ihr. Er hatte eine große Menge langes dickes Gras dabei und mehrere, etwa gleich lange und gleich dicke Zweige. Außerdem noch ihren Beutel.

„Den habe ich oben gefunden", meinte er und öffnete das Tuch, um ihr dann den Trinkschlauch hinzustrecken. „Nimm erst einmal einen ordentlichen Schluck."

Sie nickte dankbar und trank fast den ganzen Schlauch leer, ehe sie Tareks ernsten Blick bemerkte.

„So, ich ... ich muss dir die Äste um den Fuß und das Bein binden, damit du den Knöchel nicht bewegen kannst. Das wird sicher wehtun, das tut mir sehr leid, aber es muss fest sein ..."

„Ich ... ich kann den Schmerz etwas lindern ..."

Tarek nickte, und während er seine lederne Jacke auszog, versuchte sie sich zu konzentrieren. Wenn Shetan und Tarek der Meinung waren, dass sie so etwas konnte, dann musste doch etwas Gutes an der Magie sein, oder? Sie hielt ihre Hand über ihren Fuß und erinnerte sich an das Gefühl der Heilung. Vor lauter Zittern und Kälte konnte sie es kaum spüren, aber dann war da doch diese Wärme, die zu ihrem Fuß wanderte und das Pochen etwas verschwinden ließ. Ihr Magen drehte sich, als sie sich erneut ihrer Knochen *bewusst* wurde ... Dann lenkte Tarek sie ab, indem er ein Messer hervorholte. Mit einem schnellen Ruck schnitt er sich die Ärmel von seinem Hemd ab und riss sie dann in lange, breite Streifen.

Er nahm einen Streifen in den Mund und zog vorsichtig das Leder ihres Stiefels wieder glatt, dann legte er das dickblättrige Gras über den Knöchel. Schmerz zuckte durch ihr Bein, doch den Fuß hielt sie still. Tarek konzentrierte sich voll und ganz, als er die ersten drei Stöcke nahm und an ihren Fuß legte. Er hielt alles mit einer Hand fest, nahm rasch den Stoff und wickelte ihn um ihren Fuß. Damit hatte er die Stöcke auf einer Seite befestigt. Er nahm einen zweiten Streifen und band die Äste an ihrem Bein fest.

Sie biss die Zähne zusammen und Tarek wiederholte das Ganze mit weiteren Zweigen, diesmal band er sie fester.

Als er nach einer Weile fertig war, hatte sie das Gefühl, dass sie den Fuß wirklich nicht mehr bewegen konnte und das war wohl auch gut so. Der Druck verursachte einen dauernden Schmerz, der schlimmer war als ohne die Hölzer, aber es war zu ertragen. Vielleicht auch wegen der Magie.

Tarek warf seine Jacke nach oben über den Rand. „Ich trage dich hoch, wenn du es erlaubst. Die Leiter hält das aus. Bist du bereit?"

„Ja, gut", willigte sie ein und Tarek kniete sich direkt neben sie. Er legte einen Arm um ihre Hüfte, den anderen unter ihre Knie und hob sie hoch.

Er machte kein Geräusch und sie sah ihn aus großen Augen an, als sie ihre Arme um seinen Nacken legte. „Ich hatte keine Ahnung, wie stark du bist!"

„Man lernt nie aus, oder?", sagte er, als er sich ganz aufrichtete und sich zur Leiter umdrehte, vorsichtig darauf achtend, dass nichts ihren Fuß streifte.

Dankbar lächelnd hielt sie sich an der Leiter fest, da Tarek ja keine Hand frei hatte. Das Holz knarzte etwas, doch es hielt, und die beiden kamen schwankend oben an.

„So, das wäre geschafft ...", meinte Tarek, setzte sie kurz ab, um sich seine Jacke und ihren Beutel zu schnappen. Dann hob er sie wieder auf und trat sofort den Heimweg an. Da ihr Fuß nach unten hing, strömte wieder mehr Blut hinein und ihr Knöchel begann noch stärker zu schwellen. Als sie gerade den kleinen Wildpfad erreichten, den sie erst am gestrigen Nachmittag verlassen hatte, konnte sie ein Ächzen nicht mehr unterdrücken. Tarek schritt zügig aus, denn er machte sich Sorgen, ihr Fuß würde mit der Zeit noch mehr in Mitleidenschaft gezogen werden. Dankbar schmiegte sie sich an seine Schulter und unterdrückte eine Träne, von der sie nicht wusste, ob sie von Schmerz oder Freude kam.

Langsam ließ ihre Aufregung nach und wich Erschöpfung. Die Kälte der Nacht kroch zurück in ihre Glieder und sie schloss die Augen.

Sina wusste nicht, wie viel Zeit vergangen war, als sie wieder aus ihrem Dämmerzustand erwachte. Die Wolken hingen noch immer tief und es nieselte. Tarek trug sie schweigend über die Felder und hinten durch den Garten, damit keiner auf dem Platz etwas bemerkte. Sie sah zu ihm auf, in sein ernstes, konzentriertes Gesicht, in dem sie jedoch meinte, einen Hauch von Erleichterung zu erkennen.

Sie wollte etwas sagen, aber die Müdigkeit und der Schmerz machten sie ganz träge. Tarek trug sie ums Haus und drückte mit dem Ellbogen die Klinke hinunter, dann stieß er die Tür auf.

Im Haus war es still und er brachte sie sofort in ihr Zimmer, wo er sie vorsichtig mitsamt ihrer nassen, lehmverschmierten Kleidung auf das saubere Bett gleiten ließ.

„Ich bin gleich mit Shetan zurück!“, sagte er mit einem besorgten Blick in ihr blasses Gesicht und eilte hinaus.

Ihr fiel auf, dass das Fenster noch immer leicht offen stand. Erneut peinigten sie Schuldgefühle, sie rückte sich etwas auf dem Bett zurecht und verzog das Gesicht, als ein Stechen durch ihren Fuß fuhr.

Sie hörte Geräusche über sich und Schritte, die über die Dielen knarrten, dann kamen Shetan und Tarek eilig die Treppe hinunter. Sie konnte Tarek aufgeregt berichten hören. Shetan erwiderte ein paar Worte, die zu undeutlich waren, als dass man sie in ihrem Zimmer hätte verstehen können, dann traten die beiden ein.

Shetan sah ebenso besorgt aus wie Tarek.

„Ach Sina, was machst du nur?“, meinte er und schüttelte schwach den Kopf.

„Ich muss ziemlich furchtbar aussehen, oder?“, fragte sie, halb lachend, halb weinend.

Da lächelte er. „Ach was. Es ist schön, dass du wieder da bist, Sina. Du wirst doch nicht sofort wieder davonrennen, wenn ich deinen Knöchel geheilt habe, oder?“, fragte er und hob eine Augenbraue.

Sie schüttelte energisch den Kopf. „Nein, nein. Ich bleibe hier. Und nenn mich Zenay, das ist in Ordnung.“

Shetan lächelte. „Ich verstehe, dass du das als Entschuldigung meinst, aber du musst wissen, Zenay ist viel mehr als ein Name. Wir werden dich noch nicht so nennen, denn Zenay ist eine ... Figur, eine Aufgabe. Es ist ein Prozess, an dessen Ende eine Frau steht, die die Stärke hat, eine Rebellion anzuführen und Zaydas Herrschaft zu beenden."

Sina sah ihn mit offenem Mund an und nickte dann langsam. „Ich ... Mir war nicht bewusst ..."

„Ich weiß, und das ist kein Problem. Wie gesagt, es ist noch ein langer Weg."

Sina warf einen Blick zu Tarek, der seinen Großvater ebenfalls mit großen Augen anstarrte. Shetan räusperte sich schließlich und zog so ihre Aufmerksamkeit wieder auf ihn.

„Ich muss diesen Verband abnehmen und dann schauen wir, wie wir am besten vorgehen. Bei so einer Heilung ist es auch wichtig, aus welcher Richtung man den Prozess anfängt, sonst könnten die Splitter falsch zusammenwachsen, und das will ich gerne vermeiden."

Sina schluckte. Sie konnte es noch gar nicht fassen, wie gelassen er wirkte, als sei es kaum etwas Besonderes, dass sie sich den Fuß gebrochen hatte. Der Gedanke, er könne das einfach so heilen, ließ die Welt um sie kurz schwanken, dann fasste sie sich wieder und beobachtete, was er tat.

Vorsichtig löste Shetan die Knoten der Stoffstreifen und wickelte sie ab, die Stöcke fielen weg und er entfernte das Gras. Sina biss die Zähne zusammen, doch es war weniger schlimm, als sie befürchtet hatte. Er schlug das Leder ihres Stiefels weiter auf.

„Ich kann dir den Schuh nicht ausziehen, also muss dieser Anblick genügen. Ich würde vorschlagen, dass wir es von oben, von deinem Beinansatz aus heilen, denn die Splitter könnten sich nach oben hin verschoben haben. Es dürfte dann zu den Zehen hin ausheilen. Bist du bereit? Ich muss deine Hand nehmen, um Kontakt zu deiner Energie zu haben. Du musst dich entspannen, dich ganz auf deine Kraft einlassen. Danach lässt du ihr mehr Raum, deine innere Wärme soll dich ganz einnehmen, bevor du sie frei fließen lässt. Nur dann kann ich sie in die Heilung leiten. Es könnte sich merkwürdig anfühlen, aber du musst einfach loslassen, wenn ich deine Energie weiterleite. Kannst du das machen?"

„Ich ... ich weiß nicht. Ich hatte bisher Angst davor und du sagtest doch ..."

„Dir kann nichts passieren. Ich werde deine Magie leiten, du kannst dich dabei nicht verletzen."

„Aber was ist mit Zayda?"

Jetzt sahen die beiden sie doch überrascht an. Shetan runzelte die Stirn, während Tarek die Augen zusammenkniff.

„Was soll mit ihr sein?"

„Ich ... ich hatte Träume von ihr ... Von der Zeit im Gefängnis ... Sie hat mir immer wieder zugeflüstert, dass sie mich finden kann, wenn ich Magie wirke ... Oder auch nur darüber rede."

Sie erwartete fast, dass die beiden sie wieder für eine Spionin oder dergleichen halten würden, aber Shetan lächelte nur milde und legte eine Hand auf ihre Schulter. Auch Tarek wirkte erleichtert, während sein Großvater sprach.

„So leicht kann sie dir nichts anhaben. Du müsstest die natürliche Energie eines ganzen Tales oder Berges erschüttern, damit sie das spüren kann. Wahrscheinlich hast du dir aus deinen Erinnerungen im Fieber so etwas zusammengereimt. Es ist ganz normal, dass du Angst vor ihr hast, vielleicht hat sie dir sogar solche Lügen erzählt, als du bei ihr warst. Aber du bist hier sicher. Keine Sorge."

„In ... in Ordnung."

„Wolltest du deshalb nichts mehr damit zu tun haben? Hat sie dir solche Angst machen können?"

Sina zuckte die Schultern und wollte es damit lässig abspielen, aber Tarek schien ihren Blick richtig zu deuten.

„Was hat sie dir angetan?"

„Ich ... will jetzt nicht darüber sprechen. Nehmt es mir nicht übel, aber mein Fuß tut ziemlich weh ..."

„Natürlich", sagte Shetan und hielt ihr seine Hand hin. „Wollen wir also?"

Sina bejahte, streckte die Finger aus und schloss die Augen. Das Herz klopfte ihr jetzt bis zum Hals.

Shetans Hand fühlte sich noch immer warm und rau an, dann bemerkte sie, wie die Wärme stärker wurde, und sie entspannte sich.

Sie versuchte, nicht mehr zu denken, fühlte in sich hinein und entdeckte diesen warmen, leuchtenden Puls, der wohl ihre Magie war. Sie ließ diese Kraft größer werden, sich ausbreiten und leitete sie in ihre Hand, wo sie aus ihr herausströmte. Sie wäre fast zusammengezuckt, als das Gefühl aber nicht dort Halt machte, sondern sich in Shetans Hand ausbreitete. Obwohl die Magie nicht mehr in ihrem Körper war, konnte sie sie noch wahrnehmen und damit in den alten Mann hineinfühlen.

Shetan schien zu zögern. Konnte auch er spüren, was in ihr vorging?

Sie atmete tief ein und aus, dann ließ sie die Magie ganz los. Das Gefühl von Verbundenheit ließ nach, blieb nur auf ihrer Haut zurück, als die Kraft weiter durch sie hindurchfloss. Kurz hinter seiner Hautbarriere hatte sie das Gefühl, als würde er die Kontrolle über ihre Magie übernehmen.

Das Prickeln breitete sich von den Fingern ihrer anderen Hand bis hinunter in ihre Zehen aus und sie konnte spüren, wie die Magie weiterhin wie ein Strom durch ihren Körper wanderte.

Schmerz zuckte durch ihren Fuß und ließ ihre Zehen pulsieren ... Sie konnte es nicht verhindern, dass sie den großen Zeh bewegte – und ein Knacken erklang. Sie ächzte, doch dann ebbte der Schmerz ab und Sina öffnete überrascht die Augen.

Shetan stand konzentriert neben ihr, die Hand knapp über ihrem Fuß gehalten, und graue und rötliche Funken stoben aus seiner Handfläche, um dann im Leder ihres Schuhs zu versinken.

Noch ein weiterer Augenblick und der Schmerz war fast verschwunden. Sie hatte vage fühlen können, wie sich die Knochenstücke wieder zusammenfügten, und war so fasziniert, dass sie gar nicht bemerkte, wie Shetan die Hand hob und erschöpft aufseufzte.

Das Kribbeln hatte sich beinahe in ihrem ganzen Körper ausgebreitet, doch jetzt hielt es inne und ebbte wieder ab.

Shetan sah sie erwartungsvoll an, während er gebückt und schwer atmend an ihrem Bett stand.

Sina setzte sich schweigend auf und bewegte den Fuß probeweise hin und her. Kein stechender Schmerz. Kein Knacken oder Knirschen.

Sie strahlte Shetan an. „Das ist ja fantastisch! Mit solcher Magie muss man ja Unglaubliches bewerkstelligen können!"

Er nickte. „Ja, solange man das nötige Wissen und die magische Kraft hat."

Sina schwieg wieder und ließ den Blick zu Boden sinken. Sie winkelte ihr Bein an und löste die Riemen des Schuhs, ehe sie ihn vorsichtig von ihrem Fuß zog. Sie erschrak kurz, denn ihre Haut war noch immer blau und gelb, wo das Fleisch um ihren Knöchel durch Blut angeschwollen war.

„Keine Sorge, das wird schneller abheilen, als du meinst. Die Magie tut noch eine Zeitlang weiter ihr Werk und unterstützt deinen Körper. Aber wie du siehst, kann eine solche Verletzung nicht sofort völlig ungeschehen gemacht werden. Hättest du es gleich nach dem Unfall selbst heilen können, wären kaum ein paar blaue Flecken zurückgeblieben."

Sina wackelte mit den Zehen und ließ ihren Fuß kreisen. Er war noch etwas steif und fühlte sich geprellt an, aber das war nichts, was sie nicht aushalten konnte.

„Was meint ihr, wieso wusste die Wölfin so sicher, dass ich es bin?", fragte sie dann, als sie wieder aufblickte.

Shetan sah sie lächelnd an. „Die Wölfe in den Wäldern der Miakoda waren sehr weise. Das werden ihre Nachfahren auch sein. Ich glaube, durch die Berührung wurde die wahre Magie in dir wieder frei. In Lyrra wäre es sehr gefährlich gewesen, wenn du deine Kräfte hättest spüren und benutzen können. Ich glaube, die Wölfin hat sie befreit, deshalb hat es auch erst dieses Mal so gewirkt ... dass du so gestrahlt hast. Zayda kann magische Menschen in Lyrra noch schneller aufspüren als andere. Deine Kräfte müssen unterdrückt worden sein, sonst hättest du sie im Laufe der Jahre von ganz alleine entdeckt."

„Wie ... wieso hätte ich meine Kräfte denn entdeckt?"

„Weil geborene Magier auch ohne Übung auf ihre angeborenen Kräfte zugreifen können. Du hättest zum Beispiel in Stresssituationen deine Magie völlig ungewollt entfachen können ... Bei bestimmten magischen Aufgaben muss man jedoch starke Willenskraft und gute Kontrolle über die Magie besitzen, sonst spielt man mit seinem Leben."

„Ich weiß nicht, ob ich jemals so etwas getan habe, ich kann mich gar nicht an mein Leben in Lyrra erinnern ... Ich meine, ich weiß noch ganz allgemeine Sachen, aber nichts über mein eigenes Leben. Nichts über besondere Augenblicke ... Es ist, als hätte dieses Leben gar nicht richtig existiert, als wäre es ein Traum gewesen, aus dem ich jetzt aufwache." Sie blickte Shetan an. „Wird sich in Tyarul jetzt sehr viel ändern?"

„Das kann durchaus sein. Aber wir wollen deine wahre Identität noch geheim halten. Es würde sehr viel Aufsehen erregen, wenn dein Auftauchen bekannt wird. Bis dahin musst du noch viel lernen! Du musst mit dem Schwert umgehen und mit dem Bogen schießen können, außerdem müssen wir deine magischen Kräfte steigern! Du musst dich wappnen."

„Auserwählte des Mondes ...", murmelte Sina dann leise und schüttelte ungläubig den Kopf. „Aber ob ich das alles schaffe, was du da aufzählst? Ich kann es mir kaum vorstellen ..."

„Du wirst es einfach lernen. Tarek kann dich mit dem Schwert unterrichten und ich werde dir alles über Magie beibringen, was ich weiß. Die Übungen werden anstrengend sein, aber es wird sich lohnen!"

„Ich ... Na gut. Ich werde mein Bestes geben!", sagte sie nickend, obwohl sie nicht wusste, ob sie das ernst meinte. In ihrem Kopf kreisten viele Gedanken.

Damit stand sie auf und machte einen zaghaften Schritt.

Ohne es kontrollieren zu können, drehte sich ihre Welt auf einmal auf den Kopf und ihr wurde schlecht. Im nächsten Moment fand sie sich wieder in Tareks Armen und wurde rot.

„Ich glaube, das war wohl doch anstrengender, als ich dachte …", murmelte sie und kam wieder auf die Beine. Tareks Blick strahlte Sorge aus, aber Shetan lachte.

„Schäm dich nicht, *Zenay*. Es ist völlig normal, sich nach so einer Heilung geschwächt zu fühlen, du wirst bald stärker werden, dann kannst du das mit Leichtigkeit. Außerdem hast du eine ganze Nacht mit einer Verletzung im Regen überlebt. Das ist eine starke Leistung. Komm, jetzt wickel dich in eine warme Decke und schlaf erst einmal etwas. Du bist unterkühlt und musst dich ausruhen."

Sina nickte schüchtern und wusste, dass er den Namen als Aufmunterung verwendete. „Ich würde mir gerne etwas anderes anziehen", murmelte sie und die beiden Männer nickten rasch.

„Ich bin in der Stube, falls du etwas brauchst", murmelte Tarek und sah sie fürsorglich an.

Im nächsten Moment schloss er die Tür hinter sich und sie war allein.

Für einen kurzen Augenblick verspürte sie große Lust, einfach zusammenzubrechen. Ihr Körper kribbelte und fühlte sich taub und kalt an und dazu kam diese träge Müdigkeit.

Ihr Kopf sagte ihr noch immer, sie müsse vorsichtig sein und so humpelte sie einige Male, als sie zum Schrank wollte, stellte dann aber erleichtert fest, dass wirklich kein großer Schaden in ihrem Fuß zurückgeblieben zu sein schien.

Sie schälte sich langsam aus den schmutzigen, durchnässten Kleidern und zog sich ein langes Hemd an. Sie fühlte sich gleich wohler, aber ein Blick in den Spiegel zeigte ihr eine erschöpfte, blasse Frau, die diese Nacht irgendwie überstanden hatte und die nächsten Stunden zu gerne in einem warmen Bett verbringen wollte.

Sie schlief ein, kaum hatte sie die Decken über sich gezogen.

Neue Geschicke

Sie erwachte irgendwann am Nachmittag und die Erinnerungen trafen sie mit solcher Wucht, dass sie sofort hellwach wurde. Sie fühlte sich besser, zwar noch erschöpft, aber wesentlich wärmer und erholter als zuvor. Und dankbar, dass Tarek sie gerettet und Shetan sie geheilt hatte.

Zaghaft belastete sie ihren Fuß, nahm Kleidung mit und ging dann humpelnd in die Waschkammer, wo sie sich Wasser warm machte.

Das Bad belebte ihre Sinne, und als sie sich ordentlich abgeschrubbt hatte, zog sich einen sauberen, dunkelgrünen Rock und das passende, langärmlige Oberteil an.

Danach ließ sie das Humpeln endgültig bleiben; ihr Fuß war zwar noch blau und grün und schmerzte leicht, aber das tat er dauerhaft und nicht abhängig von der Belastung.

Shetan war in seinem Arbeitszimmer und Sina sah ihn im Vorbeigehen gerade noch zwischen zwei Regalen voller Bücher verschwinden. Sie konnte ihn nach etwas suchen und vor sich hin murmeln hören, dann ging sie weiter in die Küche. Dort fand sie Tarek, wie versprochen. Er besah sie lächelnd und erleichtert von oben bis unten, nickte dann und stand auf. Eilig zog er einen Stuhl vom Tisch näher an den Herd, damit sie sich setzen konnte, legte dann rasch Holz nach und brachte mit der verbliebenen Glut im Ofen bald ein warmes Feuer in Gang. Er warf ihr immer wieder halb besorgte, halb erleichterte Blicke zu, ehe er Wasser für Tee aufstellte. Danach setzte er sich halb auf den Tisch und trommelte etwas verlegen mit den Fingern auf die Holzplatte, während sie sich weiter erholte. Immer wieder erhaschte sie ihn dabei, dass er sie anstarrte, doch dann sah er rasch weg und tat, als sei er tief in Gedanken.

Sina saß da, blickte in die Leere und genoss, wie die Wärme des Feuers wieder etwas mehr Erschöpfung aus ihren Knochen vertrieb. Sie war ganz still, aber ihre Gedanken rasten.

Ich bin diese … Auserwählte, dachte Sina und hatte das Gefühl, dass diese Idee … dieses *Schicksal* mit all seinen Ausmaßen … einfach noch nicht ganz zu ihr durchdringen wollte. Es kam ihr so vor, als würde sie in einem Film sitzen und sich von außen beobachten, ganz ohne an alldem beteiligt zu sein. *Aber wer bin ich jetzt? Bin ich Sina oder Zenay? Auch wenn Shetan sagt, es sei eine Aufgabe, soll es doch meine sein, oder? Dann ist es auch mein Name … Aber mein richtiger Name ist Sina! Es ist das einzige Bruchstück aus meinem alten Leben. Das will ich nicht aufgeben!*

Tarek räusperte sich leise und stand auf, als das Wasser heiß war. Sie hatte kaum bemerkt, wie die Zeit verstrichen war, so benommen fühlte sie sich noch immer. Er stellte Tonbecher auf den Tisch, holte aus dem Regal gegenüber einige Kräuter und schüttete sie in zwei kleine, verschließbare Siebe, damit der Tee ziehen konnte. Seine Handgriffe waren eigentlich ganz alltäglich, dennoch hatten sie jetzt etwas leicht Ruckartiges.

Tarek goss heißes Wasser in die Tassen und setzte sich wieder neben sie.

„Ist alles in Ordnung? Du bist so still", fragte er vorsichtig.

Als Antwort bekam er erst nur ein Schnauben, bevor sie sprach. „Hm … klar, alles in bester Ordnung! Ich habe nur erfahren, dass ich die Auserwählte deines Volkes bin und irgendwelche Mönche vor einer Ewigkeit mal von mir geträumt haben, ich deshalb schon in einer Prophezeiung vorkomme und vermutlich irgendwann durch diese verrückte Königin umgebracht werde. Klar, alles super!", sagte sie mit einem sarkastischen Unterton.

„Tut mir leid, du hast recht, das war eine dumme Frage."

„Ich … ich verstehe das einfach nicht, wenn ich ganz ehrlich bin. Es will nicht in meinen Kopf rein … Soll ich jetzt auf einmal Zenay werden? Was ist das überhaupt für ein Name? Ich bin total verwirrt!"

„Das kann ich gut verstehen. Aber jemand völlig anderes wärst du dann nicht, denn … Ich meine … Du hast ja auch jetzt schon ein anderes Leben als in Lyrra. Du müsstest einfach nur dieses Leben weiterleben und dein altes … hinter dir lassen."

„Aber wieso ausgerechnet ich? Könnt ihr euch nicht vielleicht täuschen? Ich sage ja nicht, dass das nicht aufregend oder eine Ehre ist oder so, aber ich bin doch für so was gar nicht die Richtige! Ich kann überhaupt nichts, was ich als Auserwählte eigentlich bestimmt können sollte. Ich habe noch nicht einmal eine besondere Gabe!"

„Das weißt du doch noch gar nicht!", unterbrach Tarek sie. „Außerdem sind geborene Magier heute etwas Seltenes. Schon allein deshalb bist du besonders."

Sina starrte ihn an, bevor sie schnaubte. „Wer hat entschieden, dass ich diese Auserwählte sein soll – oder will? War das schon von Geburt an festgelegt? Oder haben diese Mönche das erst entschieden?"

„Weißt du, ich glaube, die Wölfe haben etwas damit zu tun, du wurdest gestern von einem berührt und danach hat es sich uns offenbart, wer du bist ... und heute hat sich wieder ein Wolf gezeigt und mich zu dir geführt."

Sie sah ihn mit großen Augen an und er lächelte. Sie wollte auch lächeln, wieder in seinen Armen liegen, doch ihre Verwirrung war noch zu groß.

„Aber was macht mich so besonders, dass ich die Auserwählte sein kann? Wieso nicht jemand anderes? Ich kann das doch nie ..."

Tarek schüttelte den Kopf und hob den Becher. Bevor er einen kleinen Schluck trank, murmelte er leise: „Überhaupt kein Selbstbewusstsein ..."

„Was hast du gesagt?", fragte Sina, da sie glaubte, ihn nicht richtig verstanden zu haben.

„Ach gar nichts. Ich war nur etwas in Gedanken. Trink deinen Tee, bevor er kalt wird."

Sina nippte an dem Salbeitee und verbrühte sich prompt die Zunge.

Na toll ... Einen Moment wollte sie einfach nur schreien und zusammensacken. Sie konnte sich kaum erklären, warum diese Kleinigkeit sie so aufregte ... Aber alles schien ihr gerade belastend und kaum zu ertragen. Sie saß regungslos da, gab sich dann schließlich aber einen Ruck.

Ich darf mich nicht unterkriegen lassen!

Sina legte die Finger hinter ihrem Becher zusammen und schloss konzentriert die Augen. Sie spürte die Magie in sich, sie konnte fühlen, wie sie schwach pulsierte. Fast wie ein zweites, schlagendes Herz im Hintergrund ihres wirklichen. Sie legte ihre brennende Zunge oben an den Gaumen und spürte, wie ihre Magie die schwache Verbrennung in einem Augenblick heilte. Es blieb nichts zurück, außer dem Kribbeln, dass scheinbar durch das Fehlen der Energie verursacht wurde.

Es musste ja wahr sein ... Sonst könnte sie nie so etwas tun ... Sie musste eine dieser Miakoda sein, und wenn die beiden recht hatten, dann musste irgendetwas an ihr sein, das sie zu der Person machte, die gegen Zayda kämpfen sollte. Sie musste dieses Etwas nur noch finden ... und unbedingt mehr über diese Prophezeiung herausfinden.

Aber hatte sie eine Chance? Sie war doch nur ein Mädchen ohne Erinnerungen. Ohne Schutz. Ohne Ausbildung. Konnte sie in diesem Dorf sicher sein? Konnte sie überleben?

Sina bezweifelte es. Als sie Angst in sich aufkeimen spürte, verbannte sie diese furchtbaren Gedanken so gut sie es vermochte.

Das war doch alles völlig verrückt! Eine Prophezeiung von irgendwelchen Mönchen würde also ihr Leben für immer verändern und ihr Schicksal bestimmen? Aber sie hatte keine Wahl, denn in ihr altes Leben konnte sie nicht zurück.

Ein Poltern erklang aus dem Flur und riss sie aus ihren Gedanken. Shetan kam in die Stube und brachte einige Bücher und Schriftrollen. Als er sie auf den Tisch legte, rollte eine davon. Sina schnappte sie, bevor sie zu Boden fallen konnte, und öffnete sie dann vorsichtig.

„Wofür sind denn diese Sachen?“, fragte Sina hilflos und starrte auf die Karte eines Landstrichs, in dem anscheinend jede Menge Ruinen verzeichnet waren.

„Das sind meine Aufzeichnungen über Magie und magische Orte, die heute zerstört oder verboten sind. Du kannst sie dir später anschauen, jetzt bring sie in dein Zimmer. Sie sind geheim, lass sie deshalb nicht offen liegen, sondern verstaue sie in der Truhe in deinem Zimmer, unter den anderen Sachen. Und geh vorsichtig mit ihnen um!"

„Okay, ich bin gleich wieder da", meinte sie und nahm die Bücher. Tarek stand auf und sammelte die Pergamentrollen ein. „Ich helfe dir."

Sina nahm es mit einem Nicken hin und verließ die Küche. Sie tat wie geheißen und öffnete die Truhe. Tarek schob die Decken zur Seite, dann versteckten sie die Bücher und Rollen darunter.

Danach standen sie beide einen Moment bewegungslos da und Tarek sah sie einfach nur an, ehe er mit einem Nicken in Richtung Flur deutete.

Wieder in der Küche reichte Shetan ihr zwei kleine, runde Steine. Der eine war dunkelgrau, fast schwarz, der andere hatte die Farbe von frischem Schnee.

„Sina, bevor wir anfangen, möchte ich, dass du mir gewissenhaft zuhörst. Du weißt bereits, dass Magie gefährlich sein kann. Sowohl für dich als auch für andere. Es gibt zu viele, die etwas bis zu Zayda tragen können ... Deshalb müssen wir äußerst vorsichtig sein. Du solltest Magie nur im Haus oder im Wald üben, und auch nur dann, wenn du dir sicher bist, dass dich niemand beobachtet! Es ist wichtig, dass dich niemand enttarnt!"

Sie sah ihn aus großen Augen an, bevor sie den Kloß in ihrem Hals herunterschluckte und dann nickte. „Ich habe verstanden. Ich muss vorsichtig sein."

„Sehr gut. Ich vertraue dir, was das angeht. Es ist zu unserer aller Sicherheit. Denn auch wenn das Dorf weiß, dass ich ein alter Magier bin, sollte es nicht zum Gesprächsthema werden, dass ich dich ausbilde. Damit mache ich mich genauso angreifbar wie du dich."

„Hältst ... hältst du das alles wirklich für eine gute Idee?"

„Es ist die einzige gute Idee. Die Prophezeiung besagt, dass eine Miakoda geboren werden wird, die die Macht besitzen kann, die unterdrückten Völker zu befreien. Wenn die Zeichen stimmen, birgst du ein unglaubliches Potential in dir, große Fähigkeiten zu entwickeln. Du brauchst aber keine Angst zu haben, auch wenn dieses Schicksal Verantwortung mit sich bringt. Wir stehen zu dir, werden dir helfen, bis du eines Tages solche Kräfte besitzt, dass du gar keine Hilfe mehr benötigst. Du bist die Auserwählte. Würde ich dich nicht ausbilden, könnte ich mir das niemals verzeihen."

Sina nickte wieder. Die beiden schwiegen eine Weile, schienen darauf zu warten, dass sie sich das alles noch einmal durch den Kopf gehen ließ. Schließlich wog sie die Kiesel in der Hand, betrachtete sie und blickte dann Shetan voller Ernst an. „Und was soll ich jetzt mit ihnen tun?"

„Du schiebst sie über den Tisch."

„Was? Ähm, ich glaube, ich verstehe nicht."

„Nicht mit deinen Fingern. Mit deinem Geist."

„So was geht?"

Shetan neigte den Kopf zur Zustimmung. „Deine Magie ist ... Nun, wie soll ich es sagen? Je besser deine Fähigkeiten werden, desto mehr wird sie für dich wie ein weiterer Sinn. Du wirst mit ihr nicht direkt sehen oder wie bei einer Berührung fühlen können, aber sie ... lässt dich deine Umgebung, ja sogar Dinge am anderen Ende der Welt, *bewusst* wahrnehmen. Deine Magie hilft dir dabei, die Welt zu erfühlen und Dinge zu begreifen, fast als seien sie ein Teil deines Körpers und würden sich mit dir verbinden."

„Sie kann also meine Wahrnehmung erweitern?", unterbrach Sina ihn und zog eine Augenbraue hoch. „Das kann ich mir kaum vorstellen."

Shetan lächelte geduldig. „Aber du hast es doch schon gespürt, nicht wahr? Heute Morgen, als wir unsere Magie verbunden haben, um deinen Fuß zu heilen."

Sina wurde rot. „Ich ... Ja. Es war ... als könnte ich in deinen Körper hineinfühlen ... Ich dachte, du hättest es nicht bemerkt."

„Du hast mir erlaubt, deine Magie zu lenken und zu leiten, dadurch floss sie zwar von deinem in meinen Körper, aber ich habe sie dir zurückgegeben und konnte dadurch die Verletzungen in deinem Fuß spüren, als seien es meine eigenen."

„Heißt das, wenn man heilt, verbindet man sich immer mit dem Verletzten und spürt seinen Schmerz? Ist das nicht gefährlich?"

Er schien ihren besorgten Blick richtig zu interpretieren, zuckte aber mit den Schultern. „Nichts, was mit Magie zu tun hat, ist ungefährlich. Du kannst lernen, Schmerzen auszublenden und dich durch sie nicht mehr ablenken zu lassen. Dann kannst du jemandem in Not besser helfen – und übrigens auch dir selbst. Es kam allerdings schon vor, dass heilende Magier die Qual eines anderen durch ihre Magie mit voller Wucht erlebt haben und deshalb selbst verletzt wurden."

Sina schluckte und spürte, wie sich kalter Schweiß in ihrem Nacken bildete.

Die Vorstellung, noch einmal solche Schmerzen zu spüren wie nach dem Sturz in die Grube, gefiel ihr gar nicht.

„Aber davon jetzt genug. Ich möchte dir für den Anfang eine einfachere Übung zeigen. Als Erstes musst du dich wieder entspannen, deine Mitte finden und deiner Magie bewusst werden, dann lässt du sie fließen und sie mit deiner Aufmerksamkeit auf die Steine richten. Beim ersten Mal geht das am einfachsten, wenn sie auf deiner Hand liegen und dadurch Kontakt zu dir haben. Eigentlich brauchst du am Anfang erst nur einen Stein, aber du solltest sie jetzt schon beide erspüren können. Deine Magie wird sich mit ihnen verbinden und du wirst das Gestein selbst fühlen, indem du sie von der Magie umfließen lässt. Danach musst du die Energie so verstärken, dass du sie wahrhaftig mit deinem Willen bewegen kannst. Soll ich es dir zeigen?"

„Wenn es nicht gefährlich ist, will ich es gerne selbst versuchen. Ich glaube, ich habe verstanden, was du meinst."

Shetan deutete mit einer weiten Geste seines Armes an, dass sie fortfahren sollte, also schloss sie die Augen.

Sie fühlte die beiden kühlen Steine auf ihrer Haut, wie sie auf ihrer flachen Hand lagen ... Erneut entdeckte sie diese pulsierende Macht in sich, die sie formen konnte – sie ließ sie durch ihren Arm fließen, bis zum äußersten Rand ihrer Fingerspitzen. Dann schien da so etwas wie eine Barriere zu sein, es kostete sie Willenskraft, die Magie dazu zu bewegen, über die Grenze ihrer Haut hinaus zu gehen. Aber kaum war dieser Moment überschritten, fühlte es sich an, als würde sie aus ihrer Hand quillen wie Wasser. Ein kühles Kribbeln breitete sich aus, aber sie fühlte es *außerhalb* ihres Körpers!

Dann erkannte sie, woher diese Kühle kam. Es waren die Steine selbst. Sie hatte das Gefühl, zum ersten Mal in ihrem Leben wirklich die Essenz von Gestein zu verstehen. Fest, kühl ... stark und *unbeugsam*.

Und dennoch konnte sie mit ihrer Magie bewirken, dass sich die Steine lebendig anfühlten. Sie ließ mehr von dieser neuen Energie aus ihrer Hand fließen und stellte sich vor, sie würde eine Fläche damit formen, auf der sie die Steine halten konnte, ohne ihre Hand zu brauchen. Die Verbindung wurde noch intensiver und ihre Arme begannen zu kribbeln.

Dann streckte sie die Hand aus und legte die beiden Steine behutsam auf den Tisch.

„Hast du einen Unterschied zwischen den beiden Steinen bemerkt?“, fragte Shetan.

Sina zögerte, bevor sie missmutig den Kopf schüttelte. „Nein, es war bei beiden alles gleich.“

„Versuch es noch einmal, aber einen nach dem anderen. Ich habe dir zwei mitgebracht, damit du für den Anfang einen wählen kannst, mit dem dir die Verbindung leichter fällt. Erst sehr viel später wirst du dann üben, beide gleichzeitig zu kontrollieren. Jetzt ist das noch nicht wichtig.“

So versuchte sie es bei beiden Steinen hintereinander. Überrascht stellte sie fest, dass sich die Steine tatsächlich ein kleines bisschen unterschiedlich anfühlten. Sie konnte es an ihrer Musterung sehen, aber beim Kontakt mit der Magie wurde dieser Eindruck viel deutlicher; der helle Stein wirkte kühler und fester, der dunkle war wärmer und erschien auch leichter, obwohl sie beide fast identisch geformt waren.

„Gut ... Ich denke, ich fange mit dem Dunklen an“, meinte sie dann murmelnd und legte den hellen Stein beiseite. Dann berührte sie den dunklen erneut mit den Fingern und breitete ihre Magie darum aus. Als sie das Gefühl hatte, ihn noch immer festzuhalten, zog sie die Hand langsam zu sich, ließ sie über den Tisch schleifen – und der Stein erzitterte.

Es war nur ein winziger Spalt zwischen ihren Fingerspitzen und dem Kiesel, aber er rutschte hinter ihrer Hand her. Zumindest einen kurzen Moment. Danach konnte Sina sich nicht mehr konzentrieren, so aufregend war es, diese Bewegung zu sehen.

Shetan lächelte zufrieden. „Du spielst mit der Magie, wie ich sehe.“

„Ich ... ich kann es nicht fassen!“, murmelte Sina und besah sich die Steine mit ganz neuem Blick. „Es hat sich so natürlich angefühlt, so als hätte ich das schon immer tun können.“ Sie sah ihn voller Begeisterung an. „Was kann ich noch tun? Kann ich auch andere Sachen bewegen?“

Shetan nickte. „Du machst das sehr gut. Und ja, du wirst noch mehr lernen. Du wirst das Heilen verbessern und die Kontrolle über die anderen Elemente erlernen. Für heute kannst du dich weiter mit den Steinen üben. Versuche, einen von ihnen möglichst lange und weit zu schieben, um zu lernen, wie du deine Kräfte kontrollieren kannst und um deine Grenzen zu erkennen. Nimm zuerst den, bei dem es dir leichter fällt. Dann kannst du irgendwann auch schwerere Dinge bewegen. Aber die Steine sind in der Ausbildung jedes Magiers der erste Schritt, um die Kräfte kennenzulernen und allmählich zu steigern.“

Sina nickte und umfasste lächelnd den dunklen Stein. „Gut, ich übe, bis ich nicht mehr kann!“, rief sie grinsend.

Shetan hob warnend einen Finger. „Übertreib es nicht. Ich will nicht, dass du wieder ohnmächtig wirst und dir den Kopf aufschlägst.“

Sina spürte Hitze in ihr Gesicht steigen und neigte ergeben den Kopf.

«†»

Der Sklave führte Ikar in einen der Innenhöfe der Festung, wo er ihn zu warten bat. Kurz darauf kehrte er mit einer Schar missmutig wirkender Männer zurück. Sie beäugten den Kopfgeldjäger mit abschätzenden Blicken.

Ikar lächelte breit, als er auf den Trupp von vierzig Ratken blickte, die Zayda ihm zur Verfügung gestellt hatte. Die Männer erwiesen sich als klug – sie stellten nicht in Frage, von jemandem angeführt zu werden, der nicht ihrem Volk angehörte.

Der eigentliche Anführer des Trupps trat vor, ein aufgefaltetes Schreiben in der Hand. Einen Augenblick musterte der Krieger Ikar, dann neigte er widerwillig den Kopf.

„Mein Name ist Yatim. So wie die Königin es wünscht, werde ich ab jetzt Euer zweiter Mann sein. Unsere Schar ist gut eingearbeitet, die anderen wissen auf mich zu hören – und wir alle hören auf Euch."

Ikar nickte zufrieden. Ihre Aufgabe war nicht schwierig. Sie würden nach Mikna reisen, einer kleinen Stadt der Miakoda, und dort ihre Suche nach dem Mädchen beginnen.

Er schickte die Männer los, ihre Sachen zu packen. Sie bekamen von einigen Sklaven der Festung Taschen, Zelte und Proviant gebracht und bald danach waren die Ratken bereit. Ein weiterer Sklave überreichte Ikar noch mehrere Karten von dem Landstrich, den er durchsuchen würde.

Danach kamen vier Magier in den Innenhof und verneigten sich vor Ikar und den Ratken, die sich hinter ihm formiert hatten.

„Es ist uns eine Ehre, Euch behilflich zu sein, Adlerauge", murmelte der Mann an vorderster Front mit monotoner Stimme. Ikar sah die Augen des Magiers und erkannte darin das milchige Weiß magischer Kontrolle. Der Wille dieser Magier, die ebenfalls keine Ratken waren, war gebrochen. Sie unterlagen den Befehlen der schwarzen Königin.

Ikar nickte, dann stellten sich die vier Magier in einem Viereck um die Krieger auf und schlossen die Augen. Das Knistern von magischer Energie ließ die Luft wabern.

Die Umgebung um sie, die Mauern des Innenhofs, die Sklaven und die Gänge, die in das Innere der Festung führten, verschwammen und verblassten. Wirbel aus dunklem, grünen Nebel kreisten um sie, dann formten sich neue Umrisse, die bald klar und fest wurden. Sie befanden sich nun auf einem Feld. Unweit konnte Ikar den Rauch von Hausfeuern sehen.

Es entluden sich noch einige grüne Blitze, als sich die restliche Magie verflüchtigte. Die Magier neigten erneut die Köpfe, dann verschwanden sie, lösten sich in schwächerem, grünem Nebel auf.

Ikar schulterte seine Tasche und wandte sich kurz seinem Trupp zu. Es fühlte sich erstaunlich gut an, Macht über diese Krieger zu haben. Diese Kontrolle eröffnete Ikar ganz neue Möglichkeiten ...

„Gehen wir!", befahl er und nickte zu der Stadt hin. Die Ratken machten sich ohne ein Wort auf den Weg und folgten ihrem grimmig lächelnden Anführer.

«†»

Tarek sah Sina traurig an und bedachte ihre Hände mit einem fast sehnsüchtigen Blick, während er in Gedanken weit entfernt schien.

„Ich würde gerne noch bleiben und zusehen, Großvater, aber ich muss jetzt gehen. Wir sehen uns später, ja, Sina?"

„Ähm, klar", meinte sie und sah ihm etwas irritiert nach, als er die Küche verließ.

Shetan räusperte sich und zog ihre Aufmerksamkeit wieder auf sich. „Ich werde mich in mein Arbeitszimmer zurückziehen. Übe noch etwas weiter. Es wird dir guttun, dich mit deiner Magie besser vertraut zu machen. Sie hat außerdem durchaus meditative Wirkungen, das heißt, du kannst damit auch deinen Geist beruhigen."

„In Ordnung, mache ich", nickte Sina, dann ging auch er. Alleine in der Küche sitzend, starrte sie die beiden Steine vor sich auf dem Tisch an.

Zuerst kam sie sich allein und verlassen vor, doch dann packte sie doch wieder die Neugierde und sie legte die Hand auf das abgewetzte Holz des Tischs, direkt vor den dunkleren Stein.

Als Erstes versuchte sie, den Stein wieder hinter ihren Fingern herzuziehen, ehe sie darüber nachdachte, was Shetan gesagt hatte. Es hatte sich so angehört, als sollte sie ihn eigentlich von sich wegschieben und nicht ziehen. Wollte er vielleicht testen, wie weit sie alleine kommen konnte? War das so etwas wie eine Prüfung? Immerhin hatten sie ihr gerade erst ein wahnwitziges Schicksal offenbart und dann ließen sie sie allein!

Schnaubend formte Sina eine Faust und starrte den Stein an. Dann legte sie ihre Magie um ihn und versuchte, diese von ihrer Hand wegfließen zu lassen.

Es war anstrengender, als ihn zu ziehen, aber nach einigen Ansätzen erzitterte er stärker und rollte dann ein Stück weg.

Schon nach einigen weiteren Versuchen schob sie den Stein ein paar Fingerbreit weiter von ihrer Hand weg und hielt dann stutzend inne. Trotz der Entfernung hatte sie den Stein noch spüren können! Sie legte die Finger wieder an das kühle, kleine Ding, dann schloss sie die Augen und schickte ihre Magie aus, um das Gestein zu umschließen. Als sie die Finger langsam wegzog, Stück für Stück, blieb eine Art Verbindung zu dem Stein bestehen!

Es fühlte sich an wie ein dünner, fließender Strom aus Wärme, der von ihrer Hand ausstrahlte und dann zu dem Stein gesandt wurde. Anscheinend floss dadurch die Magie nach und so konnte sie die Kontrolle behalten!

Voller Freude schob sie den Stein weiter und weiter von sich weg. Aber ab einem gewissen Abstand wurde es schwieriger. Wenn sie die Augen schloss, konnte sie sich mehr auf die Magie konzentrieren und wurde weniger von den Bewegungen des Steins abgelenkt. So ging es wieder ein bisschen weiter – und dann wurde der Stein plötzlich viel schwerer.

Sie riss die Augen auf und verlor im selben Moment den Kontakt. Sie hatte den Stein versehentlich über die Tischkante geschoben ... Einen Moment schien der Kiesel noch zu verharren, dann fiel er und kullerte über die Holzdielen.

Aber diese Verbindung ... Hatte der Stein etwa ganz kurz geschwebt? Der Kontakt war abgerissen, als sich das Gefühl so plötzlich geändert hatte ... Aber konnte sie mit ihrer Magie wirklich so viel Kraft aufbringen, um ihn *schweben* zu lassen?!

Obwohl sie jetzt am ganzen Körper bebte, bückte sie sich unter den Tisch und hob den Stein mit zittrigen Fingern auf. Dann legte sie ihn auf ihre offene Handfläche und starrte ihn eine Weile nur an, bevor sie sich wieder gesammelt hatte und die Augen schloss.

Wieder schob sie ihre Magie mit Mühe aus ihrem Körper und umschloss damit den Stein.

Gänsehaut breitete sich auf ihren Armen aus und ließ die Haare in ihrem Nacken zu Berge stehen, dann ließ das Gewicht auf ihrer Hand nach, als sie diese vorsichtig sinken ließ. Der Stein lag nicht mehr auf! Gleichzeitig schien er sich mit seinem Gewicht auf ihren Geist zu legen und erschwerte es ihr, sich zu konzentrieren. Es war wie ein Drücken, das ihren Geist wegzuschieben versuchte ... Sie bewegte die Hand noch etwas weiter abwärts – da verlor sie den Kontakt zu dem Stein und das Gefühl der Verbundenheit verging mit einem Schlag.

Überrascht riss sie die Augen auf. Er zitterte noch einen Moment einen Fingerbreit über ihrer Handfläche, ehe er der Schwerkraft erlag.

Sie überlegte, ob sie Shetan von ihrer Entdeckung berichten sollte, aber als sie wankend in den Flur trat, war die Tür zu seinem Zimmer verschlossen. Das hieß gewöhnlich, dass er nicht gestört werden wollte. Also zog sie sich in ihr Zimmer zurück und setzte sich an den kleinen Tisch, die Augen auf den Stein in ihrer offenen Hand fixiert. Den Anderen hatte sie in einer Hosentasche verstaut.

Sie war bereits erschöpft, wollte es sich aber nicht eingestehen. Der dunkle Stein zitterte beim zweiten Versuch schon weniger, als sie ihn anhob. Und vor allem konnte sie nach einigen weiteren Ansätzen auch ihre Augen öffnen, ohne sofort den Kontakt zu verlieren.

Wenn sie die Augen dann zusammenkniff, meinte sie sogar manchmal, ein paar kleine Funken um den Stein schweben zu sehen.

Beim nächsten Mal schaffte sie es, ihn ein klein wenig höher zu heben. Sie stellte sich die Magie wie eine Masse vor, wie Kleber oder Blut ... Plastische Energie, die es ihr ermöglichte, diesen fremden Gegenstand zu erfassen und zu kontrollieren.

Dennoch war es irritierend, die Magie nicht wirklich sehen zu können, sobald sie die Augen öffnete. Dieser eine Moment war für sie der schwerste, wenn sie dieses Gefühl, ihren Körper auszudehnen, mit ihren Augen nicht wirklich bestätigen konnte. Sie fühlte nur dieses dünne, fließende Band aus Wärme, das ihre Hand mit dem Stein verschmolz.

Nach einer Weile machte sie eine Pause und ruhte sich aus, das Kribbeln der Erschöpfung hatte sich in ihren Beinen festgesetzt und sie wackelte mit den Zehen, um sicherzugehen, dass sie nicht eingeschlafen waren.

Sie starrte weiterhin auf den Stein, der jetzt, klein und unschuldig, auf dem Tisch vor ihr lag. Was konnte sie wohl noch alles mit dieser neuen Kraft vollbringen? Und was würde auf sie zukommen?

Der Gedanke, die Auserwählte und wohl so etwas wie die zukünftige Anführerin einer Rebellion zu sein, ließ einen dicken Kloß in ihrem Hals entstehen. Wie sollte sie das schaffen?

Sina sah nur eine Chance. Sie musste so schnell wie möglich alles lernen, um sich verteidigen zu können, und stärker werden.

Sie legte eine Hand auf den Stein und breitete ihre Magie darin aus. Es erschien ihr schon viel leichter, auf diese Quelle in ihrem Inneren zuzugreifen. Dann japste sie überrascht, als ihre Magie das Holz des Tisches berührte. Sie konnte auch hier die Struktur, das

Wesen des Materials spüren! Das Holz wirkte viel lebendiger als der Stein, allerdings auch zerbrechlicher, irgendwie angreifbarer.

Was sie wohl sonst noch erfühlen konnte?

Sie sah sich im Raum um, aber außer dem Leder und Papier fiel ihr nichts auf, das sie noch ausprobieren konnte. Ihre Euphorie ließ etwas nach und sie seufzte.

Da kam ihr ein Gedanke. Sie schloss die Augen, hob die Arme und drehte die Handflächen nach oben. Sie ließ ihrer Magie wieder freien Lauf, ließ sie aus sich herausströmen und versuchte, mit ihr die Luft zu erspüren. Sie breitete die Magie immer mehr aus und stellte sie sich als immer dünneren Kleber vor, aber da war kein so starkes Gefühl wie bei den Steinen oder dem Holz. Ein leichtes Kribbeln lag jetzt in der Luft, aber das schien die Magie selbst zu sein. Sie versuchte es weiter, aber nichts geschah.

Enttäuscht ließ sie die Arme sinken – und ächzte auf, als ein Stoß sie von hinten traf.

Sie wurde nach vorne gerissen und fiel auf die Knie. Ein tosender Wind zerzauste ihr die Haare und nahm ihr die Sicht. Überrascht entwich ihr ein kurzer Schrei und sie hörte Glas klirren.

Aber nach nur einem Moment war es auch schon wieder vorbei und sie wischte sich die Haare aus dem Gesicht. Im Zimmer herrschte Chaos. Einige Blätter Papier flogen noch durch die Luft und landeten sanft auf dem Bett und dem Boden neben ihr. Die Kleidung, die bisher auf der Bettkante gelegen hatte, war durchs halbe Zimmer verstreut worden.

Draußen waren eilige Schritte zu hören, dann wurde die Tür aufgerissen und Shetan eilte herein. Er erblickte Sina inmitten des Durcheinanders und sein Ausdruck wurde tadelnd.

„Mir ist nichts passiert!“, versicherte Sina, stand auf und zupfte sich ihre Kleidung glatt.

„Und was, bitte schön, *ist passiert*?“

„Ich ... ich bin mir nicht ganz sicher. Ich wollte mit der Magie erfühlen, wie sich Holz und Papier und Luft anfühlen, aber-“

„Luft?“, unterbrach sie Shetan ruppig. „Du hast deine Magie mit Luft verbunden?“

„Ich dachte eigentlich, es hätte nicht funktioniert, aber als ich meine Arme sinken ließ, kam ein regelrechter Wirbelsturm auf!"

„Du solltest mit solchen Experimenten noch warten! Du bist noch nicht so weit und könntest dich verletzen!"

Sina wurde rot und blickte beschämt zu Boden. „Es tut mir leid ... Ich werde mich wieder auf die Steine konzentrieren."

„In Ordnung. Und wenn du etwas wissen möchtest, dann frag mich, bevor du dich in solche Versuche stürzt."

„Ähm ... Dann sollte ich dir vielleicht noch etwas sagen ..."

„Noch etwas?" Shetan runzelte die Stirn. „Was hast du noch versucht?"

Sina hob abwehrend die Hände. „Es ist fast von selbst passiert, das schwöre ich! Nun ja ... Ich habe geübt, die Steine zu schieben, wie du gesagt hast. Dabei fiel mir auf, dass die Magie mich irgendwie mit ihnen verbindet ... Auch wenn sie eine Handbreit oder Armeslänge weg sind. Ich habe geübt, wie du es gesagt hast, und dann den Stein versehentlich über die Tischkante geschoben ... und diese magische Verbindung ließ ihn gaaaanz kurz schweben."

„Du hast den Stein schweben lassen?!"

„Glaubst du mir etwa nicht? Du müsstest doch derjenige sein, der weiß, ob so etwas geht! Es ist wirklich passiert! Und dann habe ich es noch ein paar Mal versucht."

„Nein, Sina, du verstehst nicht", meinte Shetan, auf einmal mit einem schiefen Grinsen auf dem Gesicht. „Natürlich weiß ich, dass man Objekte schweben lassen kann ... Es ist nur so, dass ich diese Übung eigentlich erst in ein paar Tagen mit dir machen wollte."

Sina sah ihn überrascht an. „Oh ... Heißt das, ich sollte wieder damit aufhören?"

„Nun ... Lass mich erst einmal sehen, was du bisher erreicht hast, dann entscheide ich, ob du schon soweit bist. Dass du das magische Band entdeckt hast, war übrigens auch nicht selbstverständlich. Ich wollte dir das morgen oder vielleicht übermorgen bewusst machen."

Jetzt wusste Sina nicht mehr, ob sie sich ertappt oder gelobt fühlen sollte.

Mit einem unguten Gefühl hob sie die flache, offene Hand, mit dem Stein darauf liegend. Sie konzentrierte sich und verband den Stein mit ihrer Magie.

Als sie die Hand sinken ließ und der Stein an Ort und Stelle in der Luft schweben blieb, war Shetans überraschter Gesichtsausdruck so amüsierend, dass sie die Kontrolle verlor und der Stein zurückfiel.

Shetan machte mehrmals den Mund auf und zu, bevor er wieder sprach. „Es war wirklich klug von dir, die Hand wegzuziehen, anstatt den Stein anheben zu wollen ... Ich glaube, ich muss meine Übungspläne mit dir noch einmal durchgehen ... Wenn du so *versehentlich* alles von selbst lernst, geht deine Ausbildung doch etwas schneller voran, als ich gedacht hatte ...“

„Soll ich damit wieder aufhören?“, fragte Sina vorsichtig. „Ich will dir keine Schwierigkeiten machen.“

Sein Lachen kam unerwartet, aber es klang so erheitert, dass Sina nicht anders konnte, als einzustimmen.

„Sina, du solltest dich auf dein Gefühl verlassen, denn das zeigt dir dann schon, was du schaffen kannst, und was nicht. Nur lass das mit den anderen Elementen noch. Tob dich an dem Stein aus, das wird dich nicht umbringen.“

Shetan schüttelte den Kopf, als er kurz danach wieder hinausging. Sina seufzte und machte sich daran, die Papiere und Kleider im Zimmer aufzusammeln. Erst da fiel ihr auf, dass ihre Beine ganz weich waren. Sie ignorierte das Gefühl und setzte sich bald danach wieder an den Tisch, um weiter zu üben. Die Schwäche war schon fast wieder vergessen und sie ging bald schlafen, um sich von diesem turbulenten Tag zu erholen.

«†»

Tarek führte Sina über den morgendlich lauten Dorfplatz zu dem Haus, in dem Jescos Familie lebte. Sie gingen still, während Hundegebell und das Rufen von Kindern über den Platz schallten.

Das Haus war ein ganzes Stück höher als das von Shetan, hatte sogar drei Stockwerke. Die Balken des Fachwerks waren fast so dick wie ganze Eichenstämme und der Rest war mit beschlagenen Steinen gemauert.

„Es wirkt wie für die Ewigkeit gebaut“, murmelte Sina, als sie um das Haus gingen und über die Mauer kletterten, die den kleinen Nutzgarten von der Straße trennte.

„Jescos Familie führt das Dorf schon seit Generationen mit ihren weisen Entscheidungen an. Das Haus war das teuerste im ganzen Dorf, ein Großteil des Erdgeschosses ist den Arbeiten des Dorfführers gewidmet, es ist also Conroys Bereich und der seiner Helfer“, erklärte Tarek.

„Wie ist er eigentlich so? Jesco, meine ich. Er erzählt fast nie etwas von sich.“

„Da gibt es nicht so viel zu erzählen. Jesco ist der einzige Sohn in der Familie und sein Vater ist das Dorfoberhaupt. Jesco gefällt der Gedanke nicht, später selbst diese Rolle übernehmen zu müssen. Darum gibt es oft Streit zwischen Vater und Sohn.“

„Wieso will Jesco denn nicht Dorfoberhaupt werden?“

„Na ja, er ist ein ziemlich schweigsamer Mensch und er hat seine eigenen Pläne. Er hat mir einmal erzählt, dass er viel lieber Tyarul bereisen würde, als hier im Dorf zu bleiben. Ich kann mich mit dem Gedanken auch nicht anfreunden, für immer hier zu leben. Ich möchte die große Ebene sehen, und die Sümpfe und die großen Hornträgerstädte im Norden. Es ist hier zwar sicherer, da das Dorf so abgelegen ist, aber die Meinungen von Jesco und seinem Vater gehen weit auseinander, was Sicherheit betrifft. Jesco ist der beste Bogenschütze weit und breit. Er und ich, wir werden dich unterrichten.“

„Im Ernst? Ich dachte eher, dass mich so jemand wie, na ja ... Jescos Vater unterrichten würde, weil ihr noch so jung seid ...“

„Nur weil wir jung sind, heißt das nicht, dass wir nicht gut sind. Die meisten Älteren hier können einen Pfeil abschießen, aber jemanden damit töten könnten sie nur mit Glück. Du würdest nicht von den Jägern im Dorf lernen wollen, glaub mir, außerdem sollen so wenige wie möglich davon mitbekommen, dass du im Kampf unterrichtet wirst. Es ist erst unsere Generation, die sich wieder mehr für das Kämpfen interessiert. Asyra, Elaya und Malak üben sich auch alle im Waffenkampf. Wir wollen nicht tatenlos dastehen und nutzlos sein, wenn es wieder zu Angriffen kommen sollte. Die meisten guten Kämpfer sind schon lange tot und der Rest der Dörfler glaubt, dass keine Ratken kommen werden, weil es hier kaum etwas zu holen gibt. Einige von uns wollen jedoch auf alles vorbereitet sein."

„Was ist mit anderen jungen Leuten in Ornanung? Können die auch kämpfen?"

„Es gibt nicht viele andere in unserem Alter. Die Jüngeren sind noch Kinder, wollen noch nichts mit dem Krieg zu tun haben. Die haben Angst und von den Alten eingetrichtert bekommen, dass es eigentlich gar keinen Krieg mehr gibt, aber das ist eine Lüge. Es gibt nur keine großen Schlachten mehr, weil keiner mehr übrig ist, der sich wehren könnte. Die etwas Älteren wollen auch nichts davon hören. Also am Ende bleiben dann doch wohl nur du, ich und meine Freunde."

Sina nahm diese Tatsache mit einem Kopfnicken hin, dann schwieg sie einen Moment. „Tarek, wieso sagt Jesco seinem Vater nicht einfach, was er mit seinem Leben anfangen möchte?"

„Hm, das fragst du ihn am besten selbst, aber hast du schon einmal Jescos Vater gesehen? Der ist kein Freund von Widerworten."

Tarek trat an die Hintertür und klopfte. Eine Frau öffnete, Sina vermutete, dass es Jescos Mutter war.

„Oh, hallo Tarek!", sagte sie knapp und wandte sich an Sina. „Du musst Sina sein, Jesco hat ein wenig von dir erzählt. Es tut mir leid, was deiner Familie in Maila zugestoßen ist."

Sina setzte ein trauriges Gesicht auf und nickte. Es schien, als würde die Frau erwarten, dass sie etwas erwiderte und sie hatte schon den Mund geöffnet, als Jesco hinter den dichten Brombeerbüschen am Gartenrand auftauchte und ihnen entgegen kam.

„Tarek, Sina. Was führt euch denn hierher?"

Sina klappte den Mund wieder zu und Tarek antwortete. „Hast du Lust, mit in den Wald zu gehen? Ich will Sina die Umgebung zeigen."

Er nickte. „Bis später, Mutter", meinte er knapp und schon ging er ihnen voran durch den Garten. Jesco hängte sich seinen Bogen über die Schulter und rückte seinen Köcher zurecht. Sie verließen das Dorf, wanderten an einigen Feldern entlang und betraten den Wald.

Sina ließ sich etwas zurückfallen und hielt Tarek am Arm fest. „Tarek! Meinst du, wir sollten es ihm sagen?", fragte sie so leise, dass er sie gerade noch verstand.

„Keiner darf davon wissen."

„Hm, okay", meinte Sina und sie folgten Jesco, der sie über die Schulter beim Flüstern beobachtet hatte, weiter durch den Wald.

Sie wanderten noch eine Weile, dann traten sie auf eine kleine Lichtung, die zu einem kleinen Hügel anstieg. Am Rand der Lichtung floss ein Bach. Die Wiese war von Kräutern und dichten, niedrigen Gräsern bewachsen.

„Ich denke, diese Lichtung ist gut für die ersten Versuche", meinte Jesco und sah sich auf der länglichen Lichtung um, den Blick an einen einzelnen Baum geheftet, der auf der Anhöhe stand.

„Wie meinst du das? Sag nicht, du weißt schon, wieso wir dich heute geholt haben?", fragte Tarek stutzig und Sina wurde klar, dass die beiden noch nichts besprochen hatten.

„Tarek", sagte sie leise. „Ich fürchte, es ist gar nicht mehr nötig, ihm etwas zu sagen."

Jesco nickte. „Ja, du bist eine Magierin."

Tarek stöhnte. „Ist das denn so offensichtlich?"

„Nein, aber ich weiß mehr als andere. Sie hat einen sehr weiten Weg auf sich genommen, um von Maila ausgerechnet zu einem der letzten ausgebildeten Magier des Landes zu reisen. Und es waren *rein zufällig* Ratken im Dorf. Ich habe Vater darüber murmeln hören."

„Du scheinst gar nicht überrascht zu sein!", stellte Sina fest.

Jesco lächelte sie so freundlich an, wie sie es bei ihm noch nie gesehen hatte. „Nein, ich freue mich wirklich sehr ... Ich bin nur noch nie einem anderen Magier außer Shetan begegnet. Bist du stark?"

Sina sah nervös zu Tarek hinüber, doch der zuckte mit den Schultern. „Ich weiß nicht recht. Shetan meinte, ich hätte Potenzial ..."

Tarek schritt auf Jesco zu und legte ihm eine Hand auf die Schulter. „Du darfst mit niemandem darüber sprechen! Auch die anderen dürfen es nicht wissen. Shetan lehrt sie, aber es wäre gefährlich, wenn es bekannt würde, dass eine neue Magierin in Ornanung ist."

Jesco zog eine Augenbraue hoch. „Für wen hältst du mich? Malak?"

Tarek schüttelte den Kopf und musste lachen. Sina legte ihre Tasche neben einen umgestürzten Stamm am Waldrand und blickte die beiden dann erwartungsvoll an. Jesco hielt Sina seinen Bogen hin. Sie wirkte erstaunt und reagierte erst gar nicht.

„Nur zu. Heute darfst du meinen Bogen benutzen. Ich bringe dir beim nächsten Mal einen meiner einfacheren Bögen mit, bis ich dir einen guten machen kann, aber das dauert lange", erklärte Jesco und Sina strahlte.

„Du wirst mir einen Bogen machen? Warum?"

„Du musst dich schützen können, falls deine Magie dazu nicht reicht."

Tarek nickte. „Außerdem sollte das eine schöne Herausforderung für Jesco werden, nicht wahr?"

„Ist es wirklich so schwer, schießen zu lernen?", fragte Sina missmutig.

„Nein, ich rede von dem Bogen selbst. Es gibt Legenden darüber, dass für Magier früher ganz besondere Bögen hergestellt wurden. Sie mussten andere Bedingungen aushalten als die normaler Menschen."

Sina verstand nicht wirklich, was er damit sagen wollte, aber da hielt Jesco ihr den Bogen mit einem auffordernden Blick hin und sie schluckte ihre Fragen hinunter.

Sie nahm ihn Jesco vorsichtig aus der Hand und betrachtete ihn neugierig. „Der ist wirklich schön. Danke."

Jesco hob beschwichtigend die Hände. „Aber, aber! Noch ist dein Bogen nicht fertig, du kannst dich dann bedanken. Außerdem ist es mir eine Ehre. Ich werde mir alle Mühe geben."

Sina nickte freudig und beschaute sich dann das gebogene Holz genauer, Jesco lehnte seinen Köcher an den Stamm, dann nahm er ihr den Bogen noch einmal ab und löste die Sehne.

„Du solltest es schon selbst schaffen, ihn zu spannen."

„So schwer sieht das gar nicht aus", meinte Sina als Antwort.

Aber da hatte sie sich gewaltig geirrt. Der Bogen erwies sich als kaum biegbar, darum kam Sina mit der Schlaufe der Sehne gar nicht erst an das Ende heran. Dass sie einen Pfeil abschoss, konnte sie schon fast vergessen.

Jesco grinste kurz, dann zeigte er ihr, wie sie den Bogen zwischen die Beine klemmen sollte. So ließ er sich etwas leichter biegen und schließlich brachte sie es fertig, die Sehne mit einem Kraftakt schnaufend über das Bogenende zu streifen. Anschließend erklärte er ihr, wie sie stehen sollte, seitlich vom Bogen, die Füße parallel, den Körper gerade und den Arm mit dem Bogen in einer Linie zu ihrer Schulter gerade ausgestreckt.

Tarek zog einen Pfeil aus dem Köcher, zögerte jedoch, ihn Sina zu geben.

„Nicht, dass du versehentlich jemanden aufspießt!", meinte er scherzhaft. Doch Jesco schüttelte nur den Kopf und nahm Tarek den Pfeil ab, um ihn Sina zu zeigen. Er hatte drei Federstücke an sein Ende geklebt.

„Du musst darauf achten, dass die Federn nicht das Holz streifen, wenn du ihn abschießt. Deshalb muss er immer richtig liegen. Dafür ist die Einkerbung gedacht. Zwei Federn zeigen dann schräg nach links oben und unten, die dritte gerade zur Seite, weg vom Bogenholz."

Sie nickte, legte den Pfeil auf und hob den Bogen hoch. Mit rechts spannte sie die Sehne, doch schon nach einem Moment fing ihr linker Arm zu schlackern an.

„Du solltest die Sehne besser mit beiden Armen spannen. Jesco hält den Bogen fest und ich den Pfeil und ziele“, rief Tarek lachend.

„Das ist überhaupt nicht komisch!“, rief Sina laut. Ein Glitzern lief durch ihre Augen, das aber niemand zu bemerken schien. „Es ist ja nicht so, dass ich nicht verstehe, worauf es ankommt! Natürlich könnte ich richtig stehen und den Pfeil auch abschießen, wenn ich den Bogen überhaupt spannen könnte!“

Sina sah ihn trotzig an. Tarek erwiderte ihren Blick nachdenklich und schien ihr genau anzusehen, wie sehr sie das Einspannen der Sehne schon angestrengt hatte.

„Zum Bogenschießen braucht man Kraft, lass das mit meinem Bogen, du bekommst zum Üben einen biegsameren von mir, dann wird es dir leichter fallen“, meinte Jesco da.

Tarek ging hinunter zum Bach und kam mit zwei großen länglichen Steinen zurück, die er Sina reichte. Sie konnte sie gerade so umgreifen und sie waren schwer. Tarek klopfte ihr auf die Schulter. „Hier, bevor wir mit dem Bogenschießen anfangen, kannst du mit denen hier üben ... und dich noch von deinem nächtlichen Ausflug erholen. Ich glaube, der steckt dir noch immer in den Knochen.“

«†»

Als sie nachmittags ins Dorf zurückkehrten, wollte Sina erst einmal alleine sein. Die beiden Männer hatten sie ziemlich gefordert und ihr schmerzten die Arme und Schultern von den Hebeübungen. Später hatte sie noch versucht, den Bogen zu spannen und spürte als Resultat jede schmerzende Faser in ihrem Oberkörper. Aber sie wollte sich nicht als Schwächling zeigen, also verbiss sie sich das Jammern und versuchte sich auch noch an Liegestützen. Ganze fünf schaffte sie noch, bevor sie erschöpft und schwer atmend auf dem Boden ihres Zimmers liegen blieb.

Ich hätte nicht gedacht, dass ich so schwach bin. So ein Mist ... Aber ich werde ihnen beweisen, dass ich stark sein kann! Ich muss nur mehr trainieren. Bald werden sie nicht mehr lachen! Bald kann ich einen Pfeil richtig abschießen, die werden schon sehen!

Missmutig stand sie wieder vom Boden auf und legte Shetans Bücher auf ihr Bett. Sie griff nach den Pergamentrollen und sah sich gebannt die Karte Tyaruls an. Links unten, an einer Bergkette, konnte sie Ornanung als kleinen Punkt erkennen, der nächste Punkt hieß Yerima.

Ihr Blick schweifte über die Karte und blieb an einem anderen Punkt hängen.

Mazmorra. Die Festung der Königin war ein schwarzer Fleck auf der anderen Seite der Karte, lag an einer endlos langen Steilwand, die eine schroffe Hochebene zum Sumpf abgrenzte.

Sie erschauerte und legte die Karte rasch weg. Auf einem anderen Pergament befand sich eine detaillierte Zeichnung eines Ratken. Der junge Mann trug eine Rüstung und ein Wams aus dickem Leder.

Er hielt ein kurzes Breitschwert und einen Schild mit dem Abbild einer Ratte. Sein Lächeln war stolz und man konnte angedeutet die spitzen Zähne erkennen. Seine Augen waren dunkelgelb, fast bernsteinfarben, das Gesicht mit dunklen Farben bemalt. Grautöne, die den Eindruck einer riesigen Ratte noch verstärkten. Neben seinen kräftigen, langen Beinen lag ein helles ... Seil?

Ist das etwa ein Rattenschwanz?!, dachte Sina fassungslos. *Haben diese Ratken so viel Ähnlichkeit mit ihrem Tiergeist? Unglaublich ...*

Sie strich mit den Fingern über die Zeichnung und vor ihrem inneren Auge tauchte plötzlich das verschwommene Bild eines Mannes auf. Das Bild eines Ratken. Er lächelte sie an und bleckte seine spitzen Zähne. Seine Augen leuchteten gelb.

Sina schüttelte sich entsetzt und das Bild verschwand. *War das der Ratke, dem ich begegnet bin? Der im Wald, der mich gebissen hat?*

Sie wollte es gar nicht wissen. So oder so war er erschreckend und sie legte die Zeichnung ebenfalls weg.

Langsam verstrich der Nachmittag und es zogen schwere Regenwolken auf. Draußen wurde es immer dunkler und unangenehmer und bald schüttete es wie aus Eimern.

Nach einer Weile klopfte es an ihrer Tür und Tarek trat ein. Die Zeit war vergangen, ohne dass sie es wirklich bemerkt hatte. Sina lag mittlerweile auf ihrem Bett und blätterte in einem Buch, in dem einige Grundlagen der Magie erklärt wurden.

Tarek wollte etwas sagen, da schaute auch Shetan zur Tür herein. „Wir sind heute Abend bei Mokuba und ihrer Enkelin zum Abendessen eingeladen. Mokuba möchte dich unbedingt kennenlernen, Sina", sagte Shetan und schaute abwechselnd Sina und Tarek an.

„Oh ... Das ist wirklich sehr nett. Ich ... bin gleich soweit."

Shetan nickte und ging.

„Wolltest du etwas sagen, Tarek?", fragte Sina dann, doch er zuckte mit den Schultern. „Es ging ums Abendessen, aber das hat sich jetzt erledigt."

Tarek lächelte kurz und wartete, bis sie das Buch weggelegt hatte und sie sich auf den Weg machten.

Draußen war es kalt und regnete noch immer in Strömen. Sie eilten über den Dorfplatz und zu Mokubas Haus, klopften an die Tür und Asyra öffnete einen Moment später.

Sina sah sie überrascht an, dann überkam sie eine plötzliche Welle der Erschöpfung.

Sie verdrehte die Augen und kippte hinter Tareks Rücken dem Boden entgegen.

Verschobene Welt

Als Sina die Augen öffnete und aufstand, war sie in einer fremden Küche und allein.

Sie stützte sich an den Stuhl, der neben dem fremden Tisch stand und doch irgendwie nicht fremd war. Es war dunkel, kalt und der Wind wehte und zerrte an ihrem Haar. Sie entdeckte, dass die Verandatür aus den Angeln gerissen worden war und das Glas zerschlagen auf dem Boden lag. Einige Stühle waren zertrümmert. Sie machte einen Schritt zur Küchenzeile und trat in etwas Rutschiges. Blut klebte auf dem Boden und noch mehr an der Kante der Arbeitsplatte.

Warum war sie hier? Und wo war *hier*? Sie drehte sich noch einmal um sich selbst. Da kam ein Teil der Erinnerungen zurück – es war ihr Zuhause!

So stand sie da, in der kalten Stille und starrte auf das Blut. Sie wusste nicht, was sie fühlte.

Ihre Füße machten einige Schritte, während sie die Küchenzeile betrachtete, dann wandte sie den Kopf, schritt zur Tür und den Gang entlang. Gerade wollte sie den ersten Fuß auf die Treppe setzen, als ein Zittern durch ihren Körper ging. Etwas war hier passiert, das konnte sie spüren. Es war wie ein großer Stein aus Unruhe und Sorge in ihrem Bauch. Trotzdem musste sie hinauf, den Blick auf die blutigen Spuren gerichtet, die über die Stufen hoch wiesen und zu etwas gehörten, von dem sie nicht wusste, ob sie mehr darüber erfahren wollte.

Ihre Beine fühlten sich seltsam schwer an, während sie die Stufen erklomm … Oben angekommen führten die Blutstropfen sie weiter durch den Flur. Sie öffnete die letzte Tür und auf dem Bett lag etwas. Sie konnte es aber nicht genau erkennen. Schwarzer Nebel wallte an der Stelle, auch wenn ihr Unterbewusstsein sofort zu spüren schien, dass dort jemand lag.

Nein, sogar zwei Personen.

Aber sie konnte sie nicht sehen. Gerade als sie die Augen zusammenkniff, um durch den Nebel zu spähen, knarzten hinter ihr die Dielen.

Sie drehte sich um, sah einen glühenden Stein auf dem Boden zerbersten und wurde augenblicklich geblendet. Ein Schrei entfuhr ihr, als sie die Arme hochriss. Als sie die gereizten Augen wieder öffnen konnte, sah sie nur einen verschwommenen Schatten, der schnell näher kam.

Sina!, rief plötzlich jemand aus der Ferne und sie zuckte zusammen. *Sinaaa!*, hallte es wieder und dann erkannte sie die Stimme als die von Tarek. Er klang seltsam besorgt ...

Dann traf es sie wie ein Schlag.

Tarek! Sie hatte ihn völlig vergessen ... und dann verschmolzen der Flur und der Schatten vor ihren Augen und alles wurde wieder schwarz.

«†»

Der intensive Duft von Essen stieg ihr in die Nase, als wäre es das erste Mal seit Jahren, dass sie etwas roch.

Sie schreckte auf, schwer atmend, und fand sich in einer fremden, dämmrigen Umgebung. Angst durchfuhr sie, als die Erinnerungen sie packten.

Was war das für ein Haus, was für Schatten?

Und wo war sie jetzt?! *Gefahr!*, schien ihr Instinkt ihr zuzuschreien.

Sie wollte gerade aufspringen, da tauchte Tarek in ihrem eingeschränkten Blickfeld auf und hielt sie fest.

„Beruhige dich! Was ist denn los? Wir haben uns alle zu Tode erschreckt! Du bist einfach hinter mir zusammengebrochen, ich dachte schon ...“ Er schwieg und sprach den Rest seines Gedankens nicht aus. Sie brauchte einen Moment, um seine Worte richtig aufzunehmen und zu Atem zu kommen.

„Ich weiß nicht, was passiert ist“, murmelte sie wahrheitsgetreu und sah Tarek weiter an, während sie nach einer besseren Erklärung suchte.

Aber der pochende Schmerz in ihrem Kopf lenkte sie davon ab. Sie runzelte die Stirn, fasste sich irritiert an die Schläfe und spürte feuchte Wärme. Gerade als sie danach fragen wollte, kam eine alte Frau mit einigen Tüchern in den Armen herein.

„Das ist Mokuba, Shetans Freundin. Sie wird dir helfen", erklärte Tarek, als er ihren verwirrten, leicht ängstlichen Blick deutete.

„Was? Warum?"

„Du hast dir den Kopf angeschlagen", erwiderte die Frau mit sanfter Stimme und einem gutmütigen Lächeln. „Keine Sorge, es wird alles wieder gut."

Sina nickte, völlig überfordert von der Situation und noch zu sehr von den merkwürdigen Erinnerungen eingenommen. Sie wartete, während die alte Frau die Platzwunde reinigte und dann einen Verband anlegte. Asyra assistierte ihr schweigend.

„Geht es jetzt?", fragte die alte Frau dann. „Was ist passiert?"

„Ich ... ich habe mich in letzter Zeit ein wenig seltsam gefühlt. Vielleicht werde ich wieder krank ... Wo bin ich denn?"

„Du bist bei uns zu Hause, Kleines. Es ist schon gut."

„Ich ... ich würde gerne nach Hause gehen, wenn es euch nichts ausmacht. Ich will lieber schlafen. Nicht, dass ich wieder umkippe." Sie blickte Mokuba und Asyra entschuldigend an.

Doch Mokuba nickte. „Das macht doch nichts, du solltest dich nicht überanstrengen ... Nach allem, was du durchgemacht hast."

Sina war sich nicht sicher, ob sie von dem Märchen sprach, das man dem Dorf aufgetischt hatte. Ihr Kopf schwirrte noch immer.

Asyra sah Sina fragend an. „Sollen wir dich mit Heilkräutern versorgen? Ich bin sicher, Großmutter hat etwas, das dir helfen könnte."

Sina lächelte, überrascht über die Freundlichkeit. Tarek half ihr auf und hielt sie fest, als sie schwankte. Ob es vom Schwindel oder seiner Nähe kam, konnte sie gerade nicht sagen.

Tarek antwortete für sie, als sie nicht reagierte. „Wir haben noch einiges, aber wenn wir etwas brauchen, komme ich morgen vorbei. Außerdem, wenn sich Sinas Zustand nicht verbessert, werde ich dich bitten, noch einmal nach ihr zu sehen, Mokuba."

„Aber natürlich. Ich kann jederzeit zu euch kommen."

„Danke", meinte Sina schwach. Sie wollte nur noch nach Hause und sich hinlegen. Alles um sie herum drehte sich und sie war noch immer verwirrt ...

Sie fühlte noch immer den kalten Wind, der durch das fremde Haus geblasen hatte. Erneut lief ihr ein Schauer über den Rücken.

Asyra beobachtete sie skeptisch. „Du solltest dich wirklich hinlegen, du bist sehr blass ..."

Sina nickte und erneut antwortete Tarek für sie. „Ja, das finde ich auch. Komm, Sina, ich bringe dich nach Hause."

„Es tut mir leid", murmelte sie. „Ich habe euch den Abend verdorben."

„Nein!", widersprach Tarek vehement. „Ich habe dich viel zu sehr belastet. Wir gehen jetzt. Shetan, du kannst gerne hierbleiben."

Shetan sah ihr einen Moment tief in die Augen und lächelte dann. Er meinte, er würde später nachkommen und ihnen etwas vom Essen mitbringen, dann brachte Tarek sie hinaus. Sie eilten durch den Regen, Sina mit ihrem Gewicht halb auf Tarek gestützt. Wenig später stieß er die Tür zu Sinas Zimmer mit dem Fuß auf.

Er ließ sie auf das Bett sinken. Dankbar zog sie sich die Decke über die Beine, den kalten Schweiß auf ihrer Stirn nur zu gut fühlend. Das Einzige, was sie für einen Moment die Kälte vergessen ließ, war das nachklingende Gefühl, von Tareks Armen, als er sie gehalten hatte.

Nach einem Zögern ließ sich Tarek schließlich auf der Bettkante nieder.

Sie sahen sich einen langen Moment an, dann wusste sie, worauf er wartete und wollte auf einmal auch mit ihm reden.

„Tarek, halte mich bitte nicht für verrückt – aber ich glaube, ich hatte eine Art *Vision* oder so etwas! Ich meine ... Ich sah ... Es war, als wäre ich an einen anderen Ort gereist. Es war ein fremdes

Haus, verlassen. Es sah aus, als wäre eingebrochen worden, als wäre es schon lange kalt und irgendwie ... tot. Ich kann es nicht erklären, aber es war eine andere Art von Haus als hier. Es war ein Haus in Lyrra und ich glaube ... dass ich schon einmal dort war. Es fühlte sich an, als müsste ich es eigentlich kennen, als würde ein Schwall von Erinnerungen darauf warten, auf mich einzudringen, doch da war nichts. Und trotzdem kam mir alles irgendwie bekannt vor."

„Du hast dir den Kopf angeschlagen, meinst du nicht –"

„Nein! Es war echt! Da war ein Mann, er warf einen leuchtenden Stein nach mir. Ach, das ist doch verrückt."

Jetzt war es Tarek, der die Stirn runzelte. „Vielleicht ist es ein Ort von deinem alten Leben in Lyrra. Vielleicht kommen deine Erinnerungen wieder!"

„Aber das ist es ja gerade! Sie kommen nicht wieder. Ich war so plötzlich dort und habe das Gefühl, dass ich mich erinnern *sollte*, aber es passiert einfach nicht! Ich erlebte alles scheinbar zum ersten Mal und wusste nicht, was ich dort tat. Doch ich wusste auch nicht mehr, was ich dort *nicht* tat! Verstehst du, was ich meine? Es war, als hätte ich auch alles von hier vergessen – und dann kam dieser Mann ... Ich schrie, und als Antwort hörte ich dich rufen ..."

„Ich hatte Angst ...", murmelte Tarek kaum hörbar.

„Du hattest Angst um mich?"

Tarek schien ihre Frage nicht zu hören. Auf einmal hatte er es furchtbar eilig, sie in Ruhe zu lassen, und stand auf. „Du solltest dich ausruhen! Schlaf dich aus und morgen sehen wir, wie es dir geht. Wenn es dir gut geht, sollten wir weiter üben ... aber überanstrenge dich morgen nicht. Gute Nacht."

„Ähm ... Gut ... Dann bis morgen."

Tarek zog die Tür hinter sich zu, ohne noch einmal zurückzuschauen, und Sina kuschelte sich in ihre Decke. Sie hörte noch das Knarren der Dielen draußen, dann herrschte Stille und Sina konnte sich ihren Gedanken widmen.

Werde ich am Ende wirklich verrückt? Verdammt, was ist denn da vorhin passiert? Und was passiert überhaupt mit mir? Ich verändere mich! Ich ... ich fühle mich schon teilweise gar nicht mehr wie ich, sondern wie ... Zenay ... Aber ist das gut oder schlecht? Ich habe in diesem Traum gar nicht mehr an den Namen Sina gedacht, bis Tarek mich gerufen hat ... Er kam mir schon sonderbar fremd vor, als gehöre er zu diesen Erinnerungen oder Visionen und nicht zu mir.

Sina schüttelte den Kopf und schloss die Augen. Vielleicht war es das Beste, all das einfach zu vergessen und jetzt zu schlafen.

«†»

Am nächsten Morgen fühlte sie sich wieder erholter, zog sich an und fand Shetan im Gemüsegarten.

„Guten Morgen! Was werde ich heute lernen?“, fragte sie neugierig und ging neben ihm in die Hocke, um die Pflanzen zu betrachten.

Er lächelte über ihren Enthusiasmus, klopfte sich die schmutzigen Hände an seiner Hose ab und nickte. „Zeig mir, wie gut du mit den Steinen umgehen kannst. Dann entscheide ich, ob wir den nächsten Schritt wagen können.“

Sina zog mit klopfendem Herzen die Steine aus ihrer Hosentasche.

Sie legte sich den dunklen Stein auf die offene Handfläche und ließ dann ihrer Magie freien Lauf. Eigentlich konnte sie sich kaum erklären, warum sie auf einmal so aufgeregt war. Vielleicht lag es an dem Eindruck, dass Shetan sie prüfte.

Die Magie strömte durch ihren Arm, bis in die Fingerspitzen, und ergriff den Stein. Sie schob ihn über ihre Handfläche und entlang der ausgestreckten Finger, zog ihn zurück in die Mitte und ließ nach einem Moment ihre Hand sinken.

Das Gewicht des Steins lastete auf ihrem Geist, als sie die Augen öffnete. Der runde Kiesel schwebte in der Luft und Sina senkte die Hand, bevor sie sie ganz wegnahm. Der Stein zitterte ein wenig und sackte etwas ab, dann gewann sie wieder die Kontrolle über ihn und ließ ihn sogar etwas höher ansteigen.

Schließlich erwiderte sie Shetans erwartungsvollen Blick und der Stein fiel zu Boden.

Aber der Magier wirkte zufrieden. „Du wirst diese Übungen fortsetzen und nicht schleifen lassen, aber jetzt kommt noch eine weitere hinzu. Ich werde dir zeigen, wie du den Stein transportieren kannst."

„Wie bitte?"

Shetan sah sie überrascht an, bevor er zu einer Erklärung ansetzte. „Nun, wie beschreibe ich das am besten? Du erinnerst dich nicht an deine Reisen durch das Portal, nicht wahr?"

Sina schüttelte den Kopf.

Jetzt seufzte der alte Mann. „Du kannst mit deiner Magie eine Art ... *winziges Portal* ... erzeugen. Du hüllst den Stein in die Magie ein und schickst ihn an eine andere Stelle, zum Beispiel in deine andere Hand. Er verschwindet gewissermaßen durch die Magie und taucht dann wieder auf."

„Warte mal. Du meinst, ich kann den Stein ... teleportieren?! Kann ich etwa Wurmlöcher erzeugen oder so etwas?"

„Wurmlöcher?", fing Shetan an, winkte dann aber ab. „Ich werde es dir zeigen, dann verstehst du es."

Er bückte sich und hob den Stein vom Boden auf, legte ihn auf seine flache Hand und schloss die Augen. Im nächsten Moment zuckte ein hauchdünner Blitz von seiner Handfläche zum Holz der Bank neben ihnen, verschlang gleichzeitig den Kiesel und ein Knistern erfüllte die Umgebung. Der Stein tauchte auf der Steinplatte vor der Bank auf, die Stelle qualmte leicht – und Sina klappte der Mund auf.

„Das. Ist. Der. Wahnsinn!", rief sie und riss die Arme in die Luft. „Wieso hast du mir das nicht gleich gezeigt, das ist viel cooler als das Schieben!"

„Du warst noch nicht bereit", meinte er ernst und zog eine Augenbraue hoch, offenbar wegen ihrer fremdartigen Worte.

„Aber jetzt bin ich es?"

Sein Nicken ließ ihr Herz einen kleinen Hüpfer machen.

„Wahnsinn!“, kommentierte sie erneut und hob dann den Stein von der Bank. Er war warm. „Wie mache ich das?“

„Wie gesagt, es ist nicht leicht zu erklären. Du musst den Stein gewissermaßen verschieben. Mit deiner Magie als Portal ist das möglich. Sie ist als Energieform nicht an einen festen Ort gebunden. Wenn ein Magier fähig genug ist, kann er sie so stark bündeln und dann durch den Raum senden, dass er Materialien mit der Energie mitschicken kann.“

Sina stutzte kurz, ehe sie nickte. „Ja, das klingt wirklich nicht gerade leicht.“

Der alte Mann klopfte neben sich auf die Bank. „Setz dich zu mir, dann werde ich es dir noch einmal zeigen, bevor meine Kräfte erschöpft sind.“

Sina kam der Aufforderung nur zu gerne nach, gab ihm den Stein, legte dann ihre Hand auf seinen Arm und schloss die Augen.

„Bereite dich auf die Magie vor, lass sie durch dich fließen und beobachte sie.“

„Wie immer.“

Diesmal war sie schneller bereit und murmelte eine Zustimmung, als sie sich durch ihre Energie mit ihm verbunden hatte.

„Gib mir noch einen Moment Zeit“, antwortete er und hob dann die Hand. „Öffne deine Rechte, ich werde ihn zu dir hinüber transportieren, dann kannst du es noch intensiver erleben.“

Sina wartete gespannt – und japste, als Shetans Magie plötzlich einen ganz anderen Charakter annahm. Falls sie die Energie bisher für intensiv gehalten hatte, musste sie jetzt alles zurücknehmen.

Sein Körper schien für einen Moment aufzuglühen, so sehr wurde die Magie fokussiert, dann schoss sie aus all seinen Poren in einem Moment auf den Kiesel in seiner Hand zu.

Die Magie schien den Stein zu zerreißen, ihn mit einer Welle fortzuspülen und für einen winzigen Moment war er aufgelöst, aus Sinas Bewusstsein verschwunden.

Die Magie fokussierte sich so sehr, dass sie kaum noch wahrnehmbar war, wanderte im Bruchteil einer Sekunde durch die Luft auf Sinas Hand zu und explodierte dort.

In dem Schwall aus fließender, sich rasch verteilender Magie, materialisierte sich auch der kleine Stein wieder.

Im gleichen Moment schien Shetan in ihrem Geist zu ergrauen. Es war kaum zu beschreiben, aber er verlor an Kraft und sackte in sich zusammen. Ihre Sorge dämpfte ihre Euphorie augenblicklich und sie öffnete die Augen, um ihn nachdenklich anzusehen.

Er schnaufte etwas und seine Augenringe wirkten tiefer.

„Geht es dir gut?"

Erst nach einem Moment antwortete er langsam. „Es ... ging mir schon besser. Ich werde mich wieder erholen."

„Kann ich etwas für dich tun?"

„Nein. Lass mich einfach ein Weilchen hier sitzen und ausruhen. Aber verschwende jetzt keine Zeit mit Sorgen! Du solltest die Transportation üben, solange die Gefühle noch frisch sind."

Er hielt mahnend einen Finger in die Höhe.

„Sei aber vorsichtig. Übe zuerst, die Magie zu fokussieren und alleine zu transportieren, bevor du dich an den Stein wagst. Du musst es gut kontrollieren können, die Magie an einen anderen Punkt zu senden, sonst könntest du den Stein irgendwo hinschicken. Bei den Hütern, er könnte in dir selbst oder in mir auftauchen oder in hundert Stücke zerrissen werden."

Sina starrte ihn entsetzt an. „Bist du sicher, dass ich das schon tun sollte? Das hört sich verdammt gefährlich an."

„Wie gesagt, solange du es zuerst nur mit der Magie erlernst, sind wir relativ sicher."

Sina musste die Sorge herunterschlucken, bevor sie wieder sprechen konnte. „Ich ... Glaubst du wirklich, ich kann das? Die Magie *so* bündeln?"

Shetan musste mehrmals durchatmen, bevor er antwortete. „Es wird Zeit brauchen, aber du schaffst das."

«†»

Shetan behielt recht mit seiner Aussage.

Das Fokussieren der Magie, bis zu diesem einen Punkt, an dem sie so intensiv war, dass sie Materie hätte transportieren können ... Es schien selbst bei ihren anfänglichen Übungen ohne den Stein unmöglich.

Zu Beginn entglitt ihr der geistige Griff um diese Magie, sobald sie die Energie zu sehr konzentrierte.

Als sie es das erste Mal schaffte, war da eine derart unüberwindbare Barriere in ihrem Kopf, dass sie es sich nicht einmal vorstellen konnte, die Energie durch den Raum unmittelbar von einem Punkt zu einem anderen zu schicken.

Sie machte Pausen, beriet sich mit Shetan und holte ihnen etwas zu trinken, bevor sie vorsichtig weitermachte.

Irgendwann stellte sie fest, dass sich das Konzentrieren der Magie ähnlich anfühlte, wie das Erzeugen von Funken. Nur, dass sie die Energie hier nicht entfachte, sondern in ihrer hochkonzentrierten Form durch einen imaginären Tunnel schicken musste, in dem ein heftiger, stürmischer Sog herrschte. War ihre Magie einmal so fokussiert und dabei, von einem Punkt zum anderen zu reisen, dann war es auf einmal gar nicht mehr so einfach, sie wieder aus diesem Zustand herauszuholen.

Der Effekt waren kleine Blitze, die durch den Garten zuckten. Shetan sah alarmiert auf, aber auf dem Dorfplatz war es ruhig.

„Sollten wir besser in den Wald gehen?“, fragte Sina.

„Du brauchst meine Aufsicht, aber ich kann jetzt keinen langen Gang bewältigen. Versuch es weiter und ich passe auf. Sobald jemand auf dem Platz auftaucht, machen wir eine Pause.“

„Wenn du meinst.“

Sina nahm noch einen Schluck Wasser und widmete sich dann wieder ihrer Magie.

Sie wusste nicht, wie viel Zeit verging, während immer wieder kleine Blitze von ihrer Hand zu einer der Stangen im nächsten Gemüsebeet zuckten. Zwischendurch musste sie mehrmals innehalten, wenn eine Frau beim Brunnen Wasser holte oder ein Kind über den Platz sprang.

Dann reichte Shetan ihr den Kiesel.

Sina sah ihn aus großen Augen an, während er nickte.

„Versuch es."

„O-okay."

Sie legte den Stein auf ihre flache Hand, schloss die Augen und versuchte sich einzureden, dass gar nichts anders war. Dann konzentrierte sie die Magie auf ihrer Handfläche. Einen Moment lang war der Stein unbeschreiblich präsent. Nur noch er schien zu existieren ... dann lenkte Sina ihre volle Aufmerksamkeit auf den Boden zu ihren Füßen.

Der Stein wurde aus der Realität gerissen und tauchte mit einem lauten Knistern wieder auf, qualmend, einen Schritt von ihrem Fuß entfernt.

Sina riss die Augen auf und konnte trotz ihrer tiefen Erschöpfung ein Jauchzen nicht unterdrücken.

Shetan lächelte sie müde, aber auch freudig an. „Ich gratuliere. Du hast das erste Mal ein Objekt transportiert."

„Wahnsinn", flüsterte Sina und hob den Stein vom Boden auf.

«†»

Sina verlor jegliches Zeitgefühl, während sie ihre Übungen fortsetzte.

War eine Woche vergangen, seit Shetan ihr das Transportieren gezeigt hatte? Oder vielleicht auch drei? Die Tage verschwammen zu einem steten Hin und Her aus magischem und körperlichem Training.

Mittlerweile konnte sie jedenfalls einen der Steine quer durch ihr Zimmer transportieren und hatte sich auch schon an ihrer geschnitzten Holzfigur und einem Schuh versucht.

Jetzt wollte sie sich gerne einen größeren Stein aus dem Bach holen, um herauszufinden, wie sich das Gewicht auf die Magie auswirkte.

Sie traf Shetan im Garten und wollte gerade an ihm vorbei, als er sie lächelnd an der Schulter festhielt.

Der alte Mann warf einen Blick in den Himmel, der von dunklen, schweren Wolken verhangen war. „Ja, ich denke, heute ist das Wetter geeignet dafür."

„Wofür?", fragte Sina stirnrunzelnd und starrte ebenfalls hoch in die Wolken.

„Für deine nächste Übung. Aber sei gewarnt, es ist etwas ganz anderes, sich selbst zu transportieren als einen Stein."

„Was? Du meinst, ich kann mich selbst ...", fing sie an zu fragen, sprach dann aber nicht weiter.

Shetan nickte lächelnd.

„Das ... Ich ... Wie weit kann ich damit reisen?"

„Das hängt von deinen magischen Fähigkeiten ab. Es soll früher starke Magier gegeben haben, die sich über das halbe Land transportieren konnten, doch die meisten konnten sich zumindest über ein Schlachtfeld bewegen oder aus einer Gefahr retten."

„Wieso ist das Wetter dafür wichtig?"

„Es ist viel anstrengender, sich selbst zu transportieren als einen Gegenstand. Du musst dabei eine innere Barriere überwinden und viel Energie aufwenden. Ich werde es dir zeigen, aber es braucht die richtigen Umstände zum Üben. Ich erkläre dir bald alles, keine Sorge."

„Na gut."

„Dann lass uns in den Wald gehen. Es kann ziemlich laut werden – und auch hell, denn meistens erzeugt die Magie ein grelles Licht oder einen Blitz."

„Hm, dann ist es wohl wirklich besser, wenn ich das nicht hier im Garten versuche."

„Genau. Niemand darf dich beim Magiewirken sehen!"

Sina nickte ernst. „Ja, ich habe verstanden. Es ist wichtig, damit ich sicher bin. Und auch ihr."

„Das Gleiche gilt übrigens auch für die Bücher und Schriftrollen, die ich dir gegeben habe. Sie sollten das Haus nicht verlassen.

Es ist nicht erlaubt, Schriften zu besitzen, die etwas über Magie und die alten Zeiten berichten."

Wieder ein Nicken. Shetan schien zufrieden und führte sie aus dem Dorf und in den frühlingsgrünen Wald, der trotz der dunklen Wolken vor frischem Leben strahlte.

Sie hatten die Felder und Wiesen schon eine Weile hinter sich gelassen, da beschlich Sina ein mulmiges Gefühl. Dieser Pfad im Wald kam ihr bekannt vor ...

„Gehen wir etwa zu diesem magischen Ort im Wald?"

Shetan wandte sich zu ihr um und wirkte überrascht. „Woher weißt du das?"

„Ich kenne den Weg."

Jetzt schüttelte er lächelnd den Kopf. „Ich wusste nicht, dass du so ein gutes Gedächtnis hast."

Sina wusste nicht, ob sie jetzt verletzt oder doch eher stolz sein sollte, daher schwieg sie und wartete, ob nicht doch noch eine Erklärung von Shetan kommen würde. Er ging allerdings ohne ein Wort weiter und Sina folgte ihm still. Je eher sie die Kreuzung erreichten, desto schneller würde sie hoffentlich ihre Fragen beantwortet bekommen.

An der Grenze zwischen dem bewirtschafteten, lichten Wald des Dorfes und dem wilden Gebiet, in dem die Kreuzung lag, strömte der Fluss durch sein steiniges Bett und versperrte ihnen den Weg. Buschwindröschen und andere Frühlingsblüher zeigten sich entlang des Ufers und es roch stark nach Bärlauch. Der frische, knoblauchartige Geruch belebte Sinas Sinne und ließ sie frei aufatmen. Gemeinsam wanderten sie ein Stück am Flussbett entlang bis zu einer Stelle, an der die Böschung sanfter war und Sina Shetan herunterhelfen konnte.

Als sie die Anstrengung in seinem Gesicht bemerkte, wurde ihr bewusst, dass sie eigentlich kaum etwas über Shetan wusste. Sie kannte weder sein Alter, noch wusste sie von eventuell vorhandenen alten Verletzungen ... Plötzlich wurde ihr klar, dass es durchaus keine Selbstverständlichkeit war, ihr zu helfen. Es musste ihm wirklich viel daran liegen, wenn er bereit war, sich so für sie ins Zeug zu legen.

Wie gedankenlos von ihr. Schnell zog sie ihre Schuhe aus, band die Lederriemen zusammen und hängte sie sich über die Schulter.

„Die Steine im Wasser sind rutschig. Wenn du möchtest, stütze ich dich“, bot sie an und hielt ihm ihren Arm hin.

Shetan lächelte verschmitzt. „Man sieht mir mein Alter doch an, nicht wahr?“

„Ich ... Natürlich kannst du das auch alleine ... falls du das denkst ... Ich wollte nur ...“, stammelte Sina mit plötzlich hochrotem Gesicht.

„Ist schon gut. Ich weiß, du meinst es nicht böse. Und ich nehme deine Hilfe gerne an.“

Mit einem Nicken machte Sina vorsichtig die ersten Schritte ins seichte, kalte Wasser am Flussrand und streckte Shetan ihre Hand entgegen. Vor ihnen lag eine Reihe von Steinen, über die man laufen konnte. Sina testete, ob sie stabil waren, bevor sie Shetan weiter führte.

Einige Male wäre sie beinahe selbst ausgerutscht, konnte sich aber fangen und Shetan davor bewahren, mit ins Wasser gezogen zu werden. Dann musste sie mehrere große Steine zurechtlegen, um den Pfad fortzuführen, doch bald hatten Shetan und sie die andere Seite erreicht.

Das Ufer war hier weniger steil und Sina ging barfuß im Moos weiter.

Sie schwiegen, während sie einem schmalen Pfad folgten. Shetan führte sie mit gemütlichem Tempo weiter und Sina genoss den wilden, grünen Wald und die kühlen Pflanzen unter ihren Zehen. Sie ließ ihre Gedanken schweifen und wäre beinahe mit Shetan zusammengestoßen, als sie die Lichtung erreichten.

Sie standen einen Moment schweigend da und starrten auf die runde Wiese.

„Willst du mir nun sagen, warum wir den weiten Weg hierhergekommen sind?“, fragte Sina dann schließlich, ohne ihn anzusehen.

„Du hast die ersten Schritte bisher alle gut gemeistert. Aber das Transportieren von sich selbst ist sehr viel anstrengender und schwieriger zu erlernen. Unter normalen Umständen könntest du es ein bis zwei Mal am Tag versuchen, aber dann würde es dich Wochen oder Monate kosten, es auch nur ansatzweise zu meistern, und du könntest deine anderen Übungen kaum fortsetzen, da diese Magie so kräftezehrend ist. Aber hier, an diesem alten Ort, kannst du es mit ein wenig Übung und viel Konzentration wesentlich öfter. Denn hier gibt es sehr viel natürliche Magie, die du zur Regeneration verwenden kannst."

„Wirklich? Wieso machen wir dann nicht alle Übungen hier? Das ist doch super praktisch!"

„Es ist riskant, hier zu sein. Nicht nur, weil es verboten ist. Die tiefliegende Energiequelle könnte bei zu viel Einwirkung aktiv werden und uns damit verraten. Wir machen heute nur einen vorsichtigen Versuch. Beim Transportieren des eigenen Körpers können Kräfte freigesetzt werden, die dir und deiner Umgebung Schaden zufügen. Das Üben mit dem Stein war nichts dagegen. Die Quelle wird die Blitze absorbieren und deine ersten Versuche damit harmloser machen. Außerdem kannst du die Energie der Kreuzung nutzen, aber nur die bereits abgestrahlte am Rand dieser Lichtung. Die tiefliegende Energiequelle darf nicht angetastet oder aktiviert werden, das könnte unvorhersehbare Folgen nach sich ziehen."

„Zum Beispiel?", fragte Sina, die sich darüber wunderte, dass er das mehrmals betonte.

„Zayda könnte es spüren und dadurch deinen Aufenthaltsort entdecken."

„Was?!" Sina sah ihn fassungslos an. Wie konnte er das nur so ruhig sagen? Sie wich einen Schritt zurück, als eine schreckliche Angst ihr die Kehle zuschnüren wollte. Nicht diese Hexe! „Wieso hast du mich dann hergeführt? Bist du verrückt? Lass uns schnell verschwinden!"

Shetan hob beschwichtigend die Arme, während er milde lächelte. „Beruhige dich, Zenay."

Sina wollte weiter protestieren, aber ihr wahrer Name ließ sie innehalten. Er legte so viel Gewicht hinein, dass sie einfach auf ihn hören musste.

„Es wird nichts geschehen, solange du vorsichtig bist. Ich werde dir zuerst zeigen, wie du die Magie in der Umgebung spüren und sicher in dich aufnehmen kannst, dann erst wirst du mit den Übungen beginnen, ohne in Gefahr zu sein."

„Ich ... Meinst du wirklich? Ich ..." Sina zögerte und starrte auf ihre Füße. „Ich habe wirklich furchtbare Angst ..."

„Die Kreuzung hier wurde früher von vielen Magiern als Ort der Meditation und Fortbildung genutzt. Es ist also etwas völlig Natürliches für magiebegabte Menschen, diese Quelle zu spüren und zu verwenden. Solange du nicht die Magie im Inneren der Kreuzung aktivierst, sind wir sicher. Allerdings ist auch die Magie in der Umgebung begrenzt und wir dürfen nicht zu viel verwenden, das könnte sonst die Stabilität der Quelle vermindern und so andere auf die Veränderung aufmerksam machen."

Sina schluckte. „Shetan, das hört sich ganz und gar nicht ungefährlich an."

„Vertrau mir. Wir versuchen es heute, bis du dich mit dieser Magie wohlfühlst."

Er trat zu ihr und zeigte mit einer ausschweifenden Bewegung auf die Lichtung. „Jetzt schließ die Augen und öffne dich deiner Umgebung. Du musst horchen, fühlen. Du wirst die Macht der Energie auf der Lichtung sicher mit Leichtigkeit wahrnehmen können."

Sie wusste bereits, was er meinte. Schon beim ersten Mal, als sie hier gewesen war, hatte sie diese Kraft in der Luft gespürt.

Aber jetzt, mit geschlossenen Augen und offenem Bewusstsein für diese Energie, erfuhr sie die Ausmaße der Kreuzung mit voller Intensität. Vor ihrem inneren Auge erstrahlte der Untergrund der Mitte der Lichtung in gleißendem Licht. Es war so pulsierend und lebendig, dass Sina sich an eine kleine Sonne erinnert fühlte, die in unwägbarer Tiefe ruhte. Die Magie strahlte so stark, dass Sina sich instinktiv zurückzog. Sie riss die Augen auf und sah Shetan mit offenem Mund an.

Er lachte leise. „Nun schau nicht so überrascht, Sina."

„Aber ... Es ist so *überwältigend*! Ich hätte nicht gedacht ..."

„Du hast es erstaunlich lange ausgehalten. In meiner Jugend war ich manchmal mit anderen Magiern hier, fast niemand konnte sich beim ersten Mal dieser Quelle so lange aussetzen."

„Was ist es?"

„Pure Magie."

„Ja, aber ... Wie kann das sein?"

„Niemand weiß, warum die Magie an solchen Punkten entsteht oder austritt. Aber hier an der Kreuzung gab es früher auch ein Portal. Es ist irgendwann erloschen, als die Kreuzung schwächer wurde."

„Schwächer? Soll das heißen, das war früher *noch* stärker?"

Jetzt lachte Shetan noch lauter, aber in seine Augen schlich sich auch eine alte Trauer. „Ja, sogar sehr. Manche Punkte werden von selbst stärker oder schwächer ... und andere wurden von Zayda fast zerstört."

„Wie konnte sie dieser Hitze nur standhalten? Ich glaube, ich würde von innen verbrennen, wenn ich dieser Menge von Magie zu lange ausgesetzt wäre ..."

„Zayda hat nicht die Quellen selbst angezapft, sondern die Portale über ihnen genutzt, um ihre Magie zu stehlen. Die Portale sind ein Ausgleich der Kräfte, die sehr sicher und stabil sind. Zayda hat es irgendwie geschafft, sie als Medium zu nutzen. Als die Portale sozusagen *leergesaugt* waren, verschloss dies den Zugang zu den geschwächten Quellen darunter."

„Wenn Zayda so unglaublich viel Magie in sich aufnehmen konnte, wie soll ich sie dann besiegen? Sie muss ja quasi eine Göttin sein!"

„Sie hat diese strahlenden Quellen nicht direkt antasten können, vergiss das nicht. Niemand kann so etwas. Wie du bereits gesagt hast: Es würde jeden zerreißen. Sie hat nur die abgestrahlte, gebündelte Energie der Portale darüber genutzt."

Sina schnaubte. Das machte es ja nicht gerade besser.

„Jetzt mach dir darüber keine Gedanken mehr. Schließ noch einmal die Augen und lenke deine Aufmerksamkeit auf deine direkte Umgebung, nicht auf die Quelle. Sag mir, was du dort spürst."

Noch immer verspürte sie den starken Drang zu schnauben oder einfach wegzurennen, aber sie tat wie geheißen. Überrascht bemerkte sie Schwaden aus Magie, die von der Mitte ausgehend über die Lichtung zu wabern schienen. Sie hatte sie vorher gar nicht spüren können, da die Quelle alles überstrahlte. Wenn sie aber ihren Geist nicht bis zu dieser übermächtigen Sonne ausweitete, blieb dieser dumpfer im Hintergrund und war nicht so alles einnehmend und überschattend.

„Da ist noch mehr Magie, die aus dieser Quelle herauskommt, es wirkt wie strömende, neblige Bäche oder Winde."

„Ganz genau. Diese Magie wurde von der Kreuzung abgestrahlt und kann von dir relativ gefahrlos aufgenommen werden. Normalerweise ist die Magie so gleichmäßig verteilt, dass sie kaum auffällt und nur von wenigen Magiern bewusst wahrgenommen werden kann. Magier spüren es daher nicht immer, wenn ihr Körper Magie aufnimmt. In einer Umgebung wie dieser hier kannst du dich diesen Schwaden aber öffnen und deine Magie regeneriert sich viel schneller."

Sina streckte die rechte Hand in Richtung der nächsten Magieschwade aus und beobachtete mit ihrem Geist, wie die glitzernden Funken näher schwebten. Sie strichen warm über ihre Haut, umflossen sie und tauchten in sie ein.

Mit einem überraschten Ächzen öffnete Sina wieder die Augen. Die Magie pulsierte noch einen Moment heiß durch ihren Körper und kam dann irgendwo in ihrem Inneren zur Ruhe.

Shetan lächelte warm. „Das hast du sehr gut gemacht. Du hast gerade zum ersten Mal bewusst Magie aufgenommen."

„Das fühlte sich so warm und *richtig* an ... Wieso ist es nicht immer so?"

„Wie gesagt, als geborene Magierin nimmt dein Körper ganz von selbst aus der Umgebung Magie auf. Er ist wie ein Schwamm. Je mehr du übst und je reifer du wirst, desto mehr und schneller kann dein Körper Magie erfühlen und in deinem Geist speichern."

„Die Magie ist in meinem Geist? Es fühlt sich eher so an, als sei sie in meiner Brust, im Herz."

„Das fühlt sich für jeden Magier ein bisschen anders an. Jeder hat sein Zentrum der Magie an einem für ihn passenden Ort. Dort bündelt man die Magie – aber es ist eben eigentlich nur ein Gefühl. Dein Geist ist es, der die Magie besitzt und kontrolliert und dir das Gefühl vermittelt, die Energie ruhe in deinem Körper. Es ist ja Energie, keine Materie. Dass du dein magisches Zentrum in deinem Herzen hast, überrascht mich nun wirklich nicht. Es ist ein sehr starkes Zentrum, das spricht für dich und deine Fähigkeiten."

Sina schwirrte nach all seinen Erklärungen der Kopf. „Ich glaube, über all das muss ich eine Weile in Ruhe nachdenken. Aber wolltest du mir nicht eigentlich etwas anderes zeigen?"

Shetan nickte ernst, stellte sich ein paar Schritte vom Waldrand auf die Wiese und bedeutete ihr, näher zu kommen. „Pass gut auf, Zenay. Ich kann dir diese Form der Transportation vielleicht nur einmal zeigen, obwohl wir hier sind. Ich kann nicht mehr so viel der natürlichen Energie in mich aufnehmen ... Aber wie auch immer. Du musst deine Augen wieder schließen. Dann kontrolliere deine Magie so, dass sie zwar aktiv ist, aber noch nichts tut. Halte sie unter Kontrolle und nutze sie noch nicht! Dehne sie vorsichtig um dich herum aus und lass sie meine Magie fühlen, wenn ich uns transportiere. Also ... Öffne dich zuerst deiner Kraft und bleib ganz ruhig dabei. Wenn du soweit bist, werde ich es spüren. Dann musst du deine Magie mit meiner verbinden, danach kannst du dich bei den Übungen an dieses erste Gefühl annähern und so nach einer Weile das Transportieren erlernen."

Sina schloss die Augen. Im ersten Moment leuchtete wieder die Magie der Kreuzung in ihrem Bewusstsein auf, doch als sie sich davon abwandte, konnte sie sich besser auf sich und die direkte

Umgebung konzentrieren. Sie spürte Shetan dicht neben sich stehen, er berührte sie mit einer Hand am Arm und wartete, während sie in sich hineinhorchte. Sie spürte das warme, kraftvolle Pulsieren zwischen Brust und Bauch und ließ die Magie fließen, bis sich ihr ganzer Körper prickelnd und auch *erwartungsvoll* anfühlte. Dann dehnte sie die Energie vorsichtig weiter aus, bis sie sein Kraftfeld spürte. Seine Energie leuchtete in ihrem Kopf auf, gräulich und etwas träge, aber doch voller tiefliegender Macht. Sie nickte und spürte Shetans Kraft neben sich, wie sie durch ihren Arm floss, sich mit ihrer Magie verband und sie davontrug ... Dann wurde sie vom Boden weggerissen.

Sie wollte japsend nach Luft schnappen, aber da war keine mehr. Die Welt drehte sich und ihr wurde augenblicklich schlecht.

Einen Moment lang schien ihr Bauch voller Schmetterlinge zu sein, während sie sich gleichzeitig furchtbar zerrissen fühlte – dann spürte sie wieder Gras unter ihren Füßen. Als sie die Augen aufriss, standen sie etwa fünf Schritte weiter. Sina wankte, hielt sich die Hände vor den Mund und atmete gleichmäßig durch die Nase ein und aus, bis ihr Magen sich wieder etwas beruhigt hatte.

„Mir ist schlecht. Aber d-das hat sich angefühlt wie fliegen!“, staunte Sina und sah an ihrem Körper herunter. „Nur viel schwindelerregender ... Es schien sich alles zu drehen und war ganz anders als die Übungen mit dem Stein. Viel ... realer.“

„Du hast das sehr gut gemacht. Viele Menschen übergeben sich beim ersten Mal. Lass dich davon nicht einschüchtern, dieses Gefühl vergeht.“

Shetan nickte langsam, mehr zu sich selbst als zu ihr, und wandte sich zum Waldrand. „So“, meinte er, und setzte sich mit einem Stöhnen vor einem alten Baumstamm in die Hocke. „Konzentriere dich auf das, was du gespürt hast und versuche, die Magie fließen zu lassen. Lass sie dich einnehmen und gib ihr dieses Gefühl des *Fliegens*. Dann leite sie zu dem Ort, an den du möchtest. Das Schwindelgefühl kommt hauptsächlich daher, dass es nicht deine Magie war, die du gespürt hast und dieser Einsatz von

Energie für dich noch ungewohnt ist. Ich schlage vor, du versuchst, dich am Rand der Lichtung weiter zu transportieren. Aber nur ein kleines Stück und nicht in die Mitte. Visualisiere den Ort ganz genau vor deinem inneren Auge, wenn du dich ablenken lässt, könntest du sonst wo landen. Auch in einem Baum. Aber das Thema hatten wir ja schon besprochen, als ich dir die Magie an den Steinen zeigte."

„Ja, aber da ging es nicht um mein Leben, sondern um einen Kiesel", murmelte Sina missmutig.

„Du schaffst das. Du hast Erfahrung mit dem Stein gesammelt. Ich würde dir das hier nicht zutrauen, wenn ich nicht davon überzeugt wäre, dass du es schaffen wirst."

Sina nickte und schloss wieder die Augen. „In Ordnung." Sie schluckte und bemühte sich, ihr rasendes Herz zu beruhigen, spürte die magischen Schwaden, warm und voller Energie, während sie sich auf das Gefühl konzentrierte, das sie bei Shetan gespürt hatte.

Aber anstatt der Übelkeit kam dieses Mal das beängstigende Gefühl eines endlos tiefen Falls. Sie wollte die Augen aufreißen, sichergehen, dass sie noch auf der Wiese stand, aber ihre Füße sagten ihr das schon. Stattdessen kniff sie die Lider fester zusammen und versuchte, das Gefühl herunterzuspielen.

Nein! Es geht nicht! Der Sprung ist zu tief, zu riskant!

Ein Lichtblitz schlug über die Wiese und hüllte alles in strahlendes Licht, dazu gab es einen Knall, wie Blitz und Donner bei einem Gewitter. Sina ächzte und taumelte, während der Blitz zur Mitte der Lichtung zuckte und dort verschwand. Sie fiel rücklings in den Bärlauch, raffte sich aber wieder auf, bevor Shetan besorgt zu ihr kommen konnte. „Es geht mir gut, ich habe es wohl nur nicht richtig gemacht", meinte sie und hob beschwichtigend die Hände, um dann noch einen kurzen Blick auf den grau verhangenen Himmel zu werfen. „Jetzt verstehe ich das mit dem Wetter. Die Leute im Dorf würden das hören, nicht wahr? Aber so halten sie es für ein Gewitter ... Ich versuche es noch einmal."

Sie schloss wieder die Augen. Dieses Mal erzitterte die Welt und drehte sich schneller. Einen Moment wurde ihr schlecht, aber diesmal war das Gefühl der Tiefe nicht mehr ganz so unangenehm. Beinahe meinte sie, sich loszulösen von diesem Fall ... während es wieder blitzte und knallte. Als sie die Augen öffnete, stolperte sie. Irgendwie hatte sie sich wohl einen halben Schritt zur Seite bewegt und ihr Fuß blieb an einer Wurzel hängen.

Erst als sie sich wieder gefangen hatte, bemerkte sie, wie sehr sie außer Atem war. Auch wenn sie sich eigentlich kaum bewegt hatte, fühlte es sich an, als sei sie gerade eine Stunde lang gerannt und genauso übel war ihr auch. Ihre Beine fühlten sich schwer an und ihre Arme schmerzten, dazu kam das heftige Kribbeln, da sie ihrem Körper viel Magie entzogen hatte.

Nach einem Zögern schloss sie die Augen wieder und streckte ihre Sinne nach den nahen magischen Schwaden aus, die von der Quelle zum Waldrand wehten. Wärme durchflutete ihren Körper, als sie die Energie der Umgebung in sich aufnahm. Das kribbelnde Gefühl und die Schwere in ihren Beinen nahmen langsam ab, nur ihr umgedrehter Magen blieb.

Danach warf sie Shetan einen erwartungsvollen Blick zu, aber er machte keinen Kommentar über ihre magische Regeneration, fast als hätte er es nicht bemerkt oder würde es für nichts Besonderes halten. Wollte er es herunterspielen, um sie nicht weiter zu beunruhigen?

„Versuch es noch einmal und konzentriere dich. Stell dir vor, wie du zwei Schritte weiter auftauchst, wie du dort *existierst*, das hilft“, meinte er.

„Es ist ein merkwürdiges Gefühl. Mein Bauch fühlt sich an, als wäre ich mehrere Meter tief gefallen ...“

„Keine Sorge, das vergeht mit der Zeit. Wenn du genug übst, kannst du irgendwann auch den Donner und das Licht eindämmen, das ist ein Nebeneffekt. Freigesetzte Magie, die sich gleichzeitig mit dem Transport entlädt. Wenn du sie kontrollieren kannst, wird es dich auch nicht mehr so viel Kraft kosten und du kannst über weitere Strecken reisen.“

„Das ist gut, meine Arme kribbeln nämlich bereits."

„Dann mach immer wieder Pausen und nutze die Magie in deiner Umgebung. Nicht, dass du mir umkippst!"

„Nein, es geht schon. Ich will ... Ich muss stärker werden. Und ich werde mich nicht überanstrengen, keine Sorge."

„Das ist gut, nur weiter so und du wirst bald stärker sein, als alle magisch begabten Leute im Dorf zusammen."

„Nein, ich will so stark werden wie alle zusammen im ganzen Land der Miakoda!", rief sie übermütig und erneut blitzte und knallte es.

Diesmal flackerte die Umgebung kurz und sie hatte das Gefühl, nach vorne gerissen zu werden, doch sie erschien wieder an derselben Stelle.

„Ach Mist!", rief Sina. Erneut zuckte ein Blitz und es donnerte, als sei direkt über ihnen ein Gewitter, und das flackernde Bild ihrer Umgebung blieb etwas länger, bevor sie erneut an ihrem Ausgangspunkt festgehalten wurde.

„Sina, stopp!", rief Shetan und stand eilig auf.

Sie wollte es gerade wieder versuchen, da hielt sie inne und sah ihn verwirrt an. „Was ist denn? Habe ich etwas falsch gemacht?"

„Nein ... Aber du hast ... Ich habe die Magie nicht spüren können, wie du sie nach der Anstrengung von der Umgebung aufnimmst. Du hast sie einfach gewirkt!"

„Oh, das ist mir gar nicht aufgefallen. Ist das schlecht? Muss ich länger warten, bis ich die Magie wirken darf?"

„Es ist gefährlich! Du hast einfach die Magie aus den Schwaden unbewusst und direkt eingesetzt ... Fühlst du irgendwo Schmerzen?"

„Was? Nein! Nein, m-mir geht's gut, glaube ich", meinte sie verwirrt.

Er blieb direkt vor ihr stehen und fasste ihren Oberarm, als wollte er sichergehen, dass sie noch aus Fleisch und Blut bestand, dann schüttelte er verwirrt den Kopf.

„Du überraschst mich immer wieder! Erst regenerierst du dich unglaublich schnell, jetzt kannst du sogar starke Magie ohne große Konzentration wirken ... Was kommt als Nächstes?“

„Hm, vielleicht kann ich ja auch eigene Magie entwickeln“, schlug sie grinsend vor, stolz über sein Lob.

„Bei den Hütern, nein! Daran darfst du noch lange nicht denken, es könnte so viel schief gehen! Es sind schon viele aufrichtige Magier an ihrer Experimentierfreude zugrunde gegangen!“

„Aber irgendwie fühlt es sich so an, als ob es nicht so schwierig sein würde ...“, murmelte Sina und jetzt musste Shetan doch lachen.

„Oh Sina, nur jemand Unerfahrenes könnte so etwas sagen und es auch ernst meinen“

„Nun ja, ich meine ja bloß“, brummelte sie und lächelte dann doch. „Ich werde es vielleicht doch einmal probieren, aber natürlich nur mit deiner Erlaubnis.“

Shetan runzelte die Stirn. „Ich würde sagen, du kannst irgendwann mehrere erlernte Formen der Magie gleichzeitig benutzen und dabei belassen wir es!“

Sina zuckte die Schultern. „Gut, dann werde ich jetzt weitermachen, wenn du nichts dagegen hast.“

„Nur zu“, murmelte er, und noch während er zurück zu dem alten Baum ging, knallte und blitzte es erneut.

Sina brauchte noch drei weitere Versuche, bis sie sich zwei Schritte weit transportieren konnte, dann wurden es rasch drei, dann fünf. Dazwischen machte sie immer wieder kurze Pausen, in denen sie Magie aufnahm, auch wenn sie dies anscheinend die ganze Zeit tat, ohne es richtig zu bemerken. Zumindest hatte sie das so verstanden.

Je mehr sie sich übte und damit Erfahrung sammelte, wie sie die Magie lenken musste, desto leichter fiel es ihr auch, weniger Magie zu nutzen und sie gezielter einzusetzen.

Der Knall wurde nach und nach etwas leiser, zu einem lauten Knistern, das von der austretenden Energie erzeugt wurde. Der

Blitz krachte noch immer in das Zentrum der Kreuzung und wurde von ihr absorbiert.

Damit ließ Sina es gut sein. Sie transportierte sich vor Shetan und wankte dann die letzten paar Schritte auf ihn zu.

Er wirkte erschrocken, als er ihren matten Blick, den Schweiß auf ihrer Stirn sah und ihren keuchenden Atem hörte, doch sie lächelte ihn glücklich an.

„Und? Wie war ich?“

„Hervorragend, aber du hast es ein wenig übertrieben. Du musst dich nicht bis zur Erschöpfung treiben.“

„Doch! Ich muss stärker werden!“

„Du solltest trotzdem vorsichtig sein und es nicht übertreiben. Außerdem sollten wir in den nächsten Tagen nicht wieder hierher zurückkommen, sonst nutzt du zu viel Magie der Kreuzung. Das ist riskant.“

Sina nickte müde und gähnte. „Okay, dann mache ich weit genug vom Dorf weiter, jetzt wo ich die Magie besser im Griff habe ...“

Shetan schüttelte schmunzelnd den Kopf. „Du hast wirklich Spaß an deiner Magie, nicht wahr?“

„Oh ja! Ich hoffe ... ich nerve dich nicht“, murmelte sie, doch er nahm sie bei den Schultern und drückte sie.

„Aber nein, Zenay! Ich bin sehr stolz auf dich. Je mehr du dich für etwas begeistern kannst, desto besser wirst du auch darin werden.“

„Hm, das merke ich mir für die Kraftübungen, die ich heute eigentlich noch machen sollte.“

„Ich denke, du hast heute genug geleistet, nimm dir den Abend frei. Ich werde Tarek sagen, dass diese Magie mindestens so anstrengend war, wie das Gewichtheben.“

Sie lächelte. „Danke, das ist nett von dir. Ich habe auch schon einen Bärenhunger. Können wir zurück zum Dorf?“

„Aber natürlich, ich wäre auch schon vor zwei Stunden mit dir zurückgegangen, aber du warst wie besessen – und du hast deine Sache sehr gut gemacht.“

«†»

In Shetans Hütte angekommen, fanden sie Tarek, der gerade die letzten Federn von einem gerupften Huhn pickte. Es hatte zu dämmern begonnen und er wollte das Abendessen zubereiten.

Shetan legte Holz in den Herd und zündete es mit einem Funken an, den er mit einem Schnippen über seinen Fingern entstehen ließ. Er stellte einen der schweren Eisentöpfe auf den Herd und füllte ihn mit Wasser. Sina beobachtete das Feuer nachdenklich, dann gab sie sich einen Ruck.

„Shetan ... Ich ... Nachdem ich jetzt ja quasi dazu bestimmt bin, eine Magierin zu werden ... Da brauche ich mir jetzt auch keine Gedanken mehr darum zu machen, was ich tun sollte und was nicht. Ich muss ohnehin vorsichtig sein, nicht wahr? Also ..."

„Sina, du redest wirr. Sag mir, was du möchtest", meinte er sanft, aber auch bestimmt.

Sina nickte. „Bitte zeig mir, wie man einen solchen Funken macht. Wie man ein Feuer entfacht."

Shetan lachte, als er Tareks strahlenden Gesichtsausdruck sah. „Worüber freust du dich denn so, mein Enkel?"

„Ich freue mich, dass Sina die Initiative ergreift."

Sie spürte, wie ihr die Hitze ins Gesicht stieg, und kniete sich rasch neben den noch offenen Herd. „Zeigst du es mir nun?"

„Nein, tut mir leid."

Anscheinend war ihr die Enttäuschung offen auf das Gesicht geschrieben, denn sein Blick wurde noch etwas milder. „Warum nicht?", fragte sie.

„Du musst dich noch erholen. Diese Magie ist nicht so einfach, wie es aussieht. Du hast dich heute schon sehr angestrengt. Obwohl wir bei der Kreuzung waren, sind die Übungen dennoch kräftezehrend."

„Aber ich fühle mich nicht zu schwach! Bitte zeig es mir, nur ein Mal."

Shetan beugte sich schmunzelnd herunter und nahm einen Eisenhaken, mit dem er das kleine Feuer auseinanderzog, damit es ausging.

„Wenn du meinst. Dann zeige ich es dir. Nun ... Wie erkläre ich jetzt am besten, wie es richtig geht?", fragte er in die Runde, schien aber keine Antwort zu erwarten, denn er sprach sogleich weiter. „Genau ... Wie du sicher bereits verstanden hast, ist Magie eine Form von Energie, die alles umgibt."

„Ich dachte, sie kommt von innen?", unterbrach Sina ihn und runzelte die Stirn.

„Das, was einen Magier zum Magier macht, ist seine Fähigkeit, diese Energie zu nutzen", meinte Shetan mit einem strengen Blick. „Magier können sie in sich speichern, in ihrem Körper und ihrem Geist, sie aus diesem Reservoir ergreifen, formen und kontrollieren. Je mehr Magie jemand in sich aufnehmen kann, desto stärker wird er. Ein magisches Feuer braucht, genau wie ein normales Feuer, Energie, an der es zehren kann. Ein normales Feuer nutzt dafür Holz, Gras und so weiter. Ein magisches Feuer brennt direkt aus der Magie selbst."

„Heißt das, ich könnte auch eine Flamme erzeugen?", fragte Sina neugierig.

„Oh ja, du könntest auch Feuerbälle werfen, wenn du die Energie genügend konzentrierst, verdichtest und formst."

„Das möchte ich sehen!", kommentierte Tarek, während er Kartoffeln putzte, und Sina musste über ihn kichern.

„Wie viel Energie bräuchte ich dafür?", fragte sie weiter.

„Vermutlich so viel, wie du heute zusammen in einigen deiner Übungen zur Transportation verwendet hast. Wenn nicht mehr."

Sina nickte staunend.

„Aber das wirst du alles noch lernen. Jetzt solltest du dich auf den einen Funken konzentrieren, der etwas Gras oder Zunder anfachen kann. Hebe deine Hand und lege Daumen und Mittelfinger zusammen, so als wolltest du schnipsen."

Sofort tat sie wie geheißen. „Du hast gesagt, man müsse die Magie ganz stark konzentrieren ... aber wie zünde ich sie an?"

„Da kommt das Schnipsen ins Spiel. Du konzentrierst die Magie genau auf deinen Fingerkuppen, also dort, wo du sie zusammenreibst, wenn du schnippst. Die schnelle Bewegung und damit verbundene Reibung wird die Magie entzünden, wenn sie stark genug ist, und du ihr auch die Eigenschaft gibst, zu brennen."

„Also kann Magie nicht immer brennen, nur, wenn ich es will?"

Shetan nickte. „Ich zeige es dir. Nimm deine linke Hand und leg sie auf meinen Arm. Spüre mit deinem Geist, was ich tue, dann kannst du es selbst versuchen."

Als ihre Finger sich um seinen Unterarm gelegt hatten, schloss sie die Augen und sandte ihre Energie aus. Kaum hatte sie ihre Magie bewusst zu den Fingern gelenkt, schien Shetans Körper in ihrem Bewusstsein aufzuleuchten. Sie konnte tatsächlich beobachten, was in ihm vorging! Was seine Magie tat!

Gebannt verfolgte sie, wie seine Magie in ihm aufloderte und sich um seine Finger zusammenballte. Die Magie fühlte sich jetzt schon heiß und prickelnd an, als warte sie nur darauf, zu entflammen. Tarek war aufmerksam genug gewesen, still zu sein und sie nicht mit dem Kochen abzulenken. Dann hörte sie das Schnippen.

Die Magie schien für einen winzig kleinen Moment um Shetans Finger zu wirbeln – dann fühlte Sina den glühenden Funken, der daraus entsprang.

Die Hitze war fühlbar, aber nicht unangenehm. Sina konnte sich gut vorstellen, dass es bei einer großen Flamme ähnlich sein würde. Die Hitze war durch eine Schicht aus Magie von Shetans Haut getrennt und konnte ihm deshalb nicht schaden.

Aber ein Teil der Magie, die um seine Finger wirbelte, ging auch verloren. Sina biss sich auf die Unterlippe, als sie sich den Gedanken nicht verkneifen konnte, dass es doch auch besser gehen musste ... Ihr schlechtes Gewissen nagte an ihr und sie ließ Shetans Arm los, wohlwissend, dass er ihre Gedanken spüren würde. Wie konnte sie sich anmaßen, schlecht über die Methoden ihres Lehrers zu denken?

„Ich glaube, ich verstehe es jetzt. Ich werde es versuchen“, sagte sie stattdessen und ließ die Augen geschlossen. Sie lenkte die Magie zu ihrer Hand, wo sich noch immer Mittelfinger und Daumen berührten und versuchte, sie so stark wie möglich auf einen kleinen Punkt zwischen den Fingern zu konzentrieren.

Sie schnipste, aber es passierte gar nichts. Die Magie verwirbelte und löste sich auf. Sie hatte etwas Wärme gespürt, aber nicht genug.

Missmutig verzog sie das Gesicht, versuchte es aber gleich noch einmal. Die Magie wurde etwas wärmer, entzündete sich aber immer noch nicht. Gleichzeitig breitete sich ein starkes Kribbeln in ihren Armen aus und Müdigkeit überkam sie. Ihr kam der Gedanke, es für heute gut sein zu lassen ... Da spürte sie Tareks Aufmerksamkeit auf sich.

„Mach weiter, du kannst es, da bin ich sicher!“, meinte er und angefacht durch seine Worte konzentrierte sie die Energie noch stärker und schnipste.

Die Magie entflammte sich und versengte ihr die Fingerkuppen. „Au!“, rief sie und riss überrascht die Augen auf. „Verdammt, das hat wehgetan!“

Shetan klopfte ihr auf die Schulter. „Das war erst dein dritter Versuch. Du solltest aber daran denken, dass du neue Energie nachleiten musst. Deine wichtigste Aufgabe ist es, einen Schutz aus Magie aufzubauen, die nicht heiß wird, weil sie aus dir nachfließt. Sonst verbrennst du dich, wenn du sie anzündest. Das ist die zweitgrößte Gefahr, wenn du Flammen entfachst. Die Erste ist natürlich, dass du dich übernimmst und bewusstlos wirst oder stirbst ... Aber die zweite und wesentlich häufigere Problematik ist, dass du dir selbst Schaden zufügen könntest.“

„Ja, wenn du einen Feuerball entzündest und dich nicht durch eine Schicht aus Magie schützt, verkokelt deine Hand“, meinte Tarek und wirkte dabei ein wenig schelmisch.

„Tarek, das ist nicht lustig! Ich kannte Magier, die sich bei solchen Übungen schwer verbrannt haben!“

Der junge Mann richtete seinen Blick auf die Kartoffeln und murmelte eine Entschuldigung.

Sina verkniff sich ein Kichern und konzentrierte sich wieder auf ihre Magie. Sie schaffte es direkt wieder, einen Funken zu entfachen – und auch sich erneut zu verbrennen. Wütend stieß sie einen Fluch aus und machte sich ein letztes Mal daran, es zu probieren. Diesmal legte sie besonders viel Wert darauf, einen Teil ihrer Magie direkt hinter den konzentriertesten Punkt zu legen.

Die Energie floss beinahe von selbst nach, als sich der Funken aus Hitze bildete. Diesmal spürte sie zwar die Wärme, war aber durch die nachströmende Schicht aus Magie davor geschützt.

Erwartungsvoll öffnete sie wieder die Augen und erkannte fröhlich, dass sie erfolgreich gewesen war. Der Zunder im Herd qualmte. Sie blies ihn an und legte Reisig nach, dann brannte rasch wieder ein Feuer, das bald zum Kochen reichen würde.

Zufrieden richtete Sina sich auf. Sie wollte gerade zum Tisch hinüber gehen, da überkam sie Schwindel und ihr wurde schwarz vor Augen.

Im nächsten Moment fand sie sich in Tareks Armen wieder, kraftlos an ihn angelehnt. Benommen stellte sie sich wieder gerade hin und sah ihn verlegen an. „Ich ... ich ...“

„Du hast dich wohl etwas übernommen“, meinte er sanft und führte sie zum Tisch. „Ruh dich aus, ich mache jetzt das Essen fertig, damit du wieder zu Kräften kommst.“

Sina nickte und war froh, dass sie so blass zu sein schien, dass ihre heißen Wangen nicht wirklich rot wurden.

«†»

Als sie später am Tisch saßen und bereits ihr Abendessen beendet hatten, klopfte es sachte an der Tür. Tarek ging und öffnete. Es war Mokuba, wie Sina an der Stimme erkannte.

Die alte Frau trat lächelnd an den Tisch und begrüßte Shetan, dann wandte sie sich an Sina.

„Meine Kleine, ich wollte noch einmal nach dir sehen, nachdem Tarek mich erneut darum gebeten hat.“

Sina warf Tarek einen kurzen Blick zu, doch er schaute rasch auf seinen leeren Teller.

„Das ist sehr nett von dir. Es geht mir besser, mir ist nicht schwindlig oder so. Ich bin nur etwas erschöpft."

„Gut, aber lass mich dich trotzdem kurz untersuchen."

Sina nickte und führte Mokuba in ihr Zimmer, wo sie sich auf das Bett sinken ließ. Als die alte Frau die Hand hob, zuckte Sina unwillkürlich zurück.

„Ich will nur fühlen, ob du Fieber hast", meinte Mokuba erklärend und berührte ihre Stirn. Ein schwacher Blitz zuckte über die Finger der alten Frau und sie zog sie rasch weg, sah Sina dann erstaunt an. „Du besitzt Magie, Mädchen!"

Sinas Hals schnürte sich zu, aber der Blick der Frau war so freundlich, dass sie es mit einem Nicken zugab. „Ja, ich habe es wohl aus der Familie geerbt."

„Haben die Ratken deine Familie deshalb verschleppt?", fragte Mokuba vorsichtig.

Sina senkte rasch den Blick. „Ich denke, ja. Ich werde es wohl nie erfahren."

„Hm, du solltest auf jeden Fall vorsichtig sein, wem du deine Gabe offenbarst, denn nicht alle hier im Dorf sind von guter Natur ... Du könntest in Schwierigkeiten geraten!"

„Ähm, danke. Ich passe auf – und Shetan ganz besonders."

„Ah, dann bist du jetzt also seine Schülerin?"

Sina zögerte, doch als sie den gutmütigen Blick der alten Frau bemerkte, nickte sie erneut.

„Ich werde nichts verraten, keine Sorge." Mokubas Lächeln wurde noch wärmer, aber auch etwas müde und sorgenvoll. „Nun gut, du hast kein Fieber und auch keine Schwellungen, ich denke, du bist gesund."

Sie gingen zurück in die Küche, Mokuba verabschiedete sich und der Abend war sehr bald zu Ende – da Sina keine fünf Minuten, nachdem sie sich wieder an den Tisch gesetzt hatte, mit dem Kopf auf der Holzplatte einnickte.

Sie bemerkte im Halbschlaf, wie Tarek sie aufhob, in ihr Zimmer trug und behutsam auf das Bett legte, um sie dann fürsorglich zuzudecken ... und sie beschwerte sich nicht darüber.

Alte Verbündete

Die nächsten drei Wochen vergingen wie im Flug.

Jeden Morgen übte Sina sich in Magie, danach mit Tarek, der ihr waffenlosen Kampf beibrachte, und am Nachmittag wurde sie von Jesco im Bogenschießen unterwiesen oder sie hatte weitere Übungen mit Tarek und manchmal auch Asyra. Einmal bat Tarek Malak, ihnen zu helfen. Doch als die beiden sie kurz hintereinander angriffen, war sie maßlos überfordert.

Tarek verschob daher ein weiteres Treffen mit Malak und lächelte nachsichtig.

Was ihre Fortschritte beim Transportieren anging, erlitt Sina jedoch einen herben Rückschlag. Shetan war einige Tage nach ihren ersten Übungen an der Kreuzung dorthin zurückgekehrt, um die Magiequelle zu fühlen, und hatte ihr dann im Dorf mitgeteilt, dass sie noch eine Weile warten mussten, da die Quelle instabil war und sie bei ihren Übungen zu sehr gefährden würde.

Zuerst ließ Sina sich davon nicht beirren und wanderte mit Shetan auf eine andere Lichtung – nur um festzustellen, dass es ihr ohne die Unterstützung der Magie der Quelle fast unmöglich war, sich weiter als zwei Schritte zu transportieren. Dazu kam, dass der Knall lauter und vor allem der Blitz wieder viel heftiger war. Er schlug einmal nahe Shetan ein und ihre Angst, sich oder jemand anderes zu verletzen, wuchs zusehends. Aber sie konnte nie oft genug hintereinander üben, um ihn einzudämmen, ohne vor Erschöpfung zusammenzubrechen.

Sie wollte vor Frust schreien, riss sich aber zusammen und ließ sich von Shetans Versprechen widerwillig beruhigen, dass es nur eine Frage der Geduld sei, bis sie weiterkommen würde.

Als Sina jedoch immer wieder davon träumte, mit der seltsamen Wölfin auf der Kreuzung zu stehen, hielt sie es nicht mehr aus. Sie wollte in den Wald jenseits des Flusses.

Shetan lächelte über ihre deutliche Ungeduld und gab ihr an einem kühlen, sonnigen Vormittag frei. Allerdings nicht, ohne sie noch einmal zur Vorsicht zu ermahnen und sie versprechen zu lassen, bei der Kreuzung keine Magie zu wirken. Sina war froh, dass er zu verstehen schien, dass sie diesen Träumen nachgeben musste. Sie hatten ganz sicher eine Bedeutung.

Sina dankte ihm strahlend und gab noch rasch Tarek Bescheid, dann verließ sie das Dorf, wanderte schnellen Fußes durch den Wald, durchquerte den Fluss und betrat den alten Wald.

Sie hatte keine Ahnung, wie sie nach einer Wölfin suchen sollte, also beschloss sie, zuerst zur Kreuzung zu gehen und sich dort vorsichtig umzusehen, immerhin hatten ihre Träume sie immer dorthin geführt.

Die Natur hatte sich verändert. Alles schien grüner und lebendiger geworden zu sein und sie stellte voller Freude fest, dass sie dank Shetans Übungen nun alles um sich viel deutlicher wahrnahm.

Sie erreichte die Lichtung, auf der die magische Kreuzung von Ornanung lag.

Das Gras war gewachsen, seitdem sie das letzte Mal mit Shetan hier gewesen war, aber die Steine, die spitz in den Himmel zeigten, fielen ihr jetzt erst richtig auf. Letztes Mal hatte sie sich nur auf die Magie dieses Ortes und auf ihre eigenen Übungen konzentriert, sodass sie die physischen Einzelheiten der Lichtung fast nicht wahrgenommen hatte.

Die Steine lagen in einem großen Kreis angeordnet und leuchteten schwach. Sina ging einmal langsam am Rand der Lichtung entlang und beobachtete gebannt, wie über den Steinen schwache, aber sichtbare Strahlen und Funken in den Himmel stiegen. Diesmal brauchte sie nicht einmal die Augen zu schließen, um die Magie zu erkennen. Die Sonne strahlte über die Lichtung und schien sich in den Funken zu brechen.

Als Sina schließlich weiterlief, bemerkte sie eine kahle Stelle im Gras vor sich. Dort lag ein faustgroßer, rechteckiger Stein. Sie hob ihn auf und erkannte, dass er von Menschenhand bearbeitet worden war.

Fasziniert sah sie auf und betrachtete ihre Umgebung mit neuen Augen. Auf einmal fielen ihr die Mauerreste zwischen den Bäumen auf. Unglaublich! Sie befand sich inmitten einer zugewachsenen Ruine und hatte es bei ihren Übungen mit Shetan nie bemerkt! Die Lichtung war fast genauso rund wie der Steinkreis. Anscheinend wuchsen die Bäume und Sträucher nur bis zu einer bestimmten, unsichtbaren Barriere und mieden den Kreis.

Sina ließ den Quader fallen und ging zu einer der überwachsenen Säulen. Efeu rankte sich um das Gestein. Als sie sich hinkniete und die Ranken und die Erde am Boden etwas beiseite schob, entdeckte sie behauene Felsplatten. Hier musste einmal ein prächtiges Bauwerk gestanden haben.

Sie richtete sich auf und trat wieder auf die Lichtung, um die Steine dort genauer zu betrachten.

Gedankenverloren näherte sie sich den funkelnden Schwaden, als ihr Fuß an etwas im Gras hängenblieb, sie stolperte – und in den Steinkreis stürzte.

Sofort spürte sie das starke Kribbeln, das von der natürlichen Kraft im Inneren herrührte. Als sie sich rasch wieder aufrappelte, war sie dem Zentrum noch näher gekommen und das Kribbeln wurde immer stärker. Ihre Haare stiegen wie elektrisiert in die Höhe, als würden sie vom Wind nach oben geweht. Sie erstarrte und wandte langsam den Kopf, sie war schon fast bei der Mitte ... Sina fühlte sich auf einmal unglaublich leicht und glücklich, trotzdem dachte sie, dass das vielleicht ein Fehler war ...

Als sie zögerlich noch einen Schritt zum Zentrum des Kreises machte, strahlten die Steine plötzlich hell auf. Dann sprühten hunderte von magischen Funken aus den Steinen und schwebten in die Höhe. Sie glitzerten eisblau und silbern, blieben über den Steinen schweben und bildeten scheinbar ein Abbild der Steine in der Luft. Sie waren geformt wie spitze Kristalle, liefen tief und spitz in den Boden, obwohl der sichtbare Teil über der Grasnarbe abgenutzt wirkte.

Sina zitterte, als mehr und mehr Magie aus den Steinen hervorquoll und in einem tosenden Sturm um sie herum wirbelte. Es war zu viel. Die Magie war zu intensiv – und Sina sprang mit zwei großen Sätzen aus dem Kreis.

Es kam ihr vor, als würde sie durch warme Watte gleiten. Eine schwache Barriere aus Magie hatte sich um die Steine aufgebaut und in dem Moment, in dem sie den Kreis verließ, verschwand die Magie, die sie eingehüllt hatte. Sie wurde wie Nebelschwaden im Wind zerrissen, einiges sank aber auch in den Boden und verging.

Als die magische Intensität nachließ, wurden Sinas Knie weich und sie wäre beinahe ins Gras gesunken.

Die Umrisse der schwebenden Steine blieben weiter bestehen. Hatte sie etwa versehentlich die Kreuzung aktiviert? Angst drohte sie zu ersticken, als sie an Shetans Warnung und dann an die gelben Augen aus ihren Albträumen dachte. Aber sie hatte die Magie nicht in sich aufgenommen, oder? Dann konnte auch nichts passiert sein ...

Sie schnaubte, über ihre eigene Ausrede belustigt. Nichts passiert? Hier war gerade förmlich ein Feuerwerk losgegangen und das sollte Nichts sein? Am besten sollte sie so schnell sie konnte von hier verschwinden ... Und sie musste Shetan ihre Dummheit gestehen. Was, wenn sie jetzt alle in Gefahr wären? Und nur, weil sie nicht darauf geachtet hatte, wo sie hintrat.

Ihr Magen fühlte sich flau an, doch ihre Beine gingen ganz von selbst wieder auf die Kreuzung zu, bevor sie sich dessen richtig bewusst war. Und auf einmal war auch ihre Hand schon nach der Magie in der Luft ausgestreckt. Ihre Finger fuhren durch die schwebenden Funken wie durch warmes Wasser, sie konnte die Energie spüren, wie sie über ihre Haut strich und die Haare sich auf ihrem Arm aufrichteten. Ein warmes Kribbeln durchzog ihren Körper und allmählich begann ihre Haut schwach zu leuchten.

Fasziniert drehte sie ihre Hand hin und her und zog sie aus dem magischen Abbild des kristallförmigen Steins – und die Magie schien zu explodieren. Aber es war keine Explosion, die etwas zerstört hätte, die Funken stoben einfach nur plötzlich in alle Richtungen auseinander und verschwanden dann glimmend.

Erstarrt stand Sina da und konnte es nicht fassen. Hatte sie das eben hervorgerufen? Warum hatte sie das getan? Das war ja wohl lebensmüde?!

Was soll das, Beine? Warum gehorcht mir mein eigener Körper nicht mehr, wenn ich vor diesen Steinen stehe?, dachte sie.

Es bedeutet, du hast deine Wahl getroffen. Dein Körper weiß es schon, obwohl dein Geist es noch realisieren muss, Zafija, hörte sie plötzlich eine tiefe Stimme sagen. Sina zuckte zusammen, drehte sich rasch um und entdeckte auf einen Blick acht Wölfe um sich herum. Es war offensichtlich, dass der große, schwarze Wolf direkt vor ihr gesprochen, oder vielmehr gedacht hatte. In seinen Augen lag eine Autorität, die sie beinahe dazu gebracht hätte, unterwürfig zu fiepen.

Eine Wölfin neben ihr regte sich und Sina erkannte sie als jene wieder, die sie vor wenigen Wochen schon einmal hier im Wald getroffen hatte.

Es ist schön dich wiederzusehen, Zenay.

„Ja, ähm ...“, setzte sie an, wusste dann aber nicht weiter.

Der große dunkle Wolf reckte den Kopf.

Ich bin Faol. Meine Tochter Wafaa kennst du bereits.

„Bitte, könnt ihr mir helfen? Ich habe Angst, einen furchtbaren Fehler gemacht zu haben ... Ich wollte das wirklich nicht, aber ich verstehe nicht einmal, was geschehen ist.“

Du hast die magische Kreuzung von Ornanung durch deine Anwesenheit und deine Magie aktiviert. Das haben wir gespürt, erklärte die Wölfin.

Du hast uns einen ganz schönen Schrecken eingejagt, fügte der schwarze Wolf hinzu. *Wir hatten schon befürchtet, es wären Feinde hier!*

„Es war ein Versehen, ich bin gestolpert und –“

Ist schon in Ordnung. Nun wissen wir ja, dass nichts weiter passiert ist, versuchte die Wölfin sie zu beruhigen.

„Aber Shetan hat mich davor gewarnt und ich bin direkt in den Steinkreis gelaufen ...“

Es schien, als könnten die Wölfe ihre aufkeimende Panik spüren, denn Wafaa kam einige Schritte näher und sah sie mit ruhigem Blick an.

Es besteht keine Gefahr. Denn du hattest nicht lange genug Kontakt, als dass Zayda deine magische Verbundenheit mit der Kreuzung hätte spüren können. Im Gegensatz zu ihr sind wir mit der Magie dieser Wälder im Einklang und konnten den Kontakt deshalb früher spüren. Es war nur ein Glück, dass du nicht lange im Inneren des Kreises geblieben bist.

Sina schwirrte der Kopf. *Ich verstehe gar nichts mehr.*

Du wirst es verstehen, wenn du mich und meinen Vater erklären lässt. Aber zuerst gehen wir. Du solltest in nächster Zeit einen gewissen Abstand zu diesem Ort wahren.

Sina nickte demütig und folgte den Wölfen, die nun die Lichtung verließen und durch den dichten Wald, in Richtung des Dorfes liefen.

Als die schattenhaften Wölfe im Dickicht etwas an Tempo zulegten, verfiel Sina in einen gleichmäßigen Trab, der half, ihren Kopf langsam zu klären. Je weiter sie kamen, desto dümmer und tollpatschiger fühlte sie sich.

Schließlich erreichten sie den Fluss und damit den Rand des alten Waldes. Die Wölfe blieben im Schatten der großen Bäume stehen und Sina tat es ihnen gleich, den Blick auf den lichten, hellen Wald auf der anderen Flussseite gerichtet.

Wir werden dich nicht alle begleiten. Die Menschen des Dorfes kennen uns nicht, meinte Faol.

Sina neigte leicht den Kopf und sah dann lächelnd den großen, dunklen Wolf an, der neben ihr stand und ihren Blick ruhig und weise erwiderte.

„Es freut mich sehr, dass ich euch begegnet bin. Meine Freunde in Ornanung erzählten mir manchmal von den Zeiten vor Zaydas Herrschaft, als Wölfe und Menschen noch befreundet waren“, meinte sie.

Oh, wir sind immer noch mit euch befreundet, ihr wisst es nur nicht mehr. Wir Wölfe sind alle miteinander verbunden – auch über den Tod hinaus – und unsere Seelen haben es leichter als eure, sich der Vergangenheit zu besinnen.

Sina schaute ihn verwundert an. „Willst du damit sagen, dass ihr euch an eure früheren Leben erinnern könnt?"

Ja, es ist wie ein sanfter Schatten in unserem Bewusstsein, auf den wir jederzeit zugreifen können. Aber es gibt nicht nur gute Dinge, an die wir uns erinnern – durch diese Gabe sind uns die Qualen unseres Landes immer bewusst, denn für uns ist es fast so, als seien unsere Brüder – sowohl Wölfe als auch Menschen – erst gestern im Krieg gegen Zayda gefallen.

Sina senkte den Blick. „Das tut mir leid, es muss schlimm sein, so etwas nicht vergessen zu können."

Wir leben schon immer damit. Es ist unser Schicksal und deshalb wohl auch richtig so.

Aber jetzt lasst uns nicht mehr darüber reden, wir haben Zenay doch von der Lichtung weggebracht, um ihr in Sicherheit erklären zu können, was auf der Kreuzung geschehen ist, warf Wafaa ein und Faol neigte zustimmend den Kopf.

Nun ja, du hast die Ruinen gesehen. Die Lichtung ist ein Knoten oder ein Sammelpunkt der Magie. Sie tritt dort als natürliche Quelle aus dem Land hervor und deshalb wurde dort vor langer Zeit ein Kloster errichtet. Dort wurde gelehrt und meditiert und der größte Raum war eine Halle, in deren Mitte sich der Steinkreis befand. Früher waren die Steine nicht mit Moos und Gras bewachsen, sie schwebten wie große Kristalle in der Luft, umgeben von einer Aura aus Magie. Doch dann kam Zayda und mit ihr der Krieg – und sie zerstörte das Kloster und entriss dem Ort fast seine gesamte Magie. Sie regeneriert sich langsam wieder, aber es wird nie wieder so sein wie damals. Unsere Vorfahren waren noch geschätzte Teilnehmer an den Zeremonien der Miakoda und wir lebten auch direkt in dem Wald um das Kloster. Wir wurden fast alle durch Zayda und ihre schwarze Magie getötet und die Überlebenden beschlossen, dass es besser sei, sich für eine Zeit zurückzuziehen, bis DU in Erscheinung treten würdest, erklärte Faol.

„Ich? Was hat das alles mit mir zu tun?", fragte sie voller Erstaunen und sah dem Wolf in seine warmen, gelben Augen.

Du hast es vorhin selbst gespürt. Du konntest dich der Macht der Quelle kaum entziehen, als du sie einmal gespürt hattest ... Das war der entscheidende Beweis für uns. Du konntest dich in den Steinkreis begeben, ohne von der Kraft zerrissen zu werden. Kein anderer hätte das vermocht. Du bist unsere Zafija. Mit dir kommt der Wandel, mit dir kommt eine neue Zeit. Eine Zeit, in der auch wir wieder einen Platz in der Welt haben werden.

„Das ... hört sich so an, als würdet ihr schon lange auf mich warten", meinte Sina verwirrt und musste schwer schlucken. Sie konnte kaum glauben, was er da gesagt hatte. War es wirklich etwas so Besonderes, dass sie in den Steinkreis hineingestolpert war?

In der Tat, das tun wir. Seit die Prophezeiung von den Mönchen ausgesprochen wurde, haben wir drei Generationswechsel erlebt, fuhr Faol fort.

„Generationswechsel? Was soll das bedeuten?"

Nach ungefähr fünfzehn Sommern starben unsere ältesten Rudelmitglieder.

„Was? Das sind dann ja über vierzig Jahre! Shetan hatte mir nicht gesagt, dass es schon so lange her ist ... Das tut mir leid ... aber ich glaube nicht, dass ich darauf wirklich einen Einfluss hatte ..."

Das ist wahr. Wir wollten dich auch in keinster Weise für das Schicksal unseres Landes verantwortlich machen, im Gegenteil: All unsere Hoffnung liegt in dir.

Doch wir können nicht nur hoffen, wir müssen auch handeln!, dachte Wafaa laut und knurrte dabei wild, was Sina kurz zusammenfahren ließ.

Meine Tochter hat recht, deshalb habe ich entschieden, dass es an der Zeit ist, wieder in Kontakt mit den Menschen zu treten, wenn auch zu Anfang sehr vorsichtig. Deshalb wird Wafaa jetzt mit dir gehen, um mit diesem Shetan zu sprechen, von dem du erzählst.

„Das ist eine gute Idee! Shetan wird sicherlich wissen, was zu tun ist. Er ist ein sehr weiser, alter Magier. Er war es, der mir von euch und von der Kreuzung berichten konnte und er ist mit Sicherheit der Richtige, um sich mit euch zu beraten."

Ich hatte bereits in deinen Gedanken gelesen, dass er der Richtige ist, erklärte Faol und Sina meinte, fast so etwas wie ein Schmunzeln auf seinem Gesicht zu erkennen.

Und so verabschiedete sich Sina von den Wölfen. Wafaa folgte ihr und gemeinsam überquerten sie den Fluss und machten sich durch den Wald auf den Weg zum Dorf.

Während sie zügig durch den offenen Wald schritten, war Sina in Gedanken versunken. Sie konzentrierte sich halbherzig auf ihre Umgebung, um nicht zu stürzen, und stellte Wafaa gelegentlich ein paar Fragen. Ansonsten schwiegen sie.

Nach einer Weile kamen sie in die Nähe des Dorfes und liefen rasch über die Felder, da sie in einiger Entfernung Bauern bei der Arbeit sahen und nicht entdeckt werden wollten. Sina führte Wafaa an den Koppeln entlang, wo die Pferde unruhig ihre Nüstern blähten, und sie erreichten den Bach und dahinterliegenden Garten ohne Zwischenfälle.

«†»

Schritte hallten laut durch den Gang und verstummten, als eine alte Sklavin schwer schnaufend hinter Mazuk zum Stehen kam.

„Herr, wir haben Nachricht von einem Spitzel erhalten ... Er hat verdächtige Personen auf einem Hof gesichtet. Ich soll Euch bitten, aufzubrechen."

„Wem gehört der beobachtete Hof?"

Die Sklavin zögerte kurz, sprach dann aber unbeirrt. „Cassuan, Herr. So wurde es mir mitgeteilt."

Mazuk nickte, auf einmal voller Vorfreude. Endlich schien etwas Bewegung in die Sache zu kommen. „Geh und teile Zayda mit, dass ich sofort aufbreche."

„Meine Herrin hat mich bereits einen Trupp für Euch verständigen lassen. Die Männer sind bereit."

„Gut."

Die Sklavin verneigte sich und eilte hastig davon.

Mazuk ging weiter, eilte durch einige Korridore und stieß die große Tür am Ende des Gangs auf. Licht umflutete ihn und er betrat den Innenhof.

Er kannte die Männer bereits, die dort Bereitschaft hatten. Es war ein gut koordinierter Trupp mit jahrelanger Erfahrung. Die Krieger würden ihm gute Dienste leisten.

Der Anführer der Truppe sah auf, erkannte Mazuk und neigte den Kopf. Es genügte sein kurzer Pfiff, dann erhoben sich die Männer, schnappten ihre Waffen, die ordentlich an der schattigen Seite des Innenhofs an die Wand gelehnt waren, gurteten sie um und waren bereit.

Sie wussten, was sie zu tun hatten. Mazuk war erfreut darüber, dass kein anderer, weniger erfahrener Trupp ausgewählt worden war.

Der Anführer kam zu ihm. Er würde von jetzt an, bis Mazuk die Mission beendete, sein zweiter Mann sein. „Es ist uns eine Ehre, Euch zu dienen, Herr."

Mazuk nickte. „Dann hat die Sklavin euch bereits informiert?"

„Sie war hier, Herr, und kündigte Euer Erscheinen an. Es geht um eine Gefangennahme?"

„Genaueres werden wir erst vor Ort erfahren", erwiderte Mazuk, ließ den Mann mit einem Nicken stehen und ging zu dem kleinen Kästchen, das in einem Regal auf der sonnenbeschienenen Seite des Hofs stand. Er öffnete es und zum Vorschein kam eine kleine Auswahl kostbarer Bilure. Nun ja, für andere mochten sie kostbar und rar sein. Zayda konnte beinahe unbegrenzte Mengen der Steine an ihre wichtigsten Aufgabenträger verteilen.

Nach einem Moment wählte er lediglich zwei große, stark grün leuchtende Transportsteine. Er hatte noch andere in seinem Beutel.

Als er sich umdrehte, standen die Männer bereits aufbruchbereit in der Mitte des Hofs. Mazuk nickte anerkennend, trat vor sie und hob die offene Hand mit dem ersten Bilur. Der Stein war so stark, dass er alle Personen in seiner Umgebung erfassen würde.

Attia, dachte Mazuk und zerdrückte beim Namen des kleinen Dörfchens die dünne Hülle des Speichersteins.

Die Welt verschwamm in grünem Nebel und formte sich neu, um ihm und den Männern eine offene Hügellandschaft zu präsentieren. Mazuk drehte sich um und erkannte die kleine Häusergruppe namens Attia, die Cassuans Hof noch vor ihren Blicken schützte. Sehr gut, so würden die Verdächtigen nicht wissen, was über sie kam, bis es zu spät war.

Im Schatten des nächstliegenden Hauses stand ein alter, gebeugter Mann, dessen runzliges Hornträgergesicht dank seiner Augen nicht darüber hinwegtäuschen konnte, dass sein Verstand klar und scharf war.

Mazuk trat zu dem Alten, den er schon seit einiger Zeit nicht mehr gesehen hatte. Das letzte Mal hatte er Mazuk angstvoll von Cassuan berichtet und dafür eine gute Belohnung erhalten.

„Sind sie noch immer in der Nähe?"

„Ich habe sie nicht weggehen sehen, Herr. Sie schnüffelten um das Haus herum, haben es dann vor kurzem betreten. Sie könnten höchstens durch den Stall wieder nach draußen sein."

„Hältst du das für wahrscheinlich?"

Der Alte schüttelte den Kopf. „Nein Herr. Ich wüsste nicht, warum sie das tun sollten. Sie hatten mit niemandem Kontakt und haben mich nicht bemerkt."

„Wie viele sind es?"

„Vier, Herr. Eine Frau und drei Männer, zwei davon noch recht jung. Eine Familie, wenn ich mich nicht täusche."

Mazuk nickte und zog ein Geldstück aus seiner Manteltasche, das er dem Alten reichte. „Geh jetzt, du wirst hier nicht mehr gebraucht."

Der Greis verneigte sich unterwürfig und lächelte. „Danke, Herr. Habt Dank."

„Verschwinde, habe ich gesagt!“

Der Ton seiner Stimme und sein Gesichtsausdruck ließen den alten Mann zusammenzucken und rasch in sein Haus zurückhuschen.

„In Ordnung. Ich werde alleine vorgehen, ihr umstellt das Haus und wartet auf meine Befehle.“ Er zeigte auf einen der Männer. „Du, folge mir und bleib bei der offenen Tür, um Befehle an die anderen weiterzugeben. Die anderen verteilen sich, und zwar leise. Ich will sie überraschen.“

Die Männer nickten schweigend. Sie hatten ihre Aufgaben und schlichen los, verteilten sich um den Hof und das Haus, einige betraten lautlos den Stall.

Mazuk schritt zur Tür, ohne sein Schwert zu ziehen, der Mann folgte ihm und verharrte dann still neben dem Eingang, während Mazuk langsam öffnete.

Er betrat lautlos den düsteren Zwischengang. Stimmen drangen aus der Stube zu ihm, recht gut vernehmbar. Die Personen unterhielten sich weiter, hatten also noch nichts bemerkt. Er schritt vorsichtig bis zur offenen Tür der Stube und verharrte dann lauschend im Schatten.

«†»

„Und wo ist jetzt dieser Mann, der uns helfen sollte? Wie hieß er, Cassuan?“, fragte Asur.

„Ich weiß nicht, wo er ist ...“

„Sieh dich doch hier um, Kalana! Der Hof ist verlassen.“

„Er ... er muss gefangen genommen worden sein. Wenn jemand aus der Gruppe flieht oder aus anderen Gründen sein Versteck wechselt, hinterlässt er dafür ein Zeichen. Hier ist keines ... Dafür gibt es nur eine Erklärung.“

„Aber warum? Wurde er von jemandem verraten? Wenn es jemand aus seiner Umgebung war, sollten wir vorsichtig sein!“, meinte Kian.

„Ich weiß nicht, wie es dazu kam. Er ist nicht hier und wir können ihn nicht fragen.“

„Aber irgendwas musst du uns doch über ihn sagen können! Du hast die ganze Zeit versichert, dass wir hier unterkommen würden und geschützt wären! Aber dieser Hof scheint seit Wochen verlassen!", rief Asur und Verzweiflung klang in seiner Stimme mit.

„Es tut mir leid, wirklich ...", murmelte Kalana leise und mit zittriger Stimme. „Cassuans Hof galt als Zuflucht. Ich weiß eigentlich kaum etwas über ihn, nur, dass er Mitglied einer Gruppe war, der eine besondere Aufgabe zugeteilt war."

„Es gibt also Untergruppen?"

„Ja natürlich, für entsprechende Aufgaben sind verschiedene Leute zuständig ... Aber was er und die anderen gemacht haben, weiß ich nicht. Es gab nur Gemunkel darüber, zwischen den anderen Frauen, dass ihre wichtigste Mission nie stattfinden konnte. Aber warum? Ich weiß es nicht."

„Du erzählst uns das zum ersten Mal so ausführlich ...", kommentierte Anak.

„Ihr wisst, das konnte ich nicht früher ... Bevor wir gefangen genommen wurden, musste ich schweigen ... Ich hatte gehofft, Cassuan hier zu treffen, er hätte euch sicherlich mehr erklären können. Ich war doch nur eine Unterstützung von außen, ich war nie bei einem ihrer geheimen Treffen. Ich wusste nur von einigen Häusern, wo ich Hilfe bekommen könnte."

„Das hat ja fantastisch funktioniert. Was sollen wir jetzt machen? Hierbleiben?"

„Es könnte gefährlich sein, hierzubleiben."

„Und was ist die Alternative? Zum nächsten sicheren Haus wandern?"

„Das liegt weit weg, im Norden."

„Verdammt!", rief Asur und schlug so stark mit der Hand auf den Tisch, dass es staubte.

Danach schwiegen sie alle ratlos. Kalana fühlte sich furchtbar. Ihre Familie war seit unzähligen Tagen unterwegs, sie hatten sich mehr schlecht als recht durchgeschlagen ... Nur, um jetzt wieder keine Hilfe zu finden. Sie konnte den anderen deutlich die Erschöpfung ansehen, die sie selbst tief in ihren Knochen spürte.

So konnte es nicht weitergehen, das würden sie nicht mehr lange durchhalten.

«†»

Noch mehr würden sie wohl nicht verraten. Mazuk hatte ohnehin genug gehört. Diese Flüchtigen waren die Gesuchten, die am Tag der Befreiung des Mädchens ebenfalls verschwunden waren. Er bezweifelte jedoch, dass sie sie alleine befreit hatten.

Er trat in den Raum. Die Dielen am Eingang der Stube knarzten genauso wie beim letzten Mal, als er hier gewesen war – und auch dieses Mal stand den Anwesenden schlagartig der Schrecken in die Gesichter geschrieben, als sie sich nach dem Geräusch umwandten.

Die beiden Jungen sprangen von der Bank am Tisch auf, erstarrten aber, nachdem er die Hand hob. Diesmal würde er etwas anderes versuchen.

„Macht euch keine Umstände. Es ist alles in Ordnung."

Er sah sie ernst an, dann lächelte er sein schelmischstes Lächeln. Der Junge mit dunklerem Haar warf seiner Mutter einen halb hoffnungsvollen, halb verzweifelten Blick zu. „Ist das ein Scherz? Bitte sag, dass er auf unserer Seite steht."

„Ich kenne ihn nicht. Und ich traue keinem Ratken."

Mazuk legte einen verwirrten Gesichtsausdruck auf. „Habt ihr den Brief nicht erhalten? Ich bin das neue Mitglied."

Die Frau sah ihn weiter argwöhnisch an und schüttelte den Kopf. „Wir waren lange auf Reisen."

„Schande. Nun, ich komme jeden Tag hier vorbei, um nach Freunden zu sehen."

„Du siehst genau aus wie ein Krieger der Königin. Sogar wie ein wichtiger."

„Bloße Tarnung, die Leute fragen so weniger und halten Abstand. Wie könnte ein Ratke auch nicht aufseiten der Königin stehen?"

„Man würde es doch als merkwürdig erachten, wenn hier ein einzelner Ratke herumläuft, sie sind nie allein."

„Man glaubt, dass ich die Gegend nach Verrätern durchstreife. Was ja auch gewissermaßen stimmt."

Der dunkelhaarige Junge sah jetzt erleichtert aus. Sehr gut, einen hatte er schon überzeugt. Anscheinend würde die Sache leichter werden als gedacht. „Tunez war doch auch allein, Mutter!"

Die Frau sah ihn streng an. „Nenn keine Namen!", zischte sie leise und wandte dann ihren misstrauischen Blick sofort wieder auf Mazuk.

„Hast du von den anderen beiden Ratken unser Versteck erfahren?", fragte sie. „Wie hießen sie noch?"

Mazuk fluchte innerlich. Die Frau war nicht dumm, sie testete ihn. „Ich wusste nicht, dass ihr hierher kommen würdet. Wie gesagt, ich komme regelmäßig her, aber zu den anderen hatte ich schon lange keinen Kontakt mehr."

„Es gibt nur wenige Ratken in den Reihen unserer Verbündeten", stellte die Frau fest und wagte es dann, ihrem Mann einen längeren Blick zuzuwerfen. Dieser Blick sagte ganz deutlich, dass sie es nicht für möglich hielt, dass einem Ratken der Rebellen eine so unwichtige Aufgabe zugeteilt wurde.

In diesem Moment änderte sich die Stimmung im Raum schlagartig. Der Mann, Asur, spannte sich an und seine Söhne folgten intuitiv seinem Beispiel.

Es waren keine Worte mehr nötig, es war klar, dass Mazuks Versuch, die Flüchtigen hinters Licht zu führen, gescheitert war.

Wie auf Kommando sprangen der Mann und einer seiner Söhne auf, der zweite Sohn stand bereits. Sie rissen die Schwerter hoch, die bisher halbherzig unter ihren alten, verdreckten Mänteln verborgen gewesen waren.

Mazuk ließ die Maske der Freundlichkeit fallen und setzte sein bösestes Grinsen auf. „Ihr habt keine Chance zu entkommen. Gebt auf, sonst werde ich euch töten."

Der plötzliche Wechsel seiner Stimmung ließ den Vater und den braunhaarigen Sohn kurz zögern, aber der blonde, vermutlich ältere Sohn, ließ sich nicht beirren. Sie mussten einen Plan besprochen haben, wie sie in solch einer Situation vorgehen würden, denn alle drei Männer entschieden sich gleichzeitig, ihn anzugreifen.

Sie stürmten mit gezogenen Waffen auf ihn zu, doch Mazuk zog blitzschnell sein eigenes Schwert. Er konterte den ersten Schlag des Blonden und stieß ihn mit Wucht zurück, sodass der Junge strauchelte, einige Schritte zurücktaumelte und Mühe hatte, nicht zu fallen. Dabei kam er in den Weg seines Bruders und behinderte ihn.

Dann kam der Schlag des Vaters, schwächer und schlechter gezielt.

Aus dem Augenwinkel sah Mazuk, dass die Frau neben dem Tisch auf die Knie gefallen war und an der Seite der Holzbank entlang tastete.

Im nächsten Moment musste er sich wieder auf seine Angreifer konzentrieren – die ihn aber nur deshalb beschäftigt hielten, weil sie zu dritt waren. Denn mit dem Schwert umgehen konnte keiner von ihnen.

Der braunhaarige Junge machte den ersten Fehler. Mit seinem nächsten Schlag holte er zu sehr aus und wurde, als Mazuk auswich, durch den Schwung seitlich gedreht. Der Ratke wusste seine Chance zu nutzen, als der linke Arm seines Gegners ungeschützt war. Er schmetterte sein Schwert gegen den Jungen und brach ihm durch die Wucht mit Leichtigkeit den Arm.

Der Junge schrie auf und wich zurück. Die gezackte Kante von Mazuks Schwert hatte ihm den Ärmel und die Haut aufgerissen. Er ließ seine Waffe fallen und umklammerte mit der gesunden Hand die Wunde und den Arm, der jetzt nutzlos an seiner Seite hing.

Vater und Bruder brüllten wütend auf und griffen mit neuer Energie an, auch wenn ihre Attacken weiter unkoordiniert und hilflos blieben. Im nächsten Moment würden ohnehin die anderen

Ratken das Haus stürmen, der Lärm der letzten Sekunden war Alarm genug.

Es ging alles sehr schnell, obwohl der Kampf länger gedauert zu haben schien. Nach vier oder fünf Schlägen und nachdem der braunhaarige Sohn keuchend und blutend zurückgewichen war, rief die Mutter nach ihnen. Der Vater und sein älterer Sohn zogen sich auf ihr Kommando aus Mazuks Umfeld zurück, machten einen Satz zur Frau.

Mazuks Augen weiteten sich, als er den Grund dafür erkannte: In der Hand der Frau lag ein kleiner, schwach grün leuchtender Bilur.

Er konnte ihn nur für einen kurzen Augenblick sehen, dann zerdrückte die Frau ihn in ihrer Hand – und die Familie verschwand in einem grünen Blitz.

Zurück blieb eine, bis auf den schnaufenden Ratken, leere Stube.

Mazuk stieß einen lauten Fluch aus und schmetterte sein Schwert voller Wut in die hölzerne Tischkante, wo es zitternd stecken blieb. Er hätte ahnen müssen, dass die Rebellen Verstecke mit Fluchtmöglichkeiten in ihren *sicheren Häusern* vorsehen würden.

Gerade dann stürmten seine Männer herein und kamen polternd in der Stube und im Flur zum Stehen. Mit einem Raunen verbreitete sich unter ihnen die Kunde, dass die Gesuchten nicht zu sehen waren.

„Was ist passiert?“, fragte sein zweiter Mann.

Mazuk wandte sich an den wartenden Trupp, seine Enttäuschung über die missglückte Jagd hinter seiner Kühle verbergend.

„Sie sind mit einem Bilur geflohen.“

„Dann sind sie verloren ... Was sollen wir jetzt tun?“, meinte der Zweite. Mazuk beglückwünschte ihn im Stillen, so klug zu sein und seinen Herrn nicht für die Flucht verantwortlich zu machen. Das hätte dem Ratken bei Mazuks momentaner Stimmung leicht seinen Kopf kosten können.

„Nein, sie sind noch in der Nähe“, erwiderte er bestimmt. „Der Bilur war zu schwach, um vier Personen weit zu transportieren. Ich habe einen von ihnen verletzt, sie können nicht weit kommen. Jemand muss die Wunde verarzten und sie haben vermutlich selbst nicht die Mittel dazu ... Durchsucht die ganze Gegend! Es ist sehr wahrscheinlich, dass sie noch in diesem Dorf sind. Stöbert sie wieder auf und verhaftet alle, die ihnen helfen. Holt einen Magier aus der Festung, er soll versuchen, die Magie zu verfolgen, dann habt ihr den Punkt, an dem sie wieder aufgetaucht sind.“

„Was ist mit Euch, Herr?“

„Ich habe einige interessante Informationen erhalten ... und werde die betreffende Person in unserem Gefängnis aufsuchen. Oh, und du da,“ er zeigte auf einen der Männer, „bring mein Schwert mit.“

Er schritt zielstrebig auf die Sitzbank zu, während sich der Ratke daran machte, Mazuks Schwert aus dem steinharten, alten Holz zu ziehen.

Die Männer folgten ihren Aufgaben und schwärmten vom Hof aus, um die Umgebung zu durchsuchen. Mazuk besah sich die Ecke der Bank, wo die Frau namens Kalana den Bilur hervorgezaubert hatte.

Tatsächlich war eines der Holzbeine aus der Konstruktion gelöst worden, dahinter war ein kleiner Hohlraum, gerade groß genug für einen Bilur. Über der Öffnung entdeckte er ein winziges *P* ins Holz geritzt.

Die Phiruin. Mazuk richtete sich wieder auf und begann, das Haus nach weiteren Hinweisen auf die Rebellen zu durchsuchen. Dies war etwas, was er offensichtlich nach Cassuans Gefangennahme vernachlässigt und dringend nachzuholen hatte.

«†»

Tarek kam gerade mit einer Fackel um die Hausecke und warf einen Blick zum Gemüsegarten, als er aus dem Augenwinkel eine

Bewegung sah und sich zum Bach drehte. Da kam Sina durch die Wiese auf ihn zu – und hinter ihr lief ein Wolf!

Tareks Mund klappte auf. Er war fassungslos, wollte etwas rufen oder irgendwie reagieren, doch er wusste nicht, was er tun sollte. Der Schreck betäubte ihn und er vergaß die Fackel in seiner Hand. Er ließ den Arm sinken und starrte auf das große, kraftvolle Tier, das hinter Sina auf ihn zutrabte ... Ein brennender Schmerz fuhr durch seinen Handrücken. Er schrie auf und warf die Fackel von sich.

Der Wolf blieb stehen und beobachtete misstrauisch das Feuer, doch Sina eilte so schnell sie konnte auf den fluchenden Tarek zu.

„Tarek, was ist denn los? Was hast du mit dem Feuer vor?"

„Ich habe mich verbrannt! So ein verdammter Mist!" Sein Gesicht verzerrte sich vor Schmerz, als er die Hand bewegte, die er schützend an sich gepresst hielt. „Ich wollte in den Stall und etwas suchen, es war so düster darin ... Dir ist klar, dass da an unserem Wiesenrand ein Wolf steht, oder?", fragte er und sah sie schief an. Dann zuckte sein Blick zu seiner verletzten Hand und er verzog das Gesicht.

Obwohl er offensichtlich Schmerzen hatte, musste Sina über seine Worte kichern.

„Aber Tarek, du warst es doch, der mir erzählt hat, dass Wölfe niemals einem Miakoda Leid zufügen würden! Erinnerst du dich? Es war an dem Tag, als ich in den alten Wald ging und Wafaa traf, da sagtest du, dass Wölfe und Miakoda einmal gute Freunde und Verbündete waren."

„Ja, du hast recht. Wie dumm von mir."

„Nein, ich finde nicht, dass das dumm war, du wolltest mich wohl ... beschützen."

«†»

Tarek verzog sein Gesicht und Sina dachte zunächst, ihre Worte hätten ihm nicht gefallen. Dann wurde ihr klar, dass es an der Verbrennung lag. Seine Hand musste ziemlich wehtun. „Ähm, das ist ja schön, dass wir hier so nett plaudern, aber könntest du mir jetzt den Gefallen tun und meine Hand heilen? Diese Verbrennung ... Na ja ... Ich könnte deine Hilfe gebrauchen."

„Oh, entschuldige!", murmelte sie eilig und aktivierte ihre Magie. Ohne darüber nachzudenken, ließ sie die heilenden Kräfte durch ihren Körper zu ihren Fingern strömen. Wärme durchfloss ihre Knochen und Haut und auf einmal fühlte sie sich so verbunden mit Tarek, dass sie zusammenzuckte. Verdammt, jetzt jagte der Schmerz in seinem Arm unvorbereitet durch ihren Kopf.

Sie fühlte die Verbrennung, das stechende Ziehen der Haut darunter und die Hitze ... Ihre Konzentration begann sich zu verflüchtigen, doch dann legte sie noch mehr Kraft in den Wunsch ihm zu helfen und der Schmerz ließ nach. Auch wenn sie die Verbrennung immer noch wahrnahm, konnte sie auf einmal mehr spüren ... Seinen Herzschlag und vage Gedanken, die sich um sie und Wafaa drehten ... Aber hauptsächlich um sie und ihre Augen und ihre Lippen ...

Sie schüttelte den Kopf, um sich von diesen Gedanken zu befreien. Die Magie strömte durch ihre Finger in Tareks Hand und sie fühlte, wie die verbrannte Haut auf seinem Arm vertrocknete wie Schorf und abfiel und darunter eine frische, noch leicht gerötete Hautschicht wuchs. Die Magie ließ lebendiges, heilendes Blut durch seine Adern strömen, das die Wunde noch weiter verschloss ... Einen Moment später konnte sie nichts weiter tun.

Sie war verwirrt, obwohl sie sich freute, dass sie es gleich auf Anhieb geschafft hatte.

In dem Moment, als sie die Hand von seinem Arm nahm, kam es ihr vor, als würde sich die Welt um sie verdunkeln.

Tarek, Wafaa und der Garten verschwammen zu grauem Nebel und Dunkelheit.

Es war Nacht. Auf einmal war da helles, rot flackerndes Licht. Feuer. Sie sah Häuser, wie sie in Flammen standen, lichterloh brannten. Überall war Qualm, überall waren Unglück und Schmerz und Tod ...

Sina zuckte zusammen und ihr wurde schwindlig. Rasch schloss sie die Augen.

Was war denn das? War das so etwas wie eine Vision? Vielleicht auch eine alte Erinnerung ...

Sina öffnete die Augen. Alles um sie war völlig normal, nur Tarek sah sie etwas verwirrt an und Wafaa fiepte. Sie schwankte leicht, dann schien alles wieder wie immer. Es war überhaupt nichts Ungewöhnliches an der Umgebung.

Sina hatte keine Ahnung, was diese Bilder zu bedeuten hatten und sie hatte Angst, Tarek danach zu fragen, irgendwie befürchtete sie, dass es seine alten Erinnerungen waren, an die er lieber nicht mehr denken wollte. Außerdem schien er nicht bemerkt zu haben, wie sehr die Magie sie verbunden hatte.

„Sina? Ist alles in Ordnung mit dir?"

Sie nickte schwach. „Ja ... ja, ich wünschte nur, die Tage in Tyarul hätten sechsunddreißig Stunden, dann könnte ich mehr üben und ..." sie unterdrückte ein Gähnen, „... mehr schlafen!"

„Ist schon in Ordnung, ich rede mit Großvater darüber. Könntest du mir jetzt bitte erklären, wieso ein Wolf neben dir steht?"

„Nicht ein Wolf, sondern eine Wölfin. Darf ich vorstellen, das ist Wafaa."

Tarek sah die Wölfin verwundert an. Wafaa blickte aus klugen Augen zurück und verneigte leicht das Haupt zum Gruß. „Ähm ... es freut mich sehr, Wafaa!", murmelte er unsicher und hob zum Gruß kurz die Hand, um sich dann verlegen hinter dem Kopf zu kratzen, dann verneigte er sich ebenfalls schwach.

Sina musste kichern. „Weißt du, wo Shetan ist? Wafaa will ihn treffen."

„Er ist in seinem Zimmer."

„Übrigens freut sich Wafaa auch, dich kennenzulernen. Ich habe ihr einiges über dich erzählt."

„Ach wirklich? Was hast du ihr denn erzählt?"

Auf einmal stockte Sina. „Nur ... was wir unternehmen und so ..." Jetzt war es an ihr, verlegen zu sein. „Ich werde Wafaa erst einmal zu Shetan bringen, dann können wir vielleicht später noch in den Wald. Vermutlich wird meine Übungszeit mit Shetan heute ausfallen, also dachte ich, ich könnte im Wald mit dir üben." Einen Moment scharrte Sina unsicher mit dem Fuß auf dem Boden, dann legte sie eine Hand auf Wafaas Rücken und sie gingen zum Haus.

Sina öffnete die Tür. Wafaa zögerte und besah sich die ungewohnte Umgebung.

Warte bitte kurz hier, es kann sein, dass Shetan ähnlich wie Tarek reagiert. Also werde ich ihm erzählen, wer du bist, in Ordnung?

Wafaa neigte den langen Kopf und folgte Sina nur ein paar Schritte in den Flur, ehe sie stehen blieb und interessiert an den Gegenständen um sich herum schnupperte.

Sina klopfte an Shetans Tür, bevor sie sie öffnete. Shetan saß wie üblich an seinem Arbeitsplatz, tief über ein Buch gebeugt, mit krummem Rücken und einer Feder in der Hand.

„Ähm ... Entschuldige, dass ich dich störe, aber ich habe da draußen jemanden, den ich dir gerne vorstellen möchte ...", fing Sina an und verstummte, als Shetan aufblickte und sich ihr neugierig zuwandte.

„Jemanden, sagst du?"

„Nun, in gewisser Weise ... Mir würde nie in den Sinn kommen, *etwas* zu sagen", versuchte Sina es erneut und wusste dann nicht mehr, wie sie weitermachen sollte.

„Wovon redest du? Wer ist es, den ich kennenlernen soll?"

„Ähm, ihr Name ist Wafaa und sie, ähm ... wartet draußen im Flur auf dich und sie ist ... ein Wolf", brachte Sina schließlich hervor und sah, wie Shetan das Kinn herunterklappte.

„Ein Wolf?", fragte er ungläubig und stand rasch auf. „Das muss ich mir unbedingt ansehen!", murmelte er und stützte sich auf seinen Stock. Im Gang blieb er abrupt stehen. Er starrte das Tier einen Moment an, ehe er sich zu einer tiefen Verbeugung neigte.

„Ehrwürdige Hüterin, es ist mir eine Freude, Euch kennenzulernen!", sagte er und Sina sah ihn mit großen Augen an. Hätte sie den Wölfen etwa auch mit so viel Respekt gegenübertreten sollen? Auf einmal fühlte sie sich völlig fehl am Platz ... Sie schien gar nicht verstanden zu haben, was es hieß, diesen Wölfen zu begegnen ... Sie hatte keine Ahnung von den Ausmaßen dieser Begegnung ... aber Shetan schien immer zu wissen, was zu tun war.

Die Ehre ist ganz meinerseits, Magier. Es ist lange her, dass jemand wusste, was ich bin, hörte Sina Wafaa in ihrem Kopf sagen und Shetan nickte, jetzt freundlich lächelnd, während Sina sich noch dümmer vorkam.

„Ich lasse euch beide alleine, Wafaa. Es ... Mir scheint, ihr habt viel zu besprechen", sagte Sina zu der Wölfin, bevor Shetan etwas erwidern konnte.

Wir werden uns wiedersehen, Zafija Zenay, klang es in ihrem Kopf. Sie nickte und verließ dann das Haus.

Ihr Kopf dröhnte, Wafaas Worte hallten in ihm nach, als wollten sie nie wieder aufhören. *Zenay ... Zenay ... Zenay ...*

War sie das wirklich? War sie schon diese Figur? Die Wölfin schien es zu glauben.

Vielleicht sollte sie wirklich anfangen, von sich selbst auch als Zenay zu denken. Sie versuchte ihren Kopf freizuschütteln und ging zu Tarek, der ihr vielleicht erklären konnte, was hier los war.

„Ist alles in Ordnung?", fragte er sie, als er ihre ernste Miene sah.

„Ich weiß es nicht. Ich komme mir dumm vor. Shetan hat Wafaa *Hüterin* genannt ... Was meinte er damit?"

„In den alten Geschichten heißt es: Ein so kluger Wolf ist vom Geist unseres Hüters berührt worden. Früher soll es von jedem der Völker solche erwählten Tiere gegeben haben, die von ihrem Hüter mit Magie und Weisheit beschenkt wurden, um den Menschen im Namen ihres Hüters zur Seite zu stehen. Zumindest hat Shetan mir erzählt, dass es früher solche 'Vertreter' der Hüter gegeben hat, die auch diesen Titel innehatten."

„Dann kann ich jetzt wohl nicht da reinplatzen, um zu erfahren, was sie mit ihm besprechen will."

„Es ist Shetans Entscheidung, ob er dir davon erzählt, denn es ist eine große Ehre und wohl auch persönliche Sache, dass sie mit ihm spricht. Frag ihn besser nicht. Er wird dir schon berichten, falls dich etwas Wichtiges in ihrer Unterhaltung betrifft."

Sina zuckte mit den Schultern und grinste dann schief, um ihre Unsicherheit zu überspielen. „Wie du meinst."

Tarek betrachtete seine Hand, an der die geheilte Verbrennung kaum mehr zu sehen war. „Oh bei den Hütern, ich hätte ihr ganz anders begegnen sollen, aber ich war so verwirrt und dann tat meine Hand so weh." Er verzerrte das Gesicht, als hätte er sich gerade wieder verbrannt.

„Ich ... ich habe mich auch nicht angemessen bei ihr und den anderen Wölfen vorgestellt, falls dir das etwas hilft."

„Du hast noch mehr getroffen?!"

„Es gibt ein Rudel in den Wäldern. Ich wusste ja nicht mal, dass es so eine Ehre ist, sie zu treffen. Ich dachte einfach nur, ich hätte Glück gehabt."

„Du musst dich deshalb nicht schämen. Immerhin scheint sie gewusst zu haben, dass du die Auserwählte bist. Du bist von unserem Hüter zu Großem auserkoren worden. Das hat sie sicherlich sofort gespürt. Dein Unwissen hat da keinen Schaden angerichtet, da bin ich sicher."

„Danke ... Ich nehme an, mein freier Tag ist dann jetzt zu Ende, nicht wahr?"

Tarek nickte lächelnd. „Ich hätte dich geholt, wärst du noch lange drinnen geblieben."

„Hattest du Angst, dass Wafaa mich doch noch fressen könnte?" Sie zwinkerte, als er rot anlief und etwas davon murmelte, dass er doch nur überrascht gewesen sei.

„Bekomme ich dann jetzt ein Schwert?", fragte sie dann grinsend. Sie wollte rasch losspringen und Tarek veralbern, doch er hielt sie an der Schulter fest.

„Nein, wir üben heute nicht mit dem Schwert. Ich will dir noch mehr Kampfkunst beibringen, du weißt schon, Selbstverteidigung und Angriffe. Immerhin solltest du dich auch wehren können, wenn dir dein Schwert abhandenkommt."

„Ja, du hast recht." Sie würde sich besser keine Gedanken mehr darüber machen, was sie als Nächstes lernte. Tarek würde ihr das beibringen, was er für richtig hielt. So einfach war das.

„Gut, dann folge mir. Ich habe auf einer Lichtung hinterm Dorf einige Baumstämme mit Leder bezogen, damit man sich nicht verletzt. Jesco, Malak und ich üben dort oft gemeinsam, aber ich glaube, die beiden haben heute keine Zeit. Du musst also keine Angst haben, dich zu blamieren!“, rief er lachend und Sina versetzte ihm einen leichten Stoß gegen die Schulter.

„Heh! Ich habe keine Angst mich vor irgendjemandem zu blamieren! Dir werd ich's zeigen, sobald ich mal ein bisschen was von deinem Karate kann!“

Tarek stutzte und runzelte die Stirn, formte das fremde Wort *Karate* lautlos mit den Lippen nach.

Jetzt war es an Sina, zu lachen. „Mach dir nichts draus. Das bedeutet so etwas wie Kampfkunst ... Ich weiß es auch nicht wirklich.“

„Du hast schon lange keine so merkwürdigen Wörter mehr verwendet. Mal abgesehen von diesem *ohkee.*“

«†»

Zayda saß alleine in ihrem Saal. Ihr Berater hatte eine Karaffe mit Wein und ein Glas bringen lassen, aber sie nippte nur gelegentlich daran.

Er schmeckte wie immer köstlich, aber ihre Stimmung ließ es nicht zu, ihn wirklich zu genießen.

Mazuk hatte ihr mitteilen müssen, dass den Verrätern, die bei der Befreiung des Mädchens mitgewirkt hatten, erneut die Flucht gelungen war. Und zwar direkt vor seinen Augen!

Es kostete sie eine Menge Selbstbeherrschung ihn nicht auf der Stelle zu töten, und als er verkündete, trotzdem neue Anhaltspunkte zu haben, ließ sie ihn unbeschadet gehen. Anscheinend war diesen Flüchtigen das Glück noch hold ... Aber nicht mehr lange, dafür würde der Magier sorgen, der jetzt die Reste des Bilurs untersuchte.

Außerdem missfiel ihr, dass bereits so viel Zeit vergangen war, seit sie dem Adlerauge seine Aufgaben übertragen hatte. Ikar hatte ihr noch keinen Bericht erstattet und langsam begann die Königin daran zu zweifeln, ob ihre Berater den Mann richtig eingeschätzt hatten.

War es wirklich klug gewesen, einem Adlerauge, einem Einzelgänger, so viel Macht in die Hände zu legen? Immerhin hatte sie ihm einen sehr gut ausgebildeten Trupp zur Verfügung gestellt. Wenn er sich nicht allzu dumm anstellte, würden diese Männer ihm gehorchen wie willenlose Sklaven.

Würde er sie auch richtig zu nutzen wissen?

Während Zayda erneut den Wein kostete, wandelte sich ihr Missfallen allmählich in Zorn.

Wie konnte dieser kleine Wurm es wagen, sie nicht über seine Fortschritte zu informieren?

Wenn er das nächste Mal bei ihr auftauchte, konnte er mit einer harten Strafe rechnen. Andererseits ... Wenn er seine neuen Möglichkeiten richtig einzusetzen wusste und ihre kleine Geflohene fand ... Dann hatte er sich einen Platz als Kommandant oder als ihr persönlicher Kopfgeldjäger gesichert.

Die Enthüllung

Sina lernte erstaunlich schnell, sich zu verteidigen.

Sie kamen zu der Lichtung und Tarek zeigte ihr weitere Angriffs- und Abwehrbewegungen, damit sie Hieben ausweichen oder die Energie des Angriffs auf den Gegner zurückleiten konnte.

Am Nachmittag legten sie eine kurze Pause ein. Tarek hatte Brot mitgenommen und sie aßen rasch, um dann direkt weiter zu üben.

Es begann gerade zu dämmern, als sie schon die meisten seiner Angriffe abwehren konnte und es sogar einmal schaffte, ihn mit einem plötzlichen Griff zu überwältigen und zu Fall zu bringen. Sie war aber so in Schwung gewesen und überrascht, dass sie selbst das Gleichgewicht verlor und direkt auf ihn fiel. Sie lagen einen Moment lachend da, dann sprang Sina rasch auf und zog ihn zurück auf seine Füße.

Anschließend wollte Sina noch mit ihrer Magie üben, bevor es zu spät wurde.

Tarek setzte sich in einigem Abstand an den Rand der Lichtung, lehnte sich an einen Baum und beobachtete Sina, wie sie ein morsches Stück Holz auf die Wiese zog.

Sie ließ das Holz zuerst einfach nur kurz verschwinden und wieder auftauchen, ohne es viel zu bewegen, bis sie ein Gefühl dafür entwickelt hatte. Es knisterte und winzige Blitze zuckten von Sinas Fingern zu dem Holz und wieder zurück.

Dann transportierte sie es einige Schritte weit, bevor sie nachdenklich den Kopf zur Seite neigte und dann grinste.

Tarek schreckte zusammen, als ein Blitz über die Lichtung zuckte, weil sie das Holz viel weiter weg materialisiert hatte. Das Stück tauchte mitten in der Luft auf, flog ein Stück weiter und krachte dann an einen Baumstamm am Waldrand.

Sie lachte, als das morsche Holz zerbarst und auf den Boden regnete.

Im nächsten Moment schien sie wieder Tarek gewahr zu werden und lief rot an.

„Entschuldige, ich wollte es einfach mal ausprobieren. Ich konnte es sogar ein wenig beschleunigen."

Tarek schüttelte grinsend den Kopf. „Du bist die Magierin. Solange du nicht mich gegen einen Baum schleuderst, schreite ich nicht ein."

Der Rotton ihres Gesichts wurde sogar noch etwas dunkler, dann schloss sie die Augen und konzentrierte sich, tief und ruhig atmend. Sie versuchte sich vorzustellen, sie sei an der Quelle im Alten Wald. Wieder packte sie dieses heftige Gefühl eines tiefen Falls, aber sie bewältigte es und ließ los. Zu ihrem eigenen Erstaunen schaffte sie es auch ohne die Magie der Kreuzung, einige Manneslängen zu überwinden, und das ohne einen allzu ohrenbetäubenden Knall. Sie wäre beinahe zu Boden gestürzt, als sie so schnell von einem Punkt zum nächsten sprang, und musste wild mit den Armen rudern, um nicht in die Knie zu gehen.

„Hast du das gesehen?!", rief sie überrascht und Tarek lachte, obwohl er die Augen noch von dem blendenden Blitz, der in den Himmel gezuckt war, zusammengekniffen hatte.

„Ja, du bist tollpatschig."

„Nein, das meine ich nicht! Als ich es die letzten Wochen versucht habe, kam ich immer kaum drei Schritte weit und jetzt ... fühle ich mich zwar erschöpft, aber nicht so sehr, wie beim letzten Mal."

„Hast du etwas anders gemacht?", fragte Tarek mit gerunzelter Stirn. Bei ihrem verunsicherten Blick war er wieder ernst geworden.

„Ich weiß nicht. Vielleicht liegt es daran, dass ich heute bei der alten Kreuzung war. Ich habe jetzt gerade nicht daran gedacht, dass es mir schwerer fallen muss, weil ich nicht dort bin. Ich habe gar nicht gedacht."

„Vielleicht hast du dich bisher aufgehalten, indem du davon ausgegangen bist, dass es schlecht laufen muss."

Sina sah ihn an, wie er lächelte, und war auf einmal ganz verwirrt. „Ich werde es lieber noch einmal versuchen ..."

Aber jetzt konnte sie sich nicht mehr richtig konzentrieren. Sie schloss die Augen und fokussierte ihre Kräfte, öffnete sie jedoch wieder, um die Stelle sehen zu können, zu der sie wollte. Genau in dem Moment, als sie die Magie freisetzte, diese Barriere überwand und sich von der Energie durch den Raum reißen ließ, erspähte sie eine Gestalt zwischen den Bäumen. Da stand jemand!

Die Erkenntnis brachte sie völlig aus dem Gleichgewicht. Ein heller Blitz zuckte über die Lichtung und krachte gegen einen Felsen am Rand der Lichtung, genau in die Richtung, in die sie geschaut hatte.

Ein Schrei ertönte und Sina materialisierte sich einige Meter weiter, strauchelte und wäre beinahe gestürzt.

Sie stolperte vorwärts. Als sie zum Stehen kam und sich die aufgewühlten Haare aus dem Gesicht strich, war Tarek bereits aufgesprungen und auf dem Weg zu ihr. Fast schien es, als wollte er sich in den Weg zwischen sie und ihre plötzlichen Beobachter stellen.

Aber diese Gestalten waren keine Fremden.

Asyra, Elaya und Malak standen zusammengekauert und mit offenen Mündern am düsteren Waldrand und starrten Sina an. Der Fels neben ihnen hatte sich teilweise schwarz verfärbt und qualmte etwas.

„Du ... du ...", stammelte Elaya und brachte nichts mehr heraus. Sina machte ein paar hastige Schritte und stellte sich dicht hinter Tarek, als hoffte sie, sich hinter ihm verstecken zu können und dadurch alles wieder ungeschehen zu machen.

„Was habt ihr gesehen?", fragte Tarek mit zischender Stimme und ging auf seine Freunde zu. Er hob beschwichtigend die Arme, als wolle er sie beruhigen.

„Sie ... sie war auf der anderen Seite und dann ... dann war sie plötzlich hier ... und der Blitz!", murmelte Malak und seine Augen verschmälerten sich.

„Du bist eine Magierin! Oh, bei den Hütern ...“, rief Elaya plötzlich und sprach damit wahrscheinlich ihrer aller Gedanken aus.

„Seid doch leise!“, meinte Tarek und sah sich rasch auf der Lichtung um.

„Dann stimmt es ... Du ...“

Sina wusste nicht, was sie fühlen sollte. Vorherrschend war eigentlich nur die Erleichterung, dass der Blitz keinen von ihnen verletzt hatte. Aber allmählich stellte sich auch Angst ein.

„Das ist nicht zu fassen! Shetan ist der einzige Magier, den wir hier je gesehen haben!“, rief Malak und sah jetzt schon nicht mehr so abweisend aus.

„Bitte beruhigt euch ... Es muss unbedingt geheim bleiben!“

„Eine Magierin! Hier in Ornanung!“, rief Malak und lachte beinahe, aber da verpasste Tarek ihm einen Hieb gegen die Schulter und er verstummte.

„Bist du denn stark? Ich meine, du wohnst ja auch bei Shetan ... Vielleicht hat er dir einiges gezeigt?“, fragte Elaya etwas leiser.

Sina sah erneut nervös zu Tarek und schwieg, unsicher, ob sie darauf antworten durfte.

Tarek zögerte ebenfalls, doch seine Freunde sahen ihn so eindringlich an, dass er die Schultern hängen ließ. „Sie hat Potenzial. Shetan wird sie ausbilden.“

„Ausbilden?“, fragte Malak und runzelte die Stirn, als versuchte er, sich das vorzustellen.

„Sina ist nicht einfach so hier aufgetaucht, wie ihr wisst ... Es ... Sie hat Erinnerungen an das Grab ... An die Ratken. Wir nehmen an, dass sie auch weiterhin gesucht wird und Shetan möchte sie vorbereiten, damit sie nicht in die Hände der Königin fällt und sich wehren kann.“

„Grab? MAZMORRAS Grab?“, stammelte Elaya und Angst stand ihr ins Gesicht geschrieben.

„Dann schwebst du in großer Gefahr! Und wir dachten ... Ach, ich weiß nicht, was wir dachten ...“ Asyra brach ab und seufzte. „Nun da ich weiß, dass du Magie besitzt, ergibt es viel mehr Sinn, dass du auch den Schwertkampf lernst und alles andere ...", meinte Asyra und Malak nickte bekräftigend.

„Deshalb waren die Ratken vor Monaten hier ... Sie haben nach dir gesucht!", flüsterte Elaya und rückte näher an ihren Bruder heran.

Sina sah Tareks Freunde einen nach dem anderen an – dann trat sie neben Tarek und lächelte kurz. „Bitte ... Ich habe mir das nicht ausgesucht ... Ich kenne den genauen Grund nicht, warum ich gefangen war ... Aber ich bin eine Magierin, das ist wahr."

Tarek berührte sie schwach am Arm und sah seine Freunde dann ernst an. „Ihr müsst keine Angst haben, sie hat sich sehr gut unter Kontrolle ..."

„Angst? Wieso sollten wir vor ihr Angst haben?", fragte Malak stirnrunzelnd und musterte Sina von oben bis unten, als wollte er sie in einem anderen Licht sehen.

Asyra sah Malak milde lächelnd an. „Es gab früher Magier, die ihre Kontrolle verloren und dann schreckliches Chaos anrichteten ... Das habe ich zumindest von Mokuba gehört."

„Ich glaube nicht, dass wir vor ihr Angst haben müssen. Eher vor den Ratken, die wegen ihr herkommen könnten", murmelte Asyra und Elaya gab ihr einen kleinen Stoß.

„Wir müssen doch nicht gleich davon ausgehen, dass sie sie finden", zischte sie ihre Freundin leise an.

Tarek schüttelte den Kopf. „Nein das müssen wir wirklich nicht – wenn ihr schwört, Stillschweigen zu bewahren. Hört ihr? Ihr dürft mit NIEMANDEM darüber sprechen!"

„Was ist mit Jesco? Er wäre der Einzige aus unserer Gruppe, der nichts weiß", warf Asyra ein.

„Er weiß es bereits."

„Was? Verdammt, er hat kein Wort gesagt", meinte Malak – und stockte, als ihm klar wurde, wie dumm seine Aussage war.

„Genau. Und ich bitte euch, als meine Freunde und als Gegner der Tyrannei, dieses Geheimnis zu wahren!"

Elaya warf ihrem Bruder einen kurzen Blick zu, dann nickte sie heftig. Auch Malak und Asyra willigten ein. „Wir sagen kein Wort."

„Das erklärt immerhin, warum du dich in den letzten Wochen so sehr zurückgezogen hast. Wir dachten schon, du hättest uns etwas verschwiegen, was in eine etwas andere Richtung geht ...", meinte Asyra und sah Sina neugierig an. Sie schluckte und warf Tarek einen nervösen Blick zu.

„Aber ...", meinte Elaya und legte den Kopf schräg, während sie Sina betrachtete. „... wenn ihr bisher behauptet habt, dass du keine Magierin bist ... Ist dann überhaupt irgendetwas von dem wahr, was wir über dich wissen? Wir kennen dich ja gar nicht wirklich!"

Asyra ergriff Elayas Gedanken. „Nachdem wir nun wissen, weshalb du dich zurückgezogen hast, ist eines zumindest klar. Wir hätten schon viel früher misstrauisch werden sollen, so geheimnisvoll, wie du warst", sagte sie und betrachtete Tareks Gesicht ununterbrochen.

„Verdammt!", murmelte Tarek und warf Sina einen kurzen Blick zu.

„Dann kommst du überhaupt nicht aus Maila?", fuhr Elaya fort und sah beinahe vorwurfsvoll aus. „Woher kommst du wirklich? Wir wollen die ganze Wahrheit, wie sollen wir sonst einer Magierin trauen?" Sie zwinkerte ihrem Bruder zu und der grinste kurz.

„Nein ... Sie kommt nicht aus Maila, da habt ihr recht. Wir wissen nicht genau, wo sie herkommt. Sie kann sich nicht erinnern."

„Also war das mit dem Gedächtnisverlust keine Lüge?", fragte Asyra und sah Sina erneut traurig an.

Sina schüttelte den Kopf. „Ich weiß wirklich fast nichts mehr vor dem Moment, als ich bei Shetan aufgewacht bin ... Ich erinnere mich an einen Ratken, der mich vor einem fremden Angreifer beschützt hat ..."

„Beschützt?! Bist du dir da sicher?"

Tarek lächelte matt. „Dasselbe habe ich damals auch gefragt."

„Ich bin mir eigentlich ziemlich sicher, dass er mich beschützen wollte. Ich glaube, er hat mir geholfen aus dem Gefängnis zu fliehen, allein hätte ich das sicher nicht geschafft."

„Aber was ist mit deinem Leben davor? Erinnerst du dich nicht an ein Dorf oder eine Stadt?"

Sina sah Tarek zögernd an, doch dann nickte er. „Ich denke, wir sagen es ihnen. Sonst geben sie nie Ruhe."

„Was sagen? Ihr wisst also, wo sie herkommt?"

Sina nickte. „Ja ... Ich komme nicht von hier. Also ... Ich komme nicht aus Tyarul. Ich bin aus Lyrra."

Elaya, Malak und Asyra klappten die Münder auf.

„Was?", ächzte Malak.

„Lyrra? *Das* Lyrra?"

„Du meinst, die andere *Dimension*?", fragte Malak erneut, als glaubte er es noch immer nicht.

Tarek seufzte. „Ja, sie meint die Dimension Lyrra."

Malak begann zu lachen. Auch Elaya schüttelte ungläubig den Kopf.

Und Asyra sah einfach verletzt aus. „Tarek", sagte sie in vorwurfsvollem Ton. „Wenn ihr es uns nicht sagen wollt, dann sag *das* doch einfach! Aber binde uns nicht eine so bescheuerte Geschichte auf!"

Jetzt wurde Tarek wütend. Sina konnte es sehen. Er machte schon den Mund auf, als Sina vortrat. „Kommt näher, alle drei. Berührt meinen Arm."

Alle verstummten. „Warum?", fragte Malak, wieder mit Misstrauen in der Stimme.

„Macht es einfach, dann werdet ihr sehen."

Elaya grinste nervös, doch sie tat wie geheißen und legte ihre Finger auf Sinas Unterarm. Malak zuckte, als wolle er sie davon abhalten, doch dann senkte er den Kopf und tat es ihr nach. Asyra ebenfalls.

Sina schloss die Augen und öffnete sich ihrer Magie. Sie war sich nicht sicher, ob es so funktionieren würde, aber sie dachte so fest sie konnte an die wenigen Erinnerungsfetzen, die sie noch an ihr altes Leben hatte.

Als ihre Magie zu dem Punkt gewandert war, wo sie die drei Freunde spürte, zuckten die Bilder beinahe unkontrolliert durch ihren Kopf. Da war eine fremde Straße, geteert und mit Straßenlaternen, Autos fuhren mit raschem Tempo vorbei ... Dann war da ein großes, weiß gestrichenes Haus, eine U-Bahn Station – und plötzlich auch Bilder aus dem Kerker. Sie wurde einen dunklen Gang entlang geschleift, zu den Bildern mischten sich Geräusche, Gerüche, Gefühle. Da waren Schreie, die durch die Gänge hallten, der Gestank von Verwesung und ihr Körper, der von Schmerz erfüllt war. Als die gelben Augen aus der Dunkelheit aufblitzten, zuckte sie angstvoll zurück und riss die Augen auf. Rasch entzog sie sich den Berührungen der anderen. Sie fühlte sich entblößt und hätte sich am liebsten wieder hinter Tarek versteckt.

Ihre Freunde schienen aus einer Trance zu erwachen, während Sina ein unangenehmes Gefühl der Schwäche umfing. Es war eine Mischung aus Erschöpfung und diesem Gefühl, ungewollt zu viel preisgegeben zu haben ...

„Das waren deine Erinnerungen, nicht wahr?“, fragte Asyra vorsichtig. „Du warst wirklich in Mazmorras Grab ...“

Elaya schien es bis zu dem Moment die Sprache verschlagen zu haben. Sina dachte, es würde ihr ebenfalls um das Gefängnis gehen, aber sie strahlte dann doch. „Das ist ja nicht zu fassen! Nicht nur, dass wir einer Magierin gegenüberstehen, nein, sie ist auch noch eine Lyrranerin!“

„He, werd nicht beleidigend, okay? Ich bin keine Außerirdische!“, meinte Sina und Elaya zog rasch den Kopf ein.

„Oh, tut mir leid, das ... war nicht so gemeint.“

„Was ist das, Außerirdische?“, fragte Malak dazwischen und Sina seufzte.

„Das heißt, dass ich nicht aus dem Weltall, von einem anderen Planeten komme, sondern auch ein Mensch bin.“

„Und was bedeutet dieses ohkäi?“

„In Ordnung.“

Die anderen schwiegen weiter, bis Sina begriff, dass sie es noch immer nicht verstanden hatten. „Okay, das heißt so viel wie *in Ordnung*."

„Wieso sagt sie das dann nicht einfach?", murmelte Malak leise seiner Schwester zu, die mit den Achseln zuckte, bevor sie Sina wieder voller Euphorie anstarrte.

„Das ... Es ist nur so, dass wir noch nie jemandem aus der anderen Dimension begegnet sind. Es soll dort so anders sein, Shetan hat uns schon ein bisschen erzählt. Ich meine ... Bei den Hütern!"

„Aber das würde doch bedeuten, dass du durch das Portal in Zaydas Festung gekommen bist!", wandte Asyra ein und warf Tarek ebenfalls einen Blick zu.

„Wir wissen es nicht genau, aber sie konnte irgendwie aus dem Gefängnis fliehen."

„Allerdings weiß ich selbst nicht, wieso ich dort war oder was die Königin an mir interessant findet."

„Außer natürlich, dass du eine Magierin aus Lyrra bist – und dass du ihr entkommen konntest!", meinte Asyra kopfschüttelnd.

Tarek blickte nachdenklich drein. „Ich bin nur froh, dass Shetan und Conroy die Ratken davon überzeugen konnten, dass das gesuchte Mädchen fortgebracht wurde. Also weiß außer euch niemand, wer sie ist! Und so muss es auch bleiben, wir müssen weiterhin so tun, als sei sie erst danach hierhergekommen. Es darf kein Zusammenhang zu erkennen sein!"

„Aber wieso besitzt eine Lyrranerin Magie?", fragte Malak.

„Also genauer gesagt, ist Sina keine Lyrranerin, sie ist eine Miakoda. Wir wissen nur nicht, wie sie nach Lyrra kam, oder wieso sie überhaupt dort war ...", antwortete Tarek für Sina. „Ich halte es für wahrscheinlich, dass ihre Vorfahren nach Lyrra gegangen sind, als Zayda noch nicht die anderen Portale zerstört hatte ... Das ist eigentlich die einzige Möglichkeit. Ihre Eltern oder Großeltern könnten Magier gewesen sein, die vor langer Zeit vor Zayda geflohen sind."

„Wahrscheinlich hatte die Königin deshalb so ein Interesse an dir. Du bist etwas Besonderes – und Magier sind selten geworden“, warf Asyra dann ein.

„Ich kann wirklich nicht sagen, warum sie mich gefangen hat ... Ich weiß fast gar nichts mehr über mein altes Leben, ich kann mich an die Welt erinnern, aber nicht an Freunde, an meine Familie oder anderes ...“

„Und wir dachten, du seist eine reiche Ziege aus Maila, die sich an Tarek heranmacht ...“, murmelte Malak und Elaya zog kurz den Kopf ein und zischte ihn leise an. „Sei doch still ... Das ist doch Schnee von gestern!“

Sina runzelte die Stirn, sagte jedoch nichts.

„Vielleicht ...“, setzte Tarek langsam an, „ist es besser, wenn ihr jetzt nach Hause geht. Ihr werdet irgendwann mehr erfahren, immerhin wisst ihr es jetzt und ich kann euch in Sinas Ausbildung viel mehr miteinbeziehen ... Aber jetzt wird es spät und Sina hat den ganzen Tag geübt und ... ja, ich sollte Shetan wohl berichten, was geschehen ist.“

„Er wird doch nicht sauer auf dich sein, oder?“, fragte Elaya vorsichtig und Sina zuckte die Achseln.

„Ich hoffe nicht. Es war ja keine Absicht ...“

Tarek legte ihr eine Hand auf die Schulter, als wollte er sie beruhigen. „Keine Sorge.“

Asyra sah sie stirnrunzelnd an, dann nickte sie. „Gut ... Dann gehen wir jetzt ...“, meinte sie nachdenklich, drehte auf dem Absatz um und die beiden Geschwister folgten ihr.

Sina schüttelte den Kopf, als Tareks Freunde flüsternd die Lichtung verließen und im dunklen Wald verschwanden.

Jetzt hatten sich alle verschworen, ihr zu helfen und sie zu schützen ... obwohl Tarek ihnen noch immer nicht die ganze Wahrheit anvertraut hatte.

„Ich frage mich, wie sie erst reagieren würden, wenn sie wüssten, dass ich nicht nur *irgendeine* Magierin bin“, flüsterte sie und Tarek sah sie durchdringend an.

„Lass uns darüber jetzt nicht nachdenken. Wir sollten schnell nach Hause, bevor noch mehr Leute auftauchen."

„Ich hatte gar nicht wirklich verstanden, dass du eine Gruppe von Rebellen anführst. Hättest du mehr Zeit mit deinen Freunden verbracht, wenn ich nicht hier wäre?"

„Vermutlich. Aber es wäre vielleicht sowieso einmal an der Zeit gewesen, etwas mehr Zeit mit einer Frau zu verbringen", murmelte er und lächelte sie kurz an. Sina wusste nicht recht, wie sie auf seinen Blick reagieren sollte, also nickte sie nur, lächelte ebenfalls und versuchte, nicht allzu rot zu werden.

Schließlich rafften sie ihre Sachen zusammen und liefen unter dem sich rasch verdunkelnden Himmel zurück ins Dorf.

Shetan sah vom Herd auf, als sie hereinkamen, und runzelte sofort die Stirn. „Ihr seid sehr spät dran. Wo wart ihr den ganzen Tag? Wafaa ist schon lange zu ihrem Rudel zurückgekehrt ... Wirklich faszinierend, diese Wölfin ... Sie hat mir außerdem nahegelegt, dich ab jetzt Zenay zu nennen, aber meiner Meinung nach bist du noch nicht bereit für diese Bürde."

Ihm entging nicht, dass Sina schluckte, bevor sie schnell nickte. Er richtete sich gerade auf und musterte die blasse Sina, die sich hinter Tarek zu verstecken schien. „Was ist los? Ist etwas passiert?"

„Nun ...", fing Tarek an. „Das ist wohl Ansichtssache."

Shetans Augen verschmälerten sich, als er Sina ins Visier nahm.

Oh Gott, er wird bestimmt ausrasten, wenn er erfährt, dass man mich gesehen hat und dass ich ihnen meine Erinnerungen gezeigt habe, dachte sie auf einmal nervös und bemühte sich, ihre zitternden Hände zu verbergen.

„Wer hat euch gesehen?", fragte Shetan langsam – und Sina versteifte sich unter seinem drohenden Ton.

„Wie? Woher weißt du da-", fing Tarek an, doch dann verstummte er und sah von Shetan zu Sina.

„Es ist schwer, so aufdringliche Gedanken nicht zu spüren, wenn man ein Magier ist, Tarek", meinte Shetan und baute sich nun bedrohlich groß auf, während Sina hinter Tareks Schulter im Boden zu versinken versuchte.

Tränen traten in ihre Augen, so groß wurden der Druck und die Angst, ehe sie herausplatzte. „Bitte Shetan, es war keine Absicht ... Ich weiß, du hast gesagt, dass niemand es erfahren darf ...“

„Wer?“, fragte er laut und sogar Tarek zuckte kurz zusammen.

„Meine Freunde. Asyra, Elaya und Malak. Ich denke, Jesco vermutete es schon vorher, da er Sina im Bogenschießen unterrichtet ...“

Shetan stand noch einen Moment groß aufgebaut da, dann ließ er die Schultern hängen und schüttelte den Kopf. Seine Enttäuschung zu sehen, war für Sina schlimmer als ein Wutausbruch.

„Es tut mir leid ... Ich wollte noch etwas üben, bevor wir ins Dorf zurückgehen und es war schon recht dunkel im Wald ... Ich habe einfach nicht genug aufgepasst ...“ Ihre Stimme zitterte jetzt deutlich.

„*Einfach* nicht genug?“, fragte Shetan und die Wut war zurück.

„Großvater, ich denke, es hätte viel schlimmer kommen können, wir können meinen Freunden ver-“

„Nein!“, unterbrach ihn Shetan und sah Sina wieder direkt an. „Du! Komm mit!“

Er deutete auf die Tür, dann packte er seinen Mantel und eine Fackel aus dem Flur und verließ das Haus.

Sina hastete ihm hinterher, während ihr schlechtes Gewissen sie plagte. Tarek folgte missmutig mit einer zweiten Fackel.

Was hat er nur vor? Will er mich bestrafen?, dachte sie und Sorge schnürte ihr den Hals zu.

Sie sah kaum, wo sie hinlief. Als sie den Garten und das Dorf verlassen hatten, war es im Wald kalt und dunkel. Shetan schritt schweigend voraus und hielt die Fackel gerade hoch genug, damit er gut gehen konnte, doch Sina konnte hinter ihm den Boden nur schlecht erkennen und stolperte mehrmals über Wurzeln oder niedrige Zweige.

Tarek zog sie still wieder auf die Beine, als sie schließlich stürzte. Sie sah ihn mit aufgerissenen Augen an, konnte aber keinen beruhigenden Ausdruck in seinem Blick erkennen, er nickte nur mit dem Kopf in Shetans Richtung und bedeutete ihr, dem Magier weiter zu folgen.

Hab Vertrauen, sagten seine Augen kurz, dann schluckte sie den Schmerz in ihren Knien herunter und hastete Shetan wieder hinterher. Sie fühlte sich elend, ihr Gewissen ließ kaum mehr einen klaren Gedanken zu.

Nach einem endlos wirkenden Marsch kamen sie auf einer kleinen Lichtung an. Shetan schritt in die Mitte, Sina wagte es nicht, ihm zu folgen, doch Tarek schob sie weiter, bis sie vor der drohenden Gestalt Shetans stehen bleiben musste.

Immer noch schweigend reichte Shetan seine Fackel an Tarek weiter und bedeutete ihm, zurück an den Rand der Lichtung zu gehen. Sina schluckte, als er wegtrat und sich in den Schatten der hohen Bäume stellte.

Shetan schwieg und sein Blick lastete schwer auf Sinas Schultern, es war eine Erleichterung für sie, als er endlich doch sprach.

„So etwas darf jetzt noch nicht passieren, Sina. Deshalb werde ich dir helfen zu verhindern, dass es noch einmal vorkommt. Denn sonst könnten es weniger vertrauenswürdige Menschen erfahren!“

Sina sah ihn verständnislos an. „Warte ... Heißt das, du ... du bist *nicht* wütend?“

„Ich trage selbst die Schuld daran. Mach dich jetzt bereit, ich werde dir etwas zeigen.“

Sie hatte noch immer nicht ganz verstanden, was gerade passierte – da trat Shetan direkt vor sie und nahm ihre Hand, die er an seine Schläfe führte.

„Streck deine Magie aus, aber sei vorsichtig. Ich zeige dir jetzt einen Trick, damit du besser sehen kannst. Es wird Konane genannt. Ich werde sie aktivieren und du musst spüren, was die Magie tut – dann kannst du sie selbst wirken.“

Hektisch nickend schloss sie die Augen und griff nach ihrer Magie. Sie zitterte noch immer ein wenig, als sie die Kraft durch ihre Finger fließen ließ und wartete.

Einen Moment geschah nichts, dann spürte sie fremde Energie ... Scheinbar Shetans Magie, die sich in ihm regte. Plötzlich wurde sie sich seiner Augen sonderbar bewusst. Seine Magie wirbelte hinter seinen Lidern und schien sich wie ein Schleier auf seine Augen zu legen.

Dann nahm Shetan ihre Hand wieder von seiner Schläfe. Sie öffnete rasch die Augen und besah sich seine. Sie glänzten merkwürdig und reflektierten, dann verschwand die Magie wie Rauch, der vom Wind weggetragen wird.

„Hast du es gespürt?", fragte der alte Magier jetzt und Sina schluckte.

„Ja ... Aber ... ich wusste nicht, dass Magie so auf den Körper wirken kann ... Also dass sie tatsächlich ... Was tut es mit den Augen, Shetan?"

Er lächelte und bedeutete ihr mit einem Nicken, es selbst auszuprobieren. „Finde es heraus, hab keine Angst, die Magie wird an die richtige Stelle gelenkt, wenn du dich gut konzentrierst. Jeder lernt es auf diese Weise – außer er bekommt die Magie von einem anderen Magier zur Verfügung gestellt."

Sina zögerte, dann schluckte sie die Sorgen herunter und ließ die Magie durch ihren Körper zu den Augen fließen. Sie stellte sich das Glänzen auf Shetans Augen vor und lenkte die Magie so gut sie konnte, erinnerte sich an das Gefühl, wie sie sich auf die Augen des Magiers gelegt hatte ... und ein helles Stechen fuhr durch ihre Augen. Sie ächzte und kniff sie stärker zusammen, ehe sie sie vorsichtig wieder öffnete.

Die Lichtung war erhellt und grau.

„Siehst du jetzt durch die Konane?"

Sina nickte zögerlich und sah sich weiter auf der Lichtung um. Alles war heller, seit sich die Magie auf ihre Pupillen gelegt hatte. Sie konnte es als sanfte Wärme in ihren Augen spüren, aber das Stechen war fast fort.

„Es hilft dir nicht nur im Dunkeln, so wie jetzt. Du kannst damit insgesamt besser sehen, auch im Nebel, Staub oder – wie ein Buch behauptet – durch andere Materialien wie Stoff ... Allerdings gelingt es heute niemandem mehr, die Magie so stark zu fokussieren", fuhr Shetan fort, während Sina ihm nur mit einem Ohr zuhörte.

Alles war so klar. Die Lichtung, die Bäume, die Wiese, alles lag da, als wäre das Licht des Mondes zehnfach verstärkt worden ... Aber es war nicht mit Tageslicht zu vergleichen. Die Farben waren schwächer. Die Konturen der einzelnen Gegenstände wirkten leicht verschwommen und schienen sich zu bewegen.

Shetan bemerkte, wie Sina die Stirn runzelte und die Augen zusammenkniff, da lächelte er kurz. „Eine Weile wird dir vielleicht noch alles etwas verschwommen vorkommen, aber du wirst dich daran gewöhnen, wenn du diese Magie weiter anwendest. Auch die Farben können noch stärker werden, wenn du ein Talent dafür hast, allerdings wird es nie so wie am Tag sein ... Aber was macht das schon?"

Sina nickte nachdenklich. „Es wabert alles ... Als wäre es in Bewegung."

«†»

Tarek kam neugierig einige Schritte vom Waldrand heran. Er hatte sich die ganze Zeit still verhalten und war erleichtert, als er erkannte, dass sein Großvater Sina nicht weiter rügen würde.

Auf einmal betrachtete er das Mädchen vor sich in einem anderen Licht. Er sah eine junge Frau, eine Magierin, die fasziniert ihre Umgebung studierte.

Als er näher trat und die Fackel höher hielt, kniff sie instinktiv kurz die Augen zusammen – aber dann zeigte sich Überraschung auf ihrem Gesicht. „Ich werde nicht geblendet. Die Flammen der Fackel sind einfach hellweiß und schärfen die Konturen der Umgebung!"

Tarek sah gebannt in Sinas Augen. Sie reflektierten das Licht wie die Augen einer Katze und ihre Pupillen waren weit geöffnet.

„Es sieht sehr schön aus“, murmelte er fasziniert und Sinas glänzender Blick ruhte noch kurz auf ihm, ehe sie die Magie beendete und das Glühen wieder verschwand.

Im nächsten Moment wankte sie und er machte rasch einen Schritt auf sie zu.

Tarek sah sie besorgt an. „War es anstrengend?“

„Nein, es geht schon ... Ich bin nur noch immer verwirrt. Ich dachte, Shetan sei wütend und du würdest einfach zusehen, wenn ...“

Shetan lächelte grimmig. „Das zu denken war schon Strafe genug. Das hast du sehr gut gemacht, Sina – und jetzt ab nach Hause, bevor noch mehr von Tareks Freunden auftauchen!“, meinte Shetan und sah Tarek vielsagend an. „Du wirst sie viel stärker in ihre Ausbildung einbinden müssen und ihr Treue schwören lassen. Sie dürfen sie niemals verraten, verstanden? Sonst bekommen sie es mit mir zu tun!“, wandte er sich wieder an den jungen Mann, der ernst nickte.

„Ich kümmere mich darum, dass sie Sina besser kennenlernen ... Aber wir müssen uns keine Sorgen machen, ich kenne sie schon lange.“

Sina lächelte Tarek auf eine Weise an, dass ihm ganz warm wurde. Er wollte ihr eine der Fackeln reichen, aber sie lehnte ab. „Ich versuche mich noch ein bisschen in dieser Konane ...“

«†»

Am nächsten Morgen war Sina völlig erschöpft. Sie war am Abend so durcheinander gewesen, dass sie kaum bemerkt hatte, wie sehr sie sich überanstrengt hatte.

Als sie über Kopfschmerzen und Halskratzen klagte, verordnete Shetan ihr kurzerhand einen Tag Bettruhe. Sie sollte lesen oder sich höchstens ein wenig mit den Steinen üben, denn sie hatte sich übernommen und Shetan wollte auf keinen Fall, dass sie krank wurde. Als sie anfing zu protestieren, erklärte er, dass ein Magier immer auf sein inneres Gleichgewicht achten müsse. Wenn sie sich zu sehr verausgabte, könne das ihre Magie sogar dauerhaft schwächen! Ein Magier brauche einen starken Körper, um Großes vollbringen zu können.

Bei diesem Argument gab sie kleinlaut nach und erholte sich den Rest des Tages.

Um sie am Tag darauf zu motivieren – und nachdem sie sich wieder frisch und gesund fühlte – durfte sie wieder eine neue Magie erlernen. Tarek hatte sich früh von ihnen verabschiedet, er wollte mit Jesco in den Wald und – wie Sina annahm – ihn auf den gleichen Stand bringen wie seine anderen Freunde.

Shetan betonte auf dem Weg zu dem kleinen Bach hinter ihrem Haus mehrmals, wie wichtig die folgenden Übungen für sie sein würden, denn es war elementare Magie, die er ihr zeigen wollte. Er verlor kein Wort mehr über den vergangenen Abend und die Konane, er hatte ihr genug Anweisungen gegeben und schien darauf zu vertrauen, dass sie von selbst üben würde.

Er erklärte ihr, dass die Magie ihre stärkste Waffe sei, denn nicht immer würde ein Pfeil oder Schwert ihr helfen können. Aber Magie, die war fast immer bei ihr.

„Wenn es darauf ankommt, musst du dir deine Umgebung zunutze machen können. Sieh dich um, Sina! Luft, Wasser, Erde, Pflanzen, Steine, sogar Feuer, wenn du möchtest, all dies kannst du kontrollieren und zu einer Waffe machen!“

Sina tat wie geheißen und folgte seiner weit ausholenden Armbewegung. Allerdings fühlte sie sich dennoch mulmig, während er weitersprach.

„Starke Magier waren einst sogar in der Lage, das Wasser im Körper ihrer Feinde oder die Luft um sie herum zu kontrollieren, sodass ihre Feinde zu Marionetten wurden oder erstickten, weil sie ihnen die Luft um sie herum entzogen!“, sagte er.

„Aber Shetan, ich will doch niemanden töten! Es wäre furchtbar, einfach zu ersticken, ohne etwas tun zu können ...“ Sie bekam eine Gänsehaut bei der bloßen Vorstellung.

„Es ist jetzt nicht wichtig, was du später damit anfangen wirst, wichtig ist, dass du jede Magie beherrschst, die ich kenne und an dich weitergebe. Also hör gut zu und schau hin!“

„Okay, das werde ich tun."

Shetan nickte, hob schließlich einen kleinen Stein vom Bachufer auf und wog ihn in der Hand.

„Du kennst bereits die Magie, mit der du einen Stein wie diesen bewegen kannst, aber Gestein ist fest und nicht so einfach formbar wie Wasser."

„Aber macht es das nicht leichter, wenn etwas formbar ist?"

„Nein, im Gegenteil. Das Wasser ist in sich beweglich und in keiner starren Form, deshalb ist es schwerer, es zu erfassen und zu kontrollieren."

Er reichte ihr den kleinen Stein, dann hob er die Hand zum Bach neben ihnen. Zuerst schien gar nichts zu passieren, dann staute sich das Wasser am Rand und eine wabernde Kugel trennte sich vom fließenden Bach. Die Kugel tropfte gelegentlich, und Shetan ließ sie zu Sinas Hand schweben.

Sie hielt die Hand flach, das Wasser umschloss den kleinen Stein und hob ihn in hoch. Schweißperlen traten auf Shetans Stirn, dann erzitterte die Wasserkugel und gefror knackend. Shetan hob seine Hände zu beiden Seiten der Eiskugel, zog sie auseinander und zerbrach sie mit seiner Magie.

Sina sah, dass auch der Stein zerbrochen war. Shetan lächelte. „Du siehst also: Auch etwas Weiches und Fließendes kann dem festen Stein etwas anhaben. Jedes Element kann durch ein anderes bekämpft werden. Das solltest du in Erinnerung behalten ... Es kann sein, dass du später vielleicht anderen Magiern gegenüberstehen wirst. Nicht jeder deiner Feinde wird ein Schwert oder einen Bogen nutzen."

Damit ließ er das Eis wieder flüssig werden, es fiel platschend mit den Steinstücken zu Boden und wurde von der Erde aufgenommen. Shetan stand schwankend da und Sina hielt ihn schnell an der Schulter fest. Sie hatte ihre Begeisterung bisher zurückgehalten, jetzt sprudelte sie aus ihr heraus.

„Das war wirklich beeindruckend! Unglaublich! Das Wasser sah richtig lebendig aus ..." Sie schwieg kurz. „Möchtest du dich vielleicht setzen? Komm, ich bringe dich zur Bank!" Damit führte sie ihn zu der Holzbank unter einem der Apfelbäume.

Er ließ sich stöhnend darauf sinken. „Oh, danke Sina. Tja, ich bin eben nicht mehr der Jüngste, da vergeht die Magie so schnell ... Aber es war wirklich unglaublich ... Weißt du, ich war früher genauso begeistert wie du, ich habe die Magie geliebt!"

Unmittelbar flammte ein Feuer des Lebens in seinen Augen auf, flackerte etwas und beruhigte sich dann wieder, bevor sie es wagte, den Mund zu öffnen und zu fragen.

„Aber warum hast du dann aufgehört? Ich habe gedacht, dass man auch als gelernter Magier seine Kräfte aufrechterhalten kann, wenn man immer weiter trainiert?"

„Ja, das ist schon wahr, aber die *Umstände* haben es einfach nicht mehr zugelassen. Ich hatte eine Familie und Zayda ließ jeden, der zu mächtig war, töten! Ich wollte nur zu gerne weitermachen, aber ich habe mich entschieden, die Magie langsam versiegen zu lassen ... Und da ich kein Geborener bin, werde ich sie irgendwann ganz verlieren, wenn ich nicht mehr übe."

„Kann ich irgendetwas für dich tun?", fragte sie schließlich nach einem Zögern und Shetan lächelte.

„Nein, das kannst du nicht, aber du kannst mich hier in Ruhe sitzen lassen, während du übst. Am besten holst du dir einen Eimer, füllst ihn am Bach und kommst wieder her, damit ich dir zur Seite ... sitzen ... kann."

Sie nickte schmunzelnd und war nach einer Minute mit einem vollen, fast überschwappenden Eimer zurück.

„So, jetzt möchte ich, dass du das Wasser mit deiner eigenen Magie erfühlst, denn es handelt sich hier zwar um etwas kompliziertere Magie, doch ist sie mit genügend Kontrolle durchaus machbar. Jeder Magier muss für sich ganz persönlich seine Magie auf das Wasser abstimmen."

„Also gibt es noch mehr Magie, die man nur mit dem Willen kontrolliert?"

„Oh ja, es gibt viel mehr Formen, wie du die Energie anwenden kannst, als du dir vorstellen kannst. Große Magier, in früherer Zeit, konnten jegliche Energie nur mit ihren Gedanken oder Händen kontrollieren. Es genügte, die Magie zu lenken oder zu greifen. Heute fällt das sehr vielen schwer, starke Magier zu werden. Sie haben keinen engen Kontakt zu ihrer Energie ... aber davon ein andermal. Jetzt versuch es!"

Sina nickte, entspannte sich und ließ ihre Kräfte fließen. Silberne Funken sprangen aus ihren Fingern, beinahe unsichtbar, so hochkonzentriert waren sie, und als sie auf die Wasseroberfläche trafen, färbten sie sich zu einem eisigen, fast schon ins Türkis übergehenden Blau.

In ihrem Kopf fühlte es sich auf einmal kühl und nass an, fast, als würde die Magie das Wesen des Wassers erfassen und sie begreifen lassen.

„Wow, hast du das gesehen? Das fühlte sich ... feucht an, als hätte meine Magie sich mit dem Wasser verbunden."

„Das ist gut, du hast ein Talent für dieses Element, wenn du es so früh schaffst, deine Magie darauf abzustimmen – andererseits muss es uns natürlich nicht überraschen, wenn du auch die anderen Elemente rasch beherrschst."

Sina grinste. Es tat gut, von Shetan gelobt zu werden.

Jetzt machte sie sich daran, diese neu gewonnene Magie zu kontrollieren und schickte einige Funken auf den Eimer zu. Sie verband die Magie mit dem Wasser und hob sie dann an, wie sie es auch mit einem ihrer Steine getan hätte. Ein kleiner Tropfen schwebte kurz über die Oberfläche, dann fiel er sofort zurück.

Auch beim zweiten und dritten Mal ließ sich trotz größter Anstrengung nur ein winziger Tropfen von der Wassermenge trennen.

Enttäuscht ließ Sina den Kopf hängen, sie hatte mehr von sich erwartet.

„Gib nicht auf, es ist nicht einfach, aber du schaffst das."

„Hm, na gut."

Sie ließ erneut Energie auf das Wasser einwirken und ihre Hände zitterten ein wenig, als sie nach weiteren Versuchen schließlich eine große, wabernde Kugel aus Wasser in die Luft steigen ließ.

Das Wasser stieg bis auf die Höhe von Shetans Gesicht, dann zog sie es zu sich zurück und ließ es vor ihrem Gesicht schweben. Sie hatte das Gefühl, durch ihre Magie direkt mit dem Wasser verbunden zu sein. Es war nicht nur so, dass sie die kühle Feuchte spürte, als berühre sie es. Nein, es war *realer* als jemals zuvor.

„Ich glaube ... ich verstehe es jetzt“, murmelte sie, während sie verträumt in das Wasser starrte, und ließ es mit einem Zischen zu Nebel verdampfen. In der Luft um sie bildeten sich tausend winzige Tröpfchen, die sich zu Regen vereinigten, doch bevor die Regentropfen den Boden berühren konnten, stoppte Sina sie, sammelte sie erneut und ließ das Wasser schließlich zu einem Klumpen Eis gefrieren.

Erschöpft ließ sie das Eis in den Eimer zurückfallen, wo es platschend Wellen schlug.

Einige Tropfen schwappten über den Rand und Zenay beobachtete sie dabei, wie sie fielen und dann von der Erde aufgesaugt wurden.

Shetan schien auf etwas zu warten, aber sie war schon völlig von ihren rasenden Gedanken eingenommen. Obwohl sie müde war, hielt sie die Hand über den Eimer, hob Wasser hoch und formte es mit beiden Händen zu einer Kugel in der Luft.

Sie starrte das Wasser an, fokussierte ihre Magie und stellte sich vor, wie es durch den Raum reisen würde, um dann etwas weiter entfernt wieder aufzutauchen.

Ihr Blick war auf die Kugel gerichtet – als sie im Hintergrund eine Bewegung bemerkte. Genau in dem Moment, als sie die Magie genug konzentriert hatte, erblickte sie Tarek.

Er kam um die Hausecke und lenkte ihre Aufmerksamkeit auf sich. Das Wasser verschwand mit einem Zischen, ein Blitz sprang zwischen ihren Fingern hin und her – und die Wasserkugel klatschte Tarek mitten ins Gesicht. Er japste und machte überrumpelt einen Schritt zurück.

Der Blitz von ihrer Hand zuckte in Shetans Richtung, wurde dann aber vom Wassereimer abgelenkt und schlug mit einem knisternden Zischen in die Oberfläche ein. Das Wasser sprudelte und dampfte, dann herrschte wieder Stille.

Sie dachte schon, der alte Magier würde sie dafür rügen, dass sie etwas unaufgefordert ausprobiert hatte.

Shetan sah sie lange an, dann lächelte er und fing an zu klatschen.

Während Tarek sich mit einem fassungslosen Ausdruck das Wasser aus dem Gesicht streifte und tropfend zu ihnen kam, sah sie in Shetans Augen und wusste, dass er ihre Euphorie ganz genau spürte und auch teilte.

„Das, meine liebe Schülerin, ist die Art von magischer Intuition, die *Zenay* ausmacht.“

Die Zafija strahlte, als ihr ein einzelner, klarer Gedanke durch den Kopf schoss.

Magie ist etwas Wunderbares.

Malee

Die Tage vergingen und brachten das Grün der Bäume. Mit der Zeit und ihren Fortschritten erschien es Sina, als würde langsam ein Schalter in ihrem Kopf umgelegt. Sie begann immer häufiger, sich selbst als Zenay, als diese Magierin mit einer Aufgabe zu sehen und stürzte sich so gut sie konnte in ihre Übungen der Magie und Kampfkunst. Auf Shetans Bitte hin hielt sie sich jedoch bedeckter. Seit Tagen hatte sie keinen von Tareks Freunden mehr zu Gesicht bekommen. Als sie Tarek gegenüber ansprach, dass sie sich unwohl fühlte, weil sie nicht wusste, ob die anderen sie noch sehen wollten, gab er ihr frei. Nebenbei erwähnte er, Asyra am frühen Morgen im Wald getroffen zu haben, wo sie Kräuter sammelte.

Sie verstand den Hinweis und folgte seiner Wegbeschreibung mit einem mulmigen Gefühl im Magen.

Vögel zwitscherten und flatterten auf, als sie durch das Unterholz des Waldes stapfte. Der Wind rauschte sanft im frischen Grün der Bäume, dann hörte sie leise Stimmen. Vor ihr lag der Teich, in dem Tarek morgens oft schwimmen ging. Dort saßen Asyra und Elaya und unterhielten sich, den Blick auf eine große Libelle gerichtet, die tief über dem Wasser ihre Kreise zog. Sonnenstrahlen glitzerten über den Teich und ließen Asyras rotes Haar noch prachtvoller strahlen. Zenay blieb einen Moment zögernd stehen, dann gab sie sich aber doch einen Ruck und trat neben die beiden.

„Hallo", murmelte sie, blieb neben ihnen stehen und starrte auf das grüne Wasser.

„Hallo ...", antwortete Asyra. Zenay bekam sofort das Gefühl zu stören, aber Elaya strahlte sie neugierig an. „Was machen deine Kräfte? Hast du Ärger mit Shetan bekommen, weil wir es jetzt wissen? Wir haben dich seither gar nicht mehr zu Gesicht bekommen."

Zenay zögerte. „Nein ... Tarek konnte ihn beschwichtigen ... Er sagte, er vertraut euch. Dann tue ich das auch."

Asyra nickte und sah etwas eingeschnappt aus. „Tarek hat noch einmal mit uns gesprochen, er wirkte wirklich besorgt. Man hatte fast das Gefühl, dass er uns nicht mehr traut ... Aber wir werden dein Geheimnis bewahren."

Sie schwiegen alle, dann stand Asyra auf und strich sich die Kleidung glatt, ehe sie den Korb neben sich aufhob. Er war prall mit Kräutern gefüllt.

„Nun, ich muss jetzt los und die Sachen zu Mokuba bringen. Wir sehen uns später, Elaya."

Sie nickte den beiden kurz zu und verschwand dann im nächsten Dickicht.

Zenay setzte sich neben Elaya, die wieder die Libelle verfolgte, und wartete, bis Asyras Schritte verklungen waren.

„Sie kann mich nicht leiden, nicht wahr?", fragte sie dann seufzend.

Elaya zuckte die Achseln. „Ich weiß nicht, vielleicht ist sie ja eifersüchtig."

Zenay schnaubte. „Auf was denn? Dass ich in Gefahr schwebe, weil ich Fähigkeiten besitze, die ich nicht verstehe?"

„Nein, ich glaube nicht ... Nur ... du verbringst sehr viel Zeit mit Tarek."

Das versetzte Zenay einen Stich und ließ ihren Atem stocken. Sie wollte wissen, was genau Elaya damit meinte, aber die Frage blieb ihr im Hals stecken.

„Tarek ist wirklich begeistert, oder?", fragte Elaya dann weiter und verwirrte Zenay damit nur noch mehr. Meinte sie die Sache mit der Magie?

„Ja ... schon."

„Hm. Du scheinst dir da ja nicht so sicher zu sein ... Aber keine Sorge, auch wenn er manchmal nicht viel sagt, meint er doch viel damit. Das hat er bestimmt von Jesco."

„Du weißt recht viel über die anderen, oder?"

„Ich kenne sie schon mein Leben lang. Außerdem macht es mir Spaß zu beobachten. Mein Bruder ist nicht der Richtige, um sich über Gefühle und so etwas zu unterhalten."

„Ähm, du sagtest, Asyra sei vielleicht eifersüchtig ...", fing sie an und die Frage wollte schon wieder kaum heraus, doch dann zwang sie sich weiterzusprechen. „Asyra und Tarek ... Sind sie ... zusammen?", fragte sie leise und schluckte.

Elaya sah sie verdutzt an, dann prustete sie los und musste sich an Zenay festhalten, damit sie nicht das Gleichgewicht verlor. „Wie kommst du denn darauf?", fragte sie nach einer Weile, als sie wieder Luft bekam.

„Na ja, wenn Tarek nicht mit mir übt, dann ist er bei ihr ... und du meintest doch gera-"

Elaya unterbrach sie kichernd. „Sina, hat Tarek es dir nicht gesagt? Asyra ist seine Großcousine!" Ein erneuter Lachanfall schüttelte sie.

„Nein!", rief Zenay überrascht und runzelte dann die Stirn. „Oder warte ... Er hat einmal erwähnt, dass ihre Großmutter und Shetans Frau Schwestern waren. Das hatte ich ganz vergessen!" Erleichterung machte sich jetzt auf ihrem Gesicht breit.

„Du magst ihn, hab ich recht? Keine Sorge, die beiden sind verwandt und sehr gute Freunde. Sie ist es einfach gewöhnt, dass sie oft zusammen die Wälder durchstreifen, aber sie hat auch viel anderes zu tun. Sie wird das schon verkraften. Ach ... und ich glaube nicht, dass Tarek schon jemanden aus dem Dorf im Auge hat!" Sie zwinkerte und Zenay lief rot an. Sie wusste nicht, wie sie sich aus dieser richtigen Vermutung wieder herausreden sollte. Elaya lächelte freudig und warf ein paar kleine Steinchen in den Teich.

Schließlich fiel Zenay doch ein anderes Thema ein. „Sag mal, was ich dich fragen wollte – und ich will dir damit nicht zu nah treten – aber warum hast du eigentlich als einzige Frau im ganzen Dorf kurze Haare? Wo ich herkomme, war das, glaube ich, eher normal. Aber hier haben fast alle lange Zöpfe ..."

Elaya sah sie etwas verwundert an, dann schmunzelte sie. „Ach das ... Ich hatte vor einem Jahr im Winter einen heftigen Kampf gegen eine Meute von Läusen auszutragen. Nun ja, meine Haare haben verloren und mussten weg."

Sie schien Zenays Gesichtsausdruck richtig zu interpretieren. Eine Mischung aus Überraschung und Mitleid. Aber Elaya wuschelte sich grinsend durch die kurzen, wild abstehenden, braunen Haare.

„Aber soll ich dir etwas verraten? Es gefällt mir ziemlich gut. Ich habe sie sogar heimlich schon wieder etwas kürzer geschnitten. Aber verrat das bloß nicht meinem Bruder! Ich kann mich so schön über ihn lustig machen, weil er längeres Haar hat als ich. Wenn er das herausfindet, dreht er den Spieß um und nennt mich Mannsweib."

Zenay lachte und stellte sich vor, wie Malak sich vor Elayas Augen demonstrativ durch die schulterlangen Haare strich.

„Meine Lippen sind versiegelt", versprach sie und Elaya strahlte.

„Dann haben wir jetzt wohl noch ein Geheimnis, abgesehen von deiner Schwärmerei für Tarek." Sie zwinkerte wieder, danach saßen sie schweigend nebeneinander und beobachteten das Lichtspiel der Baumschatten auf dem Wasser. Nach einer Weile sah Elaya auf.

„Sieh an, über dich sprachen wir gerade, Tarek!", rief sie und Zenay spürte, wie ihr Gesicht wieder heiß wurde. Zuerst hielt sie es für einen frechen Scherz von Elaya, da diese in den Wald starrte und sie nichts erkennen konnte. Doch dann kam tatsächlich Tarek zwischen den Bäumen hervor und blieb lächelnd vor ihnen stehen.

Zenay wurde bleich und sah rasch weg, heftete ihren Blick auf das Wasser des Tümpels.

„Deinen Ohren entgeht wohl nichts, Elaya. Na, was beredet ihr?" Seinem Ton nach schien er sie nicht wirklich ernst zu nehmen.

„Ach, nichts Besonderes", erwiderte Elaya lachend, machte aber keine Anstalten, noch weiterzureden und warf Blicke zwischen Zenay und ihm hin und her.

„Sina, wir sollten langsam aufbrechen!"

Zenay hob fragend den Blick und hoffte inständig, dass Elaya ihr Geheimnis nicht ausplaudern würde. Bei ihrem frechen Grinsen konnte sie es sich leider nur zu gut vorstellen.

„Wohin denn?", rang sie sich als knappe Frage ab, stand dann auf und beschäftigte sich eine Weile damit, Gras und Dreck von ihrer Kleidung zu zupfen, um seinem Blick nicht begegnen zu müssen.

„Hatte ich dir das nicht gesagt? Wir sollten ein Pferd für dich aussuchen. Shetan wird dir eines von Kajols Gestüt kaufen!"

Zenay blickte ihn für einen Moment an, als hätte er eine andere Sprache gesprochen ... und ihr Mund öffnete sich, nur um sich wieder zu schließen. Tarek wartete geduldig, bis sie sich gefasst hatte.

„Ein Pferd? Aber ... Was soll ich denn mit einem Pferd? Ich meine ... Ich kann ja noch nicht mal reiten, glaube ich", schaffte sie schließlich herauszuwürgen. Sie fragte sich, ob sie sich vielleicht verhört hatte, und wandte sich kurz an Elaya, aber die schaute recht beleidigt, vermutlich, weil sie kein Pferd von ihrer Familie kaufen sollte.

„Das lernst du, ich werde es dir zeigen. Shetan besteht darauf!", meinte Tarek dann, Elayas Miene ignorierend.

„Na gut ...", sagte Zenay nach einem erneuten, langen Zögern.

Elaya sprang auf.

„Ich komme mit! Ich war schon lange nicht mehr bei Kajol, und man soll seine Feinde doch besser kennen als seine Freunde ..."

„Dann lasst uns direkt hingehen", meinte Tarek nickend und drehte sich um. Elaya zwinkerte Zenay zu und hüpfte dann fröhlich hinter ihm her, während Zenay den beiden kopfschüttelnd folgte.

«†»

Kajols Hof lag etwas abseits von Ornanung an den Hügeln westlich des Dorfes. Sie betraten einen hellen Stall, in dem es kräftig nach frischem Heu duftete, und suchten Kajol zwischen den aufgestapelten Heuballen. Er war gerade über einen großen Sattel gebeugt und säuberte ihn.

„Kajol!“, begrüßte Tarek ihn und sie gaben sich die Hand, bevor der Mann einen Blick zu Elaya warf. „Sieh an, Mädchen, dich habe ich auch schon eine Weile nicht mehr gesehen. Was machen eure Pferde? Sind sie immer noch so klapprig wie früher?“

Elaya schnaubte und hob die Nase. „Es freut mich auch dich zu sehen, Kajol. Und natürlich, im Gegensatz zu deinen fetten Tieren sie sind klappriger denn je.“

In Kajols Augen blitzte es, doch dann lachte er kurz. „Du bist schlagfertig geworden. Das ist gut. Man braucht ein gutes Mundwerk, um in diesem Beruf zu überleben.“

Elaya lächelte schief, dann hörte der Hofbesitzer sich nach einem dezenten Räuspern Tareks Bitte an. „Wir brauchen ein Pferd. Es sollte ausdauernd und trittsicher sein, aber auch sanft“, erklärte Tarek und Kajol runzelte die Stirn.

„Für wen ist das Pferd?“

„Für sie!“, sagte Tarek und schob Zenay an den Schultern ein Stück vor.

„Hm, kann sie es denn bezahlen?“

„Darum mach dir keine Sorgen. Shetan bezahlt das Pferd.“

„Wenn das so ist. Folgt mir!“ Sie schritten durch den Stall auf ein Holztor auf der Rückseite zu. Es war kein einziges Pferd zu sehen.

„Tarek, wo sind denn die ganzen Pferde?“, fragte Zenay leise, damit Kajol es nicht hörte. Tarek musste grinsen. „Es ist Frühling, die Pferde stehen alle auf der Weide.“

„Oh, wie dumm von mir.“

„Das ist schon in Ordnung, aber pass bitte auf! Kajol ist bekannt für seine List. Er wird es nicht wagen, dir ein schlechtes

Pferd zu verkaufen, da mein Großvater ja bezahlt. Aber wenn du ihm nicht geheuer bist, findet er Wege, um dir die richtigen Antworten zu entlocken. Also verrate ihm bloß nichts!", murmelte Tarek. Er verstummte, denn sie waren am Rand der leicht ansteigenden Weiden angekommen.

Hohe Holzgatter umzäunten die Koppeln, auf denen etwa zwanzig Pferde standen.

„Die sind aber schön!", sagte Zenay und bestaunte die großen Tiere, die teils in Gruppen, teils einzeln auf den Wiesen standen und grasten.

„Ja, und es sind alles meine besten Tiere. Conroys Hengst und der seines Sohnes Jesco sind ebenfalls aus meiner Zucht. Kommt mit auf die Koppel, ich zeige euch einige Stuten!", sagte Kajol und öffnete das Gatter. Sie gingen gemeinsam über die feuchte Wiese und Kajol blieb vor einer braunen Stute stehen.

„Das hier ist meine Juna. Sie ist eine Maringol-Stute. Sie stammt von der ausgezeichnetsten Linie der Maringoler ab und ist deshalb wirklich ausdauernd und schnell, aber auch sehr temperamentvoll! Schau sie dir ruhig genauer an", sagte Kajol und deutete auf die große Stute.

„Ich ... weiß gar nicht, worauf ich achten sollte!", gestand Zenay und sah Tarek hilfesuchend an.

„Ja richtig, also ... Sina kann nicht reiten, sie kommt nicht von hier und hat es nie gelernt."

„Hm ... Sehr ungewöhnlich. Mir ist noch nie eine junge Frau in deinem Alter begegnet, die nicht reiten konnte", sagte er und legte eine Hand nachdenklich an sein Kinn. Zenay versuchte ganz entspannt und normal zu wirken, obwohl sie sich in der Gegenwart Kajols vom ersten Augenblick an immer kleiner und unwohler gefühlt hatte.

„Ich sagte doch, sie kommt nicht aus der Gegend!", meinte Tarek etwas unfreundlich, das schien Kajol aber nicht zu stören.

„Ja. Also am besten wäre dann wohl etwas Kleineres und Ruhiges." Er schritt über die Koppel und führte eine schwarze Stute zu ihnen.

„Das hier ist auch eine Maringol-Stute, aber bei ihr ist noch eine kleinere Rasse eingekreuzt. Sie ist ruhiger und langsamer. Vielleicht nicht schlecht, um das Reiten zu lernen", meinte Kajol, doch Zenay hatte bereits ein anderes Pferd im Auge. Es war eine weiße Stute, doch ihre Mähne und ihr Schweif waren dunkelgrau, fast schwarz. Sonderbarerweise spürte Zenay einen tiefen Schmerz von ihr ausgehen. Die Stute hatte Zenay ebenfalls ins Visier genommen und schritt jetzt langsam auf sie zu, ohne sie aus den Augen zu lassen.

„Kajol, was ist das für eine Stute? Sie sieht nicht aus wie die anderen", meinte Tarek neben ihr und sie sah, wie er auf das weiße Pferd deutete.

„Oh die, für die habe ich noch keinen Namen. Ein Fremder hat sie vor ein paar Tagen gegen ein besseres Pferd getauscht. Er wollte sie nicht mehr."

„Aber sie ist von keiner heimischen Rasse, habe ich recht?", fragte Elaya und Kajol lachte. „Ach, die junge Elaya! Jetzt erkenne ich dich richtig wieder ... Ja, du hast natürlich recht. Der Mann sagte, er hätte sie von einem Züchter und ihre Mutter sei eine *Connemara*-Stute aus Lyrra, soll eine sehr alte Rasse von dort sein. Ich glaube ja, er hat mir nur eine bunte Geschichte erzählt, in der falschen Hoffnung, er könnte den Preis drücken."

„Wie viel würde sie kosten?", wollte Tarek wissen und Zenay spürte seinen Blick auf ihr.

„Wenn du sie jetzt willst? Fünfhundert Kupferstücke. Ich würde auch Gold nehmen ..."

Elaya trat mit gerunzelter Stirn vor und lief einmal um das Pferd, ließ es dann an ihrer Hand schnuppern, bevor sie ihm mit geübten Griffen das samtigweiche Maul öffnete, um die Zähne zu begutachten.

„Sie ist sehr dünn. Und sie atmet sehr schwer. Und ihr Maul sieht trocken aus", stellte sie mit ernstem Ton fest. „So viel ist sie nicht wert."

Tarek warf Kajol einen gereizten Blick zu. „Was hat sie?"

Der Stallmeister hob rasch beschwichtigend die Hände, während der Blick, den er der kundigen Elaya zuwarf, fast einen Todeswunsch inne zu haben schien. „Keine Ahnung, auf jeden Fall frisst und trinkt sie nichts. Ich nehme an, dass sie für ihr Alter einfach überanstrengt wurde. Sie ist noch keine drei Jahre alt und wurde von dem Mann wie der Teufel geritten. Vielleicht hat sie etwas an der Lunge. Dann gehen wir mit dem Preis eben runter, mir ist es gleichgültig, was mit dem Pferd geschieht."

Zenay spürte einen harten Stich über die Kaltherzigkeit des Stallmeisters. Sie riss den Blick von der Stute los und warf einen kurzen Blick zu Elaya, über deren Gesicht sich Wut ausbreitete. Als Tarek jedoch kaum merklich den Kopf schüttelte, schluckte sie und ließ die Schultern hängen.

Kajol sah mittlerweile fasziniert zu, wie die Stute direkt vor Zenay stehen blieb. Zenay spürte seinen Blick, aber der Blick des Pferdes zog sie wieder an. Ihr samtweiches Maul stupste an Zenays Stirn. Für den Bruchteil einer Sekunde glühten Zenays Augen auf, aber Kajol konnte es glücklicherweise nicht sehen, da sie ihm den Rücken zugedreht hatte.

Bilder schossen durch Zenays Kopf. Ein Mann in dunklem Mantel, sein Gesicht böse, seine Stimme laut und fordernd, sein Stiefel hart. Sie spürte die Anstrengung der Stute, als er sie immer weiter antrieb, bis sich Schmerz durch ihren ganzen Körper ausbreitete und sie anfing zu lahmen und Schaum aus ihrem Maul tropfte.

Das Pferd schnaubte leise und senkte den Kopf.

„Sag Mädchen, wie heißt du noch gleich?", fragte Kajol.

„Z-, Sina, ich heiße Sina!", antwortete Zenay verträumt und drehte sich ihm zu, noch immer von den Erinnerungen gefangen.

„Ja genau, hast du auch schon gesagt, wo du herkommst? Tut mir leid, aber ich bin zurzeit so vergesslich!"

„Aus ... aus ..." Sie stockte und warf Tarek einen kurzen Blick zu. Er sprang sofort für sie ein. „Sie kommt von Maila. Ich weiß nicht, ob du es kennst, es liegt hoch im Norden, hinter den Sümpfen."

„Soso, Maila also. Nein, bin nie dort gewesen, sehr große Handelsstadt, wie ich höre ... und was führt dich zu uns ... Sina?“

„Ich ... bin eine entfernte Bekannte von Shetan, ich ... bin die Enkelin eines alten Freundes von ihm ... Meine Familie ... Sie wurden alle mitgenommen ...“, wand sich Zenay aus seiner Frage und blickte unglücklich drein. „Ich will nicht darüber sprechen.“

Tarek räusperte sich. „Kajol, wir müssen uns leider etwas sputen.“

„Für dreihundert Kupferstücke gehört sie dir.“

„Zweihundert.“

„Zweihundertfünfzig. Und tiefer gehe ich nicht. Sie ist jung und hat Potential, auch wenn sie krank ist.“

„Einverstanden. Ich nehme die Stute, wir werden sehen, ob sie wieder gesund wird. Wenn nicht, muss ich wohl doch ein anderes Pferd kaufen.“ Er schenkte Kajol ein trockenes, sarkastisches Lächeln, in dem keine Spur von Sympathie zu entdecken war. Dann nahm er die Stute am Halfter und führte sie geduldig die Koppel hinab. Kajol blieb einen Moment nachdenklich stehen, dann eilte er ihnen nach.

Im Stall bekam Zenay noch einen passenden Sattel und Zaumzeug von Kajol. Beides war gebraucht, aber noch in gutem Zustand. Sie verhandelten kurz, in wie vielen Raten sie das Geld abzahlen durften und Tarek versprach, die Anzahlung noch heute vorbeizubringen. Danach verabschiedeten sie sich ohne viele Worte.

Sie schwiegen, während sie die Straße zurück zum Dorf gingen, dann schüttelte Elaya den Kopf, etwas leise vor sich hin murmelnd.

„... und dann noch dieses Pferd.“

„Was hast du gesagt?“, fragte Zenay und Elaya zuckte zusammen.

„Hab ich das laut gesagt? Ups ... Nun ja, dieses Pferd ... Es mag ja hübsch sein ... Aber Sina, dir ist doch klar, dass es vielleicht bald sterben wird, oder?“

„Nein, sie wird nicht sterben!“, protestierte Zenay laut.

„Schon gut, schon gut. Wir werden alles versuchen. Ich kenne mich ja immerhin auch etwas aus. Also, wie willst du sie nennen?"

„Sie heißt Malee und so werde ich sie auch nennen", sagte Zenay beiläufig, noch immer einen sauren Ton in der Stimme.

„Ach so, das Pferd hat dir also geflüstert, dass es Malee heißt, verstehe!", sagte Elaya und verdrehte die Augen.

„Elaya, auch wenn du mich für verrückt hältst, zeig es doch bitte nicht ganz so offen!", sagte Zenay gekränkt. „Übrigens bin ich keine Spur verrückt, die Stute hat es mir wirklich gesagt. Ich kann ihre Gedanken und Gefühle sehr wohl spüren und ich weiß auch, was ihr fehlt!"

„Du … kannst die Gedanken von diesem Pferd lesen?", fragte Elaya entgeistert.

„Ja. Sie hat mir durch Erinnerungen gezeigt, was passiert ist."

„Und was hat die Stute?", wollte Tarek interessiert wissen. Zenay verspürte unendliche Dankbarkeit, dass er ihr einfach so glaubte.

„Sie hat eine gebrochene Rippe, die ihr das Atmen schwer macht und ständig Schmerzen bereitet."

„Wie konnte denn das passieren?"

„Die Rippe wurde ihr durch einen Tritt gebrochen."

„Das konntest du alleine dadurch herausfinden, dass sie dich an der Stirn *berührt* hat?", fragte Elaya – die anscheinend noch immer kaum glauben konnte, dass sie eine Magierin vor sich hatte. Allerdings entdeckte Zenay jetzt auch ein Strahlen in ihren Augen, das von Bewunderung und Neugierde zeugte.

„Ja."

Sie schwiegen eine Weile und Zenay streichelte Malee über die Seite, wo sie den Schmerz des Bruchs spürte. Auf einmal kam es ihr so vor, als sei sie mit dem Pferd verbunden. Sie musste doch etwas gegen diese Schmerzen tun können! Nachdenklich erinnerte sie sich an das Gefühl der Magie, als Shetan ihren Knöchel geheilt hatte, dann konzentrierte sie sich und öffnete sich der Wärme in ihrer Brust. Magie durchströmte ihren Arm und floss in Malee.

Es war, als leuchte der Körper der Stute in ihrem Geist auf. Sie konnte verfolgen, wie die Magie wie ein steter Strom aus ihrem Inneren hervorkam und wie von selbst zu der Rippe und dem entzündeten Fleisch fand.

Die Heilung begann langsam und wurde dann intensiver – und ehe Zenay sich versah, war der Schmerz heftiger und ihre Arme wurden kalt und taub. Sie ächzte überrascht auf und ließ Malees Seite los, dann drehte sich alles und sie fiel.

«†»

Als sie die Augen wieder aufschlug, lag sie in einer Wiese und Tarek und Elaya starrten auf sie herab.

„Was ... Oh nein, nicht schon wieder ...“, murmelte Zenay und fasste sich an den Kopf, der sich immer noch etwas drehte.

„Geht es dir jetzt besser?“, fragte Elaya und Zenay bemerkte, wie bleich sie war.

„Ich ... ich glaube schon.“

„Was hast du dir nur dabei gedacht?“, fragte Tarek und half ihr, sich aufzurichten. Zenay war noch zu benommen, um sich der Sorge in seinem tadelnden Ton wirklich bewusst zu werden.

„Ich wollte den Bruch heilen ... Ich habe nicht gedacht, dass es so anstrengend sein würde.“

„Du warst doch auch völlig erschöpft, als dein Knöchel geheilt wurde! Wir haben uns erschreckt!“

Jetzt klang er beinahe wütend. Zenay hatte das Bedürfnis, sich zu verteidigen.

„Ich wollte Malee helfen! Und es hat auch funktioniert, es geht ihr besser!“

„Und du bist beinahe tot umgefallen!“

Elaya trat vorsichtig einen Schritt zurück und sah Tarek mit gerunzelter Stirn an.

„Es geht mir wieder gut, mach nicht so ein Drama darum“, maulte Zenay und stand auf. Sie hielt sich an Tareks Ärmel fest und sah ihn bittend an. „Ich habe meine Kräfte noch nicht so gut unter Kontrolle, aber jetzt beruhige dich wieder, es ist alles in Ordnung."

Tarek seufzte und schüttelte den Kopf. „Na schön, dann lass uns jetzt gehen."

„Ich muss leider wieder heim, mein Vater wartet sicherlich schon auf mich. Aber jetzt musst du sowieso erst einmal reiten lernen, Sina. Ich kann dir auch irgendwann ein bisschen was zeigen. Überanstrenge dich nicht, ja?", meinte Elaya und zwinkerte Zenay knapp zu, ehe sie zurück zum Weg ging, über den Zaun am Wegesrand sprang und über die Wiese dahinter davon eilte.

„Meinst du, ich habe ihr Angst gemacht?", fragte Zenay besorgt und sah ihr hinterher.

„Na ja, du hast plötzlich die Augen verdreht und bist zusammengebrochen! Wir wussten beide nicht, was passiert war ... Elaya wollte schon losrennen und Mokuba und Shetan holen, ich musste sie erst einmal beruhigen, bevor ich mich überhaupt um dich kümmern konnte."

„Es tut mir leid ... Ich wollte euch nicht erschrecken."

„Ach, vermutlich muss ich mich an so etwas gewöhnen, oder?"

Tarek grinste jetzt und raufte ihr kurz durchs Haar. Zenay lachte und fühlte sich erleichtert. Sie nahm Malees Zügel und führte sie wieder auf den Weg.

„Tarek, wo stellen wir Malee eigentlich unter? Ich habe keinen Stall bei euch gesehen. Und so wie sich das vorhin angehört hat, hast du doch auch ein Pferd. Wieso hast du es mir nie gezeigt?" Vorwurf klang in ihrer Stimme.

„Irgendwie hat sich die Gelegenheit wohl nie ergeben. Aber wir haben einen Stall, unser Haus steht ja direkt am Rand von Ornanung. Hinter der Baumreihe neben unserem Garten ist die Koppel. Asyras Pferd steht auch dort."

„Das sind eure? Ich bin doch schon einige Male dort vorbeigelaufen, um in den Wald zu kommen ... Ich hatte keine Ahnung ..."

„Das liegt wohl daran, dass du immer den ganzen Tag lang beschäftigt bist. Es ist ja meistens schon dunkel, bis du von Shetan oder unseren Übungen zurück bist und bevor du nachmittags zu Jesco gehst, sitzt du entweder in deinem Zimmer oder im Garten und übst. Da bleibt nicht mehr viel Zeit übrig."

Zenay nickte verlegen, während er weitersprach.

„Glaubst du etwa, wenn du nicht bei mir lernst, sitze ich den ganzen Tag daheim und öle meinen Bogen? Ich arbeite für die Waldläufer und Jäger als Fallensteller. Da bin ich einige Male die Woche morgens oder abends draußen. Ich reite aus, jage, bewache mit den anderen den Wald, um vor Angriffen warnen zu können und verdiene damit genug für mich und Shetan, damit wir zurechtkommen, ganz zu schweigen von der Arbeit im Garten und im Haus. Und ... wenn es hier im Dorf zu Todesfällen kommt, kümmern Shetan und ich uns auch darum."

Zenay schwieg kurz und schluckte.

„Nein, natürlich dachte ich nicht, dass du den ganzen Tag nur rumsitzt. Aber ihr habt mir gesagt, ich soll mir die Magie zu Herzen nehmen und das mache ich auch. Und obwohl ich den ganzen Abend, Morgen und Vormittag und in den Pausen von deinen und Shetans Unterweisungen übe, mache ich kaum Fortschritte, ich bin immer noch zu langsam. Dann soll ich noch mit dem Bogen üben – ach, ich schaffe das einfach nicht alles", schimpfte sie wütend und trat einen Stein auf der Straße fort.

Sie kamen schweigend beim Dorf an, einige Leute waren auf dem Platz und beim Brunnen, aber sie warfen ihnen nur ein paar neugierige Blicke zu und ließen sie ansonsten in Ruhe. Tarek öffnete das Tor zu ihrem Grundstück und Zenay führte Malee hinten auf die Wiese. Shetan saß auf der Bank und erhob sich schwerfällig, um zu ihnen zu kommen.

Er begrüßte sie mit einem Nicken, ließ die Stute an seiner Hand schnuppern und besah sie sich schweigend von allen Seiten, prüfte ihr Gebiss und die Hufe, so wie Elaya es vorher getan hatte.

„Worin bist du eigentlich kein Experte, Shetan?", fragte Zenay grinsend.

„Nun ja ... Ich glaube, vom Zimmern habe ich keine Ahnung!", erwiderte er lächelnd und richtete sich auf. „Diese

Stute ist vor Kurzem mit Magie in Berührung gekommen", stellte er fest, während er die Hand an Malees Seite liegen hatte. „Zenay, möchtest du mir etwas mitteilen?"

Sein Blick war streng und Zenay hatte auf einmal das Gefühl, etwas Verbotenes getan zu haben. „Ich ... Sie ... sie hatte eine gebrochene Rippe, ich wollte ihr nur helfen!"

„Du hast sie also geheilt?"

Zenay nickte vorsichtig und sah zu Tarek hinüber. Er schwieg und irgendwie wusste sie, er würde nicht verraten, dass sie wieder einmal zusammengebrochen war.

„Nun, ihr habt ein schönes Pferd ausgesucht. Sie ist zwar noch etwas geschwächt, aber das sollten wir auch kuriert bekommen. Sie ist die Stute, die der Fremde bei Kajol gelassen hat, nicht wahr?"

„Woher weißt du denn das?", fragte Tarek verblüfft.

„Man hört viele Gerüchte, wenn man ab und an abends in die Schenke geht", antwortete sein Großvater schmunzelnd.

Zenay musste bei Tareks irritiertem Blick beinahe laut loslachen.

„Wie willst du die Stute denn nennen?", fragte Shetan und überging Tareks gemurmelte Bemerkung über seine Überraschung.

„Sie hat schon einen Namen. Sie heißt Malee."

„Malee ... Ein schöner, sanfter Name. Passt sehr gut zu ihr. Würdet ihr sie auf die Weide bringen und sehen, wie sie läuft? Tarek kann dir auch gleich einiges zeigen."

Sie verabschiedeten sich und Zenay und Tarek führten Malee durch die Baumreihe und Hecke, überquerten den kleinen Bach und betraten die Wiese. Auf der Koppel rechts des kleinen Pfades standen drei Pferde. Ein schwarzer Hengst, eine braune und eine rote Stute. Zenay hatte ihnen vorher kaum Beachtung geschenkt, wenn sie an einer Hecke weiter zum Wald gelaufen waren, jetzt musterte sie die Tiere, während Tarek auf sie deutete.

„Der Schwarze hier ist Milad. Ich habe ihn aufgezogen, seit er ein kleines Fohlen war. Das da drüben ist Sarai, Shetans Stute –"

„– und der freche Rotfuchs hier ist meine Mieri“, rief Asyra. Sie kam gerade hinter ihnen den Weg entlanggelaufen, blieb dann neben ihnen stehen und sah auf Malee. „Du hast dir ein Pferd gekauft? Was hast du denn vor?“

„Shetan sagte, ich soll reiten lernen ...“, murmelte sie und sah sich hilfesuchend nach Tarek um, der grinsend hinter ihr stand.

„Asyra, sei nett zu ihr!“, rief er, halb tadelnd, halb lachend. „Sina hat nie reiten gelernt.“

Asyra lief rot an und starrte zu Boden, während sie mit dem Fuß scharrte. Als sie wieder aufsah, war ihr Blick weicher. „Tut mir leid, Sina. Ich habe mich noch nicht an den Gedanken gewöhnt, dass ... Entschuldige.“

Tarek klopfte ihr auf die Schulter. „Möchtest du uns Gesellschaft leisten?“

Asyra nickte kräftig, was ihre rote Mähne zum Wippen brachte. „Gerne.“

„Sina, soll ich dir jetzt zeigen, wie du auf dein Pferd aufsteigst?“, fragte Tarek und sie strahlte.

Er öffnete das Gatter und ließ Zenay, Asyra und Malee eintreten. Die anderen Pferde kamen neugierig zu ihnen. Während sich die Pferde schnuppernd begrüßten, erklärten Tarek und Asyra ihr gemeinsam, wie der Sattel richtig lag und festgezurrt wurde. Jetzt, da Malee keine Schmerzen mehr hatte, musste er nicht nur aufliegen, sondern konnte auch befestigt werden. Zuerst wirkte die Stute deswegen etwas nervös, aber sie gewöhnte sich rasch wieder an den Sattel und ließ sich gut führen, bevor sie ihr zutrauten, Zenay sicher zu tragen.

Sie übten den ganzen Nachmittag und Abend. Malee stellte sich als ausgezeichnetes Pferd heraus. Sie wurde nicht müde und war so feinfühlig, dass Zenay ihr nach einiger Zeit sogar durch Gedanken sagen konnte, wohin sie gehen sollte. Es funktionierte zwar nicht jedes Mal, aber immer öfter. Bald verfielen sie in Schweigen und Zenay ließ Malee Linien und Kreise laufen. Der Stute machte es offensichtlich Spaß. Seit sie keine Schmerzen mehr hatte, war sie mehrmals, während sie Pausen machten, an den kleinen Fluss gelaufen, der die Wiese säumte, und hatte ihren Durst gestillt. Die anderen drei Pferde auf der Weide sahen ihnen manchmal zu, sie schienen die neue Stute zu akzeptieren. Als es schließlich dämmerte, verließen die Freunde die Weide und trennten sich. Asyra eilte nach Hause, um ihrer Großmutter zu helfen, Tarek und Zenay machten sich in der Küche daran, das Abendessen vorzubereiten.

Während des ganzen Abends, bis zu dem Moment als sie einschlief, verspürte Zenay die Nähe der Stute. Sie lächelte glücklich, ehe ihr die Augen zufielen.

«†»

Ikars Opfer bemerkte nicht, wie das Adlerauge sich ihm von hinten näherte. Der einfach gekleidete Mann war sofort in der dunklen Gasse verschwunden, kaum waren die Ratken auf dem Platz aufgetaucht, und beobachtete seitdem das Geschehen aus dem Schatten einer Mauernische.

Ihm entwich nur ein überraschtes Ächzen und er erstarrte, als Ikar ihm von hinten eine Hand auf die Schulter legte.

Kluger Mann, dachte Ikar. Sein Opfer hatte offensichtlich den Dolch gespürt, der ihm in Höhe der Nieren an den Rücken gepresst wurde.

„W-wer bist du?“, fragte der Mann mit zittriger Stimme und versuchte seinen Kopf zu drehen, um über seine Schulter nach hinten zu spähen.

„Tu, was ich dir sage oder du bist tot“, antwortete Ikar ruhig und der Mann erstarrte in seiner Bewegung. „Ich würde dich gerne etwas fragen. Ich bin auf der Suche nach jemandem ... Und bisher haben sich meine anderen Informanten nicht gerade als *hilfreich* erwiesen.“

Er sah von der Seite, wie der Mann schluckte. „Was willst du wissen? Was habe ich damit zu tun?“

„Ich suche Leute in der Stadt, die viel mit Fremden zu tun haben.“

„Da kann ich dir helfen!“, ließ der Mann verlauten und etwas Hoffnung klang in seiner Stimme mit. „Ich arbeite in der Wirtschaft meines Vaters, hier im Ort. Da hört man so einiges.“

Ikars Lächeln wurde breiter. „Was du nicht sagst.“

Die Miene des Mannes drückte Panik aus, Schweiß rann seinen Nacken herab. „Das weißt du wohl schon?“

Ikar verstärkte den Druck des Dolches auf dem Rücken des Mannes etwas. Der Wirtssohn zuckte zusammen. „Wa-warte doch! Ich sage dir, was ich weiß!“

„Sehr schön. Ich suche ein Mädchen. Sie hat vermutlich gerade das Frauenalter erreicht …“

Der Mann ließ ein nervöses Lachen verlauten. „Ist dir deine Freundin weggelaufen?“

„Werd nicht frech. Sie hat braune Haare und strahlend blaue Augen, wie eine Hexe. Hast du so ein Mädchen gesehen?“

Der Wirtssohn zögerte, als er überlegte. „Nein … Ich habe niemals so ein Mädchen gesehen. Es gab hier im Ort eine Frau mit blauen Augen und braunen Haaren, aber die ist sehr alt. Ihre Haare sind jetzt schon grau.“

Ikar horchte auf. Der Mann versuchte abzulenken, das spürte er. Erneut entwich seinem Opfer ein entsetztes Ächzen, als er ihn mit einem Ruck umdrehte. Der Dolch legte sich an die Kehle des Mannes, während Ikar dem Verängstigten direkt in die weit aufgerissenen Augen starrte.

„Es wäre nicht klug, mich zu belügen!“, warnte Ikar ihn und sah, dass der Mann das rote Aufblitzen in seinen Augen zu interpretieren wusste. Der Gesichtsausdruck seines Gegenübers wandte sich nämlich von Panik in Todesangst. „Wenn du also deine Antwort noch einmal überdenken möchtest, wäre nun die richtige Gelegenheit.“

„Ich … ich habe wirklich noch nie so eine Frau gesehen! Keine junge!“, meinte der Mann voll Verzweiflung und schloss flehend die Augen.

„Dann lass mich die Frage anders formulieren. Hast du schon einmal von so einer Frau *gehört*?“

„Nein! Nie!", sagte der Mann, aber als er die Augen wieder öffnete, schüttelte Ikar enttäuscht den Kopf.

„Weißt du, ich glaube, es wäre sehr schmerzhaft, wenn ich dir hier und jetzt die Haut an deinem Arm abziehen würde und ihn dann mit Salz einriebe ...", meinte er und ein grimmiges Lächeln breitete sich auf seinem Gesicht aus, als der Mann vor ihm erzitterte. „Nein, ich glaube, das möchtest du nicht erleben."

„Bitte, tut mir nichts!", flehte der Mann. „Bitte habt Gnade mit mir, ich habe eine Verlobte!"

Ikar sah ihn abschätzend an. „Als ob mich das an irgendetwas hindern würde!", meinte er leise lachend. „Im Gegenteil. Wie wäre es, wenn ich ihr ebenfalls einen Besuch abstatte, nachdem ich mich um dich gekümmert habe?"

„Nein!", rief der Mann und zuckte wegen der Intensität seiner eigenen Stimme zusammen. „Bitte nicht! Ich ... ich habe nur einmal jemanden über so ein Mädchen reden hören. Es waren zwei Reisende, zwei Erzsucher, die die Wälder durchstreifen. Sie redeten über eine junge Frau. Es klang, als sei es schon eine Weile her, dass sie ihr begegnet sind."

Ikar schwieg und drückte den Dolch etwas fester gegen den Hals des Mannes, der wieder panisch schluckte.

„Ei-einer erwähnte, sie wären ihr irgendwo im Süden im Wald begegnet. Aber er sagte nicht, wo! Bitte! Ich habe nicht mehr ihres Gesprächs mitgehört! Sie kamen von der Südstraße und sind am nächsten Tag im Wald verschwunden ..."

Ikar lächelte jetzt zufrieden.

Ja, der Mann sprach die Wahrheit.

Der Dolch am Hals des Angsthasen war so schnell verschwunden, dass der Wirtssohn es selbst nicht sehen konnte.

„Verschwinde! Lauf, bevor ich es mir anders überlege, du kleiner Mistkerl."

Das ließ sich der Mann nicht zweimal sagen. Er machte einen Satz von dem Adlerauge weg, hetzte die Gasse entlang und verschwand um die nächste Ecke.

Ikar schlenderte zum Dorfplatz zurück und nickte den Ratken zu, die gerade eine weinende Frau eingekreist hatten.

Die Männer ließen von ihr ab und folgten ihm murrend aus dem Dorf in Richtung Süden.

Dunkle Gedanken

In der nächsten Woche verbrachte Zenay jeden Tag mehrere Stunden bei Malee. Die beiden entwickelten ein Gespür füreinander und schon bald musste Zenay kein Wort mehr sagen. Sie war ständig in Gedanken mit der Stute verbunden und diese wusste fast von selbst, in welche Richtung sie gehen sollte.

Zuerst übte Tarek mit Zenay, wie sie richtig auf dem Pferd saß und sich bewegte, doch sie lernte so schnell, dass die beiden schon bald mit ihren Pferden über die Wiese traben konnten.

Malee erwies sich als mutiges und trittsicheres Pferd. Sie war wie für Zenay geschaffen und die beiden ritten oft durch die Wälder und erkundeten die nähere Umgebung. Schon bald konnte Zenay sich auf Malees Rücken stark genug konzentrieren, um ihre magischen Übungen auch während der Ausritte fortsetzen zu können.

Nach einer Weile wollte Tarek die körperlichen Grenzen der Stute testen.

Zenay konnte nicht beschreiben, welche Glücksgefühle sich bei der Geschwindigkeit in ihr ausbreiteten. Es war einfach wundervoll auf Malees Rücken zu sitzen, die Arme ausgestreckt, und zu spüren, wie der Wind über ihre Haut streifte und ihr Haar in die Luft peitschte. Es fühlte sich fast an, als würden sie über die Wiese fliegen.

«†»

Die Tage vergingen rasch und leicht. Immer wenn Tarek morgens unterwegs war, verbrachte Zenay ihre Zeit bei der Stute.

Es war mittlerweile Mittag geworden. Zenay lag auf Malees Rücken und ließ die runden Steine spielerisch durch die Luft sausen, gab sich ganz den Gefühlen hin, die die Magie in ihr weckte. Sie spürte Tareks Anwesenheit, noch bevor er den Stall betrat. Sie ließ die Steine auf ihre Hand sinken, steckte sie in den kleinen

Beutel an ihrem Gürtel und sah auf. Tarek hatte ein großes Bündel bei sich und Zenay sprang vom Rücken der Stute.

„Was hast du denn da?“, begrüßte sie ihn neugierig.

„Shetan ist der Meinung, dass du jetzt in deiner Ausbildung weit genug vorangeschritten bist. Ich stimme ihm zu.“

„Aha, und was bedeutet das jetzt?“, fragte Zenay und beäugte das Bündel.

„Es bedeutet, du wirst jetzt lernen, mit dem Schwert zu kämpfen.“

Zenays Herz begann schneller zu schlagen. „Meinst du wirklich?“ Ihr kritischer Blick ließ ihn kurz schmunzeln.

„So schnell wie du das Reiten und alles andere gelernt hast, dürfte es eigentlich kein Problem sein“, sagte er mit einem etwas gereizten Ton und legte das Bündel auf den Boden. Er kniete nieder und schlug das Leder auf. Zum Vorschein kamen zwei gleiche Schwerter. Zenay schmunzelte. Holzschwerter.

Er hob eines auf und reichte es Zenay. Sie wog es in der Hand und schwang es spielerisch über ihre Köpfe hinweg.

„He, pass auf!“, sagte Tarek lachend.

„Ich glaube nicht, dass es einen Sinn hat, mir das Schwertkämpfen beizubringen. Ich kann mich nicht mit dem Gedanken anfreunden, jemanden mit dem Schwert zu verletzen ... Außerdem bezweifle ich, dass ich ein echtes Schwert überhaupt schwingen kann. Soweit ich weiß, sind die doch sehr schwer.“

„Wir werden gleich sehen, wie du dich machst. Vorerst spricht auch niemand davon, dass du töten sollst! Ich bringe dir das Kämpfen bei, damit du dich verteidigen kannst. Komm, lass uns auf der Lichtung üben.“

Sie nickte und folgte ihm schweigend hinaus, durch den Wald und in das warme Sonnenlicht des Nachmittags auf der Lichtung.

„Sobald du die Grundregeln beherrschst, werde ich auch Malak zu den Übungen hinzuziehen“, meinte Tarek beiläufig.

„Wow, zwei Gegner also.“

Tarek lachte. „Na, na, bis wir mit drei oder vier Waffen kämpfen, wird noch einige Zeit vergehen.“

„Ich werde also auch zweihändiges Kämpfen lernen?“

Tarek nickte lächelnd, dann bedeutete er ihr, das Schwert zu heben.

Zuerst zeigte er ihr, wie sie das Schwert richtig hielt, wie man es schnell von einer Hand in die andere wechselte und wie man es auffing, wenn es geworfen wurde. Das Fangen des Griffs bereitete ihr am meisten Probleme. Sie musste das Schwert so hochwerfen, dass es sich nicht drehte, und es dann mit der anderen Hand wieder auffangen. Doch mit der Zeit, nach einiger Übung schaffte sie es fast jedes Mal.

Allerdings kassierte sie auch einige Prellungen auf den Armen, wenn sie das Holzschwert nicht richtig auffing. Trotzdem wartete sie gespannt auf Tareks nächste Unterweisung, doch der schien irgendwie abgelenkt. Er blickte schräg an ihr vorbei auf die Bäume und sie folgte seinem Blick – genau in dem Moment schoss sein Holzschwert ohne Vorwarnung auf sie zu.

Erschrocken riss Zenay ihr eigenes hoch und die Hölzer krachten zusammen. Sie musste den Knauf mit beiden Händen packen und stark gegen Tareks Schwert ankämpfen, denn er übte immense Kraft aus und drohte das Holz gegen ihre Schulter zu drücken. Schweiß brach auf Zenays Stirn aus, während sie stumm rangen.

Schließlich unterlag Zenay. Ihre zitternden Arme konnten ihm nicht mehr standhalten, Tarek war einfach zu stark.

Doch bevor er ihr das Holz gegen die Schulter drücken konnte, machte sie plötzlich einen raschen Schritt zur Seite und ließ das Schwert etwas nach unten rutschen. Übertölpelt verlor Tarek das Gleichgewicht, machte ein paar stolpernde Schritte nach vorne und ruderte wild mit den Armen, bevor er seitlich im Gras landete. Das Schwert glitt ihm aus der Hand und er brach in schallendes Lachen aus.

Zenay konnte nicht an sich halten, auch sie musste über ihren überraschenden Sieg lachen. Nachdem Tarek sich wieder beruhigt hatte, stand er auf und meinte: „Ich sehe, du kannst schnell denken und kombinieren und Kraft hast du auch. Ich hätte nicht gedacht, dass du so lange standhältst!“

Zenay reckte bei seinen Worten stolz das Kinn.

„Aber genug geredet. Wollen wir doch einmal sehen, ob du es auch ein zweites Mal schaffst, mich zu überlisten!“, rief er und sprang wieder auf sie zu. Diesmal setzte er seinen Schlag gezielter an, doch auch diesen parierte Zenay einigermaßen geschickt. Schon nach wenigen Schlägen – Tarek war erneut zu Boden gefallen und hatte sich einmal beinahe selber das Schwert in die Seite gerammt – bemerkte Zenay, dass er sich absichtlich so witzig und tollpatschig anstellte, um ihr das Lernen spaßiger zu gestalten. Trotzdem wurde sie mehrmals getroffen und das Holzschwert hinterließ schmerzende Striemen.

Aber ihr war klar, dass er nicht zu sanft mit ihr umgehen konnte, denn ein echter Gegner würde sie auch nicht schonen. Sie versuchte, bei dem Gedanken ein Zittern zu unterdrücken und Tarek schien nichts zu bemerken.

Er brachte ihr mehrere Hiebe und Schrittfolgen bei und zeigte, indem er ihre Arme umfasste und mit ihr die Bewegung langsam nachahmte, wie sie einfache Schläge richtig abblockte. Es wurde trotz Zenays Sorgen um die Konsequenzen ihrer Ausbildung doch ein recht unterhaltsamer Nachmittag, und als es langsam dämmerte und sie ins Dorf zurückkehrten, waren die beiden etwas heiser vom vielen Lachen und Rufen.

Abends sank sie völlig erschöpft, aber mit einem bitteren Beigeschmack, ins Bett. Es war ein merkwürdiges Gefühl. Sie konnte nicht sagen, ob ihr das Training gefallen hatte oder nicht. Es war anstrengend, aber mit Tarek zusammen zu sein, machte einfach Spaß …

Auch wenn sie dabei lernte, wie sie ein Schwert benutzen sollte.

Wie sie einen anderen Menschen töten sollte.

Zenay schluckte und versuchte einzuschlafen, aber es dauerte eine Weile, bis sich ihre Gedanken langsam in dunkles Nichts auflösten.

«†»

Der nächste Morgen war eine Qual. Muskelkater zog sich durch Zenays Arme, ihre Beine und ihre Schultern. Als sie aus dem Bett aufstehen wollte, stöhnte sie auf. Ihr Nacken war hart wie ein Brett und stechender Schmerz ließ sie glauben, tausend Nadeln steckten darin.

Nach einiger Zeit setzte sie sich ungelenk auf und zog sich langsam an. Verdammt, sie musste sich gestern wirklich überanstrengt haben ... Aber sie wollte nicht, dass Tarek etwas davon mitbekam. Genauso wenig sollte er von ihren Zweifeln erfahren. Sie musste doch stark sein! Mit steifen Schritten ging sie leise den Flur entlang, betrat die Küche und fing an, das Frühstück vorzubereiten. Wenige Augenblicke später hörte sie Schritte und Tarek kam herein. Er brachte frisches Wasser und wirkte überrascht, sie dort anzutreffen. „Oh, ich hätte dich nicht so früh erwartet. Du musst doch völlig erschöpft sein ..."

Energisch schüttelte sie den Kopf, was ihr Körper erneut mit stechendem Schmerz bestrafte. Sie versteifte sich kurz. „Nein. Alles in Ordnung."

Doch das schien Tarek ihr nicht abzukaufen. Er stellte den Wasserkrug auf den Tisch, schloss seine Hand plötzlich um ihren Oberarm und drückte schwach – Schmerz zuckte durch ihren Körper und sie schreckte weg.

„He!", rief sie warnend und sah, wie er grinste.

„Wusste ich es doch. Du hast überall Muskelkater, nicht wahr?"

„Hör auf so zu grinsen! Ja, mir tut alles weh, na und? Mich kümmert es nicht!", log sie rasch in einem angriffslustigen Ton.

Tarek hechtete wieder vorwärts und presste seine Finger gegen ihre Schulter.

„Au!" Zenay schlug seine Hand weg und wurde immer wütender. Tarek *genoss* es gerade zu, dass sie Schmerzen hatte! Sie warf ihm einen bösen und zugleich traurigen Blick zu.

Tarek gluckste, als müsste er sich ein Lachen verkneifen. „Es tut mir leid, ich wollte dir nicht wehtun. Ich finde es einfach amüsant, dass du versucht hast, es zu verbergen. Ich kann allein an deinen Bewegungen sehen, wie es dich schmerzt."

„Ja, es tut weh ... Ich hätte nicht gedacht, dass es so schlimm sein würde!", fauchte sie zurück und ihre Augen blitzten. Er sah sie irritiert an. Sie wollte noch mehr sagen, wollte ihm eingestehen, dass sie sich noch nicht wohl dabei fühlte, den Umgang mit dem Schwert zu erlernen, das für sie das Symbol einer tödlichen Waffe schlechthin war. Aber sie kniff die Lippen zusammen und schwieg, denn sie konnte den Gedanken nicht ertragen, dass Tarek sie für einen Schwächling halten würde.

„Das liegt daran, dass du zu schwach bist! Du hast noch keine Muskeln."

Sie sah ihn fassungslos an. Fast schien es, als hätte er ihre Gedanken gelesen. „Ich ...", fing sie an, doch ihr eigener Zorn verschlug ihr die Sprache.

„Wenn du willst, helfe ich dir. Aber du wirst Schlimmeres aushalten müssen. Du verhältst dich wie ein Kind! Willst du jetzt wegen ein bisschen Muskelkater in Tränen ausbrechen?", meinte er und Zenay hoffte, er wolle sie nur aufmuntern, doch da war ein gewisser Unterton. Tarek hielt sie also tatsächlich für überempfindlich.

Wütend schüttelte sie seine Hände ab und stand auf. „Ich bin kein kleines Kind und ich brauche deine Hilfe *nicht*!" Sie sah, wie sich die Wut auch in sein Gesicht schlich, aber es war ihr mit einem Mal alles gleichgültig und sie verließ ohne ein weiteres Wort das Haus.

Ohne sich umzusehen, eilte sie durch den Garten, über den Bach und die Felder.

Sie lief in den Wald und blieb auch dann nicht stehen, als ihre Beine immer stärker zu brennen begannen. Sie schnaubte wütend und lehnte sich schließlich an einen Baum.

Sie würde es Tarek zeigen! Sie konnte stärker sein, als er dachte, und das würde sie beweisen! Dieser selbstherrliche Idiot!

Kurz entschlossen machte sie sich auf den Weg zurück, quer durch den Wald, um zu der Lichtung zu gelangen, auf der sie Asyra manchmal gesehen hatte.

Sie hatte Glück. Asyras lederne Jacke hing an einem Baum am Rand der Lichtung und sie fand ihre Tasche an den Stamm gelehnt. Schließlich erspähte sie die junge Frau an dem kleinen Bach.

„Hallo Asyra. Übst du dich wieder im Stockkampf?", begrüßte sie sie, noch immer etwas außer Atem.

Asyra sah überrascht auf. „Hallo. Ja, warum fragst du?"

„Ich dachte mir ... Aber nur wenn es dir nichts ausmacht ..."

„Du willst, dass ich dir ein bisschen etwas zeige, oder? Das mache ich gerne!"

„Nicht nur ein bisschen! Ich möchte alles lernen! Alles, was du weißt", rief Zenay etwas zu hitzig und Asyra runzelte die Stirn. „Oh, wer hat dich denn so motiviert?"

„Jemand bei dem ich alles geben würde, um ihn in einem fairen Kampf zu schlagen!", murmelte sie und schaute finster drein.

„Was hat Tarek gesagt?", fragte Asyra.

Zenay antwortete nicht, stattdessen schritt sie direkt neben Asyra an das Ufer des Bachs und hob den Kampfstock auf, den Asyra neben sich gelegt hatte.

„Ich möchte alles wissen!", sagte sie erneut und wog den Stock in der Hand. Sie ignorierte den Schmerz in ihren Armen und Schultern und sah Asyra erwartungsvoll an. Der Rotschopf lachte kurz und nickte dann.

„In Ordnung, fangen wir an."

«†»

Mit Asyra verging der Tag trotz des Muskelkaters und Zenays Wut schneller als gedacht. Sie stürzte sich in das neue Training und war froh, nicht mit Tarek zusammen zu sein und damit ständig an ihren Streit erinnert zu werden. Sie wusste ohnehin nicht, was genau sie für ihn empfand. Die Schmerzen in ihren Muskeln gingen mit der Zeit und Konzentration auf ein erträgliches Maß zurück, aber ihre Verbissenheit blieb.

Erst am Nachmittag, als sie eine kleine Pause machten, in der sie schweigend den Sonnenschein genossen, wurde Zenay wirklich klar, wie sehr Tareks Worte sie verletzt hatten. Sie war so überzeugt gewesen, dass er wirklich an sie glaubte – nur um dann festzustellen, dass er sie für ein schwaches Kind hielt. Sie war zutiefst gekränkt.

Aber Asyras aufmunternde Worte, was ihre Fähigkeiten anging, und ihre fröhliche und sanfte Art, ihr Neues beizubringen, linderten ihre Wut etwas und ließen sie schnell Fortschritte mit dem Kampfstock machen.

Als Zenay später ins Dorf zurückkehrte, war sie verschwitzt und konnte ihre Müdigkeit sowie ihre neuen Schmerzen nach dem langen Training kaum noch verbergen. Tarek begegnete ihr im Flur, aber sie verlor kein Wort über den Tag und ihre neue Lehrerin und ging in ihr Zimmer, um sich weiter in der Magie zu erproben.

Abends strafte Zenay Tarek für seine Worte, indem sie gar nicht mit ihm redete. Das Essen war in düstere Stille gehüllt und auch Shetan schwieg und hing seinen Gedanken nach.

Zenay stand nach dem Essen auf, räumte kommentarlos die Teller ab, wusch sie sauber und ging in ihr Zimmer. Tarek sagte nichts, also legte sie sich schlafen, gleichzeitig erleichtert und enttäuscht, dass er kein Interesse daran zu haben schien, sich mit ihr auszusprechen.

Sie schlief spät ein, nachdem sie lange wachgelegen hatte, grübelnd und auch ein wenig hoffend, dass er an ihre Tür klopfen würde, um sich zu entschuldigen ... Doch diese Tatsache wollte sie sich nicht einmal selbst eingestehen.

Am nächsten Morgen erwachte sie mit leichten Kopfschmerzen und einem schlechten Geschmack im Mund.

Der ganze Tag verlief erneut in eisigem Schweigen zwischen den beiden.

Zenay bekam von Shetan die Aufgabe, sich den Vormittag über mit ihrer Magie zu beschäftigen, während Tarek sonst wo war. Es interessierte sie auch nicht wirklich. Mittags machte sie sich, nachdem sie Tarek kurz im Flur begegnet war, hastig ein Brot, stapfte dann in den Wald und traf sich erneut mit Asyra, um ihr als Gegenleistung für das Kampfstocktraining beim Sammeln von Kräutern zu helfen. Asyra zeigte ihr alle ihr bekannten Pflanzen, auf die sie auf dem Weg stießen, und erklärte, welche giftig, essbar oder heilend waren.

Danach breitete sie die Kräuter auf ihrer Lichtung auf einem Tuch aus und zog mit freudiger Erwartung in den Augen die Kampfstöcke hinter dem umgestürzten Baum hervor. Asyra zeigte ihr das gestern Gelernte erneut, um sie aufzuwärmen und auf Schwachstellen aufmerksam zu machen. Danach zeigte sie ihr einige neue Schlagbewegungen und wie sie mit verschiedenen Drehungen den Kampfstock schnell in andere Positionen bringen konnte, um damit Schläge abzuwehren oder vielleicht auch einen Gegner von den Füßen zu reißen.

Es dämmerte, als sie ins Dorf zurückkehrten. Asyra bot Zenay an, bei Mokuba und ihr zu essen und sie nahm dankbar an, froh, nicht wieder zu dem Schweigen zurückkehren zu müssen, bei dem ihr das Schaben des Bestecks und die Kaugeräusche fast unerträglich laut vorgekommen waren.

Sie schaute nur kurz bei Shetan vorbei, um ihm mitzuteilen, wo sie sein würde und verbrachte dann einen fröhlichen Abend bei Asyra, der sie den Streit fast wieder vergessen ließ.

Als es schon lange dunkel war, verabschiedete sich Zenay von den beiden Frauen. Kaum war sie aus der Tür getreten, fiel ihr Blick jedoch auf Shetans Haus und das erleuchtete Fenster der Stube. Sofort verflog ihre gute Laune. Anstatt nach Hause zu gehen, eilte sie an den Gärten vorbei und zu den Koppeln.

Sie wusste nicht, ob Tarek sich für sie um Malee gekümmert hatte und sie wollte ihn auch nicht fragen. Ihre Stute war im Stall und wach. Sie schnaubte zur Begrüßung, als sie Zenay erkannte. Mit einem Funken von ihren Fingern entzündete sie die Kerze der

Laterne, insgeheim darüber fluchend, dass es ihr schwerfiel, sich genügend zu konzentrieren. Es war ihr auch schon am Morgen aufgefallen. Alle magischen Übungen waren ihr schwerer gefallen, als würde sich etwas in ihr dagegen sträuben.

Da sie jetzt Licht im Stall hatte, bürstete sie Malee, nicht ohne vorher im Geist der Stute vorsichtig nachzuforschen, ob diese nicht lieber schlafen wollte.

Sie gab ihr etwas Hafer, legte sich dann auf Malees Rücken und kraulte sie sanft am Hals, während sie ihren Gedanken nachhing.

Eigentlich wusste sie selbst kaum mehr, warum sie so wütend und frustriert war, aber die Emotionen ließen sich nicht unterdrücken. Sie fühlte sich gefangen von ihnen, wie in einem fremden Griff und die Gründe lagen außerhalb ihres Bewusstseins. Sie schnaubte, als sich neuer Zorn über diese Erkenntnis in ihr ausbreitete.

Malee erwiderte das Geräusch und sie musste lächeln.

„Ja, du verstehst mich, oder? Du hast immer ein Ohr für meine Sorgen ... Im Gegensatz zu anderen."

Im Nachhinein wusste sie nicht genau, warum sie das gesagt hatte, aber sie schloss seufzend die Augen und ließ sich von Malees ruhigen Atem, den sie unter sich spüren konnte, langsam wieder beruhigen.

«†»

Zenay schreckte auf und wusste einen Moment nicht, wo sie war. Dann fühlte sie Stroh unter sich und setzte sich verwirrt auf. Sie war im Stall, aber das Letzte, woran sie sich erinnern konnte, waren Malees warmer Rücken und der sanfte tiefe Atem der Stute.

Wie war sie dann hier ins Stroh gekommen?

Es war dunkel und still, aber Zenay fühlte sich trotzdem auf einmal beobachtet. Hatte sie geschlafwandelt? Was war geschehen?

Vorsichtig stand sie auf und versuchte möglichst wenig Geräusche zu machen, was sich im Stroh nicht gerade als leicht erwies.

Erst als sie stand, wurde ihr der Grund für die Dunkelheit klar. Die Laterne war ausgegangen. Aber die Pferde waren ruhig und konnten wohl kaum eine Kerze ausblasen? Im Stall gab es aber auch keinen starken Luftzug.

Ein Schauer lief ihren Rücken hinab und die Haare in ihrem Nacken stellten sich auf. Nachdem sie den Atem eine gefühlte Ewigkeit angehalten und gelauscht hatte, tastete sie sich langsam rückwärts in Richtung der Holztür. Sie ließ ihre Fingerspitzen über das Holz gleiten, bis sie den Spalt der großen Tür gefunden hatte. Sie war geschlossen.

Innerlich fluchte sie, denn die schwere Holztür würde beim Öffnen unweigerlich knarren.

Dann traf es sie wie ein Schlag. Diese verdammte Müdigkeit, gepaart mit plötzlicher Angst. Wieso tastete sie hier blind herum? Ärger machte sich in ihr breit und sie aktivierte die Konane, etwas unvorsichtig, und das wenige Licht, das durch die Spalten in den Stallwänden hereinsickerte, blendete sie unvermittelt.

Sie zischte und wich ungewollt zurück, stieß an die Tür und schob sie versehentlich ein Stück auf. Rasch kontrollierte sie die Magie besser und versuchte sich zu beruhigen, während sie den Blick durch den Stall huschen ließ. Es war niemand hier.

Reiß dich zusammen!, dachte sie, doch sie konnte die Wut nicht am Hochkochen hindern. Sie stieß die Tür auf, schloss sie wieder hinter sich und lief über die verlassene Weide.

Obwohl sie niemanden erspähte, blieb das Gefühl, nicht allein zu sein. Also beeilte sie sich, möglichst schnell und leise von der offenen Fläche der Koppel zu verschwinden. Sie sprang mit einem Satz über den Holzzaun und huschte über die kleine Brücke, dann war sie im Garten.

Der Dorfplatz lag totenstill da, die düsteren Häuser schienen sich vorzubeugen, als wollten sie sie erdrücken. Schluckend wandte sie sich ab, obwohl ihr Instinkt ihr sagte, sie müsse alles weiter beobachten. Fluchend rüttelte sie kurz an der Tür, aber sie war natürlich verschlossen.

Die Wut kochte noch ein Stück höher, deshalb wartete sie einen Moment, bevor sie ihre Magie wieder aktivierte, um keinen lauten Knall oder hellen Blitz zu erzeugen.

Die Welt drehte sich, als sie sich mithilfe ihrer Kräfte in ihr Zimmer transportierte. Es leuchtete nur schwach und knirschte, als würde jemand eine Tür schließen, dann war es wieder still. Zenay horchte, ob Tarek und Shetan etwas bemerkt hatten, aber als es ruhig blieb, ließ sie sich auf ihr Bett fallen.

Eine Art Unsicherheit erweckte in ihr den Wunsch, zu Tarek zu rennen, damit er sie beschützte. Aber ein anderer Teil von ihr sträubte sich energisch gegen diesen Gedanken. Nein, er würde sie auslachen und noch mehr Gründe haben, sie für ein dummes Kind zu halten.

Nachdem das Gefühl, nicht allein zu sein, auch jetzt nicht verschwand, tat sie es trotzig als Einbildung ab. Sie war einfach nur im Stall eingenickt und musste sich im Halbschlaf ins Stroh geschleppt haben. Die Kerze in der Laterne konnte einfach von selbst abgebrannt sein, daran war nichts Erschreckendes.

Warum also diese Angst?

Sie hatte darauf keine Antwort und etwas in ihr flüsterte hämisch mit Tareks Stimme, es würde wohl daran liegen, dass sie ein kleines dummes Kind war.

Es dauerte sehr lange, bis die Wut nachließ und sie einschlafen konnte.

«†»

Gähnend betrat Zenay die Küche und rieb sich die Müdigkeit aus den Augen, ehe sie ein Stück vom frisch gebackenen Brot abbrach. Die Ereignisse der letzten Nacht schienen sonderbar verschwommen, als wären sie nur ein Traum gewesen. Aber ihre Müdigkeit und die Tatsache, dass an ihrer Kleidung überall Stroh hing, sprachen dagegen.

Gedankenverloren nahm sie das feuchte Tuch vom Butterkrug, bestrich das duftende Brot und wollte schon wieder aus dem

Raum, um ihren Bogen zu holen, als Tarek plötzlich in der Tür stand und ihr den Weg versperrte.

„Morgen", grüßte er und sie warf ihm einen kurzen Blick zu, dann nickte sie kaum merklich. Sie wollte schon unter seinem Arm durchtauchen, da stellte er sich direkt vor sie. Einen Moment blieb sie ihm ganz nah, konnte seinen Atem auf ihrem Gesicht spüren, aber die Spannung in der Luft war nicht angenehm. Wütend machte sie einen Schritt zurück, seine plötzliche Nähe war zu unerwartet und auch schmerzhaft.

„Zenay, du kannst nicht für immer so weitermachen!", meinte er und sie dachte schon, er wollte sich entschuldigen, „Irgendwann müssen wir wieder zusammen üben, ob du mit mir sprechen willst oder nicht. Also triff mich in einer Stunde auf der Lichtung hinter den Weiden. Ich hab mit Shetan gesprochen. Er sagt, es sei in Ordnung."

Wut stieg in Zenay auf. Wie konnte sie nur so dumm sein, zu denken, dass dieser eingebildete Kerl sich bei ihr entschuldigen würde? Nein, alles, woran er dachte, waren ihre dummen Fortschritte in der Kunst des Tötens! Einen Moment lang wollte sie ihm alles entgegenwerfen, was sie dachte, wollte einfach irgendetwas erwidern. Irgendetwas!

Doch Tarek wartete nicht auf eine Antwort, sondern wandte sich ab und verließ das Haus.

Fassungslos stand sie da, dann stürmte sie fluchend in ihr Zimmer und knallte die Tür hinter sich zu.

Die Stunde verging quälend langsam, aber ihre Wut schmälerte sich mit dem Warten und Nichtstun, und als es Zeit war, raffte sie sich doch auf und ging mit schleppenden Schritten und ohne große Motivation zu Tarek, der auf der Lichtung auf sie wartete.

Sein Lächeln, als er sie aus dem Wald treten sah, irritierte sie sofort. Auf sie wirkte es künstlich und irgendwie herablassend und erweckte in ihr den Impuls, sich irgendwie verteidigen zu müssen.

Anstatt sie zu begrüßen, hob er ein Paket vom Boden auf und hielt es ihr entgegen.

„Wir machen doch schon mit größeren Schwertern weiter. Sie sind zwar auch aus Holz, haben aber einen Eisenkern. Ich glaube, bei dir können wir eigentlich von Anfang an mit ihnen üben. Außerdem ist es wichtig, dass du dich an das Gewicht eines echten Schwerts annäherst."

„Keine Sorge, ich lasse es fallen, bevor sein Gewicht mir die Arme abreißt", meinte Zenay bissig und Tarek sah sie stirnrunzelnd an. Er schlug das Leinen zurück, faltete es anscheinend absichtlich langsam und gelassen auseinander. Dann reichte er ihr das Schwert – sie gab keinerlei Kommentar darüber ab, ob es ihr schwer vorkam oder nicht – und sie begannen das Training.

Verbissenheit zeigte sich während der ganzen Zeit auf ihrem Gesicht, aber Zenay beschwerte sich kein einziges Mal und strengte sich an, damit sie das größere Gewicht der Waffe nicht deutlich langsamer oder schwerfälliger machte.

Tarek korrigierte ihre Griffe und Hiebe nur selten, und auch dann ohne sie zu berühren, seitdem sie beim ersten Mal zurückgezuckt war. Auf einmal schien ihr der Gedanke, von ihm angefasst zu werden, unangenehm und am liebsten hätte sie das Schwert einfach weggeworfen. Aber sie schwieg und verteidigte sich so gut sie konnte gegen seine Angriffe, selbst wenn er die Schwerthand wechselte.

Doch irgendwann hielt er unvermittelt inne und seufzte.

„Nein, nein. Du verdrehst dein Handgelenk, sobald ich dich linkshändig angreife. Wenn du dann nicht aufpasst, kann dir jemand das Schwert ganz leicht aus der Hand schlagen oder dir das Gelenk brechen", sagte er kopfschüttelnd und Zenay hob aufmüpfig ihr Kinn.

„Wieso hast du das nicht vorher gesagt? Willst du mir meine Schwächen nicht mehr zeigen?"

Tarek sah sie entgeistert an. „Nein ...", murmelte er, anscheinend nicht sicher, was er sagen sollte. „Ich habe es gerade erst bemerkt."

„Dann kann es ja nicht so schlimm sein, lass uns weitermachen."

„Du willst dir meinen Rat gar nicht anhören?", fragte er ungläubig.

Zenay sah ihn trotzig an. „Ich denke, ich komme zurecht. Du bist nicht so gut mit links, wie du denkst."

Zorn blitzte in Tareks Augen auf. Er ging in Kampfstellung, sie parierte drei seiner linken Schläge, dann prallte sein Schwert heftiger gegen ihres – und es wurde ihr aus der Hand gerissen.

„Wenn ich dich fragen würde, ob ich Rechts- oder Linkshänder bin, hättest du dann auch so eine schlaue Antwort?", rief er wütend. Sie starrten sich einen Moment lang schweigend an, dann hob er ihr Schwert vom Boden auf, um es ihr wieder zu reichen.

„Weißt du was, Tarek? Ich glaube, es wäre besser, wenn ich eine Zeit lang mit jemand anderem übe! Oder allein, das wäre auch besser als mit dir!", schnappte sie zurück, packte das Schwert aus seiner Hand und eilte von der Wiese.

«†»

Am nächsten Morgen bekam er sie gar nicht zu Gesicht. Als er aufstand, war sie, wie er von Shetan erfuhr, gerade fort. Kurz starrten sich die beiden Männer an, doch Tarek schüttelte nur den Kopf, als sein Großvater die Stirn runzelte.

„Möchtest du mir vielleicht mitteilen, was zwischen euch vorgefallen ist, dass sie dich so meidet?"

„Ich verstehe es doch selbst nicht ... Ich wollte mich bei ihr entschuldigen und habe extra die schwereren Übungsschwerter gebracht, um ihr zu zeigen, dass sie doch stark ist ... Aber sie hat es wieder in den falschen Hals bekommen und ... Argh!", rief er und machte ein düsteres Gesicht. „Frauen!", murmelte er und verließ das Haus – und erstarrte an der Ecke zum Garten, als er sah, dass Asyra bei der Brücke zu den Koppeln auf Zenay wartete. Er konnte gerade noch einen letzten Blick auf sie erhaschen, dann verschwanden die beiden Frauen zwischen den Hecken, auf ihrem Weg zu den Pferden.

Tarek war nicht entgangen, dass Asyra zwei Kampfstöcke bei sich hatte.

Er ging zurück ins Haus, holte eine Axt und machte sich daran, eine Weile Feuerholz zu spalten. Die monotone, aber anstrengende Arbeit tat gut, und er hatte Zeit nachzudenken.

Ihm wollte nicht klar werden, warum Zenay sich so merkwürdig verhielt. Irgendwie war er sonderbar enttäuscht. Er kannte sie doch noch gar nicht so lange, dennoch kam es ihm vor, als sei sie schon ewig ein Teil seines Lebens und seine ... ja, seine *Aufgabe*. Shetan hatte ihn damit betraut, ihr alles beizubringen, was er konnte und jetzt verhielt sie sich so kindisch und ließ sich nicht mehr von ihm helfen.

Wütend schlug er die Axt in das nächste Stück Holz und vergrub sie darin. Sie blieb stecken, ohne das dicke Stück Stamm zu spalten. Er hob das Stück mitsamt der Axt an und ließ es fluchend mehrmals kräftig auf den Holzklotz krachen, bis er das Stück gespalten hatte und das größere wieder hinstellte.

Wieso musste es so schiefgehen? Ihr fiel doch bisher alles so leicht! Sie hatte spielend das Reiten erlernt, Jesco hatte ihm anvertraut, dass er noch niemanden gesehen hatte, der so schnell so präzise mit dem Bogen umzugehen wusste

Und sie lernt auch noch Magie! Aber das ist ja nicht nur alles Talent. Ich investiere eine Menge meiner Zeit und Energie in sie und ihre Ausbildung und sie dankt es mir, indem sie sich einfach von mir abwendet!

Schnaubend packte er die Axt wieder fester und ließ sie erneut auf das Holz krachen, das splitterte. Er brach die Stücke auseinander und warf sie dann mit etwas mehr Wucht als nötig auf den Haufen mit fertigem Brennholz.

Erst dann wurde er einer Person hinter sich gewahr und drehte sich hastig um, die Axt erhoben.

Falkir machte rasch einen Schritt zurück und hob beschwichtigend die Arme. „Ho, Tarek. Ich bin es nur."

„Entschuldige", meinte Tarek kurz angebunden und schlug die Axt mit einem Schlenker seines Arms in den breiten Holzklotz. Er hatte gerade keine sonderlich große Lust, mit dem jungen

Mann zu tratschen, mit dem er gelegentlich Jagdstreifzüge erledigte.

„Weißt du, ich komme einfach später wieder, wenn du nicht beschäftigt bist", meinte Falkir, der Tareks Blick, in dem immer noch Wut steckte, offensichtlich auf sich bezog.

Tarek spürte das schlechte Gewissen, dann schüttelte er seinen Kopf von den Gedanken um Zenay frei. „Nein ... nein, ist schon gut. Ich lenke mich nur ab ... Was gibt es denn?"

Der Jäger hob fragend eine Augenbraue, ging aber nicht weiter auf Tareks ersten Kommentar ein. „Nun, ich soll dich von Carson fragen, ob du einige Tage für einen Botengang erübrigen könntest. Du sagtest ihm ja, dass du mehr Arbeit suchst, aber na ja ..."

Bei seinem Zögern wurde Tarek neugierig. „Rede weiter, ich bin interessiert, wenn die anderen Jäger keine Zeit haben."

„Nun, ja, sie haben eine Jagd geplant und Carson möchte gerne eine Nachricht nach Elam bringen, zusammen mit einigen ... *Waren.*"

„Aha?" Jetzt war es an Tarek, eine Augenbraue anzuheben.

Falkir druckste einen Moment herum, doch dann sprach er, leiser diesmal. „Nun ... Die Jäger in Elam haben dank einer Durchsuchung durch die Ratken keinen Schmied mehr, der sie mit Waffen versorgen könnte ... Du verstehst?"

Das überraschte Tarek. Er hatte nicht gewusst, dass jemand den Schmied in Elam verraten hatte. Ein Spion im Dorf ... Hoffentlich plauderte der Schmied nichts über Ornanung aus, sonst konnte auch Malak in Schwierigkeiten geraten.

„Ihr wollt, dass ich Waffen von Ornanung nach Elam schmuggle?!"

Vielleicht klang sein Ton etwas zu zweifelnd, denn Falkir machte erneut einen Schritt nach hinten und sah sich um, als hätte er Angst jemand könne sie hören.

„N-nein. Ja. Den Ratken würde es sicher nicht gefallen, aber es sind eigentlich nur ein paar Abdeckmesser, Schnitzwerkzeug für Pfeile, Wetzen zum Schärfen und solche Sachen. Es sind keine *Waffen.*"

Tarek dachte einen Moment an Shetan und was er davon halten würde. Auch wenn Falkir da eigentlich ganz alltägliche Nutzwerkzeuge von Jägern beschrieb, würden die Ratken es als Waffenschmuggel einordnen und ihn festnehmen, wenn sie ihn erwischten. Andererseits kannte er mehrere Jagdpfade und alte Straßen nach Elam, die schon lange nicht mehr von Truppen benutzt wurden, da sie nur durch Ruinen führten und schon halb überwachsen waren. Als seine Gedanken zu Zenay kamen, zögerte er, doch dann sah er ihr wütendes Gesicht vor seinem inneren Auge, wie sie ihn anschrie und davonstürmte.

Seine Entscheidung fiel, während seine Wut wieder zu brodeln begann.

„Ich mache es."

„Ja?" Falkir wirkte erleichtert. „Wann könntest du aufbrechen?"

„Eigentlich jetzt sofort. Ich muss nur meine Sachen packen."

„In Ordnung, dann triff uns im Lager, dort bekommst du die Nachricht und die, äh, Sachen."

Tarek nickte und zog die Axt mit einem Ruck aus dem Block. Als er sich wieder Falkir zuwenden wollte, war der schon um die Hausecke verschwunden.

Mit einem Schulterzucken und zusammengepressten Lippen stapelte er Holz auf seinem Arm, brachte es in die Stube und begegnete Shetan, als dieser gerade langsam die Treppe herunterkam.

„Großvater, die Jäger haben mich gebeten, eine Nachricht und einige Waren nach Elam zu bringen. Ich breche gleich auf, sie zahlen gut dafür."

Shetan hob eine Augenbraue an, so langsam ging Tarek diese Geste auf die Nerven, auch bei sich selbst. „Soll ich Zenay etwas ausrichten?"

Tarek sah ihn mit einem gequälten Blick an. „Sag ihr, sie soll einfach weitermachen. Sie kommt klar, du wirst ihr ja sicherlich auch einiges zu tun geben. Zum Beispiel Holz hacken. Es dürfte zwar reichen, bis ich wieder da bin, aber ..."

Er brach ab und seufzte.

Sein Großvater nickte stumm. Tarek sah ihn noch einen Moment lang schweigend an, dann ging er in sein Zimmer und packte seine Tasche. Er traf Shetan in der Stube wieder, wo er ihm Proviant, eingeschlagen in ein Leinentuch, reichte.

„Pass auf dich auf."

„So wie immer, Großvater."

Sie umarmten sich kurz, dann schulterte Tarek seine Sachen und ging zum Stall. Er sattelte Milad, verstaute die Tasche und seinen schweren Mantel, der ihm auch als Decke dienen würde, dann führte er seinen Hengst die Koppel hinunter und zur Straße.

Er warf einen letzten Blick über die Wiese zum Waldrand, der ihm die Sicht auf Zenay und Asyra, die jetzt vermutlich irgendwo ausritten oder Kräuter sammelten, verwehrte.

Kopfschüttelnd saß er auf und machte sich auf den Weg zum Lager der Jäger.

Zähmung

Zenay war erschöpft, aber eigentlich auch recht zufrieden, als sie und Asyra aus dem Wald zurückkehrten. Die Berge hatten die Sonne bereits verschluckt. Im Dorf war es kühl und schattig.

Sie hatte neue Verteidigungsformen mit dem Stock gelernt und von Asyra Lob für ihre Fortschritte erhalten. Die körperliche Anstrengung lenkte sie eine Zeit lang wieder erfolgreich von ihrem Zusammenstoß mit Tarek ab.

Allerdings hielt diese Zufriedenheit nur an, bis sie den Garten betrat und die Haustür öffnete, denn da stieg ihre innere Anspannung bei der Erinnerung an den zweiten Streit wieder an. Sie atmete beinahe erleichtert aus, als Stille sie empfing. Sie hatte keine Lust Tarek zu begegnen ... Konnte sie sich doch ihren erneuten Wutausbruch selbst kaum erklären.

Zenay hatte die Hand gerade erst an den Griff zu ihrer Tür gelegt, als sie von oben schwere Schritte hörte. Shetan kam die Treppe herunter, einen Kerzenhalter in der Hand. Die Flamme erzeugte einen warmen Schein im dämmrigen Flur, als er zu ihr kam.

„Da bist du ja“, begrüßte er sie und hob die Kerze höher. „Du warst lange fort. Hast du dich heute weiterentwickelt?“

Zenay nickte und sah, dass er den Schweiß auf ihrem Gesicht bemerkte.

„Es geht mir gut. Ich habe viel gelernt, es war nur anstrengend.“

Er neigte zustimmend den Kopf, dennoch entging ihr der weiterhin sorgenvolle Blick des alten Mannes nicht.

„Was ist los, Shetan?“

„Ich wollte dich fragen, was du heute Abend essen möchtest ... Wir sind nur zu zweit und ich könnte eine warme Suppe machen.“

„Wo ist Tarek?“

„Er ... ist verreist. Und wird frühestens in acht Tagen wieder hier sein.“

Zenay verschlug es die Sprache. Schweigen erfüllte den Flur, während Shetan sie musterte, doch sie schaffte es nur steif zu nicken und ging dann ohne ein weiteres Wort in ihr Zimmer.

Auch als die Tür hinter ihr ins Schloss gefallen war, ließen die Gefühle lange auf sich warten. Der Schock hatte sie fürs Erste weggespült. Dann schließlich kam die Wut darüber, dass er fort war und sie sich noch nicht ausgesprochen hatten. Gefolgt von Trauer, weil er gegangen war, ohne sich zu verabschieden, und sie sich verlassen und hintergangen fühlte. Dann wieder Wut, weil sein plötzliches Verschwinden für sie die Bestätigung war, dass ihm wohl wirklich nichts daran lag, weiter Zeit mit ihr zu verbringen.

Dieses Wechselbad der Gefühle trieb ihr Tränen in die Augen, während sie noch eine Weile an der Tür lehnte. Schließlich schaffte sie die wenigen Schritte zu ihrem Bett und ließ sich mit dem Gesicht in ihr Kissen fallen.

Sie wusste nicht, wie spät es war, als Shetan vorsichtig anklopfte und verkündete, die Suppe sei fertig. Draußen war es bereits dunkel, sie hatte den Rest des Tages mit Nichtstun und Wut verschwendet. Trotz ihres Hungers brauchte sie eine Weile, um sich aufzuraffen. In ihrem Inneren hatte sich eine Schwere breitgemacht, die ihr jede kleinste Entscheidung – und sei es nur aufzustehen – fast unmöglich machte. Als sie die Küche betrat, hatte Shetan bereits einige Kellen voll auf die zwei Teller verteilt.

Zenay setzte sich schweigend zu ihm und wusste nicht, was sie sagen sollte. Über Tarek wollte sie auf keinen Fall reden oder gar den Streit zwischen ihnen erwähnen, doch es war das einzige Thema, das ihr ständig im Kopf herumschwirrte.

Sie aßen schweigend, doch wenigstens nicht mit derselben Anspannung, die den Raum vor zwei Tagen erfüllt hatte. Shetan machte einige zaghafte Versuche, sie in ein Gespräch über Malee oder das Bogenschießen zu verwickeln, doch ihre einsilbigen Antworten ließen ihn schon bald seufzend aufgeben. Er räumte den

Tisch ab und wusch das Geschirr mit der Bemerkung, sie könnte sich mit Magie ablenken, doch sie schüttelte nur den Kopf und ging wieder in ihr Zimmer.

Nach einer Weile versuchte sie sich schweren Herzens doch auf ihre Magie zu konzentrieren, aber die Steine zitterten nur auf ihrer Handfläche und erhoben sich nicht, da sie die nötige Konzentration einfach nicht aufbringen konnte. Fluchend ließ sie sie auf den Tisch fallen, zog sich aus und kroch unter die Bettdecke.

Sie wusste nicht, wie lange ihre Gedanken sie wach gehalten hatten, als sie endlich von schlechten Träumen abgelöst wurden.

«†»

Zenay spornte Malee zu immer größerem Tempo an. Die Bäume sausten dahin und die Stute schnaubte laut, während ihre Muskeln der gedanklichen Bitte nachkamen. Zenay duckte sich über Malees Hals, den alten Kampfstock von Asyra mit einer Hand umklammert. Malee sprang über einen kleinen Graben, durch ein dichtes Gebüsch und brach auf die Lichtung hinaus.

Asyra stand bereits neben dem Baumstamm und wartete, Malee trabte neben sie und Zenay sprang vom Rücken ihrer Stute. Sie war dank des anstrengenden Ritts fast genauso außer Atem wie Malee, außerdem hatte sie befürchtet, dass Asyra nicht so lange auf sie warten würde.

„Tut ... tut mir leid, dass ich zu spät bin! Ich hab verschlafen."

„Beruhige dich, es ist in Ordnung", meinte sie lächelnd und begann, ihren Stock zu schwingen. Während Zenay sich aufwärmte, wurde Asyras Blick jedoch wieder besorgt.

„Schläfst du immer noch schlecht?"

Zenay stockte nur ganz kurz, aber Asyra bemerkte es trotzdem. Sie zuckte mit den Schultern und seufzte. „Es geht. Die erste Nacht war die Schlimmste, aber es wird langsam wieder besser."

Asyra wirkte nicht überzeugt. „Das geht jetzt schon die ganze Woche so ... Vielleicht solltest du eine Pause machen?", fragte ihre Freundin stirnrunzelnd.

„Nein! Ich mache solche Fortschritte bei dir! Ich bekomme genug Schlaf", protestierte Zenay lautstark.

Asyra hatte ihr die letzten sechs Tage so viel Neues gezeigt, dass Zenay der Kopf schwirrte, und doch genoss sie ihre neuen Fähigkeiten. Die beiden jungen Frauen begannen durch die täglichen Übungen und Unterhaltungen eine Freundschaft aufzubauen. So hatte Zenay dann auch nach ein paar Tagen den Mut aufgebracht, ihr zu erzählen, was zwischen ihr und Tarek vorgefallen war und was sie für ihn empfand ... oder zumindest empfunden hatte. Seit er weg war, zerbrach sie sich andauernd den Kopf darüber, warum sie so wütend auf ihn war. Aber am Ende ihrer Gedankengänge war sie immer noch wütend, verletzt und traurig, konnte nicht schlafen und trainierte lieber weiter, um sich wenigstens tagsüber einigermaßen ablenken zu können. Asyra bot ihr Hilfe an, aber leider konnte sie die Fragen auch nicht beantworten, die für Zenay so unklar waren.

Ihre Offenheit Asyra gegenüber bewirkte immerhin, dass die beiden anfingen, sich wirklich zu vertrauen.

„Gut, ich schätze, dann können wir anfangen!", meinte Asyra und strahlte. Zenay konnte ihr gleich ansehen, wie sehr es ihr Freude bereitete, jemandem zu helfen. Das war einer der Gründe, warum sie sich so viel nähergekommen waren.

„In den letzten Tagen haben wir die Grundtechniken des Stockkampfes geübt: wie du Angriffe abblockst, ihnen ausweichst und einen guten Griff für den Stock bekommst. Heute werde ich dir zeigen, wie du attackierst, wie du herausfinden kannst, wo die Schwachpunkte deines Gegners sind und natürlich, wie du diese zu deinem Vorteil nutzen kannst."

Zenay zögerte. An genau diesem Punkt war sie auch mit Tarek gewesen – und wieder bildete sich ein Kloß in ihrem Hals. „Muss das wirklich sein? Wie ... wie soll ich das machen? Kann ich ... Muss ich jemanden wirklich mit dem Stock verletzen?"

Asyra sah sie nachdenklich an. „Du möchtest niemandem schaden, oder?"

Zenay nickte. „Ich habe das Gefühl, keiner versteht das ..."

„Wie wäre es, wenn du es erst einmal nur als Spiel siehst? Wir üben doch hier eigentlich nur mit dem Ziel, später in kleinen Wettkämpfen gegeneinander anzutreten“, meinte sie.

Darüber lächelte Zenay matt. „Danke dir ... Ich weiß, dass das nicht die ganze Wahrheit ist und du mich aufmuntern willst.“

Sie schwiegen eine Weile, in der Zenay die Gedanken durch den Kopf rasten. Ein Teil von ihr sträubte sich immer noch zutiefst. Asyra sah sie geduldig an, da seufzte Zenay lang und laut.

„Aber ich schätze, du hast recht. Vielleicht sollte ich versuchen, mir nicht zu viele schreckliche Dinge vorzustellen.“

Asyra nickte und schritt auf sie zu, um ihr dann zu zeigen, wo allgemeine Schwachpunkte des Körpers lagen, wenn man mit einem Kampfstock angriff. Die Gelenke, der Kopf, der Bauch und die Beine natürlich, um jemanden zu Fall zu bringen.

Langsam begann Zenay alles Wissen aufzunehmen und zu verarbeiten, während sie Asyras Bewegungen beobachtete und dann nachahmte.

Am Mittag wagten sie ihre ersten langsamen Kämpfe gegeneinander, in denen Zenay alle Übungen anwenden konnte und erste sachte Begegnungen mit Asyras Kampfstock machte. Als sie eine Pause einlegten, rieb sich Zenay geistesabwesend den Arm, an dem sie einen Schlag kassiert hatte. Asyra bemerkte es und lächelte vorsichtig. „Entschuldige. Tut es sehr weh?“

„Ach was. Ich bin Schlimmeres vom Training mit Tarek gew–“ Sie stockte und schluckte, wollte nicht wieder an den Streittag denken, der ihr schon so sonderbar verschwommen vorkam. Nur die Mischung aus Wut und Ohnmacht war ihr noch immer glasklar in Erinnerung.

„Weißt du ... manchmal kann es helfen, über so etwas zu reden“, deutete Asyra vorsichtig an.

„Das wollte ich ja auch! Und dann ist er einfach abgehauen!“

„Ich meinte nicht Tarek. Ich meinte mich. Außerdem – und ich will Tareks Verhalten nicht verteidigen – bringen diese Aufträge der Jäger ihm und Shetan Geld, das sie dringend nötig haben.“

Zenay schwieg und versuchte, den Drang wegzulaufen wieder unter ihre Kontrolle zu bringen. Sie seufzte und nickte schließlich. „Also, dann sag mir deine Meinung. Ich bin sicher, du hast einen Vorschlag für mich."

Asyra lächelte jetzt wärmer. „Ich wollte dir eigentlich nur sagen, dass es nicht klug wäre, deine Schwertkampfausbildung wegen des Streites zu vernachlässigen. Ich glaube, du hast Angst davor, jemanden zu verletzen und das verstehe ich gut, besser als manch anderer und besser vor allem als manche Männer, die wir hier nicht erwähnen wollen ... Aus dem Grund habe ich mich damals für den Stockkampf entschieden und nicht für das Schwert. Ich wollte schon immer lieber helfen und heilen, als Schaden zuzufügen. Aber du musst wissen ... ich habe mittlerweile einen Stab mit jeweils einer Klinge an den Enden. Versteckt bei uns im Garten. Irgendwann ist mir klar geworden, dass ich die Menschen, die mir lieb sind, verteidigen muss. Ich *hasse* Gewalt. Aber ich muss auch helfen und die Zeiten, in denen wir leben und aufgewachsen sind, fordern manchmal Opfer."

Zenay fühlte sich ertappt und zugleich auch erleichtert. Endlich schien sie jemand zu verstehen. „Was soll ich denn tun?"

„Nun, es macht natürlich Sinn, dass du dich verteidigen kannst, immerhin bildet Shetan dich doch zu einer Magierin aus. Wenn du eine Magierin sein willst, musst du überleben können. Aber wenn du wirklich nicht mit dem Gedanken leben kannst, dass du vielleicht einmal kämpfen musst, um dich und deine Begabung zu retten ... Nun, dann solltest du vielleicht darüber nachdenken, deine Ausbildung abzubrechen. Ich würde dich deswegen nicht verurteilen. Niemand zwingt dich dazu, einen so gefährlichen Weg einzuschlagen."

Zenays Herz schien einen Moment stillzustehen. Sie glaubte, wenn sie jetzt auch nur ein Wort sagte, müsste Asyra sofort klar werden, wer sie wirklich war.

Denn sie hatte keine Wahl. Oh, wie sehr wünschte sie sich manchmal, sie hätte eine, aber das Schicksal hatte ihr jede Entscheidung genommen. Sie sollte doch die Auserwählte sein! Nein, sie hatte einfach keine Wahl.

Die Zafija schluckte und nickte dann langsam. „Ich ... ich muss darüber nachdenken, was du gerade gesagt hast. Wenn es dir nichts ausmacht, möchte ich jetzt ein bisschen allein sein. Wir sehen uns dann morgen, ja?"

Asyras Lächeln hatte jetzt etwas Trauriges. „Natürlich. Ich hoffe, ich war nicht zu direkt, Sina."

„Nein, es war gut. Manchmal brauche ich jemanden, der mir das ...", sie brachte das Wort kaum über die Lippen. Auf einmal hatte sie das Gefühl, sie müsse gleich in Tränen ausbrechen, über ihr verdammtes Schicksal und Asyra alles verraten. „... das Offensichtliche vor Augen hält", beendete sie den Satz nach einem Zögern.

Sie stand auf, fast in Trance, nahm ihre Tasche und zog sich auf Malees Rücken. Mit einem matten Nicken verabschiedete sie sich und verließ die Lichtung.

«†»

Am Nachmittag kehrte Zenay aus dem Wald zurück. Sie war mit Malee einen Umweg geritten und hatte eine Pause bei dem kleinen See eingelegt, in dem Tarek oft schwimmen ging. Zunächst hatte sie sich gefühlt, als würde sie in seine Privatsphäre eindringen, aber dann hatte sie sich doch einen Ruck gegeben, die Kleider abgestreift, und war ins kühle Wasser gewatet. Nachdem sie sich abgekühlt hatte, war ihr Kopf wieder klarer und ihr Herz hatte sich etwas beruhigt, auch wenn Asyras Vorschlag es wie ein stählernes Band umklammerte. Dass sie mit der Magie weitermachen würde, stand für sie außer Frage. Eine Entscheidung hatte sie aber dennoch zu fällen.

Schließlich brachte sie Malee zurück auf die Koppel und ging ins Haus.

Sie musste ihre Enttäuschung herunterschlucken, als sie es leer vorfand. Tarek war noch immer nicht zurückgekehrt und wo Shetan steckte, wusste sie nicht. Sie hatte gehofft, er könnte ihr eine neue Aufgabe für ihre magische Ausbildung geben. Beim Schwimmen war ihr klar geworden, dass sie wirklich keine Wahl hatte. Die faszinierende Wirkung der Magie hatte sie seit ihren ersten Übungen nicht mehr losgelassen und jetzt wollte sie mit noch größerem Drang etwas Neues lernen. Vermutlich am meisten, um Asyra und vor allem sich selbst zu beweisen, dass dieser Weg der richtige war.

Unentschlossen stand sie einen Moment in ihrem Zimmer und starrte auf die Steine, die auf dem Tisch lagen. Ihre Kraftsteigerungsübung. Nein, sie wollte sich jetzt nicht mit ihnen befassen, sie wollte etwas Neues ... Sie dachte an das, was Asyra am Mittag erwähnt hatte ... Dass sie auch ihre Ausbildung am Schwert nicht schleifen lassen sollte, wenn sie sich denn für diesen Weg entschied.

Schließlich ging sie in die Stube, aß ein Stück Brot und machte sich dann auf den Weg, denjenigen um Hilfe zu bitten, der gewöhnlich nicht so viele Fragen über ihre Beweggründe stellte. Aber sie zögerte einen Moment vor der Haustür. Auf einmal fühlte sie sich ausgeliefert, als sie nun davorstand, den Dorfplatz alleine zu betreten. Und fremd. Sie seufzte und hob dann trotzig den Kopf.

Ich bin schon eine Weile hier, die Leute glauben zu wissen, wer ich bin. Wieso sollte ich also nicht hinüber zu Jesco gehen?

Sie machte die wenigen Schritte vor zum Gatter, öffnete es und fühlte sich einen Moment lang beobachtet. Aber das war nur Einbildung, das musste es doch sein.

Ohne weiter zu zögern, ging sie am Rand des Platzes entlang und bog in die Straße ein, an deren linker Seite der Garten lag. Sie wusste, dass es die Vordertür zum Dorfplatz hin gab, aber sie wollte lieber nicht zu viel Aufsehen erregen oder am Ende mit seinem Vater sprechen müssen.

Bei der Hintertür angekommen, klopfte sie, doch nach einem Moment wurde ihr klar, dass sicherlich niemand ihren zaghaften Versuch gehört hatte und sie pochte lauter an das Holz.

Die Tür öffnete sich, noch bevor sie die Hand wieder senken konnte. Jescos Mutter stand in dem dämmrigen Flur und wirkte wie ein Geist. Mager und blass. Zenay hatte sofort den Eindruck, dass sie krank war, und fühlte sich schuldig.

Die Frau warf ihr einen missbilligenden Blick zu. „Ich habe dich schon beim ersten Mal gehört. Was willst du?“

„Ent-entschuldigung. Ist Jesco da? Ich wollte mit ihm sprechen.“

Sie deutete ein knappes Nicken an und verschwand im Inneren des Hauses. Zenay hörte ihren strengen Ruf und eine kurze, gezischte Unterhaltung, dann kam Jesco hastig den Flur entlang. Zenay dachte, sie hätte ihn gestört, aber als er aus dem Haus ins Licht trat und die Tür hinter sich zu zog, wirkte er fast erleichtert. Ob es an ihr lag oder weil er aus dem Haus kam, wusste sie nicht.

„Lass uns doch in den Garten gehen, hier ist es mir zu düster.“

Zenay nickte und lächelte schüchtern, dann sprang er die Stufen neben ihr hinunter und führte sie aus dem Schatten des Hauses zwischen die Obstbäume im Garten. Er blieb in der Sonne stehen, wandte sich ihr wieder zu und hob fragend eine Augenbraue, während er wartete, dass sie begann.

„Jesco ... ich will nicht lange drum herum reden ... Tarek ist nicht da und ich weiß nicht, wie lange er noch wegbleibt ... Könntest ... könntest du mir vielleicht bei meinen Schwertübungen weiterhelfen?“

Der Mann vor ihr nickte, ohne zu zögern. „Natürlich. Du bist unsere Magierin, ich werde dir helfen.“

Zenay strahlte, auch wenn sie sich über seine Aussage wunderte.

„Danke!“

„Wann sollen wir anfangen?“, fragte er und sie sah so etwas wie Begierde in seinen Augen aufblitzen.

Sie musste schmunzeln. „Du möchtest wohl dringend hier weg, was? Ich würde mich freuen, wenn wir so bald wie möglich loslegen.“

Sein Blick wurde wieder etwas ernster, vielleicht weil sie ihn ertappt hatte. Aber er nickte trotzdem. „Dann gehen wir. Jetzt."

„Aber ...", fing sie an, eine Frage wegen seiner Familie auf den Lippen. Im letzten Moment überlegte sie es sich jedoch anders und nickte. „In Ordnung."

„Die Übungsschwerter sind bei der Scheune?"

„Ja, sind sie."

Er schritt zügig aus und sie folgte ihm. Sie gingen nicht über den Dorfplatz, sondern die Straße hinunter, an den Hecken und der Mauer entlang, die Shetans Garten auf der anderen Straßenseite abgrenzten, und bogen auf den Trampelpfad ab, sobald sie den Bach überquert hatten. Sie stiegen durch den Zaun auf die Koppel, Malee und Shetans Stute kamen gemütlich auf sie zu getrabt und begrüßten sie mit neugierigem Stupsen. Zenay kraulte Malee lächelnd am Hals, dann gingen sie weiter zum Stall und holten die Übungswaffen.

„Möchtest du reiten oder laufen?", fragte Jesco und nickte zu den Pferden.

„Ich hätte nichts gegen einen Spaziergang. Aber ich bin sicher, du könntest auch auf Sarai reiten, ich wüsste nicht, was Shetan dagegen haben sollte."

„Nein, dann gehen wir."

Jesco schritt voraus, zum anderen Ende der Koppel, strebte dem kleinen Pfad entgegen und führte sie in den Wald, wo er den vertrauten Weg zu ihrer häufigsten Übungslichtung wählte. Sie gingen zügig und schweigend, aber es war keine unangenehme Stille.

Auf der Lichtung angekommen redete Jesco wie üblich nicht lange um den Brei herum. „Zeig mir, was du bisher gelernt hast. Dann kann ich einen Eindruck gewinnen und dir etwas Neues beibringen."

Zenay zögerte, doch dann gab sie nach und hob ihr Übungsschwert. Ein kleiner Stich traf sie, ob von Wut oder Scham konnte sie nicht sagen ... Aber sie wusste, dass es nicht einfach sein würde, jetzt nicht an Tarek zu denken.

„Du musst keine Scheu haben. Ich bin vielleicht nicht so gut wie Tarek, aber ich kann dir doch ein wenig zeigen."

„Ich ... ich weiß. Es ist nur ... Die Ausbildung mit Tarek lief nicht so gut."

Jesco hob eine Augenbraue. „Bist du mit ihm gelaufen?"

Zenay sah ihn irritiert an, dann verstand sie, dass er ihre fremdartige Phrase meinte. „Oh, nein ... Ich meinte, dass ... es mir nicht sonderlich gut gefallen hat ..."

„Wir können jederzeit aufhören, wenn es dir nicht passt. Es ist deine Entscheidung."

„In Ordnung." Zenay nickte, mehr, um sich selbst ihre Bestimmtheit klar zu machen.

Jesco hob jetzt ebenfalls das Schwert, hielt es ganz locker in ihre Richtung und gab ihr Zeit, den Anfang zu machen. Zögerlich machte sie einen Schritt auf ihn zu, hielt dann aber wieder inne. „Ich weiß nicht, wie ich anfangen soll!", sagte sie und hörte, wie in ihrer Stimme wieder diese unkontrollierte Wut mitschwang. Sie wollte es nicht, aber Frustration begann sich bereits in ihr breitzumachen. „Bisher hat Tarek mich immer angegriffen, ich kann das nicht."

„Kein Problem." Jesco schien den Ton in ihrer Stimme einfach zu ignorieren. Sein Gesicht blieb weiter ruhig und beinahe ausdruckslos. Dann sprang er plötzlich vor und griff sie an.

Zenay riss ihr Schwert hoch und konterte damit seinen ersten Schlag. Die Hölzer krachten laut aufeinander, Jesco machte einen Schritt zur Seite und einen wilden Bogen mit dem Schwert. Ächzend schwang Zenay ihres herum und wehrte auch diesen Hieb ab. Jescos Schläge waren hart und präzise, aber Zenay hatte das Gefühl, dass er vielleicht nicht ganz so schnell wie Tarek war.

Beinahe wäre ihr ein Fluch über die Lippen gerutscht, als wieder die Wut in ihr hochkochte. Verdammt!

Aber sie hatte keine Zeit, sich weiter Gedanken zu machen, denn Jesco setzte erneut zum Angriff an und ließ mehrere Schläge hintereinander von rechts und links oben auf sie zu sausen.

Zenay schaffte es, sie abzuwehren, aber ihr stand bereits der Schweiß auf der Stirn. Bevor sie etwas sagen konnte, um eine kurze Verschnaufpause bitten, machte Jesco einen Schritt zurück und senkte das Schwert. Er entspannte sich und nickte dann, kaum außer Atem, während Zenay schnaufte.

„Sehr interessant. Tarek hat dir bereits sehr viel in der Verteidigung beigebracht. Du bist gut, dafür, dass du erst seit so kurzer Zeit übst. Tarek hat gute Arbeit geleistet."

Zenay richtete sich gerade auf und versuchte, ihre Gesichtszüge unter Kontrolle zu bringen, die sich zu einer traurigen Grimasse verziehen wollten. Jesco überging es und sprach weiter.

„Du bewegst dich schnell. Mir scheint, du hast auch geübt, nachdem Tarek aufgebrochen ist?"

Zenay schüttelte den Kopf. „Nein ... Aber ich habe auch einiges Neues bei Asyra gelernt. Sie ist sehr gut im Stockkampf."

„Das ist sie. Dann hast du sicherlich schon einige Ähnlichkeiten der Kampfstile bemerkt?"

„Ja."

„Versuche, die Bewegungsabläufe zu übertragen", schlug Jesco vor.

Zenay sah ihn erstaunt an. Dass sie darauf nicht selbst gekommen war! Sie überlegte kurz, dann stellte sie sich vor, das Schwert in ihrer Hand sei der Kampfstock. Sie wirbelte um sich selbst, das Schwert sirrend, und stieß nach einer ganzen Drehung nach vorne, das Schwert vor sich ausgestreckt. Überrascht japste sie, als sie das Gleichgewicht verlor.

Der Schwung war zu groß, sie konnte nicht abbremsen und stolperte nach vorne. Strauchelnd und mit den Armen rudernd schaffte sie es, nicht zu stürzen, kam sich aber tollpatschig vor, während sie sich die Haare aus dem Gesicht strich und Jesco ansah.

Sie erwartete ein Lachen, einen Kommentar darüber, dass sie fast gestürzt war. Jesco neigte jedoch anerkennend den Kopf. „Ein sehr gutes Beispiel. Wenn du dir vorstellst, dass du mit beiden

Händen den Stock festhalten würdest, wo wäre dann deine zweite Hand?“

Zenay zögerte und schloss kurz die Augen, um sich zu erinnern, wie sie sich dann bewegen würde. „Ich würde beim Vorstoßen beide Arme nach vorn bewegen. Soll ich das jetzt auch machen?“

„Das kommt darauf an, welche Art von Schwert du verwendest. Bei einem Zweihänder müssen deine Arme dann die gleiche Bewegung machen. Hast du in beiden Händen Waffen oder nur in einer, hältst du dein Gleichgewicht besser, wenn du den anderen Arm nach hinten bewegst, als Gegenstück zum Schwertarm. Beim Stock nutzt du beide Arme, um mehr Kraft in den Hieb zu legen, so auch beim Zweihänder. Bei einem Einhänder kannst du mehr Kraft und Genauigkeit erreichen, wenn du das Gleichgewicht hältst. Da du nicht wusstest, was du mit deinem anderen Arm tun sollst, bist du gestrauchelt. Versuch es.“

Zenay sah ihn aus großen Augen an, während sie seinen Erklärungen lauschte. Als er schwieg, begann sie erneut, wirbelte um sich selbst und machte wieder den Ausfallschritt nach vorne. Ihr Schwert zischte durch die Luft. Da sie den anderen Arm nach hinten bewegt hatte, verlor sie nicht das Gleichgewicht und konnte sich wieder gerade aufrichten.

Jesco nickte wieder. „Sehr gut. Hat Tarek dir schon gezeigt, wie du dich bewegen musst, falls du stürzt oder gestoßen wirst?“

Zenay zögerte, als er Tarek erwähnte, doch dann fasste sie sich wieder. „Na ja, wir ... wir sind aneinandergeraten, bevor er mir so etwas mit einer Waffe zeigen konnte.“

„Das ist aber sehr wichtig. Du könntest bei einem Kampf umgestoßen werden oder auf nassem Boden ausrutschen.“

„Ich weiß ...“, meinte sie kleinlaut.

„Gut, ich werde es dir zeigen. Du solltest verschiedene Fallsituationen kennen, um dich möglichst schnell wieder aufrichten zu können oder von einem heransausenden Schlag wegzurollen. Deine Waffe kann dir dabei im Weg sein oder du könntest sie verlieren. Das musst du vermeiden.“

„Ich will eigentlich nicht die ganze Zeit darüber nachdenken müssen, dass ich das alles lerne, um nachher zu töten!", rief sie und ihre Stimme war etwas lauter, als sie gewollt hatte.

„Dann denk weniger", stellte Jesco knapp fest und Zenay stutzte. Sie sah ihn gleichzeitig überrascht und eingeschnappt an, aber unter seinem neutralen und irgendwie autoritären Blick knickte sie schließlich ein und nickte nur. Außerdem hatten Asyras Worte sie auch zum Nachdenken gebracht.

„In Ordnung ... Dann zeig mir bitte, wie ich mich abrolle."

„Ganz wie du wünschst, Magierin", erwiderte Jesco und streckte die Hand aus, um ihr das Schwert abzunehmen und ihr die ersten Übungen zu zeigen.

«†»

Zenay bog die letzten Äste aus dem Weg, die sie von den Feldern trennten. Sie war tief in Gedanken versunken ... und auf einmal stand sie schon auf der Weide hinterm Stall. Wie war sie so schnell hierhergekommen? Es war still. Unheimlich still.

Alles kam ihr falsch und verzerrt vor ... Gerade wollte sie sich an die Stirn fassen, um nach ihrer Temperatur zu fühlen – da bog Tarek um die Ecke des Stalls und kam auf sie zu.

Tarek! Er war wieder da! Sie war so überrascht, dass sie gar nicht wusste, was sie sagen sollte.

Sein Gesicht war merkwürdig ausdruckslos. Irgendwie hatte sie gehofft, dass er sich freuen würde sie zu sehen, aber er wirkte eher desinteressiert. Zenay musterte ihn von oben bis unten – und ihr Blick blieb an dem Schwert hängen, das er locker in seinen Händen hielt, mit der Spitze knapp über dem Boden. Es war aus Metall.

Sie wollte gerade etwas dazu sagen, da fixierte Tarek sie mit seinem Blick. Sie konnte keinerlei Freundlichkeit darin erkennen. Im Gegenteil, ein überlegenes Lächeln spielte jetzt um seine Lippen, gepaart mit purer Bosheit, wie sie es noch nie bei ihm gesehen hatte.

„Du bist schwach! Ich werde dich mit Leichtigkeit besiegen!" Er spie die Worte mit einer solchen Gewissheit aus, dass Zenay einen Moment wirklich glaubte, er spreche die Wahrheit. Aber warum sollte er sie besiegen wollen?

„Aber ...", fing sie an, unsicher, wie sie auf seine Gemeinheiten reagieren sollte. Es wirkte fast, als wollte er ihr etwas antun, wenn sie nicht das Richtige erwiderte! Dann fiel ihr ein, was sie doch heute erst gelernt hatte und sie platzte damit heraus, in der Hoffnung, Tarek davon abzuhalten, weiter so verletzende Sachen zu sagen. „Jesco! Er hat mir vorhin erst gesagt, dass ich gut bin! Dass DU mich gut gelehrt hast!", meinte sie und konnte das Zittern in ihrer Stimme kaum verbergen.

„Jesco hat keine Ahnung!"

„Tarek! Wie kannst du so etwas sagen? Ihr seid doch Freunde ...", rief Zenay und sah ihn entsetzt an. So kannte sie ihn nicht. Seit wann sprach er so schlecht über andere?

Erst dann fiel ihr auf, dass Tareks Augen gelb waren. Sie glühten förmlich.

Und die Umgebung war still. Nicht ruhig, sondern absolut regungslos. Es gab keinen Wind, die Wolken bewegten sich nicht ... Alles schien eingefroren zu sein, außer Tareks sonderbarem Blick, der gar nicht zu ihm gehörte!

Aber sie hatte keine Zeit mehr darüber nachzudenken. Tarek schnellte ohne Vorwarnung auf sie zu und riss die Waffe hoch. Er brüllte wütend, das glänzende Schwert erhoben – und um sie herum wurde es immer dunkler, bis sie nichts mehr sehen konnte, außer den gelb glühenden Augen, die in der Schwärze auf sie zu schossen. Sie kniff die Lider zusammen und wurde unvermittelt aus der Dunkelheit gerissen.

Zenay richtete sich kerzengerade im Bett auf, noch bevor sie ganz wach war. Ihr Atem ging so schwer, als hätte sie gerade wirklich kämpfen, um ihr Leben fürchten müssen. Wirre Gedanken schwirrten in ihrem Kopf, zusammen mit Wut und Trauer. Wieso hatte Tarek sie angegriffen? Er war ihr so *böse* vorgekommen ...

Auf einmal hatte sie echte Bedenken, ihm bald wieder zu begegnen.

Sie warf einen hektischen Blick durch das Zimmer, aber es war niemand dort. Frisches Licht strahlte durch die Spalten des Fensterladens.

Nach einer Weile hatte sie sich genügend beruhigt, um aufstehen und sich anziehen zu können. Bei dem Gedanken, Tarek tatsächlich gegenüberstehen zu müssen, wurde ihr fast übel. Unerklärliche Schuldgefühle, aber auch eine starke Abneigung machten sich in ihr breit, krallten sich in ihr Herz und ihren Magen und wollten sie nicht mehr loslassen.

Sie ging wie in Trance durch den Flur und in die Stube, um sich dort ein Stück Brot zu holen, in Gedanken noch immer bei dem Traum. Sie wollte die Bilder abwehren, aber sie drängten sich ihr immer wieder auf und ließen den Kloß in ihrem Hals schmerzen. Wie konnte sich Tarek nur schon wieder in ihre Träume schleichen? Sie hatte doch in letzter Zeit sowieso viel zu wenig schlafen können, aber er machte alles nur noch schlimmer!

Schließlich stand Zenay seufzend auf und verließ die stille Stube.

Im Flur wäre sie dann beinahe mit Shetan zusammengestoßen, der wohl gerade von oben gekommen war, ohne dass sie auf seine Schritte geachtet hatte. Sein Blick ließ sie sofort wachsam werden. Er hatte etwas Hartes, so wie der Kloß, der sich jetzt zusammenzog und ihr Herz zu erdrücken drohte.

„Zenay, ich muss mit dir reden. Ich habe jetzt lange genug geschwiegen und es beunruhigt mich, wie du dich in letzter Zeit verhältst."

„Wa-was meinst du? Ich versuche nur, es euch recht zu machen! Ich versuche stärker zu werden!", rief sie trotzig und machte eine wegwischende Handbewegung durch die Luft.

„Ich weiß, dass du dir alle Mühe gibst, aber das ist nicht der richtige Weg! Du bist verletzt und verbittert, aber die Gedanken, die du gegen Tarek hegst, gefallen mir nicht! Ach, jetzt schau mich nicht so überrascht an, du weißt doch genau, dass ich so etwas fühlen kann. Du denkst schon den ganzen Morgen darüber nach."

„Ich ...", stammelte Zenay und spürte schon wieder diese Wut in sich hochkochen.

„Wir alle wollen, dass du für deine Ziele kämpfst! Aber du hast dich nicht unter Kontrolle! Siehst du denn nicht, was du hier tust? Du stehst da, die Fäuste geballt und der Zorn ist dir mitten ins Gesicht geschrieben. Dabei richtet er sich gegen den Falschen!"

Bei seinen Worten blickte Zenay erstaunt an sich herunter, als erwache sie aus einem Traum. Er hatte recht, sie stand angespannt da und bebte vor Zorn. Ihre Hände hatten sich so stark zu Fäusten geballt, dass sie schmerzten und ihre Fingernägel waren in die Handballen gegraben, hinterließen rote Abdrücke in der Haut.

Auf einmal spülte eine Welle aus Erschöpfung und Scham über sie hinweg.

„Aber ich verstehe es nicht, Shetan. Ich versuche, mich zu beherrschen. Ich tue mein Bestes, meine Gefühle zu unterdrücken, aber soll ich denn nun wirklich gar nichts mehr empfinden?"

„Nein, die Gefühle lassen sich niemals ganz unterdrücken, das sollte man auch nie – und sie sind enorm wichtig. Sie zeigen, dass wir noch am Leben sind. Du sollst sie zähmen und dich nicht von ihnen beherrschen lassen. Lerne zu verzeihen und auch etwas einzustecken! Dann hat er eben gesagt, du seist noch nicht sehr stark. Na und? Er ist ein junger Mann, der sich manchmal nicht ganz geschickt ausdrückt. Denk doch nicht gleich, dass er dich nicht mehr mag und du ihn deshalb auch ablehnen musst. Niemand erwartet, dass du so stark wie ein Mann wirst. Du musst deinen ganz individuellen Weg finden und wir wollen dich dabei unterstützen, indem wir dir Wissen und Hilfe anbieten. Aber deine Angst und Wut verhindern, dass du unsere Unterstützung richtig nutzen kannst. Du musst dir deines Empfindens bewusst werden, denn starke Gefühle machen auch dich stark. In Momenten der Wut oder Angst kann ein starker Magier große Leistungen vollbringen, aber nicht, wenn er sich von dem Gefühl völlig übermannen lässt. Er muss immer Herr der Lage bleiben. Ich möchte, dass du lernst, deine Gefühle in absolute Kraft und Magie umzusetzen, denn das ist die wahre Stärke eines Magiers."

Zenay sah ihn ungläubig an. „Soll das heißen, meine Gefühle machen mich stärker?"

„Ja, jedoch nur, wenn du sie beherrschst und dich nicht tagelang von ihnen einnehmen lässt! Gefühle und Magie sind stark verbunden. Die Zähmung deiner Gefühle gibt dir leichteren Zugang zu deiner inneren Energie. Würdest du von einem plötzlichen Gefühlsausbruch überrannt, dann verlierst du in noch ungeübtem Zustand die Kontrolle und bringst dich in Gefahr. In heftiger Wut handelt man meist unüberlegt und vollbringt sehr starke Magie, die einem selbst und der Umgebung gefährlich werden kann. Deshalb ist es wichtig, dass du deine Gefühle stets leitest und ihnen Kraft gibst oder nimmst."

Zenay machte den Mund mehrmals auf und zu, bevor sie schließlich den Kopf senkte. Sie musste daran denken, wie schwer es ihr seit dem Streit gefallen war, wirkungsvolle Magie zu entfachen.

„Ich ... ich ... Ja, du hast recht. Es war dumm von mir, so wütend zu sein – und vor allem auf Tarek. Er bringt mir so viel bei, aber irgendwie habe ich Angst davor, mit dem Schwert zu kämpfen ... Diese neue Waffe, wegen ihr musste ich über das Töten nachdenken und das hat mich so verunsichert. Ich sollte Tarek nicht dafür strafen, weil ich Angst habe, dass ..." Der wahre Grund ihrer Wut traf sie wie ein Schlag in den Magen und sie erzitterte. „...dass ich versage und *getötet* werde. Ich habe solche Angst ... und es verwirrt mich so, noch nicht mal genau zu wissen, vor *was* ich Angst habe. Sie ist einfach da und krallt sich in mich ..." Tränen traten ihr in die Augen und ihre Kehle war plötzlich wie zugeschnürt.

Sie hatte nie darüber nachgedacht, was sie tat. Sie hatte sich in ihrer Wut auf Tarek gestürzt, weil er das erstbeste Ziel war und weil sie nicht über andere Gefühle nachdenken wollte ... und jetzt, da sie das erkannt hatte und ihre falsche Wut verschwunden war, drohte diese mächtige Angst sie zu zerreißen.

„Was ist, wenn ich es nicht schaffe, Shetan?! Ich fühle mich so schwach und da ist dieser ständige Schatten über mir, diese grausame Tyrannin, von der ihr sagt, dass sie mich vernichten will! Nur weil ... weil ich *ich* bin!"

Shetan beobachtete besorgt, wie sie stärker zu zittern begann. Er nahm sie rasch in den Arm und drückte sie. Erleichtert schmiegte sie den Kopf an seine Schulter und versuchte, ihre Atmung wieder in den Griff zu bekommen.

„Was hältst du davon, dir eine Pause zu gönnen?", fragte Shetan nach einer kleinen Weile.

Sofort verspannte sie sich wieder. „Nein ... nein, das kann ich nicht!"

Shetan schob sie ein wenig von sich weg und sah sie ernst an. „Zenay, eine Pause gehört genauso zu deiner Ausbildung wie deine Kampfübungen! Du musst dich in Ruhe und Gelassenheit üben, denn das kann auch eine deiner großen Stärken sein. Nein, das muss es sogar! Du brauchst nicht nur Muskeln, um sie zu besiegen, sondern innere Stärke!"

Zenay schluckte und nickte dann. „Ja, du hast recht."

„Leg dich hin und ruhe dich aus. Denk darüber nach, was ich dir gesagt habe – und sei dir bewusst: Du musst nicht immer wütend sein oder Angst haben. Manchmal hilft es, ruhig zu atmen und einen kühlen Kopf zu bewahren. Und sei nicht zu streng mit dir selbst! Du hast unglaubliche Fortschritte gemacht, seit du hier bist. Beruhige dein Herz und versuche, mit Tarek zu reden, sobald er wieder hier ist. Er ist dein Freund und hilft dir. Er wird dich beschützen, so gut er es kann, da bin ich mir sicher."

„Glaubst du wirklich, dass er noch mit mir reden will, nachdem ich ihn so ungerecht behandelt habe?"

„Er ist ein gütiger Mensch und hat ein treues Herz."

Zenay schniefte einmal und wischte sich dann die Tränen aus den Augen. „Danke Shetan ... Ich glaube, ich habe mich ziemlich dumm verhalten."

„Jeder macht ab und an Fehler, aber ich hoffe, du hast etwas daraus gelernt. Lass dich nicht von deinen Gefühlen übermannen – und unterdrücke sie auch nicht zwanghaft, das ist nicht gesund! Vertraue deinen Freunden und deiner Intuition, das macht dich stark.“ Er lächelte und drückte freundschaftlich ihre Schultern. „Und Zenay ... denk jetzt nicht, dass alles deine Schuld ist. Vielleicht solltest du Tarek nach den Beweggründen für sein Verhalten fragen, wenn er zurück ist?“

Sie nickte und drückte sich kurz an ihn, dann ging sie in ihr Zimmer und ließ sich seufzend auf das Bett fallen.

Einfach einmal nichts zu tun war wohl die beste Aufgabe, die sie in ihrem Zustand von Shetan hatte bekommen können.

Es dauerte eine Weile, bis ihr Geist sich beruhigte, aber langsam wurde alles klarer. So weiterzumachen wie bisher hatte wirklich keinen Sinn.

Selbst wenn Tarek sie für schwach hielt, würde sie wieder mit ihm sprechen, sobald er zurück war. Ihre Angst vor dem Tod war unterbewusst durch das Schwertkämpfen ausgelöst worden und das hatte sie auf Tarek bezogen ...

Aber in ihrem Inneren spürte sie immer noch diese Unruhe. Wie sollte sie sich bloß beruhigen? Shetan sagte, es gehe um die Fähigkeit, ihre Gefühle zu zähmen, und dadurch würde sie mehr Macht erlangen. Sie setzte sich aufrecht auf das Bett, legte die Hände auf die Knie und schloss die Augen.

Wie kann ich meine Angst und Wut unter Kontrolle bringen? Ich brauche eine beruhigende Sache, etwas, das mich motiviert, vielleicht weil es meine Stärke widerspiegelt. Magie hat mich bisher immer irgendwie fasziniert und so in Anspruch genommen, dass ich dadurch wohl auch ruhiger wurde ... Aber die Übung mit den Steinen ist alleine keine Herausforderung mehr, ich mache das so nebenbei ... Was braucht mehr Konzentration?

Und dann kam ihr die Idee. Shetan hatte sie davor gewarnt, weil dafür viel Kontrolle nötig war. Ja, das war es, das würde ihre neue Übung werden, um sich zu konzentrieren!

Sie atmete mehrmals langsam aus und ein, bevor sie sich seit Langem das erste Mal richtig ihrer Magie öffnete. Wärme flutete durch ihren Körper und sie hatte das Gefühl, wieder lebendig zu werden, als würde sie aus einer dumpfen Trance erwachen. Wie hatte sie sich nur so lange von diesen schlechten Gefühlen beherrschen lassen können? Es fühlte sich an, als würde sie aus einem Käfig ausbrechen, der ihre Magie und ihre Neugier weggesperrt hatte. Freudig lenkte sie ihre Kräfte durch ihren Körper, ließ sie zu ihren Händen strömen, die sie jetzt hob und nah aneinander hielt, sodass noch ein wenig Luft zwischen ihnen war.

Luft. Sie ließ die Magie zwischen ihre Hände fließen, konnte sie so deutlich spüren, als müsste sie es eigentlich sehen können, sobald sie die Augen öffnete. Diese Energie war irgendwie *lebendig*, wie ein Spürsinn, der es ermöglichte, außerhalb des Körpers Dinge wahrzunehmen, die anderen verwehrt blieben. Die Luft zwischen ihren Händen war kühl und frisch. Zum ersten Mal konnte sie fühlen, dass dieses Element eine Substanz hatte, flüchtig, aber doch da. Sie atmete mehrmals beruhigend ein und aus, dann verband sie ihre Energie mit diesem Gefühl der Flüchtigkeit. Probeweise bewegte sie die rechte Hand.

Es fühlte sich an, als würde die bewegte Luft selbstständig über ihren Arm hauchen. Sie konnte es an den Härchen auf ihren Armen spüren. Gänsehaut machte sich breit.

Als sie sich weiter bewegte, wurde auch der Lufthauch stärker, aber da sie die Hände voneinander entfernt hatte, die Verbindung merklich schwächer. Ohne darüber nachzudenken, machte sie eine Faust und packte die Luft. Als sie die Hand jetzt drehte und nach unten bewegte, blieb die Luft an der Magie hängen wie an Kleber. Ein Windstoß blies von hinten über Zenay hinweg und fegte ihr die Haare ins Gesicht.

Sie japste, als das Kribbeln von Erschöpfung in ihre Arme und Beine schoss, so schnell wie noch nie zuvor. Als sie rasch die Hand entspannte, löste sich damit auch die Verbindung.

Staunend saß sie da, wie eingefroren, ehe sie eine kribbelnde Hand hob und sich die Haare aus dem Gesicht strich. Ihr ganzer Körper fühlte sich taub an ...

Sollte ich es vielleicht nicht tun? Shetan hat mich ermahnt, mich nicht in fremder Magie zu versuchen ... Aber auch wenn es anstren-

gend ist, fühlt es sich so richtig an. Nein, ich werde vorsichtig weitermachen und es einfach nicht übertreiben.

Behutsam öffnete sie sich erneut der Magie, lenkte sie zu ihrer Hand und packte die Luft. Auch dieses Mal schaffte sie es, durch eine Bewegung ihrer Faust einen Luftwirbel um sie herum zu erschaffen, der ihr die Haare erneut zerzauste und die Seiten eines aufgeschlagenen Buches auf dem Boden zittern ließ. Aber dieses Mal packte sie noch stärkere Schwäche. Unerwartet wurde ihr schwindlig und sie ließ die Magie sofort los. Der Wind erstarb und sie wankte kurz im Sitzen, bevor sie kicherte.

Trotz der Erschöpfung fühlte sie sich gut und sonderbar befreit. Mit einem Seufzen ließ sie sich rücklings auf ihr Bett fallen, lag eine Weile einfach nur da und spürte, wie das Kribbeln nachließ und magische Wärme in ihre Glieder zurückfloss.

Nachdem das Gefühl der Schwäche verschwunden war, setzte sie sich wieder hin und betrachtete ihre Finger und Handflächen. Seit sie jeden Tag mit Asyra übte, hatte sich an einigen Stellen dünne Hornhaut gebildet ... Da fiel es ihr wieder ein!

So ein Mist!, dachte sie, in all dem Gefühlsdurcheinander hatte sie ganz vergessen, dass sie heute mit Asyra verabredet war!

Sie wollte schon aufspringen und losrennen, aber die ungewohnte Magie hatte sie mehr erschöpft, als ihr lieb war. Strauchelnd stand sie da und wartete einen Moment, dann entschloss sie sich, einfach langsam zu Fuß zur Lichtung zu gehen. Es war noch nicht so spät und Asyra würde es verstehen, sobald sie von ihrer Erkenntnis berichten konnte. Asyra würde es sicherlich freuen, wenn Tarek und sie sich irgendwann wieder vertrügen ...

Also zog sie los, ging an der Koppel vorbei und in den Wald. Irgendwie erschien ihr alles lebendiger und freundlicher als zuvor. Mit großen Augen schritt sie zwischen den saftig grünen Bäumen den Weg entlang und betrachtete die Welt mit einem so frischen Blick wie schon lange nicht mehr. Fasziniert bemerkte sie das Schattenspiel der Blätter auf dem Weg vor ihr, das Wippen der Gräser und Kräuter am Wegrand, geneigt durch eine Brise, die auch so manche Haarsträhne sanft anhob. Sie konnte die Kraft in diesem schwachen Windhauch spüren, fast, als sei sie noch immer mit der Luft verbunden.

Sie ließ diese Empfindung stärker werden und folgte der Brise beflügelt durch den Wald und fühlte sich, als wäre sie sich selbst immer einen Schritt voraus.

Freudig erkannte sie, dass die Lichtung nicht mehr weit entfernt war. Auf einmal konnte sie es kaum noch erwarten, Asyra davon zu berichten, wie viel besser sie sich endlich wieder fühlte.

Sie bog einige Äste aus dem Weg, betrat die Wiese und erstarrte. Der Lufthauch um sie erstarb und ließ sie allein. Einen Moment lang wurden die Gefühle in ihr zu Eis und einem harten Kloß in ihrer Kehle.

In der Mitte der Lichtung saß Tarek im Schneidersitz auf dem Boden. Er hatte die Augen geschlossen und schien sie noch nicht bemerkt zu haben.

Dann packte ihre eigene Freude sie wieder unerwartet und sie hätte fast aufgelacht. Shetan musste gewusst haben, dass er zurück war! Am liebsten wäre sie direkt zu Tarek gerannt und hätte sich in seine Arme geworfen und ihn um Verzeihung angefleht. Nachdem sie endlich wusste, was ihre Wut ausgelöst hatte, fühlte sie plötzlich ganz andere Gefühle wieder in ihrem Herzen aufflackern. Sie hatte ihn vermisst ... Aber ihre Unsicherheit hielt sie zurück. Unsicher machte sie schließlich doch einige Schritte auf ihn zu und sah sich kurz um, es schien niemand außer ihm in der Nähe zu sein. Sollte sie also jetzt direkt mit ihm reden?

Zu Zenays Überraschung lagen zwei Kampfstöcke vor ihm, und als er sie kommen hörte, öffnete er die Augen, hob schweigend einen der Stöcke auf und warf ihn ihr zu.

Sie fing ihn auf und legte dann ihre Tasche beiseite, während Tarek den anderen Kampfstock hob und dann aufsprang.

Zenay sah ihn verblüfft an, dann nahm sie sich zu Herzen, was Shetan gesagt hatte, und öffnete ihren Mund.

„Hattest du eine gute Reise?“

Die Überraschung, einen freundlichen Satz von ihr zu hören, stand ihm offen ins Gesicht geschrieben und er brauchte eine

Sekunde länger, um die richtige Antwort zu finden, als hätte er Angst, sie versehentlich wieder zum Schweigen zu bringen.

„Ja. Ich ... ich habe mich beeilt ... Ich wollte doch herausfinden, wie du dich in deiner neuen Disziplin machst."

„Und ich dachte ...", fing sie an, verstummte dann aber traurig. Anscheinend ging es wieder nur um ihre Stärke. Sie spürte die Wut zurückkommen, versuchte sie aber zu beherrschen. Sie wusste nicht, ob er es so meinte. Das war nur ihre Interpretation.

„Was?", fragte er vorsichtig, aber jetzt wollte sie lieber nicht mehr damit anfangen.

„Ach nichts ... Also willst du jetzt gegen mich kämpfen?"

„Auch das gehört zu deiner Ausbildung. Unerwartete Kämpfe."

„Woher wusstest du, dass ich den Stockkampf erlerne?"

„Ich habe mit Asyra gesprochen, nachdem ich gesehen hatte, dass ihr gemeinsam im Wald übt. Bevor ich aufgebrochen bin. Also gib dein Bestes!"

„Keine Sorge, dieser Kampf wird sicherlich nicht leicht für dich!", sagte Zenay leise und mit solcher Gewissheit, dass ihr selbst vor Überraschung ein Schauer den Rücken hinunterlief. Zenay verbeugte sich schwach vor Tarek, wie es bei freundschaftlichen Kämpfen üblich war. Ein Lächeln huschte über ihr Gesicht.

„Wie kommst du darauf?", fragte er verwirrt und verbeugte sich ebenfalls.

„Ich habe trainiert!" In ihren Augen funkelte es – und sie stürmte auf ihn los.

Ihre Kampfstöcke knallten aufeinander und Tarek machte einen Schritt nach hinten, ehe Zenays Stock schon wieder heranraste und wirbelnd um ihn schlug, aber er blockte jeden ihrer Angriffe ab. Eine Reihe harter Schläge folgte und Zenay hielt einen Moment inne, um Luft zu holen, als Tarek zum Angriff überging. Doch er schaffte es noch nicht einmal ihren Stock zu berühren, denn sie ging sanft in die Knie und sprang dann mithilfe von ein bisschen Magie einfach über ihn hinweg. Wirbelnd drehte sie sich in der Luft, holte mit dem Stock aus und schlug ihn gegen die Schulter.

Das würde mit Sicherheit eine Prellung geben.

„Ho, ho! Ich bin beeindruckt! Was hat Asyra dir denn noch so gezeigt?“, sagte er mit alberner Stimme und drehte sich zu ihr.

„Oh, sie hat mir das hier nicht direkt gezeigt, ich habe ihr einfach nur zugesehen und mir meinen Teil gedacht!“ Und ihr Stock sauste erneut auf ihn zu. Diesmal hatte Tarek sichtlich Probleme damit, ihren Schlag abzuwehren, aber er stieß ihren Stock plötzlich so hart weg, dass er Zenay beinahe aus den Händen gerutscht wäre.

„Hm, du hast also nur *zugesehen*? Na ja, von nichts kommt auch nichts!“, sagte er spielerisch und zwinkerte ihr zu. Er wollte sie reizen.

„Unterschätz mich bloß nicht!“, rief Zenay und lachte kurz, sie hatte nicht vor, sich noch einmal provozieren zu lassen. Nicht mehr von ihm.

„So, wie lange hast du denn *träniert*, wie du sagst?“ Jetzt lächelte er auch und wieder krachten ihre Stöcke zusammen.

„Die ganze Zeit!“, meinte sie verbissen und schnellte vor.

Noch ein paar weitere Schläge – und sie durchbrach seine Verteidigung. Mehrmals streifte sie mit dem Stab seine Arme, ehe sie ihren Stock plötzlich wirbelnd drehte und ihm den seinen aus den Händen schlug.

Schwer atmend stand Tarek da und lächelte sie einfach an, während die Spitze ihres Stabs leicht gegen seine Brust drückte und sie schweigend wartete. Nach einer Sekunde hörte sie ein dumpfes Geräusch, als Tareks hochgeschleuderter Stab zu Boden sauste und mit einem Ende im Boden stecken blieb. Die aufrechte Waffe zitterte einen Moment hinter ihm, dann war es still, bis auf den Atem der beiden.

„Wirklich sehr gut gemacht!“, hörte sie plötzlich eine bekannte Stimme neben sich und wandte den Kopf. Shetan kam aus dem Wald getreten und klatschte ein paar Mal, hinter ihm aus dem Schatten traten Asyra, Jesco, Elaya und ihr Bruder.

„Habt ihr etwa alle zugesehen?“, fragte Zenay ungläubig. Sie hatte sich so sehr auf Tarek konzentriert, dass ihr die Anwesenheit der anderen im Wald gar nicht aufgefallen war. Rasch ließ sie ihren Stock sinken und sah im Augenwinkel, wie Tarek sich deutlich entspannte.

Sie hatte keine Zeit über den Grund nachzudenken, denn Asyra kam auf sie zu geschritten und hob Tareks Kampfstock auf – oder besser: zog ihn mit einem Ruck aus dem Boden. „Meine Güte, wenn du so weitermachst, habe ich ja bald ernsthafte Konkurrenz. Was meinst du, Shetan?“

„Ja, Sina scheint mit dem Stock wirklich gut umgehen zu können, wobei ich sagen muss, dass Stockkampf noch nie ganz Tareks Stärke war. Er verlässt sich lieber auf sein Schwert.“

„Stimmt genau. Ich denke, es wäre sehr interessant, wenn du gegen Asyra kämpfst. Du bist auf jeden Fall schon so weit!“, meinte Tarek und Zenay lief unter seinem Lob leicht rot an.

„Damit warte ich lieber noch ein bisschen“, murmelte Zenay lächelnd und nickte Asyra anerkennend zu.

Shetan lobte sie noch ein letztes Mal und die Geschwister, Jesco und er verließen die Lichtung, sie hatten genug gesehen.

Zenay stand für einen Moment nur verblüfft da, dann wurde ihr endlich bewusst, dass Tarek etwas Positives über ihren Kampfstil gesagt hatte – und sie wandte sich überrascht zu ihm um. „Aber ... Tarek, ich dachte du fändest, dass ich schlecht kämpfe! *Ich* dachte, ich wäre schlecht!“

„Nein, Sina. Ich wollte dich damals nur etwas anstacheln, damit du mehr Ehrgeiz entwickelst. Du warst so niedergeschlagen, nur weil du nicht so stark warst, wie du deiner Meinung nach sein solltest. Da dachte ich mir, ich könnte dich vielleicht auch anders motivieren. Ich wollte bloß, dass du ein bisschen selbstbewusster wirst. Ich wollte dich nicht verletzen, das war nie meine Absicht. Ich ... Es tut mir leid, dass ich nicht in der Lage war, richtig mit dir darüber zu reden“, sagte Tarek und war am Ende ganz kleinlaut.

„Oh, da fällt mir ein, ich muss ganz dringend nach Hause und ... Mokuba helfen!“, rief Asyra plötzlich und zwinkerte Zenay kurz zu, dann packte sie die beiden Kampfstöcke und eilte von der Lichtung.

„Tut mir auch leid, dass ich mich wegen deiner Bemerkung so aufgeregt habe“, sagte Zenay entschuldigend und strich sich verlegen eine Haarsträhne aus dem Gesicht. „Weißt du, manchmal bin ich vielleicht etwas ... hitzig und dann denke ich nicht nach. Außerdem habe ich noch nie sehr viel von mir selbst gehalten.“

„Es ist nicht wahr, dass du schwach bist. Du bist vielleicht körperlich nicht so stark wie ich, aber das musst du auch nicht sein. Du bist eine Magierin! Weißt du, als ich unterwegs war, ist mir klar geworden: Die Wahrheit ist ... dass ... dass ich neidisch war. Ich habe mein Leben lang immer kämpfen müssen, um das zu erreichen, was ich jetzt kann ... und du bist unglaublich begabt. Ich werde versuchen, mich ab jetzt nicht mehr wie ein trotziger Junge aufzuführen oder meinen Frust an dir auszulassen. Das hast du nicht verdient.“ Er machte einen Schritt auf sie zu und schloss sie in die Arme. „Es tut mir ehrlich leid, ich will mich nicht mehr mit dir streiten.“

Zenay wusste nicht, wie sie reagieren sollte. Plötzlich fand sie sich in Tareks Umarmung wieder und konnte seine Geste kaum erwidern, so überrascht und ... aufgeregt war sie.

Mit einem Schlag fiel auch der letzte Rest Wut und verletzter Stolz von ihr ab.

Ihr Herz schlug schneller, als sie seine schwarzen Haare an ihrem Ohr und seinen Atem in ihrem Nacken spürte. Sein Körper roch so gut und sein Atem kitzelte ihre Haut. Er war warm und sie fühlte sich gleichzeitig geborgen und völlig unsicher.

Unerwartet spülte eine Welle der Erregung über sie hinweg und riss sie mit. Ihr Staunen darüber trieb sie von ihm weg, ließ sie einen Satz nach hinten machen.

Verwirrung und Verletzung tauchten auf seinem Gesicht auf, während ihres heiß wurde. Ohne ein Wort zu sagen, drehte sie sich auf dem Absatz um und stürmte in den schützenden Wald.

Mondschein

Asur, Kalana und ihre beiden Söhne tauchten außerhalb von Cassuans Hof auf. Auf einem kleinen Stück Wiese vor dem Waldrand formte sich grüner Nebel, gefolgt von den Umrissen von vier Gestalten.

Noch bevor sich die Reste der Magie verzogen hatten, stöhnte Kian auf und brach zusammen. Er ging in die Knie. Zum einen hatte er noch nie zuvor eine magische Transportation durchgemacht und war deren körperliche Auswirkungen nicht gewöhnt, und zum anderen vernebelten ihm die unerträglichen Schmerzen seines gebrochenen Arms die Sinne.

Auch Anak schwankte, fasste sich aber schnell wieder und sah sich um. Sie befanden sich direkt hinter einer kleinen, halb zerfallenen Holzhütte, die ihr plötzliches Auftauchen gegen die offene Landschaft der Höfe des kleinen Dörfchens abgeschirmt hatte.

„Du hast uns gerettet, Mutter!“, meinte Anak erleichtert.

Kalana war halb blind vor Tränen, während sie sich über den verletzten Kian beugte. „Ich habe uns doch erst in diese furchtbare Situation gebracht! Oh Kian, es tut mir so leid!“

„Aber immerhin wusstest du, wo du nach diesem Bilur suchen musstest! Ohne dein Wissen um das Versteck wären wir verloren gewesen. Ich habe vom Hauseingang schon die Rufe der anderen Ratken gehört und dann sind wir einfach verschwunden. Das Gesicht von diesem Mistkerl hätte ich zu gerne gesehen!“, rief Anak grimmig, noch immer vom Rausch des Kampfes etwas durch den Wind.

„Ich würde es gerne nie wieder sehen“, murmelte Kian vom Boden aus. Er biss die Zähne zusammen, als Kalana vorsichtig seinen Arm berührte.

„Nachdem der Bilur hierhergeführt hat, muss diese Hütte etwas zu bedeuten haben. Dieser Fluchtplan war ja eigentlich für Cassuan gedacht ... Jeder Eingeweihte weiß, wie er die Verstecke findet, sie folgen einem bestimmten Plan. Aber das ist jetzt nicht wichtig. Wir müssen uns schnell verstecken ... Kian, denkst du, du kannst laufen?"

Ihr Sohn schluckte, nickte dann aber. „Wenn es nur ein paar Schritte sind", presste er unter zusammengebissenen Zähnen heraus, während er den Arm an sich drückte und versuchte, ihn möglichst wenig zu bewegen.

Sie ließen ihm keine Zeit, an seiner Kraft zu zweifeln, denn Anak und Asur halfen ihm auf und schleppten ihn in die Hütte, die Kalana vorsichtig geöffnet hatte.

Der Holzverschlag war bis auf einige alte Haufen zerbrochenen Holzes völlig leer. Die Enttäuschung darüber stand Kalana sofort ins Gesicht geschrieben, während die anderen Kian halfen, sich auf den Boden zu setzen und behutsam an eine morsche Seite der Hütte zu lehnen.

„Und dieser Bretterhaufen soll uns helfen? Ich hatte mehr erwartet", meinte Anak.

Kalana sah sich im dämmrigen Licht um, den Blick auf die Holzbretter gerichtet, die den alten Boden der Hütte bildeten. „Verzag nicht zu früh, es gibt hier sicherlich etwas ...", murmelte sie – und ließ sich auf die Knie sinken.

Sie begann an einem der Bretter zu ruckeln, da kam Anak ihr zu Hilfe und sie lösten es gemeinsam vom Boden. Ihr Sohn bemerkte erstaunt das kleine eingebrannte *P*, das am Rand des Holzes kaum zu erkennen war.

„Du hast ein Auge dafür, oder Mutter?"

Kalana nickte nur und spähte in die Dunkelheit des Lochs, das sich unter dem Brett aufgetan hatte. Dann griff sie hinein, sodass ihr Arm fast bis zur Schulter verschwand, tastete einen Moment und zog schließlich ein Bündel hervor.

Als sie es aufschlug, kamen sauberes Leinentuch, eine kleine, braune Flasche und ein weiteres Bündel zum Vorschein. Kalana zog den Korken aus der Flasche und strahlte erleichtert.

„Alkohol!", flüsterte sie und richtete sich rasch auf, um zu Kian zu eilen. „Du muss jetzt ganz still sein, mein Schatz", meinte sie und sah ihn gleichzeitig besorgt und liebevoll an.

Anak schnaubte. „Mutter, er ist kein kleiner Junge mehr! Wir haben das Gefängnis überlebt, da wird er auch das hier schaffen."

Kalana bedachte ihn mit einem strengen Blick, doch dann beließ sie es dabei und zückte ihren Dolch, um Kians Ärmel abzuschneiden, der ohnehin in blutigen Fetzen herunterhing. Kian nahm vorsichtig die Hand von der blutenden Wunde und überließ alles weitere seiner Mutter.

Kaum war der Stofffetzen des Ärmels abgetrennt, reichte sie ihn Asur. „Den können wir gleich noch gebrauchen. Wir müssen eine Schlinge formen, damit Kian den Arm nicht belasten muss. Versuche, den Stoff in mehrere lange Streifen zu reißen."

Während Asur sich ans Werk machte, goss Kalana etwas Alkohol auf ein Stück sauberes Leinen und drückte es dann vorsichtig auf die offene Stelle an Kians Arm.

„Aarrgh!", rief er überrascht und zuckte weg – und presste dann die Lippen zusammen, als die anderen drei ihn ermahnend anstarrten. „Entschuldigt, aber das brennt wirklich wie Feuer."

„Trotzdem!", flüsterte sein Bruder.

Sie erstarrten alle, als von draußen Geräusche in den alten Bretterverschlag drangen.

Da waren laute Rufe – und dann plötzlich Poltern und Krachen und erste Schreckensschreie.

Kalana zuckte bei jedem Schrei zusammen, während das Brüllen der Ratken lauter wurde.

„Sie brechen die Häuser rund um Cassuans Hof auf", meinte Asur mit sorgenschwerer Stimme.

„Denkt ihr, es ist eine gute Idee, Kian hier zu versorgen?", fragte sein Bruder zweifelnd. „Wir sind noch sehr nah ..."

„So kann er nicht rennen, und wenn sich die Wunde entzündet, ist er so gut wie tot!", meinte sie bestimmt und ließ damit keine weiteren Einwände zu. Sie nickte, mehr zu sich selbst als zu ihrer Familie, und presste das Tuch erneut auf Kians blutenden Arm. Diesmal entwich seinen zusammengebissenen Zähnen nur ein Zischen. Seine Mutter nahm ein weiteres Leinentuch und wickelte es fest um die Wunde, um den Blutfluss zu verlangsamen.

„Anak, hol mir schnell zwei dünne Hölzer, die etwa die Länge von Kians Oberarm haben, ich muss den Bruch schienen."

Ihr Sohn sah sie überrascht an, dann durchsuchte er die Holzhaufen und versuchte, dabei möglichst leise zu sein. Von draußen erklangen erneut Hilferufe, als ein weiteres Haus aufgebrochen und durchsucht wurde.

„Dieser Ratke muss sich mit Magie auskennen, oder? Sonst wüsste er wohl kaum, dass wir noch in der Nähe sind", meinte Anak, als er mit einer Auswahl an dünnen Hölzern zurückkam.

„Es kann auch nur Glück sein. Vielleicht machen sie das immer so, wenn jemand entkommen ist", murmelte ihr Vater.

Kalana legte eines der Hölzer probeweise an Kians Arm; es hatte die richtige Länge. „Jetzt musst du noch einmal ganz tapfer sein. Ich muss den Bruch richten, also auf drei, ja?"

Kian nickte und sah hilfesuchend zu seinem Bruder. Er war mittlerweile schon recht blass und schloss die Augen, als seine Mutter „Eins" sagte.

Bei „Zwei" knirschte es heftig und Kian unterdrückte einen Schrei. Er riss die Augen auf und sah, dass seine Mutter bereits die Hölzer festzurrte.

„Du hast doch gesagt: auf drei!", keuchte er, heftig atmend.

„Das ist doch nur so eine Redensart, Schatz. So kam es unerwartet ..."

„Es tut verdammt noch mal verdammt weh!", schimpfte er weiter und versuchte, seine Atmung wieder unter Kontrolle zu bekommen.

„Jetzt wird es besser", stellte Kalana ruhig fest und sah ihn liebevoll an.

Die Rufe der Ratken wurden lauter, unterbrochen vom panischen Schrei eines Kindes.

„Kian, versuch leiser zu sein", ermahnte Anak ihn. Allerdings konnte er die Sorge um seinen kleinen Bruder unter der Strenge nicht gut verbergen. Niemand in der Holzhütte kaufte es ihm ab, doch das spielte auch keine Rolle. Sie waren noch frei – und wollten alles tun, damit sich das auch nicht änderte.

Mittlerweile hatte sein Bruder sich schon wieder etwas beruhigt. Kalana schnappte sich mehrere der Streifen, die ihr Mann mittlerweile aus dem Ärmel gerissen hatte und bedeutete Anak, ihr zu helfen, indem er einen zweiten Ast an Kians Arm hielt. Kalana zurrte die Schienen ober- und unterhalb des Bruchs fest.

Kian zuckte mehrmals mit fest aufeinander gepressten Lippen zusammen und Schweiß tropfte von seinem Gesicht, aber er hielt durch. Schließlich konnte sie ihm aus dem Rest des Stoffes eine Schlinge um den Arm legen und ihn hochbinden.

Insgesamt war wohl nicht viel Zeit vergangen, aber die Rufe in der kleinen Siedlung wurden immer zahlreicher. Im nächsten Moment konnten sie den Ruf eines Ratken heraushören, laut über den anderen, wie um eine Nachricht weiterzugeben.

Er brüllte etwas über einen Magier.

„Wir müssen sofort weg hier! Wenn sie einen Magier haben, kann er den Bilur verfolgen!", flüsterte Kalana voller Angst. Anak zog Kian auf die Beine und legte sich den gesunden Arm seines schwankenden Bruders über die Schulter.

„Nimm das da mit, es wird uns helfen, egal was drin ist", meinte er und nickte zu dem kleineren, verschnürten Bündel auf dem Boden.

Sein Vater schnappte es zusammen mit der Flasche, steckte diese in seinen Mantel und öffnete dann die Tür der alten Hütte.

Anak trug seinen blassen Bruder mehr, als dass dieser selbst lief.

Draußen war noch immer niemand zu sehen. Sie atmeten erleichtert auf und schlichen im Sichtschutz des Holzschlags in den angrenzenden Wald.

«†»

Am liebsten hätte Zenay Tarek einfach erzählt, was sie für ihn empfand. Aber dank ihrer peinlichen Reaktion nach dem Gespräch, brach ihr schon bei dem Gedanken, ihm unter die Augen zu treten, kalter Schweiß aus. Den ganzen Mittag streifte sie durch den dorfnahen Wald, dann war sie in den Stall gegangen, um sich um Malee zu kümmern und hatte versucht, sich irgendwelche passenden, erklärenden Worte zurechtzulegen, wie sie es ihm sagen konnte. Aber alles, was ihr einfiel, kam auf keinen Fall in Frage.

Wie hörte sich das denn an, wenn sie einfach so zu ihm hinging und damit herausplatzte?

Hallo, Tarek! Und wie geht's dir? Ach übrigens, ich bin in dich verliebt. Ich weiß, das hat in letzter Zeit vielleicht nicht so gewirkt, weil ich kein Wort mit dir geredet habe, ich mich völlig unmöglich benommen und dich praktisch aus dem Dorf gescheucht habe ... aber ich mag dich wirklich sehr.

Nein, so ging das auf gar keinen Fall.

Als Zenay am späten Nachmittag endlich wieder im Garten auftauchte und kleinlaut das Haus betrat, war die Begegnung mit Tarek tatsächlich fast so unangenehm, wie sie es sich vorgestellt hatte.

Er saß am Tisch in der Stube und ihr kam kein einziges Wort über die Lippen. Sie stand einfach nur einen Moment in der Tür und sah ihn an und er sah zurück und sein Blick war unergründlich und ... traurig. Beinahe wären Zenay die Tränen in die Augen gestiegen, also wandte sie sich schnell ab und lief in ihr Zimmer, bevor sie wieder so rot werden konnte wie auf der Lichtung.

Sie setzte sich an ihren kleinen Tisch und holte ihre beiden Steine hervor. Um sich abzulenken, ließ sie sie über die Tischplatte wandern und irgendwann auch ein wenig schweben. Diesmal konnte sie ruhiger denken, da die monotone Anwendung der Magie einen Großteil ihrer Aufmerksamkeit brauchte. Wieder und wieder gingen ihr ähnliche Gedanken durch den Kopf, die die Steine in der Luft zum Zittern oder Herabsinken brachten.

Was, wenn Tarek gesehen hat, wie rot ich wurde? Oh Gott, was ist nur los mit mir? Was, wenn er weiß, wie sehr ich ihn mag? Oder am Ende hat er es nicht bemerkt und denkt jetzt, seine Umarmung wäre mir unangenehm und ich bin deshalb weggerannt und wollte nichts mit ihm zu tun haben. Wie könnte er auch irgendetwas anderes denken ... immerhin war ich die ganze Zeit gemein und bissig ...

Und so verging der restliche Nachmittag. Sie wollte Tarek heute nicht mehr sehen. Sie wollte auch Shetan nicht sehen. Sie wollte am liebsten im Boden versinken, so unwohl war ihr in ihrem Körper, der sich einfach nicht unter Kontrolle bringen ließ.

Zähmung deiner Gefühle ... Sie schnaubte, als sie an Shetans Worte dachte. Sie hatte ja geahnt, dass sie sich mit ihrer Angst und Wut würde befassen müssen ... Aber mit Liebe? Damit hatte sie nicht gerechnet. Verdammte Hormone, verdammtes Schicksal, verdammter Tarek! Sie fluchte, ließ die Steine aufbrausend hoch zur Decke sausen, fing sie auf und knallte sie auf den Tisch.

Gerade erst hatte sie akzeptieren müssen, dass sie mehr Zeit für ihre Ausbildung brauchte, noch mehr Kontrolle, noch mehr Magie, noch mehr Zähmung ihrer Kräfte ... Und jetzt musste Tarek ihr den Kopf verdrehen? Dafür hatte sie nun wirklich keine Zeit! Keine Nerven! Und dennoch ... Bei dem Gedanken an seine Umarmung wurde ihr wieder ganz heiß. Sie seufzte, warf sich auf ihr Bett und vergrub das Gesicht in ihrem Kissen.

Als es langsam Abend wurde, machte sich Hunger bemerkbar und verdrängte die Gedanken an Tarek ein wenig. Schließlich raffte sie sich auf und schlich zur Tür. Sie legte ein Ohr an das Holz und horchte.

Auf dem Flur war nichts zu hören, also öffnete sie die Tür einen Spaltbreit und spähte hinaus. Das Haus schien leer. Shetan war wohl immer noch bei Mokuba und Tarek vielleicht bei Jesco.

Zenay atmete auf, huschte schnell in die Küche, schnitt sich zwei Scheiben des leckeren, selbst gebackenen Brotes ab und bestrich sie mit Butter. Dann eilte sie zurück in ihr Zimmer, schloss die Tür hinter sich und legte sich auf das Bett.

Während sie das Brot aß und die Steine mit Magie über ihre Bettdecke schob, dachte sie immer wieder an den Stockkampf und die Freude, Tarek endlich wiederzusehen. Sie wollte die Steine schweben lassen, konnte sich aber nicht genügend konzentrieren und ließ es schließlich sein.

An diesem Abend legte Zenay sich früh schlafen, sie war sowieso erschöpft von dem vielen Training und den Strapazen des

Streits. Außerdem wollte sie am nächsten Tag ausgeruht sein und einen klaren Kopf haben, schließlich musste sie ja irgendwann und irgendwie mit Tarek reden. Es war unvermeidbar.

Ich muss mich erklären, wenn ich ihn nicht verlieren will. Wir haben uns doch gerade erst wieder gesehen ...

Aber jetzt wollte sie nicht mehr denken.

Der ersehnte Schlaf ließ wieder einmal auf sich warten. Sie hörte Tarek und Shetan heimkehren, ihre gedämpfte Unterhaltung und das Knarren der Dielen, doch sie wagte sich nicht hinaus. Im Gegenteil, sie zog sich rasch die Decke über den Kopf, kniff die Augen zusammen und lauschte mit angehaltenem Atem.

So lag Zenay unter ihrer Decke und fand keine Ruhe. Sie wälzte sich von einer Seite auf die andere, auf den Bauch, auf den Rücken und drehte sich sogar falsch herum im Bett, doch ihre Gedanken ließen sie nicht zur Ruhe kommen. Durch die Spalten ihres Fensterladens schien der Vollmond auf den Boden und sie konnte sehen, wie der Staub in der Luft durch die Strahlen wirbelte und dann wieder im Dunkeln verschwand.

Verdammt, ich kann so nicht einschlafen ... Ich sollte mit ihm sprechen, sonst finde ich niemals meine Ruhe. Ich muss ihm zumindest erklären, dass ich nicht wütend bin ... Ich könnte sagen, ich hätte mich erschreckt? Oder, dass mir schlecht wurde? Oh bloß nicht! Dann denkt er noch, ich finde ihn ekelerregend.

Sie erzitterte und seufzte dann. Eigentlich konnte es kaum schlimmer oder peinlicher werden, oder? Schließlich überwand sie ihre Angst und stieg aus dem Bett. Sie zog sich im Dunkeln an, tappte dann durch das Zimmer und öffnete langsam die Tür zum Flur. Aus der Stube hörte sie schwaches Knacken und Knistern, wahrscheinlich die restliche Glut des Herds. Aber als sie erneut horchte, vernahm sie Schnarchen von oben. Shetan schlief bereits.

Und Tarek bestimmt auch! Was machst du denn hier? Das bringt doch nichts, er wird sich nur noch mehr über dich ärgern!, dachte Zenay, doch dann trat sie auf den Flur und klopfte schwach an Tareks Tür. Einen Moment fühlte sie sich, als würde ihr Körper ferngesteuert und als hätten ihre Gedanken nichts mehr mitzureden.

Also öffnete sie leise und spähte hinein. Es war dämmrig in seinem Zimmer, auch hier strömte schwaches Mondlicht durch das Fenster und fiel in Strahlen auf den Boden und das Bett. Sie erspähte Tarek auf seinem Laken, er lag auf dem Bauch, hatte kein Oberteil an und umarmte sein Kissen, das Gesicht darin versunken.

Sein Anblick schickte Strom durch ihren Körper und machte sie so nervös, dass sie gleich wieder gehen wollte, aber ihr Mund öffnete sich wie von selbst.

„Tarek? Bist du wach?“, flüsterte sie also, den Türgriff noch immer in der Hand.

„Hm?“, murrte Tarek leise und Zenay sah, wie er sich in seinem Bett umdrehte. Er wälzte sich auf die Seite und hob den Kopf. „Was ist denn los? Ach, du bist es Zenay“, sagte er verschlafen und ließ den Kopf wieder in sein Kissen fallen.

„Ich glaube, ich geh' besser wieder, tut mir leid, dich geweckt zu haben“, sagte Zenay, als sie endlich wieder die Kontrolle über sich gewann, und wollte schon die Tür schließen.

„Mm ... Wie spät ist es überhaupt?“

„Ich weiß nicht, der Mond steht ziemlich hoch. Nach Mitternacht vermutlich.“

„Ah ... Und was verschafft mir die Ehre?“

„Ich konnte nicht schlafen, aber das ist ja auch egal. Gute Nacht!“

Er richtete sich wieder etwas auf und hob die Hand. „Warte doch mal! Und deswegen weckst du mich? Weil du nicht schlafen kannst?“ Tarek schien langsam wach und neugierig zu werden.

„Ja, ich weiß, das war dumm von mir ...“, murmelte sie und ihr Magen rebellierte.

„Nein, nein ... Ich habe gerade sowieso nichts *Besseres* zu tun. Du siehst ja, ich liege hier nur herum. Also, wieso kannst du nicht schlafen?“

Zenay musste lächeln. Selbst wenn Tarek so müde war, war er doch immer noch witzig.

„Ach, ich muss zurzeit über so vieles nachdenken", sagte sie ausweichend und trat ins Zimmer.

„Geht es vielleicht um heute? Hör zu, ich wollte dir nicht zu nahe treten, es ist –", fing er an, doch Zenay unterbrach ihn.

„Mach ... mach dir keine Gedanken darüber. Ich ... war einfach nach der Unterhaltung mit Shetan noch ziemlich verwirrt." Sie war einen Moment überrascht, dass ihr Mund tatsächlich eine sinnvolle und ehrliche Erklärung zustande gebracht hatte.

„Und ich dachte schon, ich hätte dich wütend gemacht ... Du sahst richtig schockiert aus ..."

Wieder fiel sie ihm eilig ins Wort. „Es tut mir wirklich leid, wie ich mich in letzter Zeit verhalten habe. Kannst du mir verzeihen? Ich würde es verstehen, wenn du überhaupt keine Lust mehr hättest, mich auszubilden. Ich war eine furchtbare Schülerin."

„Es ist in Ordnung. Ich befürchte, keiner von uns kann wirklich verstehen, wie du dich fühlst ... Du hast eine schwere Aufgabe und ich war ungerecht zu dir, indem ich dich auch noch unter Druck gesetzt habe. Shetan hat mir erklärt, dass du einen ... *Gewissenskonflikt* ... wegen des Schwertkampfes hattest. Ich habe dich einfach mit dem Töten konfrontiert, ohne darüber nachzudenken, wie das für dich sein muss. Na ja ... weil du bisher alles so gut gemeistert hattest. Aber du bist nicht hier aufgewachsen, du kennst den Krieg nicht so wie wir. Ich werde viel von dir fordern, aber ich werde vorher darüber nachdenken, wie es auf dich als Außenstehende wirken muss ..." Er gähnte und sah sie dann schweigend und irgendwie wissend an.

„Heißt das, du möchtest mich noch als Schülerin?"

Er lächelte. „Warum sonst hätte ich *werde* sagen sollen?", meinte er sanft.

Sie spürte, wie ihr Gesicht wieder heiß wurde. „Danke", murmelte sie.

„Also ... Worüber möchtest du noch mit mir sprechen?", fragte er weiter.

„Ich ... ich weiß auch nicht. Ich glaube, es ist wirklich besser, wenn ich jetzt gehe!“, meinte sie. „Ich konnte nur nicht schlafen, weil wir uns noch nicht ausgesprochen hatten.“

„Aber jetzt hast du mich schon geweckt! Leiste mir wenigstens ein wenig Gesellschaft.“

Zenay konnte sein Lächeln sogar in der Dunkelheit sehen, dann stand Tarek auf und streckte sich. Er ging zu dem kleinen Tisch und zündete eine Kerze an. Sie schluckte, als sie im flackernden Licht die starken Muskeln an seinen Armen und seinem Oberkörper sah.

„Mach doch die Tür zu. Shetan ist ein wenig mürrisch, wenn er aufgeweckt wird“, meinte Tarek und nickte zum Flur hin.

„Oh ja, das wäre wahrscheinlich nicht so gut ... Ganz im Gegensatz zu dir ...“ Sie schloss leise die Tür, dann bemerkte sie, dass sie ihn noch immer anstarrte, und sah sich unsicher im Raum um.

Tarek lächelte, setzte sich wieder auf sein Bett und zog sich die Decke über die bloßen Füße und die lockere Leinenhose.

Einen Moment stand Zenay mitten im Zimmer und wusste nicht, was sie jetzt tun sollte, da nahm Tarek ihr die Entscheidung ab. Er klopfte mit seiner Hand auf das Bett.

„Setz dich doch.“

Zenay nickte wie in Trance und ließ sich auf das untere Ende des Bettes sinken, sie zog die Beine hoch und umschlang sie mit den Armen, dann schwiegen sie beide wieder.

„Tut mir wirklich leid, dass ich hier so hereingeplatzt bin ... Ich wusste einfach nicht ...“

„Es ist in Ordnung, wirklich. Ich bin froh, dass du da bist. Ich konnte auch nicht gut einschlafen, da ich dachte, du wärst noch immer sauer auf mich.“

„Nein ... Ich bin nicht mehr sauer ... Es war sowieso völlig dumm, auf dich wütend zu sein, es war irgendwie ... eine Reaktion auf meine Angst.“ Sie sah ihn jetzt direkt an und konnte in seinen Augen sehen, dass er wusste, wovon sie sprach. „Was glaubst du, wird jetzt passieren? Alle deine Freunde wissen schon, dass ich eine Magierin bin ... Glaubst du, noch mehr könnten es erfahren? Was passiert, wenn sie noch mehr herausfinden? Was passiert, wenn Zayda ...“ Ihr Flüstern wurde von dem Kloß in ihrer Kehle abgewürgt. Die Angst packte sie, aber sie konnte sie mühevoll herunterschlucken.

Tarek schien zu bemerken, wie sie mit sich rang, und legte ihr eine Hand auf die Schulter. Die Berührung tat gut und lenkte sie ab. „Wenn deine Ausbildung vorbei ist oder du entdeckt wirst, musst du vielleicht von hier fort und durch Tyarul ziehen, da will ich dir nichts vormachen. Aber du bist schon sehr stark. Du kannst es schaffen!“

„Ich glaube auch nicht, dass ich immer hierbleiben werde, aber so schnell will ich auch nicht weg. Ich fühle mich einfach nicht bereit.“

„Du bist stärker, als du denkst, das kannst du mir glauben!“

„Danke Tarek, dass du mir Mut machst.“ Sie schwieg einen Moment „Ich habe eine Frage an dich ... Falls ich wirklich irgendwann hier weggehe, sagen wir mal nächstes Frühjahr, frage ich mich, ob ich dann auch so ganz alleine klarkomme. Meinst du, jemand würde mit mir gehen? Meinst du, du würdest vielleicht ... mit mir gehen?“

Als Tarek schwieg, redete Zenay rasch weiter. „Aber du musst nicht, ich wollte es nur wissen, ich kann es natürlich verstehen, wenn du lieber hier bei Shetan und den anderen in deinem normalen Leben bleibst!“ Sie war zu verwirrt, um das Lächeln auf seinem Gesicht richtig deuten zu können, doch dann verstand sie, als er sprach.

„Zenay, um nichts in der Welt würde ich mir so ein Abenteuer entgehen lassen.“

„Heißt das, du würdest mit mir kommen? Das wäre ... Das wäre toll!“, sagte Zenay strahlend. Ihr Herz schlug ihr jetzt bis zum Hals.

Tarek nickte und sah sie lange einfach nur an. „Aber das alles liegt ja noch in sehr weiter Ferne. Wir sprechen von einem ganzen Jahr oder länger.“

„Ich hoffe, dann sehe ich klarer und verstehe meine Aufgabe besser als jetzt. Shetan hat mir gesagt, dass ich so viel wie möglich lernen muss, um dann irgendwann Zayda zu besiegen. Doch ich kann niemals so viel Erfahrung und Macht erlangen wie sie. Wie soll ich sie dann jemals besiegen?"

„Mit List und Ausdauer. Zayda hat sicherlich Schwachpunkte, wir müssen sie nur finden und für uns nutzen. Weißt du, jeden Tag, den Zayda in ihrer Festung sitzt und sich ihres Sieges sicher ist, wirst du stärker und sie wird arroganter und unaufmerksamer. Irgendwann wird sie vielleicht blind sein für die entscheidenden Kleinigkeiten im Leben und dann wird sie erst merken, dass du ihr gefährlich werden kannst, wenn es für sie schon zu spät ist!"

„Hast du mich gerade als Kleinigkeit bezeichnet?", fragte sie schelmisch.

„Was? Nein! Nein, so war das nicht gemeint, ich ...", fing er an, doch er wurde von ihrem Lachen unterbrochen.

„Das war ein Witz, Tarek."

Er verstummte und sah sie verwirrt an, ehe er auch grinste. „Oh, ich schätze ich bin wohl etwas übervorsichtig, nachdem wir uns so gestritten haben und du ..." Er zögerte und schüttelte dann den Kopf. „Nein, vergiss es, wir haben schon etwas aus der Sache gelernt."

Zenay nickte und starrte dann in die flackernde Flamme der Kerze. Erleichterung machte sich allmählich in ihr breit. Die Situation war wieder zum Guten gewandt. Und anscheinend hatte Tarek auf der Lichtung nichts von ihren plötzlichen Gefühlen mitbekommen. Ein Glück, sie wusste nicht, wie sie das verkraftet hätte.

Er hätte sich bestimmt über sie lustig gemacht ...

„Sollen wir ein bisschen spazieren gehen?", fragte Tarek plötzlich ohne Vorwarnung.

„Was?! Jetzt?" Zenay sah ihn verdutzt an.

„Wieso nicht? Es ist Vollmond. Ich kenne eine Lichtung, nicht sehr weit von hier, da ist es nachts ganz besonders schön."

„Ähm ... Von mir aus gern. Aber ist das nicht gefährlich?"

„Betrachte es als deinen nächsten Ausbildungsschritt. Jetzt geht es sogar noch früher los, als du gedacht hast. Ich hatte sowieso vor, bald nachts Übungen mit dir zu machen, damit du besser zurechtkommst. Ich zieh mir noch schnell etwas Wärmeres an."

„Gut, ich warte dann draußen auf dich."

Zenay stand langsam und mit trübem Blick auf, die Entwicklung dieses Gesprächs hatte sie fast betäubt. Tarek schlug die Decke zurück, schwang sich voller Energie aus dem Bett und öffnete den Schrank, um ein Hemd herauszuziehen. Wie in Trance sah sie ihm im dämmrigen Licht zu und brauchte einen Moment, um sich daran zu erinnern, dass sie ja draußen warten sollte ... wollte aber etwas völlig anderes. Sie schüttelte kurz den Kopf, um ihn von den Gedanken zu befreien, ging in ihr Zimmer und holte ihren Mantel, bevor sie wieder auf den Flur trat.

Wenig später kam Tarek nach und schloss die leise knarzende Tür hinter sich. Er hatte sein Schwert umgegürtet und warf sich ebenfalls einen Mantel über.

„Meinst du, ich brauche jetzt auch einen Rock über der Hose?", fragte Zenay schelmisch und Tarek lachte leise.

„Nein, ich glaube, das kannst du dir jetzt sparen. Wir werden hoffentlich niemandem begegnen, und wenn doch, wäre dein ungewohntes Aussehen dann das Geringste, worum du dir Sorgen machen müsstest."

„Das klingt nicht so, als wäre das eine gute Idee."

„Doch, lass uns gehen", sagte er bestimmt. Dann holte er noch eine Fackel aus der Truhe im Flur und steckte sie sich ohne sie anzuzünden an den Gürtel. Unbemerkt verließen sie das Haus und das schlafende Dorf. Der Vollmond erhellte ihnen den Weg über die Felder.

„Ich verlasse mich darauf, dass du uns mit deiner Konane schützt und warnst, falls uns jemand auflauert", sagte Tarek dann leise, bevor sie den finsteren Wald betraten.

Zenay nickte und konzentrierte sich, kniff die Lider etwas zusammen und ließ die Magie in ihren Augen aufblitzen. Ihr Blick schweifte durch den Wald, doch sie konnte nichts Gefährliches ausmachen. „Ich halte die Augen offen, aber jetzt ist niemand in der Nähe.“

Als er nickte und sie seinen stolzen Blick bemerkte, strahlte sie. Ihr Herz schlug schneller, es war aufregend, eine Nachtwanderung zu machen. Noch dazu mit Tarek.

„Sehr gut. So gewöhnst du dich daran, nachts unterwegs zu sein und dich sicherer zu fühlen. Als Magierin hast du unglaubliche Vorteile. Ich muss mich auf mein normales Seh- und Hörvermögen verlassen.“

Sie nickte und musste sich zurückhalten, nicht ihre Gedanken auszusprechen. *Mit dir würde ich mich wahrscheinlich auch in völliger Dunkelheit wohlfühlen …*

Die Nacht war nicht zu frisch und es wehte kaum Wind unter den dichten Kronen. Das leise Rauschen der Blätter in den Bäumen vermischte sich mit dem Zirpen einer Grille, irgendwo knackte ein Ast und Zenay hörte etwas davonrennen. Ein kurzer Moment und ein Blick mit der Konane verrieten ihr, dass es ein Reh war. Eine Eule flog im Tiefflug an ihnen vorbei und im Unterholz fiepte eine Maus, dann herrschte wieder Stille. Zenay konnte für einen Moment die Panik spüren, die von dem Tier ausging, dann verflog das Gefühl genauso schnell wie die Eule … Sie zuckte erschrocken zusammen und rückte einen Schritt näher an Tarek heran. Danach schritten sie schweigend nebeneinander durch den Wald. Im Licht des Mondes konnte Tarek sich auch ohne Magie orientieren und Zenay nutzte immer wieder die Konane, um ihren Weg zu sichern.

Zenay verlor ihr Zeitgefühl, genoss den aufregenden Ausflug mit ihm allein, bis er unvermittelt stehen blieb und vor sich deutete. Sie schlüpften durch ein dichtes Buschwerk aus Haselnuss und Zenay erstarrte staunend. Vor ihnen lag eine langgestreckte Wiese, die sanft hügelig abfiel, ihr entferntes Ende von hellem Dunst verborgen.

Tarek ging durch das hohe Gras, in dem gelegentlich eine Grille zirpte, voran und führte sie zu der einzigen Unregelmäßigkeit in der Wiese: einem Felsen, der am höchsten Punkt der Lichtung hüfthoch aus dem Grün ragte. Tarek ließ sich daneben ins Gras sinken und lehnte sich an die schräge Seite des großen Steins.

Bevor sie sich zu ihm setzte, ließ sie den Blick über die nächtliche Wiese schweifen. Sie beobachtete, wie die dunklen Schatten einiger Wolken über sie wanderten und den Mond verdunkelten. Dann sah Zenay in den Himmel – und ihr Mund klappte auf.

Der Himmel erstrahlte mit unendlich vielen Sternen.

Sie funkelten in allen Stärken und erst als die Wolken weitergetrieben waren, erhellte der Mond wieder den Himmel und ließ die Sterne etwas verblassen.

Wind kam auf und verwehte den Dunst über der Wiese, sodass man sie für einen Moment ganz erkennen konnte. Der Mond strahlte auf sie herab und die Bäume am Waldrand warfen feine, sanfte Schatten auf die Wiese.

„Ich habe noch nie einen so schönen Nachthimmel gesehen!", staunte Zenay und blickte wieder fasziniert nach oben, bis die nächsten Wolken kamen.

„Wer weiß, vielleicht kannst du dich ja nur nicht daran erinnern", meinte Tarek vorsichtig und Zenay zuckte mit den Schultern.

„Natürlich bin ich mir nicht sicher ... Aber etwas in mir sagt mir, dass das hier neu für mich ist. Man kann sogar die Milchstraße erkennen. In meinen Erinnerungen an ... Lyrra ... gibt es so viel Licht von den Städten, dass man den Himmel nicht so dunkel sieht. Die Sterne sind dann blass und viele gar nicht mehr zu sehen."

„Eine Straße aus Milch?! Was hat das mit dem Himmel zu tun? Also manchmal sprichst du wirklich in Rätseln ..."

„So nennt man bei uns dieses hellere Band, das den Himmel durchzieht", antwortete sie rasch und versuchte, die Hitze in ihrem Gesicht zu ignorieren.

„Ich wusste nicht, dass du dich so genau daran erinnerst", meinte Tarek mit einem Stirnrunzeln.

Zenay zuckte mit den Schultern. „Es sind nur einzelne Bilder. Nachts in einer Stadt. Manchmal tauchen sie unerwartet auf, aber sie helfen mir nicht wirklich, das Gesamtbild zu verstehen. Oder eben kleine Wissensfetzen."

„Jedenfalls kann man hier manchmal einen Sternenregen sehen, der wirklich umwerfend ist! Shetan kann die Nächte, in denen es Sternschnuppen regnet, manchmal erfühlen. Dann ist es *wirklich* schön."

„Ich würde das gerne sehen ..."

„Das wirst du ganz sicher."

Sie seufzte traurig und musste an all das denken, was ihr die Zukunft noch bringen würde. „Ich hoffe es."

„Lass uns nicht über Dinge reden, die wir ohnehin nicht voraussehen können!", meinte er grinsend und Zenay fühlte sich an ihr Gespräch in seinem Zimmer erinnert.

„Was willst du denn hören?", fragte sie ihn.

„Ich weiß nicht ... Erzähl mir etwas über dich. Über deine Erinnerungen an Lyrra. Wie war dein Leben dort?"

„Wird das hier jetzt eine Fragerunde?", schmunzelte Zenay und Tarek wollte schon etwas sagen, doch sie ließ ihn erst gar nicht zu Wort kommen. Sie wollte nicht, dass er sich unwohl fühlte, außerdem hatte sie nichts dagegen, wenn er etwas über sie erfuhr – ganz im Gegenteil.

„Ich würde dir gerne viel über Lyrra erzählen, aber ich weiß wirklich nur noch zusammenhanglose Fetzen ... Andererseits ..." Sie sah ihn an und ihr Herz pochte so stark, dass sie glaubte, er müsse es hören können. Sie wollte ihm gerne ihre tiefsten Geheimnisse preisgeben, aber sie entschied sich für etwas anderes ... Dennoch musste sie all ihren Mut zusammennehmen. Sie schluckte und wählte dann ihre Worte sehr sorgfältig. „Lass ... lass uns etwas spielen. Ich stelle dir ein Rätsel, wenn du es löst, erfährst du etwas über mich."

„Na dann los!", forderte er sie neugierig auf. Jetzt gab es kein Zurück.

„Gut. Also ... Lass mich kurz überlegen ... Es ist eine Schwäche von mir, vielleicht sogar meine größte Schwäche, doch ich empfinde es auch als Stärke, als Stärke meines Empfindens! Diese Schwäche ist es, die ich liebe – und zugleich auch hasse."

Sie sah ihn an, aber er schwieg und dachte darüber nach.

Was mache ich hier bloß?, schoss es ihr durch den Kopf. *Er könnte da auch etwas ganz anderes hineininterpretieren! Das kann ja nur wieder peinlich werden! Ich bin so blöd und zwinge ihn ja fast dazu, darauf zu kommen, dass ich ihn mag! Dann wird er mir irgendwie erklären, dass er mich nur als Freund sieht … Hoffentlich denkt er, dass ich von der Angst über Zayda spreche.*

Eine ganze Weile herrschte Stille auf der Lichtung und eine Grille begann wieder zu zirpen. Zenay glaubte, sie müsste so rot wie eine Kirsche leuchten und wandte sich wieder dem Himmel zu, um sich zu beruhigen. Die Tiefe des Sternenmeers und das Pochen ihres Herzens ließen ihre Zweifel für eine Weile verstummen.

„Gewitter!", sagte er unerwartet.

„Was?" Zenay blickte ihn an, als hätte er den Verstand verloren. Sie musste vor Erleichterung fast auflachen.

„Das, was du liebst und hasst: Gewitter!"

„Wie kommst du denn ausgerechnet darauf?"

„Na ja, es gibt Leute, die lieben Gewitter, weil Blitz und Donner aufregend sind und manche hassen sie, weil sie Angst davor haben … Und bei dir trifft eben ausnahmsweise beides zu!", erklärte er stolz seine Idee, auch wenn er ihre Antwort schon ahnte.

„Nein, völlig falsch", meinte sie ernst.

„Na gut, dann eben … Der Duft von Blumen im Frühling!"

„Wieso sollte ich den denn hassen?", lachte Zenay laut.

„Ich weiß auch nicht! Vielleicht weil du noch nie welche geschenkt bekommen hast?"

Sie erstarrte und sah ihn forschend an. „Das weiß ich nicht", meinte sie, jetzt auf der Hut. Er machte sich über sie lustig! Den Spieß konnte sie auch umdrehen. „Falsch", sagte sie daher bloß, ohne ihn aus den Augen zu lassen.

Enttäuscht ließ Tarek den Kopf hängen. „Ich könnte ewig so weitermachen. Wie soll ich nur darauf kommen?“

„Ich weiß auch nicht!“, machte Zenay ihn mit tiefer Stimme nach. „Vielleicht kriegst du es auch nie raus.“

„Du unterschätzt mich. Ich brauche nur eine Richtung, in die ich denken muss.“

„Tja ja, wenn du nur eine Richtung hättest!“, sagte sie.

„Dann ... Schließe ich jetzt eben ein paar Sachen aus. Darf ich dir Fragen zu deiner Schwäche stellen?“, fragte er hoffnungsvoll und seine Augen glänzten im Licht des Mondes.

Was für tiefschwarze Augen, dachte Zenay und spürte, wie ihr Widerstand schwächer wurde. Außerdem konnte sie ihn so ablenken. Vielleicht war es noch nicht zu spät. „Ich will mal nicht so sein. Du darfst mir drei Fragen stellen!“, räumte sie ein und tat bemüht lässig, während ihr ganzer Körper furchtbar angespannt war.

„Nur drei?“

„Ja, keine mehr und keine weniger.“

„Na gut. Ist es ein Duft oder Geschmack?“

„Nein, ganz weit entfernt.“

„Ist es ein Ding?“

„Nein.“

„Eine Stärke deines Empfindens“, wiederholte er nachdenklich ihre Worte. „Dann ist es vielleicht ... ein Gefühl?“

„Ein *Gefühl*? Ein Gefühl, das ich gleichzeitig liebe und hasse?“, fragte sie skeptisch und Tarek ließ schon wieder den Kopf hängen. Obwohl sie erleichtert war, ihn so einfach wieder davon abbringen zu können, auf die unbeabsichtigte, zweite Lösung des Rätsels zu kommen. Aber sie konnte auch nicht mit ansehen, wie er so enttäuscht aussah.

„Nun ...“, meinte sie dann zögernd. „Ja, es ist schon so etwas. Fast wie ein ... gutes Jucken.“

Tareks Kopf ruckte wieder hoch. „Wirklich? Du gibst mir einen Hinweis?“

Sie lächelte über seine Freude und nickte. Vielleicht kam er so auf ihre eigentliche Lösung. Er runzelte die Stirn. „Ich komme noch immer nicht darauf ... Lass mich etwas darüber nachdenken."

Zenay nickte und lehnte sich an dem Felsen zurück, verschränkte die Arme hinter ihrem Kopf und blickte wieder in die Sterne, die wie auf einem großen, schwarzen Zelt über ihnen glitzerten. Ihr Herz schlug noch immer heftig.

Nach einer Weile wurde ihr der harte Fels im Rücken zu unbequem. Sie blickte zu Tarek, der aber noch in Gedanken versunken schien. Schwer schluckend nahm sie ihren Mut zusammen, bewegte ihre Hand ein bisschen und berührte seine für eine Sekunde, dann stand sie auf.

„Warte!", sagte er und griff nach ihrer Hand, um sie zurückzuhalten. Ein wohliger Schauer durchlief ihren Körper. „Willst du gehen?"

„Nein!", rief sie etwas zu laut und er musste kurz lachen. Sie grinste beschämt. „Ich wollte mich nur auf der Wiese ausstrecken, dann kann ich mir die Sterne besser ansehen, während du überlegst." Er nickte, ließ sie wieder los und zog sich den Mantel aus, um ihn ihr zu reichen. Sie versuchte, ihre Verlegenheit zu verbergen, zog sich den Mantel von den Schultern und breitete ihn auf der Wiese aus. Dann legte sie sich flach hin, in seinen warmen Mantel gehüllt, der nach ihm duftete.

Nach und nach wurden ihre Augen schwerer und sie richtete sich etwas auf, um nach Tarek zu sehen. Einen Moment dachte sie, er sei vielleicht eingeschlafen, doch er saß mit offenen Augen da, hatte die Arme um die Knie gelegt und sah sie einfach an. Er sah *sie* an.

Hatte er wirklich die ganze Zeit über ihr Rätsel nachgedacht? So schwer kam es Zenay gar nicht vor, nachdem sie ihm doch einen Hinweis gegeben hatte. Immerhin hatte sie die Peinlichkeit abwenden können.

Auf einmal spürte sie Tareks Blick ganz deutlich auf sich ruhen und ihre Wangen wurden wieder heiß, was er aber unmöglich sehen konnte. Rasch legte sie sich wieder flach hin und starrte in die Sterne. Sie konnte hören, dass er sich regte. Wollte er gehen? Es war sicherlich schon sehr spät und ihm musste kalt sein.

Aber sein lächelndes Gesicht tauchte plötzlich direkt vor ihrem auf, umrahmt vom Licht des Mondes, und hinter ihm flitzte eine Sternschnuppe über den Himmel.

„Da! Da war eine!", rief Zenay laut, ruckte hoch und wäre durch die Überraschung beinahe mit ihm zusammengestoßen.

„Eine was?", fragte Tarek, duckte sich ins hohe Gras und legte alarmiert eine Hand an sein Schwert.

„Eine Sternschnuppe!"

„Ach so ..." Er fasste sich wieder und lächelte dann schief. „Tja, mein Großvater kann nicht alle fühlen, oder?" Er setzte sich neben sie, wieder gemütlich über sie gebeugt.

„Nein, das kann er wohl nicht."

Zenay lächelte ihn an und versuchte, ihr Frösteln zu verbergen, als kühler Wind über die Wiese wehte und Nebelfetzen zu ihnen trieb.

„Ist dir kalt?"

Zögernd nickte sie. „Aber ich möchte noch nicht gehen!"

„Daran hatte ich auch nicht gedacht", erwiderte er mit sanfter Stimme, setzte sich etwas auf und strich ihr über den Arm, als wollte er ihn wärmen.

„Ich ... ich habe lange darüber nachgedacht und ich glaube, ich weiß jetzt die Lösung", sagte er lächelnd und sein Gesicht kam ihrem auf einmal näher.

„Ach wirklich?", fragte Zenay leise und hielt den Atem an.

„Ja", antwortete Tarek mit ruhiger Stimme – und seine Lippen berührten ihre mit einem sanften Kuss. Einen Moment schossen Schock und Überraschung durch sie, dann machte ihr Herz einen Satz und die Zeit blieb stehen.

Seine Lippen waren weich und zart und erfüllten ihr Innerstes mit Wärme.

Eine Ewigkeit schien zu vergehen, in der er sich über sie beugte. Sie folgte ihm leicht, als er seine Lippen wieder von ihren nahm. Er sah sie aus großen Augen zufrieden und zugleich fragend an und wartete, nur eine Handbreit von ihrem Gesicht entfernt, als wollte er sichergehen, keinen schrecklichen Fehler gemacht zu haben.

„Nein, tut mir leid, das war eigentlich nicht die Lösung des Rätsels“, flüsterte Zenay leise und zögernd. Sie spürte seinen Atem auf ihrem Gesicht und die Spannung, die in der Luft lag. Einen Moment glaubte sie, er würde sich von ihr entfernen, da er sich bewegte. Doch er machte es sich nur bequemer. Sein Arm tauchte neben ihrem Gesicht auf und er strich ihr zärtlich mit der Hand über die Wange.

„Hm ... Schade. Aber weißt du was?“

„Was denn?“, fragte sie leise.

„Es stört mich gar nicht, dass ich es nicht herausfinde. Ich finde diese Lösung auch in Ordnung“, sagte er und küsste sie erneut.

Sie spürte seine warme Haut und verlor sich in der Zärtlichkeit seines Kusses. Seine Hand strich jetzt sanft über ihren Oberarm und ihre Schulter, stoppte in ihrem Nacken, wo seine Finger sich in ihr Haar gruben und ihren Kopf näher zu ihm drückten.

Zenay seufzte und erwiderte seinen Kuss stärker, dann lag er halb auf, halb neben ihr im Gras und sie schmiegte sich an seinen warmen Körper. Sie konnte nicht mehr wirklich sagen, wie sie beide hierhergekommen waren. Freude und Hitze durchströmten ihren Körper, während er sie küsste und streichelte.

Irgendwann lagen sie da und Zenay kuschelte sich an seine Schulter. Er schmunzelte und strich sich ihre wilden Locken aus dem Gesicht. Als sie ihn ansah, lächelte er warm und das Licht des Mondes glänzte in seinem schwarzen Haar.

Sie war sich sicher, dass sie sich noch nie so gut und geborgen gefühlt hatte. Ihr Herz schlug ihr wieder bis zum Hals, während sie sich an ihn schmiegte.

Freudig nahm sie seine freie Hand, umschloss seine Finger und er streichelte weiter über ihren Arm. Sie schloss die Augen und spürte ihren Herzschlag, als Tarek ihr einen Kuss auf die Haare hauchte – dann zuckte sie zusammen und fuhr hoch.

Gelbe Augen brannten in der Dunkelheit und starrten sie an, durchdrangen alle Wälder und Wiesen und bohrten sich in ihren Geist.

Auf einmal war sie atemlos und zitterte, danach wurde sie wütend. Was sollten diese Visionen! Sie wollte jetzt ungestört sein!

Tarek sah sie derweil fragend an, aber sie wollte ihn jetzt nicht beunruhigen.

„Was ist los?"

„Ich ... ich glaube, etwas hat mich gestochen", log sie rasch und stand dann widerwillig auf. Irgendwie fühlte sie sich noch immer beobachtet.

Sie zog ihn an den Händen auf die Beine und er ließ es geschehen.

„Wir ... wir sollten jetzt nach Hause gehen. Es wird bald dämmern und ich bin sicher, Shetan wäre nicht erfreut, wenn er wüsste, dass wir nachts draußen sind."

„Willst du nur heim, weil du Angst vor seiner Reaktion hast?", fragte Tarek zweifelnd.

Zenay musste lächeln. „Nein, ich habe keine Angst vor Shetan. Aber so langsam werde ich wirklich müde ..."

Jetzt wirkte Tarek verletzt. „Wenn ich dir zu nahe getreten bin, tut mir das l-"

„Nein!", rief Zenay lauter als beabsichtigt. „Nein, das ist es nicht ..."

„Was dann? Sei ehrlich, bitte ..."

Zenay wurde rot und kam sich dumm vor, dass sie sich von diesem kurzen Aufblitzen der gelben Augen die Stimmung hatte ruinieren lassen. „Es ... ist nichts Schlimmes ... aber ich sah auf einmal diese Augen ... Du weißt schon ... Die, an die ich mich aus dem Gefängnis erinnere ... Und jetzt fühle ich mich irgendwie *beobachtet*."

Er nahm sie in die Arme. „Das ist in Ordnung", murmelte er und streichelte sie wieder. „Kein Problem, dann gehen wir jetzt."

Glück durchströmte sie wieder und sie musste kichern, als ihr ein Gedanke kam. „Außerdem ... soll man Männer nicht immer ein wenig zappeln lassen?", fragte sie ihn spielerisch, löste sich von ihm und rannte davon.

„Nein, das sollte man besser nicht! Zenay, renn doch nicht weg!", rief Tarek lachend und eilte ihr nach. Sie verließen die Lichtung im Mondschein und im schattigen Wald holte Tarek Zenay wieder ein.

„Warte auf mich!", rief er und griff nach ihrer Hand, doch sie entwischte ihm.

„Tja, dann musst du eben schneller sein!", sagte sie leise, dann bekam er sie doch zu fassen. Sie blieb stehen und hielt seine warmen Finger fest. Sie fand keine Worte, um sich selbst zu erklären, wie gut es sich anfühlte, seine Haut zu spüren ... Er küsste sie wieder, hielt sie mitten im dunklen Wald mit seinen starken Armen und fand ihre Lippen mit seinen.

Schließlich gingen sie zurück zum Dorf, zufrieden schweigend und lächelnd. Tarek brachte sie bis zu ihrer Tür und gab ihr einen Gutenachtkuss, der ihr wohlige Schauer über den Rücken jagte.

Viehhandel

Zenay wachte spät auf, aber im Haus war es still und sie vermutete, Tarek sei schon wach und unterwegs. Sie wickelte sich, als Ersatz für ihren inzwischen zerfallenen BH, eines der Tücher aus der Kommode um die Brüste, steckte es fest und zog dann Hemd und Hose über, bevor sie in die Stube ging und sich etwas zum Frühstücken machte. Sie spürte Tareks Anwesenheit in der Tür, bevor er sich räuspern konnte. Als sie sich umdrehte und ihre Blicke sich begegneten, machte ihr Herz wieder einen Satz. Sein warmes Lächeln steckte sie sofort an, auch weil er genauso müde aussah, wie sie sich fühlte. Unter seinen Augen lagen dunkle Schatten und sein Haar stand wild in alle Richtungen.

„Du bist schon wach?", fragte er überrascht.

„Gerade erst aus dem Bett gekrochen."

„Wie fühlst du dich?", wollte er wissen.

Jetzt musste sie schmunzeln, seine Frage war so vage gestellt, dass sie auch ausweichen konnte. Sie wusste nicht, wie sehr sie darauf eingehen wollte oder konnte, was letzte Nacht passiert war. „Gut", sagte sie also. „Ich habe gut geschlafen, wenn auch etwas kurz", fügte sie dann noch hinzu.

Er nickte und beließ es dabei. Schweigend öffnete er den Herd, legte Brennholz nach und setzte Teewasser auf. Dann schnitt er Brot und holte einen der geräucherten Wurstringe von einem Haken an der Decke herunter, um ein paar Scheiben für sie zu schneiden.

Zenay saß schweigend am Tisch und sah ihm zu, während sie ihr Butterbrot aß. Er wandte sich ein paar Mal zu ihr um und lächelte so strahlend, dass ihr Gesicht wieder ganz heiß wurde. Tarek sah auf, als die Dielen im Flur knarrten, und Shetan trat ein.

„Nanu, ihr seid ja noch hier! Ich dachte, ihr wärt mit Jesco verabredet?"

„Wir haben verschlafen", meinte Tarek nur knapp, während er das Messer weglegte.

Zenays Herz machte einen Satz. *Wird er es ihm sagen? Nein, das geht doch nur uns beide etwas an, was wir heute Nacht gemacht haben, oder?*

Shetan hob eine Augenbraue, während sein Blick auf Zenay ruhte und dann zu Tarek wanderte. „So ihr beiden, würdet ihr mir erklären, was heute Nacht passiert ist?"

Zenay hustete, als sie sich an ihrem letzten Bissen verschluckte.

„Heute Nacht? Was meinst du denn?", fragte Tarek unschuldig und stellte sein Essen auf den Tisch, aber Zenay wusste gleich, dass Shetan sie durchschauen würde. Es war beinahe, als hätte er ihre Gedanken gelesen!

„Ich meine die Tatsache, dass ihr beide euch gerade schöne Augen gemacht habt und offensichtlich endlich nicht mehr streitet."

„Wir haben uns wieder vertragen", meinte Tarek ausweichend, aber sein Großvater machte einen Schritt auf ihn zu, sah ihn schweigend an. Da ließ Tarek resigniert den Kopf hängen. „Na gut, wir waren draußen im Wald und ich habe ihr die Lichtung mit dem Felsen gezeigt."

„Du hast Zenay *deine* Lichtung gezeigt? Ich bin beeindruckt!"

„Wieso denn seine Lichtung?", fragte Zenay und sah Tarek verwundert und etwas eingeschnappt an. Wieso war er so schnell eingeknickt? Dachte er gar nicht daran, es vorher mit ihr zu besprechen, bevor er seinem Großvater alles erzählte? Tarek erwiderte ihren Blick, aber die plötzliche Trauer darin verstand sie nicht.

„Viele fühlen sich dort nicht wohl, wegen der Erinnerungen an alte Schlachten ... Ich gehe oft alleine dorthin, um nachzudenken. Auf dieser Lichtung ... sind damals meine Eltern gestorben."

Zenay erblasste. „Was? Das ist ja schrecklich! Und wir beide waren da und haben uns ..."

Shetan hob eine Augenbraue. „Aha ..." Der alte Mann schmunzelte und zwinkerte Zenay dann zu, was ihr Gesicht heiß werden ließ.

„Großvater, ich bin kein kleiner Junge mehr und Zenay ist kein kleines Mädchen. Wir haben uns geküsst. Bist du jetzt zufrieden?"

Shetan musste grinsen und auf einmal sah Zenay ihn einen Moment lang als jungen Mann mit einer wunderschönen Frau vor sich. Ihr Haar war dunkelbraun und ihre Augen glitzerten wie Feuer.

„Ja, ich bin zufrieden, es wurde ja auch langsam Zeit", meinte Shetan und das Bild vor Zenays innerem Auge verschwand wieder. Sie bedauerte kurz, dass diese Vision oder Erinnerung verflogen war, dann wurde sie Shetans Worten gewahr und musste verlegen lächeln.

„Großvater, das reicht jetzt! Ich kann gut selbst für mein Leben sorgen, also misch dich da nicht ein, in Ordnung?"

Shetan hob beschwichtigend die Hände und tat, als würde er schmollen, aber Zenay konnte das Zucken seiner Mundwinkel genau sehen. „Gut, gut. Ich sehe schon, ich werde hier nicht länger gebraucht. Also, dann gehe ich lieber in den Garten."

Er schlenderte hinaus. Sie hörten die Tür ins Schloss fallen und bis auf das knackende Feuer im Ofen herrschte wieder Stille.

„Oh Mann, was war das denn?", fragte Zenay schließlich und musste lachen. Sie wusste nicht, ob ihr die Situation jetzt peinlich sein sollte, eigentlich fand sie es einfach nur komisch. Tarek wirkte erleichtert über ihre Reaktion.

„Manchmal kann er ein richtiger Kindskopf sein. Aber ich bin froh, dass er wieder gut gelaunt ist. Du hast ja keine Ahnung, wie still es hier im Haus war, bevor du gekommen bist."

„Komisch, irgendwie kann ich mir das gar nicht vorstellen."

„Ich kann es mir auch nicht mehr vorstellen, wie es hier ohne dich wäre", sagte er vorsichtig und legte einen Arm um ihre Schultern. Sie lächelte und gab ihm nach einem Zögern einen kurzen Kuss auf die Wange. Sein Blick war unergründlich, und bevor er etwas sagen konnte, was ihr nicht gefiel, richtete sie ihre Aufmerksamkeit auf seinen Teller. „Isst du dein Brot noch?“

„Oje, du bist wohl niemals satt, oder?“, fragte er grinsend.

„Nein, aber ich muss auch gleich los. Ich bin schon viel zu spät dran ... Ich hatte Jesco nach einem Gespräch mit Asyra gebeten, mir mit dem Schwert weiterzuhelfen. Sie ... sie wollte mich nur unterstützen und war der Meinung, ich könnte mich ja auch gegen meine Ausbildung entscheiden, wenn ich mich damit nicht wohlfühlte. Aber da das keine Option ist, treffe ich sie heute Nachmittag, um mich im Stockkampf unterrichten zu lassen. Danach sollte ich eigentlich noch die Konane und das Transportieren üben. Du siehst, mein Tag ist mal wieder völlig verplant.“

„Na gut. Ich sehe ein, du kannst nicht einfach all deine Pläne verwerfen, nur weil ich wieder da bin. Ich bin froh, dass du dich sicherer fühlst und wieder Spaß hast. Es tat mir so leid, nachdem wir uns gestritten hatten. Ich dachte, ich würde mit meiner Lehrweise dein Interesse zunichtemachen ...“

Zenay lächelte. „Nein, mein Problem war ja eigentlich ein ganz anderes ... Aber ich glaube, ich bin jetzt bereit weiterzumachen. Ja, ich freue mich schon darauf.“

„Das ist gut! Du musst auch bald vom Pferd aus kämpfen lernen. Da sind einige Grundkenntnisse sehr wichtig.“

„Ich sagte ja, der Tag wird voll!“, sagte sie und stöhnte übertrieben, dann schnappte sie das Brot von seinem Teller und sprang auf. „Ich sehe dich später, ja?“, meinte sie lächelnd und wandte sich ab. Kauend ging sie in ihr Zimmer, holte den Bogen und die Pfeile, steckte die Steine für ihre magischen Übungen in ihre Tasche und schloss die Augen. Sie rief sich ins Gedächtnis, wie die Magie sie an einen anderen Ort gebracht hatte. Dieses Gefühl des Schwindels, aber auch diese Leichtigkeit ... Sie holte das Gefühl zusammen mit einer Menge Energie aus ihrem Inneren an die Oberfläche, hielt Bogen und Köcher fest umschlossen und suchte mit ihrer Magie den Platz, an den sie wollte.

Die Welt drehte sich, und als sie die Augen wieder öffnete, stand sie hinter dem Haus im Garten. Freudestrahlend über ihren

Erfolg machte sie einen kleinen Luftsprung, dann überquerte sie den Bach und ging an den Koppeln entlang. Die Lichtung war nicht weit entfernt und sie hatte Lust, sich zu bewegen und den warmen Morgen auf ihren eigenen Füßen, nicht auf einem Pferderücken, zu genießen.

Sie erreichte den Waldrand und trat in den Schatten des frischen Grüns. Irgendwo klopfte ein Specht gegen einen alten Baum, andere Vögel flogen zwitschernd zwischen den Büschen am Wegrand hin und her.

Nur einen Moment später hörte sie einen Ruf aus Richtung der Koppeln und Tarek kam hinter ihr her gestürzt. Er trug ihre beiden Übungsschwerter, seinen Bogen und einen Köcher in den Armen. Die Pfeile klapperten wild, als er zu ihr sprang.

„Warte auf mich! Ich komme mit und schaue zumindest zu, vielleicht findet sich ja auch zwischendurch etwas Zeit, in der wir üben können."

„Ich glaube nicht, dass ich heute noch mehr Zeit habe, außer die Tage wären ab jetzt doppelt so lang."

„Aber ..." Tarek runzelte die Stirn. „Wie bist du überhaupt so schnell hierher gekommen? Ich habe dich gar nicht aus dem Haus gehen hören und auf einmal warst du weg."

Zenay zögerte. „Shetan sagte, ich solle das Transportieren üben. Daher habe ich eine Abkürzung aus meinem Zimmer genommen."

„Gehst du mir aus dem Weg?"

Diese Frage irritierte Zenay, sie hatte gar nicht darüber nachgedacht, dass das so wirken könnte, und sie musste schmunzeln.

„Nein, Tarek ... Ich bin nur etwas ... Hm. *Verwirrt* ist das falsche Wort. Ich bin ... Es hat mir ..."

Sein schelmisches Lächeln ließ ihre Erklärungsversuche versiegen. „Wir müssen jetzt nicht darüber reden. Ich glaube dir. Sollen wir jetzt weiter?"

Ihr Blick fing sich in seinen fröhlich glänzenden Augen und sie verspürte große Lust, ihn hier und jetzt zu küssen. Für einen Moment meinte sie, wieder die frische Nachtluft zu spüren und die Grillen zu hören, die emsig zirpten, während ihre Lippen sich berührten ...

Aber dann war der Moment vorbei. Tarek sah sie schweigend an, ehe er sie am Arm fasste und weiterzog.

Jesco wartete bereits und auch Asyra war schon da. Offensichtlich wollte sie ebenfalls zuschauen.

Sie saß auf dem gefällten Baumstamm am Rand der Lichtung und unterhielt sich mit Jesco, der sich leicht auf seinen Bogen lehnte und einen Pfeil spielerisch zwischen den Fingern herumwirbeln ließ.

Jesco hob den Kopf und winkte ihnen zu. „Da seid ihr ja endlich. Wir warten schon eine ganze Weile."

„Entschuldige. Wir haben beide verschlafen", sagte Tarek und lehnte seinen Bogen und die beiden Schwerter an den Baumstamm. Zenay stellte ihren daneben und begann, sich zu dehnen. Sie streckte die Arme und Beine, um sich aufzuwärmen, so wie Asyra es ihr gezeigt hatte, dabei unterhielten sie sich weiter.

„Sina, was hältst du davon, uns deine Schießkunst zu demonstrieren, bevor wir mit dem Schwert weitermachen?", fragte Jesco und Zenay nickte.

„Warum nicht?", meinte sie und warf einen kurzen, verträumten Blick zu Tarek, bevor sie weitermachte. Asyra sah erstaunt von Tarek zu Zenay und wieder zurück.

„Sagt mal, was ist denn mit euch beiden los?"

Zenay hielt verwundert in ihrer Dehnübung inne und sah ihre Freundin an. Sie hatte ja befürchtet, dass sie es schnell herausfinden würde, aber *so* schnell ...

„Vor euch kann man auch wirklich nichts verbergen, oder?", fragte Tarek und schüttelte entnervt den Kopf.

„Ähm, also ... Tarek und ich, wir haben uns endlich ausgesprochen ..."

„... und seid euch dabei nähergekommen?", sprach Asyra freudig schnippisch Zenays nächsten Gedanken aus.

Zenay und Tarek zögerten beide und sie konnte genau spüren, wie ihr Gesicht heiß wurde.

„Oh, wie schön! Wann?“, fragte Asyra neugierig und Zenay konnte sehen, wie sie sich für sie freute.

„Wir waren gestern Nacht im Wald spazieren.“

„Spazieren? So, so ... und was war noch?“, fragte Asyra grinsend.

Zenay sah sie entsetzt an. „Nichts! Wir waren nur ein bisschen draußen ...“

„Und habt euch geküsst!“, rief Asyra triumphierend und Zenay fühlte sich ertappt.

Tarek sprang jetzt für sie ein und sah Asyra tadelnd an. „Würdest du bitte aufhören hier Gedanken zu lesen, das ist das Gebiet von Magiern!“

Einen Moment herrschte Stille, dann lachten sie alle los. Tarek grinste schelmisch, dann packte er Zenay scherzhaft um die Taille und zog sie an seine Seite. Zenay konnte es nicht fassen, wie locker er das vor ihren Freunden tat, aber es fühlte sich auch gut an.

„Und jetzt klebt ihr wohl immer so zusammen, was?“, fragte Jesco lachend.

„Nein, gar nicht wahr!“, widersprach Zenay und drückte Tarek sanft von sich weg. Sie begann wieder sich zu strecken, dann griff sie nach ihrem Bogen.

„Dann ist ja gut, denn wir haben nicht ewig Zeit. Wenn du weitermachen willst, ist es wichtig, dich vorzubereiten, denn Zayda könnte ...“, fing Asyra an und betrachtete sie vielsagend.

„Ja, ja, ich weiß!“, würgte Zenay sie ab und nahm fünf ihrer Pfeile in die Hand. Sie wusste nicht, ob es ihr gefiel, wie offen die Freunde über diese Gefahr sprachen, seit sie alle wussten, dass sie eine Magierin war. Aber daran ließ sich jetzt nichts ändern. Sie wollte sich jetzt nicht mit ihrer Angst befassen, also tat sie es betont lässig ab. Genauso wie die Sache mit Tarek. Sie wusste ja nicht einmal selbst, was ihre Annäherung bedeutete.

„Versuche, den Apfel dort vom Ast zu schießen.“ Jesco zeigte ihr den roten Apfel, der auf einer Astgabel in einem jungen Baum lag, der abseits des Waldrandes auf der Wiese stand.

„Gut, mach ich." Zenay steckte vier der Pfeile mit der Spitze in ein Grasbüschel neben sich und legte den ersten an die Sehne ihres Bogens.

„Na, da bin ich gespannt!", rief Asyra und setzte sich gerade hin. Einige Äste knackten im Wald neben ihnen und sie blickten erstaunt in das Dickicht.

„Hab ich irgendetwas verpasst?", rief eine vertraute Stimme aus dem Wald, dann schlüpfte Elaya aus einem Gestrüpp hervor.

„Ach, nur das Übliche. Sina und Tarek haben sich geküsst."

Elaya klappte der Mund auf, dann grinste sie breit. „Das wurde aber auch Zeit!"

Zenays Verwirrung wuchs. „Wie? Wie meinst du das?"

„Na ja, dass Tarek dich mag, war ja wohl offensichtlich ... und von dir wusste ich schon lange, dass du ihn auch magst und ...", fing Elaya an und bemerkte dann erst, dass sie wohl zu offen darüber sprach, denn Tarek und Zenay wurden beide rot und starrten Löcher in die Luft.

„Oh, wie niedlich!" Elaya lachte jetzt auf, anscheinend erleichtert darüber, dass ihr niemand wegen ihres losen Mundwerks den Kopf abreißen würde.

Zenay verdrehte die Augen und konzentrierte sich wieder auf ihre Aufgabe. „Leute, ihr wiederholt euch!", murmelte sie und hob den Bogen.

„Erzähl doch mal, Tarek, was ist passiert?", fragte Elaya im Plauderton weiter, sprang neben Asyra auf den alten Baumstumpf und zog einen Grashalm aus der Wiese, dessen Ende sie sich in den Mund steckte. Sie sah erwartungsvoll zu Tarek.

„Nicht viel, wir waren nur draußen und ...", fing Tarek an, den wippenden Grashalm beobachtend, doch Zenay kam ihm zuvor.

„Sagt mal, müsst ihr das jetzt so breittreten? Das ist was völlig Neues für mich und ich fühle mich nicht wohl dabei, wenn ihr so über mich redet!", rief Zenay und hob Bogen und Pfeil auf Augenhöhe, um ihr Ziel ins Visier zu nehmen. Sie wollte lieber gar nicht wissen, wie die Freunde sie gerade ansahen.

„Oho, jetzt wird es tiefgründig!“, rief Elaya mit einem breiten Grinsen in der Stimme.

„Ihr benehmt euch kindisch, das will ich damit sagen“, sagte Zenay knapp. Sie hatte langsam wirklich keine Lust mehr, hier auf dieser Lichtung zu sein.

„Entschuldige, Sina“, meinte Elaya dann und klang jetzt doch kleinlaut. „Es passiert einfach so gut wie nie etwas Interessantes in diesem Dorf ... Und dass *du*, eine Magierin, und Tarek ... na ja, das ist schon Gesprächsstoff.“

Zenay hörte genau, wie sie wieder grinste, und wollte gerade etwas erwidern, da kam Tarek ihr zu Hilfe.

„Sie hat schon recht. Es ist eine Sache zwischen ihr und mir ... und es ist wichtig, dass nicht gleich das ganze Dorf davon erfährt. Wenn ihre Tarnung auffliegt, könnt ihr auch gleich zu Zayda gehen und ihr erzählen: Ach übrigens, eine Magierin ist in Ornanung versteckt und versucht, ihre Ausbildung und ihr Liebesleben irgendwie unter einen Hut zu bringen!“ Tarek zwinkerte Zenay zu, was sie noch mehr verwirrte.

„Ist ja gut, wir haben es verstanden“, sagte Elaya und hob beschwichtigend die Arme.

„Jetzt schieß, ich will sehen, wie du dich mit dem Bogen anstellst“, forderte Jesco.

„Passt gut auf!“ Zenay versuchte all die verworrenen Gedanken zur Ruhe kommen zu lassen, straffte die Sehne, zielte und ließ los. Der Pfeil schoss mit hoher Geschwindigkeit los, sirrte durch die Luft – und verfehlte den Apfel um fast eine Armeslänge. Der Pfeil schoss durch das Laub des Baumes und verschwand im Gras im hinteren Wiesenteil.

Elaya konnte nicht an sich halten und prustete los. Zenay warf ihr einen giftigen Blick zu.

„Du konzentrierst dich nicht richtig!“, meinte Jesco kopfschüttelnd.

„Wie soll sie denn auch, wenn Tarek in ihrer Nähe ist?“, fragte Elaya und musste sich vor Lachen an Asyra lehnen, damit sie nicht von dem Baumstamm fiel.

Zenay bewegte lässig ihren Arm in Elayas Richtung und ihre freie Hand machte eine halbe Drehung – da bildete sich ein Windstoß und fegte die überraschte Elaya mit einem Schlag aus dem Gleichgewicht. Sie fiel rücklings vom Stamm herunter und landete im Gras.

„He! Das ist ungerecht!", rief Elaya und tauchte hinter dem Stamm wieder auf. Trockenes Gras hing in ihrem Haar und ihren Kleidern.

Zenay zuckte mit den Schultern, während die anderen noch immer fasziniert schauten. „Ach Elaya, reg dich nicht auf. Das gehört doch alles zu meiner Ausbildung."

„Elaya, wenn du so weitermachst, darfst du nachher meine Pfeile in der Wiese suchen!", rief Jesco streng, zwinkerte Zenay jedoch dabei zu.

Sie zog den zweiten Pfeil aus der Erde und schoss. Diesmal blieb der Schaft zitternd im Holz des Baums stecken. Zenay wandte sich schon um, aber niemand sagte etwas.

Ihr Blick blieb an Tarek hängen, wie er dastand und lächelte. Er nickte ihr ermutigend zu. „Du kannst es!"

Durch Tareks Worte beflügelt, packte Zenay den dritten Pfeil. Mit leichten Fingern legte sie ihn an die Sehne, spannte sie und ließ los, ohne überhaupt den Apfel anvisiert zu haben.

Dieser Pfeil war viel schneller als die beiden vorherigen, obwohl sie ihn nicht mit mehr Kraft abgeschossen hatte. Er war so schnell, dass man ihn kaum noch sah. Noch im Flug wusste sie, dass dieser Pfeil treffen würde. Sie konnte nicht sagen wieso, aber sie wusste es einfach.

Und er traf den Apfel nicht nur, nein, er durchbohrte ihn und flog einfach weiter. Der Apfel blieb leicht taumelnd, mit einem ausgefransten Loch in der Mitte, auf dem Ast liegen.

Auch jetzt sagte keiner von ihren Freunden etwas. Zenay drehte sich und fand drei offene Münder vor. Nur Jesco schaute kritisch.

„Wie hast du das gemacht?", wollte er wissen und ging zu dem Baum. Er holte den Apfel, dann kam er wieder zu ihnen und warf ihn Zenay zu. Sie hob den Arm, fing ihn lässig auf und betrachtete mit großen Augen das runde Loch, bevor sie ihn an Asyra weitergab.

„Sauber durchgeschossen, nicht zu glauben", murmelte Asyra und zeigte ihn Elaya.

„Ich habe keine Ahnung, Jesco. Ich habe nicht mal richtig gezielt ...", meinte Zenay wahrheitsgemäß.

„Das muss ... an deiner Magie liegen. Ich habe gesehen, dass der Pfeil einen Bogen gemacht hat, er ist wie von selbst zu dem Apfel geflogen", meinte Asyra weiter.

„Aber ich habe sie gar nicht bewusst eingesetzt."

Tarek musste grinsen. „Shetan sagte mir einmal, dass ein Magier durch seine Gefühle stärker oder schwächer werden kann ... und dass du schlechter vorangekommen bist, während ich weg war. Nun ... Wir streiten uns nicht mehr."

Zenay nickte mit heißem Gesicht. Sie glaubte zu verstehen, was er sagen wollte.

Elaya, die sich mittlerweile wieder auf den Stamm gesetzt hatte, sprang auf und tanzte um Zenay herum, um sie zu ärgern. „Das ist der Beweis! Du magst Tarek wirklich!"

Damit eilte sie von der Lichtung, Zenays feuerrotes Gesicht nicht weiter beachtend. „Ich muss wieder los ... Aber ich bin gespannt, wann mein Bruder daraufkommt!", rief sie, bevor sie zwischen den Büschen verschwand. Zenay war sich sicher, dass sie sie weiter entfernt noch so etwas rufen hörte wie: *Tarek mag Sina und Sina mag Tarek!* Sie sang es schon fast wie ein Lied.

„Spätestens morgen weiß es das ganze Dorf ... Wir wissen ja alle, dass Elaya unheimlich gut Geheimnisse bewahren kann!", sagte Asyra sarkastisch.

Zenay schüttelte den Kopf. „Also wenn es Zayda von jemandem erfährt, dann als Erstes versehentlich von Elaya."

Asyra stand von dem Baumstamm auf und seufzte. „Gut, dann gehe ich ihr wohl besser nach und beruhige sie, bevor sie das junge Glück zerstört." Mit einem Zwinkern zu Tarek huschte sie in den Schatten der Bäume und Elaya hinterher.

Jesco, Zenay und Tarek blieben auf der Lichtung zurück und sahen sich einen Moment schweigend an.

„Ich glaube, ich schieße besser noch mal. Vielleicht war es nur Glück“, sagte Zenay schließlich, nahm den vierten Pfeil und suchte nach einem neuen Ziel. Sie fand eines in einem toten Ast, der abgeknickt und nur noch mit ein paar Fasern an dem Baum hing, auf dessen unterer Astgabelung der Apfel gelegen hatte.

„Ich will versuchen, den Ast abzuschießen.“

„Das schaffe vielleicht noch nicht einmal ich mit dem ersten Versuch“, gestand Jesco.

Zenay zuckte mit den Schultern und kniff dann ihr linkes Auge zusammen, als sie sich auf ihr Ziel konzentrierte. Sie schoss den Pfeil.

Er verfehlte den Ast um ein ganzes Stück, zischte weiter und blieb am Ende der Wiese zitternd im Gras stecken. Enttäuscht ließ Zenay den Bogen sinken, aber Tarek lächelte sie fröhlich an. Sie versuchte es mit dem letzten Pfeil, der neben ihr im Gras steckte, aber auch dieses Mal traf sie nicht.

„Es kann ja nicht immer gelingen, vielleicht warst du ja noch durch Elaya abgelenkt ...“, meinte Tarek aufmunternd.

Zenay nickte entmutigt, dann räusperte Jesco sich. „Das ist eine Magie-Ausbildungs-Frage. Wir sind für Schwertkampf gekommen.“

Seufzend lehnte Zenay den Bogen an den alten Baumstamm und ließ sich von Tarek ihr Übungsschwert reichen.

Vielleicht fand sie später Zeit, Shetan danach zu fragen, was bei dem Apfel-Schuss passiert war.

«†»

Nach einem anstrengenden Tag, gefüllt mit Kampfübungen und kleinen Sticheleien der Freunde, saß Zenay abends auf ihrem Bett und ließ die Steine ein paar Fingerbreit über ihrer Hand schweben. Shetan hatte ihr die Frage wegen des Pfeils nicht wirklich beantworten können und ihr geraten, einfach immer wieder bewusst zu versuchen, Magie in ihren Schuss zu legen.

Nachdenklich sah sie hinaus in den dunkler werdenden Himmel, der von wilden, rasch dahinziehenden Wolken verhangen war.

Schließlich riss die Wolkendecke auf, gab den Blick auf die ersten Sterne frei ... und auf den Mond.

Zenay verschlug es die Sprache. Der Vollmond schien sogar noch heller zu strahlen als in der letzten Nacht. Plötzlich spürte sie ein unheimlich großes Verlangen, einfach hinauszugehen und den Mond zu beobachten, also ließ sie die Steine in ihre Hand sinken, steckte sie weg und verließ das Haus.

Sie ging in den Garten und blieb hinter dem Haus an einem der Pfosten stehen, die das Dach abstützten. Dann starrte sie in den Himmel und wartete, bis die letzten Wolkenfetzen vor dem Mond verwehten.

Die leuchtende Scheibe wirkte hypnotisierend auf sie. Eine Aura der Kraft schien von ihr auszugehen.

Zenay schloss für einen Moment die Augen und spürte das Mondlicht auf ihrem Gesicht. Sie öffnete die Augen wieder, denn sie hörte das leise Knarzen eines Fensters und spürte dann Tareks Anwesenheit. Es war fast, als würde er eine eigene Art von Energie ausstrahlen, die sie jetzt wahrnehmen konnte. Er sprang lautlos hinaus, trat hinter sie und zögerte, noch näher zu kommen.

Sie schwieg eine Weile, beobachtete mit einer angenehmen inneren Ruhe den Mond und genoss es, seinen Blick zu spüren.

„Ich glaube ...“, flüsterte sie gerade laut genug, dass er sie hören konnte, und schwieg dann doch wieder.

Er trat einen Schritt näher, fasste zärtlich nach ihrer Hand. Seine starken Hände waren warm und die Berührung jagte Strom durch ihren Körper. „Ich wusste nicht, dass du mich bemerkt hattest“, meinte er sanft. Dann hauchte er ihr einen Kuss auf die Schulter.

„Ich bemerke es immer öfter, wenn du in meiner Nähe bist, Tarek ... Ich lerne. Ich kann die Anwesenheit verschiedener Menschen spüren. Ich glaube, die Magie verleiht mir einen ganz neuen

Sinn. Aber es ist nicht wie sehen. Es ist, als könnte ich Dinge außerhalb meines Körpers fühlen und begreifen."

Sie konnte auch sein Schaudern wahrnehmen, blieb aber unbewegt. „Ich hoffe, es macht dich nicht nervös, dass ..."

Aber er fasste ihre Hand etwas fester. „Nein. Ich finde es faszinierend."

„Gut. Ich wüsste nicht, was ich machen sollte, wenn ich dir irgendwie Furcht einflößen würde."

„Du vergisst, dass ich mit einem Magier aufgewachsen bin. Auch wenn Shetan in den letzten Jahren nicht mehr viel bewirken konnte, haben wir doch immer offen über diese Themen gesprochen. Es ist einfach interessant, die Entwicklung deiner Kräfte mitzuerleben."

„Ach so, ja, daran hatte ich nicht gedacht."

Tarek schnaubte belustigt, doch dann spürte sie, wie er ernster wurde. „Es tut mir leid, falls ich und die anderen uns heute kindisch benommen haben. Ich ... Wir beide hatten kaum darüber gesprochen ... Na ja, wegen gestern Nacht."

Erneut stieg Hitze in Zenays Gesicht. So viele Dinge schossen ihr durch den Kopf, aber dann blickte sie hinauf zum Mond und ihr kam nichts anderes über die Lippen, als ihren vorherigen Satz zu beenden.

„Ich glaube ... ich bin ein Wolf", meinte sie dann, nachdem sie einige Minuten geschwiegen hatten. Sie sagte es so selbstverständlich, als würde sie es wirklich aus tiefstem Herzen glauben.

„Warum denkst du das?", fragte er schmunzelnd.

„Der Mond ... Der Vollmond. Wenn ich ihn sehe, möchte ich heulen ..."

Tarek löste seine Hand von ihrer und gab ihr einen weiteren Kuss in den Nacken, dann schloss er vorsichtig einen Arm um ihren Bauch, legte den anderen um ihren Hals und drückte ihre Schulter mit seiner Hand, als habe er Angst, sie könnte verschwinden. „Ich möchte dich niemals weinen sehen ..."

Zenays verträumter Blick klärte sich und sie musste kichern. „Ich meinte nicht weinen, Tarek! Ich meinte, dass ich wie ein

Wolf den Mond anheulen möchte, irgendwie hat er eine ganz eigene Anziehungskraft auf mich."

Sie konnte das Lächeln in seiner Stimme hören. „Ich weiß, aber ich wollte es trotzdem sagen." Er hauchte ihr noch einen Kuss in den Nacken und auf ihre welligen Haare und Zenay erzitterte ganz schwach, dann legte er sein Kinn auf ihr Haupt und blickte wieder hinauf in den Himmel.

Sie drehte sich in seinen Armen um und sah ihn lange an. Seine Augen glänzten schwach im Schein des Mondes, doch sie wirkten milchig, verträumt. Sie schluckte und nahm dann all ihren Mut zusammen.

„Ähm, wir sollten vielleicht darüber sprechen, was Elaya heute Vormittag ausgeplaudert hat, meinst du nicht?"

„Du meinst die Tatsache, dass Elaya von dir gehört hat, dass du mich magst?"

„Ja, und die Tatsache, dass es anscheinend für alle außer mich offensichtlich war, dass du mich magst."

Jetzt mussten sie doch beide darüber lachen.

„Hast du so offen mit Elaya gesprochen? Ich wusste nicht, dass ihr euch so gut versteht."

„Nun, sie war so fröhlich und offen und da kamen wir auf dich ... ähm ... zu sprechen. Aber was ist denn mit dir? Wieso war es für alle offensichtlich?"

„Sie muss es von Malak erfahren haben. Er und Jesco hatten mich vor einer Weile abends in der Schenke danach gefragt, was ich von dir halte und ob ... ob ich dich anziehend finde."

„Ihr habt über mich geredet? So?!", fragte Zenay und wusste nicht, ob sie jetzt geschmeichelt, entsetzt oder wütend sein sollte. „Was hast du ihnen gesagt? Was haben sie dich gefragt?"

Er schmunzelte, obwohl sie sich von ihm wegbewegte. „Beruhige dich, es war nichts Ungehobeltes, was dir peinlich sein müsste. Wir hatten ein bisschen zu viel Met getrunken und haben miteinander gescherzt. Sie haben sich lediglich laut gefragt, wie es so für mich sein muss, eine junge, schöne Frau bei mir wohnen zu haben."

Ihr Blick schien noch verwirrter zu werden, denn er lächelte amüsiert. „Sie finden mich schön?"

„Du dich etwa nicht?"

„Ich ... ähm ... Nein."

„Das ist so eine für Frauen typische Sache, oder?" Tarek zog sie wieder zu sich und hauchte ihr einen Kuss auf die Lippen. Er blieb ganz nah bei ihr und sah sie ernst an, während er weitersprach. Es brachte sie zum Erzittern. „Das solltest du aber. Ich finde dich wunderschön." Sie verharrten einen Moment so nah, dass sie seinen Atem spüren konnte, dann hielt sie es nicht mehr aus und küsste ihn lange und leidenschaftlich.

„Ich schätze, ich kann dir nicht böse sein. Immerhin habe ich auch mit Elaya gesprochen. Ich versuche mir gerade dieses betrunkene Männergespräch vorzustellen. Hast du Ansprüche erhoben, bevor Jesco und Malak es konnten?"

Jetzt grinste Tarek schelmisch. Eigentlich hatte sie das als Scherz gemeint, aber sein Blick verriet ihr, dass sie genau ins Schwarze getroffen hatte.

„Oh nein, Tarek! Wie soll ich denn den anderen je wieder unter die Augen treten? Ihr habt mich wie Vieh verhökert!"

Tarek lachte. „Nein, so war das gar nicht. Aber nachdem sie so gefragt hatten, musste ich ja erwähnen, dass ich dich mag. Und damit war die Sache auch wieder erledigt, sie haben sich dann nicht mehr eingemischt."

„Bis heute jedenfalls nicht."

„Wenn es dich stört, sage ich ihnen, sie sollen uns deswegen in Ruhe lassen ... Nun, vorausgesetzt, dass wir endlich über uns sprechen und nicht mehr nur über die Vergangenheit."

Sie schluckte und nahm dann ihren Mut zusammen.

„Tarek, ich ... ich weiß nicht, ob es richtig ist, was wir tun. Ich meine, es fühlt sich gut und richtig an, aber können wir das verantworten? Ich mag dich ... Sehr sogar. Ich will dich nicht verlieren, aber ... ich weiß nicht, ob ich nicht durcheinander komme ... Ob ich das alles miteinander vereinen kann." Sie schwieg einen Moment und sprach es dann doch aus. Tarek war ganz still, als wäre er eingefroren. „Ich will dich nicht verlieren. Nicht als Freund. Ich weiß nur, dass alle viel von mir erwarten und ich ..."

„Zenay, du verstehst es nicht ganz, oder? Ich finde dich interessant. Du kannst gar nichts dagegen tun, dass du mir wichtig bist, aber ich will dich nicht unter Druck setzen. Ich habe nichts gegen eine lockere Herangehensweise und selbst, wenn wir uns entscheiden würden, in dieser schwierigen Zeit und Situation nicht weiter ... Wenn wir damit hier wieder aufhören würden, werde ich immer dein Gefährte sein und es würde mir immer das Herz brechen, falls dir etwas passiert ..."

Sie sah ihn fasziniert an. „Ich glaube, das ist das Schönste, was mir jemals ein Mann gesagt hat." Sie lächelte, doch dann zog sie die Augenbrauen zusammen. „Aber wärst du wirklich bereit, das zu riskieren? Obwohl ich vielleicht irgendwann weggehen und kämpfen muss und dann keine Zeit mehr für dich haben könnte?"

„Bist du es, Zenay?", fragte er ernst und erneut blitzten ihre Augen, als sie kurz zu Boden sah, nur um ihn dann noch intensiver zu beobachten.

Jetzt war sie verunsichert. „Ich ..." Sie zögerte. „Ich weiß es nicht. Ich habe noch nie über so etwas nachdenken müssen", sagte sie wahrheitsgemäß. „Ich habe Angst ... Ich habe Angst vor der Zukunft ..."

Er lächelte. „Du solltest wirklich aufhören, so schwarz zu sehen. Du wirst mir so schnell nicht angegriffen werden, dafür sorge ich, versprochen. Ich werde alles tun, wirklich alles, um dich glücklich zu sehen. Also sei glücklich, meine kleine Zenay, ja? Heute Abend wird uns keiner auf die Schliche kommen und auch morgen nicht. Ich weiß, dass du ganz andere Sorgen hast ... Aber ich will dich unterstützen, auch wenn wir uns eher auf deine Ausbildung und deinen Schutz konzentrieren müssen als auf so schöne Nächte wie gestern ..."

Sie sah ihn lange an, dann drückte sie ihm einen Kuss auf die Wange. Ein weiterer berührte ihn, dann noch einer, und er schloss genießend die Augen. Langsam wanderte Zenay immer näher zu seinem Mund. Direkt vor dem Kuss auf seine Lippen hielt sie inne und er schlug die Lider wieder auf.

„So, das war die heutige Ration ... Mehr gibt's morgen!", rief sie lachend und er grinste.

„Oh nein! So kommst du mir nicht davon!", flüsterte er und drückte sie plötzlich fest an sich. Eine Sekunde blickte sie ihn erwartungsvoll an, dann küsste er sie liebevoll und innig.

„Ich habe von zeitaufwendigen Dingen gesprochen, Zenay. Küssen kostet keine Zeit ...", murmelte er, ihrem Mund noch immer nah.

So standen sie da, schweigend und ganz einfach die Nähe des anderen genießend. Eng aneinander geschmiegt beobachteten sie den Mond, bis er hinter dichten, dunklen Wolken verschwunden war.

«†»

Sakul und Kelian erreichten nach Wochen in der Wildnis zum ersten Mal wieder die Zivilisation. Das Dorf hieß Mikna, wie sie von einem Bauern am Waldrand erfahren hatten.

Sie rückten ihre Taschen zurecht und hielten am Dorfeingang an. Sakul sah sich zweifelnd um.

„Interessante Gegend, allerdings nicht sehr ergiebig", meinte er und nickte zum Wald zurück, aus dem sie gekommen waren.

Kelian seufzte. „Ja, aber es tut gut, nach diesem Ödland wieder ein paar Menschen zu sehen – vor allem ein paar Frauen."

Sakul grinste, während sie die Straße zur Dorfmitte wählten und direkt auf eine Wirtschaft zuhielten. „Und dieses verdammte Gebirge war ja auch wirklich nicht sehr ertragreich, bis auf die zwei Stellen mit Erz können wir nichts verwenden. Die anderen Funde waren zu klein und ohnehin nicht mit Packtieren erreichbar. Also wieder nicht sehr viel Geld für die Informationen."

Kelian nickte und sie betraten das Gasthaus. „Wirt!", rief er und sie gingen direkt zum Tresen. „Zwei große Krüge Bier, wir sind gerade aus dem Gebirge zurückgekehrt und haben Durst!"

Der große, dickbäuchige Mann lächelte sie breit an und zapfte ihnen zwei Holzkrüge voll. Die Schaumkronen schaukelten, als er sie vor ihnen auf den Tresen stellte. Sakul legte als Entschädigung ein Stück Stein auf die alte abgewetzte Holzplatte und das Lächeln des Mannes erstarb.

„Ein Stein? Habt ihr etwa kein Geld? Ich werde euch nichts geben, ihr lausigen Trunkenbolde!", rief er und packte die Bierkrüge mit seinen großen, teigigen Händen. Der Wirt musterte die Männer vor sich.

Die beiden wussten sehr wohl, wie sie wirken mussten. Recht ungepflegt und schmutzig. Sakul, der den Brocken hingelegt hatte, war so gebräunt, dass seine Haut ledrig wirkte. Das helle Haar war lang und sonnengebleicht. Der Kleinere, Kelian, war etwas jünger und nicht minder gebräunt, seine dunklen Haare hingen ihm bis zu den Schultern.

Kelian hob abwehrend die Hand. „Ruhig Blut, Herr Wirt. Ich denke, du wirst diesen *Stein* recht interessant finden."

Bei der Betonung des Wortes wurde der Mann hellhörig. „Aus dem Gebirge kommt ihr, sagst du?" Er hob den Brocken an und schien über das Gewicht erstaunt zu sein. Als er ihn in Augenschein nahm, glitzerte Neugierde in seinem Blick.

Sakul nickte, zeigte auf eine Stelle am Brocken und die Augen des Wirts weiteten sich. Eine Ader glitzerte in dem dunklen Stein. „Das ist Gold, nicht wahr?", flüsterte er, auf einmal nervös.

Sakul deutete ein Nicken an. „Wir würden gerne auch etwas essen und möchten ein Quartier für die Nacht und auch ein Bad, wenn es dir nichts ausmacht, Wirt."

„Nein! Nein ganz im Gegenteil, fühlt euch wie zu Hause. Nennt mich Vahrin, werte Freunde."

Kelian nickte und sie nahmen die beiden Bierkrüge. Zielsicher bahnten sie sich einen Weg durch die gut besuchte Wirtschaft und fanden einen Tisch neben einer Gruppe lachender, trinkender Männer.

„Vielleicht können wir dasselbe Zimmer wie letztes Mal beziehen“, meinte Kelian und setzte sich, aber Sakul zuckte die Schultern.

„Was spielt das für eine Rolle? Die Zimmer sind alle gleich schlecht und der Wirt erkennt uns nach all dieser Zeit nicht mehr, es wird keine Sonderbehandlung geben.“

„Aber seine Miene, als er den *Stein* erkannte, lässt doch hoffen.“ Kelian grinste. „Von dem letzten Zimmer hatte ich einen wunderbaren Blick in den Hof des Nachbarhauses. Und dort wohnt ein sehr hübsches Mädchen ...“

Sakul stieß mit ihm an. „Lass uns erst unser Wissen über die Erzstandorte verkaufen, bevor du an Frauen denkst.“

„Nicht mehr lange, und ich habe genug Wissen in meinem Kopf. Dann kann ich mir jedes Mädchen mit Gold und Kleidern kaufen.“

„Das kannst du dann, ja. Allerdings sind Huren günstiger.“

„Aber es geht mir darum, um die Schönste zu werben, Sakul. Die schönste Frau von ganz Tyarul wird mein sein!“

Am Nachbartisch wurden plötzlich grölende Stimmen laut. „Da kommst du zu spät, Mann!“, rief einer und die anderen lachten, während sie zu Sakul und Kelian hinübersahen. „Die Schönste hab bereits ich!“ Der junge, blasse Mann hob seinen Bierkrug und die anderen taten es ihm jubelnd nach.

Sakul warf Kelian einen Blick zu. „Kennen wir diesen Burschen nicht? Er hat uns hier einmal bedient“, meinte er so leise, dass der Betrunkene sie nicht hörte.

Kelian zuckte die Achseln. „Mag wohl sein, aber erkennen tut er uns auch nicht. Scheint in der Familie zu liegen, ein schlechtes Gedächtnis zu haben.“

Er wollte gerade etwas zum Thema schöne Frauen zum Tisch des Feiernden hinüberrufen, da kam der Wirt und brachte ihnen zwei Teller mit Brot und gutem Schinken.

„Bitte entschuldigt den Lärm, Freunde. Der, der da so breit grinst, ist mein Sohn. Er arbeitet heute nicht.“

Kelian lachte. „Es wäre auch nicht recht, jemanden so betrunken schuften zu lassen."

„Er feiert heute mit seinen Freunden, da er morgen heiraten wird", meinte der Wirt und sah die beiden entschuldigend, aber gleichzeitig stolz an.

„Es ist nicht zu übersehen, dass er sehr glücklich ist", meinte Sakul und nickte dem Wirt anerkennend zu.

„Oh ja, Glück hat er sehr wohl gehabt, denn er wurde erst vor Kurzem überfallen!"

„Tatsächlich? Was ist geschehen?", fragte Kelian mit geheucheltem Interesse. Dem Wirt fiel es nicht auf, im Gegensatz zu Sakul, dem kurz ein Grinsen über die Lippen zuckte.

Der Wirt lachte. „Fragt ihn am besten selbst, er wird es zu gerne noch einmal zum Besten geben."

Kelian nickte und als der Wirt wieder zum Tresen ging, drehte er sich zu dessen Sohn um.

„Sag, Wirtssohn, du heiratest also bald?"

Der Mann strahlte. „Jawohl, meine Jonna heirat ich. Morgen Mittag."

„Und ihr seid schon lange zusammen?"

„Seit einem hal-halbn Jahr ... Oder so. Aber sie liebt mich so, als ... wär's schon immer."

„Das freut mich. Und ihr habt nie Probleme gehabt?"

Ein wenig Missbilligung zeigte sich auf dem Gesicht des jungen Mannes. „Du willst sie mir doch nicht ... streitig machn? Wir hattn nie Probleme ... Sie nie."

„Aber du schon?", fragte Sakul jetzt voll echter Neugierde, nachdem er erkannt hatte, dass Kelian den Sohn zum Erzählen bringen wollte.

„Oh ja!", rief der junge Mann und seine Freunde nickten heftig. Die Augen des Betrunkenen begannen zu leuchten, als sein Geist bei der Erinnerung wieder etwas klarer wurde. „Beinahe um ... umgekommn wär ich! Aber wegn meines Mutes ... und Geschicks hab ich sicher überlebt." Seine Freunde hoben erneut die Krüge und jubelten.

„Da bin ich sicher", pflichtete Kelian ihm über den Lärm hinweg bei und grinste Sakul amüsiert an. Die beiden hatten nichts gegen ein wenig Unterhaltung, auch wenn es nur ein betrunkener Junge war. Heute Abend hatten sie nichts anderes vor.

„Ja, n grusliger Mann war's, seine Augn hamn rot geglitzert, wie ich's noch nie ... nie gesehn hab. Ich war grade aus der Wirtschaft gekommn, da ... da sah ich die Ratkn!"

„Ratken?", fragte Sakul und horchte auf. Wenn sie noch in der Nähe waren, konnten sie ihnen vielleicht das Wissen über die Erzvorkommen verkaufen. Die schwarze Königin zahlte immer gut, wenn es um Metalle ging.

Der junge Mann nickte heftig. „Ja! Sie warn einfach nach Mikna gekommn und fingn an, alles auf dem Platz durch-durchnander zu bringn, da bin ... bin ich los."

„Du hast dich also versteckt?"

Zorn zeigte sich auf dem Gesicht des Betrunkenen, aber auch ein Hauch von Scham. „Nein! Nein, ich wollt mein Messer aus der Küche holn – da kam dieser Kerl! Er kam einfach ausm Nichts! Stand plötzlich hinter mir und drückte ... mir nen Dolch annen Rückn."

„Und er wollte dich bestehlen, sagst du?"

„Nein, hat kein Wort ... über Geld gesagt, er wollt ... nur wissn, ob ich jemand in Mikna gesehen hätt. Ein Mädchn. Ein Mädchen hat er gesucht. Ab-aber er sagte ... sie sei ihm nich weggelaufn – braune Haare und blaue Augen, so sah sie aus, ja."

„Also hattest du sie gesehen?"

Der Wirtssohn lachte und schüttelte den Kopf. „Nein, gesehn hab ich sie nich ... Aber gehört hatt ich was drüber. Von zwei Kerlen von hier, aus der Wirtschaft. Sie redeten über ... über n Mädchn, das sie im Wald gefundn hattn. Zwei Kerle haben genau das Mädchen beschriebn, jawoll."

Kelian warf Sakul einen kurzen Blick zu und hob die Augenbraue an. Konnte es sein?

„Die beidn sagten, sie hättn ein Mädchen im Wald gefunden!", wiederholte der Betrunkene und sie sahen ihn wieder an. „Im

Südn. Und das hab ich ihm erzählt, dass ich das gehört hab. Aber ich wusst nicht genau, wo sie das Mädchn gefunden hattn ...“

„Na im Wald, oder?“, fragte Kelian und schmunzelte, als der Betrunkene heftig nickte.

„Wer war dieser Mann?“, hakte Sakul nach. „Der, der dich überfallen hat?“, fügte er hinzu, als der junge Mann in seiner Trunkenheit die Stirn runzelte.

„Oh ... Also ich denk ... ein Adlerlauge ... Ja, ein Kopfjeld–“ Er unterbrach sich und setzte neu an. „Nein, anders. Ein Kopfgeldjäger war er, genau! Und wenn ihr mich fragt, dann warn die Ratkn mit ihm zusammn da! Es ... wär doch ein echt komischer ... Zufall, wenn die einfach so ... *gekommen* wärn, oder?“

Kelian nickte nur, um ihn nicht in seiner wirren Erzählung zu unterbrechen.

„Und die Ratken sind verschwundn ... kaum war der auch weg.“

„Wann war das? Wann waren sie da?“, fragte Sakul.

„Oh, das war vor ... ein oder ... zwei Wochn?“, meinte er, sich an seine lauschenden Freunde wendend, die nickten.

Kelian nickte und biss in eine Scheibe Brot mit Schinken. Er kaute und dachte nach, während er Sakuls Gesicht studierte. Sein Begleiter nickte unmerklich und trank dann in großen Zügen sein Bier aus.

„Also schien dem Adlerauge das Mädchen ja sehr wichtig zu sein, oder?“, fragte Kelian zwischen zwei Bissen.

„Oh ja, ich glaub ... er sagte, sie sei eine Magierin-in ... Aber ich denk, das wird was mit der ... Zei-zayda zu tun gehabt habn ... denn da warn die Ratken, nich wahr?“

„Vielleicht sucht sie ja dann diese Frau?“

Die Gruppe der Junggesellen nickte einheitlich.

„Auf jedn Fall warn sie hier ganz falsch ... hier gibt’s keine Magierer ... und in Yerima bestimmt auch nicht.“

„Yerima, dorthin wollten sie?“

„Ein Bauer meinte, sie sein ihm auf der Straße begegnet, und die führt durch eine Määnge Dörfer, bis nach Yer-yerima.“

Kelian sah Sakul an, dann aß er den Rest seiner Brotscheibe und spülte es mit dem letzten Schluck Bier herunter. „Nun, es war sehr nett, mit euch zu reden. Ich wünsche dir viel Glück mit deiner Braut, Wirtssohn“, sagte Kelian und Sakul nickte.

Der junge Mann strahlte und prostete ihnen zu, dann wurde er vom Gelächter seiner Kumpane abgelenkt und wandte sich wieder seiner Feier und den Getränken zu.

„Dir ist klar, dass er von uns gesprochen hat, nicht wahr?“, murmelte Kelian über seinen leeren Krug hinweg und Sakul zog eine Augenbraue hoch.

„Für wie dumm hältst du mich? Ich habe nicht so viel getrunken wie der da.“

„Dieses Wissen könnte uns eine Menge einbringen. Diese Frau wird gesucht ...“

„Wir sollten diese Ratken und das Adlerauge suchen und ihnen unsere Informationen gegen eine gewisse *Belohnung* überlassen.“

„Dann lass uns keine Zeit verlieren.“

„Die zu finden wird wohl einige Zeit kosten“, wandte Sakul ein und machte klar, dass er noch etwas bleiben wollte.

„Auch ich würde gerne wieder das Mädchen von nebenan sehen ...“, nörgelte Kelian kurz, doch dann grinste er schief. „Aber in so einem kleinen Kaff ist die Wahrscheinlichkeit doch sehr hoch, dass eben diese Hübsche die Braut von unserem Saufbold hier ist.“

„Hm. Es sollte ohnehin nicht zu schwer sein, den Ratken zu folgen. So viele Trupps ziehen nicht diese Straße entlang und ein Fragen stellendes Adlerauge wird auch in anderen Dörfern aufgefallen sein.“

Kelian pflichtete ihm bei, dann erhob er sich, nahm Sakuls Krug und den halb vollen Teller und brachte alles zum Tresen. Der Wirt sah ihn, wie er das Geschirr auf das Holz stellte, und kam zu ihnen herüber.

Kelian und Sakul warteten nicht auf ihn, sie drehten sich um, schulterten ihre Tragebeutel und gingen zum Ausgang.

Der Wirt eilte den beiden verwirrt hinterher. „He! Ihr habt doch auch für zwei Zimmer bezahlt, wieso wollt ihr so plötzlich gehen?“

„Wir haben uns anders entschieden und müssen leider weiter.“

„Aber wie gebe ich euch dann Teil eures ... Geldes ... zurück?“

Kelian winkte ab. „Behalte es. Ach, und gib deinem Sohn noch einen aus.“

Der Wirt sah ihn fragend an, bevor sein Blick mit Sorge zu dem Betrunkenen huschte. „Meinem Sohn?“

„Ja, seine Information ist uns das kleine Stück Gold auf jeden Fall wert“, meinte Sakul, betrachtete kurz den fetten Wirt und die Gruppe Trinkender, dann verließen die beiden die Wirtschaft ohne ein weiteres Wort.

Draußen wandten sie sich raschen Schrittes der Südstraße zu, in Gedanken schon beim Erlös, der sich wohl aus ihrem Wissen herausschlagen lassen sollte.

Kristall

Nach einer langen Reihe ereignisreicher Tage und kurzer Nächte war Zenay endlich selbst mit ihren Fortschritten zufrieden. Die Zeit verschwamm zu einem steten Wechsel aus Magie, Ausbildung an den Waffen, Reitunterricht und Zeit mit Tarek und ihren Freunden.

An einem Morgen, als sie an ihren abendlichen Spaziergang mit Tarek dachte, bemerkte sie, dass sie wie von selbst zwanzig Liegestütze machte – und es ihr leicht fiel. Danach trat sie staunend vor den Spiegel neben ihrem Bett. Von den Strapazen ihrer Zeit im Gefängnis, der Folter und auch von ihrem Sturz in die Falle waren kaum noch Spuren sichtbar. Sie wirkte nicht mehr so blass, die dunklen Augenringe waren verschwunden und ihre Wangen etwas voller, nicht hohl. Die Narben auf ihrem Rücken schienen weniger rot und auch flacher. Sie dachte schon kaum mehr daran, woher sie stammten.

Wenn sie ihre Arme anspannte, zeichneten sich Muskeln ab. Natürlich war das nichts im Vergleich zu Tareks Oberarmen, aber Zenay *fühlte* sich stark.

Sie zog sich rasch an, sprang hinaus und in die Küche, wo sie freudig Tarek und Shetan begrüßte und ihren Freund dazu drängte, sich zu beeilen, um mit ihr in den Wald aufzubrechen.

Auch im Schwertkampf wurde sie immer besser.

Wenn Tarek allein mit ihr übte, gingen sie verschiedene Taktiken durch – und eines Vormittags zog er zu ihrer Überraschung keine Holzschwerter aus dem Versteck im Stroh, sondern zwei stumpfe aus Metall. Er reichte ihr eins. Sie wog es in der Hand und war überrascht, da sie es unerwartet leicht anheben und schwingen konnte. Als es aber doch bald zu schwer wurde, rief sie sich Shetans neueste Unterweisungen ins Gedächtnis. Er hatte ihr viel über den menschlichen Körper erzählt, und dass Magier ihre Energie ganz verschiedentlich einzusetzen wussten. Unter anderem, um ausdauernder zu rennen und zu kämpfen, indem geistige

Kraft in echte Muskelkraft umgesetzt wurde. Zenay musste dafür einen Teil ihrer Magie in die entsprechenden Körperregionen lenken, dort konzentrieren und festhalten, sodass die Energie ihre Muskeln stärkte.

Sie erwähnte diese Idee Tarek gegenüber und versuchte es, was zur Folge hatte, dass das Schwert tatsächlich leichter wirkte, sie sich aber zu Anfang nicht mehr so gut auf Tareks Anweisungen konzentrieren konnte. Er ließ sie eine Weile experimentieren, bis sie sich an die Kombination aus schwerem Schwert und Magie gewöhnt hatte, dann übten sie weiter und Zenay machte erneut große Fortschritte.

Es zauberte ein breites Grinsen auf ihr Gesicht, als Tarek sie dafür lobte, wie sie mit ihrem ersten Schwert umging und auch betonte, dass es klug war, ihre Magie zur Unterstützung zu nutzen.

„Allerdings werden wir erst einmal nur zu zweit mit den echten Schwertern üben. Solange du mit ihnen noch nicht so sicher umgehen kannst, ziehe ich Malak nur zu unseren Kämpfen mit den Holzschwertern dazu."

„Dann bin ich soweit?! Ihr werdet zu zweit gegen mich kämpfen?"

Tarek neigte den Kopf. „Das auch. Aber du sollst auch lernen, mit jemandem zusammen zu kämpfen, mit einem Partner. Ich will dir so viel zeigen, wie ich kann, und die anderen wollen mich dabei unterstützen."

Von da an traf Malak sich fast jeden Tag in seinen Pausen und abends nach der Arbeit in der Schmiede mit ihnen. Die beiden Männer staunten nicht schlecht über Zenays wachsende Wendigkeit, denn sie entdeckte ganz neue Möglichkeiten. Sie nutzte ihre Magie jetzt auch immer öfter, um die beiden auszutricksen.

Als Malak und Tarek bei ihrem nächsten Treffen von beiden Seiten auf sie losstürmten, sprang sie auf Malak zu, duckte sich unter seinem Schwert weg und löste mit einem gekonnten Schlag seinen Halt um das Schwert. Sie packte den Griff des Holzschwerts, ehe es zu Boden fiel, sprang von Malak fort und hielt

Tarek beide Schwerter entgegen, der allerdings zu ihrer Überraschung stehen blieb. Er senkte sein Schwert und schüttelte den Kopf.

„Nein, du musst das Schwert in deiner Linken anders halten, komm ich zeige es dir."

Er schritt auf sie zu und korrigierte ihren Griff.

Malak stand immer noch wie angewurzelt da, dann begann er zu gestikulieren, als könnte er nicht fassen, wie ruhig Tarek blieb. „Hast du das gesehen, Mann? Sie ist meinem Schlag einfach ausgewichen und hat mir mein Schwert *weggenommen*!"

Tarek nickte und blickte nachdenklich auf das Schwert in Zenays Hand. „Vielleicht ist es wirklich an der Zeit, dass du mit zwei Waffen kämpfen lernst ..."

„Ja!", rief Malak und grinste. „Dann können wir bald zu dritt auf dich losgehen und uns alle gemeinsam treffen. Bisher üben die anderen auch alleine weiter."

„Außerdem kann dir Elaya vielleicht ein bisschen was zeigen. Sie kämpft am liebsten mit zwei langen Dolchen", schlug Tarek vor und Zenay nickte nachdenklich.

„Hm, dann kann sie ja auch mit zwei Waffen umgehen."

Malak nickte. „Ich werde sie Morgen mitbringen, sie kann dir sicher einiges zeigen. Das wird lustig."

Am Ende ihres Trainings gingen Tarek und Zenay nach Hause, Malak war schon vor einer Weile wieder aufgebrochen, um noch ein paar Sachen in der Schmiede zu erledigen und dann Elaya über ihre Idee zu informieren. Es war Zenay bisher gar nicht bewusst gewesen, aber anscheinend schafften alle Freunde in Tareks Gruppe es immer wieder, sich heimlich zu treffen und zu üben. Es versetzte ihr einen kleinen Stich, dass sie noch nichts von diesen Treffen gewusst hatte, aber sie wollte es auch niemandem zum Vorwurf machen.

Shetan hatte etwas gekocht und Tarek erzählte während des Essens von seinen Plänen, Zenay den Umgang mit zwei Waffen beizubringen.

Der alte Magier schwieg sehr lange, dann erhob er sich langsam und verließ die Küche.

Tarek schaute genauso verwirrt wie Zenay. „Was ist los, Großvater?“, rief er Shetan hinterher, doch sie hörten nur seine Schritte auf der Treppe und dann das Knarren einer Tür. Einen Moment herrschte Stille, dann klapperte es laut und etwas Hartes fiel zu Boden, bevor er wieder zurückkam.

Shetan hielt ein langes Bündel in seinen Händen, als er die Küche betrat. Der Magier legte den in Leder gebundenen Gegenstand seufzend auf den Tisch.

„Ich denke, es ist an der Zeit, dir ein Geschenk zu machen, Zenay“, murmelte er und schlug gedankenverloren das Leder auseinander.

Zum Vorschein kam ein langes, dünnes Schwert. Zenays Mund klappte auf, als sie die filigrane Waffe erblickte. Das Schwert schien nicht aus Metall, sondern aus beinahe durchsichtigem Kristall zu bestehen.

„Das, Zenay, ist mein altes Schwert. Es wurde während des Schmiedens magisch behandelt, deshalb wirkt es so gläsern. Ein Bilur ist in seinen Griff eingearbeitet, es wird kaum stumpf und ist gleichzeitig sehr stabil und leicht.“

„Was ist eigentlich ein Bilur?“, unterbrach sie ihn stirnrunzelnd. „Ich habe das Wort schon mal gehört, aber ich glaube, ich verstehe es noch nicht.“

„Hm.“ Shetan schien etwas aus dem Konzept gebracht. Doch dann räusperte er sich und fuhr fort. „Nun, Bilure sind magische Speichersteine. Sie können von sehr geübten, mächtigen Magiern aus Kieselsteinen hergestellt werden. Dafür muss man die Magie in den Stein hineinschleusen, ohne dass dieser unter dem Druck der Energie direkt auseinandergerissen wird. Auf diese Weise kann Magie mit verschiedenen Eigenschaften geschaffen und gespeichert werden.“

Auf einmal tauchte vor Zenays innerem Auge kurz ein Bild auf. Sie sah ihre eigene Hand, mit einem violett leuchtenden, halb durchsichtigen Steinchen in den Fingern. Dann wurde der Stein auf ihren anderen Handrücken gepresst und versank dort.

So schnell, wie der Eindruck, oder diese Erinnerung, aufgetaucht war, verschwand sie auch wieder. Gänsehaut ließ Zenays Nackenhaare zu Berge stehen, aber sie verkniff sich eine Frage danach, da Shetan weiter erklärte.

„Jeder kann sie danach benutzen, auch Nichtmagier. Das ist das, was sie so gefragt macht. Selbst ein schwacher oder völlig unbegabter Magier kann, wenn er im Besitz eines entsprechenden Steins ist, eine Transportation durchführen oder eine Feuersbrunst heraufbeschwören."

„Könnte ich so etwas auch tun?", fragte Zenay fasziniert.

„Nun, wenn du in deiner Ausbildung weiter, sehr viel weiter, fortgeschritten bist, dann vielleicht ... Aber ich konnte diese Technik nie meistern. Außerdem haben wir hier keine Kiesel."

Zenay lachte. „Aber der Bachlauf ist doch voll von Steinchen."

„Nicht jeder Stein ist geeignet dafür, Magie dauerhaft aufzunehmen. Das Speichern funktioniert nur bei Kieseln, die sich lange an magischen Orten befunden haben, zum Beispiel an aktiven Kreuzungspunkten oder in der Nähe von Portalen. Deshalb sind sie umso kostbarer. Auch der fähigste Magier kann keinen Bilur herstellen, wenn er nicht den richtigen Stein dafür hat. Sie sind unglaublich teuer."

Jetzt seufzte Zenay doch. „Dann lassen wir das Thema besser. Ich verstehe, dass dein Schwert wertvoll ist ... Aber was macht der Bilur darin?"

„Du hast recht. Es ist ein magisches Schwert, und wenn," Shetan hob die Hand und berührte das Schwert mit seinen Fingern, „du Magie wie für einen Transport dafür aufwendest ..." Ein Funken sprang aus Shetans Fingern und versank im Griff des Schwerts.

Mit einem leisen Zischen verschwand es.

Zenay klappte der Mund auf, während Tarek hochfuhr. Voller Staunen betasteten sie das Leder, aber da war kein Schwert, auch kein unsichtbares. Es schien sich tatsächlich aufgelöst zu haben.

Shetan wankte kurz, aber die beiden waren noch viel zu erstaunt, um es bewusst wahrzunehmen.

„Und wenn du es wünschst, kannst du es mit derselben Energie wieder herbeirufen. Je besser du diese Magie kontrollieren kannst, desto sicherer taucht es in deiner Hand wieder auf – oder wo du es haben möchtest. Allerdings ist seine Magie auf die nähere Umgebung begrenzt. Wirst du mächtiger, kannst du es auch über weitere Entfernungen rufen. Du kannst es allerdings nicht hier in Ornanung verschwinden und dann zum Beispiel in Mazmorra wieder auftauchen lassen."

Tarek schien nicht mehr an sich halten zu können, als er seinen Großvater unterbrach. „Wieso hast du mir nie gesagt, dass du so ein Schwert besitzt?!"

Shetan sah ihn einen Moment grollend an, ehe er milde lächelte. „Tarek, du weißt nicht alles über mich und manches wirst du vielleicht nie erfahren. Alles zu seiner Zeit."

„Ich ...", fing Tarek wieder an, nickte dann aber seufzend. „Es hat mich einfach überrascht. Entschuldige, fahr fort."

„Danke. Nun, in manchen verbotenen Legenden ist die Rede von Magiern, die so mächtig waren, dass sie ihre bilurischen Schwerter überall hin senden und auch jederzeit wieder materialisieren konnten. Aber heutzutage ist die Magie auf ein Haus oder höchstens ein Dorf begrenzt. Wenn man überhaupt noch auf so ein Schwert zugreifen kann ... Ich fürchte, viele von ihnen wurden vor Langem zerstört oder sind noch immer außerhalb unserer Wahrnehmung. Wenn der Magier des Schwertes stirbt, während es von ihm fortgeschickt war, kann niemand es zurückholen. Der Bilur speichert Magie über sehr lange Zeit ohne bemerkenswerte Verluste. Es funktioniert fast wie beim Transportieren, nur dass der Bilur die fokussierte Magie des Transports genau dann festhält, wenn das Schwert aus der Realität gerissen wurde. Anstatt direkt wieder aufzutauchen, bleibt es in dem Zustand. Vielleicht manifestieren sich in ein paar hundert Jahren an einigen Orten plötzlich uralte Schwerter, aber ich halte es für unwahrscheinlich."

Shetan hob die Hand und mit einem Funkeln erschien das Schwert in seiner offenen Faust. Er stöhnte, als er das Gewicht halten musste, und ließ es rasch auf den Tisch sinken. Sein Atem ging schneller und er sprach erst weiter, als er sich wieder etwas normalisiert hatte.

„Dieses Schwert hat mir schon einige Male das Leben gerettet, da Feinde dachten, ich sei unbewaffnet, und mich deshalb unterschätzt haben. Von einem Wimpernschlag auf den anderen stand ich mit einem Schwert direkt vor ihnen." Er zwinkerte Zenay zu, als er das Schwert so drehte, dass der Griff zu ihr zeigte. Sie befühlte ihn vorsichtig und wich dann mit der Hand zurück.

„Aber Shetan, das kann ich doch niemals annehmen. Das ist dein Schwert, ich könnte nicht!"

„Doch. Es ist angemessen, dass du es nimmst. Ich bin zu alt dafür, wie du siehst. Es wird dir gute Dienste leisten und ich bin überzeugt, dass du gut mit ihm kämpfen kannst, denn es ist leicht und exzellent ausbalanciert."

Zenay zögerte, dann nickte sie und fing an zu strahlen. „Das ist einfach unglaublich! Shetan, dieses Schwert ist wunderschön! Wofür sind diese Zacken an seiner Seite, dort vorne nahe an der Spitze?"

Tarek zögerte. „Damit kannst du Lederrüstungen zerschlitzen und ... auch anderes."

„Du meinst ich könnte damit ... Fleisch aufreißen?", fragte sie schaudernd.

Tarek zuckte die Schultern. „Schwerter sind für gewöhnlich dafür gedacht, Leuten zu schaden ..."

Schließlich seufzte Zenay und raufte sich die Haare. „Ich werde mich wirklich an so etwas gewöhnen müssen, oder? Immerhin lerne ich ja auch einen Pfeil abzuschießen und mit einem Stab zu kämpfen, an dessen beiden Enden Klingen befestigt sind."

„Hat Asyra dir ihren echten Kampfstab gezeigt?"

Zenay nickte. „Ja, sie meinte, ich sollte mich damit vertraut machen ..."

„Du weißt, wir versuchen dir das schonend beizubringen, aber wir bereiten dich nun einmal nicht auf ein Spiel vor, sondern auf das echte, harte Leben. Denn du musst dich der kalten, harten Wahrheit stellen können, um diesem Land zu helfen: Es geht hier um Leben und Tod! Dazu gehört nun auch einmal, dass du dich verteidigen musst. Irgendwann wirst du hier nicht mehr sicher sein, dann kommen vielleicht Netzjäger oder Wachen oder Ratken und du musst handeln – und dazu gehört auch Angreifen!"

Zenay nickte erneut. „Ja, ich weiß ... Aber ich bin jetzt einfach noch nicht so weit."

„Niemand wird dich morgen aus dem Dorf jagen, vor Zayda stellen und sagen: Da ist sie, töte sie doch. Du hast noch Zeit", meinte Tarek mit einem sanften Lächeln.

„Das würde ich auch gerne glauben ... Aber du meintest doch eben, es kann jederzeit etwas passieren." Zenay seufzte erneut und sah dann lange Shetan an. „Nun gut, ich werde auch lernen, mit zwei Schwertern zu kämpfen. Und ich werde dein Schwert verschwinden lassen, um mir den Überraschungseffekt zu sichern."

Der Magier nickte ernsthaft. „Du hast kein einfaches Schicksal, Zenay."

„Ich weiß. Aber ich werde damit leben. Ich versuche es. Um unser aller Willen."

„Niemand verlangt von dir, dass du dich für uns opferst ..."

„Doch, die Prophezeiung tut es. Aber wenn ich sterbe, dann im Kampf gegen Zayda, bei dem Versuch sie zu stürzen."

Tarek war sichtlich erschüttert. „Du sprichst so, als wüsstest du schon, dass du sterben wirst."

„Ich bin nur realistisch. Eure Mönche haben vielleicht nicht unbedingt die Richtige für diese Aufgabe gewählt, aber ich werde trotzdem mein Bestes geben. Was habe ich auch für eine Wahl? Ich kann nicht zurück zu meinem alten Leben, ich erinnere mich ja nicht einmal mehr daran. Tyarul und dieses Dorf hier sind jetzt mein Zuhause. Es gibt keinen Ort, an dem ich mich verstecken könnte, wo mich Zayda nicht finden würde. Ich müsste als Bettlerin in einer dunklen Gasse leben ... Nein, das könnte ich nicht.

Ich werde bleiben und lernen, bis ich bereit bin oder sie mich hier finden."

Shetan schüttelte den Kopf, ergriff ihre Hand und sagte voller Ernst: „Zenay, ich habe noch nie einen Magier gesehen, der sich so schnell entwickelt, wie du es tust – aber darauf alleine kommt es gar nicht an. Weißt du, worauf es wirklich ankommt? Willenskraft! Durchhaltevermögen. Das macht dich zur Auserwählten. Jeder andere würde an deiner Aufgabe zerbrechen, aber du gibst nicht auf und machst weiter."

„Ich bin mir nicht sicher, ob Willenskraft alleine reicht, um eure Tyrannin zu besiegen."

„Na ja, etwas Talent, Magie und Durchhaltevermögen gehören natürlich auch dazu", meinte Tarek lächelnd und versuchte, die dunklen Schatten, die das Gespräch über sie geworfen hatte, zu vertreiben.

„Sollen wir jetzt gleich mit dem Schwert anfangen?", meinte Zenay und erwiderte sein Lächeln halbherzig.

Tarek schüttelte den Kopf. „Nein, Jesco will sich noch mit dir treffen."

Shetan seufzte. „Ich bin heute nicht so sehr bei Kräften, deshalb werden wir noch etwas warten, bis ich dir mehr über mein altes Schwert erzählt habe."

„Dann muss ich mich eben gedulden."

Shetan bat Tarek zur Dorfschmiede zu gehen, um eine passende Schwertscheide für Zenays neue Waffe in Auftrag zu geben. Wenn das Geld stimmte, würde der Mann es ihnen nicht ausschlagen.

Zenay erhob sich, faltete das Leder wieder um das Schwert und brachte es in ihr Zimmer, wo sie es erst aufs Bett legte und sich daneben setzte.

So verharrte Zenay kurz und strich über das glatte, durchsichtige Metall, bevor sie es in ihrer Truhe versteckte.

Sie würde dieses Schwert *Kristall* nennen, auch wenn es wohl eigentlich aus magisch behandeltem Stahl bestand.

«†»

Als Zenay und Tarek daraufhin gemeinsam das Haus verließen und Jescos Garten betraten, wirkte Tarek sehr bedrückt.

Bevor sie zur Hintertür kamen, hielt er inne, sah sich um und nahm dann Zenays Hand. „Bitte sprich nicht so über dich selbst. Es ist furchtbar, wenn du so redest, als seist du überzeugt davon, bald zu sterben."

„Entschuldige, ich wollte dich nicht damit belasten."

Er packte sie kurz an den Schultern und schüttelte sie. „Hör auf, so schwarz zu sehen! Hast du überhaupt schon einmal daran gedacht, dass du vielleicht die Fähigkeiten besitzt, Zayda zu besiegen? Hast du schon einmal daran gedacht, dass du uns vielleicht alle rettest und sich die Prophezeiung erfüllt?"

Zenay schwieg und schüttelte dann leicht den Kopf, bevor sie schief lächelte. „Ich sollte das wirklich versuchen, oder?"

„Wenn du von Elaya und Malak nicht als Weichei bezeichnet werden willst, dann ja!"

Zenay musste lachen. „Du weißt doch genau, dass sie davon nichts wissen sollen."

Tarek grinste und klopfte erleichtert an. Sie konnten drinnen laute Stimmen hören, es klang fast wie ein Streit, dann riss Jesco die Tür auf.

Seine Miene änderte sich sofort, als er Tarek und Zenay erblickte. Er hatte zornig gewirkt, jetzt war er wieder ganz ruhig. „Ich komme gleich, ich hole nur noch etwas."

Rasch wurde die Tür wieder geschlossen, die hitzigen Stimmen erfüllten wieder die Stille und Zenay zuckte zusammen.

Tarek wirkte bedrückt und berührte sie am Arm. „Bleib ganz ruhig, versuch ihnen nicht zu lauschen."

„Ich weiß, aber es ist schwierig, nicht ihre Gedanken zu hören. Sie sind so nah und intensiv."

Tarek sah sie überrascht an, erwiderte aber nichts und so warteten sie stumm, bis Jesco wieder heraustrat. In seiner Hand hielt er zwei Bögen.

„Lasst uns gehen, die Luft hier könnte man schneiden."

Er schritt den beiden zügig voraus und sie gingen schweigend über die Felder und betraten den Wald. Nach einer Weile erreichten sie die Lichtung, auf der sie immer übten.

Jesco blieb abrupt stehen und drehte sich zu Zenay um. Sie sah ihm an, dass er nicht glücklich war, aber trotzdem lächelte er und hielt ihr plötzlich einen der Bögen hin.

„Er ist fertig."

Zenay blickte verblüfft auf den Bogen vor sich und nahm ihn in die Hand, dann verstand sie.

„Das ist meiner?" Ihre Stimme zitterte vor Aufregung, als sie den großen Bogen mit den Fingern umschloss. „Er ist ... er ist wunderschön, Jesco!"

Vorsichtig betastete sie das kleine Emblem, das über dem Griff in das Holz geritzt war, betrachtete es genau und riss die Augen auf. Es war ein Wolfskopf, wild und machtvoll.

„Das ist ja unglaublich!"

„Ich habe ihn deiner Armlänge und Größe angepasst und ihn etwas mehr gebogen."

Tarek trat jetzt näher und betrachtete ebenfalls Jescos Arbeit. „Wirklich beeindruckend, Jesco!"

„Eine meiner besten Arbeiten würde ich meinen."

Zenay spannte den Bogen und strahlte, da es ihr nicht allzu schwer fiel, dann schnappte sie sich Jescos Köcher, zog einen Pfeil heraus und wog den Bogen erneut in ihrer Hand. Tarek trat einen Schritt zurück, um ihr Platz zu machen. Er und Jesco setzten sich auf den alten Baumstamm am Waldrand und warteten gespannt.

Einen Moment zögerte sie und betrachtete noch einmal den kleinen Wolfskopf, dann legte sie den Pfeil an, suchte sich ihr erstes Ziel und spannte die Sehne. Am Rand der Lichtung stand eine einzelne Tanne, ein Zapfen hing deutlich sichtbar an einem abstehenden Ast.

Zenay atmete langsam aus und ließ die Sehne los. Der Pfeil pfiff durch die Luft, bohrte sich in den Zapfen und riss ihn von seinem Zweig. Vereint fiel beides zwischen einigen Ästen hindurch und kam im niedrigen Gras des Waldrandes auf.

Sie grinste breit, sprang zu dem Geschoss und schoss ihn erneut ab, diesmal quer zurück über die Lichtung. Der Pfeil ging ihr mit solcher Leichtigkeit von der Sehne und flog so weit, dass sie ungläubig schnaubte.

„Dieser Bogen ist fantastisch, Jesco!“, rief sie dann freudig.

Jesco lächelte und nickte dann Tarek zu, der wohl ihren gemeinsamen Gedanken aussprach. „Dann ist es jetzt Zeit für die nächste Übung. Du lernst, vom Pferd aus zu schießen.“

Zenay sah ihn einen Moment verdutzt an, dann nickte sie voller Vorfreude und hob den Bogen über ihren Kopf. „Ich werde gehen und ihn mit Malee ausprobieren.“

Die beiden Männer standen auf und eilten ihr nach, denn sie war schon in den Wald davon gesprungen, um zur Koppel zu laufen.

Zenay hatte noch nie vom Pferd aus eine Waffe verwendet, doch jetzt schoss sie auf Malees Rücken über die Weide und lachte freudig, obwohl sie es zu Anfang bei all den Bewegungen unter sich noch nicht einmal schaffte, einen Pfeil auf der Sehne zu halten.

Tarek hatte ihr nach kurzem Zögern gestattet, es auf der Wiese auszuprobieren. Die Hecken waren dicht genug, um ihr Treiben vor Leuten auf der Straße zu verbergen und auf den Feldern zum Wald hin gab es gerade keine Arbeit für die Bauern und damit auch keinen Grund, sich dort aufzuhalten.

Am Nachmittag, nach etlichen Übungen, einer Pause, weiteren Ratschlägen und nachdem sie die anderen Pferde in Sicherheit gebracht hatten, versenkte Zenay einen Pfeil nach dem anderen in der Koppel, den Bäumen und schließlich auch in einem Strohballen am Rand der Wiese. Tarek und Jesco saßen auf dem Holzzaun, gaben Ratschläge und beobachteten sie dann schweigend.

Am Abend gesellten sich noch Malak und Elaya zu ihnen und sie verfielen in eine angeregte Unterhaltung darüber, wer von ihnen wohl am besten vom Pferd aus schießen könne.

Als man sich nicht einigen konnte, rannte Elaya davon und kehrte bald darauf mit ihrem und Malaks Pferd zurück. Jesco schüttelte nur den Kopf, doch als Elaya und Malak aufsaßen und lachend ihre Bögen hoben, sprang er vom Zaun und ging ebenfalls zum Stall seiner Familie.

Tarek rannte zu Zenay und erzählte ihr von dem kleinen Wettspiel, das jetzt stattfinden würde. Sie grinste breit, zog ihn auf Malees Rücken und brachte ihn zum Stall, wo Milad auf ihn wartete.

Er kam gerade mit dem gesattelten Hengst aus dem Stall, als sie auf die erstaunte Asyra trafen, die dann grinsend Mieri sattelte, kaum hatten sie ihr von dem geplanten Wettstreit berichtet.

«†»

Jesco war zu aller Überraschung mit einem geringeren Abstand als sonst der beste – denn Zenay holte rasch auf, nachdem sie die ersten paar Runden nur als Probeläufe gewertet hatten.

Nacheinander ritten sie die Wiese entlang und schossen auf den Ballen, auf den sie mit weißem Steinpulver einige Kreise gemalt hatten. Abwechselnd holte dann einer alle ihre Pfeile zurück und das Spiel wurde fortgesetzt.

Sie hatten sich gerade richtig aufgewärmt, als einige kleine Jungen in der Hecke am Bachlauf auftauchten. Sie spielten am Bach und warfen Steine ins Wasser, doch dann bemerkten sie die sechs Reiter auf der Koppel.

Staunend liefen sie an den Zaun und beobachteten das Wettschießen.

Leider bemerkten die Freunde die Kinder erst zu spät, nämlich als sie zu rufen anfingen, wie lustig dieses Spiel sei und ihre Favoriten anfeuerten.

Tarek warf Zenay einen vielsagenden Blick zu, der zu sagen schien: *Bleib ganz entspannt.*

Er ritt an den Zaun, um mit den Kindern zu sprechen und sie fortzuschicken, aber sie jammerten und wollten bleiben. Einer fragte, warum sie denn bei dem Jäger-Spiel nicht zusehen dürften, da lenkte Tarek rasch ein und verriet ihnen unter strengem Blick, dass sie ganz recht hatten und die Gruppe übte, um den Jägern helfen zu können, denn das war ja erlaubt.

Sein Blick hatte etwas Leidendes, als er zu den anderen Reitern zurückkam. „Ich wollte sie ja wegschicken, aber wann dürfen die Kleinen denn schon einmal Spaß haben? Sie haben sonst nicht viel zu lachen."

Die anderen nickten, dann machten sie weiter, wenn auch etwas gewollt gelassen.

Die Jungen waren jetzt ganz still und sahen mit großen Augen zu, doch schließlich lief der Kleinste weg und kam wenig später wieder – gefolgt von mehreren Mädchen und einigen etwas älteren Jungen.

Fasziniert stellten sie sich an den Rand der Koppel oder setzten sich auf den Zaun.

Sie brauchten nicht lange, da wussten sie schon sicher, wer der Beste war und bejubelten Jesco auf seinem Hengst Azraga.

Denn kaum hatte Zenay die Kinder bemerkt, hatte sie sich zurückgenommen und schoss jetzt nur noch halb so gut, um nicht aufzufallen. Die Kinder diskutierten und einer rief, dass Jesco doch Conroys Sohn sei, da müsse er ja selbstverständlich talentiert sein, in allem, was er tat. Bei der Gewissheit in seiner Miene konnten die anderen gar nicht anders, als murmelnd zuzustimmen.

Nach einer Weile schienen alle Kinder aus dem Dorf am Gatter zu stehen, sie begannen laut zu wetteifern, wer wohl in der nächsten Runde am besten schießen würde. Die Ältesten, zwei dreizehnjährige Jungen, wollten wetten, aber die Kleineren hatten nichts dabei, um das es sich zu spielen gelohnt hätte.

Asyra stand etwas abseits der anderen und wartete auf ihren nächsten Schuss, als Zenay langsam zu ihr ritt und Malee bedeutete, neben Mieri stehen zu bleiben.

„Ist es ein Problem, dass sie uns alle sehen? Ich dachte, ihr würdet alles geheim halten wollen?", fragte sie leise.

Asyra seufzte und zuckte dann mit den Schultern. „Wären wir schnell weggeritten, wäre das auffälliger gewesen, als einfach weiterzumachen. Und dass Jesco ein Bogenbauer ist, wissen sowieso alle. Jagdbögen sind auch nicht unbedingt verboten ... Außerdem würde ihn keiner verraten. Er ist Conroys Sohn. Es ist nur ein Spiel, auch ältere Kinder dürfen sich gelegentlich vergnügen und die Kleinen haben etwas zu lachen, das kommt in diesen Zeiten auch nicht gerade oft vor."

„Sag mal, ist dir auch aufgefallen, dass da am Zaun nur jüngere Kinder stehen? Die ältesten Jungen sind vielleicht zwölf ..."

„Wundert dich das so sehr? Wir", erklärte sie und zeigte in einer Bewegung auf ihre Freunde, „sind die Einzigen in unserem Alter. Es gibt viele Jüngere, wie du siehst, und dann auch noch einige, die Mitte zwanzig sind, aber sonst nur Ältere. Es gibt eine Lücke zwischen den Generationen ... Das war die Zeit nach den letzten heftigen Angriffen der Ratken, da haben keine kleinen Kinder überleben können. Die Erwachsenen sind ja schon fast verhungert, es gab einige kältere Winter und Krankheit und ..."

Asyra sprach nicht weiter. Sie richtete den Blick starr auf Mieris Mähne, durch die sie mit ihren Fingern strich. Zenay schluckte und wollte lieber wieder über etwas weniger Bedrückendes sprechen.

„Wie kommt es, dass Jesco bei euch ist und nicht bei den Älteren?", wechselte sie das Thema und Asyra schien erleichtert.

„Tarek und er sind wie Brüder, die beiden sind schon immer viel zusammen gewesen – aber zu uns allen kam er erst, als die Älteren sich anderen Dingen zugewandt haben."

„Was meinst du? Was war anders zwischen ihnen und Jesco?"

Asyra zögerte. „Jeder, der älter ist als wir ... Nun ja, sie sind alle schon verheiratet."

„Oh ... Aber ich verstehe trotzdem nicht ganz. Was hat das mit Jesco zu tun?"

„Sein Vater wollte vor einiger Zeit, dass er sich eine Freundin sucht und auch heiratet, damit die Familie weiter stark bleibt." Asyra wurde plötzlich rot. „Conroy hatte da an mich gedacht ...

Es gab einen tobenden Streit zwischen den beiden. Jesco war außer sich, dass sein Vater ihm eine solche Entscheidung abnehmen wollte. Das war der Moment, als die beiden sich sehr voneinander entfernt haben, denn Jesco wollte sich die Freiheit nicht nehmen lassen, selbst über sein Leben und seine Beziehungen zu entscheiden. Er hält sehr viel von Freiheit. Jesco und ich ... Wir sind eher wie Bruder und Schwester, so, wie es auch zwischen ihm und Tarek ist. Für Tarek war Jesco immer ein großer Bruder, darüber kam er ja dann auch zu mir und Elaya und Malak. Davor hatten wir nicht ganz so viel miteinander zu tun."

„Conroy wollte, dass Jesco dich heiratet?" Zenay war so überrascht, es war schwer für sie, ihre Stimme leise zu halten. Sie konnte sich das kaum vorstellen. Der ernste Jesco und die ... nun ja ... auch manchmal ernste und hilfsbereite Asyra ... Oh. Vielleicht passten die beiden doch gut zusammen, wenn man darüber nachdachte. Allerdings wagte Zenay es nicht, das laut auszusprechen.

„Vor dem Krieg war es nicht unüblich, dass man *geplant* heiratete, also an den Stand der Familien dachte. Auch wenn unsere Kultur eigentlich verboten wurde, hält man hier noch sehr an alten Gepflogenheiten fest, da die Ratken nur selten herkommen und es auch keine Wächter gibt. Trotzdem glaube ich nicht, dass der Gedanke, mit zwanzig eine Familie zu gründen, wirklich noch eine Rolle für mich und die anderen spielt. Wir sind, würde ich sagen, etwas rebellischer als die Älteren. Das hat sich mehrmals gewandelt. Erst gab es die wahren Kämpfer, die allerdings getötet wurden oder sich ergeben haben ... Seitdem sind die meisten unterwürfig und versuchen irgendwie ein normales Leben zu führen. Ich weiß nicht warum, aber wir sind anders. Wir wollen etwas bewegen."

„Manchmal glaube ich, es war kein Zufall, dass ich genau zu euch gekommen bin. Ihr seid wieder Kämpfer. Wäre ich in ein Dorf voller konservativer Kriegsleugner gekommen, sähe es sicher schlecht um meine Ausbildung aus."

Asyra lächelte und ritt langsam weiter. „Wir haben auf so jemanden wie dich gewartet, Sina. Durch dich werden wir stärker. Wir haben einen Grund, nicht nur still zu warten und daheimzusitzen, irgendwann mit kleinen Kindern, die jederzeit durch die Willkür der Königin getötet werden könnten."

Zenay sah sie an, schluckte und erbleichte dann, als dieses Gefühl der Verantwortung mit voller Last auf sie drückte. Lange blickte sie schweigend hinüber zu den Kindern, die am Zaun standen oder darauf saßen und gerade Jesco beobachteten, wie er einen Pfeil in den Strohballen trieb.

Asyra sprach nach einer Weile wieder weiter. „Es ist traurig mit anzusehen, wie wehrlos wir sind. Ich kenne die Leute in diesem Dorf mein Leben lang, aber ich denke anders als viele von ihnen. Ich möchte helfen. Die meisten Alten tun so, als gäbe es keinen Krieg und die anderen tun nichts, weil sie Angst vor den Ratken und einem weiteren Feuer haben. Elaya und Malak streiten sich deshalb auch mit ihren Eltern ..."

„Aber Conroy macht sich doch nichts vor, oder?", murmelte Zenay und sah dann wieder Asyra an. „Conroy weiß von dem Krieg und von den Ratken und er will uns alle beschützen."

„Aber er mag Traditionen, die wir für überflüssig und töricht halten. Conroy könnte das Dorf viel besser schützen, wenn er nur wollte. Wir haben keinen Graben, keinen Wall, keine Wachtürme, noch nicht einmal Späher! Conroy glaubt, wenn wir uns verteidigen, fallen wir auf und das würde unweigerlich zu unserer Vernichtung führen. Wir aber sind davon überzeugt, dass es dumm und auch feige ist, nichts zu tun und uns der Willkür dieser Monster auszusetzen! Im Dorf gibt es ein paar Jäger, Bauern, Pferdezüchter und Handwerker. Es gibt einen Schmied, einen Bäcker und wir stellen gute Kleider und Sättel her. Aber ist es dir aufgefallen? Es gibt keine Wächter! Es gibt niemanden, der wirklich ausgebildet ist, das Dorf in einem Notfall zu verteidigen! Fast niemand besitzt eine Axt oder ein Schwert, weil Waffenbesitz verboten ist – und wer tatsächlich eine hat, kann sie nur unbeholfen schwingen. Meine Freunde und ich, wir sind bereit, unser Dorf zu verteidigen und das wird von den meisten nicht gutgeheißen. Sie sagen, wir sollten das Leben so hinnehmen, wie es ist, und nicht auffallen. Denn davor haben die meisten Angst: dass die Ratken auf uns aufmerksam werden."

Asyra pausierte kurz und seufzte. „Aber ich frage dich: Würden die Ratken es bemerken, wenn ein paar Jäger etwas über die Anatomie des Menschen lernen? Würden sie es merken, wenn Bauern sich zweimal die Woche abends treffen, um Pläne zu schmieden, wie sie im Notfall ihre Familien retten können? Die Angst vor Spitzeln macht alles undenkbar. Natürlich haben Conroy und seine Männer einige Pläne, aber Jesco hat viel bessere."

Zenay runzelte die Stirn. „Halt, das verstehe ich nicht. Ich dachte, Jesco will nicht den Platz seines Vaters übernehmen?"

Asyra schüttelte den Kopf. „Jesco hätte nichts dagegen, dem Dorf zu helfen. Wer hätte das schon? Aber Conroy will nicht, dass Jesco eine eigene Meinung, eigene Ideen hat. Er will, dass alles beim Alten bleibt. Er will einen zweiten Conroy, der ihm folgt."

„Conroy hält also nichts von Neuem ... Aber genau daraus besteht doch die Zukunft."

Die beiden schwiegen eine Weile, dann trabte Tarek zu ihnen heran. „He ihr beiden, was redet ihr denn die ganze Zeit? Die Kinder fragen schon, sie wollen euch auch schießen sehen. Wir sollten sie nicht unglücklich machen", meinte er und zwinkerte, trotz seiner ernsten Miene.

Asyra lächelte und nickte dann, die beiden ritten zurück zur Gruppe und reihten sich ein. Zenay sah einigen der Jungen am Zaun ihre Aufregung deutlich an. Sie konnte fühlen, dass es sie in den Fingerspitzen juckte, auch ein Pferd zu holen und mitzumachen, aber etwas hielt sie zurück. Zenay konnte nicht genau sagen, ob es Ehrfurcht vor den Älteren war oder vielleicht doch etwas, zu dem ihre Eltern sie erzogen hatten. Ignoranz vor den Schrecken, die in der Welt lauerten oder ängstliche Demut vor der Tyrannei, die sie trotz der Gespräche mit ihren Freunden und Shetan nicht richtig begreifen konnte.

Jubel ertönte vom Zaun, als Jesco einen weiteren Pfeil in den innersten der drei Ringe im Stroh versenkte. Tarek und Asyra bekamen ebenfalls Beifall, Zenay schoss absichtlich in den äußersten Ring, aber ihr Pfeil surrte durch das Stroh hindurch und blieb einige Meter weiter hinten im Gras stecken. Beim nächsten Mal nahm Zenay auch die Kraft aus ihrem Schuss. Den ersten Pfeil ließ sie, wo er war, damit die Kinder nicht bemerkten, dass sie ihn versehentlich durch den Strohballen geschossen hatte.

Jesco stand eindeutig hoch im Kurs der Kleinen und die amüsierten sich prächtig. Mittlerweile hatten sich auch die Freunde entspannt und genossen die Aufmerksamkeit sogar ein bisschen.

Doch zu Zenays Verwirrung schien Jesco gar nicht erfreut über die Ehrfurcht der Jüngeren. Sein Blick war eher starr und er schien die Kinder ignorieren zu wollen. Alle lachten – nur er war stumm.

Es wurde spät und sie wurden auch langsam müde, also beschlossen die Reiter, für heute Schluss zu machen. Tarek verkündete das Ende des Spiels und ignorierte die vorgezogenen Unterlippen der Kinder.

„Das hättest du nicht tun müssen, Sina!“, murrte Jesco dann plötzlich leise, als er nahe an Zenay vorbei an den Rand der Koppel zu Tarek ritt. Zenay sah ihm irritiert nach.

Die Kinder jammerten vergeblich, Jesco schickte sie heim und sagte, es sei spät, und dass ihre Eltern sich schon sorgen würden.

Leise verabschiedeten sich auch Malak und Elaya, kurz darauf folgte Asyra. Sie alle drei hatten die Köpfe eingezogen, als erwarteten sie einen großen Sturm.

Tarek sah Zenay lange an, dann ritt er zum Stall, saß ab und brachte Milad hinein. Wieso ließ er sie so plötzlich allein?

Zenay war so verwirrt über die Reaktion ihrer Freunde, dass sie nicht bemerkte, dass Jesco sie ebenfalls stumm ansah. Doch dann spürte sie seinen alles durchbohrenden Blick und zuckte zusammen.

„Ich ... ich verstehe nicht“, murmelte sie und saß von Malee ab. „Jesco, was ist denn los? Es tut mir leid, ich wollte den Pfeil nicht durchschießen! Ich wusste ja nicht, wie viel Kraft ich dank deinem Bogen haben würde ... aber die Kinder haben doch nichts bemerkt!"

Sina verstummte und sah ihm an, wie er kaum merklich den Kopf schüttelte.

„Nein, darum geht es gar nicht, oder? Was ist schlecht daran, dass ich mich nicht als gute Schützin gezeigt habe? Erinnerst du dich, ich soll nicht auffallen!"

Jesco zuckte nur mit den Achseln und blieb stumm. Als Zenay ihn wütend anstarrte, stöhnte er entnervt und bedeutete Azraga, zu wenden und zum Gatter zu traben.

„Jesco!", rief sie erneut, doch als er nicht reagierte, tauchte sie in einem hellen Blitz direkt vor ihm wieder auf. Sein Hengst scheute und hätte ihn fast abgeworfen. „Verdammt, Sina!" Jesco sprang ab und baute sich wütend vor ihr auf. Sie stellte überrascht fest, dass er ihr sonderbar klein erschien, obwohl er sie weit überragte. Es war ihr egal, sie wollte sich nicht so behandeln lassen.

„Was ist dein Problem, Sina?", rief er wütend, aber sie schnaubte nur.

„Was ist *dein* Problem?" Zenay stemmte die Hände in die Seite und blickte ihn bedrohlich an. „Ich verstehe dich nicht, Mann! Ich habe dir nichts getan! Sie haben dich bejubelt und nicht bemerkt, dass ich gut bin! So ist es doch richtig! So wollt ihr es doch von mir!"

„Nein! Natürlich musst du dich bedeckt halten, aber ich hasse es, ins Rampenlicht gerückt zu werden! Man sieht zu mir auf, nur weil ich Conroys Sohn bin! Alle erwarten etwas von mir, das ich nicht tun will!"

Jesco verstummte und blickte Zenay an, als hätte er zu viel gesagt, als würde sie es ohnehin nicht verstehen können. Er schien fast zu erwarten, dass sie jetzt betroffen schwieg.

„Hast du schon mal daran gedacht, dass sie es vielleicht einfach toll fanden, wie gut du schießen kannst? Glaubst du ernsthaft, diesen kleinen Kindern ist es wichtig, wessen Sohn du bist?"

Auf einmal wirkte Jesco sich seiner Sache nicht mehr so sicher. „Nun, vielleicht ist es ihnen nicht wichtig ... aber du hast sie doch gehört. Sie plappern alles nach, was ihre Eltern sagen. Und die werden von mir erwarten, dass ich ein *guter* Anführer werde, so wie Conroy ..."

„Ähm, ich will ja nicht deinen Vater beleidigen, aber vielleicht ist er gar nicht so gut, wie er denkt?"

Jesco sah sie überrascht an, dann brach er in schallendes Gelächter aus. Er musste sich an ihr abstützen und blickte sie dann breit grinsend an.

„Weißt du was, Sina? Du gefällst mir! Keine Ahnung von Kampfstrategie, aber du hast trotzdem schon erkannt, dass die Leute sich völlig falsche Sachen auf sich selbst und meinen Vater einbilden."

„Nun ja, also völlig ahnungslos bin ich gar nicht. Ich habe viel gelernt und mich mit Asyra unterhalten."

Jescos Grinsen verflog. „Worüber habt ihr euch unterhalten?"

„Nur so dies und das", sagte Zenay schnell. „Sie meinte, du hättest bessere Ideen als dein Vater, aber alle wollen, dass du so wirst wie er, weil sie den Krieg nicht wahrhaben wollen."

„Gut formuliert. Ich glaube aber nicht, dass es wirklich alle sind, die so denken. Die Jäger sind auf unserer Seite. Sie kennen die Wälder und haben schon mehr Ratken gesehen, als die meisten anderen seit langer Zeit ... Doch viele andere glauben, wenn sie so tun, als wäre alles in Ordnung, wird auch nichts geschehen."

Zenay schwieg und dachte darüber nach, ehe Jesco sie schief angrinste. „Entschuldige."

„Ist okay. Vielleicht lassen wir nächstes Mal einfach Tarek gewinnen?"

Jesco lachte erneut und saß dann wieder auf.

„Es wird bald dunkel, aber wenn ihr zwei wollt, können wir noch in die Schenke gehen. Morgen kommen Händler nach Ornanung und einige Reisende sind schon hier. Vielleicht bringen sie interessante Neuigkeiten."

Zenay nickte. „Ich sage Tarek Bescheid."

Jesco ritt zum Rand der Koppel, öffnete das Gatter und verließ die Wiese.

Zenay blickte ihm noch einen Moment nach, dann schritt sie zügig zum Stall, gefolgt von Malee. Sie brachte ihre Stute hinein, nahm ihr den Sattel ab und bemerkte dann Tarek, der in einer Ecke stand und sie stumm ansah.

„Habt ihr alles geklärt?“, fragte er schließlich und kam zu ihr, um ihr den Sattel abzunehmen.

Zenay nickte. „Ja“, meinte sie nur knapp und klopfte Malee auf den Hals. Die Stute trabte von selbst in ihre Box und Zenay brachte ihr Heu und ein Stück Apfel. Als sie sich umdrehte und zurück in den offeneren Teil kam, erwartete Tarek sie dort.

„Er hat gefragt, ob wir noch mit ihm in die Schenke wollen, einen trinken.“

Sie konnte gar nicht richtig reagieren, so überrascht wurde sie, als er sie plötzlich in seinen Arm schloss und kräftig an sich drückte. Ein Schauer lief ihr den Rücken hinunter, als er seinen Kopf an ihre Schulter legte und ihr einen sanften Kuss in den Nacken gab.

„Hmm, du riechst unglaublich gut, weißt du das?“, fragte er mit sanfter, leiser Stimme und strich mit den Händen ihren Rücken entlang.

„Sollten wir uns nicht mit Jesco treffen?“

Er hielt sie weiterhin fest und berührte ihren Hals mit seinem Gesicht. „Ich denke, wir haben einen kurzen Moment, oder nicht?“, murmelte er und Zenay verlor sich in seinen Armen. Sie küssten sich, bis Zenay ihn nach einer Weile sanft von sich drückte.

„Nein“, protestierte er leise und küsste sie erneut. „Ich lasse dich nie wieder los. Auch wenn es mich freut, dass er dich auch eingeladen hat. Das macht er sonst nicht.“

Sie lächelte und rieb ihre Wange gegen seine. „Komm, Jesco wird schon auf uns warten.“

Tarek stöhnte und ließ sie los. „Na gut, wenn du es so willst.“

Klinge und Blut

Am nächsten Morgen brummte Zenay der Schädel.

Sie hatten einen unterhaltsamen Abend in der Schenke verbracht, Geschichten von den Reisenden gehört und wohl den einen oder anderen Schluck Met zu viel getrunken.

Im Haus war es still, Tarek steckte solche Abende anscheinend besser weg und war schon unterwegs. Zenay aß nur etwas Brot und trat dann vor das Haus, um ihn zu suchen.

Draußen standen zwei Frauen an der Mauer des schmalen Gartenstücks und redeten. Die eine erkannte Zenay, es war die Frau des Dorfbäckers, die andere hatte sie noch nie gesehen. Als sie Zenay erblickten, verstummten die beiden und sofort hatte sie das Gefühl, bei etwas Privatem gestört zu haben und sich entschuldigen zu müssen.

Also wandte sie sich mit einem schüchternen Lächeln ab und ging am Haus entlang, um in den Gemüsegarten zu gelangen, als sie das Flüstern der beiden hörte.

Zenay tat so, als würde sie es nicht bemerken, aber die Worte erreichten ihr Ohr deutlich genug, um ihr Interesse zu wecken. Sie ging weiter um die Hausecke, blieb dann aber stehen, an die Wand gelehnt und halb hinter einem Holzstapel verborgen.

„... und einige Leute haben ihn wirklich angepöbelt?“, fragte die Frau des Bäckers leise, aber mit ungläubigem Ton.

„Ja, es ist schon seltsam, nicht wahr? Normalerweise käme doch niemand auf die Idee, sich in den Weg eines vermeintlichen Aufträgers zu stellen! Ich verstehe nicht, was die Alten sich dabei dachten. Meine Mutter war auch dabei, sie konnte später kaum erklären, weshalb sie sich so offen aufgeregt hat ...“, meinte ihre Bekannte etwas lauter, anscheinend überzeugt davon, dass sie wieder allein waren.

„Ich will mir gar nicht vorstellen, was passieren könnte, wenn ein Aufträger wütend auf unser Dorf würde ... Was wollte er denn? Hat er jemanden gesucht? Das machen die doch, oder?“

„Ja, meine Mutter sagte, er hat wohl am nächsten Tag noch lauter seltsame Fragen gestellt. Ob man etwas Ungewöhnliches bemerkt hätte, wie zum Beispiel Spuren von Feuer im Wald oder ob jemand vielleicht *Blitze* gesehen hätte, ohne dass es ein Gewitter gab ..."

„Das ist ja merkwürdig. Warum sollte er so etwas wissen wollen?"

„Mein Mann sagt, es sei wegen dieser verschwundenen Frau, die die Königin suchen lässt. Ratken haben Steckbriefe von ihr aufgehängt, sagen, dass sie Hochverrat begangen hat und gefangen werden muss ..."

„Dann wäre die doch eine Magierin, würde ich sagen!"

Die Frauen schwiegen nachdenklich, ehe die Fremde ein paar vorbeigehende Leute aus dem Dorf grüßte, die sie wohl ebenfalls eine Weile nicht gesehen hatte. Als sie wieder allein waren, sprach die Bäckersfrau weiter.

„Wie sah der denn aus? Dieser Aufträger?"

„Ach, das konnte meine Mutter nicht sagen, sie sieht so schlecht. Aber sie erzählte, dass der Mann eine ganz sonderbare Stimme hatte. Aalglatt."

„Merkwürdig. Aber ihr hattet bei euren Mehllieferungen keine Probleme, hoffe ich?"

„Beim Reisen nicht, nein. Aber die Preise steigen, weil die Königin mehr Abgaben fordert. Unsere Männer werden sich deshalb sicherlich noch in die Haare kriegen, fürchte ich."

„Sevorin versteht das ... Nur wenn es so weitergeht, müssen wir uns etwas anderes überlegen. Wir müssen teurer werden und dann können die Leute hier nichts mehr von uns kaufen."

„Ihr könntet nach Yerima ziehen."

Die Bäckersfrau schwieg eine Weile, bevor sie mit bewusst fröhlicherem Ton fortfuhr. „Und was gibt es sonst so Neues aus der Heimat? Ich war schon so lange nicht mehr dort, seit ich Sevorin geheiratet habe."

Jetzt begann die Frau von einem Streit zu erzählen, aber Zenay hatte ohnehin genug gehört.

Sie lehnte sich an die Wand neben dem Feuerholzstapel und verharrte dort, steif wie eine Statue.

Jemand suchte nach ihr.

Ein eiskalter Schauer lief ihr über den Rücken.

Was sollte sie jetzt tun? Sie musste Tarek davon erzählen! Aber ... Was, wenn er es dann für zu gefährlich hielt, dass sie hier im Dorf blieb? Sie konnte doch noch nicht von hier weg!

Außerdem, wie wahrscheinlich war es, dass dieser Fremde in Ornanung nach ihr suchte? Es lag doch so abseits und war unwichtig, oder? Wieso sollte man sie hier vermuten?

Vielleicht war sie ja auch gar nicht gemeint. Sie hatte keinen Verrat begangen ... Vielleicht handelte es sich ja um eine Frau, die früher im Dienst der Königin gestanden hatte!

Mit einem Schlag wurde sie aus ihren Gedanken gerissen, als eine Katze um ihre Beine strich. Zwei Kinder kamen lachend über den Dorfplatz bis an die Mauer gerannt und sahen zu ihr in den Garten. Sie waren an der gebogenen Mauer weit genug von den beiden Frauen entfernt, damit sie die lange Seite des Holzstapels und Zenay daneben sehen konnten.

Sofort fühlte sie sich ertappt. Sie drehte sich weg und ging rasch an den Beeten vorbei zum Bach.

Tarek kam ihr von der Weide her entgegen.

„Ich wollte dich gerade suchen.“ Nachdem er einen prüfenden Blick auf sie geworfen hatte, runzelte er die Stirn. „Was ist los? Du siehst besorgt aus.“

Sie zwang sich zu lächeln, wollte ihm aber in Hörweite der Frauen und Kinder vorne am Platz nichts erzählen. „Ach nein, es ist nichts. Ich glaube, ich fühle mich von gestern einfach noch ein bisschen unwohl. Ich bin euren Met nicht gewöhnt.“ Zenay schwieg unsicher, aber Tarek schien ihr die Lüge abzukaufen.

„Ich wollte eigentlich mit den Kampfübungen weitermachen, aber wenn es dir nicht gut geht ...“, fing er leise an.

„So schlimm ist es nicht. Aber meinst du nicht, die Kinder könnten uns wieder sehen?“, murmelte Zenay mit einem Blick zur Mauer. Die Katze war mittlerweile auf die Steine gesprungen und ließ sich von den Kleinen kraulen.

Tarek schüttelte den Kopf. „Wir gehen wieder zur Lichtung, da sind wir vor neugierigen Blicken geschützt, außerdem sind die Dorfleute hier noch eine Weile beschäftigt."

Sie gingen über die Koppel, betraten den Holzbau und machten die Pferde bereit. Danach zog Tarek die Waffen aus ihrem Versteck im Stroh und verbarg sie unter den Sätteln.

Während des Ritts wollte Zenay eigentlich mit Tarek sprechen, aber er wirkte abwesend und sie scheute sich, das unangenehme Thema anzuschneiden. Außerdem wurde ihr zusehends übler, was ihre Unruhe nur noch steigerte.

Sie kamen also schweigend auf der Lichtung an und wärmten sich für die Übungen auf, bevor Tarek seine Lektionen begann.

„Heute werde ich dir zeigen, wie du gleichzeitig mit zwei Waffen umgehst. Ich habe noch zwei Jagdmesser dabei. Mit denen üben wir."

Damit zog er die Messer unter seinem Hemd hervor. Zenay nickte erfreut, dann fiel ihr etwas ein. „Shetans – ich meine – *mein* neues Schwert. Ich habe es im Haus vergessen."

„Das macht nichts. Shetan sagte, es sei wichtig, fürs Erste noch keine Magie auf das Kristallschwert auszuüben. Sonst könntest du es vielleicht nicht mehr zurückholen!", ermahnte Tarek, als hätte er ihre Gedanken gelesen.

Zenay neigte zustimmend den Kopf. „Ich werde Shetan später bitten, mir zu zeigen, wie ich das Schwert richtig benutze." Sie wog die Waffen in den Händen und freute sich, endlich schneller Fortschritte zu machen ... Und so verdrängte sie das Gespräch der Frauen, sie wollte es jetzt nicht mehr ansprechen. Außerdem konnte eine alte Frau aus dem anderen Dorf doch auch völligen Unfug reden. Zenay hatte noch nie von einem *Aufträger* gehört. Wahrscheinlich war es nur ein Bote und jetzt dramatisierte die Freundin der Bäckersfrau die Geschichte, um ihr Leben interessanter aussehen zu lassen.

„Dann lass uns jetzt anfangen. Nimm das Schwert in die rechte Hand und eines der Messer in die linke. Du musst lernen zwei Waffen zu kombinieren, dadurch kannst du Gegner, seien es einer oder viele, besser und leichter abwehren und bist niemals ungeschützt, wenn du dich geschickt anstellst."

Zenay schüttelte kurz den Kopf frei und lächelte. „Werde ich dann auch bald mit zwei Waffen gegen dich und Malak oder Jesco kämpfen?"

„Ja. Sobald du soweit bist, werden wir dich auch zu mehreren angreifen. Ratken sind fast nie allein."

Sie gingen Abfolgen von Bewegungen durch, Tarek stand neben ihr und sie ahmte ihn nach. Er erzählte, dass er über Jahre hinweg geübt hatte, um mit zwei Schwertern kämpfen zu können. Sie würde sich daher zu Beginn auf eine Hauptwaffe und ein Messer konzentrieren, bis sie es ebenfalls mit zwei großen Waffen probieren könnte.

Sie lernte schnell, bald hatte sie ein Gefühl für beide Waffen entwickelt und vergaß das Messer in ihrer Linken nicht mehr so oft. Tarek wagte die ersten langsamen Angriffe gegen sie.

Die Zeit verging und nach einer kleinen Pause begann Zenay ungeduldig zu werden. Sie spornte ihn an, sich schneller zu bewegen, da sie herausfinden wollte, ob sie auch bei normaler Geschwindigkeit beide Waffen kontrollieren konnte.

„Zenay, du bist zu ungeduldig! Es wird noch lange dauern, bis du wirklich mit zwei Waffen kämpfen kannst. Das hier ist nur ein Anfang, damit du ein Gefühl dafür bekommst. Die Waffen sollen mit dir verschmelzen, zu einer Verlängerung deiner Arme werden."

„Aber das fühlt sich jetzt schon so an, bitte lass uns etwas schneller machen."

Tarek sah sie unglücklich an, doch sie nickte ihm bekräftigend zu.

„Du hast doch selbst zu mir gesagt, dass ich gefordert werden muss! Ich will es probieren, greif mich an", bat Zenay weiter.

„Na schön, aber wir werden alles schrittweise machen. Ich greife dich mit einem Hieb an und du wehrst ab. Dann sage ich dir beim nächsten, wie ich weitermachen werde. Damit du dir vorher überlegen kannst, wie du dich bewegen musst."

Zenay nickte. „Das ist eine gute Idee. Aber handelst du auch so, wie ein echter Gegner handeln würde?"

„Bis auf die Pausen, ja", meinte Tarek und lächelte ernst. „Jetzt pass auf. Wie du schon vom einhändigen Kämpfen weißt, musst du auf deine ungeschützte Seite aufpassen. Nur weil du jetzt zwei Waffen hast, heißt das nicht, dass du immer geschützt bist. Ich werde dich also an deinen Schwachstellen angreifen. Dadurch, dass ich dir sage, wie ich angreife, kannst du im Prinzip erkennen, was du falsch gemacht hast, denn je weniger Schwachstellen du mir anbietest, desto besser kämpfst du auch."

„Und desto länger wirst du über den nächsten Streich nachdenken müssen?", fragte sie und grinste schelmisch. Er nickte lachend und hob dann die Waffen.

„Lass uns anfangen. Geh in eine sichere Stellung, so wie du es auch mit einem Schwert machst, und heb die Waffen beide locker, nicht zu hoch oder zu niedrig. Gut, dann greife ich jetzt an. Von oben."

Zenays Finger spielten kurz um den Griff ihres Messers, dann nickte sie – und Tarek sprang vor und riss seine Waffen hoch. Sie stutzte kurz über seine Geschwindigkeit, dann erwachte sie aus ihrer überraschten Starre.

Zur Abwehr hob Zenay rasch ihr Schwert und ächzte kurz, als die Wucht des Schlages durch ihre Knochen wanderte, aber dann erholte sie sich wieder, nutze ihr Messer und ließ es vorschnellen. Aber sie konnte es gar nicht in Tareks Nähe bringen, ohne dass sie Kraft in ihrem Schwertarm verloren und er ihn mit Leichtigkeit heruntergedrückt hätte.

Tarek hielt wie versprochen inne und ihre Blicke trafen sich.

„Nicht schlecht ... Aber du solltest nicht immer versuchen, meine Frontalangriffe so direkt abzuwehren. Das kostet dich viel mehr Kraft, als wenn du mir ausweichen und mich von der Seite angreifen würdest, wo ich zuerst nur eine Waffe verwenden kann. Ratken haben viel Kraft. Aber sie sind nicht so wendig wie du."

Zenay lächelte kurz, dann nickte sie erneut. „Mach weiter. Ich habe eine Idee."

„Als Nächstes werde ich mich drehen und die Waffen beide um mich schwingen, so will ich an deine linke Seite kommen, die gerade nicht so gut geschützt ist."

Er wartete einen Moment, bis ihr Blick sich wieder geklärt hatte, dann zog er die Waffen zurück und drehte sich um die eigene Achse, nicht zu schnell, um noch sehen zu können, ob er Zenay auch nicht zu nahe kam, während er die Arme wieder streckte. Als er innehielt und sein linkes Schwert vorstieß, um ihre Schulter anzugreifen, zog Zenay sich rasch zurück und ließ ihr Messer über die Seite seines Schwertes entlang rutschen. Sie spannte den Arm an und sein Schwert glitt an ihr vorbei, ohne Schaden anzurichten.

„Und Stopp!", rief Tarek wieder und Zenay erstarrte, das Messer noch erhoben. „Siehst du, was jetzt passiert ist? Ich werde dich seitlich von unten angreifen, denn deine gesamte Seite bis hoch zur Achsel ist ungeschützt! Du hast nur mit dem Messer den Angriff erwidert und dein Schwert vergessen. Überlege dir, wie du jetzt deinen Schwertarm bewegen musst, damit du den nächsten Angriff abwehren kannst."

Zenay zögerte und sah an sich herunter, als sei es gar nicht ihr Körper. Sie runzelte die Stirn und änderte den Griff um ihr Messer, ehe sie nickte.

Tarek sprang vor und schwang sein Schwert in einem Bogen nach hinten, um es vor Zenay wieder heraufschnellen zu lassen. Gleichzeitig stieß er mit seiner Rechten vor, sodass das Messer auf ihrer Schulterhöhe vorsauste.

Es hätte keine Rolle gespielt, dass Tarek noch weiter entfernt war und ihre Schulter somit gar nicht treffen konnte – Zenay drehte sich grazil einmal um sich selbst, wehrte sein linkes Schwert mit dem Messer ab, indem sie heftig dagegen schlug, und riss gleichzeitig ihr Schwert vor, sodass seines daran abprallte und abgelenkt wurde.

Sie pausierten wieder und sahen sich einen Moment lang an, laut atmend, dann nickte Tarek anerkennend. „Das war sehr gut! Ich hatte nicht vorausgesehen, dass du dich so bewegen würdest, was mich irritiert und meine nächste Schlagfolge außer Kraft gesetzt hat. Es ist immer gut, nicht zu steif dazustehen. Auch wenn du dich einmal auf die Knie fallen lässt, um einem Schlag zu entgehen, muss das kein Nachteil für dich sein. Reagiert dein Gegner dann zu langsam, kannst du ihn schwer verletzen."

„Aber könnte man mir nicht viel leichter den Schädel einschlagen?", fragte Zenay stirnrunzelnd.

„Du kannst auch aus der Tiefe heraus Schläge von oben abwehren. Du wirst ohnehin mit mehr Angriffen auf deine Arme, Schultern und deinen Kopf rechnen müssen ..."

„Ja. Aber ... Kann ich einem Ratken denn ebenbürtig sein, wenn ich kleiner bin?"

„Auch ein Stich in den Bauch oder Rücken oder nur ein schwer verletztes Bein können tödlich sein. Wenn dein Gegner stürzt und sich nicht wehren kann, musst du das ausnutzen."

Zenay sah ihn entsetzt an. „Tarek, was mache ich hier eigentlich? Ich lerne zu *töten*! Ich weiß nicht, ob ich das kann ... Ich könnte mich nicht auf jemanden am Boden stürzen und ihn abstechen."

Tarek ließ die Waffen sinken und sah sie nachdenklich an. „Ich weiß, es muss schwer für dich sein, aber versuch darüber momentan lieber nicht nachzudenken. Wir hatten diese Diskussion schon einmal, erinnerst du dich? Das Wichtigste ist, dass du dich gut verteidigen kannst. Über das Angreifen und Töten können wir auch noch später intensiver nachdenken. Wenn du einen Angreifer nur verletzt, sodass er dir nicht mehr zu gefährlich sein kann ... ist das auch eine Möglichkeit. Dann musst du dich zurückziehen, aber nicht töten."

Sie nickte dankbar über den Zeitaufschub, auch wenn ihr trotzdem noch mulmig zumute war.

„Nachdem du meinen Angriff abgewehrt hast, würde ich mich einen Schritt zurückfallen lassen, um wieder mit mehr Wucht attackieren zu können – das wäre der richtige Zeitpunkt, um selbst anzugreifen, wenn du schnell genug bist. Aber davon ein andermal."

Er schritt rückwärts von ihr weg und nahm die Waffen wieder hoch.

„Bist du bereit? Ich werde dir diesmal nicht sagen, wie ich genau angreife – aber schütz deine Schultern, in Ordnung?"

„Verstanden." Zenays Finger festigten sich um den Griff des Messers und sie ließ das Schwert etwas herabsinken. Tarek riss die Waffen hoch und griff an.

Zenays Blick war entschlossen und etwas grimmig, als sie ihr Messer vorschnellen ließ und gleichzeitig das Schwert hob.

«†»

Tarek lachte kurz, als er sah, wie geschickt sie seinen Angriff abwehrte. Er musste dem Messer ausweichen und konnte nur noch mit dem Schwert von links zuschlagen, doch den Hieb blockte sie ab, als hätte sie genau gewusst, was er tun würde.

Da griff er noch einmal direkt an, ohne vorher zu pausieren. Er drehte sich um sich selbst und schnellte mit dem Messer nach vorn, direkt auf Zenay zu.

Etwas an Zenays Blick war anders. Sie war nicht konzentriert. Sofort wollte er abbrechen und mit ihr darüber reden, doch er war schon voll in der Bewegung.

Er sah wie in Zeitlupe, dass sie das Messer in ihrer Linken nicht hoch genug riss und seines an der Metallspitze entlangglitt, ohne aufgehalten zu werden.

Das Geräusch, als die Schneide seines Messers Zenays linken Oberarm aufschlitzte, würde Tarek niemals vergessen. Blut spritzte aus der Wunde, verteilte sich in feinen Tröpfchen auf dem Gras um sie und sickerte augenblicklich in ihr Hemd. Ihr Messer pfiff an seinem Kopf vorbei und verfehlte ihn nur knapp.

Zenays gequälter Aufschrei hallte über die Lichtung, die Schwerter und Jagdmesser waren vergessen und sie stürzte ächzend zu Boden, ihre Hand auf die Wunde gepresst.

Entsetzt warf Tarek seine Waffen von sich und ließ sich neben ihr auf die Knie fallen. Zenay hatte sich zusammengekauert und hielt mit der Hand ihren Arm. Zwischen ihren Fingern quoll dunkelrotes Blut hervor. Die Hand ihres verletzten Armes zuckte, als sei sie nicht mehr unter Kontrolle.

„Verdammt! Halt durch, ich bringe dich zu Shetan!"

Sie unterdrückte die Tränen, die über ihre Augen zu quellen drohten, und schluckte.

„Nein, das dauert viel zu lange. Ich glaube, ich muss ... *kann* es selbst heilen ..."

„Es tut mir leid!"

„Es war nur ... ein Unfall, Tarek! Mach dir ... keine Vorwürfe!", presste sie zwischen zusammengebissenen Zähnen hervor. Dann ließ sie nach einem Zögern die blutige Hand sinken. Der Schnitt zog sich einmal von vorne nach hinten über ihren Oberarm, eine Handbreit unter der Schulter. Das Messer hatte ihr fast den ganzen Muskel durchtrennt.

„Tarek, du musst die Wunde zusammendrücken, sodass die gleichen Gewebeteile aufeinander sitzen."

Er schluckte, dann lief er rasch auf ihre andere Seite, um in einer besseren Position zu sein, und nach einem Zögern fasste er ihren Arm.

«†»

Zenay unterdrückte einen weiteren Schrei. Ein lautes Wimmern entkam ihren zusammengepressten Lippen und Tarek schreckte zurück. „Tut mir leid!"

„Mach weiter, ich muss es jetzt heilen!"

Er drückte wieder zu und Zenay legte ihre zitternde, blutige Hand auf die Wunde, aus der noch immer Blut lief. Ihr ganzer Arm war jetzt verschmiert. Sie schluckte den Schmerz herunter und öffnete sich ihrer Magie – die durch ihre Hand direkt in die

Wunde floss. Der Schmerz wurde gelindert und es lief ihr vor Faszination ein Schauer den Rücken hinunter, als sie spüren konnte, wie die einzelnen Muskelstränge sich wieder verbanden.

Nach einigen Augenblicken, in denen Tarek sie angespannt beobachtete, ließ Zenay die Hand sinken. Vor ihren Augen tanzten kleine, dunkle Flecken, aber das musste sie jetzt ignorieren.

Der Schmerz war fast verklungen, aber mehr konnte sie nicht tun, es würde immer noch ein paar Fasern in ihrem Arm geben, die sich nicht verbunden hatten – das musste von selbst heilen.

Sie wischte vorsichtig das Blut von der Stelle und spürte eine kleine Erhebung. Eine lange, noch rote Narbe kam zum Vorschein.

„Oh, Zenay! Es tut mir so leid ... Bitte verzeih mir!"

„Das ... das macht doch nichts. Es ist nur eine Narbe! Ich werde Shetan nachher fragen, ob er sie heilen kann."

Tarek blickte zu Boden. Als Zenay ihn näher ansah, bemerkte sie, dass sein Blick sich verändert hatte. Es war noch immer Leid darin, aber auch Wut!

Sie hob die Hand und wollte ihm über die Wange streichen, doch er zuckte zurück und stand auf.

„Wir bringen dich am besten schnellstmöglich ins Dorf zurück."

Zenay erschrak, doch sie schluckte und nickte dann stumm. Tarek packte die Waffen zusammen, verstaute sie an den Sätteln und half ihr dann, sich auf Malees Rücken zu ziehen.

Er saß auf und sie ritten, ohne dass ein Gespräch zustande kam.

Ihr war merkwürdig übel, als sie sich mit einer Hand am Sattel festhielt. Lag es an dem Blutverlust, an der verbrauchten Magie oder vielleicht einfach nur an ihrer Sorge? Würde er *sich* verzeihen können?

Sie schüttelte den Kopf und folgte Tarek, bis sie im Dorf ankamen. Sie ließen die Pferde samt Sattel auf der Weide und gingen zum Haus.

„Sprich am besten gleich mit Shetan." Tarek schien noch zu warten, bis Zenay an Shetans Arbeitszimmer ankam, dann zog er sich ohne ein weiteres Wort in sein Zimmer zurück.

Sie starrte ihm einen Moment fassungslos hinterher, dann räusperte sie sich, bevor sie zu Shetan eintrat.

„Ich ... ähm ... Tarek und ich haben mit den Schwertern geübt und es gab einen kleinen Unfall ...", murmelte sie, während der alte Magier kreidebleich wurde.

Shetan hielt den Atem an und starrte auf Zenays blutüberströmte Kleidung.

„Du siehst aus, als hätte man versucht, dich abzustechen!", rief er und sah dann forschend in ihr Gesicht. „Aber es belastet dich etwas ganz anderes?"

Zenay schluckte, bevor sie mit den Schultern zuckte. „I-ich wollte fragen, ob du vielleicht die Narbe entfernen kannst ..."

Shetan hob die Hand und befühlte vorsichtig ihren Arm um die verletzte Stelle. Die Haut war noch heiß von der magischen Heilung.

„Erstaunlich, dass du deinen Arm nach so einer Verletzung überhaupt noch bewegen kannst. Du hast gute Arbeit geleistet, doch ..." Shetan unterbrach sich und seufzte. „Das tut mir leid, Zenay. Ich hätte dir bei der Heilung so helfen können, dass die Narbe weniger stark wird, aber jetzt, nach der Heilung, kann ich da nichts mehr machen", meinte er nach einem Zögern und sah sie prüfend an.

Zenay nickte langsam und sehr bedacht, ehe sie sprach. „Es ist nicht so, dass es mich stört, aber Tarek ist ziemlich mitgenommen. Ich möchte nicht, dass er sich ewig deswegen die Schuld gibt. Die Narbe wird ihn daran erinnern."

Shetans Blick wurde nachdenklich, doch dann zuckte er mit den Schultern. „Trag am besten von jetzt an feste Kleidung. Ich werde dir einige Armschützer aus gehärtetem Leder kaufen, zur Sicherheit."

„So etwas gibt es?"

„Ich muss mit einem der Kürschner sprechen, es wird sich schon jemand finden, der welche verkauft."

Zenay nickte erneut und bedankte sich. Leise verließ sie das Zimmer und massierte sich vorsichtig den Oberarm. Sie klopfte an Tareks Tür, als von drinnen kein Laut kam, öffnete sie und spähte herein.

Tarek lag abgewandt auf seinem Bett und rührte sich nicht.

„Können wir reden? Tarek, bist du wach?" Zenay zog eine Augenbraue hoch, doch als er nicht reagierte, schloss sie die Tür wieder.

Sie schnappte sich eines der Tücher zum Baden, ging in die Waschkammer und schälte sich aus den blutigen Kleidern, bevor sie ein Feuer machte, um Wasser zu erwärmen und sich zu waschen.

Das warme Bad tat gut und entspannte sie, während sie ihren geröteten Arm betrachtete. Danach wusch sie die schmutzigen Sachen noch im Seifenwasser, schaffte es mit ihrem doch noch schmerzenden Arm aber nicht, sie wirklich gut auszuwringen und ging murmelnd in ihr Zimmer.

Die nassen Sachen ließ sie in der Kammer hängen.

Sie zog sich in ihr Zimmer zurück, streifte sich vorsichtig frische Kleider über und wartete ab, ob Tarek wieder aufwachen würde. Eigentlich wollte sie die Zeit nicht mit untätigem Herumsitzen verschwenden, aber sie konnte sich nicht recht auf ihre Kräfte konzentrieren.

Schließlich ging sie zurück auf die Weide zu Malee und nahm ihren Bogen. Sie wollte eine Weile üben, aber ihr Arm war noch zu schwach, um die Sehne zu spannen, und sie konnte den Bogen mit ihrem gerade geheilten Arm nicht lange halten. Also hängte sie den Bogen und den Köcher in den Stall und ritt einfach so über die Wiese. Sie schmiegte sich an den Rücken ihrer Stute und versuchte, einfach nicht zu viel nachzudenken und sich stattdessen zu gedulden.

Nach einer Weile trabten sie zurück zum Stall, Zenay saß ab und bürstete Malee lange, was ihren Nerven ebenso guttat, wie es die Stute genoss.

Malee schnaubte glücklich, dann gab Zenay ihr ein wenig Hafer und verließ den Stall.

«†»

Die Dämmerung brach gerade an, als Zenay sich wieder an die Waffen wagte. Sie hatte versucht, den Tag so schnell wie möglich zu überwinden, in der Hoffnung, dass Tarek mit dem Schlaf alles vergessen würde.

Ihr Arm schmerzte noch immer und unter der Haut hatte sich ein Bluterguss gebildet, doch sie wollte dem Ganzen nicht zu viel Beachtung schenken. Die Magie hatte die Wunde zwar verschlossen und größtenteils geheilt, aber im Inneren ihres Armes gab es noch immer Adern und kleine Muskelfasern, die nicht wieder verbunden worden waren, weil der Schnitt so tief gewesen war. Shetan hatte sie aber die Wahrheit gesagt: Die Narbe machte ihr wirklich nichts aus und würde sicherlich auch nicht die einzige bleiben. Sie war außerdem im Vergleich zu denen, die Zenay auf dem Rücken trug, kaum der Rede wert.

Tareks Reaktion hatte ihr aber Angst gemacht. Sie wollte nicht, dass er sich schuldig fühlte, schließlich war es nur ein Unfall gewesen.

Seinen Blick jedoch – den konnte sie nicht vergessen ... Hatte sie wirklich Hass in seinen Augen gesehen? Sie schüttelte den Kopf. Alles würde besser werden, wenn er nur mit sich reden ließ.

So ignorierte sie die Narbe und den verbleibenden Schmerz und konzentrierte sich wieder auf ihre Übungen – als sie auch schon seine Anwesenheit fühlte.

Sie drehte sich um und da stand Tarek in der offenen Stalltür, ruhig und still wie eine Statue. Schluckend ließ sie das Schwert sinken, als sie seinen Blick bemerkte, dann legte sie die Waffen beiseite und ging auf ihn zu.

Sie legte ein Lächeln auf, als sie näher kam, doch er starrte nur auf ihren Arm. Sie hatte ein frisches, nicht blutgetränktes Hemd angezogen. Kaum stand sie vor ihm, hob er die Hand und streifte vorsichtig den Ärmel hoch. Die rote Narbe kam zum Vorschein.

„Shetan konnte es nicht heilen, nicht wahr?"

„Nein, er meinte, dass die Narbe durch die Heilung selbst entstanden ist und deshalb geht sie nicht mehr weg", sagte sie wahrheitsgemäß.

Er nickte und schwieg dann, sie blieb vor ihm stehen und sah ihn vorsichtig an.

„Tarek? Bitte lass es gut sein, ja? Es macht mir nichts aus! Ich dachte, nachdem du vorhin ein wenig geschlafen hattest, würde es dir besser gehen ..."

„Ich habe nicht geschlafen."

Sie sah ihn erschüttert an. „Dann hast du mich ignoriert? Warum?"

„Ich wollte nicht mit dir sprechen." Seine Stimme klang abweisend und kalt und Zenay zuckte zusammen.

„Was ist denn los, Tarek? Ich habe dir doch nichts getan! Ich verstehe nicht, warum du den Verletzten und Verstörten spielst – ich meine, dir ist doch nichts passiert!"

Er wandte sich von ihr ab und starrte zu Boden. Auf einmal veränderte sich seine Haltung und Zenay spürte, dass er sein hartes, abweisendes Äußeres nur als Schutzwall gegen seine wahren Gefühle aufgebaut hatte. Sie sah Verzweiflung und Angst!

„Ich ... ich bin nicht gut für dich, Zenay! Ich bringe Unglück über die, die mir wichtig sind. Das war schon immer so – seit ich denken kann ... Ich verletze dich nur und ich kann dich nicht beschützen! Wie soll ich das auch können, wenn ich doch selber eine Gefahr für dich bin?"

„Was?! Das war doch nur ein Unfall!" Zenay fühlte, wie ihr bei seinen Worten kalter Schweiß ausbrach, der im völligen Gegensatz zu der aufkochenden Wut in ihrem Bauch stand.

„Du hast etwas Besseres verdient als mich! Ich bin nicht gut für dich. Du bist die *Auserwählte,* eine so reine und gute Person, und ich bin nur ein einfacher Dorftrottel ... Ich will dich nicht verletzen, dir etwas antun ... Ich habe mich nicht unter Kontrolle ...“, sagte er und sprach dann leiser weiter. „Du würdest ohnehin nicht mit mir zusammen sein wollen, wenn du alles verstehst.“

„Ich ... ich glaube das einfach nicht! Was willst du denn damit sagen?“ Tränen glitzerten in ihren Augen, doch die Wut, die in ihr aufflammte, drohte ihre Sinne zu überwältigen. Sie war verletzt und verwirrt und meinte plötzlich nur zu gut zu verstehen, was er sagen wollte.

Er wies sie ab ...

Tarek hob die Hand und wollte sie berühren, doch sie zuckte zurück. „Geh! Und bleib weg von mir!“ Sie stieß seine Hand weg und machte einen Schritt nach hinten.

„Zenay, so hör mich doch an, du verstehst nicht! Ich –“

„Nein! Wie kannst du mich verlassen und *im Stich lassen*, wegen eines dummen Unfalls?! Das ist doch nur eine Ausrede!“ Als er einen weiteren Schritt auf sie zu machte, befreite sie die ganze geballte Wut in sich und stieß ihn mit einem heftigen Windstoß von sich. Er prallte mit einem dumpfen Schrei gegen einen Balken im hinteren Teil des Stalls.

Mit einem Stöhnen entwich ihm die Luft aus den Lungen, er verdrehte die Augen, fiel vornüber und landete im Stroh.

Zenay schlug die Hände vor dem Mund zusammen, dann erwachte sie aus ihrer Starre und sprang zu ihm.

Sie kam neben ihm zum Stehen und starrte erschrocken auf seinen Rücken. „Oh nein, was habe ich getan?“

Er lag reglos im Stroh mit dem Gesicht nach unten. Zenay drehte ihn mühsam um, als er gerade wieder zu sich kam.

Blinzelnd sah er sie verdutzt und auch etwas entsetzt an. „Was? Was war denn das?!“, fragte er und richtete sich schwerfällig auf. Stroh hing überall an seiner Kleidung und in seinem Haar.

„Es tut mir so leid, Tarek! Das wollte ich nicht! Ich ...“

Er sah sie noch immer eingeistert an und brauchte eine Weile, bis er wieder Worte fand. Sein Mund öffnete und schloss sich mehrmals.

„Ach, ist ... ist schon gut. Ich schätze, damit muss ich zurechtkommen, wenn ich eine Magierin wütend mache?“

Tarek fasste sich vorsichtig an den Hinterkopf und verzog dann das Gesicht. Als Zenay gerade wieder den Mund aufmachen wollte, seufzte er. „Du musst dich nicht entschuldigen. Ich habe mich wie ein Idiot verhalten, ich hätte das nicht sagen sollen ...“

„Dann kannst du dir jetzt endlich verzeihen?“, fragte Zenay mit hochgezogener Augenbraue und Tarek musste schmunzeln.

„Ja, ich glaube, du hast Gleiches mit Gleichem vergolten. Ich blute zwar nicht, aber ich fühle mich, als wäre ich unter ein Pferdefuhrwerk geraten.“

Zenay sah beschämt zu Boden. „Du hattest Schuldgefühle, weil du mich schützen wolltest und stattdessen verletzt hast ... Aber ich bin doch kein bisschen besser. Ich habe meine Wut an dir ausgelassen. Dabei bin ich doch eine Magierin. Shetan sagt mir immer wieder, dass ich Verantwortung trage, weil ich diese Kräfte besitze. Und die anderen hatten am Anfang auch befürchtet, dass ich gefährlich sein könnte. Sie hatten recht ...“

„Jeder hat einmal einen schlechten Tag“, meinte Tarek, als wollte er damit entschuldigen, was sie getan hatte.

„Aber–“

„Nichts aber“, unterbrach er sie. „Ich habe genauso viel Schuld an dieser Eskalation wie du. Ich habe mich falsch verhalten und dich provoziert. Das habe ich jetzt davon.“

„Und dir geht es wirklich gut? Ich hab dir nichts gebrochen?“

Jetzt musste er doch lachen. „Glaub mir, dafür müsstest du mich schon etwas weiter durch die Gegend schleudern. Ich bin nicht so leicht unterzukriegen.“

Zenay lächelte erleichtert und half ihm dann auf.

Tarek klopfte das Stroh von seinem Hemd und sah sie dann fasziniert an. „Du hast mich durch den halben Stall geworfen! Ich sollte mich in Zukunft wohl wirklich davor hüten, an meinen Fähigkeiten als dein Beschützer zu zweifeln. Sonst bringst du den Stall das nächste Mal vielleicht zum Einstürzen, wenn ich mir nicht verzeihen kann.“

Zenays Gesicht wurde ganz heiß, dann zupfte sie ihm einige gelbe Halme aus dem Haar und gab ihm einen Kuss.

Tote Augen

Am nächsten Morgen bat Zenay Shetan, ihr die Magie des Kristallschwerts zu zeigen.

Nachdem er sie die Energie hatte fühlen lassen, brauchte sie nicht lange, um zu verstehen, wie sie mit dem Schwert umzugehen hatte. Die Magie des Schwertauflösens ähnelte der Kraft, die sie für eine Transportation aufbringen musste, jedoch verblieb ein winziger Teil der Magie wie ein Schatten in Zenays Bewusstsein und sie spürte die Verbindung solange, bis sie es wieder in die Realität zurückholte.

Bei ihren ersten Versuchen auf der Lichtung hätte sie sich dabei beinahe selber die Hand abgeschlagen, als das Schwert plötzlich wieder auftauchte; aber eben nicht genau an der Stelle, auf die Zenay sich konzentriert hatte.

Erschrocken brachte Tarek die Pferde im Wald in Sicherheit, holte aber Milads Sattel und hielt ihn dann als Schutz über sie.

Einmal fiel das Schwert aus großer Höhe und blieb dann, nachdem es mit Wucht einige Zweige abgeschlagen hatte, in den tieferliegenden Ästen dieses Baums hängen.

Tarek grinste schelmisch, als sie mit hochrotem Kopf in den Baum kletterte, um es zu holen.

Tagsüber wurde es langsam schwül und heiß, aber Zenay trainierte weiter, bis sie das Schwert sicher, und ohne sich selbst oder andere zu gefährden, in ihrer Hand auftauchen lassen konnte. Vor dem Abendessen ließ sie trotz ihrer Erschöpfung ein wenig Magie in ihren verletzten Arm fließen und spürte, wie die restlichen kleinen Wunden des Schnitts heilten. Auch der Bluterguss würde bald verschwunden sein.

Später am Abend, als sie nach dem Essen noch zu zweit in der gemütlichen Stube saßen und sich über Zenays neue Erfahrungen und Fähigkeiten unterhielten, streichelte er sanft über die Narbe an ihrem Arm.

«†»

Es war nun eindeutig Sommer. Grillen zirpten und die Hitze stand im Dorf, sodass sich niemand zur Mittagszeit hinauswagte. Eine Woche war vergangen, in der es stetig wärmer geworden war und sie immer mehr Trainingsstunden in die kühleren Morgen- und Abendstunden verschoben hatten – wobei Tarek es vermied, die Schwerter und Jagdmesser auch nur zu erwähnen und sich weigerte, mit dem Waffentraining weiterzumachen. Passenderweise behaupteten ihre Freunde einige Male, sie hätten ohnehin weniger Zeit für gemeinsame Übungen. So zeigte Tarek Zenay wieder mehr waffenlose Verteidigungsformen und sie übte sich besonders viel im Umgang mit ihren Kräften.

Wenn er sie gerade nicht weiter trainierte, machte Tarek sich oft auf den Weg in die Wälder, arbeitete für die Jäger und sammelte seltene Kräuter für Mokubas Salben. Er erwähnte den Grund für die vermehrte Arbeit nur beiläufig, als sie danach fragte ... Die Königin hatte die Abgaben derart erhöhen lassen, dass bei Shetan langsam das Geld knapp wurde.

Schuldgefühle plagten Zenay, aber sie wusste nicht, wie sie hätte helfen sollen. Es blieb ihr nichts anderes übrig, als so viel und so schnell wie möglich zu lernen, damit Shetan wenigstens ihre Fortschritte sehen würde. Damit er wusste, dass er nicht umsonst in sie investierte.

«†»

An einem besonders heißen Tag konnte Zenay sich einfach nicht mehr konzentrieren. Die Steine zitterten über ihrer Handfläche, und als sie im Schatten der Bäume die Füße in das Bachwasser baumeln ließ, schaffte sie es gerade so, eine handgroße Wassermasse herauszuheben.

Tarek bemerkte ihr Straucheln und schlug vor, auszureiten. Er führte sie zu dem kleinen See, in dem er häufig schwimmen ging, und die Pferde trabten mit Freude in das kühle Wasser, sodass

Zenay und Tarek direkt von ihren Rücken mitsamt ihrer leichten Sommerkleidung hineinspringen konnten.

Sie schwammen lachend ins tiefere Wasser, während die Pferde nur ihre Beine kühlten, etwas tranken und dann zurück an Land schritten, um etwas zu grasen.

Nachdem sie sich anscheinend endlich abgekühlt und einen klaren Kopf bekommen hatte, watete Zenay wieder aus dem Wasser – und zog zu Tareks Überraschung zwei bisher verborgene Schwerter aus einer Halterung an Malees Sattel, während er noch bis zur Nasenspitze im Wasser stand. Langsam folgte er ihr und stand dann schweigend und tropfend neben ihr, missmutig auf das Kristallschwert blickend.

„Ich weiß nicht, Zenay ... Es ist kaum mehr als eine Woche her, seit das mit deinem Arm passiert ist ...“ Er machte keine Anstalten, eines der Schwerter zu nehmen, deshalb legte Zenay ihre Waffen auf den Boden. Zu seiner Verwunderung ging sie dann zu Milad und griff auch unter seinen Sattel – wo zwei weitere Schwerter auftauchten. Er erkannte sie als die alten schartigen Dinger aus dem Stall. Wann hatte Zenay sie entdeckt? Er hatte ihr das zweite Versteck doch gar nicht gezeigt ... Er war so irritiert, dass er kaum bemerkte, wie sie die zwei Schwerter parallel schwang, rotieren ließ und ihm dann die Griffe anbot.

„Genau deswegen will ich jetzt weitermachen, Tarek! Ich kann nicht aufhören zu trainieren, nur weil es mal eine Verletzung gab. Sie ist geheilt, es sind nur ein blauer Fleck und eine Linie auf meinem Arm übrig. Ich muss weitermachen und kann mich von solchen Kleinigkeiten nicht aufhalten lassen!“

Mit einem unguten Gefühl im Magen ergriff er die Schwerter, bevor er sich nicht mehr zurückhalten konnte. „Bist du lebensmüde? Du willst jetzt mit zwei Schwertern kämpfen? Du hast kaum das Kämpfen mit einer Waffe gemeistert ...“

„Bitte, Tarek! Bitte gib mich nicht auf. Ich will, nein, ich *muss* das tun!“, rief sie fast verzweifelt und hob ihre eigenen Schwerter auf.

„Ich würde dich niemals aufgeben“, murmelte er leise und sein Griff um die Schwerter festigte sich etwas.

„Dann kämpf mit mir! Greif mich an!“

Tarek schüttelte den Kopf. „Nein, das kann ich nicht. Ich werde dich nicht noch einmal einer Gefahr aussetzen, nur weil du zu ungeduldig bist.“

„Warum bist du nur so stur?“, fragte Zenay wütend. Während ihre Stimme fast in einen Schrei überging, riss sie die Schwerter hoch und stürzte auf ihn zu.

Metall klirrte auf Metall, als er ihren Schlag konterte und sie zurückdrängte. Ihr Kristallschwert glitzerte in der Sonne, während Tarek sprühende Wassertropfen um sich verteilte, als er sich wehrte.

„Zenay! Was ist los mit dir? Du greifst mich an?“, fragte er entgeistert.

Doch dann verstand er, als er ihr Lächeln sah. Sie sprang von ihm weg und zwinkerte kurz, bevor sie ihn wieder attackierte. „Ich hatte irgendwie nicht das Gefühl, dass du dich einfach von mir in zwei Stücke teilen lassen würdest.“

„Hoho, so sieht das also aus! Kaum will ich nicht mit dir kämpfen, werden mir als Konsequenz Körperteile abgetrennt!“ Tarek schüttelte den Kopf, musste dann aber doch über Zenays Euphorie lachen und konterte ihren nächsten Schlag. „Nimm das linke Schwert etwas höher, sonst bietest du deinem Feind geradezu an, dir die Schulter abzuhacken!“

„Ha! Da ist er ja wieder, mein Lehrer!“, rief Zenay freudig und erneut klirrten die vier Schwerter aufeinander.

„Wie machst du das?“, fragte Tarek und deutete mit einem der Schwerter auf sie.

„Was meinst du?“ Zenay kreuzte die Schwerter vor sich, als eines von ihm auf sie niederzufahren drohte, und sie kämpften erbittert weiter. Tarek musste warten, bis er wieder sprechen konnte, denn er brauchte all seine Kraft, um sich nicht von Zenay besiegen zu lassen.

„Du hast erst ein einziges Mal mit zwei Waffen gekämpft, davon war eine ein Messer, und du verhältst dich bereits so, als wären die beiden Schwerter ein Teil von dir."

„Nun ja", Zenay zögerte kurz, „nur weil du nicht mit mir üben wolltest, heißt das nicht, dass nicht andere Leute ..."

Tarek stutzte. „Du hast mit Malak geübt?"

Sie nickte, ihr schüchternes Lächeln wurde langsam etwas spitz und hinterlistig. „Und mit Jesco." Sie wirbelte schnell um sich – und schlug ihm das rechte Schwert aus der Hand.

Es flog in hohem Bogen über die Wiese und blieb knirschend im Kies des Ufers stecken. „Und mit Elaya." Sie konterte drei seiner Schläge mit dem rechten Schwert, dann entwendete sie ihm das linke ebenfalls und hielt ihm schwer atmend die Klinge an den Hals. Es zitterte kaum merklich.

Tarek lächelte und verneigte sich schwach vor seiner Freundin.

„Wow", flüsterte Zenay und grinste. „So fühlt es sich also an, dich zu besiegen."

«†»

Blut. Es dürstete nach Blut und Fleisch. Es war lange durch die lichten Wälder gekrochen, ziellos, die feuchte Nase in den Wind gestreckt und war schließlich dem Geruch gefolgt, der am intensivsten zu ihm wehte. Das Licht wurde langsam stärker, die Dämmerung verschwand und der Duft wurde intensiver.

Pferde. Es duckte sich kurz an den Boden, als es den Wald verließ und auf eine weite Fläche mit niedrigem Gras traf. Dort standen sie.

Getrieben von Hunger, rannte es aus dem Schatten des Waldes und stürzte sich durch den Holzzaun, als wäre er aus Streichhölzern erbaut.

Frisches Leben riss die Köpfe hoch und schnaubte, dann wehte der Duft von Angst zu ihm herüber. Beine hetzten über die Wiese, gepaart mit panischem Wiehern – und es schnellte hinterher.

Seine Krallen fanden Fell, seine Zähne gruben sich hinein, durchstießen weiche Haut und schlugen sich in zartes Fleisch.

Aber da war noch mehr Bewegung um es herum, also ließ es von der ersten Beute ab und sprang die nächste an, bis es nach einer Weile still und ruhig war. Das Leben auf der Wiese war erloschen und blutgetränkt ... Da beruhigte es sich zufrieden und schlug wieder die Hauer in die noch warme Seite seines letzten Opfers.

Warmes Rot benetzte seine Zunge und seine Kehle, als es fraß. Dann drang ein lauter, tiefer Schrei zu ihm, der nicht wie die hohen Angstschreie der Pferde klang.

Ein neuer Geruch stieg in seine Nase, fremd und interessant, mit großer Verwirrung vermischt. Es hob vorsichtig den Kopf von seiner Beute, drehte ihn in die Richtung, aus der das neue Geräusch gekommen war, und blähte die Nüstern.

Das Wesen erkannte diesen Geruch; es war ein Mensch, der da geschrien hatte.

Es war wieder Bewegung auf der Wiese, aber der Mensch rannte nicht fort, sondern kam zielstrebig auf es zu.

Der Mensch blieb stockend stehen, als es sich das Blut von den Zähnen leckte und den Kopf schräg legte, um ihn zu beobachten. Angst mischte sich in den Schweißgeruch des Menschen und weckte augenblicklich die Jagdlust.

Einen Moment lang beäugten sie sich, dann beschloss das Wesen, dass seine tote Beute doch interessanter war als der Neuankömmling. Es senkte den Kopf zurück zu dem aufgerissenen Bauch des Pferdes – da traf ein Stein seine Schulter.

Das Wesen schnaubte, hob wieder den Kopf und ließ ein fauchendes Brüllen los, das den Menschen zurückfahren ließ. Diesmal klang sein Schrei schon eher wie die der sterbenden Pferde. Der Mensch stürzte über ein Holzstück des zerstörten Gatters, dann rutschte er rücklings weg und blieb kurz zitternd liegen, ehe er vorsichtig und langsam aufstand.

Das Monster hatte den lachhaften Angreifer schon einfach ignorieren und sich wieder seinem Festmahl zuwenden wollen, als der Geruch des neuen, viel süßeren und *lebendigen* Blutes in seine Nase drang.

Schnaubend und geifernd richtete es sich auf und überwand den Pferdekadaver vor sich kurzerhand mit einem Sprung, der ihm den Menschen gleich viel näher brachte.

Ein weiterer, tiefer Angstlaut kam von dem Menschen vor ihm, als es sich auf ihn stürzte und die Schreie in hohes Kreischen übergehen ließ.

«†»

Zenay schrie auf und fand sich kerzengerade und schweißgebadet in ihrem Bett.

Ihr Atem ging schnell und unregelmäßig, als sie versuchte, sich zu beruhigen. Sie rief sich den gestrigen Tag ins Gedächtnis, das kühlende Gewitter am Abend, das Essen und wie sie sich schlafen gelegt hatte. Doch irgendetwas in ihr war sich sicher, dass diese schrecklichen Bilder kein Traum gewesen waren.

Sie wollte aufspringen und ihr Schwert packen, so unruhig und voller Angst war sie ... Im nächsten Moment krachte die Tür auf und Tarek sprang herein, ein Messer in der Hand, nur mit seiner Leinenhose bekleidet.

„Was ist los? Was ist passiert?“, rief er und war im nächsten Moment bei ihr am Bett.

„Ni-nichts ... Ich glaube, ich hatte einen Albtraum.“ Sie zitterte merklich, hob aber die Hand, um ihn zu beschwichtigen.

„Du *glaubst* es nur? Was hast du geträumt?“ Tarek ließ das Messer sinken und legte es auf die Kommode, ehe er sich zu ihr auf die Bettkante setzte.

„Ich bin mir nicht sicher ... Ich dachte wirklich ... Es war so real! Ich habe von einem Monster geträumt ... Aber ich weiß nicht, was es war.“

„Wie hat es ausgesehen?“

„Das ist es ja gerade ... Ich habe es nie gesehen! Es war ... als würde ich durch seine Augen sehen ... Es hat Pferde getötet, dann kam ein Mann und es hat ihn angefallen ... Ich ... ich könnte schwören, dass es wirklich passiert ist."

„Aber es war doch kein Wolf, oder?"

Zenay sah ihn stirnrunzelnd an und schüttelte heftig den Kopf. „Nein, wie kommst du darauf? Bisher habe ich einige Male von Wafaa geträumt ... Aber ich habe sie immer gesehen und sie war immer freundlich. Nein, ich habe keine Ahnung, was es war."

Sie zitterte und war froh, dass Tarek lächelnd ihre Hand nahm. Sie sahen sich einen Moment schweigend an und Zenays Atem beruhigte sich endlich.

„Geht es jetzt wieder? Wirst du weiterschlafen können?"

„Ich denke, ja ... aber, Tarek ..."

Er drückte ihre Hand fester. „Was denn?", fragte er sanft und sie wurde rot.

„Ich könnte so einen Albtraum nicht noch einmal ertragen ... Würdest du vielleicht noch ... hier bleiben?"

„Natürlich."

Zenay lächelte ihn dankbar an, dann kuschelte sie sich in seine Arme und schloss die Augen. Seine Wärme und der Klang seines Herzschlags trugen sie schon bald in ruhigeren Schlaf.

«†»

Am Morgen kehrte das ungute Gefühl der Nacht wieder zurück. Tarek versuchte sie zu beruhigen, aber sie ließ nicht locker, bis er seufzend einwilligte, einen Rundgang um das Dorf zu machen und nach verdächtigen Spuren zu suchen. Er bat Zenay zu warten, als er kopfschüttelnd ein Messer in seinen Gürtel steckte und das Haus verließ.

Es war noch früh, aber das Dorf war bereits wach und geschäftig. Draußen waren wieder die typischen Stände und Karren auf dem Platz aufgestellt, so, wie es einmal die Woche üblich war, wenn Bauern aus dem Umland und auch manch fahrender Händler ihre Waren anboten und mit den Handwerkern im Dorf tauschten.

Zenay saß alleine in der Küche und ließ die Steine über die Tischplatte wandern. Sie musste kaum mehr die Hand bewegen. Ein leichtes Zucken ihrer Finger und der Wille ihres Geistes reichten aus, um die Kiesel in verschiedene Richtungen zu schieben und zu ziehen. Ihre Gedanken wanderten zurück zum Traum der letzten Nacht und sie erschauerte.

Nein ... Sie musste sich einfach gedulden. Tarek würde bald zurückkommen und ihr berichten, dass natürlich keine Monster in ihren Wäldern ihr Unwesen trieben. Dann würden sie lachen und Zenay sich schämen, dass sie sich von einem dummen Traum so hatte verunsichern lassen.

Sie schloss die Augen, verschränkte die Arme hinterm Kopf und lauschte auf die Geräusche im Haus.

Nur ihr Atem und das Knacken des Feuers im Ofen waren zu hören.

Sie lächelte bei dem Gedanken an Tareks Gesichtsausdruck, wenn sie ihm als Entschuldigung einen langen Kuss geben würde – als sich andere Geräusche in ihre Ruhe drängten.

Zenay sprang auf, als draußen ein lautes Krachen ertönte. Ein Schrei drang herein, gefolgt von panischen Rufen und dem erneuten Bersten von Holz.

Sie spähte aus dem milchigen Fenster, konnte aber außer der Hecke draußen und einigen hektischen Bewegungen dahinter kaum etwas erkennen.

Was ist denn da draußen nur los? Sind ... sind das Ratken? Werden wir etwa angegriffen?

Ein lautes Kreischen, das vom Dorfplatz kam und alles übertönte, ließ die Fensterscheiben klirren.

Nein, das ist kein menschlicher Schrei ... Aber was ist das? Zenay spähte weiter hinaus und versuchte durch das Brombeergebüsch mehr zu erkennen. Ein eiskalter Schauer lief ihr den Rücken hinunter, als ihr dieses Kreischen auf einmal bekannt vorkam.

Wie in meinem Traum!, dachte sie entsetzt und wollte nach Tarek rufen, als sie auch schon wieder erstarrte. Sie hatte ihn weggeschickt! Shetan war auch nicht da ... Sie war allein mit der Erkenntnis, dass ihr Traum eine Vision gewesen sein musste.

Hatten die Ratken Tiere, die für sie kämpften? Auf einmal kroch eine schreckliche Angst in ihr hoch und sie schmeckte Galle. Sie wusste viel zu wenig über ihre angeblichen Feinde. Tarek war da draußen – was, wenn er angegriffen worden war? Dann war sie dafür verantwortlich.

Sie starrte durch das milchige Fenster und fragte sich entsetzt, was sie tun sollte. Sie fühlte sich nicht bereit ... Viel eher schwach und hilflos ...

Beim nächsten, lauteren Geräusch von draußen blieb ihr Herz fast stehen. Zwischen dem Lärm und den Rufen schrie plötzlich ein Kind. Der Laut bohrte sich in ihren Kopf und ließ ein ganz klares Bild vor ihrem inneren Auge entstehen.

Menschen würden sterben. Unschuldige Menschen.

Mit einem Satz war sie im Flur, dann in ihrem Zimmer und riss das Kristallschwert aus seiner neuen Scheide. Sie berührte es mit ihrer Magie und ließ es verschwinden, so wie Shetan es ihr gezeigt hatte. Dann sprang sie in Tareks Zimmer und packte sein Schwert, das sie mit beiden Händen fest umklammerte.

Als sie aus der Haustür trat und den Dorfplatz sehen konnte, wartete Chaos auf sie.

Rauch lag in der Luft, mehrere der Stände des kleinen Marktes waren umgestürzt und zertrümmert, ein Karren brannte. Menschen schrien und rannten geduckt vom Platz oder kauerten hinter Trümmern und Gartenmauern.

Holz lag zerstreut auf dem Platz und Zenays Blick fand eine Gruppe von Männern, welche eine schreiende Frau festhielten, die sich ihnen mit aller Kraft entreißen und anscheinend in die Mitte des Platzes eilen wollte.

Zenay stand in der offenen Tür, wusste nicht, ob sie rennen sollte oder nicht. Keiner schien sie zu bemerken, alle starrten auf etwas rechts von ihr, das noch von der Hecke verdeckt war. Mit einem Schlucken ging sie zum Rand des Gartens. Ein Pfeil zischte über den Platz, ihr Blick folgte seiner Bahn.

Tareks Schwert noch immer fest gepackt, erstarrte Zenay mitten in der Bewegung.

Ein schreckliches Tier stand auf dem Platz, wie sie es noch nie zuvor gesehen hatte.

Es war größer als jeder Hund, wesentlich größer, hatte fast die Schulterhöhe eines Pferdes. Sein Rücken war gekrümmt und voller kleiner Buckel, als hätte es die Beulenpest. Stacheln ragten aus seiner Haut, die wie langgezogene, schwarze Dornen aussahen. Ein kräftiger Schwanz peitschte über den Boden und wirbelte Staub auf.

Die Schreie um sie herum hallten auf einmal nur noch gedämpft an Zenays Ohr und alles schien irgendwie *langsamer* zu werden. Sie sah sich nicht um, sie musste es gar nicht, um die Bewegungen der Leute wahrzunehmen. Ihr Geist lokalisierte jeden Einzelnen um sie herum anhand seiner Angst und Panik. Am allermeisten drängte sich die Todesangst eines kleinen Kindes in ihr Bewusstsein, das unter der Pranke des Wesens lag und schrecklich weinte. Sie konnte keine weiteren Feinde sehen, keine Ratken.

Nur dieses Ungeheuer, dass ihr den Rücken zugewandt und sie noch nicht bemerkt hatte.

Ihr Griff um das Schwert war nun so fest, dass die Knöchel weiß hervortraten. Bei ihrem nächsten Atemzug schien die Welt um sie herum gänzlich stehen zu bleiben.

Hierfür haben sie dich ausgebildet. Töte es. Rette das Kind!

Schwarzer Dampf schien um das Tier zu wabern und ein Dunst der Zerstörung lag über dem Dorfplatz. Zenay überkam die schreckliche Erkenntnis, dass niemand dem Kind helfen konnte. Einige der Männer hielten Messer in den Händen, aber niemand wagte es, sich dem Ungetüm zu nähern. Ein paar Pfeile lagen um das Tier verstreut, doch sie schienen einfach an den Stacheln abgeprallt zu sein, ohne Schaden anzurichten. Zenay konnte wie aus weiter Ferne Frauen schreien und weinen hören. Qualm von dem brennenden Wagen stach ihr in die Nase, doch niemand wagte es, aus seinem Versteck hervorzukommen, um den Brand zu löschen.

Zenay rannte still wie ein Schatten über den Platz und auf das Monster zu.

In ihrem Kopf hatte sich das Brüllen der Männer mit dem kreischenden Fauchen des Tieres zu einem monotonen Brummen vermischt. Die Welt rauschte und pulsierte, als Zenay sich den Stacheln und dem merkwürdigen Dampf näherte. Sie nahm das Entsetzen der Männer wahr, als sie das Mädchen entdeckten, das auf das Monster zu rannte.

Der Gestank von Verwesung drang ihr in die Nase, als sie nur noch einen Meter entfernt war.

Das Schwert hoch erhoben, wich sie dem peitschenden Schwanz aus und stürzte sich auf das riesige Tier. Sie stach mit Tareks Schwert auf den unteren Rücken ein – doch die Waffe prallte klirrend ab, ohne den geringsten Kratzer zu hinterlassen.

Der kleine Junge unter der Klaue schrie und wand sich, während er versuchte, dem Griff des Ungetüms zu entkommen. Es ließ von ihm ab, sprang herum, peitschte mit dem Schwanz über das Kind hinweg, nun völlig auf den neuen Angreifer fixiert. Mit einem unwirklich klingenden Schrei spritzte blutiger Speichel aus dem aufgerissenen Maul.

Das Monster schlug nach ihr, doch Zenay wich ihm im letzten Moment aus. Die Krallen verfehlten ihren Arm, erreichten aber wohl ihr Schwert. Mit einem hohen Quietschen von steinharten Klauen auf Metall wurde ihr die Waffe mit Wucht aus den Händen gerissen.

Sie keuchte entsetzt, als das Schwert durch die Luft segelte, klirrend aufkam und quer über den Platz unter einen zerstörten Marktstand schlitterte.

Zenay schluckte, als das Ungetüm sie ins Visier nahm und ein Zischen ausstieß, das sich fast wie ein hämisches Glucksen anhörte. Sie erbleichte und wich zurück.

Sein Kopf war schrecklicher, als sie gedacht hatte. Die blutunterlaufenen, toten Augen starrten durch einen milchigen Nebel ins Nichts und trotzdem strahlten sie einen solchen Hass aus, dass Zenays Innerstes zu gefrieren schien.

Sein breites Maul schien zu weit offen. Sie konnte die Kieferknochen in dem Fleisch erahnen, das irgendwie so wirkte, als sei es bereits am Absterben und Verrotten. Die Zähne waren lang und scharf, zwei untere Frontzähne zu riesig langen, dolchartigen Hauern ausgewachsen, sodass der Kopf unweigerlich an den eines Keilers erinnerte. Blut und helle Fleischfetzen hingen an den Zähnen des Ungetüms, während es Zenay anstarrte, sich duckte und die Muskeln anspannte.

Zenay warf einen Blick über ihre Schulter, öffnete sich ihrer Magie und packte, was sie als Nächstes erreichen konnte. Mit einem heftigen Ruck ihres Arms schleuderte sie dem Monster einen Windstoß entgegen, mit dem sie einen Teil des zerstörten Stands hinter sich mitriss. Qualmendes Holz krachte gegen dessen Seite, doch es wich nur kurz vor ihr zurück, ehe es seinen mächtigen Schädel schüttelte und ein wütendes Kreischen losließ, das erneut Speichel über die Steine vor ihm verteilte.

Zenay wollte instinktiv zurückweichen, als dieser schreckliche Schrei ihr entgegenhallte, doch sie hielt sich unter Kontrolle. Sie wankte kurz, als die Magie mit dem Windstoß aus ihrem Körper gerissen wurde.

Das Monster gluckste erneut. Dampf stieg mit jedem Atemzug aus seinem Mund – dann sprang das große Tier sie an.

Zenay schrie. Allerdings war es kein Angstschrei, sondern ein wildes, verzweifeltes Brüllen, als sie die Arme hob. Mit einem lauten Knistern manifestierte sich das Kristallschwert in ihren Händen. In ihren Ohren rauschte es, als sie die Klinge herumriss, die Füße drehte, um mehr Halt auf dem Boden zu haben, und das Kristallschwert gegen die Schulter des Monsters schmetterte.

Zenay konnte durch den Griff des Schwertes fühlen, wie die Klinge die dicke, panzerartige Haut des Tieres zerschnitt und in sein schwarzes Fleisch drang. Sie spürte, wie der Kristall Gewebe zerteilte, Sehnen trennte und schließlich mit einem Krachen in Knochen fuhr.

Das Monster kreischte und wollte sie mit seinen Klauen packen, doch Zenay wich den rot glänzenden Krallen aus, riss das

Schwert aus der Schulter ihres Gegners und wirbelte es mit Schwung um sich.

Sie wusste nicht, ob es tatsächlich Können war – oder nur pures Glück – aber das Schwert war auf einmal direkt zwischen ihr und der Brust des aufgerichteten Monsters, das sich auf sie stürzen und sie zerfleischen würde.

Der Kristall fuhr durch die Haut, dann durch zwei Rippen und bohrte sich tief in den zischenden, zuckenden Körper.

Ein letztes Fauchen drang aus der Kehle des Tieres, dann warf Zenay sich mit aller Wucht gegen den Körper und drückte ihr Schwert noch tiefer hinein.

Blut spritzte aus der Wunde und aus dem aufgerissenen Maul, dann brach das Wesen zusammen.

Zenay spürte, wie sie mitgerissen wurde, wie die Krallen ihren Arm streiften und ihr Hemd zerrissen, dann sprang sie von ihm weg und landete unerwartet leichtfüßig und sicher auf ihren Beinen.

Das tote Monster krachte direkt neben den kleinen Jungen, der vom Schwanz des Kadavers erfasst und zu Boden gedrückt wurde.

Stille breitete sich auf dem Dorfplatz aus. Zenay stand da, heftig atmend, zitternd, und sah sich um. Alle starrten sie an. Die Leute waren verstummt, ließen ihre armseligen Waffen sinken und blickten sie fassungslos an – dann ertönte der panische Schrei einer Mutter. Sie sprang hinter der Reihe von Männern hervor, die auf der anderen Seite des Dorfplatzes erstarrt waren und sie nicht mehr hielten, und rannte zu ihrem Kind.

Sie zerrte den Jungen unter dem merkwürdig öligen Schwanz des Monsters hervor und zu sich. Vorsichtig zog sie ihn auf die Beine und betastete ihn von oben bis unten, strich ihm die Tränen aus dem schmutzigen Gesicht. Den Leichnam schien sie nicht einmal mehr zu sehen.

Zenay beobachtete, wie sie ihren Jungen erneut anstarrte und ihn dann an sich presste.

Tränen liefen über ihr Gesicht, sie schloss ihn in ihre Arme und hob ihn auf.

Ihr letzter Blick galt Zenay.

Die Zafija erzitterte unter der Mischung aus tiefster Dankbarkeit und Fassungslosigkeit, die die Augen der Mutter ausstrahlten.

Es war Tarek, der sie dann plötzlich an den Schultern berührte und sie fest an sich zog. Zuerst dachte sie, er wäre wütend, doch dann spürte sie das Zittern seines Körpers und erkannte, dass er Angst um sie gehabt hatte. Trotzdem pulsierte das Adrenalin durch ihre Adern und ließ ihr Temperament aufkochen. Sie löste sich aus seiner Umarmung, drehte sich um und blitzte ihn aus glühenden Augen an.

„Wo warst du?!", ereiferte Zenay sich wütend und gestikulierte zu dem toten Tier, das früher vielleicht eine Ratte oder vielleicht ein Wildschwein gewesen sein mussten. „Ich hatte recht! Ich dachte, du würdest nach ihm suchen!"

Sie schüttelte seine Hand ab, seinen Griff, und machte einen zögernden Schritt auf die tote Bestie zu. Die Leute auf der anderen Platzseite schienen langsam den ersten Schock überwunden zu haben und richteten sich auf.

„Was ist das überhaupt?", fragte sie dann mit etwas ruhigerer Stimme.

Shetan löste sich von der Menge schräg gegenüber, schien aus Mokubas Haus gekommen zu sein. Er trat zu ihr vor, damit sie ihn hören konnte.

„E-es kommt *hier* nur selten vor. Es kann schon passieren, dass sich schwarze Magie ein etwas größeres Tier ergreift und es verwandelt ... Aber ich hätte nie gedacht, dass es solche Auswirkungen auf das Tier haben kann!", flüsterte Shetan und sah halb entsetzt, halb fasziniert auf das tote Wesen, das vor ihnen lag.

Die Leute des Dorfes wussten nicht, wen sie anstarren sollten – die tote Bestie oder das unauffällige Mädchen, das sie vor ihren Augen niedergestreckt hatte.

Die meisten Blicke verweilten einen Moment auf dem Kadaver und wanderten dann zu Zenay, denn sie alle hatten zu viel gesehen, um nicht zu verstehen, wer da vor ihnen stand und noch immer auf das Wesen starrte, als seien die stummen Zuschauer gar nicht anwesend.

„Wir sollten ins Haus gehen!“, flüsterte Tarek Zenay zu und drängte sie dann sanft in Richtung ihres Zuhauses.

„Und ihr seid sicher, dass es nicht noch mehr von diesen Bestien in der Nähe gibt?“

„Sie sind extrem selten. Wir sollten *gehen*!“, wiederholte Tarek, diesmal lauter und dringlicher. Zenay nickte und ließ sich von ihm wegführen, doch dann blickte sie zurück und drehte sich noch einmal um.

Sie ging zu der magischen Bestie und zog mit einem Ruck ihr Schwert aus seiner Brust.

Kaum berührte der kühle Kristallstahl den schwarz verfärbten Leichnam nicht mehr, zerfiel dieser binnen weniger Augenblicke.

Die Leute ächzten auf vor Entsetzen und wichen zurück, als der große, stinkende Körper in sich zusammensackte und scheinbar ohne Flammen zu Kohle verbrannte.

Für einen Moment waren in dem Aschehaufen noch die Reste des überdimensionalen Skeletts zu erkennen, dann zerfiel es ebenfalls, als läge es schon hundert Jahre dort.

Schwarzer Dampf stob aus der Asche auf, wirbelte in Spiralen in die Höhe und löste sich dann auf.

Zenay war die Einzige, die nicht zurückwich – wohl, weil sie einfach zu überrascht von dem plötzlichen Zerfall des Körpers gewesen war – und so hatte sich ein noch größerer Kreis um sie gebildet, der sie unmittelbar hervorhob und für alle verdeutlichte: Diese junge Frau, die da vor ihnen stand, war eine Magierin.

Tarek trat zu ihr und packte sie am Arm. „Sina, du ziehst zu viel Aufmerksamkeit auf dich.“

Seine Stimme war nur ein undeutliches Murmeln, als wollte er die Lippen so wenig wie möglich bewegen und befürchte, es könnte ein Sturm über ihnen hereinbrechen.

Zenay nickte erneut stumm, dann drehte sie sich um und folgte Tarek.

«†»

Die beiden verließen den Platz, und als die Tür hinter ihnen zufiel, brach auf dem Platz ein Tumult aus. Shetan hob nun beschwichtigend die Hände, da alle durcheinander riefen, zu der Asche und zu Shetans Hütte gestikulierten. Nur eine Handvoll Leute schaffte es, sich von dem Anblick loszureißen und Eimer herbeizuschaffen, um die brennenden Überreste des Marktstandes zu löschen.

Shetan räusperte sich. „Seid bitte ruhig, Leute. Ich bin sicher, dass sich eine Erklärung hierfür finden wird!"

„Dass ich nicht lache, Magier! Dieses Mädchen, das ihr schon die ganze Zeit versteckt, das ist eine Magierin! Sie hat ein Schwert aus dem NICHTS gezaubert!"

„Sie hat einen Wirbelsturm erzeugt!"

„Außerdem schult ihr sie die ganze Zeit! Meine Tochter hat sie mit Jesco und anderen gesehen, wie sie mit dem Bogen geübt haben!"

Andere nickten eifrig, doch dann fragte jemand auf einmal verwirrt, beinahe ängstlich: „Was machen wir denn jetzt? Sie ist eine große Gefahr für das Dorf!"

„Aber es ist doch unsere Pflicht sie zu schützen, oder?", erwiderte jemand aus der Menge.

„Es ist eure Pflicht, eure Herzen zu beruhigen und mir zuzuhören!", rief Shetan und die Leute verstummten schließlich.

Kaum hatte er den Mund erneut aufgemacht und wollte den nächsten Satz beginnen, brach Gemurmel los. „Dann ist es also wahr! Das Mädchen ist eine Magierin!"

„Verdammt!", rief jemand aus der Menge. „Solche Wunder habe ich schon lange nicht mehr gesehen. Das Mädchen könnte die Auserwählte sein!"

Das brachte viele zum Schweigen.

Shetan sah sich die Menschen um ihn herum genau an, sah in manchen Gesichtern Hoffnung, aber in vielen auch Verwirrung und Zorn. Sie waren noch nicht so weit.

„Leute!“, rief er so laut und eindringlich, dass die meisten um ihn zusammenzuckten, besonders dann, als sein kurzes, verbittertes Lachen erklang. „Hört euch doch nur einmal an! Was ihr da redet!“

Jetzt schwiegen alle – und Shetan sah Zweifel in ihren Gesichtern.

Sehr gut, es war noch nicht zu spät.

„Wir wissen doch alle, dass es so etwas wie eine Auserwählte überhaupt nicht gibt!“, sagte er mit eindringlicher Stimme, die eine Spur Enttäuschung in sich trug. „Hört euch doch an, ihr glaubt diese Geschichte tatsächlich? Das ist doch Unsinn! Diese Lüge wurde uns von Zayda persönlich aufgetischt, weil sie es liebt, Hoffnung zu sähen und diese dann zu zerstören, um die Menschen in noch tiefere Verzweiflung zu stürzen! Ihr wisst es doch alle, wie viele darunter gelitten haben, dass niemals ein Retter kam, um uns von Zayda zu befreien.“

„Aber“, setzte ein alter Mann an und sah Shetan trotzig ins Gesicht, „du hast doch selbst immer gesagt, dass die Prophezeiung wahr wäre, Magier!“

Einige Leute nickten. „Ja, du warst es immer, der sagte, wir sollen daran glauben und nicht die Hoffnung verlieren, so wie viele andere es schon getan haben.“

Shetan sah zu Boden und schüttelte den Kopf. „Es tut mir leid, aber das Mädchen ist nicht die *Zafija*.“

„Aber warum rief sie dann jemand Zenay?“

„Ihr Name ist Sina. Wenn jemand ihn laut schreit, wie Tarek es getan hat, klingt das wie *Zenay*.“

Die Dorfleute um ihn bemerkten, wie abfällig er den Namen betonte. Als sie erkannten, dass nicht einmal ihr einziger Magier an die Legende glaubte, verebbte ihre Euphorie, die auch stark von der Aufregung des Kampfes herrührte. Shetan entspannte sich innerlich.

„Und wer ist sie dann? Wieso konnte sie das Monster töten?“

„Sie ist eine Magierin“, erwiderte er ruhig.

„Ist sie stark? Wird sie gegen Zayda kämpfen, so wie die Auserwählte es tun würde?“, fragte eine Frau und wieder sah Shetan Hoffnung in den Gesichtern.

„Sie ist nicht so schwach wie viele andere, aber noch lange nicht stark genug, um auch nur gegen einen von Zaydas Magiern antreten zu können.“

„Aber was tut sie dann hier?“

„Ihr wisst auch das schon. Sie ist die Nichte eines alten, verstorbenen Freundes und wir haben sie aufgenommen – und müssen sie unbedingt weiter versteckt halten! Wenn Zayda erfährt, dass eine Magierin hier ist, würden Ratken kommen und sie fangen und töten!“

Ängstliche Blicke wanderten zwischen den Leuten umher und Gemurmel kam wieder auf.

„Was sollen wir tun?“

„Bitte schweigt. Ich kann niemanden dazu zwingen, aber Sina ist nur sicher, solange niemand weiß, dass sie sich hier versteckt. Sie will doch nur leben und nicht von Zayda ermordet werden, weil sie begabt ist!“

„Deshalb waren damals Ratken im Dorf, ich habe ihre Spuren im Wald gesehen und keiner glaubte mir! Das Mädchen ist doch dann hier aufgetaucht! Da haben sie sie schon gesucht!“, rief einer der Holzfäller und viele nickten jetzt, da sie endlich zu verstehen glaubten.

„Ja, und vielleicht werden wieder welche kommen, aber noch hat sie niemand gefunden und niemand ist verletzt worden. Sie hat gerade dieses Ungetüm getötet, wozu keiner von euch im Stande war! Vielleicht wären viel mehr verletzt worden, sie hat das abgewendet, vergesst das nicht. Sina will nur weiterlernen und sich irgendwann einen anderen Ort suchen, wo sie bleiben kann.“

„Wir sollten einen Rat einberufen! Es muss besprochen werden, wie wir mit ihr umgehen. Ob sie hier bleiben darf oder nicht.“

Shetan nickte. „Das ist eine gute Idee. Holt Conroy und trefft euch in der Schenke, ich komme gleich nach.“

Der alte Magier sah den Leuten einen Moment zweifelnd nach, wie sie nickten und sich dann auf dem Platz zerstreuten, in ihre Häuser zurückkehrten oder begannen, den Dorfplatz mit dem zerstörten Markt wieder herzurichten. Dann drehte er sich auf dem Absatz um und eilte in sein Haus, wo eine zutiefst verschüchterte Zenay ihn erwartete.

«†»

Shetan blieb in der offenen Tür stehen und sah Zenay einfach nur schweigend an – bis sie es nicht mehr aushielt und aufsprang, den Stuhl unter sich umwarf.

„Na gut! Ich weiß, es war dumm! Sag endlich etwas, sei wütend oder enttäuscht, aber steh nicht einfach nur da!", rief sie mit einer Spur von Verzweiflung in der Stimme.

Shetan schmunzelte kurz, dann setzte er sich an den Tisch.

Zenay gestikulierte wild. „Ich meine, was sollte ich denn tun? Die Leute hatten die Situation kein bisschen im Griff und ich konnte doch nicht zusehen, wie dieses Monster den kleinen Jungen zerfleischt!", machte sie laut weiter, verstummte dann und starrte Shetan erwartungsvoll an.

„Ja. Ich weiß."

„Wie?"

„Ich bin weder wütend noch enttäuscht, Zenay. Ich hatte ehrlich gesagt schon viel früher damit gerechnet, dass die Dorfleute eins und eins zusammenzählen würden."

„Du ... du hattest bereits erwartet, dass ich mich verraten würde?"

„Du hast keinen Fehler gemacht, Zenay. Du hast dem Jungen das Leben gerettet und das ist das Wichtigste. Wir müssen jetzt ganz einfach mit der neuen Situation umgehen."

„Aber was ist denn die neue Situation? Was soll denn jetzt passieren?"

„Vermutlich wird gar nichts passieren. Die Leute sind gleich hysterisch geworden und haben angefangen zu sagen, du wärst die Zafija ... Aber ich habe ihnen diesen Zahn gezogen."

Zenay stutzte. „Wie? Soll das heißen, sie wissen es oder sie wissen es nicht?“

„Sie *glauben,* du seist eine Magierin. Sie *glauben*, du seist hier, um dich vor Zayda zu verstecken, weil sie Magier tötet.“

„Ist das wahr?“

„Natürlich. Zenay, die Leute in Ornanung glauben schon lange nicht mehr wirklich an die Prophezeiung. Sie haben die Hoffnung verloren und denken, dass es nichts als eine Lüge war.“

„Und das soll mich jetzt aufbauen? Ich *bin* die Auserwählte, aber soll es keinem sagen, weil keiner es glaubt oder hören will? Das heißt, ich habe schon versagt, bevor ich überhaupt mein Schicksal angenommen habe!“

„Aber“, fuhr Shetan beschwichtigend fort, während er sie mit einer hochgezogenen Augenbraue ansah, „dass du eine versteckte Magierin bist, das ist logisch und jetzt unbestreitbar. Sie kennen das. Ich war auch ein Magier, der untergetaucht ist, auch wenn sie nicht wussten, wie stark ich damals noch war. Aber ich habe meine Fähigkeiten nicht mehr angewendet, um nicht aufzufallen und vieles von meiner Magie ist jetzt versiegt – aber du, du bist jung und begabt. Du kannst gefährlich werden. Das verstehen die Dorfbewohner ... Ob sie nun glauben, du könntest ihnen gefährlich werden oder, wie eigentlich gewünscht, der Königin ... Das wird sich zeigen müssen.“

Zenay schwieg und dachte über seine Worte nach. Die krampfartige Anspannung, die seit dem Kampf auf dem Platz auf ihr gelegen hatte, fiel von ihr ab. Sie spürte die Erschöpfung und Verletzung vom Kampf.

Erst jetzt wurde ihr klar, das Blut und Geifer des Monsters an ihr klebten – und ihr Arm schmerzte mehr, als er es sollte. Sie tastete danach, während Shetan und Tarek sie stumm ansahen, und zog die Fetzen ihres Ärmels weg. Mehrere lange, tiefe Kratzer von den Klauen der Bestie liefen ihren Arm entlang, aber der Blutfluss war schon versiegt. Mit ihrer Magie strich Zenay vorsichtig über die Schrammen und ließ sie heilen. Sie blickte erneut an sich herunter und besah sich ihr Hemd, aber das restliche Blut war nicht von ihr.

„Könnt ihr mir jetzt bitte erklären, was da gerade passiert ist? Das Viech sah aus wie eine Mischung aus einer riesigen Ratte und einem wilden Keiler!"

Zenay erschauderte bei dem Gedanken und schüttelte sich, als ihr eine Gänsehaut den Rücken hinabkroch.

„Es ... es könnte ein Tier aus einem ... schwarzen Gebiet gewesen sein", murmelte Tarek.

„Schwarzes Gebiet? Was ist das denn?"

„So nennen wir Landstriche, in denen die schwarze Magie im Prinzip *festsitzt*. Wir wissen nicht genau, warum diese Gebiete existieren oder wie sie entstanden sind, aber Shetan vermutet, dass sie noch aus der alten Kriegszeit stammen. Damals wurde die schwarze Magie im gewissen Sinne erst entwickelt – und wir glauben, dass sie sich an ein Gebiet binden konnte, wenn es sehr viel Magie war. So, wie sie sich auch an einen See oder einen Menschen oder ein Tier binden kann."

„Das heißt, es gibt hier Länder, die mit schwarzer Magie verpestet sind?" Zenay war fassungslos und Shetan nickte schließlich, ehe er für Tarek übernahm.

„Es sind keine großen Gebiete. Manchmal ist es nur ein Waldstück oder ein Hügel oder eine Felslandschaft, manchmal sogar nur eine Wiese oder Lichtung. Die größten Gebiete wurden alle entdeckt und auf Karten markiert, damit man sie meiden kann. Es gibt wahrscheinlich nur sehr kleine, die vielleicht noch unbekannt sind. Selbst die Ratken gehen diesen Plätzen aus dem Weg. Das sollte jeder."

„Was gibt es denn an so einem Ort?", fragte Zenay nach einem Moment, in dem sie versucht hatte, es sich auszumalen.

„Es ist wie eine Krankheit. Die Magie vergiftet die Landschaft, die Pflanzen, das Gras, die Bäume – und die Tiere. Vieles lebt dort allerdings nicht, da die meisten Tiere oder Pflanzen nach einer Weile sterben oder sich gegenseitig umbringen. Es gibt dort hauptsächlich Schlingpflanzen, Spinnen und kleineres Getier – aber theoretisch könnte es passieren, dass ein größeres Tier, zum Beispiel eine Ratte oder ein Keiler, von der Magie befallen wird, wenn er versehentlich zu nahe an so eine Gegend kommt. Wenn das Tier nicht stirbt, verändert es sich und wird wahnsinnig. Und wenn es groß genug ist, kann es wohl auch außerhalb dieser Gegend leben ..."

„Und dann hierher rennen und die Leute angreifen", schloss Zenay, bevor sie Shetan lange anblickte. „Gibt es so ein Gebiet hier in der Nähe?"

Der alte Magier lächelte matt und schüttelte den Kopf. „Nein, nicht dass ich wüsste. Es gibt welche in den Bergen nördlich von Mikna, wohl auch südlich von Tna'ni und in der Wüste. Es soll viele kleine bei den Ratken geben, weil sie am meisten mit schwarzer Magie experimentiert haben – und dann gibt es noch die Todeszone: *Shan'tiel*."

Zenay erschrak, wie hasserfüllt er das Wort ausspie. „Shan'tiel. Was bedeutet das?"

„Gefallener Himmel. Es ist die Bezeichnung für ein altes Schlachtfeld", erklärte Tarek.

„Ja, ein Schlachtfeld", murmelte Shetan und sah auf einmal tieftraurig aus. „Es liegt nördlich von Mazmorra und zieht sich über die Ebene bis ans Meer. Es trennt das Delta, in dem Maila liegt, vom Land der Ratken und kein Mensch hat gewagt es zu betreten, seit es vor langer Zeit entstanden ist. Die schwarze Magie hat dort ein Gebiet verseucht, das so groß ist, dass man zwei Wochen daran entlangreiten kann, ohne eine Lücke zu finden. Es soll aber bloß etwa fünf Tagesmärsche breit sein, allerdings kann man das nur grob abschätzen."

„Wie ist es entstanden?"

„Das weiß keiner mehr genau, aber es existiert Aufzeichnungen zufolge seit dem großen Krieg zwischen Lyrra und Tyarul. Es müssen dort viele Menschen gestorben sein, in einem so großen Landstrich hätten ohne Probleme mehrere Dörfer liegen können ..."

Zenays Kehle fühlte sich an, als würde jemand sie zudrücken, und sie bekam keine Luft. Sie wollte nicht mehr darüber sprechen. Ein ganz anderer Gedanke drängte sich ihr auf. „Was werden wir jetzt tun? Das Dorf hat mich gesehen und jetzt wissen alle, wer ich bin ... Jetzt ist bekannt, dass ich *anders* bin“, meinte Zenay geradeheraus, konnte aber das Zittern in ihrer Stimme nicht ganz verbergen.

„Keine Sorge, das Dorf steht hinter dir, *Magierin*“, meinte Shetan und Tarek nickte.

„Ja, aber steht es hinter mir, um mich zu unterstützen und zu verteidigen, oder steht es hinter mir und auf einmal finde ich mich plötzlich mit einem Messer im Rücken wieder?“

Tarek schwieg.

„Wir werden ihnen das Messer notfalls wegnehmen. Deshalb werde ich jetzt gehen und die Leute im Rat davon überzeugen, dich unter den Schutz des Dorfes zu stellen“, meinte Shetan schließlich.

„Wird das funktionieren?“

„Davon bin ich überzeugt, die Menschen auf dem Platz haben eher hoffnungsvoll als ängstlich gewirkt.“ Er lächelte, aber sie sah genau, dass es erzwungen war.

„Dann werde ich hier warten, bis die Entscheidung getroffen ist“, murmelte sie mit einem Kloß im Hals.

Shetan nickte und bedeutete Tarek, ihm zu folgen. Sie verließen das Haus und Zenay beobachtete durch das kleine Fenster in der Haustür, wie sie auf den Platz traten und ihn überquerten.

Es herrschte immer noch ein recht großes Durcheinander auf dem Dorfplatz, aber die Händler räumten schon ein bisschen auf oder begutachteten die Schäden. Tarek ging etwas schneller als Shetan und Zenay konnte erkennen, wie er sein Schwert aus den zerstörten Resten eines Marktstandes zog. Er nahm es mit sich, als sie hinter der Hecke aus ihrem Blickfeld verschwanden.

Warten

Die Schenke war schon überfüllt, als Tarek und Shetan eintraten. Conroy stand an der Mitte des Tresens, neben ihm Jesco. Asyra hielt sich etwas im Hintergrund bei einem Tisch, der bereits mit wartenden Dorfleuten besetzt war.

Betretenes Schweigen erfüllte den Raum. Tarek wechselte kurz Blicke mit Asyra und Jesco, ehe er sich neben ihn stellte und, den Tresen im Rücken, die Leute des Dorfes musterte, die alle auf etwas zu warten schienen.

Gerade als sich jemand räusperte, ging die Tür wieder auf und ein weiterer Schwall von Dorfleuten kam herein, unter ihnen Malak und Elaya, dicht gefolgt von ihrem Vater Feradun.

Elaya sah ängstlich aus. Ihr Blick schien erfragen zu wollen, was geschehen war und sie öffnete den Mund, doch ihr Vater legte ihr die Hand auf die Schulter und sie wandte den Blick ab.

Die beiden setzten sich an den äußersten Rand einer Eckbank und Malak blieb, wie die anderen Neuankömmlinge, die die Schenke nun endgültig füllten, stehen.

„Könnte vielleicht jemand erklären, warum unser Dorfplatz zerstört ist?", störte Feradun brüsk die Stille und alle Köpfe wandten sich erst zu ihm, dann zu Conroy.

Der Dorfführer sah über diesen herben Anfang nicht glücklich aus, doch er nickte schließlich. „Nachdem ich selbst erst später hinzukam, bitte ich Sainal die Ereignisse zu schildern." Er deutete auf eine der stehenden Gruppen und ein dünner, älterer Mann trat hervor, einer der Kürschner.

„Ich ... ich hatte meinen Stand heute etwas früher aufgebaut als sonst und war gerade mit Frau Blieta im Gespräch über –"

„Komm zum Punkt, Mann!", unterbrach ihn Feradun ungeduldig, doch Conroy hob die Hand, um ihn zum Schweigen zu bringen.

„Lass ihn erzählen!“ Er sah Sainal mit einem milderen Blick an und nickte dem unsicher wirkenden Kürschner wieder zu. „Fahr fort.“

Sainal nickte ebenfalls, kurz und hektisch. „Gut ... Also ich war am Verkaufen ... und dann hörte ich plötzlich ein komisches Geräusch von der Straße hinter mir ... Es war eine Mischung aus Fauchen und Kreischen ... Ich drehte mich um und sah dieses ... dieses *Monster* auf mich zu rennen!“ Er schüttelte sich bei der Erinnerung und einige Leute zogen die Köpfe ein. „Es sah aus wie ein riesiges, schwarzes ... Nun ja, irgendwie wie ein Wildschwein, das mit einer Ratte und einem großen Hund gekreuzt worden war. Es hatte lange Hauer, Stacheln auf dem gekrümmten Rücken, aber auch Krallen wie eine Ratte und einen dicken, peitschenden Schwanz. Ich bin erschrocken zur Seite gesprungen und gestürzt ... und es rannte in, nein, *durch* meinen Stand! Es hat ihn völlig zerfetzt, überall flogen Holzstücke und Waren durch die Luft und regneten dann auf mich herab. Dann stürmte das Tier kreischend weiter auf den Platz, hat nach Leuten geschnappt und geschlagen ... Danach brach Chaos aus, es zerschlug den Stand vom Metzger und hätte dem Mann beinahe den Arm abgerissen ... Ich warf einige Holzstücke nach dem Viech, um es abzulenken!“ In der Stimme des Alten klang Stolz mit, als er die Brust herausstreckte. Feradun schnaubte nur verächtlich.

„Ein Mann hat ein Messer nach ihm geworfen, aber das war ihm scheinbar völlig egal. Es warf weitere Karren um und folgte den zurückweichenden Leuten, während Pfeile einfach an ihm abprallten! Die meisten hatten sich jetzt hinter ihren Ständen versteckt oder waren vom Platz geflohen und das Monster stand in der Mitte, fraß an einem Stück Fleisch vom Metzgerstand und brüllte wild, als würde es angegriffen ... Ich ... ich glaube, dann hat es gesehen, wie die Männer die Waffen von Jonalans Karren holten, denn es sprang plötzlich zielstrebig zu ihm und zerschlug den Tisch und alles – und dahinter hatten sich die Frau des Schmieds, Wiena, und ihr Sohn versteckt. Der kleine Mik rannte panisch weg und das Monster ihm hinterher. Es hat den Kleinen gepackt und auf den Boden geworfen und ich dachte schon, es würde ihn in Stücke reißen!"

Jetzt sah Sainal Shetan und Tarek an und in seinen Augen glühte Freude. „Doch dann kam das Mädchen aus dem Haus des Magiers gestürmt! Sie hatte ein Schwert bei sich und griff das Monster ohne Zögern an! Ich dachte erst, sie sei verrückt und würde auch getötet werden. Aber dieses Mädchen hatte keine Furcht! Sie griff an, verlor ihr Schwert – und streckte die Hand in die Luft. Und was geschah? Ein zweites, hell leuchtendes Schwert tauchte in ihrer Hand auf und sie tötete das Monster! Und davor ... davor hat sie auch Magie benutzt ... Da bin ich mir ganz sicher."

Als Sainal schwieg, erwachte ein lautes Raunen in der bisher gebannten, fassungslosen Stille.

„Diese Sina ist also eine Magierin?", rief jemand und das Gemurmel wurde lauter.

„Ja! Ich habe es auch gesehen!"

„Das hätten wir wissen müssen!"

„Ich habe meine Kinder in ihre Nähe gelassen, so etwas!"

„Wieso erfahren wir erst jetzt davon?"

„So etwas darf nicht geschehen! Unser Dorf ist nur dann sicher, wenn wir uns an die Gesetze halten!"

Der Schmied erhob sich und der Lärm nahm etwas ab. „Mir ist egal, wer oder was sie ist! Sie hat meinen Sohn vor dem Tod gerettet, was keiner von euch konnte! Sie ist eine Heldin! Ich bin ihr unendlich dankbar."

Als Nächstes erhob sich Feradun. Es wurde still, als er den Magier anstarrte und dann den Kopf schüttelte. „So leid es mir tut, der Erste zu sein, Shetan, aber ich kann nicht länger schweigen. Ich werde diese Frau nicht schützen!"

Gemurmel wurde laut und Verwirrung zeigte sich auf manchen Gesichtern, aber auf einigen auch Erleichterung. Viele begannen jetzt ebenfalls zu nicken.

„Was sagst du da?! Rechtfertige dich!", rief Shetan und starrte ihn böse an.

„Es ist schon genug Risiko, dass wir einen alten Magier wie dich im Dorf haben – aber zwei! Zwei sind wahrlich zu viel. Dieses Mädchen wird die Ratken anlocken wie Aas die Fliegen!"

Lärm wurde laut, als augenblicklich Streit in der Wirtschaft ausbrach.

Malak trat vor und sah seinen Vater entsetzt an. „Feradun! Du vergleichst eine Magierin mit totem Fleisch? Sie ist eine gute Frau und eine wahre Freundin! Sie würde dem Dorf niemals etwas Böses wollen!"

„Schweig, Sohn! Diese Hexe ist eine furchtbare Gefahr für Ornanung!"

Malak sah seinen Vater einen Moment angewidert an und warf dann einen Blick zu seiner Schwester, die ihren Vater mit offenem Mund und Tränen in den Augen anstarrte.

„Was denn für eine Gefahr? Sina hat sich sehr gut unter Kontrolle, sie wird niemanden verletzen."

„Ihr habt uns allen diese Wahrheit vorenthalten! Das ist ein Verrat an der Dorfgemeinschaft!"

„Wir hatten gute Gründe, wie man ja an dir sieht! Solange es nicht ausgeplaudert und im Land verbreitet wird, ist sie überhaupt kein Risiko!", rief Tarek wütend und musste sich beherrschen, nicht auf Feradun loszugehen.

„Die Ratken werden für sie kommen! Ich sage es euch, die Ratken werden das Dorf zerstören, wenn sie sie hier finden!", rief Feradun und andere nickten zustimmend.

„Sie ist eine Miakoda, genau wie wir alle! Sie ist eine unseres Volkes und wird für uns kämpfen! Nährt nicht die Stärke der Königin, indem ihr sie verratet!"

„Wenn sie nicht gar selbst das Dorf zerstört! Wer weiß, was sie mit ihrer Magie alles anrichten wird! Wenn sie sich nicht beherrschen kann!", fuhr Feradun fort, als hätte er Tarek gar nicht gehört. „Sie ist keine Kriegerin, nur eine Hexe und wird uns noch alle in Brand stecken, während sie versucht uns zu *helfen*!" Er spie das letzte Wort aus als sei es ein Fluch.

Jesco musste Tarek jetzt an den Schultern halten, um ihn zu bändigen.

„Sina ist die gütigste und ehrenhafteste Person, die ich kenne! Sie würde uns niemals schaden, ihr liegt das Wohl unseres Volkes am Herzen!"

„Pah, du redest von ihr, als sei sie unsere Erlösung! Dabei wird die Hexe nur Leid bringen, etwas anderes kann sie doch gar nicht! Elendes Ratkenfutter! Magier bringen Unglück und die Dunkelheit der Königin über uns, so war es schon immer!"

Shetan sah Feradun voller Groll an und die Wirtschaft erbebte schwach. „Du beleidigst eine Magierin? Was soll dir das bringen? Höchstens ihren Zorn!"

Feradun hob stolz das Kinn. „Na und? Du hast gesagt, sie ist eine unseres Volkes ... Sie wird uns vielleicht selbst nichts tun – aber ihre Anwesenheit reicht auch schon völlig aus!"

„Es geht nicht darum, ob du Sina persönlich magst! Es geht hier um eine viel größere Sache! Sie kann uns helfen!", rief Tarek.

Aber jetzt sprangen plötzlich viele weitere auf. „Nein! Feradun hat recht, sie ist ein viel zu großes Risiko!", schrie jemand und auf einmal standen alle und riefen wild durcheinander.

Tarek blitzte Feradun durch die Menge hinweg an und wünschte sich, mit seinem Blick den Bastard in Flammen aufgehen lassen zu können, während dieser weiterhin überlegen lächelte.

„Du hältst dich für so klug, du kleiner –"

„RUHE!", brüllte Conroy und überraschte Stille breitete sich aus. „Sie ist eine von unserem Volk! Sie ist eine Magierin, das ist wahr, aber keiner außerhalb des Dorfes weiß davon – und sie wird keine Gefahr sein, solange das auch so bleibt! Seid standhaft, Leute! Wir sind eines der letzten Dörfer, in denen die Miakoda sich noch als solche bezeichnen können, weil noch nicht alle Teile unserer alten Kultur von den Ratken zunichtegemacht worden sind. Die Magierin zu verraten, würde uns keinen Deut besser machen als jedes andere, von Heuchlern und Spitzeln durchzogene Dorf!"

Gemurmel summte wieder durch den Raum und einige schüttelten den Kopf.

Asyra sah zu Shetan und Tarek hinüber und sprach dann zu den anderen Dorfleuten. „Seht ihr denn nicht, was für eine Chance das ist? Sie könnte stark werden – nein! Sie ist bereits stark! Wenn wir uns zusammentun und weitere Rebellen finden, dann können wir etwas bewegen! Wir können endlich etwas gegen diese Schreckensherrschaft und gegen den Krieg tun!"

„Was sagst du, Mädchen? Du hast keine Ahnung vom Krieg! Es gibt keinen Krieg, der ist vorbei! Es gibt nur Ratken, überall, die uns töten, wenn wir uns auch nur beschweren!", rief Feradun und lachte dabei beinahe irrsinnig.

„Aber ...", wollte Asyra einwerfen, doch da schrien die Leute wieder und ihr Protest ging unter.

„Shetan, du solltest dafür sorgen, dass sie verschwindet!", rief der Bäcker und es wurde wieder leise, als viele gespannt auf seine Antwort warteten.

„Und wo soll sie hin? Wollt ihr sie wirklich einfach den Ratken ausliefern?", fragte Shetan und sah den Sprecher wütend an. „Oder sie wegjagen, damit sie in der Wildnis herumirrt oder auch aus Yerima und aus allen anderen Dörfern weggeschickt wird, bis man sie wieder verrät und tötet? Sie ist keine Verbrecherin!"

„Das Gesetz der Königin macht jeden Magier zu einem Verbrecher, selbst dich, du alter Narr!", rief Feradun.

Da es wieder laut und durcheinander zuging, schüttelte Conroy den Kopf. „Ich sehe, das hier führt zu nichts. Geht nach Hause, Leute, wir werden später noch einmal in Ruhe darüber reden, wenn sich die Gemüter nach dem Angriff des Ungetüms wieder etwas beruhigt haben."

„Aber wir sind hier noch nicht-", setzte Feradun an.

„Ich sagte: GEHT NACH HAUSE!", brüllte der Dorfführer mit fester Stimme und die Leute zogen ihre Köpfe ein. Leises Geflüster war noch zu hören, dann verzogen sich alle nach und nach.

Feradun rümpfte die Nase, als er hinausrauschte, gefolgt von einer wütenden Gruppe. Asyra ging schweigend, den Kopf eingezogen und ohne noch jemandem einen Blick zuzuwerfen.

Zurück blieben nur wenige. Shetan sah sich Jesco, Tarek und Conroy gegenüber. Elaya lag weinend in den Armen ihres Bruders.

„Ha-hast du gehört, was er ge-gesagt hat? Wie ko-konnte er n-nur?", schluchzte sie und Malak warf Jesco einen kurzen Blick zu, ehe er sie ebenfalls hinausführte.

Conroy sah seinen Sohn scharf an. „Ich nehme also an, dass Elaya und Malak es bereits wussten? Asyra dann auch?"

Jesco erwiderte den Blick und nickte kalt. „Ja, wir haben ihr geholfen. Und das werden wir auch weiterhin."

Conroy sah tadelnd zu Shetan und schüttelte den Kopf. „Ich heiße deinen Weg nicht gut, Shetan! Du hast mir vorenthalten, dass sie eine Magierin ist. Das hätte ich wissen müssen, um meine Entscheidung zu treffen, ob sie hierbleiben kann."

„Das heißt doch wohl, dass du sie auch aus dem Dorf haben willst, oder? Du hättest sie gar nicht erst hierbleiben lassen, wenn du es gewusst hättest! Keiner von uns wusste es am Anfang, sie kam verletzt und völlig hilflos her!", rief Tarek wütend und löste sich von Jescos Griff, doch Shetan hob die Hand.

„Sei still, Tarek. Er hat recht."

„Aber-"

„Conroy, wir hätten es dir sagen sollen – allerdings wird das meine Entscheidung, sie weiterhin zu schützen, nicht beeinflussen, egal ob du es gutheißt oder nicht. Sina lebt in meinem Haus und ich sage dir, es wäre Verrat an unserem Volk und an unseren Ahnen, die für unsere Freiheit gestorben sind, sie fortzujagen!"

Jesco trat an seinen Vater heran.

„Ich stimme Shetan zu. Wir haben hier endlich die einmalige Chance, uns gegen die Tyrannei aufzulehnen!"

Conroy sah sie nacheinander stirnrunzelnd an. „Ich würde sie nicht gerne verraten, glaubt mir. Aber wir brechen das Gesetz der Tyrannin und davor haben viele Angst. Und wir sind keine Krieger. Ich befürchte nur, dass es einen heftigen Streit um diese Geschichte geben könnte. Wir sind ein kleines Dorf und ich werde nicht das Risiko eingehen, einen Aufstand anzuzetteln. Das wäre unser Untergang! Ich bin für das Wohl des Dorfes verantwortlich, das versteht ihr."

Dieser Aussage konnte keiner von ihnen widersprechen, so verließen Shetan und Tarek die Schenke ohne eine Antwort und überquerten schweigsam den verwüsteten Dorfplatz.

Einige Leute waren noch auf dem Platz und räumten auf, einen großen Freiraum um die schwarze Stelle lassend, wo das Untier gestorben war – und viele warfen Shetan und Tarek keine wohlgesonnenen Blicke zu.

«†»

Als Shetan sein Haus betrat, spürte er sofort Zenays Niedergeschlagenheit. Sie saß in der Küche, und als er sie erblickte, traten Tränen in ihre Augen. Tarek lief hastig zu ihr.

„Ich h-hätte nicht ge-dacht, dass d-das Dorf mich so verabscheuen würde ...", sagte sie schluchzend und lehnte sich an Tarek, der sie in den Arm nahm.

„Niemand verabscheut dich, Zenay. Beruhige dich."

„Ach, l-lüg mich nicht an, Sh-Shetan! Ich h-hab es in ihren Gesichtern gesehen, ich ko-konnte ihre Gedanken sp-üren!"

„Ich werde sie besänftigen. Sie waren nur aufgewühlt von den Neuigkeiten."

„Es könnte auch nur eine Reaktion auf das Monster gewesen sein. Das wollen sie sicherlich nicht hier haben", schlug Tarek vor.

„Na-natürlich nicht! Es war b-böse ... Aber ich b-bin doch nicht so!"

„Niemand würde behaupten, dass du schlecht bist, Zenay."

„Aber sie denken es. Sie denken, weil ich eine M-Magierin bin, kommen die Ratken und töten mich und die an-deren auch. Sie sehen mich als Unglücksboten!"

Shetan sah Tarek an und beide schwiegen.

Zenay richtete sich plötzlich auf und sah sie vorwurfsvoll an. „Warum habt ihr mir nie gesagt, dass Magier in Ornanung so *gehasst* w-werden? Ich dachte, ich müsste mich nur etwas bedeckt halten, und wenn ich stark genug wäre und die Leute es w-wüssten, dann würden sie mir helfen, mich beinahe feiern. Aber das war dumm! Ich meine, sie haben doch recht, o-oder? Zayda wird alles um mich herum zerstören, sobald sie w-weiß, wo ich bin ..."

„Wir wollten dich nicht entmutigen, Zenay", fing Shetan milde an. „Es stimmt, Magie ist hier sehr stark ... mit Zayda und schrecklichen Erinnerungen verbunden. Magie war früher etwas Natürliches, etwas Alltägliches und sehr Mächtiges, für fast jeden. Aber heute gibt es nicht mehr viele Magier und die meisten von ihnen sind schwach – und die etwas stärkeren werden von Zayda gesucht, ehe sie etwas gegen sie ausrichten könnten. Magie ist verboten, genauso wie der Besuch der Tempel unserer Hüter und ein Großteil unserer Kultur."

„Und wie v-viel Zeit bleibt mir noch? Wie lange kann ich n-noch hierbleiben?"

Shetan sah Tarek erneut kurz an und seufzte. „Ich überlege, ob es nicht klüger wäre, wenn du Ornanung bald verlässt. Es wird sehr schwer werden, dich auszubilden, wenn das halbe Dorf dagegen ist."

„Was? Nein! N-nein, ich will nicht weg. Ich kenne nichts anderes als das Dorf ... Du sagtest doch, du würdest sie beruhigen ... Ich trainiere nur noch im Haus, wenn es sein muss ... Aber ich kann nicht weg. Wo soll ich denn hin?"

„Wir werden dich zu nichts zwingen, dir nur Rat geben. Wenn du hierbleiben möchtest, werden wir dafür einstehen. Das verspreche ich dir."

„Aber ... aber sie werden mich doch aus dem Dorf jagen, wenn sie so gegen Magier sind, oder?" Die Angst in ihrer Stimme stach den beiden Männern tief ins Herz.

Shetan schüttelte den Kopf. „Das werden wir verhindern, Zenay. Ich habe dich aufgenommen und kann entscheiden, ob ich das auch weiterhin tue – und vor mir hatten die Leute bisher immer Respekt. Außerdem stehen auch andere hinter dir, nicht jeder hat Angst vor Magiern. Du hast das Ungetüm getötet und viele vor Unheil bewahrt, das wird man dir hoch anrechnen."

Zenay schniefte ein letztes Mal und wischte sich über die feuchten Augen.

„Wieso lehnen mich dennoch viele ab, respektieren aber dich?", fragte sie leise und sah ihn direkt an.

Shetan wich ihrem Blick aus. „Ich bin kein starker Magier mehr. Sie wissen, dass Zayda wegen mir nicht kommen wird. Außerdem habe ich dem Dorfrat immer beigestanden und Conroy unterstützt. Ich lebe schon immer hier, man kennt mich ... Aber sonderlich beliebt war ich im Dorf deshalb nicht. Ich bin eher gemieden worden."

„Das ist nicht gerecht ... Was soll ich jetzt tun? Wie soll ich mich denn nun verhalten?"

Shetan und Tarek wechselten einen Blick, ehe Tarek sie liebevoll anlächelte. „Es wäre wohl besser, wenn wir die Gemüter abkühlen lassen."

„Was heißt das genau?"

Tarek strich ihr über den Arm und sein Blick wurde traurig. „Zeig dich erst einmal nicht mehr im Dorf."

«†»

Zenay kämpfte gegen Tränen an, als sie sich in ihr Zimmer zurückzog und keine einzige ihrer Magieübungen zustande brachte.

Am Mittag aß sie etwas Brot und Gemüse und spähte aus dem Küchenfenster, versuchte zu erkennen, was auf dem Dorfplatz geschah – und ein Kloß bildete sich in ihrem Hals. Vor der Mauer zu Shetans Garten stand eine Gruppe von Leuten und starrte auf das Haus.

Zenay war auf einmal froh, im Dunkeln der Küche verborgen zu sein ...

Wenig später verzog sich die Gruppe und Tarek und Shetan kamen herein.

„... gefällt mir einfach nicht, wie sich das entwickelt, Shetan! Sie haben von Feradun gesprochen, als sei er der Dorfführer. Sie fressen ihm aus der Hand und –“ Tarek brach ab, als sie die Küchentür erreicht hatten und er Zenay bemerkte.

Sie sah ganz genau, wie er schluckte, aber sie rang sich ein Lächeln ab. „Werden ... werden wir wie abgemacht heute Nachmittag üben? Du wolltest mir mehr mit zwei Waffen zeigen.“

„Ich weiß nicht, ob das eine gute Idee ist, die Leute sind immer noch unruhig, Zenay.“

„Aber ich will hier nicht länger sitzen! Ich fühle mich eingesperrt!“

„Feradun ... Er beginnt die Leute gegen uns aufzuhetzen, sie sind überzeugt davon, dass du gefährlich bist.“

„Ich würde diesen Feradun gerne mal kennenlernen!“, rief Zenay wütend, aber Tarek schüttelte den Kopf.

„Das wäre keine gute Idee. Wir dürfen ihnen keine weiteren Gründe geben, dich zu missbilligen.“

„Und was soll ich dann jetzt tun? Ich soll nicht mehr ins Dorf, bis die Leute sich beruhigen ... Aber darf ich auch nicht weiterlernen? Ihr sagt mir immer wieder, dass ich keine Zeit vergeuden soll ... Also könnt ihr mich doch nicht einfach auf Eis legen!“

„Eis legen?“, meinte Tarek mit gerunzelter Stirn.

Zenay seufzte. „Das heißt, dass ich nicht weitermachen darf.“

Tarek zögerte, aber Shetan nickte zustimmend. „Ich denke, wir sollten ab jetzt weiter weg vom Dorf weitermachen, sonst sind wir zu nah an fremden Ohren ... Es könnten Leute neugierig werden und versuchen, uns auszuhorchen ... Sei es, weil sie dich loswerden wollen oder einfach, um mehr über eine Magierin zu erfahren.“

Erleichterung zeigte sich auf Zenays Gesicht.

„Also reite ich ab jetzt noch ein Stück vom Dorf weg, wir sollten einen Treffpunkt ausmachen, damit die anderen uns finden.“ Zenay stockte und sah Tarek merkwürdig an.

„Was ist los?“

„Die anderen ... Werden sie überhaupt noch mit mir üben wollen? Werden sie sich gegen das Dorf wenden?"

„Nicht das ganze Dorf ist gegen dich, Zenay! Ich kann mir nicht vorstellen, dass sich bei unseren Freunden etwas ändern wird, immerhin wussten sie alle schon, dass du eine Magierin bist."

„Bitte rede mit ihnen, ja? Ich will es wissen ... Ich will meine Freunde nicht verlieren."

Tarek nickte zustimmend, dann gab er ihr einen Kuss auf die Stirn und strich ihr sanft über das Haar.

„Weißt du noch, als wir ausreiten waren und einem Bach folgten, um zu dem kleinen See zu gelangen? Auf halbem Weg gab es eine schmale, gebogene Wiese. An dem Steilhang, in den sich der Bach gefressen hat. Ich denke, dort ist ein guter Platz zum Üben. Triff mich dort heute Nachmittag."

Zenay nickte erleichtert und sprang vom Tisch auf. Tarek strich ihr kurz zärtlich über die Wange und ließ sie dann allein.

«†»

Sie verließ das Haus mit gemischten Gefühlen, als sie aus ihrem Fenster sprang.

Sie warf einen kurzen Blick auf den Rand des Platzes, den sie von der Seite des Hauses sehen konnte. Niemand war an dieser Stelle zu sehen, aber sie hörte Stimmen. Rasch huschte sie durch den Garten, überquerte den kleinen Bach und sprang über das Holzgatter.

Die Pferde hoben die Köpfe und Malee kam auf sie zu getrabt und folgte ihr in den Stall, wo sie ihre Sachen packte.

Zenay lächelte kurz, als Malee sie anstupste. Sie klopfte ihr den Hals und strich über ihr samtweiches Maul.

Die Nüstern ihrer Stute weiteten sich, als sie Zenays Unruhe spürte.

Keine Sorge, mein Mädchen. Es ist nichts ... Ich weiß nur nicht, was ich davon halten soll, dass ich jetzt nicht einmal mehr durch den offenen Garten gehe, sondern mich durch die Büsche schlage wie eine Verbrecherin ... Was meinst du, sollen wir ausreiten?

Sie legte besondere Tiefe in den letzten Satz. Malee verstand nicht jedes Wort, wie Wafaa es tat, aber sie konnte doch begreifen, dass Zenay momentan nicht glücklich war ... und dass der Gedanke an das Reiten ihre Stimmung hob.

Malee wieherte und neigte den Kopf, als würde sie nicken. Zenay lächelte, schulterte ihren Köcher und sprang dann auf den Rücken ihrer Stute.

Lass uns so weit reiten, wie uns deine Beine tragen ...

«†»

Tarek klopfte an der Hintertür von Conroys Haus. Es war der Dorfführer selbst, der öffnete und Tarek einen kühlen Blick zuwarf. „Oh, du bist es. Ich dachte schon, Feradun würde gleich wieder hereinstürmen."

„Du scheinst weder über ihn noch über mich sonderlich erfreut zu sein", erwiderte Tarek trocken und trat ein.

Conroy zog eine Augenbraue hoch. „Du, dein Mädchen und Shetan, ihr bringt mir eine Menge Ärger ein", sagte er und der missbilligende Ton entging Tarek nicht.

Unberührt hielt Tarek seinem Blick stand, ehe er sich in der Stube umsah.

„Jesco ist unten im Keller bei seinem verdammten Bogenholzlager", meinte Conroy noch und wandte sich dann ab. „Geh zu ihm, aber stört mich nicht, ich habe ein Dorf zusammenzuhalten."

Conroy schritt durch den Flur davon, Tarek hörte eine Tür zufallen und dann laute Stimmen diskutieren.

Er ging schulterzuckend in den Keller und fand Jesco im Licht einer Kerze über einige Hölzer gebeugt, die er wohl vorher aus einem der Fässer geholt hatte und bald weiterverarbeiten wollte.

„Er sieht alt aus, findest du nicht?", fragte Jesco und Tarek brauchte einen Moment, bis ihm klar wurde, dass Jesco nicht das Holz, sondern seinen Vater meinte.

„Wirst du Ärger bekommen? Wegen deiner Meinung?“

Jesco untersuchte das Holz vor ihm weiter, während er sprach. „Weder er noch jemand anderes wird an meiner Entscheidung rütteln. Ich stehe hinter Sina und dir, komme, was wolle.“

„Sie ist dir sehr dankbar dafür, weißt du.“

Jesco sah auf und lächelte schief. „Wenigstens einer aus der Familie der Dorfführer muss eine eigene Meinung haben.“

„Ich hoffe ... Ich denke nicht, dass dein Vater sich von Feradun so direkt beeinflussen lassen wird!“

„Er sagt, es sei unklug, sich so vorschnell zu entscheiden, da das Wohl des Dorfes wichtiger sei, als das einer Person.“

Zornig fegte Tarek mit seiner Hand durch die Luft. „Aber das heißt in anderen Worten, dass er Sina nicht schützen wird, wenn nur genug andere wie Feradun denken! Das kann er nicht machen!“

Jesco seufzte und legte die Hölzer beiseite. „Er wird sich immer für das Dorf entscheiden, Tarek. Auch wenn er kein Krieger ist, schützt er das Dorf vor allem, was ihm bedrohlich erscheint. Mir hört er nicht zu, wenn ich ihm zu erklären versuche, wie wichtig Sina für uns ist.“

Tarek ließ sich auf die Holztreppe sinken und betrachtete die Bögen, die an den Wänden lehnten.

Jesco trat neben ihn und legte ihm freundschaftlich eine Hand auf die Schulter. „Ich habe bereits mit Asyra gesprochen, auch wenn du ihre Antwort sicherlich schon ahnst. Sie wird ebenfalls für Sina einstehen.“

„Das ist gut. Wir treffen uns später an der Lichtung westlich vom alten Wald, die mit dem Dachsbau.“

„In Ordnung.“

„Ich gehe und berichte Elaya und Malak von unseren Plänen. Wir müssen ab jetzt noch viel vorsichtiger sein, was unsere Treffen für Sinas Ausbildung angeht. Ich möchte nicht, dass du zu viel Ärger bekommst oder uns noch mehr Leute grollen.“

Jesco nickte kurz und kräftig, dann wandte er sich wieder seinen Bogenhölzern zu.

«†»

Tarek fand Malak in der Schmiede, wo er gerade die Esse zum Eisenschmelzen vorbereitete. Er wischte sich mit einem Tuch den Schweiß von der rußigen Stirn und nickte Tarek zu, als er in den schummrigen Raum eintrat.

„Sprich schnell. Ich habe nicht viel Zeit und Saskol könnte bald wiederkommen."

Tarek nickte beim Gedanken an den großgewachsenen Erstlehrling, der noch nie gut auf ihn oder seinen Großvater zu sprechen gewesen war.

„Jesco und Asyra kommen nachher auf die Dachsbau-Lichtung."

Malak schritt um Tarek herum und betätigte mehrmals den Blasebalg, um die Glut stärker anzufachen. „Ich kann dir nichts versprechen, Tarek. Ich bin den ganzen Tag hier eingeplant. Mein Vater hat noch heute Mittag mit Nokten geredet und darauf bestanden, meine Ausbildung anzuziehen."

Tarek hob eine Augenbraue. „Braucht er so dringend einen Hufschmied für euren Hof?", fragte er zweifelnd und Malak zuckte mit den Schultern.

Missmutig starrte Tarek in die Glut, aber Malak lachte und klopfte ihm auf den Rücken. Tarek fand nicht, dass das Lachen sich echt anhörte. „Mach dir keine Sorgen, Mann. Feradun kann mich nicht davon abhalten, euch zu helfen."

Seine Miene verfinsterte sich. „Was jedoch Elaya angeht ... Ich werde mit ihr sprechen, sobald ich kann, aber Vater hat sie auf dem Hof eingespannt, wie ein Pferd vor einen Wagen. Er hat von Plänen gesprochen und es klang so, als wolle er ihr nicht einmal mehr die Zeit lassen, ins Dorf zu gehen ... Aber ich rede mit ihr, ganz sicher."

„Hört sich an, als blieben Sina und ich eurem Hof besser eine Weile fern ...", murmelte Tarek und jetzt war es Malak, der zu Boden starrte, ehe er mit gläsernem Blick wieder den Blasebalg betätigte.

Es sah nicht so aus, als wolle er noch länger darüber sprechen, daher ging Tarek schweigend.

«†»

Nachdem sie eine Zeit lang dem Bach gefolgt war, fand Zenay die besagte Lichtung. Sie ließ Malee auf der Wiese grasen und setzte sich oben auf die Böschung, die der Bach in den Hügel gegraben hatte. Mit den Füßen baumelnd beobachtete sie erst eine Weile Malee, dann betrachtete sie den Wald, der an die schmale Wiese und den Bach angrenzte. Auf dem Hügel über ihr ging der zweite Teil der Wiese in eine buschige Landschaft mit Grasstreifen und einzelnen Bäumen über.

Sie ergriff mit ihrer Magie Steine unten im Bach und zog sie mühsam zu einer groben Staumauer zusammen, dann staute sie das Wasser selbst, hielt es mit ihrer Magie auf, indem sie versuchte, so viel davon zu greifen und zu halten, wie sie es vermochte. Als sie wieder losließ, plätscherte es durch die größeren Lücken ihrer Mauer und riss, dem restlichen Bachwasser rasch folgend, einen Teil der Steinchen mit sich fort. Sie konzentrierte sich stärker, griff einige Kiesel zugleich und zerrte sie vor ihre Steinmauer, um diese besser abzudichten. Danach hielt sie das Wasser erneut auf.

Dieses Spiel setzte sie fort, doch nach ihrem dritten Versuch den Bach komplett aufzuhalten, zitterten ihre Arme so stark, dass sie aufhörte. Sie schnaufte ein paar Mal und genoss das Gefühl der Wärme, die allmählich wieder in ihre Arme zurückströmte.

Schließlich hob Malee den Kopf und drehte die Ohren.

Zenay hörte Stimmen und das Wiehern eines Pferdes. Tarek und Asyra kamen auf Milad und Jesco auf Azraga aus dem Wald geritten.

„Bist du schon lange hier?“, fragte Tarek und saß ab, als Asyra hinter ihm von Milad gesprungen war.

„Eine Weile, aber das macht nichts.“ Tarek kam direkt zum Bachufer und sah lächelnd zu ihr auf.

Er streckte ihr die Hand entgegen, als Hilfe, um die Böschung herunterzuklettern, doch sie sprang behände neben ihn. Sie gab ihm schwankend einen Kuss, erschöpft von ihrer magischen Übung, dann wanderte ihr Blick an ihm vorbei und sie wurde sich Asyra und Jesco bewusst.

„Schau nicht so ängstlich, Sina. Wir haben nicht vor, dir den Kopf abzureißen", meinte Asyra. Sie lachte kurz unsicher, dann saß Jesco ab und trat neben sie.

„Wo sind dein Bogen und dein Schwert?", fragte er und Zenay lächelte erleichtert.

„Ich hatte gehofft, dass du das fragen würdest."

„Na hör mal! Niemand kann uns verbieten dir zu helfen!", sagte er ungewöhnlich schelmisch.

„Im Gegenteil", sagte Asyra. „Ich glaube, Mokuba wäre schwer enttäuscht von uns, wenn wir etwas auf die Meinung der alten Dorfleute geben würden."

„Und Malak und Elaya?", fragte Zenay weiter und die Unsicherheit kehrte ein wenig zurück.

Tarek schüttelte den Kopf. „Die beiden müssen heute arbeiten."

„Lasst uns anfangen, ehe es zu spät wird", meinte Jesco und Zenay ging zu Malee, um ihre Waffen zu holen.

«†»

Die Bäume warfen lange Schatten auf Shetans Haus, als sie zurückkehrten. Goldenes Abendlicht strömte zwischen den Stämmen hindurch auf die Wiese und ließ alles warm und sanft wirken.

Missmutig blieb Zenay an der Hausseite neben dem Gemüsegarten stehen, im Schutz der Hecken und der Mauer, die sie vom Dorfplatz trennten. Sie wartete, während Tarek um die Ecke ging und gleich darauf kopfschüttelnd zurückkam.

„Es lungern viele Dorfleute auf dem Dorfplatz herum, ich denke ... es wäre besser ..."

Zenay nickte knapp. „Ich versteh schon, ich würde nur Aufsehen erregen."

Tarek deutete zum Fenster. „Ich mach dir von innen auf, ja?", meinte er und ging wieder davon.

Einen Moment stand Zenay da, starrte auf ihre Hände und auf die Hecke am Grundstücksrand ... dann schloss sie die Augen voller Wut. Sie spürte ihre Magie in ihrem Inneren brodeln, gab sich ihr hin, stellte sich ihr Zimmer vor – und als sie die Magie genug gebündelt hatte, ließ sie sich los. Auf diese kurze Distanz gab es keinen Knall, höchstens ein leises Zischen, da Energie als Licht entwich.

Sie ließ sich erschöpft auf ihr Bett fallen und die Tür ging auf. Tarek japste erschrocken, als er sie erblickte.

„Wie bist du ... Ach so ... Ich dachte, du würdest draußen warten."

„Ich kann das jetzt immer so machen", sagte Zenay missmutig und sah ihn an, als er zögerlich nickte.

„Das wird für die nächste Zeit sicher das Beste sein, bis klar wird, wie die Dorfleute sich weiter verhalten. Komm, lass uns schauen, was wir heute Abend kochen können."

Zenay nickte und folgte ihm still. Auf dem Flur trafen sie auf Shetan, der gerade das Haus betrat.

„Gut, dass ich euch treffe. Ich habe gerade mit Jesco gesprochen. Conroy wird gleich auf dem Dorfplatz mit den Leuten sprechen. Er scheint sich entschlossen zu haben, was deinen Verbleib angeht, Zenay ..."

Blass und unfähig zu antworten, nickte sie nur.

Tarek strich ihr liebevoll über den Rücken und küsste sie auf die Wange. „Mach dir keine Sorgen, es wird alles gut werden."

Sie fand nicht, dass es sehr überzeugt klang, doch dann folgte er seinem Großvater nach draußen und Zenay blieb allein zurück.

Die Magierin

Fast das gesamte Dorf schien sich auf dem Platz eingefunden zu haben. Tarek ließ den Blick über die Leute schweifen und war froh, Feradun nirgends zu entdecken.

Conroy trat auf die Treppenstufe seines Hauses hinauf und nach einem Moment wurde es ruhiger auf dem Platz. Erwartungsvolle Blicke richteten sich auf den Dorfführer.

„Ich habe nach reiflicher Überlegung eine Entscheidung gefällt und ich wünsche mir, dass sie von euch allen respektiert wird."

Tarek runzelte die Stirn, alle wussten, dass das nur eine höfliche Umschreibung dafür war, dass Conroy es erwartete.

„Die Magierin wird bleiben", fuhr er bestimmt fort und lautes Geraune und erste Protestrufe machten sich breit. Conroy hob die Hand. „Lasst mich ausreden und meine Entscheidung erklären! Ruhe!"

Er wartete einen langen Atemzug, bis sich die Unruhe wieder gelegt hatte.

„Es ist unsere Pflicht, als Miakoda und Opfer der Tyrannin, eine magiebegabte Person unseres Volkes zu schützen – und wenn es nur so weit geht, dass wir niemandem außerhalb des Dorfes von ihr erzählen. Außerdem würde es uns gefährden, wenn andere davon erführen. Wir sind am sichersten, wenn nicht mehr darüber gesprochen wird. Shetan wird die Magierin weiterhin unter seiner Obhut halten." Er warf Shetan einen strengen Blick zu, während er weitersprach. „Und ich erwarte, dass du dafür sorgst, dass niemand sonst erfährt, wer sie ist. Sie darf keine Magie mehr nutzen, das gefährdet alle! Das ist meine Bedingung dafür, dass sie hierbleiben darf. Wir brauchen keine weiteren Magier hier. Es ist jedermanns eigene Entscheidung, ob er mit ihr Kontakt haben möchte – aber ich werde sie nicht ausliefern oder verbannen. Solange sie sich unauffällig verhält, wird sie niemandem schaden."

Als klar wurde, dass Conroys Ansprache zu Ende war, wurde der Lärm wieder lauter. Tarek hörte deutlich die Abneigung einer großen Anzahl von Leuten, doch er war erleichtert über Conroys Entscheidung.

Er wusste, er hätte es nicht zulassen können, dass Zenay einfach so aus dem Dorf gejagt wurde, auch wenn er sich deshalb mit Conroy hätte anlegen müssen. Andererseits verleugnete der Dorfführer ihren magischen Hintergrund.

Im nächsten Moment übertönte ein Schrei die murmelnde, diskutierende Menge. Bei dem Ton zuckte Tarek fast zusammen und wandte sich sofort alarmiert in die Richtung um. Er versuchte, durch das Gewirr von Leuten zu starren und konnte einen einzelnen Mann sehen, der aus einer der Straßen gerannt kam. Tarek erkannte ihn als einen der Bauern vom Dorfrand. Der Mann sah völlig aufgelöst aus und eilte, wild mit den Armen rudernd, auf sie zu.

Mittlerweile hatten mehr Leute auf dem Platz den Mann bemerkt, verstummten und starrten ihm entgegen.

Als er sie erreichte und sich durch die Menge vor zu Conroy gedrängt hatte, war es vollständig still um Tarek geworden.

Der Bauer war atemlos und leichenblass, trotzdem ließ er sich keine Zeit, um Luft zu schnappen.

„Conroy! Kajol ... Kajol! Er ... er ist tot! Zerfetzt! Und seine ... seine Pferde auch! Alle!“

Tarek spürte, wie die Farbe aus seinem Gesicht wich und sah, dass Conroy schluckte. Auf dem Platz herrschte jetzt Totenstille.

„Was ist passiert?“, fragte er, gespielt gelassen.

„Ich ... weiß es nicht! Ich ging nur vorbei ... um ... um ihn etwas wegen der ... nächsten Heuliefer ...lieferung zu fragen. Der Hof, der Stall ... alles war verlassen und still ... Ich ging ... ging auf die Koppeln – und da sah ich es! Überall Blut! Das Monster ... das Monster muss ...“

Conroy seufzte und nickte dann langsam, da der Mann verstummt war.

„Wir müssen uns darum kümmern“, stellte er fest und Tarek fand, dass er auf einmal sehr müde wirkte.

„Was ist mit der Magierin?“, rief plötzlich jemand dazwischen. Da schien der Bann gebrochen und das Raunen ging durch die Menge.

„Meine Entscheidung steht fest. Sie darf bleiben. Und wenn ich bedenke, was mit dem armen Kajol geschehen ist ... bin ich froh, dass sie hier ist.“

In Tareks Kopf rasten die Gedanken. Wie hatte Zenay das wissen können?! Wieso hatte er ihr nicht geglaubt?

Kajol ist tot? Der Gedanke wollte nicht richtig zu ihm durchdringen.

Ohne dass Tarek es richtig wahrnahm, hatte Conroy den Leuten dringendst geraten, ihrem Alltag nachzugehen. Er musste die Lage auf Kajols Hof mit seinen Beratern begutachten und entscheiden, wie sie weiter vorgehen würden. Da blieb jetzt keine Zeit für Beschwerden wegen der Magierin.

Als Tarek aus seinen Gedanken aufschreckte, waren nur noch wenige übrig, die ihn und Shetan teilweise fassungslos, teilweise erbost anstarrten.

Ohne ein weiteres Wort schüttelte Shetan den Kopf und wandte sich ab, Tarek folgte ihm und hielt ihn auf, bevor er die Tür öffnen konnte.

„Großvater, wir sagen ihr davon nichts. Das ist zu viel. Und ich kümmere mich nachher um Kajol. Aber sie soll das nicht wissen.“

Shetan sah ihn einen Moment an, dann nickte er murmelnd und trat ein. Tarek hatte einen Kloß im Hals, nachdem er den Ausdruck in Shetans Augen gesehen hatte.

Zenay wartete in der Küche. Sie war noch immer blass, doch als sie Tarek lächeln sah, entspannte sie sich und atmete auf.

„Dann habe ich doch das Richtige gefühlt ...“, murmelte sie und Tarek runzelte kurz die Stirn. Wusste sie, was mit Kajol passiert war? Nein, dann hätte sie anders reagiert.

Shetan lachte, auch wenn es nicht ganz so erleichtert klang, wie er es gerne gehabt hätte. „Du darfst bleiben, liebe Zenay. Auch wenn es sowieso gar keine andere Möglichkeit für uns gab, ist es doch eine Erleichterung zu wissen, dass Conroy hinter uns steht. Nur ..."

„Nur was?", fragte Zenay und sah ihn aus ihren klaren, eisblauen Augen an. „Gibt es Bedingungen dafür, dass ich hierbleiben kann?"

Tarek stutzte. Er wollte fragen, woher sie das ahnte, doch als er ihren Blick sah, wusste er, dass sie dieses Wissen ihrer Magie verdankte. Wieder einmal hatte er das merkwürdige Gefühl, sie noch immer nicht wirklich zu kennen. Sie wirkte irgendwie ... verändert.

Shetan seufzte. „Du hast natürlich recht. Conroy ... Er verlangt, dass wir besser auf dich achten. Dafür bleibst du auch weiterhin hier unter meinem Schutz. Er verlangt, dass du deine magischen Übungen unterlässt."

Zenay sah ihn mit einem Blick an, der gleichzeitig stutzig und rebellisch wirkte. „Kann er das denn?"

Shetan neigte den Kopf schräg, um ein Nicken anzudeuten. „Ich fürchte ja. Nur unter diesen Bedingungen wird dich das Dorf nicht verbannen."

Zenays Blick wurde wütend, als seine Worte vollends zu ihr durchdrangen. „Aber das bedeutet doch, dass meine Ausbildung hier nicht weitergehen kann, oder?"

„Nun ... Ja und nein ... Es bedeutet lediglich, dass du nicht mehr dabei gesehen werden darfst, wie du übst."

Zenay hob eine Augenbraue, als er fortfuhr. „Du musst ab sofort sehr vorsichtig sein, mehr im Haus üben und aufpassen. Keiner darf dir folgen und dich sehen, wenn du in den Wald gehst. Ich würde vorschlagen, deine Ausbildung noch ein Stück weiter weg vom Dorf fortzuführen."

„Du widersetzt dich also seinem *Vorschlag*?"

Shetan sah ernst drein, doch dann schmunzelte er. „Es ist doch so ... Eigentlich bist du doch unter meiner ständigen Aufsicht, da du bei mir wohnst und ich dein Lehrer bin, da ist es doch meine Verantwortung. Und mir hat er nicht verboten, dir mein Wissen weiter zu geben."

Zenay nickte dankbar. „Ich werde mich hüten, den Leuten noch mehr Gründe zu liefern, mich abzuweisen."

„Das ist gut. Wir können immer noch hoffen, dass sich alle wieder beruhigen."

„Ich hätte nicht gedacht, mir eines Tages wünschen zu müssen, dass die Menschen vergessen, dass ich eine Magierin bin", murmelte Zenay und schaute traurig drein. „Ich hatte gedacht, dass man ... na ja ... ", flüsterte sie, brach dann aber ab. Tarek streichelte ihren Arm.

„Das ist alles nur eine Frage der Zeit ... Die Leute haben Angst vor Zayda und ihrer Tyrannei, aber wenn sie bemerken, dass du nicht so bist und Gutes tust, wird es sich ändern."

„Daran möchte ich auch glauben", meinte Zenay und stand dann auf. „Kann ich etwas in den Garten gehen?" Sie sah Shetan erwartungsvoll an.

„Ich gebe dir den Rest des Tages frei, Zenay. Erhol dich und beruhige deinen Geist", sagte der alte Mann und sie nickte.

„Ich habe noch etwas zu tun und werde noch die anderen fragen, wann sie das nächste Mal Zeit haben, um mit uns zu üben. Dann komme ich zu dir." Tarek stand auf und verließ das Haus durch die Eingangstür.

Zenay blickte ihm beinahe sehnsüchtig hinterher, dann ging sie in ihr Zimmer, öffnete das Fenster und sprang hinaus auf die Wiese.

Sie wollte es zwar nicht, aber irgendwie fühlte sie sich schäbig, sich so vor den Leuten verbergen zu müssen.

«†»

Es war noch dunkel, als Tarek sie am nächsten Morgen sanft weckte. Er saß an ihrer Bettkante und strich ihr liebevoll über den Arm, ehe er sie küsste und sie sich streckte.

„Jetzt schon?", fragte sie murmelnd.

Tarek nickte. „Malak und Jesco haben nur heute Morgen Zeit, deshalb wollen wir noch in der Dämmerung bei der Lichtung ankommen und unsere ... neue ... liegt ein Stück weiter weg vom Dorf."

Zenays Gesichtsausdruck veränderte sich drastisch, als ihr die Ereignisse der letzten Tage in den Sinn kamen. Sie setzte sich auf und Tarek spannte sich einen Moment merklich an, als ihre spitzen Brustwarzen sich durch den Stoff ihres Hemdes abzeichneten.

Er küsste sie und verbarg einen Moment sein Gesicht an ihrem Hals, in ihrem Haar und genoss ihren Duft.

„Gemeinsam stehen wir das durch und machen das Bestmögliche aus der neuen Situation."

Sie umarmte ihn und schmiegte sich an seine Brust.

Es fröstelte sie ein wenig, doch sie genoss, wie er ihr über den Rücken streichelte, ehe sie mit einem Seufzen ihre Beine unter der Decke hervorzog. Er küsste sie wieder, inniger diesmal und sie war versucht, ihn zu sich aufs Bett zu ziehen und wünschte sich, sein Gewicht auf sich liegen zu spüren.

„Ha ...haben wir vielleicht noch etwas Zeit?", fragte sie schüchtern und küsste ihn auf den Hals.

Er lachte leise und fröhlich. „Es tut mir leid ... Ich fürchte, Jesco wartet schon auf uns."

Zenay seufzte erneut, dann zog sie sich rasch an und sie gingen in die Stube. Sie wollte sich etwas vom restlichen Brot abschneiden, aber es war schon hart geworden.

„Hm, es wird wohl eher ein karges Frühstück. Shetan schläft noch. Er wollte heute neues Brot backen und kaufen können wir jetzt noch keines; die Bäckerin wird gerade erst den Teig machen", stellte Tarek fest.

„Wenn ich an gestern denke, vergeht mir ohnehin der Appetit."

Tareks Blick wurde nachdenklich und er wollte gerade etwas erwidern, da klopfte es an der Tür und er ging, um Jesco und Asyra einzulassen. Sie gesellten sich einen Moment zu ihnen, während Zenay und Tarek die Brotkante in Milch tunkten.

Danach brachen sie rasch auf. Sie packten ihre Sachen, verließen das Haus und diesmal ging auch Zenay durch die Tür. Beim Stall trafen sie auf Malak, der sich gähnend die Augen rieb.

Er begrüßte sie und erwähnte dann mit einem merkwürdigen Unterton in der Stimme, dass Elaya heute nicht mitkommen könne, da sie schon zu tun hätte.

„Ich soll euch aber ausrichten, dass es ihr leidtut. Vater hat sie eingeplant und ihr erst gestern davon erzählt."

Jesco und Tarek nickten, aber Zenay schwieg und konnte den Gedanken nicht abwehren, dass Malak nicht die ganze Wahrheit sagte. Sie sattelten Malee und Milad, während die anderen warteten, dann lenkten sie die Pferde einen Feldweg entlang und tauchten in den Schatten des dunklen Waldes ein.

Sie ritten zügig durch den kühlen, morgendlichen Wald und bogen nach einer Weile von dem breiteren Weg auf einen Wildwechsel ab, auf dem sie nur noch hintereinander Platz fanden. Malak machte den Anfang und die anderen folgten schweigend.

Der Wald war noch immer recht dunkel, aber zwischen den Bäumen ließ sich am Himmel bereits die erste Röte des kommenden Sonnenaufgangs erkennen.

Nach einer Weile, in der sie stumm weitergeritten waren, teilte sich der Wildpfad und sie folgten dem linken, der sie über unebeneres Gelände noch weiter vom Dorf wegführte.

Zenay hörte ein Heulen, dann brach ohne Vorwarnung ein großer Hirsch direkt vor ihnen durchs Unterholz. Er sprang über den schmalen Pfad und war in Sekundenschnelle auf der anderen Seite im Gebüsch verschwunden.

„Was war denn d-", fing Malak an, doch da hechtete ein Rudel Wölfe über den Wildwechsel. Die grauen Gestalten schnaubten laut und waren nur einen Moment lang als huschende Schatten in der Dämmerung zu sehen, ehe sie auf der anderen Seite verschwanden und den Hirsch verfolgten ... Aber es genügte, um die Pferde durchdrehen zu lassen.

Die Tiere wieherten, verdrehten die Augen und scheuten, als sie den Geruch der Wölfe in die Nüstern bekamen, die einer nach dem anderen über den Wildwechsel hetzten.

Zenay krallte sich an Malees Mähne fest, als sie stieg, und flüsterte ihr im Geist rasch beruhigende Worte zu. Die Stute tänzelte noch ein wenig, kam aber wieder zur Ruhe.

Anders als Malaks Stute. Sie schnaubte laut und bockte – und warf den überrascht ächzenden Malak geradewegs von ihrem Rücken.

Er rollte über den Weg und blieb im trockenen Gras neben dem Pfad liegen. Fluchend setzte er sich auf und wollte aufstehen, als er sich der letzten Wölfe bewusst wurde, die gerade auf dem Wildwechsel auftauchten.

Malak schluckte, auf den Wolf starrend, der stehen blieb und ihn genau betrachtete. Der Wolf drehte sich zu ihnen und Malak wollte fliehen – da sprang Zenay von Malees Rücken und kam direkt neben ihm auf dem Boden auf.

Er zuckte überrascht zusammen und wollte sie hinter sich drängen, aber Zenay schritt an ihm vorbei auf die Wölfin zu und hielt ihr die Hand hin.

Wafaa kam ohne Zögern auf sie zu und berührte ihre Finger mit der Schnauze.

Es freut mich, dich wiederzusehen, Zafija.

„Es freut mich auch."

Das Dorf weiß nun, dass du eine Magierin bist, stellte die Wölfin fest und es klang kein Vorwurf in ihrer mysteriösen, widerhallenden Stimme mit.

„Ja, sie haben es herausgefunden, als ich einem Jungen geholfen habe."

Es war sehr mutig von dir, dem Wesen entgegenzutreten und den Jungen zu retten. Wir verstehen, warum du es getan hast. Ich wünsche dir, dass es die Dorfbewohner auch bald verstehen.

„Das wünsche ich mir auch. Ich danke dir."

Wir müssen uns bei dir entschuldigen, Zafija. Wir hätten das Wesen aufhalten müssen, aber es kam nicht durch unseren Wald und so haben wir es erst gespürt, als es das Dorf schon erreicht hatte. Wir hätten dich nicht allein lassen dürfen.

Ein Heulen, schon recht weit entfernt, klang durch den Wald und Wafaa neigte den Kopf.

Es tut mir leid, Zafija. Mein Rudel ruft mich.

„In Ordnung."

Wafaa drückte ihr ihre Schnauze kurz fester in die offene Hand, dann wandte sie sich um und verschwand mit einem Satz im Unterholz neben dem Weg.

„Was war das denn?", fragte Malak erschrocken und richtete sich rasch auf.

Zenay zuckte entschuldigend die Schultern. „Das war ... Wafaa ... Eine Wölfin aus dem alten Wald."

„Ich wusste nicht, dass es dort wieder Wölfe gibt", meinte Jesco stirnrunzelnd.

„Oder dass Sina mit ihnen reden kann!?", rief Malak, der das offensichtlich für wichtiger hielt. Schnaubend zog er sich zurück auf den Rücken seiner Stute. „Das würde doch bedeuten, dass sie besonders sind, oder? Ich habe Geschichten darüber gehört."

„Entschuldigt bitte ... Ich hatte vergessen, dass ihr sie nicht hören könnt."

„Heißt das, du hast diesen Wolf schon einmal gesehen?", fragte Malak kopfschüttelnd.

„Wir sind uns schon begegnet, ja. Sie war es, die mir offenbart hat, dass ...", fing sie an zu erzählen und bemerkte gerade noch rechtzeitig Tareks Blick, um umzuschwenken. „... dass ich eine Magierin bin."

Die anderen schwiegen. Dann saß auch Zenay wieder auf und sie ritten weiter. Einmal hörten sie noch das Heulen des Rudels, dann war der Wald wieder ruhiger, nur das gelegentliche Knacken von Ästen, das Rauschen der Blätter und zunehmendes Vogelgezwitscher waren zu hören. Sie folgten weiter dem schmalen Waldweg, bis sie zu einer länglichen Lichtung kamen, die der Wald langsam zurückgewann. Die Wiese war mit hohem Gras bedeckt und junge Birken hatten sie erobert und streckten ihre schlanken Äste dem blauer werdenden Himmel entgegen.

Einige Hasen ergriffen ängstlich die Flucht und Zenay sah zwei Rehe, die rasch im Wald verschwanden, als sie die Lichtung betraten und absaßen.

Malak zog Axt und Schwert aus den Scheiden, die am Sattel seiner Stute befestigt waren, und wandte sich Zenay und Tarek zu. „Ich habe leider nur wenig Zeit. Mittags muss ich in die Schmiede."

Tarek nickte. „Dann lass uns anfangen."

Zenay begann sich zu dehnen, sie waren durch das Reiten alle schon aufgewärmt, aber Tarek und Jesco bestanden darauf, dass sie sich wie immer für das Training vorbereiteten, da sie keine Verletzungen aus Dummheit oder Faulheit riskieren wollten.

Währenddessen besprachen sie die Übungen, die sie heute durchgehen wollten.

Die Freunde griffen Zenay abwechselnd kurz nacheinander an und kämpften auch gegeneinander, da Zenay noch nicht mit so vielen Gegnern umgehen konnte.

Sie versuchte wirklich, mit den anderen mitzuhalten, doch sie hatte die Magie in ihrem Körper zurückgezogen ... und das Schwert erschien ihr dadurch wieder schwerer und sie selbst war langsamer. Anstatt selbst anzugreifen oder abzublocken, wich sie immer weiter vor den anderen zurück, um Schlägen zu entgehen.

Jesco hielt inne und bedeutete auch den anderen, ihre Waffen zu senken. „Sina, was ist los?"

Im Stillen wusste sie, dass es wohl offensichtlich sein musste. Sie setzte keine Magie ein, um ihre Bewegungen zu verbessern.

Jesco sah sie stirnrunzelnd an. Sein Blick hatte etwas Erwartungsvolles, in dem ein Hauch von Enttäuschung lag.

„Du wirst doch nicht tatsächlich das tun, was mein Vater verlangt?", fragte er und hob eine Augenbraue.

„Wa-was meinst du?"

„Wir verraten es keinem."

„Ich ..."

„Glaubst du wirklich, wir hätten etwas gegen dich? Sei einfach du selbst."

Zenay schluckte. Sie wusste genau, dass er von ihrer Magie sprach. Sie zögerte und nickte dann. Jesco trat einige Schritte zurück und überließ Tarek seinen Platz. Zenay hob ihr Schwert, signalisierte ihnen mit einem Nicken, dass sie bereit für den nächsten Angriff der Freunde war – und als Malak und Tarek konzentriert auf sie zuliefen, pulsierte Magie um Zenay und sie verschwand.

In einem Lichtblitz tauchte sie direkt neben Malak wieder auf und stellte ihm ein Bein. Überrascht ächzend ging er zu Boden und konnte sich nicht einmal mehr abrollen.

Asyra kicherte, während sie schneller auf Zenay zulief. „So ist es schon besser!" Sie schwang ihren Kampfstab im Versuch, Zenays Schulter zu treffen, aber ihre Freundin duckte sich unter dem Angriff weg. Anstatt aber weiter auszuweichen oder selbst anzugreifen, griff sie nach dem Stab, der gerade über ihr hinweggesaust war, doch ihre Finger rutschten ab und sie bekam ihn nicht zu fassen. Asyra kniff konzentriert die Lippen zusammen und setzte zu einem neuen Hieb an, aber auch dem wich Zenay aus – dann kam Tarek von hinten und packte sie um die Brust. Lachend hob er sie hoch und Malak sprang auf und wollte Zenay ihr Schwert abnehmen. „Tarek!" Zenay musste selbst kichern und trat wild mit den Füßen nach Malak, um ihn auf Abstand zu halten. „So leicht kriegt ihr mich nicht!", rief sie und strampelte, bewegte ihre Schultern und ihre Arme, bis Tareks Griff lockerer wurde, sie sich herauswinden konnte und mit den Füßen wieder auf dem Boden aufkam.

Malak kam ihr näher und griff nach ihrem Arm – aber Zenay ließ ihr Schwert rasch sinken und stieß mit dem Knauf gegen Tareks Bein. Er fluchte, immer noch lachend, und entließ sie aus seinem Griff.

„Das war gut!", rief er außer Puste und rieb sich den Oberschenkel, während Zenay vorsprang und ihr Schwert hochriss, bereit für den nächsten Angriff. Die anderen entspannten sich und ließen die Waffen sinken, kaum hatte ihnen Tarek das Zeichen dafür gegeben und auch Zenay senkte ihr Schwert. Sie bemerkte mit gemischten Gefühlen, dass sich eine Aufregung in ihr befand, die sich nicht nur schlecht anfühlte ...

„Jesco, was hältst du davon, dich auf Sinas Seite zu schlagen? Sie sollte noch mehr lernen, wie man sich im Kampf unterstützen kann“, schlug Tarek vor und stellte sich wieder aufrecht hin.

«†»

Am späten Vormittag war Zenay trotz der Unterstützung ihrer Magie ziemlich erschöpft. Schweiß stand ihr auf der Stirn und sie war froh um den kühlen Tag. Fiedrige Wolken zogen über den Himmel und ließen nur gelegentlich Sonne zu ihnen hindurch. Sie wollte gerade um eine Pause bitten, als Malak seufzte.

„Ich denke, es ist Zeit. Ich werde jetzt in der Schmiede gebraucht und dafür sollte ich noch etwas Kraft übrig haben.“

Tarek nickte. Asyra zupfte Jesco am Ärmel und deutete Richtung Wald. „Wir sollten auch gehen. Du hast versprochen, mir bei der Ausbesserung des Gatters zu helfen.“

Einen Moment deutete Jesco ein Stirnrunzeln an, doch dann nickte er ebenfalls und sie verstauten die Waffen und verabschiedeten sich, um dann in den Wald zu reiten.

„Möchtest du noch etwas weitermachen?“, fragte Tarek, als sie allein waren.

Zenay zuckte mit den Schultern. Sie seufzte und wollte gerade ihre Waffen wieder aufnehmen, als Tarek zu ihr trat und sie in seine Arme nahm. Sein Kuss ließ sie für einen Moment alles vergessen.

„Du bist erschöpft“, stellte Tarek murmelnd fest, das Gesicht noch immer in ihren Nacken geschmiegt. „Lass uns auch ins Dorf reiten, Shetan wollte dich ohnehin noch sprechen. Und ich wollte Asyra auch noch kurz helfen.“

Zenay nickte, sie packten ihre Sachen und zogen sich auf die Pferderücken.

Sie war entspannt, noch immer leicht benebelt von seinen Küssen ... Ihr Gesicht wurde erst wieder düsterer und trauriger, als die Felder und dann das Dorf in Sicht kamen. Tarek sah es mit Besorgnis, konnte aber nichts anderes tun, als sie beim Stall noch einmal zu küssen und ihr aufzutragen, direkten Weges zu Shetan zu gehen, bevor er sich verabschiedete.

Sie sah ihm einen Moment hinterher, dann verließ sie die Weide über die kleine Brücke, die in ihren Garten führte, und suchte Shetan. Er saß im Garten auf der Bank, mit Tintenfass und Feder ausgestattet, und schrieb auf ein Pergament. Da sie ihn nicht lange stören wollte, sagte sie, dass sie in ihrem Zimmer auf ihn warten würde.

Ein knappes Nicken war die Antwort, dann transportierte Zenay sich in ihr Zimmer und stand einen Moment unschlüssig neben ihrem Bett. Schließlich öffnete sie das Fenster, um etwas frische Luft hineinzulassen, setzte sich an den kleinen Tisch und griff nach den Steinen.

Leichte Freude keimte in ihr und vertrieb den Kummer, der sie in letzter Zeit so oft im Dorf erfasste. Sie beobachtete die Steine, die über ihrer Hand in der Luft schwebten, wie von Geisterhand geführt, und ihre Fingerspitzen glühten kurz auf, als Zenay die Magie verstärkte und die Steine durch den Raum schießen ließ.

Manchmal konnte sie immer noch nicht fassen, was in ihrem Leben für unglaubliche Dinge geschahen.

Aber nicht alle diese unglaublichen Dinge waren positiv, dachte sie und schmeckte Bitterkeit auf ihrer Zunge, als genau in dem Moment ein kalter Schauer ihren Rücken hinablief – und einen Augenblick später Stimmen durch das geöffnete Fenster drangen.

Da waren Leute auf dem Dorfplatz und unterhielten sich lautstark. Zenay meinte, den Namen Sina vernommen zu haben ... Dann vergingen die Stimmen wieder und Stille kehrte ein.

«†»

Shetan betrat ihr Zimmer. Sie wusste nicht, wie viel Zeit vergangen war und ließ die Steine zurück auf den Tisch sinken, ehe sie mit kribbelnden Beinen aufstand und ihm entgegentrat. Er lächelte müde.

„Zenay, ich möchte heute mit dir einen neuen Abschnitt deiner Ausbildung beginnen. Du hast viel über die äußere Anwendung von Magie gelernt ... und dich dabei auch schon nach innen gewendet. Darauf werde ich dich heute aufmerksam machen."

Er schwieg einen Moment, um ihr Zeit für Fragen zu lassen, aber sie blieb ruhig und wartete auf weitere Erklärungen.

„Du weißt, wie man Wunden heilt, und kannst deine körperliche Kraft durch Magie steigern. Ebenfalls weißt du, wie du deine Magie kontrollieren musst, um dich an andere Orte zu transportieren und du kannst deine Sehkraft verbessern. Das ist eine der leichtesten und ersten Übungen der Magie, die du auf deinen Körper wirken kannst. Heute wirst du lernen, dein Gehör zu schärfen und auch deine anderen Sinne. Meister der Magie nutzen ihre Kraft, um sich mit ihrer Umgebung zu verbinden und so vieles besser wahrzunehmen. Je mehr du diese Fähigkeiten steigerst, desto mehr wirst du auch andere Menschen durch deine Magie wahrnehmen. Das kann sich so weit steigern, dass du irgendwann fast von selbst ihre Gefühle und Gedanken, vielleicht sogar ihre zukünftigen Absichten spüren kannst."

„So etwas ist wirklich möglich?"

„Ist das eine ernst gemeinte Frage, Zenay?"

Sie zögerte und dachte nach ... Da wurde ihr bewusst, dass sie bereits angefangen hatte, diesen Weg zu gehen. Sie ahnte oft, was Tarek und ihre Freunde empfanden, ihr war nur bisher nie aufgefallen, dass sich diese Feinfühligkeit allmählich bei ihr entwickelt hatte.

Ihr war einfach nie der Gedanke gekommen, dass das vielleicht nicht *jeder* konnte ...

Da neigte sie den Kopf und lächelte schief. „Es war mir gar nicht bewusst, dass ich es bereits tue ... Ich berühre Menschen durch meine Magie, nicht wahr? Ich nehme so unbewusst Kontakt zu ihnen auf."

Shetan nickte anerkennend. „So ist es. Deine Magie umgibt dich, je besser du lernst mit ihr umzugehen, desto mehr Informationen kann sie dir auch liefern. Sie kann dich vor feindlichen Gedanken oder Angriffen warnen. Je nachdem wie offen jemand dir gegenüber ist, fällt es dir leichter, ihn wahrzunehmen. So erfordert es mehr Übung, die Gedanken eines Feindes oder eines anderen Magiers zu erkennen. Ein Teil der Fähigkeiten eines Magiers beruht darauf, sich völlig mit seiner Magie zu verbinden, sich auf sie einzulassen und mit ihr im Einklang zu sein. Dadurch werden deine Instinkte, deine Intuition und Sensibilität so sehr gesteigert, dass es für magieungeübte so wirkt, als könne man in die Zukunft sehen."

„Das ist unglaublich!" Zenay strahlte bei dem Gedanken daran, dass ihre Magie ihr so helfen konnte – Shetan hob jedoch warnend den Finger.

„Aber sei auf der Hut, Zenay. Magie ist nicht alles. Ein Magier sollte sich nie auf sie allein verlassen, denn es kann Situationen geben, in denen sie den Dienst versagt und dann muss man selbst ohne sie fähig genug sein. Außerdem kann zu viel Magie einen willensschwachen Magier zu schlimmen Dingen verleiten, auch wenn es keine schwarze Magie ist, mit der man umgeht. Schwarze Magie ist aus natürlicher Magie erschaffen worden, und auch sie hat einen dunklen Schatten an sich und es ist eine schwierige Gratwanderung, seine geistigen und körperlichen Fähigkeiten so zu steigern, dass sie den magischen Talenten nicht irgendwann unterlegen sind."

Zenay nickte ernst. „Ich verstehe. Ich werde immer achtsam sein, Shetan, das verspreche ich dir."

Der alte Magier lächelte warmherzig und legte ihr eine Hand auf die Schulter. „Ich weiß, gerade *du* wirst es schaffen."

„Also was soll ich jetzt tun? Wie kann ich mein Gehör verbessern?"

„Du aktivierst deine Magie und lenkst sie in deinem Körper zu deinem Ohr, wo du sie konzentrierst. Sie wird sich dem Inneren deines Ohrs anpassen und die Wahrnehmung verstärken."

„Zeigst du es mir?“, fragte Zenay und streckte schon währenddessen die Hand aus.

Shetan schmunzelte, er griff ihre Hand und sie verband ihre Magie mit seiner.

Einen Moment geschah nichts, Zenay konzentrierte sich nur aufs Horchen. Shetans Magie glühte in ihm, gleichzeitig wild und doch irgendwie schwach. Sie ließ zu, dass seine Energie ihre eigene zu ihrem Kopf leitete.

Dann lief ein Rauschen wie von einem wilden Gebirgsbach durch ihre Ohren, als sie verstärkt das Blut in ihren Adern hörte. Das Rascheln der Blätter, der Wind, alles wurde intensiver, aber auch hallender und etwas unklarer. Zenay wurde sich eines Lärms bewusst, der sie beinahe überwältigte.

„Das ist zu viel“, rief sie überrascht, und zuckte beim lauten Klang ihrer eigenen Stimme zusammen. Sie ließ seine Hand los und die Intensität verging.

„Du hast es also gehört?“, fragte Shetan.

„Es wurde alles lauter, aber die Geräusche auch intensiver und dennoch unklarer. Es ... ist schwer zu beschreiben.“

Shetan nickte. „Ich verstehe, was du meinst. Es ist sehr praktisch, um zu lauschen oder die Umgebung zu überwachen. Mit Übung wird es dir möglich sein, die Geräusche deines eigenen Körpers, deine Schritte, dein Blutrauschen und Atmen, zu ignorieren und eine Art Ring um dich zu formen. So kannst du nahende Feinde schon früh bemerken. Dann vergeht auch diese Dumpfheit der Geräusche, da sich nicht mehr so viele überlagern.“

„Ich konnte es nur einen Moment ertragen, die Geräusche waren so heftig!“

„Du wirst Übung brauchen. Such dir etwas, auf das du dich konzentrieren willst, und versuche, den Rest der Umgebung zu ignorieren. Denn wenn du die Magie nicht gut genug fokussierst, hörst du einfach alles zu intensiv und kannst auch nicht erkennen, wo ein Geräusch wirklich herkommt. Das mag sich am Anfang befremdlich anfühlen, aber es vergeht mit der Zeit und wird intuitiver. Dann kannst du dein Gehör lenken, fast wie du deine Augen bewegst."

„Sollte ich nicht gleich weiter entfernte Dinge erlauschen?"

„Nein!", sagte Shetan bestimmt. „Solange du deine Magie hier nicht wirklich beherrschst, könntest du deinem Gehör bleibenden Schaden zufügen. Hab also Geduld."

Zenay seufzte. „Womit soll ich dann jetzt anfangen?"

„Zu allererst musst du es schaffen, das Rauschen deines eigenen Blutes und den Klang deines Herzschlages zu unterdrücken, dann deinen Atem und deine eigenen Schritte. Anschließend kannst du versuchen, von deinem Fenster aus das Plätschern des Baches zu hören, ohne dass die Bäume oder die Geräusche des Dorfes zu sehr stören. Wenn du das schaffst, hast du schon einen großen Schritt in die richtige Richtung geschafft. Danach sehen wir weiter."

„In Ordnung."

„Möchtest du, dass ich es dir noch einmal zeige? Ich denke, einmal kann ich die Magie noch aufbauen."

„Nein, das musst du nicht."

Shetan ließ sie mit einem Nicken allein und Zenay setzte sich auf ihr Bett, lehnte sich aufrecht an die Wand und streckte die Beine aus.

Sie fühlte den Puls ihrer Magie in sich, ließ sie wachsen und stärker werden, dann stellte sie sich vor, wie sie einen Fluss lenkte, der zu ihrem Kopf führte. Es kribbelte in ihrem Bauch und die Magie strömte durch sie hindurch. Sie teilte den Strom, als er beinahe ihre Augen erreicht hatte, weiter auf und sandte ihn zu ihren Ohren.

Als das Rauschen zu laut wurde, verminderte sie den Strom, sodass es erträglicher war.

Die Wirkung war unbeschreiblich und merkwürdig. Je besser sie die Magie kontrollierte, desto eher hatte sie das Gefühl, ihr Ohr selbst erspüren zu können. Die Magie legte sich wie eine formbare Schicht hinein.

Zenay verlor jegliches Zeitgefühl, während sie sich unaufhörlich ihrer neuen Aufgabe widmete und das Rauschen ihres Blutes und das laute Dröhnen ihres Herzschlages langsam leiser wurden. Als Nächstes wurde der Sturm ihres Atems gezähmt. Dann bewegte sie ihren Fuß als Test, um sich auf das laute Geräusch zu konzentrieren.

Nach einer Weile konnte sie ihre Magie soweit kontrollieren, dass sie das Rascheln des Lakens als ein klares Geräusch heraushörte und der Rest ferner schien. Da stand sie wieder auf – und all die anderen Geräusche schlugen wie eine unaufhaltsame Flut über ihr zusammen. Auf einmal hörte sie mehrere Stimmen von draußen, die in dem Meer von Geräuschen viel zu deutlich zu ihr drangen.

Als sie dann auch noch ihren Decknamen vernahm, schwand ihre Konzentration vollends und das Tosen verging, wich einer erdrückenden Stille.

„Ich brauche eine Pause", murmelte sie und wankte kurz. Erst jetzt spürte sie die Erschöpfung. Ihre Arme und Schultern waren taub und ihre Knie weich.

Sie machte einen Schritt vom Bett weg und musste sich am Tisch festhalten, um nicht zu fallen. Gerade als sie sich gesetzt hatte, kam Tarek herein und begrüßte sie mit einem Kuss. Dann betrachtete er stirnrunzelnd ihr blasses Gesicht.

„Wie lange hast du dich in der Magie geübt? Du siehst krank aus, ganz blass."

„Ich weiß es nicht genau. Ich habe nicht auf die Zeit geachtet. Vielleicht hast du recht und ich sollte heute besser nicht mehr weitermachen."

„Du kannst morgen den ganzen Tag für deine neue Aufgabe aufwenden, ich habe noch einmal für die Jäger zu tun und die anderen haben auch erst abends wieder Zeit."

Zenay nickte. Sie hatte ohnehin keine große Lust, in die Nähe der Dorfleute zu kommen. Da konnte sie sich auch in ihrem Zimmer verkriechen.

«†»

Sie fühlte sich ausgelaugt, als Tarek sie am nächsten Morgen weckte. Kaum sollte sie aus dem warmen Bett, legte sich die Schwere ihrer Lage wie ein großer Felsblock auf ihre Brust. Einen Moment spielte sie mit dem Gedanken, sich wieder unter der Decke zu verstecken und Tarek nicht gehen zu lassen ... aber er musste.

Nachdem er sich davon überzeugt hatte, dass sie wach war und nicht wieder einschlafen würde, verabschiedete er sich und machte sich auf den Weg, um die Jäger zu treffen.

Zenay zog sich seufzend an, holte sich etwas zu essen und kaute lustlos darauf herum, während sie sich wieder in ihr Zimmer zurückzog. Sie brauchte nicht mit Shetan sprechen, denn sie hatte ihre Ziele mit der neuen Anwendung ihrer Magie noch nicht erreicht.

Als der letzte Bissen verschwunden war, öffnete sie das Fenster zum Garten, aus dem ihr frische, kühle Morgenluft entgegenwehte.

Ihre Gedanken drehten sich jetzt voll und ganz um den gestrigen Tag. Aber jedes Mal, wenn sie sich auf die Magie konzentrieren wollte, kamen die Erinnerungen an das Monster und die Dorfleute dazwischen und verhinderten, dass sie voankam.

Als sie es dann irgendwann doch schaffte und rasch versuchte, ihre Magie in die Ferne zu lenken, begannen ihre Ohren zu schmerzen.

Sie hatte den ganzen Morgen beinahe erfolglos geübt, und so machte sie seufzend eine Pause. Als sie anschließend trotz steigender Frustration weitermachte, kam sie wieder nicht voran.

Bis sie ein Huhn unter ihrem Fenster gackern hörte. Das unvermittelte Geräusch linderte ihren Frust sonderbarerweise ein wenig. Neugierig richtete sie ihre Magie auf das Huhn – und riss die Augen auf, als auf einmal der Herzschlag des Vogels an ihr Ohr drang.

Sie war so fasziniert, dass sie ihre Magie auf das Tier richtete und eine Weile auf das Pochen und Scharren lauschte, dass sich über die Wiese bewegte. Als sie erschöpft die Augen öffnete, bemerkte sie, dass das Huhn mittlerweile zum Bach hinunter gelaufen war! Schnell schloss sie sie erneut und versuchte, das Tier wiederzufinden.

Nach einiger Anstrengung gelang es ihr. Während sie so auf den fremden Herzschlag achtete, schien die Welt gleichzeitig lautlos und doch präsent zu sein.

«†»

Grillen zirpten dumpf im Hintergrund. Die Luft war heiß und drückend geworden, als Zenay der Durchbruch gelang.

Sie streckte ihr Gehör in den Garten. Dennoch waren die anderen Geräusche da und sie konnte einen Hund bellen hören und auch Leute auf dem Dorfplatz, die lautstark um ein Pferd verhandelten.

Dann war da das deutliche Plätschern des Bachwassers über runde Steine. Nach einem Moment hatte sie das Gefühl, den Bach beinahe sehen zu können, so *nah* kamen ihr die Geräusche vor. Sie manipulierte die Magie in ihren Ohren so, dass sie ihr Gehör fast wie ein weiteres Paar Augen nutzte, mit dem Unterschied, dass sie jetzt auch Dinge hinter sich wahrnehmen konnte, die weiter entfernt waren.

Hatte sie sich vorher vielleicht einfach zu sehr auf die Magie konzentrieren müssen und deshalb die normalen Geräusche nicht wahrgenommen, obwohl sie die ganze Zeit da waren?

Sonst hätte Shetan niemals betont, wie nützlich es sein konnte, diese Magie zu beherrschen. Wie sollte einem ein so verstärktes Gehör auch helfen, wenn man dann taub gegenüber allem anderen war? Plötzlich begriff sie die wahre Bedeutung dieser Fähigkeit. Shetan hatte es zwar gesagt, doch erst jetzt verstand sie es auch in ihrem Herzen und mit ihrer Magie. Sie grinste breit, ließ die Energie versiegen und ging, um Shetan zu suchen.

Sie fand ihn in der Küche, und als sie ihm erklärte, wie sie sich mit der Übung angestellt hatte, sah er sie sehr ernst und beinahe tadelnd an.

„Zenay, wie soll ich dich denn beschäftigt halten, wenn du Magie so schnell erlernst?"

Seine Schülerin sah ihn so irritiert an, dass er laut auflachte.

„Jetzt musst du noch lernen, diese Magie zu nutzen, wenn du dich selbst bewegst oder etwas belauschen willst, das sich in Bewegung befindet."

„Zählt ein Huhn?"

„Wie bitte?", fragte Shetan und stutzte.

„Zählt ein Huhn? Ich habe es verfolgt, auf dem Weg zum Bach."

Shetans Mund öffnete und schloss sich mehrmals, bevor er sich wieder gefasst hatte.

„Gut. Gut. Ja, dann musst du es eben nur noch üben, während du selbst läufst. Dann während des Reitens. Du könntest mit Tarek im Wald üben."

Zenay seufzte. „Aber er sagte mir, dass er gerade viel für die Jäger zu tun hat."

„Er kommt heute Nachmittag wieder, dann könnt ihr alles Weitere besprechen."

„Kann ich nicht gleich ausreiten?"

„Übernimm dich nicht", ermahnte er mit strengem, aber auch müdem Blick. „Außerdem zieht ein Unwetter auf. Warte es noch ab, bevor du dich in den Wald stürzt."

Zenay sah aus dem Fenster, konnte durch die Scheiben aber nur verschwommenes Blau sehen. „Woher weißt du das? Kannst du auch das Wetter mit deiner Magie erfühlen?"

Der Magier schmunzelte. „Nein, Zenay, solche Fähigkeiten sind mir schon lange verwehrt. Meine alten Knochen und Gelenke haben eine ganz eigene Art, mir so etwas mitzuteilen."

Sein Blick sagte ihr deutlich, dass er etwas Ruhe für sich wollte, und so ging sie zurück in ihr Zimmer, um weiterzuüben.

Der Tag wurde drückend schwül. Zenay musste immer öfter Pausen einlegen, weil der andauernde Gebrauch der Magie und die Hitze sie erschöpften.

Tarek kehrte zurück und ermahnte sie beim Anblick ihres blassen Gesichtes, es nicht zu übertreiben, da sie am Abend noch zum Waffentraining verabredet waren.

Also stellte Zenay ihre magischen Übungen ein, als das Gewitter nachmittags über dem Dorf hereinbrach, und genoss das laute Prasseln des Regens und den grollenden Donner, der direkt auf jeden Blitz folgte.

Tarek gesellte sich zu ihr und sie sahen gemeinsam aus dem Fenster in den Garten, wo heftiger Wind die Bäume peitschte. Er hielt sie im Arm, während sie ihm von ihrem Erfolg im Training erzählte und mit einer beinahe kindlichen Faszination von ihrer verstärkten Wahrnehmung der Geräuschwelt und von Shetans weiteren Aufgaben für sie berichtete. Tarek willigte ein, ihr bei ihren Übungen zu helfen, aber sie musste sich eingestehen, dass sie es für heute besser gut sein ließ.

Nachdem das Gewitter weitergezogen war, gingen sie zu den Pferden und brachen in den Wald auf, um früh genug an ihrem Treffpunkt zu sein. Zenay versuchte während des Ritts, ihr Gehör doch noch durch Magie zu stärken, aber die Eindrücke waren einfach zu intensiv. Jeder Huftritt auf dem Boden, der schnaubende Atem der Tiere, das Rauschen der Bäume im letzten Wind des Unwetters, all das war zu viel.

Die Luft wurde endlich kühler und weniger schwül, als sie auf der Lichtung ankamen. Die Pferde grasten und Zenay warf einen Blick zum Himmel, wo durch die aufgerissene Wolkendecke jetzt goldene Sonnenstrahlen schräg über die Bäume fielen.

Leichter Dunst stieg noch von der regennassen Wiese auf.

„Die anderen kommen erst später nach. Wenn du möchtest, ruhe dich etwas aus, bevor wir anfangen. Dann gehe ich rasch hier in den Wald und sehe nach ein paar Fallen. Ich habe den Jägern gesagt, dass ich mich darum kümmern werde.“

„Damit sie nicht hier in die Nähe kommen?", fragte Zenay und Tarek nickte, ehe er sie küsste und in den Wald huschte.

Zenay schaute ihm hinterher, dann wanderte ihr Blick über die Wiese und sie schlenderte zu Malee zurück.

„Kann ich mich etwas auf deinen Rücken legen, Mädchen?", fragte sie die Stute, die leise wieherte und den Kopf etwas neigte. Zenay lächelte, nahm ihr den Sattel ab und kletterte auf ihren Rücken, ehe sie sich dort ausstreckte und in den Himmel blickte. Wolkenfetzen trieben über die Lichtung und bildeten wilde, fließende Formen.

Eine Weile genoss Zenay einfach den warmen Pferderücken unter sich und die Geräusche des Waldes, dann sprang sie von Malee und ging zu ihrer Tasche, um einen Schluck Wasser zu trinken.

Zenay hörte ein Knacken im Wald und lächelte. Vielleicht konnte sie herausfinden, was dort war, wenn sie ihre Magie genügend fokussierte. Wenn es Tarek war, konnte sie ihn vielleicht erschrecken ...

Sie schloss die Augen und sandte die warme Energie in ihrer Brust zu ihren Ohren, formte sie so, dass sie ihr Gehör hinaus in die Umgebung, in Richtung des eigentlich zu weit entfernten Geräusches im Wald fokussierte.

Da waren das kurze Rauschen ihres Blutes, der Wind in den Blättern – und dann hörte sie den Atem von Menschen und Pferden und Tritte, die innehielten, als die Pferde stehen blieben.

„Jesco, was ist los? Du siehst noch wütender aus als sonst", fragte Asyra, doch Zenay entging der besorgte und gleichzeitig fürsorgliche Unterton nicht. Ihre Stimme hallte etwas nach und wirkte gleichzeitig nah und fern.

„Musst du überhaupt noch fragen?", meinte Jesco.

Sie schwiegen einen Moment und Zenay glaubte schon, sie würden nicht weitersprechen, als Jesco wütend schnaubte. „Es ist mein Vater. Er hat mir heute zu verstehen gegeben, dass er es nicht gutheißt, wie viel Zeit ich mit *der Magierin* verbringe. Er sagt, es sei klüger für den Sohn des Dorfführers einen neutralen

Stand zu bewahren und sich nicht auf eine Seite zu schlagen ... Schon gar nicht auf die Seite, die so stark kritisiert wird."

Asyra fluchte. „Er behauptet aber, neutral zu sein?"

Jesco lachte sarkastisch. „Ich werde Sina ab jetzt noch mehr Zeit widmen! Ich werde ihr alles beibringen, was ich weiß! Es ist eine Schande, dass unser Dorf noch immer an dieser alten Tradition eines Führers festhält, es wird Zeit für einen Rat, der über die Dinge im Dorf bestimmt ..." Zenay hörte das Hufgetrappel schneller werden.

„Jesco, warte! Sei nicht so überstürzt ... Das passt nicht zu dir! Bedenk doch, was du damit Sina zeigst!" Jescos Hengst wurde wieder langsamer. „Wenn sie einmal das Motiv hinter deinem Handeln erkennt, wirst du ihr quasi direkt ins Gesicht sagen, dass nun auch Conroy gegen sie ist. Mach ihr nicht solche Angst! Sie hat schon genug Probleme, aber die Zusage von Conroys Schutz gibt ihr Sicherheit. Nimm ihr das nicht, Jesco."

Wieder schnaubte Jesco. „Ich werde ihr nichts sagen. Aber mehr Zeit schenke ich ihr trotzdem ..."

Zenay wankte und ihre Konzentration schwand. Sie konnte undeutlich vernehmen, dass Jesco noch etwas sagte, aber es war so dumpf und hallend, dass sie es nicht verstand. Sie brach den Kontakt ab und kniff die Augen zusammen, versuchte, sich wieder unter Kontrolle zu bekommen.

Sie empfand tiefe Dankbarkeit dafür, dass Asyra sie beschützen wollte. Genauso dafür, dass Jesco ihr helfen wollte ... Aber was nun? Was würde geschehen, wenn selbst Conroy jetzt gegen sie war? Würde er seine Meinung ändern und dem lauten Protest der Dorfleute klein beigeben und sie doch noch fortjagen?

Der Boden unter ihren Füßen schien ihr wegzusacken – da trat Tarek hinter sie und legte seine Arme um ihren zitternden Körper. Er musste aus der anderen Richtung aus dem Wald gekommen sein. Sie hatte sich so auf Asyra und Jesco konzentriert, dass sie ihn überhaupt nicht gehört hatte.

Sein Kontakt gab ihr Sicherheit und ließ Wärme in ihr auflodern, die die kalte Angst in ihrem Herzen schwächte.

„Ist etwas nicht in Ordnung, Zenay?“, fragte er leise in ihr Ohr und lehnte seinen Kopf kurz an ihren. „Du bist blass ...“

„Es ... es ist nichts ... Ich sollte vielleicht doch etwas essen“, rang sie sich ab, drehte sich dann in seinem Arm um und lächelte kurz. Aber ihre Augen verrieten sie. Er runzelte die Stirn und wollte gerade den Mund aufmachen, als Asyra und Jesco auf die Lichtung geritten kamen. Zenay schüttelte beinahe unmerklich den Kopf und er küsste sie auf das Haar.

„Wir reden nachher“, flüsterte er und begrüßte dann die Freunde, die merkwürdig still wirkten. Na ja, zumindest für Asyra war es ungewöhnlich, denn sie ließ nur ein kurzes „Hallo“ erklingen. Aber auch Jesco merkte man an, dass etwas nicht stimmte. Sein Kopfnicken als Willkommensgruß war kürzer und kantiger als sonst.

Sie saßen neben Malee und Milad ab, kamen zu Tarek und Zenay und ließen die Pferde grasen.

Als sie alle dastanden und schwiegen, lief Zenay rot an.

„Was ist los?“, fragte Tarek und Zenay sah ihre Freunde unglücklich an.

„Ich habe mich noch gar nicht vorbereitet, das tut mir leid. Ihr habt alle so wenig Zeit in den letzten Tagen und ich verschwende sie auch noch ... Ich hätte es schon tun können, bevor ihr kamt.“

Jesco schnaubte, beinahe so, wie er es zuvor im Wald getan hatte. „Du kannst dir alle Zeit nehmen, die du brauchst.“

Asyra sah ihn komisch an, aber Zenay achtete kaum mehr darauf. Sie dachte daran, was Shetan gesagt hatte. Dass sie versuchen sollte, ihre Energie auch gezielt einzusetzen, während sie mit anderem beschäftigt war ... Und so versuchte sie, unbemerkt von den anderen, ihre Magie wieder in den Wald auszusenden, um dadurch besser zu hören. Sie aktivierte ihre Kräfte, während sie anfing, sich zu strecken und die Muskeln für das Kampftraining vorzubereiten und sandte dann ihr verbessertes Gehör aus, bis sie eine Stelle gefunden hatte, wo kein unmittelbares Blätterrauschen zu hören war, sondern bald das Knirschen von Steinchen unter

Hufen. Da ritt jemand den Weg entlang und bog dann auf den Pfad ab, der zu ihnen führte.

Zenay richtete sich auf, dehnte ihre Arme weiter und nickte zum Waldrand hin. „Malak kommt ... Er ist allein."

Jesco runzelte die Stirn und lauschte, genau wie Asyra.

„Wie kommst du darauf?", fragte sie schließlich.

„Er ist gleich da, er reitet den Weg entlang."

„Wie kannst du dir da so sicher sein? Ich höre gar nichts."

Zenay zögerte, bevor sie wieder sprach. „Ich ... ich habe ein Pferd gehört ... Da nahm ich an, dass er es ist."

„Du hast das mit deiner Magie gemacht, oder?", fragte Asyra dann und wirkte gleichzeitig besorgt und bewundernd.

„Ich ... Ja ... Vielleicht ..."

„Erstaunlich", meinte Asyra, dann schwiegen sie, bis Malak auf die Wiese geritten kam.

Die Tortur

Malaks trauriger Gesichtsausdruck und seine Gefühlslage waren so intensiv, dass Zenay gar nicht anders konnte, als es durch ihre Magie wahrzunehmen.

Sie sah Malak ungläubig an. „Elaya wird also nicht mehr kommen?“, fragte sie entsetzt und Wut begann in ihr zu kochen. „Ich dachte, sie würde mich mögen. Ich dachte, wir wären Freunde und sie würde sich nicht auf die Seite dieser ... Leute stellen!“

Asyra, Jesco und Tarek starrten sie irritiert an, überrascht über den plötzlichen Ausbruch. Und Malak sah sie auf einmal böse an. „Was redest du da?! Elaya heult vor Wut und Trauer! Es ist nicht sie, die dich nicht mehr sehen möchte, es sind unsere Eltern!“

Zenays Wut verrauchte jäh und wich Fassungslosigkeit, als sie Malaks Verbitterung spürte. „Eure Eltern? Sie haben ihr verboten, herzukommen?“

Malak starrte zu Boden und nickte, sie sah, wie er die Hände zu Fäusten ballte, und die Wut in ihr kehrte zurück, aber sie war nicht mehr auf Elaya gerichtet.

„Sie wollen nicht, dass Elaya etwas mit einer Magierin zu tun hat. Sie wollten auch mich überreden, dich nicht mehr zu sehen, aber das können sie nicht. Elaya ist noch nicht erwachsen, sie können sie zwingen. Und mit mir wollen sie nicht mehr reden, bis ich *zur Besinnung komme*!“

„Und wie begründen deine Eltern das?“

Malak zuckte mit den Schultern. „Sie sagen, eine Magierin sei eine Gefahr für jeden Einzelnen von uns und für das ganze Dorf. Sie sagen, es wäre ein zu großes Risiko, dich hierzubehalten und es wäre noch schlimmer, mit dir in Kontakt zu stehen, besonders, falls Ratken kommen sollten, um dich zu jagen. Sie sehen einfach nicht, was du für eine Hoffnung birgst! Ich glaube, sie haben Angst ... Aber sie sind auch so verdammt stur!“

„Ich ... ich kann es gar nicht glauben ...“, murmelte Zenay und war froh, dass Tarek hinter sie trat und ihr seine Hände auf die Schultern legte.

Seinen unterstützenden und tröstenden Halt zu spüren, half ihr, sich wieder ein wenig zu fassen.

„Ich habe versucht, mit ihnen zu reden und ihnen zu erklären, dass es nicht recht ist, was sie tun. Glaub mir. Aber sie wollen mir nicht zuhören.“ Malak blickte traurig zu Boden.

Was mache ich denn jetzt?, dachte Zenay und hatte schon wieder das Gefühl zu wanken. *Meine Magie wird diese Familie noch zerstören ... Wie kann ich das nur wieder gutmachen?*

Einen Moment herrschte betretene Stille, dann räusperte Jesco sich. „Ich denke, wir sollten uns jetzt nicht den Kopf darüber zerbrechen. Es wird sich schon eine Lösung finden. Jetzt sollten wir kämpfen, dafür sind wir hier.“

Zenay wollte protestieren und ihm Herzlosigkeit vorwerfen ... doch dann wurde ihr klar, dass er recht hatte. Es half niemandem, wenn sie sich den Kopf über etwas zerbrach, an dem sie momentan nichts ändern konnte. Er wollte ihr nur helfen und das schätzte sie sehr.

Zenay nickte also. „Ja, du hast recht. Malak, bitte entschuldige. Es ... ich habe euch unrecht getan. Elaya. Ich hätte nicht direkt denken sollen, dass ...“

Malak klopfte ihr auf die Schulter. „Ist schon gut. Ich kann mir vorstellen, dass du gerade viel durchmachst. Elaya wird sich freuen zu hören, dass du nicht wütend bist.“

Sie schluckte und lächelte dann, ehe sie zu den anderen hindeutete. „Sollen wir?“

Asyra und Jesco starteten also mit Angriffen gegen Zenay, während Tarek und Malak gegeneinander übten – aber schon nach wenigen Durchläufen passte sie nicht richtig auf. Asyras Kampfstab traf sie hart an der Schulter und sie ächzte, ehe sie zur Seite stolperte.

„Oh nein, das tut mir leid!“, rief Asyra und senkte den Stab.

„Das macht nichts ... Ich war einfach zu langsam“, presste Zenay zwischen zusammengebissenen Zähnen hervor und rieb sich einen Moment die Schulter, nachdem sie ihr Schwert zwischen die Beine geklemmt hatte.

„Wir können“, meinte sie dann und ging wieder in Kampfstellung – doch auch dieses Mal wurde sie von Asyras Stab erwischt und fluchte, wollte aber erneut weitermachen.

Das dritte Mal war es Jescos Schwert, das sie traf. Es streifte ihre Wange und sie zuckte schmerzerfüllt zurück. Diesmal waren es die anderen, die fluchten.

Sie hielt sich die blutende Wange, und als Asyra vorsprang und es sich anschauen wollte, wehrte sie ab. „Es ist nicht schlimm, nur ein Kratzer. Ich kann es heilen. Lasst uns weitermachen.“

„Nein“, meinte Jesco und die anderen senkten wieder die Waffen, auch Tarek und Malak hörten wieder auf. „Sina, du bist überhaupt nicht konzentriert. Es war ein Fehler, dich zu drängen. Wir brechen die Übungen mit dir für heute ab.“

Tarek trat neben ihn und betrachtete Zenay einen Moment. „Ich denke, das wird das beste sein. Ich will nicht das Risiko eingehen, dass wir dich aufspießen, weil du zu abgelenkt bist“, meinte ihr Freund.

Zenay war froh, keinen Vorwurf in seiner Stimme zu hören und auch nicht allzu viel Sorge. Sie konnte es nicht ertragen, wenn er sie bemitleidete oder sich zu viele Gedanken machte, dafür reichte ihr eigener Kopf schon vollkommen aus.

Zuerst wollte Zenay widersprechen ... Doch dann klappte sie den Mund wieder zu und nickte nur. Die beiden hatten ja recht. Wenn sie ehrlich war, hatte sie wirklich keinen Kopf für ihr Training.

Im Gegenteil, gerade regte es sie eher auf und sie fühlte eine Wut in sich brodeln, die gegen niemanden direkt, sondern gegen jeden und alles gerichtet schien.

„Und was soll ich dann machen?“, fragte sie gereizt.

„Du kannst zusehen. Wir müssen weitermachen, ich hoffe du verstehst das. Wir haben uns alle die Zeit freigearbeitet und können sie jetzt nicht ungenutzt lassen."

„Natürlich verstehe ich das! Aber ich gehe jetzt trotzdem. Ich kann das gerade nicht."

Schweigend packte sie ihre Sachen zusammen und ging hinüber zu Malee, ohne noch einmal zu den Freunden zurückzublicken.

Sie spürte ihre Blicke, dann fassten die anderen sich wieder und setzten das Training fort.

«†»

Zenay war froh, dass Malee unaufgefordert bis zur Weide lief, denn sie wurde erst wieder ihrer Umgebung gewahr und tauchte aus ihren Gedanken auf, als sie beim Gatter der Koppel anhielten.

Sie saß ab, führte Malee bis zum Stall und versorgte sie mit steifen Bewegungen.

Beim Bach blieb sie stehen, betrachtete eine Weile das Wasser und spielte mit dem Gedanken, es aufzuhalten. Aber dann stellte sie sich vor, eine große Welle zu erzeugen und damit all den Frust und die Wut – und auch die verdammten Leute – einfach fortzuspülen.

Irritiert machte sie ein paar Schritte von der Brücke weg und wäre am liebsten vor ihrer eigenen Fantasie davongelaufen. Voller Abscheu starrte sie auf ihre Hände und schüttelte dann den Kopf frei.

Sie aktivierte ihre Magie und spürte, dass sie noch nicht bereit zum Transportieren war, aber es war ihr egal. Die Welt drehte sich, als sie losließ – und sie fluchte laut, als Schmerz durch ihre Hand zuckte.

Wütend starrte sie auf die blutige Schramme, die sie sich zugezogen hatte, als sie sich beinahe in den Tisch transportiert hätte, und warf sich mit dem Gesicht in die Kissen, um dann ihre geballte Wut in die Federn zu brüllen.

Ihr Atem ging tief und heftig, aber es tat gut, dem Zorn freien Lauf zu lassen.

Dann versuchte sie, einfach nicht mehr zu denken.

«†»

Sie hatte sich beruhigt, lag aber immer noch regungslos auf ihrem Bett, als sie Tarek ins Haus kommen hörte. Er ging direkt zu ihr, zögerte jedoch merklich sie zu berühren, als er sie so daliegen sah.

„Zenay ... Du blutest, was ist passiert?“, fragte Tarek und setzte sich neben sie, um vorsichtig über ihren Arm zu streichen.

Als hätte sie es gar nicht richtig gespürt, drehte sich Zenay auf den Rücken, hob die Hand und betrachtete die Wunde. „Es ... es ist nichts. Ich habe mich beim Transportieren etwas verschätzt.“ Sie richtete sich im Bett auf und schloss die Augen, legte die Finger ihrer rechten Hand auf die Schramme und ließ heilende Magie fließen.

Die Wunde schloss sich und sie schüttelte kurz ihre kribbelnden Finger, bevor sie Tarek ansah. Sie konnte sich noch nicht einmal ein halbherziges Lächeln abringen. Er war verschwitzt und etwas schmutzig. Sie hatte aber keine Lust zu fragen, wie der Rest des Treffens verlaufen war.

Er sprach es ohnehin von selbst an. „Hätte ich früher kommen sollen? Wir ... wir wollten uns nicht ...“

„Lass es gut sein. Wie gesagt, ich verstehe es.“

„In Ordnung. Du sahst bloß etwas irritiert aus. Da habe ich mich gefragt, ob dir bewusst ist, dass wir auch regelmäßig ohne dich üben.“

Sie musste sich zusammenreißen, um ihn nicht anzuschreien. Es war doch lächerlich, natürlich sollten und mussten die anderen trainieren, wenn sie Zeit hatten und Zenay durch Shetans Aufgaben zu beschäftigt war. Wie hatte sie sich einbilden können, dass die anderen ihren gesamten Tagesablauf nur auf sie abstimmen würden?

Also klappte sie nur mehrmals den Mund auf und zu und seufzte dann. „Tut mir leid. Ich ... habe nicht wirklich darauf geachtet. Aber jetzt, wo du es sagst ... eigentlich kämpfen ja nicht immer alle gegen mich, sondern auch gegeneinander."

Er lächelte kurz. „Du hast viel um die Ohren, da muss dir nicht immer alles sofort auffallen."

„Aber ist nicht genau das meine Aufgabe?"

„Das kann ich dir nicht beantworten", gab er nach einem Zögern zu und stand von ihrem Bett auf.

Zenay raffte sich auf und folgte Tarek in die Stube, um schweigend ein Stück Brot hinunterzuwürgen. Der Rest des Abends sollte quälend langsam vergehen. Sie hatte keine Lust, die Unterhaltung fortzusetzen, konnte sich auf nichts konzentrieren und war froh, dass Shetan wenigstens heute nicht darauf bestand, dass sie ihre Fähigkeiten im magischen Hören weiterübte. Sie hätte ohnehin nur versagen können.

Wolken zogen auf und verdüsterten Zenays Stimmung noch zusätzlich. Einmal meinte sie, Wölfe heulen zu hören und wartete vergebens auf Wafaa. Sie versuchte, sie mit ihren Gedanken zu erreichen und auch, sich auf die Magie für ihr Gehör zu konzentrieren, um im Wald nach ihr zu horchen, doch sie schaffte es nicht und gab schließlich frustriert auf.

Sie erzählte Tarek davon und er schlug vor, auszureiten, um nach den Wölfen zu suchen, aber Shetan hielt sie auf. Er berichtete von mehreren Gruppen von Dorfleuten, die um ihr Haus und auch bei der Weide herumlungerten und auf sie zu warten schienen. Also riet er ihr davon ab, das Haus heute noch einmal zu verlassen.

Tarek murmelte etwas Undeutliches und sie musste ihn erst fragend anstarren, bis er leise erzählte, dass er erneut von den Jägern erwartet wurde. Jemand sollte die Fallen am Rand der nördlichen Felder kontrollieren, bevor es zu dunkel wurde.

Er hatte keine Wahl, das wusste Zenay, da es wenigstens etwas Geld versprach.

Also blieb Zenay allein zurück und aß später etwas kalten Braten und Brot mit Shetan. Als es dämmerte zog sie sich in ihr Zimmer zurück. Kopfschmerzen plagten sie und sie war müde, obwohl sie den ganzen Tag nichts zustande gebracht hatte.

Als sie sich gerade auf ihrem Bett ausgestreckt hatte, ertönte ein Poltern von draußen und jemand pochte wild gegen die Haustür. Zenay zuckte zusammen und spürte fremde Wut, dann wurden draußen Stimmen laut und sie hörte Shetans Schritte.

Die Rufe wurden lauter, als er öffnete, aber er hatte nur eine barsche Antwort für die Dorfleute übrig, die hereingelassen werden wollten um ... um ... Zenay erzitterte als sie die protestierenden Stimmen hörte, die forderten, dass man sie heraushole und aus dem Dorf werfe – dann krachte die Tür wieder zu und Shetan grummelte böse Worte über diese engstirnigen Irren.

Zenay kniff die Augen zusammen, als sie sich unter ihrer Decke verkroch. Sie presste sich die Hände auf die Ohren, versuchte verzweifelt, die Rufe draußen nicht mehr zu hören und verfluchte insgeheim Shetans Übungen, die ihr Gehör verbessert hatten.

«†»

So vergingen die Tage.

Zenay wurde immer blasser, die Gedanken der Leute aus dem Dorf drangen immer intensiver auf sie ein, je mehr sie sich mit dem Fokussieren von Magie beschäftigte, denn es verstärkte nicht nur ihr Gehör, sondern auch ihre allgemeine Feinfühligkeit – zu ihrem Leidwesen bestand Shetan darauf, dass sie sich fast den ganzen Tag darin übte. Sie wusste, er war sanft zu ihr, aber er musste darauf pochen, dass sie wenigstens ihre magischen Fähigkeiten steigerte – denn ihre Freunde hatten tagelang überhaupt keine Zeit.

Zenay fühlte sich im Wald immer öfter beobachtet und wagte es kaum mehr, ihre Magie außerhalb des Hauses anzuwenden. Shetan begleitete sie so oft er konnte in den Wald, um ihr Sicherheit zu vermitteln, aber die ständigen Ausflüge waren bei dem heißen Sommerwetter anstrengend für ihn, genauso wie die ständigen Konfrontationen mit den Dorfleuten. Zenay hatte das Gefühl, er verstecke sich ebenfalls immer öfter im Haus. Tarek arbeitete stattdessen immer häufiger für die Jäger und schien allem – und auch ihr – bewusst aus dem Weg zu gehen.

Bald begannen sie Albträume zu plagen.

Nacht für Nacht war es fast immer der gleiche Traum ...

Zenay saß im Wald und alles war dumpf und farblos um sie herum. Sie spürte weder sich selbst noch die Kühle der Dämmerung, die heraufzog. Schließlich stand sie auf und ging ins Dorf und lief über den Platz, auf dem eine Masse aus düsteren Leibern auf sie wartete. Böse menschliche Augen starrten sie an ... und dazwischen war ein totes, milchiges Paar, das zu einem Körper gehörte, der nach Blut lechzte und widerlich stank ... und dann waren da Schreie – aber niemand versuchte, die Kreatur anzugreifen und zu verjagen – stattdessen wandten sich die Fackeln und Mistgabeln und Äxte gegen sie!

Zenay wich zurück, wollte das Kristallschwert mit ihrer Magie packen, aber da war nichts, nichts außer Leere ...

Sie drehte sich um, wollte sich in Shetans Haus flüchten – und erstarrte, denn dort, wo es gestanden hatte, war nichts außer einem qualmenden Aschehaufen. Noch während sie ihre Magie aktivieren wollte, wurde sie von den Männern gepackt. Gerade dann entdeckte sie auch Tarek und Shetan in groben Händen. Als sie sich sträubte, als man sie zu der fauchenden, nach Blut dürstenden Bestie führte, die ihr Maul öffnete ...

... wachte sie auf.

Schweißgebadet und zutiefst erschüttert schreckte sie hoch. Schon zum dritten Mal in dieser Nacht ... Das Allerschlimmste an diesem Traum war nicht die Bestie, nicht die lähmende Angst – nein – es war der tiefe Schmerz, den sie über den Verrat der Dorfleute empfand.

Diesmal hatte sie wohl nicht ihr eigener Schrei geweckt, denn Tarek kam nicht kampfbereit zur Tür hereingestürzt.

Stattdessen hörte sie ein leises Klopfen am Fenster.

Instinktiv packte Zenay das Messer, das neben ihrem Bett lag, ließ sich auf den Boden sinken und schlich geduckt am Bett entlang, um ungesehen zum Fenster hinauszuspähen – da erkannte sie den kurzen Haarschopf und die suchenden Augen, die in ihr dunkles Zimmer lugten.

Erleichtert richtete sie sich auf, öffnete das Fenster und blickte auf Elaya. Die kleine, unglückliche Elaya, geduckt im Schatten des Hauses.

„Ha-hallo“, murmelte sie leise und sah aus, als erwarte sie einen bösen Blick oder eine Abweisung. Aber Zenay freute sich, sie zu sehen und lächelte.

„Willst du reden?“

Ein kurzes Nicken war die Antwort.

„Komm rein, soll ich dir helfen?“

Aber Elaya griff schon nach dem Fensterrahmen und zog sich hoch, ehe sie leise hereinsprang und neben Zenay landete. Sie starrten sich einen Moment schweigend an, dann setzte sich Elaya auf Zenays Bettkante und sah sich schüchtern um.

„Es ... es ist lange her, dass ich in diesem Zimmer war. Es hat Tareks Mutter gehört, als sie noch ein Mädchen war ... Da war meine Mutter eine ihrer besten Freundinnen, wusstest du das?“

„Nein, das wusste ich nicht.“ Zenay fühlte sich gleichzeitig wohl und unwohl. Sie setzte sich neben Elaya und zog sich die Decke über die Beine.

„Früher hat meine Mutter mir sehr viel von der Vergangenheit erzählt. Von der Zeit vor dem ersten Ratkenangriff ... und davon, wie meine Eltern sich kennengelernt hatten. Aber sie sind überhaupt nicht mehr so, wie es sich für mich in den Erzählungen angehört hat oder wie ich es aus meiner Kindheit kenne. Sie schreien nur noch und Malak brüllt auch ... Sie alle brüllen sich an und ich ... ich habe Angst ... dass sich bald alle verachten ... oder zumindest meine Eltern mich und Malak.“

„Wenn es für deine Familie besser ist ... und dir lieber wäre ... dann können wir uns auch eine Weile nicht sehen, auch Malak nicht“, schlug Zenay vor.

„Nein! Nein, das möchte ich nicht! Ich habe mir geschworen, dass ich dir helfen werde! Sie verstehen mich einfach nicht und ich bin ... bin so wütend darüber!“ Einen Moment sah sie aus, als wollte sie schreien, besann sich aber und machte dann kopfschüttelnd eine wegwerfende Handbewegung.

Zenay nickte dankbar, dann umarmte sie Elaya impulsiv. „Ich kann mich wirklich glücklich schätzen, solche Freunde wie dich und die anderen zu haben“, murmelte sie leise.

Als sie Elaya losließ, hatte diese Tränen in den Augen. „Sina, du bist neben Asyra zu meiner besten Freundin geworden. Meine Eltern sind so blind!“

„Ich bin so froh, dass ihr zu mir haltet ... Ich wüsste nicht, was ich ohne dich und die anderen machen sollte. Aber es ist vielleicht besser, wenn du jetzt wieder nach Hause gehst, bevor deine Eltern merken, dass du dich weggeschlichen hast.“

„Sina. Ich ... ich werde noch einmal mit ihnen reden. Gleich morgen. Und wenn sie es nicht endlich einsehen, dann ...“ Elaya verkniff sich einen Fluch und Zenay sah erneut Tränen in ihren Augen. Diesmal waren es allerdings andere.

Wie schwierig muss es für sie sein?, dachte sie im Stillen und schluckte.

Elaya wischte sich die Tränen weg und lächelte halbherzig, ehe sie Zenay noch einmal kurz drückte und durch das offene Fenster wieder hinaussprang. Sie verschwand in der Dunkelheit und Zenay horchte auf ihre Schritte, bis auch diese verklungen waren.

«†»

Am nächsten Morgen schreckte Zenay von dem Knirschen auf, als ihre Zimmertür geöffnet wurde. Aber es waren keine wütenden Dorfleute, sondern Tarek.

Sie schaffte es, sich zu einem müden Lächeln durchzuringen.

„Guten Morgen, meine Zenay.“

„Morgen.“ Sie setzte sich auf und umarmte ihn.

„Hattest du wieder einen Albtraum heute Nacht?“, fragte er vorsichtig, als er die dunklen Ringe unter ihren Augen betrachtete.

Zenay nickte. „Es sind jede Nacht ähnliche ... Ich werde das Gefühl nicht los, dass etwas Schlimmes passieren wird.“

„Vielleicht nimmst du die Gedanken und Stimmung der Leute auf. Shetan meinte, das sei nicht ungewöhnlich bei Magiern ... und auch nicht, dass du sie stärker wahrnimmst, als sie in Wahrheit vielleicht sind.“

„Ja vielleicht. Aber ich möchte trotzdem keine Albträume mehr haben!“

Tarek sah sie auf einmal etwas schüchtern an. „Wenn du möchtest, könnten wir etwas versuchen ... Ich könnte ja ...“

„Bei mir schlafen? Das fände ich wundervoll.“

Verdutzt starrte er sie an und wusste einen Moment nicht, was er sagen sollte. „Woher weißt du –“, fing er an, doch ihr Lächeln unterbrach seine Frage.

„Es war nicht schwer diesen Gedanken zu fühlen, Tarek. Ich habe auch schon darüber nachgedacht, weißt du. Ich fände es sehr schön, wenn du abends ... na ja, wenn du dann auch bei mir bleiben würdest. Ich fühle mich an deiner Seite viel sicherer.“

Tarek lächelte liebevoll und nickte dann. „Gut, dann machen wir es so.“

Zenay erwiderte sein Lächeln, dann fiel ihr ein, was zwischen den Albträumen geschehen war und sie wurde wieder ernster. „Elaya kam heute Nacht zu mir. Sie wollte mir unbedingt sagen, dass sie mich weiter sehen will ... Es geht ihr schlecht ... Die Situation mit ihren Eltern belastet sie sehr ... So wie sie mich auch belastet.“

„Sie ist wirklich hier gewesen? Ich habe gar nichts gehört.“

„Wir haben uns unterhalten und sie sagte, sie will noch einmal mit ihren Eltern reden, damit sie mich wieder sehen darf.“

„Ich hoffe, das hilft ... Wir könnten heute beim Haus bleiben und hier üben, dann kannst du auf sie warten.“

Zenay nickte bestätigend. „Ich möchte es gleich erfahren, falls sich etwas ändert ...“

«†»

Es war Mittag und Zenay übte sich weiter darin, ihr Gehör zu schärfen, als sie deutliche Schritte auf den Steinen im Garten wahrnahm.

„Es kommt jemand“, murmelte sie und löste sich aus Tareks Umarmung. Er sah sie fragend an, dann stand er von der Eckbank auf und ging. Zenay schob die leeren Teller in die Mitte des Tisches und wartete. Sie ärgerte sich ein wenig darüber, nicht erfühlen zu können, wer da kam. Noch nicht.

Auch wenn sie eine vage Hoffnung hatte.

Die Tür wurde geöffnet und an Tareks Begrüßung erkannte sie sofort, dass es einer ihrer Freunde sein musste.

Er kam zurück in die Küche und setzte sich an den Rand der Eckbank, hinter ihm trat Malak ein.

Sein Blick verriet ihr, dass etwas nicht stimmte. Seine Gedanken waren düster, aber sein Geist war zu verschlossen, als dass sie etwas daraus erspüren konnte.

„Was ist los, Malak?“, fragte Zenay und starrte sein blasses Gesicht an. Sie hatte sich erst heute Morgen in dem angelaufenen Spiegel in ihrem Zimmer betrachtet und fand, dass er nun fast die gleiche ungesunde Hautfarbe hatte.

Malak schüttelte den Kopf. „Sie lassen sie nicht mehr hinaus. Sie soll eine Weile in ihrem Zimmer bleiben.“

„Was? Aber waru-“

„Sina, sie haben gestern Nacht gemerkt, dass sie sich weggeschlichen hat.“

„Und jetzt ist Elaya *eingeschlossen*?“

„Sie haben sie in ihr Zimmer gesperrt, ja.“

„Und was ist mit dir?“

„Ich komme zurecht, keine Sorge. Sie haben ihre Drohung, nicht mehr mit mir zu reden, nicht wahr gemacht. Aber nachdem wir uns die letzten Tage nur noch gestritten haben ... bleibe ich nicht länger dort. Ich werde eine Zeit bei Jesco unterkommen."

Du willst Elaya jetzt auch noch allein lassen? Gerade jetzt, wo sie dich wahrscheinlich am meisten braucht?

Sie wollte den Gedanken aussprechen, spürte Wut und Verwirrung in sich, aber da schüttelte er schon niedergeschlagen den Kopf. „Ich gehe arbeiten, ich sehe euch später." Damit verließ er das Haus und ließ Tarek und Zenay allein.

Einen Moment konnte Zenay noch den Atem anhalten und warten, dann sprang sie auf.

„Es reicht mir jetzt! Es ist eine Sache, auf dem Dorfplatz oder sonst wo von Leuten angefeindet zu werden, aber meine Freunde lasse ich mir nicht nehmen! Dazu hat keiner ein Recht!"

„Ich fürchte Elayas Eltern sind der Meinung, dass sie ihrer Tochter verbieten können, dich zu sehen. Sie ist noch nicht erwachsen ... Sie könnten sie hinauswerfen ... So wie sie es mit Malak getan haben."

Verwirrung huschte über ihr Gesicht, dann Abneigung. „Ich dachte, er sei freiwillig gegangen?"

Sie konnte ihm sofort ansehen, dass er das nicht hatte sagen wollen.

Er zögerte und schüttelte den Kopf, jetzt musste er ehrlich sein. „Nein ... Sie sagten, er soll ihr Haus nicht mehr betreten, bis er zur Vernunft kommt – oder sich nie wieder blicken lassen."

Zenay warf den Stuhl vor sich um, als sie ohne ein weiteres Wort am Tisch vorbeieilte.

„Nein, Zenay, lass das! Wenn du offen Streit suchst, könnte dir das noch mehr Ärger einhandeln. Elayas Eltern sind nicht unbeliebt im Dorf. Sie sind hart arbeitende, konservative Leute, die sich ein unauffälliges und sicheres Leben wünschen. Viele Leute stimmen mit ihnen überein! Warte!"

Aber Zenay war schon fort. Sie war aus der Küche gestürmt und die Haustür knallte zu. Tarek fluchte und sprang auf, um ihr zu folgen.

«†»

Die Blicke der Leute folgten ihr und das Getuschel auf dem Platz wurde lauter, als sie quer darüber stapfte und stur geradeaus starrte, ohne die Rufe zu beachten. Tarek kam hinter ihr her, aber sie war ihm schon ein Stück voraus und eilte die Straße hoch, die zum oberen Dorfrand führte.

Zenay machte keine Anstalten anzuklopfen, als sie den etwas abgelegenen Hof erreichte. Sie riss die Tür mit einem Ruck auf, der nicht ganz ohne Magie getan wurde, und starrte einen Augenblick später in die Gesichter von Elayas Eltern, die aus einem Zimmer gestürmt waren und ihr im Flur begegneten.

Im Augenwinkel sah Zenay Tarek, der die Straße hinaufgeeilt kam – und sie warf die Tür mit einem Ruck in die Angel und zog den Riegel vor. Keine Sekunde später kam von draußen hektisches Klopfen und es ruckelte an der Tür.

„Sina, lass den Unsinn! Komm sofort raus!"

Zenay reckte ihr Haupt und wandte sich wieder den Leuten zu. Gedanken rasten durch ihren Kopf, aber keiner wollte klar genug werden, um einen Satz zu bilden.

Die Frau sah Zenay gleichzeitig entsetzt und wütend an. Zenay wurde das Gefühl nicht los, dass sie ihren Mann nachahmte und nur von ihm ihre Stärke nahm.

„Feradun, tu doch etwas!"

Zenay musste sich beherrschen, nicht zu wanken. „Du bist Feradun?!"

Der blonde Mann sah sie aus stolzen Augen an, in denen tiefe Abscheu lag. „Wer denn sonst?"

„Feradun!", zischte seine Frau erneut. „Wirf diese Frau hinaus, sie hat hier nichts verloren!"

Der zornige Mann brauchte ihre Aufforderung nicht, da war sich Zenay sicher. „Hexe, du bist nicht erwünscht in meinem Haus! Verschwinde von hier!"

Zenays Hände zitterten, als sie sie zu Fäusten ballte. Sie hielt ihre Magie nicht auf, als sie in ihr hochkochte und Blitze über ihre

Finger zuckten. Die kleinen Ladungen knisterten wie brennendes Holz, als sie sich harmlos an den Wänden der Diele entluden. Feradun und seine Frau starrten sie entsetzt an und wichen einige Schritte zurück.

„Ich gehe erst, wenn Elaya wieder frei ist!"

Der Schreck auf Feraduns Gesicht wandelte sich augenblicklich in sprühenden Zorn. Er lief rot an und brüllte dann. „Ich sagte: VERSCHWINDE! Du hast in diesem Haus und in diesem Dorf nichts zu suchen!"

Tränen der Wut standen jetzt in Zenays Augen. „Lasst Elaya frei! Ihr könnt sie nicht einschließen! Sie kann selbst entscheiden, mit wem sie sich abgibt!"

Als die beiden nicht einlenkten, schluckte Zenay und riss sich zusammen, um ihren Zorn zu zügeln.

„Ich kann vielleicht nichts an eurer Meinung über Magier ändern oder etwas gegen eure Vorurteile tun, aber eins verspreche ich euch: Ich werde alles in meiner Macht Stehende tun, um meine Freunde zu schützen oder vor Bösem zu bewahren! Wann auch immer Elaya oder jemand anderes in Gefahr gerät, werde ich sie verteidigen, egal was es kostet!"

Feradun hob trotzig den Kopf. „Und wenn du selbst die Gefahr bist? Wirst du dich dann zu ihrem Wohl von ihr fernhalten?"

Das Haus erbebte. „ICH BIN KEINE GEFAHR FÜR ELAYA! Höchstens für Leute, die meine Freundin einsperren wollen, nur damit sie nicht tun kann, was sie will!"

Feraduns Frau wich ein wenig zurück, doch dann reckte sie das Kinn, wie es auch ihr Mann getan hatte. „Wir sind ihre Eltern! Sie lebt bei uns, isst bei uns und arbeitet bei uns. Es ist nicht ihre Aufgabe, einer Magierin zu helfen! Sie wird einmal heiraten und den Hof leiten, denn so können wir in dieser Zeit leben! Pferde erhalten uns unsere Heimat – nicht eine dahergelaufene Magierin, die sich für wichtig hält!"

„Habt ihr Elaya schon einmal gefragt, was sie will? Will sie denn heiraten und ihr Leben lang Pferde versorgen?"

„Es ist nicht wichtig, was sie will! Sie ist noch keine erwachsene Frau, wir entscheiden für sie und werden sie von der Dummheit abhalten, sich mit dir einzulassen!“

Ein größerer Blitz zuckte von Zenays Hand zum Boden, ohne dass sie es bemerkte. Feraduns Blick wurde steinern.

„Du bist eine Gefahr und kannst dich nicht beherrschen! Verschwinde aus meinem Haus und aus diesem Dorf, du Dämonin, und nimm den alten Tattergreis Shetan gleich mit!“

Als Zenay sich nicht bewegte, schnaubte er und lief zur nächsten Tür, kam einen kurzen Augenblick später zurück – und Zenay riss entgeistert die Augen auf.

Feradun hielt eine Axt in den Händen. „RAUS!“, brüllte er und schwang die Waffe über seinem Kopf. Zenay wich zurück und hob die Hände.

„Ha, da rennt sie, die Hexe!“, triumphierte er laut.

„Ich kämpfe nicht gegen Miakoda, mögen sie noch so abscheulich sein, Mistkerl!“, zischte sie zwischen zusammengebissenen Zähnen, machte auf dem Absatz kehrt und riss beinahe den Riegel aus der Tür, als sie sie öffnete.

Sie stieß Tarek beiseite, der noch immer davorstand, und rauschte an ihm vorbei.

Tarek starrte auf die Axt in Feraduns Händen.

„Feradun, was tust du?!“, rief er fassungslos, doch der Mann rümpfte nur die Nase.

„Sie hat meine Familie bedroht und angegriffen! Ich habe uns nur verteidigt.“

„Du lügst wie eine Schlange, Feradun! Dreh die Wahrheit nicht herum, ich habe gehört, was gesagt wurde!“

„Dann bist du ebenfalls todgeweiht und verschwindest besser aus Ornanung, bevor ich dir Beine mache!“, rief Feradun und knallte die Haustür vor Tareks Nase zu.

«†»

Einen Moment stand Tarek noch völlig erstarrt und schockiert da, dann folgte er Zenay.

Er entdeckte sie gerade noch am Rand der Weiden, die Feraduns Grundstück vom Wald abgrenzten, dann tauchte sie in den Schatten der Bäume ein. Hastig folgte er ihr, rannte am Holzzaun der Weide entlang, sprang über die alte Steinmauer, die den Wald säumte, und blieb stehen, um sich umzuschauen. Zenay war nirgends zu sehen, da hörte er ein magisches Knistern und meinte, kurz Licht zwischen den Bäumen aufleuchten zu sehen.

„Verflucht", zischte er und rannte am Waldrand entlang in Richtung Dorf.

Sein Atem ging keuchend, als er zu Hause ankam, die Tür aufriss – und beinahe mit Zenay zusammenstieß, die aus ihrem Zimmer gekommen war.

Tränen benetzten ihr Gesicht, doch sie wischte sie rasch weg und wollte sich abwenden. Tarek hielt sie fest und zog sie zu sich.

„Zenay, lauf doch nicht weg ..."

„Was so-soll ich denn sonst tun?!"

„Alles, nur nicht das!"

Einen Moment wehrte sie sich noch – dann ließ sie sich in seine Umarmung sinken und schluchzte. Tränen der Wut und Verzweiflung flossen ihr über die Wangen und wurden von Tareks Hemd aufgesogen, als er sie fest an sich drückte.

Er ließ sie weinen, bis ihr Schluchzen nachließ und sie sich etwas beruhigte. Sie schniefte und wischte sich erneut übers Gesicht, ehe sie ihn aus roten Augen anstarrte.

„Entschuldige. Du musst mich für so schwach halten."

„Nein. Nein, das tue ich nicht", fing er an, doch sie unterbrach ihn.

„Ach Tarek! Ich ... ich dachte einfach nicht, dass es Elayas Vater sein würde, der das ganze Dorf gegen mich aufhetzt! Wieso habt ihr mir nicht gesagt, dass dieser Feradun ihr Vater ist?"

„Ich hatte keine Ahnung, dass du es nicht weißt ... Es tut mir leid."

„Sei nicht so nett zu mir! Ich bin eine dumme Gans, dass ich mich so von ihm habe provozieren lassen. Jetzt wird alles nur noch schlimmer ... Oh, ich hätte auf dich hören sollen. Ich bin ja so dumm!"

„Ich ... ich kann mir nicht vorstellen, dass es noch schlimmer wird, Zenay. Die Leute haben sich gegenseitig hochgeschaukelt, aber es wird bestimmt wieder besser", meinte Tarek, konnte aber den leichten Klang von Verzweiflung in seiner Stimme nicht ganz verbergen.

„Sich da *hochgeschaukelt*?", fragte sie spitz und musste kurz lachen. „Das geht doch schon viel zu lange so! Es ist wie ein Feuer, das sich immer weiter ausbreitet!"

Sie sah ihn an, erwiderte seinen traurigen Blick und schüttelte den Kopf. „Lass uns einfach in den Wald gehen und trainieren. Ich habe gerade wirklich keine Lust mehr, hier zu sein."

«†»

Tarek zögerte, doch dann nickte er, schnappte sich seinen Mantel und sie verließen das Haus. Zenay hatte einen üblen Geschmack im Mund, als sie aus ihrem Fenster in den Garten sprang und die Leute auf dem Platz diskutieren und rufen hörte.

Schweigend eilten sie zum Pferdestall. Tarek musste beinahe rennen, so schnell lief sie, um zu fliehen. Sie holten die Schwerter aus ihrem Versteck und ritten in den Wald, der in seiner Stille und Sanftheit das unruhige Dorf beinahe lächerlich erscheinen ließ. Zenay schnaubte mehrmals, tief in Gedanken, aber Tarek unterbrach sie nicht und fragte nicht – dann kamen sie auch schon auf der Lichtung an, ließen die Pferde grasen und übten sich im Kampf.

Die Zeit verging und als die Sonne schon recht tief stand, brach Tarek das Training ab. Er legte die Waffen ins Gras und wischte sich über die verschwitzte Stirn.

„Es tut mir leid. Ich muss gehen. Die Jäger brauchen mich heute Abend für die Kontrolle der Fallen."

„Schon wieder? Haben sie nicht genügend Hilfe?", fragte Zenay und er sah unglücklich drein.

„Du weißt genau, dass ich für sie arbeite, Zenay. Und wir können froh sein, dass sie nichts gegen dich haben. Sonst hätten wir vielleicht noch weniger Geld und noch mehr Gegner!"

Zenay zögerte und zog dann den Kopf ein. „Es ... Entschuldige ... Ich habe kein Recht, dir deshalb Vorwürfe zu machen. Ich bin so auf meine Ausbildung fixiert ... Ich glaube, ich bin manchmal ziemlich egoistisch."

Tarek lachte kurz und nahm sie dann in den Arm, um sie an sich zu drücken.

„Oh, meine Zenay. Selbst in so einer nervenaufreibenden Lage wie jetzt im Dorf bist du immer noch süß. Ich gebe dir keine Schuld dafür ... Ich befürchte immer dich zu langweilen."

„Nein!", rief sie und drückte sich an ihn. „Ich bin vielleicht keine geborene Jägerin ... aber dein Alltag interessiert mich, Tarek. Ich würde so gerne ein ganz normales Leben leben ... und nichts mit all diesem verrückten Kram zu tun haben, der nur meinetwegen geschieht."

Tarek nickte und küsste sie auf die Wange. „Komm, lass uns gehen."

„Ich glaube, ich bleibe noch etwas. Ich habe den Bogen dabei und möchte etwas üben. Nimmst du bitte Malee mit? Sie ist müde, das spüre ich. Ich bleibe nicht allzu lange und komme dann nach. Es stört mich nicht, zu laufen. Ich muss etwas in Ruhe nachdenken."

„Gut, wie du meinst. Aber versuch zurück zu sein, bevor es dunkel wird. Shetan macht sich sonst Sorgen."

„In Ordnung. Dann sehe ich dich heute Nacht?"

Tarek lächelte warm und küsste sie inniger. „Versprochen."

Zenay blickte ihm sehnsüchtig nach und fragte sich wieder einmal, wie ihr Leben wohl wäre, wenn sie nicht die Auserwählte, sondern einfach nur eine normale Frau wäre, die man zufällig entführt und deren Gedächtnis man gelöscht hatte ...

Sie schnaubte, belustigt über ihre eigenen Gedanken, nahm dann den Bogen in die Hand und sah sich lange auf der Lichtung um. Sie horchte in den Wald, wagte es dann, einen Pfeil auf die

Sehne zu legen und verstärkt durch Magie abzuschießen. Der Pfeil zischte weit über die Lichtung und fand sein Ziel in einem alten toten Baumstamm, ihm folgten viele weitere, rennend, springend oder kniend abgeschossen, bis die Sonne hinter den Bäumen völlig verschwunden war und den Himmel orange färbte.

Gedankenverloren holte Zenay ein letztes Mal die Pfeile aus dem durchlöcherten, morschen Stamm und machte sich auf den Heimweg.

Im Wald war es schon recht düster und still, die Vögel waren verstummt – da knackte es im Unterholz.

Zenay zuckte zusammen, als jemand vor ihr auf den schmalen Wildwechsel trat und ihr den Weg versperrte. Sie konnte spüren, dass es keiner ihrer Freunde war. Ihr Körper versteifte sich und sie schluckte.

Der Mann aus dem Dorf baute sich vor ihr auf und musterte sie mit einem Blick, der pure Abneigung ausstrahlte.

„Was machst du denn noch so spät hier draußen, Hexe?"

„Ich ... ich", stammelte Zenay und wusste nicht, ob sie wütend oder verunsichert war. Sie spürte so vieles gleichzeitig, dass ihr ganz schwindlig wurde. Angst machte sich in ihr breit, Angst vor seinen Worten, seinen Gedanken, Angst um ihr Zuhause und ihr Leben im Dorf.

Aber auch Zorn und dann Abscheu darüber, dass sie sich immer mehr wünschte, nicht mehr sie selbst zu sein.

„Wir beobachten dich! Wage es nicht, Magie zu wirken! Du solltest gar nicht hier sein dürfen. Conroy hat einen Fehler gemacht und Shetan ist ein Narr!"

„Sprich nicht so über ihn!", platzte sie ungewollt heraus, als sie ihre Wut nicht mehr bezähmen konnte. „Er ist ein guter Mann! Er will dem Land helfen!"

„Und wie hilfst du uns?", fragte der Mann und nickte zornig zu ihrer Hand, mit der sie den Bogen umklammert hielt. „Lass diesen Dreck, Hexe, sonst wirst du dafür bezahlen, dass du die Ratken zu uns lockst!"

Der Mann starrte sie an – und spuckte ihr ins Gesicht.

Zenay wusste kaum wie ihr geschah. Sie wich stolpernd vor ihm zurück, während ihr Herz raste und zugleich von einer eisigen Klaue umschlossen wurde. Die Wut war mit einem Schlag durch Schock und Scham ersetzt.

Sie spürte, dass der Mann sie noch einen Moment boshaft fixierte, als erwarte er eine Reaktion, aber sie konnte ihm nicht in die Augen sehen.

Erst als er davongerauscht war, strich sie sich mit dem Ärmel die Spucke weg, die rasch durch Tränen abgelöst wurde.

«†»

Eine magere Sklavin mit schütterem Haar kündete die Ankunft des Kriegers an, den die Königin hatte rufen lassen.

Zayda wartete geduldig, während er den großen Raum betrat und durchquerte. Der groß gewachsene, dunkelblonde Mann blieb mit gebührendem Abstand vor ihrem Thron stehen. Seine ockerfarbenen Augen sahen sie voller Interesse aus einem vernarbten Gesicht an. Sein Geist war ruhig, etwas nervös vielleicht, aber sie konnte keine Angst darin spüren.

„Ihr habt mich rufen lassen?", fragte er.

„Sehr richtig. Bist du zufrieden mit deiner Arbeit?"

Der Mann sah sich nervös in dem Raum um, als erwarte er weitere Beobachter.

„Ich bin Euer ergebener Diener, Herrin. Meine Arbeit verübe ich für Euch."

„Nur nicht so hochtrabend, Krieger. Wie lautet dein Name?"

„Shir'Raki, Herrin."

„Ein großer Name für einen Leibwächter."

Der Ratke sah sie stirnrunzelnd an. „Leibwächter? Ich bin ein einfacher Wachposten in Eurem Gefängnis-"

Zayda machte eine wegwerfende Handbewegung. „Nicht mehr. Meine Berater haben dich beobachtet und mir berichtet, dass deine Fähigkeiten dort vergeudet werden. Du hast sehr gute Arbeit geleistet, deshalb habe ich beschlossen, dich zu belohnen. Du wirst noch heute Mazmorra verlassen und dich auf den Weg nach Yoruba machen. Dort wirst du von nun an als Leibwächter der Herrscherfamilie dienen."

Shir'Rakis Augen weiteten sich kurz, ehe er ehrerbietig den Kopf neigte. „Sehr wohl, meine Königin."

„Du bekommst vor Ort weitere Anweisungen. Geh jetzt."

Der Ratke nickte, zögerte aber dann. Zayda hob eine Augenbraue. „Was gibt es noch?"

„Darf ich noch eine Frage stellen, Herrin?"

„Wenn du es nicht lassen kannst."

„Was ... was verschafft mir die Ehre, dass Ihr mir das persönlich mitteilt?"

Zayda klatschte freudig in die Hände, was ihn leicht zusammenzucken ließ. „Ah! Ich sehe, ich habe den Richtigen ausgewählt."

„Herrin?"

„Du hast natürlich vollkommen recht. Aber meine Zeit war mit dir glücklicherweise nicht verschwendet. Ich habe berechtigte Annahmen dazu, dass die Herrscherfamilie von Yoruba ihre Pflichten etwas schleifen lässt. Leider muss ich aber auch annehmen, dass meine Quellen nicht mehr verlässlich sind, denn einige Leibwächter wurden zurück in die Heimat geschickt und können mir keine vernünftigen Informationen mehr liefern." Die Königin machte eine kurze Pause, um ihre Worte zu unterstreichen. „Ich wünsche nun, dass du deiner neuen Aufgabe als persönlicher Leibwächter des Stadtherrschers gewissenhaft nachgehst. Und dass du mir und unserem Volk gewissenhaft dienst, indem du mir regelmäßig über die Geschehnisse in Yoruba Bericht erstattest. Verstehst du mich?"

Während sie sprach, hatte sie bei dem Mann einen interessanten Wandel beobachtet. Zunächst sah sie Überraschung, dann etwas nachdenklich Kalkulierendes ... Und jetzt schien er zu wachsen.

Er nickte deutlich. „Ja Herrin, ich verstehe. Ihr wollt Euer Reich schützen. Yoruba ist ein wichtiger Handelsknoten und es sollte der Herrscherfamilie am Herzen liegen, Euch bestmöglich zu dienen. Es erfüllt mich mit Stolz, Euch über die Entwicklungen in der Stadt Auskunft geben zu dürfen."

„Sehr gut. Dann geh jetzt, ich habe viel zu tun."

Shir'Raki verneigte sich, milde lächelnd, und drehte sich auf dem Absatz um.

«†»

Kaum lag der Thronsaal hinter ihm, fiel auch das falsche Lächeln von ihm ab und ein triumphierendes, echtes Grinsen rückte an dessen Stelle. Sein Herz begann zu rasen. Er war froh, dass er es im Thronsaal hatte ruhig halten können. Aber die Magie des Bilurs hatte ihn erneut davor bewahrt, von Zaydas alles durchdringender, dunkler Magie enttarnt zu werden.

Endlich war er frei zu gehen. Endlich konnte er seine Suche beginnen.

Tunez klatschte in die Hände, wie es die verfluchte Königin vorher getan hatte. Die Weisen würden sich freuen zu hören, dass er jetzt zu Zaydas Spionagekreisen gehörte.

Ein Fremder

Es dauerte eine Weile und kostete Shetan und ihre Freunde einige Überzeugungskraft, um Zenay wieder dazu zu bewegen, das Haus zu verlassen. Die Begegnung mit dem hasserfüllten Mann im Wald hatte eine tiefe Wunde in ihrer Seele zurückgelassen. Sie war mehr nach Hause gewankt als gelaufen und schließlich in Tareks Armen zusammengebrochen.

Als er endlich aus ihr herausgebracht hatte, was denn passiert war, wollte Zenay das Haus nicht mehr verlassen. Shetan redete ihr gut zu und erklärte ihr, dass ihr im Laufe ihrer Ausbildung und ihrer Aufgabe sicherlich noch mehr solche Trottel über den Weg laufen würden, die es dennoch, ebenso wie ihre Freunde, verdienten, gerettet zu werden.

„Du darfst es dir nicht zu sehr zu Herzen nehmen, Zenay. Ihnen fehlt einfach der Mut, dir zur Seite zu stehen. Jahrzehnte der Angst und Unterdrückung haben sie zermürbt. Es wird noch lange dauern, bis dir die Menschen vertrauen und Hoffnung in dich und deine Taten legen."

„Aber wie soll ich Leuten helfen, die mich so ablehnen? Die mich nicht in ihrer Nähe haben wollen?"

„Manche Menschen brauchen Hilfe, ohne es zu wissen oder diese zu wollen. Du hast das Schicksal, sie irgendwann zu schützen und anzuführen, bis dahin musst du dich gedulden und viele kleine Schritte tun, bevor du die ganz großen wagen kannst."

Zenay schluckte und nickte dann. „Ich werde es versuchen, Shetan."

«†»

Als Zenay und Tarek einige Tage später mittags nach einer ihrer heimlichen Übungen den Garten von den Koppeln aus betraten und sich dem Dorfplatz näherten, fiel ihnen sofort die kleine Menschenmenge auf, die sich in der Mitte des Platzes gebildet hatte. Es wunderte sie nicht besonders, schließlich war Markttag, bis sie bemerkten, dass die Menge ausschließlich aus älteren Dorfbewohnern bestand – und sie alle so etwas wie eine Mistgabel, Axt oder einen Stock in den Händen hielten.

„Was ist da los?", fragte Zenay und hängte sich den Bogen über die Schulter. Sie war noch erschöpft von den Versuchen, einen Pfeil mit Magie besser abzuschießen. Und sie war trotz Tareks Aufmunterung etwas enttäuscht, denn es hatte ihr nicht gelingen wollen, wirklich gute Schüsse abzugeben. Zwischendurch hatte sie große Lust gehabt, den Bogen selbst in den nächsten Baum zu werfen. Was ihre Liste von schlechten Gefühlen noch um Scham und Schuldgefühle verlängert hatte.

Tarek zuckte mit den Schultern. „Ich weiß es nicht. Vielleicht hat ein Händler sie betrogen und sie wollen ihn verjagen. Lass uns lieber wegbleiben, geh hinters Haus und transportier dich in dein Zimmer, bevor sie dich sehen", meinte er und wollte schon vors Haus gehen, als Zenay stehen blieb.

„Nein, ich glaube, da ist etwas anderes ... Irgendwas stimmt nicht. Ich gehe hin."

„Nein, Sina!", zischte Tarek mit so viel Nachdruck, dass sie überrascht mitten im ersten Schritt stehen blieb. Er eilte zurück zu ihr, um sie am Ärmel zu packen. „Gib ihnen nicht noch mehr Zunder!", flüsterte er leise.

Sie schüttelte wieder den Kopf und starrte auf die Menge am anderen Ende des Platzes. Sie wollte schon auf Tarek hören – da erhaschte sie einen kurzen Blick auf den Urheber des Tumults, ehe er wieder von den anderen verdeckt wurde. Doch es genügte, um zu erkennen, dass er nicht von hier war. Er war groß, trug leichte, weite Kleidung und ein Messer hing offen sichtbar an seinem schwarzen Gürtel. Er stand ganz entspannt da und hörte sich an, was die aufgewühlten und erzürnten Leute an ihm auszusetzen hatten.

Zenay fand sofort, dass da etwas Auffälliges an ihm war. Es lag nicht nur an den grasgrünen Augen oder an den Narben, die er im Gesicht trug oder an seinen Haaren, die ihm zu dicken Strängen verfilzt fast bis auf die Mitte seines Rückens und seiner Brust hingen.

Es war noch etwas anderes.

In dem Moment hörte sie aus den Rufen und Geschimpfe heraus, weshalb sie ihn bedrängten. Ihr Bauchgefühl sagte ihr, dass die Alten falsch lagen. Außerdem hatte Shetan ihr doch vor Kurzem erst gesagt, dass kleine Schritte nötig waren, ein bisschen Hilfe, damit die Leute erkannten, dass sie nicht schlecht war. Jetzt konnte sie helfen.

„Sie halten ihn für einen Dieb."

„Ich habe nichts gehör-", fing Tarek an, doch dann stockte er. Ihm war wohl klar geworden, dass Zenays verbessertes Gehör dafür sorgte, dass sie mehr wahrnehmen konnte.

„Er hat gar keine Angst in seinem Blick. Die Alten irren sich! Sie haben ihn bei etwas anderem bemerkt und er kann sich nicht erklären, weil sie ihm schon an die Kehle springen wollen."

„Du hast bemerkt, wie er dich angesehen hat? Denkst du nicht, dass du da etwas zu viel hineininterpretierst?"

„Ich spüre Blicke. Auch deinen irritierten jetzt gerade. Aber er ist kein Dieb."

„Na und? Das geht uns nichts an."

„Doch! Ich werde rübergehen und den Leuten sagen, dass sie ihn in Ruhe lassen sollen, bis jemand die Angelegenheit klären kann, der keine Mistgabel in der Hand hat. Ich habe mich lang genug versteckt und werde nicht zusehen, wie sie ihn aufspießen. Wir sind doch zivilisiert."

„Sina! Nein!"

„Doch. Sonst verpassen sie ihm gleich eine ganze Menge Löcher. Wir sollten sie beruhigen, sonst töten sie ihn noch!"

„Sie werden sich nicht beruhigen, wenn du dich einmischst! Ich halte das für keine gute Idee."

„Ich weiß, aber etwas sagt mir, dass ich keine Wahl habe", meinte sie kurz angebunden und ging dann am Brunnen vorbei zu den Leuten, ohne ihn noch weiter zu Wort kommen zu lassen. Sie hatte sowieso schon gewusst, dass er es ihr verbieten wollte. Aber sie musste diesem Mann irgendwie helfen und Ungerechtigkeit verhindern. Wenn die Leute schon so unfair zu ihr waren und sie das nicht ändern konnte, sollte sie zumindest einem Außenstehenden helfen.

Das war doch ihre Aufgabe, oder?

«†»

Sie schritt auf die Masse der Alten zu und schob sich dann zwischen ihnen hindurch. Er wusste sofort, dass er sie auf sich aufmerksam gemacht hatte. Er hatte ihren forschenden Blick gespürt und es überraschte ihn nicht, dass das Mädchen jetzt zu ihm kam.

Sie war neugierig.

Und sie war vielleicht das Mädchen, nach dem er Ausschau halten sollte. Das versprach sehr interessant zu werden. Für einen winzigen Moment huschte ein Lächeln über sein Gesicht, dann verschwand es und er beobachtete wieder gelassen die alten Leute des Dorfes.

Unglücklicherweise hatten die Alten bemerkt, wie er herumgeschnüffelt hatte, und wollten ihm jetzt ans Leder. Er konnte sich sehr gut verteidigen, das war nicht das Problem, aber er hatte noch nicht genug Informationen in diesem Dorf gesammelt, um es von seiner Liste streichen zu können. Andererseits mochte er durch den Trubel der Alten auch die Aufmerksamkeit von interessanteren Leuten auf sich ziehen ...

Das Mädchen hatte sich nun durch die Menge gedrängt und stellte sich vor ihn. Diesmal warf sie ihm einen langen, durchdringenden Blick zu und maß ihn von oben bis unten. Er ließ es geschehen und betrachtete währenddessen ihren Bogen und das große Messer, das an ihrem Gürtel hing. Der junge Mann, mit dem sie aus dem Wald gekommen war, trug ebenfalls einen Bogen bei sich, den er zu verbergen versuchte. Er hielt sich zurück und beobachtete das Geschehen aus dem Hintergrund. Es brauchte nicht viel Menschenkenntnis, um dem Jungen seine Anspannung anzusehen. Kurz schien er mit sich zu ringen, dann schritt er von der Menge weg, die ihn noch nicht bemerkt hatte, und brachte die

Waffe zurück an den Platzrand, wo er sie über eine Gartenmauer warf.

„He, was willst du denn hier, Sina?“, rief eine alte Frau, die die Junge aus dem Weg geschoben hatte. „Misch dich da gefälligst nicht ein!“

„Doch, ich mische mich ein!“, sagte das Mädchen namens Sina laut. Die Leute um sie herum schwiegen und warfen ihr böse Blicke zu. „Was hat dieser Mann euch denn getan, dass ihr ihn gleich auf den Scheiterhaufen werfen wollt?“

„Ambar hat recht! Misch dich nicht ein, du hast keine Ahnung, wer dieser Kerl ist!“

„Er ist ein Dieb! Er hat herumgeschnüffelt, in Häuser gespäht!“

„Ja! Verschwinde, Sina, dich wollen wir hier nicht!“

„Fremde bringen nur Unglück über das Dorf! Und jetzt haben die Jäger Spuren von einer ganzen Horde Ratken gefunden!“

„Was?“ Die junge Frau war schockiert. Interessant. Sie hatte davon noch nichts gehört.

Der Junge kam zurück und drängte sich zwischen den Leuten zu ihr durch, er hatte ihre laute Unterhaltung verfolgen können, während er die Waffen verbarg, aber er kam nicht zu Wort.

„Was meint ihr damit, es wurden Spuren gefunden?“, fragte diese Sina einen Mann, der sich jedoch abwandte. Die Frau vom Markt antwortete ihr stattdessen.

„Ratken haben eine breite Schneise in den Wald gehackt, nicht weit vom Dorf entfernt, in der Nähe von einem der Seen. Wenn sie ins Dorf kommen, sind wir verloren!“

Die Fremde versteifte sich, er konnte sehen, wie ihre Pupillen sich weiteten. Sie hatte wohl keine schönen Erinnerungen an ihre letzte Begegnung mit Ratken. Als er sich nur kurz regte, einen Schritt nach hinten machte, konzentrierte die Alte sich sofort wieder auf ihn. „He! Aber was ist jetzt mit dem da? Er ist ein dreckiger Dieb!“, zeterte sie und richtete damit die Aufmerksamkeit der jungen Sina wieder auf ihn. Er musste sich ein süffisantes Lächeln verkneifen. Die dumme Marktfrau war wirklich eine wunderbare Marionette seiner Manipulation.

„Wir sollten ihn aufknüpfen!“

Da sprang unerwartet der junge Mann ein, der mit Sina auf dem Dorfplatz aufgetaucht war. „So, jetzt ist aber Schluss! Habt ihr diesen Mann tatsächlich bei einem Diebstahl erwischt? Nein? Solltet ihr ihn wirklich bei einem Verbrechen beobachtet haben, muss er festgehalten und zu Conroy gebracht und nicht auf dem Dorfplatz gelyncht werden. Und jetzt lasst ihn in Ruhe! *Jeder* hat ein Recht, sich in unserem Dorf aufzuhalten, das wisst ihr genau!“

Sina wirkte noch immer verschreckt und ihr Freund warf ihr einen Blick zu. Er hatte mit seinen letzten Worten mehr gesagt, als sie verstand, das war sofort klar.

Sie drehte sich jetzt wieder direkt zu dem vermeintlichen Dieb und sah ihn fragend an. „Wieso sagt Ihr uns nicht, was hier vorgefallen ist? Die anderen haben Euch gar nicht zu Wort kommen lassen. Also, seid Ihr ein Dieb?“

Sein Blick fiel auf die Hand, die unauffällig zu ihrem großen Messer gerutscht war, aber ob sie sich selbst oder ihn schützen wollte, konnte er aus dieser Reaktion noch nicht schließen. Interessant. Er wartete nur kurz, dann trafen seine grünen Augen ihre eisblauen.

„Nein, ich bin nur ein einfacher Reisender, der diesem Dorf keinen Schaden zufügen will. Ich suchte nur eine Bleibe für diese Nacht und habe mich wohl im Haus geirrt.“

Seine Stimme war so glatt, dass es ihr schwerfallen würde, sich darauf zu konzentrieren, das wusste er aus Erfahrung. Diese Fähigkeit hatte ihm schon mancher Kollege geneidet.

Ihre Augen verschmälerten sich für einen Moment. Sie hatte also bemerkt, dass Magie in seiner Stimme lag. Ein kurzes Blitzen ging durch ihre Augen, bevor sie sich weiteten und an seinem Mantel hängen blieben.

„Hm. Was ist dann mit Euren Waffen? Diese Dolche ...“, deutete sie an und nickte in seine Richtung. Sein Interesse war jetzt eindeutig geweckt. Nun gut, wenn sie ihn enttarnen wollte, sollte es so sein. Es würde seine weiteren Nachforschungen nicht erleichtern, aber vielleicht war das auch gar nicht mehr nötig. An der Haltung ihres Kopfs konnte er ablesen, dass sie wachsam war, vielleicht sogar ihre magische Aufmerksamkeit auf ihn gerichtet hatte. Falls sie zu so etwas fähig war. Das würde er bald herausfinden.

Er schlug bereitwillig seinen Mantel zurück und begann zu lächeln. Die Leute um ihn herum wurden schlagartig blass und schreckten zurück, als sie seine Ansammlung von Dolchen sahen. Die meisten wichen unwillkürlich einen Schritt von ihm weg und zogen ihre vorher so kühn gereckten Köpfe ein. Furcht machte sich auf den Gesichtern um ihn breit wie eine Krankheit. Wie immer.

Die Augen ihres Begleiters weiteten sich voller Erkenntnis. Nur sie zeigte kaum Angst, eher eine erregte Anspannung, als erwarte sie etwas. Oder als würde sie wirklich nicht verstehen, wen sie da vor sich hatte.

„Nur zur Verteidigung. Ich führe gelegentlich Aufträge für reiche Leute aus, überbringe Nachrichten, spüre Personen auf, da muss man sich zur Wehr setzen können", sagte er etwas leiser, jetzt direkt an sie gerichtet, noch immer überlegen lächelnd.

„Er ist ein Aufträger! Ein Kopfgeldjäger! Nur die tragen solche Dolche!", flüsterte dann die Frau vom Markt. Diesmal klang Todesangst in ihrer Stimme mit. Sie hatte ihren Fehler erkannt, ihn zu beleidigen, und musste nun um ihr Leben fürchten. Zu ihrem Glück war er heute nicht nachtragend. Dafür war die Fremde viel zu faszinierend.

Das Gemurmel wurde lauter und furchtsamer, er konnte immer wieder die Worte *Aufträger* und *Strafe* und *Bei den Hütern* heraushören, dann zerstreute sich die Menge wie ein Haufen trockener, welker Blätter im Wind. Der Junge reagierte schneller als die meisten Alten, schnappte seine Freundin beim Arm und zerrte sie fort von dem Fremden. Die Alten murmelten teilweise Entschuldigungen oder liefen direkt davon.

Er hatte seinen durchdringenden Blick auf diese Sina gerichtet, während ihr Begleiter sie zwischen den Alten wegzog und rasch vom Dorfplatz führte. Sie stolperte hinter ihm her, anscheinend noch immer zu verwirrt, um einen klaren Gedanken auf ihre Umgebung richten zu können.

Der Mann zog sie aus dem Dorf und fort aus dem Blickfeld des Aufträgers, um den sich der Tumult aus Alten rasch auflöste. Die Furcht der Dorfleute konnte er noch auf der Zunge schmecken, als sein Blick auf dem Weg ruhte, auf dem die Fremde verschwunden war.

«†»

Zenays Verwirrung wuchs noch mehr, als Tarek sie plötzlich am Arm packte und wegzog. „Tarek, was soll denn das? Was-"

„Scht!", unterbrach Tarek sie hastig und ließ ihr keine Wahl, als hinter ihm herzustolpern. Sie spürte die Angst der Alten wie eine graue Wolke um sich – und dazwischen stach der Blick des Fremden durch, der auf ihrem Rücken lag, bis sie den Dorfplatz verlassen hatten und aus seiner Sicht verschwunden waren.

Tarek zerrte sie den Weg entlang, aus dem Dorf. Sie konnte kaum darüber nachdenken, wohin er sie bringen wollte und warum, da warf er einen Blick zurück auf den verlassenen Weg hinter ihnen und bog rasch zwischen die Hecken auf den Trampelpfad, der sie am Bach entlang und versteckt in den Garten führte.

Er hielt sie so fest, dass es schmerzte, und ließ ihren Arm nicht los, bis sie hinterm Haus im Schatten des Dachs standen. Stille umgab sie, während Tarek sich wachsam im Garten umsah, als warte er darauf, angegriffen zu werden.

„Was ist los?", fragte sie erneut, mit leichter Wut in der Stimme, aber Tareks gehetzter Blick brachte sie zum Schweigen.

„Du verstehst wohl überhaupt nichts, was? Das war ein *Auftrüger*! Er ... er sucht und tötet Leute für Geld! Er könnte sehr wohl nach *dir* suchen! Hüter! Ich ... Er darf auf keinen Fall sehen, dass du hier in dieses Haus gehst, sonst schweben wir alle in Lebensgefahr! Transportier dich rein und öffne das Fenster in meinem Zimmer für mich. Aber vorsichtig! Mach kein Licht an!"

Als sie nicht sofort reagierte, schlug er mit der flachen Hand auf das Holz neben ihr, sodass sie zusammenzuckte. „Los jetzt!“, zischte er drohend und sie nickte zitternd. Sie schloss die Augen, seinen ernsten Blick nur zu gut spürend, dann öffnete sie sich behutsam ihrer Magie und brauchte einen Moment länger, bis sie sich genug konzentrieren konnte und die Welt sich drehte. Durch ihre geschlossenen Augen konnte sie den Lichtblitz als rotes Aufleuchten erkennen, dann war sie in ihrem düsteren Zimmer. Sie taumelte fast, als sie sich umdrehte und wie in Trance den Flur durchquerte.

Sie ging an seinem Bett vorbei und öffnete das Fenster, Tarek stand schon davor. Er sah sich noch einmal mit zusammengekniffenen Augen im Garten um, dann fasste er den Rahmen an beiden Seiten und zog sich hoch. Mit einem Sprung war er im Zimmer.

Schweigend schloss er das Fenster und blickte Zenay dann vorwurfsvoll an.

„Das war nicht klug von dir! Dich allen gegenüberzustellen, um einen Fremden zu verteidigen! Und das in deiner ohnehin schwierigen Lage. Sei bloß froh, dass es keinem aufgefallen ist, wie du die Dolche erwähnt hast!“

„Wieso, was war denn damit?“, fragte sie überrascht und etwas verletzt. Trotz stieg in ihr auf und sie fühlte sich vor den Kopf gestoßen. Sie hatte doch bloß helfen wollen!

Tarek warf die Hände in die Luft. „Zenay! Man konnte sie nicht sehen! Sie waren *unter* seinem *Mantel*! Nur du hast sie irgendwie bemerkt und sie erwähnt, als hingen sie offen um seinen Hals! Wieso hast du mir nichts davon gesagt?“ In seiner Stimme klang Verzweiflung mit. „Wie konntest du das überhaupt wissen?“

Zenay zuckte zusammen, als ihr klar wurde, welchen Fehler sie begangen hatte. „Es ... es tut mir leid! Ich habe es erst dort bemerkt. Ich ... ich habe die Konane konzentriert, nachdem er so merkwürdig gesprochen hat. Da habe ich die Schatten der Waffen durch den Stoff sehen können ...“

„Was meinst du damit, er hat komisch gesprochen?“

„Er … Seine Stimme war so aalglatt, es war, als schwinge Magie in seinem Tonfall mit."

„Das ist mir nicht aufgefallen. Aber trotzdem! Wie konntest du so töricht sein?"

„Ich weiß nicht …", murmelte sie, doch dann verstummte sie, als ihr plötzlich ein furchtbarer Gedanke kam. Aalglatt. Die Erinnerung traf sie wie ein Schlag und Schweiß brach ihr auf der Stirn aus. Ihr Freund beobachtete sie misstrauisch.

„Oh Tarek, ich habe einen furchtbaren Fehler gemacht! Ich hätte ihn wiedererkennen müssen!"

„Wie? Wiedererkennen?! Du kennst diesen Mann?"

„N-nein, nicht direkt. Aber vor einer Weile … An dem Tag, als die Händler mit den seltenen Waren im Dorf vorbeikamen, da habe ich ein Gespräch zwischen zwei Frauen belauscht. Sie unterhielten sich über einen Mann … Einen Aufträger?"

„Was?! Wie konntest du mir das verschweigen? Das ist WOCHEN her! Weißt du, was seitdem alles hätte passieren können? Und jetzt bist du ihm direkt in die Arme gelaufen! Was hast du dir nur dabei gedacht?"

Zenay sah ihn leidvoll an. „Ich … ich dachte, ich könnte helfen und damit vielleicht dafür sorgen, dass die Leute mich nicht mehr so … sonderbar finden. Es tut mir leid. Ich wollte dir das mit dem Gespräch damals ja nicht verschweigen … Aber auf dem Dorfplatz fand sich nicht die richtige Gelegenheit und dann haben wir trainiert und dann war der Unfall mit meinem Arm – da muss ich es vergessen haben."

„Bei den Hütern!", rief er und warf die Arme in die Höhe.

„Shetan hat mir doch gesagt, ich soll nur kleine Schritte wagen!"

„Das war kein kleiner Schritt! Hat Shetan etwa auch gesagt, dass du ohne seine direkten Anweisungen nicht mehr nachdenken sollst?"

„Ich dachte, es sei wichtig, dass ich die Leute wieder auf meine Seite bringe", meinte sie kleinlaut.

„Nein! Wichtig ist, dass du wegen so einer Kleinigkeit nicht deine wahre Identität gegenüber einem Fremden verrätst! Du hättest dich beinahe entblößt! Niemand sonst darf erfahren, dass du eine Magierin bist! Die Menschen sind noch nicht soweit, das hast du doch an den Dorfleuten gesehen! Wir leben in einer Tyrannei und dieser Aufträger gehört nicht zu uns, er ist ein Feind! Jetzt haben die Alten noch mehr Angst, weil sie sich einem Aufträger in den Weg gestellt und ihn auch noch beschimpft haben. Du hast ihnen das erst klar gemacht. Aber sie sind nicht schlau genug, um dir dankbar zu sein. Sie werden nur noch wütender werden ... Sie könnten dich verraten! Ganz zu schweigen davon, dass du vor einem Aufträger Magie gewirkt hast! Bei den Hütern!“

Zenay wurde leichenblass, während er weitersprach. „Du hättest auch nicht gerade mit deinem Bogen in die Menge laufen müssen! Das Maß ist damit voll. Dieser Aufträger ist hier, er wird Fragen stellen und die Leute werden ihm sagen, dass du eine Magierin bist! Wir ... wir müssen dich am besten gleich von hier fortschaffen!“

„Was?! Warum?“

„Wir wissen nicht, für wen der Aufträger arbeitet! Er könnte Zayda davon berichten, dass du hier bist!“

Zenay stockte, ihr wurde schlagartig schlecht. „Dann ... dann wären wir verloren! Wo soll ich denn hin? Ich kenne nur das Dorf hier und euch und ich bin noch nicht so weit, um alleine fort zu können ... Tarek, wir müssen etwas unternehmen! Ich wollte das nicht ... Ich wusste doch nicht, dass es so schlimm ist! Ich will nicht fort aus Ornanung!“

Tränen glitzerten in ihren Augen und Tarek schloss sie in seine Arme.

„He! Ist ja gut. Beruhige dich! Wir müssen jetzt einen klaren Kopf behalten.“

Zenay drückte sich fest an seine warme Brust, schmiegte sich einen kurzen Moment an ihn, dann trocknete sie sich die Augen und sah ihn stumm an.

„Ich werde mit Shetan und Jesco über alles sprechen. Wir müssen herausfinden, was dieser Aufträger weiß und was er will, sonst bist du nicht mehr sicher. Vielleicht sollten wir einfach eine Weile untertauchen und abwarten, bevor wir zurückkommen. Für eine endgültige Abreise reicht die Zeit jetzt ohnehin nicht. Die Hauptsache ist, wir verschwinden, solange der Fremde hier ist und bevor er dich noch einmal zu Gesicht bekommt. Aber das muss ich mit den anderen besprechen."

Zenay nickte. „Okay. Ich ... ich werde hier warten."

„Gute Idee. Ich beeile mich."

«†»

Zenay schreckte auf, als sie die Haustür laut zuschlagen hörte. Sie legte das Buch beiseite – da kam Tarek auch schon hereingestürmt. Sein Blick war todernst. „Der Aufträger ist untergetaucht, niemand hat ihn gesehen. Er könnte irgendwo im Dorf sein. Aber er könnte genauso gut zu den Ratken gegangen sein, um ihnen von seinem Zusammenstoß mit den Alten und dir zu berichten ... Wir verschwinden", rief er, ohne zwischendurch Luft zu holen.

„Aber-", fing sie an, doch er ließ sie nicht weiter zu Wort kommen.

„Und *du* solltest auf mich hören!"

Sein plötzlich strenger Ton ließ sie zusammenfahren.

„Außerdem stimmt es, Ratken sind in der Gegend. In Lupena und mehreren anderen Dörfern weiter nördlich. Lupena hat Brieftauben an die Dörfer in der Gegend geschickt, um sie vor den Ratken zu warnen, die dann in Richtung Süden weiterzogen. Das ist schon lange nicht mehr geschehen. Ich wusste nicht mal, dass sie noch eine Taube von uns haben ... Normalerweise schweigen die Dörfer aus Angst vor Zayda und ihren Häschern. Niemand verrät leichtsinnig die Bewegungen einer Ratkenschar."

Er unterbrach sich und seufzte, bevor er weitersprach. „Wir müssen dich eine Weile aus dem Dorf holen, weg von diesem Aufträger und von den gereizten Gemütern ... und weil vielleicht Ratken hier auftauchen könnten. Conroy will, dass Jesco nach

Lupena geht und dort mehr darüber in Erfahrung bringt, was die Ratken suchen. Einige Jäger haben eingewilligt, ihn hinzuführen."

„Wir sollen diesen Ratken entgegenlaufen?! Das verstehe ich nicht, wieso sollten wir ausgerechnet in das Dorf gehen, das uns vor ihnen gewarnt hat?"

„Weil sie in eben diesem Dorf schon waren. Sie sind nicht mehr dort und alles deutet darauf hin, dass sie der Südstraße folgen und dabei alle Dörfer durchsuchen. Solange sie nichts Neues hören, haben sie keinen Grund umzudrehen und bereits durchsuchte Dörfer noch einmal zu besuchen. Das heißt, wenn sie wirklich nach dir suchen, sind wir hinter ihnen am sichersten."

„In ... in Ordnung." Zenay traute sich nicht, weitere Einsprüche zu erheben.

„Wir werden durch den Wald gehen. Das ist unauffälliger, als die Straßen zu nehmen."

„Und die Jäger haben nichts dagegen?"

„Was meinst du?", fragte er mit gerunzelter Stirn.

„Na ja ... dass ich mitgehe. Sind sie auf unserer Seite oder auf der von Feradun?"

„Falkir schuldet mir noch einen Gefallen. Außerdem waren sie im Dorf, als du das Ungetüm getötet hast. Sie scheinen dir das positiv anzurechnen."

„Dann sind sie wohl außer euch die Einzigen." Sie seufzte und versuchte dann, ihr Selbstmitleid zu unterdrücken. „Was soll ich dann während der Reise machen, was ist mit meiner Ausbildung und all dem anderen?"

„Shetan will ... Am Allerwichtigsten ist es jetzt, dich für ein paar Tage weg von dem Aufträger und hinter die Linien der Ratken zu bringen. Selbst wenn sie weiter nach Kontell und in den Süden ziehen."

„Ein paar Tage? Wie weit ist dieses Dorf denn entfernt?"

„Das ist jetzt nicht wichtig. Wir müssen dorthin, dann finden wir heraus, wohin die Ratken unterwegs sind und was sie suchen. Notfalls verfolgen wir sie auch."

Zenay runzelte die Stirn. „Und da hält Shetan es wirklich für klug mich mitzunehmen? Was tun wir, wenn wir sie verfolgen und sie uns entdecken ... und wir *kämpfen* müssen?“, fragte sie und Angst klang in ihrer Stimme mit.

„Das ist wesentlich unwahrscheinlicher, als dass der Aufträger dich hier erwischt. Die Jäger kennen die Wälder und wir könnten Angreifern unbemerkt entwischen. Wir gehen ohne Pferde.“

„Mit unseren Pferden könnten wir wenigstens fliehen, wenn wirklich Ratken in der Nähe sind!“

„Vertrau mir einfach, in Ordnung? Wenn wir wieder zurück sind, müssen wir ohnehin sehen, wie es weitergeht. Malak und die anderen bleiben hier und halten die Ohren offen, um herauszufinden, ob der Aufträger noch hier ist. Hoffentlich findet er nicht genügend Hinweise und verschwindet wieder.“

Tareks Atem beruhigte sich langsam, doch sein Blick blieb weiter gehetzt. „Hast du dazu noch etwas zu sagen?“

„Ich vertraue dir und Shetan“, meinte Zenay kleinlaut. „Ich werde mich anstrengen. Ich will nicht noch mehr Fehler machen.“

„Nimm deinen Mantel, den Bogen und dein Messer. Dann geh zu Shetan und pack mit ihm das Essen. Danach möchte ich, dass ihr unauffällig zum Tümpel im Wald geht und dort auf uns wartet. Shetan kann es spüren, wenn jemand sich an euch anschleichen wollte. Er beschützt dich, bis die Jäger und ich da sind.“

„Wir gehen jetzt?!“

Tarek schnaubte. „Mit diesem Aufträger in der Nähe lasse ich dich keine Minute länger als nötig im Dorf. Er hat gesehen, dass wir in diese Richtung weg sind, das heißt, auch Shetan ist hier nicht sicher. Ich werde draußen wachen und sichergehen, dass euch niemand folgt, und komme dann mit den anderen nach.“

Er deutete in den Raum, als sie nicht sofort reagierte. „Worauf wartest du noch?! Pack deine Sachen!“

«†»

Shetan schwieg fast die gesamte Zeit, in der sie am Tümpelufer saßen.

Die letzten Stunden erschienen Zenay wie von einem Nebel aus Verwirrung und Sorge verschleiert. Ihr Gepäck lag schon bereit, als Shetan sie anwies, sie beide zum Stall zu transportieren, um unbemerkt zu verschwinden.

Seitdem war er still und konzentriert, ständig darauf bedacht, mögliche Verfolger zu entdecken und hatte auch kein Wort gesagt, seit sie ihr Ziel erreicht hatten.

„Ich bin dir nicht böse, Zenay", sagte er dann unverwandt und ließ sie damit zusammenfahren. „Ich will, dass du das weißt. Wir wollen dich nur schützen."

Zenay nickte, auf einmal nicht mehr sonderlich überrascht darüber, dass er ihre Gedanken gelesen hatte.

„Danke."

Sie wollte noch mehr sagen, aber er wandte plötzlich den Kopf und starrte in den Wald. Nach einem Augenblick entspannte sich sein Gesicht. „Die anderen sind da."

Einen Moment später kamen Tarek, Jesco und vier Jäger aus dem Unterholz geschlüpft.

Tarek kam sofort zu ihr. „Geht es dir gut?", fragte er besorgt, doch sie nickte rasch, um ihn zu beruhigen.

„Dann brechen wir auf."

Zenay schulterte ihre Tasche mit dem Proviant, Tarek trug die Filzplane, die ihnen als einfaches Zelt dienen würde. Shetan gaben sie so wenig wie möglich, damit er besser mithalten konnte.

Bis zum Nachmittag kamen sie gut voran. Das Gelände blieb bis auf einige flache Täler und Bäche eben. Zenay fing schon an sich zu wundern, weshalb sie nicht doch zu Pferd gereist waren – da kamen sie an eine Wand aus Dickicht und Gestrüpp, so weit vom Dorf entfernt, dass die Bewirtschaftung und der Holzschlag nicht mehr lohnten. Der Wald in der näheren Umgebung von Ornanung reichte für die Bedürfnisse der wenigen Bewohner.

Sie mussten von nun an mehr klettern als laufen und Ranken und Dornen ausweichen, während der Boden durch rutschige, mit Moos bewachsene Felsen und morsches Holz viel schwerer zu bewältigen war. Tarek erzählte, dass vor einigen Jahren ein Sturm viele Bäume umgerissen hatte. Hier hätte wirklich kein Pferd hindurch gekonnt, ohne sich die Beine zu brechen.

Sie machten nur ein paar Mal kurz Rast, um etwas zu trinken und um Shetan etwas ausruhen zu lassen. Als die Sonne tief am Himmel stand, erreichten sie eine Lichtung im Wald, auf der sie ihr erstes Lager aufschlugen. Der moosbewachsene Fleck grenzte an einen steilen, felsigen Hang und ihr Lager war von Farn, hohen Fichten und Tannen umgeben. Obwohl es warm war, hatten sich während des Tages Wolken am Himmel aufgetürmt, die Regen verhießen.

Shetan setzte sich schwer atmend und lehnte seinen Rücken an einen alten Stamm. Zenay meinte, ihn etwas über sein Alter murmeln zu hören, das sich wie ein Fluch anhörte, da ließ sie ihn lieber in Ruhe. Daher sah sie ratlos zu, wie Tarek und die anderen Männer die Zeltplanen abluden und ausbreiteten. Tarek bedeutete ihr, mit Jesco und Shetan zu warten. Er und die anderen gingen weiter in den Wald, den Weg entlang. Zenay hörte sie durchs Unterholz stapfen, dann war das dumpfe Hacken von Äxten zu hören, bis lautes Rascheln von der Rückkehr der Jäger kündete.

Sie brachten lange, gerade Haselnussstecken, manche mit Astgabeln, manche ohne. Tarek hatte drei dabei, die er Zenay in die Hände drückte, während er mehrere Lederriemen aus seiner Manteltasche zog.

Sie half ihm, die beiden langen Astgabeln in den Boden zu rammen, dann legten sie die gerade Stange darüber und banden das Ganze zu einem Zeltgestell zusammen. Die Wollplane breiteten sie darüber und machten sie mit den Schlaufen an ihrem Rand und einigen Stöckchen fest.

Nachdem sie nach einigem Schmunzeln fertig waren, erklärte Tarek leise, dass Shetan bei Jesco übernachten würde.

Zenay wollte sich darüber freuen, aber ihr steckten noch immer die Erlebnisse des Mittags in den Knochen.

Sie legten noch schweigend ihre Mäntel als Decken aus, bevor sie sich auf die Suche nach trockenem Holz begaben. Ein heißes, kaum qualmendes Feuer wurde entfacht, auf dem sie Getreide mit

Gemüse kochten, gewürzt mit frischen Waldkräutern.

Den ganzen Abend saß Zenay mit großen Augen im Lager und musterte die Leute aus Ornanung, die ihr fast fremd vorkamen. Die Jäger hatten plötzlich etwas Bedrohliches, auch wenn sie zwei von ihnen, Falkir und Jorid, schon einige Male zusammen mit Tarek gesehen hatte.

Es lag eine deutlich spürbare Anspannung in der Luft, während die Männer um das Feuer saßen, aßen und tranken und sich gedämpft unterhielten. Mehrmals spürte Zenay Blicke auf sich ruhen, die ihr das Gefühl vermittelten, dass die Jäger ihre Anwesenheit nicht wirklich guthießen.

Sie schwieg und lauschte den anderen bei einer angeregten Diskussion über eine geplante Jagd, die irgendwann mit der Dunkelheit in Witzeleien und dann Stille überging.

Das Feuer wurde verlassen, als es zu regnen begann. Nur einer blieb auf, um Wache zu halten. Zenay kroch mit Tarek in das Zelt und er nahm ihre Hand in seine, aber sie fühlte sich unwohl. Ein Käuzchen rief und jagte ihr einen Schauer den Rücken hinunter, weil es sie an die Nacht im Wald erinnerte, die sie durchnässt und verletzt in der Jagdfalle hatte verbringen müssen. Ihr fiel auf, dass sie nie gefragt hatte, ob die Falle von einem der Jäger aus dem Dorf stammte. Von einem, der jetzt mit ihnen reiste ...

Aber was spielte das jetzt noch für eine Rolle? Sie konnte froh sein, dass die Jäger sie überhaupt mitgehen ließen. Ihr fehlte das Dorf, obwohl sie nicht behaupten konnte, viele der Bewohner zu vermissen.

Allerdings traute sie sich nicht, hier im Lager mit Tarek darüber zu sprechen. So lauschte sie dem Regen und dem Zischen des Feuers, als schwere Tropfen darauf fielen.

Bald wurde Tareks Atem ruhiger und gleichmäßiger.

Sie konnte lange nicht einschlafen. Zwar hatte der stundenlange Marsch sie erschöpft, doch es war ungewohnt für sie, auf dem harten Boden zu schlafen.

Irgendwann drehte Tarek sich zu ihr, nahm sie im Schlaf in den Arm und hielt sie fest an sich gedrückt. Erst pochte ihr Herz wie verrückt, doch dann beruhigten seine Wärme und sein langsamer Atem sie. So schlief sie endlich in seinen Armen ein.

«†»

Das Dorf lag still und schlafend da, als der Aufträger aus dem Schatten der Hecke huschte und sich dem Haus näherte. Er hatte genügend Bewohner belauscht um sicher zu sein, dass das Mädchen hier lebte.

Mit einem geschickten Griff hebelte er eines der Fenster im Erdgeschoss auf, spähte in das dunkle Zimmer dahinter und schlüpfte hinein.

Sein Instinkt sagte ihm sofort, dass das Haus verlassen war. Mit wenigen Schritten holte er sich Gewissheit; die Räume waren alle leer, keine Menschenseele war zu finden.

Er durchsuchte rasch das Haus. Einiges fehlte, anderes lag verstreut und unaufgeräumt. Vorräte und Mäntel waren weg. Die Bewohner schienen überstürzt aufgebrochen zu sein.

Sollte er in andere Häuser einbrechen und Leute befragen?

Nein, sie würden es keinem gesagt haben, wo sie hin wollten.

Aber es waren noch so viele Habseligkeiten hier. Sie würden zurückkommen, hatten vermutlich vor, irgendwo für ein paar Tage unterzutauchen. Bei Verbündeten in der Nähe?

Schon im nächsten Moment hatte er sich entschieden, sie zu verfolgen. Das Mädchen war der Königin einiges wert und er wusste, dass Ikar noch nicht hier gewesen war. Er hatte also noch eine Chance, sie als erster zu erwischen.

Er sprang aus dem Fenster und wählte die einzige Straße, die zu einem weiteren Dorf führte. Yerima. Von dort aus könnte er auch noch in Lupena suchen, falls sich dort nichts ergeben sollte.

«†»

Am nächsten Tag wurde Zenay früh geweckt. Vögel zwitscherten im Wald und Feuchtigkeit lag auf der Wiese, als sie verschlafen aus dem Zelt spähte. Tarek war bereits dabei, ihre Sachen zusammenzupacken. Zenay rollte grummelnd den Mantel zusammen und band ihn an ihre Tasche. Sie dachte an den Moment in der Nacht, als er sie fest umarmt hatte, und wünschte sich in die Dunkelheit zurück.

Shetan wirkte so müde, wie Zenay sich fühlte. Er streckte sich etwas ungelenk, dann begrüßte er sie und fragte, ob sie gut geschlafen habe. Allerdings wirkte er nicht so, als erwarte er eine ausführliche Antwort. Stattdessen ging er dem schweigenden Jesco etwas zur Hand.

Sie brachen die Zelte rasch ab, frühstückten hastig und verließen kurz darauf die Lagerstätte. Zenay wurde das Gefühl nicht los, dass Tarek an keinem Ort länger als nötig bleiben wollte und die anderen noch zur Eile antrieb.

Wieder vergingen die Stunden. Ihr Weg stieg merklich an, führte sie über Geröllhänge, bis sie auf ebenes Gelände stießen und Zenay erkannte, dass sie ein breites Tal durchquert hatten. Die Bäume wurden jünger, der Wald wieder lichter und mehr Unterholz und Ranken versperrten ihnen den Weg. So folgten sie die meiste Zeit schmalen Wildwechseln und eine Weile auch einer alten, grasüberwucherten Straße. Die Zeit verging rasch, sie stießen auf keine Ratken, scheuchten nur gelegentlich einen Hasen oder einen Vogel in der Nähe auf.

Da die Jäger die besten Pfade wählten, um sie ihrem Ziel schnell näher zu bringen, wurde der Marsch wieder leichter – und ehe Zenay es sich versah, neigte sich der Tag nach einigen kleinen Pausen wieder dem Ende zu.

Während der letzten Stunden hatte sich ihr Herz allmählich beruhigt. Auch Tarek schien entspannter, lächelte wieder und tat seine Erleichterung darüber kund, dass sie eine gewisse Distanz zwischen sich und das Dorf gebracht hatten.

In der zweiten Nacht schien ihr der Boden schon nicht mehr ganz so hart zu sein und sie starrte Tarek mit großen Augen an, als er sie in der Dunkelheit wortlos zu sich zog. Er umarmte sie fest und küsste sie lange auf das Haar, ehe sie dicht an ihn geschmiegt einschlief.

Erylium

Egal, wie lange er sie noch anstarrte, die Karte des Landstrichs der Miakoda würde ihm nicht verraten, wo sich die Entflohene verborgen hielt.

Ikars Hände, die noch immer die Karte umfassten, ballten sich zu Fäusten. Beinahe hätte das Pergament unter seinen sehnigen Fingern nachgegeben, doch dann reichte er es mit einem resignierenden Kopfschütteln seinem zweiten Mann.

Yatim nahm die Karte mit seinen krallenbesetzten Pranken entgegen und rollte sie schweigend zusammen. Ikar hatte seinen Untergebenen eine halbe Stunde Rast gestattet, es war Mittag und selbst der Schatten der Bäume und die sanfte Brise konnten die Hitze und Schwüle des Tages nicht lindern.

Er wischte sich mit dem Handrücken den Schweiß, der ihm in die rot glitzernden Augen zu laufen drohte, von der Stirn und ließ sich von Yatim eine Flasche reichen.

„Wir hätten auf der Straße bleiben sollen“, murmelte er und dachte an die letzten Tage zurück. Sie waren der Südstraße von Mikna aus gefolgt, hatten jedes Dorf durchsucht, bis sie nach Lupena gekommen waren.

In jedem der Dörfer hatten sie Fragen gestellt, Verpflegung eingefordert und Ikar hatte Opfer in den dunklen Ecken der Straßen ausgemacht, um sie auf seine ganz eigene Art zu befragen.

Aber erfolglos.

Kurz darauf waren sie von der Straße abgewichen, die einen weiten Bogen machte, und hatten sich einen eigenen Weg geschlagen, bis sie einen großen See erreichten, der laut der Karte *Erylium* hieß.

Yatim sah zu den Ratken, die sich in den Schatten der Bäume gesetzt hatten und eine Lederflasche mit gewässertem Wein herumgehen ließen. „Was sollen wir jetzt tun, Adlerauge? Ich glaube nicht, dass sie schon weitergehen wollen.“

„Es ist mir egal, was sie wollen!“, stellte Ikar fest und trank einen Schluck Wasser aus seinem Beutel. „Aber bei dieser Hitze werde ich eine Ausnahme machen.“ Er sah zum Himmel hinter den Bäumen, schüttete ein wenig Wasser auf ein Stück Tuch und wischte sich damit über den Nacken. „Es wird bald ein Gewitter geben. Solange warten wir, danach gehen wir in das nächste, verdammte Dorf. Nachdem sie auch in diesem Lupena nicht war ... ist sie vielleicht noch weiter in den Süden gebracht worden, vielleicht sogar bis nach Tna'ni. Das ist sogar noch weiter entfernt als diese kleinen Bergdörfer. Aber um die soll sich jemand anderes kümmern.“

„Du glaubst also nicht, dass sie weiter westlich ist? Sie könnte in ...“ Yatim zögerte und rollte die Karte noch einmal auf, „... in Ornanung sein. Das liegt vier Tagesritte von Lupena, über das Dorf Yerima. Oder direkt durch unwegsame Wildnis.“

„Lupena, Yerima ... Diese Miakoda waren ja sehr einfallsreich.“ Ikar schnaubte, doch dann schüttelte er den Kopf. „Zu Fuß bräuchten wir von hier aus vermutlich drei Tage ... und dahinter kommt nichts mehr außer Wildnis. Dort wurde außerdem schon gesucht, wie man mich informiert hat. Mit dem Ergebnis, dass sie von dort fortgebracht wurde. Und es gibt dort ohnehin nur Bauern. Wie sollte man ihr dort helfen können? Wir gehen erst nach Süden. Wenn sie dort nirgends ist, können wir immer noch von Tna'ni durch die Berge in dieses Dörfchen gehen, dann weiter nördlich nach Yerima und schließlich nach Yoruba. Aber für die Felsenstadt werde ich viel mehr Männer benötigen und die Unterstützung der dortigen Herrscherfamilie.“

Der Ratke vor ihm blickte zögernd zu ihm hinunter, als ringe er mit sich selbst und nickte dann. „Wir tun, was du befiehlst“, murmelte er und sah dann auf die Karte. „Nach Kontell also. Wir können es frühestens übermorgen erreichen ... Sogar wenn wir noch hierbleiben.“

Ikar nickte und trank noch einen Schluck. Er hatte Hunger ... Aber er war das gestohlene Brot aus den Dörfern leid. „In Ordnung. Es ist ohnehin viel zu heiß, um klar zu denken oder Dörfer zu plündern. Wir rasten heute Nacht hier. Wer von den Männern ist ein geschickter Jäger? Wenn wir schon hierbleiben, können wir auch etwas Richtiges essen."

Yatim zeigte ohne ein Zögern auf einen der sitzenden Krieger. „Cario. Er wird uns etwas finden."

„Gut, schick ihn los. Die anderen sollen Feuerholz holen und das Lager aufschlagen."

Yatim neigte kurz sein Haupt, dann schritt er zu den Kriegern und gab Ikars Befehle weiter. Murmeln machte sich unter ihnen breit, sie sahen fast glücklich aus, dann erhoben sich einige, unter ihnen der Jäger, und schlugen sich tiefer in den Wald.

Ikar lehnte sich an einen Baum am Waldrand und beobachtete die offene Landschaft um den See. Beinahe hoffte er, es käme jemand vorbei, der vielleicht etwas über das Mädchen wüsste ... und den er hätte foltern können.

«†»

Am nächsten Tag in der größten Mittagshitze öffnete sich der Wald vor den Jägern zu einem langen Wiesenstreifen, an den ein weitläufiger See angrenzte.

Es war so schwül, dass Dunst den Wald auf der anderen Seite des Sees beinahe völlig verdeckte.

Das schillernde Wasser lud zur Rast ein. Groß und ruhig lag der See da, eingerahmt von malerischem Ufer. Es gab meterhohes Schilf, Felsen und Klippen, die ihre Schatten über das Wasser warfen, und auch sanft abfallende Kiesstrände.

Jesco zog seinen Wasserschlauch hervor und nahm einen tiefen Schluck, ehe er sprach. „Leute, lasst uns hier Pause machen, bevor wir alle an einem Hitzschlag sterben."

Der Vorschlag wurde sofort umgesetzt. Die Männer legten ihre Packen nur allzu gerne an einer Stelle am Waldrand ab, an der die Wiese in einem Halbkreis in den dichten Wald vorgedrungen war und eine gut überschaubare Bucht bildete.

Wie Zenay deutlich spüren konnte, war der für Shetan ohnehin anstrengende Marsch mit der Hitze noch kräftezehrender geworden. Doch er ließ sich nichts anmerken, während er sich in den Schatten einiger Bäume setzte. Tarek gab ihm ihre Zeltplane, damit er sich bequemer an den Baum hinter sich lehnen konnte, dann schloss der alte Mann die Augen.

Tarek, Falkir und Jorid gingen auf einen Streifzug, um die Gegend zu sichern.

Da es gerade keine Aufgaben für sie gab, wanderte Zenay neugierig einmal um die halbrunde Lichtung. Anschließend erkundete sie den Wald, der eine Weile dicht bewuchert blieb, ehe die jungen Bäume von älteren überschattet wurden. Unter ihnen war es so dämmrig, dass kaum mehr als Efeu und Moos wuchs.

Zenay folgte einem kleinen Rinnsal zwischen den Bäumen zu einer Wand aus Sträuchern, blieb aber abrupt stehen, als sie weiter entfernt ein Knacken hörte.

Es klang nicht wie ein brechender Ast, sondern eher wie das Knistern eines Feuers. Instinktiv reckte sie die Nase in den Wind, konnte aber keinen Rauch riechen.

Vorsichtig ging sie weiter, da erklang wieder ein Knirschen. Jetzt konnte sie auch Rauch wahrnehmen. Sie ließ ihre Magie in sich aufsteigen, lenkte die Wärme zu ihren Ohren und horchte.

Es war, als würde sie einen Schutzschild um sich hochziehen. Geräusche in ihrer unmittelbaren Umgebung wurden schwächer, während weiter entfernte Laute, die durch Büsche und Bäume drangen, viel deutlicher wurden.

Sie war sich ganz sicher – die Laute stammten von einem anderen Lagerfeuer. Es lag nördlich von ihr, aber sie konnte keine Menschen hören, keine Stimmen oder Schritte.

Sie riss sich zusammen und schlich leise weiter, teilte ein Gebüsch und erstarrte. Vor ihr war eine Lichtung, ähnlich offen und halbkreisförmig wie die, auf der die Jäger und sie haltgemacht hatten.

Auf der Lichtung befand sich ein Lagerplatz.

Der Rauch stieg sanft und kaum wahrnehmbar von einer alten Feuerstelle auf, in der Reste eines glimmenden Feuers knisterten.

Um die schwelenden Kohlestücke war die Wiese in einem weiten Kreis aufgewühlt und zertrampelt.

Zenay schluckte und blieb wieder lauschend stehen, es gab noch immer keinerlei Anzeichen, dass hier jemand war. Schließlich siegte ihre Neugier und sie trat hinaus auf die Wiese.

An einigen Stellen war das Gras in langen Flächen plattgedrückt, dort mussten Leute geschlafen haben.

Um die Feuerstelle herum lagen noch einige halb verkohlte Hölzer verstreut.

Eines davon erweckte Zenays Aufmerksamkeit; ein Ende des Astes war hell, schien mit einer Schnitzerei verziert. Sie hob es auf und stutzte. Da war ein kleiner Wolfskopf in das Holz geritzt, so wie auf ihrem Bogen!

Vorsichtig wischte sie den Ruß von der Stelle und runzelte die Stirn. Etwas an der Form war anders, wilder und kantiger. Zenay betrachtete es genauer, dann jagte ihr ein eiskalter Schauer den Rücken hinunter.

Das war kein Wolfsemblem.

Sondern eine Ratte.

Mit einem Schlag wurde sie sich der Tatsache bewusst, dass Ratken in diesem Wald waren – vielleicht auf der Suche nach ihr.

Rasch machte sie kehrt und eilte durch den Wald zu ihrem Rastplatz zurück. Tarek kam gerade mit seinen beiden Jagdfreunden aus Richtung des Sees zurück, als sie den Platz schwer atmend erreichte.

„Was ist denn los?“, fragte er mit einem freundlichen Lächeln, das aber sofort von ihm abfiel, als er ihren Gesichtsausdruck bemerkte.

„Da hinten … da sind Reste von einem Lager. Ich glaube, es ist verlassen – und ich habe das hier gefunden.“

Tarek nahm das Holzstück entgegen, das sie ihm reichte. Einen Moment starrte er es verständnislos an, dann entdeckte er das eingekerbte Symbol und wurde blass.

„Falkir, geh und sag Jesco Bescheid. Sina, zeig uns die Stelle.“

«†»

Die Männer standen etwas ratlos auf der Wiese und starrten auf die fast erkaltete Feuerstelle und die angrenzenden Bäume. Sie überwanden schließlich ihre Starre und sahen sich um, Tarek zog Zenay auf die Seite, um mit ihr zu reden.

„Dann hatte ich recht, nicht wahr? Dies war ein Lager der Ratken."

„Es sieht ganz danach aus. Aber ich verstehe nicht, warum sie diesen Weg gewählt haben. Vielleicht wollten sie sich auch am See abkühlen?" Tarek schien mehr mit sich selbst zu reden, aber Zenays Unruhe zog seine Aufmerksamkeit wieder auf sie.

„Können es wirklich dieselben sein? Die, vor denen Lupena gewarnt hat? Woher sollen wir das wissen?"

„Wenn zwei Scharen in der Nähe von Lupena wären, hätten wir doch davon gehört. Außerdem haben wir die Nachricht am Morgen vor drei Tagen bekommen. Dieser See hier ist etwa zwei Tage von Lupena entfernt, es würde passen."

„Soll das heißen, dass wir gerade das Lager eben der Ratken gefunden haben, denen wir eigentlich AUS DEM WEG gehen wollten? Du sagtest, es sei sicher! Du sagtest, wenn wir hinter ihnen sind, sind wir sicher – und jetzt sind wir ihnen entgegengelaufen und haben sie gerade zufällig verpasst!", zischte Zenay und musste sich beherrschen, nicht laut zu werden.

„Wir müssen zunächst herausfinden, wo sie jetzt sind. Sie könnten noch in der Nähe sein – oder auf dem Weg nach Ornanung. Ich wüsste nicht, warum sie sich sonst so weit westlich aufhalten sollten, Kontell liegt weiter südöstlich."

Zenay schluckte. „Was soll ich tun, Tarek? Was, wenn sie jetzt nach Ornanung gehen, um mich zu suchen?"

„Du kannst jetzt nichts tun, außer ruhig bleiben. Geh zurück zu Shetan und besprich dich mit ihm, informiere ihn. Ich muss mit Jesco reden."

„Du lässt mich allein?!"

„Shetan ist dort – und wir sind in Hörweite. Ich muss dem hier jetzt nachgehen, damit wir wieder aufatmen können. Haltet euch bedeckt und seid nicht zu laut, dann wird nichts geschehen."

Sie seufzte, nickte dann aber widerwillig. „In Ordnung. Pass auf dich auf, ja?"

„Immer."

Sie sah ihm noch einen Moment hinterher, dann ließ sie die Jäger allein.

«†»

Zenay kehrte mit einem mulmigen Gefühl zum Rastplatz zurück und fand dort Shetan vor, wie sie ihn verlassen hatte. Er schlief ruhig im Schatten des alten Baumes, verschmolz fast mit dessen rissiger Rinde.

Sie weckte ihn sanft und berichtete leise von ihrer Entdeckung und dass die anderen sich auf die Suche gemacht hatten. Ihr Herz raste, während er ganz ruhig dasaß und nur zuhörte. Schließlich war ihr Bericht zu Ende, da stand er schwerfällig auf und lächelte sie matt an. „Du musst dir keine Sorgen machen. Tarek und die anderen wissen, was sie tun. Sollten sie die Ratken entdecken, werden sie sich bedeckt halten und keinen Kampf riskieren."

Shetan warf einen nachdenklichen Blick über die verlassene Wiese.

„Lass uns gehen, Sina."

„Wohin denn? Tarek meinte, ich soll hier auf der Lichtung bleiben."

„Ich könnte es spüren, wenn Gefahr droht. Wir werden jetzt üben. Am See", meinte er leise.

„Aber könnte man uns dann nicht sehen?"

„Wir gehen an eine geschützte Stelle, mach dir keine Sorgen."

Sie nickte zögernd und folgte dann Shetan durch das hohe Gras und eine Weile am Ufer entlang, bis sie einige große Felsplatten erreichten, die dort weit ins Wasser ragten. Am Rand der Felsen blieben sie am seichten Kiesstrand stehen, wo die Böschung und die Felsen sie vor neugierigen Blicken aus dem Wald schützen würden.

„Glaubst du, die Ratken wissen schon von mir?“, fragte sie Shetan, den Blick auf die Weite des Sees gerichtet.

„Ich hoffe nicht, aber sicher können wir erst sein, wenn die Jäger herausgefunden haben, wohin diese Krieger ziehen.“

„Ja, leider.“ Zenay schwieg einen kurzen Moment, dann nahm sie sich wieder zusammen. „Was machen wir jetzt hier?“

„Du kannst doch schwimmen?“, fragte Shetan mit einem verschmitzten Lächeln.

„Ja, natürlich kann ich schwimmen. Wieso?“

Shetan nickte. „Ich werde dir zeigen, wie man auf dem Wasser läuft.“

«†»

Während Falkir und Jorid das Ratkenlager nach weiteren Spuren untersuchten, gingen Tarek, Jesco und die anderen beiden Jäger weiter, um den Fußabdrücken der Krieger zu folgen.

Tarek stutzte, denn die Ratken waren ungewöhnlich präzise vorgegangen. Anstatt, wie meist, einfach eine Schneise in den Wald zu schlagen, waren sie hintereinander gelaufen, um nur wenige Spuren zu hinterlassen. Als sie sich die Abdrücke genauer ansahen, fiel ihnen etwas Seltsames an ihnen auf. Direkt neben den gewöhnlichen, großen Stiefelabdrücken der Ratken waren noch andere.

Kleinere Stiefel, die immer wieder kaum zu sehen waren. Es wirkte fast, als hätte der Läufer seine Schritte mit Bedacht gewählt und absichtlich auf härtere Stellen gesetzt, um weniger Spuren zu hinterlassen.

„Was meinst du hat das zu bedeuten? Haben die Ratken einen Gefangenen?“, fragte Jesco und Tarek beugte sich näher zu der Spur. Rey und Piman gingen weiter, der Laufrichtung der Ratken folgend, und waren bald außer Hörweite.

„Nein, das glaube ich nicht. Ein Gefangener würde nicht mit so gleichmäßigen Schritten mit ihnen mithalten können.“ Tarek stand auf und verfolgte die Spur weiter. „Hier verschwinden diese Abdrücke vollkommen unter denen der Ratken ... Es sieht für mich eher so aus, als seien sie diesen Schritten gefolgt."

„Also haben sie entweder jemanden verfolgt oder sie haben einen Anführer, der kein Ratke ist."

„So komisch sich das anhört, aber ich würde wirklich darauf wetten, dass sie einen ungewöhnlichen Anführer haben ... Aber was das bedeutet, weiß ich nicht. Vielleicht hat die Königin andere Leute angeheuert ..."

„... oder die Spur stammt von einem ihrer Magier", meinte Jesco.

„Verdammt, nicht so laut!", zischte Tarek und zog ihn etwas zur Seite. Sie sprachen gedämpft weiter.

„Wir müssen Sina warnen, sie suchen tatsächlich nach ihr", sprach Jesco gedankenverloren weiter.

„Wenn sie wirklich einen Magier bei sich haben ..."

„... dann wissen sie von Sina, sonst würden sie den Weg zu einem so abgelegenen Dorf wie Ornanung nicht auf sich nehmen", beendete Jesco seinen Satz.

„Ich spüre schon fast, wie sich die Schlinge immer fester um uns zieht."

„Von was für einer Schlinge redet ihr?", fragte Falkir, der den letzten Gesprächsfetzen mitbekommen hatte, als er und Jorid von dem Ratkenlager zu ihnen aufholten.

„Ach, wir sprachen über die Jagd", sagte Jesco ruhig. Ihr Gespräch war augenblicklich beendet und verdrängt, denn sie wollten sich nichts anmerken lassen, auch wenn sie innerlich voller Unruhe auf Neuigkeiten warteten.

Rey und Piman kamen nach einer scheinbaren Ewigkeit aus dem Unterholz geschlüpft. Sie waren den Spuren der Ratken eine Weile gefolgt, aber Erleichterung stand ihnen ins Gesicht geschrieben.

„Die Fährte dreht wieder nach Südosten ab, zurück zu der Straße nach Kontell. Sie haben wohl nur einen Abstecher zum See gemacht, ähnlich wie wir", sagte Piman.

Tarek sah Jesco an. *Sie wissen es nicht*, sagte sein Blick.

„Wir können von Glück sagen, dass die Ratken weg sind!“, rief Rey fluchend. „Wenn sie uns mit der Magierin erwischt hätten …“

„Aber das haben sie nicht. Die Ratken sind weg und wir können uns entspannen“, sagte Jesco bestimmt. Tarek warf ihm einen nachdenklichen Blick zu und versuchte, sich zu beruhigen. Es wollte ihm nicht gelingen.

«†»

Zenay sah Shetan verständnislos an. „Wie meinst du das? Auf dem Wasser gehen?“

„Unter starken Magiern war das früher etwas völlig Natürliches und gehörte zu den Grundkenntnissen. Du musst das Wasser mit deiner Magie dazu bringen, dein Gewicht zu tragen. Würde ich ohne Magie auf das Wasser treten, würde mein Fuß einfach eindringen, das ist ein Gesetz der Natur. Aber wir können dieses Gesetz ein wenig biegen, indem wir das Wasser gewissermaßen *verfestigen.* Stelle es dir so vor, wie das Wasser gefrieren zu lassen, nur ohne Kälte, doch mit derselben Festigkeit.“

„Ich kann mir das kaum vorstellen.“

„Dann schau gut hin!“, meinte Shetan, zog sich die Lederschuhe von den Füßen, krempelte seine Hose hoch und watete in das seichte Wasser. „Ich bin nicht mehr stark genug, um auf dem Wasser stehen zu können, aber ich kann dir die Funktion erklären und es zumindest kurz demonstrieren.“

Damit schloss der alte Magier die Augen und hielt seine Hand knapp über das Wasser. Nichts geschah.

Doch dann senkte Shetan seine Hand und drückte auf die Wasseroberfläche. Zenay konnte seine Anstrengung sehen, während er versuchte, seine Hand unter Wasser zu drücken, doch etwas hielt ihn davon ab.

Zenay stutzte. „Ich … ich dachte erst, du erlaubst dir einen Scherz mit mir … Lass es mich auch einmal probieren!“, rief sie, schüttelte ebenfalls ihre Schuhe ab und kam zu ihm ins Wasser.

Er schmunzelte und hielt seine Hand wieder an die Oberfläche, als sie ihn erwartungsvoll beobachtete. Zenay zögerte kurz und streckte dann ihre Finger zu der Stelle, an der die Magie auf das Wasser wirkte.

„Ja, so müsste es gehen …“, murmelte sie zu sich selbst. Blaue Funken sprangen aus dem Wasser, berührten Zenays Finger und sie lächelte. Die Energie war kühl und fließend, so wie das Wasser, aber auch eisig und starr, je nachdem, wie man sie betrachtete und in seinem Willen formte … Fasziniert ließ sie das Gefühl in sich stärker werden, bis sie glaubte, es begriffen zu haben. Sie schluckte, bevor sie die Arme ausbreitete, die Magie fließen ließ – und sich Funken um sie herum auf dem Wasser verteilten.

Sie ließ die Arme sinken und stützte sich probeweise mit den Händen auf das Wasser. Ein spielerisches Lachen entfuhr ihren Lippen, als sie sich kurz an dem Wasser hochdrücken konnte, dann verging die Magie.

„Das ist ja … Shetan, hast du das gesehen?“

„Ja, habe ich. Wie immer scheinst du all meine Erwartungen zu übertreffen. Ich hatte dir eigentlich die Handbewegungen zeigen wollen, damit du dich an die Form der Energie gewöhnen kannst. Bewegungen, die dieselben Empfindungen in dir auslösen wie die Magie, können dabei helfen, sie leichter zu kontrollieren. Aber du brauchst sie wohl wirklich nicht. Gar nicht schlecht für den Anfang … Mach nur weiter, ich werde wieder an Land gehen“, meinte er, über ihre kindliche Freude schmunzelnd.

Sie nickte eifrig und schon beim dritten Versuch gelang es ihr, ein Knie auf das Wasser zu drücken, ohne dass es jedoch lange gehalten hätte.

„Du musst die Magie aufrechterhalten und erneuern, sonst verbraucht sie sich zu schnell und du wirst nie auf dem Wasser stehen!“, sagte Shetan vom Strand aus.

Sie versuchte es erneut und übte dieses Mal die Magie dauerhaft auf das Wasser aus – und kniete mit einem Bein darauf. Ein kurzes Schwanken, und sie kniete vorsichtig mit beiden Beinen, doch nur, um mit einem überraschten Aufschrei die Kontrolle zu verlieren und kopfüber ins Wasser zu fallen. Mit tropfenden Haaren und Kleidern stand sie wieder aus dem knietiefen Wasser auf und lachte.

„Du hast den Kontakt mit einer Hand verloren ... Es ist ganz natürlich, die Magie zuerst immer durch deine Hände auf das Wasser zu legen, aber später solltest du versuchen, sie direkt durch deinen Körper zu deinen Füßen zu senden, sonst könntest du höchstens versuchen, auf dem Wasser zu kriechen. Versuche es weiter", ermunterte Shetan sie und winkte ihr zu.

Sie nickte und kniete nach einem Moment abermals unsicher auf dem Wasser, und als sie ins Wanken geriet, streckte sie instinktiv die Arme aus, um ihre Balance nicht zu verlieren, und stürzte erneut. Lachend und prustend kam sie wieder hoch und versuchte nach einer kurzen Verschnaufpause, die Magie direkt in ihre Knie zu lenken und sie nicht mehr nur über die Hände auf das Wasser ausstrahlen zu lassen.

Zenay konzentrierte sich und wirkte die Magie weiter in ihre Hand, um sich beim Aufstehen abstützen zu können ... Allerdings musste sie es eine Weile üben, sie an mehreren Stellen ihres Körpers auf das Wasser zu senden, da sie zu leicht die Kontrolle über die Magie an ihren Knien verlor und das Aufstehen nicht mehr üben konnte. Dann kamen irgendwann nach den ersten Erfolgen auch ihre Füße dazu.

Shetan beobachtete sie mit einem stolzen Lächeln.

Nach einer Weile schaffte sie es das erste Mal, gebückt auf dem Wasser zu stehen – und machte einen kleinen Freudensprung, der sie wieder direkt ins kühle Nass beförderte.

Sie wollte noch nicht aufhören, aber Shetan bestand auf eine Pause und dass sie sich mit einem Stück Brot stärkten. Der Nachmittag ließ die Schwüle noch unerträglicher werden. Sie gingen bald wieder zum See und Zenay übte verbissen weiter – bis sie schwankend ihre ersten Schritte auf dem Wasser tat.

Shetan ließ sie eine weitere Pause im Schatten eines Baumes machen, zu dem sie müde hinwankte. Sie döste ein, kaum hatte sie es sich zwischen den Wurzeln bequem gemacht. Die Welt versank in warmer Dunkelheit, von Grillenzirpen und Blätterrauschen umgarnt.

«†»

Tarek verabschiedete sich von den anderen, nachdem sie von der Suche zurückgekehrt waren, und fand Zenay unter einem Baum, wo sie mit den Armen unter dem Kopf lang ausgestreckt dalag und sich entspannte. Das vom Wind bewegte Blätterwerk über ihr warf ein zitterndes Schattenspiel auf ihren Körper. Die Brise neigte das vergilbte Gras auf der Wiese und trug den warmen Duft des Sommers mit sich.

Sie richtete sich auf, als er zu ihr kam, und lächelte ihn an. „Du bist zurück“, rief sie freudig und stand auf, Schläfrigkeit war ihr noch ins Gesicht geschrieben. Tarek bemerkte, dass ihr Haar feucht war.

„Hallo“, murmelte Tarek und umarmte sie leicht. „Warst du schwimmen?“, fragte er verwundert und fasste in ihren nassen, wilden Zopf.

„Das ist doch nicht wichtig. Sag mir doch endlich, was ihr gefunden habt! Ich habe mir Sorgen gemacht ... Aber du wirkst so entspannt. Ist also doch alles in Ordnung?“

Tarek zuckte mit den Schultern, als er sie locker in seinen Arm nahm und ihr über den Rücken streichelte. „Sie scheinen nicht auf dem Weg in unser Dorf zu sein. Ihre Spuren führen nach Südosten. Wir vermuten, dass sie einen Abstecher zum See gemacht haben, um sich auszuruhen, und dann zurück auf die Straße nach Kontell gegangen sind.“

„Können wir dieses Dorf noch warnen?“, fragte Zenay besorgt.

„Nein, leider nicht. Sie werden es heute oder morgen erreichen ... So schnell ist keiner unserer Boten, selbst wenn wir hier ein Pferd hätten.“

„Werden sie Kontell angreifen?“

„Ich weiß es nicht ... Aber auch in Lupena und all den anderen Dörfern haben sie anscheinend nichts Schlimmes getan. Die Ratken plündern wahrscheinlich ein paar Häuser, mehr nicht.

Obwohl es mich schon wundert, dass Lupena eine Nachricht geschickt hat ..."

Zenay sah ihn wütend an. „Ein paar Häuser plündern?! Ich verstehe das nicht. Wieso wehrt sich denn keiner gegen diese Überfälle?"

Tarek lachte verbittert auf. „Was glaubst du, was nach einem Aufstand geschehen würde?! Wenn einige Bauern ein paar Ratken angreifen? Zayda würde das Dorf auslöschen lassen, um ein weiteres Zeichen ihrer absoluten Macht zu setzen."

„Dann wird Ornanung doch aber gewiss ab jetzt einige Späher auf den Straßen haben, um das Dorf zu warnen, falls sie kommen, oder?"

Tarek zuckte die Achseln. „Das wäre klug, aber ich weiß nicht, was Conroy tun wird. Wir sollten mit Jesco darüber reden, er könnte es seinem Vater vorschlagen."

Zenay nickte und strich sich die feuchten Haare aus dem Gesicht.

„Lass uns jetzt nicht mehr von den Ratken sprechen. Jesco hält es ohnehin für besser, morgen früh aufzubrechen und in Lupena nachzufragen. Die Jäger haben zugestimmt."

„Das heißt, wir bleiben diese Nacht hier?"

Er nickte lächelnd. „Ja, wir wollen ganz sichergehen, dass wir nichts übersehen haben. Und heute ist es einfach zu heiß. Nicht einmal die Ratken werden jetzt etwas anrichten ..." Tarek zögerte einen Moment, bevor er ihr einen Kuss auf die Wange hauchte und kurz an ihrem Ohr verweilte. „Hast du gerade viel zu tun?", fragte er flüsternd und sah sie dann mit hochgezogener Augenbraue an.

Sie schüttelte schelmisch lächelnd den Kopf. „Nein, Shetan meinte, ich soll mich noch etwas ausruhen. Warum?"

„Ach, ich habe mich nur gefragt, ob du Zeit hast, mit mir ans Wasser zu gehen. Wir brechen erst morgen auf, also ..."

„Sssch ...", sagte sie leise und lächelte. „Ich möchte gerne Zeit mit dir verbringen."

Er nickte und sie schlenderten zum Wasser hinunter, zu dem Kiesstrand, an dem kleine Wellen mit den Steinen spielten. In der stickigen Sommerluft erfrischte das Plätschern die Sinne. Zenay lehnte sich an Tareks Seite und er legte seine Arme um ihre Schulter und Taille, während Zenay mit ihren Zehen einige Steine hin und her schob.

„So, und was machen wir jetzt hier unten, bevor es dunkel wird?“, fragte Zenay leise und schmiegte sich dichter an ihn.

„Hm ... Mir kommt eine Idee“, meinte er grinsend und löste sich von ihr. Im nächsten Moment riss er sich sein Hemd vom Leib und stürzte sich mitsamt seiner knielangen Leinenhose ins kühle Nass, dass es nur so spritzte.

Zenay zögerte, doch dann streifte sie ihren Rock und ihr Hemd ab. Aber anstatt wie Tarek laut jubelnd hineinzurennen und dann zu tauchen, aktivierte sie ihre Magie und ging ihm langsam auf der Oberfläche hinterher.

Tarek schwamm mit kräftigen Zügen, dann drehte er sich um und seine Augen weiteten sich, als er sie auf dem Wasser über sich stehen sah. Sein Blick wanderte kurz über ihren Körper, strich über die nackte Haut ihres Bauches und blieb dann an dem Stoff hängen, der ihre Brüste verdeckte. Schließlich schien er sich wieder zu fangen und ihres Blickes bewusst zu werden, da sie ihn ebenso beobachtete.

„Weißt du, manchmal hat man bei dir das Gefühl, dass man es mit zwei Personen zu tun hat: mit der mutigen, selbstbewussten Zenay und der kleinen, unsicheren Sina von damals.“

Diese Aussage stimmte sie nachdenklich, was ihre Füße fast zum Einsinken brachte. Tarek grinste breit, schwamm dann zu ihr, packte spielerisch ihre Knöchel und versuchte, sie unter Wasser zu ziehen. Zenay fuchtelte wild mit den Armen, um wieder ins Gleichgewicht zu kommen.

„He! Lass das!“, rief sie, doch dann musste sie ebenfalls lachen – und ehe Tarek wusste, wie ihm geschah, hatte Zenay ihre Magie zurückgezogen und fiel mit einem lauten Platschen ins Wasser. Blitzschnell packte sie ihn an den Schultern und drückte ihn unter die Oberfläche. Sie ruderte mit den Beinen, um selbst mit dem Kopf über Wasser zu bleiben, während er unter ihr versank.

Vielleicht sollte ich die kleine Sina einfach endgültig vergessen, dachte Zenay und wurde dann plötzlich von zwei Händen gepackt und unter Wasser gezogen. Sie kniff die Augen zusammen, spürte Tareks Hände und seinen Körper, ehe sie sich aus seinem Griff wand.

«†»

Tarek kam prustend wieder an die Oberfläche und wischte sich die nassen Haare aus dem Gesicht. Zenay war wie ein Fisch davongeschwommen. Er sah sich rasch um, doch Zenay blieb weiterhin verschwunden, dann fühlte er ihre Haare unter Wasser an seinem Bein entlangstreifen und daraufhin zwei Finger, die über seine Wade wanderten, über seine kurze, nassgesogene Leinenhose bis hoch zu seiner Brust.

Zenays Kopf tauchte langsam aus dem Wasser auf und ihre Augen fesselten sofort seinen Blick. Haarsträhnen hingen ihr wie Streifen aus Seide ins Gesicht, als er seine Hände auf ihre Hüfte legte und sie noch etwas näher zu sich zog.

Ihre Gesichter waren sich jetzt ganz nah und Tarek konnte fühlen, wie sein Herz zu rasen begann, als er Zenays Atem auf seiner Haut spürte.

Seine Hände strichen unter Wasser langsam über ihre Hüfte, dann an ihrer Seite entlang nach oben und ihren Rücken hinunter und er bemerkte, wie sich ihr Atem beschleunigte.

Das Lächeln, das Zenay ihm jetzt schenkte, war das schönste, das er je gesehen hatte.

Tiefes Wasser

Die Gänge um ihn herum waren von gähnender Leere und feuchter, kalter Luft erfüllt, die einen unmissverständlichen Hauch von Tod in sich trug. Mazuk war auf dem Weg zu einer Gefängniszelle, die er seiner Meinung nach jetzt schon viel zu gut kannte.

Die Wachen nickten ihm respektvoll zu, als er um eine Ecke bog und vor der Zelle stehen blieb. Er zog die Metallriegel zurück und öffnete die schwere Tür. Das metallbeschlagene Holz knirschte. Dann nahm Mazuk die Fackel, die ihm eine der Wachen reichte, und trat ein.

Er fand Cassuan so vor, wie er ihn das letzte Mal zurückgelassen hatte. Kniend, die Handgelenke hoch an die Wand gekettet. Sein Kopf hing herunter und sein Körper war zusammengesunken, aber er regte sich schwach, als Mazuk zu ihm kam. Die Fackel steckte er in eine Halterung an der Wand, dann hob er Cassuans Kopf an und sah ihm ins Gesicht. Der Blick des Gefangenen war trübe, dennoch kniff er die Augen im Schein der Fackel zusammen. Seine Haut war aschfahl und rissig, geschmückt von unzähligen blauen Flecken und Schwellungen.

Als sich sein Blick klärte und er Mazuk erkannte, riss er die Augen trotz des Lichts auf und verkrampfte sich kurz, ehe er sich wieder zitternd seinem Schicksal ergab. Er war so schwach, dass er sich nicht einmal mehr gerade aufsetzen konnte.

„Wache!“, rief Mazuk in einem lauten, befehlenden Ton, der Cassuan erbeben ließ. Eine der Wachen trat hinter ihm in den Eingang zur Zelle, Mazuk konnte die unterwürfige Anwesenheit genau spüren. „Wache, hatte ich euch nicht befohlen, diesen Gefangenen besser zu versorgen? Sorgt dafür, dass er mir nicht verhungert oder verdurstet! Ich brauche ihn lebend. Außerdem ...“ Mazuk machte eine kurze Pause, in der er Cassuan ein fröhliches Lächeln zuwarf. „... wird sein Körper einige Wunden zu verkraften haben.“

„Nur sein Körper?", fragte die Wache feixend und von draußen drang das Lachen der anderen herein. Sein Gefangener schloss demütig die Augen, als Mazuk seine Zähne bleckte. Er hatte sein Ziel schon fast erreicht. Mit einer Handbewegung scheuchte er die Wache wieder aus der Zelle, draußen konnte er sie kurz reden hören, wie sie darüber diskutierten, wer Verpflegung für den Gefangenen holen sollte.

Ohne Vorwarnung packte Mazuk Cassuan am Kragen. Der Gefangene japste überrascht und riss die Augen auf, aber Mazuk zog ihn nur in eine aufrechtere Position und lehnte ihn an die kalte Zellenwand.

Cassuan ließ es geschehen und beobachtete den Ratken vor sich mit einem erschöpften, aber auch misstrauischen Blick, den Mazuk mit einem Seufzen erwiderte.

„So, auf ein Neues also, *Cas*. Du vermisst doch sicherlich deine Frau und die kleinen Mädchen, nicht wahr?" Er legte einen höhnischen Ton in seine Stimme, als er dem Mann die zerlumpten Kleider zurechtstrich. Cassuan zuckte unter jeder der klopfenden, streichenden Berührungen zusammen, als wäre Mazuks Hand glühend heiß. „Deiner Familie zuliebe ... Willst du mir nicht endlich sagen, was ich wissen möchte? Wo könnte sie hingebracht worden sein? Welche anderen Meister habt ihr noch für ihre Ausbildung vorgesehen?"

„Ich habe es dir schon gesagt ... Ich kenne die anderen Meister nicht. Wir wurden von einem Dritten ausgewählt und sollten ... sollten uns erst kennenlernen, wenn wir weitere Anweisungen erhielten."

„Sieh an, das ist doch etwas Neues." Er beobachtete Cassuans Gesicht ganz genau und konnte das unterdrückte Zucken sehen, das ihm verriet, dass der Gefangene mehr gesagt hatte als gewollt. Sehr gut. Langsam schienen der Durst und die Kälte seinen Widerstand zu brechen. „Wer war dieser Dritte?"

„Er lebt nicht mehr. Er ist schon vor Jahren gestorben."

Mazuk hob eine Augenbraue. „Und das soll ich dir einfach so glauben? Es muss mehr als eine Person gegeben haben, die das alles organisiert hat. Ihr habt doch all eure Hoffnung in eure geliebte Anführerin und ihre Tochter gelegt ... Nur konntet ihr leider nicht damit rechnen, dass die Königin euer Portal finden und zerstören würde ... oder dass ich eure Anführerin fangen und töten würde!"

Cassuans Augen weiteten sich. „Du warst das?!" Auf einmal schien neues Leben in seinem Gefangenen zu erwachen. Er raffte sich etwas auf – und spuckte vor Mazuk auf den Boden, ehe er ihn verächtlich anstarrte. „Du hast Ithilia ermordet!"

Jetzt musste Mazuk doch lachen. „Die Hure hatte es nicht besser verdient. Sie hat mir den kostbaren Schatz meiner Königin geraubt und versteckt! Ich habe das Gefühl zutiefst genossen, ihr ein Messer in die Brust zu rammen und zuzusehen, wie sie ihren letzten, röchelnden Atemzug tat."

„AAARRGH!"

Cassuans wütender Schrei hatte wohl energiegeladener klingen sollen, als er aufzuspringen versuchte, und sich auf Mazuk stürzen wollte. Die Ketten und seine Schwäche hielten ihn auf, bevor er sich auch nur zwei Handbreit vorwärtsbewegt hatte. Mazuk lachte noch lauter, bevor er schließlich wieder ernst wurde und den Mann vor sich abschätzig betrachtete.

„Also noch einmal: Wer waren die Leute, die geplant haben, wer die Kleine wann und wie ausbildet?"

„Ich würde lieber sterben, als Ithilias Mörder auf irgendeine Weise zu helfen!"

„Das lässt sich einrichten, keine Sorge. Du wirst sterben. Aber ich werde entscheiden, wann dies geschieht ... Und vorher wirst du mir verraten, was ich wissen möchte."

Cassuan schnaubte und reckte trotzig das Kinn. Er presste die Lippen zusammen, während er den Ratken vor sich eisern anstarrte.

„Du möchtest doch sicherlich gerne wissen, warum ich dir heute Fragen stelle, nicht wahr? Der Grund sind einige Helfer der Phiruin ... Kalana ..." Mazuk wartete einen Moment ab, achtete auf Zeichen der Wiedererkennung in Cassuans Blick, die jedoch ausblieben. „... Kalana und ihre Familie sind zu deinem Hof gekommen, in der Hoffnung, dort ein Versteck und Hilfe vorzufinden. Aber alles, was sie erwartete, war der gleiche Spitzel, der auch dich verraten hat."

„Ich kenne keine Kalana. Fast jeder wusste, dass mein Haus als sicher galt. Das kannst du sie ja dann auch selbst fragen."

„Unglücklicherweise ist ihr die Flucht gelungen. Du hattest einen Bilur in deinem Haus versteckt, Cassuan. Du weißt, dass dies laut Gesetz der Königin verboten ist, und als Hochverrat gilt."

„Diese schwarze Hexe wird niemals meine Königin sein."

Der Ratke schlug ihm ohne Vorwarnung heftig ins Gesicht. Cassuans Lippe platzte auf, Blut lief ihm das Kinn hinunter und tropfte auf seine schmutzigen Kleiderreste.

„Was spielt das noch für eine Rolle? Ich bin ohnehin verloren", murmelte Cassuan, mehr zu sich selbst als zu Mazuk, und leckte sich über die ausgetrockneten, jetzt blutigen Lippen.

Mazuk lachte. „Du hast recht. Aber da du mir offensichtlich nicht erzählen willst, was ich wissen muss, werden wir jetzt andere Wege einschlagen."

Ohne auf eine Antwort zu warten, verließ er die Zelle und wandte sich an die beiden Wachen, die draußen warteten.

„Ich nehme den Gefangenen mit. Geht und bereitet die Folterkammer vor."

Dann machte er den Mann von der Wand los, unsicher, ob dessen Zittern von Angst oder Wut herrührte. Was ihm aber im Grunde genommen auch gleichgültig war. In sehr naher Zukunft würde das alles keine Rolle mehr spielen. Er wickelte sich die rasselnde Kette, die den Gefangenen bisher in der Ecke der Zelle gehalten hatte, einmal um seine Hand, ehe er sich aufrichtete.

„Wirst du selbst laufen oder muss ich dich schleifen?", fragte Mazuk in einem beinahe fürsorglichen Ton. Er konnte sehen, dass der Mann probeweise seine Muskeln anspannte, es jedoch nicht schaffen würde, sich selbst aufzurichten, geschweige denn zu gehen. Wahrscheinlich hatte er seinem Körper eher einen verzweifelten Angriff abringen wollen. Erbärmlich.

„Gut, dann wählen wir wohl das Schleifen“, stellte der Ratke freudig fest, packte Cassuan am Kragen und zerrte ihn aus der Zelle, um ihn eigenhändig zur nächsten Folterkammer zu schleppen.

Es brauchte nur genügend Schmerz, um einen Menschen zum Reden zu bringen, davon war Mazuk überzeugt. Er würde nicht aufhören, bis er einen Namen, einen Ort, irgendeinen Hinweis hatte.

Und wenn Cassuan mit eigenem Schmerz nicht zum Sprechen gebracht werden konnte, warteten immer noch seine Frau und Kinder in einer nahen Zelle. Mädchenschreie konnten durchaus motivieren – das wusste Mazuk aus Erfahrung.

«†»

Die Sonne schien sich nur ein kleines Stück dem Horizont entgegen bewegt zu haben, während Zenay und Tarek die Kühle des Sees genossen. Hohe Wolken türmten sich in der Ferne auf, brachten aber keinen Regen, nur noch mehr stickigen Dunst, dem selbst die Schatten der Bäume nicht gewachsen waren. Shetan kam zu ihnen an den See und rief sie zurück. Er schien nicht zu bemerken, dass er störte, also schwammen sie schweigend ans Ufer.

Der alte Magier meinte, dass Jesco nach seinem Freund fragte. Tarek zog das Hemd über, ohne sich abzutrocknen, und ging tropfend zurück zum Lager, nachdem er Zenay einen Abschiedskuss gegeben und sie vielsagend angesehen hatte.

Zenay raffte ihre Sachen zusammen; es hatte ja keinen Sinn, sie wieder anzuziehen, wenn sie ohnehin gleich ihre Übungen im Wasser fortsetzen würde. Shetan schlenderte mit ihr zu den Felsplatten, diesmal stieg er aber hinauf, und es wirkte, als wollte er auf die andere Seite. Dann blieb er kurz am höchsten Punkt auf einer der geraden Felsplatten stehen und sah sich um.

Mit einem Schmunzeln ließ Zenay ihre Sachen zu Boden fallen und sprang vom höchsten Felsen in den See. Mit den Händen voraus tauchte sie ein, wurde von der angenehmen Kühle umschlossen. Unter Wasser öffnete sie die Augen und blickte in die dunkle, trübe Tiefe, ehe sie sich drehte und mit dem Blick den Felsklippen folgte, die als glatte Wand hinabführten.

Beim Auftauchen lachte sie, als sie Shetans Gesichtsausdruck oben auf der kleinen Klippe sah.

„Es ist doch so schwül!", rief sie erklärend. „Außerdem kann mich hier unten wirklich keiner von den Jägern sehen, die Felsen sind im Weg."

„Nun gut", meinte er und ließ sich langsam auf der Kante des Felsens nieder. „Dann sieh zu, wie du selbst wieder aus dem Wasser herauskommst. Es ist ohnehin gut, es auch in tieferem Wasser zu üben. Vielleicht wirst du nicht immer Grund unter den Füßen haben."

Zenay grinste, während sie kräftig mit den Beinen ruderte, und konzentrierte sich.

Sie legte genug Magie in ihre Hände, um das Wasser unter ihnen zu stabilisieren und drückte sich ab, versuchte sich selbst hinaus zu hieven – und rutschte ab. Sie fluchte und versuchte es erneut, bis sie sich weit genug aus dem Wasser gehoben hatte, um sich mit dem Knie abstützen zu können, in das sie auch wieder Magie fließen ließ.

Shetan klatschte freudig in die Hände, als Zenay schwankend aufstand und ihn stolz ansah.

„Sehr gut, wenn du dich stabil genug fühlst, kannst du versuchen, auch andere Magie zu wirken. Es wäre fantastisch, wenn du lernen würdest, das Wasser um dich herum zu kontrollieren, während du auf ihm stehst. Früher konnten Magier sogar währenddessen kämpfen, zum Beispiel Speere aus Eis formen und schießen."

Zenay nickte fasziniert und machte sich daran, neben sich eine kleine, wabernde Blase aus dem Wasser zu ziehen – und verschwand prompt wieder platschend im kühlen Nass.

Sie kletterte erneut aus dem See, diesmal viel geschickter, und versuchte noch einmal, eine zitternde Kugel anzuheben. Ein paar Fingerbreit hatte sich die Wasseroberfläche schon gehoben, als eine Brise aufkam und ihr auffiel, dass es dunkler wurde. Ein kurzer Blick zum Himmel zeigte ihr, dass die großen Wolken näher gekommen waren und sich vor die Sonne geschoben hatten. Vielleicht würde es wirklich bald gewittern.

Dann konzentrierte sie sich wieder auf die Magie, fühlte jedoch, wie ihr die Kontrolle entglitt. Ihr Blick fiel auf das Wasser unter ihr und sie war bemüht, das Gleichgewicht zu halten.

Luftblasen stiegen aus dem See auf und zerplatzten.

Überrascht machte sie einen Ausfallschritt. Das Wasser, das sie zu kontrollieren versucht hatte, wurde wieder flach und vom See verschluckt.

Wieder stiegen Blasen auf, diesmal mehr, und sie machte einen weiteren Schritt zurück. Sie sah zu Shetan, der jedoch den Kopf gedreht hatte und zum Lager blickte.

Zenay runzelte die Stirn. Irgendetwas war anders ... Sie konnte es nicht in Worte fassen, aber das Wasser unter ihr schien kein Wasser mehr zu sein!

Noch bevor sie etwas sagen konnte, stürzte sie, da die Magie in ihren Füßen keinen Halt mehr fand. Sie konnte gerade noch Luft in ihre Lunge ziehen, dann tauchte sie platschend unter. Verwirrt ruderte sie mit den Armen und wollte wieder auftauchen – da überkam sie ein plötzlicher, kräftiger Sog, der sie in einem Meer aus kleinen Luftbläschen nach unten riss.

Sie wirbelte unkontrolliert durch das Wasser und verlor die Orientierung, als sie sich mehrmals drehte. Der Sog ließ ebenso schnell nach, wie er aufgekommen war, und Zenay drehte sich zurück zum Licht, doch die Oberfläche war jetzt weit entfernt.

Etwas streifte ihren Rücken und sie zuckte zusammen. Wild rudernd versuchte sie, sich zu drehen. Ein schwarzer Schatten schoss auf sie zu. Zenay schrie vor Schreck auf, aber aus ihrem Mund sprudelte nur ein Schwall Luftblasen. Sie erbleichte und schwamm rückwärts paddelnd davon.

Kurz vor ihr verharrte der Schatten plötzlich und schien zu warten. Zenay konnte nicht anders, als sich durch eine merkwürdige Intelligenz beobachtet zu fühlen.

Wenn sie das Wasser um sich herum vorher als dunkel empfunden hatte, so war es jetzt nur noch ein trübes Grau im Vergleich zu der rabenschwarzen Gewitterwolke vor ihr.

Dieses *Wesen* schien in sich zu rotieren und war in ständiger innerer Bewegung.

Einige Luftblasen stiegen aus dem Ding in Richtung Oberfläche und das Wesen begann sich stärker zu regen, es waberte und pulsierte vor ihren Augen, dann schossen schwarze Tentakel daraus direkt auf Zenay zu.

Panisch wollte sie an die Wasseroberfläche fliehen, doch plötzlich umwallte kalte, schleimige Masse ihre Beine.

Zenay kam nicht dazu, noch einmal Luft zu holen. Ganz kurz konnte sie ihre Finger aus dem Wasser strecken, doch da hatte die Wolke sie bereits vollends umhüllt und sie wurde unbarmherzig nach unten in die Tiefe gerissen und alles um sie herum wurde schwarz.

«†»

Ein lautes Platschen ertönte und Shetan schmunzelte. Er sah von seiner Handfläche auf, auf der er einige winzige Steine kreisen ließ. Zenay hatte sich anscheinend nicht gut genug konzentriert und war erneut ins Wasser gefallen. Shetan wollte sich schon wieder den Steinen zuwenden, als er aufschreckte. Da formte sich plötzlich eine Präsenz.

Dunkelheit, Hass, Hunger ... Das war nicht Zenay, die er da spürte. Etwas Schreckliches war im Gange.

Zenay war verschwunden! Und das Wasser war dunkler als die Nacht.

Er stand auf, als viele kleine Blasen an die Wasseroberfläche sprudelten. Auf einmal überkam ihn eine Welle aus Angst und Panik – Zenays Gefühle.

Rasch ließ er die Steine fallen und hob die Arme, versuchte seine Magie auszustrecken und sie zu finden, aber er schaffte es nicht. Das Wasser schien sie verschluckt zu haben, er konnte keinen Kontakt zu ihr aufnehmen.

Leichenblass vor Schreck und Angst um Zenay stürzte er, so schnell es seine alten Knochen zuließen, zum Lager.

Tarek war der Erste, der den Magier erblickte. Besorgt sprang er auf.

„Tarek! Etwas stimmt nicht! Sie taucht nicht mehr auf! Und ich kann sie nicht mit Magie erfühlen. Schnell, du musst ihr helfen!"

Tarek wurde blass, dann drehte er sich um und blickte die Männer an. „Jesco!", rief er und rannte zu den Felsen.

«†»

Tarek sprang ins Wasser, ohne sich vorher auszuziehen, und tauchte unter. Er ignorierte die angenehme Kühle, aber verlor für eine Sekunde doch die Orientierung.

Er musste sie finden, und wenn es das Letzte war, was er tat. Mit einigen kräftigen Zügen entfernte er sich von der Oberfläche. Hektisch schaute er umher und versuchte, etwas im aufgewühlten Wasser zu erkennen, aber es war zu dunkel. Merkwürdig, wie schwarz dieses Wasser trotz des Tageslichts war.

Luftblasen wichen aus seinem Mund, als ihn etwas am Fuß packte. Überraschung und Erleichterung überkamen ihn. Wie kam Zenay auf die Idee, sich so einen Scherz mit ihm und Shetan zu erlauben? Dann ließ sein nächster Gedanke ihn wohlig erschauern. Er musste unweigerlich an ihr Bad vorhin denken, als sie sich geküsst und berührt hatten. Ein Bild von ihrem Körper tauchte vor seinem inneren Auge auf, wie sie spärlich bekleidet über ihm auf dem Wasser stand.

Er wandte den Kopf nach unten, erwartete, ihre langen braunen Haare um sich schweben zu sehen, während ihre Finger an seiner Hose hochwanderten. Wieso hatte er Jesco und die anderen rufen müssen? Sie würden alles verderben, so wie Shetan vorhin.

Doch es war nicht Zenay, die ihn da umklammerte, sondern eine schwarze Masse. Der Ausläufer einer riesigen schwarzen Wolke, die mitten im Wasser schwebte.

Er wollte sich losreißen, doch eine zweite Art Tentakel wickelte sich um seinen Arm. Er war gefangen und ihm wurde klar, dass es Zenay vermutlich genauso ergangen war ... Verzweifelt zog er fester an der Masse und versuchte vergeblich, sie zu packen. Sie schien gleichzeitig aus rutschigem Schleim und aus materielosem Rauch zu bestehen.

Dann fiel ihm das Messer an seinem Gürtel ein, er packte den Griff und zog es heraus, konnte sich aber unter Wasser kaum schnell genug bewegen, um ein ernstzunehmender Gegner für dieses Ungetüm zu sein.

«†»

Zenay wand sich, wühlte sich durch die schreckliche Schwärze und versuchte, nicht den Verstand zu verlieren. Überall um sie herum war nur noch klebrige, rauchige Masse. Panik drohte sie zu lähmen, aber sie schaffte es trotzdem irgendwie, das Wasser um sich mit ihrer Magie zu erfühlen. Sie gab der Magie die gleiche Energie, mit der sie auf dem Wasser laufen konnte, und schob sie von sich. Die schwarze Masse des Wesens entfernte sich von ihrem Körper.

Es funktionierte! Zenay drückte weiter, packte die Magie förmlich mit ihren Händen und formte mit ihr einen schützenden Schild um sich. Ihre Arme zitterten und ihre Lunge schrie schmerzhaft nach Luft. Nach einem Moment war sie in einer Blase aus Wasser, wurde nicht mehr von der Dunkelheit zerquetscht, im nächsten Moment öffnete sich an einer Stelle der Blick auf das trübe Seewasser. Zenay erzitterte, als das Wesen mit aller Kraft auf sie eindrang und die Lücke wieder schloss.

Es würde sie erdrücken!

Zenay biss die Zähne zusammen und legte mehr Energie in ihren Fluchtversuch. Das Loch öffnete sich wieder, wurde groß genug, da ließ sie die Magie los. Die schützende Wirkung fiel vom Wasser ab und das Wesen zog sich sofort wieder heftig zusammen. Der Druck des Wassers, das aus dem Loch gepresst wurde, reichte aus.

Zenay schlüpfte hinaus und begann zu schwimmen. An ihren Beinen konnte sie schon wieder die rauchige Schwärze fühlen, doch sie strampelte sich frei.

Im Wasser vor ihr waren unzählige Fangarme ... Dazwischen schwebte ein Körper.

Tarek! Zenays Herz blieb beinahe stehen, als sie ihn im trüben Wasser entdeckte. Er hatte ein Messer, aber das würde ihm kaum etwas nützen.

Sie musste zu ihm, vielleicht konnten sie sich gemeinsam gegen dieses Monster wehren! Tarek starrte sie an und eine Entschlossenheit breitete sich auf seinem Gesicht aus, als er sah, dass sie lebte.

Als hätte das Wesen ihrer beider Gedanken gelesen oder ihr Ziel erkannt, wickelten sich die Tentakel fester um Tarek und zogen ihn von Zenay fort.

Voller Wut zog er das Messer durchs Wasser, um es in das Ungeheuer zu stechen, doch die Schneide glitt ohne jeden Widerstand durch die Masse, als existiere sie nicht, und hinterließ keinerlei Wunde oder Spur. Trotzdem löste sich der Tentakel um sein Bein und schoss wabernd auf das Messer zu. Der schwarze Nebel verschluckte die Waffe und Tareks Hand. Im nächsten Moment zuckte er zusammen und als die Masse sich wieder von seinem Arm löste, war das Messer fort.

Zenay nutzte die Zeit, in der das Wesen abgelenkt war, und schwamm so kraftvoll, wie es ihr noch möglich war, von dem Körper weg und auf Tarek zu. Sie musste ihn nur erreichen, dann konnte sie sie beide aus dem See transportieren!

Er bemerkte, dass sie näher kam, stieß einen der Tentakel aus dem Weg, der vor ihm im Wasser schwebte, und streckte den Arm nach ihr aus.

Sie konnte Tareks Hand schon fast berühren – da wickelten sich mehrere der Greifarme um ihren Bauch und ihre Brust und drückten zu. Der Schmerz und der Druck der Tentakel pressten ihr die restliche Luft mit einem Schrei aus den Lungen.

Das Letzte, was sie sah, waren Tareks panischer Blick und ein Schwall sprudelnder Luftblasen, während sie mit Wucht zurück ins Innere des Wesens gerissen wurde und das Bewusstsein verlor.

«†»

Tarek musste sich beherrschen, nicht in ungezügelte Panik zu verfallen.

Das Monster würde Zenay töten und ihn ebenfalls ertränken. Er war machtlos in den Fängen seines Gegners.

Er wand sich, als er sah, wie Zenay die Augen verdrehte und von der schwarzen Wolke verschluckt wurde. Er wollte schreien! Anstatt der Panik kochte Zorn in ihm auf und er starrte die schwarze Masse an seinem Arm an, als könnte er sie bloß durch seinen intensiven Blick zerfallen lassen.

Dann hörte er Geräusche, Körper sprangen ins Wasser. Es sprudelte über ihm von mitgerissener Luft. Als die Blasen wieder zur Oberfläche geschossen waren, konnte er verschwommen Jesco und die anderen erkennen. Einen kurzen Moment trafen sich Jescos und sein Blick, dann schossen schwarze Tentakel auch auf ihn zu.

Den anderen erging es nicht besser, auch sie wurden innerhalb weniger Augenblicke von dem Wesen erspäht, mit klebrigen Greifarmen eingefangen und in die Tiefe gezogen. Tarek versuchte noch einmal sich zu befreien, doch es kamen nur noch mehr Tentakel dazu, die sich um seinen Hals und seine Brust legten. Überall aus dem Wesen schossen neue Ausläufer und fesselten die Arme und Beine der anderen fünf Männer.

Tarek spürte bereits, wie ihm die Luft ausging. Der Tentakel um seine Brust zog sich immer enger zusammen und drückte auf seinen Brustkorb. Die letzte Atemluft wurde aus seinen Lungen gepresst und Tarek musste sich beruhigen, damit er nicht aus reinem Reflex wieder einatmete. Er wurde immer langsamer und seine Arme zuckten krampfhaft. Panisch versuchten die anderen sich von der Schwärze zu befreien, doch es half kein Zerren und kein Winden. Es gab kein Entkommen.

Plötzlich erstarrte Jesco und blickte aus trüben Augen in Richtung der vollkommenen Schwärze. Auch die anderen ließen von ihren Fluchtversuchen ab und starrten auf die Wolke, in der sich etwas regte. Tarek wandte seinen Kopf so weit es ging und wurde augenblicklich geblendet.

Etwas durchstach die vollkommene Finsternis.

Weiße Blitze brachen aus dem Wesen hervor, die es durchdrangen und zerschnitten. Für den Bruchteil einer Sekunde schien die Welt bewegungslos, bevor sie explodierte. Fetzen wurden aus dem Ungeheuer gerissen und eine Druckwelle stieß Tarek und die anderen zurück, sodass sie ein Stück weggespült und dann wieder von den gestrafften Tentakeln gehalten wurden.

Inmitten der zerrissenen Wolke schwebte Zenay. Sie leuchtete, ihr ganzer Körper, ihre Haare, alles war von einer Aura aus glühender Energie umgeben.

Die Kreatur erzitterte. Die freien Greifarme, die sich nicht um einen der Männer gewickelt hatten, kräuselten sich und schlugen wild durchs Wasser. Das Leuchten verschwand so schnell, wie es gekommen war. Der düstere Nebel der schwarzen Wolke verschluckte Zenay wieder.

Dann schossen noch einmal Blitze aus der Dunkelheit, durchstachen die Wolkenstücke und ließen ihre blasse Gestalt kurz erkennen. Einer traf Tarek mitten in die Brust. Er erwartete eine Welle aus Schmerz, doch stattdessen durchzuckte ihn ein Schwall von Energie.

Er warf einen kurzen Blick zur Seite und sah, dass es auch Jesco so erging. Er zerrte, zu neuem Leben erwacht, nun wieder an den Ausläufern des Wesens herum. Endlich rissen die Teile ab und lösten sich in klares Wasser auf, sodass er frei war und mit wenigen Stößen seiner Beine die Oberfläche erreichte.

Die Tentakel lösten sich auf und auch die Kreatur begann zu zerfallen. Innerhalb weniger Sekunden verwandelte sich die Wolke in einen Hauch von schwarzem Nichts und seine letzten trüben Fetzen sanken hinab in die Dunkelheit des Sees. Zurück blieb nur Leere.

«†»

Jesco atmete röchelnd ein, als sein Kopf endlich die Wasseroberfläche durchstieß. Sofort fühlte er, wie Leben in seine Glieder zurückströmte – und Erleichterung machte sich in ihm breit, als um ihn innerhalb von wenigen Augenblicken mehrere Köpfe auftauchten und lautstark nach Luft rangen.

Dann stieß etwas gegen seinen Fuß. Er sah nach unten ins dunkle Wasser. Sein erster Gedanke galt dem Monster, das zurückkehrte. Doch es war ein Bein.

Er tauchte unter und sah den treibenden Körper ... Er packte die Person und zog sie zur Oberfläche.

Es war Falkir und er atmete nicht. Die Männer um ihn herum entdeckten ihn jetzt, Jorid kam mit schnellen Zügen zu ihm geschwommen, dann half er, seinen Freund an Land zu bringen.

Jesco warf einen raschen Blick über den See, entdeckte aber nur Rey und Piman, die jetzt hustend und röchelnd zum Ufer schwammen. Sina oder Tarek konnte er nirgends entdecken. Er überließ es Jorid, Falkirs Gewicht zu stemmen und ihn weiterzuziehen, dann holte er tief Luft und tauchte unter.

Ihn erwartete nur einsame Dunkelheit. Tarek war nicht zu sehen. Und er würde ihn in dieser aufgewirbelten Brühe niemals finden.

Schmerz stach durch sein Herz. Wenn sein Freund nicht genauso an die Oberfläche trieb wie Falkir, würden sie ihn nicht entdecken.

So schwebte er da, versuchte die Erschöpfung zu ignorieren und starrte in das dunkle Wasser. Aber es war nichts zu sehen.

Voller Scham musste er sich seine Hilflosigkeit eingestehen und folgte den anderen an Land.

Als er wieder klare Luft einatmete, sah er, dass Shetan einsam im niedrigen Wasser stand und verzweifelt auf den aufgewühlten See starrte. Die Männer waren hinter ihm, sie hatten Falkir an den Kiesstrand geschleift und beatmeten ihn.

Endlich erreichte Jesco selbst das Ufer, wo er völlig erschöpft auf die Knie fiel. Shetan kam zu ihm, doch er schüttelte nur stumm den Kopf und ließ sich dann zu Boden sinken.

„Was ist geschehen, Jesco?“, fragte Shetan in flehendem Ton.

„Sie ...“, setzte er an, „... sie sind ...“ Er konnte nicht weitersprechen.

Schmerz verzerrte Shetans Gesicht, als der Magier wohl seine Gedanken spürte.

„Ihr wart viel länger unter Wasser ... Ich dachte schon, ihr wärt alle ertrunken ... Das Monster ... Es war ein Daroc. Ein Wesen aus schwarzer Magie ... Ich habe versucht, euch zu befreien, aber ich konnte es nicht ... Ich konnte nicht ... Sina ... Tarek-“ Der Magier brachte es ebenfalls nicht fertig, es auszusprechen. Dann wandte er sich ab und wankte davon, konnte Jescos vorwurfsvollem Blick nicht länger standhalten.

«†»

Das Wasser war dunkel und drückte ihm auf die Ohren. Seine Lunge schmerzte und schrie nach Luft, aber Tarek ruderte trotzdem weiter, noch tiefer. Er konnte den Grund des Sees nicht erkennen, das Wasser selbst war zu trübe, zu aufgewirbelt. Da sah er einen hellen Fleck vor seinen Augen aufblitzen.

War das der Luftmangel? Er konnte noch ein bisschen länger, er musste!

Da blitzte wieder ein kleines Licht auf.

Nein! Das waren Funken!

Tarek trat noch mehr Wasser, bis der Druck seine Ohren zum Bersten zu bringen schien. Da sah er sie. Zenay lag auf dem Grund, ihr Haar schwebte wie ein wallender Kranz um ihren Kopf. Mit einem weiteren Stoß war er bei ihr. Seine Lungen brüllten jetzt und er spürte den Impuls, einzuatmen ... Nein! Er würde hier nicht mit ihr ertrinken!

Da schwebte ein Strom magischer Funken aus ihrer Stirn, aus ihren Händen und berührte ihn. Die Magie belebte seine Muskeln und nahm den Schmerz von seiner Brust.

Ohne weiter zu zögern, packte er Zenay, hob sie vom Boden auf und legte einen Arm fest um ihre Taille. Dann stieß er sich vom schlammigen Grund ab, ruderte wild mit dem anderen Arm, paddelte mit den Füßen und kämpfte sich hinauf.

Die rettende Oberfläche war kaum zu sehen, es war schlammig, düster, doch allmählich wurde ein Lichtschimmer erkennbar.

Seine Lunge wollte bersten und er ruderte heftiger, während Zenay in seinen Armen immer schwerer wurde ...

Als Tarek endlich die Oberfläche erreichte, dröhnte sein Kopf, als schlüge ein Schmiedehammer auf einen Amboss, und stechender Schmerz quälte seine Ohren. Dunkle, wabernde Flecken tanzten vor seinen Augen.

Es war ein Wunder, dass er nicht ertrunken war, aber Zenay hatte ihm geholfen, unbewusst oder nicht.

Jetzt trat er Wasser und atmete einige Male tief ein und aus. Mühsam hielt er Zenays Kopf über dem Wasser, doch er konnte nicht sicher sagen, ob sie atmete. Panik machte ihm das Denken schwer, er konnte sich kaum konzentrieren.

Das Ufer schien weit entfernt und er konnte nicht erkennen, wo die Lichtung mit den Jägern lag. Das Wesen musste sie durch den halben See geschleppt haben, als sie kämpften. Zenay verrutschte in seinen Armen und ihr Kopf geriet kurz unter Wasser. Sie hing reglos in seiner Umklammerung ... So schnell er konnte, schwamm er los, immer darauf bedacht, Zenays Kopf über Wasser zu halten.

Endlich konnte er Grund unter seinen Füßen spüren und watete mit Zenay in den Armen an Land. Schwer atmend umging er ein paar scharfe Felsen, dann konnten seine Beine ihn nicht länger tragen und er fiel auf die Knie.

Er ließ Zenay auf den feuchten Kies sinken und beugte sich vor Erschöpfung heftig zitternd über sie, hielt seinen eigenen, heftigen Atem an, um auf den ihren zu lauschen.

Sie atmete nicht. Tarek schrie auf und drückte seine Hände mit letzter Kraft auf ihre Brust, mehrmals, dann presste er seine Lippen auf ihre und beatmete sie, bis sein Blick trüb wurde und er seitlich auf die Steine fiel.

Er konnte einen Hustenanfall nicht unterdrücken, seine Brust schmerzte und fühlte sich schwer an, als könnte er keine Luft mehr aufnehmen. Um Zenays Hals und Brustkorb flogen Funken und auch sie spuckte Wasser. Sie stemmte sich kurz mit den Armen hoch, atmete röchelnd ein und sackte wieder zusammen.

Tarek packte Zenay und drückte sie so fest er es noch vermochte an sich. Er küsste ihr Gesicht, ehe er von ihr abließ und erschöpft wieder neben sie fiel.

So lagen sie da, sahen sich schweigend an und atmeten einfach weiter, versuchten, die Anstrengung zu überwinden. Zenay tastete nach Tareks Hand und drückte sie, als wollte sie sie nie wieder loslassen.

Dann hörten sie Rufe. Jesco kam das Ufer entlanggerannt, blieb schnaufend vor ihnen stehen und lachte auf.

„Ihr lebt! Unfassbar! Seid ihr in Ordnung?"

„Ich denke schon, wir ... wir atmen beide", sagte Tarek mit rauer Stimme.

Zenay nickte und richtete sich mühsam wieder auf. Sie setzte sich hin und blickte Tarek an. Der stützte sich auf Arme und Knie. Aber er konnte nicht aufstehen, denn ein neuer Anfall überkam ihn und er hustete ununterbrochen.

„Das klingt nicht gut", meinte Jesco und blickte ihn zweifelnd an.

Tarek schüttelte erschöpft den Kopf und atmete ein paar Mal tief ein, bevor er wieder heftig husten musste. Endlich klang der Anfall etwas ab und er sagte mit kratziger Stimme: „Ich hab vorhin ziemlich ... viel Wasser geschluckt ... und wohl auch einiges ... in die Lunge bekommen."

„Vielleicht kann Shetan es irgendwie heilen", schlug Zenay vor und sah ihn besorgt an.

„Du machst dir ... Sorgen um *mich*? Du wärst eben fast von ... einem Ungeheuer ertränkt worden!"

„Ja! Aber ich huste nicht wie verrückt. Frag ihn, ob er dir mit Magie helfen kann."

„Und wieso hilfst du mir dann nicht?"

„Ich ... ich weiß nicht, wie ich das machen soll ... Ich fühle mich noch geschwächter als vor dem Angriff ... Habe ich Magie benutzt?", fragte Zenay zornig. Sie wusste, dass diese Wut in ihr nur den Schock und die Angst verdrängen wollte ... Aber es schien nicht zu funktionieren. Sie zitterte, ohne es zu wollen.

Jesco sah die beiden mit einem Blick an, den Zenay nicht interpretieren konnte. „Ihr wärt gerade eben *beide* beinahe ertrunken und ich glaube nicht, dass ihr jetzt über Magie diskutieren solltet! Ruht euch aus und streitet nachher darüber."

„Halt dich da raus!", kam es wie aus einem Mund von Zenay und Tarek. Sie sahen sich überrascht an und brachen dann in erleichtertes Lachen aus.

Als sich beide wieder etwas beruhigt hatten, half Jesco ihnen kopfschüttelnd auf die Beine und stützte Tarek. Zenay machte ein paar unsichere Schritte und hielt sich dann ebenfalls an Jescos Schulter fest.

„Sina, Tarek, ihr lebt! Ich kann gar nicht sagen, wie unendlich froh ich bin!", rief es vom Ufer her.

Shetan kam ihnen entgegen, mit Tränen in den Augen, doch er wurde schlagartig ernst, als er Tareks Gesichtsausdruck sah. Er zögerte und wollte seinen Enkel umarmen, aber Tarek versteifte sich und schüttelte den Kopf. „Was hast du dir dabei gedacht, Shetan? Wie konntest du Sina einer solchen Gefahr aussetzen?", rief er und Zorn blitzte in seinen Augen.

Shetan machte einen Schritt zurück und besah sich die nassen jungen Leute vor sich. „Du beschuldigst mich?! Ich konnte nicht wissen, dass so etwas passieren würde!"

„Aber das solltest du!", schrie Tarek und machte sich von Jesco los. „Du bist Shetan, ein großer Magier! Wie kannst du so fahrlässig sein und nicht einmal die Umgebung nach Gefahren absuchen? Sina hätte sterben können! Sie könnte jetzt *tot* sein, Shetan! All unsere Hoffnung wäre dahin! Du hättest sie umgebracht!"

Shetan sah seinen Enkel entsetzt an.

„Ich wollte nicht-"

„Ja, das ist mir klar, dass du nichts *Böses* wolltest!", unterbrach Tarek ihn. „Aber du nennst dich Magier und bist so sehr darauf bedacht, nicht mehr stark zu sein, dass du sie für gar nichts mehr benutzt! Das war fahrlässig, unglaublich dumm!"

Trotz schlich sich auf Shetans Gesicht und er reckte den Kopf. „Sprich nicht von Dingen, die du nicht verstehst, Tarek. Du hast keine Ahnung, warum ich nicht mehr stark bin. Du kennst meine Beweggründe nicht!"

Tarek schnaubte. „Das ist doch offensichtlich, jeder starke Magier aus deiner Zeit wurde von Zayda getötet! Du hast aufgehört zu üben und bist schwach geworden, nur deshalb hat sie dir keine Aufmerksamkeit geschenkt!"

Shetan schien einen Moment mit sich zu ringen, um seine Wut zu unterdrücken. Er öffnete den Mund und es schien, als wollte er losbrüllen, doch dann sank er in sich zusammen und ließ die Schultern hängen. „Ich habe es getan, um die zu retten, die ich liebe, Tarek! Ich wollte meine Frau schützen, meine Tochter – und ihren Sohn. Ich wusste, sie würden auch euch töten, wenn sie mich finden."

„Na, das hat ja wunderbar funktioniert! Wer lebt denn jetzt noch außer dir und mir? Und beinahe hätte es auch noch Sina das Leben –", rief er, wurde aber durch einen erneuten Hustenanfall unterbrochen. Jesco fasste ihn an der Schulter, aber Tarek strich die helfende Hand weg.

„Lass mich!", keuchte er. „Ich bin ... noch nicht ... fertig mit ... Shetan!"

Zenay ging zu ihm und sah erst ihn und dann Shetan an, ehe sie sanft Tareks Hand berührte. „Doch, das bist du, Tarek! Er ist dein Großvater und er liebt dich über alles. Ich habe ihm schon verziehen – und das solltest du auch tun!"

Tarek warf ihr einen wütenden Blick zu, aber als er in ihre blauen Augen blickte und die Tränen darin sah, verflog sein Zorn. Er blickte zu Boden.

Einen Moment schwiegen sie alle, dann blickte Tarek seinen Großvater an. „Verzeih mir, ich hätte dich nicht einen Feigling nennen dürfen. Ich weiß, dass du alles getan hast, um mich zu schützen – aber das musst du auch für Sina tun! Sie kann zwar mit Magie umgehen, aber sie weiß so vieles nicht ... Sie wäre beinahe gestorben ...“

Shetan schluckte und nickte dann. „Bitte vergebt mir, ihr beiden. Ich habe als Magier und Beschützer versagt. Es wird nicht wieder vorkommen.“

Tarek sah ihn an und lächelte schief, dann ging Shetan auf ihn zu und umarmte ihn kurz und kräftig.

Gemeinsam gingen sie am Ufer entlang in Richtung des Lagers. Jesco kümmerte sich um die wankende Zenay, während Tarek von seinem Großvater gestützt wurde.

Eisiges Schweigen erwartete sie. Die Jäger umringten etwas am Boden, das Zenay nicht genau sehen konnte. Jesco löste sich von ihr, da drehte sich Jorid um, blickte Conroys Sohn an und schüttelte den Kopf.

Die Trauer auf seinem Gesicht ließ Zenay schaudern. Der Jäger trat einen Schritt vor und gab damit den Blick frei.

Zenay starrte auf den nassen, leblosen Körper am Boden und ihr wurde augenblicklich schlecht. Falkir. Tareks Bekannter, oder sogar Freund, mit dem er oft Jagen gewesen war.

„Was? Was ist passiert?“, fragte Tarek ächzend, während Zenay schwankte.

„Er ist ertrunken. Er hat Quetschungen rund um die Brust, dieses Monster muss ihm die Luft aus den Lungen gepresst haben ...“, erwiderte Jorid in verbittertem Ton.

Zenay glaubte, sie müsse sich übergeben ... aber dann spürte sie die Verzweiflung der Männer.

„Nein“, murmelte sie, ehe sie sich gerade aufrichtete und deutlicher sprach. „Vielleicht ist es noch nicht zu spät.“

Sie wartete nicht auf eine Antwort, sondern schritt geradewegs auf Jorid zu. Die drei Männer schlossen sich augenblicklich zu einer Wand zusammen und bauten sich bedrohlich vor ihr auf.

Aber das war ihr egal. Das musste ihr jetzt egal sein ... Genauso wie Shetans Drang, sie aufzuhalten. Sie konnte es genau spüren, aber er hielt sich zurück und gab ihr die Chance.

„Fass ihn nicht an!“, zischte Jorid da und starrte auf sie herab.

„Ich kann ihm vielleicht helfen“, meinte sie flehend und sah ihn mit einer Intensität an, die ihn zusammenschrumpfen ließ. „Bitte! Ich muss es versuchen!“

Jorid schien kurz mit sich zu ringen, dann nickte er und machte einen Schritt zur Seite. Zenay sprang vor und ließ sich unter den Blicken der Jäger neben Falkir auf die Knie fallen. Sie hielt die Hände an seine Brust, versuchte den Schwindel und die Übelkeit zu ignorieren und den Gedanken, dass da ein Toter vor ihr lag ...

Nein, vielleicht ist er noch nicht tot!, dachte sie und gab sich einen Ruck. Sie schloss die Augen, fühlte nach den letzten Resten ihrer inneren Wärme und sandte sie aus, schickte sie durch ihre Arme und suchte nach einem Funken von Leben in dem nassen Körper vor sich.

Ihre Übelkeit schwoll an, als sie nur Kälte und Dunkelheit fühlte.

Da war nichts mehr. Nur noch eine Leiche. Falkir war fort.

Eine Welle der Trauer und Erschöpfung spülte über Zenay hinweg, als sie den Kopf hängen ließ.

„Ich ... ich kann ihm nicht mehr helfen“, flüsterte sie und spürte deutlich Shetans Blick auf sich. „Sein Geist ist nicht mehr da.“

Mit einem Wimpernschlag wandelte sich die Stimmung von einer Mischung aus Trauer und schwacher Hoffnung in ein tosendes Meer aus Zorn.

„Das ist deine Schuld! Hexe!“, schrie jetzt einer der Männer, Rey, und Zenay wich augenblicklich zurück an Tareks und Shetans Seite, Tränen rannen über ihre Wangen, während sie stark zu zittern begann.

„Nein ... nein, das wollte ich nicht! Glaubt mir doch!“

Tarek machte eine heftige, wegwischende Bewegung, die Zenay beinahe umwarf. „Es ist nicht ihre Schuld! Das Monster hat ihn getötet, nicht Sina!"

„Sie war in dem See schwimmen! Wegen ihr sind wir überhaupt mit dem Scheusal in Kontakt gekommen!", rief Jorid.

Dunkle, hasserfüllte und verzweifelte Gedanken drängten sich wie eine Wand Zenay entgegen und hätten sie fast zu Fall gebracht.

„Ja! Wieso hat sie das gemacht?", fragte Piman und blickte dann Zenay direkt an. „Wieso hast du es angelockt? Es muss gespürt haben, dass du eine Magierin bist, und hat deshalb angegriffen!"

Zenay hatte das immer stärker werdende Bedürfnis, einfach wegzulaufen und nie mehr zurückzukehren.

„Du hast irgendetwas mit Magie gemacht, oder? Du hast Falkir ins Verderben gestürzt!"

„Ich wollte ihm doch helfen!", flehte Zenay, aber die Männer hörten ihr kaum zu.

„Du bist nicht einmal stark genug, um ihn zu retten! Was bist du für eine Magierin? Nichts als ein verfluchter Bote des Todes bist du!"

„Nein!", fing Tarek wieder an – doch dann krümmte er sich und musste heftig husten. Die Männer verstummten und Shetan trat hinter Tarek und Zenay hervor. Er legte eine Hand auf die Schulter seines Enkels, als er für ihn sprach.

„Bitte, Männer, lasst eure Wut nicht an dieser jungen Frau aus. Sie hat tapfer gekämpft und versucht, euch allen im See zu helfen, das konnte ich spüren. Wenn jemand euren Zorn verdient und an Falkirs Tod schuld ist, dann ich. Es war meine Verantwortung, als ich Sina zu dem See geschickt habe, und ich konnte das schreckliche Wesen darin nicht erfühlen. Ich habe es nicht bemerkt und uns damit in diese Lage gebracht. Und ich bin zu alt und konnte Falkir deshalb nicht helfen. Ich habe das Wissen, aber meine Magie ist fast versiegt."

Die Jäger starrten ihn an, doch ihre Gemüter waren jetzt ruhiger. Shetans tiefe Stimme und sein von Gram und Schuld verzerrtes Gesicht brachten sie langsam wieder etwas zur Besinnung. Trauer mischte sich wieder mit dem Zorn auf ihren Gesichtern und sie warfen Falkir am Boden Blicke zu.

Jesco trat zwischen die beiden Gruppen und erhielt sofort die Aufmerksamkeit aller. Seine Miene strahlte tiefsten Ernst und auch Unwohlsein aus. „Wir müssen das besprechen, wenn wir ins Dorf zurückgekehrt sind. Aber für den Moment sollten wir ruhen, wir sind alle erschöpft von dem Kampf und Falkir hat es nicht verdient, dass sein Tod mit Worten des Hasses befleckt wird."

Die Männer neigten beschämt die Köpfe und Stille breitete sich aus, in der Tarek röchelnd einatmete und erfolglos versuchte, das nächste Husten zu unterdrücken.

Shetan und Jesco brachten den röchelnden Tarek in eines der Zelte und Zenay folgte ihnen dicht auf den Fersen. Sie zog den Kopf ein, als sie die Blicke der Männer spürte.

Jesco nickte ihr mit einem halbherzigen Lächeln zu. Sie konnte ihre eigene Erschöpfung in seinem Gesicht wiedererkennen. Als er wieder hinausschlüpfte, bemerkte sie, dass weder sie noch Shetan Tarek bei seiner Erholung wirklich unterstützen konnten. Schuldgefühle krochen in ihr hoch, da sie keine Energie mehr hatte, um Tarek zu helfen. Sie fühlte sich fehl am Platz, aber die Vorstellung, den anderen Männern wieder unter die Augen zu treten oder den toten Falkir sehen zu müssen, hielt sie an Ort und Stelle.

Zenay verlor ihr Zeitgefühl, als sie einfach nur dasaß und in eine Art lethargische Trance verfiel, an den Tod von Tareks Jagdfreund dachte, an dem sie sehr wohl schuld war, egal was Shetan sagte. Es wurde dunkel und irgendwo im Südosten rollte Donner über das Land, aber ein kühlendes Gewitter erreichte sie nicht.

In ihrer Erschöpfung bemerkte sie kaum, dass es Tarek nach einer Weile wieder besser ging und er jetzt schlief. Shetan berührte zaghaft ihre Schulter, um sie aus ihrem Dämmerzustand zurückzuholen und schlug ihr vor, sich ebenfalls hinzulegen. Als sie sich jetzt bewegte, wurde ihr ganzer Körper in einen Schleier aus dumpfem Schmerz gehüllt, der an ihren Muskeln nagte. Sie streckte sich ungelenk neben Tarek aus und lag noch lange wach, bevor der kurzzeitige Frieden von traumlosem Schlaf sie endlich erreichte.

«†»

Sakul und Kelian wanderten eine verlassene, halb überwucherte Straße entlang, so wie seit Tagen. Sie hatten selten gerastet, sich für einige Tage sogar Pferde geliehen und gehofft, dieses Adlerauge so endlich einzuholen. Aber die Pferde mussten sie in Lupena wieder abgeben.

Wenn das so weiterging, vergeudeten sie nur Zeit. Und ihre Zeit war Gold wert.

Sie wanderten schweigend und wechselten sich damit ab, die Fackel hoch über ihre Köpfe zu halten, um den Weg zu beleuchten. Die Nacht war ruhig, die Wolken hingen tief und ein schwacher Wind rauschte durch die Kronen des Waldes, der den Weg säumte. Donner grollte in ihrem Rücken.

Jedes Dorf, das die beiden Erzsucher durchquert hatten, konnte ihnen nur dieselbe Auskunft geben. Die Ratken waren plötzlich aufgetaucht, hatten sich aber nie lange im Dorf aufgehalten.

Keiner hatte ihnen etwas über den Fremden sagen können, der wohl der Anführer der Ratken war – aber Sakul war sich sicher, dass sie den richtigen Kriegern folgten, denn in dem Dorf, in dem sie der Wirtssohn auf das Adlerauge aufmerksam gemacht hatte, war er auch der Einzige gewesen, der ihn gesehen hatte.

Und in Lupena waren die Ratken erst kurz vor ihnen gewesen, auf dem Weg nach Kontell, wie ihnen versichert wurde.

Die Straße vor ihnen machte einen Knick – und Sakul zog eine Augenbraue hoch. „Da sind Spuren.“

Kelian nickte und sie traten an den Rand der Straße, wo sie erst jetzt einen schmaleren Weg bemerkten, der geradewegs in den

Wald führte. Sie brauchten sich nicht einmal herunterzubeugen. „Hier sind viele schwere Stiefel entlanggegangen."

„Schwer genug für Ratken, würde ich sagen", stimmte Sakul zu und sie folgten dem Pfad.

„Und hier sind Äste abgeknickt!", sagte Kelian und hielt die Fackel etwas näher an das dichte Gebüsch, das den Pfad säumte.

Sie gingen jetzt langsamer, folgten dem Pfad tiefer in den Wald hinein, der nach einiger Zeit kaum noch breiter als ein Wildwechsel war.

„Diese Ratken müssen den Spuren nach zu urteilen alle hintereinander gelaufen sein ... Das ist ungewöhnlich, findest du ni-", wollte Sakul fragen, doch Kelian hob rasch die Hand, um ihn zum Schweigen zu bringen. „Horch, hast du das auch gerade gehört?", fragte er leise.

„Nein, was?"

„Es klang wie ein Lachen ... Meinst du, das Lager der Ratken ist in der Nähe?"

„Wir sind ihnen so schnell gefolgt, wie wir konnten, es könnte sein, dass wir sie eingeholt haben."

Kelian nickte zur Zustimmung und zog seine zwei Messer vom Gürtel, Sakul tat es ihm gleich, nachdem er die Fackel in der feuchten Erde am Boden gelöscht hatte. Sie verließen den schmalen Pfad und bahnten sich vorsichtig einen Weg durch den lichten Wald, in die Richtung aus der sie die Geräusche vernommen hatten.

Sie umgingen einige dichte Gebüsche, die sie niemals ungehört hätten durchqueren können, da vernahmen sie erneut fremde Laute. Es waren eindeutig die Stimmen von Männern.

Sakul bedeutete ihm, dass sie sich langsamer nähern sollten ... Sie wollten erst sehen, ob sie überhaupt Ratken gefunden hatten oder nur eine Gruppe Jäger.

Das erste schwache Licht eines weit entfernten Feuers tauchte vor ihnen auf, durch das wilde Unterholz abgeschirmt. Sie schlichen geduckt von Baum zu Baum und krochen dann unter einige Büsche, die näher an dem fremden Lagerplatz wuchsen.

Sakul und Kelian konnten keinen Blick mehr wechseln, bevor hinter ihnen schon Äste knackten und sich jeweils eine Axt an ihre Nacken legte. Sie erstarrten und ließen ihre Hände mit den langen Messern sinken.

Die Ratken grummelten etwas, dann wurden sie plötzlich an den Schultern gepackt und auf die Beine gezogen.

Kelian ächzte, als man ihnen die Messer grob aus den Händen riss und die Arme auf den Rücken drehte. Sie wurden so schnell durch das Dickicht und auf die kleine Lichtung hinausgezerrt, dass sie kein Wort über die Lippen brachten.

„Yatim!", rief einer der Ratken neben ihnen und Kelian zuckte kurz zusammen. Als sie ins Lager geschleppt wurden, trat ein besonders stämmiger Krieger vor sie.

„Was soll das? Wir nehmen keine Gefangenen! Tötet sie!"

„Wartet!", rief Sakul und versuchte, sich aus dem kraftvollen Griff zu befreien. „Euer Anführer ist doch ein Mann, der Adlerauge genannt wird, richtig?"

Der große Mann vor ihnen schien eine Augenbraue zu heben, doch es war in dem schwachen Feuerschein nicht deutlich zu erkennen. „Woher weißt du das?"

„Wir waren auf der Suche nach ihm, seit zwei Wochen folgen wir euch durch die Dörfer. Wir haben wichtige Informationen für ihn."

„Wir werden nur mit ihm darüber sprechen!", bekräftigte Kelian und sie nickten beide, würgten ihre Angst hinunter.

Der Ratke schnaubte jetzt, doch er zögerte, ehe er kurz nickte. „Bringt sie zu ihm. Er kann sie auch selbst töten."

Ohne ein weiteres Wort wurden sie weitergeschoben, durch das Lager hindurch, in dem jetzt alle Ratken schwiegen und sie misstrauisch, teilweise aber auch feixend, anstarrten.

Vor ihnen wurde eine Zeltwand aufgeschlagen, dann stieß man sie grob hinein.

Eine einzelne Fackel hing an einer Holzstange, die in dem Zelt in den Boden gerammt worden war. Das spärliche Licht beleuchtete die Umrisse eines Mannes, der sich jetzt langsam umdrehte.

Das Adlerauge war nicht so stämmig gebaut wie die Ratken, doch seine Augen glitzerten mit ebenso wilder Grausamkeit.

„Was soll das? Wer sind diese Kerle?", fragte er den Ratken neben ihnen.

„Wir wollten sie erst töten, aber sie behaupten, sie hätten wichtige Informationen für Euch."

„Ach ja?" Der Mann wandte sich ihnen zu. „Na dann raus damit, vielleicht lasse ich euch sogar leben, wenn es gute Nachrichten sind."

Kelian sah Sakul an, der jedoch sanft den Kopf schüttelte. „Wir sind hergekommen, um Euch etwas zu sagen, das stimmt. Aber wir wollen etwas für diese Information."

Das Adlerauge vor ihnen stieß ein kaltes Lachen aus und kam einen Schritt näher. Die Fackel beleuchtete jetzt sein Gesicht, in dem ein rot glimmendes Augenpaar leuchtete.

„Ich weiß ja nicht, wie ihr das seht ... Aber ich bin der Meinung, dass ihr nicht gerade in der besten Lage seid, um Forderungen zu stellen."

Kelian schluckte erneut und fühlte einen Schweißtropfen seine Schläfe hinablaufen.

Wie hatten sie nur so dumm sein können?

Sakul wollte jedoch noch nicht aufgeben, sammelte all seinen Mut zusammen und setzte zu einer Erwiderung an. „Wenn Ihr uns droht, sagen wir Euch überhaupt nichts."

Das Adlerauge machte einen schnellen Satz und kam ganz nah vor Sakuls Gesicht zum Stehen.

„Ihr scheint recht überzeugt vom Wert eurer Informationen ... Interessant. Möchtet ihr mir vielleicht sagen, worum es hier überhaupt geht? Ein kleiner, kostenloser Hinweis, damit ich eure sogenannten *Informationen* besser beurteilen kann?"

„Uns ... uns ist zu Ohren gekommen, dass Ihr eine Frau sucht. Eine junge Frau mit braunen Haaren und blauen Augen ... Aber wir wollen bezahlt werden!", wagte Kelian jetzt zu sagen und sah das Adlerauge mit einem Hauch von Trotz an.

Sakul schluckte, als der Mann vor ihnen ein langes, hauchdünnes Messer hervorzog und geschickt durch seine Finger wirbeln ließ. Er sah Yatim an, der nickte und ein kleines Säckchen hervorzog. Der Ratke öffnete es und Salz kam zum Vorschein.

„Ich denke, ich weiß noch einen anderen Weg, der mich gar nichts kosten wird ... und euch sehr viel", meinte das Adlerauge beinahe nachdenklich und hob das Messer.

Ein bestialisches Lächeln breitete sich auf dem Gesicht des Mannes aus und Sakul und Kelian warfen sich einen panischen Blick zu, als vier Ratken hinter sie traten und sie packten.

Schatten

Anak erklomm das nächste der scheinbar unzähligen Felsplateaus, griff dann nach den Händen seiner Mutter und zog sie zu sich hinauf.

Kalana kam auf dem rutschigen Felsen zum Stehen und sah sich um. Der Regen und die Dunkelheit machten es fast unmöglich, irgendetwas zu erkennen, doch sie schritt trotzdem vorsichtig zum anderen Rand der erhöhten, schmalen Felsplatte und kniff die Augen zusammen.

Sie hob die Hand und drückte einen der tiefer hängenden Äste der Birke weg, die aus den Spalten zwischen den aufgeworfenen Felsen gewachsen war.

„Irgendwo hier muss es doch sei-", fing sie an – und zuckte erschrocken zusammen, als in der Ferne ein Hund mit tiefem Bellen anschlug. Sie ließ die Äste los und duckte sich auf die moosbewachsenen Felsen. Ihre durchweichten Lederschuhe schmatzten vernehmlich auf dem nassen Untergrund, doch der rauschende Regen würde es hoffentlich übertönen. So kroch sie langsam zu Anak zurück, der an der Kante verharrte, ebenfalls zusammengekauert.

„Kian, Asur, bleibt dort unten", flüsterte Kalana, als sie ihren älteren Sohn erreichte und die beiden anderen Männer erblickte. Sie konnte im Dunkeln ein Nicken von Asurs Seite erkennen, sie hatten sich in den nassen Farn unterhalb der Felsen gekniet.

Wieder bellte der Hund. Oder waren es sogar zwei?

Die Familie wartete erstarrt. Zum Glück war es so dunkel und der Regen musste ihre Spuren größtenteils schon verwischt haben. Außer sie kamen nah genug und hatten Fackeln ...

Kalana horchte und bei jedem grollenden Bellen spürte sie ihren eigenen Körper stärker zittern. Es hätten natürlich auch die Kälte und ihre völlig durchnässte Kleidung sein können, aber sie konnte sich selbst nichts vormachen. Nicht nach Wochen voller Angst, Schmerz und Hunger.

Es hatte Kalana fast all ihre verbliebene Kraft gekostet, ihre verzweifelte Familie zu einem weiteren Versuch zu überreden. Nachdem sie auf Cassuans Hof beinahe gefangen worden waren ... Kalana krallte ihre klammen Finger in das Moos. Wenn sie dieses Mal wieder einen Fehlschlag erleiden würden, dann hatte keiner von ihnen mehr die Kraft weiterzugehen. Kamirrs Geld war schon lange aufgebraucht, ihre Ratkenmäntel zerschlissen und schmutzverkrustet. Eine Weile hatten sie sich über Wasser halten können, doch die Gunst misstrauischer Menschen hatte sich als äußerst kostspielig erwiesen. So war das Geld schnell dahingeschmolzen – und der Rest war zerronnen, als sie einen Heiler für Kians Arm brauchten.

Natürlich hatten sie keinen Magier gefunden. Wer würde fremden Streunern auch solche Dienste erweisen? Aber die Salben und Kräuter waren fast genauso teuer gewesen, obwohl sie ihm kaum halfen.

Kalana blickte auf die undeutlichen Silhouetten ihrer Familie, verloren im Nirgendwo einer kargen, hügeligen Wildnis voll scharfkantiger Felsen und spärlichem Wald. Sie wusste nicht, wie lange es her war, dass sie die warmen, schützenden Wälder hatten verlassen müssen, und seit wann diese Landschaft sich um sie ausbreitete.

Aber sie wusste, irgendwo zwischen den letzten dieser Hügel lag eine kleine Siedlung, die ihre letzte Hoffnung war.

Kalanas Blick schweifte rasch über die dunkle Umgebung – und blieb an einem Licht hängen. Ein Stück entfernt und hangabwärts konnte sie die zischenden Flammen einer Fackel erspähen. Von dort kam auch das grollende Bellen.

Zwischen den windgepeitschten Birkenästen tauchte ab und zu ein schwach beleuchtetes Gesicht auf, das näher kam – bald nur noch durch einige Höhenmeter, wenige Birkenstämmchen und karge Felsen von ihnen getrennt.

Und dann war das laute Knurren des Hundes selbst durch den Sturm und das Prasseln auf den Blättern zu hören. Das Gesicht erstarrte und die Fackel wurde gehoben, während der Hund wieder heftig anschlug.

Kalana wagte es nicht mehr, zu atmen.

Er sucht uns nicht! Nein, wir sind zu weit weg. Er kann uns nicht sehen, hier ist kein bisschen Licht ... Wir sind einfach nur Felsbrocken im Wald. Er kann uns nicht sehen, dachte sie, wie in einem Singsang.

Das Gesicht starrte hinauf in die hügelige Felslandschaft, aber es war zu weit weg, um die Augen sehen zu können. Um die Magie erkennen zu können, die vielleicht in ihnen funkeln mochte ...

Irgendwo in der Ferne jaulte ein anderer Hund oder Wolf – und das Grollen ging in ein freudiges Fiepen über. Der Besitzer zögerte noch einen Moment, dann ließ er die Fackel etwas sinken und wandte sich wieder seinem Weg zu. Sein Mantel glänzte ölig, als er sich abwandte und den Hund weiterzerrte, der anscheinend immer wieder in ihre Richtung hinaufspähte.

Irgendwann war das Licht der Fackel zwischen den Hügeln verschwunden, und bis auf das stetige Rauschen des Regens umgab sie wieder Stille.

Kalana richtete sich vorsichtig auf und bedeutete den anderen, noch zu warten. Sie ging wieder zum Rand der schroffen Felsplatte und versuchte, einen Blick auf die Umgebung zu erhaschen. Irgendwo, weit entfernt und durch die Regenschleier kaum zu erkennen, erspähte sie plötzlich ein flackerndes Licht ... Aber es bewegte sich nicht und der Mann war zwischen den Hügeln zu ihrer Linken verschwunden und nicht im nächsten Tal ...

Kalana ermahnte sich, als ihr Herz schneller zu schlagen begann. Es war noch zu früh, auch nur daran zu denken, ihrer Familie jetzt Hoffnung zu machen. Denn die hatte sich hier draußen viel zu oft und viel zu schnell als falsch erwiesen.

„Kommt, nur noch ein Stück hier den Hang hinunter, dann können wir dem Weg folgen, den der Mann mit dem Hund gegangen ist“, sagte sie stattdessen leise.

„Aber was, wenn uns jemand sieht?“, fragte Kian mit schwacher, müder Stimme.

„Es ist stockfinster und regnet in Strömen. Jeder, der bei Sinnen ist, wird eine Fackel dabeihaben oder noch viel eher in seinem Bett liegen.“

„Und Wegelagerer?“

„Das sind wir quasi auch. Und die werden jetzt ebenfalls irgendwo Unterschlupf gesucht haben. Außerdem übertönt der Regen unsere Schritte auf der Straße. Wir sind unsichtbar.“

„Für einen Magier nicht“, meinte Asur.

Kalana gab ihm mit ihrem Schweigen recht. Aber sie waren alle erschöpft, unterkühlt und konnten nicht länger durch dieses unwegsame Gelände klettern. Kians Blässe, die selbst in der Dunkelheit zu sehen war, bestätigte ihre Entscheidung.

„Ab hier geht es wieder bergab. Asur, hilf Kian um diesen Felsen herum zu laufen, er muss nicht hier hoch.“

Ihr Mann brummte etwas Unverständliches, dann half er ihrem verletzten Sohn auf und sie schritten durch den Farn weiter.

Sie trafen sich auf der anderen Seite unterhalb der Felsplatte und begannen den Abstieg. Der Hang war rutschig, voller Moos und welker Birkenblätter.

Irgendwann, auf halbem Weg zu dem Pfad hinunter, trat Asur in eine verdeckte Spalte zwischen zwei Steinen und fiel. Er musste einen Schrei unterdrücken, als er hängen blieb und vornüber den Hang hinunterstürzte.

Als Kalana zu ihm sprang, richtete er sich gerade wieder stöhnend auf.

„Ist dir etwas passiert?“

„N-nein, es geht. Meine Hand tut weh. Ich glaube, ich habe sie mir an diesen verdammten, scharfkantigen Steinen aufgeschnitten, aber ich werde es überleben.“

„Dann lass uns weitergehen, sobald wir den Weg gefunden haben, wird alles leichter. Wir sind nicht mehr weit entfernt, dann kümmere ich mich um deine Hand.“

Sie konnte sehen, wie er im Regen knapp nickte und sich dann wieder aufraffte. „Kommt Jungs, weiter geht's."

Kalana sah ihrem Mann stolz hinterher, als er Kian half, die nächste Felsplatte hinunterzuklettern.

Als sie endlich die Birken und ein dichtes, nervenaufreibendes Brombeergebüsch hinter sich hatten, fanden sie den Weg. Es war nur ein aufgeweichter Pfad, nicht breit genug für einen Pferdekarren, aber zumindest konnten sie sicher darauf laufen, ohne ständig auf Felsen oder Moos auszurutschen. Da war der Morast des Weges eine willkommene Abwechslung.

Der Regen ließ etwas nach und sie kamen besser voran, folgten dem Pfad den Hügel entlang, durch ein Tal hindurch und hoch auf den nächsten Hügel – dort blieben sie wie angewurzelt stehen.

Der Hang vor ihnen war flach abfallend und von einigen Koppeln überzogen. Dahinter lag eine Ansammlung von Hütten, die in der Dunkelheit und dem Regen nur auszumachen waren, weil in einigen Licht brannte.

Kalana spürte, wie ihr Tränen in die Augen traten, als sie vorsichtig die Wiesen überquerte und ihre Familie zu dem gesuchten Ort führte.

In der Hütte, die ganz oben am Hang lag, war ebenfalls Licht. Durch das milchige Glas konnte man schemenhaft eine Gestalt erkennen. Sie schlichen bis zur Hintertür und starrten sich einen Moment lang unsicher an, bevor Asur nickte.

Kalana schluckte und klopfte dann an.

Einen Moment geschah nichts, dann hörten sie Schritte näher kommen.

„Wer ist da?", fragte eine vorsichtige Stimme.

„Ist ... wohnt Martyom noch hier? Ich kenne ihn, ich brauche seine Hilfe!"

„Warte einen Moment", war die knappe Antwort, dann war es still. Plötzlich spürte Kalana Magie.

Ihr müsst euch einer Prüfung unterziehen, bevor ich euch eintreten lasse.

Kalanas Herz blieb beinahe stehen, als sie die ruhige Stimme ihres alten Freundes in ihrem Kopf hörte.

Endlich in Sicherheit.

«†»

Ikar betrachtete desinteressiert die beiden Leichen in seinem Zelt, aus denen immer noch Blut sickerte.

„Lass sie wegschaffen, Yatim. Die Männer sollen sie im Wald verscharren."

Der Ratke neigte kurz den Kopf zur Zustimmung und die anderen Krieger im Zelt packten die Toten und schleiften sie aus seinem Quartier. Bald hörte man ein regelmäßiges, stumpfes Hacken von draußen, als sie wohl eine Grube aushoben.

„Lass außerdem für heute Nacht mehr Wachen aufstellen. Die beiden waren wahrscheinlich allein, aber ihr Geschrei könnte Fremde angelockt haben."

Yatim war schon im Begriff den Kopf zu neigen, als er zögerte. „Werden wir nicht unverzüglich aufbrechen, um der Königin zu berichten?"

Ikar sah ihn mit wütend blitzenden Augen an und der Ratke zuckte kurz zurück. „ICH entscheide, wann wir zur Königin zurückkehren! Jetzt geh und führ meinen Befehl aus, ich will nachdenken!"

Yatim nickte rasch und eilte aus dem Zelt. Ein selbstgefälliges Lächeln umspielte Ikars Lippen.

Er hatte den Auftrag, die Magierin ausfindig zu machen, und jetzt war das Dorf, in dem sie sich befand oder zumindest befunden hatte, sogar passenderweise in greifbarer Nähe. Er verstand nicht, wieso Zaydas Männer sie dort nicht gefunden hatten. Sie mussten hinters Licht geführt worden sein, dass sie den Ort so schnell wieder aufgegeben hatten.

Aber das würde ihm nicht passieren.

Wie viele Ratken würde Zayda ihn wohl erst befehligen lassen, wenn er ihr das Mädchen persönlich brachte?

«†»

Als Tarek erwachte und die Augen öffnete, blickte er direkt auf Zenay. Sie lag neben ihm und atmete tief und ruhig. Ihre Augen waren geschlossen und ihr Gesicht hatte wieder etwas Farbe angenommen. Der Stille im Lager nach zu schließen, war es noch früher Morgen und es fiel ein leichter Regen auf das Zelt. Von dem Gewitter in der Nacht hatte er kaum etwas mitbekommen und ignorierte das Geräusch auch jetzt, zu beschäftigt, einfach Zenay zu betrachten und glücklich, dass sie noch lebte. Er wünschte sich nichts sehnlicher, als etwas Zeit mit ihr allein zu verbringen, vielleicht am Seeufer sitzend, während die anderen noch schliefen.

Da atmete Zenay mit einem langen Seufzer aus und öffnete die Augen. Sie blickte direkt in seine und lächelte. „Danke!", sagte sie leise und strich ihm mit den Fingern über die Schläfe, ließ sie langsam an der Linie seiner alten Narbe entlanggleiten.

„Wofür denn? Das hätte doch jeder getan." Er stöhnte auf und fasste sich an die Rippen, die ihm das Wesen im Wasser schmerzhaft gequetscht hatte. Zenay sah ihn besorgt an und stützte sich mit den Armen ab, um sich aufzurichten. Sie blieb auf den Knien sitzen und auch Tarek setzte sich mühselig hin, ihm tat alles weh.

„Trotzdem! Ich bin dir wirklich dankbar dafür, dass du mich gerettet hast." Zenay war eine Weile ruhig und lauschte dem Regen, der langsam schwächer wurde. „Ich ... ich wundere mich, weißt du? Ich habe weder von dem Monster noch von ... Falkir geträumt. Es hat mich so lange wachgehalten ..."

„Du warst völlig ausgelaugt und hattest kaum noch Magie in deinem Körper ... Es ist kein Wunder, dass du keine Kraft mehr zum Träumen hattest. Aber dass du jetzt schon wieder welche hast, ist erstaunlich." Tarek schüttelte den Kopf und grinste sie dann schief an. „Du überraschst mich immer wieder."

Ihr Blick wurde düster. „Gestern hätte ich alle überraschen sollen. Ich konnte Falkir nicht retten."

Die Verbitterung in ihrer Stimme ließ ihn stocken. „Komm, lass uns etwas hinausgehen, es brauchen nicht alle zuzuhören, wenn wir das besprechen."

Sie nickte matt, dann stand sie auf und spähte nach draußen. Es nieselte nur noch und war bereits angenehm warm, also schnappte sie sich ihren Mantel, zog Tarek auf die Beine und verließ mit ihm das Lager. Der Regen hörte noch auf dem Weg zum Seeufer auf.

Zenay ging langsam zu einem der niedrigen, flachen Felsen am See, breitete den Mantel auf dem nassen Stein aus, setzte sich und starrte auf das Wasser unter sich.

Tarek ließ sich neben sie sinken, zögerte kurz und legte dann den Arm um ihre Schultern. Gemeinsam blickten sie auf das Wasser, in dem sich die verblassenden Sterne spiegelten, und schwiegen eine Weile. Beide wussten nicht, wie sie die Geschehnisse des gestrigen Abends in Worte fassen sollten ... und wollten es auch beide nicht wirklich. Schließlich wandte Zenay sich ihm zu und sah ihn lange von der Seite an, dann gab sie ihm einen Kuss auf die Wange und lehnte sich an ihn.

„Danke, dass du mich gerettet hast. Ich bin froh, dass ich das überlebt habe. Ohne dich hätte ich es nicht geschafft."

Tarek musste schmunzeln und drückte sie ganz fest an sich. „Vielleicht ist es eine weitere Fähigkeit der Auserwählten? Dass du Schlimmes überstehen kannst?"

Zenay seufzte. „Ja, vielleicht. Vielleicht ist es auch einfach ein Talent, dass ich mich mit den richtigen Freunden umgebe. Momentan fühle ich mich nicht sehr auserwählt. Eher verflucht."

„Es tut mir leid, das war taktlos von mir."

Zenay sah ihn an und hatte Tränen in den Augen. „Was wird jetzt mit Falkir geschehen? Müssen ... müssen wir ihn hierlassen?"

„Nein. Er wird mit ins Dorf genommen. Seine Familie ... Sie haben das Recht, ihn zu sehen, sich von ihm zu verabschieden und ihm bei seinem Begräbnis ihre Liebe mitzugeben."

„Sie werden mich hassen, Tarek! Wenn die Jäger, die dabei waren, es schon kaum verstehen, wie werden dann die Leute im

Dorf reagieren? Sie werden mich gleich mit ihm begraben wollen."

„Das Ungeheuer hat ihn getötet! Nicht du! Du hast versucht, ihn zu retten. Das werden wir alle, auch die Jäger, bezeugen. Dir droht deswegen nicht noch mehr Leid."

Zenay sagte dazu lieber nichts. Sie konnte spüren, dass er log, aber sie wollte die Lüge so gerne glauben, dass es ihr furchtbar erschien, ihm ihr Wissen mitzuteilen. Schlimmer noch, als der bittere Geschmack auf ihrer Zunge und der schmerzhafte Kloß in ihrem Hals.

„Was ... was ist mit Lupena? Es ist alles im Chaos versunken, weil ich das Lager der Ratken entdeckt habe. Sonst wären wir sicherlich noch am Nachmittag weitergezogen und ich hätte das Monster nicht aufgeweckt." Ihre Stimme drohte zu brechen, als sie den Gedanken aussprach.

„Du hast es nicht aufge-" Er unterbrach sich und packte ihre Schultern, sah ihr tief in die Augen. „Zenay! Hör auf damit, du bist NICHT SCHULD. Du kannst diese Last nicht alleine tragen. Es war ein magisches Ungetüm und es war dabei, uns ALLE zu töten! Du hast das verhindert, sonst wäre nicht nur einer ertrunken, sondern wir alle. Du, ich, Jesco ..."

Sie konnte seinem Blick nicht standhalten, zwang sich dann aber, zu nicken.

„Unsere Reise nach Lupena ist jetzt nicht mehr wichtig. Die Ratken sind auf dem Weg nach Kontell, nicht Ornanung. Sie sind der Südstraße und den anliegenden Dörfern gefolgt wie einer Perlenkette, wahrscheinlich suchen sie alle Dörfer bis zu den Gebirgen im Süden und den dahinterliegenden Steppen ab, das kann uns jetzt egal sein."

Zenay nickte wieder. Sie lehnte sich an Tareks Schulter und hoffte, dass er ihre heißen Tränen nicht durch sein Hemd spüren konnte.

Irgendwann wurde der Himmel heller und sie hörten erste Geräusche aus dem Lager. Der Rauchfaden eines frischen Feuers zog in ihre Richtung und verflüchtigte sich in dünnen Schwaden weiter über dem See. Doch als Tarek Zenay fragte, ob sie zum Lager zurückkehren wollte, verneinte sie. Die Vorstellung, den Männern unter die Augen zu treten, ließ kalten Schweiß auf ihrer Stirn ausbrechen.

Nach einer Weile hörten sie Schritte im Gras und Zenay konnte erleichtert spüren, dass es Shetan war, der da zu ihnen kam.

„Hallo, ihr zwei. Geht es euch gut?"

„Den Umständen entsprechend", sagte Zenay wahrheitsgemäß und schmiegte sich eng an Tarek, sie wollte jetzt nicht noch einmal über Falkir sprechen und hoffte, dass Shetan sie nicht dazu zwingen würde.

„Zenay, fühlst du dich erholt genug, damit wir über das Wesen sprechen können, während die anderen das Lager abbrechen? Die Männer wollen bald zurück zum Dorf, aber hier sind wir jetzt ungestört", meinte der alte Magier leise, nachdem er neben ihnen stehen geblieben war.

Tarek sah ihn entrüstet an. „Was? Großvater, sie wäre gestern beinahe gestorben und du willst sie zwingen, jetzt darüber zu sprechen?"

Shetan neigte den Kopf. „Es ist allein Zenays Entscheidung, deshalb frage ich doch."

„Ich muss wissen, was dieses Monster war. Ich muss lernen!"

„Das ist die Zenay, die ich kenne", meinte Shetan stolz, während er sich schwerfällig zu ihnen setzte. „Das Wesen, das du gestern getötet hast, bestand aus schwarzer Magie. Es war freie Magie, mit einem eigenen Willen und Bewusstsein. Sein Ziel, sein einziges Ziel, ist es zu schaden und zu töten. Sie saugen die natürliche Magie aus den Lebewesen, die sie töten, und stärken sich so."

Zenay schluckte. „Woher kam es?"

„Von einem Magier. Daroc entstehen nur, wenn ein Magier zu viel schwarze Magie freisetzt und diese ihn dann tötet. In den meisten Fällen verschwindet die Magie nach einer Weile wieder, aber wenn sie groß und stark genug ist, lebt sie fort und wird zu einem Daroc."

„Gibt es dann noch mehr von ihnen?“, fragte Zenay verunsichert. Die Vorstellung, noch einmal so einem Monstrum zu begegnen, ließ sie erzittern.

„Das weiß ich nicht sicher. Es ist wahrscheinlich, dass es noch einige gibt, doch sie werden eher kleiner sein als das im See und für gewöhnlich verstecken sie sich an abgelegenen Orten, in Höhlen zum Beispiel. Dieses hier muss direkt am See entstanden sein, deshalb blieb es hier.“

„Wie kann man sie töten? Ich meine, wie habe ich es gemacht? Ich kann mich nicht erinnern.“

„Du musst bewusstlos geworden sein, als es dich zum Grund des Sees hinabzog. Nur deine Lebensenergie und Magie haben dich am Leben gehalten. In dir ruht eine Macht, die selbst ich nicht vollkommen begreifen kann. Mit der Bewusstlosigkeit schwand deine Angst, deine Panik. Damit erwachten deine Instinkte und deine Kräfte konnten dich wieder schützen.“

Zenay schauderte.

„Aber ich dachte, dass sie Magie aufsaugen?“

„Du bist etwas Besonderes. Ein großer Energiestoß aus starker Magie hat es zerstört ... So hat Jesco es mir beschrieben. Er sah, wie ein grelles Licht das Wesen von innen zerriss ...“

„Ich weiß nur noch, dass es mich gepackt und in sich gezogen hat ...“

„Ich kann dir nicht genau sagen, was geschehen ist. Ich hatte bisher nur in Büchern von ihnen gelesen und dort gibt es große Meinungsverschiedenheiten, was ihr *Leben* und ihren *Tod* angeht“, meinte Shetan weiter.

„Hm, dann hatte ich wohl ziemliches Glück“, meinte Zenay seufzend und konnte den nächsten Gedanken nicht verhindern. *Im Gegensatz zu Falkir.*

„Ich kann es noch immer nicht recht fassen, dass wir tatsächlich einem lebenden Daroc begegnet sind“, murmelte er und warf einen kurzen Blick auf Zenay und Tarek.

„Ich kann kaum glauben, dass er Zenay beinahe umgebracht hat!“, erwiderte Tarek mit einem etwas gereizten Ton, aber als

Zenay ihm einen warmen Blick schenkte, wurden seine Züge wieder milder.

„Es tut mir wirklich leid, das müsst ihr mir glauben. Ich hätte es niemals für möglich gehalten, dass es heute noch welche gibt. Ich war der Meinung, dass es sie höchstens nach den großen Kriegen gegeben hatte, als viel schwarze Magie eingesetzt wurde ... Aber heute noch? Unfassbar!"

Tarek schnaubte bei Shetans Worten, verbiss sich aber einen Kommentar.

Zenay überlegte einen Moment, dann erinnerte sie sich an etwas. „Wenn du von diesem Wesen gewusst, seine heutige Existenz aber nicht für möglich gehalten hast – was für andere Wesen könnte es dann noch geben? Du hattest auch diesen grässlichen Keiler nicht für möglich gehalten! Du hast mal erzählt, dass die Menschen aus Lyrra wegen euch die Werwölfe erfunden haben, gibt es die dann vielleicht auch wirklich?", fragte sie in zweifelndem Ton.

Shetan gab ein kurzes, nervöses Lachen von sich. „Na ja, also ich würde sagen, *Werwölfe* in dem Sinn gab es nie. Unsere Wolfskräfte waren – und sind noch immer – stark vom Mond abhängig. Sie werden mit dem zunehmenden Mond stärker und mit abnehmendem Mond wieder schwächer, das kannst du vielleicht auch an deinen magischen Kräften spüren, wenn du darauf achtest. Auf jeden Fall gab es früher Miakoda, die sich in Wölfe verwandeln konnten, auch diese Fähigkeit wurde vom Mondzyklus beeinflusst. So war es zum Beispiel möglich, dass sich ein gut ausgebildeter Magier auch bei Neumond verwandeln konnte, aber eben manchmal nicht ganz. Er hat dann eine halb menschliche, halb wölfische Erscheinung angenommen. Vermutlich haben Lyrraner die Verwandlung gesehen."

Tarek sah seinen Großvater an, bevor er etwas hinzufügte. „Die einzigen Wesen, die dann aber auch noch die Eigenschaften des sogenannten Werwolfs besaßen, also Blutdurst und wilde Raserei, das waren die Mangriden."

Zenay runzelte die Stirn und hatte schon den Mund geöffnet, da warf Shetan einen Blick hinter sie und schüttelte kaum merklich den Kopf. „Das ist nicht der richtige Ort oder der richtige Zeitpunkt, um das zu besprechen“, meinte er leise und ernst.

Im nächsten Moment erreichte Jesco sie und teilte ihnen mit, dass sie jetzt aufbrechen würden.

Zenay zwang sich zu einem Lächeln, auch wenn in ihr eine Mischung aus Angst und Zweifel brodelte, als sie an die Rückkehr ins Dorf dachte. Bei der Vorstellung, den Leuten entgegenzutreten, verblassten ihre Fragen zu diesem unbekannten Wesen rasch.

Tarek küsste sie auf die Stirn und erwiderte ihr Lächeln, auch wenn sie in seinen Augen ebenfalls Furcht sehen konnte. Sie glitzerte in der schwarzen Tiefe seines Blicks, ehe er sie um die Schultern fasste. Shetan folgte Jesco zum alten Lager und ließ sie einen Moment allein.

„Komm, wir haben noch einen weiten Weg vor uns, meine Auserwählte“, murmelte Tarek und nahm ihre Hand.

„Meinst du nach Hause oder um diese Welt zu retten?“

Tarek zögerte nur einen Moment, aber es genügte.

„Wenn du möchtest, dann habe ich den Weg zurück nach Ornanung gemeint.“

„Ja, ich glaube, fürs Erste reicht mir das; die Ankunft dort wird schon schwer genug. Und der Rest des Weges wird so oder so kommen, nicht wahr? Aber nicht heute.“

„Nein, nicht heute.“

Er führte Zenay zu den anderen. Sie ließ sich mitziehen und versuchte, nicht zu sehr an jenen anderen Weg zu denken.

Oder an die Blicke der Männer. Oder an den Toten in ihrer Mitte.

«†»

Zenay blickte über die Weite des Sees.

Mit einem Satz sprang sie vom Felsen am Ufer und auf das Wasser zu. Doch anstatt in das dunkle Grün einzutauchen, sandte sie ihre Magie voraus und berührte die glatte Oberfläche des Sees.

Schwankend blieb sie stehen, als der Schwung ihres Sprungs in einer Welle davonlief.

Sie wollte lachen, doch da erreichte ein Ruf ihr Ohr. Noch während sie sich umdrehte, um zu sehen, wer sie da warnen wollte, bemerkte sie, wie der See dunkler wurde. Überhaupt schien sich die Welt in einen düsteren Schatten zusammenzuziehen, der auf sie eindrang. Dann gab der See unter ihr nach. Kaltes Wasser schlug über ihrem Kopf zusammen. Sofort wollte sie schwimmen, zurück an die Oberfläche und atmen – aber da packte sie ein Sog und zerrte sie in die Tiefe.

Das Wasser war zu dunkel, obwohl es doch heller Tag gewesen war. Schwarze Tentakel schossen auf sie zu, wickelten sich um ihre Arme, ihren Bauch, ihren Hals. Sie wollte schreien, wollte atmen, sich befreien, aber der Daroc packte zu und riss sie in tiefste Schwärze.

Sie drang durch die Wolke, wurde in ihr Inneres gezogen – und schrie von plötzlicher Panik gepackt auf. Da war jemand bei ihr in der Dunkelheit. Kalte, leblose Arme klammerten sich um sie, schlüpfrige Finger krallten sich in ihre Kleidung.

Sie strampelte, wand sich aus dem Griff und stieß sich weg. Dann schwebte sie wieder einen Moment in der Dunkelheit, bevor schwaches Licht die Schatten durchdrang und ein bleiches, aufgedunsenes Gesicht beleuchtete – Falkir. Seine milchigen, toten Augen starrten sie an, bevor er die Arme im dunklen Wasser hob und nach ihr ausstreckte.

«†»

Zenay riss die Augen auf und fand sich schwer atmend auf einer kleinen Lichtung.

Tarek tauchte in ihrem Sichtfeld auf. „Zenay! Beruhige dich!“

Zenay wollte aufspringen, sie hatte immer noch Schmerzen in der Brust, hatte das Gefühl zu ersticken, zu ertrinken.

„Wach auf! Es ist vorbei, der Daroc ist tot. Er kann dir nichts mehr tun! Du musst dich beruhigen, bevor die anderen zurückkommen!“

Die Panik wollte nicht mehr aus ihrem Herzen weichen und sie spiegelte sich in Tareks Augen wider, während er sie fest um die Schultern hielt. Seine Augen waren so tief und schwarz. Es war nicht seine Panik, es war ihre. Aber seine Nähe beruhigte ... und sie spürte, wie ihr Atem langsamer wurde.

„Sehr gut, Zenay, atme ganz langsam, es war nur ein Traum."

„Du weißt ja gar nicht, was ich geträumt habe", murmelte sie mit erstickter Stimme, noch immer nach Atem ringend.

„Aber ich kann in deinen Augen sehen, dass es nichts Gutes war ... Komm, trink einen Schluck Wasser und dann erzähl mir, was du gesehen hast."

Zenay nahm den Schlauch entgegen, ließ einige Züge des kalten Quellwassers durch ihre Kehle rinnen und atmete dann auf. Der Traum begann bereits an Farbe zu verlieren und die Erinnerungen daran, was seit ihrem Aufbruch vom See geschehen war, kehrten zurück. Wie Tarek, Jesco und die drei verbliebenen Jäger Falkir auf eine improvisierte Trage legten, schweigend durch den Wald zurück in Richtung Ornanung wanderten und zwei Tage später mittags hier auf der Lichtung Rast machten.

Sie fasste Tareks Kinn und zog ihn zu sich, küsste ihn lange und innig und lehnte sich dann wieder an seine Schulter. „Danke, dass du für mich da bist."

Er lächelte, jetzt mit verträumtem Blick. „Für dich immer, meine Auserwählte."

„Es ... war der Daroc, der mich in die Tiefe zog ..." Sie sah beschämt zur Seite, auch weil sie ihm nicht von den anschließenden Bildern erzählen wollte. „Tut mir leid, dass ich dich erschreckt habe."

„Mach dir keine Sorgen. Es ist ganz normal, dass einen so ein Erlebnis noch eine Weile beschäftigt. Aber du bist jetzt sicher. Du hast das Monstrum besiegt und getötet!"

„Du hast recht. Wo ... wo sind die anderen?", fragte Zenay und sah sich verwirrt auf der verlassenen Lichtung um, auf der nur sie, Tarek und Shetan waren.

Sie versuchte nicht daran zu denken, dass Falkir auf der Trage am anderen Rand der Lichtung lag.

„Sie sind schon wieder auf dem Weg hierher. Wir hatten doch eine Rast eingelegt ... Die Männer sind zu einem Weiher hinter den Felsen gegangen, um sich zu waschen und abzukühlen. Du bist eingeschlafen, kaum dass wir uns hingesetzt hatten. Ich blieb bei dir und da fingst du an zu murmeln und dann zu schreien und um dich zu schlagen ..."

„Ich habe geschrien?"

Tarek nickte. „Geht es dir wieder gut? Dann gehe ich den Jägern entgegen und beruhige sie auch. Sie werden deinen Schrei gehört haben und eilen bestimmt schon halbnackt hierher ..."

Tarek ging, ohne ihre Antwort abzuwarten, davon und kam wenig später mit den drei anderen zurück, die in einer Reihe aus dem grünen Wald drangen und Zenay teilweise verstohlene Blicke zuwarfen, jedoch nichts sagten.

Irgendwie wusste Zenay, dass sie sich genau denken konnten, wovon sie geträumt hatte. Sie fühlte sich ertappt und schulterte rasch ihre Packen, um aufbrechen zu können.

«†»

Fast den ganzen restlichen Weg nach Ornanung schien die Sonne und ein böiger Wind wehte, der ihnen die schwüle Sommerluft etwas erträglicher machte. Erst als sie das Dorf schon beinahe sehen konnten, zogen Wolken auf und es begann in der Ferne zu donnern.

Tarek und Jesco hatten sich mit anderen abgewechselt, Falkirs Bahre zu tragen und Tarek war nun wieder abgelöst worden.

Die Gruppe hatte den größten Teil des Rückwegs bewältigt, als Zenay plötzlich mitten im Schritt innehielt und sich Erstaunen auf ihrem Gesicht ausbreitete. Tarek bemerkte ihr Stocken und hielt ebenfalls an.

„Was ist los?", fragte er, als sie die Stirn runzelte.

„Du wirst nicht glauben, wer gerade auf dem Weg zu uns ist ...", meinte sie und sah ihn kopfschüttelnd an.

Tarek erstarrte in Gedanken an die Sorge, die sich seit Tagen in ihm breitmachen wollte. Er sah dunkle Schatten, laute Krieger, die aus dem Gebüsch springen würden, um ihm seine Zenay zu entreißen.

„Wer? Wovon redest du?“, würgte er schließlich heraus. Die anderen setzten sich wieder in Bewegung und gingen an ihnen vorbei, die traurige Last zwischen sich tragend.

Zenay sah ihn irritiert an, dann hob sie den Arm in Richtung der Büsche links vor ihnen. „Du wirst es gleich sehen. Da kommt sie schon.“

Tarek riss die Augen auf und widerstand dem Instinkt, sein Schwert zu packen. Es konnte doch nichts Gefährliches sein, wenn Zenay so reagierte ... Oder doch?

Er kniff die Augen zusammen, spähte in den Wald und lauschte, doch zuerst hörte er nichts außer dem Reden der Männer und ihren Schritten, wie sie weiter durch den Wald wanderten.

Dann plötzlich hörte er das Geräusch galoppierender Hufe und Malee sprang über das Unterholz hinweg und blieb schnaubend vor den Zweien stehen.

Zenay lachte vor Freude und umarmte den Hals ihrer weißen Stute.

„Malee?“, fragte Tarek völlig entgeistert. „Aber ich dachte ...“

Zenay sah ihn überrascht an. „Wen hattest du denn erwartet?“

„Ach, niemanden ...“

Seine Freundin zuckte mit den Schultern und wandte sich wieder ihrer Stute zu.

„Na, Kleine? Was machst du denn bloß hier? Dass du mir einfach so ausbrichst, um mich im Wald zu suchen? Das ist gefährlich! Aber es ist ja nicht so, dass du mich nicht finden würdest, nicht wahr?“ Sie kraulte sanft die Stirn ihres Pferdes und saß dann schließlich auf.

„Tarek ... Ich ... ich möchte etwas ausreiten. Ich glaube, die Bewegung wird mir guttun. Ich komme dann nach.“

Er sah sie nachdenklich an und nickte. Sein Blick sagte, was sie nicht aussprechen wollte. Irgendwann heute würde sie sich den Leuten im Dorf stellen müssen ... Aber noch nicht jetzt.

«†»

Malee preschte, ohne dass Zenay etwas sagen musste, los und sie verschwanden im Wald, fort von den Männern und dem Toten.

Ihre Stute galoppierte, doch je näher sie Ornanung kam, desto schmerzhafter wurde der Kloß in Zenays Hals. Sie ließ Malee einen weiten Bogen um die Felder des Dorfes schlagen und fand den Weg, der zu einer Lichtung führte, auf der sie sich sicher fühlte.

Tareks Lichtung.

Zenay streifte die Äste zur Seite, unter denen sie und Malee hindurchritten, und blickte hinaus auf die Lichtung. Auf der anderen Seite, am Rand des Waldes, konnte sie gerade noch einen Hasen im Unterholz verschwinden sehen.

Sie lenkte die Stute aus dem Schatten der hohen Eichen, sprang ab und ließ sich mitten in das wiegende Gras, unweit des herausragenden Steins, fallen.

Geblendet von der Sonne kniff sie einen Moment die Augen zu und blieb einfach liegen, dann richtete sie sich wieder auf, durch das Gras beinahe unsichtbar. Malee graste neben ihr, schnaubte und peitschte mit ihrem Schweif einige Fliegen weg.

Schwalben flogen auf der Jagd nach kleinen Insekten dicht über die Halme. Leichte Federwolken zogen schnell über den Himmel und warfen zerfranste Schatten auf die Wiese.

Die friedliche Szene, wie sich das Gras leicht im Wind wiegte und die kleinen Wildblumen ihre Köpfe der Sonne entgegenstreckten, hatte fast etwas Unwirkliches.

Doch die Schönheit der Natur berührte Zenays Sinne kaum.

Ich bleibe nicht lange hier, ermahnte sie sich und ließ sich rücklings in das hohe Gras zurückfallen.

Aber was soll ich tun? Wegen mir streiten sich alle und werden Familien auseinandergerissen ... Und jetzt hat meine Anwesenheit Falkir das Leben gekostet. Von einem Daroc ermordet, der mich wollte, nicht ihn ...

Tränen traten ihr in die Augen, die sie jedoch vehement wegwischte.

Es ist sogar schon so weit gekommen, dass ich Tarek belüge, nur um den Tatsachen nicht ins Gesicht sehen zu müssen. Ich habe mich feige davor gedrückt ... Nein. Nur eine halbe Stunde, dann gehe ich ins Dorf und stelle mich ihnen.

Aber die Tränen kehrten bald zurück.

Alle würden sie für Falkirs Tod verantwortlich machen. Zenay fühlte schon jetzt ihren Hass ... Man würde sie verfluchen und sie wie eine Aussätzige behandeln. Viel wahrscheinlicher war es sogar, dass Falkirs Tod das Fass für Conroy zum Überlaufen bringen würde. Er würde sie verbannen, aus dem Dorf jagen und sie würde alles verlieren.

Zenay schloss rasch die Augen, drehte sich um und verbarg ihr Gesicht im Gras. Dann kamen die Tränen doch. Sie schluchzte und krallte ihre Hände in die grünen Halme.

Wieso verurteilten alle sie dafür, dass sie eine Magierin war? Sie hatte es sich ganz anders vorgestellt ... Sie hatte gedacht, wenn die Leute wüssten, dass sie eine Magierin ist ... dann würde man sie lieben und bejubeln und alles tun, um sie zu schützen und zu unterstützen.

Aber nein, sie war dumm, naiv und eingebildet gewesen, so zu denken. Sie hatte allen Menschen, die gut zu ihr waren, nur Unglück gebracht.

Die Menschen hier lebten unter der Herrschaft einer schrecklichen Tyrannin, einer furchtbaren Schwarzmagierin, die *sie* irgendwie besiegen sollte.

Aber wer sollte das schon glauben? Wie viele Magier mussten es vor ihr schon versucht haben und waren gescheitert? Wie sollte auch nur irgendein einigermaßen intelligenter Mensch glauben, dass sie – ein Mädchen, kaum eine Frau – etwas gegen Zayda tun könne?

Zenay zwang sich, einige Male ruhig ein- und auszuatmen, um das Schluchzen zu lindern.

Wie sollte sie selbst glauben, dass sie diese Prophezeiung erfüllen konnte, wenn niemand anderes an sie glaubte? Sie fühlte, wie sich ihre Kehle zuschnürte, dass sie kaum noch atmen konnte. Doch dann tauchte ein Hoffnungsschimmer auf.

Nein, das stimmt nicht. Tarek glaubt an mich. Und Shetan und Asyra, Jesco und Elaya und Malak.

Wieder übermannten sie die Gefühle und sie schluchzte laut auf. Es war so entmutigend, ständig dem Unwillen der Leute ausgesetzt zu sein ... Sie wünschte, sie könnte die Zeit einfach zurückdrehen und wieder so friedlich leben wie vor zwei Wochen ...

Sie legte sich etwas bequemer hin und verharrte einen Moment mit geschlossenen Augen. *Nur noch ein paar Minuten, dann gehe ich ins Dorf*, dachte sie seufzend. *Wer mich jetzt noch alles hassen wird? ... Die Liste wird länger.*

«†»

Zayda lehnte an der Seite ihres Thrones und schwenkte das Weinglas in ihrer Hand. Sie blickte gelangweilt auf Lukray, der ihr von den Erzerträgen der Minen im Hochland berichtete.

„Sie sollen tiefer schürfen und mehr Hinweisen von Erzsuchern nachgehen, wenn sie weniger finden!“, schloss sie seinen Vortrag vorzeitig ab und machte eine wegwerfende Handbewegung. „Wir werden keinen Waffenmangel leiden – aber woran es mangelt, sind Informationen über meine Entflohene!“

Lukray sah nicht glücklich aus, doch gerade als er den Mund öffnete, ertönte das leise Klingeln der Tür des Botengangs und ein Sklave trat ein. Zayda winkte ihn zu sich.

„Ein Mann ist hier, um Euch zu sprechen, Gebieterin. Er ist ein Aufträger, nennt sich *Schatten*.“

Zayda hob interessiert eine Augenbraue an. „Bring ihn herein.“

Der Sklave nickte und drehte sich um, als ein Mann aus dem Schatten des Botengangs huschte und im Dunkeln hinter Zaydas Thron stehen blieb. Lukray beobachtete überrascht, wie der Fremde sich verbeugte, und sah schweigend zu, als der Mann mit den blonden, zu Strängen verfilzten Haaren der Königin ins Ohr flüsterte.

Er berichtete ihr kurz und knapp von seiner Suche in verschiedenen Dörfern und von der Begegnung mit einer jungen Frau, die auf die Beschreibung passte und Anzeichen für magische Fähigkeiten zeigte, als sie sich verteidigend zwischen ihn und eine Reihe dummer, alter Greise stellte. Aber ihre Verbündeten hatten sie versteckt, bevor er sie ergreifen konnte. Er war sich allerdings sicher, dass sie mittlerweile in ihr Dorf zurückgekehrt sein müsse, da sie nicht die Absicht zu haben schien, es ganz zu verlassen.

Der Aufträger neigte den Kopf, bevor er etwas lauter sprach. „Ich konnte sie nicht selbst ergreifen, aber ich hielt es ohnehin für das beste, Euch die Nachricht ihres Verbleibs so schnell wie möglich zu überbringen. Sie ist Eure Entflohene, daher gebührt Euch und Eurem Volk die Ehre, sie selbst wieder gefangen zu nehmen."

Eine Mischung aus Abscheu und Belustigung spielte auf Zaydas Gesicht. Sie lächelte spitz und nickte dann. „Sehr gut. Du kannst gehen. Folge dem Diener, er wird dich zu deiner Bezahlung führen."

„Ich danke Euch, Ratkenkönigin", erwiderte er, sah sie noch kurz aus seinen grünen Augen an und verließ den Saal im Schatten ihres Throns.

„In Ornanung ist sie also, *wahrscheinlich*. Hm, daran hätte ich auch früher schon denken können ... Ornanung ..."

„Shassarfat hatte doch dort den toten Ratken gefunden", meinte Lukray.

Sie nickte nachdenklich, ehe sie ihn mit ihren Augen fixierte. „Hatten wir nicht das Adlerauge in die Nähe geschickt?"

„Ja, Herrin, Ikar wurde nach Mikna gesandt, aber es kam noch kein Bericht."

„Das geht nicht schnell genug! Und wir wissen nicht, wo dieser Stümper ist“, schnaubte sie. „Gib sofort Befehl an Mazuk und schick ihn persönlich mit einer kleinen Streitmacht in das Dorf. Er soll den Kommandanten mitnehmen, der schon einmal dort gewesen ist. Alrac.“

„Ihr wollt nicht selbst gehen, Herrin?“

„Ich schicke Mazuk. Das sollte dir doch zeigen, dass ich es ernst nehme, Lukray. Er kann sehr gut mit Magiern umgehen. Außerdem könnte es ja wieder nur ein falscher Alarm sein, damit werde ich meine Zeit nicht verschwenden. Ich hatte gehofft, der Aufträger wäre etwas verlässlicher, aber ich bin die Fehlschläge endgültig leid! Sie sollen mir einfach nur das Mädchen holen, wenn sie in dem Ort ist. Und sie sollen Absorber mitnehmen. Das Mädchen war nun schon eine Weile frei, sie könnte stärker geworden sein. Unterschätzt sie nicht.“

„Wie Ihr wünscht.“

„Wenn sich jemand wehrt oder rebelliert, tötet sie und brennt ihre Häuser nieder. Diese Sprache verstehen sie alle gut. Dann sollen alle Häuser durchsucht werden, dasselbe Prozedere wie all die anderen Male, als nichts gefunden wurde. Wenn das Mädchen dort ist, wird sie sich zeigen. Ich kann mir nicht vorstellen, dass sie zusehen wird, wie ihre Freunde und Helfer abgeschlachtet werden ... Wenn sie noch nicht dort ist, soll Mazuk die Stellung halten und in Erfahrung bringen, wo sie ist oder wann sie wieder kommen könnte.“

Lukray zog eine Augenbraue hoch, als er die Verbitterung und die Wut in ihrer Stimme hörte, und verbeugte sich, ehe er aus dem Saal huschte.

Epilog

Zenay lauschte dem Wind, der durch die Wiese strich. Es war so friedlich hier. Da hörte sie plötzlich Stimmen über die Lichtung schallen.

Sie drehte sich im Gras. Warum träumte sie selbst an diesem friedlichen Ort von Flammen? Doch der Traum ließ sich nicht abschütteln. Sie regte sich unruhig und hörte es nun deutlicher ... Waren das Rufe?

Eine Grille zirpte in der Nähe, dann hörte sie ein Käuzchen ... Und wieder Stimmen. Langsam dämmerte es ihr. Das war kein Traum!

Plötzlich war sie hellwach. Aber um sie herum war es düster.

Sie musste eingeschlafen sein. Verdammt, Tarek und Shetan suchten sie sicherlich schon, schließlich war sie nun seit Stunden fort. Schwerfällig kam sie auf die Beine und rieb sich den Schlaf aus den Augen, bevor sie die Konane aktivierte. Malee war fort, die Lichtung verlassen. Sie unterdrückte einen Fluch. Jetzt musste sie erst einmal die Stute suchen. Riefen Tarek und die anderen deshalb nach ihr, weil Malee ohne sie ins Dorf zurückgekehrt war? Aber warum sollte ihre Stute auf eigene Faust ins Dorf laufen? Das musste Tarek furchtbar beunruhigt haben. Schuldgefühle machten sich in ihr breit. Er hatte es nicht verdient, sich ständig wegen ihr Sorgen machen zu müssen ... oder den Zorn der Dorfleute auf sich zu ziehen. Eiseskälte breitete sich in ihr aus. Alle im Dorf würden mittlerweile wissen, was am See passiert war. Dass Falkir wegen ihr gestorben war.

Ihre Abwesenheit hatte die allgemeine Stimmung ganz sicher nicht verbessert ...

Suchten am Ende vielleicht ganz andere, wütende Leute nach ihr?

Sie wandte sich zögernd der Richtung zu, aus der die Rufe kamen. Ihre Augen weiteten sich beim Anblick des Himmels. Eine schwarze Rauchsäule hob sich wie ein riesiger Daroc vom dunkelblauen Horizont ab, beleuchtet von orangefarbenem Licht. Nein, das war kein Daroc … Es war *Feuer*!

Im Dorf brannte es!

Die Schreie waren Hilferufe.

Schreckliche Gedanken huschten durch ihren Kopf. Was war mit Tarek? Shetan? All ihren Freunden? Hatten Feradun und seine Anhänger einen Kampf angezettelt, weil sie einen Toten von ihrer Reise zurückgebracht hatten?

Zenay hetzte los. Sie rannte so schnell sie konnte über die Wiese in den dunklen, kühlen Wald.

«†»

Ende

«†»

Erfahren Sie mehr über Zenays Schicksal im zweiten Teil:

Zorn – Das Vermächtnis der Wölfe

ISBN: 978-3-945073-01-8

Seit dem 15.7.2015 überall erhältlich, als Taschenbuch im Fanowa Verlag erschienen, als ebook bei Droemer Knaur.

Weitere Informationen auf www.fanowa.de

Farina de Waard wurde 1991 in Freiburg geboren. Seit ihrem 14. Lebensjahr feilt sie an den Ideen für ihre Bücher, füllt Ordner mit Skizzen und Notizen, fotografiert, zeichnet und malt. Sie verbringt gerne Zeit in der Natur und schreibt am liebsten bei Nebel oder Donnergrollen. Sie liebt Wölfe, Wälder und Sümpfe.

Zur Zeit lebt sie in der Nähe von Kiel, wo sie sich mittlerweile dem dritten Teil der Vermächtnis-Reihe widmet und weitere Buchprojekte anpackt.